FLAUBERT

Œuvres

I

ÉDITION ÉTABLIE ET ANNOTÉE
PAR A. THIBAUDET ET R. DUMESNIL

GALLIMARD

CE VOLUME CONTIENT :

Avant-propos
par René Dumesnil

Chronologie de Flaubert
par Albert Thibaudet

LA TENTATION
DE SAINT ANTOINE
Introduction par René Dumesnil.

APPENDICE

FRAGMENTS
VERSION DE 1849
VERSION DE 1856

MADAME BOVARY
Introduction par René Dumesnil.

APPENDICE

LE PROCÈS

SALAMMBÔ
Introduction par René Dumesnil.

APPENDICE

Notes et variantes

AVANT-PROPOS

La mort a pris *Albert Thibaudet* au moment où il commençait d'ordonner les matériaux amassés pour cette édition des Œuvres de *Gustave Flaubert*. Il en avait tracé le plan, déterminé les détails. En recueillant de ses mains défaillantes le flambeau qui m'est transmis, je n'ai d'autre ambition que d'assurer de mon mieux l'exécution d'un ouvrage à laquelle préside, par-delà la tombe, sa pensée.

Il aimait Flaubert, et cette dilection n'était point seulement faite de sympathie. Il l'admirait parce qu'il y trouvait de quoi satisfaire à la fois son goût et sa raison, parce que, comme il l'a dit si bien dans les dernières pages de la magistrale étude publiée une première fois en 1921, et puis reprise, refondue par un rare exemple de conscience en 1935, il voyait en Flaubert un pur classique; parce que Flaubert lui semblait avoir été l'une des principales figures du XIXᵉ siècle et de la littérature française tout entière; parce que Madame Bovary, l'Éducation et Bouvard « ont modelé, après 1870, tout un paysage du roman français ». A mesure que les années passaient et que le champ des connaissances de ce prodigieux travailleur que fut Thibaudet s'étendait davantage, il trouvait de nouvelles raisons de revenir à Flaubert et de l'aimer mieux encore. Il apercevait, par exemple « dans telle page de Madame Bovary (avec son style tout opposé), les tours, détours et retours du temps perdu, à la manière de Marcel Proust », et chaque pas dans le temps présent ramenait sa pensée au maître de Croisset. C'est cela, c'est cette constance qui donne au Gustave Flaubert d'*Albert Thibaudet* sa grande valeur : le livre a été longuement, amoureusement médité, et puis revu, repensé, si l'on peut dire, pour beaucoup de ses pages. On devait donc attendre avec autant de confiance que d'impatience une édition des Œuvres de *Gustave Flaubert* confiée à Thibaudet.

Nous espérions tout d'abord qu'il avait pu mener sa tâche plus loin qu'il ne lui fut permis en réalité. Il rédigea entièrement la Chronologie flaubertienne, qui ouvre ce premier volume et lui sert en quelque sorte de préface. Mais ce fut tout. Il l'établit comme il fit pour son édition de Montaigne. Est-il, au surplus, meilleure manière d'introduire le lecteur à la *connaissance d'un écrivain, que de lui donner ainsi, sous une forme parfaitement objective et claire, le résumé d'une vie et le schéma des œuvres, l'exposé analytique (et sans phrases inutiles) des sources, des travaux préparatoires, de la composition, de la publication de chacun des livres dont les titres se trouveront à la table du présent ouvrage? On suit ainsi, pas à pas, l'écrivain dans sa vie, vie matérielle, vie morale et spirituelle: on aperçoit comme en un panorama les rapports des événements extérieurs, avec les détails des œuvres, et tout cela à sa date précise, à son plan exact.*

Pour l'établissement du texte des œuvres, Thibaudet s'est référé aux dernières éditions corrigées par Flaubert lui-même. Quant à l'ordre choisi pour la présentation de ces textes dans l'édition de la Pléiade, il suit exactement la chronologie, bien qu'il semble au premier abord rompre avec l'usage. On trouvera dans le premier volume, en effet, la Tentation de saint Antoine *avant* Madame Bovary. *On pensera peut-être que ce classement est arbitraire. Il tient, cependant, aux raisons les plus sérieuses : si* Madame Bovary *est la première œuvre publiée par Flaubert, (en 1856, dans la* Revue de Paris, *en 1857 en volume), ce n'est pas la première qu'il ait écrite, et bien loin de là, puisque les œuvres de jeunesse, les œuvres inédites avant sa mort, forment sept volumes de l'édition Charpentier-Fasquelle, et que sur ces sept volumes, près de trois sont faits des ébauches de la* Tentation de saint Antoine. *Cet ouvrage est, comme on le montrera dans l'introduction qui lui est consacrée, l'un des premiers qui aient occupé l'écrivain dès qu'il sut tenir une plume et joindre les mots pour en faire des phrases. Sur les bancs du lycée, il y songeait déjà sans en avoir trouvé le titre. Dès 1849, il avait achevé la première (et la plus longue, la plus complète) des trois versions que nous possédons, et sans l'excessive rigueur de ses amis Bouilhet et Du Camp, il aurait débuté dans les lettres en publiant un* Saint Antoine, *en 1850. Thibaudet estima donc naturel et logique de passer outre aux usages et de dresser l'effigie du saint ermite au seuil même du monument qu'il voulait ériger à la mémoire de Flaubert. Il était en cela respectueux, certes, de la pensée du romancier, lequel ne considérait point du tout* Madame Bovary *comme son œuvre essentielle.*

On a fait suivre le texte définitif de la Tentation de saint Antoine *(version de 1874, qui n'est qu'une révision de la version de 1856), de longs extraits des ébauches successives :* Smarh *(1839), première version de la* Tentation

(1846-1849), deuxième version de la Tentation *(1856).
On a fait de même, au second volume, pour* l'Éducation
sentimentale *et pour* Bouvard et Pécuchet. *Dans l'impossibilité de donner le texte complet des écrits de jeunesse (dont
il faut bien reconnaître que la plus grande partie n'offre d'intérêt
que pour les spécialistes de l'histoire littéraire), on en a choisi
les pages où s'affirme le talent de l'écrivain dans ses années
d'apprentissage, et ce sont précisément celles où l'on rencontre
une sorte de préfiguration des grands sujets qui vont le hanter
toute sa vie et dont il ne trouvera la forme définitive que beaucoup
plus tard. Ainsi les* Mémoires d'un fou *(1838), ainsi*
Novembre *(1842), ainsi la première* Éducation sentimentale *(1843-1845) sont-ils, en réalité, des ébauches du
grand roman publié en 1869 (comme tout à l'heure* Smarh,
pour la Tentation*); ainsi* Une leçon d'histoire naturelle
(genre commis), *qui parut dans le* Colibri *dès 1834, alors
que Flaubert était dans sa quatorzième année, appartient-elle,
comme le* Dictionnaire des idées reçues, *au cycle satirique
dont* Bouvard et Pécuchet *devait être la conclusion si la
mort n'en avait pas interrompu la rédaction au moment que
Flaubert allait l'achever.*

*Le plan établi par Albert Thibaudet suivait donc rigou-
reusement la chronologie et la logique. Ayant décidé de faire
suivre chacune des œuvres d'un appendice rapprochant les
ébauches des textes définitifs, il voulait, à la fin de chaque
volume, condenser en quelques notes les renseignements néces-
saires : indications bibliographiques, variantes, etc. Mais son
dessein était de faire passer l'essentiel dans les introductions
précédant chaque ouvrage, et cela pour faciliter la lecture et
éviter de fastidieux renvois qui font perdre le sens de ce qu'on lit.*

J'ai respecté scrupuleusement ses intentions.

*Je n'ai eu, d'ailleurs, pour leur obéir, qu'à suivre mon propre
sentiment, et point à me faire violence. Me trouvant placé
devant les problèmes qu'Albert Thibaudet dut résoudre quand
il accepta de publier cette présente édition de Flaubert, je n'aurais
choisi d'autres solutions que les siennes. Cette conformité de
nos vues, cet accord de nos pensées, affaiblit les scrupules que
j'ai tout d'abord éprouvés : le meilleur hommage que l'on puisse
rendre à des hommes comme Albert Thibaudet est de joindre
au leur son propre effort pour honorer les maîtres dont ils
ont servi la mémoire. En rédigeant les introductions destinées
à prendre place après la chronologie qui, seule, hélas, sera
signée du nom de Thibaudet, je n'ai cessé de penser à lui.*

Me référant continuellement à son Flaubert, *je n'ai cessé, en vérité, de le consulter lui-même. Si la collaboration est posthume, elle n'en est pas moins une collaboration, et je veux seulement espérer que ma contribution à ce travail en commun ne sera pas jugée indigne de l'historien et du critique qui devait, à lui seul, mener à bien cet ouvrage.*

RENÉ DUMESNIL.

N.-B. — Nous adressons nos remerciements à M. Francis Ambrière qui a bien voulu apporter son concours érudit à la révision des appendices et des notes et à l'établissement des variantes.

On ne trouvera pas ici toutes les variantes, dont la publication eût occupé une place trop étendue. Nous nous sommes bornés à choisir les plus caractéristiques d'entre elles, à titre d'exemples.

CHRONOLOGIE DE FLAUBERT

1780. — Nicolas Flaubert, élève diplômé de l'École d'Alfort, s'installe comme vétérinaire à Bagneux, près Anglure (Marne), il épouse Marie-Apolline Millon.

1784. — Naissance de son troisième et dernier enfant, Achille-Cléophas, père de Gustave Flaubert.

1794. — Nicolas Flaubert est condamné à la déportation pour incivisme. (Flaubert conte là-dessus une histoire à E. de Goncourt. Cf. *Journal*, 26 janvier 1863.) Thermidor le libère.

1802. — Achille-Cléophas Flaubert, qui a été un brillant élève du collège de Sens, fait à Paris d'excellentes études de médecine. Il sera l'interne de Dupuytren et le préparateur du baron Thénard.

1810. — Prévôt d'anatomie à l'hôpital de Rouen, auprès du Dr Laumonier, A.-C. Flaubert passe sa thèse à Paris sur la *Manière de conduire les malades avant et après les opérations chirurgicales*.

1812. — Le Dr Flaubert épouse une Normande, fille d'un médecin de Pont-l'Évêque, élevée d'abord dans un pensionnat à Honfleur (tout cela se retrouvera dans *Un cœur simple*), puis chez les Laumonier qui la traiteront comme leur fille. Le ménage Flaubert s'établit dans la rue du Petit-Salut.

1813. — *9 février:* Naissance de leur premier enfant, Achille Flaubert.

1814. — Le père du docteur, Nicolas Flaubert, meurt à Nogent, des suites des sévices qu'il a endurés des Prussiens.

1816. — Naissance d'Alfred Le Poittevin.

1819. — Mort du chirurgien en chef de l'Hôtel-Dieu, Laumonier. A.-C. Flaubert qui lui succède dans ses fonctions, lui succède aussi dans son logement, l'aile de l'Hôtel-Dieu réservée au chirurgien en chef, 17, rue de Le Cat. L'année suivante il achètera la propriété de Déville-les-Rouen, qui sera pendant vingt-cinq ans le séjour d'été des Flaubert.

1821. — Gustave Flaubert naît le *13 décembre 1821,* deux mois et demi après Laure Le Poittevin.

1824. — Naissance de Caroline Flaubert, sixième et dernier enfant du chirurgien (trois étaient morts en bas âge).

1825. — Julie (la servante d'*Un cœur simple*) entre au service de la famille Flaubert et y restera jusqu'à la mort de Gustave.

1830. — Le *31 décembre* 1830 est la date de la première lettre de la *Correspondance* (à Ernest Chevalier).

1832. — En *février*, Flaubert entre au collège de Rouen, dans la classe de huitième. Mignot, voisin des Flaubert, qui lit *Don Quichotte* à son jeune ami, fait autographier la première œuvre connue de Gustave, un morceau sur Corneille. C'est vers cette époque que, sur le théâtre installé dans la salle de billard du docteur par Gustave et Chevalier, apparaît le personnage du Garçon.

1833. — Voyage à Paris, Fontainebleau, Nogent-sur-Seine.

1834. — Gustave rédige, au lycée, le journal manuscrit *Art et Progrès*, où les nouvelles théâtrales tiennent une place importante. Il passe les grandes vacances à Trouville et il fait la connaissance d'une famille anglaise, celle de l'amiral Collier dont les deux filles (plus tard Mrs Tennant et Mrs Campbell) demeureront ses amies. Après la rentrée, il écrit *la Mort de Marguerite de Bourgogne*. Bouilhet entre au lycée en *octobre*.

1835. — Suite du journal manuscrit *Art et Progrès*. Il y insère le *Voyage en enfer*.

1836. — Production abondante, il écrit : *Deux mains sur une couronne, Un secret de Philippe-le-Prudent, Un parfum à sentir, la Femme du Monde, la Peste à Florence, Bibliomanie, Rage et impuissance, Chronique normande du Xe siècle*. Pendant ses vacances à Trouville, il rencontre pour la première fois les Schlésinger. Cette même année, il commence les *Mémoires d'un fou*, où Mme Schlésinger, qui restera son unique passion, et qui a alors vingt-six ans, est appelée Maria (elle sera Marie Arnoux dans l'*Éducation sentimentale*).

1837. — Il écrit *Rêve d'enfer* et *la Main de fer*. Il publie dans le *Colibri*, petit journal de Rouen, sa première œuvre imprimée, *Une leçon d'histoire naturelle : genre commis*, imitée des *Physiologies* à la mode.

1838. — Il achève *Loys XI*, drame en cinq actes, écrit *Agonies, Pensées sceptiques, la Danse des morts, Ivre et mort*, commence *Smarh* et termine les *Mémoires d'un fou*, dédiés à Alfred Le Poittevin. En *octobre* il entre en rhétorique.

1839. — Il termine *Smarh. Les Arts et le commerce, les Funérailles du Docteur Mathurin, Rabelais, Mademoiselle Rachel, Rome et les Césars* sont aussi de cette année. Achille Flaubert, son frère, passe sa thèse de médecine à Paris, se marie tout de suite après, en juin, cependant que Gustave va entrer en philosophie en *octobre*. Le *Garçon* s'accroît de nouvelles et truculentes scènes.

1840. — Reçu bachelier en *août*, Flaubert part pour un voyage aux Pyrénées et en Corse avec le Dr Jules Cloquet, la sœur du docteur et un prêtre, l'abbé Stephany. A Marseille une rencontre d'hôtel lui donne une maîtresse : Eulalie Foucault qui arrive de l'Amérique du Sud. Elle lui écrira en 1841 quatre lettres d'amour tropical. Des notes de voyage sont rédigées à son retour.

1841. — Flaubert tire au sort à Rouen, un bon numéro, 548. Il a pris ses inscriptions de droit à Paris, mais séjourne presque toute cette année à Rouen et à Trouville.

1842. — Bouilhet, étudiant en médecine, entre dans le service du père de Flaubert. L'étudiant en droit vient passer son examen à Paris où il loge d'abord Hôtel de l'Europe, 5, rue Le Peletier, puis 35, rue de l'Odéon. En novembre, il s'installe rue de l'Est, « dans ses meubles ». Il fait connaissance de Du Camp et de Cormenin grâce à son compatriote Ernest Lemarié. C'est cette année qu'il écrit *Novembre*.

1843. — Par Mme Pradier, qui est la sœur d'un ami de collège, il est présenté à Pradier et fréquente son atelier. Il y rencontre Victor Hugo. Il voit beaucoup les Maurice Schlésinger (Maurice est éditeur de musique) et commence la première *Éducation sentimentale*. Il est refusé à son examen de droit. Cette même année Bouilhet, sans doute par le Dr Flaubert, est exclu de l'Hôtel-Dieu, pour avoir demandé du vin aux repas au lieu de cidre, et la permission de découcher. Ce n'est qu'après la mort du docteur que ce mauvais sujet se liera avec Gustave.

1844. — Sur la route de Pont-l'Évêque, Gustave a sa première attaque nerveuse, suite ou symptôme d'une maladie sur laquelle on discute encore. Son père ne veut plus qu'il continue ses études. Il vivra désormais toute l'année chez ses parents. Précisément le docteur vient de vendre sa propriété de Déville pour acheter en *mai,* Croisset, qu'il paye 90.500 francs et que les Flaubert font réparer et habitent dès ce premier été. En *mai* Maxime Du Camp, qui est devenu avec Le Poittevin le meilleur ami de Flaubert, part pour son premier voyage en Orient et en Algérie.

1845. — En *mars,* Caroline Flaubert épouse Émile Hamard, mariage dont Flaubert ne présage rien de bon, et les Flaubert accompagnent le jeune couple dans son voyage de noces : à Paris, à Nogent, en Provence, à Gênes, où Gustave voit le tableau de Breughel qui lui inspirera *la Tentation de saint Antoine,* à Milan, puis retour par Genève. Chevalier est nommé substitut du Procureur à Bastia, en attendant de se marier, de grandir dans la magistrature debout, de finir Procureur général et député du Maine-et-Loire à l'Assemblée de 1871. En *juillet,* Maxime Du Camp vient passer trois semaines à Croisset. Flaubert lit, travaille, analyse scène par scène le théâtre de Voltaire; parodie Delille en collaboration avec Bouilhet et Du Camp dans *Jenner ou la découverte de la vaccine.* Il se remet au grec, fait connaissance avec *le Rouge et le Noir* qu'il trouve incompréhensible, achève la première *Éducation sentimentale.* Vacances au Tréport.

1846. — Année des deuils, des naissances, des mariages, des amours. Le *15 janvier,* le père de Flaubert meurt des suites d'un phlegmon de la cuisse, sept jours avant la naissance de sa petite-fille Caroline. Un mois après cette naissance, une fièvre puerpérale emporte la jeune mère. Flaubert habitera désormais avec sa mère, gardant seulement quelques années un logement d'hiver à Rouen, rue de Crosne-hors-ville, 25; Achille succède à son père dans sa fonction et dans son logement à l'Hôtel-Dieu. En *mai,* Flaubert commence la *Tentation de saint Antoine* et c'est à ce moment aussi qu'il entre en relations avec Bouilhet.

En *juin,* Alfred Le Poittevin épouse Mlle de Maupassant, cependant que Laure, la sœur d'Alfred épouse le frère de Mlle de Maupassant. Ce même été, Flaubert rencontre Louise Colet chez Pradier, l'atelier de ce Genevois étant, dirons-nous, avec convenances, une sorte de rendez-vous galant, et le *29 juillet,* dans un hôtel de la rue de l'Est, où ils se sont donné rendez-vous, elle devient sa maîtresse. Le *4 août,* douze heures après l'avoir quittée, il lui écrit de Croisset la première des inestimables lettres. Mais dès le *9,* soit au bout de six jours, c'est déjà sous la plume de Flaubert, ceci : « Ménage tes cris, ils me déchirent. Que veux-tu faire? Puis-je quitter tout et aller vivre à Paris? » et le *11* : « Tu me traites de voltairien et de matérialiste ! » Le climat de ces amours orageuses est fixé. Elle lui envoie pour lui faire mesurer l'étendue de ses sacrifices des lettres de son amant en titre, Victor Cousin. A partir de *septembre,* leurs rendez-vous ont lieu à Mantes; dès le premier de ces rendez-vous, la Muse écrit un poème où sont chantés les perdreaux et les écrevisses de leur dîner. Pradier exécute les bustes du père et de la sœur de Flaubert; aujourd'hui au musée Carnavalet. En *décembre,* Du Camp fait un séjour dans la maison de la rue de Crosne.

1847. — Le *1er mai,* Flaubert et Du Camp partent pour un voyage en Bretagne et en Normandie, en grande partie à pied, par Blois, les châteaux de la Loire, l'Anjou, puis le tour des côtes jusqu'à Rouen. Au bout de trois mois, ils rédigent leurs notes d'août à novembre, Flaubert écrivant les chapitres impairs et Du Camp les chapitres pairs (les premiers seuls ont été publiés après la mort de Flaubert sous le titre de : *Par les Champs et par les Grèves*). En *décembre* Flaubert assiste avec Du Camp et Bouilhet au banquet réformiste de Rouen « neuf heures passées devant du dindon froid, du cochon de lait et en compagnie de mon serrurier », sans compter Odilon Barrot et Crémieux.

1848. — Deux mois après le banquet de Rouen, Révolution de Février. Le *23 février,* Flaubert et Bouilhet accourent de Rouen à Paris pour voir l'émeute. Le lendemain Flaubert et Du Camp entrent aux Tuileries avec les insurgés. Le *4 avril,* mort d'Alfred Le Poittevin. Flaubert monte le *10 avril* sa première garde nationale. Il se brouille sérieusement avec Louise Colet, et lui envoie le *21 août* un dernier billet ironique.

1849. — Le voyage de Flaubert en Orient avec Du Camp est décidé, le Dr Jules Cloquet et Achille Flaubert, qui le conseillent pour remédier aux troubles nerveux de Gustave, triomphent des terreurs de Mme Flaubert. Cependant Flaubert achève *Saint Antoine,* le *12 septembre.* Presque aussitôt, il mande Du Camp à Croisset, où il lit, devant Bouilhet et lui, en trois jours, l'énorme manuscrit. Leur avis unanime est que c'est mauvais, impubliable et Bouilhet conseille à Flaubert d'écrire « l'histoire de Delamarre ». N'ayant donc plus rien qui le retienne en France, Flaubert décide son départ avec Du Camp. Le *28 octobre* un dîner les réunit avec Gautier, Cormenin et Bouilhet aux « Frères provençaux », leur restaurant habituel pendant les visites de Flaubert à Paris, et le lendemain, salués par Pradier dans la cour des diligences, ils partent pour Lyon où ils voient Gleyre. Le *4 novembre,* chargés d'une mission du Ministre de l'Agriculture qui leur procurera les commodités officielles, accompagnés d'un domestique corse qui ne les quittera pas, ils s'embarquent à Marseille, sont le *7* à Malte, le *15* à Alexandrie, le *26 novembre* au Caire; ils y demeurent jusqu'au *6 février.*

1850. — En *février,* ils quittent, dans une cange, le Caire pour la Haute-Égypte. Le *6 mars* à Esneh, Flaubert passe une nuit chez Kuchouk-Hanem, courtisane célèbre, sortie d'un harem princier. Le *11* ils sont à la première cataracte et le *22* à la deuxième. C'est là, s'il faut en croire Du Camp, qu'il aurait décidé d'appeler « Bovary » l'héroïne de « l'histoire de Delamarre ». Au retour, ils restent une semaine à Thèbes, de Kéneh, font un voyage de quatre jours à Kosseir, sur la mer Rouge, par le désert, non sans tribulations, contées par Du Camp dans ses *Souvenirs.* Ils s'embarquent à Alexandrie pour la Syrie. A Beyrouth, ils rencontrent le peintre Camille Rogier, qui est directeur des postes. A Jérusalem, Flaubert lit la *Philosophie positive* de Comte et y découvre des « californies de grotesque ». A Beyrouth, ils renoncent au voyage en Perse, qui était compris dans le programme, sur les prières de Mme Flaubert, selon Du Camp, simplement faute d'argent, d'après Flaubert. Ils sont en *octobre* à Rhodes, et le *12 novembre* à Constantinople. C'est au cours de ce voyage de Turquie que Flaubert apprend la mort de Balzac. Il en est « vivement affecté ». Ils restent un mois à Constantinople. Flaubert rencontre M. de Saucly et Édouard Delessert, dîne chez le beau-père de Baudelaire, le général Aupick, qui y est alors ambassadeur de France, apprend de sa mère le mariage de Chevalier, qui l'induit en réflexions. A Athènes le *18 décembre,* et plus ému qu'à Jérusalem, il fait une visite à Canaris à qui il apprend, dit-il, l'existence de Victor Hugo et celle des *Orientales.*

1851. — Rapide voyage à Sparte et dans le Péloponnèse. Le *9 février,* les voyageurs s'embarquent à Patras pour Brindisi. A Naples en *mars,* à Rome en *avril* et à Florence en *mai.* En *juin,* Flaubert est de retour à Croisset. Le voyage, qui a duré près de deux ans, a dû être sur la fin écourté faute d'argent. Flaubert y avait consacré à peu près tout ce qui lui revenait d'argent liquide dans la succession paternelle. Les relations avec Louise Colet sont reprises. En *septembre* il visite avec sa mère l'exposition de Londres et commence *Madame Bovary*. Le jour du coup d'État il est à Paris et « manque être assommé, sabré, fusillé ou canonné plusieurs fois ».

1852. — Les lettres à la Muse deviennent de plus en plus littéraires, passionnantes et passionnées. Cette chaleur correspond naturellement à un refroidissement des relations de Flaubert et Du Camp, ennemi déclaré de la Muse; les lettres sont remplies des plaintes de Flaubert contre son compagnon. Du Camp a repris depuis *novembre* la *Revue de Paris* où Bouilhet débute par *Melænis*; Sainte-Beuve, « lymphatique coco », l'accuse, à l'indignation de Flaubert, d'avoir ramassé les bouts de cigares de Musset. Le *5 juin* mort de Pradier. Le *26 juin* (et de nouveau quelques jours plus tard) Flaubert répond violemment à Du Camp qui, avide de créer autour de lui une équipe littéraire nouvelle, le presse de venir prendre sa place et de lutter à Paris : « Je crois, écrit-il à la Muse, qu'il sentira longtemps l'étourdissement d'un tel coup de poing et qu'il se le tiendra pour dit ». Ses admirations littéraires vont alors à Ronsard et à Cyrano de Bergerac; Lamartine et Musset deviennent ses bêtes noires et les entreprises de ce dernier sur Louise qu'il a tenté de violer en voiture, ne le blanchissent pas : Flaubert ne parle de rien moins que de l'appeler sur le pré. A la suite d'un rendez-vous à Mantes, en *novembre,* Louise le déclare « une force de la nature ». Cependant il relit Rabelais « avec acharnement », l'appelle « la grande fontaine des lettres françaises ». Paraît dans la *Revue de Paris* le *Livre posthume* de Du Camp, où il se croit injurié. Il projette le *Dictionnaire des idées reçues*, dont « l'ensemble serait formidable ». Il lit, vers Noël, *Louis Lambert* où il reconnaît avec stupeur Le Poittevin et lui. Sa mère lui montre dans *le Médecin de campagne* une scène pareille à la visite chez la nourrice de *Madame Bovary*. Et Du Camp publiant par livraisons les images du voyage d'Orient, le voilà officier de la Légion d'honneur (comme photographe! s'exclame Flaubert).

1853. — Bouilhet et Flaubert passent des jours et des nuits à corriger les vers de la Muse, et à « s'échiner le tempérament » sur *l'Acropole,* sujet du prix de poésie à l'Académie, sans la contenter, non plus d'ailleurs que l'Académie qui ajournera le prix à l'année suivante. D'autre part, Flaubert et Louise servent d'intermédiaires à Victor Hugo pour la correspondance de Paris à Jersey par Londres. Les notes de voyage en Orient que Flaubert communique à la Muse, indignent celle-ci. Elle éclate : « son nom ne revient pas sous la plume du voyageur et l'amant d'une honnête femme n'a pas rougi d'entrer dans le lit des courtisanes arabes ».

Cependant Flaubert, tout en travaillant à *la Bovary,* projette une préface à Ronsard sur l'*Histoire du sentiment poétique en France*. Il médite *la Spirale* « roman métaphysique et à apparitions ». Il manifeste à de nombreuses reprises son admiration pour l'œuvre et le caractère de Leconte de Lisle, qui fréquente chez Louise et qui est un pur.

Du Camp se complaît au contraire dans une impureté croissante. Il publie les *Dessins photographiques* recueillis au cours de leur voyage, avec un texte « pillé », dit Flaubert, qui est une traduction de Lepsius ; une photographie où Flaubert était en costume de Nubien, il l'a ôtée, parce qu'il voudrait que Flaubert « n'existât pas » ! La *Revue de Paris* devient de plus en plus abjecte. « Si l'Empereur demain supprimait l'imprimerie, je ferais un voyage à Paris sur les genoux et j'irais lui baiser le cul en signe de reconnaisance. » En *août*, dans une lettre de Trouville, apparaît pour la première fois saint Polycarpe, qui, par ses lamentations sur son siècle, devient plus tard le patron de Flaubert. Flaubert, logé à Trouville chez un pharmacien, évoque les « fantômes de 1836 » et revient à Croisset plein de feu pour écrire *les Comices*. Mais cela ne va pas tout seul. *Les Comices* sont « monstrueux de difficultés ». Et Louise s'est mis en tête de se faire présenter à Mme Flaubert, de hanter Croisset, peut-être de se faire épouser (elle est maintenant veuve d'Hippolyte Colet). Bouilhet, en *novembre*, va s'établir à Paris, tâcher de se tailler sa place dans la génération nouvelle, ce que Du Camp appelle « la phalange »; il ne sonnera plus tous les samedis soir à la grille de Croisset. Le *8 novembre* les deux amis font pour la dernière fois leur dîner annuel de la foire Saint-Romain. Flaubert finit l'année en écrivant la promenade à cheval de *Madame Bovary*.

1854. — Louise harcèle toujours Flaubert pour qu'il la fasse entrer en relations avec sa mère; elle l'astreint toujours à d'extraordinaires corvées : c'est maintenant la rédaction d'articles de publicité et de prospectus de modes pour les journaux où elle écrit. Et cela ne l'empêche pas de déclarer qu'il n'a pas « l'ombre d'une apparence de tendresse » pour elle, qu'il est égoïste, avare, n'est pas intelligent. Avec cela des ennuis du côté du beau-frère Hamard : celui-ci devient à peu près fou; et il faut lui donner un conseil de famille pour qu'il ne ruine pas sa fille dont Flaubert a entrepris l'éducation.

Le *22 avril* 1854 est la date de la dernière lettre à Louise que nous possédions. La rupture définitive suivit dans le cours du printemps. La Muse étant allée à Croisset, fit esclandre, mais on ne lui ouvrit pas.

Quant à Bouilhet, il porte un drame en cinq actes, *Madame de Montarcy*, au Théâtre Français, qui le refuse. Mais son séjour à Paris a pour nous un avantage.

C'est en effet Bouilhet que Flaubert tient maintenant au courant du travail de *Madame Bovary*. Il lui donne des conseils pressants pour ses démarches dans les théâtres et dans la vie parisienne, lui demande des renseignements médicaux pour *la Bovary*, en demande de juridiques, pour les affaires Lheureux, aux légistes rouennais, voyage et séjourne plus fréquemment à Paris. Il y rencontre une actrice, Olga Person, amie de l'amie de Bouilhet, Durey, qu'il fera entrer à l'Odéon. Tout ceci ne fut sans doute pas étranger à la rupture avec Louise.

1856. — C'est dans *le Moniteur* que du *8 au 14 février* Louise Colet publie une *Histoire de soldat*, où Flaubert est abîmé sous le nom de Léonce, et où la scène de la grille de Croisset est racontée à sa manière par la victime. Flaubert qui a pris à Paris un pied-à-terre, 24, boulevard du Temple y passe les premiers mois de l'année, se réconcilie avec Du Camp, conséquence de la rupture avec la Muse.

De retour à Croisset, il achève *Madame Bovary* le *30 avril*, revise son manuscrit, supprime une trentaine de pages, et le *31 mai* expédie le tout à Du Camp, qui lui a promis de le publier dans la *Revue de Paris*, dès le *1er avril*. Il refond ensuite *Saint Antoine* et prépare la *Légende de saint Julien l'Hospitalier. Madame de Montarcy*, refusée au Théâtre Français, est reçue à l'Odéon. Bouilhet rompt avec Durey, par les six strophes à *Une Femme perfide*, ses vers les plus célèbres, qu'il envoie en *août* à Flaubert, avec ordre de les faire passer trois fois par son gueuloir.

Invité en *septembre* au mariage de la fille de Mme Schlésinger, à Bade, c'est pour Flaubert un gros crève-cœur que de n'y pouvoir aller, vu la dépense.

Le *16 septembre, Madame de Montarcy* entre en répétition à l'Odéon et le *1er octobre Madame Bovary* commence à paraître dans la *Revue de Paris* après nombreuses corrections et coupures demandées par Du Camp et Pichat. Autre demande : dès le *5 octobre* le directeur du *Journal de Rouen* prie Flaubert de changer le titre du *Journal*, auquel collabore Homais, en *Progressif de Rouen*. « Ça va casser le rythme de mes pauvres phrases. » *Le Fanal* le sauvera. La première lecture de son œuvre imprimée le déçoit beaucoup. Mais *Madame de Montarcy* est un triomphe; et à la fin de 1856, tout le monde parle de *Madame Bovary*, bien que la direction affolée ait supprimé le passage du fiacre. *L'Artiste* de décembre 1856 et janvier 1857 publie des fragments de *la Tentation*.

1857. — Flaubert se démène, fait démener son frère, les personnages politiques de Rouen, pour éviter les poursuites annoncées contre la *Revue de Paris* et lui, pour immoralité et irréligion. Le *20 janvier* Flaubert fait une visite d'une heure à Lamartine, enthousiaste de *Madame Bovary*, qui le sait par cœur et promet de protester contre les poursuites. Cependant le procès a lieu le *31 janvier* et sur plaidoirie du Rouennais Senard, avocat de la famille Flaubert, qui s'était occupé autrefois des affaires d'Hamard, se termine le *7 février* par un acquittement. Michel Lévy achète *Madame Bovary* qui paraîtra en volume *fin avril*. Elle a valu à Flaubert des lettres de femmes et en particulier de Mlle Leroyer de Chantepie dont la correspondance avec lui, commencée en janvier 1857, se prolongera longtemps. Jeanne de Tourbey, la future Mme de Loynes, qui a cette année vingt ans, accorde ses faveurs à l'auteur de *Madame Bovary.*

La deuxième *Tentation* est prête, mais Flaubert craint s'il la publie un nouveau scandale et de nouvelles poursuites, l'*encore vous !* que les magistrats assènent aux chevaux de retour. L'article de Sainte-Beuve sur *Madame Bovary* lui fait plaisir et lui attire grande considération à Rouen. Il s'est mis à la préparation de *Carthage,* qui ne s'appelle pas encore *Salammbô.* En *juillet* il reçoit *les Fleurs du Mal* qui l'enthousiasment et prend connaissance de l'article que Baudelaire doit publier sur *Madame Bovary.*

1858. — Flaubert passe à Paris les premiers mois de 1858, fréquente chez Mme Sabatier (la Présidente) et décide d'aller sur place faire les études de son roman, qui s'appelle maintenant *Salammbô.* Il s'embarque le *16 avril* pour Philippeville, visite Constantine, est à Tunis le *24 avril,* passe quatre jours à Carthage, parcourt la Tunisie, revient par Le Keff et Constantine, est de retour à Paris le *6 juin.*

Fréquente correspondance avec Feydeau dont la *Fanny* triomphe cette année et à qui Flaubert prodigue des conseils littéraires infructueux et des compliments excessifs.

1859. — Il travaille à *Salammbô* comme un nombre de nègres qui varie dans chaque lettre, mais qui est toujours extrême.

Bouilhet est décoré, Achille Flaubert aussi. Un jeune Rouennais, à ce moment, rompt son mariage parce qu'il a vu *Fanny* dans la table à ouvrage de sa fiancée et cette preuve de goût de son compatriote n'est pas du tout comprise de Flaubert.

En *septembre, la Légende des Siècles* arrive à Croisset, en pleine composition de *Salammbô:* l'huile sur le feu. Il avale d'un trait les deux volumes, et il est ivre : « Je ne me connais plus ! Qu'on m'attache ! » En *octobre, Lui,* de Louise Colet, paraît, où Flaubert est dépeint comme un homme insensible, avare, en somme un sombre imbécile : « J'ai ri à m'en rompre les côtes », écrit-il après sa lecture.

Il trouve une occasion de partir pour la Chine avec l'expédition française, mais ce voyage qui le tente achèverait sa mère, malade, neurasthénique.

1860. — Il habite Paris une partie de l'hiver, voit beaucoup d'auteurs, rencontre Feuillet chez Jules Janin, se lie avec Paul de Saint-Victor et les Goncourt, dîne avec Maury et Renan, pendant que Maxime Du Camp accompagne Garibaldi dans l'expédition des Mille.

L'échec de *l'Oncle Million* de Bouilhet à l'Odéon consterne Flaubert. Depuis deux ans Bouilhet habite Mantes, ne vient à Paris que quand il en a besoin et il a « juste de quoi manger »,...

1861. — Flaubert avance doucement dans *Salammbô*. Trois chapitres (XII-XIII-XIV) dans l'année. *Dolorès*, de Bouilhet, est reçue au Français. Et *Sœur Philomène* paraît, qui est une histoire de l'hôpital de Rouen, racontée aux Goncourt par Bouilhet et que Flaubert admire beaucoup. Quant à lui, il rêve à une *Histoire de Cambyse,* mais se sent « trop vieux pour l'écrire ». En octobre Jules de Goncourt lui envoie des objets carthaginois.

Suzanne Lagier, qui le voit à ce moment à Croisset, dit aux Goncourt : « Le travail et la solitude lui font partir la tête. »

1862. — Le *24 avril*, après cinq ans de travail, *Salammbô* est achevée : les corrections et la copie demandent encore un mois.

Lévy émet la prétention de prendre connaissance du manuscrit avant de traiter, ce qui fait horreur à Flaubert. Il a même osé parler d'illustrations. « La persistance que Lévy met à demander des illustrations me fout dans une fureur impossible à décrire. » En revanche, il envisage allègrement un opéra que Reyer tirerait de son roman.

Les Misérables paraissent. Quand il les a lus, Flaubert s'en dit exaspéré, mais n'ose pas le proclamer, de peur d'avoir l'air d'un mouchard. En *août*, le traité avec Lévy est signé : Lévy paiera *Salammbô* dix mille francs et Flaubert lui réservera au même prix, par volume, son premier roman moderne à paraître, roman auquel il pense déjà et qui sera *l'Éducation sentimentale*.

Le même mois, Flaubert accompagne sa mère à Vichy. En *septembre*, *Dolorès* de Bouilhet est jouée au Français, sans éclat. *Salammbô* paraît en *novembre*. Le *1er décembre,* les Goncourt, qui vont voir Sainte-Beuve, le trouvent exaspéré contre le roman de Flaubert, qu'il déclare illisible, du dernier classique, marmontellien et florianesque. Il met plus de formes dans les trois articles qu'il écrit ce même mois sur le livre, et auxquels Flaubert répond moitié flatté de cette triple attention, moitié furieux contre ces *Philippiques*.

1863. — Flaubert fréquente de plus en plus chez la princesse Mathilde, dont il est plus ou moins amoureux, et aussi chez le prince Napoléon. Polémique avec l'archéologue Frœhner, attaques de Vitet contre Flaubert dans sa réponse académique à Feuillet (ce n'est pas cet honnête écrivain qui...). A Sainte-Clotilde et à la Trinité les prédicateurs l'auraient dénoncé comme corrupteur des mœurs, surtout parce que le costume de Salammbô est à la mode dans les bals masqués du carnaval et que la chaînette brisée entre les deux talons fait jaser.

Au printemps, Flaubert fait le bilan de *l'Éducation sentimentale,* il fréquente le dîner Magny, fondé l'année précédente, reçoit tous les dimanches après-midi. (C'est lui en somme le fondateur du Grenier.) Il lit à Vichy, à la fin de *juillet*, « la *Vie de Jésus* de l'ami Renan, œuvre qui m'enthousiasme peu ». Il écrit *le Château des cœurs*, refusé à la Porte-Saint-Martin avant d'être achevé, et dont la carrière d'*ours* ne fait ainsi que commencer. Le *26 octobre, le Château des cœurs* est terminé.

C'est Théophile Gautier qui fera le livret de *Salammbô*. La tarentule dramatique a piqué cette année Flaubert. A la Toussaint il est à Croisset, et les Goncourt vont passer presque une semaine chez lui. Il leur lit les *Mémoires d'un fou. Décembre* le voit beaucoup dans le monde. Il dîne le *4 décembre* chez Jeanne de Tourbey, avec Sainte-Beuve, Girardin, Darimont (député) et le Dr Cabarus, fils de Mme Tallien ; la politique est représentée par le préfet de la Corse en personne. Le lendemain il déjeune chez Taine avec Renan, quelques jours après avec Pagnerre, commanditaire de théâtres du Boulevard, qui fut à Rouen un des créateurs du *Garçon* et ne saurait manquer de prêter la main et la bourse au *Château des cœurs*. C'est aussi le moment où Caroline est demandée en mariage par Commanville, marchand de bois, dont la fortune paraît convenable à son oncle : « J'aimerais mieux te voir épouser un épicier millionnaire qu'un grand homme indigent. »

1864. — *Faustine,* de Bouilhet, est représentée à la Porte-Saint-Martin, avec luxe et succès, grâce à Flaubert. Leurs Majestés ont assisté à la première. Le *6 avril,* Caroline Hamard devient Mme Commanville et les mariés partent pour l'Italie. Flaubert n'en est toujours qu'au plan de *l'Éducation.* Le *3 mars* il va à un bal chez Michelet, où toutes les femmes sont déguisées en nations opprimées, Pologne, Hongrie, Venise, etc. Il est invité d'autre part aux Tuileries en attendant cet automne Compiègne, où il aura grand succès. En été il prépare *l'Éducation,* lit les réformateurs socialistes, fait le voyage de Montereau, commence enfin le roman en automne. Il lit en dix heures *la Bible de l'Humanité* que Michelet lui envoie, et en est écrasé. Vers cette époque probablement, Mme Schlésinger, qui habite Mantes, vient le voir à Croisset.

1865. — Flaubert, en *février,* est invité avec Bouilhet au grand bal du prince Napoléon ; le *7 mai,* dîner Magny en l'honneur de Sainte-Beuve, nommé sénateur. La princesse Mathilde en *septembre* fait cadeau à Flaubert d'une de ses aquarelles, que le chemin de fer égare. Il assiste dans la loge de la princesse à la première d'*Henriette Maréchal,* supprimée dès la sixième représentation « pour satisfaire au vœu de Pipe-en-Bois ». En *décembre* l'aquarelle est retrouvée, au regret de Flaubert. Celui-ci est censé l'accrocher devant sa table et finit l'année 1865 en dînant chez le préfet de la Seine-Inférieure, qui le fait boire à la santé de la princesse. Année dynastique !

1866. — Travaux pour *l'Éducation.* Il visite en *février* des fabriques de porcelaine ; en *mars* il demande à Sainte-Beuve des renseignements sur le mouvement néo-catholique en 1840. Il est témoin, en *avril,* au mariage de Judith Gautier et de Catulle Mendès, mariage qu'il appelle non sans prévoyance une triste histoire.

Les Apôtres de Renan paraissent, qu'il trouve superbes.

En *juillet*, il fait un voyage à Londres, où il voit Gertrude Tennant et sa sœur, Mrs Campbell, et à Bade où Maxime Du Camp fait son séjour annuel (à moins qu'il n'ait remplacé, comme le pense M. Gérard-Gailly dans *l'Unique passion de Flaubert*, p. 87. ce voyage à Bade par un voyage à Chartres).

En *août*, il est nommé chevalier de la Légion d'honneur, grâce à la princesse Mathilde, et en même temps que Ponson du Terrail. George Sand lui dédie *Dernier amour* ce qui lui vaut, dit-il, des plaisanteries. La visite de George Sand à Croisset, le *24 août*, ne suffit pas à les autoriser. Elle y revient pour une semaine en *novembre*. A peine est-elle repartie que Flaubert « se signale à un incendie », celui de son marchand de bois, travaille aux pompes pendant trois heures et rentre se coucher avec une courbature. Il a chez lui un bocal de poissons rouges : « Ça m'amuse. Ils me tiennent compagnie pendant que je dîne. » Il lit en *décembre les Forces perdues* de Du Camp, qui viennent de paraître et qui ressemblent, dit-il, au livre qu'il fait. Cependant *la Conjuration d'Amboise*, de Bouilhet, triomphe à l'Odéon et dépassera la centième. Ledit Bouilhet devient un grand homme même à Rouen où ses compatriotes lui offrent un banquet de quatre-vingts couverts.

1867. — Flaubert demande à Feydeau des renseignements pour les opérations boursières de Frédéric Moreau. Tourgueneff passe un jour à Croisset et lui donne des nouvelles de Sainte-Beuve, mal en point. Il vient en *février* à Paris et le dîner Magny, où l'on n'a parlé que de politique, de Bismarck et du Luxembourg, l'exaspère. Il fait à Creil une visite pour la faïencerie de *l'Éducation*, mais pense toujours à son roman sur l'Orient moderne, *Harel Bey*, et demande à son ami Duplan, qui voyage en Égypte, de lui donner ses impressions.

En *juin*, il est invité au bal des Tuileries, en l'honneur du Tsar, qu'il trouve « pignouf ». Mais les discours libéraux de Sainte-Beuve au Sénat le remplissent d'enthousiasme. (Il est dynastique, mais libéral.)

Il demande pour son livre des renseignements sur 1848 à Barbès qui les lui envoie. Cependant Bouilhet, que ses compatriotes honorent à présent, est nommé bibliothécaire à Rouen qu'il habitera désormais, avec 4.000 francs de traitement. Flaubert travaille à *l'Éducation* « comme trente mille nègres » afin d'avoir terminé au printemps de 1869.

1868. — Toujours *l'Éducation* : Flaubert fait des visites à l'hôpital Sainte-Eugénie pour voir des enfants qui ont le croup, parce qu'il y en a un dans son roman. Il admire *Thérèse Raquin* qui vient de paraître, lâche le dîner Magny « où l'on a intercalé des binettes odieuses », dîne en hiver tous les mercredis chez la princesse Mathilde avec les Goncourt et Gautier. Dans *l'été,* voyage à Fontainebleau, toujours pour *l'Éducation*. Séjournant chez les Commanville, à Dieppe, il y voit Dumas. En *novembre*, Tourgueneff vient passer une journée à Croisset. « *Le Figaro* ne sachant pas avec quoi remplir ses colonnes, annonce à ses lecteurs que *l'Éducation sentimentale* racontera la vie du chancelier Pasquier » et la famille de cet homme d'État songe à faire un procès à Flaubert.

1869. — Brouille entre Sainte-Beuve et la princesse, Flaubert donne tort à Sainte-Beuve mais s'emploie à les raccommoder. Il va en *janvier* au Père-Lachaise pour préparer la scène de l'enterrement de Dambreuse. Le *16 mai*, *l'Éducation sentimentale* est finie. Quelques jours après il en commence la lecture chez la princesse : quatre séances de quatre heures chacune et gros succès.

Il reprend *Saint Antoine*, donne congé boulevard du Temple et s'installe dans un petit appartement, 4, rue Murillo. Bouilhet vient de terminer *Mademoiselle Aïssé*. Il meurt le *18 juillet,* faisant dans son délire le scénario d'un drame sur l'Inquisition. C'est une des grandes cassures de la vie de Flaubert; un grand travail aussi : souscription à organiser pour le monument, démarches pour faire jouer *Aïssé* à l'Odéon, publier les inédits, chez Lévy. Le *13 octobre,* mort de Sainte-Beuve, cinq minutes avant une visite qu'allait lui faire Flaubert.

L'Éducation paraît le *17 novembre*. La presse l'écrase et Lévy qui a payé les deux volumes seize mille francs pour cinq ans, déclare ne pas faire ses frais. Flaubert passe la Noël à Nohant.

1870 — Il s'occupe de faire jouer la féerie qu'il a écrite en collaboration avec Bouilhet et d'Osmoy : *Le Château des cœurs*. Il n'y réussira jamais. Il découvre le *Traité théologico-politique* de Spinoza, qui l'éblouit, le transporte d'admiration. Le *20 juin* meurt Jules de Goncourt. Et puis la guerre... Les parents de Nogent se réfugient à Croisset, où il y a seize personnes. En *septembre,* Flaubert est nommé lieutenant de sa compagnie de la garde nationale, exerce ses hommes et même va à Rouen prendre des leçons d'art militaire, mais l'indiscipline des miliciens de Croisset oblige bientôt les officiers à démissionner. En *décembre,* Manteuffel est à Rouen. La maison de Croisset loge dix Allemands, trois officiers et six chevaux.

1871. — Flaubert a laissé son domestique à Croisset et habite à Rouen, dans l'appartement des Commanville, quai du Havre, où il héberge quatre Prussiens. Il est obligé de faire les comptes de la cuisinière et « de desservir la table tous les soirs. Je vis dans le chagrin et dans l'abjection ». Encore les Allemands qui logent à Croisset s'y conduisent-ils assez bien. Tous les manuscrits sont restés dans le cabinet de travail, sauf *Saint Antoine,* qui est enterré dans le jardin, avec des boîtes de lettres et l'argenterie, et tout cela se tire de l'occupation sans dommages. Il n'en va pas de même de Flaubert, qui déclare assister à la fin du monde, et que le fiel l'étouffe. Il écrit dans chacune de ses lettres qu'il en veut à son époque de lui avoir donné les sentiments d'une brute du XIIe siècle. Il est à Paris au moment de l'entrée des Allemands dans les Champs-Élysées. Le *18 mars* le surprend à Bruxelles où il est allé voir la princesse. Il revient le *28 mars* par Londres et Dieppe, et se retrouve à Croisset au début d'*avril* pour se remettre gaillardement à *Saint Antoine*. Il écrit le *29 avril* à George Sand une longue lettre qui est sa plus curieuse profession de foi.

En *mai* Maurice Schlésinger meurt. La princesse revient à Saint-Gratien. En *juin* Flaubert passe une semaine à Paris, où il ne trouve que deux hommes ayant gardé leur raison : « deux, pas plus : 1° Renan et 2° Maury. » Il croit avec George Sand que la République bourgeoise peut s'établir : « son manque d'élévation est peut-être une garantie de solidité. C'est la première fois que nous vivons sous un gouvernement qui n'a pas de principes ». L'ère du *panmuflisme* va commencer.

A Paris souvent, pour s'occuper de *Mademoiselle Aïssé* à laquelle ne pense plus guère l'Odéon et pour travailler dans les bibliothèques à *Saint Antoine*. Croisset n'est pas toujours le paradis de sa vieillesse. La propriété appartient à sa mère, très neurasthénique et dont il se garde de froisser les exigeantes manies. « Ma seule distraction consiste à promener ou plutôt à traîner ma mère dans le jardin. La guerre l'a vieillie de cent ans en dix mois, c'est bien triste d'assister à la décadence de ceux qu'on aime. » Et la petite fortune est toute entre les mains de Commanville, qui la gère, à qui il fait demander de l'argent avec des explications : « Ce n'est pas 500 francs que je prie Ernest de nous envoyer, mais *mille* au moins, car hier on est venu m'apporter la note des impositions qui se montent à 432 francs. Aussi, quand j'aurai payé le boucher et M. Poutrel, il ne nous restera pas grand'chose. Je suis honteux vis-à-vis de ce dernier, qui attend son argent depuis la fin de juillet et que j'ai été obligé d'aller voir hier au soir pour cela!... Les questions d'argent m'exaspèrent de plus en plus. » Notons qu'il n'a à ce moment aucun revenu littéraire, ses trois romans lui ayant été achetés par Lévy pour un prix une fois donné.

Le *7 novembre* Mme Schlésinger passe à Croisset.

Il lit Bichat et Cabanis : « On savait faire des livres en ce temps-là! » Le *1er décembre* il lit *Mademoiselle Aïssé* à l'Odéon. A Paris, ses réceptions du dimanche continuent rue Murillo. La société est souvent d'une ou deux personnes. Il s'occupe fort de la publication des *Dernières chansons*, éditées par Lévy, avec une préface que Flaubert a beaucoup travaillée.

1872. — Première représentation d'*Aïssé*, le *6 janvier*. Les amis sont chaleureux, mais devant la critique et le public, l'échec est complet. Le projet du monument de Bouilhet à Rouen s'abîme dans les mauvaises volontés et l'indifférence; Flaubert publie dans *le Temps*, sa *Lettre au Conseil Municpial de Rouen* qui a refusé, par treize voix contre onze, un emplacement sous prétexte que Bouilhet n'est pas né à Rouen, que son mérite littéraire est insuffisant, et que cela coûterait de l'argent, peut-être. Les *Dernières chansons* paraissent : la préface de Flaubert lui vaut une lettre anonyme en vers de Louise Colet, emplie d'une « fureur pindarique ». Flaubert rend visite à Victor Hugo et le trouve charmant. En *mars*, *Tartarin* l'enthousiasme. L'édition des *Dernières chansons* le brouille à jamais avec Lévy.

Sa mère meurt le *6 avril*, laissant à Mme de Commanville, Croisset ; Flaubert y conservait son logement : « Je me suis aperçu depuis quinze jours que ma pauvre bonne femme de maman était l'être que j'ai le plus aimé. C'est comme si l'on m'avait arraché une partie des entrailles. » Le *5 mai*, à la table où il est seul, il a son premier « dessert sans larmes ». Il lit *l'Année terrible* : « N'importe ! Quelle mâchoire il vous a encore, ce vieux lion-là ! »

En mai, mariage du fils de Mme Schlésinger : « je me suis mis à pleurer comme un idiot ». En *juillet*, Flaubert part pour Luchon avec sa nièce, après avoir terminé *la Tentation*. Il travaille au *Sexe faible*, vieille comédie de Bouilhet, qu'il met au point et refond. De retour à Croisset, il médite le projet de *Bouvard et Pécuchet*. Son ami Laporte lui donne un lévrier gris : Julio. Il songe à se brouiller avec Feydeau dont un obscène roman le dégoûte : « J'ai peur que mon ami ne soit une franche canaille. Les bons sont partis. » Tout de même il pardonne. En *septembre* Charpentier lui propose de devenir son éditeur et de racheter ses droits au « fils de Jacob » dont l'attitude dans l'affaire des *Dernières chansons* a déshonoré le sang de ce patriarche. L'automne est beau, et Flaubert se promène beaucoup dans le bois de Canteleu avec Julio, en rêvant à *Bouvard,* dont le plan se dessine. Le *24 octobre*, mort de Théophile Gautier : « C'était le meilleur de la bande, celui-là ! » Flaubert se sent devenir un fossile. Et le *11 décembre*, nouvel enterrement, celui de Pouchet père.

1873. — L'horreur de Flaubert pour Lévy, les journaux, les confrères, les Rouennais, la vie l'empêchent de publier *Saint Antoine* : « Je ne désire qu'une chose, à savoir : crever », c'est dans cet ordre d'idées que s'élabore *Bouvard*. Il encourage pourtant le jeune Maupassant à faire de la littérature. En *avril*, il passe quelques jours à Nohant avec Tourgueneff. A Croisset, il s'occupe de faire repeindre et réparer la maison, ce qui avait été commencé après la mort de Mme Flaubert. Mille francs que lui donne Lemerre pour imprimer *Madame Bovary* (dont Flaubert est redevenu propriétaire depuis le 1ᵉʳ janvier), y seront employés. Le *20 juin*, Charpentier se rend à Croisset pour lui acheter *Madame Bovary* et *Salammbô. Le Sexe faible* est accepté par Carvalho pour le Vaudeville, le succès incite Flaubert à écrire une autre pièce, celle-là toute de son cru, dont il fait aussitôt le plan : *Le Candidat*. En *septembre*, le choléra sévit à Croisset et Lévy est décoré. Le *28 octobre*, mort de Feydeau. Toute la France s'émeut de politique : Flaubert désire le maintien de la République, trouve la fusion une bêtise, se réjouit de voir la France, par le refus du comte de Chambord, délivrée du « cauchemar de la monarchie » et surtout de celui du cléricalisme. En *novembre, le Candidat* est terminé, qu'il lit aux acteurs avec succès, le *11 décembre* et qui entre en répétition au Vaudeville, le *20*.

1874. — Flaubert vend *Saint Antoine* à Charpentier. Tourgueneff en fait prendre la traduction en russe par la *Revue de Saint-Pétersbourg*. Mais la censure du tsar interdit traduction et édition française dans toutes les Russies, comme attentatoires à la religion. Le *11 mars* première du *Candidat* au Vaudeville. C'est un effondrement et Flaubert retire sa pièce à la quatrième représentation. Tous les partis l'éreintent. La presse a tout pris en blague : « Les bourgeois de Rouen, y compris mon frère, m'ont parlé de la chute du *Candidat* à voix basse et d'un air contrit, comme si j'avais passé en cour d'assises pour accusation de faux. » *La Tentation,* en *avril*, a un gros succès de vente, mais non de presse, l'hostilité de la presse parisienne, surtout des échotiers, contre Flaubert sera toujours pour lui un mystère. *Le Sexe faible* auquel a renoncé Carvalho, est offert à des théâtres divers, en vain. A la fin de *juin*, Flaubert, après un voyage de documentation pour *Bouvard* en Normandie, avec Laporte, part, sur le conseil de son médecin, pour le Righi, et y séjourne quinze jours sans enthousiasme : « Je donnerais tous les glaciers pour le musée du Vatican. » Ne sachant qu'y faire, il creuse l'idée d'un livre en trois parties : « Sous Napoléon III ». Il repart le *19 juillet,* passe deux jours à Genève, où il visite le cabaret du père Gaillard, cordonnier et ex-général de la Commune. *Le Sexe faible* pense trouver un théâtre : Cluny — où il doit être joué après une pièce de Zola. Mais finalement Flaubert le retirera et la comédie restera à l'état d' « ours ». Le *6 août*, Flaubert commence *Bouvard*. Une traduction allemande de *Saint Antoine* paraît à Strasbourg. En *octobre*, visite de Banville à Croisset. Renan, harcelé depuis huit mois par Flaubert à qui il a promis imprudemment un article sur *la Tentation,* finit par le lui apporter, le *2 décembre*, et *les Débats* le publient.

1875. — Flaubert travaille toujours à *Bouvard,* en mauvais état physique (rhumatisme, eczéma, neurasthénie.) En *mai*, une faillite suédoise tourne en désastre pécuniaire pour les Commanville. Flaubert donne congé de son appartement rue Murillo. Il passe quatre mois d'angoisses, craignant de voir sa nièce acculée à la vente de Croisset, où il n'a d'autre droit que l'usufruit des pièces qu'il habite. Il s'en tire en vendant à M. Delahante sa ferme de Deauville 200.000 francs, à peu près la valeur de Croisset, ce qui, avec l'aide de Laporte, sauvera Commanville. Mais cette ferme représentait à peu près tout son capital personnel, et il ne reste aux Commanville et à lui, pour le moment, presque aucun revenu disponible. Sur l'invitation de Georges Pouchet, qui travaille à Concarneau sur les poissons, il va en *septembre* y passer six semaines à l'hôtel Sergent où il commence *Saint Julien l'Hospitalier*. En *novembre,* il s'installe à Paris avec les Commanville, 240, faubourg Saint-Honoré, reprend ses dimanches avec Tourgueneff, Zola, Daudet, Goncourt.

1876. — Le *8 mars,* mort de Louise Colet, dont Flaubert est fort ému. *Saint Julien* étant achevé, il se met à *Un cœur simple* à l'occasion duquel il fait, en *avril,* un voyage à Pont-l'Évêque et à Honfleur, et il projette *Hérodias.* En *mai,* séjour à Chenonceaux, chez Mme Pelouze, il lit et admire *les Dialogues philosophiques* qui viennent de paraître. Le *7 juin,* mort de George Sand, Flaubert se rend à Nohant pour les obsèques, avec Dumas et le prince Napoléon. Le *13 juin,* il revient à Croisset où il se remet à *Un cœur simple.* En *juillet, la République des Lettres* s'étant permis un éreintement de Renan, Flaubert demande à Mendès de rayer son nom de la liste des collaborateurs et de ne plus lui envoyer sa feuille. Le *17 août,* il termine *Un cœur simple.* Il n'interrompt son séjour de l'année à Croisset que pour quinze jours passés en *septembre* chez la princesse Mathilde. *L'Assommoir, le Nabab,* paraissent : Flaubert manque de ferveur pour ces œuvres de ses disciples. Mais la *Prière sur l'Acropole,* qui paraît dans la *Revue des Deux Mondes,* le comble d'admiration et lui paraît « résumer l'homme intellectuel du XIXe siècle ». Cependant, la princesse Mathilde lui écrit qu'elle n'y comprend goutte. La correspondance de Balzac paraît. Flaubert la lit passionnément, et le *31 décembre,* envoyant ses vœux à Goncourt, il les termine en déclarant : « Au résumé, c'est pour moi un immense bonhomme, mais de second ordre », et en l'immolant à M. de Voltaire.

1877. — Ayant terminé *Hérodias,* Flaubert s'installe à Paris le *1er février.* Correspondance émue avec son flirt d'enfance Gertrude Tennant, maintenant mère de famille, et retours continuels vers le passé. Il assiste le *3 avril* au mariage civil de Mme Charles Hugo avec Lockroy. Hugo voudrait qu'il se présentât à l'Académie, comme Balzac : « Pas si bête! » écrit Flaubert. En *avril, le Moniteur* publie *Un cœur simple, le Bien public,* la *Légende de saint Julien l'Hospitalier* et les *Trois contes* paraissent le *24* chez Charpentier. A l'inverse de *la Tentation,* c'est un succès de presse mais non de vente, les événements qui préludent au 16 mai tombant à point sur le nouveau livre. « Tout a été arrêté par le Bayard des temps modernes. » En *mai,* trois jours à Chenonceaux chez Mme Pelouze où l'on apporte Ronsard à table au milieu du dessert et où Flaubert lit *Melænis.* Précisément, l'affaire du monument Bouilhet, qui traîne depuis huit ans, et qui empoisonne la vie rouennaise de Flaubert, se termine; la fontaine et le buste seront adossés à la nouvelle bibliothèque. Flaubert assiste à l'enterrement de Thiers « le plus grand des bourgeois » et « le Titan des Prud'hommes ». En *septembre,* nouvelle tournée de quinze jours en Basse-Normandie avec Laporte, en vue de *Bouvard.* L'atmosphère politique est conforme alors à celle du livre en gestation, et la correspondance déborde d'imprécations à l'égard de « Bayard », de la droite, des prêtres. C'est cette année que Flaubert brûle sa correspondance avec Du Camp : « Du Camp et moi, nous venons de brûler toutes nos lettres, ne voulant pour rien au monde qu'on les publie après notre mort. » *Toutes* est d'ailleurs inexact.

1878. — Flaubert fait la connaissance de Gambetta, qui le charme : « Ce qui me plaît en lui, c'est qu'il ne donne dans aucun poncif. » La guerre d'Orient indigne Flaubert contre l'Angleterre : « indigné jusqu'à en devenir Prussien ». A Paris l'Exposition l'écœure. Cinq jours en *mai* à Chenonceaux où le sujet de son roman sur le Second Empire lui revient avec précision. « Jusqu'à nouvel ordre, cela s'appellera *Un ménage parisien*. » En attendant, il poursuit de vaines démarches pour faire jouer *le Château des cœurs* devant lequel se dérobent tous les directeurs. Il compte sur l'appui de Bardoux, ministre de l'Instruction publique, qui est un vieil ami, et qui lui a demandé immédiatement sa pièce, se faisant fort d'obliger les directeurs à la jouer. Elle restera dans son bureau tout le temps de son ministère. Bardoux donne en outre à Caroline une commande de peinture et il promet une place au fidèle Laporte, ruiné lui aussi. « Cela me fait au moins une ressemblance avec vous », a dit le brave homme à Flaubert. En *octobre*, Flaubert fait à Étretat, toujours pour le service de *Bouvard*, une excursion avec Maupassant. Il y retrouve Laure de Maupassant, neurasthénique au point d'être obligée de vivre dans les ténèbres et de vivre au rayon d'une lampe. Il pense à faire avec Pouchet, son livre fini, le voyage des Thermopyles, pour le récit épique de la bataille dont il a conçu la pensée, et dont il rêvera jusqu'à sa mort.

1879. — Les affaires Commanville l'angoissent toujours. Les amis de Flaubert font des démarches pour le faire nommer à son insu conservateur à la Mazarine, à la place de Sacy, qui est mourant. Senard, l'avocat de *Madame Bovary*, qui a rendu des services au ministère, réclame la place pour son gendre Baudry, qui est en effet nommé ; l'affaire s'ébruite et Flaubert pleure d'humiliation et de désespoir, tout ayant été traité en dehors de lui par Taine, Tourgueneff, Mme Adam. Les Commanville sont en ce moment en pourparlers pour la vente de leur scierie, qui aura lieu en *mars* dans de mauvaises conditions. Le *27 janvier*, Flaubert glisse sur le verglas et se fracture le péroné avec une forte entorse. Laporte accourt à Croisset, le soigne, ne le quitte pas. Flaubert restera tout l'hiver et le printemps bloqué dans Croisset. En *mars* Jules Ferry succède à Bardoux, Flaubert accepte alors une pension en demandant le secret et en songeant à une combinaison qui permettra de « restituer plus tard la rente du ministère ». Elle s'ajoute à un traitement pour une place fictive de bibliothécaire, de sorte que pendant les dix derniers mois de sa vie, il touchera du ministère de l'Instruction publique six mille francs, avec 3.000 francs de rente que lui fait son frère, devenu très riche, et deux ou trois mille francs de Charpentier et Lemerre. La pension est accordée officiellement le *7 octobre,* avec jouissance du 1er *juillet* 1879, soit dix mois avant la mort de Flaubert.

Le *27 avril,* sa première sortie à Rouen est pour faire chez ses amis Lapierre, rue de la Ferme, le dîner de la Saint-Polycarpe, le patron qu'il s'est choisi depuis plus de trente ans pour ses invectives contre son siècle, et à la fête de qui ses amis ont coutume de lui offrir banquet, lettres humoristiques, cadeaux, vers lus au dessert. *L'Assommoir,* les manifestes de Zola sur *le Naturalisme dans la République* ou *la République dans le Naturalisme* et autres pétards qui éclatent à ce moment, voilà de ces bruits du siècle devant lesquels le saint Polycarpe de Croisset bouche ses oreilles avec dégoût. Même la préface des *Frères Zemganno:* « Qu'avez-vous besoin de parler directement au public ? Il n'est pas digne de nos confidences. » En *mai,* il autorise Mme Adam à le ranger parmi les collaborateurs de sa nouvelle revue, dont il souhaite qu'elle anéantisse « la feuille Buloz ». Mais Mme Adam refuse une nouvelle de Maupassant, en proposant à ce garçon, Theuriet comme modèle, et en lui déclarant que Déroulède vaut Leconte de Lisle. Saint Polycarpe fuit. Le voilà à Paris le 1er *juin,* en démarches toujours vaines pour faire jouer *le Château des cœurs.* On imprime chez Charpentier une édition de *l'Éducation* dans la propriété littéraire de laquelle Flaubert rentre le *10 août.* En *septembre,* séjour chez la princesse, avec Goncourt, à qui il confie ses projets littéraires, son intention de faire un voyage en Grèce pour sa *Bataille des Thermopyles,* dès que *Bouvard* sera fini, en 1881. Mais ce n'est pas le compagnon des voyages normands pour *Bouvard,* qui pourra l'accompagner en Grèce. Car voici, en *octobre,* qu'on le brouille avec Laporte, lequel a fini par obtenir une place d'inspecteur du travail à Nevers, et a manifesté des inquiétudes justifiées sur les billets de Commanville, qu'il a naguère garantis en le sauvant de la faillite (Flaubert *dixit*). D'où colère de la nièce Caroline qui avait d'excellentes qualités, mais qui était femme d'affaires, dominatrice et vindicative, et qui, cinquante ans après avoir interdit à Laporte la chambre mortuaire de son oncle, poursuivra encore de ses rancunes et de ses ingratitudes la mémoire du plus désintéressé des amis de Flaubert, celui qui a donné le chien de Croisset, Julio, celui que Flaubert appelait sa sœur de charité : « Je continue très souvent à penser à mon ex-ami Laporte; voilà une histoire que je n'ai pas avalée facilement. »

C'est cette année que Flaubert entre en relations avec Jules Lemaître, professeur de rhétorique au lycée du Havre, qui lit *Madame Bovary* à ses élèves. Tourgueneff envoie à Flaubert les trois volumes de *la Guerre et la Paix* qui lui font pousser des clameurs d'admiration : « Quel peintre ! Et quel psychologue !

Les deux premiers sont sublimes, mais le troisième dégringole affreusement. »

1880. — Dur et froid hiver, Flaubert se calfeutre à Croisset. Le *1ᵉʳ février* il lit sur épreuves *Boule de Suif* qu'il déclare « un chef-d'œuvre de composition, de comique et d'observation ». Défense énergique du romantisme contre les Naturalistes, dans une belle lettre à Hennique. Maupassant vient passer deux jours à Croisset, les *9* et *10 février*, et Jules Lemaître le jour suivant : « Ainsi, pendant trois jours je vais causer *littérature*, bonheur suprême ! » En même temps *la Vie moderne*, magazine que Bergerat dirige chez Charpentier, publie *le Château des cœurs*, avec des dessins dont gémit Flaubert : « O illustration ! invention moderne faite pour déshonorer toute littérature ! » *Nana* paraît. Elle « tourne au mythe, écrit Flaubert à Zola, sans cesser d'être réelle. Cette création est babylonienne ».

Maupassant va être poursuivi parce que les mœurs sont outragées par le poème *le Mur*. Flaubert lui dresse une carte de toutes les influences à utiliser pour éviter le banc d'infamie où lui-même s'est assis après *Madame Bovary*. Il y a d'ailleurs pire, en ce dernier hiver de Flaubert : « La nomination de Du Camp à l'Académie me plonge dans une rêverie sans bornes et augmente mon dégoût de la capitale. » En *mars*, visite de la princesse Mathilde dans l'atelier de Mme Commanville et incartade de l'Altesse contre le Père Didon : « Il ne faut pas plus faire attention à ce qu'elle dit qu'aux propos d'un enfant de six ans... Tous les Bonaparte sont ainsi, ils ont des accès de lyrisme, sans cause ! » Le jour de Pâques, *28 mars,* grande fête préparée depuis un mois : Flaubert a invité à dîner à Croisset, Goncourt, Zola, Daudet, Charpentier, avec son médecin, Fortin, Maupassant va chercher les quatre hommes de lettres en voiture, à la gare de Rouen. Ils admirent le parc en espalier sur la Seine, « cette longue allée-terrasse en plein midi, dit Goncourt, cette allée péripatéticienne », qui font de cette ancienne maison des Bénédictins « un vrai logis d'homme de lettres ». Le dîner normand est excellent. Le turbot sauce crème obtient un succès. On boit énormément, et l'on va se coucher dans les chambres parmi les bustes de la famille. En *avril* paraissent *les Soirées de Médan* qui sont envoyées au Patron avec une dédicace collective de Zola, Céard, Huysmans, Hennique, Alexis et Maupassant. Le Patron estime judicieusement que « *Boule de Suif* écrase le volume dont le titre est stupide ». Le *24 avril,* visite d'adieu à Croisset de Jules Lemaître, nommé à Alger. Le *27 avril,* dernière Saint-Polycarpe, chez les Lapierre, télégrammes, trente lettres, cadeaux, dont une dent du saint évêque. Menaces de rupture avec Charpentier à cause du sabotage de l'éternellement infortunée féerie dans *la Vie moderne* et des retards de paiement. Probablement « *Bouvard et Pécuchet* iront ailleurs ». Au moment de partir pour Paris qu'il a quitté depuis plus de six mois, Flaubert meurt brusquement d'une attaque, le *8 mai,* entre onze heures et midi, à cinquante-huit ans et quatre mois, laissant inachevé *Bouvard et Pécuchet.* Le *11 mai,* de l'église de Canteleu, paroisse de Croisset, son frère, mourant lui-même, et avec qui s'éteindra le nom, ses nièces et petites-nièces, Zola, Goncourt, Daudet, Banville, Maupassant, Céard, Coppée, Huysmans, Hennique, Alexis le conduisent au cimetière monumental dans la sépulture des Flaubert.

1881. — *Bouvard et Pécuchet* paraît d'abord dans la *Nouvelle Revue (15 décemvre 1880, 1er mars 1881)* avec des coupures prudentes, puis sans coupures en mars chez Lemerre. Cette même année la propriété de Croisset est vendue 180.000 francs à un industriel qui démolit tout pour ériger une usine, successivement distillerie d'alcool de grains, fabrique de produits chimiques, aujourd'hui papeterie. Ce n'est qu'un premier désastre, une autre trahison suit : dans la *Revue des Deux Mondes,* Maxime Du Camp publie en octobre la partie de ses *Souvenirs littéraires* où il révèle l'épilepsie de Flaubert, où il affiche le ton protecteur et distant de l'homme arrivé, et justifie le diagnostic de Mme Flaubert qui l'avait toujours considéré comme jaloux du génie de son fils.

1882. — Le *24 août,* le monument de Louis Bouilhet est enfin inauguré à Rouen.

1884. — La *Correspondance* de Flaubert commence à paraître chez Charpentier. Les lettres à Louise Colet sont des lettres à Mme X... Quant aux trois cents lettres de la Muse, est-ce cette année que Mme Commanville les brûle sous prétexte qu'il y a « des horreurs »?

1885. — Paraît chez Charpentier la partie de *Par les champs et par les grèves* (voyage en Bretagne) qui avait été écrite par Flaubert. La partie écrite par Du Camp est restée inédite. Cette même année, une édition des *Œuvres complètes* est donnée chez Quantin, avec préface de Maupassant.

1890. — *23 novembre,* à Rouen, inauguration dans le jardin du Musée, d'un monument à Flaubert, par Chapu.

1892. — *Salammbô* de Reyer est représentée à l'Opéra, après l'avoir été deux ans auparavant à Bruxelles.

1894. — Le nom de Gustave Flaubert est donné à une rue de Paris, nouvellement ouverte, sur l'emplacement de l'usine à gaz des Ternes, non loin de la rue Murillo qu'habita le romancier.

1906. — Une *Madame Bovary* de William Busnach est jouée sans succès, au Théâtre Français de Rouen. Une souscription ouverte l'année précédente et qui rapporte une quarantaine de mille francs, permet de racheter à Croisset le pavillon du bord de l'eau avec un morceau de jardin, et d'y installer un musée du souvenir de Flaubert, propriété de la ville de Rouen.

1907. — Inauguration à Rouen de la statue de Flaubert (par Bernstamm).

1908. — La publication des *Œuvres inédites* de Flaubert commence par celle de la deuxième version (1856-1857) de *la Tentation de saint Antoine*, présentée par Louis Bertrand.

1909. — Les *Œuvres complètes* de Flaubert, y compris les inédits de jeunesse et la *Correspondance*, sont publiés chez Conard en dix-huit volumes, portés à vingt-deux par la nouvelle édition de la *Correspondance* (1926-1933).

1921. — Célébration du centenaire de la naissance de Flaubert. — Inauguration du buste de Flaubert par Clésinger, érigé dans le jardin du Luxembourg à Paris.

1931. — Les manuscrits des romans de Flaubert, donnés par Mme Franklin Groult, entrent dans les bibliothèques de Rouen et de Paris, cependant qu'une partie de ses papiers sont dispersés dans trois ventes.

ALBERT THIBAUDET.

LA TENTATION

DE

SAINT ANTOINE

LA TENTATION
DE
SAINT ANTOINE

INTRODUCTION

« A GÊNES, écrit Flaubert à son ami Alfred Le Poittevin, dans une lettre datée de Milan, *13 mai 1845*, j'ai vu un tableau de Breughel représentant la Tentation de saint Antoine, qui m'a fait penser à arranger pour le théâtre la Tentation de saint Antoine ; mais cela demanderait un autre gaillard que moi. Je donnerais bien toute le collection du Moniteur si je l'avais et cent mille francs avec, pour acheter ce tableau-là, que la plupart des personnages qui l'examinent regardent assurément comme mauvais. » Flaubert voyageait alors avec sa famille, accompagnant sa sœur Caroline qui venait d'épouser Émile Hamard et, selon la tradition, faisait en Italie son voyage de noces. Il était maussade : il eût souhaité d'être seul pour mieux admirer tout à son aise les paysages qui l'enchantaient, les musées où il se serait volontiers attardé. Le soir, à l'hôtel, il prenait des notes, et ses carnets d'impressions ont été publiés. Nous y trouvons à deux reprises mention du Breughel du palais Balbi. Ces notes étant rédigées au jour le jour, il semble donc certain que Flaubert, à deux reprises au moins, retourna voir cette Tentation qui l'avait fasciné. Voici la première description : « La Tentation de Breughel : une femme couchée, nue, l'Amour dans un coin... Pendant que je regardais la Tentation de Breughel, il est venu un monsieur et une dame qui sont partis à peine entrés ; leur mine devant ces toiles était quelque chose de très profond comme bêtise. Ils accomplissaient un devoir... » Puis Flaubert décrit la ville, rêve des galères qui, jadis, entraient au port, s'extasie sur le luxe du palais Cera et du palais Palaviccini, rêve encore à propos des jolies Génoises, visite Marengo, Turin, et puis décrit encore et bien plus longuement cette fois, le Breughel qui, décidément, l'a ensorcelé : « Palais Balbi à Gênes. — La Tentation de saint Antoine, de Breughel. — Au fond, des deux côtés, sur chacune des collines, deux têtes monstrueuses de diables, moitié vivants, moitié montagnes. Au bas, à gauche,

*saint Antoine entre trois femmes, et détournant la tête pour
éviter leurs caresses ; elles sont nues, blanches, elles sourient
et vont l'envelopper de leurs bras. En face du spectateur, tout
à fait au bas du tableau, la Gourmandise, nue jusqu'à la
ceinture, maigre, la tête ornée d'ornements rouges et verts, figure
triste, cou démesurément long et tendu comme celui d'une grue,
faisant une courbe vers la nuque, clavicules saillantes, lui présente
un plat chargé de mets coloriés. Homme à cheval, dans un
tonneau ; têtes sortant du ventre des animaux ; grenouilles à
bras et sautant sur les terrains ; homme à nez rouge sur
un cheval difforme, entouré de diables ; dragon ailé qui plane,
tout semble sur le même plan. Ensemble fourmillant, grouillant
et ricanant, d'une façon grotesque et emportée, sous la bonhomie
de chaque détail. Ce tableau paraît d'abord confus, puis il
devient étrange pour la plupart, drôle pour quelques-uns, quelque
chose de plus pour d'autres : il a effacé pour moi toute la
galerie où il est, je ne me souviens déjà plus du reste...* [1] »

De ce voyage en Italie, accompli au cours de sa vingt-
quatrième année, Flaubert revient avec une idée qui va le tenir
à la tâche durant vingt-sept ans.

A vrai dire, cette idée, la vue du tableau de Breughel ne
l'a pas fait naître : elle l'a seulement précisée, elle lui a donné
la forme exacte, définitive, que Flaubert cherchait depuis son
enfance — car le dessein d'écrire ce drame philosophique, ce
poème fantastique à personnage unique et à multiples apparitions, hantait son esprit depuis bien des années ; les œuvres
de jeunesse nous montrent les phases successives de ce projet.
Elles renferment quantité d'ébauches qui s'y rattachent.
Ces écrits forment un véritable « cycle » flaubertien, dans lequel
on peut ranger Voyage en enfer *(1835)*, écrit par le lycéen
de quatorze ans ; Rêve d'enfer, *achevé deux ans plus tard* ;
la Danse des morts, *qui est de 1838, et où l'on trouve un
dialogue de la Mort et de Satan qui fait songer à certaines
pages de la* Tentation *définitive* ; enfin Smarh, *vieux mystère*,
l'occupe en *1839, l'année de sa rhétorique.* Bien évidemment
les influences littéraires que l'on relève dans ces écrits de jeunesse
sont très visibles. On ne saurait attendre d'un enfant qui
s'attaque à un sujet aussi vaste et aussi difficile l'originalité
de pensée et de style que l'on exige d'un artiste qui a donné ses
preuves de maîtrise. Mais il y a dans ces essais beaucoup
mieux que des promesses, surtout dans Smarh, dont on trouvera
de longs fragments dans l'appendice qui suit, ici, le texte de
la Tentation. Quand il écrit ces ouvrages, quel est le dessein

de Flaubert, quelle idée philosophique se propose-t-il de mettre
en lumière, en l'illustrant par son récit ? Comment cette idée
lui est-elle venue ? Quels auteurs l'ont séduit, influencé, et quels
modèles le jeune homme a-t-il choisis, à l'âge des emballements
et des passions folles ? Autant de questions qu'il est intéressant
d'éclaircir.

On remarque que le mot « enfer » figure deux fois dans
le titre même de ces écrits, et que dans les deux autres, Satan
apparaît, comme il apparaîtra dans les trois versions de
Saint Antoine, pour y tenir son rôle de tentateur. Il y a,
de l'un à l'autre de ces écrits, une gradation évidente, mais
c'est bien la même idée qui en constitue le noyau. Le dernier
verset du Voyage en enfer (écrit sous cette forme biblique)
est ainsi : « Montre-moi ton royaume, dis-je à Satan. — Le
voilà ! — Comment donc ? — Et Satan me répondit :
— C'est que le monde, c'est l'enfer. » Dans Rêve d'enfer,
au chapitre X, qui est l'épilogue, on entend « dans l'air un
bruit étrange de larmes et de sanglots, et on eût dit le râle
d'un monde. Et une voix s'élève de la terre, et dit : « Assez,
assez ! j'ai trop longtemps souffert et ployé les reins, assez !
Oh ! grâce, ne crée point d'autre monde ! » Et une voix douce,
pure, mélodieuse comme la voix des anges, s'abattit sur la
terre et dit : « Non ! non ! c'est pour l'éternité. Il n'y aura
plus d'autre monde ! » On reconnaît là — on la retrouvera
dans Smarh, et plus développée, plus nette encore — l'aspira-
tion au non-être, le désir d'anéantissement qui se greffe sur
le pessimisme romantique et en est l'aboutissement. Cela paraît
singulier chez un écrivain aussi jeune, mais c'est fort explicable
quand on regarde la date de ces fragments, quand on voit qu'ils
ont été écrits en pleine fièvre romantique, Et cela s'explique
lumineusement quand on confronte ces textes avec quelques
passages de la Correspondance de Flaubert et de la Préface
aux Dernières Chansons de Louis Bouilhet. Dans celle-ci,
Flaubert ne nous montre-t-il pas ses camarades de lycée si
bien en proie au spleen que plusieurs s'en délivrèrent par le
suicide ? Alfred Le Poittevin, son ami le plus cher, n'allait-il
pas user son énergie dans une inutile révolte où sombrèrent
et son talent et sa vie, sans lui permettre de donner sa mesure ?
Dans ses lettres, ne voyons-nous pas Flaubert tout pareil à
Le Poittevin, et ne se sauvant, lui, que par le travail ? Mais
ce n'est pas tout ce que nous apprend la Correspondance
sur ce sujet : elle nous montre Flaubert en quête d'un Byron
dès le 24 mars 1837, puis le 11 octobre de l'année suivante

(quand il achève la Danse des morts *et va commencer* Smarh *),
se félicitant, dans une lettre à Ernest Chevalier, de ses progrès
en anglais qui vont lui permettre de lire Byron dans le texte.
Au même ami, en février 1847, il annoncera qu'il lit en effet
ce poète, puis quelques mois plus tard, même aveu fait à
Louise Colet, et cri d'admiration (février 1847) après qu'il
vient de relire* Caïn.

Donc, *l'influence de Byron est certaine. Avant même d'avoir
lu* Caïn, *Flaubert a subi l'entraînement du poète anglais, mais
c'est* Caïn *surtout, où il trouve le plus d'aliments spirituels.
Quand Lucifer, chez l'Anglais, s'adresse à la femme de* Caïn,
à la douce Adah *qu'il veut tenter, il lui dit :* « And if the
higher knowledge quenche love, what must He be you
cannot love when known?... — *Et si la plus haute science
éteint l'amour, que doit-il être, celui que vous ne pouvez aimer,
quand il est connu ? Puisque les chérubins qui savent tout aiment
le moins, l'amour des séraphins ne peut être qu'ignorance. Amour
et science ne sont point compatibles, et c'est ce que prouve
le sort que subirent tes parents pour prix de leur audace.
Il faut choisir entre la connaissance et l'amour, car il n'y
a point d'autre choix. Votre sire a déjà choisi : c'est la crainte
qui est tout son culte...* ». *Le logicien infernal ne parlera pas
autrement à l'*Antoine *de Flaubert. Mais auparavant, il
tentera Smarh de la même manière. Il lui montrera, en l'élevant
à travers les espaces, l'immensité de la création. Il l'effraiera
par l'étendue des mondes, et il lui soufflera ces paroles de
désespoir :* « Celui qui a fait tout cela est peut-être le démon
de quelque enfer perdu, plus grand que celui qui hurle maintenant,
et la création elle-même n'est peut-être qu'un vaste enfer dont
il est le Dieu, et où tout est puni de vivre...* » *On retrouve
là la pensée du* Voyage en enfer : « Le monde, c'est l'enfer ».
*Mais cette pensée-là, c'est une réplique de Lucifer à Caïn,
lorsque l'homme, emporté par le démon à travers l'abîme des
espaces, supplie son guide de retourner, et que celui-ci le rassure,
lui promet qu'il reviendra bientôt sur terre, car autrement,
« qui peuplerait l'empire de la mort, si ce n'est l'homme et
ceux de sa race ? » Et Caïn, bientôt s'écriera comme l'a souhaité
le tentateur :* « O God! Cursed be He who invented life
that leads to death! — *Maudit soit celui qui inventa la
vie qui mène à la Mort ! Il n'a créé que pour détruire...* »

Si *l'influence de Byron sur Flaubert — singulièrement sur
l'auteur de* la Tentation de saint Antoine *— est certaine,
celle de Gœthe n'est pas moins sûre.*

C'est en 1828 que fut publiée la traduction de Faust *par* Gérard de Nerval. *Elle fit fureur en 1830, et il est bien certain que le jeune collégien l'eut tôt entre les mains. Un passage des* Souvenirs intimes *de sa nièce,* Mme Commanville, *nous le montre s'enfuyant du lycée un samedi saint, un* Faust *sous le bras, et accourant sous les vieux arbres du* Cours-la-Reine *pour lire à son aise le chef-d'œuvre allemand, tandis que des tours gothiques de la vieille ville étendue devant lui s'envole le chant des cloches de Pâques annonçant — comme dans le poème : «* Christ est ressuscité ! Paix et joie entière ! Cloches profondes, entonnez-vous le chant de consolation qui, parti de la nuit du tombeau et répété par les lèvres des anges, fut le premier gage d'une nouvelle alliance ?...* [1] » Il avait douze ou treize ans, alors. Et toute sa vie il allait garder le souvenir de cette révélation. Toute sa vie, il allait regarder* Gœthe *comme son* maître, *demeurera, selon le mot très juste de M. Léon Degoumois, à son école* [2]. *Les premiers mots du monologue de* Faust, *au début de la première partie, sont tout le plan de* Bouvard et Pécuchet; Wilhelm Meister *a inspiré l'*Éducation sentimentale. *Mais c'est en vain que l'on chercherait à rapprocher, à confronter les textes pour y trouver des points de similitude. Flaubert n'a pas emprunté à Gœthe plus qu'à* Byron, *et cependant il lui doit peut-être davantage. Du poète anglais, il avait tiré certaines idées essentielles pour le sujet à traiter; à l'Allemand, il empruntait la forme même du drame philosophique. Mais ces choses tirées d'autrui, il allait les faire siennes et les recréer.*

Il est encore un troisième ouvrage où l'on peut voir une des « sources » de la Tentation *de saint Antoine, et c'est l'*Ahasvérus *d'*Edgar Quinet. *L'influence de ce dernier livre est surtout visible dans* Smarh. Ahasvérus *parut en 1833, et, encore qu'il n'en soit pas fait mention dans la correspondance jusqu'ici publiée, il est certain qu'il plut au jeune Flaubert, précisément parce qu'il déborde de lyrisme et que son caractère est étrange. C'est un livre généreux, qui s'inspire des anciens mystères pour la forme, et qui, pour le fond, est bien le contemporain des* Paroles d'un croyant... Edgar Quinet *avait divisé son sujet en quatre épisodes, quatre journées : la* Création, *la* Passion, *la* Mort, *le* Jugement dernier. *Ce sont les deux premières qui ont surtout laissé leur empreinte dans l'esprit de Flaubert. Les bêtes fabuleuses de* Saint Antoine *sont proches parentes du Léviathan, de l'oiseau* Vanateyna, *du poisson Macar de Quinet. De même l'épisode* *de Mob, dans la troisième journée, n'est point sans analogie avec l'épisode de la Mort dans le livre de Flaubert.*

Voici donc résolus quelques-uns des problèmes que l'on posait tout à l'heure : le noyau philosophique, la substance de l'ouvrage, Flaubert l'a imaginé en lisant Byron et Gœthe. Il veut montrer la crainte de l'homme devant le grand mystère de la nature et de la vie. Le drame qui a commencé avec le premier homme s'est développé et plus tragiquement pour chacun de ses fils qui, de génération en génération, ont subi les assauts du doute. La science qu'ils ont acquise ne les a point éclairés. Devant la douleur, ils restent inquiets et se demandent comme Caïn : « N'a-t-Il créé que pour détruire ? » Au saint ermite priant au pied de la croix qu'il a dressée devant le seuil de sa cabane, Satan montrera tout ce qui peut faire trébucher la foi d'un homme, fût-il sanctifié par la prière et le jeûne. Il le fera douter de tout, même de sa propre existence. Il séduira son esprit, il lui montrera l'orgueil de son humilité. Il fera passer devant ses yeux éblouis le cortège des péchés, des hérésies, des croyances mortes ; la Luxure harcèlera le pauvre anachorète ; la Mort l'épouvantera, puis l'attirera, et il se retrouvera désemparé au pied de la Croix dont l'ombre mince s'allongera sur le sable, au jour naissant...

Pour la forme, tout autant que pour l'idée, Flaubert s'instruit près de Gœthe, de Byron, de Quinet, ses devanciers. Mais Gœthe lui-même avait rafraîchi son lyrisme aux sources populaires. Les théâtres de marionnettes en Allemagne, ont promené une Légende du docteur Faust, *tirée de la « tragique histoire » de Marlowe et Gœthe, à Leipzig puis à Berlin, la vit. De même Flaubert, dès son enfance, vit les « marionnettes du père Legrain », à la foire Saint-Romain, représenter la* Tentation de saint Antoine. *Et c'est cette* Tentation foraine *qu'il connaît bien, que son correspondant Le Poittevin connaît aussi bien que lui, que Flaubert déclare, devant le tableau de Breughel qui la lui remet en mémoire, « vouloir arranger pour le théâtre », dans sa lettre de Gênes, en 1845.*

Qu'était donc la pièce foraine ? Un vieux mystère, exactement, mais effrité, délabré, réparé au cours des âges.

La foire Saint-Romain se tient à Rouen, sur les boulevards qui marquent la place de l'ancienne enceinte. Elle dure quinze jours, mais on la prolonge traditionnellement d'une quinzaine

*supplémentaire. Elle commence en octobre, peu après la rentrée
des collégiens. Elle est pour ceux-ci un adoucissement aux tristes
moments qui suivent les vacances, car elle est voisine du lycée
et c'est la coutume des externes de s'y rendre à la sortie des
classes. Flaubert connut dès son jeune âge la baraque du père
Legrain. Le montreur de marionnettes, successeur de son père et
de son grand-père, eut son fils et son petit-fils pour successeurs.
Il était célèbre — le mot n'est point excessif — à vingt lieues
à la ronde, et il n'y avait pas de vraies « assemblées » normandes
où il n'allât installer ses tréteaux. Sa verve était intarissable,
aussi bien pendant qu'il faisait le « boniment » devant l'entrée,
que durant la représentation. Et ce qu'il disait dans son langage
naïf et dru perpétuait le texte du mystère, mais orné des
interpolations que la faconde des interprètes successifs y avait
ajoutées.*

*On voyait d'abord le saint dans sa thébaïde, en prière, pendant
que son compagnon dormait tranquillement. Surgissait Satan,
et le dialogue commençait : le prince des Ténèbres appelait l'enfer
à l'aide, et une nuée de diablotins venait harceler saint Antoine
et son cochon. Le pauvre anachorète gémissait :*

Messieurs les Démons, laissez-moi donc !

*mais les diables n'écoutaient point sa prière. Ils voulaient
l'entraîner dans leur sabbat et chantaient :*

Non, tu chanteras, tu danseras en rond !

*et pour comble de méchanceté, ils enlevaient à Antoine son
compagnon. Alors, le saint implorait :*

Rendez-moi mon cohon, s'il vous plaît,
Voulez-vous me le rendre...

*Il était d'usage que les spectateurs, à ce moment pathétique,
mêlent leurs supplications à celles de l'ermite et chantent avec
lui. Satan reparaissait, fourche en main, menaçant, vomissant
des flammes. Mais Dieu le Père, tout blanc, sur un nuage
d'étoupe, se montrait, et d'un geste impérieux chassait l'Enfer
au moment où les démons, animés d'un zèle forcené, commençaient de ruiner la chaumière du saint en chantant :*

Démolissons, démolissons
Saint Antoine et sa maison...

*Alors le saint, en extase, s'abîmait dans l'adoration du
Tout-Puissant.*

Flaubert fut un habitué de la baraque foraine. On sait
avec quelle fidélité il demeura toujours attaché aux souvenirs
de sa jeunesse : chaque automne, quand le père Legrain montait
ses tréteaux, le romancier retournait voir la Tentation. Il
y emmena Tourgueneff, Feydeau, George Sand (amateur de
marionnettes, elle aussi, et qui en avait un théâtre à Nohant).
Un jour qu'il avait pris place au fond de la baraque, quelqu'un
avertit le père Legrain. Celui-ci, « avant que le rideau se
levât sur le décor de l'ermitage, s'avança à la rampe, et après
avoir fait les trois saluts comme à la Comédie-Française,
prononça ces mots : « Mesdames, messieurs, l'auteur est dans
la salle et nous fait l'honneur d'assister à la représentation
de son œuvre. » Jamais, ajoute Georges Dubosc qui rapporte
cette anecdote, Flaubert ne fut si heureux [1].

M. Édouard Maynial, dans son ouvrage, la Jeunesse de
Flaubert, *a bien mis en lumière l'influence du spectacle populaire
sur Flaubert :* elle fut d'autant plus profonde que l'affabulation
imaginée par le père Legrain était plus naïve, plus respectueuse
du vieux mystère dont elle était inspirée. Si les siècles avaient
déformé celui-ci, cette déformation n'était, à aucun moment,
une trahison. C'est en ce sens, comme on l'a dit avec raison,
que la Tentation, *comme le Faust de Gœthe, est sortie du
drame médiéval* [2]. Et le même critique a montré ces influences
parallèles de Faust et du théâtre de la foire sur la Tentation :
« Quand il connaissait à peine l'orthographe, le collégien s'était
mis en tête d'éditer un journal hebdomadaire, Art et Progrès,
dont il était l'unique rédacteur. On a publié le seul fragment
retrouvé de ce journal : cela s'appelle les Soirées d'étude,
sixième soirée, le Voyage en enfer. On y reconnaît sans
peine le dessin grossier, la naïve ébauche de la troisième partie
de la Tentation (de 1849), Dans les espaces. » Le morceau
commence ainsi, et la coupe des phrases elle-même suggère le
rapprochement : « Et j'étais en haut du mont Atlas, et de
là, je contemplais le monde, et son or, et sa boue, et son orgueil
et sa vertu. Et Satan m'apparut et me dit : « Viens avec
» moi, regarde, vois, et puis ensuite tu verras mon royaume,
» mon monde à moi... »

Il existe au surplus, dans la Tentation de 1849, un passage,
une allusion fort claire au tableau de Breughel et au théâtre
du père Legrain tout ensemble : c'est la scène où le Diable
dit à la Science, qui apparaît « sous les traits d'un enfant
aux cheveux blancs, à la tête démesurée et aux pieds grêles :
« Si tu travailles comme il faut, tu auras un beau plumet

» de plumes de paon, avec une trompette de fer-blanc, et je
» te mènerai aux marionnettes, aux meilleures places,
» entends-tu ? sur la première banquette, petit, à côté des
» lampions, de manière à bien voir tous les bonshommes, et
» les doigts du machiniste à travers la toile. » Puis, un peu
plus loin, après que la Foi a commandé : « A genoux, à
genoux ! » Flaubert note : « Le Diable sautant sur le toit
de la chapelle, se met à défaire les tuiles », cependant que
le pauvre Antoine s'écrie : « Ah ! mon Dieu, les poutres
s'effondrent... Délivrez-moi ! » et que les péchés, tâchant
d'entraîner le saint dans leur ronde, hurlent : « Il viendra,
nous le mènerons ! Tu danseras, tu chanteras, tu riras ! »
— écho direct du chœur naïf des diablotins du père Legrain :

Oui, tu chanteras, tu danseras en rond...

Quand on lit à la file Voyage en enfer, Rêve d'enfer,
la Danse des morts, Smarh, puis les trois versions de
la Tentation de saint Antoine, on constate l'unité de la
pensée à travers les modifications souvent profondes du plan,
du cadre extérieur, des détails. On voit aussi que Flaubert
s'est, chemin faisant, allégé petit à petit de ces souvenirs trop
précis demeurés en son esprit et que la dernière version est,
de toutes, la plus éloignée des sources où son inspiration a
puisé le sujet même et l'ordonnance de son grand ouvrage.

On sait comment Flaubert ayant achevé la première version
de la Tentation de saint Antoine faillit en demeurer là.
Il lui fallut bien du courage et de la ténacité, et puis aussi
cette claire conscience de la valeur de son œuvre, pour passer
outre au jugement qui la condamnait.

Comment cette condamnation fut-elle prononcée ? Maxime
Du Camp, avec force détails (dont quelques-uns ne sont pas
inspirés par le souci de servir la mémoire de son ami défunt),
a conté la scène dans ses Souvenirs littéraires. Elle eut pour
décor la chambre de Flaubert et son cabinet de travail, dans
la maison de Croisset. Le tribunal composé de Louis Bouilhet
et de Maxime Du Camp, siégea pendant quatre jours, de
midi à quatre heures et de huit heures à minuit. Il avait été
convoqué par Flaubert, j'allais dire par l'accusé lui-même.
Celui-ci, le 12 septembre 1849, venait d'écrire le mot fin

sur la dernière page d'un manuscrit dont la première ligne
avait été tracée le 24 mai de l'année précédente. Depuis plusieurs
mois le voyage en Orient avec Du Camp était décidé, mais
Flaubert — et bien que l'état de sa santé fût le prétexte,
sinon la raison essentielle de ce voyage — avait prié Du Camp
d'ajourner le départ, ne pouvant partir en laissant là son saint.
Dès le 12, il convoque donc ses juges : ceux-ci entendront la
lecture de l'ouvrage et décideront, sans appel, de son sort. On
se demande pourquoi tant d'humilité chez Flaubert, mais le
fait est certain, il doutait de lui-même et de son livre, et s'en
remettait pleinement à ses amis. Ceux-ci, au dire de Du Camp,
ignoraient parfaitement ce qu'était ce mystérieux ouvrage ; ils
imaginaient une sorte de confession du saint, si rudement tenté,
ou bien une sorte de roman historique reconstituant le monde
antique au IIIe siècle. La lecture dura trente-deux heures :
« Il avait été convenu, écrit Du Camp, que nous réserverions
notre opinion et que nous ne l'exprimerions qu'après avoir
entendu l'œuvre entière. Lorsque Flaubert, ayant déposé son
manuscrit sur la table, fut sur le point de commencer, il agita
les feuillets au-dessus de sa tête et s'écria : « Si vous ne poussez
» pas des hurlements d'enthousiasme, c'est que rien n'est capable
» de vous émouvoir ! » Les heures pendant lesquelles, silencieux,
nous contentant d'échanger parfois un regard, Bouilhet et moi
nous restâmes à écouter Flaubert qui modulait, chantait,
psalmodiait ses phrases, sont demeurées très pénibles dans mon
souvenir. Nous tendions l'oreille, espérant toujours que l'action
allait s'engager, et toujours nous étions déçus car l'unité de
situation est immuable, depuis le commencement jusqu'à la fin
du livre... Trois années de labeur s'écroulaient sans résultat.
Bouilhet et moi, nous étions désespérés. Après chaque lecture
partielle, Mme Flaubert nous prenait à part et nous disait :
« Eh bien ? » Nous n'osions répondre. »

Remarquons en passant que Du Camp, dans le dessein de
rendre Flaubert plus coupable d'aveuglement envers soi-même,
dit « trois années de labeur », alors que les dates inscrites
par l'auteur sur son manuscrit permettent de préciser la durée
de composition de celui-ci et de ramener ces trente-six mois
à quinze tout juste. Mais Du Camp ne croyait pas, lorsqu'il
écrivit ses Souvenirs, que le manuscrit serait jamais retrouvé
et publié. Sans doute, s'il l'avait pensé, se fût-il épargné le
ridicule de cette appréciation : « Des phrases, des phrases,
belles, habilement construites, harmonieuses, souvent redondantes,
faites d'images grandioses et de métaphores inattendues, mais

rien que des phrases que l'on pouvait mêler, transposer, sans que l'ensemble du livre en fût modifié. » Oui certes, il y a bien des phrases redondantes dans la première Tentation. Mais comment n'avoir aperçu que les défauts de l'ouvrage, comment n'avoir point vu ses qualités, pourtant si remarquables ? Comment, surtout, avoir fait grief à l'auteur du genre par lui choisi ? Ne faut-il pas nécessairement, qu'il s'agisse d'un poème épique ou d'un roman, d'une églogue ou d'un drame, admettre la forme que ce genre détermine ? Flaubert ayant choisi celle qui lui semblait convenir le mieux au sujet traité, il était difficile d'attendre que ce « long mystère », que ce drame immobile et tout cérébral fût mouvementé comme un roman d'aventures ou bien un récit de voyage. On s'étonne donc de trouver cette conclusion au récit de Maxime Du Camp : « Après l'audition de la dernière partie, Bouilhet et moi nous eûmes une longue conférence et il fut résolu que nous aurions vis-à-vis de Flaubert une franchise sans réserve. Le péril était grave, nous ne devions pas le laisser se prolonger, car il s'agissait d'un avenir littéraire dans lequel nous avions une foi absolue. Sous prétexte de pousser le romantisme à outrance, Flaubert sans qu'il s'en doutât, retournait en arrière, revenait à l'abbé Raynal, à Marmontel, à Bitaubé même, et tombait dans la diffusion du pathos. Il fallait l'arrêter sur cette voie où il perdrait ses qualités maîtresses. Il nous fut douloureux de prendre cette détermination, mais notre amitié et notre conscience nous l'imposaient. Le soir même, après la dernière lecture, vers minuit, Flaubert frappant sur la table, nous dit : « A nous » trois, maintenant. Dites franchement ce que vous pensez !... » Bouilhet était timide, mais nul ne se montrait plus ferme que lui dans l'expression de sa pensée, lorsqu'il était décidé à la faire connaître. Il répondit : « Nous pensons qu'il faut jeter » cela au feu et n'en jamais reparler ! » Flaubert fit un bond, et eut un cri d'horreur. »

Il regimba, tempêta, en effet. Ses deux bourreaux n'en voulurent démordre. Ils répliquaient : « Tu as voulu faire de la musique et tu n'as fait que du bruit. » Et ils ajoutèrent enfin : « Il faut renoncer aux sujets diffus et qui sont tellement vagues par eux-mêmes que tu ne peux les embrasser et que tu ne réussis pas à les concentrer : du moment que tu as une invincible tendance au lyrisme, il faut choisir un sujet où le lyrisme serait si ridicule que tu seras forcé de te surveiller et d'y renoncer. Prends un sujet terre à terre, un de ces incidents dont la vie bourgeoise est pleine, quelque chose comme la Cousine

Bette, *comme le Cousin Pons, de Balzac, et astreins-toi à
le traiter sur un ton naturel, presque familier, en rejetant ces
digressions, ces divagations, belles en soi, mais qui ne sont
que des hors-d'œuvre inutiles au développement de la conception,
et fastidieuses pour le lecteur. »*

*Et c'est ainsi, assure Du Camp, que Flaubert passa de
saint Antoine à Emma Bovary. Ce fut Bouilhet qui lui proposa le sujet de ce roman.*

*Mais si Flaubert se résignait en apparence, ce n'était
nullement un abandon définitif, un renoncement complet. Il se
garda de jeter « cela » au feu. Il se contenta de n'en plus parler
(sans doute avait-il compris qu'il est inutile de prêcher les
sourds), mais il ne s'interdit point d'y penser. Dans une lettre
à sa mère, datée du Caire, 5 janvier 1850, il confie à celle
qui n'avait pas douté, elle, et qui avait bien deviné les raisons
que Du Camp ne s'avouait même pas à lui-même, ces raisons
qui ne devaient se révéler qu'en 1881, à la publication des
Souvenirs intimes, il écrit donc : « Que ferai-je au retour ?
Qu'écrirai-je ? Que voudrai-je alors ? Je suis plein de doutes
et d'irrésolutions. D'âge en âge j'ai toujours ainsi reculé à
me poser vis-à-vis de moi-même, et je crèverai à soixante
ans avant d'avoir une opinion sur mon compte, ni peut-être
fait une œuvre qui m'ait donné ma mesure. Saint Antoine
est-il bon ou mauvais ? Voilà par exemple ce que je me demande
souvent. Lequel de moi ou des autres s'est trompé ? Au reste, je ne
m'inquiète guère de tout cela. Je vis comme une plante, je me
pénètre de soleil, de lumière, de couleurs, et de grand air ; je mange,
voilà tout. Restera ensuite à digérer. C'est là l'important. »*

*Quelques jours plus tard, il était aux lieux mêmes où
l'anachorète dressa son ermitage, et il écrivait à sa mère, de
Thèbes, le 3 mai : « Nous sommes arrivés hier soir à neuf
heures. Nous nous sommes promenés dans Louqsor au clair
de lune... Ah ! comme le ciel est beau ici ! Quelles étoiles,
quelle nuit ! » Il se « saturait » en effet de couleurs et de
soleil. Et cette palette si riche, ce n'était point à la peinture
réaliste et « terre à terre » recommandée par Bouilhet qu'il
allait l'employer, mais à une rédaction nouvelle de Saint Antoine,
dès l'achèvement du pensum imposé, mais à Salammbô, mais
à Hérodias. En Orient, en Égypte, il acquérait ce qui manquait
jusque-là aussi bien à Smarh qu'à la Tentation de 1849,
la connaissance et l'observation directe et personnelle des lieux
et des êtres.*

Il reviendra, en 1852, parfaitement conscient de ce que vaut cette première Tentation. *Preuve qu'il y a longuement pensé, il en connaît exactement le fort et le faible, et il le dit à Louise Colet* : « *C'est une œuvre manquée. Tu parles de perles ? Mais les perles ne font pas le collier, c'est le fil. J'ai été moi-même dans Saint Antoine, le saint Antoine et je l'ai oublié. C'est un personnage à faire (difficulté qui n'est pas mince). S'il y avait pour moi une façon quelconque de corriger ce livre, je serais bien content, car j'ai mis là beaucoup, beaucoup de temps et beaucoup d'amour. Mais ça n'a pas été assez mûri. De ce que j'avais beaucoup travaillé les éléments matériels du livre, la partie historique, je veux dire, je me suis imaginé que le scénario était fait, et je m'y suis mis.* Tout dépend du plan. Saint Antoine *en manque ; la déduction des idées, sévèrement suivie, n'a point son parallélisme dans l'enchaînement des faits. Avec beaucoup d'échafaudages dramatiques, le dramatique manque.* » (*Lettre du 1er février 1852*). *Et quelques jours plus tard* : « *Je pense que les amis n'ont pas voulu voir tout ce qu'il y avait là. Ça a été légèrement jugé ; je ne dis pas injustement, mais légèrement... J'aurai bien du mal à refaire mon Saint... Je ne dis point que je n'essaierai pas, mais ce ne sera pas de sitôt.* »

Rare exemple de jugement : il avait compris à la fois que la sentence de ses amis était, à la vérité, inique, mais que le pensum infligé lui serait cependant salutaire. Et il acceptait de « mettre sa muse au pain sec » comme on le lui avait conseillé.

Cependant, le 1er juin 1856, la lettre qui annonce à Bouilhet l'envoi à la Revue *de Paris du manuscrit de Madame Bovary, lui dit en même temps* : « *Tu me demandes ce que je fais, voici : je prépare ma légende [1] et je corrige Saint Antoine. J'ai, dans Saint Antoine, élagué tout ce qui me semble intempestif, travail qui n'était pas mince, puisque la première partie, qui avait 160 pages, n'en a plus, maintenant (recopiée) que 74. J'espère être quitte de cette première partie dans une huitaine de jours. Il y a plus à faire dans la deuxième partie, où j'ai fini par découvrir un lien, piètre, peut-être, mais enfin un lien, un enchaînement possible. Le personnage de saint Antoine va être renflé de deux ou trois monologues qui amèneront fatalement les Tentations. Quant à la troisième, le milieu est à refaire en entier. En somme, une vingtaine de pages, ou trentaine de pages peut-être à écrire. Je biffe les mouvements extra-lyriques. J'efface beaucoup d'inversions et je persécute les tournures, lesquelles vous déroutent de l'idée principale. Enfin, j'espère rendre cela lisible et pas trop embêtant. Nous en causerons très sérieusement ces vacances, car c'est une chose qui me pèse sur la conscience, et je n'aurai un peu de tranquillité que quand je serai débarrassé de cette obsession. »*

Bouilhet était donc venu à résipiscence ? Certes. Mais alors, cette conviction si forte (au dire de Du Camp), cette « *fermeté dans l'expression de sa pensée lorsqu'il était résolu à la faire connaître* », cette certitude de rendre, en condamnant la Tentation *au feu*, un service tel que « *l'avenir littéraire* » de Flaubert en devait être assuré ? Eh bien, cette conversion de Bouilhet fait croire, décidément, que les pressentiments de Mme Flaubert étaient justes, et que l'envieuse habileté de Du Camp avait réussi à fausser le jugement de Bouilhet lors de la fameuse séance de septembre 1849. L'excellent Bouilhet, Madame Bovary *achevée*, s'il n'avait point cessé de voir les défauts de la Tentation, *ne refusait plus d'y trouver des qualités.*

Des fragments de ce Saint Antoine *revu et corrigé*, parurent dans l'Artiste de Théophile Gautier, les 21 et 28 décembre 1856, les 11 janvier et 1er février 1857 — en plein procès de Madame Bovary. Ce sont les épisodes de Nabuchodonosor, de la Reine de Saba, d'Appollonius de Tyane, du Sphinx et de la Chimère, des Bêtes fabuleuses. L'avocat général Pinard tira même argument de la publication de ces passages pour accuser Flaubert d'impiété et d'immoralité. Il avait d'ailleurs confondu dans son réquisitoire Apollonius et Apollinaire, pressé qu'il était de citer quelques phrases propres à faire condamner Flaubert.

Cependant les projets de publication de Saint Antoine en volume durent être abandonnés : la menace de Pinard pesait sur l'auteur, convaincu que s'il imprimait immédiatement ce livre, on le poursuivrait. N'écrit-il pas à Mme Pradier, en février 1857 : « *Malgré l'acquittement, je n'en reste pas moins à l'état d'auteur suspect. Médiocre gloire ! J'avais l'intention de publier immédiatement un autre bouquin qui m'a demandé plusieurs années de travail, un livre fait avec les Pères de l'Église, tout plein de mythologie et d'antiquité. Il faut que je me prive de ce plaisir, car il m'entraînerait en cour d'assises, net... Quelle force que l'hypocrisie sociale !... »*

Il fallut attendre des jours meilleurs. Mais en attendant ainsi, Flaubert devint encore plus difficile, plus exigeant envers lui-même. Et la version de Saint Antoine, qu'il était prêt à donner en 1856, ne le satisfit plus en 1869 quand, l'Éducation sentimentale *terminée, il décida de revenir à l'ermite :* « *J'ai repris ma vieille toquade de Saint Antoine, écrit-il à George Sand à la fin de juin, je refais un nouveau plan, et je dévore les* Mémoires ecclésiastiques *de Le Nain de Tillemont. J'espère parvenir à trouver un lien logique (et partant un intérêt dramatique) entre les différentes hallucinations du saint. Ce milieu extravagant me plaît, et je m'y plonge, voilà...* »

La Correspondance *des années 1869 et 1870 le montre en plein travail. La guerre survient : quand l'armée allemande envahit la Normandie, entre à Rouen, il enterre le précieux manuscrit dans le jardin de Croisset, et puis, avec sa mère, il s'installe à la ville, dans l'appartement de sa nièce. Dès que la tourmente a passé, en avril, il revient à Croisset.* Saint Antoine *console le chagrin dont Flaubert a cru « crever ». Le 5 juin il fera cet aveu à Mlle Leroyer de Chantepie :* « *Au milieu de mes chagrins, j'achève mon* Saint Antoine. *C'est l'œuvre de toute ma vie, puisque la première idée m'en est venue en 1845, à Gênes, devant le tableau de Breughel, et depuis ce temps-là, je n'ai cessé d'y songer et de faire des lectures afférentes. Mais je suis tellement dégoûté des éditeurs et des journaux que je ne publierai pas maintenant. J'attendrai des jours meilleurs; s'ils n'arrivent jamais, j'en suis désolé d'avance...* »

Ils faillirent n'arriver jamais en effet : *la brouille qui survint entre Flaubert et Michel Lévy, à propos des* Dernières chansons *de Louis Bouilhet, retarda la publication du volume jusqu'au moment où Flaubert, délié de ses traités, put disposer de ses œuvres et les donner à Gustave Charpentier.* La Tentation de Saint Antoine *parut dans les premiers jours d'avril 1874.*

La censure russe ne laissa point traduire *Saint Antoine, qui cependant avait pour répondant Tourgueneff. Le 11 mars, au Vaudeville, le Candidat tombait, et quatre jours plus tard, Flaubert retirait sa pièce (qui se serait peut-être relevée, car il y avait cinq mille francs de location pour la cinquième représentation). Puis ce furent d'autres échecs : Perrin, au Théâtre-Français, Duquesnel à l'Odéon, refusèrent « grossièrement » le Sexe faible. Au milieu de ces déceptions, le succès de son livre allait-il, au moins, le consoler ?*

La Tentation de saint Antoine *n'est point un de ces ouvrages dont le succès peut être foudroyant. Bien au contraire,* elle est de ceux qui déconcertent d'abord et, comme le constate Flaubert, « font dire beaucoup d'âneries ». La première était de faire porter à Saint Antoine le poids de l'échec du Candidat. On n'y manqua pas. Il est impossible de citer ici les articles qui parurent alors, mais on trouve dans les lettres de Flaubert à George Sand ces indications : « La Tentation ne se porte pas mal. Le premier tirage à deux mille exemplaires est épuisé. Demain le second sera livré. J'ai été déchiré par les petits journaux et exalté par deux ou trois personnes. En somme, rien de sérieux n'a encore paru et, je crois, ne paraîtra... Je suis exécré par les sieurs Villemessant et Buloz qui feront tout leur possible pour m'être désagréables. Villemessant me reproche de ne pas m'être « fait tuer par les Prussiens ». Tout cela est à vomir. Et vous voulez que je ne remarque pas la sottise humaine, et que je me prive du plaisir de la peindre ? » (8 avril 1874.)

« Ça va bien, cher maître, les injures s'accumulent ! C'est un concerto, une symphonie, où tous s'acharnent dans leurs instruments. J'ai été éreinté depuis le Figaro jusqu'à la Revue des Deux Mondes, en passant par la Gazette de France et le Constitutionnel. Et ils n'ont pas fini ! Barbey d'Aurevilly m'a injurié personnellement et le bon Saint-René Taillandier qui me déclare « illisible », m'attribue des mots ridicules. Voilà pour ce qui est de l'imprimerie. Quant aux paroles, elles sont à l'avenant. Saint-Victor (est-ce servilité envers Michel Lévy ?) me déchire au dîner de Brébant, ainsi que cet excellent Charles-Edmond, etc., etc... En revanche, je suis admiré par les professeurs de la Faculté de Théologie de Strasbourg, par Renan et par la caissière de mon boucher, sans compter quelques autres. Ce qui m'étonne, c'est qu'il y a sous plusieurs de ces critiques, une haine contre moi, contre mon individu, un parti pris de dénigrement, dont je cherche la cause. Je ne me sens pas blessé, mais cette avalanche de sottises m'attriste. On aime mieux inspirer de bons sentiments que de mauvais. Au reste, je ne pense plus à Saint Antoine, bonsoir ! » (1er mai 1874).

Mêmes doléances, et presque dans les mêmes termes, dans la lettre à Mme Roger des Genettes, écrite le même jour. Mais Flaubert complète ici ce qu'il disait à George Sand : « Je sens, en dessous, de la haine contre ma personne. Pourquoi ? et à qui ai-je fait du mal ? Tout peut s'expliquer par un mot : je gêne, et je gêne encore moins par ma plume que par mon caractère, mon isolement naturel et systématique étant

*une marque de dédain. J'ai eu, dans le Bien public, un article
d'énergumène. Un jeune homme dont j'ignorais l'existence,
M. Drumont, m'a mis tout bonnement au-dessus de Gœthe,
appréciation qui prouve plus d'enthousiasme que d'esprit. A
part celui-là, car je ne compte pas quelques alinéas bienveillants,
j'ai été généralement honni, bafoué par la presse... Quant à
la réussite matérielle, elle est grande, et Charpentier se frotte
les mains. Mais la critique est pitoyable, odieuse de bêtise
et de nullité. J'ai lu deux bons articles anglais. J'attends
ceux de l'Allemagne. Lundi doit paraître dans le National
celui de Banville. Renan m'a dit qu'il s'y mettrait quand tous
auraient fini. Assez causé de ces misères... »*

Le ton de ces critiques malveillantes est donné par l'article
de Barbey, dont Flaubert parle à sa correspondante. Il parut
dans le Constitutionnel du 20 avril, et il a été reproduit
à la page 106 du volume des Œuvres et des Hommes,
consacré au Roman contemporain. On y trouve ceci : « *Il y a
des années qu'on parlait de la* Tentation de saint Antoine,
*ce vieux nouveau livre de Gustave Flaubert, lequel n'a point,
comme on le sait, la production facile, et à qui il faut du temps
pour accoucher. Les sauvages, qui croient que la lune accouche
à certains jours encore plus péniblement que lui, tapent sur
des vases d'airain et font un bruit du diable pour l'y décider.
Les amis de Flaubert, qui ne sont pas des sauvages, mais
des apprivoisés très aimables et très doux, pratiquent un peu
le même système... Pour délivrer leur ami de sa grossesse
intellectuelle, ils font du bruit, autour du livre qu'il porte,
tout le temps de sa laborieuse gestation, croyant par là l'exciter
et lui donner la force de le pousser et finalement de le pondre :
ce sera superbe, disent-ils, ce nouveau livre de Flaubert, mais
il y met le temps, car de pareilles œuvres ne sortent pas aisément
d'un homme. C'est comme la fourchette de « l'homme à la
fourchette », dont on a tant parlé ! Et, en effet, toute l'érudition,
l'indigestible érudition que Flaubert a été obligé d'avaler pour
faire des livres comme* Salammbô *et la* Tentation de saint
Antoine *peut être considérée comme une vraie fourchette,
capable d'étouffer ou de crever son homme. Déjà, qui ne s'en
souvient pas ? l'homme de talent que fut, un jour, l'auteur de*
Madame Bovary *a été cruellement malade de la fourchette
carthaginoise de* Salammbô. *Mais enfin, elle avait passé, en
déchirant, il est vrai, quelque peu de sa renommée. Mais la fourchette égyptienne de* Saint Antoine *ne passera pas, et l'auteur de
cette dangereuse jonglerie d'érudition en restera strangulé. Et*

*ceux qui liront ce livre de la Tentation le seront aussi. Ils
n'en mourront pas, eux. Ils ne mourront que d'ennui, et on
en réchappe. Mais certainement ils éprouveront quelque chose
des souffrances et des obstructions que Flaubert a dû éprouver
après avoir avalé cette dangereuse érudition, qui a tué en lui
toute idée, tout sentiment, toute initiative, et qui est la seule
chose qu'on trouve dans son livre, vide de tout excepté de cela... »*

On comprend la tristesse résignée de Flaubert devant ces
critiques. Cependant Barbey comparait Flaubert à Gœthe, mais
pour les mieux écraser tous deux, car il détestait l'auteur
de Faust autant que l'auteur de la Tentation, et ceci pouvait
consoler Flaubert, en vérité : « *La punition de tout cela ne
tarde pas à arriver : c'est l'ennui, un ennui implacable, un
ennui qui n'est pas français, un ennui allemand, l'ennui du
second Faust de Gœthe, par exemple, auquel la Tentation
de saint Antoine ressemble. On la dirait sortie de ce souvenir.
Gœthe est le générateur de Flaubert, et avec lui — car tout
n'est pas de bonne maison dans les familles — Edgar Quinet,
l'auteur d'Ahasvérus. Quinet, qui n'est un Gœthe que pour
sa femme, mais qui n'est qu'un Allemand pour qui ne l'a
pas épousé, débuta dans la célébrité par son poème en prose
d'Ahasvérus, lequel n'a pas plus de composition, d'unité, de
cohérence que la Tentation de saint Antoine, mais a réellement
plus de richesse de détail, d'étendue, d'intérêt... S'arrêter n'est
pas finir. Saint Antoine — nous dit Flaubert, qui, lui, nous
laisse (heureusement !) et sort de son livre — se remet en
prière... Eh bien, nous n'avons aussi qu'à nous y mettre... pour
l'auteur ! Nous n'avons qu'à prier le ciel de l'arracher à la
voie littéraire — si cela peut s'appeler une voie littéraire — dans
laquelle il s'est engagé et morfondu... »*

Les méchancetés les plus graves sont celles où la vérité est,
par animosité, tournée en mensonge, mais tout en conservant
l'apparence de la vérité. Et, quand le talent s'ajoute à la
haine, la méchanceté s'aggrave encore. L'article de Barbey sur
la Tentation de saint Antoine en est un exemple. L'influence
de Gœthe et de Quinet sont bien vues, mais quels arguments
le critique en tire-t-il ? Rares, très rares furent ceux qui,
au moment où parut cet ouvrage, virent autre chose dans la
Tentation de saint Antoine, qu'un long factum ennuyeux,
un plaidoyer de l'auteur pour ses propres idées, et pour en
venir au dernier mot résumant sa philosophie : « *Être la
matière...* » — comme si c'était là, en effet, et à la lettre,
son vœu suprême, d'amener l'art à n'être plus que la matière.

Quelques années plus tard, quand Zola et ses disciples inventèrent le naturalisme, un caricaturiste représenta Flaubert sous les traits d'Antoine et Zola sous l'aspect de son compagnon, et cette charge exprimait, avec humour, une opinion alors fort répandue, un jugement révisé définitivement par la postérité. Mais il faut dire que des contemporains comme Taine, Renan, le Père Didon, Auguste Sabatier, n'attendirent pas pour admirer. Et le témoignage de ces happy few *balançait bien, en vérité, la mauvaise humeur ou l'ignorance de la foule.*

R. D.

LA TENTATION

DE

SAINT ANTOINE [1]

A LA MÉMOIRE

DE

MON AMI

ALFRED LE POITTEVIN

DÉCÉDÉ

À LA NEUVILLE-CHAMP-D'OISEL

le 3 avril 1848

I

C'est dans la Thébaïde [1], au haut d'une montagne, sur une pla-te-forme arrondie en demi-lune, et qu'enferment de grosses pierres.

La cabane de l'ermite occupe le fond. Elle est faite de boue et de roseaux, à toit plat, sans porte. On distingue dans l'intérieur une cruche avec un pain noir; au milieu, sur une stèle de bois, un gros livre; par terre çà et là des filaments de sparterie, deux ou trois nattes, une corbeille, un couteau.

A dix pas de la cabane, il y a une longue croix plantée dans le sol; à l'autre bout de la plate-forme, un vieux palmier tordu se penche sur l'abîme, car la montagne est taillée à pic, et le Nil semble faire un lac au bas de la falaise.

La vue est bornée à droite et à gauche par l'enceinte des roches. Mais du côté du désert, comme des plages qui se succéderaient, d'immenses ondulations parallèles d'un blond cendré, s'étirent les unes derrière les autres, en montant toujours; puis au delà des sables, tout au loin, la chaîne libyque forme un mur couleur de craie, estompé légèrement par des vapeurs violettes. En face, le soleil s'abaisse. Le ciel, dans le nord, est d'une teinte gris perle, tandis qu'au zénith des nuages de pourpre, disposés comme les flocons d'une crinière gigantesque, s'allongent sur la voûte bleue. Ces rais de flamme se rembrunissent, les parties d'azur prennent une pâleur nacrée; les buissons, les cailloux, la terre, tout paraît dur comme du bronze; et dans l'espace flotte une poudre d'or tellement menue qu'elle se confond avec la vibration de la lumière.

SAINT-ANTOINE,

qui a une longue barbe, de longs cheveux et une tunique de peau de chèvre, est assis, jambes croisées, en train de faire des nattes. Dès que le soleil disparaît, il pousse un grand soupir, et regardant l'horizon :

Encore un jour! un jour de passé!

Autrefois pourtant, je n'étais pas si misérable! Avant

la fin de la nuit, je commençais mes oraisons; puis je descendais vers le fleuve chercher de l'eau, et je remontais par le sentier rude avec l'outre sur mon épaule, en chantant des hymnes. Ensuite, je m'amusais à ranger tout dans ma cabane. Je prenais mes outils; je tâchais que les nattes fussent bien égales et les corbeilles légères; car mes moindres actions me semblaient alors des devoirs qui n'avaient rien de pénible.

À des heures réglées je quittais mon ouvrage; et priant les deux bras étendus je sentais comme une fontaine de miséricorde qui s'épanchait du haut du ciel dans mon cœur. Elle est tarie, maintenant. Pourquoi?...

Il marche dans l'enceinte des roches, lentement.

Tous me blâmaient lorsque j'ai quitté la maison. Ma mère s'affaissa mourante, ma sœur de loin me faisait des signes pour revenir; et l'autre pleurait, Ammonaria, cette enfant que je rencontrais chaque soir au bord de la citerne, quand elle amenait ses buffles. Elle a couru après moi. Les anneaux de ses pieds brillaient dans la poussière, et sa tunique ouverte sur les hanches flottait au vent. Le vieil ascète qui m'emmenait lui a crié des injures. Nos deux chameaux galopaient toujours; et je n'ai plus revu personne.

D'abord, j'ai choisi pour demeure le tombeau d'un Pharaon. Mais un enchantement circule dans ces palais souterrains, où les ténèbres ont l'air épaissies par l'ancienne fumée des aromates. Du fond des sarcophages j'ai entendu s'élever une voix dolente qui m'appelait; ou bien je voyais vivre, tout à coup, les choses abominables peintes sur les murs; et j'ai fui jusqu'au bord de la Mer Rouge dans une citadelle en ruines. Là, j'avais pour compagnie des scorpions se traînant parmi les pierres, et au-dessus de ma tête, continuellement, des aigles qui tournoyaient sur le ciel bleu. La nuit, j'étais déchiré par des griffes, mordu par des becs, frôlé par des ailes molles; et d'épouvantables démons, hurlant dans mes oreilles, me renversaient par terre. Une fois même, les gens d'une caravane qui s'en allait vers Alexandrie m'ont secouru, puis emmené avec eux.

Alors, j'ai voulu m'instruire près du bon vieillard Didyme. Bien qu'il fût aveugle, aucun ne l'égalait dans la connaissance des Écritures. Quand la leçon était finie, il réclamait mon bras pour se promener. Je le conduisais sur le Paneum, d'où l'on découvre le Phare et la haute mer. Nous revenions ensuite par le port, en coudoyant des hommes de toutes les nations, jusqu'à des Cimmériens vêtus de peaux d'ours, et des Gymnosophistes du Gange frottés de bouse de vache. Mais sans cesse il y avait quelque bataille dans les rues, à cause des Juifs refusant de payer l'impôt ou des séditieux qui voulaient chasser les Romains. D'ailleurs la ville est pleine d'hérétiques, de sectateurs de Manès, de Valentin, de Basilide, d'Arius, — tous vous accaparant pour discuter et vous convaincre.

Leurs discours me reviennent quelquefois dans la mémoire. On a beau n'y pas faire attention, cela trouble.

Je me suis réfugié à Colzim; et ma pénitence fut si haute que je n'avais plus peur de Dieu. Quelques-uns s'assemblèrent autour de moi pour devenir des anachorètes. Je leur ai imposé une règle pratique, en haine des extravagances de la Gnose et des assertions des philosophes. On m'envoyait de partout des messages. On venait me voir de très loin.

Cependant le peuple torturait les confesseurs, et la soif du martyre m'entraîna dans Alexandrie. La persécution avait cessé depuis trois jours.

Comme je m'en retournais, un flot de monde m'arrêta devant le temple de Sérapis. C'était, me dit-on, un dernier exemple que le gouverneur voulait faire. Au milieu du portique, en plein soleil, une femme nue était attachée contre une colonne, deux soldats la fouettant avec des lanières; à chacun des coups son corps entier se tordait. Elle s'est retournée, la bouche ouverte; — et par-dessus la foule, à travers ses longs cheveux qui lui couvraient la figure, j'ai cru reconnaître Ammonaria...

Cependant... celle-là était plus grande... et belle... prodigieusement!

Il se passe les mains sur le front.

Non! non! je ne veux pas y penser!

Une autre fois, Athanase m'appela pour le soutenir contre les Ariens. Tout s'est borné à des invectives et à des risées. Mais, depuis lors, il a été calomnié, dépossédé de son siège, mis en fuite. Où est-il, maintenant? je n'en sais rien! On s'inquiète si peu de me donner des nouvelles! Tous mes disciples m'ont quitté, Hilarion comme les autres!

Il avait peut-être quinze ans quand il est venu; et son intelligence était si curieuse qu'il m'adressait à chaque moment des questions. Puis il écoutait d'un air pensif; — et les choses dont j'avais besoin, il me les apportait sans murmure, plus leste qu'un chevreau, gai d'ailleurs à faire rire les patriarches. C'était un fils pour moi!

> Le ciel est rouge, la terre complètement noire. Sous les rafales du vent des traînées de sable se lèvent comme de grands linceuls, puis retombent. Dans une éclaircie, tout à coup, passent des oiseaux formant un bataillon triangulaire, pareil à un morceau de métal, et dont les bords seuls frémissent.
>
> Antoine les regarde.

Ah! que je voudrais les suivre!

Combien de fois, aussi, n'ai-je pas contemplé avec envie les longs bateaux, dont les voiles ressemblent à des ailes, et surtout quand ils emmenaient au loin ceux que j'avais reçus chez moi! Quelles bonnes heures nous avions! Quels épanchements! Aucun ne m'a plus intéressé qu'Ammon; il me racontait son voyage à Rome, les Catacombes, le Colisée, la piété des femmes illustres, mille choses encore!... et je n'ai pas voulu partir avec lui! D'où vient mon obstination à continuer une vie pareille? J'aurais bien fait de rester chez les moines de Nitrie, puisqu'ils m'en suppliaient. Ils habitent des cellules à part, et cependant communiquent entre eux. Le dimanche, la trompette les assemble à l'église, où l'on voit accrochés trois martinets qui servent à punir les délinquants, les voleurs et les intrus, car leur discipline est sévère.

Ils ne manquent pas de certaines douceurs, néanmoins. Des fidèles leur apportent des œufs, des fruits, et même des instruments propres à ôter les épines des pieds. Il y a des vignobles autour de Pisperi, ceux de Pabène ont un radeau pour aller chercher les provisions.

Mais j'aurais mieux servi mes frères en étant tout simplement un prêtre. On secourt les pauvres, on distribue les sacrements, on a de l'autorité dans les familles.

D'ailleurs les laïques ne sont pas tous damnés, et il ne tenait qu'à moi d'être... par exemple... grammairien, philosophe. J'aurais dans ma chambre une sphère de roseaux, toujours des tablettes à la main, des jeunes gens autour de moi, et à ma porte, comme enseigne, une couronne de laurier suspendue.

Mais il y a trop d'orgueil à ces triomphes! Soldat valait mieux. J'étais robuste et hardi, — assez pour tendre le câble des machines, traverser les forêts sombres, entrer casque en tête dans les villes fumantes!... Rien ne m'empêchait, non plus, d'acheter avec mon argent une charge de publicain au péage de quelque pont; et les voyageurs m'auraient appris des histoires, en me montrant dans leurs bagages des quantités d'objets curieux...

Les marchands d'Alexandrie naviguent les jours de fête sur la rivière de Canope, et boivent du vin dans des calices de lotus, au bruit des tambourins qui font trembler les tavernes le long du bord! Au-delà, des arbres taillés en cône protègent contre le vent du sud les fermes tranquilles. Le toit de la haute maison s'appuie sur de minces colonnettes, rapprochées comme les bâtons d'une claire-voie; et par ces intervalles le maître, étendu sur un long siège, aperçoit toutes ses plaines autour de lui, avec les chasseurs entre les blés, le pressoir où l'on vendange, les bœufs qui battent la paille. Ses enfants jouent par terre, sa femme se penche pour l'embrasser.

Dans l'obscurité blanchâtre de la nuit, apparaissent çà et là des museaux pointus, avec des oreilles toutes droites et des yeux brillants. Antoine marche vers eux. Des graviers déroulent, les bêtes s'enfuient. C'était un troupeau de chacals.

Un seul est resté, et qui se tient sur deux pattes, le corps en demi-cercle et la tête oblique, dans une pose pleine de défiance.

Comme il est joli! je voudrais passer ma main sur son dos, doucement.

Antoine siffle pour le faire venir. Le chacal disparaît.

Ah! il s'en va rejoindre les autres! Quelle solitude! Quel ennui!

Riant amèrement :

C'est une si belle existence que de tordre au feu
des bâtons de palmier pour faire des houlettes, et de
façonner des corbeilles, de coudre des nattes, puis
d'échanger tout cela avec les Nomades contre du pain
qui vous brise les dents! Ah! misère de moi! Est-ce
que ça ne finira pas! Mais la mort vaudrait mieux!
Je n'en peux plus! Assez! assez!

> Il frappe du pied, et tourne au milieu des roches d'un pas
> rapide, puis s'arrête hors d'haleine, éclate en sanglots et se
> couche par terre, sur le flanc.
> La nuit est calme; des étoiles nombreuses palpitent; on
> n'entend que le claquement des tarentules.
> Les deux bras de la croix font une ombre sur le sable;
> Antoine, qui pleure, l'aperçoit.

Suis-je assez faible, mon Dieu! Du courage, relevons-
nous!

> Il entre dans sa cabane, découvre un charbon enfoui, allume
> une torche et la plante sur la stèle de bois de façon à éclairer
> le gros livre.

Si je prenais... la Vie des apôtres?... oui!... n'importe
où!

> « *Il vit le ciel ouvert avec une grande nappe qui descendait
> par les quatre coins, dans laquelle il y avait toutes sortes
> d'animaux terrestres et de bêtes sauvages, de reptiles et
> d'oiseaux; et une voix lui dit : Pierre, lève-toi! tue, et mange!* »

Donc le Seigneur voulait que son apôtre mangeât
de tout?... tandis que moi...

> Antoine reste le menton sur la poitrine. Le frémissement
> des pages, que le vent agite, lui fait relever la tête, et il lit :

> « *Les Juifs tuèrent tous leurs ennemis avec des glaives
> et ils en firent un grand carnage, de sorte qu'ils disposèrent
> à volonté de ceux qu'ils haïssaient.* »

Suit le dénombrement des gens tués par eux : soixante-
quinze mille. Ils avaient tant souffert! D'ailleurs, leurs
ennemis étaient les ennemis du vrai Dieu. Et comme
ils devaient jouir à se venger, tout en massacrant des
idolâtres! La ville, sans doute, regorgeait de morts!
Il y en avait au seuil des jardins, sur les escaliers, à

une telle hauteur dans les chambres que les portes ne pouvaient plus tourner!... — Mais voilà que je plonge dans les idées de meurtre et de sang!

> *Il ouvre le livre à un autre endroit.*

« *Nabuchodonosor se prosterna le visage contre terre et adora Daniel.* »

Ah! c'est bien! Le Très-Haut exalte ses prophètes au-dessus des rois; celui-là pourtant vivait dans les festins, ivre continuellement de délices et d'orgueil. Mais Dieu, par punition, l'a changé en bête. Il marchait à quatre pattes!

> *Antoine se met à rire; et en écartant les bras, du bout de sa main, dérange les feuilles du livre. Ses yeux tombent sur cette phrase :*

« *Ezéchias eut une grande joie de leur arrivée. Il leur montra ses parfums, son or et son argent, tous ses aromates, ses huiles de senteur, tous ses vases précieux, et ce qu'il y avait dans ses trésors.* »

Je me figure... qu'on voyait entassés jusqu'au plafond des pierres fines, des diamants, des dariques. Un homme qui en possède une accumulation si grande n'est plus pareil aux autres. Il songe, tout en les maniant, qu'il tient le résultat d'une quantité innombrable d'efforts, et comme la vie des peuples qu'il aurait pompée et qu'il peut répandre. C'est une précaution utile aux rois. Le plus sage de tous n'y a pas manqué. Ses flottes lui apportaient de l'ivoire, des singes... Où est-ce donc?

> *Il feuillette vivement.*

Ah! voici :

« *La Reine de Saba, connaissant la gloire de Salomon, vint le tenter, en lui proposant des énigmes.* »

Comment espérait-elle le tenter? Le Diable a bien voulu tenter Jésus! Mais Jésus a triomphé parce qu'il était Dieu, et Salomon grâce peut-être à sa science de magicien. Elle est sublime, cette science-là! Car le monde, — ainsi qu'un philosophe me l'a expliqué, — forme un ensemble dont toutes les parties influent les unes sur les autres, comme les organes d'un seul corps. Il s'agit de connaître les amours et les répulsions naturelles des choses, puis de les mettre en jeu?... On pourrait donc modifier ce qui paraît être l'ordre immuable?

Alors les deux ombres dessinées derrière lui par les bras de la croix se projettent en avant. Elles font comme deux grandes cornes; Antoine s'écrie :

Au secours, mon Dieu!

L'ombre est revenue à sa place.

Ah!... c'était une illusion! pas autre chose! — Il est inutile que je me tourmente l'esprit! Je n'ai rien à faire!... absolument rien à faire!

Il s'assoit, et se croise les bras.

Cependant... j'avais cru sentir l'approche... Mais pourquoi viendrait-Il? D'ailleurs, est-ce que je ne connais pas ses artifices? J'ai repoussé le monstrueux ana- chorète qui m'offrait, en riant, des petits pains chauds, le centaure qui tâchait de me prendre sur sa croupe, — et cet enfant noir apparu au milieu des sables, qui était très beau, et qui m'a dit s'appeler l'esprit de fornication.

Antoine marche de droite et de gauche, vivement.

C'est par mon ordre qu'on a bâti cette foule de retraites saintes, pleines de moines portant des cilices sous leurs peaux de chèvre, et nombreux à pouvoir faire une armée! J'ai guéri de loin des malades; j'ai chassé des démons; j'ai passé le fleuve au milieu des crocodiles; l'empereur Constantin m'a écrit trois lettres; Balacius, qui avait craché sur les miennes, a été déchiré par ses chevaux; le peuple d'Alexandrie, quand j'ai reparu, se battait pour me voir, et Athanase m'a reconduit sur la route. Mais aussi quelles œuvres! Voilà plus de trente ans que je suis dans le désert à gémir toujours! J'ai porté sur mes reins quatre-vingts livres de bronze comme Eusèbe, j'ai exposé mon corps à la piqûre des insectes comme Macaire, je suis resté cinquante-trois nuits sans fermer l'œil comme Pacôme; et ceux qu'on décapite, qu'on tenaille ou qu'on brûle ont moins de vertu, peut-être, puisque ma vie est un continuel martyre!

Antoine se ralentit.

Certainement, il n'y a personne dans une détresse aussi profonde! Les cœurs charitables diminuent. On ne me donne plus rien. Mon manteau est usé. Je n'ai plus de sandales, pas même une écuelle! — car j'ai distribué aux pauvres et à ma famille tout mon bien, sans retenir une obole. Ne serait-ce que pour avoir des outils indispensables à mon travail, il me faudrait un peu d'argent. Oh! pas beaucoup! une petite somme!... je la ménagerais.

Les Pères de Nicée, en robes de pourpre, se tenaient comme des mages, sur des trônes, le long du mur; et on les a régalés dans un banquet, en les comblant d'honneurs, surtout Paphnuce, parce qu'il est borgne et boiteux depuis la persécution de Dioclétien! L'Empereur lui a baisé plusieurs fois son œil crevé; quelle sottise! Du reste, le Concile avait des membres si infâmes! Un évêque de Scythie, Théophile; un autre de Perse, Jean; un gardeur de bestiaux, Spiridion! Alexandre était trop vieux. Athanase aurait dû montrer plus de douceur aux Ariens, pour en obtenir des concessions!

Est-ce qu'ils en auraient fait! Ils n'ont pas voulu m'entendre! Celui qui parlait contre moi, — un grand jeune homme à barbe frisée, — me lançait, d'un air tranquille, des objections captieuses; et, pendant que je cherchais mes paroles, ils étaient à me regarder avec leurs figures méchantes, en aboyant comme des hyènes. Ah! que ne puis-je les faire exiler tous par l'Empereur, ou plutôt les battre, les écraser, les voir souffrir! Je souffre bien, moi!

Il s'appuie en défaillant contre sa cabane.

C'est d'avoir trop jeûné! mes forces s'en vont. Si je mangeais... une fois seulement, un morceau de viande.

Il entreferme les yeux avec langueur.

Ah! de la chair rouge... une grappe de raisin qu'on mord!... du lait caillé qui tremble sur un plat!...

Mais qu'ai-je donc!... Qu'ai-je donc!... Je sens mon

cœur grossir comme la mer, quand elle se gonfle avant
l'orage. Une mollesse infinie m'accable, et l'air chaud
me semble rouler le parfum d'une chevelure. Aucune
femme n'est venue, cependant?...

> Il se tourne vers le petit chemin entre les roches.

C'est par là qu'elles arrivent, balancées dans leurs
litières aux bras noirs des eunuques. Elles descendent,
et joignant leurs mains chargées d'anneaux, elles
s'agenouillent. Elles me racontent leurs inquiétudes. Le
besoin d'une volupté surhumaine les torture; elles
voudraient mourir, elles ont vu dans leurs songes des
dieux qui les appelaient; — et le bas de leur robe tombe
sur mes pieds. Je les repousse. « Oh! non, disent-elles,
pas encore! » Que dois-je faire? Toutes les pénitences
leur seraient bonnes. Elles demandent les plus rudes,
à partager la mienne, à vivre avec moi.

Voilà longtemps que je n'en ai vu! Peut-être qu'il
en va venir? pourquoi pas? Si tout à coup... j'allais
entendre tinter des clochettes de mulet dans la montagne.
Il me semble...

> Antoine grimpe sur une roche, à l'entrée du sentier; et
> il se penche, en dardant ses yeux dans les ténèbres.

Oui! là-bas, tout au fond, une masse remue, comme
des gens qui cherchent leur chemin. Elle est là! Ils se
trompent.

> Appelant :

De ce côté! viens! viens!

> L'écho répète : « Viens! viens! »
> Il laisse tomber ses bras, stupéfait.

Quelle honte! Ah! pauvre Antoine!

> Et tout de suite, il entend chuchoter : « Pauvre Antoine! »

Quelqu'un? répondez!

> Le vent qui passe dans les intervalles des roches fait des
> modulations; et dans leurs sonorités confuses, il distingue des
> voix, comme si l'air parlait. Elles sont basses et insinuantes,
> sifflantes.

LA PREMIÈRE

Veux-tu des femmes?

LA SECONDE

De grands tas d'argent, plutôt?

LA TROISIÈME

Une épée qui reluit?

ET LES AUTRES

— Le Peuple entier t'admire!
— Endors-toi!
— Tu les égorgeras, va, tu les égorgeras!

En même temps, les objets se transforment. Au bord de la falaise, le vieux palmier, avec sa touffe de feuilles jaunes, devient le torse d'une femme penchée sur l'abîme, et dont les grands cheveux se balancent.

ANTOINE

se tourne vers sa cabane; et l'escabeau soutenant le gros livre, avec ses pages chargées de lettres noires, lui semble un arbuste tout couvert d'hirondelles.

C'est la torche, sans doute, qui faisant un jeu de lumière... Éteignons-la!

Il l'éteint, l'obscurité est profonde.
Et, tout à coup, passent au milieu de l'air, d'abord une flaque d'eau, ensuite une prostituée, le coin d'un temple, une figure de soldat, un char avec deux chevaux blancs qui se cabrent.
Ces images arrivent brusquement, par secousses, se détachant sur la nuit comme des peintures d'écarlate sur de l'ébène.
Leur mouvement s'accélère. Elles défilent d'une façon vertigineuse. D'autres fois, elles s'arrêtent et pâlissent par degrés, se fondent; ou bien, elles s'envolent, et immédiatement d'autres arrivent.
Antoine ferme ses paupières.
Elles se multiplient, l'entourent, l'assiègent. Une épouvante indicible l'envahit; et il ne sent plus rien qu'une contraction brûlante à l'épigastre. Malgré le vacarme de sa tête, il perçoit un silence énorme qui le sépare du monde. Il tâche de parler: impossible! C'est comme si le lien général de son être se dissolvait; et, ne résistant plus, Antoine tombe sur la natte.

II

Alors une grande ombre, plus subtile qu'une ombre naturelle, et que d'autres ombres festonnent le long de ses bords, se marque sur la terre.

C'est le Diable, accoudé contre le toit de la cabane et portant sous ses deux ailes, comme une chauve-souris gigantesque qui allaiterait ses petits, — les sept Péchés capitaux, dont les têtes grimaçantes se laissent entrevoir confusément.

Antoine, les yeux toujours fermés, jouit de son inaction; et il étale ses membres sur la natte.

Elle lui semble douce, de plus en plus, si bien qu'elle se rembourre, elle se hausse, elle devient un lit, le lit une chaloupe; de l'eau clapote contre ses flancs.

A droite et à gauche, s'élèvent deux langues de terre noire que dominent des champs cultivés, avec un sycomore de place en place. Un bruit de grelots, de tambours et de chanteurs retentit au loin. Ce sont des gens qui s'en vont à Canope dormir sur le temple de Sérapis pour avoir des songes. Antoine sait cela; et il glisse, poussé par le vent, entre les deux berges du canal. Les feuilles des papyrus et les fleurs rouges des nymphæas, plus grandes qu'un homme, se penchent sur lui. Il est étendu au fond de la barque; un aviron, à l'arrière, traîne dans l'eau. De temps en temps un souffle tiède arrive et les roseaux minces s'entrechoquent. Le murmure de petites vagues diminue. Un assoupissement le prend. Il songe qu'il est un solitaire d'Égypte.

Alors il se relève en sursaut.

Ai-je rêvé?... c'était si net que j'en doute. La langue me brûle! J'ai soif!

Il entre dans sa cabane, et tâte au hasard, partout.

Le sol est humide!... Est-ce qu'il a plu? Tiens! des morceaux! ma cruche brisée!... mais l'outre?

Il la trouve.

Vide! complètement vide!

Pour descendre jusqu'au fleuve, il me faudrait trois heures au moins, et la nuit est si profonde que je n'y verrais pas à me conduire. Mes entrailles se tordent. Où est le pain?

Après avoir cherché longtemps, il ramasse une croûte moins grosse qu'un œuf.

Comment? les chacals l'auront pris? Ah!
malédiction!

> Et de fureur, il jette le pain par terre.

A peine ce geste est-il fait qu'une table est là, couverte
de toutes les choses bonnes à manger.

La nappe de byssus, striée comme les bandelettes des sphinx,
produit d'elle-même des ondulations lumineuses. Il y a dessus
d'énormes quartiers de viandes rouges, de grands poissons,
des oiseaux avec leurs plumes, des quadrupèdes avec leurs
poils, des fruits d'une coloration presque humaine; et des
morceaux de glace blanche et des buires de cristal violet se
renvoient des feux. Antoine distingue au milieu de la table
un sanglier fumant par tous ses pores, les pattes sous le ventre,
les yeux à demi clos; et l'idée de pouvoir manger cette bête
formidable le réjouit extrêmement. Puis, ce sont des choses
qu'il n'a jamais vues, des hachis noirs, des gelées couleur
d'or, des ragoûts où flottent des champignons comme des
nénufars sur des étangs, des mousses si légères qu'elles
ressemblent à des nuages.

Et l'arome de tout cela lui apporte l'odeur salée de l'Océan,
la fraîcheur des fontaines, le grand parfum des bois. Il dilate
ses narines tant qu'il peut; il en bave; il se dit qu'il en a pour
un an, pour dix ans, pour sa vie entière!

A mesure qu'il promène sur les mets ses yeux écarquillés,
d'autres s'accumulent, formant une pyramide, dont les angles
s'écroulent. Les vins se mettent à couler, les poissons à palpiter,
le sang dans les plats bouillonne, la pulpe des fruits s'avance
comme des lèvres amoureuses; et la table monte jusqu'à sa
poitrine, jusqu'à son menton, ne portant qu'une seule assiette
et qu'un seul pain, qui se trouvent juste en face de lui.

Il va saisir le pain. D'autres pains se présentent.

Pour moi!... tous! mais...

> Antoine recule.

Au lieu d'un qu'il y avait, en voilà!... C'est un miracle,
alors, le même que fit le Seigneur!...

Dans quel but? Eh! tout le reste n'est pas moins
incompréhensible! Ah! Démon, va-t'en! va-t'en!

> Il donne un coup de pied dans la table. Elle disparaît.

Plus rien? — non!

> Il respire largement.

Ah! la tentation était forte. Mais comme je m'en suis
délivré!

Il relève la tête, et trébuche contre un objet sonore.

Qu'est-ce donc?

Antoine se baisse.

Tiens! une coupe! quelqu'un, en voyageant, l'aura perdue. Rien d'extraordinaire...

Il mouille son doigt, et frotte.

Ça reluit! du métal! Cependant, je ne distingue pas...

Il allume sa torche et examine la coupe.

Elle est en argent, ornée d'ovules sur le bord, avec une médaille au fond.

- Il fait sauter la médaille d'un coup d'ongle.

C'est une pièce de monnaie qui vaut... de sept à huit drachmes; pas davantage! N'importe! je pourrais bien, avec cela, me procurer une peau de brebis.

Un reflet de la torche éclaire la coupe.

Pas possible! en or! oui!... toute en or!

Une autre pièce, plus grande, se trouve au fond. Sous celle-ci, il en découvre plusieurs autres.

Mais cela fait une somme... assez forte pour avoir trois bœufs... un petit champ!

La coupe est maintenant remplie de pièces d'or.

Allons donc! cent esclaves, des soldats, une foule, de quoi acheter...

Les granulations de la bordure, se détachant, forment un collier de perles.

Avec ce joyau-là, on gagnerait même la femme de l'Empereur!

D'une secousse, Antoine fait glisser le collier sur son poignet. Il tient la coupe de sa main gauche et de son autre bras lève la torche pour mieux l'éclairer. Comme l'eau qui ruisselle d'une vasque, il s'en épanche à flots continus, de manière à faire un monticule sur le sable, des diamants, des escarboucles et des saphirs mêlés à de grandes pièces d'or, portant des effigies de rois.

Comment? comment? des staters, des cycles, des dariques, des aryandiques! Alexandre, Démétrius, les Ptolémées, César! mais chacun d'eux n'en avait pas autant! Rien d'impossible! plus de souffrance! et ces rayons qui m'éblouissent! Ah! mon cœur déborde! comme c'est bon! oui!... oui!... encore! jamais assez! J'aurais beau en jeter à la mer continuellement, il m'en restera. Pourquoi en perdre? Je garderai tout, sans le dire à personne; je me ferai creuser dans le roc une chambre qui sera couverte à l'intérieur de lames de bronze — et je viendrai là, pour sentir les piles d'or s'enfoncer sous mes talons; j'y plongerai mes bras comme dans des sacs de grain. Je veux m'en frotter le visage, me coucher dessus!

> Il lâche la torche pour embrasser le tas, et tombe par terre sur la poitrine.
> Il se relève. La place est entièrement vide.

Qu'ai-je fait?
Si j'étais mort pendant ce temps-là, c'était l'enfer! l'enfer irrévocable!

> Il tremble de tous ses membres.

Je suis donc maudit? Eh non! c'est ma faute! je me laisse prendre à tous les pièges! On n'est pas plus imbécile et plus infâme. Je voudrais me battre, ou plutôt m'arracher de mon corps! Il y a trop longtemps que je me contiens! J'ai besoin de me venger, de frapper, de tuer; c'est comme si j'avais dans l'âme un troupeau de bêtes féroces. Je voudrais à coups de hache, au milieu d'une foule... Ah! un poignard!...

> Il se jette sur son couteau, qu'il aperçoit. Le couteau glisse de sa main, et Antoine reste accoté contre le mur de sa cabane, la bouche grande ouverte, immobile, cataleptique.
> Tout l'entourage a disparu.
> Il se croit à Alexandrie sur le Paneum, montagne artificielle qu'entoure un escalier en limaçon et dressée au centre de la ville.
> En face de lui s'étend le lac Mareotis, à droite la mer, à gauche la campagne, et, immédiatement sous ses yeux, une confusion de toits plats, traversée du sud au nord et de l'est

à l'ouest par deux rues qui s'entrecroisent et forment dans
toute leur longueur, une file de portiques à chapiteaux corinthiens. Les maisons surplombant cette double colonnade
ont des fenêtres à vitres coloriées. Quelques-unes portent
extérieurement d'énormes cages en bois, où l'air du dehors
s'engouffre.

Des monuments d'architecture différente se tassent les uns
près des autres. Des pylônes égyptiens dominent des temples
grecs. Des obélisques apparaissent comme des lances entre
des créneaux de briques rouges. Au milieu des places, il y
a des Hermès à oreilles pointues et des Anubis à tête de chien.
Antoine distingue des mosaïques dans les cours, et aux
poutrelles des plafonds des tapis accrochés.

Il embrasse, d'un seul coup d'œil, les deux ports (le Grand-
Port et l'Eunoste), ronds tous les deux comme deux cir-
ques, et que sépare un môle joignant Alexandrie à l'îlot
escarpé sur lequel s'élève la tour du Phare, quadrangulaire,
haute de cinq cents coudées et à neuf étages, avec un amas
de charbons noirs fumant à son sommet.

De petits ports intérieurs découpent les ports principaux.
Le môle, à chaque bout, est terminé par un pont établi sur
les colonnes de marbre plantées dans la mer. Des voiles passent
dessous; et de lourdes gabares débordantes de marchandises,
des barques thalamèges à incrustations d'ivoire, des gondoles
couvertes d'un tendelet, des trirèmes et des birèmes, toutes
sortes de bateaux, circulent ou stationnent contre les quais.

Autour du Grand-Port, c'est une suite ininterrompue de
constructions royales : le palais des Ptolémées, le Museum,
le Posidium, le Cesareum, le Timonium où se réfugia Marc-
Antoine, le Soma qui contient le tombeau d'Alexandre;
tandis qu'à l'autre extrémité de la ville, après l'Eunoste, on
aperçoit dans un faubourg des fabriques de verre, de parfums
et de papyrus.

Des vendeurs ambulants, des portefaix, des âniers, courent,
se heurtent. Çà et là, un prêtre d'Osiris avec une peau de
panthère sur l'épaule, un soldat romain à casque de bronze,
beaucoup de nègres. Au seuil des boutiques des femmes
s'arrêtent, des artisans travaillent; et le grincement des chars
fait s'envoler des oiseaux qui mangent par terre les détritus
des boucheries et des restes de poisson.

Sur l'uniformité des maisons blanches, le dessin des rues
jette comme un réseau noir. Les marchés pleins d'herbes y
font des bouquets verts, les sécheries des teinturiers des plaques
de couleurs, les ornements d'or au fronton des temples des
points lumineux, tout cela compris dans l'enceinte ovale
des murs grisâtres, sous la voûte du ciel bleu, près de la mer
immobile.

Mais la foule s'arrête et regarde du côté de l'Occident, d'où s'avancent d'énormes tourbillons de poussière.

Ce sont les moines de la Thébaïde, vêtus de peaux de chèvre, armés de gourdins, et hurlant un cantique de guerre et de religion avec ce refrain : « Où sont-ils? où sont-ils? »

Antoine comprend qu'ils viennent pour tuer les Ariens.

Tout à coup les rues se vident, et l'on ne voit plus que des pieds levés.

Les Solitaires maintenant sont dans la ville. Leurs formidables bâtons, garnis de clous, tournent comme des soleils d'acier. On entend le fracas des choses brisées dans les maisons. Il y a des intervalles de silence. Puis de grands cris s'élèvent.

D'un bout à l'autre des rues, c'est un remous continuel de peuple effaré.

Plusieurs tiennent des piques. Quelquefois, deux groupes se rencontrent, n'en font qu'un; et cette masse glisse sur les dalles, se disjoint, s'abat. Mais toujours les hommes à longs cheveux reparaissent.

Des filets de fumée s'échappent du coin des édifices. Les battants des portes éclatent. Des pans de murs s'écroulent. Des architraves tombent.

Antoine retrouve tous ses ennemis l'un après l'autre. Il en reconnaît qu'il avait oubliés; avant de les tuer, il les outrage. Il éventre, égorge, assomme, traîne les vieillards par la barbe, écrase les enfants, frappe les blessés. Et on se venge du luxe; ceux qui ne savent pas lire déchirent les livres; d'autres cassent, abîment les statues, les peintures, les meubles, les coffrets, mille délicatesses dont ils ignorent l'usage et qui, à cause de cela, les exaspèrent. De temps à autre, ils s'arrêtent tout hors d'haleine, puis recommencent.

Les habitants, réfugiés dans les cours, gémissent. Les femmes lèvent au ciel leurs yeux en pleurs et leurs bras nus. Pour fléchir les Solitaires, elles embrassent leurs genoux; ils les renversent; et le sang jaillit jusqu'aux plafonds, retombe en nappes le long des murs, ruisselle du tronc des cadavres décapités, emplit les aqueducs, fait par terre de larges flaques rouges.

Antoine en a jusqu'aux jarrets. Il marche dedans; il en hume les gouttelettes sur ses lèvres et tressaille de joie à le sentir contre ses membres, sous sa tunique de poils, qui en est trempée.

La nuit vient. L'immense clameur s'apaise.

Les Solitaires ont disparu.

Tout à coup, sur les galeries extérieures bordant les neuf étages du Phare, Antoine aperçoit de grosses lignes noires comme seraient des corbeaux arrêtés. Il y court, et il se trouve au sommet.

Un grand miroir de cuivre, tourné vers la haute mer, reflète les navires qui sont au large.

Antoine s'amuse à les regarder ; et à mesure qu'il les regarde, leur nombre augmente.

Ils sont tassés dans un golfe ayant la forme d'un croissant. Par derrière, sur un promontoire, s'étale une ville neuve d'architecture romaine, avec des coupoles de pierre, des toits coniques, des marbres roses et bleus, et une profusion d'airain, appliquée aux volutes des chapiteaux, à la crête des maisons, aux angles des corniches. Un bois de cyprès la domine. La couleur de la mer est plus verte, l'air plus froid. Sur les montagnes à l'horizon, il y a de la neige.

Antoine cherche sa route, quand un homme l'aborde et lui dit : « Venez ! on vous attend ! »

Il traverse un forum, entre dans une cour, se baisse sous une porte ; et il arrive devant la façade du palais, décorée par un groupe en cire qui représente l'empereur Constantin terrassant un dragon. Une vasque de porphyre porte à son milieu une conque en or pleine de pistaches. Son guide lui dit qu'il peut en prendre. Il en prend.

Puis il est comme perdu dans une succession d'appartements.

On voit le long des murs en mosaïque, des généraux offrant à l'Empereur sur le plat de la main des villes conquises. Et partout, ce sont des colonnes de basalte, des grilles en filigrane d'argent, des sièges d'ivoire, des tapisseries brodées de perles. La lumière tombe des voûtes. Antoine continue à marcher. De tièdes exhalaisons circulent ; il entend, quelquefois, le claquement discret d'une sandale. Postés dans les antichambres, des gardiens, qui ressemblent à des automates, tiennent sur leurs épaules des bâtons de vermeil.

Enfin, il se trouve au bas d'une salle terminée au fond par des rideaux d'hyacinthe. Ils s'écartent, et découvrent l'Empereur, assis sur un trône, en tunique violette et chaussé de brodequins rouges à bandes noires.

Un diadème de perles contourne sa chevelure disposée en rouleaux symétriques. Il a les paupières tombantes, le nez droit, la physionomie lourde et sournoise. Aux coins du dais étendu sur sa tête quatre colombes d'or sont posées, et au pied du trône deux lions d'émail accroupis. Les colombes se mettent à chanter, les lions à rugir. L'Empereur roule des yeux. Antoine s'avance ; et tout de suite, sans préambule, ils se racontent des événements. Dans les villes d'Antioche, d'Éphèse et d'Alexandrie, on a saccagé les temples et fait avec les statues des dieux, des pots et des marmites ; l'Empereur en rit beaucoup, Antoine lui reproche sa tolérance envers les Novatiens. Mais l'Empereur s'emporte ; Novatiens, Ariens, Méléciens, tous l'ennuient. Cependant il admire l'épiscopat, car les chrétiens relevant des évêques, qui dépendent de cinq ou six personnages, il s'agit de gagner ceux-là pour avoir à soi tous les autres. Aussi n'a-t-il pas manqué de leur fournir des sommes considérables. Mais il déteste les Pères du Concile de Nicée. « Allons les voir! » Antoine le suit.

Et ils se trouvent, de plain-pied, sur une terrasse.

Elle domine un hippodrome rempli de monde et que surmontent des portiques, où le reste de la foule se promène. Au centre du champ de course s'étend une plate-forme étroite, portant par sa longueur un petit temple de Mercure, la statue de Constantin, trois serpents de bronze entrelacés; à un bout de gros œufs en bois, et à l'autre sept dauphins la queue en l'air.

Derrière le pavillon impérial, les Préfets des chambres, les Comtes des domestiques et les Patrices s'échelonnent jusqu'au premier étage d'une église, dont toutes les fenêtres sont garnies de femmes. A droite est la tribune de la faction bleue, à gauche celle de la verte, en dessous un piquet de soldats, et, au niveau de l'arène, un rang d'arcs corinthiens, formant l'entrée des loges.

Les courses vont commencer, les chevaux s'alignent. De hauts panaches, plantés entre leurs oreilles, se balancent au vent comme des arbres; et ils secouent, dans leurs bonds, des chars en forme de coquille, conduits par des cochers revêtus d'une sorte de cuirasse multicolore, avec des manches étroites du poignet et larges du bras, les jambes nues, toute la barbe, les cheveux rasés sur le front à la mode des Huns.

Antoine est d'abord assourdi par le clapotement des voix. Du haut en bas, il n'aperçoit que des visages fardés, des vêtements bigarrés, des plaques d'orfèvrerie; et le sable de l'arène, tout blanc, brille comme un miroir.

L'Empereur l'entretient. Il lui confie des choses importantes, secrètes, lui avoue l'assassinat de son fils Crispus, lui demande même des conseils pour sa santé.

Cependant Antoine remarque des esclaves au fond des loges. Ce sont les Pères du Concile de Nicée, en haillons abjects. Le martyr Paphnuce brosse la crinière d'un cheval, Théophile lave les jambes d'un autre, Jean peint les sabots d'un troisième, Alexandre ramasse du crottin dans une corbeille.

Antoine passe au milieu d'eux. Ils font la haie, le prient d'intercéder, lui baisent les mains. La foule entière les hue; et il jouit de leur dégradation, démesurément. Le voilà devenu un des grands de la Cour, confident de l'Empereur, premier ministre! Constantin lui pose son diadème sur le front. Antoine le garde, trouvant cet honneur tout simple.

Et bientôt se découvre sous les ténèbres une salle immense, éclairée par des candélabres d'or.

Des colonnes, à demi perdues dans l'ombre tant elles sont

hautes, vont s'alignant à la file en dehors des tables qui se prolongent jusqu'à l'horizon, où apparaissent dans une vapeur lumineuse des superpositions d'escaliers, des suites d'arcades, des colosses, des tours et par derrière, une vague bordure de palais que dépassent des cèdres, faisant des masses plus noires sur l'obscurité.

Les convives, couronnés de violettes, s'appuient du coude contre des lits très bas. Le long de ces deux rangs, des amphores qu'on incline versent du vin; et tout au fond, seul, coiffé de la tiare et couvert d'escarboucles, mange et boit le roi Nabuchodonosor.

A sa droite et à sa gauche, deux théories de prêtres en bonnets pointus balancent des encensoirs. Par terre, sous lui, rampent les rois captifs, sans pieds ni mains, auxquels il jette des os à ronger; plus bas se tiennent ses frères, avec un bandeau sur les yeux, étant tous aveugles.

Une plainte continue monte du fond des ergastules. Les sons doux et lents d'un orgue hydraulique alternent avec les chœurs de voix; et on sent qu'il y a tout autour de la salle une ville démesurée, un océan d'hommes dont les flots battent les murs.

Les esclaves courent portant des plats. Des femmes circulent offrant à boire, les corbeilles crient sous le poids des pains; et un dromadaire, chargé d'outres percées, passe et revient, laissant couler de la verveine pour rafraîchir les dalles.

Des belluaires amènent des lions. Des danseuses, les cheveux pris dans des filets, tournent sur les mains en crachant du feu par les narines; des bateleurs nègres jonglent, des enfants nus se lancent des pelotes de neige, qui s'écrasent en tombant contre les claires argenteries. La clameur est si formidable qu'on dirait une tempête, et un nuage flotte sur le festin, tant il y a de viandes et d'haleines. Quelquefois une flammèche des grands flambeaux, arrachée par le vent, traverse la nuit comme une étoile qui file.

Le Roi essuie avec son bras les parfums de son visage. Il mange dans les vases sacrés, puis les brise; et il énumère intérieurement ses flottes, ses armées, ses peuples. Tout à l'heure, par caprice, il brûlera son palais avec ses convives. Il compte rebâtir la tour de Babel et détrôner Dieu.

Antoine lit, de loin, sur son front, toutes ses pensées. Elles le pénètrent, et il devient Nabuchodonosor.

Aussitôt il est repu de débordements et d'exterminations, et l'envie le prend de se rouler dans la bassesse. D'ailleurs, la dégradation de ce qui épouvante les hommes est un outrage fait à leur esprit, une manière encore de les stupéfier; et comme rien n'est plus vil qu'une bête brute. Antoine se met à quatre pattes sur la table et beugle comme un taureau.

Il sent une douleur à la main — un caillou, par hasard, l'a blessé — et il se retrouve devant sa cabane.

L'enceinte des roches est vide. Les étoiles rayonnent. Tout se tait.

Une fois de plus je me suis trompé! Pourquoi ces choses? Elles viennent des soulèvements de la chair. Ah! misérable!

Il s'élance dans sa cabane, y prend un paquet de cordes terminé par des ongles métalliques, se dénude jusqu'à la ceinture, et levant la tête vers le ciel :

Accepte ma pénitence, ô mon Dieu! ne la dédaigne pas pour sa faiblesse. Rends-la aiguë, prolongée, excessive! Il est temps! à l'œuvre!

Il s'applique un cinglon vigoureux.

Aïe, non! non! pas de pitié!

Il recommence.

Oh! oh! oh! chaque coup me déchire la peau, me tranche les membres. Cela me brûle horriblement!
Eh! ce n'est pas terrible! on s'y fait. Il me semble même...

Antoine s'arrête.

Va donc, lâche! va donc! Bien! bien! sur les bras, dans le dos, sur la poitrine, contre le ventre, partout! Sifflez, lanières, mordez-moi, arrachez-moi! Je voudrais que les gouttes de mon sang jaillissent jusqu'aux étoiles, fissent craquer mes os, découvrir mes nerfs! Des tenailles, des chevalets, du plomb fondu! Les martyrs en ont subi bien d'autres! n'est-ce pas, Ammonaria?

L'ombre des cornes du Diable reparaît.

J'aurais pu être attaché à la colonne près de la tienne, face à face, sous tes yeux, répondant à tes cris par mes soupirs; et nos douleurs se seraient confondues, nos âmes se seraient mêlées.

Il se flagelle avec furie.

Tiens, tiens! pour toi! encore!... Mais voilà qu'un chatouillement me parcourt. Quel supplice! quelles

délices! ce sont comme des baisers. Ma moelle se fond!
je meurs!

Et il voit en face de lui trois cavaliers montés sur des onagres,
vêtus de robes vertes, tenant des lis à la main et se ressemblant
tous de figure.

Antoine se retourne, et il voit trois autres cavaliers semblables, sur de pareils onagres, dans la même attitude.

Il recule. Alors les onagres, tous à la fois, font un pas
et frottent leur museau contre lui en essayant de mordre son
vêtement. Des voix crient : « Par ici, par ici, c'est là! » Et
des étendards paraissent entre les fentes de la montagne avec des
têtes de chameaux en licol de soie rouge, des mulets chargés
de bagages, et des femmes couvertes de voiles jaunes, montées
à califourchon sur des chevaux pie.

Les bêtes haletantes se couchent, les esclaves se précipitent
sur les ballots, on déroule des tapis bariolés, on étale par
terre des choses qui brillent.

Un éléphant blanc, caparaçonné d'un filet d'or, accourt,
en secouant le bouquet de plumes d'autruche attaché à son
frontal.

Sur son dos, parmi des coussins de laine bleue, jambes
croisées, paupières à demi closes et se balançant la tête, il y a
une femme si splendidement vêtue qu'elle envoie des rayons
autour d'elle. La foule se prosterne, l'éléphant plie les genoux,
et

LA REINE DE SABA,

se laissant glisser le long de son épaule, descend sur les tapis et
s'avance vers saint Antoine.

Sa robe en brocart d'or, divisée régulièrement par des falbalas
de perles, de jais et de saphirs, lui serre la taille dans un corsage
étroit, rehaussé d'applications de couleur, qui représentent les
douze signes du Zodiaque. Elle a des patins très hauts, dont
l'un est noir et semé d'étoiles d'argent, avec un croissant de
lune, et l'autre, qui est blanc, est couvert de gouttelettes d'or
avec un soleil au milieu.

Ses larges manches, garnies d'émeraudes et de plumes
d'oiseau, laissent voir à nu son petit bras rond, orné au poignet
d'un bracelet d'ébène, et ses mains chargées de bagues se
terminent par des ongles si pointus que le bout de ses doigts
ressemble presque à des aiguilles.

Une chaîne d'or plate, lui passant sous le menton, monte
le long de ses joues, s'enroule en spirale autour de sa coiffure
poudrée de poudre bleue, puis, redescendant, lui effleure les
épaules et vient s'attacher sur sa poitrine à un scorpion de
diamant qui allonge la langue entre ses seins. Deux grosses
perles blondes tirent ses oreilles. Le bord de ses paupières

est peint en noir. Elle a sur la pommette gauche une tache brune naturelle; et elle respire en ouvrant la bouche, comme si son corset la gênait.

Elle secoue, tout en marchant, un parasol vert à manche d'ivoire entouré de sonnettes vermeilles; et douze négrillons crépus portent la longue queue de sa robe, dont un singe tient l'extrémité qu'il soulève de temps à autre.

Elle dit :

Ah! bel ermite! bel ermite! mon cœur défaille!

A force de piétiner d'impatience, il m'est venu des calus au talon, et j'ai cassé un de mes ongles! J'envoyais des bergers qui restaient sur les montagnes la main étendue devant les yeux, et des chasseurs qui criaient ton nom dans les bois, et des espions qui parcouraient toutes les routes en disant à chaque passant : « L'avez-vous vu? »

La nuit, je pleurais, le visage tourné vers la muraille. Mes larmes, à la longue, ont fait deux petits trous dans la mosaïque, comme des flaques d'eau de mer dans les rochers, car je t'aime! Oh! oui! beaucoup!

Elle lui prend la barbe.

Ris donc, bel ermite! ris donc! je suis très gaie, tu verras! Je pince de la lyre, je danse comme une abeille, et je sais une foule d'histoires à raconter, toutes plus divertissantes les unes que les autres.

Tu n'imagines pas la longue route que nous avons faite. Voilà les onagres des courriers verts qui sont morts de fatigue!

Les onagres sont étendus par terre sans mouvement.

Depuis trois grandes lunes, ils ont couru d'un train égal, avec un caillou dans les dents pour couper le vent, la queue toujours droite, le jarret toujours plié, et galopant toujours. On n'en retrouvera pas de pareils! Ils me venaient de mon grand-père maternel, l'empereur Saharil, fils d'Iakhschab, fils d'Iaarab, fils de Kastan. Ah! s'ils vivaient encore nous les attellerions à une litière pour nous en retourner vite à la maison! Mais... comment...? à quoi songes-tu?

Elle l'examine.

Ah! quand tu seras mon mari, je t'habillerai, je te
parfumerai, je t'épilerai.

> Antoine reste immobile, plus roide qu'un pieu, pâle comme
> un mort.

Tu as l'air triste; est-ce de quitter ta cabane? Moi,
j'ai tout quitté pour toi, — jusqu'au roi Salomon, qui
a cependant beaucoup de sagesse, vingt mille chariots
de guerre, et une belle barbe! Je t'ai apporté mes
cadeaux de noces. Choisis.

> Elle se promène entre les rangées d'esclaves et les mar-
> chandises.

Voici du baume de Génézareth, de l'encens du cap
Gardefan, du ladanon, du cinnamome, et du silphium,
bon à mettre dans les sauces. Il y a là-dedans des broderies
d'Assur, des ivoires du Gange, de la pourpre d'Élisa;
et cette boîte de neige contient une outre de chalibon,
vin réservé pour les rois d'Assyrie, — et qui se boit
pur dans une corne de licorne. Voilà des colliers, des
agrafes, des filets, des parasols, de la poudre d'or de
Baasa, du cassiteros de Tartessus, du bois bleu de
Pandio, des fourrures blanches d'Issedonie, des escarboucles de l'île Palæsimonde, et des cure-dents faits avec
les poils du tachas, — animal perdu qui se trouve sous
la terre. Ces coussins sont d'Emath, et ces franges à
manteau de Palmyre. Sur ce tapis de Babylone, il y a...
mais viens donc! viens donc!

> Elle tire saint Antoine par la manche. Il résiste. Elle con-
> tinue :

Ce tissu mince, qui craque sous les doigts avec un
bruit d'étincelles, est la fameuse toile jaune apportée par
les marchands de la Bactriane. Il leur faut quarante-trois
interprètes dans leur voyage. Je t'en ferai faire des robes,
que tu mettras à la maison.

Poussez les crochets de l'étui en sycomore, et donnez-moi la cassette d'ivoire qui est au garrot de mon
éléphant!

> On retire d'une boîte quelque chose de rond couvert d'un
> voile, et l'on apporte un petit coffret chargé de ciselures.

Veux-tu le bouclier de Dgian-ben-Dgian, celui qui a bâti les Pyramides? le voilà! Il est composé de sept peaux de dragon mises l'une sur l'autre, jointes par des vis de diamant, et qui ont été tannées dans de la bile de parricide. Il représente, d'un côté, toutes les guerres qui ont eu lieu depuis l'invention des armes, et, de l'autre, toutes les guerres qui auront lieu jusqu'à la fin du monde. La foudre rebondit dessus, comme une balle de liège. Je vais le passer à ton bras et tu le porteras à la chasse.

Mais si tu savais ce que j'ai dans ma petite boîte! Retourne-la, tâche de l'ouvrir! Personne n'y parviendrait; embrasse-moi; je te le dirai.

Elle prend saint Antoine par les deux joues; il la repousse à bras tendus.

C'était une nuit que le roi Salomon perdait la tête. Enfin nous conclûmes un marché. Il se leva, et sortant à pas de loup...

Elle fait une pirouette.

Ah! ah! bel ermite! tu ne le sauras pas! tu ne le sauras pas!

Elle secoue son parasol, dont toutes les clochettes tintent.

Et j'ai bien d'autres choses encore, va! J'ai des trésors enfermés dans des galeries où l'on se perd comme dans un bois. J'ai des palais d'été en treillage de roseaux, et des palais d'hiver en marbre noir. Au milieu de lacs grands comme des mers, j'ai des îles rondes comme des pièces d'argent, toutes couvertes de nacre, et dont les rivages font de la musique, au battement des flots tièdes qui se roulent sur le sable. Les esclaves de mes cuisines prennent des oiseaux dans mes volières, et pêchent le poisson dans mes viviers. J'ai des graveurs continuellement assis pour creuser mon portrait sur des pierres dures, des fondeurs haletants qui coulent mes statues, des parfumeurs qui mêlent le suc des plantes à des vinaigres et battent des pâtes. J'ai des couturières qui me coupent des étoffes, des orfèvres qui me travaillent des bijoux, des coiffeuses qui sont à me chercher des coiffures, et des peintres attentifs, versant sur mes lambris des résines bouillantes, qu'ils refroidissent avec des éventails. J'ai des suivantes de quoi faire un harem, des eunuques de quoi faire une armée. J'ai des armées, j'ai des peuples! J'ai dans mon vestibule une garde de nains portant sur le dos des trompes d'ivoire.

> Antoine soupire.

J'ai des attelages de gazelles, des quadriges d'éléphants, des couples de chameaux par centaines, et des cavales à crinière si longue que leurs pieds y entrent quand elles galopent, et des troupeaux à cornes si larges que l'on abat les bois devant eux quand ils pâturent. J'ai des girafes qui se promènent dans mes jardins, et qui avancent leur tête sur le bord de mon toit, quand je prends l'air après dîner.

Assise dans une coquille, et traînée par les dauphins, je me promène dans les grottes écoutant tomber l'eau des stalactites. Je vais au pays des diamants, où les magiciens mes amis me laissent choisir les plus beaux; puis je remonte sur la terre, et je rentre chez moi.

> Elle pousse un sifflement aigu; et un grand oiseau, qui descend du ciel, vient s'abattre sur le sommet de sa chevelure, dont il fait tomber la poudre bleue.
>
> Son plumage, de couleur orange, semble composé d'écailles métalliques. Sa petite tête, garnie d'une huppe d'argent, représente un visage humain. Il a quatre ailes, des pattes de vautour, et une immense queue de paon, qu'il étale en rond derrière lui.
>
> Il saisit dans son bec le parasol de la Reine, chancelle un peu avant de prendre son aplomb, puis hérisse toutes ses plumes et demeure immobile.

Merci, beau Simorg-anka! toi qui m'as appris où se cachait l'amoureux! Merci! merci! messager de mon cœur!

Il vole comme le désir. Il fait le tour du monde dans sa journée. Le soir, il revient; il se pose au pied de ma couche; il me raconte ce qu'il a vu, les mers qui ont passé sous lui avec les poissons et les navires, les grands déserts vides qu'il a contemplés du haut des cieux, et toutes les moissons qui se courbaient dans la campagne, et les plantes qui poussaient sur le mur des villes abandonnées.

> Elle tord ses bras, langoureusement.

Oh! si tu voulais, si tu voulais!... J'ai un pavillon sur un promontoire au milieu d'un isthme, entre deux océans. Il est lambrissé de plaques de verre, parqueté d'écailles de tortue, et s'ouvre aux quatre vents du ciel. D'en haut, je vois revenir mes flottes et les peuples qui montent la colline avec des fardeaux sur l'épaule. Nous dormirions sur des duvets plus mous que des nuées, nous boirions des boissons froides dans des écorces de fruits et nous regarderions le soleil à travers des émeraudes! Viens!...

Antoine se recule. Elle se rapproche, et d'un ton irrité :

Comment? ni riche, ni coquette, ni amoureuse? ce n'est pas tout cela qu'il te faut, hein? mais lascive, grasse, avec une voix rauque, la chevelure couleur de feu et des chairs rebondissantes. Préfères-tu un corps froid comme la peau des serpents, ou bien de grands yeux noirs, plus sombres que les cavernes mystiques? regarde-les, mes yeux!

Antoine, malgré lui, les regarde.

Toutes celles que tu as rencontrées, depuis la fille des carrefours chantant sous sa lanterne jusqu'à la patricienne effeuillant des roses du haut de sa litière, toutes les formes entrevues, toutes les imaginations de ton désir, demande-les! Je ne suis pas une femme, je suis un monde. Mes vêtements n'ont qu'à tomber, et tu découvriras sur ma personne une succession de mystères!

Antoine claque des dents.

Si tu posais ton doigt sur mon épaule, ce serait comme une traînée de feu dans tes veines. La possession de la moindre place de mon corps t'emplira d'une joie plus véhémente que la conquête d'un empire. Avance tes lèvres! mes baisers ont le goût d'un fruit qui se fondrait dans ton cœur! Ah! comme tu vas te perdre sous mes cheveux, humer ma poitrine, t'ébahir de mes membres, et brûlé par mes prunelles, entre mes bras, dans un tourbillon...

Antoine fait un signe de croix.

Tu me dédaignes! adieu!

Elle s'éloigne en pleurant, puis se retourne :

Bien sûr? une femme si belle!

Elle rit, et le singe qui tient le bas de sa robe la soulève.

Tu te repentiras, bel ermite, tu gémiras! tu t'en-nuieras! mais je m'en moque! la! la! la! oh! oh! oh!

Elle s'en va la figure dans les mains, en sautillant à cloche-pied.

Les esclaves défilent devant saint Antoine, les chevaux, les dromadaires, l'éléphant, les suivantes, les mulets qu'on a rechargés, les négrillons, le singe, les courriers verts, tenant à la main leur lis cassé; et la Reine de Saba s'éloigne, en poussant une sorte de hoquet convulsif, qui ressemble à des sanglots ou à un ricanement.

III

Quand elle a disparu, Antoine aperçoit un enfant sur le seuil de sa cabane.

C'est quelqu'un des serviteurs de la Reine,

pense-t-il.

Cet enfant est petit comme un nain, et pourtant trapu comme un Cabire, contourné, d'aspect misérable. Des cheveux blancs couvrent sa tête prodigieusement grosse; et il grelotte sous une méchante tunique, tout en gardant à sa main un rouleau de papyrus.

La lumière de la lune, que traverse un nuage, tombe sur lui.

Antoine l'observe de loin et en a peur.

Qui es-tu?

L'Enfant répond.

Ton ancien disciple Hilarion!

ANTOINE

Tu mens! Hilarion habite depuis de longues années la Palestine.

HILARION

J'en suis revenu! c'est bien moi!

ANTOINE se rapproche, et il le considère.

Cependant sa figure était brillante comme l'aurore, candide, joyeuse. Celle-là est toute sombre et vieille.

HILARION

De longs travaux m'ont fatigué!

ANTOINE

La voix aussi est différente. Elle a un timbre qui vous glace.

HILARION

C'est que je me nourris de choses amères!

ANTOINE

Et ces cheveux blancs?

HILARION

J'ai eu tant de chagrins!

ANTOINE à part.

Serait-ce possible?...

HILARION

Je n'étais pas si loin que tu le supposes. L'ermite Paul t'a rendu visite cette année, pendant le mois de schebar. Il y a juste vingt jours que les Normands t'ont apporté du pain. Tu as dit, avant-hier, à un matelot de te faire parvenir trois poinçons.

ANTOINE

Il sait tout!

HILARION

Apprends même que je ne t'ai jamais quitté. Mais tu passes de longues périodes sans m'apercevoir.

ANTOINE

Comment cela? Il est vrai que j'ai la tête si troublée!
Cette nuit particulièrement...

HILARION

Tous les Péchés capitaux sont venus. Mais leurs piètres
embûches se brisent contre un saint tel que toi!

ANTOINE

Oh! non!... non! À chaque minute je défaille! Que
ne suis-je un de ceux dont l'âme est toujours intrépide
et l'esprit ferme, — comme le grand Athanase, par
exemple.

HILARION

Il a été ordonné illégalement par sept évêques!

ANTOINE

Qu'importe! si sa vertu...

HILARION

Allons donc! un homme orgueilleux, cruel, toujours
dans les intrigues, et finalement exilé comme accapareur.

ANTOINE

Calomnie!

HILARION

Tu ne nieras pas qu'il ait voulu corrompre Eustates,
le trésorier des largesses?

ANTOINE

On l'affirme; j'en conviens.

HILARION

Il a brûlé, par vengeance, la maison d'Arsène!

ANTOINE

Hélas!

HILARION

Au Concile de Nicée, il a dit en parlant de Jésus :
« l'homme du Seigneur. »

ANTOINE

Ah! cela c'est un blasphème!

HILARION

Tellement borné du reste, qu'il avoue ne rien comprendre à la nature du Verbe.

ANTOINE souriant de plaisir.

En effet, il n'a pas l'intelligence très... élevée.

HILARION

Si l'on t'avait mis à sa place, c'eût été un grand bonheur pour tes frères comme pour toi. Cette vie à l'écart des autres est mauvaise.

ANTOINE

Au contraire! L'homme, étant esprit, doit se retirer des choses mortelles. Toute action le dégrade. Je voudrais ne pas tenir à la terre, — même par la plante de mes pieds!

HILARION

Hypocrite qui s'enfonce dans la solitude pour se livrer mieux au débordement de ses convoitises! Tu te prives de viandes, de vin, d'étuves, d'esclaves et d'honneurs; mais comme tu laisses ton imagination t'offrir des banquets, des parfums, des femmes nues et des foules applaudissantes! Ta chasteté n'est qu'une corruption plus subtile, et ce mépris du monde l'impuissance de ta haine contre lui! C'est là ce qui rend tes pareils si lugubres, ou peut-être parce qu'ils doutent. La possession de la vérité donne la joie. Est-ce que Jésus était triste? Il allait entouré d'amis, se reposait à l'ombre de l'olivier, entrait chez le publicain, multipliait les coupes, pardonnant à la pécheresse, guérissant toutes les douleurs. Toi, tu n'as de pitié que pour ta misère. C'est comme un remords qui t'agite et une démence farouche, jusqu'à repousser la caresse d'un chien ou le sourire d'un enfant.

ANTOINE éclate en sanglots.

Assez! assez! tu remues trop mon cœur.

HILARION

Secoue la vermine de tes haillons! Relève-toi de ton ordure! Ton Dieu n'est pas un Moloch qui demande de la chair en sacrifice!

ANTOINE

Cependant la souffrance est bénie. Les chérubins s'inclinent pour recevoir le sang des confesseurs.

HILARION

Admire donc les Montanistes! ils dépassent tous les autres.

ANTOINE

Mais c'est la vérité de la doctrine qui fait le martyre!

HILARION

Comment peut-il en prouver l'excellence, puisqu'il témoigne également pour l'erreur?

ANTOINE

Te tairas-tu, vipère!

HILARION

Cela n'est peut-être pas si difficile. Les exhortations des amis, le plaisir d'insulter le peuple, le serment qu'on a fait, un certain vertige, mille circonstances les aident.

Antoine s'éloigne d'Hilarion. Hilarion le suit.

D'ailleurs, cette manière de mourir amène de grands désordres. Denys, Cyprien et Grégoire[1] s'y sont soustraits. Pierre d'Alexandrie l'a blâmée, et le Concile d'Elvire...

ANTOINE se bouche les oreilles.

Je n'écoute plus!

HILARION élevant la voix.

Voilà que tu retombes dans ton péché d'habitude, la paresse. L'ignorance est l'écume de l'orgueil. On dit : « Ma conviction est faite, pourquoi discuter? » et on méprise les docteurs, les philosophes, la tradition, et jusqu'au texte de la Loi qu'on ignore. Crois-tu tenir la sagesse dans ta main?

ANTOINE

Je l'entends toujours. Ses paroles bruyantes emplissent ma tête.

HILARION

Les efforts pour comprendre Dieu sont supérieurs à tes mortifications pour le fléchir. Nous n'avons de mérite que par notre soif du Vrai. La Religion seule n'explique pas tout; et la solution des problèmes que tu méconnais peut la rendre plus inattaquable et plus haute. Donc il faut, pour son salut, communiquer avec ses frères, — ou bien l'Église, l'assemblée des fidèles, ne serait qu'un mot, — et écouter toutes les raisons, ne dédaigner rien, ni personne. Le sorcier Balaam, le poète Eschyle et la sibylle de Cumes avaient annoncé le Sauveur. Denys l'Alexandrin reçut du Ciel l'ordre de lire tous les livres. Saint Clément nous ordonne la culture des lettres grecques. Hermas a été converti par l'illusion d'une femme qu'il avait aimée[1].

ANTOINE

Quel air d'autorité! Il me semble que tu grandis...

En effet, la taille d'Hilarion s'est progressivement élevée; et Antoine, pour ne plus le voir, ferme les yeux.

HILARION

Rassure-toi, bon ermite!

Asseyons-nous là, sur cette grosse pierre, — comme autrefois, quand à la première lueur du jour je te saluais en t'appelant « claire étoile du matin »; et tu commençais de suite mes instructions. Elles ne sont pas finies. La lune nous éclaire suffisamment. Je t'écoute.

Il a tiré un calame de sa ceinture; et, par terre, jambes croisées, avec son rouleau de papyrus à la main, il lève la tête vers saint Antoine qui, assis près de lui, reste le front penché.

Après un instant de silence, Hilarion reprend :

La parole de Dieu, n'est-ce pas, nous est confirmée par les miracles? Cependant les sorciers de Pharaon en faisaient; d'autres imposteurs peuvent en faire; on s'y trompe. Qu'est- ce donc qu'un miracle? Un événement qui nous semble en dehors de la nature. Mais connaissons-nous toute sa puissance ? et de ce qu'une chose ordinairement ne nous étonne pas, s'ensuit-il que nous la comprenions ?

ANTOINE

Peu importe ! il faut croire l'Écriture !

HILARION

Saint Paul, Origène et bien d'autres ne l'entendaient pas littéralement ; mais si on l'explique par des allégories elle devient le partage d'un petit nombre et l'évidence de la vérité disparaît. Que faire ?

ANTOINE

S'en remettre à l'Église !

HILARION

Donc l'Écriture est inutile ?

ANTOINE

Non pas ! quoique l'Ancien Testament, je l'avoue, ait... des obscurités... Mais le Nouveau resplendit d'une lumière pure.

HILARION

Cependant l'Ange annonciateur, dans Matthieu, apparaît à Joseph, tandis que dans Luc, c'est à Marie. L'onction de Jésus par une femme se passe, d'après le premier Évangile, au commencement de sa vie publique, et, selon les trois autres, peu de jours avant sa mort. Le breuvage qu'on lui offre sur la croix, c'est, dans Matthieu, du vinaigre avec du fiel ; dans Marc, du vin et de la myrrhe. Suivant Luc et Matthieu, les apôtres ne doivent prendre ni argent ni sac, pas même de sandales et de bâton ; dans Marc, au contraire, Jésus leur défend de rien emporter si ce n'est des sandales et un bâton. Je m'y perds !...

ANTOINE, avec ébahissement.

En effet... en effet...

HILARION

Au contact de l'hémorroïdesse, Jésus se retourna en disant : « Qui m'a touché ? » Il ne savait donc pas qui

le touchait? Cela contredit l'omniscience de Jésus. Si le
tombeau était surveillé par des gardes, les femmes
n'avaient pas à s'inquiéter d'un aide pour soulever la
pierre de ce tombeau. Donc, il n'y avait pas de gardes,
ou bien les saintes femmes n'étaient pas là. A Emmaüs,
il mange avec ses disciples et leur fait tâter ses plaies.
C'est un corps humain, un objet matériel, pondérable,
et cependant qui traverse les murailles. Est-ce possible?

ANTOINE

Il faudrait beaucoup de temps pour te répondre!

HILARION

Pourquoi reçut-il le Saint-Esprit, bien qu'étant le Fils?
Qu'avait-il besoin du baptême s'il était le Verbe? Com-
ment le Diable pouvait-il le tenter, lui, Dieu?
Est-ce que ces pensées-là ne te sont jamais venues?

ANTOINE

Oui!... souvent! Engourdies ou furieuses, elles
demeurent dans ma conscience. Je les écrase, elles
renaissent, m'étouffent; et je crois parfois que je suis
maudit.

HILARION

Alors, tu n'as que faire de servir Dieu?

ANTOINE

J'ai toujours besoin de l'adorer!

Après un long silence,

HILARION reprend.

Mais en dehors du dogme, toute liberté de recherches
nous est permise. Désires-tu connaître la hiérarchie des
Anges, la vertu des Nombres, la raison des germes et
des métamorphoses?

ANTOINE

Oui! oui! ma pensée se débat pour sortir de sa prison.
Il me semble qu'en ramassant mes forces j'y parviendrai.
Quelquefois même, pendant la durée d'un éclair, je me
trouve comme suspendu; puis je retombe.

HILARION

Le secret que tu voudrais tenir eſt gardé par des sages.
Ils vivent dans un pays lointain, assis sous des arbres
gigantesques, vêtus de blanc et calmes comme des dieux.
Un air chaud les nourrit. Des léopards tout à l'entour
marchent sur des gazons. Le murmure des sources avec
le hennissement des licornes se mêlent à leurs voix. Tu
les écouteras; et la face de l'Inconnu se dévoilera!

ANTOINE, soupirant.

La route eſt longue, et je suis vieux!

HILARION

Oh! oh! les hommes savants ne sont pas rares! Il
y en a même tout près de toi; ici! — Entrons!

IV

Eт Antoine voit devant lui une basilique immense.
La lumière se projette du fond, merveilleuse comme serait un
soleil multicolore. Elle éclaire les têtes innombrables de la foule
qui emplit la nef et reflue entre les colonnes, vers les bas-côtés,
où l'on diſtingue, dans des compartiments de bois, des autels,
des lits, des chaînettes de petites pierres bleues, et des conſtellations
peintes sur les murs.

Au milieu de la foule, des groupes, çà et là, ſtationnent. Des
hommes, debout sur des escabeaux, haranguent, le doigt levé;
d'autres prient les bras en croix, sont couchés par terre, chantent
des hymnes, ou boivent du vin; autour d'une table, des fidèles
font les agapes, des martyrs démaillotent leurs membres pour
montrer leurs blessures; des vieillards appuyés sur des bâtons,
racontent leurs voyages.

Il y en a du pays des Germains, de la Thrace et des Gaules,
de la Scythie et des Indes, avec de la neige sur la barbe, des plumes
dans la chevelure, des épines aux franges de leur vêtement, les
sandales noires de poussière, la peau brûlée par le soleil. Tous
les coſtumes se confondent, les manteaux de pourpre et les robes
de lin, des dalmatiques brodées, des sayons de poil, des bonnets de
matelots, des mitres d'évêques. Leurs yeux fulgurent extraordinairement. Ils ont l'air de bourreaux ou l'air d'eunuques.

Hilarion s'avance au milieu d'eux. Tous le saluent. Antoine, en se serrant contre son épaule, les observe. Il remarque beaucoup de femmes. Plusieurs sont habillées en hommes, avec les cheveux ras; il en a peur.

HILARION

Ce sont des chrétiennes qui ont converti leurs maris. D'ailleurs les femmes sont toujours pour Jésus, même les idolâtres, témoin Procula, l'épouse de Pilate, et Poppée, la concubine de Néron. Ne tremble plus! avance!

Et il en arrive d'autres, continuellement.

Ils se multiplient, se dédoublent, légers comme des ombres, tout en faisant une grande clameur où se mêlent des hurlements de rage, des cris d'amour, des cantiques et des objurgations.

ANTOINE, à voix basse.

Que veulent-ils?

HILARION

Le Seigneur a dit : « J'aurais encore à vous parler de bien des choses. » Ils possèdent ces choses.

Et il le pousse vers un trône d'or à cinq marches où, entouré de quatre-vingt-quinze disciples, tous frottés d'huile, maigres et très pâles, siège le prophète Manès, beau comme un archange, immobile comme une statue, portant une robe indienne, des escarboucles dans ses cheveux nattés, à sa main gauche un livre d'images peintes, et sous sa droite un globe. Les images représentent les créatures qui sommeillaient dans le chaos. Antoine se penche pour les voir. Puis

MANÈS

fait tourner son globe; et réglant ses paroles sur une lyre d'où s'échappent des sons cristallins :

La terre céleste est à l'extrémité supérieure, la terre mortelle à l'extrémité inférieure. Elle est soutenue par deux anges, le Splenditenens et l'Omophore à six visages.

Au sommet du ciel le plus haut se tient la Divinité impassible; en dessous, face à face, sont le Fils de Dieu et le Prince des ténèbres.

Les ténèbres s'étant avancées jusqu'à son royaume, Dieu tira de son essence une vertu qui produisit le premier homme; et il l'environna des cinq éléments.

Mais les démons des ténèbres lui en dérobèrent une partie, et cette partie est l'âme.

Il n'y a qu'une seule âme, universellement épandue, comme l'eau d'un fleuve divisé en plusieurs bras. C'est elle qui soupire dans le vent, grince dans le marbre qu'on scie, hurle par la voix de la mer; et elle pleure des larmes de lait quand on arrache les feuilles du figuier.

Les âmes sorties de ce monde émigrent vers les astres, qui sont des êtres animés.

ANTOINE se met à rire.

Ah! ah! quelle absurde imagination!

UN HOMME sans barbe, et d'apparence austère.

En quoi?

Antoine va répondre. Mais Hilarion lui dit tout bas que cet homme est l'immense Origène; et

MANÈS reprend.

D'abord elles s'arrêtent dans la lune, où elles se purifient. Ensuite elles montent dans le soleil.

ANTOINE, lentement.

Je ne connais rien... qui nous empêche... de le croire.

MANÈS

Le but de toute créature est la délivrance du rayon céleste enfermé dans la matière. Il s'en échappe plus facilement par les parfums, les épices, l'arome du vin cuit, les choses légères qui ressemblent à des pensées. Mais les actes de la vie l'y retiennent. Le meurtrier renaîtra dans le corps d'un celèphe, celui qui tue un animal deviendra cet animal; si tu plantes une vigne, tu seras lié dans ses rameaux. La nourriture en absorbe. Donc, privez-vous! jeûnez!

HILARION

Ils sont tempérants, comme tu vois!

MANÈS

Il y en a beaucoup dans les viandes, moins dans les herbes. D'ailleurs, les Purs, grâce à leurs mérites

dépouillent les végétaux de cette partie lumineuse et
elle remonte à son foyer. Les animaux, par la génération,
l'emprisonnent dans la chair. Donc, fuyez les femmes!

HILARION

Admire leur continence!

MANÈS

Ou plutôt, faites si bien qu'elles ne soient pas fécondes.
— Mieux vaut pour l'âme tomber sur la terre que
de languir dans des entraves charnelles!

ANTOINE

Ah! l'abomination!

HILARION

Qu'importe la hiérarchie des turpitudes? l'Église a
bien fait du mariage un sacrement!

SATURNIN, en costume de Syrie.

Il propage un ordre de choses funestes! Le Père, pour
punir les anges révoltés, leur ordonna de créer le monde.
Le Christ est venu, afin que le Dieu des Juifs qui était
un de ces anges...

ANTOINE

Un ange? lui! le Créateur!

CERDON

N'a-t-il pas voulu tuer Moïse, tromper ses prophètes,
séduit les peuples, répandu le mensonge et l'idolâtrie?

MARCION

Certainement, le Créateur n'est pas le vrai Dieu!

SAINT CLÉMENT D'ALEXANDRIE

La matière est éternelle!

BARDESANES, en mage de Babylone.

Elle a été formée par les Sept Esprits planétaires.

LES HERNIENS

Les anges ont fait les âmes!

LES PRISCILLIANIENS

C'est le Diable qui a fait le monde!

ANTOINE se rejette en arrière.

Horreur!

HILARION, le soutenant.

Tu te désespères trop vite! tu comprends mal leur doctrine! En voici un qui a reçu la sienne de Théodas, l'ami de saint Paul. Écoute-le!

Et, sur un signe d'Hilarion,

VALENTIN

en tunique de toile d'argent, la voix sifflante et le crâne pointu :

Le monde est l'œuvre d'un Dieu en délire.

ANTOINE baisse la tête.

L'œuvre d'un Dieu en délire...

Après un long silence :

Comment cela?

VALENTIN

Le plus parfait des êtres, des Éons, l'Abîme, reposait au sein de la Profondeur avec la Pensée. De leur union sortit l'Intelligence, qui eut pour compagne la Vérité.

L'Intelligence et la Vérité engendrèrent le Verbe et la Vie, qui, à leur tour, engendrèrent l'Homme et l'Église; — et cela fait huit Éons!

Il compte sur ses doigts.

Le Verbe et la Vérité produisirent dix autres Éons, c'est-à-dire cinq couples. L'Homme et l'Église en avaient produit douze autres parmi lesquels le Paraclet et la Foi, l'Espérance et la Charité, le Parfait et la Sagesse, Sophia.

L'ensemble de ces trente Éons constitue le Plérôme, ou Universalité de Dieu. Ainsi, comme les échos d'une voix qui s'éloigne, comme les effluves d'un parfum qui s'évapore, comme les feux du soleil qui se couche, les Puissances émanées du Principe vont toujours s'affaiblissant.

Mais Sophia, désireuse de connaître le Père, s'élança

hors du Plérôme; — et le Verbe fit alors un autre couple, le Christ et le Saint-Esprit, qui avait relié entre eux tous les Éons; et tous ensemble ils formèrent Jésus, la fleur du Plérôme.

Cependant, l'effort de Sophia pour s'enfuir avait laissé dans le vide une image d'elle, une substance mauvaise, Acharamoth. Le Sauveur en eut pitié, la délivra des passions; et du sourire d'Acharamoth délivrée la lumière naquit; ses larmes firent les eaux, sa tristesse engendra la matière noire.

D'Acharamoth sortit le Démiurge, fabricateur des mondes, des cieux et du Diable. Il habite bien plus bas que le Plérôme, sans même l'apercevoir, tellement qu'il se croit le vrai Dieu, et répète par la bouche de ses prophètes : « Il n'y a d'autre Dieu que moi! » Puis il fit l'homme, et lui jeta dans l'âme la semence imma-térielle, qui était l'Église, reflet de l'autre Église placée dans le Plérôme.

Acharamoth, un jour, parvenant à la région la plus haute, se joindra au Sauveur; le feu caché dans le monde anéantira toute matière, se dévorera lui-même, et les hommes, devenus de purs esprits, épouseront des anges!

ORIGÈNE

Alors le démon sera vaincu, et le règne de Dieu commencera!

Antoine retient un cri; et aussitôt

BASILIDE, *le prenant par le coude.*

L'Être suprême avec les émanations infinies s'appelle Abraxas, et le Sauveur avec toutes ses vertus Kaulakau, autrement ligne-sur-ligne, rectitude-sur-rectitude.

On obtient la force de Kaulakau par le secours de certains mots, inscrits sur cette calcédoine pour faciliter la mémoire.

Et il montre à son cou une petite pierre où sont gravées des lignes bizarres.

Alors tu seras transporté dans l'Invisible; et, supérieur à la loi, tu mépriseras tout, même la vertu!

Nous autres, les Purs, nous devons fuir la douleur, d'après l'exemple de Kaulakau.

ANTOINE

Comment! et la croix?

LES ELKHESAITES, en robe d'hyacinthe, lui répondent.

La tristesse, la bassesse, la condamnation et l'oppression de mes pères sont effacées, grâce à la mission qui est venue!

On peut renier le Christ inférieur, l'homme-Jésus; mais il faut adorer l'autre Christ, éclos dans sa personne sous l'aile de la Colombe.

Honorez le mariage! Le Saint-Esprit est féminin!

Hilarion a disparu; et Antoine, poussé par la foule, arrive devant

LES CARPOCRATIENS,

étendus avec des femmes sur des coussins d'écarlate.

Avant de rentrer dans l'Unique. tu passeras par une série de conditions et d'actions. Pour t'affranchir des ténèbres, accomplis, dès maintenant, leurs œuvres! L'époux va dire à l'épouse : « Fais la charité à ton frère », et elle te baisera.

LES NIVOLAITES, assemblés autour d'un mets qui fume.

C'est de la viande offerte aux idoles; prends-en! L'apostasie est permise quand le cœur est pur. Gorge ta chair de ce qu'elle demande. Tâche de l'exterminer à force de débauches! Prounikos, la mère du Ciel, s'est vautrée dans les ignominies.

LES MARCOSIENS,

avec des anneaux d'or, et ruisselants de baume.

Entre chez nous pour t'unir à l'Esprit! Entre chez nous pour boire l'immortalité!

Et l'un d'eux lui montre, derrière une tapisserie, le corps d'un homme terminé par une tête d'âne. Cela représente Sabaoth, père du Diable. En marque de haine, il crache dessus.

Un autre découvre un lit très bas, jonché de fleurs, en disant que

les noces spirituelles vont s'accomplir.

Un troisième tient une coupe de verre, fait une invocation; du sang y paraît :

Ah! le voilà! le voilà! le sang du Christ!

Antoine s'écarte. Mais il est éclaboussé par l'eau qui saute d'une cuve.

LES HELVIDIENS s'y jettent la tête en bas, en marmottant.

L'homme régénéré par le baptême est impeccable!

Puis il passe près d'un grand feu, où se chauffent les Adamites, complètement nus pour imiter la pureté du paradis, et il se heurte aux

MESSALIENS

vautrés sur des dalles, à moitié endormis, stupides.

Oh! écrase-nous si tu veux, nous ne bougerons pas! Le travail est un péché, toute occupation mauvaise!

Derrière ceux-là, les abjects

PATERNIENS,

hommes, femmes et enfants, pêle-mêle sur un tas d'ordures, relèvent leurs faces hideuses barbouillées de vin.

Les parties inférieures du corps faites par le Diable lui appartiennent. Buvons, mangeons, forniquons!

ÆCIUS

Les crimes sont des besoins au-dessous du regard de Dieu!

Mais tout à coup

UN HOMME,

vêtu d'un manteau carthaginois, bondit au milieu d'eux, avec un paquet de lanières à la main; et frappant au hasard de droite et de gauche, violemment :

Ah! imposteurs, brigands, simoniaques, hérétiques et démons! la vermine des écoles, la lie de l'enfer! Celui-là, Marcion, c'est un matelot de Sinope excommunié pour inceste; on a banni Carpocras comme magicien; Æcius a volé sa concubine, Nicolas prostitué sa femme; et Manès qui se fait appeler le Bouddha et qui se nomme Cubricus, fut écorché vif avec une pointe de roseau, si bien que sa peau tannée se balance aux portes de Ctésiphon!

ANTOINE

a reconnu Tertullien, et s'élance pour le rejoindre.

Maître! à moi! à moi!

TERTULLIEN, *continuant.*

Brisez les images! voilez les vierges! Priez, jeûnez, pleurez, mortifiez-vous! Pas de philosophie! pas de livres! après Jésus, la science est inutile!

Tous ont fui; et Antoine voit, à la place de Tertullien, une femme assise sur un banc de pierre.

Elle sanglote, la tête appuyée contre une colonne, les cheveux pendants, le corps affaissé dans une longue simarre brune.

Puis ils se trouvent l'un près de l'autre, loin de la foule; et un silence, un apaisement extraordinaire s'est fait, comme dans les bois, quand le vent s'arrête et que les feuilles tout à coup ne remuent plus.

Cette femme est très belle, flétrie pourtant et d'une pâleur de sépulcre. Ils se regardent; et leurs yeux s'envoient comme un flot de pensées, mille choses anciennes, confuses et profondes. Enfin,

PRISCILLA *se met à dire :*

J'étais dans la dernière chambre des bains, et je m'endormais au bourdonnement des rues.

Tout à coup j'entendis des clameurs. On criait : « C'est un magicien! c'est le Diable! » Et la foule s'arrêta devant notre maison, en face du temple d'Esculape. Je me haussai avec les poignets jusqu'à la hauteur du soupirail. Sur le péristyle du temple, il y avait un homme qui portait un carcan de fer à son cou. Il prenait des charbons dans un réchaud, et il s'en faisait sur la poitrine de larges traînées, en appelant « Jésus, Jésus! » Le peuple disait : « Cela n'est pas permis! lapidons-le! » Lui, il continuait. C'étaient des choses inouïes, transportantes. Des fleurs larges comme le soleil tournaient devant mes yeux, et j'entendais dans les espaces une harpe d'or vibrer. Le jour tomba. Mes bras lâchèrent les barreaux, mon corps défaillit, et quand il m'eut emmenée à sa maison...

ANTOINE

De qui donc parles-tu?

PRISCILLA

Mais, de Montanus!

ANTOINE

Il est mort, Montanus.

PRISCILLA

Ce n'est pas vrai!

UNE VOIX

Non, Montanus n'est pas mort!

> Antoine se retourne; et près de lui, de l'autre côté, sur le banc, une seconde femme est assise, — blonde celle-là, et encore plus pâle, avec des bouffissures sous les paupières comme si elle avait longtemps pleuré. Sans qu'il l'interroge, elle dit :

MAXIMILLA

Nous revenions de Tarse par les montagnes, lorsqu'à un détour du chemin, nous vîmes un homme sous un figuier.

Il cria de loin : « Arrêtez-vous! » et il se précipita en nous injuriant. Les esclaves accoururent. Il éclata de rire. Les chevaux se cabrèrent. Les molosses hurlaient tous.

Il était debout. La sueur coulait sur son visage. Le vent faisait claquer son manteau.

En nous appelant par nos noms, il nous reprochait la vanité de nos œuvres, l'infamie de nos corps; — et il levait le poing du côté des dromadaires à cause des clochettes d'argent qu'ils portent sous la mâchoire.

Sa fureur me versait l'épouvante dans les entrailles; c'était pourtant comme une volupté qui me berçait, m'enivrait.

D'abord, les esclaves s'approchèrent. « Maître, dirent-ils, nos bêtes sont fatiguées »; puis ce furent les femmes : « Nous avons peur », et les esclaves s'en allèrent. Puis, les enfants se mirent à pleurer : « Nous avons faim! » Et comme on n'avait pas répondu aux femmes, elles disparurent.

Lui, il parlait. Je sentis quelqu'un près de moi. C'était l'époux; j'écoutais l'autre. Il se traîna parmi les pierres en s'écriant : « Tu m'abandonnes? » et je répondis : « Oui! va-t'en! » — afin d'accompagner Montanus.

ANTOINE

Un eunuque!

PRISCILLA

Ah! cela t'étonne, cœur grossier! Cependant Madeleine, Jeanne, Marthe et Suzanne n'entraient pas dans
la couche du Sauveur. Les âmes, mieux que les corps,
peuvent s'étreindre avec délire. Pour conserver impunément Eustolie, Léonce l'évêque se mutila, — aimant
mieux son amour que sa virilité. Et puis, ce n'est pas
ma faute; un esprit m'y contraint; Sotas n'a pu me
guérir. Il est cruel, pourtant! Qu'importe! Je suis la
dernière des prophétesses; et après moi, la fin du monde
viendra.

MAXIMILLA

Il m'a comblée de ses dons. Aucune d'ailleurs ne l'aime
autant, — et n'en est plus aimée!

PRISCILLA

Tu mens! c'est moi!

MAXIMILLA

Non, c'est moi!

Elles se battent.
Entre leurs épaules paraît la tête d'un nègre.

MONTANUS

couvert d'un manteau noir fermé par deux os de mort.

Apaisez-vous, mes colombes! Incapables du bonheur
terrestre, nous sommes par cette union dans la plénitude
spirituelle. Après l'âge du Père, l'âge du Fils; et j'inau-
gure le troisième, celui du Paraclet. Sa lumière m'est
venue dans les quarante nuits que la Jérusalem céleste
a brillé dans le firmament, au-dessus de ma maison, à
Pepuza.

Ah! comme vous criez d'angoisse quand les lanières
vous flagellent! comme vos membres endoloris se
présentent à mes ardeurs! comme vous languissez sur
ma poitrine, d'un irréalisable amour! Il est si fort qu'il
vous a découvert des mondes, et vous pouvez maintenant
apercevoir les âmes avec vos yeux.

Antoine fait un geste d'étonnement.

TERTULLIEN, revenu près de Montanus.

Sans doute, puisque l'âme a un corps, — ce qui n'a
point de corps n'existant pas.

MONTANUS

Pour la rendre plus subtile, j'ai institué des mortifications nombreuses, trois carêmes par an, et pour chaque nuit des prières où l'on ferme la bouche, — de peur que l'haleine en s'échappant ne ternisse la pensée. Il faut s'abstenir des secondes noces, ou plutôt de tout mariage! Les anges ont péché avec les femmes.

LES ARCONTIQUES en cilices de crins.

Le Sauveur a dit : « Je suis venu pour détruire l'œuvre de la femme. »

LES TATIANIENS, en cilices de joncs.

L'arbre du mal, c'est elle! Les habits de peau sont notre corps.

Et, avançant toujours du même côté, Antoine rencontre

LES VALÉSIENS,

étendus par terre, avec des plaques rouges au bas du ventre, sous leur tunique. Ils lui présentent un couteau :

Fais comme Origène et comme nous! Est-ce la douleur que tu crains, lâche! Est-ce l'amour de ta chair qui te retient, hypocrite?

Et pendant qu'il est à les regarder se débattre, étendus sur le dos dans les mares de leur sang,

LES CAINITES,

les cheveux noués par une vipère, passent près de lui, en vociférant à son oreille.

Gloire à Caïn! gloire à Sodome! gloire à Judas! Caïn fit la race des forts. Sodome épouvanta la terre avec son châtiment; et c'est par Judas que Dieu sauva le monde! — Oui, Judas! sans lui pas de mort et pas de rédemption!

Ils disparaissent sous la horde des

CIRCONCELLIONS,

vêtus de peaux de loup, couronnés d'épines, et portant des massues de fer.

Écrasez le fruit! troublez la source! noyez l'enfant! Pillez le riche qui se trouve heureux, qui mange beaucoup! Battez le pauvre qui envie la housse de l'âne, le repas du chien, le nid de l'oiseau, et qui se désole parce que les autres ne sont pas des misérables comme lui.

Nous, les Saints, pour hâter la fin du monde, nous empoisonnons, brûlons, massacrons!

Le salut n'est que dans le martyre. Nous nous donnons le martyre. Nous enlevons avec des tenailles la peau de nos têtes, nous étalons nos membres sous les charrues, nous nous jetons dans la gueule des fours!

Honni le baptême! honnie l'eucharistie! honni le mariage! damnation universelle!

Alors, dans toute la basilique, c'est un redoublement de fureurs.

Les Audiens tirent des flèches contre le Diable; les Colly-ridiens lancent au plafond des voiles bleus; les Ascites se prosternent devant une outre; les Marcionites baptisent un mort avec de l'huile. Auprès d'Apelles, une femme, pour expliquer mieux son idée, fait voir un pain rond dans une bouteille; une autre, au milieu des Sampséens, distribue, comme une hostie, la poussière de ses sandales. Sur le lit des Marco-siens, jonché de roses, deux amants s'embrassent. Les Circon-cellions s'entr'égorgent, les Valésiens râlent, Bardesane chante, Carpocras danse, Maximilla et Priscilla poussent des gémissements sonores; — et la fausse prophétesse de Cappa-doce [1], toute nue, accoudée sur un lion et secouant trois flambeaux, hurle l'Invocation Terrible.

Les colonnes se balancent comme des troncs d'arbres, les amulettes aux cous des hérésiarques entre-croisent des lignes de feux, les constellations dans les chapelles s'agitent, et les murs reculent sous le va-et-vient de la foule, dont chaque tête est un flot qui saute et rugit.

Cependant, — du fond même de la clameur, une chanson s'élève avec des éclats de rire, où le nom de Jésus revient.

Ce sont des gens de la plèbe, tous frappant dans leurs mains pour marquer la cadence. Au milieu d'eux est

ARIUS, en costume de diacre.

Les fous qui déclament contre moi prétendent expli-quer l'absurde; et pour les perdre tout à fait, j'ai com-posé des petits poèmes tellement drôles, qu'on les sait par cœur dans les moulins, les tavernes et les ports.

Mille fois non! le Fils n'est pas coéternel au Père, ni de même substance! Autrement, il n'aurait pas dit: « Père, éloigne de moi ce calice! — Pourquoi m'appelez-vous bon? Dieu seul est bon! — Je vais à mon Dieu, à votre Dieu! » et d'autres paroles attestant sa qualité de créature. Elle nous est démontrée, de plus, par tous ses noms : agneau, pasteur, fontaine, sagesse, fils de l'homme, prophète, bonne voie, pierre angulaire!

SABELLIUS

Moi, je soutiens que tous deux sont identiques.

ARIUS

Le Concile d'Antioche a décidé le contraire.

ANTOINE

Qu'est-ce donc que le Verbe?... Qu'était Jésus?

LES VALENTINIENS

C'était l'époux d'Acharamoth repentie!

LES SÉTHIANIENS

C'était Sem, fils de Noé!

LES THÉODOTIENS

C'était Melchisédech!

LES MÉRINTHIENS

Ce n'était rien qu'un homme!

LES APOLLINARISTES

Il en a pris l'apparence! il a simulé la Passion.

MARCEL D'ANCYRE

C'est un développement du Père!

LE PAPE CALIXTE

Père et Fils sont les deux modes d'un seul Dieu!

MÉTHODIUS

Il fut d'abord dans Adam, puis dans l'homme!

CÉRINTHE

Et il ressuscitera!

VALENTIN

Impossible, — son corps étant céleste!

Paul de Samosate

Il n'est Dieu que depuis son baptême!

Hermogène

Il habite le soleil!

> Et tous les hérésiarques font un cercle autour d'Antoine, qui pleure, la tête dans ses mains.

Un Juif

> à barbe rouge, et la peau maculée de lèpre, s'avance tout près de lui; — et ricanant horriblement.

Son âme était l'âme d'Ésaü! Il souffrait de la maladie bellérophontienne; et sa mère, la parfumeuse, s'est livrée à Panthérus, un soldat romain, sur des gerbes de maïs, un soir de moisson.

Antoine

> vivement, relève sa tête, les regarde sans parler; puis marchant droit sur eux.

Docteurs, magiciens, évêques et diacres, hommes et fantômes, arrière! arrière! Vous êtes tous des mensonges!

Les Hérésiarques

Nous avons des martyrs plus martyrs que les tiens, des prières plus difficiles, des élans d'amour supérieurs, des extases aussi longues.

Antoine

Mais pas de révélation! pas de preuves!

> Alors tous brandissent dans l'air des rouleaux de papyrus, des tablettes de bois, des morceaux de cuir, des bandes d'étoffe; — et se poussant les uns les autres:

Les Cérinthiens

Voilà l'Évangile des Hébreux!

Les Marcionites

L'Évangile du Seigneur!

Les Marcosiens

L'Évangile d'Ève!

Les Encratites

L'Évangile de Thomas!

Les Cainites

L'Évangile de Judas.

Basilide

Le traité de l'âme advenue!

Manès

La prophétie de Barcouf!

Antoine se débat, leur échappe; — et il aperçoit, dans un coin plein d'ombre,

Les Vieux Ébionites,

desséchés comme des momies, le regard éteint, les sourcils blancs.

Ils disent, d'une voix chevrotante :

Nous l'avons connu, nous autres, nous l'avons connu, le fils du charpentier! Nous étions de son âge, nous habitions dans sa rue. Il s'amusait avec de la boue à modeler des petits oiseaux, sans avoir peur du coupant des tailloirs, aidait son père dans son travail, ou assemblait pour sa mère des pelotons de laine teinte. Puis il fit un voyage en Égypte, d'où il rapporta de grands secrets. Nous étions à Jéricho, quand il vint trouver le mangeur de sauterelles. Ils causèrent à voix basse, sans que personne pût les entendre. Mais c'est à partir de ce moment qu'il fit du bruit en Galilée et qu'on a débité sur son compte beaucoup de fables.

Ils répètent en tremblotant :

Nous l'avons connu, nous autres! nous l'avons connu!

Antoine

Ah! encore, parlez! parlez! Comment était son visage?

Tertullien

D'un aspect farouche et repoussant; — car il s'était chargé de tous les crimes, toutes les douleurs, et toutes les difformités du monde.

Antoine

Oh! non! non! Je me figure, au contraire, que toute sa personne avait une beauté plus qu'humaine.

Eusèbe de Césarée

Il y a bien à Paneades, contre une vieille masure, dans un fouillis d'herbes, une statue de pierre, élevée, à ce qu'on prétend, par l'hémorroïdesse. Mais le temps lui a rongé la face, et les pluies ont gâté l'inscription.

Une femme sort du groupe des Carpocratiens.

Marcellina

Autrefois, j'étais diaconesse à Rome dans une petite église, où je faisais voir aux fidèles les images en argent de saint Paul, d'Homère, de Pythagore et de Jésus-Christ. Je n'ai gardé que la sienne.

Elle entr'ouvre son manteau.

La veux-tu?

Une Voix

Il reparaît, lui-même, quand nous l'appelons! C'est l'heure! Viens!

Et Antoine sent tomber sur son bras une main brutale, qui l'entraîne.

Il monte un escalier complètement obscur; — et après bien des marches, il arrive devant une porte.

Alors, celui qui le mène (est-ce Hilarion? il n'en sait rien) dit à l'oreille d'un autre : « Le Seigneur va venir », — et ils sont introduits dans une chambre, basse de plafond, sans meubles.

Ce qui le frappe d'abord, c'est en face de lui une longue chrysalide couleur de sang, avec une tête d'homme d'où s'échappent des rayons, et le mot Knouphis, écrit en grec tout autour. Elle domine un fût de colonne, posé au milieu d'un piédestal. Sur les autres parois de la chambre, des médaillons en fer poli représentent des têtes d'animaux, celle d'un bœuf, d'un lion, d'un aigle, d'un chien, et la tête d'âne — encore!

Les lampes d'argile, suspendues au bas de ces images, font une lumière vacillante. Antoine, par un trou de la muraille, aperçoit la lune qui brille au loin sur les flots, et même il distingue leur petit clapotement régulier, avec le bruit sourd d'une carène de navire tapant contre les pierres d'un môle.

Des hommes accroupis, la figure sous leurs manteaux, lancent, par intervalles, comme un aboiement étouffé. Des femmes sommeillent, le front dans leurs deux bras que soutiennent leurs genoux, tellement perdues dans leurs voiles qu'on dirait des tas de hardes le long du mur. Auprès d'elles, des enfants demi-nus, tout dévorés de vermine, regardant d'un air idiot les lampes brûler; — et on ne fait rien; on attend quelque chose.

Ils parlent à voix basse de leurs familles, ou se communiquent des remèdes pour leurs maladies. Plusieurs vont s'embarquer au point du jour, la persécution devenant trop forte. Les païens pourtant ne sont pas difficiles à tromper. « Ils croient, les sots, que nous adorons Knouphis! »

Mais un des frères, inspiré tout à coup, se pose devant la colonne où l'on a mis un pain qui surmonte une corbeille pleine de fenouil et d'aristoloches.

Les autres ont pris leurs places, formant debout trois lignes parallèles.

L'Inspiré

déroule une pancarte couverte de cylindres entremêlés, puis commence.

Sur les ténèbres, le rayon du Verbe descendit et un cri violent s'échappa, qui semblait la voix de la lumière.

Tous répondent en balançant leurs corps.

Kyrie eleïson!

L'Inspiré

L'homme, ensuite, fut créé par l'infâme Dieu d'Israël, avec l'auxiliaire de ceux-là :

en désignant les médaillons,

Astophaïos, Oraïos, Sabaoth, Adonaï, Eloï, Iaô [1]! Et il gisait sur la boue, hideux, débile, informe, sans pensée.

Tous d'un ton plaintif.

Kyrie eleïson!

L'Inspiré

Mais Sophia, compatissante, le vivifia d'une parcelle de son âme.

Alors, voyant l'homme si beau, Dieu fut pris de colère. Il l'emprisonna dans son royaume, en lui interdisant l'arbre de la science.

L'autre, encore une fois, le secourut! Elle envoya le serpent, qui, par de longs détours, le fit désobéir à cette loi de haine.

Et l'homme, quand il eut goûté de la science, comprit les choses célestes.

Tous avec force.

Kyrie eleïson!

L'Inspiré

Mais Ialdabaoth, pour se venger, précipita l'homme dans la matière, et le serpent avec lui!

Tous très bas.

Kyrie eleïson!

Ils ferment la bouche, puis se taisent.

Les senteurs du port se mêlent dans l'air chaud à la fumée des lampes. Leurs mèches, en crépitant, vont s'éteindre; de longs moustiques tournoient. Et Antoine râle d'angoisse; c'est comme le sentiment d'une monstruosité flottant autour de lui, l'effroi d'un crime près de s'accomplir.

Mais

L'Inspiré,

frappant du talon, claquant des doigts, hochant la tête, psalmodie sur un rythme furieux, au son des cymbales et d'une flûte aiguë :

Viens! viens! viens! sors de ta caverne!

Véloce qui cours sans pieds, capteur qui prends sans mains!

Sinueux comme les fleuves, orbiculaire comme le soleil, noir avec des taches d'or comme le firmament semé d'étoiles! Pareil aux enroulements de la vigne et aux circonvolutions des entrailles!

Inengendré! mangeur de terre! toujours jeune! perspicace! honoré à Épidaure! bon pour les hommes! qui as guéri le roi Ptolémée, les soldats de Moïse, et Glaucus fils de Minos!

Viens! viens! viens! sors de ta caverne!

Tous répètent.

Viens! viens! viens! sors de ta caverne!

Cependant, rien ne se montre.

Pourquoi? qu'a-t-il?

Et on se concerte, on propose des moyens.

Un vieillard offre une motte de gazon. Alors un soulèvement se fait dans la corbeille. La verdure s'agite, des fleurs tombent, — et la tête d'un python paraît.

Il passe lentement sur le bord du pain, comme un cercle qui tournerait autour d'un disque immobile, puis se développe, s'allonge; il est énorme et d'un poids considérable. Pour empêcher qu'il ne frôle la terre, les hommes le tiennent contre leur poitrine, les femmes sur leur tête, les enfants au bout de leurs bras; — et sa queue, sortant par le trou de la muraille, s'en va indéfiniment jusqu'au fond de la mer. Ses anneaux se dédoublent, emplissent la chambre; ils enferment Antoine.

LES FIDÈLES,

collant leur bouche contre sa peau, s'arrachent le pain qu'il a mordu.

C'est toi! c'est toi!
Élevé d'abord par Moïse, brisé par Ézéchias. rétabli par le Messie. Il t'avait bu dans les ondes du baptême; mais tu l'as quitté au Jardin des Olives, et il sentit alors toute sa faiblesse.

Tordu à la barre de la croix, et plus haut que sa tête, en bavant sur la couronne d'épines, tu le regardais mourir. — Car tu n'es pas Jésus, toi, tu es le Verbe! tu es le Christ!

Antoine s'évanouit d'horreur et il tombe devant sa cabane sur les éclats de bois, où brûle doucement la torche qui a glissé de sa main.

Cette commotion lui fait entr'ouvrir les yeux et il aperçoit le Nil, onduleux et clair sous la blancheur de la lune, comme un grand serpent au milieu des sables; — si bien que l'hallucination le reprenant, il n'a pas quitté les Ophites; ils l'entourent, l'appellent, charrient des bagages, descendent vers le port. Il s'embarque avec eux.

Un temps inappréciable s'écoule.

Puis la voûte d'une prison l'environne. Des barreaux, devant lui, font des lignes noires sur un fond bleu; — et à ses côtés, dans l'ombre, des gens pleurent et prient entourés d'autres qui les exhortent et les consolent.

Au-dehors, on dirait le bourdonnement d'une foule, et la splendeur d'un jour d'été.

Des voix aiguës crient des pastèques, de l'eau, des boissons à la glace, des coussins d'herbes pour s'asseoir. De temps à autre des applaudissements éclatent. Il entend marcher sur sa tête.

Tout à coup, part un long mugissement, fort et caverneux comme le bruit de l'eau dans un aqueduc.

Et il aperçoit en face, derrière les barreaux d'une autre loge, un lion qui se promène — puis une ligne de sandales, de jambes nues et de franges de pourpre. Au delà, des couronnes de monde étagées symétriquement vont en s'élargissant depuis la plus basse qui enferme l'arène jusqu'à la plus haute où se dressent des mâts pour soutenir un voile d'hyacinthe, tendu dans l'air sur des cordages. Des escaliers qui rayonnent vers le centre coupent, à intervalles égaux, ces grands cercles de pierre. Leurs gradins disparaissent sous un peuple assis, chevaliers, sénateurs, soldats, plébéiens, vestales et courtisanes — en capuchons de laine, en manipules de soie, en tuniques fauves, avec des aigrettes de pierreries, des panaches de plumes, des faisceaux de licteurs; et tout cela grouillant, criant, tumultueux et furieux l'étourdit, comme une immense cuve bouillonnante. Au milieu de l'arène, sur un autel, fume un vase d'encens.

Ainsi, les gens qui l'entourent sont des chrétiens condamnés aux bêtes. Les hommes portent le manteau rouge des pontifes de Saturne, les femmes les bandelettes de Cérès. Leurs amis se partagent des bribes de leurs vêtements, des anneaux. Pour s'introduire dans la prison il a fallu, disent-ils, donner beaucoup d'argent. Qu'importe! ils resteront jusqu'à la fin.

Parmi ces consolateurs, Antoine remarque un homme chauve, en tunique noire, dont la figure s'est déjà montrée quelque part; il les entretient du néant du monde et de la félicité des élus. Antoine est transporté d'amour. Il souhaite l'occasion de répandre sa vie pour le Sauveur, ne sachant pas s'il n'est point lui-même un de ces martyrs.

Mais sauf un Phrygien à longs cheveux, qui reste les bras levés, tous ont l'air triste. Un vieillard sanglote sur un banc, et un jeune homme rêve, debout, la tête basse.

Le Vieillard

n'a pas voulu payer, à l'angle d'un carrefour, devant une statue de Minerve; et il considère ses compagnons avec un regard qui signifie :

Vous auriez dû me secourir! Des communautés s'arrangent quelquefois pour qu'on les laisse tranquilles. Plusieurs d'entre vous ont même obtenu de ces lettres déclarant faussement qu'on a sacrifié aux idoles.

Il demande :

N'est-ce pas Petrus d'Alexandrie qui a réglé ce qu'on doit faire quand on a fléchi dans les tourments?

Puis, en lui-même :

Ah! cela est bien dur à mon âge! mes infirmités me

rendent si faible! Cependant, j'aurais pu vivre jusqu'à l'autre hiver, encore!

Le souvenir de son petit jardin l'attendrit — et il regarde du côté de l'autel.

Le Jeune Homme

qui a troublé, par des coups, une fête d'Apollon, murmure.

Il ne tenait qu'à moi, pourtant, de m'enfuir dans les montagnes!
— Les soldats t'auraient pris,

dit un des frères.

— Oh! j'aurais fait comme Cyprien, je serais revenu; et, la seconde fois, j'aurais eu plus de force, bien sûr!

Ensuite, il pense aux jours innombrables qu'il devait vivre, à toutes les joies qu'il n'aura pas connues; — et il regarde du côté de l'autel.
Mais

L'Homme en tunique noire accourt sur lui.

Quel scandale! Comment, toi, une victime d'élection? Toutes ces femmes qui te regardent, songe donc! Et puis Dieu, quelquefois, fait un miracle. Pionius engourdit la main de ses bourreaux, le sang de Polycarpe éteignait les flammes de son bûcher.

Il se tourne vers le vieillard.

Père, père! tu dois nous édifier par ta mort. En la retardant, tu commettrais sans doute quelque action mauvaise qui perdrait le fruit des bonnes. D'ailleurs la puissance de Dieu est infinie. Peut-être que ton exemple va convertir le peuple entier.

Et dans la loge en face, les lions passent et reviennent sans s'arrêter, d'un mouvement continu, rapide. Le plus grand tout à coup regarde Antoine, se met à rugir, et une vapeur sort de sa gueule.
Les femmes sont tassées contre les hommes.

Le Consolateur va de l'un à l'autre.

Que diriez-vous, que dirais-tu, si on te brûlait avec des plaques de fer, si des chevaux t'écartelaient, si ton corps enduit de miel était dévoré par les mouches! Tu n'auras que la mort d'un chasseur qui est surpris dans un bois.

Antoine aimerait mieux tout cela que les horribles bêtes féroces; il croit sentir leurs dents, leurs griffes, entendre ses os craquer dans leurs mâchoires.

Un belluaire entre dans le cachot; les martyrs tremblent.

Un seul est impassible, le Phrygien, qui priait à l'écart. Il a brûlé trois temples; et il s'avance les bras levés, la bouche ouverte, la tête au ciel, sans rien voir, comme un somnambule.

Le Consolateur s'écrie.

Arrière! arrière! L'esprit de Montanus vous prendrait.

Tous reculent, en vociférant.

Damnation au Montaniste!

Ils l'injurient, crachent dessus, voudraient le battre.

Les lions cabrés se mordent à la crinière. Le peuple hurle : « Aux bêtes! aux bêtes! »

Les martyrs éclatent en sanglots, s'étreignent. Une coupe de vin narcotique leur est offerte. Ils se la passent de main en main, vivement.

Contre la porte de la loge, un autre belluaire attend le signal. Elle s'ouvre; un lion sort.

Il traverse l'arène, à grands pas obliques. Derrière lui, à la file, paraissent les autres lions, puis un ours, trois panthères, des léopards. Ils se dispersent comme un troupeau dans une prairie.

Le claquement d'un fouet retentit. Les chrétiens chancellent, — et, pour en finir, leurs frères les poussent. Antoine ferme les yeux.

Il les ouvre, mais des ténèbres l'enveloppent.

Bientôt elles s'éclaircissent; et il distingue une plaine aride et mamelonneuse, comme on en voit autour des carrières abandonnées.

Çà et là, un bouquet d'arbustes se lève parmi les dalles à ras du sol; et des formes blanches, plus indécises que des nuages, sont penchées sur elles.

Il en arrive d'autres, légèrement. Des yeux brillent dans la fente des longs voiles. A la nonchalance de leurs pas et aux parfums qui s'exhalent, Antoine reconnaît des patriciennes. Il y a aussi des hommes, mais de condition inférieure car ils ont des visages à la fois naïfs et grossiers.

Une d'Elles, en respirant largement.

Ah! comme c'est bon l'air de la nuit froide, au milieu des sépulcres! Je suis si fatiguée de la mollesse des lits, du fracas des jours, de la pesanteur du soleil!

> Sa servante retire d'un sac en toile une torche qu'elle enflamme. Les fidèles y allument d'autres torches, et vont les planter sur les tombeaux.

Une Femme, haletante.

Ah! enfin, me voilà! Mais quel ennui que d'avoir épousé un idolâtre!

Une Autre

Les visites dans les prisons, les entretiens avec nos frères, tout est suspect à nos maris! — et même il faut nous cacher quand nous faisons le signe de la croix; ils prendraient cela pour une conjuration magique.

Une Autre

Avec le mien, c'étaient tous les jours des querelles; je ne voulais pas me soumettre aux abus qu'il exigeait de mon corps; — et afin de se venger, il m'a fait poursuivre comme chrétienne.

Une Autre

Vous rappelez-vous Lucius, ce jeune homme si beau, qu'on a traîné par les talons derrière un char, comme Hector, depuis la porte Esquiléenne jusqu'aux montagnes de Tibur; — et des deux côtés du chemin le sang tachetait les buissons! J'en ai recueilli les gouttes. Le voilà!

> Elle tire de sa poitrine une éponge toute noire, la couvre de baisers, puis se jette sur les dalles, en criant :

Ah! mon ami! mon ami!

Un Homme

Il y a juste aujourd'hui trois ans qu'est mort Domitilla. Elle fut lapidée au fond du bois de Proserpine. J'ai recueilli ses os qui brillaient comme des lucioles dans les herbes. La terre maintenant les recouvre!

> Il se jette sur un tombeau.

O ma fiancée! ma fiancée!

Et tous les Autres, par la plaine.

O ma sœur! ô mon frère! ô ma fille! ô ma mère!

> Ils sont à genoux, le front dans les mains ou le corps tout
> à plat, les deux bras étendus; — et les sanglots qu'ils retiennent
> soulèvent leur poitrine à la briser. Ils regardent le ciel en disant:

Aie pitié de son âme, ô mon Dieu! Elle languit au
séjour des ombres; daigne l'admettre dans la Résurrection, pour qu'elle jouisse de ta lumière!

> Ou, l'œil fixé sur les dalles, ils murmurent:

Apaise-toi, ne souffre plus! Je t'ai apporté du vin,
des viandes!

Une Veuve

Voici du pultis, fait par moi, selon son goût, avec
beaucoup d'œufs et double mesure de farine! Nous allons
le manger ensemble, comme autrefois, n'est-ce pas?

> Elle en porte un peu à ses lèvres; et, tout à coup, se met
> à rire d'une façon extravagante, frénétique.
> Les autres, comme elle, grignotent quelque morceau, boivent
> une gorgée.
> Ils se racontent les histoires de leurs martyres; la douleur
> s'exalte, les libations redoublent. Leurs yeux noyés de larmes
> se fixent les uns sur les autres. Ils balbutient d'ivresse et de
> désolation; peu à peu, leurs mains se touchent, leurs lèvres
> s'unissent, les voiles s'entr'ouvrent, et ils se mêlent sur les
> tombes entre les coupes et les flambeaux.
> Le ciel commence à blanchir. Le brouillard mouille leurs
> vêtements; — et, sans avoir l'air de se connaître, ils s'éloignent
> les uns des autres par des chemins différents, dans la campagne.

> Le soleil brille, les herbes ont grandi, la plaine s'est trans-
> formée.
> Et Antoine voit nettement à travers ces bambous une forêt
> de colonnes, d'un gris bleuâtre. Ce sont des troncs d'arbres
> provenant d'un seul tronc. De chacune de ses branches
> descendent d'autres branches qui s'enfoncent dans le sol; et
> l'ensemble de toutes ces lignes horizontales et perpendiculaires,
> indéfiniment multipliées, ressemblerait à une charpente
> monstrueuse, si elles n'avaient une petite figue de place en
> place, avec un feuillage noirâtre, comme celui du sycomore.
> Il distingue dans les enfourchures des grappes de fleurs
> jaunes, des fleurs violettes et des fougères, pareilles à des
> plumes d'oiseaux.

Sous les rameaux les plus bas, se montrent çà et là les cornes d'un bubal, ou les yeux brillants d'une antilope; des perroquets sont juchés, des papillons voltigent, des lézards se traînent, des mouches bourdonnent; et on entend, au milieu du silence, comme la palpitation d'une vie profonde.

A l'entrée du bois, sur une manière de bûcher, est une chose étrange — un homme — enduit de bouse de vache, complètement nu, plus sec qu'une momie; ses articulations forment des nœuds à l'extrémité de ses os qui semblent des bâtons. Il a des paquets de coquilles aux oreilles, la figure très longue, le nez en bec de vautour. Son bras gauche reste droit en l'air, ankylosé, raide comme un pieu; — et il se tient là depuis si longtemps que des oiseaux ont fait un nid dans sa chevelure.

Aux quatre coins de son bûcher flambent quatre feux. Le soleil est juste en face. Il le contemple les yeux grands ouverts; — et sans regarder Antoine.

Brahmane des bords du Nil, qu'en dis-tu?

Des flammes sortent de tous les côtés par les intervalles des poutres; et

Le Gymnosophiste reprend.

Pareil au rhinocéros, je me suis enfoncé dans la solitude. J'habitais l'arbre derrière moi.

En effet, le gros figuier présente, dans ses cannelures, une excavation naturelle de la taille d'un homme.

Et je me nourrissais de fleurs et de fruits, avec une telle observance des préceptes, que pas même un chien ne m'a vu manger.

Comme l'existence provient de la corruption, la corruption du désir, le désir de la sensation, la sensation du contact, j'ai fui toute action, tout contact; et — sans plus bouger que la stèle d'un tombeau, exhalant mon haleine par mes deux narines, fixant mon regard sur mon nez, et considérant l'éther dans mon esprit, le monde dans mes membres, la lune dans mon cœur, — je songeais à l'essence de la grande Ame d'où s'échappent continuellement, comme des étincelles de feu, les principes de la vie.

J'ai saisi enfin l'Ame suprême dans tous les êtres, tous les êtres dans l'Ame suprême; — et je suis parvenu à y faire entrer mon âme, dans laquelle j'avais fait rentrer mes sens.

Je reçois la science, directement du ciel, comme l'oiseau Tchataka qui ne se désaltère que dans les rayons de la pluie.

Par cela même que je connais les choses, les choses n'existent plus.

Pour moi, maintenant, il n'y a pas d'espoir et pas d'angoisse, pas de bonheur, pas de vertu, ni jour ni nuit, ni toi, ni moi, absolument rien.

Mes austérités effroyables m'ont fait supérieur aux Puissances. Une contraction de ma pensée peut tuer cent fils de rois, détrôner les dieux, bouleverser le monde.

> Il a dit cela d'une voix monotone.
> Les feuilles à l'entour se recroquevillent. Des rats, par terre, s'enfuient.
> Il abaisse lentement ses yeux vers les flammes qui montent, puis ajoute :

J'ai pris en dégoût la forme, en dégoût la perception, en dégoût jusqu'à la connaissance elle-même, — car la pensée ne survit pas au fait transitoire qui la cause, et l'esprit n'est qu'une illusion comme le reste.

Tout ce qui est engendré périra, tout ce qui est mort doit revivre ; les êtres actuellement disparus séjourneront dans les matrices non encore formées, et reviendront sur la terre pour servir avec douleur d'autres créatures.

Mais, comme j'ai roulé dans une multitude infinie d'existences, sous des enveloppes de dieux, d'hommes et d'animaux, je renonce au voyage, je ne veux plus de cette fatigue ! J'abandonne la sale auberge de mon corps, maçonnée de chair, rougie de sang, couverte d'une peau hideuse, pleine d'immondices, — et pour ma récompense, je vais enfin dormir au plus profond de l'absolu, dans l'Anéantissement.

> Les flammes s'élèvent jusqu'à sa poitrine, — puis l'enveloppent. Sa tête passe à travers comme par le trou d'un mur. Ses yeux béants regardent toujours.

ANTOINE se relève.

> La torche, par terre, a incendié les éclats de bois ; et les flammes ont roussi sa barbe.

Tout en criant, Antoine trépigne sur le feu; — et quand il ne reste plus qu'un amas de cendres :

Où est donc Hilarion? Il était là tout à l'heure. Je l'ai vu!

Eh! non, c'est impossible! je me trompe!

Pourquoi?... Ma cabane, ces pierres, le sable n'ont peut-être plus de réalité. Je deviens fou. Du calme! où étais-je? qu'y avait-il?

Ah! le gymnosophiste!... Cette mort est commune parmi les sages indiens. Kalanos se brûla devant Alexandre; un autre a fait de même du temps d'Auguste. Quelle haine de la vie il faut avoir! A moins que l'orgueil ne les pousse?... N'importe, c'est une intrépidité de martyrs!... Quant à ceux-là, je crois maintenant tout ce qu'on m'avait dit sur les débauches qu'ils occasionnent.

Et auparavant? Oui, je me souviens! la foule des hérésiarques... Quels cris! quels yeux! Mais pourquoi tant de débordements de la chair et d'égarements de l'esprit?

C'est vers Dieu qu'ils prétendent se diriger par toutes ces voies! De quel droit les maudire, moi qui trébuche dans la mienne? Quand ils ont disparu, j'allais peut-être en apprendre davantage. Cela tourbillonnait trop vite; je n'avais pas le temps de répondre. A présent, c'est comme s'il y avait dans mon intelligence plus d'espace et plus de lumière. Je suis tranquille. Je me sens capable... Qu'est-ce donc? Je croyais avoir éteint le feu!

Une flamme voltige entre les roches; et bientôt une voix saccadée se fait entendre, au loin, dans la montagne.

Est-ce l'aboiement d'une hyène, ou les sanglots de quelque voyageur perdu?

Antoine écoute. La flamme se rapproche.

Et il voit venir une femme qui pleure, appuyée sur l'épaule d'un homme à barbe blanche.

Elle est couverte d'une robe de pourpre en lambeaux. Il est nu-tête comme elle, avec une tunique de même couleur, et porte un vase de bronze, d'où s'élève une petite flamme bleue.

Antoine a peur — et voudrait savoir qui est cette femme.

L'Étranger (Simon)

C'est une jeune fillle, une pauvre enfant, que je mène partout avec moi.

Il hausse le vase d'airain.
Antoine la considère à la lueur de cette flamme qui vacille.
Elle a sur le visage des marques de morsures, le long des bras des traces de coups; ses cheveux épars s'accrochent dans les déchirures de ses haillons; ses yeux paraissent insensibles à la lumière.

Simon

Quelquefois, elle reste ainsi, pendant fort longtemps, sans parler, sans manger; puis elle se réveille, — et débite des choses merveilleuses.

Antoine

Vraiment?

Simon

Ennoïa! Ennoïa! Ennoïa! raconte ce que tu as à dire!

Elle tourne ses prunelles comme sortant d'un songe, passe lentement ses doigts sur ses deux sourcils, et d'une voix dolente :

Hélène (Ennoïa)

J'ai souvenir d'une région lointaine, couleur d'émeraude. Un seul arbre l'occupe.

Antoine tressaille.

A chaque degré de ses larges rameaux se tient dans l'air un couple d'Esprits. Les branches autour d'eux s'entre-croisent, comme les veines d'un corps; et ils regardent la vie éternelle circuler depuis les racines plongeant dans l'ombre jusqu'au faîte qui dépasse le soleil. Moi, sur la deuxième branche, j'éclairais avec ma figure les nuits d'été.

Antoine, se touchant le front.

Ah! Ah! je comprends! la tête!

Simon le doigt sur la bouche.

Chut!...

HÉLÈNE

La voile restait bombée, la carène fendait l'écume.
Il me disait : « Que m'importe si je trouble ma patrie,
si je perds mon royaume! Tu m'appartiendras, dans ma
maison! »

Qu'elle était douce, la haute chambre de son palais!
Il se couchait sur le lit d'ivoire, et, caressant ma chevelure, chantait amoureusement.

A la fin du jour, j'apercevais les deux camps, les
fanaux qu'on allumait. Ulysse au bord de la tente, Achille
tout armé conduisant un char le long du rivage de la mer.

ANTOINE

Mais elle est folle entièrement! Pourquoi?...

SIMON

Chut!... chut!...

HÉLÈNE

Ils m'ont graissée avec des onguents, et ils m'ont
vendue au peuple pour que je l'amuse.

Un soir, debout, et le cistre en main, je faisais danser
des matelots grecs. La pluie, comme une cataracte,
tombait sur la taverne, et les coupes de vin chaud
fumaient. Un homme entra, sans que la porte fût
ouverte.

SIMON

C'était moi! je t'ai retrouvée!

La voici, Antoine, celle qu'on nomme Sigeh, Ennoïa,
Barbelo, Prounikos [1]! Les Esprits gouverneurs du monde
furent jaloux d'elle, et ils l'attachèrent dans un corps
de femme.

Elle a été l'Hélène des Troyens, dont le poète Stésichore a maudit la mémoire. Elle a été Lucrèce, la
patricienne violée par les rois. Elle a été Dalila, qui
coupait les cheveux de Samson. Elle a été cette fille
d'Israël qui s'abandonnait aux boucs. Elle a aimé
l'adultère, l'idôlatrie, le mensonge et la sottise. Elle s'est
prostituée à tous les peuples. Elle a chanté dans tous
les carrefours. Elle a baisé tous les visages.

A Tyr, la Syrienne, elle était la maîtresse des voleurs.
Elle buvait avec eux pendant les nuits, et elle cachait
les assassins dans la vermine de son lit tiède.

ANTOINE

Eh! que me fait!...

SIMON, d'un air furieux.

Je l'ai rachetée, te dis-je, — et rétablie en sa splendeur; tellement que Caïus César Caligula en est devenu amoureux, puisqu'il voulait coucher avec la Lune!

ANTOINE

Eh bien?...

SIMON

Mais c'est elle qui est la Lune! Le pape Clément n'a-t-il pas écrit qu'elle fut emprisonnée dans une tour? Trois cents personnes vinrent cerner la tour; et à chacune des meurtrières en même temps, on vit paraître la Lune, — bien qu'il n'y ait pas dans le monde plusieurs lunes, ni plusieurs Ennoïa!

ANTOINE

Oui... je crois me rappeler...

Et il tombe dans une rêverie.

SIMON

Innocente comme le Christ, qui est mort pour les hommes, elle est dévouée pour les femmes. Car l'impuissance de Jéhovah se démontre par la transgression d'Adam, et il faut secouer la vieille loi, antipathique à l'ordre des choses.

J'ai prêché le renouvellement dans Éphraïm et dans Issachar, le long du torrent de Bizor, derrière le lac d'Houleh, dans la vallée de Mageddo, plus loin que les montagnes, à Bostra et à Damas! Viennent à moi ceux qui sont couverts de vin, ceux qui sont couverts de boue, ceux qui sont couverts de sang; et j'effacerai leurs souillures avec le Saint-Esprit appelé Minerve par les Grecs! Elle est Minerve! elle est le Saint-Esprit! Je suis Jupiter, Apollon, le Christ, le Paraclet, la grande puissance de Dieu, incarnée en la personne de Simon!

ANTOINE

Ah! c'est toi!... c'est donc toi? Mais je sais tes crimes! Tu es né à Gittoï, près de Samarie. Dosithéus, ton

premier maître, t'a renvoyé! Tu exècres saint Paul pour
avoir converti une de tes femmes; et, vaincu par saint
Pierre, de rage et de terreur tu as jeté dans les flots
le sac qui contenait tes artifices!

SIMON

Les veux-tu?

Antoine le regarde; — et une voix intérieure murmure
dans sa poitrine : « Pourquoi pas? »

Simon reprend.

Celui qui connaît les forces de la Nature et la substance
des Esprits doit opérer des miracles. C'est le rêve de
tous les sages — et le désir qui te ronge; avoue-le!
Au milieu des Romains, j'ai volé dans le cirque
tellement haut qu'on ne m'a plus revu. Néron ordonna
de me décapiter; mais ce fut la tête d'une brebis qui
tomba par terre, au lieu de la mienne. Enfin on m'a
enseveli tout vivant; mais j'ai ressuscité le troisième jour.
La preuve, c'est que me voilà!

Il lui donne ses mains à flairer. Elles sentent le cadavre.
Antoine recule.

Je peux faire se mouvoir des serpents de bronze, rire
des statues de marbre, parler des chiens. Je te montrerai
une immense quantité d'or; j'établirai des rois, tu verras
des peuples m'adorant! Je peux marcher sur les nuages
et sur les flots, passer à travers les montagnes, apparaître
en jeune homme, en vieillard, en tigre et en fourmi,
prendre ton visage, te donner le mien, conduire la foudre.
L'entends-tu?

Le tonnerre gronde, des éclairs se succèdent.

C'est la voix du Très-Haut! « car l'Éternel ton Dieu
est un feu », et toutes les créations s'opèrent par des
jaillissements de ce foyer.
Tu dois en recevoir le baptême, — ce second baptême
annoncé par Jésus, et qui tomba sur les apôtres, un
jour d'orage que la fenêtre était ouverte!

Et tout en remuant la flamme avec sa main, lentement,
comme pour en asperger Antoine.

Mère des miséricordes, toi qui découvres les secrets afin que le repos nous arrive dans la huitième maison...

ANTOINE s'écrie.

Ah! si j'avais de l'eau bénite!

La flamme s'éteint, en produisant beaucoup de fumée. Ennoïa et Simon ont disparu.

Un brouillard extrêmement froid, opaque et fétide, emplit l'atmosphère.

ANTOINE, *étendant ses bras, comme un aveugle.*

Où suis-je?... J'ai peur de tomber dans l'abîme. Et la croix, bien sûr, est trop loin de moi... Ah! quelle nuit! quelle nuit!

Sous un coup de vent, le brouillard s'entr'ouvre; — et il aperçoit deux hommes, couverts de longues tuniques blanches.

Le premier est de haute taille, de figure douce, de maintien grave. Ses cheveux blonds, séparés comme ceux du Christ, descendent régulièrement sur ses épaules. Il a jeté une baguette qu'il portait à la main et que son compagnon a reçue en faisant une révérence à la manière des Orientaux.

Ce dernier est petit, gros, camard, d'encolure ramassée, les cheveux crépus, une mine naïve.

Ils sont tous les deux nu-pieds, nu-tête et poudreux, comme des gens qui arrivent de voyage.

ANTOINE, *en sursaut.*

Que voulez-vous? Parlez! Allez-vous-en!

DAMIS. (*C'est le petit homme.*)

Là, là!... bon ermite! ce que je veux? je n'en sais rien! Voici le Maître.

Il s'assoit; l'autre reste debout. Silence.

ANTOINE *reprend.*

Vous venez ainsi?...

DAMIS,

Oh! de loin, — de très loin!

ANTOINE

Et vous allez?...

DAMIS *désignant l'autre.*

Où il voudra!

ANTOINE

Qui est-il donc?

DAMIS

Regarde-le!

ANTOINE, à part.

Il a l'air d'un saint! Si j'osais...

La fumée est partie. Le temps est très clair. La lune brille.

DAMIS

A quoi songez-vous donc, que vous ne parlez plus?

ANTOINE

Je songe... Oh! rien.

DAMIS

s'avance vers Apollonius, et fait plusieurs tours autour de lui, la taille courbée, sans lever la tête.

Maître, c'est un ermite galiléen qui demande à savoir les origines de la sagesse.

APOLLONIUS

Qu'il approche!

Antoine hésite.

DAMIS

Approchez!

APOLLONIUS, d'une voix tonnante.

Approche! Tu voudrais connaître qui je suis, ce que j'ai fait, ce que je pense? n'est-ce pas cela, enfant?

ANTOINE

... Si ces choses, toutefois, peuvent contribuer à mon salut.

APOLLONIUS

Réjouis-toi, je vais te les dire!

DAMIS, bas à Antoine.

Est-ce possible! Il faut qu'il vous ait, du premier coup d'œil, reconnu des inclinations extraordinaires pour la philosophie! Je vais en profiter aussi, moi!

APOLLONIUS

Je te raconterai d'abord la longue route que j'ai

parcourue pour obtenir la doctrine; et si tu trouves dans
toute ma vie une action mauvaise, tu m'arrêteras, — car
celui-là doit scandaliser par ses paroles qui a méfait par
ses œuvres.

DAMIS, à Antoine.

Quel homme juste! hein?

ANTOINE

Décidément, je crois qu'il est sincère.

APOLLONIUS

La nuit de ma naissance, ma mère crut se voir cueillant
des fleurs sur le bord d'un lac. Un éclair parut et elle
me mit au monde à la voix des cygnes qui chantaient
dans son rêve.

Jusqu'à quinze ans, on m'a plongé, trois fois par jour,
dans la fontaine Asbadée, dont l'eau rend les parjures
hydropiques; et l'on me frottait le corps avec les feuilles
du cnyza, pour me faire chaste.

Une princesse palmyrienne vint un soir me trouver,
m'offrant des trésors qu'elle savait être dans des tombeaux. Une hiérodoule du temple de Diane s'égorgea,
désespérée, avec le couteau des sacrifices; et le gouverneur de Cilicie, à la fin de ses promesses, s'écria
devant ma famille qu'il me ferait mourir; mais c'est lui
qui mourut trois jours après, assassiné par les Romains.

DAMIS, à Antoine, en le frappant du coude.

Hein? quand je vous disais! quel homme!

APOLLONIUS

J'ai, pendant quatre ans de suite, gardé le silence
complet des Pythagoriciens. La douleur la plus imprévue
ne m'arrachait pas un soupir; et au théâtre, quand
j'entrais, on s'écartait de moi comme d'un fantôme.

DAMIS

Auriez-vous fait cela, vous?

APOLLONIUS

Le temps de mon épreuve terminé, j'entrepris d'instruire les prêtres qui avaient perdu la tradition.

ANTOINE

Quelle tradition?

DAMIS

Laissez-le poursuivre! Taisez-vous!

APOLLONIUS

J'ai devisé avec les Samanéens du Gange, avec les astrologues de Chaldée, avec les mages de Babylone, avec les Druides gaulois, avec les sacerdotes des nègres! J'ai gravi les quatorze Olympes, j'ai sondé les lacs de Scythie, j'ai mesuré la grandeur du désert!

DAMIS

C'est pourtant vrai, tout cela! J'y étais, moi!

APOLLONIUS

J'ai d'abord été jusqu'à la mer d'Hyrcanie. J'en ai fait le tour; et par le pays des Baraomates, où est enterré Bucéphale, je suis descendu vers Ninive. Aux portes de la ville, un homme s'approcha.

DAMIS

Moi! moi! mon bon Maître! Je vous aimai, tout de suite! Vous étiez plus doux qu'une fille et plus beau qu'un dieu!

APOLLONIUS sans l'entendre.

Il voulait m'accompagner pour me servir d'interprète.

DAMIS

Mais vous répondîtes que vous compreniez tous les langages et que vous deviniez toutes les pensées. Alors j'ai baisé le bas de votre manteau, et je me suis mis à marcher derrière vous.

APOLLONIUS

Après Ctésiphon, nous entrâmes sur les terres de Babylone.

DAMIS

Et le satrape poussa un cri, en voyant un homme si pâle!

ANTOINE, à part.

Que signifie?...

APOLLONIUS

Le Roi m'a reçu debout, près d'un trône d'argent, dans une salle ronde, constellée d'étoiles; — et de la coupole pendaient, à des fils que l'on n'apercevait pas, quatre grands oiseaux d'or, les deux ailes étendues.

ANTOINE, rêvant.

Est-ce qu'il y a sur la terre des choses pareilles?

DAMIS

C'est là une ville, cette Babylone! tout le monde y est riche! Les maisons, peintes en bleu, ont des portes de bronze, avec un escalier qui descend vers le fleuve!

Dessinant par terre, avec son bâton.

Comme cela, voyez-vous? Et puis, ce sont des temples, des places, des bains, des aqueducs! Les palais sont couverts de cuivre rouge! et l'intérieur donc, si vous saviez!

APOLLONIUS

Sur la muraille du septentrion, s'élève une tour qui en supporte une seconde, une troisième, une quatrième, une cinquième — et il y en a trois autres encore! La huitième est une chapelle avec un lit. Personne n'y entre que la femme choisie par les prêtres pour le dieu Bélus. Le roi de Babylone m'y fit loger.

DAMIS

A peine si l'on me regardait, moi! Aussi, je restais seul à me promener par les rues. Je m'informais des usages; je visitais les ateliers; j'examinais les grandes machines qui portent l'eau dans les jardins. Mais il m'ennuyait d'être séparé du Maître.

APOLLONIUS

Enfin, nous sortîmes de Babylone; et au clair de la lune, nous vîmes tout à coup une empuse.

DAMIS

Oui-da! Elle sautait sur son sabot de fer; elle hennissait comme un âne; elle galopait dans les rochers. Il lui cria des injures; elle disparut.

ANTOINE, à part.

Où veulent-ils en venir?

APOLLONIUS

A Taxilla, capitale de cinq mille forteresses, Phraortes, roi du Gange, nous a montré sa garde d'hommes noirs hauts de cinq coudées, et dans les jardins de son palais, sous un pavillon de brocart vert, un éléphant énorme, que les reines s'amusaient à parfumer. C'était l'éléphant de Porus, qui s'était enfui après la mort d'Alexandre.

DAMIS

Et qu'on avait retrouvé dans une forêt.

ANTOINE

Ils parlent abondamment comme les gens ivres.

APOLLONIUS

Phraortes nous fit asseoir à sa table.

DAMIS

Quel drôle de pays! Les seigneurs, tout en buvant, se divertissent à lancer des flèches sous les pieds d'un enfant qui danse. Mais je n'approuve pas...

APOLLONIUS

Quand je fus prêt à partir, le Roi me donna un parasol, et il me dit : « J'ai sur l'Indus un haras de chameaux blancs. Quand tu n'en voudras plus, souffle dans leurs oreilles. Ils reviendront. »

Nous descendîmes le long du fleuve, marchant la nuit à la lueur des lucioles qui brillaient dans les bambous. L'esclave sifflait un air pour écarter les serpents; et nos chameaux se courbaient les reins en passant sous les arbres, comme sous des portes trop basses.

Un jour, un enfant noir qui tenait un caducée d'or à la main, nous conduisit au collège des sages. Iarchas, leur chef, me parla de mes ancêtres, de toutes mes pensées, de toutes mes actions, de toutes mes existences. Il avait été le fleuve Indus, et il me rappela que j'avais conduit des barques sur le Nil, au temps du roi Sésostris.

DAMIS

Moi, on ne me dit rien, de sorte que je ne sais pas qui j'ai été.

ANTOINE

Ils ont l'air vague comme des ombres.

APOLLONIUS

Nous avons rencontré, sur le bord de la mer, les Cynocéphales gorgés de lait, qui s'en revenaient de leur expédition dans l'île Taprobane. Les flots tièdes poussaient devant nous des perles blondes. L'ambre craquait sous nos pas. Des squelettes de baleines blanchissaient dans la crevasse des falaises. La terre, à la fin, se fit plus étroite qu'une sandale; — et après avoir jeté vers le soleil des gouttes de l'Océan, nous tournâmes à droite, pour revenir.

Nous sommes revenus par la Région des Aromates, par le pays des Gangarides, le promontoire de Comaria, la contrée des Sachalites, des Adramites et des Homérites; — puis, à travers les monts Cassaniens, la mer Rouge et l'île Topazos, nous avons pénétré en Éthiopie par le royaume des Pygmées.

ANTOINE, à part.

Comme la terre est grande!

DAMIS

Et quand nous sommes rentrés chez nous, tous ceux que nous avions connus jadis étaient morts.

Antoine baisse la tête. Silence.

APOLLONIUS reprend.

Alors on commença dans le monde à parler de moi. La peste ravageait Éphèse; j'ai fait lapider un vieux mendiant.

DAMIS

Et la peste s'en est allée!

ANTOINE

Comment! il chasse les maladies?

APOLLONIUS

A Cnide, j'ai guéri l'amoureux de la Vénus.

DAMIS

Oui, un fou, qui même avait promis de l'épouser. — Aimer une femme, passe encore; mais une statue, quelle sottise! — Le Maître lui posa la main sur le cœur; et l'amour aussitôt s'éteignit.

ANTOINE

Quoi! il délivre des démons?

APOLLONIUS

A Tarente, on portait au bûcher une jeune fille morte.

DAMIS

Le Maître lui toucha les lèvres, et elle s'est relevée en appelant sa mère.

ANTOINE

Comment! il ressuscite les morts?

APOLLONIUS

J'ai prédit le pouvoir à Vespasien.

ANTOINE

Quoi! il devine l'avenir?

DAMIS

Il y avait à Corinthe...

APOLLONIUS

Étant à table avec lui, aux eaux de Baïa...

ANTOINE

Excusez-moi, étrangers, il est tard!

DAMIS

Un jeune homme qu'on appelait Ménippe.

ANTOINE

Non! non! allez-vous-en!

APOLLONIUS

Un chien entra, portant à la gueule une main coupée.

DAMIS

Un soir, dans un faubourg, il rencontra une femme.

ANTOINE

Vous ne m'entendez pas ? retirez-vous !

APOLLONIUS

Il rôdait vaguement autour des lits.

ANTOINE

Assez !

APOLLONIUS

On voulait le chasser.

DAMIS

Ménippe donc se rendit chez elle ; ils s'aimèrent.

APOLLONIUS

En battant la mosaïque avec sa queue, il déposa cette main sur les genoux de Flavius.

DAMIS

Mais le matin, aux leçons de l'école, Ménippe était pâle.

ANTOINE, bondissant.

Encore ! Ah ! qu'ils continuent, puisqu'il n'y a pas...

DAMIS

Le Maître lui dit : « Ô beau jeune homme, tu caresses un serpent ; un serpent te caresse ! à quand les noces ? » Nous allâmes tous à la noce.

ANTOINE

J'ai tort, bien sûr, d'écouter cela !

DAMIS

Dès le vestibule, des serviteurs se remuaient, les portes s'ouvraient ; on n'entendait cependant ni le bruit des pas, ni le bruit des portes. Le Maître se plaça près de Ménippe. Aussitôt la fiancée fut prise de colère contre les philosophes. Mais la vaisselle d'or, les échansons, les cuisiniers, les panetiers disparurent ; le toit s'envola, les murs s'écroulèrent ; et Apollonius resta seul, debout, ayant à ses pieds cette femme tout en pleurs. C'était un vampire qui satisfaisait les beaux jeunes hommes, afin de manger leur chair, — parce que rien n'est meilleur pour ces sortes de fantômes que le sang des amoureux.

APOLLONIUS

Si tu veux savoir l'art...

ANTOINE

Je ne veux rien savoir!

APOLLONIUS

Le soir de notre arrivée aux portes de Rome...

ANTOINE

Oh! oui, parlez-moi de la ville des papes!

APOLLONIUS

Un homme ivre nous accosta, qui chantait d'une voix douce. C'était un épithalame de Néron; et il avait le pouvoir de faire mourir quiconque l'écoutait négligemment. Il portait à son dos, dans une boîte, une corde prise à la cithare de l'Empereur. J'ai haussé les épaules. Il nous a jeté de la boue au visage. Alors, j'ai défait ma ceinture, et je la lui ai placée dans la main.

DAMIS

Vous avez eu bien tort, par exemple!

APOLLONIUS

L'Empereur, pendant la nuit, me fit appeler à sa maison. Il jouait aux osselets avec Sporus, accoudé du bras gauche sur une table d'agate. Il se détourna, et fronçant ses sourcils blonds : « Pourquoi ne me crains-tu pas? me demanda-t-il. — Parce que le Dieu qui t'a fait terrible m'a fait intrépide », répondis-je.

ANTOINE, à part.

Quelque chose d'inexplicable m'épouvante.

Silence.

DAMIS reprend d'une voix aiguë.

Toute l'Asie, d'ailleurs, pourra vous dire...

ANTOINE, en sursaut.

Je suis malade! Laissez-moi!

DAMIS

Écoutez, donc. Il a vu, d'Éphèse, tuer Domitien, qui
était à Rome.

ANTOINE, s'efforçant de rire.

Est-ce possible!

DAMIS

Oui, au théâtre, en plein jour, le quatorzième des
calendes d'octobre, tout à coup il s'écria : « On égorge
César! » et il ajoutait de temps à autre : « Il roule par
terre; oh! comme il se débat! Il se relève; il essaye
de fuir; les portes sont fermées; ah! c'est fini! le voilà
mort! » Et ce jour-là, en effet, Titus Flavius Domitianus
fut assassiné, comme vous savez.

ANTOINE

Sans le secours du Diable... certainement...

APOLLONIUS

Il avait voulu me faire mourir, ce Domitien! Damis
s'était enfui par mon ordre, et je restais seul dans ma
prison.

DAMIS

C'était une terrible hardiesse, il faut avouer!

APOLLONIUS

Vers la cinquième heure, les soldats m'amenèrent au
tribunal. J'avais ma harangue toute prête que je tenais
sous mon manteau.

DAMIS

Nous étions sur le rivage de Pouzzoles, nous autres!
Nous vous croyions mort; nous pleurions. Quand, vers
la sixième heure, tout à coup, vous apparûtes, et vous
nous dîtes : « C'est moi! »

ANTOINE, à part.

Comme Lui!

DAMIS, très haut.

Absolument!

ANTOINE

Oh! non! vous mentez, n'est-ce pas? vous mentez!

APOLLONIUS

Il est descendu du Ciel. Moi, j'y monte, — grâce à ma vertu qui m'a élevé jusqu'à la hauteur du Principe!

DAMIS

Tyrane, sa ville natale, a institué en son honneur un temple avec des prêtres!

APOLLONIUS

se rapproche d'Antoine et lui crie aux oreilles.

C'est que je connais tous les dieux, tous les rites, toutes les prières, tous les oracles! j'ai pénétré dans l'antre de Trophonius, fils d'Apollon! j'ai pétri pour les Syracusaines les gâteaux qu'elles portent sur les montagnes! j'ai subi les quatre-vingts épreuves de Mithra! j'ai serré contre mon cœur le serpent de Sabasius! j'ai reçu l'écharpe des Cabires! j'ai lavé Cybèle aux flots des golfes campaniens, et j'ai passé trois lunes dans les cavernes de Samothrace!

DAMIS, riant bêtement.

Ah! ah! ah! aux mystères de la Bonne Déesse!

APOLLONIUS

Et maintenant nous recommençons le pèlerinage!
Nous allons au Nord, du côté des cygnes et des neiges. Sur la plaine blanche, les hippopodes aveugles cassent du bout de leurs pieds la plante d'outremer.

DAMIS

Viens! c'est l'aurore. Le coq a chanté, le cheval a henni, la voile est prête.

ANTOINE

Le coq n'a pas chanté! J'entends le grillon dans les sables, et je vois la lune qui reste en place.

APOLLONIUS

Nous allons au Sud, derrière les montagnes et les grands flots, chercher dans les parfums la raison de l'amour. Tu humeras l'odeur du myrrhodion qui fait mourir les faibles. Tu baigneras ton corps dans le lac d'huile rose de l'île Junonia. Tu verras, dormant sur les primevères, le lézard qui se réveille tous les siècles quand tombe à sa maturité l'escarboucle de son front. Les étoiles palpitent comme des yeux, les cascades chantent comme les lyres, des enivrements s'exhalent des fleurs écloses; ton esprit s'élargira parmi les airs, et dans ton cœur comme sur ta face.

DAMIS

Maître! il est temps! Le vent va se lever, les hirondelles s'éveillent, la feuille du myrte est envolée!

APOLLONIUS

Oui! partons!

ANTOINE

Non! moi, je reste!

APOLLONIUS

Veux-tu que je t'enseigne où pousse la plante Balis, qui ressuscite les morts?

DAMIS

Demande-lui plutôt l'androdamas qui attire l'argent, le fer et l'airain!

ANTOINE

Oh! que je souffre! que je souffre!

DAMIS

Tu comprendras la voix de tous les êtres, les rugissements, les roucoulements!

APOLLONIUS

Je te ferai monter sur les licornes, sur les dragons, sur les hippocentaures et les dauphins!

ANTOINE, pleure.

Oh! oh! oh!

APOLLONIUS

Tu connaîtras les démons qui habitent les cavernes, ceux qui parlent dans les bois, ceux qui remuent les flots, ceux qui poussent les nuages.

DAMIS

Serre ta ceinture, noue tes sandales!

APOLLONIUS

Je t'expliquerai la raison des formes divines, pourquoi Apollon est debout, Jupiter assis, Vénus noire à Corinthe, carrée dans Athènes, conique à Paphos.

ANTOINE, joignant les mains.

Qu'ils s'en aillent! qu'ils s'en aillent!

APOLLONIUS

J'arracherai devant toi les armures des dieux, nous forcerons les sanctuaires, je te ferai violer la Pythie!

ANTOINE

Au secours, Seigneur!

Il se précipite vers la croix.

APOLLONIUS

Quel est ton désir? ton rêve? Le temps seulement d'y songer...

ANTOINE

Jésus, Jésus, à mon aide!

APOLLONIUS

Veux-tu que je le fasse apparaître, Jésus?

ANTOINE

Quoi? Comment?

APOLLONIUS

Ce sera lui! pas un autre! Il jettera sa couronne, et nous causerons face à face.

DAMIS, bas.

Dis que tu veux bien! Dis que tu veux bien!

Antoine, au pied de la croix, murmure des oraisons. Damis tourne autour de lui, avec des gestes patelins.

Voyons, bon ermite, cher saint Antoine! homme pur, homme illustre! homme qu'on ne saurait assez louer! Ne vous effrayez pas; c'est une façon de dire exagérée, prise aux Orientaux. Cela n'empêche nullement...

APOLLONIUS

Laisse-le, Damis!

Il croit, comme une brute, à la réalité des choses. La terreur qu'il a des dieux l'empêche de les comprendre; et il ravale le sien au niveau d'un roi jaloux!

Toi, mon fils, ne me quitte pas!

> Il s'approche à reculons du bord de la falaise, la dépasse, et reste suspendu.

Par-dessus toutes les formes, plus loin que la terre, au delà des cieux, réside le monde des Idées, tout plein du Verbe! D'un bond, nous franchirons l'autre espace; et tu saisiras dans son infinité l'Éternel, l'Absolu, l'Être! — Allons! donne-moi la main! En marche!

> Tous les deux, côte à côte, s'élèvent dans l'air doucement. Antoine, embrassant la croix, les regarde monter.
> Ils disparaissent.

V

ANTOINE, marchant lentement.

CELUI-LÀ vaut tout l'enfer! Nabuchodonosor ne m'avait pas tant ébloui. La Reine de Saba ne m'a pas si profondément charmé.

Sa manière de parler des dieux inspire l'envie de les connaître.

Je me rappelle en avoir vu des centaines à la fois, dans l'île d'Éléphantine, du temps de Dioclétien. L'Empereur avait cédé aux Nomades un grand pays, à condition qu'ils garderaient les frontières; et le traité fut conclu au nom des « Puissances invisibles ». Car les dieux de chaque peuple étaient ignorés de l'autre peuple.

Les Barbares avaient amené les leurs. Ils occupaient les collines de sable qui bordent le fleuve. On les apercevait tenant leurs idoles entre leurs bras comme de grands enfants paralytiques; ou bien, naviguant au milieu des cataractes sur un tronc de palmier, ils montraient de loin les amulettes de leurs cous, les tatouages de leurs poitrines; — et cela n'est pas plus criminel que la religion des Grecs, des Asiatiques et des Romains!

Quand j'habitais le temple d'Héliopolis, j'ai souvent considéré tout ce qu'il y a sur les murailles : vautours portant des sceptres, crocodiles pinçant des lyres, figures d'hommes avec des corps de serpent, femmes à tête de vache prosternées devant des dieux ithyphalliques; et leurs formes surnaturelles m'entraînaient vers d'autres mondes. J'aurais voulu savoir ce que regardent ces yeux tranquilles.

Pour que la matière ait tant de pouvoir, il faut qu'elle contienne un esprit. L'âme des dieux est attachée à ses images...

Ceux qui ont la beauté des apparences peuvent séduire. Mais les autres... qui sont abjects ou terribles, comment y croire?...

Et il voit passer à ras du sol des feuilles, des pierres, des coquilles, des branches d'arbres, de vagues représentations d'animaux, puis des espèces de nains hydropiques; ce sont des dieux. Il éclate de rire.

Un autre rire part derrière lui; et Hilarion se présente — habillé en ermite, beaucoup plus grand que tout à l'heure, colossal.

ANTOINE n'est pas surpris de le revoir.

Qu'il faut être bête pour adorer cela!

HILARION

Oh! oui, extrêmement bête!

Alors, défilent devant eux des idoles de toutes les nations et de tous les âges, en bois, en métal, en granit, en plumes, en peaux cousues.

Les plus vieilles, antérieures au Déluge, disparaissent sous des goémons qui pendent comme des crinières. Quelques-unes, trop longues pour leur base, craquent dans leur jointure et se cassent les reins en marchant. D'autres laissent couler du sable par les trous de leurs ventres.

Antoine et Hilarion s'amusent énormément. Ils se tiennent les côtes à force de rire.

Ensuite, passent des idoles à profil de mouton. Elles titubent sur leurs jambes cagneuses, entr'ouvrent leurs paupières et bégayent comme des muets : « Bâ! bâ! bâ! ».

A mesure qu'elles se rapprochent du type humain, elles irritent Antoine davantage. Il les frappe à coups de poing, à coups de pied, s'acharne dessus.

Elles deviennent effroyables — avec de hauts panaches, des yeux en boules, les bras terminés par des griffes, des mâchoires de requin.

Et devant ces dieux, on égorge des hommes sur des autels de pierre; d'autres sont broyés dans des cuves, écrasés sous des chariots, cloués dans des arbres. Il y en a un, tout en fer rougi et à cornes de taureau, qui dévore des enfants.

ANTOINE

Horreur!

HILARION

Mais les dieux réclament toujours des supplices. Le tien même a voulu...

ANTOINE, pleurant.

Oh! n'achève pas, tais-toi!

L'enceinte des roches se change en une vallée. Un troupeau de bœufs y pâture l'herbe rase.

Le pasteur qui les conduit observe un nuage; — et jette dans l'air, d'une voix aiguë, des paroles impératives.

HILARION

Comme il a besoin de pluie, il tâche, par des chants, de contraindre le roi du ciel à ouvrir la nuée féconde.

ANTOINE, en riant.

Voilà un orgueil trop niais!

HILARION

Pourquoi fais-tu des exorcismes?

La vallée devient une mer de lait, immobile et sans bornes.

Au milieu flotte un long berceau, composé par les enroulements d'un serpent dont toutes les têtes, s'inclinant à la fois, ombragent un dieu endormi sur son corps.

Il est jeune, imberbe, plus beau qu'une fille et couvert de voiles diaphanes. Les perles de sa tiare brillent doucement comme des lunes, un chapelet d'étoiles fait plusieurs tours sur sa poitrine; — et une main sous la tête, l'autre bras étendu, il repose, d'un air songeur et enivré.

Une femme accroupie devant ses pieds attend qu'il se réveille.

HILARION

C'est la dualité primordiale des Brahmanes, — l'Absolu ne s'exprimant par aucune forme.

Sur le nombril du dieu une tige de lotus a poussé; et, dans son calice, paraît un autre dieu à trois visages.

ANTOINE

Tiens, quelle invention!

HILARION

Père, Fils et Saint-Esprit ne font de même qu'une seule personne!

Les trois têtes s'écartent, et trois grands dieux paraissent.
Le premier, qui est rose, mord le bout de son orteil.
Le second, qui est bleu, agite quatre bras.
Le troisième, qui est vert, porte un collier de crânes humains.
En face d'eux, immédiatement, surgissent trois déesses, l'une enveloppée d'un réseau, l'autre offrant une coupe, la dernière brandissant un arc.
Et ces dieux, ces déesses se décuplent, se multiplient. Sur leurs épaules poussent des bras, au bout de leurs bras des mains tenant des étendards, des haches, des boucliers, des épées, des parasols et des tambours. Des fontaines jaillissent de leurs têtes, des herbes descendent de leurs narines.
A cheval sur des oiseaux, bercés dans des palanquins, trônant sur des sièges d'or, debout dans des niches, ils songent, voyagent, commandent, boivent du vin, respirent des fleurs. Des danseuses tournoient, des géants poursuivent des monstres; à l'entrée des grottes, des solitaires méditent. On ne distingue pas les prunelles des étoiles, les nuages des banderoles; des paons s'abreuvent à des ruisseaux de poudre d'or, la broderie des pavillons se mêle aux taches des léopards, des rayons colorés s'entre-croisent sur l'air bleu, avec des flèches qui volent et des encensoirs qu'on balance.
Et tout cela se développe comme une haute frise — appuyant sa base sur les rochers, et montant jusque dans le ciel.

ANTOINE, ébloui.

Quelle quantité! que veulent-ils?

HILARION

Celui qui gratte son abdomen avec sa trompe d'éléphant, c'est le dieu solaire, l'inspirateur de la sagesse.
Cet autre, dont les six têtes portent des tours et les quatorze bras des javelots, c'est le prince des armées, le Feu dévorateur.
Le vieillard chevauchant un crocodile va laver sur le rivage les âmes des morts. Elles seront tourmentées

par cette femme noire aux dents pourries, dominatrice des enfers.

Le chariot tiré par des cavales rouges, que conduit un cocher qui n'a pas de jambes, promène en plein azur le maître du soleil. Le dieu-lune l'accompagne, dans une litière attelée de trois gazelles.

A genoux sur le dos d'un perroquet, la déesse de la Beauté présente à l'Amour, son fils, sa mamelle ronde. La voici plus loin, qui saute de joie dans les prairies. Regarde! regarde! Coiffée d'une mitre éblouissante, elle court sur les blés, sur les flots, monte dans l'air, s'étale partout!

Entre ces dieux siègent les Génies des vents, des planètes, des mois, des jours, cent mille autres! et leurs aspects sont multiples, leurs transformations rapides. En voilà un qui de poisson devient tortue; il prend la hure d'un sanglier, la taille d'un nain.

ANTOINE

Pour quoi faire?

HILARION

Pour rétablir l'équilibre, pour combattre le mal. Mais la vie s'épuise, les formes s'usent; et il leur faut progresser dans les métamorphoses.

Tout à coup paraît

UN HOMME NU, assis au milieu du sable, les jambes croisées.

Un large halo vibre, suspendu derrière lui. Les petites boucles de ses cheveux noirs, et à reflets d'azur, contournent symétriquement une protubérance au haut de son crâne. Ses bras, très longs, descendent droits contre ses flancs. Ses deux mains, les paumes ouvertes, reposent à plat sur ses cuisses. Le dessous de ses pieds offre l'image de deux soleils; et il reste complètement immobile — en face d'Antoine et d'Hilarion, avec tous les dieux à l'entour, échelonnés sur les roches comme sur les gradins d'un cirque.

Ses lèvres s'entr'ouvrent; et d'une voix profonde :

Je suis le maître de la grande aumône, le secours des créatures, et aux croyants comme aux profanes j'expose la loi.

Pour délivrer le monde, j'ai voulu naître parmi les hommes. Les dieux pleuraient quand je suis parti.

J'ai d'abord cherché une femme comme il convient :

de race militaire, épouse d'un roi, très bonne, extrêmement belle, le nombril profond, le corps ferme comme
du diamant ; et au temps de la pleine lune, sans l'auxiliaire
d'aucun mâle, je suis entré dans son ventre.

J'en suis sorti par le flanc droit. Des étoiles s'arrêtèrent.

HILARION murmure entre ses dents.

« Et quand ils virent l'étoile s'arrêter, ils conçurent
une grande joie ! »

Antoine regarde plus attentivement.

LE BOUDDHA qui reprend.

Du fond de l'Himalaya, un religieux centenaire
accourut pour me voir.

HILARION

« Un homme appelé Siméon, qui ne devait pas mourir
avant d'avoir vu le Christ ! »

LE BOUDDHA

On m'a mené dans les écoles. J'en savais plus que
les docteurs.

HILARION

« ... Au milieu des docteurs ; et tous ceux qui l'entendaient étaient ravis de sa sagesse. »

Antoine fait signe à Hilarion de se taire.

LE BOUDDHA

Continuellement, j'étais à méditer dans les jardins.
Les ombres des arbres tournaient ; mais l'ombre de celui
qui m'abritait ne tournait pas.

Aucun ne pouvait m'égaler dans la connaissance des
écritures, l'énumération des atomes, la conduite des éléphants, les ouvrages de cire, l'astronomie, la poésie, le
pugilat, tous les exercices et tous les arts !

Pour me conformer à l'usage, j'ai pris une épouse ;
— et je passais les jours dans mon palais de roi, vêtu
de perles, sous la pluie des parfums, éventé par les
chasse-mouches de trente-trois mille femmes, regardant
mes peuples du haut de mes terrasses, ornées de clochettes
retentissantes.

Mais la vue des misères du monde me détournait des plaisirs. J'ai fui.

J'ai mendié sur les routes, couvert de haillons ramassés dans les sépulcres; et comme il y avait un ermite très savant, j'ai voulu devenir son esclave; je gardais sa porte, je lavais ses pieds.

Toute sensation fut anéantie, toute joie, toute langueur.

Puis, concentrant ma pensée dans une méditation plus large, je connus l'essence des choses, l'illusion des formes.

J'ai vidé promptement la science des Brahmanes. Ils sont rongés de convoitises sous leurs apparences austères, se frottent d'ordures, couchent sur des épines, croyant arriver au bonheur par la voie de la mort!

HILARION

« Pharisiens, hypocrites, sépulcres blanchis, race de vipères! »

LE BOUDDHA

Moi aussi, j'ai fait des choses étonnantes — ne mangeant par jour qu'un seul grain de riz, et les grains de riz dans ce temps-là n'étaient pas plus gros qu'à présent; — mes poils tombèrent, mon corps devint noir; mes yeux rentrés dans les orbites semblaient des étoiles aperçues au fond d'un puits.

Pendant six ans, je me suis tenu immobile, exposé aux mouches, aux lions et aux serpents; et les grands soleils, les grandes ondées, la neige, la foudre, la grêle et la tempête, je recevais tout cela, sans m'abriter même avec la main.

Les voyageurs qui passaient, me croyant mort, me jetaient de loin des mottes de terre!

La tentation du Diable me manquait.

Je l'ai appelé.

Ses fils sont venus, — hideux, couverts d'écailles, nauséabonds comme des charniers, hurlant, sifflant, beuglant, entre-choquant des armures et des os de morts. Quelques-uns crachent des flammes par les naseaux, quelques-uns font des ténèbres avec leurs ailes, quelques-uns portent des chapelets de doigts coupés, quelques-uns boivent du venin de serpent dans le creux de leurs mains;

ils ont des têtes de porc, de rhinocéros ou de crapaud,
toutes sortes de figures inspirant le dégoût ou la terreur.

Antoine, à part.

J'ai enduré cela autrefois!

Le Bouddha

Puis il m'envoya ses filles — belles, bien fardées, avec
des ceintures d'or, les dents blanches comme le jasmin,
les cuisses rondes comme la trompe de l'éléphant.
Quelques-unes étendent les bras en bâillant, pour
montrer les fossettes de leurs coudes; quelques-une-
clignent les yeux, quelques-unes se mettent à rire, quelques-unes entr'ouvrent leurs vêtements. Il y a des vierges
rougissantes, des matrones pleines d'orgueil, des reines
avec une grande suite de bagages et d'esclaves.

Antoine, à part.

Ah! lui aussi?

Le Bouddha

Ayant vaincu le démon, j'ai passé douze ans à me
nourrir exclusivement de parfums; — et comme j'avais
acquis les cinq vertus, les cinq facultés, les dix forces,
les dix-huit substances, et pénétré dans les quatre sphères
du monde invisible, l'Intelligence fut à moi! Je devins
le Bouddha!

> Tous les dieux s'inclinent; ceux qui ont plusieurs têtes les
> baissent à la fois.
> Il lève dans l'air sa haute main et reprend.

En vue de la délivrance des êtres, j'ai fait des centaines
de mille de sacrifices! J'ai donné aux pauvres des robes de
soie, des lits, des chars, des maisons, des tas d'or et
des diamants. J'ai donné mes mains aux manchots, mes
jambes aux boiteux, mes prunelles aux aveugles; j'ai
coupé ma tête pour les décapités. Au temps que j'étais
roi, j'ai distribué des provinces; au temps que j'étais brahmane, je n'ai méprisé personne. Quand j'étais un solitaire,
j'ai dit des paroles tendres au voleur qui m'égorgea.
Quand j'étais un tigre, je me suis laissé mourir de faim.
Et dans cette dernière existence, ayant prêché la loi,

je n'ai plus rien à faire. La grande période est accomplie!
Les hommes, les animaux, les dieux, les bambous, les
océans, les montagnes, les grains de sable des Ganges
avec les myriades de myriades d'étoiles, tout va mourir;
— et, jusqu'à des naissances nouvelles, une flamme
dansera sur les ruines des mondes détruits!

Alors un vertige prend les dieux. Ils chancellent, tombent
en convulsions, et vomissent leurs existences. Leurs couronnes
éclatent, leurs étendards s'envolent. Ils arrachent leurs attributs, leurs sexes, lancent par dessus l'épaule les coupes où ils
buvaient l'immortalité, s'étranglent avec leurs serpents, s'évanouissent en fumée; — et quand tout a disparu...

HILARION, lentement.

Tu viens de voir la croyance de plusieurs centaines
de millions d'hommes!

Antoine est par terre, la figure dans ses mains. Debout
près de lui, tournant le dos à la croix, Hilarion le regarde.
Un assez long temps s'écoule.

Ensuite, paraît un être singulier, ayant une tête d'homme
sur un corps de poisson. Il s'avance droit en l'air, en battant
le sable de sa queue; — et cette figure de patriarche avec
de petits bras fait rire Antoine.

OANNÈS, d'une voix plaintive.

Respecte-moi! Je suis le contemporain des origines.
J'ai habité le monde informe où sommeillaient des
bêtes hermaphrodites, sous le poids d'une atmosphère
opaque, dans la profondeur des ondes ténébreuses, —
quand les doigts, les nageoires et les ailes étaient confondus, et que des yeux sans tête flottaient comme
des mollusques, parmi des taureaux à face humaine et
des serpents à pattes de chien.

Sur l'ensemble de ces êtres, Omorôca, pliée comme
un cerceau, étendait son corps de femme. Mais Bélus
la coupa net en deux moitiés, fit la terre avec l'une,
le ciel avec l'autre; et les deux mondes pareils se contemplent mutuellement.

Moi, la première conscience du Chaos, j'ai surgi de
l'abîme pour durcir la matière, pour régler les formes;
et j'ai appris aux humains la pêche, les semailles, l'écriture
et l'histoire des dieux.

Depuis lors, je vis dans les étangs qui restent du Déluge. Mais le désert s'agrandit autour d'eux, le vent y jette du sable, le soleil les dévore; — et je meurs sur ma couche de limon, en regardant les étoiles à travers l'eau. J'y retourne.

Il saute, et disparaît dans le Nil.

HILARION

C'est un ancien dieu des Chaldéens!

ANTOINE, ironiquement.

Qu'étaient donc ceux de Babylone?

HILARION

Tu peux les voir!

Et ils se trouvent sur la plate-forme d'une tour quadrangulaire dominant six autres tours qui, plus étroites à mesure qu'elles s'élèvent, forment une monstrueuse pyramide. On distingue en bas une grande masse noire, — la ville, sans doute, — étalée dans les plaines. L'air est froid, le ciel d'un bleu sombre; des étoiles en quantité palpitent.

Au milieu de la plate-forme se dresse une colonne de pierre blanche. Des prêtres en robe de lin passent et reviennent tout autour, de manière à décrire par leurs évolutions un cercle en mouvement; et, la tête levée, ils contemplent les astres.

HILARION en désigne plusieurs à saint Antoine.

Il y en a trente principaux. Quinze regardent le dessus de la terre, quinze le dessous. A des intervalles réguliers, un d'eux s'élance des régions supérieures vers celles d'en bas, tandis qu'un autre abandonne les inférieures pour monter vers les sublimes.

Des sept planètes, deux sont bienfaisantes, deux mauvaises, trois ambiguës; tout dépend, dans le monde, de ces feux éternels. D'après leur position et leur mouvement on peut tirer des présages; — et tu foules l'endroit le plus respectable de la terre. Pythagore et Zoroastre s'y sont rencontrés. Voilà douze mille ans que ces hommes observent le ciel, pour mieux connaître les dieux.

ANTOINE

Les astres ne sont pas dieux.

HILARION

Oui! disent-ils; car les choses passent autour de nous;
le ciel, comme l'éternité, reste immuable!

ANTOINE

Il a un maître, pourtant.

HILARION, montrant la colonne.

Celui-là, Bélus, le premier rayon, le Soleil, le Mâle!
— L'Autre, qu'il féconde, est sous lui!

Antoine aperçoit un jardin, éclairé par des lampes.

Il est au milieu de la foule, dans une avenue de cyprès.
A droite et à gauche, des petits chemins conduisent vers des
cabanes établies dans un bois de grenadiers, que défendent
des treillages de roseaux.

Les hommes, pour la plupart, ont des bonnets pointus
avec des robes chamarrées comme le plumage des paons. Il y a
des gens du Nord vêtus de peaux d'ours, des nomades en
manteau de laine brune, de pâles Gangarides à longues boucles
d'oreilles; et les rangs comme les nations paraissent confondus,
car des matelots et des tailleurs de pierres coudoient des princes
portant des tiares d'escarboucles avec de hautes cannes à
pomme ciselée. Tous marchent en dilatant les narines, recueillis
dans le même désir.

De temps à autre, ils se dérangent pour donner passage
à un long chariot couvert, traîné par des bœufs; ou bien
c'est un âne, secouant sur son dos une femme empaquetée
de voiles, et qui disparaît aussi vers les cabanes.

Antoine a peur, il voudrait revenir en arrière. Cependant une curiosité inexprimable l'entraîne.

Au pied des cyprès, des femmes sont accroupies en ligne
sur des peaux de cerf, toutes ayant pour diadème une tresse
de cordes. Quelques-unes, magnifiquement habillées, appellent
à haute voix les passants. De plus timides cachent leur figure
sous leurs bras, tandis que par derrière, une matrone, leur
mère sans doute, les exhorte. D'autres, la tête enveloppée
d'un châle noir et le corps entièrement nu, semblent, de loin,
des statues de chair. Dès qu'un homme leur a jeté de l'argent
sur les genoux, elles se lèvent.

Et on entend des baisers sous les feuillages — quelquefois
un grand cri aigu.

HILARION

Ce sont les vierges de Babylone qui se prostituent
à la déesse.

ANTOINE

Quelle déesse ?

HILARION

La voilà !

Et il lui fait voir, tout au fond de l'avenue, sur le seuil d'une grotte illuminée, un bloc de pierre représentant l'organe sexuel d'une femme.

ANTOINE

Ignominie ! quelle abomination de donner un sexe à Dieu !

HILARION

Tu l'imagines bien comme une personne vivante !

Antoine se retrouve dans les ténèbres.

Il aperçoit, en l'air, un cercle lumineux, posé sur des ailes horizontales.

Cette espèce d'anneau entoure, comme une ceinture trop lâche, la taille d'un petit homme coiffé d'une mitre, portant une couronne à sa main, et dont la partie inférieure du corps disparaît sous de grandes plumes étalées en jupon.

C'est

ORMUZ, le dieu des Perses.

Il voltige en criant :

J'ai peur ! J'entrevois sa gueule.

Je t'avais vaincu, Ahriman ! Mais tu recommences !

D'abord, te révoltant contre moi, tu as fait périr l'aînée des créatures, Kaiomortz, l'Homme-Taureau. Puis tu as séduit le premier couple humain, Meschia et Meschiané ; et tu as répandu les ténèbres dans les cœurs, tu as poussé vers le ciel tes bataillons.

J'avais les miens, le peuple des étoiles ; et je contemplais au-dessous de mon trône tous les astres échelonnés.

Mithra, mon fils, habitait un lieu inaccessible. Il y recevait les âmes, les en faisait sortir, et se levait chaque matin pour épandre sa richesse.

La splendeur du firmament était reflétée par la terre. Le feu brillait sur les montagnes, — image de l'autre feu dont j'avais créé tous les êtres. Pour le garantir des souillures, on ne brûlait pas les morts. Le bec des oiseaux les emportait vers le ciel.

J'avais réglé les pâturages, les labours, le bois du sacrifice, la forme des coupes, les paroles qu'il faut dire dans l'insomnie; — et mes prêtres étaient continuellement en prières, afin que l'hommage eût l'éternité du Dieu. On se purifiait avec de l'eau, on s'offrait des pains sur les autels, on confessait à haute voix ses crimes.

Homa se donnait à boire aux hommes, pour leur communiquer sa force.

Pendant que les génies du ciel combattaient les démons, les enfants d'Iran poursuivaient les serpents. Le Roi, qu'une cour innombrable servait à genoux, figurait ma personne, portait ma coiffure. Ses jardins avaient la magnificence d'une terre céleste; et son tombeau le représentait égorgeant un monstre, emblème du Bien qui extermine le Mal.

Car je devais un jour, grâce au temps sans bornes, vaincre définitivement Ahriman.

Mais l'intervalle entre nous deux disparaît; la nuit monte! A moi, les Amschaspands, les Izeds, les Ferouers! Au secours, Mithra! prends ton épée! Caosyac, qui dois revenir pour la délivrance universelle, défends-moi! Comment?... Personne!

Ah! je meurs! Ahriman, tu es le maître!

> Hilarion, derrière Antoine, retient un cri de joie — et Ormuz plonge dans les ténèbres.
>
> Alors paraît

LA GRANDE DIANE D'ÉPHÈSE,

> noire avec des yeux d'émail, les coudes aux flancs, les avant-bras écartés, les mains ouvertes.
>
> Des lions rampent sur ses épaules; des fruits, des fleurs et des étoiles s'entre-croisent sur sa poitrine; plus bas se développent trois rangées de mamelles; et, depuis le ventre jusqu'aux pieds, elle est prise dans une gaine étroite d'où s'élancent à mi-corps des taureaux, des cerfs, des griffons et des abeilles. — On l'aperçoit à la blanche lueur que fait un disque d'argent, rond comme la pleine lune, posé derrière sa tête.

Où est mon peuple?

Où sont mes amazones?

Qu'ai-je donc... moi l'incorruptible, voilà qu'une défaillance me prend!

> Ses fleurs se fanent. Ses fruits trop mûrs se détachent. Les lions, les taureaux penchent leur cou; les cerfs bavent épuisés; les abeilles, en bourdonnant, meurent par terre.
>
> Elle presse, l'une après l'autre, ses mamelles. Toutes sont

vides! Mais sous un effort désespéré sa gaine éclate. Elle la saisit par le bras, comme le pan d'une robe, y jette ses animaux, ses floraisons, — puis rentre dans l'obscurité.

Et au loin, des voix murmurent, grondent, rugissent, brament et beuglent. L'épaisseur de la nuit est augmentée par des haleines. Les gouttes d'une pluie chaude tombent.

ANTOINE

Comme c'est bon, le parfum des palmiers, le frémissement des feuilles vertes, la transparence des sources! Je voudrais me coucher tout à plat sur la terre pour la sentir contre mon cœur; et ma vie se retremperait dans sa jeunesse éternelle!

Il entend un bruit de castagnettes et de cymbales; — et, au milieu d'une foule rustique, des hommes, vêtus de tuniques blanches à bandes rouges, amènent un âne, enharnaché richement, la queue ornée de rubans, les sabots peints.

Une boîte, couverte d'une housse en toile jaune, ballotte sur son dos entre deux corbeilles; l'une reçoit les offrandes qu'on y place : œufs, raisins, poires et fromages, volailles, petites monnaies; et la seconde est pleine de roses, que les conducteurs de l'âne effeuillent devant lui, tout en marchant.

Ils ont des pendants d'oreilles, de grands manteaux, les cheveux nattés, les joues fardées; une couronne d'olivier se ferme sur leur front par un médaillon à figurine : des poignards sont passés dans leur ceinture; et ils secouent des fouets à manche d'ébène, ayant trois lanières garnies d'osselets.

Les derniers du cortège posent sur le sol, droit comme un candélabre, un grand pin qui brûle par le sommet et dont les rameaux les plus bas ombragent un petit mouton.

L'âne s'est arrêté. On retire la housse. Il y a, en dessous, une seconde enveloppe de feutre noir. Alors, un des hommes à tunique blanche se met à danser, en jouant des crotales; un autre à genoux devant la boîte bat du tambourin et

LE PLUS VIEUX DE LA TROUPE commence.

Voici la Bonne Déesse, l'Idéenne des montagnes, la grand'mère de Syrie! Approchez, braves gens!

Elle procure la joie, guérit les malades, envoie des héritages, et satisfait les amoureux.

C'est nous qui la promenons dans les campagnes par beau et mauvais temps.

Souvent nous couchons en plein air, et nous n'avons pas tous les jours de table bien servie. Les voleurs

habitent les bois. Les bêtes s'élancent de leurs cavernes.
Des chemins glissants bordent les précipices. La voilà!
La voilà!

> Ils enlèvent la couverture; et on voit une boîte incrustée
> de petits cailloux.

Plus haute que les cèdres, elle plane dans l'éther bleu.
Plus vaste que le vent, elle entoure le monde. Sa respiration s'exhale par les naseaux des tigres; sa voix
gronde sous les volcans, sa colère est la tempête; la
pâleur de sa figure a blanchi la lune. Elle mûrit les
moissons, elle gonfle les écorces, elle fait pousser la barbe.
Donnez-lui quelque chose, car elle déteste les avares!

> La boîte s'entr'ouvre; et on distingue, sous un pavillon
> de soie bleue, une petite image de Cybèle, — étincelante de
> paillettes, couronnée de tours et assise dans un char de pierre
> rouge, traîné par deux lions la patte levée.
> La foule se pousse pour voir.

L'ARCHI-GALLE, continue.

Elle aime le retentissement des tympanons, le tré-
pignement des pieds, le hurlement des loups, les montagnes sonores et les gorges profondes, la fleur de
l'amandier, la grenade et les figues vertes, la danse qui
tourne, les flûtes qui ronflent, la sève sucrée, la larme
salée, — du sang! A toi! à toi! Mère des montagnes!

> Ils se flagellent avec leurs fouets, et les coups résonnent
> sur leur poitrine; la peau des tambourins vibre à éclater. Ils
> prennent leurs couteaux, se tailladent le bras.

Elle est triste; soyons tristes! C'est pour lui plaire
qu'il faut souffrir! Par là, vos péchés vous seront remis.
Le sang lave tout; jetez-en les gouttes, comme des
fleurs! Elle demande celui d'un autre — d'un pur!

> L'Archi-Galle lève son couteau sur le mouton.

ANTOINE, pris d'horreur.

N'égorgez pas l'agneau!

> Un flot de pourpre jaillit.
> Le prêtre en asperge la foule; et tous — y compris Antoine
> et Hilarion — rangés autour de l'arbre qui brûle, observent
> en silence les dernières palpitations de la victime.

Du milieu des prêtres sort une Femme, — exactement pareille à l'image enfermée dans la petite boîte.

Elle s'arrête, en apercevant un Jeune Homme coiffé d'un bonnet phrygien.

Ses cuisses sont revêtues d'un pantalon étroit, ouvert çà et là par des losanges réguliers que ferment des nœuds de couleur. Il s'appuie du coude contre une des branches de l'arbre, en tenant une flûte à la main, dans une pose langoureuse.

CYBÈLE, lui entourant la taille de ses deux bras.

Pour te rejoindre, j'ai parcouru toutes les régions — et la famine ravageait les campagnes. Tu m'as trompée! N'importe, je t'aime! Réchauffe mon corps! unissons-nous!

ATYS

Le printemps ne reviendra plus, ô Mère éternelle! Malgré mon amour, il ne m'est pas possible de pénétrer ton essence. Je voudrais me couvrir d'une robe peinte, comme la tienne. J'envie tes seins gonflés de lait, la longueur de tes cheveux, tes vastes flancs d'où sortent les êtres. Que ne suis-je toi! Que ne suis-je femme!— Non, jamais! va-t'en! Ma virilité me fait horreur!

Avec une pierre tranchante, il s'émascule, puis se met à courir furieux, en levant dans l'air son membre coupé.

Les prêtres font comme le dieu, les fidèles comme les prêtres. Hommes et femmes échangent leurs vêtements, s'embrassent; — et ce tourbillon de chairs ensanglantées s'éloigne, tandis que les voix, durant toujours, deviennent plus criardes et stridentes comme celles qu'on entend aux funérailles.

Un grand catafalque tendu de pourpre porte à son sommet un lit d'ébène, qu'entourent des flambeaux et des corbeilles en filigranes d'argent, où verdoient des laitues, des mauves et du fenouil. Sur les gradins, du haut en bas, des femmes sont assises, tout habillées de noir, la ceinture défaite, les pieds nus, en tenant d'un air mélancolique de gros bouquets de fleurs.

Par terre, aux coins de l'estrade, des urnes en albâtre pleines de myrrhe fument, lentement.

On distingue sur le lit le cadavre d'un homme. Du sang coule de sa cuisse. Il laisse pendre son bras; — et un chien, qui hurle, lèche ses ongles.

La ligne des flambeaux trop pressés empêche de voir sa figure; et Antoine est saisi par une angoisse. Il a peur de reconnaître quelqu'un.

Les sanglots des femmes s'arrêtent; et après un intervalle de silence,

TOUTES à la fois, psalmodiant.

Beau! beau! il est beau! Assez dormi, lève la tête! Debout!

Respire nos bouquets! ce sont des narcisses et des anémones, cueillis dans tes jardins pour te plaire. Ranime-toi, tu nous fais peur!

Parle! Que te faut-il? Veux-tu boire du vin? veux-tu coucher dans nos lits? veux-tu manger des pains de miel qui ont la forme de petits oiseaux?

Pressons ses hanches, baisons sa poitrine! Tiens! tiens! les sens-tu, nos doigts chargés de bagues qui courent sur ton corps, et nos lèvres qui cherchent ta bouche, et nos cheveux qui balayent tes cuisses, dieu pâmé, sourd à nos prières!

Elles lancent des cris, en se déchirant le visage avec les ongles, puis se taisent; — et on entend toujours les hurlements du chien.

Hélas! hélas! Le sang noir coule sur sa chair neigeuse! Voilà ses genoux qui se tordent; ses côtes s'enfoncent. Les pleurs de son visage ont mouillé la pourpre. Il est mort! Pleurons! Désolons-nous!

Elles viennent, toutes à la file, déposer entre les flambeaux leurs longues chevelures, pareilles de loin à des serpents noirs ou blonds; — et le catafalque s'abaisse doucement jusqu'au niveau d'une grotte, un sépulcre ténébreux qui bâille par derrière.

Alors

UNE FEMME s'incline sur le cadavre.

Ses cheveux qu'elle n'a pas coupés, l'enveloppent de la tête aux talons. Elle verse tant de larmes que sa douleur ne doit pas être comme celle des autres, mais plus qu'humaine, infinie.

Antoine songe à la mère de Jésus.

Elle dit :

Tu t'échappais de l'Orient; et tu me prenais dans tes bras, toute frémissante de rosée, ô Soleil! Des

colombes voletaient sur l'azur de ton manteau, nos
baisers faisaient des brises dans les feuillages; et je
m'abandonnais à ton amour, en jouissant du plaisir de
ma faiblesse.

Hélas! hélas! Pourquoi allais-tu courir sur les montagnes?

A l'équinoxe d'automne un sanglier t'a blessé!

Tu es mort; et les fontaines pleurent, les arbres se
penchent. Le vent d'hiver siffle dans les broussailles nues.

Mes yeux vont se clore, puisque les ténèbres te
couvrent. Maintenant, tu habites l'autre côté du monde,
près de ma rivale plus puissante.

Ô Perséphone, tout ce qui est beau descend vers toi,
et n'en revient plus!

> Pendant qu'elle parlait, ses compagnes ont pris le mort
> pour le descendre au sépulcre. Il leur reste dans les mains.
> Ce n'était qu'un cadavre de cire.
>
> Antoine en éprouve comme un soulagement.
>
> Tout s'évanouit; — et la cabane, les rochers, la croix sont
> reparus.
>
> Cependant, il distingue de l'autre côté du Nil, une Femme
> — debout au milieu du désert.
>
> Elle garde dans sa main le bas d'un long voile noir qui
> lui cache la figure, tout en portant sur le bras gauche un
> petit enfant qu'elle allaite. A son côté, un grand singe est
> accroupi sur le sable.
>
> Elle lève la tête vers le ciel; — et malgré la distance on
> entend sa voix.

Isis

Ô Neith, commencement des choses! Ammon,
seigneur de l'éternité, Phtah, démiurge, Thoth son
intelligence, dieux de l'Amenthi, triades particulières des
Nomes, éperviers dans l'azur, sphinx au bord des temples,
ibis debout entre les cornes des bœufs, planètes,
constellations, rivages, murmures du vent, reflets de la
lumière, apprenez-moi où se trouve Osiris!

Je l'ai cherché par tous les canaux et tous les lacs,
— plus loin encore, jusqu'à Byblos la Phénicienne.
Anubis, les oreilles droites, bondissait autour de moi,
jappant, et fouillant de son museau les touffes des
tamarins. Merci, bon Cynocéphale, merci!

Elle donne au singe, amicalement, deux ou trois petites claques sur la tête.

Le hideux Typhon au poil roux l'avait tué, mis en pièces! Nous avons retrouvé tous ses membres. Mais je n'ai pas celui qui me rendait féconde!

Elle pousse des lamentations aiguës.

ANTOINE

est pris de fureur. Il lui jette des cailloux, en l'injuriant.

Impudique! va-t'en, va-t'en!

HILARION

Respecte-la! C'était la religion de tes aïeux! tu as porté ses amulettes dans ton berceau.

ISIS

Autrefois, quand revenait l'été, l'inondation chassait vers le désert les bêtes impures. Les digues s'ouvraient, les barques s'entre-choquaient, la terre haletante buvait le fleuve avec ivresse, dieu à cornes de taureau tu t'étalais sur ma poitrine — et on entendait le mugissement de la vache éternelle!

Les semailles, les récoltes, le battage des grains et les vendanges se succédaient régulièrement, d'après l'alternance des saisons. Dans les nuits toujours pures, de larges étoiles rayonnaient. Les jours étaient baignés d'une invariable splendeur. On voyait, comme un couple royal, le Soleil et la Lune à chaque côté de l'horizon.

Nous trônions tous les deux dans un monde plus sublime, monarques-jumeaux, époux dès le sein de l'éternité, — lui, tenant un sceptre à tête de coucoupha, moi un sceptre à fleur de lotus, debout l'un et l'autre, les mains jointes; — et les écroulements d'empires ne changeaient pas notre attitude.

L'Égypte s'étalait sous nous, monumentale et sérieuse, longue comme le corridor d'un temple, avec des obélisques à droite, des pyramides à gauche, son labyrinthe au milieu, — et partout des avenues de monstres, des forêts de colonnes, de lourds pylônes flanquant des portes qui ont à leur sommet le globe de la terre entre deux ailes.

Les animaux de son zodiaque se retrouvaient dans ses pâturages, emplissaient de leurs formes et de leurs couleurs son écriture mystérieuse. Divisée en douze régions comme l'année l'est en douze mois, — chaque mois, chaque jour ayant son dieu, — elle reproduisait l'ordre immuable du ciel; et l'homme en expirant ne perdait pas sa figure; mais saturé de parfums, devenu indestructible, il allait dormir pendant trois mille ans dans une Égypte silencieuse.

Celle-là, plus grande que l'autre, s'étendait sous la terre.

On y descendait par des escaliers conduisant à des salles où étaient reproduites les joies des bons, les tortures des méchants, tout ce qui a lieu dans le troisième monde invisible. Rangés le long des murs, les morts, dans des cercueils peints attendaient leur tour; et l'âme exempte des migrations continuait son assoupissement jusqu'au réveil d'une autre vie.

Osiris, cependant, revenait me voir quelquefois. Son ombre m'a rendue mère d'Harpocrate.

Elle contemple l'enfant.

C'est lui! Ce sont ses yeux; ce sont ses cheveux, tressés en cornes de bélier! Tu recommenceras ses œuvres. Nous refleurirons comme des lotus. Je suis toujours la grande Isis! nul encore n'a soulevé mon voile! Mon fruit est le soleil!

Soleil du printemps, des nuages obscurcissent ta face! L'haleine de Typhon dévore les pyramides. J'ai vu, tout à l'heure, le sphinx s'enfuir. Il galopait comme un chacal.

Je cherche mes prêtres, — mes prêtres en manteau de lin, avec de grandes harpes, et qui portaient une nacelle mystique, ornée de patères d'argent. Plus de fêtes sur les lacs! plus d'illuminations dans mon Delta! plus de coupes de lait à Philæ! Apis, depuis longtemps, n'a pas reparu.

Égypte! Égypte! tes grands dieux immobiles ont les épaules blanchies par la fiente des oiseaux, et le vent qui passe sur le désert roule la cendre de tes morts! — Anubis, gardien des ombres, ne me quitte pas!

Le cynocéphale s'est évanoui.

Elle secoue son enfant.

Mais... qu'as-tu?... tes mains sont froides, ta tête retombe!

> Harpocrate vient de mourir.
> Alors elle pousse dans l'air un cri tellement aigu, funèbre et déchirant, qu'Antoine y répond par un autre cri, en ouvrant ses bras pour la soutenir.
> Elle n'est plus là. Il baisse la figure, écrasé de honte.

> Tout ce qu'il vient de voir se confond dans son esprit. C'est comme l'étourdissement d'un voyage, le malaise d'une ivresse. Il voudrait haïr, et cependant une pitié vague amollit son cœur. Il se met à pleurer abondamment.

HILARION

Qui donc te rend triste?

ANTOINE, *après avoir cherché en lui-même, longtemps.*

Je pense à toutes les âmes perdues par ces faux dieux!

HILARION

Ne trouves-tu pas qu'ils ont... quelquefois... comme des ressemblances avec le vrai?

ANTOINE

C'est une ruse du Diable pour séduire mieux les fidèles. Il attaque les forts par le moyen de l'esprit, les autres avec la chair.

HILARION

Mais la luxure, dans ses fureurs, a le désintéressement de la pénitence. L'amour frénétique du corps en accélère la destruction, — et proclame par sa faiblesse l'étendue de l'impossible.

ANTOINE

Qu'est-ce que cela me fait, à moi! Mon cœur se soulève de dégoût devant ces dieux bestiaux, occupés toujours de carnages et d'incestes!

HILARION

Rappelle-toi dans l'Écriture toutes les choses qui te scandalisent, parce que tu ne sais pas les comprendre. De même, ces dieux, sous leurs formes criminelles, peuvent contenir la vérité.

Il en reste à voir. Détourne-toi!

ANTOINE

Non! non! c'est un péril!

HILARION

Tu voulais tout à l'heure les connaître. Est-ce que ta foi vacillerait sous des mensonges? Que crains-tu?

Les rochers en face d'Antoine sont devenus une montagne.

Une ligne de nuages la coupe à mi-hauteur; et au-dessus apparaît une autre montagne, énorme, toute verte, que creusent inégalement des vallons, et portant au sommet, dans un bois de lauriers, un palais de bronze à tuiles d'or avec des chapiteaux d'ivoire.

Au milieu du péristyle, sur un trône, JUPITER, colossal et le torse nu, tient la victoire d'une main, la foudre dans l'autre; et son aigle, entre ses jambres, dresse la tête.

JUNON, auprès de lui, roule ses gros yeux, surmontés d'un diadème d'où s'échappe comme une vapeur un voile flottant au vent.

Par derrière, MINERVE, debout sur un piédestal, s'appuie contre sa lance. La peau de la Gorgone lui couvre la poitrine; et un peplos de lin descend à plis réguliers jusqu'aux ongles de ses orteils. Ses yeux glauques, qui brillent sous sa visière, regardent au loin, attentivement.

A la droite du palais, le vieillard NEPTUNE chevauche un dauphin battant de ses nageoires un grand azur qui est le ciel ou la mer, car la perspective de l'Océan continue l'éther bleu; les deux éléments se confondent.

De l'autre côté, PLUTON, farouche, en manteau couleur de la nuit, avec une tiare de diamants et un sceptre d'ébène, est au milieu d'une île entourée par les circonvolutions du Styx; — et ce fleuve d'ombre va se jeter dans les ténèbres, qui font sous la falaise un grand trou noir, un abîme sans formes.

MARS, vêtu d'airain, brandit d'un air furieux son bouclier large et son épée.

HERCULE, plus bas, le contemple, appuyé sur sa massue.

APOLLON, la face rayonnante, conduit, le bras droit allongé, quatre chevaux blancs qui galopent; et CÉRÈS, dans un chariot que traînent des bœufs, s'avance vers lui une faucille à la main.

BACCHUS vient derrière elle, sur un char très bas, mollement tiré par des lynx. Gras, imberbe, et des pampres au front, il passe en tenant un cratère d'où déborde du vin. Silène, à ses côtés, chancelle sur un âne. Pan, aux oreilles pointues, souffle dans la syrinx; les Mimallonéides frappent des tambours, les Ménades jettent des fleurs, les Bacchantes tournoient, la tête en arrière, les cheveux répandus.

DIANE, la tunique retroussée, sort du bois avec ses nymphes.

Au fond d'une caverne, VULCAIN bat le fer entre les Cabires; çà et là les vieux Fleuves, accoudés sur des pierres vertes, épanchent leurs urnes; les Muses debout chantent dans les vallons.

Les Heures, de taille égale, se tiennent par la main; et MERCURE est posé obliquement sur un arc-en-ciel, avec son caducée, ses talonnières et son pétase.

Mais en haut de l'escalier des Dieux, parmi les nuages doux comme des plumes et dont les volutes en tournant laissent tomber des roses, VÉNUS ANADYOMÈNE se regarde dans un miroir; ses prunelles glissent langoureusement sous ses paupières un peu lourdes.

Elle a de grands cheveux blonds qui se déroulent sur ses épaules, les seins petits, la taille mince, les hanches évasées comme le galbe des lyres, les deux cuisses toutes rondes, des fossettes autour des genoux et les pieds délicats; non loin de sa bouche un papillon voltige. La splendeur de son corps fait autour d'elle un halo de nacre brillante; et tout le reste de l'Olympe est baigné dans une aube vermeille, qui gagne insensiblement les hauteurs du ciel bleu.

ANTOINE

Ah! ma poitrine se dilate. Une joie que je ne connaissais pas me descend jusqu'au fond de l'âme! Comme c'est beau! comme c'est beau!

HILARION

Ils se penchaient du haut des nuages pour conduire les épées; on les rencontrait au bord des chemins, on les possédait dans sa maison; — et cette familiarité divinisait la vie.

Elle n'avait pour but que d'être libre et belle. Les vêtements larges facilitaient la noblesse des attitudes. La voix de l'orateur, exercée par la mer, battait à flots sonores les portiques de marbre. L'éphèbe, frotté d'huile, luttait tout nu en plein soleil. L'action la plus religieuse était d'exposer des formes pures.

Et ces hommes respectaient les épouses, les vieillards, les suppliants. Derrière le temple d'Hercule, il y avait un autel à la Pitié.

On immolait des victimes avec des fleurs autour des doigts. Le souvenir même se trouvait exempt de la pourriture des morts. Il n'en restait qu'un peu de cendres. L'âme, mêlée à l'éther sans bornes, était partie vers les dieux!

Se penchant à l'oreille d'Antoine :

Et ils vivent toujours! L'Empereur Constantin adore
Apollon. Tu retrouveras la Trinité dans les mystères
de Samothrace, le baptême chez Isis, la rédemption chez
Mithra, le martyre d'un dieu aux fêtes de Bacchus.
Proserpine est la Vierge!... Aristée, Jésus!

ANTOINE

reste les yeux baissés; puis tout à coup il répète le symbole de
Jérusalem — comme il s'en souvient, — en poussant à chaque
phrase un long soupir.

Je crois en un seul Dieu, le Père, — et en un seul
Seigneur, Jésus-Christ, — fils premier-né de Dieu, — qui
s'est incarné et fait homme, — qui a été crucifié — et
enseveli, — qui est monté au ciel, — qui viendra pour
juger les vivants et les morts, — dont le royaume n'aura
pas de fin; — et à un seul Saint-Esprit, — et à un seul
baptême de repentance, — et à une seule sainte Église
catholique, — et à la résurrection de la chair, — et
à la vie éternelle!

Aussitôt la croix grandit, et perçant les nuages elle projette
une ombre sur le ciel des dieux.
Tous pâlissent. L'Olympe a remué.
Antoine distingue contre sa base, à demi perdus dans les
cavernes, ou soutenant les pierres de leurs épaules, de vastes
corps enchaînés. Ce sont les Titans, les Géants, les
Hécatonchyres, les Cyclopes.

UNE VOIX

s'élève indistincte et formidable, — comme la rumeur des flots,
comme le bruit des bois sous la tempête, comme le mugissement
du vent dans les précipices.

Nous savions cela, nous autres! Les dieux doivent
finir. Uranus fut mutilé par Saturne, Saturne par Jupiter.
Il sera lui-même anéanti. Chacun son tour; c'est le destin!

Et, peu à peu, ils s'enfoncent dans la montagne, disparaissent.
Cependant, les tuiles du palais d'or s'envolent.

JUPITER

est descendu de son trône. Le tonnerre, à ses pieds, fume comme
un tison près de s'éteindre; — et l'aigle, allongeant le cou, ramasse
avec son bec ses plumes qui tombent.

Je ne suis donc plus le maître des choses, très bon,

très grand, dieu des phratries [1] et des peuples grecs, aïeul de tous les rois, Agamemnon du ciel!

Aigle des apothéoses, quel souffle de l'Érèbe t'a repoussé jusqu'à moi? ou, t'envolant du champ de Mars, m'apportes-tu l'âme du dernier des empereurs?

Je ne veux plus de celles des hommes! Que la Terre les garde, et qu'ils s'agitent au niveau de sa bassesse. Ils ont maintenant des cœurs d'esclaves, oublient les injures, les ancêtres, le serment; et partout triomphent la sottise des foules, la médiocrité de l'individu, la hideur des races!

> Sa respiration lui soulève les côtes à les briser, et il tord ses poings. Hébé en pleurs lui présente une coupe. Il la saisit.

Non! non! Tant qu'il y aura, n'importe où, une tête enfermant la pensée, qui haïsse le désordre et conçoive la Loi, l'esprit de Jupiter vivra!

> Mais la coupe est vide.
> Il la penche lentement sur l'ongle de son doigt.

Plus une goutte! Quand l'ambroisie défaille, les Immortels s'en vont!

> Elle glisse de ses mains; et il s'appuie contre une colonne, se sentant mourir.

JUNON

Il ne fallait pas avoir tant d'amours! Aigle, taureau, cygne, pluie d'or, nuage et flamme, tu as pris toutes les formes, égaré ta lumière dans tous les éléments, perdu tes cheveux sur tous les lits! Le divorce est irrévocable cette fois, — et notre domination, notre existence dissoute!

> Elle s'éloigne dans l'air.

MINERVE

n'a plus sa lance; et des corbeaux, qui nichaient dans les sculptures de la frise, tournent autour d'elle, mordent son casque.

Laissez-moi voir si mes vaisseaux, fendant la mer brillante, sont revenus dans mes trois ports, pourquoi les campagnes se trouvent désertes, et ce que font maintenant les filles d'Athènes.

Au mois d'Hécatombéon [2], mon peuple entier se

portait vers moi, conduit par ses magistrats et par ses prêtres. Puis s'avançaient en robes blanches avec des chitons d'or, les longues files des vierges tenant des coupes, des corbeilles, des parasols; puis, les trois cents bœufs du sacrifice, des vieillards agitant des rameaux verts, des soldats entre-choquant leurs armures, des éphèbes chantant des hymnes, des joueurs de flûte, des joueurs de lyre, des rhapsodes, des danseuses; — enfin, au mât d'une trirème marchant sur des roues, mon grand voile brodé par des vierges, qu'on avait nourries pendant un an d'une façon particulière; et quand il s'était montré dans toutes les rues, toutes les places et devant tous les peuples, au milieu du cortège psalmodiant toujours, il montait pas à pas la colline de l'Acropole, frôlait les Propylées, et entrait au Parthénon.

Mais un trouble me saisit, moi, l'industrieuse! Comment, comment, pas une idée! Voilà que je tremble plus qu'une femme.

Elle aperçoit une ruine derrière elle, pousse un cri, et frappée au front, tombe par terre à la renverse.

HERCULE

a rejeté sa peau de lion; et s'appuyant des pieds, bombant son dos, mordant ses lèvres, il fait des efforts démesurés pour soutenir l'Olympe qui s'écroule.

J'ai vaincu les Cercopes, les Amazones et les Centaures. J'ai tué beaucoup de rois. J'ai cassé la corne d'Achéloüs, un grand fleuve. J'ai coupé des montagnes, j'ai réuni des océans. Les pays esclaves, je les délivrais; les pays vides, je les peuplais. J'ai parcouru les Gaules. J'ai traversé le désert où l'on a soif. J'ai défendu les dieux, et je me suis dégagé d'Omphale. Mais l'Olympe est trop lourd. Mes bras faiblissent. Je meurs!

Il est écrasé sous les décombres.

PLUTON

C'est ta faute, Amphitryonade! Pourquoi es-tu descendu dans mon empire?

Le vautour qui mange les entrailles de Tityos releva la tête, Tantale eut la lèvre mouillée, la roue d'Ixion s'arrêta.

Cependant, les Kères étendaient leurs ongles pour retenir les âmes; les Furies en désespoir tordaient les serpents de leurs chevelures; et Cerbère, attaché par toi avec une chaîne, râlait, en bavant de ses trois gueules.

Tu avais laissé la porte entrouverte. D'autres sont venus. Le jour des hommes a pénétré le Tartare!

Il sombre dans les ténèbres.

NEPTUNE

Mon trident ne soulève plus de tempêtes. Les monstres qui faisaient peur sont pourris au fond des eaux.

Amphitrite, dont les pieds blancs couraient sur l'écume, les vertes Néréides qu'on distinguait à l'horizon, les Sirènes écailleuses arrêtant les navires pour conter des histoires, et les vieux Tritons qui soufflaient dans les coquillages, tout est mort! La gaieté de la mer a disparu!

Je n'y survivrai pas! Que le vaste Océan me recouvre!

Il s'évanouit dans l'azur.

DIANE

habillée de noir, et au milieu de ses chiens devenus des loups.

L'indépendance des grands bois m'a grisée, avec la senteur des fauves et l'exhalaison des marécages. Les femmes dont je protégeais les grossesses, mettent au monde des enfants morts. La lune tremble sous l'incantation des sorcières. J'ai des désirs de violence et d'immensité. Je veux boire des poisons, me perdre dans les vapeurs, dans les rêves!...

Et un nuage qui passe l'emporte.

MARS, tête nue, ensanglanté.

D'abord j'ai combattu seul, provoquant par des injures toute une armée, indifférent aux patries et pour le plaisir du carnage.

Puis, j'ai eu des compagnons. Ils marchaient au son des flûtes, en bon ordre, d'un pas égal, respirant par-dessus leurs boucliers, l'aigrette haute, la lance oblique. On se jetait dans la bataille avec de grands cris d'aigle. La guerre était joyeuse comme un festin. Trois cents hommes s'opposèrent à toute l'Asie.

Mais ils reviennent, les Barbares! et par myriades,
par millions! Puisque le nombre, les machines et la ruse
sont plus forts, mieux vaut finir comme un brave!

Il se tue.

VULCAIN, essuyant avec une éponge ses membres en sueur.

Le monde se refroidit. Il faut chauffer les sources,
les volcans et les fleuves qui roulent des métaux sous
la terre! — Battez plus dur! à pleins bras! de toutes
vos forces!

Les Cabires se blessent avec leurs marteaux, s'aveuglent
avec les étincelles, et, marchant à tâtons, s'égarent dans
l'ombre.

CÉRÈS

debout dans son char qui est emporté par des roues ayant des
ailes à leur moyeu.

Arrête! arrête!
On avait bien raison d'exclure les étrangers, les athées,
les épicuriens et les chrétiens! Le mystère de la corbeille
est dévoilé, le sanctuaire profané, tout est perdu!

Elle descend sur une pente rapide, — désespérée, criant,
s'arrachant les cheveux.

Ah! mensonge! Daïra ne m'est pas rendue! L'airain
m'appelle vers les morts. C'est un autre Tartare! On
n'en revient pas. Horreur!

L'abîme l'engouffre.

BACCHUS, riant frénétiquement.

Qu'importe! la femme de l'Archonte est mon épouse!
La loi même tombe en ivresse. A moi le chant nouveau
et les formes multiples!
Le feu qui dévora ma mère coule dans mes veines.
Qu'il brûle plus fort, dussé-je périr!
Mâle et femelle, bon pour tous, je me livre à vous,
Bacchantes! je me livre à vous, Bacchants! et la vigne
s'enroulera au tronc des arbres! Hurlez, dansez, tordez-
vous! Déliez le tigre et l'esclave! à dents féroces, mordez
la chair!

Et Pan, Silène, les Satyres, les Bacchantes, les Mimallonéïdes
et les Ménades, avec leurs serpents, leurs flambeaux, leurs

masques noirs, se jettent des fleurs, découvrent un phallus,
le baisent, — secouent les tympanons, frappent leurs thyrses
se lapident avec des coquillages, croquent des raisins, étranglent un bouc, et déchirent Bacchus.

APOLLON

fouettant ses coursiers, et dont les cheveux blanchis s'envolent.

J'ai laissé derrière moi Délos la pierreuse, tellement
pure que tout maintenant y semble mort; et je tâche
de joindre Delphes avant que sa valeur inspiratrice ne
soit complètement perdue. Les mulets broutent son
laurier. La Pythie égarée ne se retrouve pas.

Par une concentration plus forte, j'aurai des poèmes
sublimes, des monuments éternels; et toute la matière
sera pénétrée des vibrations de ma cithare!

Il en pince les cordes. Elles éclatent, lui cinglent la figure.
Il la rejette; et battant son quadrige avec fureur :

Non! assez des formes! Plus loin encore! Tout au
sommet! Dans l'idée pure!

Mais les chevaux reculent, se cabrent, brisent le char; et
empêtré par les morceaux du timon, l'emmêlement des harnais,
il tombe vers l'abîme, la tête en bas.

Le ciel s'est obscurci.

VÉNUS, violacée par le froid, grelotte.

Je faisais avec ma ceinture tout l'horizon de l'Hellénie.
Ses champs brillaient des roses de mes joues, ses
rivages étaient découpés d'après la forme de mes lèvres;
et ses montagnes, plus blanches que mes colombes,
palpitaient sous la main des statuaires. On retrouvait
mon âme dans l'ordonnance des fêtes, l'arrangement des
coiffures, le dialogue des philosophes, la constitution
des républiques. Mais j'ai trop chéri les hommes! C'est
l'Amour qui m'a déshonorée!

Elle se renverse en pleurant.

Le monde est abominable. L'air manque à ma poitrine!
Ô Mercure, inventeur de la lyre et conducteur des
âmes, emporte-moi!

Elle met un doigt sur sa bouche, et décrivant une immense
parabole, tombe dans l'abîme.

On n'y voit plus. Les ténèbres sont complètes.

Cependant il s'échappe des prunelles d'Hilarion comme deux flèches rouges.

ANTOINE remarque enfin sa haute taille.

Plusieurs fois déjà, pendant que tu parlais, tu m'as semblé grandir; — et ce n'était pas une illusion. Comment? explique-moi... Ta personne m'épouvante!

Des pas se rapprochent.

Qu'est-ce donc?

HILARION étend son bras.

Regarde!

Alors, sous un pâle rayon de lune, Antoine distingue une interminable caravane qui défile sur la crête des roches; — et chaque voyageur, l'un après l'autre, tombe de la falaise dans le gouffre.

Ce sont d'abord les trois grands dieux de Samothrace, Axieros, Axiokeros, Axiokersa, réunis en faisceau, masqués de pourpre et levant leurs mains.

Esculape s'avance d'un air mélancolique, sans même voir Samos et Télesphore, qui le questionnent avec angoisse. Sosipolis éléen, à forme de python, roule ses anneaux vers l'abîme. Doespœné, par vertige, s'y lance elle-même. Britomartis, hurlant de peur, se cramponne aux mailles de son filet. Les Centaures arrivent au grand galop, et déboulent pêle-mêle dans le trou noir.

Derrière eux, marche en boitant la troupe lamentable des Nymphes. Celles des prairies sont couvertes de poussière; celles des bois gémissent et saignent, blessées par la hache des bûcherons.

Les Gelludes, les Stryges, les Empuses, toutes les déesses infernales, en confondant leurs crocs, leurs torches, leurs vipères, — forment une pyramide; — et au sommet, sur une peau de vautour, Eurynome, bleuâtre comme les mouches à viande, se dévore les bras.

Puis, dans un tourbillon, disparaissent à la fois : Orthia la sanguinaire, Hymnie d'Orchomène, la Laphria des Patréens, Aphia d'Égine, Bendis de Thrace, Stymphalia à cuisse d'oiseau. Triopas, au lieu de trois prunelles, n'a plus que trois orbites. Erichtonius, les jambes molles, rampe comme un cul-de-jatte sur ses poignets.

HILARION

Quel bonheur, n'est-ce pas, de les voir tous dans

l'abjection et l'agonie! Monte avec moi sur cette pierre;
et tu seras comme Xerxès, passant en revue son armée.

Là-bas, très loin, au milieu des brouillards, aperçois-tu
ce géant à barbe blonde qui laisse tomber un glaive
rouge de sang? C'est le Scythe Zalmoxis, entre deux
planètes : Artimpasa — Vénus et Orsiloché — la Lune.

Plus loin, émergeant des nuages pâles, sont les dieux
qu'on adorait chez les Cimmériens, au delà même de
Thulé!

Leurs grandes salles étaient chaudes; et à la lueur
des épées nues tapissant la voûte, ils buvaient de
l'hydromel dans des cornes d'ivoire. Ils mangeaient le
foie de la baleine dans des plats de cuivre battus par
des démons; ou bien, ils écoutaient les sorciers captifs
faisant aller leurs mains sur les harpes de pierre.

Ils sont las! ils ont froid! La neige alourdit leurs
peaux d'ours, et leurs pieds se montrent par les déchirures
de leurs sandales.

Ils pleurent les prairies, où sur des tertres de gazon
ils reprenaient haleine dans la bataille, les longs navires
dont la proue coupait les monts de glace, et les patins
qu'ils avaient pour suivre l'orbe des pôles, en portant
au bout de leurs bras tout le firmament qui tournait
avec eux.

Une rafale de givre les enveloppe.

Antoine abaisse son regard d'un autre côté.

Et il aperçoit — se détachant en noir sur un fond
rouge — d'étranges personnages avec des mentonnières et
des gantelets, qui se renvoient des balles, sautent les uns
par-dessus les autres, font des grimaces, dansent frénétiquement.

HILARION

Ce sont les dieux de l'Étrurie, les innombrables Æsars.

Voici Tagès, l'inventeur des augures. Il essaye avec
une main d'augmenter les divisions du ciel, et, de l'autre,
il s'appuie sur la terre. Qu'il y rentre!

Nortia considère la muraille où elle enfonçait des clous
pour marquer le nombre des années. La surface en est
couverte, et la dernière période accomplie.

Comme deux voyageurs battus par un orage, Kastur
et Pulutuk s'abritent en tremblant sous le même manteau.

ANTOINE ferme les yeux.

Assez! assez!

Mais passent dans l'air avec un grand bruit d'ailes, toutes les Victoires du Capitole, — cachant leur front de leurs mains, et perdant les trophées suspendus à leurs bras.

Janus, — maître des crépuscules, s'enfuit sur un bélier noir; et, de ses deux visages, l'un est déjà putréfié, l'autre s'endort de fatigue.

Summanus, — dieu du ciel obscur et qui n'a plus de tête, presse contre son cœur un vieux gâteau en forme de roue.

Vesta, — sous une coupole en ruine, tâche de ranimer sa lampe éteinte.

Bellone — se taillade les joues sans faire jaillir le sang qui purifiait ses dévots.

ANTOINE

Grâce! ils me fatiguent!

HILARION

Autrefois, ils amusaient!

Et il lui montre, dans un bosquet d'aliziers, une Femme toute nue, — à quatre pattes comme une bête, et saillie par un homme noir, tenant dans chaque main un flambeau.

C'est la déesse d'Aricia, avec le démon Virbius. Son sacerdote, le roi du bois, devait être un assassin; — et les esclaves en fuite, les dépouilleurs de cadavres, les brigands de la voie Salaria, les éclopés du pont Sublicius, toute la vermine des galetas de Suburre n'avait pas de dévotion plus chère!

Les patriciennes du temps de Marc-Antoine préféraient Libitina.

Et il lui montre, sous des cyprès et des rosiers, une autre femme — vêtue de gaze. Elle sourit ayant autour d'elle des pioches, des brancards, des tentures noires, tous les ustensiles des funérailles. Ses diamants brillent de loin sous des toiles d'araignées. Les Larves, comme des squelettes, montrent leurs os entre les branches, et les Lémures, qui sont des fantômes, étendent leurs ailes de chauves-souris.

Sur le bord d'un champ, le dieu Terme, déraciné, penche, tout couvert d'ordures.

Au milieu d'un sillon, le grand cadavre de Vertumne est dévoré par des chiens rouges.

Les dieux rustiques s'en éloignent en pleurant, Sartor,

Sarrator, Vervaĉtor, Collina, Vallona, Hoſtilinus, — tous couverts de petits manteaux à capuchon, et chacun portant, soit un hoyau, une fourche, une claie, un épieu.

HILARION

C'était leur âme qui faisait prospérer la villa, avec ses colombiers, ses parcs de loirs et d'escargots, ses basses-cours défendues par des filets, ses chaudes écuries embaumées de cèdre.

Ils protégeaient tout le peuple misérable qui traînait les fers de ses jambes sur les cailloux de la Sabine, ceux qui appelaient les porcs au son de la trompe, ceux qui cueillaient les grappes au haut des ormes, ceux qui poussaient par les petits chemins les ânes chargés de fumier. Le laboureur, en haletant sur le manche de sa charrue, les priait de fortifier ses bras; et les vachers, à l'ombre des tilleuls, près des calebasses de lait, alternaient leurs éloges sur des flûtes de roseau.

Antoine soupire.
Et au milieu d'une chambre, sur une eſtrade, se découvre un lit d'ivoire, environné par des gens qui tiennent des torches de sapin.

Ce sont les dieux du mariage. Ils attendent l'épousée!
Domiduca devait l'amener, Virgo défaire sa ceinture, Subigo l'étendre sur le lit, — et Praema écarter ses bras, en lui disant à l'oreille des paroles douces.
Mais elle ne viendra pas! et ils congédient les autres: Nona et Decima gardes-malades, les trois Nixii accoucheurs, les deux nourrices Educa et Potina, — et Carna berceuse, dont le bouquet d'aubépines éloigne de l'enfant les mauvais rêves.
Plus tard, Ossipago lui aurait affermi les genoux, Barbatus donné la barbe, Stimula les premiers désirs, Volupia la première jouissance, Fabulinus appris à parler, Numeria à compter, Camœna à chanter, Consus à réfléchir.

La chambre eſt vide; et il ne reste plus au bord du lit que Nænia, — centenaire, — marmottant pour elle-même la complainte qu'elle hurlait à la mort des vieillards.
Mais bientôt sa voix eſt dominée par des cris aigus. Ce sont

Les Lares Domestiques

accroupis au fond de l'atrium, vêtus de peaux de chien, avec des fleurs autour du corps, tenant leurs mains fermées contre leurs joues, et pleurant tant qu'ils peuvent.

Où est la portion de nourriture qu'on nous donnait à chaque repas, les bons soins de la servante, le sourire de la matrone, et la gaieté des petits garçons jouant aux osselets sur les mosaïques de la cour? Puis, devenus grands, ils suspendaient à notre poitrine leur bulle d'or ou de cuir.

Quel bonheur, quand, le soir d'un triomphe, le maître en rentrant tournait vers nous ses yeux humides! Il racontait ses combats; et l'étroite maison était plus fière qu'un palais et sacrée comme un temple.

Qu'ils étaient doux, les repas de famille, surtout le lendemain des Feralia! Dans la tendresse pour les morts, toutes les discordes s'apaisaient; et on s'embrassait, en buvant aux gloires du passé et aux espérances de l'avenir.

Mais les aïeux de cire peinte, enfermés derrière nous, se couvrent lentement de moisissure. Les races nouvelles, pour nous punir de leurs déceptions, nous ont brisé la mâchoire; sous la dent des rats nos corps de bois s'émiettent.

Et les innombrables dieux veillant aux portes, à la cuisine, au cellier, aux étuves, se dispersent de tous les côtés, — sous l'apparence d'énormes fourmis qui trottent ou de grands papillons qui s'envolent.

CRÉPITUS *se fait entendre.*

Moi aussi l'on m'honora jadis. On me faisait des libations. Je fus un dieu!

L'Athénien me saluait comme un présage de fortune, tandis que le Romain dévot me maudissait les poings levés et que le pontife d'Égypte, s'abstenant de fèves, tremblait à ma voix et pâlissait à mon odeur.

Quand le vinaigre militaire coulait sur les barbes non rasées, qu'on se régalait de glands, de pois et d'oignons crus et que le bouc en morceaux cuisait dans le beurre rance des pasteurs, sans souci du voisin, personne alors ne se gênait. Les nourritures solides faisaient les digestions retentissantes. Au soleil de la campagne, les hommes se soulageaient avec lenteur.

Ainsi, je passais sans scandale, comme les autres besoins de la vie, comme Mena tourment des vierges, et la douce Rumina qui protège le sein de la nourrice, gonflé de veines bleuâtres. J'étais joyeux. Je faisais rire ! Et se dilatant d'aise à cause de moi, le convive exhalait toute sa gaieté par les ouvertures de son corps.

J'ai eu mes jours d'orgueil. Le bon Aristophane me promena sur la scène, et l'empereur Claudius Drusus me fit asseoir à sa table. Dans les laticlaves des patriciens j'ai circulé majestueusement ! Les vases d'or, comme des tympanons, résonnaient sous moi ; — et quand plein de murènes, de truffes et de pâtés, l'intestin du maître se dégageait avec fracas, l'univers attentif apprenait que César avait dîné !

Mais à présent, je suis confiné dans la populace, — et l'on se récrie même à mon nom !

> Et Crépitus s'éloigne, en poussant un gémissement.

> Puis un coup de tonnerre.

Une Voix

J'étais le Dieu des armées, le Seigneur, le Seigneur Dieu !

J'ai déplié sur les collines les tentes de Jacob, et nourri dans les sables mon peuple qui s'enfuyait.

C'est moi qui ai brûlé Sodome ! C'est moi qui ai englouti la terre sous le Déluge ! C'est moi qui ai noyé Pharaon, avec les princes fils de rois, les chariots de guerre et les cochers.

Dieu jaloux, j'exécrais les autres dieux. J'ai broyé les impurs ; j'ai abattu les superbes ; — et ma désolation courait de droite et de gauche, comme un dromadaire qui est lâché dans un champ de maïs.

Pour délivrer Israël, je choisissais les simples. Des anges aux ailes de flamme leur parlaient dans les buissons.

Parfumées de nard, de cinnamome et de myrrhe, avec des robes transparentes et des chaussures à talon haut, des femmes d'un cœur intrépide allaient égorger les capitaines. Le vent qui passait emportait les prophètes.

J'avais gravé ma loi sur des tables de pierre. Elle enfermait mon peuple comme dans une citadelle. C'était mon peuple. J'étais son Dieu ! La terre était à moi, les hommes à moi, avec leurs pensées, leurs œuvres, leurs outils de labourage et leur postérité.

Mon arche reposait dans un triple sanctuaire, derrière des courtines de pourpre et des candélabres allumés. J'avais, pour me servir, toute une tribu qui balançait des encensoirs, et le grand prêtre en robe d'hyacinthe, portant sur sa poitrine des pierres précieuses, disposées dans un ordre symétrique.

Malheur! Malheur! Le Saint-des-Saints s'est ouvert, le voile s'est déchiré, les parfums de l'holocauste se sont perdus à tous les vents. Le chacal piaule dans les sépulcres; mon temple est détruit, mon peuple est dispersé!

On a étranglé les prêtres avec les cordons de leurs habits. Les femmes sont captives, les vases sont tous fondus!

La Voix s'éloignant :

J'étais le Dieu des armées, le Seigneur, le Seigneur Dieu!

Alors il se fait un silence énorme, une nuit profonde.

ANTOINE

Tous sont passés.

Il reste moi!

dit

QUELQU'UN

Et Hilarion est devant lui, mais transfiguré, beau comme un archange, lumineux comme un soleil, — et tellement grand, que pour le voir

ANTOINE se renverse la tête.

Qui donc es-tu?

HILARION

Mon royaume est de la dimension de l'univers, et mon désir n'a pas de bornes. Je vais toujours, affranchissant l'esprit et pesant les mondes, sans haine, sans peur, sans pitié, sans amour, et sans Dieu. On m'appelle la Science.

ANTOINE *se rejette en arrière.*

Tu dois être plutôt... le Diable!

HILARION, *en fixant sur lui ses prunelles.*

Veux-tu le voir?

ANTOINE

ne se détache plus de ce regard; il est saisi par la curiosité du Diable. Sa terreur augmente, son envie devient démesurée.

Si je le voyais pourtant... si je le voyais?...

Puis, dans un spasme de colère :

L'horreur que j'en ai m'en débarrassera pour toujours. — Oui!

Un pied fourchu se montre.
Antoine a regret.
Mais le Diable l'a jeté sur ses cornes, et l'enlève.

VI

Il vole sous lui, étendu comme un nageur; — ses deux ailes grandes ouvertes, en le cachant tout entier, semblent un nuage.

ANTOINE

Où vais-je?

Tout à l'heure, j'ai entrevu la forme du Maudit. Non! une nuée m'emporte. Peut-être que je suis mort, et que je monte vers Dieu?...

Ah! comme je respire bien! L'air immaculé me gonfle l'âme. Plus de pesanteur! Plus de souffrance!

En bas, sous moi, la foudre éclate, l'horizon s'élargit, des fleuves s'entre-croisent. Cette tache blonde, c'est le désert, cette flaque d'eau, l'Océan.

Et d'autres océans paraissent, d'immenses régions que je ne connaissais pas. Voici les pays noirs qui fument comme des brasiers, la zone des neiges obscurcie toujours par des brouillards. Je tâche de découvrir les montagnes où le soleil, chaque soir, va se coucher.

Le Diable

Jamais le soleil ne se couche!

Antoine n'est pas surpris de cette voix. Elle lui semble
un écho de sa pensée, — une réponse de sa mémoire.

Cependant, la terre prend la forme d'une boule; et il
l'aperçoit au milieu de l'azur qui tourne sur ses pôles, en
tournant autour du soleil.

Le Diable

Elle ne fait donc pas le centre du monde? Orgueil
de l'homme, humilie-toi!

Antoine

A peine maintenant si je la distingue. Elle se confond
avec les autres feux.

Le firmament n'est qu'un tissu d'étoiles.

Ils montent toujours.

Aucun bruit! pas même le croassement des aigles!
Rien!... et je me penche pour écouter l'harmonie des
planètes.

Le Diable

Tu ne les entendras pas! Tu ne verras pas, non plus,
l'antichtone [1] de Platon, le foyer de Philolaüs, les sphères
d'Aristote, ni les sept cieux des Juifs avec les grandes
eaux par-dessus la voûte de cristal!

Antoine

D'en bas elle paraissait solide comme un mur. Je la
pénètre, au contraire, je m'y enfonce!

Et il arrive devant la lune, — qui ressemble à un morceau
de glace tout rond, plein d'une lumière immobile.

Le Diable

C'était autrefois le séjour des âmes. Le bon Pythagore
l'avait même garnie d'oiseaux et de fleurs magnifiques.

Antoine

Je n'y vois que des plaines désolées, avec des cratères
éteints, sous un ciel tout noir.

Allons vers ces astres d'un rayonnement plus doux,
afin de contempler les anges qui les tiennent au bout
de leurs bras, comme des flambeaux!

Le Diable l'emporte au milieu des étoiles.

Elles s'attirent en même temps qu'elles se repoussent. L'action de chacune résulte des autres et y contribue, — sans le moyen d'un auxiliaire, par la force d'une loi, la seule vertu de l'ordre.

ANTOINE

Oui... oui! mon intelligence l'embrasse! C'est une joie supérieure aux plaisirs de la tendresse! Je halète, stupéfait devant l'énormité de Dieu.

Le Diable

Comme le firmament qui s'élève à mesure que tu montes, il grandira sous l'ascension de ta pensée; — et tu sentiras augmenter ta joie, d'après cette découverte du monde, dans cet élargissement de l'infini.

ANTOINE

Ah! plus haut! plus haut! toujours!

Les astres se multiplient, scintillent. La Voie lactée au zénith se développe comme une immense ceinture, ayant des trous par intervalles; dans ces fentes de sa clarté, s'allongent des espaces de ténèbres. Il y a des pluies d'étoiles, des traînées de poussières d'or, des vapeurs lumineuses qui flottent et se dissolvent.

Quelquefois une comète passe tout à coup; — puis la tranquillité des lumières innombrables recommence.

Antoine, les bras ouverts, s'appuie sur les deux cornes du Diable, en occupant ainsi toute l'envergure.

Il se rappelle avec dédain l'ignorance de ses anciens jours, la médiocrité de ses rêves. Les voilà donc près de lui, ces globes lumineux qu'il contemplait d'en bas! Il distingue l'entre-croisement de leurs lignes, la complexité de leurs directions. Il les voit venir de loin, — et suspendus comme des pierres dans une fronde, décrire leurs orbites, pousser leurs hyperboles.

Il aperçoit d'un seul regard la Croix du Sud et la Grande Ourse, le Lynx et le Centaure, la Nébuleuse de la Dorade, les six soleils dans la constellation d'Orion, Jupiter avec ses quatre satellites, et le triple anneau du monstrueux Saturne! toutes les planètes, tous les astres que les hommes plus tard découvriront! Il emplit ses yeux de leurs lumières, il surcharge sa pensée du calcul de leurs distances; — puis sa tête retombe.

Quel est le but de tout cela?

Le Diable

Il n'y a pas de but!

Comment Dieu aurait-il un but? Quelle expérience a pu l'instruire, quelle réflexion le déterminer?

Avant le commencement il n'aurait pas agi, et maintenant il serait inutile.

Antoine

Il a créé le monde pourtant, d'une seule fois, par sa parole!

Le Diable

Mais les êtres qui peuplent la terre y viennent successivement. De même, au ciel, des astres nouveaux surgissent, effets différents de causes variées.

Antoine

La variété des causes est la volonté de Dieu!

Le Diable

Mais admettre en Dieu plusieurs actes de volonté, c'est admettre plusieurs causes et détruire son unité!

Sa volonté n'est pas séparable de son essence. Il n'a pu avoir une autre volonté, ne pouvant avoir une autre essence; — et puisqu'il existe éternellement, il agit éternellement.

Contemple le soleil! De ses bords s'échappent de hautes flammes lançant des étincelles, qui se dispersent pour devenir des mondes; — et plus loin que la dernière, au delà de ces profondeurs où tu n'aperçois que la nuit, d'autres soleils tourbillonnent, derrière ceux-là d'autres, et encore d'autres, indéfiniment...

Antoine

Assez! assez! J'ai peur! je vais tomber dans l'abîme.

Le Diable s'arrête; et en le balançant mollement.

Le néant n'est pas! le vide n'est pas! Partout il y a des corps qui se meuvent sur le fond immuable de l'Étendue; et comme si elle était bornée par quelque chose, ce ne serait plus l'Étendue, mais un corps, elle n'a pas de limites!

Antoine béant.

Pas de limites!

LE DIABLE

Monte dans le ciel toujours et toujours; jamais tu n'atteindras le sommet! Descends au-dessous de la terre pendant des milliards de milliards de siècles, jamais tu n'arriveras au fond, — puisqu'il n'y a pas de fond, pas de sommet, ni haut, ni bas, aucun terme; et l'Étendue se trouve comprise dans Dieu qui n'est point une portion de l'espace, telle ou telle grandeur, mais l'immensité!

ANTOINE, lentement.

La matière... alors... ferait partie de Dieu?

LE DIABLE

Pourquoi non? Peux-tu savoir où il finit?

ANTOINE

Je me prosterne au contraire, je m'écrase, devant sa puissance!

LE DIABLE

Et tu prétends le fléchir! Tu lui parles, tu le décores même de vertus, bonté, justice, clémence, au lieu de reconnaître qu'il possède toutes les perfections!

Concevoir quelque chose au delà, c'est concevoir Dieu au delà de Dieu, l'être par dessus l'être. Il est donc le seul Être, la seule Substance.

Si la Substance pouvait se diviser, elle perdrait sa nature, elle ne serait pas elle, Dieu n'existerait plus. Il est donc indivisible comme infini; — et s'il avait un corps, il serait composé de parties, il ne serait plus un, il ne serait plus infini. Ce n'est donc pas une personne!

ANTOINE

Comment? mes oraisons, mes sanglots, les souffrances de ma chair, les transports de mon ardeur, tout cela se serait en allé vers un mensonge... dans l'espace... inutilement, — comme un cri d'oiseau, comme un tourbillon de feuilles mortes!

Il pleure.

Oh! non! il y a par-dessus tout quelqu'un, une grande âme, un Seigneur, un père, que mon cœur adore et qui doit m'aimer!

LE DIABLE

Tu désires que Dieu ne soit pas Dieu; — car s'il éprouvait de l'amour, de la colère ou de la pitié, il passerait de sa perfection à une perfection plus grande, ou plus petite. Il ne peut descendre à un sentiment, ni se contenir dans une forme.

ANTOINE

Un jour, pourtant, je le verrai!

LE DIABLE

Avec les bienheureux, n'est-ce pas? — quand le fini jouira de l'infini, dans un endroit restreint enfermant l'absolu!

ANTOINE

N'importe, il faut qu'il y ait un paradis pour le bien, comme un enfer pour le mal!

LE DIABLE

L'exigence de ta raison fait-elle la loi des choses? Sans doute le mal est indifférent à Dieu, puisque la terre en est couverte!

Est-ce par impuissance qu'il le supporte, ou par cruauté qu'il le conserve?

Penses-tu qu'il soit continuellement à rajuster le monde comme une œuvre imparfaite, et qu'il surveille tous les mouvements de tous les êtres, depuis le vol du papillon jusqu'à la pensée de l'homme?

S'il a créé l'Univers, sa providence est superflue. Si la Providence existe, la création est défectueuse.

Mais le mal et le bien ne concernent que toi, — comme le jour et la nuit, le plaisir et la peine, la mort et la naissance, qui sont relatifs à un coin de l'étendue, à un milieu spécial, à un intérêt particulier. Puisque l'infini seul est permanent, il y a l'Infini; — et c'est tout!

Le Diable a progressivement étiré ses longues ailes; maintenant elles couvrent l'espace.

ANTOINE n'y voit plus. Il défaille.

Un froid horrible me glace jusqu'au fond de l'âme. Cela excède la portée de la douleur! C'est comme une mort plus profonde que la mort. Je roule dans l'immensité des ténèbres. Elles entrent en moi. Ma conscience éclate sous cette dilatation du néant!

Le Diable

Mais les choses ne t'arrivent que par l'intermédiaire de ton esprit. Tel qu'un miroir concave il déforme les objets; — et tout moyen te manque pour en vérifier l'exactitude.

Jamais tu ne connaîtras l'Univers dans sa pleine étendue; par conséquent tu ne peux te faire une idée de sa cause, avoir une notion juste de Dieu, ni même dire que l'Univers est infini, — car il faudrait d'abord connaître l'infini!

La Forme est peut-être une erreur de tes sens, la Substance une imagination de ta pensée.

A moins que le monde étant un flux perpétuel des choses, l'apparence au contraire ne soit tout ce qu'il y a de plus vrai, l'illusion la seule réalité.

Mais es-tu sûr de voir? es-tu même sûr de vivre? Peut-être qu'il n'y a rien!

> Le Diable a pris Antoine; et le tenant au bout de ses bras, il le regarde la gueule ouverte, prêt à le dévorer.

Adore-moi donc! et maudis le fantôme que tu nommes Dieu!

> Antoine lève les yeux, par un dernier mouvement d'espoir. Le Diable l'abandonne.

VII

Antoine

> se retrouve étendu sur le dos, au bord de la falaise.
> Le ciel commence à blanchir.

Est-ce la clarté de l'aube, ou bien un reflet de la lune?

> Il tâche de se soulever, puis retombe; et en claquant des dents.

J'éprouve une fatigue... comme si tous mes os étaient brisés!

Pourquoi?

Ah! c'est le Diable! je me souviens; — et même il me redisait tout ce que j'ai appris chez le vieux Didyme des opinions de Xénophane, d'Héraclite, de Mélisse, d'Anaxagore [1], sur l'infini, la création, l'impossibilité de rien connaître!

Et j'avais cru pouvoir m'unir à Dieu!

Riant amèrement.

Ah! démence! démence! Est-ce ma faute? La prière m'est intolérable! J'ai le cœur plus sec qu'un rocher! Autrefois il débordait d'amour!..

Le sable, le matin, fumait à l'horizon comme la poussière d'un encensoir; au coucher du soleil, des fleurs de feu s'épanouissaient sur la croix; — et au milieu de la nuit, souvent il m'a semblé que tous les êtres et toutes les choses, recueillis dans le même silence, adoraient avec moi le Seigneur. Ô charme des oraisons, félicités de l'extase, présents du ciel, qu'êtes-vous devenus!

Je me rappelle un voyage que j'ai fait avec Ammon, à la recherche d'une solitude pour établir des monastères. C'était le dernier soir; et nous pressions nos pas, en murmurant des hymnes, côte à côte, sans parler. A mesure que le soleil s'abaissait, les deux ombres de nos corps s'allongeaient comme deux obélisques grandissant toujours et qui auraient marché devant nous. Avec les morceaux de nos bâtons, çà et là nous plantions des croix pour marquer la place d'une cellule. La nuit fut lente à venir; et des ondes noires se répandaient sur la terre qu'une immense couleur rose occupait encore le ciel.

Quand j'étais un enfant, je m'amusais avec des cailloux à construire des ermitages. Ma mère, près de moi, me regardait.

Elle m'aura maudit pour mon abandon, en arrachant à pleines mains ses cheveux blancs. Et son cadavre est resté étendu au milieu de la cabane, sous le toit de roseaux, entre les murs qui tombent. Par un trou, une hyène en reniflant, avance la gueule!... Horreur! horreur!

Il sanglote.

Non, Ammonaria ne l'aura pas quittée!

Où est-elle maintenant, Ammonaria?

Peut-être qu'au fond d'une étuve elle retire ses vêtements l'un après l'autre, d'abord le manteau, puis la ceinture, la première tunique, la seconde plus légère, tous ses colliers; et la vapeur du cinnamome enveloppe ses membres nus. Elle se couche enfin sur la tiède mosaïque. Sa chevelure à l'entour de ses hanches fait comme une toison noire, — et suffoquant un peu dans l'atmosphère trop chaude, elle respire, la taille cambrée, les deux seins en avant. Tiens!... Voilà ma chair qui se révolte! Au milieu du chagrin la concupiscence me torture. Deux supplices à la fois, c'est trop! Je ne peux plus endurer ma personne!

Il se penche et regarde le précipice.

L'homme qui tomberait serait tué. Rien de plus facile, en se roulant sur le côté gauche; c'est un mouvement à faire! un seul.

Alors apparaît

Une Vieille Femme

Antoine se relève dans un sursaut d'épouvante. — Il croit voir sa mère ressuscitée.

Mais celle-ci est beaucoup plus vieille, et d'une prodigieuse maigreur.

Un linceul, noué autour de sa tête, pend avec ses cheveux blancs jusqu'au bas de ses deux jambes, minces comme des béquilles. L'éclat de ses dents, couleur d'ivoire, rend plus sombre sa peau terreuse. Les orbites de ses yeux sont pleines de ténèbres, et au fond deux flammes vacillent, comme des lampes de sépulcre.

Avance, dit-elle. Qui te retient?

Antoine, balbutiant.

J'ai peur de commettre un péché!

Elle reprend.

Mais le roi Saül s'est tué! Razias, un juste, s'est tué! Sainte Pélagie d'Antioche s'est tuée! Domnine d'Alep et ses deux filles, trois autres saintes, se sont tuées; — et rappelle-toi tous les confesseurs qui couraient au devant

des bourreaux, par impatience de la mort. Afin d'en
jouir plus vite, les vierges de Milet s'étranglaient avec
leurs cordons. Le philosophe Hégésias, à Syracuse, la
prêchait si bien qu'on désertait les lupanars pour s'aller
pendre dans les champs. Les patriciens de Rome se la
procurent comme débauche.

ANTOINE

Oui, c'est un amour qui est fort! Beaucoup d'anachorètes y succombent.

LA VIEILLE

Faire une chose qui vous égale à Dieu, pense donc!
Il t'a créé, tu vas détruire son œuvre, toi, par ton courage,
librement! La jouissance d'Érostrate n'était pas supérieure. Et puis, ton corps s'est assez moqué de ton âme
pour que tu t'en venges à la fin. Tu ne souffriras pas.
Ce sera vite terminé. Que crains-tu? Un large trou noir!
Il est vide, peut-être?

Antoine écoute sans répondre, — et de l'autre côté paraît

UNE AUTRE FEMME

jeune et belle, merveilleusement. — Il la prend d'abord pour
Ammonaria.

Mais elle est plus grande, blonde comme le miel, très grasse,
avec du fard sur les joues et des roses sur la tête. Sa longue
robe chargée de paillettes a des miroitements métalliques; ses
lèvres charnues paraissent sanguinolentes, et ses paupières un
peu lourdes sont tellement noyées de langueur qu'on la dirait
aveugle.
Elle murmure.

Vis donc, jouis donc! Salomon recommande la joie!
Va comme ton cœur te mène et selon le désir de tes yeux!

ANTOINE

Quelle joie trouver? mon cœur est las, mes yeux sont
troubles!

ELLE reprend.

Gagne le faubourg de Racotis, pousse une porte peinte
en bleu; et quand tu seras dans l'atrium où murmure
un jet d'eau, une femme se présentera — en peplos
de soie blanche lamé d'or, les cheveux dénoués, le rire

pareil au claquement des crotales. Elle est habile. Tu
goûteras dans sa caresse l'orgueil d'une initiation et
l'apaisement d'un besoin.

Tu ne connais pas, non plus, le trouble des adultères,
les escalades, les enlèvements, la joie de voir toute nue
celle qu'on respectait habillée.

As-tu serré contre ta poitrine une vierge qui t'aimait ?
Te rappelles-tu les abandons de sa pudeur, et ses remords
qui s'en allaient sous un flux de larmes douces !

Tu peux, n'est-ce pas, vous apercevoir marchant dans
les bois sous la lumière de la lune ? A la pression de
vos mains jointes un frémissement vous parcourt ; vos
yeux rapprochés épanchent de l'un à l'autre comme des
ondes immatérielles, et votre cœur s'emplit ; il éclate ;
c'est un suave tourbillon, une ivresse débordante...

La Vieille

On n'a pas besoin de posséder les joies pour en sentir
l'amertume ! Rien qu'à les voir de loin, le dégoût vous
en prend. Tu dois être fatigué par la monotonie des
mêmes actions, la durée des jours, la laideur du monde,
la bêtise du soleil !

Antoine

Oh ! oui, tout ce qu'il éclaire me déplaît.

La Jeune

Ermite ! ermite ! tu trouveras des diamants entre les
cailloux, des fontaines sous le sable, une délectation dans
les hasards que tu méprises ; et même il y a des endroits
de la terre si beaux qu'on a envie de la serrer contre
son cœur.

La Vieille

Chaque soir, en t'endormant sur elle, tu espères que
bientôt elle te recouvrira !

La Jeune

Cependant, tu crois à la résurrection de la chair, qui
est le transport de la vie dans l'éternité !

> La Vieille, pendant qu'elle parlait, s'est encore décharnée ;
> et au-dessus de son crâne, qui n'a plus de cheveux, une chauve-
> souris fait des cercles dans l'air.
> La Jeune est devenue plus grasse. Sa robe chatoie, ses narines
> battent, ses yeux roulent moelleusement.

La Première dit, en ouvrant les bras.

Viens, je suis la consolation, le repos, l'oubli, l'éternelle sérénité !

et

La Seconde, en offrant ses seins.

Je suis l'endormeuse, la joie, la vie, le bonheur
inépuisable !

>   Antoine tourne les talons pour s'enfuir. Chacune lui met
>   la main sur l'épaule.
>   Le linceul s'écarte et découvre le squelette de la Mort.
>   La robe se fend et laisse voir le corps entier de la Luxure,
>   qui a la taille mince avec la croupe énorme et de grands cheveux
>   ondés s'envolant par le bout.
>   Antoine reste immobile entre les deux, les considérant.

La Mort, lui-dit.

Tout de suite ou tout à l'heure, qu'importe ! Tu
m'appartiens, comme les soleils, les peuples, les villes,
les rois, la neige des monts, l'herbe des champs. Je
vole plus haut que l'épervier, je cours plus vite que
la gazelle, j'atteins même l'espérance, j'ai vaincu le fils
de Dieu !

La Luxure

Ne résiste pas ; je suis l'omnipotente ! Les forêts
retentissent de mes soupirs, les flots sont remués par
mes agitations. La vertu, le courage, la piété se dissolvent
au parfum de ma bouche. J'accompagne l'homme
pendant tous les pas qu'il fait, — et au seuil du tombeau
il se retourne vers moi !

La Mort

Je te découvrirai ce que tu tâchais de saisir, à la
lueur des flambeaux, sur la face des morts, — ou quand
tu vagabondais au delà des Pyramides, dans ces grands
sables composés de débris humains. De temps à autre,
un fragment de crâne roulait sous ta sandale. Tu prenais
de la poussière, tu la faisais couler entre tes doigts ;
et ta pensée, confondue avec elle, s'abîmait dans le néant.

La Luxure

Mon gouffre est plus profond ! Des marbres ont inspiré
d'obscènes amours. On se précipite à des rencontres

qui effrayent. On rive des chaînes que l'on maudit. D'où vient l'ensorcellement des courtisanes, l'extravagance des rêves, l'immensité de ma tristesse?

La Mort

Mon ironie dépasse toutes les autres! Il y a des convulsions de plaisir aux funérailles des rois, à l'extermination d'un peuple, — et on fait la guerre avec de la musique, des panaches, des drapeaux, des harnais d'or, un déploiement de cérémonie pour me rendre plus d'hommages.

La Luxure

Ma colère vaut la tienne. Je hurle, je mords. J'ai des sueurs d'agonisant et des aspects de cadavre.

La Mort

C'est moi qui te rends sérieuse; enlaçons-nous!

La Mort ricane, la Luxure rugit. Elles se prennent par la taille et chantent ensemble:

— Je hâte la dissolution de la matière!
— Je facilite l'éparpillement des germes!
— Tu détruis, pour mes renouvellements!
— Tu engendres, pour mes destructions!
— Active ma puissance!
— Féconde ma pourriture!

Et leur voix dont les échos se déroulant emplissent l'horizon, devient tellement forte qu'Antoine en tombe à la renverse.

Une secousse, de temps à autre, lui fait entr'ouvrir les yeux; et il aperçoit au milieu des ténèbres une manière de monstre devant lui.

C'est une tête de mort, avec une couronne de roses. Elle domine un torse de femme d'une blancheur nacrée. En dessous un linceul étoilé de points d'or fait comme une queue; — et tout le corps ondule à la manière d'un ver gigantesque qui se tiendrait debout.

La vision s'atténue, disparaît.

Antoine se relève.

Encore une fois c'était le Diable, et sous son double aspect: l'esprit de fornication et l'esprit de destruction.

Aucun des deux ne m'épouvante. Je repousse le bonheur, et je me sens éternel.

Ainsi la mort n'est qu'une illusion, un voile, masquant par endroits la continuité de la vie.

Mais la substance étant unique, pourquoi les Formes sont-elles variées?

Il doit y avoir, quelque part, des figures primordiales, dont les corps ne sont que les images. Si on pouvait les voir on connaîtrait le lien de la matière et de la pensée, en quoi l'Être consiste!

Ce sont ces figures-là qui étaient peintes à Babylone sur la muraille du temple de Bélus, et elles couvraient une mosaïque dans le port de Carthage. Moi-même, j'ai quelquefois aperçu dans le ciel comme des formes d'esprit. Ceux qui traversent le désert rencontrent des animaux dépassant toute conception...

> Et en face, de l'autre côté du Nil, voilà que le Sphinx apparaît.
>
> Il allonge ses pattes, secoue les bandelettes de son front et se couche sur le ventre.
>
> Sautant, volant, crachant du feu par ses narines, et de sa queue de dragon se frappant les ailes, la Chimère aux yeux verts tournoie, aboie.
>
> Les anneaux de sa chevelure rejetés d'un côté, s'entremêlent aux poils de ses reins, et de l'autre, ils pendent jusque sur le sable et remuent au balancement de tout son corps.

LE SPHINX est immobile, et regarde la Chimère.

Ici, Chimère; arrête-toi!

LA CHIMÈRE

Non, jamais!

LE SPHINX

Ne cours pas si vite, ne vole pas si haut, n'aboie pas si fort!

LA CHIMÈRE

Ne m'appelle plus, ne m'appelle plus, puisque tu restes toujours muet!

LE SPHINX

Cesse de me jeter tes flammes au visage et de pousser tes hurlements dans mon oreille; tu ne fondras pas mon granit!

La Chimère

Tu ne me saisiras pas, sphinx terrible!

Le Sphinx

Pour demeurer avec moi, tu es trop folle!

La Chimère

Pour me suivre, tu es trop lourd!

Le Sphinx

Où vas-tu donc, que tu cours si vite?

La Chimère

Je galope dans les corridors du labyrinthe, je plane sur les monts, je rase les flots, je jappe au fond des précipices, je m'accroche par la gueule au pan des nuées; avec ma queue traînante, je raye les plages, et les collines ont pris leur courbe selon la forme de mes épaules. Mais toi, je te retrouve perpétuellement immobile, ou bien du bout de ta griffe dessinant des alphabets sur le sable.

Le Sphinx

C'est que je garde mon secret! je songe et je calcule.
La mer se retourne dans son lit, les blés se balancent sous le vent, les caravanes passent, la poussière s'envole, les cités s'écroulent; — et mon regard que rien ne peut dévier, demeure tendu à travers les choses sur un horizon inaccessible.

La Chimère

Moi, je suis légère et joyeuse! Je découvre aux hommes des perspectives éblouissantes avec des paradis dans les nuages et des félicités lointaines. Je leur verse à l'âme les éternelles démences, projets de bonheur, plans d'avenir, rêves de gloire, et les serments d'amour et les résolutions vertueuses.

Je pousse aux périlleux voyages et aux grandes entreprises. J'ai ciselé avec mes pattes les merveilles des architectures. C'est moi qui ai suspendu les clochettes au tombeau de Porsenna, et entouré d'un mur d'orichalque les quais de l'Atlantide.

Je cherche des parfums nouveaux, des fleurs plus

larges, des plaisirs inéprouvés. Si j'aperçois quelque part un homme dont l'esprit repose dans la sagesse, je tombe dessus, et je l'étrangle.

Le Sphinx

Tous ceux que le désir de Dieu tourmente, je les ai dévorés.

Les plus forts, pour gravir jusqu'à mon front royal, montent aux stries de mes bandelettes comme sur les marches d'un escalier. La lassitude les prend; et ils tombent d'eux-mêmes à la renverse.

> Antoine commence à trembler.
>
> Il n'est plus devant sa cabane, mais dans le désert — ayant à ses côtés ces deux bêtes monstrueuses, dont la gueule lui effleure l'épaule.

Le Sphinx

Ô Fantaisie, emporte-moi sur tes ailes pour désennuyer ma tristesse!

La Chimère

Ô Inconnu, je suis amoureuse de tes yeux! Comme une hyène en chaleur, je tourne autour de toi, sollicitant les fécondations dont le besoin me dévore.

Ouvre la gueule, lève tes pieds, monte sur mon dos!

Le Sphinx

Mes pieds, depuis qu'ils sont à plat, ne peuvent plus se relever. Le lichen, comme une dartre, a poussé sur ma gueule. A force de songer, je n'ai plus rien à dire.

La Chimère

Tu mens, sphinx hypocrite! D'où vient toujours que tu m'appelles et me renies?

Le Sphinx

C'est toi, caprice indomptable, qui passes et tourbillonnes!

La Chimère

Est-ce ma faute? Comment? laisse-moi!

> Elle aboie.

Le Sphinx

Tu remues, tu m'échappes!

Il grogne.

LA CHIMÈRE

Essayons! — tu m'écrases!

LE SPHINX

Non! impossible!

Et en s'enfonçant peu à peu, il disparaît dans le sable, tandis que la Chimère, qui rampe la langue tirée, s'éloigne en décrivant des cercles.

L'haleine de sa bouche a produit un brouillard.

Dans cette brume, Antoine aperçoit des enroulements de nuages, des courbes indécises.

Enfin, il distingue comme des apparences de corps humains;

Et d'abord s'avance

LE GROUPE DES ASTOMI

pareils à des bulles d'air que traverse le soleil.

Ne souffle pas trop fort! Les gouttes de pluie nous meurtrissent. Les sons faux nous écorchent, les ténèbres nous aveuglent. Composés de brises et de parfums, nous roulons, nous flottons — un peu plus que des rêves, pas des êtres tout à fait...

LES NISNAS

n'ont qu'un œil, qu'une joue, qu'une main, qu'une jambe, qu'une moitié du corps, qu'une moitié du cœur.

Et ils disent très haut :

Nous vivons fort à notre aise dans nos moitiés de maisons, avec nos moitiés de femmes et nos moitiés d'enfants.

LES BLEMMYES, absolument privés de tête.

Nos épaules en sont plus larges; — et il n'y a pas de bœuf, de rhinocéros ni d'éléphant qui soit capable de porter ce que nous portons.

Des espèces de traits, et comme une vague figure empreinte sur nos poitrines, voilà tout! Nous pensons des digestions, nous subtilisons des sécrétions. Dieu, pour nous, flotte en paix dans les chyles intérieurs.

Nous marchons droit notre chemin; traversant toutes les fanges, côtoyant tous les abîmes; — et nous sommes les gens les plus laborieux, les plus heureux, les plus vertueux.

LES PYGMÉES

Petits bonshommes, nous grouillons sur le monde comme de la vermine sur la bosse d'un dromadaire.

On nous brûle, on nous noie, on nous écrase; et toujours nous reparaissons, plus vivaces et plus nombreux, — terribles par la quantité!

LES SCIAPODES

Retenus à la terre par nos chevelures, longues comme des lianes, nous végétons à l'abri de nos pieds, larges comme des parasols; et la lumière nous arrive à travers l'épaisseur de nos talons. Point de dérangement et point de travail! — La tête le plus bas possible, c'est le secret du bonheur.

Leurs cuisses levées ressemblent à des troncs d'arbres, se multiplient.

Et une forêt paraît. De grands singes y courent à quatre pattes; ce sont des hommes à tête de chien.

LES CYNOCÉPHALES

Nous sautons de branche en branche pour super les œufs, et nous plumons les oisillons; puis nous mettons leurs nids sur nos têtes, en guise de bonnets.

Nous ne manquons pas d'arracher les pis des vaches, et nous crevons les yeux des lynx; nous fientons du haut des arbres, nous étalons notre turpitude en plein soleil.

Lacérant les fleurs, broyant les fruits, troublant les sources, violant les femmes, nous sommes les maîtres, — par la force de nos bras et la férocité de notre cœur.

Hardi, compagnons! Faites claquer vos mâchoires!

Du sang et du lait coulent de leurs babines. La pluie ruisselle sur leurs dos velus.

Antoine hume la fraîcheur des feuilles vertes.

Elles s'agitent, les branches s'entre-choquent; et tout à coup paraît un grand cerf noir, à tête de taureau, qui porte entre les oreilles un buisson de cornes blanches.

LE SADHUZAG

Mes soixante-quatorze andouillers sont creux comme des flûtes.

Quand je me tourne vers le vent du sud, il en part des sons qui attirent à moi les bêtes ravies. Les serpents s'enroulent à mes jambes, les guêpes se collent dans mes narines, et les perroquets, les colombes et les ibis s'abattent dans mes rameaux. — Écoute.

Il renverse son bois d'où s'échappe une musique ineffablement douce.

Antoine presse son cœur à deux mains. Il lui semble que cette mélodie va emporter son âme.

Le Sadhuzag

Mais quand je me tourne vers le vent du nord, mon bois plus touffu qu'un bataillon de lances, exhale un hurlement; les forêts tressaillent, les fleuves remontent, la gousse des fruits éclate, et les herbes se dressent comme la chevelure d'un lâche. — Écoute!

Il penche ses rameaux, d'où sortent des cris discordants; Antoine est comme déchiré.

Et son horreur augmente en voyant

Le Martichoras,

gigantesque lion rouge, à figure humaine avec trois rangées de dents.

Les moires de mon pelage écarlate se mêlent au miroitement des grands sables. Je souffle par mes narines l'épouvante des solitudes. Je crache la peste. Je mange les armées, quand elles s'aventurent dans le désert.

Mes ongles sont tordus en vrilles, mes dents sont taillées en scie; et ma queue, qui se contourne, est hérissée de dards que je lance à droite, à gauche, en avant, en arrière. — Tiens! tiens!

Le Martichoras jette les épines de sa queue, qui s'irradient comme des flèches dans toutes les directions. Des gouttes de sang pleuvent, en claquant sur le feuillage.

Le Catoblépas,

buffle noir, avec une tête de porc tombant jusqu'à terre, et rattachée à ses épaules par un cou mince, long et flasque comme un boyau vidé.

Il est vautré tout à plat; et ses pieds disparaissent sous l'énorme crinière à poils durs qui lui couvre le visage.

Gras, mélancolique, farouche, je reste continuellement à sentir sous mon ventre la chaleur de la boue. Mon

crâne est tellement lourd qu'il m'est impossible de le
porter. Je le roule autour de moi, lentement; et ma
mâchoire entr'ouverte, j'arrache avec ma langue les
herbes vénéneuses arrosées de mon haleine. Une fois,
je me suis dévoré les pattes sans m'en apercevoir.

Personne, Antoine, n'a jamais vu mes yeux, ou ceux
qui les ont vus sont morts. Si je relevais mes paupières, — mes paupières roses et gonflées, — tout
de suite, tu mourrais.

Antoine

Oh! celui-là!... a... a... Si j'allais avoir envie? Sa
stupidité m'attire. Non! non! je ne veux pas!

> Il regarde par terre fixement.
> Mais les herbes s'allument, et dans les torsions des flammes
> se dresse

Le Basilic,

grand serpent violet à tête trilobée, avec deux dents, une en haut,
une en bas.

Prends garde, tu vas tomber dans ma gueule! Je bois
du feu. Le feu, c'est moi; — et de partout j'en aspire :
des nuées, des cailloux, des arbres morts, du poil des
animaux, de la surface des marécages. Ma température
entretient les volcans; je fais l'éclat des pierreries et la
couleur des métaux.

Le Griffon,

lion à bec de vautour avec des ailes blanches, les pattes rouges
et le cou bleu.

Je suis le maître des splendeurs profondes. Je connais
le secret des tombeaux où dorment les vieux rois.

Une chaîne, qui sort du mur, leur tient la tête droite.
Près d'eux, dans des bassins de porphyre, des femmes
qu'ils ont aimées flottent sur des liquides noirs. Leurs
trésors sont rangés dans des salles, par losanges, par
monticules, par pyramides; — et plus bas, bien au-dessous
des tombeaux, après de longs voyages au milieu des
ténèbres étouffantes, il y a des fleuves d'or avec des
forêts de diamants, des prairies d'escarboucles, des lacs
de mercure.

Adossé contre la porte du souterrain et la griffe en
l'air, j'épie de mes prunelles flamboyantes ceux qui

voudraient venir. La plaine immense, jusqu'au fond de l'horizon est toute nue et blanchie par les ossements des voyageurs. Pour toi les battants de bronze s'ouvriront, et tu humeras la vapeur des mines, tu descendras dans les cavernes... Vite! vite!

> Il creuse la terre avec ses pattes, en criant comme un coq Mille voix lui répondent. La forêt tremble.
>
> Et toutes sortes de bêtes effroyables surgissent : le Tragelaphus, moitié cerf et moitié bœuf; le Myrmecoleo, lion par devant, fourmi par derrière, et dont les génitoires sont à rebours; le python Aksar, de soixante coudées, qui épouvanta Moïse; la grande belette Pastinaca, qui tue les arbres par son odeur; le Presteros, qui rend imbécile par son contact, le Mirag, lièvre cornu, habitant des îles de la mer. Le léopard Phalmant crève son ventre à force de hurler; le Senad, ours à trois têtes, déchire ses petits avec sa langue; le chien Cépus répand sur les rochers le lait bleu de ses mamelles. Des moustiques se mettent à bourdonner, des crapauds à sauter, des serpents à siffler. Des éclairs brillent. La grêle tombe.
>
> Il arrive des rafales, pleines d'anatomies merveilleuses. Ce sont des têtes d'alligators sur des pieds de chevreuil, des hiboux à queue de serpent, des pourceaux à mufle de tigre, des chèvres à croupe d'âne, des grenouilles velues comme des ours, des caméléons grands comme des hippopotames, des veaux à deux têtes dont l'une pleure et l'autre beugle, des fœtus quadruples se tenant par le nombril et valsant comme des toupies, des ventres ailés qui voltigent comme des moucherons.
>
> Il en pleut du ciel, il en sort de terre, il en coule des roches. Partout des prunelles flamboient, des gueules rugissent; les poitrines se bombent, les griffes s'allongent, les dents grincent, les chairs clapotent. Il y en a qui accouchent, d'autres copulent, ou d'une seule bouchée s'entre-dévorent.
>
> S'étouffant sous leur nombre, se multipliant par leur contact, ils grimpent les uns sur les autres; — et tous remuent autour d'Antoine avec un balancement régulier, comme si le sol était le pont d'un navire. Il sent contre ses mollets la traînée des limaces, sur ses mains le froid des vipères; et des araignées filant leur toile l'enferment dans leur réseau.
>
> Mais le cercle des monstres s'entr'ouvre, le ciel tout à coup devient bleu, et

LA LICORNE se présente.

Au galop! au galop!

J'ai des sabots d'ivoire, des dents d'acier, la tête couleur de pourpre, le corps couleur de neige, et la corne de mon front porte les bariolures de l'arc-en-ciel.

Je voyage de la Chaldée au désert tartare, sur les bords du Gange et dans la Mésopotamie. Je dépasse les autruches. Je cours si vite que je traîne le vent. Je frotte mon dos contre les palmiers. Je me roule dans les bambous. D'un bond je saute les fleuves. Des colombes volent au-dessus de moi. Une vierge seule peut me brider.

Au galop! au galop!

Antoine la regarde s'enfuir.

Et ses yeux restant levés, il aperçoit tous les oiseaux qui se nourrissent de vent : le Gouith, l'Ahuti, l'Alphalim, le Iukneth des montagnes de Caff, les Homaï des Arabes qui sont les âmes d'hommes assassinés. Il entend les perroquets proférer des paroles humaines, puis les grands palmipèdes pélasgiens qui sanglotent comme des enfants ou ricanent comme de vieilles femmes.

Un air salin le frappe aux narines. Une plage maintenant est devant lui.

Au loin des jets d'eau s'élèvent, lancés par des baleines; et du fond de l'horizon

LES BÊTES DE LA MER,

rondes comme des outres, plates comme des lames, dentelées comme des scies, s'avancent en se traînant sur le sable.

Tu vas venir avec nous, dans nos immensités où personne encore n'est descendu!

Des peuples divers habitent les pays de l'Océan. Les uns sont au séjour des tempêtes; d'autres nagent en plein dans la transparence des ondes froides, broutent comme des bœufs les plaines de corail, aspirent par leur trompe le reflux des marées, ou portent sur leurs épaules le poids des sources de la mer.

Des phosphorescences brillent à la moustache des phoques, aux écailles des poissons. Des oursins tournent comme des roues, des cornes d'Ammon se déroulent comme des câbles, des huîtres font crier leurs charnières, des polypes déploient leurs tentacules, des méduses frémissent pareilles à des boules de cristal, des éponges flottent, des anémones crachent de l'eau; des mousses, des varechs ont poussé.

Et toutes sortes de plantes s'étendent en rameaux, se tordent en vrilles, s'allongent en pointes, s'arrondissent en éventail. Des courges ont l'air de seins, des lianes s'enlacent comme des serpents.

Les Dedaïms de Babylone, qui sont des arbres, ont pour fruits des têtes humaines; des Mandragores chantent, la racine Baaras court dans l'herbe.

Les végétaux maintenant ne se distinguent plus des animaux. Des polypiers, qui ont l'air de sycomores, portent des bras sur leurs branches. Antoine croit voir une chenille entre deux feuilles; c'est un papillon qui s'envole. Il va pour marcher sur un galet; une sauterelle grise bondit. Des insectes, pareils à des pétales de roses, garnissent un arbuste; des débris d'éphémères font sur le sol une couche neigeuse.

Et puis les plantes se confondent avec les pierres.

Des cailloux ressemblent à des cerveaux, des stalactites à des mamelles, des fleurs de fer à des tapisseries ornées de figures.

Dans des fragments de glace, il distingue des efflorescences, des empreintes de buissons et de coquilles — à ne savoir si ce sont les empreintes de ces choses-là, ou ces choses elles-mêmes. Des diamants brillent comme des yeux, des minéraux palpitent!

Et il n'a plus peur!

Il se couche à plat ventre, s'appuie sur les deux coudes; et retenant son haleine, il regarde.

Des insectes n'ayant plus d'estomac continuent à manger; des fougères desséchées se remettent à fleurir; des membres qui manquaient repoussent.

Enfin, il aperçoit de petites masses globuleuses, grosses comme des têtes d'épingles et garnies de cils tout autour. Une vibration les agite.

ANTOINE, délirant.

Ô bonheur! bonheur! j'ai vu naître la vie, j'ai vu le mouvement commencer. Le sang de mes veines bat si fort qu'il va les rompre. J'ai envie de voler, de nager, d'aboyer, de beugler, de hurler. Je voudrais avoir des ailes, une carapace, une écorce, souffler de la fumée, porter une trompe, tordre mon corps, me diviser partout, être en tout, m'émaner avec les odeurs, me développer comme les plantes, couler comme l'eau, vibrer comme le son, briller comme la lumière, me blottir sur toutes les formes, pénétrer chaque atome, descendre jusqu'au fond de la matière, — être la matière!

Le jour enfin paraît; et comme les rideaux d'un tabernacle qu'on relève, des nuages d'or en s'enroulant à larges volutes découvrent le ciel.

Tout au milieu et dans le disque même du soleil, rayonne la face de Jésus-Christ.

Antoine fait le signe de la croix et se remet en prières [1].

APPENDICE

Si l'envie d'écrire la Tentation de saint Antoine ne vint à Flaubert qu'en 1845, devant la fameuse toile de Breughel, l'inspiration première du livre est bien antérieure. Smarh, l'un des essais de jeunesse de l'auteur, composé en avril 1839, est là pour en témoigner. Personnages, plan d'ensemble, sens général, Smarh est déjà la Tentation, avec la maturité et l'ampleur en moins, il va sans dire. Ce jet initial d'un grand ouvrage parut très insuffisant à son auteur, qui exprima son mécontentement en tête et à la fin du manuscrit, par des inscriptions ironiques.

Nous donnons ici le début de Smarh, où l'on verra Yuk, le second du Diable, se faire la main sur une pauvre femme, et Satan enlever Smarh dans les airs. Flaubert devait renoncer au personnage de Yuk dès la version de 1849.

SMARH

VIEUX MYSTÈRE

> La mère en permettra
> la lecture à sa fille.
> L'AUTEUR

> *Indigesta moles.*
> OVIDE

CETTE *œuvre, inédite jusqu'à ce jour, n'a pas obtenu le prix Montyon.*

Le curieux, le malheureux, qui ouvrira ceci, pourra s'en étonner, car sa bêtise semblerait devoir le lui décerner de droit.

L'archange Michel avait vaincu Satan lors de la venue du Christ.

Le Christ était venu sur la terre, comme une oasis dans le désert, comme une lueur dans l'ombre, et l'oasis s'était tarie, et la lueur n'était plus, et tout n'était que ténèbres.

L'humanité, qui, un moment, avait levé la tête vers le ciel, l'avait reportée sur la terre ; elle avait recommencé sa vieille vie, et les empires allaient toujours, avec leurs ruines qui tombent, troublant le silence du temps, dans le calme du néant et de l'éternité.

Les races s'étaient prises d'une lèpre à l'âme, tout s'était fait vil.

On riait, mais ce rire avait de l'angoisse, les hommes étaient faibles et méchants, le monde était fou, il bavait, il écumait, il courait comme un enfant dans les champs, il suait de fatigue, il allait se mourir.

Mais avant de rentrer dans le vide, il voulait vivre bien sa dernière minute ; il fallait finir l'orgie et tomber ensuite ivre, ignoble, désespéré, l'estomac plein, le cœur vide.

Satan n'avait plus qu'à donner un dernier coup, et cette roue du mal qui broyait les hommes depuis la création allait s'arrêter enfin, usée comme sa pâture.

Et voilà qu'une fois, on entendit dans les airs comme un cri de triomphe, la bouche rouge de l'enfer semblait s'ouvrir et chanter ses victoires.

Le ciel en tressaillit. La terre demandait-elle un nouveau Messie ? tournait-elle, dans ses agonies, ses dernières espérances vers le Christ ? Non, la voix répéta plusieurs fois : « Michel, à moi ! réponds ici ! » Cette voix était triomphante, pleine de colère et de joie.

LA VOIX. — Ton pied me terrassa jadis, et je sentis ton talon me broyer la poitrine, car alors le Christ avait affermi cette terre où tu me foulais, elle était jeune et pure ; maintenant elle est vieille, usée, ton pied y entrerait dans les cendres.

Mon orgueil me dévora le cœur, mais le sang de ce cœur ulcéré je l'ai versé sur la terre, et cette rosée de malédiction a porté ses fruits.

Maintenant, pas une vertu que je n'aie sapée par le doute, pas une croyance que je n'aie terrassée par le rire, pas une idée usée qui ne soit un axiome, pas un fruit qui ne soit amer. La belle œuvre !

Oh ! cette terre, terre d'amour et de bonheur, faite pour la félicité de l'homme, comme je l'ai maniée et pétrie, comme je l'ai battue, fatiguée, comme j'ai remué dans sa bouche le mors des douleurs !

Tout le sang que j'ai fait répandre (si la terre ne l'avait pas bu) ferait un Océan plus large que toutes les mers du Créateur. Toutes les malédictions sorties du cœur feraient un beau concert à la louange de Dieu.

Et puis je leur ai donné des chimères qu'ils n'avaient pas ; j'ai jeté en l'air des mots, ils ont pris cela pour des idées, ils ont couru, ils se sont évertués à les comprendre, ils ont creusé leurs petits cerveaux, ils ont voulu voir le fond de l'abîme sans fin, ils se sont approchés du bord et je les ai poussés dedans.

Merci, vous tous qui m'avez secondé ! Honneur à la vanité qui s'appelle grandeur et qui m'a livré les poètes, les femmes, les rois !

Honneur à la colère ivre qui casse et qui tue! Honneur à la jalousie, à la ruse, à la luxure qui s'appelle amour, à la chair qui s'appelle âme! Honneur à cette belle chose qui tient un homme par ses organes et le fait pâmer d'aise, grandeur humaine!

Vive l'enfer! A moi le monde jusqu'à sa dernière heure! je l'ai élevé, j'ai été sa nourrice et sa mère, je l'ai bercé dans ses jeunes ans; j'ai été sa compagne et son épouse. Comme il m'a aimé! Comme il m'a pris!

Et moi, de quel ardent amour je lui ai imposé mes baisers de feu!

Je veillerai jusqu'à sa dernière heure sur ses jours chéris, je lui fermerai les yeux, je me pencherai sur sa bouche pour recueillir son dernier râle et pour voir si sa dernière pensée te bénira, Créateur.

Et maintenant, Archange, je t'ai vaincu à mon tour, chaque jour je t'insulte, chaque jour je prends l'empire du Christ, chaque jour des âmes entières se donnent à moi.

Et je sais un homme saint entre les saints, qui vit comme une relique; cet homme-là, tu verras comme je vais le plonger dans le mal en peu d'heures, et puis tu me diras si la vertu est encore sur la terre, et si mon enfer n'a pas fondu depuis longtemps ce vieux glaçon qui la refroidissait.

Tu verras que de telles œuvres me rendaient bien digne de créer un monde et si elles ne me font pas l'égal de celui qui les enfante!

Le soir, en Orient, dans l'Asie Mineure,
un vallon avec une cabane d'ermite; non loin, une petite chapelle.

Un Ermite. — Allez, mes chers enfants, rentrez chez vous avec la paix du Seigneur; l'homme de Dieu vient de vous bénir et de vous purifier, puisse sa bénédiction être éternelle et sa purification ne jamais s'effacer! Allez, ne m'oubliez pas dans vos prières, je penserai à vous dans les miennes. *(Après avoir congédié ses fidèles.)* Je les aime, tous ces hommes, et mon cœur s'épanouit quand je leur parle de Dieu; ces femmes me semblent des sœurs et des anges, et ces petits enfants, comme je les embrasse avec plaisir!

Oh! merci mon Dieu, de m'avoir fait une âme douce comme la vôtre et capable d'aimer! Heureux ceux qui aiment! Quand j'ai jeûné longtemps, quand j'ai orné de fleurs cueillies sur les vallées ton autel, quand j'ai longtemps prié à genoux, longtemps regardé le ciel en pensant au paradis, que j'ai consolé ceux qui viennent à moi, il me semble que mon cœur est large, que cet amour est une force et qu'il créerait quelque chose.

Je suis content dans cette retraite, j'aime à voir la rivière serpenter au bas de la vallée, à voir l'oiseau étendre ses ailes et le soleil se coucher lentement avec ses teintes roses. Cette nuit sera belle, les étoiles sont de diamant, la lune resplendit sur l'azur; j'admire cela avec amour, et quand je pense aux biens de l'autre vie, mon âme se fond en extases et en rêveries.

Merci, merci, mon Dieu! je suis heureux, vous m'avez donné l'amour, que faut-il de plus? Quand vous m'appellerez à vous, je mourrai en vous bénissant et je passerai de ce monde dans un autre meilleur encore. Bonheur, joie, amour, extases, tout est en vous! (Il s'agenouille et prie.)

SATAN, en costume de docteur. — Pardon, maître, de vous interrompre dans vos pieuses pensées.

SMARH. — L'homme de Dieu se doit à tous.

SATAN. — Maître, je suis un docteur grec, qui ai traversé les déserts pour venir recueillir les paroles de votre bouche et converser avec vous sur nos hautes destinées. Un homme comme vous en sait long; nous sommes savants, nous autres, n'est-ce pas?

SMARH. — Quelle est cette science?

SATAN. — Plus grande que vous ne croyez. Cependant, frère, à force d'avoir réfléchi et creusé en nous-mêmes, nous sommes arrivés à résoudre d'étranges problèmes; pour moi, rien n'est obscur. (A part.) Tout est noir. (Une femme mariée entre pour parler à Smarh.)

YUK. — Que voulez-vous, douce mie?

LA FEMME. — Consulter notre père en religion.

YUK. — Il est maintenant occupé à réfléchir, à causer, à disserter, à savantiser avec ce saint homme que vous voyez là, en habit de docteur; on ne peut l'approcher.

LA FEMME. — Un docteur? Est-ce un nonce du pape? ou quelque théologien de Grèce?

YUK. — C'est l'un et l'autre; il est fort lié avec la papauté et les moines, auxquels il a conseillé d'excellents tours pour se divertir. Pour la théologie, il la connaît. Vous connaissez votre ménage, et comme vous, il y jette de l'eau trouble et y fait pousser des cornes.

LA FEMME. — Que voulez-vous dire là?

YUK. — Que vous êtes bien gentille, ravissante, avec une gorgette à faire pâmer toute une classe d'écoliers.

LA FEMME. — Fi! les propos déshonnêtes! laissez-moi, je veux parler à l'ermite.

YUK. — Ne craignez rien, vous dis-je, je suis un vieux sans vigueur dans les reins. Autrefois, j'étais bon et j'aurais peuplé tout un désert, maintenant je me suis consacré au service de la religion et je suis en tout lieu mon saint maître, qui me laisse faire le gros de la besogne, comme d'allumer les cierges, d'apprêter le dîner, de confesser, de préparer les hosties, de nettoyer, de gratter, d'écurer; je suis, en un mot, son serviteur indigne. Vous voyez qu'il ne faut pas avoir peur de moi; je suis bien diable et gai en mes discours, mais sage comme une pierre en mes actions. Et vous, qui êtes-vous, la mère? Vous m'avez l'air d'une bonne femme. Vous êtes mariée, j'en suis sûr, je vois ça à certaines choses, mariée à un brave homme. Oh! un bon excellent homme, mais un peu benêt, entre nous soit dit; je le connais, et la nuit de vos noces vous fûtes même obligée de lui apprendre certaines choses que les femmes ordinairement savent trop bien, mais qu'elles font semblant d'ignorer; j'en ai connu qui se pâmaient ainsi de pudeur, et qui, tout en disant : « Que faites-vous là ? », connaissaient le métier depuis l'âge de neuf ans. Mais vous, tout en étant mariée, vous êtes demeurée sage comme la Vierge; vous avez des enfants... charmants qui ressemblent à leur mère.

LA FEMME. — Vous êtes donc du pays pour savoir cela? Oui, je les aime bien, ces pauvres enfants!

YUK. — Et vous êtes heureuse ainsi?

LA FEMME. — Bien heureuse, mon seigneur, que me faut-il de plus?

SMARH *répond au docteur.* — A vous dire vrai, je n'ai jamais cherché le bonheur dans la science, je n'ai point travaillé, lu, compulsé.

SATAN. — Ni moi non plus, il y a là dedans plus de vanité que d'autre chose; mais ce n'est point la science des livres dont je parle, maître, c'est celle du cœur et de la nature.

SMARH. — Sans doute! Alors j'ai mûrement réfléchi, et bien des ans de ma vie.

SATAN. — J'avais donc raison de dire que vous étiez savant. Ce mot-là doit-il s'appliquer à un homme qui possède beaucoup de livres, comme à une bibliothèque, plutôt qu'à un autre qui est saint, qui possède Dieu, car la vraie science, c'est Dieu.

SMARH. — Oui, Dieu est l'unique objet de mon étude.

SATAN. — Vous êtes donc plus que savant, vous êtes un saint. Heureuse vie! Être ainsi au milieu de cette belle nature, prier Dieu tout le jour, être entouré du respect de la contrée, car à toute heure on vient vous consulter sur toute matière, sur la religion et sur la vie, sur la mort et l'éternité; hommes, femmes, enfants, tout le monde accourt à vous; vous êtes comme le bon ange du pays, pas une larme que vous n'essuyiez, pas une peine, pas un chagrin qui ne soit soulagé; vous raccommodez les familles, vous mettez la paix dans les ménages, saint homme!

SMARH, *humilié.* — Oh! vous me flattez, frère!

SATAN. — Non, non, je me complais dans ce ravissant tableau. Vous dites aux femmes libertines : « Allez, rentrez dans vos ménages, aimez Dieu et vos enfants »; aux enfants, de pratiquer la religion; aux valets : « Aimez, servez vos maîtres »; aux voleurs : « Soyez honnêtes gens »; quand un pauvre vient vous demander l'aumône, vous dites pour lui des prières.

SMARH, *étonné.* — Qu'ai-je donc?

SATAN. — Et jamais, car vous êtes trop saint pour cela, en confessant dans votre cellule des jeunes femmes, quand vous êtes là seuls, enfermés tous les deux, et qu'on ne pourrait pas vous voir, jamais il ne vous est venu à l'idée de soulever un peu le voile qui cache des contours indécis et de retrousser doucement avec la main ce jupon qui cache un bas de jambe sur lequel la pensée monte toujours?... et quand vous dites à ces femmes d'aimer leurs maris, ne pensez-vous point qu'elles en aiment d'autres et que leurs maris vont forniquer avec les filles du démon? Quand vous dites à ces hommes d'aimer leurs enfants, il ne vous vient pas à la pensée que ces enfants ne sont pas à eux, et que, lorsqu'ils voudront se coucher dans leur lit, la place sera prise et le trou bouché ?

SMARH. — Non, jamais ! Mais qui même vous a appris de telles choses ? Il me semble que ce n'est point ainsi que je pensais ; vous m'ouvrez un monde nouveau.

SATAN. — Vous ne pensez pas encore (car à quoi pensez-vous ?) que le voleur à qui vous conseillez l'honnêteté, perdrait son état en devenant honnête homme ; que les femmes perdues se sécheraient sur pied avec la vertu ; un valet qui ne haïrait point son maître ne serait plus qu'un valet et que le maître qui ne battrait plus un valet ne serait plus son maître.

Il est des choses plus surprenantes encore, car chaque jour vous dites sans scrupule : « Faites le bien, évitez le mal, aimez Dieu, nous avons une âme immortelle », sans savoir ce que c'est que le bien et le mal, sans jamais avoir vu Dieu, sans savoir s'il existe, et vous en rapportant à la foi d'un vieux prêtre radoteur, qui, comme vous, n'en savait rien ; pour l'âme, vous en êtes sûr, convaincu, persuadé, vous donneriez votre sang pour elle, et qui vous l'a démontrée ? Est-ce que vous sentez votre âme, comme votre estomac, qui crie : j'ai faim, comme vos yeux qui, fatigués, demandent à être fermés, comme votre ventre qui vous chante : accouve-toi ou bien je vais faire quelque saleté ? Dis, ton âme a-t-elle faim, dort-elle, marche-t-elle, la sens-tu en toi ?

SMARH. — Questions embarrassantes ! je n'y avais jamais songé.

SATAN. — Embarrassé pour si peu de chose ! Cela est clair comme le jour, car tu dépeins à tout le monde la nature de cette âme, ses besoins, ses douleurs, ses destinées, ses châtiments ; et tu te sens embarrassé pour si peu de chose ! Comment ? Mon ami, je te croyais plus d'intelligence pour un homme du Seigneur. Heureux homme ! Tu es donc sans conscience, puisque tu enseignes et démontres des choses que tu ne sais pas.

YUK, *à la femme*. — Heureuse avec un pareil homme ?

LA FEMME. — Mon Dieu, oui, il le faut bien.

YUK. — Oui, il faut bien se résigner, n'est-ce pas ? mais pour cela le cœur est lourd ; tout en faisant le ménage on est triste, et de grosses larmes vous remplissent les yeux : « Si le sort avait voulu pourtant, je serais autre, mon mari serait beau, grand, joli cavalier, aux sourcils noirs, et aux dents blanches, à la bouche fraîche ; pourquoi donc n'ai-je pas eu ce bonheur ? » et l'on rêve longtemps, on s'ennuie, le mari revient, il sent le vin, l'ivrogne ! Quel homme !

Vous vous demandez si cela sera toujours ainsi ; on se sent seule, isolée dans le monde, sans amour ; il fait bon en avoir pour vivre ! Jadis vous avez vu un beau jeune homme qui vous baisait la main, et souvent les soldats passent sous vos fenêtres ; aux bains vous avez aperçu (et vous avez rougi aussitôt) des hommes nus, la drôle de chose! et vous rêvez de tout cela, ma petite. Le soir, en vous couchant, vous vous trouvez bien malheureuse et vous vous endormez en pensant aux hommes des bains publics, à votre jeune amant, aux soldats, que sais-je? Vous avez un bataillon de cuisses charnues dans la tête : « Si j'en avais seulement deux sur les miennes », dites-vous, et vous faites les plus beaux rêves du monde.

La Femme. — Oh! le méchant homme!

Yuk. — Longtemps vous vous êtes bornée aux rêveries, aux rêves, aux démangeaisons, mais l'aiguillon de la chair vous tient depuis longtemps, et chaque jour vous dites : « Quand cela arrivera-t-il? est-ce bientôt? »

La Femme. — Hélas! il faut bien vous le dire; mais je résiste, je combats, et je venais consulter même...

Yuk. — Que vous êtes simple! Avez-vous besoin d'un ermite pour vous enseigner ce que vous avez à faire? Si la vertu existe, chaque créature doit pouvoir d'elle-même la discerner et la mettre en pratique.

La Femme, à part. — Je n'y avais point songé (Haut.) Oui, vous avez raison; je résisterai bien seule, d'ailleurs; je chasserai bien seule ces idées qui m'obsèdent.

Yuk. — Vous obsèdent, dites-vous? Au contraire, elles vous sont agréables. Qu'il est doux de penser à cela tout le jour, de se figurer ainsi quelque chose de beau qui vous accompagne et vous entoure de ses deux bras!

La Femme. — Chaque jour, je me reproche ces pensées comme un crime, j'embrasse mes enfants pour me ramener à quelque chose de plus saint, mais hélas, je vois toujours passer devant moi cette image tendre, confuse, voilée.

Yuk. — Et lorsque le soir vient, n'est-ce pas? et que les rayons du soleil meurent sur les dalles, que les fleurs d'oranger laissent passer leurs parfums, que les roses se referment, que tout s'endort, que la lune se lève dans ses nuages blancs, alors cette forme revient, elle entre et cette bouche dit : « Aime-moi! aime-moi! viens! si tu savais toutes les délices d'une nuit d'amour! si tu savais comme l'âme s'y élargit, comme, au grand jour heureux, nos deux corps nus sur un tapis, nous embrassant, si tu savais comme je prendrai tes hanches, comme j'embrasserai tes seins, comme je reposerai ma tête sur ton cœur et comme nous serons heureux, comme nous nous étendrons dans nos voluptés! » N'est-ce pas? c'est à cela qu'on pense, c'est cela qu'on souhaite, c'est pour cela qu'on brûle de désir?

La Femme. — Assez! vous me rappelez tout ce que je sens en traits de feu, ces pensées-là me font rougir, j'en ai honte.

Yuk. — Pourquoi! Ne sont-elles pas belles et douces, et riantes, comme les roses? C'est une soif qu'on a, n'est-ce pas? on a quelque chose au fond du cœur de vif et d'impétueux comme une force qui vous pousse?

La Femme. — Je ne sais comment résister à cette force.

Yuk. — Souvent, n'est-ce pas? vous aimez à vous regarder nue, vous vous trouvez jolie? « Quelle jolie cuisse! quel beau corps! quelle gorge ronde! et quel dommage! » dites-vous.

La Femme. — Oh! oui, souvent, j'ai vu des yeux d'hommes s'arrêter longtemps sur les miens; il y en a qui semblaient lancer des jets de flamme, d'autres laissaient découler une douceur amoureuse qui m'entrait jusqu'au cœur.

Satan, à Smarh. — C'est la science, mon maître, qui nous enseignera tout cela.

Smarh. — Quelle science?

Satan. — La science que je sais.

Smarh. — Laquelle?

Satan. — La science du monde.

Smarh. — Et vous me montreriez tout cela? Qu'êtes-vous? un ange ou un démon?

Satan. — L'un et l'autre!

Smarh. — Et comment acquiert-on cette science?

Satan. — Tu le sauras! *(Il disparaît.)*

Yuk. — Eh bien, le premier de ces hommes que vous verrez, que ce soit un jeune homme de seize ans environ, blond et rose, et qui rougira sous vos regards, prenez-le, cet enfant, amenez-le, dans votre chambre, et là, dans la nuit, vous verrez comme il vous aimera et comme vous jouirez et vous vous repaîtrez de cet amour; oui, ce sera cette voix de vos songes et ce corps d'ange qui passait dans vos nuits.

La Femme, *égarée.* — Qu'il vienne donc! qu'il vienne! j'aurai pour lui des baisers de feu et des voluptés sans nombre. J'étais bien folle, en effet, de vieillir sans amour. A moi, maintenant, les délices des nuits, les plus ardentes; que je m'abreuve de toutes mes passions, que je me rassasie de tous mes désirs! De longues nuits et de longs jours passés dans les baisers! ah! toute ma vie passés à un soupir, tout ce que je rêvais à moi! oh! comme je vais être heureuse! Je tremble cependant, et je sens que c'est là mon bonheur.

Yuk. — Quel plaisir, n'est-ce pas? de se créer ainsi, par la pensée, toutes ces jouissances désirées et de se dire : « Si je l'avais là, si je le tenais dans mes bras, si je voyais ses yeux sur les miens et sa bouche sur mes lèvres! »

La Femme. — Assez! assez! j'ai quelque chose qui me brûle le cœur depuis que vous me parlez, j'ai du feu sous la poitrine, j'étouffe, je désire ardemment tout cela, je m'en vais, oh! oui, je m'en vais.

Oh! les belles choses! *(Elle sort.)*

Yuk, *riant.* — Voilà une commère qui, avant demain matin, se sera donnée à tous les gamins de la ville et à tous les valets de ferme.

La nuit ; la lune et les étoiles brillent ; silence des champs.

SMARH, *seul. Il sort de sa cellule et marche.* — Quelle est donc cette science qu'on m'a promise ? où la trouve-t-on ? de qui la recevrai-je ? par quels chemins vient-elle et où mène-t-elle ? et au terme de la route, où est-on ? Tout cela, hélas, est un chaos pour moi et je n'y vois rien que des ténèbres.

Où vais-je ? je ne sais, mais j'ai un désir d'apprendre, d'aller, de voir. Tout ce que je sais me semble petit et mesquin ; des besoins inaccoutumés s'élèvent dans mon cœur. Si j'allais apprendre l'infini, si j'allais vous connaître, ô monde sur lequel je marche ! si j'allais vous voir, ô Dieu que j'adore !

Qu'est-ce donc ? ma pensée se perd dans cet abîme.

Est-ce que je n'étais pas heureux à vivre ainsi saintement, à prier Dieu, à secourir les hommes ? Pourquoi me faut-il quelque chose de plus ? L'homme est donc fait pour apprendre, puisqu'il en a le désir ?

Je n'ai que faire de ce que tous les hommes savent, je méprise leurs livres, témoignage de leurs erreurs. C'est une science divine qu'il me faut, quelque chose qui m'élève au-dessus des hommes et me rapproche de Dieu.

Oh ! mon cœur se gonfle, mon âme s'ouvre, ma tête se perd ; je sens que je vais changer ; je vais peut-être mourir ; c'est peut-être là le commencement d'éternité bienheureuse promise aux saints.

Un siècle s'est écoulé depuis que je pense, et déjà, depuis que cet inconnu m'a parlé, je me sens plus grand ; mon âme s'élargit peu à peu, comme l'horizon quand on marche, je sens que la création entière peut y entrer.

Autrefois, je dormais de longues nuits pleines de sommeil et de repos, je me livrais aux songes vagues et dorés ; souvent je m'endormais en rêvant aux extases célestes, les saints venaient m'encourager à continuer ma vie et me montraient de loin l'avenir bienheureux et le chemin par lequel on y monte ; mais à peine ai-je fermé l'œil que des ardeurs m'ont tourmenté, je me suis levé et je suis venu.

Autrefois, l'air des nuits me faisait du bien, je me plaisais à cette molle langueur des sens qu'il procure, je me plongeais dans l'harmonie dont elle se compose, j'écoutais avec ravissement le bruit des feuilles des arbres que le vent agitait, l'eau qui coulait dans les vallées, j'aimais la mousse des bois où les rayons de la lune argentaient ; ma tête se levait avec amour vers ce ciel si bleu, avec ses étoiles aux mille clartés, et je me disais que l'éternité devait être aussi quelque chose de suave, de doux, de silencieux et d'immense, et tout cela sans vallée, sans arbre, sans feuilles, quelque chose de plus beau même que cet infini où je perdais mon regard ; aussi loin que la pensée de l'homme pouvait aller, j'y perdais la mienne, et je sentais bien que cette harmonie du ciel et de la terre était faite pour l'âme.

Mais pourtant, cette nuit est aussi belle que toutes les autres, ces fleurs sont aussi fraîches, l'azur du ciel est aussi bleu, les étoiles sont bien d'argent; c'est bien cette lune dont mon regard rencontrait les rayons se jouant sur les fleurs. Pourquoi mon âme ne s'ouvre-t-elle plus au parfum de toutes ces choses? je suis pris de pitié pour tout cela, j'ai pour elles une envie jalouse.

Me voilà monté à ce je ne sais quel point pour me lancer dans l'infini. Oh! qui viendra me retirer de cette angoisse et me dire ce que je ferai dans une heure, où je serai, ce que j'aurai appris!

Où est donc l'être inconnu qui m'a bouleversé l'âme?

(Satan paraît.)

SATAN, SMARH.

SATAN. — Me voilà! j'avais promis de revenir, et je reviens.

SMARH. — Pour quoi faire?

SATAN. — Pour vous, mon maître!

SMARH. — Pour moi! Et que voulez-vous faire de moi?

SATAN. — Ne vouliez-vous pas connaître la science?

SMARH. — Quelle science?

SATAN. — Mais il n'y en a qu'une, c'est la science, la vraie science.

SMARH. — Comment l'appelle-t-on donc?

SATAN. — C'est la science.

SMARH. — Je ne la connais pas; où la trouve-t-on?

SATAN. — Dans l'infini.

SMARH. — L'infini, c'est donc elle?

SATAN. — Et celui qui le connaît sait tout.

SMARH. — Mais il n'y a que Dieu.

SATAN. — Dieu? qu'est-ce?

SMARH. — Dieu, c'est Dieu.

SATAN. — Non, Dieu, c'est cet infini, c'est cette science.

SMARH. — Dieu, c'est donc tout?

SATAN. — Arrête, tu déraisonnes, ton esprit encore borné ne peut monter plus haut; tu es comme les autres hommes, le monde est plus haut que ton intelligence; c'est un front trop élevé pour ton bras d'enfant; tu te tuerais en voulant l'atteindre, il te faut quelqu'un qui te monte à la hauteur de toutes ces choses, ce sera moi.

SMARH. — Et que m'enseigneras-tu donc?

SATAN. — Tout!

SMARH. — Viens donc!

Dans les airs, Satan et Smarh planent dans l'infini.

SMARH. — Depuis longtemps nous montons, ma tête tourne, il me semble que je vais tomber.

SATAN. — Tu as donc peur?

Smarh. — Aucun homme n'arriva jamais si haut; mon corps n'en peut plus, le vertige me prend, soutiens-moi.

Satan. — Rapproche-toi plus près de moi, viens, cramponne-toi à mes pieds, si tu as peur.

Smarh. — Étrange spectacle! Voilà le globe qui est là, devant moi, et je l'embrasse d'un coup d'œil; la terre me semble entourée d'une auréole bleue et les étoiles fixées sur un fond noir.

Satan. — Avais-tu donc rêvé quelquefois quelque chose d'aussi vaste?

Smarh. — Oh! non, je ne croyais pas l'infini si grand!

Satan. — Et tu prétendais cependant l'embrasser dans ta pensée, car chaque jour tu disais : Dieu : Éternité! et tu te perdais dans la grandeur de l'un, dans l'immensité de l'autre.

Smarh. — Cela est vrai. Une telle vue surpasse les bornes de l'âme, il faudrait être un Dieu pour se le figurer. Comme cela est grand! comme les océans noirs paraissent petits. *(Ils montent toujours.)*

Eh quoi? nous montons toujours? mais où allons-nous?

Satan. — Pourquoi cette question d'enfant? As-tu besoin de savoir où tu vas pour aller? est-ce que tu agis pour une cause quelconque? Pourquoi le monde marche-t-il, lui? pourquoi vois-tu ce petit globe tourner toujours sur lui-même, si vite, avec ses habitants étourdis?

Smarh. — Comme la création est vaste! Je vois les planètes monter et les étoiles courir, emportées avec leurs feux. Quelle est donc la main qui les pousse? La voûte s'élargit à mesure que je monte avec elle, les mondes roulent autour de moi, je suis donc le centre de cette création qui s'agite!

Oh! comme mon cœur est large! je me sens supérieur à ce misérable monde perdu à des distances incommensurables sous mes pieds; les planètes jouent autour de moi; les comètes passent en lançant leur chevelure de feu, et dans des siècles elles reviendront en courant toujours comme des cavales dans le champ de l'espace. Comme je me berce dans cette immensité! Oui, cela est bien fait pour moi, l'infini m'entoure de toutes parts, je le dévore à mon aise. *(Ils montent toujours.)*

Satan. — Es-tu content de mes promesses?

Smarh. — Elles surpassent les bornes de tout; ma poitrine étouffe, l'air siffle autour de moi et m'étourdit, je suis perdu, je roule.

Satan. — Tu te plains donc?

Smarh. — Je ne sais si c'est de la douleur ou de la joie.

Satan. — Regarde donc comme tout est beau! Mais pourquoi cela est-il fait?

Smarh. — N'est-ce pas pour moi?

Satan. — Pour toi tout seul, n'est-ce pas?

Smarh. — L'éternité, l'infini, c'est donc tout cela?

Satan. — Monte encore.

Smarh. — O Dieu! et où m'arrêterai-je?

SATAN. — Jamais! monte toujours!

SMARH. — Grâce!

SATAN. — Grâce? et pourquoi? N'es-tu pas le roi de cette création? Cette éternité qui t'entoure a été créée pour ton âme.

SMARH. — Mais cette création roule sur moi et m'écrase, cette éternité m'étourdit et me tue.

SATAN. — Qui t'a donc troublé ainsi?

SMARH. — Ma tête est faible.

SATAN. — Vraiment? Grandeur de l'homme! Si je voulais pourtant, je te lâcherais, et tu tomberais, et ton corps serait dissous avant de s'être brisé au coin de quelque monde, pauvre carcasse humaine!

SMARH. — Quand donc, maître, nous arrêterons-nous? Je vais mourir, cette immensité me fatigue.

SATAN. — Tu es donc déjà las de l'éternité, toi? Si tu étais comme moi, tu verrais!

SMARH. — Oh! l'éternité! C'est donc cela, c'est donc le bonheur promis?

SATAN. — Grand bonheur, n'est-ce pas? de durer toujours! Et c'est là ce que tu souhaites! tu veux l'éternité, toi, et tu es déjà las de tout cela! tu veux l'éternité, et la vie te fatigue? Est-ce que cent fois déjà tu n'as pas souhaité d'être néant, de rester tranquille dans le vide, d'être même quelque chose de moins que la poussière d'un tombeau, car le souffle d'un enfant peut la remuer. Orgueil de la nature, trop fatiguée de vivre quelques minutes, et qui voudrait durer toujours!

C'est pour nous, vois-tu, que l'éternité est faite, pour nous autres, pour ces planètes qui brillent, pour ces étoiles d'or, pour cette lune d'argent, pour tout cela qui remue, qui gémit, qui roule, pour moi qui mange et qui dévore toujours.

Oh! si tu étais assez grand pour tout voir, tu verrais que tout n'est qu'une larme! Si tu pouvais tout entendre, tu n'entendrais qu'un seul cri de douleur : c'est la voix de la création qui bénit son Dieu.

SMARH. — Qui donc a fait cela? Est-ce lui qui mourait aux Oliviers? est-ce lui qui parlait aux armées d'Israël dans le désert, quand, le soir, les vents amenaient les bruits vagues de l'horizon avec les paroles du Seigneur? Quel est celui dont tout cela est sorti? Et tous ces mondes sont-ils partis dans les vents, comme le sable de la mer quand on ouvre les mains? Est-ce cette voix qui gronde dans la tempête, qui chante dans les feuilles? Sont-ce des rayons de soleil qui dorent les nuages? Et où est-il? dans quel coin de l'espace?

SATAN. — Et si tu le voyais, que dirais-tu? Qu'as-tu besoin de le connaître? quelle est cette démence qui te ronge?

Il faut donc que tu connaisses tout! Et si tu arrivais à ne voir dans l'infini qu'un vaste néant? Va, laisse celui qui a fait tous les grains de poussière brillants, il a maintenant pitié de son œuvre, il s'inquiète peu si le vermisseau mange et s'il meurt; il est là-haut, bien haut sur nous tous, il s'étend sur l'immensité, il la couvre de sa robe comme d'un linceul de mort et il regarde les mondes rouler dans le vide; il est seul dans cette immobile éternité; il était grand, il a créé, et sa création est le malheur.

SMARH. — Eh quoi! est-ce qu'il ne s'inquiète pas de sa création? est-ce qu'il ne travaille pas cette éternité?

SATAN. — Oui, pour la troubler, comme un pied de géant qui se remue dans le sable.

SMARH. — Je croyais que sa volonté faisait marcher tout cela, et que les mondes allaient à sa parole, et que les astres s'abaissaient devant son regard.

SATAN. — Non! cela est, vois-tu, cela existe par des lois qui furent posées irrévocablement le jour maudit où tout fut créé, et le destin pèse et manie l'éternité, comme il manie et ploie l'existence des hommes; lui-même ne saurait se soustraire à la fatalité de son œuvre.

SMARH. — Cependant, il fut un temps où tout cela n'était pas! Qu'était-ce donc alors?

SATAN. — Le vide!

SMARH. — Le vide était donc plus vide encore! cet infini dans lequel nous roulons, était plus large encore! Cela était plus grand et plus beau, n'est-ce pas?

SATAN. — Bien plus beau, car nous dormions, nous tous, dans la mort d'où nous devions naître.

SMARH. — Et ses bornes étaient encore plus loin?

SATAN. — Je t'ai déjà dit qu'il n'y avait point de bornes à cela.

SMARH. — Mais le chaos qui existait, qui l'avait fait? il avait fallu un Dieu pour le faire.

SATAN. — Il s'était fait de lui-même.

SMARH. — Quand donc? Oh! l'abîme! oh! l'abîme! J'aurais bien voulu vivre alors! Comme j'aurais alors nagé là-dedans, comme mon âme se serait déployée dans cette immense nuit éternelle!

SATAN. — Hélas! depuis, la machine est faite, elle roule, elle broie, elle tourne toujours.

SMARH. — Ne se lassera-t-elle jamais?

SATAN. — Je l'espère, car l'éternité...

SMARH. — Oh! oui, ce mot-là est effrayant, n'est-ce pas? et il ferait trembler, quand même il ne serait que du vide.

SATAN. — Oh! oui, tous ces mondes se lasseront de tourner et de briller, et ils tomberont en poussière, usés comme des ossements; oui, ce soleil un soir, s'éteindra dans la nuit du néant; oh! oui, alors les larmes seront taries, tout sera vieux, tout croulera, et lui peut-être...

SMARH. — Lui, l'Être suprême, mourir comme son œuvre?

SATAN. — Pourquoi non?

SMARH. — Et quoi! l'éternité aurait une borne?

SATAN. — Oh! quelle suprême joie de se dire que lui aussi

périra et qu'un jour cette essence du mal, le souffle de vie et de mort, sera passée comme les autres! de penser que cette voix qui fait trembler se taira! que cette lumière qui éblouit ne sera plus! Oh! tu roulerais donc aussi comme nous, toi, comme de la poussière, et une parcelle de ma cendre rencontrerait la tienne, à cette place où fument les débris de ton œuvre! tu serais notre égal dans le néant, toi qui nous en fais sortir! Esprit puissant, né pour créer et pour tuer, pour faire naître, pour anéantir, tu serais anéanti aussi! Quoi! ce nom qui agitait les océans, le monde, les astres, l'infini, néant aussi. Ô béatitude de la mort, quand viendras-tu donc? Ô délices de la poussière et du sépulcre, que je vous envie!

SMARH. — Lui aussi est soumis à quelque chose? Je croyais qu'il était maître.

SATAN. — Non, il n'est pas maître, car je le maudis tout à mon aise; non, il n'est pas maître, car il ne pourrait se détruire.

SMARH. — Et nous sommes donc libres.

SATAN. — Tu penses que la liberté est pour nous? Qu'est-ce que cette liberté?

SMARH. — Oui, nous sommes libres, n'est-ce pas? car sur la terre je me sentais enchaîné à mille chaînes, retenu par mille entraves, tout m'arrêtait; et tandis que mon esprit volait jusqu'à ces régions, mon corps ne pouvait s'élever à un pouce de cette terre que je foulais. Mais maintenant, je me sens plus grand, plus libre; je me sens respirer plus à l'aise, mon esprit s'ouvre à tous les mystères, nous voilà sur les limites de la création, je vais les franchir peut-être. Quelle grandeur autour de nous! tout cela brille et nous éclaire. Est-ce que nous ne pouvons errer à loisir dans cet infini? est-ce que nous ne marchons pas à plaisir sur cette éternité qui contient tout le passé et l'avenir, les germes et les débris?

Vois donc comme ces nuages se déploient mollement sous nos pieds, comme leurs replis sont moelleux et larges! Vois comme ce firmament est bleu et profond, comme ces étoiles roulent et brillent, comme la lune est blanche et comme le soleil a des gerbes d'or sous nos pieds! Et il me semble que cela est fait pour moi, car pourquoi donc seraient-ils alors? la création doit avoir un autre but que sa vie même.

SATAN. — Tu es libre? tu es grand? Vraiment non, la liberté n'est ni pour ces astres qui roulent dans le sentier tracé dans l'espace et qu'ils gravissent chaque jour, ni pour toi qui es né et qui mourras, ni pour moi qui suis né un jour et qui ne mourrai jamais, peut-être. Quelle grandeur d'errer ainsi dans ce vide, d'être de la poussière au vent, du néant dans du néant, un homme dans l'infini!

SMARH. — Mais notre course s'avance, combien de choses nous avons déjà passées! Si je redescends sur le monde, il me sera trop étroit, je serai gêné dans son atmosphère d'insectes, moi qui vis dans l'infini. Mais où allons-nous? qui nous emporte toujours vers là-haut sans que rien n'apparaisse?

SATAN. — Eh bien, tu irais toujours ainsi des siècles, des éternités, et toujours ce vide s'élargirait devant toi. Oui, le néant est plus grand que l'esprit de l'homme, que la création tout entière; il l'entoure de toutes parts, il le dévore, il s'avance devant lui; le néant a l'infini, l'homme n'a que la vie d'un jour.

SMARH. — Hélas! tout n'est donc qu'abîme sans fin!

SATAN. — Et des Dieux y perdraient leur existence à le sonder.

SMARH. — Jamais, c'est donc le seul mot qui soit vrai?

SATAN. — Oui, le seul qui existe, jeté comme un défi éternel à la face de tout ce qui a vie; oui, tu vois ces gouffres ouverts sous tes pieds, cette immensité pendue sous nous, celle qui nous entoure, celle qui s'élargit sur nos têtes, eh bien, entre dans ton cœur et tu y verras des abîmes plus profonds encore, des gouffres plus terribles.

SMARH. — Comment? dans mon propre cœur à moi? je n'y avais jamais songé. Je sais qu'il est des hommes que leur pensée a effrayés et qui ont eu peur d'eux-mêmes comme j'ai peur de ces incommensurables précipices.

SATAN. — Oui, sonde ta pensée, chaque pensée te montrera des horizons qu'elle ne pourra atteindre, des hauteurs où elle ne pourra monter, et, plus que tout cela, des gouffres dont tu auras peur et que tu voudras combler. Tu fuiras, mais en vain; à chaque instant tu te sentiras le pied glisser et tu rouleras dans ton âme, brisé!

SMARH. — Hélas! l'âme de l'homme et la nature de Dieu sont donc également obscures?

SATAN. — Incomplètes et mauvaises l'une et l'autre.

SMARH. — Je les croyais toutes deux grandes et vraies.

SATAN. — Tu pensais donc que tu étais bien sur la terre?

SMARH. — Oui!

SATAN. — En effet, tu étais un saint.

SMARH. — Qui plaçait tout en Dieu.

SATAN. — Ah! cela est vrai, je me rappelle! Tu étais donc heureux, toi, tu jouissais d'une béatitude pure et éternelle, tandis que, tout autour de toi, tout ce qui vivait se tordait dans une angoisse infinie, éternelle. Quoi! tu n'avais jamais senti tout ce qu'il y avait de faux dans la vie, d'étroit, de mesquin, de manqué dans l'existence; la nature te paraissait belle avec ses rides et ses blessures, ses mensonges; le monde te semblait plein d'harmonie, de vérité, de grâce, lui, avec ses cris, son sang qui coule, sa bave de fou, ses entrailles pourries; tout cela était grand, ce monceau de cendres! ce mensonge était vrai : cette dérision te semblait bonne!

SMARH. — Mais depuis que vous êtes avec moi, tout est changé, maître; je ne sais combien de choses sont sorties de moi, combien de choses y sont entrées; il me semble, depuis, que l'infini s'est élargi, mais est devenu plus obscur.

SATAN. — C'est cela, vois-tu; à mesure qu'on avance, l'horizon s'agrandit : on marche, on avance, mais le désert court devant vous, le gouffre s'élargit. La vérité est ombre, l'homme tend les bras pour la saisir, elle le fuit, il court toujours.

SMARH. — Je croyais l'avoir en entier, je croyais qu'il n'y avait que Dieu.

SATAN. — Tu n'avais donc jamais entendu parler du Diable?

SMARH. — Oui, par les pécheurs qui venaient vers moi, mais il s'était toujours écarté de mon cœur, tant j'étais pur.

SATAN. — Pur? mais il n'y a rien que le souffle du démon ne puisse flétrir. Tu ne savais pas qu'il remue tout dans ses mains armées de griffes, et que tout ce qu'il remuait il le déchirait, les âmes et les corps, l'infini et la terre? Partout est la puissance du mal, elle s'étend sur tout cela, et l'homme s'y jette, avide de pâture et d'erreurs.

SMARH. — Le péché seul est pouvoir du démon, c'est lui qui l'enfante; mais le bien?

SATAN. — Où est-il? Dis-moi donc quelque chose qui soit bien? Pourquoi cela est bien? Qui donc a établi les lois du bien et du mal? Montre-moi dans la création quelque chose fait pour ton bonheur, quelque chose de vrai, de saint, d'heureux? Dis-moi, n'as-tu jamais senti ta volonté s'arrêter à de certaines limites et ne pouvoir les franchir, tes larmes couler, la tristesse inonder ton âme, le mystère apparaître et t'envelopper? n'as-tu jamais contemplé le regard creux d'une tête de mort et tout ce qu'il y avait d'inculte et de néant dans ces os vides? Pourquoi donc les fleurs que tu portes à tes narines se flétrissent-elles le soir? pourquoi, quand tu prends un serpent, il te pique? pourquoi, quand tu aimes un homme, te trahit-il? pourquoi, quand tu veux marcher, la terre s'abaisse-t-elle sous ton pied? pourquoi, quand tu veux marcher sur les flots, s'abaissent-ils sous toi pour t'engloutir? pourquoi faut-il te vêtir, te nourrir toi-même, avoir besoin de quelque chose, dormir, marcher, manger? pourquoi sens-tu le poignard entrer dans tes chairs? pourquoi tout ce qui est autour de toi s'est-il conjuré pour te faire souffrir? pourquoi vis-tu enfin pour mourir?

SMARH. — Oui, le repos est dans la tombe.

SATAN. — Non, je trouble la paix des tombes, moi! Non! la mort donne la vie et la création sort de la corruption, le fumier fertilise et le bourbier féconde.

SMARH. — N'est-ce pas la perpétuité de l'existence, l'immortalité des choses?

SATAN. — Oui, l'immortalité des vers de la tombe et des pourritures. Il faut que tout vive, que tout renaisse et souffre encore.

SMARH. — Pourquoi, comme tu le dis, cela est-il manqué? pourquoi le souffle du mal féconde-t-il la terre? pourquoi n'est-ce pas comme je le pensais? pourquoi es-tu venu me troubler dans ma béatitude, me réveiller de ce songe? Placé sur cet infini, je sens mon âme défaillir de tristesse et d'amertume.

Satan. — C'est le mystère du mensonge et de la vie; le vrai n'est que le vautour que tu as en toi et qui te ronge.

Smarh. — Dieu est donc méchant? moi qui le bénissais!

Satan. — Tu ne peux savoir si son œuvre est bonne ou mauvaise, car tu n'as pas vécu, tu es à peine un enfant sorti de ses langes et de sa crédulité. Oui, celui qui a fait tout cela est peut-être le démon de quelque enfer perdu, plus grand que celui qui hurle maintenant, et la création elle-même n'est peut-être qu'un vaste enfer dont il est le Dieu, et où tout est puni de vivre.

Smarh. — Oh! mon Dieu! mon Dieu! j'aimais à croire, à rêver à ton paradis, aux joies promises; j'aimais à te prier, j'aimais à t'aimer; cette foi me remplissait l'âme, et maintenant j'ai l'âme vide, plus vide et plus déserte que les gouffres perdus dans l'immensité qui m'enveloppe. J'aimais à voir les roses où ta rosée déposait des larmes qui tombaient avec les parfums qu'elles contiennent, j'aimais à les cueillir, à me plonger dans le nuage d'encens... à répandre des fleurs sur ton autel.

Satan. — Va, les fleurs les plus belles sont celles qui croissent sur les tombes; elles rendent hommage à la majesté du néant, elles parfument les charognes sous les couvercles de leurs pierres.

Smarh. — Je pensais que tout était grand, insensé que j'étais! sot que j'étais dans mon cœur! ce bonheur était celui de la brute. Le bonheur est donc pour l'ignorance; maintenant que je sais, je vois qu'il n'y a rien, et cependant j'ai peur. C'est donc le mal qui a créé toutes ces beautés, c'est l'enfer qui a fait toutes ces choses? Oh! non, non, j'aime encore, j'ai en moi l'amour qui gonfle ma poitrine. Cependant celui qui me conduit jusqu'ici est fort et vrai, sans cela l'aurait-il pu?

Satan. — Oui, celui qui te mène ici, celui qui se joue avec toi et qui fait trembler le monde, est fort, car il brave tout, et vrai, car il souffre. (Ils montent encore.)

Smarh. — Oh! grâce! grâce! assez! assez! je tremble, j'ai peur, il me semble que cette voûte va s'écrouler sur moi, que l'infini va me manger, que je vais m'anéantir aussitôt!

Satan. — Et tout à l'heure, tu te sentais grand! à la stupeur première avait succédé l'enivrement de la science, tu te regardais déjà comme un Dieu pour être monté si haut dans l'infini, et tu as peur de ce qui faisait ta gloire!

Smarh. — Plus on avance dans l'infini, plus on avance dans la terreur.

Satan. — Quelle terreur peut assaillir la créature de Dieu? Tu étais si grand, si haut, si heureux! et maintenant tu es si bas, si tremblant, si petit! C'est donc cela, un homme? de la grandeur et de la petitesse, de l'insolence et de la bêtise! Orgueil et néant, c'est là ton existence.

Smarh. — Non! non! Je ne sais rien, et c'est cela qui me fait mal; je ne sais rien, l'angoisse me ronge, et tu sais, toi! Mais

pourquoi donc ces mondes?... Pourquoi tout?... Pourquoi suis-je
là?... Oh! il y a deux infinis qui me perdent : l'un dans mon âme,
il me ronge; l'autre autour de moi, il va m'écraser.

SATAN. — Ah! ton ignorance te pèse et les ténèbres te font
horreur? tu l'as voulu!

SMARH. — Qu'ai-je voulu?

SATAN. — La science. Eh bien, la science, c'est le doute, c'est
le néant, c'est le mensonge, c'est la vanité.

SMARH. — Mieux vaudrait le néant!

SATAN. — Il existe, le néant, car la science n'est pas. Veux-tu
monter encore? Veux-tu avancer toujours? Oh! l'horrible mystère
de tout cela, si tu le connaissais! ta peau deviendrait froide, et
tes cheveux se dresseraient et tu mourrais épouvanté de tes pensées.

SMARH. — Oh! non, non, j'ai peur! cet infini me mange, me
dévore; je brûle, je tremble de m'y perdre, de rouler comme ces
planches emportées par les vents et de brûler comme elles par
des feux qui éclairent; assez! grâce!

SATAN. — Cependant, je t'aurais poussé bien loin dans le sombre
infini.

SMARH. — Mais toujours dans le néant. Non, non, fais-moi
redescendre sur ma terre, rends-moi ma cellule, ma croix de bois,
rends-moi ma vallée pleine de fleurs, rends-moi la paix, l'ignorance.
(Ils descendent.) Merci! Ou plutôt fais-moi connaître le monde,
mène-moi dans la vie; tu m'as montré Dieu, montre-moi les
hommes.

SATAN. — Oui, viens, suis-moi, je te montrerai le monde et
tu reculeras peut-être aussi épouvanté; viens, viens; je vais te
montrer l'enfer de la vie; tu vois les tortures, les larmes, les cris,
viens, je vais déployer le linceul, en secouer la poussière, je vais
étendre la nappe de l'orgie pour le festin; viens à moi, créature
de Dieu, viens dans les bras du démon, qui te berce et t'endort.

*Satan et Smarh ont repris pied sur terre. Smarh
demande à voir le monde. Satan appelle Yuk qui se joint
à eux, « car le Dieu du grotesque est un bon interprète
pour expliquer le monde ».
Les voici tous trois devant le Sauvage :*

*Sur la montagne, les forêts, le Sauvage et sa famille. A l'horizon,
une immense plaine couverte de pyramides, arrosée par des fleuves.
Au fond, une ville avec ses toits de marbre et d'or, un éclatant soleil.
La femme et l'homme sont entièrement nus, leurs enfants jouent
sur des nattes, le cheval est à côté; le Sauvage est triste, il regarde
sa femme avec amour.*

Le Sauvage. — Oh! que j'aime la mousse des bois, le bruissement des feuilles, le battement d'ailes des oiseaux, le galop de ma cavale, les rayons du soleil et ton regard, ô Haïta! et tes cheveux noirs qui tombent jusqu'à ta croupe, et ton dos blanc, et ton cou qui se penche et se plie, quand mes lèvres y impriment de longs baisers, je t'aime plein mon cœur. Quand ma bonne bête court et saute, je laisse aller ses crins qui bruissent, j'écoute le vent qui siffle et parle, j'écoute le bruit des branches que son pied casse, et je regarde la poussière voler sur ses flancs et l'écume sauter alentour; son jarret se tend et se replie, je prends mon arc et je le tends; je le tends si fort que le bois se plie, prêt à rompre, que la corde en tremble, et, lorsque la flèche part et fend l'air, mon cheval hennit, son cou s'allonge, il s'étend sur l'herbe, et ses jambes frappent la terre et se jettent en avant.

La corde vibre en chantant et dit à la flèche : Pars, ma longue fille, et déjà elle a frappé le léopard ou le lion, qui se débat sur le sable et répand son sang sur la poussière. J'aime à l'embrasser corps à corps, à l'étouffer, à sentir ses os craquer dans mes mains, et j'enlève sa belle peau, son corps fume et cette vapeur de sang me rend fier.

Il en est parmi mes frères qui mettent des écorces à la bouche de leurs juments pour les diriger, mais moi, je la laisse aller; elle bondit sur l'herbe, saute les fleuves, gravit les rochers, passe les torrents, l'eau mouille ses pieds, et les cailloux roulent sous ses pas.

Haïta. — Je me rappelle, moi, que le jour où je t'ai vu, j'aimai tes grands yeux où le feu brillait, tes bras velus aux muscles durs, ta large poitrine où un duvet noir cache des veines bleues, et tes fortes cuisses qui se tendent comme du fer, et ta tête et ta belle chevelure, ton sourire, tes dents blanches. Tu es venu vers moi; dès que j'ai senti tes lèvres sur mon épaule, un frisson s'est glissé dans ma chair, et j'ai senti mon cœur s'inonder d'un parfum inconnu. Et ce n'était point le plaisir de rester endormie sur des fleurs, auprès d'un ruisseau qui murmure, ni celui de voir dans les bois, la nuit, quelque étoile au ciel, avec la lune entourée des nuages blancs et toute la robe bleue du ciel avec ses diamants parsemés, ni de danser en rond sur une pelouse, vêtue avec des chaînes de roses autour du corps, non! C'était... je ne puis le dire.

Et puis sentir dans mon ventre s'agiter quelque chose, et j'avais un espoir infini d'être heureuse, je rêvais, je ne sais à quoi.

Et puis deux enfants sont venus, j'aimais à les porter à ma mamelle, et quand je les regardais dormir, couchés dans notre hamac de roseau, je pleurais, et pourtant j'étais heureuse.

Le Sauvage. — Mon cœur est triste pourtant, je le sens lourd en moi-même, comme une nacelle pesamment chargée qui traverse un lac; les vagues montent et le pont chancelle. Depuis longtemps déjà (car la douleur vieillit et blanchit les cheveux) un ennui m'a pris, je ne sais quelle flèche empoisonnée m'a percé l'âme et je me meurs.

Hier encore j'errais comme de coutume, mais je ne pressais point de mes genoux les flancs de ma cavale, je ne tendais pas la corde de mon arc; je m'assis au milieu des bois et j'entendais vaguement la pluie tomber sur le feuillage.

A quoi pensais-je alors? je regardais les herbes avec leurs perles de rosée. En vain le tigre passait près de moi et venait boire au ruisseau, en vain l'aigle s'abattait sur le tronc des vieux chênes, je baissais la tête et des larmes coulaient sur mes joues. Quand ce fut le milieu du jour et que les rayons de l'astre d'or percèrent en les branches, je vis cette lumière sans un seul sourire. Oh! non, j'étais triste.

Et pourtant Haïta est belle, je n'aime point d'autre femme, mes enfants sont beaux, mon cheval court bien, mon arc lance la flèche, ma hutte est bonne et, quand j'y reviens, il y a toujours pour moi des fruits nouvellement cueillis et du lait tiré à la mamelle de ma vache blanche. Hélas! j'ai pensé à des choses inconnues, je crois que des fées sont venues danser devant moi et m'ont montré des palais d'or dont j'étais le maître; elles étaient là avec des pieds d'argent qui foulaient le gazon, leur figure m'a souri, mais ce sourire était triste et leurs yeux pleuraient. Que m'ont-elles dit? j'ai oublié toutes ces choses, qui m'ont ravi jusqu'au fond de l'âme; et puis, quand la nuit est venue, et qu'on entendit les vautours sortir avec leurs cris féroces des antres de rocher, et que les chacals et les loups traînaient leurs pas sous les feuilles, et que les oiseaux avaient cessé de chanter sur les branches, tout fut noir; les feuilles blanches du peuplier tremblaient au clair de lune. Alors j'eus peur, je me suis mis à trembler comme si j'allais mourir ou si la nuit allait m'ensevelir dans un monde de ténèbres, et pourtant mon carquois était garni, pourtant mon bras est fort, et ma cavale était là, marchant sur les feuilles sèches, elle qui fait des bonds comme une flèche sur un lac.

Et cette nuit, quand je ne dormais pas et que ma femme tenait encore ma main sur son cœur et que les enfants dormaient comme elle, des désirs immodérés sont venus m'assaillir; j'ai souhaité des bonheurs inconnus, des ivresses qui ne sont pas, j'aurais voulu dormir et rêver en paradis! Il m'a semblé que mon cœur était étroit, et pourtant Haïta m'aime, elle a de l'amour pour moi plein toute son âme!

Un jour, je ne sais si c'est un songe ou si c'est vrai, les feuilles des arbres se sont enveloppées tout à coup, et j'ai vu une immense plaine rouge. Au fond, il y avait des tas d'or, des hommes marchaient dessus, ils étaient couverts de vêtements; mon corps est nu, je me sens faible, la neige est tombée sur moi, j'ai froid, je pourrais en mettant sur moi quelque chose, avoir toujours chaud. Quand je me regarde, je rougis; pourquoi cela?

D'autres femmes m'aimeraient peut-être davantage que Haïta... Comment peut-on mieux aimer qu'elle? Elle m'embrasse toujours avec le même amour!... Mais pourquoi n'y aurait-il d'autres amours dans l'amour même?

Et puis les bois, les lacs, les montagnes, les torrents, toutes ces voix qui me parlaient et me formaient une si vaste harmonie, me semblent maintenant déserts, vides. J'étouffe sous les nuages, mon cœur est étroit, il se gonfle, plein de larmes et prêt à crever d'angoisse. Pourquoi donc n'y aurait-il pas des huttes plus belles que la mienne, des bois plus larges encore, avec des ombrages plus frais? Je veux d'autres boissons, d'autres viandes, d'autres amours.

Et puis j'ai envie de quitter ce qui m'entoure et de marcher en avant, de suivre la course du soleil, d'aller toujours et de gagner les grandes cités d'où tant de bruit s'échappe, d'où nous voyons d'ici sortir des armées, des chars, des peuples; il y a chez elles quelque chose de magique et de surnaturel; au seuil, il me semble que j'aurais peur d'y entrer, et pourtant quelque chose m'y pousse. Une main invisible me fait aller en avant, comme le sable du désert emporté par les vents; en voyant les feuilles jaunies de l'automne rouler dans l'air, j'ai souhaité d'être feuille comme elles, pour courir dans l'espace. J'ai lutté avec une d'elles, j'ai pressé les bonds de mon cheval, mais elles se sont perdues dans les nuages et les autres sont tombées dans le torrent. Longtemps encore j'ai regardé le gouffre où elles s'étaient englouties et la mousse tourbillonner alentour, longtemps encore j'ai regardé les nuages avec lesquels elles montaient, et puis je ne les ai plus revues.

Est-ce que je serai comme la poussière du désert et comme les feuilles d'automne? Si j'allais m'engloutir dans un gouffre où je tournerais toujours! si j'allais aller dans un ciel où je monterais toujours!

Pourquoi donc ai-je en moi des voix qui m'appellent? Quand je prête l'oreille, il me semble que j'entends au loin quelqu'un qui me dit : Viens, viens!

Est-ce qu'il va y avoir une bataille, et que la plaine va être couverte de mille guerriers avec leurs chevaux à la crinière flottante, avec l'arc tendu, et la mort au bout de chaque flèche? Oh! comme il y aura des cris et des flots de sang!

Non! c'est peut-être un long voyage, comme celui des oiseaux qui passent par bandes et traversent les océans; et moi il me faut partir seul!... Mais où irai-je? je n'ai pas des ailes comme eux.

Je dirai donc adieu à ma femme, à mes enfants, à ma hutte, à mon hamac, à mon chien, au foyer plein de bois pétillant, au lac où je me mirais souvent, aux bois où je respirais plein d'orgueil; adieu à ces étoiles, car je vais voir d'autres cieux... Et ma cavale? faudra-t-il la laisser? Mais si elle mourait en chemin, les vautours viendraient donc manger ses yeux?... Et puis, quand mes enfants seront plus grands, ils monteront dessus comme moi et ils iront à la chasse pour leur vieille mère... Mais la pauvre bête sera morte, la hutte sera détruite par l'ouragan, l'herbe sera flétrie, tout ce qui m'entoure ne sera plus et sera parti dans la mort!

Allons donc! la nuit vient, la brise du soir me pousse, il faut partir, je pars. Adieu mes enfants, adieu Haïta, adieu ma cavale, adieu le vieux banc de gazon où ma mère m'étendait au soleil, adieu, je ne reviendrai plus.

Satan. — Vite! vite donc! N'entends-tu point dans l'air des voix qui te disent de partir? Pars donc!

Tu crains de quitter Haïta? je te donnerai d'autres femmes; tu crains de quitter ton cheval? je te donnerai des chars; au lieu de la hutte, tu auras des palais, au lieu des bois tu auras des villes... des villes, du bruit, de l'or, des bataillons entiers, une fournaise ardente, une frénésie, une ivresse folle!

Oh! tu ne sais pas des joies, des voluptés, des raffinements de plaisir! Ton âme sera élargie et sera doublée, des mondes y entreront et tourneront en toi.

Entends-tu la danse des femmes nues qui sourient, qui t'appellent? Oh! si tu savais comme elles sont belles, comme leurs corps ont de l'amour! elles te prendront, te berceront sur leur poitrine haletante.

Entends-tu le bruit des armées et les chars d'airain qui roulent sur le marbre des villes? entends-tu la longue clameur des peuples civilisés? le sang ruisselle, viens donc à la guerre!

Et ils t'élèveront sur un trône, c'est-à-dire que tu étais libre et tu seras roi; tu verras sous toi, à tes pieds, des armées et des nations, et quand tu frapperas du pied tu broieras des hommes. Tu auras de larges festins, où l'ivresse s'étendra sur ton âme; ce sera des nouveaux mets, des nouveaux vins, des frénésies inconnues.

Allons donc! entends-tu les coupes d'or qui bondissent, et les dents qui claquent sur le cristal? Entends-tu la volupté, la puissance, l'ambition, toutes les délices du corps et de l'âme qui te parlent, qui t'attendent, qui te pressent, qui t'entourent?

La nuit vient, les étoiles montent au ciel, le vent s'élève, les feuilles roulent sur l'herbe, marche!

Et tu iras en avant, toujours, jusqu'à ce que tu tombes à la porte d'un palais d'or.

Le Sauvage. — Adieu donc, adieu! Je pars pour le désert, le vent me pousse avec le sable.

Je vois déjà l'oasis, j'entends les chants du festin.

Adieu Haïta, adieu mes enfants, adieu ma cavale, adieu les bois, adieu les torrents!

Une voix m'a dit: Marche! et il y avait en elle quelque chose qui m'attirait et me charmait, adieu! adieu!

Le Génie du Sauvage. — Arrête! Arrête!

Non! non! reste à te balancer dans le hamac de jonc, à courir sur ta jument, à dépouiller le léopard de sa robe ensanglantée. Et quoi! l'eau du lac est pure, les chênes sont hauts, et ta femme n'est-elle pas blanche? Ne te rappelles-tu plus ces nuits de délices sur le gazon plein de fleurs, quand les arbres avaient des feuilles, que la lune éclairait le ruisseau et que les vents de la nuit, pleins de parfums et de mystères, séchaient les sueurs de vos membres fatigués? Eh quoi! vois donc le même soleil qui se couche dans l'horizon, il est plus rouge que de coutume, il y a du sang derrière, il y a du malheur dans l'avenir... Comme la mousse est fraîche et verte, comme le torrent mugit, plein d'écume! Te faut-il donc d'autres fleurs que celles des bois, d'autre musique que la cascade qui tombe, d'autre amour que les baisers d'Haïta, d'autre bonheur que ta vie?

Non! tu as en toi du plomb fondu qui te brûle, ton cœur est un incendie, prends garde! avant qu'il ne soit cendres ton corps tombera de pourriture et d'orgueil.

D'autres comme toi sont partis, hélas! vers la cité des hommes. Un soir ils ont dit un éternel adieu à leur femme, à leur foyer; ils ont quitté la vallée et la montagne, le rivage que la vague chaque jour venait baiser de sa lèvre écumeuse; leurs femmes pleuraient, le foyer ne brûlait plus, le chien aboyait sur le seuil et regardait la lune, la cavale hennissait sur l'herbe...

Et on ne les a plus revus! car un démon les a pris et les a perdus dans l'espoir qu'ils avaient, comme ces feux qui font tomber dans les fleuves.

Ils sont allés longtemps. Mais qui pourra dire toute la terre qu'ils ont foulée! Successivement ils ont passé à travers tout, et tout a passé derrière eux, la route s'allongeait toujours, le désert s'étendait comme l'infini, le bonheur fuyait devant eux comme une ombre. En vain ils regardaient souvent derrière, mais ils ne voyaient que la poussière remuée par les ouragans, et ils arrivèrent ainsi dans une satiété pleine d'amertume, dans une agonie lente, dans une mort désespérée.

Non! non! ne quitte ni les bois où bondit le tigre sous ta flèche acérée, ni le murmure du lac où les cerfs viennent boire la nuit et troublent avec leurs pieds les rayons d'argent de la lune, ni le torrent qui bondit sur les rocs, ni tes enfants qui dorment, ni ta femme qui te regarde les yeux pleins de larmes, le cœur gonflé d'angoisses. Mieux vaut la hutte de roseaux que leur palais de porphyre, ta liberté que leur pouvoir, ton innocence que leurs voluptés, car ils mentent, car leur bonheur est un rire, leur ivresse une grimace d'idiot, leur grandeur est orgueil et leur bonheur est mensonge.

Le Sauvage n'écouta point la voix de l'Ange, il partit; et Satan se mit à rire en voyant l'humanité suivre sa marche fatale et la civilisation s'étendre sur les prairies.

— Mais ce n'est pas tout, dit Yuk, entrons maintenant dans la ville, et ne nous amusons pas aux bagatelles de la porte.

Après le Sauvage, les Civilisés. Il est extrêmement curieux de trouver dans Smarh *cette satire de la vie bourgeoise. Dès cet essai de jeunesse, la veine « réaliste » de Flaubert se mêle intimement à sa veine fantastique.*

PETITE COMÉDIE BOURGEOISE

SCÈNE PREMIÈRE

Un salon confortable, une maman qui tricote avec des mitaines, une lampe avec un abat-jour, un jeune homme et une jeune fille s'entre-regardent.

LE JEUNE HOMME

Eh bien?

LA JEUNE FILLE

Eh bien?

LE JEUNE HOMME

Mademoiselle!

LA JEUNE FILLE

Monsieur!

Le Jeune Homme

Chère amie, je vous aime *(ici un baiser)*, je vous aime de tout mon cœur; si vous saviez...

Le jeune fille lève un regard, le jeune homme pousse un soupir, la maman les regarde avec complaisance.

La conversation continue, on parle des projets de mariage, d'une tenue de maison; la jeune fille fait grande parade d'économie, le jeune homme grand étalage de magnificence.

On s'enhardit. Chaque matin le jeune homme arrive avec un gros bouquet, et en sortant de chez sa fiancée, il va chez son médecin qui finit de le purger d'une incommodité gênante un jour de noces et dangereuse pour l'épousée.

C'était un bon garçon, il avait fait son droit et avait fort bien usé de ses trois ans d'étudiant; il avait débauché un régiment de modistes et les avait toutes laissées en disant : « Tant pis! des femmes comme ça! » Il ne savait plus que faire, il lui avait pris envie de se ranger, de payer ses dettes, de s'établir et de se marier.

Sa femme était gentille, une grande blonde de dix-huit ans, élevée sous l'aile d'une bonne mère, chaste, blanche, timide.

Il l'aimait, il le croyait, il avait fini par se le persuader, il en était convaincu. S'il avait eu plus d'imagination, il se serait posé comme un amoureux de drame; cela lui semblait drôle tout de même.

Mais le jour des noces arriva, la mariée était jolie, comme un ange, le jeune homme était beau comme un gendarme; l'une rêvait à mille instincts confus, pauvre colombe enfermée dans la cage et qui n'avait entrevu, entre les barreaux de l'honnêteté et le voile obscur des convenances, qu'un coin de ce grand ciel qu'on appelle amour; l'autre pensait à la nuit qui allait venir : « Une vierge, se disait-il, une femme comme cela! » et il n'en revenait pas d'étonnement.

SCÈNE II

Une église, des conviés, des mendiants; les prêtres rayonnent, les pièces d'argent tombent goutte à goutte dans l'offerte, beaucoup de cierges. Les mariés sont à genoux; la jeune fille frémit, palpitante d'une joie pure; le jeune homme est frisé et a des gants blancs; il a été une heure à se laver les mains avec différents savons d'or, il embaume.

A l'hôtel de ville on prononce le « oui » d'une voix claire, tout est fini.

Yuk alors se met à rire, à rire de ce fameux rire que vous savez; il a raison, car il a devant lui au moins un demi-siècle de ménage.

Nous sommes trop moraux pour nous appesantir sur la nuit de noces et dire tout ce qui s'y fit, ce serait cependant curieux, mais la décence, cette maquerelle impuissante, nous en empêche. Passons à la

SCÈNE III

Lune de miel (voyez la *Physiologie du Mariage,* du sire de Balzac, pour les phases successives de la vie matrimoniale).

La femme s'aperçoit que son mari est beaucoup plus bête qu'elle ne le croyait; il lui avait paru si spirituel, quand il n'était encore qu'un fiancé (suivant l'expression poétique), un parti (suivant l'expression sociale), un bon ami (comme disent les cuisinières), et une p... dans l'horizon (suivant nous)!

De plus, elle aimait la poésie, les rêves, les pensées capricieuses, brumeuses et vagabondes; et son mari commence par lui dire que Lamartine est incompréhensible, que les rêveurs sont des fous, qu'il n'y a de vrai que l'argent et la géométrie. Elle avait dans le cœur toute une couronne de fleurs parfumées, fleurs de poésie, fleurs d'amour; elle avait, plein son âme, une joie sereine, pure et religieuse; et, feuille à feuille, jour à jour, il marche sur ses illusions, sur ses pensées d'enfant, avec le gros rire brute de l'homme qui triomphe, de la raison écrasant la poésie. Il fallait dire adieu à toutes ces diaphanes rêveries, où son esprit se berçait si mollement dans un ciel sans limites, dans un océan de délices et d'extases sans bord, sans rivage! quitter ses auteurs favoris qu'elle lisait les jours d'été, assise à l'ombre des ormes, ses chers poètes aux vaporeuses poésies, traités d'imbéciles par un homme de beaucoup d'esprit, disait-on!

Elle eut du dépit d'abord, puis elle finit par se persuader qu'elle avait tort, elle commença à aimer le monde, à vouloir aller au bal. Son mari y consentit. Il était fier de faire briller sa femme et de montrer ses diamants; il pouvait se dire, en regardant les hommes lui presser la taille demi-nue, en faisant le plus gracieux sourire qu'il leur était possible : « Cette femme est à moi; vous avez le sourire, moi j'ai le baiser; vous avez la main gantée, le pied chaussé, le sein voilé, et moi j'ai la main nue, le pied nu, le sein découvert. A moi ces voluptés que vous rêvez sur elle, à moi cette beauté qui brille, ces yeux qui regardent, ces diamants qui reluisent; à moi tous les trésors que vous convoitez! » Ainsi l'orgueil s'était placé dans cet amour et le remplissait tout entier.

SCÈNE IV

Elle eut un enfant, le plus joli du monde; elle l'aimait, le caressait, le baisait à toute heure du jour; c'étaient des joies sans fin, car c'était toute sa joie et son amour que cet enfant-là.

Son mari trouvait que ses couches l'avaient rendue laide; les cris de son fils l'ennuyaient; il ne l'aima que plus tard, lorsque la réputation du fils eut rejailli sur le père.

Cependant il retourna chez les filles et recommença sa vie de garçon. Sa femme restait le soir auprès du berceau, à prier Dieu et à pleurer. De temps en temps l'enfant ouvrait les bras et bégayait, ses petites mains potelées flattaient les joues de sa mère, rougies par de grosses larmes.

SCÈNE V

Ce fut donc, d'une part, une vie de dévouement, de sacrifices, de combats; et, de l'autre, une vie d'orgueil, d'argent, de vice, une vie froide et dorée comme un vieil habit de valet tout galonné; et ils restèrent ainsi étrangers l'un à l'autre, habitant sous le même toit, unis par la loi, désunis par le cœur.

Il y eut d'un côté des larmes, des nuits pleines d'ennui, d'angoisses, des veilles, des inquiétudes, de l'amour; et de l'autre, des soucis, des sueurs, de l'envie, de la haine, des remords, des insomnies, des mensonges, une vie misérable et riche.

Tous deux allèrent où tout va, dans la mort. La femme mourut d'abord, seule avec un prêtre et son fils; on vint dire à Monsieur que Madame était morte; il s'habilla de noir et fit commander le cercueil.

La scène VI est toute remplie par un rire de Yuk qui termina ici la comédie bourgeoise, en ajoutant qu'on eut beaucoup de peine à enterrer le mari, à cause de deux cornes effroyables qui s'élevaient en spirales. Comment diable les avait-il gagnées, avec une petite femme si vertueuse?

Smath, *s'achève sur la note suivante, qui est un admirable témoignage de la sévérité de Flaubert à l'égard de soi-même* :

Réflexion d'un homme désintéressé à l'affaire et qui a relu ça après un an de façon.

Il est permis de faire des choses pitoyables, mais pas de cette trempe. Ce que tu admirais il y a un an, est aujourd'hui fort mauvais; j'en suis bien fâché, car je t'avais décerné le nom de grand homme futur, et tu te regardais comme un petit Gœthe. L'illusion n'est pas mince, il faut commencer par avoir des idées, et ton fameux mystère en est veuf. Pauvre ami! tu iras ainsi enthousiasmé de ce que tu rêves, dégoûté de ce que tu as fait. Tout est ainsi, il ne faut pas s'en plaindre. Sais-tu ce qui me semble le mieux de ton œuvre? C'est cette page qui, dans un an, me paraîtra aussi bête que le reste et qui suggérera encore une suite d'amères réflexions. Dans un an peut-être serai-je crevé, tant mieux! et pourtant tu as peur, pauvre brute, mon ami. Adieu, le meilleur conseil que je puisse te donner, c'est de ne plus écrire.

JASMIN.

LA
TENTATION DE SAINT ANTOINE

(VERSION DE 1849)

La version de 1849, succédant à Smarh, *est la première dont Flaubert ait été assez satisfait pour songer à la publier. Il la lut à Louis Bouilhet et à Maxime Du Camp qui, d'un commun accord, lui conseillèrent de la brûler.*

Flaubert avait entamé cette version — où Smarh, *ermite imaginaire, a trouvé son incarnation définitive en saint Antoine — après le voyage d'Italie et la rencontre du Breughel au palais Balbi, à Gênes. Toutefois, ce n'est qu'au bout de trois années de lectures et de préparation qu'il se résolut à écrire. Commencé en mai 1848, le manuscrit ne fut achevé qu'en septembre 1849.*

Voici quelques extraits de ce nouvel état du livre. Saint Antoine, ayant subi déjà les tentations des sept Péchés capitaux et un premier assaut d'Hérésies, est parvenu à les chasser à coups de discipline. Resté seul, il s'assied par terre. C'est alors qu' « on entend de grands soupirs et comme des lamentations ».

ANTOINE, *se relevant.* — Qu'est-ce qui pleure ? est-ce quelque étranger assassiné dans la montagne ? *(Il met la main devant ses yeux.)* Je ne vois rien, la nuit est si sombre. *(Il sort de sa cellule, écoute, et tâche à distinguer dans l'obscurité d'où part la voix ; il prend une liane par terre et l'allume à la petite lampe de la chapelle qui brille avec peine.*

Il cherche à l'entour, abaissant et élevant sa torche ; les pleurs semblent se rapprocher.)

ANTOINE *s'arrête, surpris.* — C'est une femme... *(elle sanglote)* et un vieillard la soutient. *(On voit s'avancer une femme pâle, dont les bandeaux noirs tombent le long de sa figure ; une tunique de pourpre en lambeaux découvre son bras amaigri où résonne un bracelet de corail ;*

elle a sous les yeux des bourrelets rouges, sur la joue des marques de morsure,
aux bras des traces de coups.

Elle s'appuie en pleurant sur l'épaule d'un homme chauve habillé d'une
grande robe de même couleur rouge.

Il a une longue barbe grise et tient à la main un petit vase de bronze
qu'il dépose à terre.)

ANTOINE. — Elle paraît jeune, et l'homme qui l'aide à marcher,
c'est son père, sans doute.

SIMON LE MAGICIEN, *à Hélène.* — Arrête-toi.

HÉLÈNE *gémissant sur le sein de Simon.* — Père! Père! j'ai soif!

SIMON. — Que ta soif soit passée!

HÉLÈNE. — Père, je voudrais dormir!

SIMON. — Éveille-toi!

HÉLÈNE. — Oh! père, quand pourrai-je m'asseoir?

SIMON. — Debout! Debout!

ANTOINE. — Comme vous la traitez! qu'a-t-elle donc fait?

SIMON *appelant trois fois.* — Ennoïa! Ennoïa! Ennoïa! il demande
ce que tu as fait? dis-lui ce que tu as à dire.

HÉLÈNE *se réveillant comme d'un songe.* — Ce que j'ai à dire, ô père...

SIMON. — Parle! D'où viens-tu? où étais-tu?

HÉLÈNE *jette des yeux égarés sur ce qui l'entoure, elle lève la tête au*
ciel, se recueille un instant et commence d'une voix couverte. — J'ai souvenir
d'un pays lointain, d'un pays oublié; la queue du paon, immense
et déployée, en ferme l'horizon, et, par l'intervalle des plumes,
on voit un ciel vert comme du saphir. Dans les cèdres, avec des
huppes de diamant et des ailes couleur d'or, les oiseaux poussent
leurs cris pareils à des harpes qui se brisent; sur la prairie d'azur
les étoiles dansent en rond. J'étais le clair de lune, je perçais les
feuillages, je me roulais sur les fleurs, j'illuminais de mon visage
l'éther bleuâtre des nuits d'été.

ANTOINE, *à Simon, lui faisant signe qu'elle est folle.* — Ah! ah!
je vois ce que c'est! quelque pauvre enfant que vous aurez recueillie.

SIMON, *le doigt sur la bouche, bas.* — Chut!

HÉLÈNE *reprend.* — A la proue de la trirème, où il y avait un
bélier sculpté qui, à chaque coup des vagues, s'enfonçait sous
l'eau, je restais immobile, le vent soufflait, la quille fendait l'écume.
Assis à mes pieds il disait : « Que m'importe s'ils s'arment tous,
si je trouble ma patrie, si je perds mon empire! tu vas venir dans
ma maison, nous vivrons ensemble. » Ménélas en pleurs agita les
îles, on partit avec des boucliers, avec des casques, avec des lances,
avec des chevaux blancs, qui piaffaient d'effroi sur le pont des
navires. Ah! qu'elle était douce la chambre de son palais! Il passait
dans les corridors embaumés, sur la pourpre des lits d'ivoire il
se couchait à midi, et pendant que sur mon pouce tournait le
fuseau rapide, jouant avec le bout de ma chevelure, il me chantait
des airs d'amour.

Le soir venu, je montais sur les remparts, je voyais les deux
camps, les fanaux qu'on allumait, les soldats qui luttaient ensemble,

Ulysse sur le bord de sa tente causant avec ses amis. Ajax nettoyant le baudrier de son épée dans le sang des bœufs, Achille tout armé qui faisait courir son char le long du rivage de la mer.

ANTOINE. — Mais elle eſt folle tout à fait! Pourquoi donc la menez-vous avec vous?

SIMON, *le doigt sur la bouche.* — Chut! chut!...

HÉLÈNE. — J'étais dans une forêt, des hommes ont passé. Ils m'ont baisée à la bouche, ils m'ont prise, et m'attachant avec des cordes, m'ont emportée sur leurs chameaux. Nous avons passé par des défilés... chaque jour, à l'heure où l'on clouait les tentes, ils me descendaient dans leurs bras, et au bord des grands puits, ils me faisaient chanter pendant la nuit. Sur la route, des hommes accoururent, la caravane devint une armée, ils se glissaient sur moi dans mon sommeil, ils m'ont flétrie; ce fut le Prince d'abord, puis les capitaines, puis les soldats, puis les valets de pied qui soignent les ânes.

Arrivés aux portes de la ville, ils m'ont lavée à la fontaine, mais mon sang qui coulait a rougi les eaux et mes pieds poudreux ont troublé la source; ils m'ont graissée avec des huiles, ils m'ont frottée avec des pommades blanches qui resserrent les tissus, et ils m'ont vendue au peuple pour que je l'amuse.

C'était à Tyr la Syrienne, près du port, dans une rue tortueuse, à l'écart des autres. En haut du logis, par la fenêtre ouverte, j'appelais les passants. J'ai dormi avec des étrangers qui ricanaient dans une langue barbare, les esclaves m'ont battue, les débauchés en ivresse ont vomi sur ma poitrine.

Un soir, nue, debout et le ciſtre à la main, je faiſais danser des matelots grecs. L'orage grondait au dehors; sur les tuiles la pluie ruisselait en tombant, le bouge était rempli, la vapeur des vins montait avec les haleines, lourde et chaude comme la fumée des lampes; un homme entra tout à coup, sans que la porte fût ouverte; comme un rayon de soleil son regard descendit et je le vis qui levait le bras en l'air en écartant deux doigts, un coup de vent fit craquer les lambris, d'eux-mêmes les trépieds s'allumèrent, je courus à lui.

SIMON. — Tu courus à moi. Oh! je te cherchais depuis longtemps, je t'ai trouvée, je t'ai rachetée, je t'ai délivrée, car, moi, je suis le libérateur et le rénovateur. Regarde-la, Antoine! tu la vois? c'eſt celle-là qu'on appelle Charis, Σιγήπ, Ennoïa, Barbelo; elle était la pensée du Père, le Nous qui créa l'univers, les mondes. Un jour, les Anges, ses fils, se révoltant contre elle, la chassèrent de son empire. Alors elle fut la Lune, le type femelle, l'accord parfait, le triangle aigu; puis pour se dilater tout à leur aise dans l'infini dont ils l'exclurent, ils l'enfermèrent à la fin dans un corps de femme. Comme la cascade qui descend des monts pour se perdre dans les ruisseaux, par des chutes successives et des dégradations sans nombre, elle eſt tombée du plus lointain des cieux jusqu'au plus bas de la terre; à tous les degrés qui composent l'abîme, elle a fait son séjour; elle a pénétré les atomes et réchauffé dans la matière les limbes des créations futures; sans la connaître, les hommes avides se sont rués sur ses flancs.

Mais vois comme elle reste belle cependant encore, et jeune toujours! elle est pâle comme le souvenir, ses yeux sont plus vagues qu'un rêve, et la curiosité circule à l'entour de tous ses membres.

Elle a été cette Hélène dont Stésichore a maudit la mémoire, et qui devint aveugle pour le punir de son blasphème; elle a été Lucrèce que les rois violaient et qui s'est tuée par orgueil, elle a été la Dalilah infâme qui coupait les cheveux de Samson, elle a été cette fille des Juifs qui s'écartait du camp pour se livrer aux boucs et que les douze tribus ont lapidée; elle a aimé la corruption, la fornication, le mensonge, l'idolâtrie et la sottise; elle s'est dégradée dans toutes les corruptions, avilie dans toutes les misères, et s'est prostituée à toutes les nations; elle a chanté dans tous les carrefours, elle a baisé tous les visages.

A Tyr, quand je l'ai retrouvée, elle était la maîtresse des voleurs; elle buvait avec eux pendant les nuits d'hiver, et elle cachait les assassins dans la vermine de son lit tiède. C'est moi, moi, Père pour les Samaritains, Fils pour les Juifs, Saint-Esprit pour les nations, qui suis venu pour la consoler dans sa tristesse, la faire remonter dans sa splendeur et la rétablir au sein du Père.

Et maintenant, inséparables l'un de l'autre, comme la substance et la durée, comme la mesure et le mouvement, comme l'organe et la vie, unis ensemble dans le rythme éternel qui fait mouvoir nos deux natures, nous allons délivrant l'esprit et terrifiant les dieux.

J'ai prêché dans Ephraïm et dans Issakar, à Samarie et dans les bourgs, dans la vallée de Mageddo, le long du torrent de Bizor, et depuis Zoara jusqu'à Arnoun, et au delà des montagnes, à Bostra et à Damas.

Je suis venu pour détruire la loi de Moïse, pour renverser les prescriptions, pour purifier les impuretés; je suis celui qui enseigne l'inanité des œuvres. Comme Jésus a fait des peuples qu'il assit tous égaux à la table de sa miséricorde, je convoque au grand Amour toutes les âmes des fils d'Adam, qu'elles soient frénétiques de luxure ou affolées de pénitence; au soleil de la grâce, l'action se pulvérise comme du sable, j'en annule le démérite ou la valeur par le dédain d'où je la contemple.

Viennent à moi ceux qui sont couverts de poussière, ceux qui sont couverts de sang, ceux qui sont couverts de vin! Par le baptême nouveau, comme par la torche de résine qu'on porte dans les maisons lépreuses, pour brûler sur la muraille les taches de rousseur qui les dévorent, je les rincerai jusqu'aux entrailles et jusqu'au fond de leur être.

C'est moi qui baptise avec le feu et qui d'un mot l'allume sur les ondes par ma parole puissante. Veux-tu qu'il ruisselle sur ta tête? veux-tu qu'il embrase ton cœur de l'éternel incendie? (Il *se tourne vers le vase qu'il a apporté.*) Feu, allume-toi! (*Une flamme blanche paraît à la surface du vase. Antoine recule épouvanté.*)

Simon *s'avance*. — Elle dévore comme la colère; elle purifie l'âme plus que la mort. Saute à terre, ravage, purifie, cours, cours, toi qui es le sang d'Ennoïa, l'âme de Dieu! (*La flamme voltige de côté et d'autre comme un feu follet. Antoine la suit des yeux; elle grandit, s'accroît de moment en moment et précipite sa vitesse.*) A la cour de Néron j'ai volé dans le cirque, et volé si haut qu'on ne m'a plus revu; ma statue est debout dans l'île du Tibre. Je suis la Force, la Beauté, le Maître! Ennoïa est Minerve, je suis Apollon, dieu du jour; je suis Mercure le Bleu, je suis Jupiter le Foudroyant, je suis le Christ, je suis le Paraclet, je suis le Seigneur, je suis ce qui est en Dieu, je suis Dieu même. (*La flamme poursuit saint Antoine; il fuit partout pour l'éviter, elle va l'atteindre, elle approche, elle atteint le bas de sa robe.*)

Antoine. — Que faire? que faire? Ah! si j'avais de l'eau bénite! (*Le feu disparaît, Ennoïa jette un cri plaintif; Simon, dans une contorsion diabolique, met ses doigts dans sa bouche et pousse un sifflement aigu; il disparaît avec Ennoïa.*)

On retrouve cette apparition de Simon et d'Hélène jusque dans la version définitive, mais voici une autre scène que Flaubert a abandonnée après l'avoir encore insérée dans la version de 1856. Cependant que les trois Vertus théologales réconfortent saint Antoine dans la chapelle, les Péchés reviennent à l'assaut de son âme, et la Science va bientôt se montrer à son tour.

Et voici la scène de la Luxure et de la Mort. Antoine étendu devant sa cabane, est assoupi, mais, dans son sommeil angoissé, il s'agite et se retourne :

Antoine. — Ne voyez-vous pas?

La Charité. — Quoi donc?

Antoine. — Des ombres qui se promènent tout à l'entour.

L'Espérance. — Ne tourne pas les yeux de ce côté-là.

La Foi. — D'où vient que tu trembles et que la terreur, comme un vent froid, passe dans ta chevelure?

Les Péchés *hurlant*. — Ohé! ohé!... Ouâh!... xi!... tsi!... uxice!

Antoine. — Protégez-moi!

Les Péchés. — Rrrrh! rrrh! sssssice!

Antoine. — Oh! comme elles sifflent!

La Foi. — Ne les écoute pas.

LA CHARITÉ. — Pense à Dieu.

L'ESPÉRANCE. — Elles s'en iront.

ANTOINE *prêtant l'oreille.* — Mais elles approchent.

LA FOI. — Rapproche-toi de nous.

ANTOINE. — C'est qu'elles sont nombreuses!

L'ESPÉRANCE. — Nous, nous sommes fortes.

ANTOINE. — C'est qu'elles sont terribles!

LA FOI. — Nous sommes invincibles.

ANTOINE. — Tenez! elles montent les marches.

L'ESPÉRANCE. — Elles s'arrêteront à la porte, si ton cœur est ferme. *(Silence.)*

L'ESPÉRANCE. — Oui! elles s'en vont. *(Les Péchés se remettent à hurler.)*

ANTOINE. — Sauvez-moi!

LA FOI. — Qui te trouble?

ANTOINE. — Si elles entraient!

LA FOI *se voilant le visage avec les mains.* — Oh! tu doutes!

L'ESPÉRANCE. — Les tentations viendront toujours assiéger la croyance du Seigneur, et pleines d'hymnes, de clartés, de parfums, les nefs retentiront d'harmonie pendant que leurs murs trembleront aux rafales de l'ouragan et que la pluie ruissellera sur les grands dômes.

LES PÉCHÉS *murmurent.* — Bou! Bou!

LA FOI. — Et les piliers des basiliques se multiplieront sur la terre comme les arbres de la forêt céleste, les peuples haletants accourront se reposer dans son ombre.

LES PÉCHÉS *grinçant des dents.* — Bou! Bou!

L'ESPÉRANCE. — Le cœur sera délivré, l'esclave sera affranchi.

LES PÉCHÉS *se frottant les mains.* — Bou! bou! le cœur délivré prendra ses ébats, l'esclave affranchi s'amusera bien.

LA FOI. — Je grandirai, j'embrasserai le monde.

LES PÉCHÉS *sautant de joie.* — Tant mieux! ce sera le bon temps, ça nous convient fort.

LA CHARITÉ. — Toutes les tendresses altérées viendront se désaltérer à la source de mon cœur.

LA COLÈRE. — J'excommunierai, j'anathématiserai, je brûlerai, j'assassinerai.

L'ESPÉRANCE. — Comme des hirondelles à la saison d'hiver, l'humanité, quittant ses pôles, volera vers mon soleil.

L'AVARICE. — Moi, je quêterai, je sucerai le peuple, j'exprimerai les pays.

LA FOI. — Enfermée dans ma loi comme un lac entre les montagnes, l'âme en sa pureté tranquille reflétera les cieux.

LE DIABLE, *se promenant de long en large devant la chapelle, à part.* — Je soufflerai sur sa surface et elle sautera par-dessus les bords.

LA FOI. — Je serai universelle et seule : les rois obéiront à mes pontifes, je gouvernerai la terre.

L'Orgueil. — Le successeur de saint Pierre luira d'une majesté non pareille; il sera terrible et absolu; il portera la triple couronne, il aura des courtisans, des espions, une armée.

La Luxure. — Et dans son lit, je mettrai des courtisanes blondes, qui henniront comme des cavales et se tordront comme des serpents.

La Foi. — Rien ne luira que le rayonnement de la croix.

La Paresse. — Je les ferai gras, vos serviteurs, bien enfermés, bien obtus.

La Gourmandise. — Bien pansus, bien ventrus; de plénitude après la messe ils vomiront l'hostie et ils auront tant godaillé, la nuit, qu'au confessionnal ils roteront le vin.

La Foi. — A cette chaleur de Dieu, des moissons merveilleuses s'élèveront du cœur des hommes; le Christ partout... (*Ici les Péchés se mettent à hurler si démesurément qu'Antoine se cache derrière les Vertus théologales et se ratatine contre elles.*

La Foi reste debout, la Charité s'agenouille, l'Espérance lève les yeux. Silence.

Les Péchés viennent s'appuyer contre le linteau de la porte et hurlent l'un après l'autre.)

L'Avarice. — A quand les pèlerinages? bénissez-moi vite n'importe quel os pour que j'en tire de l'argent.

La Colère. — Holà, toi, l'immaculée! l'enfer m'a promis que tu me donnerais de la besogne, je m'en vais préparer toutes mes haines.

L'Envie. — Je suis à votre service pour honnir la doctrine, pour ravaler l'art, pour étrangler l'idée, pour persécuter le bonheur.

La Luxure. — Grâces à toutes trois soient rendues, pour avoir inventé le serment de chasteté! La continence engendre les délires du rêve, j'aime les doux chuchotements du confessionnal perdu dans l'ombre; c'est un exquis plaisir que d'émouvoir un cœur palpitant d'amour divin, et de déboutonner les gorges pudiques où se cache un médaillon bénit.

La Paresse. — Vive la Foi qui reste immuable! c'est très commode pour la pensée. Vive la Charité qui me nourrit! on n'a besoin de rien faire. Et vive surtout l'espérance d'une meilleure vie! c'est très amusant à songer, quand on s'ennuie. (*Silence. Antoine soupire.*)

Les Péchés. — Parleront-elles? quel entêtement! Voyons, essayons! Holà, hé! célestes, où est l'ermite? est-ce qu'il s'est niché sous vos jupes? (*Les Vertus ne répondent pas.*) Prenez garde de l'y faire mourir, il va étouffer là-dessous, l'air manque. (*Les Vertus ne répondent pas.*) Dégagez-le donc! il asphyxie. Ne voyez-vous pas qu'il a le cœur affadi de vous, tant vous empestez l'encens, tant vous suintez l'eau bénite, tant vous êtes toutes détraquées comme des calvaires pourris! (*Les Vertus ne répondent pas.*) Ah çà! elles se moquent de nous, les drôlesses, sont-elles sourdes à force d'avoir braillé là-haut? c'est possible, sans doute qu'elles se seront brisé le tympan. Vous savez bien que s'il mourait maintenant, le bon ermite, avec vous, il irait droit en enfer, car il a beau demeurer dans votre compagnie, il n'en est pas moins à nous, puisqu'il pense à nous et rêve de nous.

LA FOI. — Non!

L'ESPÉRANCE. — Oh! que non!

LES PÉCHÉS. — Tu t'illusionnes, tu te flattes, la belle? demande-le lui, fais qu'il parle, interroge son cœur. *(Le Diable, mettant deux doigts dans sa bouche, pousse un sifflement aigu. Aussitôt la Logique arrive, sautillant sur sa boule, tantôt d'un pied, tantôt de l'autre.)*

LA LOGIQUE *arrive.* — Interrogez-vous vous-mêmes, hypocrites que vous êtes! S'il avait la foi, aurait-il peur? S'il avait l'espérance, ne serait-il pas heureux? S'il avait la charité, est-ce qu'il penserait seulement à lui? *(Les Vertus ne répondent pas.)*

LA LOGIQUE *reprend.* — A quoi êtes-vous bonnes? vous voilà trois pour soulager une pauvre âme et vous la laissez tomber par terre sans la relever! Je ne suis pas comme cela, moi, car il n'est pas de défaite que je ne console avec les meilleurs arguments du monde.

L'ORGUEIL. — Allons donc! relevez-le, montrez-le; n'avez-vous point honte de vous entendre traiter de la sorte?

LA FOI. — Qu'est-ce que ça me fait?

LA CHARITÉ. — Je suis venue au monde pour recevoir l'outrage.

L'ESPÉRANCE. — Attendons!

LA LOGIQUE. — Voilà deux frères égoïstes! est-ce qu'il est question de vous? mais du pauvre ermite. N'êtes-vous pas envoyées pour le sauver? sauvez-le donc! *(Les Vertus se taisent.)*

L'ORGUEIL. — Songez que le Diable vous regarde, et qu'il est en droit de dire qu'il vous fait peur.

LA FOI. — J'ai moins de peur du Diable que de confiance en Dieu.

LA CHARITÉ. — Qu'il nous assaille, si cela plaît au Très-Haut, et je me réjouirai de mes douleurs.

L'ESPÉRANCE. — La consolation ne m'abandonne point dans l'attente où je demeure.

LA LOGIQUE *venant se poster à l'entrée de la chapelle, en face des Vertus.* — Voilà ce qui s'appelle mentir, et outrageusement encore, comme des vertus que vous êtes!

Foi, Foi l'inébranlable, es-tu sûre d'être ce que tu prétends? partagée en deux moitiés, tu bénis par l'une, tu maudis avec l'autre; tu espères par celle-ci, tu trembles par celle-là. Mais, si tu as confiance en Dieu, pourquoi redoutes-tu le mal? quel souci aurais-tu de ses atteintes, si tu ne reconnaissais la puissance d'où il procède supérieure à la force qui te soutient? d'où te viendrait l'incessante préoccupation de ton salut?

Ah! le doute te dévore, avoue-le, car tu ne sais jamais si Dieu t'agrée, si tes œuvres sont suffisantes, si tu es assez ferme de toi-même.

Mais la plus drôle à voir, c'est cette bonne Charité, qui pleure si bien, qui souffre tant et qui fait un si beau tapage de soupirs et de sacrifices. Dis donc, Charité dolente, en exécutant tes bonnes œuvres, en priant sans arrière-pensée, en t'humiliant, fais-tu donc autre chose que de suivre ta pente de résignation et de détachement, dans la pensée que cela plaît à Dieu? Mais le sacrifice serait plus grand, si tu faisais quelque chose que tu susses lui déplaire et devoir te perdre : ce serait là l'abnégation complète, l'action désintéressée, l'immolation absolue. Beau mérite de souffrir, si la souffrance t'amuse! de prier si cela te convient! et de faire l'aumône si tu es prodigue!

Qu'espères-tu, toi, Espérance? où? quand? quoi? qu'est-ce? tu espères, et puis c'est tout. Tu espères ce dont tu n'as ni soupçon ni idée, car si tu en avais l'aperçu même le plus vague, la présomption la plus légère, une certitude quelconque enfin, tu ne serais plus dès lors cette belle espérance, qui consiste à croire sans preuve, à adorer ce qu'on ignore et à attendre avec ferveur ce qu'on ne sait pas du tout.

Eh bien, non, non! car pour rendre ton espoir plus pur, pour le reposer mieux en Dieu, pour mériter vraiment ce nom d'espérance, tu devrais écarter de ta pensée toute image, de ton attente toute supposition qui s'y rapporte, tout effort pour te figurer ce qui est au delà, tandis qu'au contraire tu te bats les flancs pour le dessiner, le colorer, le préciser, et du mieux qu'il t'est possible le rapprocher de toi afin d'en jouir déjà.

Appuyée sur la Foi, qui est une certitude et comme un œil par lequel tu contemples, tu es sûre, convaincue, tu touches, tu as. Tu n'espères pas, tu possèdes.

Mais espérer, c'est douter avec amour, c'est désirer qu'une chose arrive et ne pas savoir si elle viendra. Toi tu sais qu'elle viendra, tu ne doutes pas qu'elle n'arrive. Doutes-tu? crois-tu? jouis-tu de Dieu, ou languis-tu après lui? mais, si tu le désires, tu ne l'as donc pas? si tu l'as, tu ne le désires plus; et tu te surcharges de la Foi, tu te courbes sous l'exclusion du dogme, tu vas t'enfermant dans les formules, dans les gestes convenus, dans la niaiserie étroite, dans la petite bêtise sainte.

Qu'êtes-vous donc? vous servez à tout, vous êtes à tous... Vous ne voulez rien dire? Eh, les païens aussi ont leur foi, les démons croient comme les anges, les hérétiques sont pleins de charité, les pécheurs sont remplis d'espérance, car ils comptent que Dieu ne les verra pas ou qu'il leur pardonnera, ou qu'ils se repentiront. Ainsi plaçant toujours l'absolution derrière la faute, et à cause de l'espérance, se renforçant dans le péché, ils courent à la perdition en compagnie de cette chère vertu.

Les Vertus. — C'est la Foi perverse, la fausse Charité, la mauvaise Espérance.

La Logique. — Il y a donc plusieurs natures d'espérances, plusieurs sortes de charités, diverses essences de foi? où est la chaste luxure? l'orgueil modeste? la douce colère? la charitable envie?

Les Péchés. — Allons! chassons-les.

Les Vertus. — Arrière!

Antoine. — Sauvez-moi!

Les Péchés. — Ah! la Foi nous regarde avec ses grands yeux fixes.

Le Diable. — A la charge! à la charge! Péchés immortels, vieux comme le monde et jeunes comme l'aurore!

Les Péchés. — Qui nous empêche? Comme le flot sur le rivage nous avançons et nous reculons, mais nous le découperons de golfes inégaux, nous dévorerons les continents, et dans ces calmes lieux où fleurissent comme des lis les blanches béatitudes, tourbillonneront plus tard des gouffres sans fond.

Le Diable. — Détruisez, ravagez, corrompez, souillez! En avant, l'Orgueil! Hardi, Colère!

Les Péchés. — Jetons-les par la fenêtre, cassons leurs os! Comme à travers une lanterne mince on voit en elles vaciller leurs âmes, éteignons-la de nos haleines.

Antoine. — Résistez toujours, ne m'abandonnez pas, ayez pitié de moi!

Les Péchés. — Entrons! entrons!

Les Vertus. — Arrière! arrière!

Les Péchés. — Mais, à genoux sur le seuil, la Charité nous barre l'entrée.

Le Diable. — Sautez par-dessus, renversez l'autel, brisez la croix, détruisez l'église! Faut-il donc que je vous prenne toutes ensemble et que je vous lance contre lui comme une poignée de cailloux?

Les Péchés. — Recommençons! essayons!

Antoine. — Ah! j'ai bien peur! leurs yeux brillent dans la nuit comme ceux des chats sauvages.

La Foi. — Je suis là! j'y suis toujours!

L'Espérance. — Encore un moment! la tentation précède le repos, le combat est avant la victoire.

Les Péchés. — Mais l'Espérance, comme un bouclier, étale devant nous le pan de sa tunique! Tu sais, ô Père, qu'elle est comme toi, qu'elle bouche les oreilles et qu'elle aveugle les yeux.

Le Diable, *rugissant*. — Où sont donc vos masques, vos poignards et vos flambeaux? Allons donc! allons donc!

Les Péchés. — Oui, c'est pour cette fois. Entrons! entrons!

Une voix d'enfant. — Mère! mère! attends-moi! *(On voit accourir la Science, enfant en cheveux blancs, à la tête démesurée et aux pieds grêles.)*

L'Orgueil. — Ah! c'est toi, petit! bonjour!

Les Péchés. — Bonjour, petit. Te voilà? tu pleures donc toujours?

La Science. — Attends-moi, mère, donne-moi la main, j'ai couru longtemps, je suis tout essoufflé, je boite. *(L'Orgueil lui donne la main, le traîne après elle à tous les mouvements en marchant.)*

Les Péchés *entourant la Science*. — Ah! c'est toi, petit, te voilà?

La Science. — Oui, c'est moi, moi toujours. Mais laissez-moi, je n'ai que faire de vous.

L'Orgueil. — Ah! c'est toi! que veux-tu?

La Science. — Ce que je veux? *(Regardant l'Orgueil et se mettant à pleurer.)* Oh! tu me battrais! Déjà tu lèves ton bras.

L'Orgueil. — Non, parle, conte-moi tout.

La Science, *boudant.* — Eh bien; j'ai faim, na! j'ai soif, entends-tu? j'ai envie de dormir, j'ai envie de jouer.

L'Orgueil, *souriant et levant les épaules.* — Bah! bah! bah!

La Science. — Si tu savais comme je suis malade, comme les paupières me cuisent, quels bourdonnements j'ai dans la tête! Ô Orgueil, ma mère, pourquoi me contrains-tu à ce métier d'esclave? Tu me fais casser des pierres et courir après les feuilles, mes ongles sont noirs de toute la poussière que je remue, et je grelotte à la bise avec mes coudes percés. Quand parfois je sommeille un peu, tout à coup j'entends le sifflement de ton fouet qui me claque aux oreilles et qui me balafre la figure — oh! laisse-moi finir; — je me réveille en sursaut, je prends ma tête dans mes mains, je continue mon ouvrage, mais toujours tu cries: Encore! encore! continue!

Mais n'as-tu pas peur de me faire mourir? la fatigue me brise, ma poitrine étouffe, je voudrais plus d'air. Oh! laisse-moi donc un peu courir dans la campagne et me rouler sur l'herbe, laisse-moi sauter les fossés, laisse-moi regarder le ciel rose quand je vais sur les collines, laisse-moi, tout un jour seulement, rêver bien à mon aise sur le sable des rivages! Tu m'as promis que je serais heureux, que je trouverais quelque chose, mais je n'ai rien trouvé, je cherche toujours, j'entasse, je lis. Pourquoi donc, ô mère, toutes ces plantes que tu me fais cueillir, toutes ces étoiles dont il faut que j'apprenne les noms, toutes ces lignes que j'épelle, toutes ces coquilles que je ramasse?

Au sourire caché qui plisse le coin de ta lèvre, je vois cependant que tu es fière de moi, mais moi, quelle joie ai-je dans la vie? chaque matin je recommence, à chaque âge se perd ma mémoire, le vent qui souffle éteint mon flambeau et je reste pleurant dans les ténèbres. *(Se penchant à l'oreille de l'Orgueil.)* Et puis j'ai peur, je te vois passer sur les murs comme des ombres vagues qui m'épouvantent.

J'ai des envies, je voudrais faire quelque chose, et des profondeurs de moi-même tirer une création nouvelle. Si je pouvais pénétrer la matière, embrasser l'idée, suivre la vie dans ses métamorphoses, comprendre l'être dans tous ses modes, et de l'une à l'autre remontant ainsi les causes, comme les marches d'un escalier, réunir à moi ces phénomènes épars et les remettre en mouvement dans la synthèse d'où les a détachés mon scalpel... peut-être alors que je ferais des mondes... Hélas! je me heurte la tête, je m'arrache les cheveux, d'un bout à l'autre je parcours ma pensée, je la fouille, je la creuse, je m'y perds, je m'y noie, mais il faudrait que j'en sortisse au contraire, tandis que je tourne autour d'elle comme un cheval de pressoir.

J'ai entendu dans les carrières le flot invisible qui, à chaque siècle, hausse les montagnes d'un pouce de plus, et je sais de quelle longueur par minute croissent les toisons sur le dos des troupeaux. Dans les rainures de ma table je regarde les mouches marcher pour connaître ce qu'elles désirent; quand je retourne dans mes doigts le cerveau de l'homme qui s'aplatit comme une éponge, je suis pris d'étonnements qui n'en finissent pas, en me demandant comment cela faisait pour penser et comment cela va-t-il faire pour se pourrir.

D'où vient la vie? d'où vient la mort? pourquoi marche-t-on? pourquoi s'endort-on? qu'est-ce qui donne les songes? comment poussent les ongles et blanchissent les cheveux? par quel travail, dans les valves nacrées et dans les chauds utérus, se forment en silence les perles et les hommes? qu'est-ce qui fait que les aigles, sans tomber, se soutiennent au-dessus des nuées, et que les taupes sans étouffer se promènent sous la terre? quelles notes a-t-on prises pour arranger les modulations du vent, les cris de l'oiseau, le frôlement des feuilles, le hurlement de la mer? Je veux savoir tout, je veux entrer jusqu'au noyau du globe, je veux marcher dans le lit de l'Océan, je veux courir à travers le ciel, accroché à la queue des comètes. Oh! je voudrais aller dans la lune pour entendre sous mes pieds craquer la neige argentée de ses rivages et pour descendre dans ses crevasses souterraines.

L'Orgueil. — Je n'entends pas ce que tu dis, tu m'ennuies toujours de tes soupirs.

Les Péchés. — Que dit-il? que lui faut-il?

L'Avarice. — Veux-tu venir avec moi?

La Science. — Non! Que peux-tu pour ma misère? je te connais, j'ai poli tes diamants, j'ai battu tes pièces d'or, j'ai tissé ta soie sur mes métiers. Qu'est-ce que cela me fait, tes richesses? le retentissement de tes splendeurs n'est pas capable de faire lever ma tête.

La Gourmandise. — Veux-tu venir avec moi?

La Science. — Non! pas de toi! Que m'importent tes flacons et tes viandes! je sais faire pousser la vigne et comment se chassent les bêtes; tes festins m'ennuient. Manger, c'est toujours la même chose.

L'Envie. — Veux-tu venir avec moi?

La Science. — Avec toi? non! Qu'en ai-je besoin? je n'ai pas de haine; par ma porte entre-bâillée j'ai entrevu ta figure et le grincement de tes dents m'a troublé dans mon travail; va-t'en! Mais pour t'aider, que désires-tu? est-ce du poison pour tuer ceux qui te gênent ou de la rhétorique pour dénigrer ceux que tu admires? Laisse-moi.

La Colère. — Veux-tu venir avec moi?

La Science. — Non! je suis fatigué de suivre ta traînée sanglante, de passer au tamis la poussière que tu fais, et d'employer ma vie à lire ta longue histoire. J'ai remué la cendre de tes incendies et c'est à moi que tu t'adresses pour forger ton épée et pour monter tes machines de guerre; de temps à autre, dans mes rages patientes, tu me soutiendras quelquefois, mais ne frappe plus du poing sur ma table, car plus mélancoliquement ensuite je ramasse mon livre tombé.

LA PARESSE. — Arrête! repose-toi!

LA SCIENCE. — Dis au sang qui bat, aux astres qui tournent, d'interrompre leur mouvement. Le puis-je davantage, moi qui suis fait pour compter les pulsations de l'artère et le nombre des soleils? Comme les planètes qu'elle observe, ma pensée va d'elle-même accomplissant son irrésistible voyage, et sans savoir où nous allons, nous tournons dans des cercles parallèles.

LA LUXURE. — Veux-tu venir avec moi?

LA SCIENCE. — J'y ai été, j'en suis revenu. J'ai soulevé ta robe, j'ai entr'ouvert ton cœur, je connais les faux talons qui te grandissent et les séductions qui t'embellissent; j'ai étudié l'effet de la lumière des lampes coulant comme une onde à travers le duvet de ton blanc épiderme et j'ai ouvert les narines à la bouffée d'odeur qui montait de tes seins et me chauffait la joue. Je sais les mots qu'il faut dire, les attractions qui t'appellent, tous les chemins qui mènent à toi, ce qu'on y trouve, ce qui en repousse. N'ai-je pas occupé ma jeunesse à pêcher dans ton ruisseau? je t'ai harassée d'ardeurs inquisitives et possédée dans toutes les postures, dans le tapage de l'orgie et dans l'attouchement du premier désir.

Ô Luxure, tu circules en liberté, belle et levant la tête; à tous les carrefours de l'âme, on retrouve ta chanson, et tu passes au bout des idées comme la courtisane au bout des rues.

Le désir sous tes pas se lève d'entre les pavés, des rêveries charmantes s'entr'ouvrent comme des fleurs aux plis remuants de ta robe, et quand tu la retires, on a des éblouissements comme si ta chair était un soleil; mais tu ne dis pas les ulcères qui rongent ton cœur, et l'immense ennui qui suppure de l'amour. Moi, j'ai effeuillé en riant la rose desséchée de ta première passion, et j'ai vu suer ton fard sous les efforts que tu faisais pour avoir du plaisir; je suis las de ton visage et de l'imbécillité de tes caresses, va-t'en! va-t'en! J'aime mieux le fucus au flanc des falaises, que tes cheveux dénoués, j'aime mieux le clair de lune s'allongeant dans les ondes que ton regard amoureux se noyant dans la tendresse, j'aime mieux la brise que tes baisers, et le frissonnement des grandes plaines que tes tressaillements d'amour; j'aime mieux le marbre, la couleur, l'insecte et le caillou; j'aime mieux ma solitude que ta maison, et mon désespoir que tes chagrins.

LES PÉCHÉS. — Que te faut-il donc?

LA SCIENCE. — Ce qu'aucun de vous ne possède... Ah! je suis triste, bien triste!

L'ORGUEIL. — Console-toi, petit! tu grandiras, tu seras fort et robuste, je te ferai boire d'un bon vin amer et coucher sur des herbes sauvages.

LE DIABLE. — Si tu travailles comme il faut, tu auras un beau plumet de plumes de paon, avec une trompette de fer-blanc, et je te mènerai aux marionnettes, à la meilleure place, entends-tu? sur la première banquette, petit, à côté des lampions, de manière à bien voir tous les bonshommes et les doigts du machiniste à travers la toile.

L'ORGUEIL, à la Science, lui essuyant les yeux avec le bas de sa robe. — Allons! ne pleure plus, sois joyeux, ris donc; tes chagrins se passeront, tu as eu de pires moments, tu étais si faible quand tu étais petit! Si tu savais comme je t'ai soigné, bercé, caressé! Tu es venu au monde respirant à peine, mais moi, avec une joie suprême, de suite je t'ai porté à ma mamelle; c'est mon lait qui t'a nourri. Va, tu es bien mon fils, mon enfant; mes entrailles remuent quand tu parles, j'aime à te voir, regarde-moi donc, car j'éprouve en me mirant dans tes yeux des félicités âcres qui me grattent le cœur.

LE DIABLE appelant. — Enfant!

LA SCIENCE. — Quoi?

LE DIABLE d'un coup d'œil lui désigne la Foi, qui est dans la chapelle. — Tu la vois, n'est-ce pas?

LA SCIENCE. — Oui.

LE DIABLE. — Partout où elle sera, tu iras, tu la poursuivras, et quand tu l'auras saisie, il faudra la rouler dans la boue, afin qu'elle ne puisse, si elle se relève, jamais se débarbouiller la figure de l'ignominie de sa chute.

LA SCIENCE, à part, tout en continuant. — Ah! c'est elle, la Foi! enfin la voilà! depuis si longtemps moi qui l'ai cherchée partout! dans les conciles qui sont pleins de son nom, aux agapes des fidèles où l'on se grise en son honneur, à l'église, au cimetière, dans le cœur des prêtres, sur les lèvres des enfants... et je ne la trouvais pas! Ah! tu étais ici!

LE DIABLE. — Tant que tu ne l'auras pas tuée, il n'y aura pour toi ni bonheur ni repos.

LA SCIENCE, en colère, avec dépit. — Ah! je le sais bien, je le sais bien!

ANTOINE se relevant. — Quoi? il me semble que j'entends une voix nouvelle, une voix vibrante et toute claire, comme le son d'une clochette dans les bois.

LA FOI. — Non, ce n'est rien, mon fils.

LA SCIENCE, bas. — Comme elle ment!

LE DIABLE, bas. — Par excès de zèle.

ANTOINE. — Mais j'ai entrevu un visage dont la pâleur était douce et dont les yeux luisaient comme une aurore.

LA FOI. — Sa pâleur est celle du tombeau, sa lueur est celle de l'enfer... S'il revient, ferme les yeux; s'il parle, bouche tes oreilles.

LA LOGIQUE. — Pourquoi?

LA FOI. — Car c'est l'enfant de l'abîme, la malédiction même.

LA CHARITÉ. — Reste enfermé dans l'humilité de ton cœur.

LA LOGIQUE. — Si pourtant on cherche la vérité avec l'humilité du cœur?...

ANTOINE. — Dites! est-ce donc pécher que...

LA FOI *mettant la main sur la bouche d'Antoine qui veut parler*. — Tais-toi! ne détourne point la tête pour voir l'ombre de ta pensée : au crépuscule du doute elle s'allongerait sans cesse, et tu passerais ta vie, malheureux, à la voir grandir.

ANTOINE. — Mais d'où cela vient-il?

LA FOI. — De la Science.

LA SCIENCE. — Ah! tu commences, fille du ciel? tu m'exècres donc bien fort!... Mais si la vérité t'est connue, tends-moi la main, car c'est vers la cause aussi que j'aspire, moi, et, ne la comprenant point, je ne la nie pas cependant, tandis que toi tu nies les manifestations qui la témoignent. Tu nies la nature par les miracles, la mort par la résurrection, la liberté par la Providence et la Providence par l'intervention directe du Seigneur; tu es la négation, l'étouffement, la haine. Moi, je suis le grand amour inquiet qui s'avance pas à pas dans ce chemin de l'esprit que tu te plais à bouleverser...

Patience! un temps viendra que les choses seront lavées des malédictions dont tu les couvres, ce qui est obscur resplendira, ce qui est informe se complétera, ce qui semble monstrueux apparaîtra superbe; j'expliquerai le corps comme l'âme, la matière comme l'esprit, le péché comme la pénitence, le crime comme la vertu, le mal comme le bien, et je rajeunirai sans cesse, tandis que tu te courberas vers la décrépitude. En vain pour attirer les cœurs tu voudrais t'embellir par l'allèchement de l'idéal, mais à la fin l'art se détachera de toi, comme un collier dont la corde qui se dénoue est usée, et les goujats riront à voir la nudité de ce squelette qu'on aimait. Alors tu te traîneras sur ta béquille, tu branleras du chef en pleurant, tu marmotteras ta colère, et tu resteras comme une pauvresse à la porte de l'église, tapie dans un coin, perdue dans l'ombre et répétant ta complainte. *(Frappant à la porte.)* Recevez-moi! ouvrez la porte!

LA FOI. — Non! *(Antoine reste immobile avec les trois Vertus.)*

LA LOGIQUE *reprend*. — Alors laissez sortir l'ermite, qu'il vienne à elle!

LA FOI. — Il se perdrait avec elle.

LA LOGIQUE. — Mais la Science n'est pas le Péché, puisqu'elle est l'ennemie des péchés.

LA FOI. — Pire qu'eux tous!

LA LOGIQUE. — Elle les combat pourtant!

LA FOI. — Elle les aide aussi.

LA LOGIQUE. — Comment cela?

LA FOI, *bas, à Antoine, en relevant le bas de sa robe*. — Tiens, vois-tu c'est elle qui a fait ces trous que je cache en marchant. *(On aperçoit, au bas de sa robe, l'étoffe un peu déchiquetée comme par des morsures de rat.)*

Et voici, plus avant, saint Antoine aux prises avec la Luxure et la Mort.

Cependant sur les rochers se dessine l'ombre du Diable, qui fait des signes comme pour appeler quelqu'un, et la Luxure, courbée en deux, marchant sur la pointe du pied, et tenant dans sa bouche le devant de sa robe, s'avance avec un sourire contenu. Ses bras sont nus, elle a sur la tête une couronne de boutons de roses, tout humides. Se baissant à terre, elle se rapproche de saint Antoine, et se met à lui gratter la plante des pieds; le cochon se réveille.

LE COCHON. — Je ne connais rien de plus désagréable au monde. Qu'il est fâcheux d'être réveillé de cette façon. Ah! ça me ferait du bien, pourtant, si j'avais là quelque bonne truie aux fesses pointues! Si je la tenais!... Oh! oh! mais c'est trop fort! cela me tire dans le dos, comme si depuis le croupion jusqu'à la nuque toute la moelle de mon échine était un câble que l'on tendît avec une manivelle.

ANTOINE *se levant sur le coude et reconnaissant la Luxure.* — Ah! c'est toi, encore! je ne pensais guère à toi, va, laisse-moi tranquille, va-t'en! *(La Luxure lui passe la main sous le vêtement.)*

LE COCHON. — Je voudrais bien me reposer, ça me tourmente... si je savais un moyen...

ANTOINE. — Non, laisse-moi, finis, va-t'en! *(La Luxure continue à le vouloir chatouiller.)* Va-t'en, mais va-t'en donc! tu ne me fais pas peur, je sais comment te chasser. *(Il lui donne de grands coups de pied dans la figure.)* Tiens, tiens... en as-tu assez? t'en iras-tu? Ah! ah! tu t'apaises? fuis, cache-toi... arrière...! *(La Luxure finit par disparaître.)* Enfin, la voilà partie! je vais être mieux maintenant. *(Au bout de quelques minutes.)* Eh bien! c'est étrange! je croyais que, débarrassé d'elle, j'allais avoir une grande joie, pas du tout! D'où vient donc, tout à l'heure en la frappant, que j'éprouvais du plaisir au pied à sentir sa figure qui me touchait? Voyons, changeons de place, je vais aller m'asseoir sur le banc. *(Il se relève et se dirige lentement vers le banc qui est devant sa cabane, il s'y laisse tomber de tout son poids, croise les bras, puis baisse la tête sur sa poitrine et regarde par terre.)* Qu'est-ce que je vais faire?... si je priais?... mais j'ai tant prié déjà! Travailler plutôt?... on n'y voit pas, et puis il faudrait rallumer la lanterne. A quoi d'ailleurs ça m'avancerait-il? toujours ces corbeilles! bel ouvrage, vraiment! non! Si je creusais un trou pour m'amuser? je le boucherais ensuite;

ou bien si je me mettais à démolir pierre à pierre ma maison?...
Ah! que je m'ennuie! que je m'ennuie! je voudrais faire quelque
chose et je ne sais quoi; je voudrais aller quelque part, je ne sais
où; je ne sais pas ce que je veux, je ne sais pas ce que je pense,
je n'ai pas même la volonté de désirer vouloir. Dire pourtant
que j'ai passé toute ma vie ainsi, et que jamais je n'ai seulement
vu danser la pyrrhique! c'est pitoyable! d'où diable cette idée me
vient-elle? et à propos de quoi? (*Il se lève d'un bond et se met à
marcher vite de sa cabane à la chapelle, allant et revenant toujours sur
la même ligne sans s'arrêter; puis il se ralentit peu à peu et continue
lentement, les mains derrière le dos.*) C'est peut-être que je n'ai jamais
été en pèlerinage... mais auquel? il y en a beaucoup, tous sont
bons; cependant ceux qui revenaient de loin ne m'en ont pas
paru meilleurs. J'enviais leur figure hâlée, les coquilles qu'ils
portaient sur l'épaule; eux me montraient leurs pieds saignants
et ne répondaient rien, sinon qu'ils avaient beaucoup marché. Oh!
je sens pourtant que d'appuyer ma tête sur quelque pierre sainte
me rafraîchirait l'âme, je veux des cierges brûlant parmi des
tabernacles vermeils, et, dans les reliquaires d'or, des os de martyrs
à baiser; il me faudrait les grandes nefs où la voûte se mire dans
les calmes bénitiers.

LE COCHON. — Jamais je n'aurai donc sous mon pauvre ventre
du fumier jusqu'aux épaules! dans un baquet d'eau sale je ne
débarboterai pas mon groin joyeux! Que ne suis-je dans la basse-
cour, près le ruisseau des écuries, à m'épater tout de mon long
dans la bousée claire des petits veaux!

ANTOINE. — Bah! à quoi bon? le bonheur, je le sais, n'est pas
dans ce qu'on rêve. Comme une flèche lancée contre un mur, toujours le désir échappe, rebondit sur vous et vous traverse l'âme.
Pour souffrir, j'ai longtemps jeûné; pour être pur, je me suis
mortifié; pour aimer, j'ai versé bien des pleurs; et mon corps
ne sentait rien, mon cœur n'était point chaste, l'amour n'arrivait
pas! l'amour n'est jamais venu! j'ai toujours été sec et sans tendresse.
Toutes ces œuvres de dévotion que j'accomplis je ne sais pourquoi...
parce que l'habitude en est prise... qu'il le faut... mais au fond
je n'aime pas Dieu... non; je ne sais pas d'abord qu'est-ce que
c'est, je n'ai jamais pu m'en faire une idée et je commence à la
fin... (*Il bâille.*) Ah! (*Peu à peu, cependant, le ciel noir, prenant d'abord
des teintes d'ardoise, se met à blanchir sans s'éclairer; le vent souffle;
les soies du cochon se courbent sur son dos*). Quelle tristesse! quelle
misère! est-ce que je ne me débarrasserai pas de ce colossal ennui
qui m'écrase? J'ai vu jadis le cadavre d'un noyé; les ondes en
le roulant l'avaient rincé dans tous ses pores, et de loin sur le
sable sa chair mate brillait. Mon cœur est plus blanc que ce cadavre;
il a comme lui, sans qu'aucun se soucie, passé bien des jours
à se laver dans les abîmes qui l'ont mis en pourriture et le désespoir
aux grandes ailes s'abat dessus comme une nichée de vautours,
et voilà qu'il se décompose sur la grève! Ah! la nuit est froide.

(Il serre son vêtement contre lui.) Je sens peser sur mon âme comme des linceuls mouillés, j'ai la mort dans le ventre. *(Il se rassoit sur le banc et s'y ratatine tout engourdi, les bras croisés, les yeux à demi clos; puis se renversant en arrière il se met à se frapper la nuque contre la muraille à coups réguliers; il compte lui-même):* Un — deux — trois — quatre — cinq — une — deux — une — deux. *(Il s'arrête, le cochon se lève et va se coucher à une autre place.)* Pourquoi veillé-je? d'où vient que je fais ce que je fais, que je suis ce que je suis? j'aurais pu être autre chose. Si j'étais né un autre homme par exemple, j'aurais eu une autre vie, et alors rien de la mienne ne m'eût été connu, de même que je ne connais rien de celle-là que je n'ai pas. Si j'étais arbre par exemple, je porterais des fruits, j'aurais un feuillage, des oiseaux, je serais vert; oui, tout aussi bien j'aurais pu être arbre, ou caillou, ou le cochon, ou n'importe quoi. Pourquoi n'est-ce pas le cochon qui est moi? pourquoi moi ne suis-je pas lui? d'où vient que nous sommes là tous les deux et qu'il y a des hommes, une terre, des saisons, des montagnes, des plaines? pourquoi y a-t-il quelque chose? Quand je pense qu'on naît, qu'on meurt, qu'on se réjouit, qu'on s'afflige, qu'il y a des maris couchés avec leur femme et des gens qui rient à table, que l'on travaille à toutes sortes de métiers, et qu'on est très occupé, qu'on a des mines sérieuses!... Comme c'est bête! comme c'est bête!

Le Cochon. — Plus je vais, plus je suis dégoûté de ma nourriture et vexé de n'en avoir pas d'autre.

Antoine. — Et moi donc! avec mes mortifications, mes oraisons, mon cilice, mes paniers, ma cabane, mon cochon, mon chapelet, ne suis-je pas plus pitoyable et plus bête encore? A quoi tout ça mène-t-il? A qui est-ce utile? pas à moi, toujours! Ah! que je m'ennuie! que je souffre! je me déteste, je voudrais me battre; si je pouvais, je m'étoufferais. Quel triste imbécile je suis! j'ai besoin de jurer comme les soldats, je m'en vais me rouler par terre et crier tout haut en me déchirant la figure avec les ongles, je veux mordre!... Mais je n'aurai donc jamais quelque chose à empoigner dans les mains et à mettre en morceaux? il y a longtemps que je contiens tout... Sors donc! sors donc! volez, cheveux de ma chevelure, et la peau avec, et la tête après, et le cœur aussi! *(Il s'arrache les cheveux, frappe du pied, se donne des coups, il sanglote, balbutie.)*

Le Cochon. — Je m'embête à outrance; j'aimerais mieux me voir réduit en jambons et pendu par les jarrets aux crocs des charcutiers.

Le cochon, se jetant à plat ventre, s'enfonce le groin dans le sable, et reste sans bouger, les pattes par-dessus les oreilles, bavant des mâchoires et geignant sourdement.

Saint Antoine tournoie, chancelle et tombe sur le seuil de sa cabane, épuisé, haletant; la sueur ruisselle de son front, ses dents claquent, un mouvement convulsif secoue ses membres; il râle; le cochon grogne; dans son coin le Diable rit.

Un crépuscule verdâtre montant du fond de l'horizon découpe le ciel gris de trouées inégales, le brouillard tombe.

Paraît la Mort.

Un grand suaire, retenu par un nœud sur le sommet de son crâne jaune, lui descend jusqu'aux talons, laissant à découvert le devant de son squelette et sa face ou il manque le nez; ses mâchoires avancées reluisent, ses os claquent en marchant. Elle a sous le bras gauche une bière neuve qu'elle jette par terre, et tient passé au bras droit un fouet de postillon dont la mèche traîne.

Elle arrive montée sur son cheval noir qui est grand, maigre, ensellé, gros du ventre et moucheté de place en place par les arrachures de son pelage, ses sabots si usés qu'ils sont recourbés par le bout comme des croissants de lune; sa crinière pleine de brins de paille, de feuilles sèches et de poussière lui tombe jusqu'aux genoux, et il lève au vent, en reniflant, ses naseaux larges comme des trompes.

La Mort lui accroche au garrot la faux qu'elle portait sur l'épaule, et il s'en va paître parmi les ruines de la chapelle, marchant et glissant sur les pierres qu'il casse.

La Mort s'avance, le cochon court se cacher.

La Mort se rapproche de saint Antoine, elle le considère en face, immobile, les bras pendant le long du corps et les poignets croisés; baissant la tête par les tendons de son cou, elle tord la bouche et sourit. Antoine tressaille.

LA MORT. — As-tu peur? (*Antoine se met à la regarder sans rien dire*). Si tu as froid, tu n'auras plus froid; si tu as faim, tu n'auras plus faim; si tu es triste. tu ne seras plus triste. (*Elle fait encore un pas, elle reprend d'une voix douce*): Dis? veux-tu? ce sera comme si tu dormais sans jamais te réveiller.

ANTOINE *répétant machinalement.* — Sans jamais me réveiller?

LA MORT. — Oui! et sans rêver même! tu ne penseras rien, tu ne sentiras rien, tu ne seras plus rien. (*Elle incline le menton sur la clavicule droite, et dardant le jet noir de ses orbites sans yeux, de la main gauche, avec le pouce et l'index, elle prend son linceul par le bord et le lève au bout de son bras, l'étendant ainsi dans sa largeur entière.*)

ANTOINE. — Oh! tu n'as pas besoin de faire la jolie, je t'ai tant méditée, je t'ai rêvée si longtemps que je te connais.

LA MORT. — Personne ne me connaît.

ANTOINE. — Pourquoi viens-tu donc?

LA MORT. — Pour te prendre.

ANTOINE. — Pour me prendre?... est-ce que c'est l'heure?

LA MORT. — Oui, c'est l'heure, c'est l'heure. (*Se rapprochant plus près, elle lui tend la main comme pour l'aider à se lever; accroupi, il se tasse contre le mur et la contemple.*) Ce sera fait bien vite; allons!

ANTOINE *à lui-même.* — En effet! pourquoi pas?

LA MORT. — Donne-moi la main. (*Antoine hésite.*) La main... le doigt seulement... le bout de l'ongle. (*Antoine retire sa main de dessous son aisselle et l'avance lentement vers la Mort... Reculant tout à coup.*)

ANTOINE. — Mais... es-tu bien la Mort vraiment ? si ton visage mentait ? si je ne faisais que changer d'existence par hasard ? si là-bas j'allais avoir un autre corps, que j'eusse une autre âme aussi, ou la même ? que sais-je ? Oh ! non, tu es le néant, n'est-ce pas ? le vrai néant ; il n'y a rien sans doute, c'est tout noir, hein ? et puis c'est tout.

LA MORT. — Oui, c'est tout, c'est la fin, c'est le fond. Si vieille que soit l'étoffe de mon manteau, le jour ne passe pas au travers ; je le mettrai par-dessus ta tête, je te clouerai là-dedans. (*Elle lui montre le cercueil.*) Et alors tu auras vécu pour tous les millions d'années qui suivront et pour l'éternité infinie qui suivra. Et quand ce bois sera usé, quand ce linge sera pourri, il y aura longtemps que ce peu qui restait de toi jadis ne sera même plus. Je suis la consolatrice, l'endormeuse ; comme on fait au petit enfant qui a bien couru toute la journée, je couche le genre humain dans son berceau et je souffle la lumière ; les désespérés, les fatigués, les ennuyés, j'ai arrêté leurs pleurs, reposé leurs lassitudes, clos le bâillement de leur bouche et comblé le vide qu'ils avaient ; ceux qui regrettaient ne regrettent point, ceux qui étaient dans l'attente ne s'impatientent plus ; insensible, anéanti, dissous, plus évaporé que la rosée d'hier, plus effacé que le pas de l'autruche sur le sable, plus nul qu'un écho perdu...

ANTOINE. — Oh ! ton haleine me souffle au visage, tu as des odeurs de néant qui font défaillir mon âme.

LA MORT. — Viens, j'ai des baisers sans bruit, des caresses à n'en plus finir, un lit si mou qu'on ne le sent pas, ma pâmoison est éternelle. Viens ! je suis silencieuse, je suis douce, je contiens ce qui a vécu sous le soleil et des soleils et des mondes tous à l'aise, sans qu'ils soient gênés d'être nombreux, car la table s'allonge à mesure qu'affluent les voyageurs, et personne ne se plaint de n'avoir pu trouver sa place ; tu seras là-bas sans âge, sans mémoire, sans passé, sans avenir, aussi jeune que les plus jeunes, aussi vieux que les plus vieux, aussi puissant que les plus forts, aussi beau que les plus beaux. Viens ! viens ! je suis la paix, l'immuable vide, la connaissance suprême.

ANTOINE *en sursaut.* — Comment ! la connaissance ?

LA MORT. — S'il n'y a rien au delà de moi, en me possédant n'atteindras-tu pas le dernier terme ? s'il est au contraire quelque chose, un soleil qui luise par delà les sépulcres, et que je ne sois, comme on dit, que le seuil de l'éternité, alors il faut me prendre pour en jouir, il faut me franchir pour y entrer. Soit donc qu'il n'y ait rien ou quelque chose, si tu veux le néant, viens ! si tu veux la béatitude, viens ! Ténèbres ou lumière, annihilation ou extase, inconnu quel qu'il soit, ce n'est plus la vie, donc ça vaut mieux. Allons, partons, donne-moi la main, fuyons au galop vers mon royaume sombre. (*Antoine, se levant, tend ses deux mains à la Mort, quand derrière celle-ci tout à coup paraît la Luxure, qui lui passant la tête sur l'épaule, montre son visage et cligne des yeux.*)

La Luxure. — Pourquoi mourir, Antoine ?

La Mort. — Quoi ! tu voudrais vivre encore ? (*Antoine se rassoit et reste comme pétrifié, portant alternativement ses regards de la Mort qui grimace à la Luxure qui sourit.*)

La Luxure *reprend.* — Tu ne la connais seulement pas, cette vie que tu abandonnes.

La Mort. — Mais oui ! tu en es rassasié, dégoûté.

La Luxure. — Non, tu n'as pas, l'un après l'autre, savouré les fruits variés de ses ivresses. Oh ! Antoine, ceux qui ont fatigué leurs mains à les presser tant qu'ils pouvaient pour en faire sortir le jus, pleurent au bout de leurs ans quand il leur faut quitter cette joie tarie à laquelle se suspendent encore leurs forces épuisées.

La Mort. — Bah ! ils sont pareils, tous les fruits de la terre ; on y mord à belles dents, mais dès la première bouchée le dégoût vient aux lèvres.

La Luxure *prend sa couronne de roses de dessus sa tête, et l'offrant aux narines de saint Antoine.* — Vois mes belles roses ! je les ai cueillies dans la haie, sur le tronc d'un frêne où s'enlaçait l'églantier ; la rosée perlait aux branches, l'alouette chantait et la brise du matin secouait l'odeur du feuillage vert. Le monde est beau, le monde est beau ! Dans les pâturages pleins d'herbe, les poulains courent en gaîté, les étalons hennissent, les taureaux beuglants marchent d'un pied lourd ; il y a des fleurs plus hautes que toi et qui parfument les océans sur les plages où elles poussent ; il y a des forêts de chênes qui frissonnent sur les montagnes, des contrées où l'encens fume au soleil, de larges fleuves et de grandes mers ; on pêche dans les fleuves, on navigue sur les mers ; à la moisson les grappes sont enflées, et des gouttelettes poissantes suintent à travers la peau des figues ; le sang bat, la sève coule, le lait mousseux des chèvres sonne en tombant dans les vases, la mouche bourdonne sur les buissons. Par les nuits d'été, les flots déploient des feux dans leur écume, et le ciel est pailleté d'or comme la robe d'une princesse. T'es-tu balancé sur les grandes lianes ? es-tu descendu dans les mines d'émeraude ? a-t-on frotté ton corps en sueur avec des essences fraîches ? as-tu seulement dormi sur une peau de cygne ? Ah ! goûte-la plutôt, cette vie magnifique qui contient du bonheur à tous ses jours, comme le blé de la farine à tous les lobes de ses épis ! aspire les brises, va t'asseoir sous les citronniers, couche-toi sur la mousse, baigne-toi dans les fontaines, bois du vin, mange des viandes, aime les femmes, étreins la Nature par chaque convoitise de ton être, et roule-toi, tout amoureux, sur sa vaste poitrine.

Antoine, *réfléchissant.* — Si je vivais !

La Mort. — Non, non ! la vie est mauvaise, le monde est laid. Ne te sens-tu pas abandonné au milieu de toute la création ? ils ne s'inquiètent guère de toi, va, les corbeaux qui volent, ni la plante qui pousse, ni la petite étoile ; le ciel se met bleu quand ton cœur est sombre, le brouillard s'ajoute à la tristesse, et le coassement de la grenouille répond à ta voix, quand tu pleures tout haut. Ne faut-il pas te réveiller tous les matins, manger, boire, aller, venir, répéter cette série d'actes qui sont toujours les mêmes ? voilà ce qui compose la vie, elle est faite de cela, pas d'autre chose; chacune de ces pauvres sensations va s'ajoutant à la suivante comme des fils à des fils, et l'existence d'un bout à l'autre n'est que le continuel tissu de toutes ces misères.

Antoine. — Ma foi, oui, je ferais peut-être mieux de mourir !

La Luxure. — Tu parles de mourir ! pauvre fou, qui aime à se dire à lui-même : « Oh ! je connais, je suis las, j'ai tout éprouvé, donc je suis sage ! » et tu vas partout, broutant de la tristesse afin d'engraisser ton orgueil. Dis-moi ! frémissante et déshabillée, as-tu quelquefois tenu sur tes genoux la catin rieuse, qui se regardait dans tes prunelles ? avait-elle sur la peau de bonnes odeurs de violettes flétries, et dans les reins, des souplesses de palmiers, et dans les mains, des irritations fluides à t'inonder de désirs quand elles passaient sur toi ? Puis, la saisissant d'un bond, l'as-tu renversée sur le lit qui s'enfonçait comme un flot ? elle te serrait dans ses bras joints, tu sentais ses muscles trembler, ses genoux qui se heurtaient, ses seins se raidir ; sa tête s'en allait, son corps se détendait, prenait des poses assouvies, et les paupières de ses yeux morts frémissaient comme l'aile des papillons de nuit... Étiez-vous bien contents d'être seuls ? ricaniez-vous tout bas, en touchant vos chairs ? N'est-ce pas que tu t'attendrissais alors en des gratitudes étranges, que ton cœur étonné se prenait dans sa chevelure et qu'il se répandait avec elle sur ses beaux membres nus ? Tu faisais bien, va ! c'est là le bon de la vie, le reste n'est que mensonge !

Antoine. — Que mensonge ?

La Mort. — Le mensonge, au contraire, c'est ce qui n'est pas moi ; tout ce qui un moment tourbillonne en dehors bientôt y revient, tout y converge, tout s'y absorbe. Mais je suis, sois-en sûr, la fin des fins, le but des buts, l'achèvement des œuvres.

Antoine. — Si c'était vrai, pourtant ?

La Luxure. — Sa robe décolletée mord ses épaules grasses, elle a les cheveux luisants de pommade, quelque chose de miellé qui sent les fleurs ; son front est pâle sous ses bandeaux, comme la lune entre deux nuages ; tu passerais la main dans sa gorge, tu toucherais à son grand peigne, elle se mettrait pour toi toute nue, en commençant par les pieds ; tu verrais se relever son vêtement et s'étendre sa chair.

La Mort. — On passe des bâtons sous la bière, et l'on s'en va. On la voit, quand on la suit, qui se balance de droite à gauche et semble à chaque pas plonger comme une chaloupe. Le mort, là dedans, se fait charrier paresseusement, les porteurs suent, des gouttes de leur front tremblent sur le coffre. Braves gens ! on vous y mettra à votre tour, on vous portera comme lui, vous vous ferez traîner plus tard. Les blés sont verts, les poiriers sont tout en fleurs, les poules chantent dans les cours ; il fait beau, la récolte sera bonne ; la fosse est prête, ils attendent, appuyés sur leurs louchets; la terre s'émiette des bords du trou et coule dans les coins. On arrive, on vous descend avec des cordes, les pelletées se précipitent, et c'est comme si rien n'avait été. Aimerais-tu mieux être sur des feuilles ou rouler au fond de la mer?

La Luxure, *passant prestement sous le bras de la Mort, vient se camper devant saint Antoine; il la regarde en hochant la tête, elle dit.* — Mais, malgré toi, du plus profond de toi-même, quelque chose malgré toi se révolte furieusement; le cœur de l'homme est fait pour la vie et l'aspire de partout, du plus loin qu'il peut. Outre les souvenirs où il se reporte, les espérances où il se jette, les possessions où il s'ébat, n'a-t-il pas besoin d'autres mondes à perspectives plus reculées, pour courir plus avant et se mouvoir plus à l'aise? l'artiste, ainsi, des carrières de marbre fait sortir des hommes, d'autres sont occupés par les races disparues, ou rêvent le bonheur pour des foules à naître.

La Mort *pousse la Luxure de côté et reprend sa place.* — Eh, qu'importe! puisque les foules, les rêves, les espérances, les souvenirs, l'imaginaire et le réel, tout s'engloutit dans le même trou. Ainsi qu'un boulanger qui pétrit sa pâte, l'humanité travaillante ne fait qu'enfourner pour ma bouche, et je m'empiffre de tout continuellement; c'est pour moi qu'arrivent les siècles, expirant l'un après l'autre comme des flots sur la plage, devant nos pieds immobiles; c'est pour moi que se construisent les palais, que se dressent les tombeaux, que s'alignent les armées, que se fabriquent les tissus, que se fondent les bronzes, que s'écrivent les livres. Les palais s'abaisseront dans les fleuves, les tombeaux se pourriront comme les cadavres, je coucherai par terre les hommes debout, les fils de la trame s'écarteront, l'airain s'éparpillera et les chefs-d'œuvre des grands hommes finiront par n'être pas plus que la voix de la cigale écrasée, que la mousse du torrent desséché, que la forme du nuage disparu. C'est toujours pour moi que l'on amasse de l'argent, que l'on rehausse son panache, que l'on fait des projets, des serments, des lois; pour moi que s'établissent les empires, que l'on bâtit des maisons et que l'on cherche une épouse, car je dévore les peuples, les locataires et les enfants.

Te parlerai-je encore de l'éternité des amours, de la constance des affections, de la durée des amitiés, et de tous les autres sentiments qui se poussent si vite pour en finir qu'on n'a pas le temps de les voir? c'est cette fièvre du néant qui fait l'activité des hommes; ils se hâtent, ils accumulent leurs œuvres, et de quelque côté que je me tourne, partout, je n'aperçois que mon visage, comme en autant de miroirs multipliés.

Mais pas plus que le cimetière le cœur de l'homme ne pourrait dire l'histoire de tous ses morts, quelle est leur place maintenant et ce qui reste d'eux. Là, sont entassés pêle-mêle des passions magnifiques et de pauvres amours, des enthousiasmes au front pur, des ignominies silencieuses, des joies bruyantes, des haines qui étaient bien fières et qui faisaient sonner dans le monde la molette de leurs éperons. C'est fini, c'est passé, on en met d'autres par-dessus, et la terre ne se doute pas de tout ce qu'elle contient d'oubli.

Cependant le cimetière comme le cœur se hausse de plénitude, enfouit en se gonflant jusqu'à la pierre de ses tombeaux, fait craquer ses limites et déborde au dehors; il y a sur le gazon des ossements jaunes, et l'on sent aux alentours une vague odeur de charogne.

La Luxure *revient et, passant encore sa mine par-dessus l'épaule de la Mort, regarde Antoine avec des yeux tendres.* — C'est parce qu'il étouffe, ton pauvre cœur! donne-lui de l'air; il a besoin, comme les malades, du large parfum des bois et des verdoiements qui font revivre.

Pourquoi, tel qu'un homme possédé d'avarice, as-tu enfoui dans un trou les trésors de toi-même? te voilà dénudé maintenant et misérable tout à fait, tandis que tu aurais pu avoir les plaisirs qui raccourcissent le temps, les joies qui rendent heureux, toutes les délectations de la vie. Quand l'époux rentre chez lui et qu'il aperçoit de loin sa maison, il se sent remuer les entrailles, en pensant à la soupe qui fume, à ses enfants qui jouent, à sa bonne petite femme qui l'attend; mais toi, tu n'as jamais rien eu, ni un baiser sur les lèvres, ni la sympathie de personne, ni même l'effusion passagère d'un camarade de taverne, tu n'es donc pas bon : si tu étais bon, tu voudrais aimer. Cependant tes yeux plus d'une fois se sont mouillés de tendresse en caressant un chien, tu t'attristes dans ta solitude lorsque tu songes à tous ceux qui, dispersés sur la terre, auraient pu être tes amis, et même tu te réjouis pour les plantes quand il va tomber de l'eau.

Te souviens-tu, quand tu étais petit, ta mère, le soir, te prenait sur ses genoux pour te faire dire ta prière, en te tournant vers une image du Bon Dieu qui était accrochée à la muraille; c'était un grand vieillard accoudé sur les nuages, avec une barbe blanche. Elle te disait les mots, tu les répétais; le soleil couchant passait par le haut de la fenêtre, ça faisait sur les dalles de longues lignes minces. A cette heure-là les ânes sortaient du moulin, et comme ils restaient un instant dehors en attendant leurs maîtres, ils se mettaient à brouter l'herbe au pied des murs, et de temps à autre, par intervalles, ils secouaient les grelots de leurs colliers; sur la route, au loin, tourbillonnait une poussière d'or... Il y avait des voyageurs qui passaient, tu ne priais plus, ta mère te reprenait, et tu recommençais sans cesse.

La Mort. — Où sont-elles maintenant toutes les femmes qui furent aimées, celles qui mettaient des anneaux d'or pour plaire à leurs maris, les vierges aux joues roses qui brodaient des tissus, et les reines qui se faisaient, au clair de lune, porter près des fontaines? Elles avaient des tapis, des éventails, des esclaves, des musiques amoureuses jouant tout à coup derrière les murs; elles avaient des dents brillantes qui mordaient à même dans les grenades, et des vêtements lâches qui embaumaient l'air autour d'elles. Où sont-ils donc les forts jeunes hommes qui couraient si bien, qui riaient si haut, qui avaient la barbe noire et l'œil ardent? Où sont leurs boucliers polis, leurs chevaux qui piaffaient, leurs chiens de chasse rapides qui bondissaient dans les bruyères? Qu'est devenue la cire des torches qui éclairaient leurs festins?

Oh! comme il en a passé de ces hommes, de ces femmes, de ces enfants et de ces vieillards aussi! Il y a de grands déserts, où la perdrix rouge maintenant ne trouverait pas à manger, et qui ont contenu des capitales. Les chars roulaient, on criait sur les places; je me suis assise sur les temples, ils ont croulé! de l'épaule, en passant, j'ai renversé les obélisques; à coups de fouet, j'ai chassé devant moi, comme des chèvres, les générations effarées.

Plus d'un couple d'amis a causé de moi bien souvent, seuls, près du foyer, dont ils remuaient les cendres, tout en se demandant ce qu'ils deviendraient plus tard; mais celui qui s'en est allé ne revient point pour dire à l'autre s'ils s'étaient trompés jadis, et, quand ils se retrouveront dans le néant, rien d'eux ne se reconnaîtra, pas plus que ne se rejoindront les parties du morceau de bois qu'ils regardaient brûler.

La Luxure. — Qu'importe! j'ai fait pousser des marguerites sur leurs tombes, je perpétue de ma semence l'éternelle floraison des choses, et je penche sur sa tête les arbres tout chargés qui ont pompé leurs sucs dans les entrailles des morts.

C'est ma flamme qui scintille dans les prunelles, c'est mon nom que murmurent les feuillages, c'est mon haleine qui s'abat des cieux dans les langueurs du soir. A quoi servent les colliers d'ambre? quel est le but des regards? le mot toujours murmuré, la chose dont on rougit et que l'on convoite sans rien dire. (*Elles marchent toutes deux de plus en plus vite, criant de plus en plus haut.*)

La Mort, *ricanant*. — Ils voudraient pourtant se persuader que je ne suis pas; afin de se défendre du néant, ils amassent les raisonnements: « Pour la matière, passe encore! mais l'âme? Oh! non! prouvons-nous qu'elle ne peut périr. Voyons! partons d'un principe: ça nous déplaît, donc ça ne peut être. Vienne donc la mort, nous ne la craignons plus, la meilleure partie de nous lui étant inaccessible; soignons cependant nos chères personnes, gardons-nous du péril et buvons de la tisane, ça ne peut pas nuire. » On s'enferme chez soi, on se dit: « Oui, sans doute, elle viendra; mais plus tard... dans longtemps, oh! bien longtemps d'ici. J'ai tant de choses à faire! Je voudrais néanmoins savoir au juste l'heure car dans le fond ça m'inquiète un peu. Bah! n'y pensons point, ça vaut mieux. » Ha! ha! ha! (*La Mort rit en se tenant les flancs.*)

La Luxure. — Cette luxure, disent-ils, ah! fi donc! n'est-il pas au monde de plaisirs plus relevés? elle ne domine que des faibles, ce n'est pas moi qu'elle attaquera, j'ai tant de principes! ni ma fille, elle est si jeune! ni mon fils non plus, je l'élève trop bien! Prenons néanmoins des précautions, séparons les sexes, voilons les nudités, expurgeons les livres, évitons les termes crus, garnissons de règlements la société en péril. Hah! hah! hah! *(La Luxure rit beaucoup.)*

La Mort. — Le roi est sur son trône, il voit de là ses chambellans dans les antichambres, sous ses fenêtres ses bataillons rangés, plus loin dans le port sa flotte à l'ancre. Qu'a donc le roi? il frémit sous son manteau : « Souffrez-vous, ô Majesté! — Oui, beaucoup, j'ai mal au ventre. » Comme il pâlit! comme il pâlit! son teint devient tout vert, il roule sur les degrés, il commence à perdre la tête. Vite un lavement, un emplâtre, quelque chose! qu'on aille chercher tous les magiciens, qu'on lui donne à boire du sang d'enfant et que l'on fasse des vœux publics! Et il est emporté dans mes bras au milieu de toute sa cour.

« Buvons, divertissons-nous, chantons la gaillardise, la fillette et le bon vin », braillent les libertins facétieux qui dînent au cabaret; on déguste les ragoûts, on vide les flacons, on répète les couplets. D'un coup de pied s'ouvre la porte à deux battants, et les buveurs suspris tombent la tête dans leur assiette.

Monseigneur l'évêque ne rit pas du tout quand il me voit; oubliant aussitôt les âmes de son diocèse, il ne prie plus, dès lors, que pour la santé de lui-même. « Il faut, mon bel ami, laisser là le manteau violet, la crosse recourbée avec la mitre d'or. — J'aimais pourtant à prêcher dans les cathédrales, à visiter sur une mule les grasses abbayes, et je faisais aux conciles une imposante figure! — Tu ne prêcheras personne, tu ne visiteras rien, tu n'auras plus de figure. — Mais pourtant? — Assez! » Et le voilà crevé.

Le soldat n'y pense guère; il rumine le pillage et voit en dormant sous sa tente des égorgements plein les villes. C'est lui qui tue, qui massacre, qui s'amuse; la garde de son épée lui a fait des ampoules au fond des mains. Échauffé de carnage, il boit un verre d'eau froide et meurt de pleurésie.

« Ohé! la belle, qui arrosez à la fenêtre vos pots de basilic, je m'en vais faire comme les autres, me coucher dans votre lit et vous passer sous la taille mes longs bras maigres. — Oh! me dit-elle quand ils sont partis, c'est le temps des amoureux, je danse aux castagnettes, je fais le soir des promenades sur l'eau, et les pièces d'or toute la journée roulent sur ma table. — Au lit! plus vite! je suis pressée de toi, tu vas danser ma danse et faire ma promenade. — Grâce! grâce! — Je rendrai noirs tes ongles roses, je veux sur ton beau corps faire courir quelque chose qui ne te chatouillera pas; au lieu de poudre blanche je mettrai dans ta chevelure de la terre très lourde. — Ça me touche! c'est froid! ça m'écrase! — Tant pis, ça m'est égal! ».

Courbé sur son bureau, le négociant hargneux pense aux marchandises; il n'est content de rien et voudrait être plus riche. C'est pire encore qu'une faillite quand j'arrive dans son comptoir.

Doucement, par derrière, je m'approche du peintre candide qui grimpe au haut de l'établi, allonge sur les murs des bonshommes à la fresque; il est là, clignant des yeux à foncer des tons, à calculer des lignes, à se donner bien du mal. Comme il songe qu'il passera par la suite pour un des habiles de son métier, ça le console et l'encourage; il se dit que les générations futures s'éperdueront de rêveries devant les figures qu'il fait; il se sent immense et fort, il a des frissons dans les reins aux idées qui lui viennent. Patatras! en mettant le pied de travers sur l'échelle, il tombe à la renverse avec ses pots de couleurs, les brosses, etc., fracasse cette bonne tête, d'où ne sortira plus rien.

A travers la grille, j'aperçois, se promenant dans son jardinet, l'homme retiré des affaires; il a traversé les orages de la vie, celui-là, il se repose maintenant. C'est un gaillard heureux, qui écrase avec ses sabots le limaçon de ses allées et qui passe des nuits tranquilles. « L'année prochaine j'ajouterai une aile en retour à ma maison, j'agrandirai ces plates-bandes, j'établirai mon fils. — L'année prochaine, brave homme, ta maison sera à un autre, c'est sur toi que pousseront les fleurs, ton fils s'établira tout seul. »

Voilà un jeune garçon qui vient bien; il est doux comme un agneau, ce sera, bien sûr, un remarquable citoyen ou pour le moins un fort capitaliste. Poussons-le dans les carrières honorables, qu'il se fasse un nom et soit considéré dans son village! Sa carrière est trouvée, son nom est tout fait, et il sera fort considéré du maçon si vous le recouvrez d'un beau tombeau.

Elle est charmante, la mariée, avec son grand voile et ses souliers blancs! les conviés s'épanouissent, le marié se rengorge; on se promet bien des choses et l'on dit bien des sottises; les fleurs sont fraîches, le lit défait, l'émotion toute prête. Voici l'heure où l'on va froisser les dentelles. Qui va venir pour délacer la belle fille? Moi! « Va-t'en, vilaine! crie-t-elle tout effarée, va-t'en, va-t'en, j'ai peur de toi! ne vois-tu pas que ma famille me chérit, que j'adore mon époux, qu'il faut que je vive enfin? — N'y prends garde, les violons chantent, personne ne le sait, on ne s'en apercevra pas. — Oh! non! pas encore! que deviendra ma mère si je meurs aujourd'hui? — Elle te suivra, ta mère. — Que deviendra mon frère? — Il se consolera, sois tranquille. — Et mes compagnes si dévouées, et tous mes amis qui sont là, cet époux si beau que je n'ai pas embrassé! — Pour le consoler de toi, d'autres l'embrasseront; tes compagnes à leur tour s'occuperont du trousseau de leur mariage, et les gens de la noce iront demain à d'autres noces. »

Bée! bée! fait le petit enfant qui voit ma figure entre les rideaux de son berceau, il appelle sa maman, il se ratatine dans ses draps, il sanglote. « Oh! oh! quoi? tu veux me prendre? — Oui, marmot, tout comme j'ai pris ton grand-papa. — Oh! oh! oh! moi qui suis si jeune! — Pas plus que ton oiseau qui s'est étranglé dans les barreaux de sa cage. — Moi qui n'ai fait de mal à personne! — Ta poupée cassée ce matin était bien douce aussi. — Oh! oh! oh! j'ai les yeux bleus, la chair rose, je sens bon, je commence à dire mille petites choses gentilles. Oh! oh! je t'en prie, je veux encore mettre ma robe brodée des dimanches, je veux jouer sur le gazon, je veux manger de la crème. Oh! oh! »

Je lui touche le front, il s'apaise, la mère s'approche. « Comme il dort bien, mon bel enfant! allez-vous-en donc, vilaines mouches! » Elle les chasse avec son mouchoir. « Il ne se réveille pas, c'est singulier! » Elle le touche, il est froid. « Comment? oh! ce n'est pas possible! allons donc, il riait tout à l'heure! — Mais oui, c'est possible. — Mon enfant! mon enfant! n'y en avait-il pas d'autres? Miséricorde! A qui la faute? à la nourrice, au médecin, au feu, à l'eau, au courant d'air? » Elle crie, elle se désespère, elle se tord; le papa rentre de la ville, il est fort étonné; les domestiques sont troublés, on en cause chez les voisins. Hah! hah! hah! *(La Mort rit.)* C'est ainsi que ça se passe. Hah! hah! hah! *(Elle rit si fort que son linceul en tombe des épaules.)*

La Luxure, *de son côté, s'agite tellement que les roses de son front s'éparpillent.* — Hah! hah! d'autres choses se passent aussi. Le magistrat sous sa robe rouge rumine des pensées d'adultère, le savant qui méditait court au lupanar, le matelot dans sa cabine s'écore de ses deux pieds et se pâme de volupté au milieu des flots qui battent son navire; le prêtre à l'autel tremble de luxure en versant à boire dans le calice de Jésus-Christ; il attire la pénitente dans la fraîche sacristie; l'embaumeur d'Égypte, poussant au verrou la porte des salles basses, se rue comme un tigre sur le corps des belles femmes mortes. Toi, la Mort, quand tu vas la nuit dans les villes silencieuses et que tu regardes les maisons closes, as-tu vu, as-tu flairé les baisers qui sonnaient, les membres qui se tordaient, la sueur des lits qui s'émanait dans l'ombre? Soufflant sous leurs bonnets, les époux sont accouplés; la vierge émue se réveille dans son rêve, le fils de la maison s'échappe comme un voleur, le palefrenier tient la servante, la chienne dans sa loge appelle le mâle qui aboie par les carrefours. Matrones au front voilé, vieillards sur leurs béquilles, adolescents aux longues chevelures, princes dans leurs palais, voyageurs au désert, esclaves au moulin, courtisanes au théâtre, tous sont à moi, vivent par moi, pensent à moi. Depuis les curiosités de l'enfance jusqu'aux saletés des décrépits, depuis l'amoureux dont le cœur palpite à des frôlements dans les herbes jusqu'à celui qui a besoin pour son plaisir d'écartèlements et d'aiguillons, je suis la fatalité de l'existence; je possède les êtres, qu'ils se débattent ou qu'ils veuillent. Est-ce que l'on me résiste? est-ce que l'on m'évite? qui peut me vaincre? ce n'est pas toi toujours! *(Elle se précipite sur saint Antoine. La Mort, pour l'arrêter, la saisit par sa robe, qui se déchire alors depuis la hanche jusqu'au talon.)*

Antoine, *les regardant, marche à reculons, les bras levés, pâle, balbutiant.* — Mais si vous mentiez toutes les deux? s'il y avait, ô Mort, d'autres douleurs derrière toi? et si j'allais, ô Luxure, trouver dans ta joie un néant plus sombre, un désespoir encore plus large?

J'ai vu sur la face des moribonds comme un sourire d'immortalité et tant de tristesse sur la lèvre des vivants, que je ne sais laquelle de vous deux est la plus funèbre ou la meilleure. *(Il ajoute d'une voix sourde :)* Non!... non!... *(Elles continuent à tourner autour de lui, les reins courbés et avec un sourire d'esclave ; mais il reste tout immobile, debout, les yeux fermés, et se bouchant les oreilles. La Mort et la Luxure baissent la tête.)*

LA
TENTATION DE SAINT ANTOINE

(VERSION DE 1856)

*Le manuscrit de 1856 est moins une « nouvelle version »,
au sens exact du terme, qu'une mise au point de celle
de 1849. Le texte de 1849 et le texte de 1856 ne diffèrent
pas sensiblement sur le fond. De l'un à l'autre, l'effort
de Flaubert a surtout porté sur le style. Les Donatistes
Circoncellions viennent de disparaître dans une fumée
épaisse : Certaines scènes se retrouveront presque iden-
tiquement conservées dans le manuscrit de 1874 (forme
définitive de la Tentation) ; ainsi l'apparition d'Apollonius de Tyane. On comparera utilement le texte final
(pp. 92-106 de la présente édition) au texte de 1856,
que voici.*

*Saint Antoine regarde vaguement de côté et d'autre et il pousse un cri,
en apercevant dans le brouillard, deux hommes couverts de longs vêtements
qui descendent jusqu'à leurs pieds. Le premier est de haute taille, de figure
douce, de maintien grave ; ses cheveux blonds, séparés par une raie comme
ceux du Christ, descendent régulièrement sur ses épaules. Il a jeté un bâton
blanc, qu'il portait à la main et que son compagnon a reçu en faisant une
révérence à la manière des Orientaux.*
*Ce dernier, vêtu pareillement d'une tunique blanche sans broderie, est petit,
gras, camard, d'encolure ramassée, les cheveux crépus, une mine naïve.*
*Ils sont tous les deux sans chaussures, nu-tête et couverts de poussière,
comme des gens qui arrivent de voyage.*

ANTOINE. — Que voulez-vous ? parlez !... Allez-vous-en !

DAMIS *(c'est le petit homme.)* — Là ! là ! bon ermite ! Ce que
je veux ? je n'en sais rien ! Voici le Maître. Quant à partir, la charité
du moins exigerait...

ANTOINE. — Ah ! excusez-moi ! J'ai la tête si troublée !... Que
vous faut-il ?... Asseyez-vous. *(Damis s'assoit, l'autre reste debout.)*
Et votre Maître ?

DAMIS, *en souriant.* — Oh ! il n'a besoin de rien ! C'est un sage !

Quant à moi, bon ermite, je vous demanderai un peu d'eau, car j'ai grand'soif.

Antoine va chercher une cruche dans sa cellule, et, la levant lui-même, offre à boire à Damis.

Peu à peu la fumée disparaît.

Damis, après avoir bu:

Pouah! qu'elle est mauvaise, vous devriez bien l'enfermer sous de la verdure!

ANTOINE. — C'est qu'il n'y a pas un brin d'herbe aux environs, seigneur!

DAMIS. — Ah! n'auriez-vous rien, dites-moi, à mettre sous la dent? car j'ai grand'faim!

Antoine va dans sa cabane et en apporte un morceau de pain noir desséché.

Damis mord à même :

Qu'il est dur!

ANTOINE. — Je n'en ai pas d'autre, seigneur!

DAMIS. — Ah! *(Il casse le pain, en retire la mie et jette les croûtes. Le cochon se précipite dessus : Antoine fait un geste de colère pour le battre.)* Laissez-donc! ne faut-il pas que chacun vive! *(Silence.)*

ANTOINE *reprend.* — Et vous venez?

DAMIS. — Oh! de loin... de très loin!

ANTOINE. — Et... vous allez?

DAMIS, *désignant l'autre.* — Où il voudra.

ANTOINE. — Qui est-il donc?

DAMIS. — Apollonius! *(Antoine fait un geste d'ignorance.)* Apollonius! *(Plus fort):* Apollonius de Tyane!

ANTOINE. — Je n'en ai jamais entendu parler.

DAMIS, *en colère.* — Comment! jamais!... Ah! je vois bien, brave homme, que vous ignorez complètement ce qui se passe.

ANTOINE. — Il est vrai, seigneur, mes jours étant consacrés à la religion.

DAMIS. — C'est comme lui.

ANTOINE, *à part.* — Comme lui! *(Il considère Apollonius.)* Il a l'air d'un saint, en effet... Je voudrais bien l'entretenir... j'ai tort peut-être... car... *(La fumée est partie, le temps est très clair, la lune brille.)*

DAMIS. — A quoi songez-vous donc, que vous ne parlez plus?

ANTOINE. — Je songe... oh! rien! *(Damis se rapproche d'Apollonius et fait plusieurs tours autour de lui, la taille courbée, sans lever la tête; à la fin) :*

APOLLONIUS, *toujours immobile.* — Qu'est-ce?

DAMIS. — Maître! c'est un ermite galiléen qui demande à savoir les origines de la sagesse.

APOLLONIUS. — Qu'il approche! *(Antoine hésite.)*

DAMIS. — Approche!

APOLLONIUS, *d'une voix tonnante.* — Approche! Tu voudrais connaître qui je suis, ce que j'ai fait, ce que je pense; n'est-ce pas cela, enfant?

ANTOINE, *embarrassé.* — Si ces choses, toutefois, peuvent contribuer à mon salut.

APOLLONIUS. — Réjouis-toi ! Je vais te les dire !

DAMIS, *bas à Antoine.* — Est-ce possible ! Il faut qu'il vous ait, du premier coup d'œil, reconnu des inclinations extraordinaires pour la philosophie. *(Il se frotte les mains.)* Je vais en profiter aussi, moi !

APOLLONIUS. — Je te raconterai, d'abord, la longue route que j'ai parcourue pour acquérir la doctrine, — et si tu trouves, dans toute ma vie, une seule action mauvaise, tu m'arrêteras. Car celui-là doit scandaliser par ses paroles, qui a méfait par ses œuvres.

DAMIS, *à Antoine.* — Quel homme juste ! hein ?

ANTOINE. — Décidément, je crois qu'il est sincère !

APOLLONIUS. — La nuit de ma naissance, ma mère crut se voir cueillant des fleurs sur le bord d'un lac. Un éclair parut, et elle me mit au monde, à la voix des cygnes qui chantaient dans son rêve.

Jusqu'à quinze ans, on m'a plongé trois fois par jour dans la fontaine Asbadée, dont l'eau rend les parjures hydropiques, et l'on me frottait avec les feuilles du cnyza, pour me faire chaste.

Une princesse palmyrienne vint un soir me trouver, m'offrant des trésors qu'elle savait être dans des tombeaux. Une hiérodoule du temple de Diane s'égorgea, désespérée, avec le couteau des sacrifices ; et le gouverneur de Cilicie, à la fin de ses promesses, s'écria, devant toute ma famille, qu'il me ferait mourir. Mais c'est lui qui mourut trois jours après, assassiné par les Romains.

DAMIS, *à saint Antoine, en le frappant du coude.* — Hein ? quand je vous disais !... quel homme !

APOLLONIUS. — J'ai, pendant quatre ans de suite, gardé le silence complet des Pythagoriciens. La douleur la plus imprévue ne m'arrachait pas un soupir et au théâtre, quand j'entrais, on s'écartait de moi, comme d'un fantôme.

DAMIS. — Auriez-vous fait cela, vous ?

APOLLONIUS. — Le temps de mon silence accompli, j'entrepris seul d'instruire les prêtres qui avaient perdu la tradition, et je formulai cette prière : « Ô dieux ! »

ANTOINE. — Comment : « dieux ?... » Les dieux ?... Que dit-il ?

DAMIS. — Laissez-le poursuivre, taisez-vous !

APOLLONIUS. — Alors, je suis parti pour connaître toutes les religions, pour consulter tous les oracles. J'ai devisé avec les gymnosophistes du Gange, avec les devins de Chaldée, avec les mages de Babylone. Je suis monté sur les quatorze Olympes, j'ai sondé les lacs de Scythie, j'ai mesuré la grandeur du désert.

DAMIS. — C'est pourtant vrai, tout cela. J'y étais, moi !

APOLLONIUS. — J'ai d'abord été depuis le Port jusqu'à la mer d'Hyrcanie, j'en ai fait le tour ; et, par le pays des Baraomates, où est enterré Bucéphale, je suis descendu vers Ninive. Aux portes de la ville, il y avait une statue de femme, vêtue à la mode barbare. Un homme s'approcha.

DAMIS. — Moi ! moi ! mon bon maître. Oh ! comme je vous aimai tout de suite ! Vous étiez plus doux qu'une fille et plus beau qu'un dieu !

APOLLONIUS, *sans l'entendre*. — Il voulait m'accompagner pour me servir d'interprète.

DAMIS. — Mais vous répondîtes que vous compreniez tous les langages et que vous deviniez toutes les pensées. Alors j'ai baisé le bas de votre manteau, et je me suis mis à marcher derrière vous.

APOLLONIUS. — Après Ctésiphon, nous entrâmes sur les terres de Babylone.

DAMIS. — Et le satrape poussa un cri, en voyant un homme si pâle.

ANTOINE. — La singulière histoire !

DAMIS. — N'est-ce pas le lendemain, Maître, que nous rencontrâmes cette monstrueuse tigresse qui avait huit petits dans le ventre ? Alors vous dîtes : « Notre séjour auprès du Roi sera d'un an et huit mois. » Je n'ai jamais pu comprendre...

APOLLONIUS. — Le Roi m'a reçu debout, près d'un trône d'argent dans une salle ronde, constellée d'étoiles, d'où pendaient à des fils que l'on n'apercevait pas, quatre grands oiseaux d'or, les deux ailes étendues.

ANTOINE, *rêvant*. — Est-ce qu'il y a sur la terre des choses pareilles ?

DAMIS. — C'est là une ville, cette Babylone ! Tout le monde y est riche ; les maisons peintes en bleu, ont des portes de bronze, avec un escalier qui descend vers le fleuve. (*Dessinant par terre avec son bâton.*) Comme cela, voyez-vous ! Et puis ce sont des temples, des places, des bains, des aqueducs ! Les palais sont couverts de cuivre rouge ; et l'intérieur donc, si vous saviez !

APOLLONIUS. — Sur la muraille du septentrion s'élève une tour de marbre blanc qui en supporte une seconde, une troisième, une quatrième, une cinquième, et il y en a trois autres encore ! Ces tours sont des tombeaux... La huitième est une chapelle avec un lit. Personne n'y entre que la femme choisie par les prêtres pour le dieu Bélus. Le roi de Babylone m'y fit loger.

DAMIS. — A peine si l'on me regardait, moi. Aussi je restais seul à me promener par les rues. Je m'informais des usages ; je visitais les ateliers ; j'examinais les grandes machines qui portent l'eau dans les jardins. Mais il m'ennuyait d'être séparé du Maître.

APOLLONIUS. — Au bout d'un an et huit mois... (*Antoine tressaille*)... un soir nous sortîmes de Babylone par la route des Indes. Au clair de la lune, nous vîmes tout à coup une empuse.

DAMIS. — Oui-da ! Elle sautait sur ses sabots de fer. Elle hennissait comme un âne, elle galopait dans les rochers. Mais il lui cria des injures et elle disparut.

ANTOINE. — Où veulent-ils donc en venir ?

APOLLONIUS, *continuant.* — A Taxilla, Phraortes, roi du Gange, nous a montré sa garde d'hommes noirs, hauts de cinq coudées, et, dans les jardins de son palais, sous un pavillon de brocart vert, un éléphant gigantesque, que ses femmes s'amusaient à parfumer. Il avait autour des défenses des colliers d'or et, sur l'un d'eux, on lisait : « Le fils de Jupiter a consacré Ajax au Soleil. » C'était l'éléphant de Porus, qui s'était enfui de Babylone après la mort d'Alexandre.

DAMIS. — Et qu'on avait retrouvé dans une forêt.

ANTOINE. — Ils parlent abondamment, comme des gens ivres.

APOLLONIUS. — Phraortes nous fit asseoir à sa table. Elle était couverte de grands oiseaux. Il y avait de gros fruits sur des feuilles larges, des antilopes avec leurs cornes.

DAMIS. — Quel drôle de pays! Les seigneurs, tout en buvant, s'amusent à lancer des flèches sous les pieds d'un enfant qui danse. — Mais je n'approuve pas ce plaisir-là : il en pourrait résulter des malheurs.

APOLLONIUS. — Quand je fus prêt à partir, le Roi me donna un parasol et il me dit : « J'ai sur l'Indus un haras de chameaux blancs. Lorsque tu n'en voudras plus, souffle-leur dans les oreilles, ils reviendront. »

Nous descendîmes le long du fleuve, marchant la nuit, à la lueur des lucioles qui brillaient dans les bambous. L'esclave sifflait un air, pour écarter les serpents, et nos chameaux se courbaient les reins en passant sous les arbres, comme sous des portes trop basses.

Un jour, un enfant noir, qui tenait à sa main un caducée d'or, nous conduisit au collège des sages. Iarchas, leur chef, me parla de mes ancêtres, de toutes mes pensées, de toutes mes actions, de toutes mes existences. Il avait été le fleuve Indus, et il me rappela que j'avais conduit des barques sur le Nil, au temps du roi Sésostris.

DAMIS. — Mais moi, on ne me dit rien, de sorte que je ne sais pas qui j'ai été.

ANTOINE, *les considérant avec étonnement.* — Ils ont l'air vague comme des ombres.

APOLLONIUS. — Et nous continuâmes vers l'Océan.

Nous avons rencontré sur le bord des Cynocéphales gorgés de lait qui s'en revenaient de leur expédition dans l'île Taprobane. Avec eux était la Vénus indienne, la femme noire et blanche, qui dansait toute nue au milieu des singes. Elle avait autour de la taille des tambourins d'ivoire, et elle riait d'une façon démesurée.

Les flots tièdes poussaient devant nous, sur le sable, des perles blondes; l'ambre craquait sous nos pas; des squelettes de baleines blanchissaient dans la crevasse des falaises, et de longs nids d'herbes vertes suspendus à leurs côtes se balançaient au vent.

La terre continuellement se rétrécissait, elle se fit à la fin plus étroite qu'une sandale. Nous nous arrêtâmes, et après avoir jeté vers le soleil des gouttes de la mer, nous tournâmes à droite pour revenir.

Nous sommes revenus par la région d'Argent, par les pays des Gangarides, par le promontoire Comaria, par la contrée des Sachalites, des Adramites et des Homérites ; puis à travers les monts Cassaniens, la mer Rouge et l'île Topazos, nous avons pénétré en Éthiopie, par le royaume des Pygmées.

ANTOINE, *à part*. — Comme la terre est grande !

DAMIS. — Et quand nous sommes rentrés chez nous, tous ceux que nous avions connus jadis, étaient morts. *(Antoine baisse la tête.)*

APOLLONIUS *reprend*. — Alors on commença dans le monde à parler de moi. La peste ravageait Éphèse : j'ai fait lapider un vieux mendiant...

DAMIS. — Et la peste s'en est allée.

ANTOINE. — Comment ! il chasse les maladies ?

APOLLONIUS. — A Cnide, j'ai guéri l'amoureux de la Vénus...

DAMIS. — Oui, un fou qui même avait promis de l'épouser. Aimer une femme, passe encore, mais une statue, quelle sottise. Le Maître lui posa la main sur le cœur et l'amour aussitôt s'éteignit.

ANTOINE. — Quoi ! il délivre des démons ?

APOLLONIUS. — A Tarente, on portait au bûcher une jeune fille morte...

DAMIS. — Le Maître lui toucha les lèvres, et elle s'est relevée, en appelant sa mère.

ANTOINE. — Comment ! il ressuscite les morts ?

APOLLONIUS. — J'ai prédit le pouvoir à Vespasien...

ANTOINE. — Quoi ! il devine l'avenir ?

APOLLONIUS. — Étant à table, avec lui, aux bains de Baïa...

DAMIS. — Il y avait à Corinthe...

ANTOINE. — Excusez-moi, étrangers, mais il est tard.

DAMIS. — ... un jeune homme qu'on appelait Ménippe...

ANTOINE. — C'est l'heure de la première veille ! Allez-vous-en !

APOLLONIUS. — ... un chien entra, portant à la gueule une main coupée...

DAMIS. — Un soir, dans un faubourg, il rencontra une femme...

ANTOINE. — Vous ne m'entendez pas ? retirez-vous !

APOLLONIUS. — Il rôdait vaguement autour des lits...

ANTOINE. — Assez ! assez !

APOLLONIUS. — On voulait le chasser, mais moi...

DAMIS. — Ménippe donc se rendit chez elle ; ils s'aimèrent...

APOLLONIUS. — En battant la mosaïque avec sa queue, il déposa cette main sur les genoux de Flavius.

DAMIS. — Mais le matin, aux leçons de l'école, Ménippe était pâle...

ANTOINE, *bondissant*. — Encore ! Ah ! qu'ils continuent, puisqu'il n'y a pas...

DAMIS. — Le Maître lui dit : « Ô beau jeune homme, tu caresses un serpent; un serpent te caresse! A quand les noces? » Nous allâmes tous à la noce...

ANTOINE. — J'ai tort! j'ai tort, bien sûr, d'écouter tout cela.

DAMIS. — Dès le vestibule, des serviteurs se remuaient, les portes s'ouvraient; on n'entendait cependant ni le bruit des pas ni le bruit des portes. Le Maître se plaça près de Ménippe. Aussitôt la fiancée fut prise de colère contre les philosophes. Mais la vaisselle d'or qui était sur la table disparut, les échansons, les cuisiniers, les panetiers disparurent; le toit s'envola, les murs s'écroulèrent, et Apollonius resta seul, debout, ayant à ses pieds cette femme tout en pleurs. C'était un vampire qui rassasiait d'amour les beaux jeunes hommes, afin de manger leur chair — parce que rien n'est meilleur pour ces sortes de fantômes que le sang des amoureux.

APOLLONIUS. — Si tu veux savoir l'art...

ANTOINE. — Je ne veux rien savoir. Allez-vous-en!

DAMIS. — Quel mal donc t'avons-nous fait?

ANTOINE. — Aucun... mais... Non! qu'ils s'en aillent!

APOLLONIUS. — Le soir de notre arrivée aux portes de Rome...

ANTOINE, *vivement*. — Oh! oui! oui! parlez-moi de la ville des papes!

APOLLONIUS, *continuant*. — ... un homme ivre nous accosta, qui chantait d'une voix douce. C'était un épithalame de Néron, et il avait le pouvoir de faire mourir quiconque l'écoutait négligemment. Il portait à son dos, dans une boîte d'ivoire, une corde d'argent prise à la cithare de l'Empereur. J'ai haussé les épaules. Il nous a jeté de la boue au visage. Alors, j'ai défait ma ceinture, et je la lui ai placée dans la main...

DAMIS. — Vous avez eu bien tort, par exemple!

APOLLONIUS. — L'Empereur, pendant la nuit, me fit appeler à sa maison. Il jouait aux osselets avec Sporus, accoudé du bras gauche sur une table d'agate. Il se détourna et, fronçant ses sourcils blonds : « Pourquoi ne me crains-tu pas? » — me demanda-t-il. « Parce que le Dieu qui t'a fait terrible, m'a fait intrépide », — répondis-je.

ANTOINE, *rêvant*. — Il y a là-dedans quelque chose d'inexplicable qui m'épouvante. *(Silence.)*

DAMIS *reprend d'une voix aiguë*. — Toute l'Asie, d'ailleurs, pourra vous dire...

ANTOINE, *en sursaut*. — Je n'ai pas le temps! à une autre fois! Je suis malade!

DAMIS. — Écoutez donc! Il a vu, d'Éphèse, tuer Domitien qui était à Rome...

ANTOINE, *s'efforçant de rire*. — Est-ce possible?

DAMIS. — Oui, au théâtre, en plein jour, le quatorzième des calendes d'octobre, il s'écria tout à coup : « On égorge César! » et il ajoutait de temps à autre : « Il roule par terre : oh! comme il se débat! Il se relève; il essaie de fuir; les portes sont fermées!

Ah! c'est fini! le voilà mort! » Ce jour-là, en effet, Titus Flavius
Domitianus fut assassiné, comme vous savez.

ANTOINE, *réfléchissant*. — Sans le secours du Diable... certainement...

APOLLONIUS. — Il avait voulu me faire mourir, ce Domitien!
Damis, avec Démétrius, s'était enfui par mon ordre, et je restais
seul dans ma prison..

DAMIS. — C'était une terrible hardiesse, il faut avouer.

APOLLONIUS. — Vers la cinquième heure, les soldats m'amenèrent
au tribunal. J'avais ma harangue toute prête que je tenais sous
mon manteau...

DAMIS. — Nous étions sur le rivage de Pouzzoles, nous autres!
Nous vous croyions mort; nous pleurions, chacun allait s'en
retourner chez soi, quand vers la sixième heure, tout à coup, vous
apparûtes...

ANTOINE, *à part*. — Comme Jésus!

DAMIS. — Nous tremblions, mais vous nous dîtes : « Touchez-
moi! »...

ANTOINE. — Oh! non! cela n'est point! Vous mentez, n'est-ce
pas, vous mentez?

DAMIS. — Et alors nous sommes repartis tous ensemble.

Silence. Damis considère saint Antoine, et

APOLLONIUS, *se rapprochant, lui crie dans les oreilles*. — C'est que
je suis descendu dans l'antre de Trophonius, fils d'Apollon! C'est
que je fais des libations par l'oreille des amphores! C'est que je
connais des prières indiennes... J'ai pétri, pour les femmes de
Syracuse, les phallus de miel rose qu'elles portent en hurlant sur
les montagnes. J'ai reçu l'écharpe des Cabires! j'ai serré contre
mon cœur le serpent de Sabasius! j'ai lavé Cybèle au flot des golfes
campaniens et j'ai passé trois lunes dans les cavernes de Samothrace!

DAMIS, *riant bêtement*. — Ah! ah! ah! aux mystères de la Bonne
Déesse!

APOLLONIUS. — Et maintenant, veux-tu venir avec nous, voir
des étoiles plus larges et des dieux nouveaux?

ANTOINE. — Non! continuez seuls!

DAMIS. — Partons!

ANTOINE. — Fuyez! fuyez!

APOLLONIUS. — Nous allons au Nord, du côté des cygnes et
des neiges. Sur le désert blanc, galope le chevreuil cornu dont
les yeux pleurent de froid; les hippopodes aveugles cassent avec
leurs pieds la plante d'outre-mer.

DAMIS. — Viens! c'est l'aurore. Le coq a chanté, le cheval a
henni, la voile est prête.

ANTOINE. — Non! le coq n'a point chanté! J'entends le grillon
dans les sables et je vois la lune qui reste en place.

APOLLONIUS. — Au delà des montagnes, bien loin là-bas, nous
allons cueillir la pomme des Hespérides et chercher dans les parfums
la raison de l'amour. Nous humerons l'odeur du myrrhodion qui

fait mourir les faibles. Nous nous baignerons dans le lac d'huile
rose de l'île Junonia. Tu verras, dormant sur les primevères, le
lézard géant qui se réveille tous les siècles, quand tombe à sa
maturité l'escarboucle naturelle de ses yeux. Les étoiles palpitent
comme des regards, les cascades chantent comme des harpes, des
enivrements s'exhalent des fleurs écloses; ton esprit s'élargira parmi
les airs, et, dans ton cœur comme sur ta face...

DAMIS. — Maître! il est temps! Le vent va se lever, les hirondelles
s'éveillent, la feuille du myrte est envolée!

APOLLONIUS. — Oui! partons.

ANTOINE. — Non! moi, je reste!

APOLLONIUS. — Veux-tu que je t'enseigne où pousse la plante
Balis, qui ressuscite les morts?

DAMIS. — Demande-lui qu'il te donne l'androdamas, qui attire
l'argent, le fer et l'airain.

APOLLONIUS, *lui offrant une petite rondelle de cuivre.* — Veux-tu
le xénéston? Le voici! Prends-le donc! Tu pourras descendre dans
les volcans, traverser le feu, voler dans l'air!

ANTOINE. — Oh! qu'ils me font mal! qu'ils me font mal!

DAMIS. — Tu comprendras la voix de tous les êtres, les rugissements, les hennissements, les roucoulements.

APOLLONIUS. — Car j'ai retrouvé, j'en suis sûr, le secret de
Tirésias.

DAMIS. — Il sait encore des chansons qui font venir à soi celui
qu'on désire.

APOLLONIUS. — J'ai appris des Arabes, le langage des vautours
et j'ai lu dans les grottes de Strompharabarnax la manière d'épouvanter le rhinocéros et d'endormir les crocodiles.

DAMIS. — Quand nous voyagions autrefois, nous entendions,
à travers les lianes, courir les licornes blanches. Elles se couchaient à
plat ventre, pour qu'il montât sur elles.

APOLLONIUS. — Tu monteras sur elles aussi. Tu te tiendras
aux oreilles. Nous irons, nous irons!

ANTOINE, *pleurant.* — Oh! oh!

APOLLONIUS. — Qu'as-tu! viens donc!

ANTOINE, *sanglotant.* — Oh! oh!

DAMIS. — Serre ta ceinture! noue tes sandales!

ANTOINE, *sanglotant plus fort.* — Oh! oh! oh! oh!

APOLLONIUS. — Et en route, je t'expliquerai le sens des statues —
pourquoi Jupiter est assis, Apollon debout, Vénus noire à Corinthe,
carrée dans Athènes, conique à Paphos.

ANTOINE. — Oh! qu'ils s'en aillent, mon Dieu! qu'ils s'en aillent!

APOLLONIUS. — La connais-tu, la Vénus Uranienne qui scintille
sous son arc d'étoiles? T'a-t-on dit les mystères de l'Aphrodite
prévoyante? As-tu senti les étreintes de Vénus barbue, ou médité
les colères d'Astarté furieuse? N'aie souci, j'arracherai leurs voiles,
je briserai leurs armures, tu marcheras sur leurs temples, et nous
parviendrons jusqu'à la Mystérieuse et l'Inaltérable, jusqu'à celle

des Maîtres, des héros et des purs, la Vénus apostrophienne, qui détourne les passions et tue la chair.

Damis. — Et quand nous trouverons une pierre de sépulcre assez large, nous jouerons aux skirapies de Minerve, qui se jouent la nuit, dans l'automne, à la pleine lune rousse.

Apollonius, *frappant du pied*. — Pourquoi donc ne vient-il pas ?

Damis, *frappant aussi du pied*. — En marche !

Apollonius, *regardant Antoine fixement*. — Doutes-tu de moi ?

Damis, *menaçant*. — Doutes-tu de lui ?

Sifflez, Maître, le lion de Numidie, celui qui contenait l'âme d'Amasis.

Antoine. — Mon Dieu ! mon Dieu ! est-ce qu'ils vont me prendre ?

Apollonius. — Quel est ton désir ? Le temps seulement d'y songer...

Antoine, *joignant les mains*. — Je glisse ! arrête-moi !...

Apollonius. — Est-ce la science ? est-ce la gloire ? Veux-tu rafraîchir tes yeux sur des jasmins humides ? Veux-tu sentir ton corps s'enfoncer, comme en une onde, dans la chair douce des femmes pâmées ?

Antoine, *se tenant la tête et criant douloureusement*. — Oh ! encore ! encore !

Damis. — Oui, vraiment ! De la montagne entr'ouverte, les diamants vont couler. Sur la croix que voici, les roses vont fleurir. Les Sirènes à croupe de nacre vont te caresser de leurs chevelures et te bercer de leurs chansons.

Antoine. — Saint-Esprit ! délivrez-moi !

Apollonius. — Veux-tu que je me change en arbre, en léopard, en rivière ?

Antoine. — Sainte Vierge, mère de Dieu, priez pour moi !

Apollonius. — Veux-tu que je fasse reculer la lune ?

Antoine. — Sainte Trinité, sauvez-moi !

Apollonius. — Veux-tu que je te montre Jérusalem tout éclairée pour le Sabbat ?

Antoine. — Jésus ! Jésus ! à mon aide !

Apollonius. — Veux-tu que je le fasse apparaître, Jésus ?

Antoine, *hébété*. — Quoi ?... Comment ?...

Apollonius. — Ici, là !... Ce sera lui, pas un autre ! Tu verras les trous de ses mains, le sang de sa plaie. Il jettera sa couronne, il maudira son Père, il m'adorera le dos courbé.

Damis, *bas à Antoine*. — Dis que tu veux bien ! dis que tu veux bien !

Antoine *se passe la main sur le visage, promène un regard effaré de tous côtés, puis, l'arrêtant sur Apollonius*. — Va-t'en ! va-t'en ! maudit ! Retourne en enfer !

Apollonius, *exaspéré*. — J'en arrive, j'en suis sorti pour t'y conduire ! Les cuves de nitre bouillonnent, les charbons flambent.

les dents d'acier claquent, et les ombres se pressent aux soupiraux pour te voir passer.

ANTOINE, *s'arrachant les cheveux.* — Moi! grand Dieu! L'enfer pour moi!

L'ORGUEIL, *surgissant derrière saint Antoine et lui mettant la main sur l'épaule.* — Allons donc! un saint! est-ce possible?

DAMIS, *avec des gestes engageants.* — Voyons, bon ermite! cher saint Antoine! homme pur! homme illustre! homme qu'on ne saurait assez louer! Ne vous effrayez pas, cela tient à sa manière de dire exagérée! C'est une façon qu'il a prise aux Orientaux, mais il est bon, il est saint, il peut...

Damis s'arrête, et saint Antoine regarde

APOLLONIUS *qui se met à dire d'une voix véhémente et suave tout ensemble.* — Mais, plus loin que tous les mondes, au delà des cieux, par-dessus toutes les formes, rayonne le monde impénétrable et inaccessible des idées, tout plein du Verbe. Nous en partirons, nous franchirons d'un saut l'immense espace, et tu saisiras dans son infinité l'Éternel, l'Être!... Allons! en marche! donne-moi la main!

Et la terre, tout à coup se creusant en entonnoir, fait un large abîme. Apollonius grandit, grandit. Des nuages couleur de sang roulent sous ses pieds nus, sa tunique blanche brille comme de la neige.

Un cercle d'or autour de sa tête vibre dans l'air avec un mouvement élastique. Il tend la main gauche à saint Antoine et, de la droite lui montre le ciel dans une attitude souveraine inspirée.

ANTOINE, *éperdu.* — Une ambition tumultueuse m'enlève à des hauteurs qui m'épouvantent, le sol fuit comme une onde, ma tête éclate. *(Il se cramponne à la croix tant qu'il peut.)*

On pourra comparer de la même façon la scène de la Reine de Saba dans la version de 1856 et dans le livre tel que Flaubert l'a publié (pp. 46-52 de la présente édition).

Antoine se retrouve devant sa cabane. Il fait grand jour.

Comment!... le soleil brille! et tout à l'heure j'étais dans la nuit! Voilà bien ma cabane cependant, c'est bien moi. *(Il se palpe.)* Voilà mon corps! voilà mes mains! Mon cœur palpite; et le cochon est toujours là... vautré sur le sable avec l'écume à la bouche. Voyons! voyons! remettons-nous! Je suis seul!... Non!... personne n'est venu; cela est sûr.

Mais il voit en face de lui trois cavaliers montés sur des onagres, vêtus de robes vertes, tenant des lis à la main et se ressemblant tous de figure. Ils ne bougent point, les onagres non plus, qui, abaissant leurs oreilles longues et tendant le cou, montrent leurs gencives en écartant les lèvres.

Antoine se retourne; et il voit trois autres cavaliers semblables, sur de pareils onagres, dans la même posture.

Il se recule. Alors les onagres tous à la fois, font un pas et frottent leur museau contre lui, en essayant de mordre son vêtement.

Un bruit de tam-tam et de clochettes. Une grande clameur, des voix qui crient : « Par ici ... par ici !... c'est là ! » et des étendards paraissent entre les fentes de la montagne, avec des têtes de chameaux en licol de soie rouge, des mulets chargés de bagages et des femmes couvertes de voiles jaunes, montées à califourchon sur des chevaux pie.

Les bêtes haletantes se couchent. Les esclaves se précipitent sur les ballots pour en dénouer les cordes avec leurs dents. On déroule des tapis bariolés, on étale par terre des choses qui brillent.

Un éléphant blanc caparaçonné d'un filet d'or, accourt en secouant le bouquet de plumes d'autruches attaché à son frontal. Sur son dos, parmi des coussins de laine bleue, jambes croisées, paupières à demi closes et se balançant la tête, il y a une femme, si splendidement vêtue qu'elle envoie des rayons tout autour d'elle, et derrière, à la croupe, debout sur un pied, un nègre en bottines rouges, avec des bracelets de corail, tient à sa main une grande feuille ronde dont il l'évente en souriant.

La foule se prosterne, l'éléphant plie les genoux et la Reine de Saba, se laissant glisser de son épaule, descend sur les tapis et s'avance vers saint Antoine.

Sa robe, en brocart d'or, divisée régulièrement par des falbalas de perles, de jais et de saphirs, lui serre la taille dans un corsage étroit rehaussé d'applications de couleur qui représentent les douze signes du Zodiaque. Elle a des patins très hauts dont l'un est noir, et semé d'étoiles d'argent avec un croissant de lune, et l'autre qui est blanc, est couvert de gouttelettes d'or avec un soleil au milieu.

Ses larges manches, garnies d'émeraudes et de plumes d'oiseaux, laissent voir à nu son petit bras rond, orné au poignet d'un bracelet d'ébène ; et ses mains, chargées de bagues, se terminent par des ongles si pointus, que le bout de ses doigts ressemble presque à des aiguilles. Une chaîne d'or plate lui passant sous le menton monte le long de ses joues, s'enroule en spirale autour de sa haute coiffure, poudrée de poudre bleue, puis, redescendant, lui effleure les épaules et vient s'attacher sur la poitrine à un petit scorpion de diamant qui allonge la langue entre ses seins.

Deux grosses perles blondes tirent ses oreilles. Le bord de ses paupières est peint en noir. Elle a sur la pommette gauche une tache brune, et elle respire en ouvrant la bouche, comme si son corset la gênait.

Elle secoue, tout en marchant, un parasol vert à manche d'ivoire, entouré de sonnettes vermeilles, et douze négrillons crépus portent la longue queue de sa belle robe, dont un singe tient l'extrémité qu'il soulève de temps à autre, pour regarder dessous.

LA REINE DE SABA. — Ah! bel ermite! bel ermite! mon cœur défaille!

ANTOINE, *en se reculant.* — Va-t'en! tu es une illusion! je le sais, arrière!

LA REINE DE SABA. — A force de piétiner d'impatience, il m'est venu des calus au talon et j'ai cassé un de mes ongles. J'envoyais des bergers qui restaient debout sur les montagnes, la main étendue devant les yeux, et des chasseurs qui criaient ton nom dans les bois, et des espions qui parcouraient toutes les routes, en demandant à chaque passant : « L'avez-vous vu ? »

Le soir, enfin, je descendais de ma tour; c'est-à-dire que mes servantes m'emportaient dans leurs bras; car je m'évanouissais régulièrement quand se levait l'étoile de Sirius.

ANTOINE, *à part.* — Mais j'ai beau fermer mes paupières, je l'aperçois toujours!...

LA REINE DE SABA. — On me faisait revenir en brûlant des herbes, et l'on m'introduisait dans la bouche, avec une spatule de fer, une confiture des Indes qui a la vertu de rendre les rois heureux, et dont j'ai tant avalé qu'il m'en reste au fond de la gorge une démangeaison.

Je passais mes nuits, le visage tourné vers la muraille, et je pleurais! Mes larmes, à la longue, ont fait deux petits trous sur la mosaïque, comme des flaques d'eau de mer dans les rochers. Car je t'aime... Oh oui! beaucoup! *(Elle lui prend la barbe).*

Ris donc, bel ermite! ris donc! Je suis très gaie, tu verras! Je pince de la lyre, je danse comme une abeille et je sais une foule d'histoires à raconter, toutes plus divertissantes les unes que les autres.

Tu ne t'imagines pas la longue route que nous avons faite! L'ongle des chameaux est usé, et voilà les onagres des courriers verts qui sont morts de fatigue. *(Antoine regarde, et les onagres en effet sont étendus par terre, immobiles.)*

Depuis trois grandes lunes, ils ont couru d'un train égal, avec un caillou dans les dents pour couper le vent, la queue toujours droite, le jarret toujours plié et galopant toujours! On n'en retrouvera pas de pareils! Ils me venaient de mon grand-père maternel, l'empereur Saharil, fils d'Iakhschab, fils d'Iaarab, fils de Kastan. Ah! s'ils vivaient encore, nous les attellerions à une litière pour nous en retourner vite à la maison. Mais... Comment?... à quoi songes-tu? *(Elle l'examine).*

Ah! quand tu seras mon mari, je t'habillerai, je te parfumerai, je t'épilerai. *(Antoine reste tout immobile, plus raide qu'un pieu, pâle comme un mort et les yeux écarquillés.)*

Tu as l'air triste! à cause de quoi? est-ce de quitter ta cabane? Moi, j'ai tout quitté pour toi, jusqu'au roi Salomon qui, cependant, a beaucoup de sagesse, vingt mille chariots de guerre, et une belle barbe! Je t'ai apporté mes cadeaux de noces. Choisis! (*Elle se promène entre les rangées d'esclaves et les marchandises.*)

Voici du baume de Génézareth, de l'encens du cap Gardefan, du ladanon, du cinnamome et du silphium bon à mettre dans les sauces. Il y a là dedans des broderies d'Assur, des ivoires du Gange, de la pourpre d'Élisa; et cette boîte de neige contient une outre de chalibon, vin réservé pour les rois d'Assyrie et qui se boit pur dans une corne de licorne. Voilà des colliers, des agrafes, des filets, des parasols, de la poudre d'or de Baasa, du cassiteros de Tartessus, du bois bleu de Pandio, ces fourrures blanches d'Issedonie, des escarboucles de l'île Palæsimonde, et des cure-dents faits avec les poils du tachas, animal perdu qui se trouve sous la terre. Ces coussins sont d'Émath et ces franges à manteau, de Palmyre. Sur ce tapis de Babylone, il y a... Mais viens donc! viens donc! (*Elle tire saint Antoine par la manche. Il résiste. Elle continue*) :

Ce tissu mince qui craque sous les doigts, avec un bruit d'étincelles, est la fameuse toile jaune apportée par les marchands de la Bactriane. Il leur faut quarante-trois interprètes dans leur voyage. Je t'en ferai des robes que tu mettras à la maison.

Poussez les crochets de l'étui en sycomore et donnez-moi la cassette d'ivoire qui est au garrot de mon éléphant! (*On retire d'une boîte quelque chose de rond recouvert d'une peau, et l'on apporte un petit coffret chargé de ciselures.*)

Veux-tu le bouclier de Gian-ben-Gian, celui qui a bâti les Pyramides? Le voilà! il est composé de sept peaux de dragons mises l'une sur l'autre, jointes par des vis de diamant et qui ont été tannées dans de la bile de parricide. Il représente d'un côté toutes les guerres qui ont eu lieu depuis l'invention des armes, et, de l'autre, toutes les guerres qui auront lieu jusqu'à la fin du monde. La foudre rebondit dessus, comme une balle de liège. Si tu es brave, tu le passeras à ton bras, et tu le porteras à la chasse.

Mais si tu savais ce que j'ai dans ma petite boîte! Retourne-la! tâche de l'ouvrir! Personne n'y parviendrait. Embrasse-moi, je te le dirai. (*Elle prend saint Antoine par les deux joues; il la repousse à bras tendus.*)

C'était une nuit que le roi Salomon perdait la tête. Enfin nous conclûmes un marché. Il se leva, et, sortant à pas de loup... (*Elle fait une pirouette.*) Ah! ah! bel ermite! tu ne le sauras pas! tu ne le sauras pas! (*Elle secoue son parasol, dont toutes les clochettes tintent.*)

J'ai bien d'autres choses encore, va! J'ai des trésors enfermés dans des galeries où l'on se perd comme dans un bois. J'ai des palais d'été en treillage de roseaux et des palais d'hiver en marbre noir. Au milieu de lacs grands comme des mers, j'ai des îles rondes comme des pièces d'argent, toutes couvertes de nacre et dont les rivages font de la musique au battement des flots tièdes qui se roulent vers le sable. Les esclaves de mes cuisines prennent des

oiseaux dans mes volières et pêchent le poisson dans mes viviers.
J'ai des graveurs continuellement assis pour creuser mon portrait
sur des pierres dures, des fondeurs haletants qui coulent mes statues,
des parfumeurs qui mêlent le suc des plantes à des vinaigres et
battent des pâtes. J'ai des couturières qui me coupent des étoffes,
des orfèvres qui me travaillent des bijoux, des coiffeuses qui sont
à me chercher des coiffures, et des peintres attentifs versant sur
mes lambris des résines bouillantes qu'ils refroidissent avec des
éventails. J'ai des suivantes de quoi faire un harem, des eunuques
de quoi faire une armée. J'ai des armées, j'ai des peuples! J'ai
dans mon vestibule une garde de nains portant sur le dos des trompes
d'ivoire. (*Antoine soupire.*)

J'ai des attelages de gazelles, des quadriges d'éléphants, des
couples de chameaux par centaines, et des cavales à crinières si
longues que leurs pieds y entrent quand elles galopent, et des
troupeaux à cornes si larges que l'on abat les bois devant eux
quand ils pâturent. J'ai des girafes qui se promènent dans mes
jardins et avancent leur tête sur le bord de mon toit, quand je
prends l'air après dîner.

Assise dans une coquille et traînée par des dauphins, je me
promène dans les grottes, écoutant tomber l'eau des stalactites.
Je vais au pays des diamants, où les magiciens, mes amis, me
laissent choisir les plus beaux; puis je remonte sur la terre et je
rentre chez moi.

*Elle allonge les lèvres, pousse un sifflement aigu, et un grand oiseau
qui descend du ciel vient s'abattre sur le sommet de sa chevelure dont il
fait tomber la poudre bleue. Son plumage de couleur orange semble composé
d'écailles métalliques. Sa petite tête garnie d'une huppe d'argent représente
un visage humain. Il a quatre ailes, des pattes de vautour et une immense
queue de paon qu'il étale en rond derrière lui. Il saisit dans son bec le parasol
de la Reine, chancelle un peu avant de prendre son aplomb, puis hérisse
toutes ses plumes et demeure immobile.*

Merci, beau Simorg-anka! toi qui m'as appris où se cachait
l'amoureux. Merci! merci! messager de mon cœur!

Il vole comme le désir. Il fait le tour du monde dans sa journée.
Le soir, il revient, il se pose aux pieds de ma couche; il me raconte
ce qu'il a vu; les mers qui ont passé sous lui avec les poissons
et les navires, les grands déserts vides qu'il a contemplés du haut
des cieux, et toutes les moissons qui se courbaient dans la campagne,
et les plantes qui poussaient sur le mur des villes abandonnées.
(*Elle passe langoureusement ses bras au cou de saint Antoine.*)

Oh! si tu voulais! si tu voulais... J'ai un pavillon sur un promontoire, au milieu d'un isthme, entre deux océans. Il est
lambrissé de plaques de verre, parqueté d'écailles de tortue, et
s'ouvre aux quatre vents du ciel.

D'en haut, je vois revenir mes flottes et les peuples qui montent
la colline avec des fardeaux sur l'épaule. Nous dormirions sur

des duvets plus mous que des nuées, nous boirions des boissons froides dans des écorces de fruits et nous regarderions le soleil à travers des émeraudes! Viens! (*Le Simorg-anka fait tourner comme des roues les yeux scintillants de sa queue, et la Reine de Saba soupire*) :

Mais je meurs! je meurs! (*Antoine baisse la tête.*)

Ah! tu me dédaignes!... Adieu! (*Elle s'éloigne en pleurant. Le cortège se met en marche; Antoine la regarde; elle s'arrête.*)

Bien sûr?... Une femme si belle! qui a un bouquet de poils entre les seins! (*Elle rit. Le singe qui tient le bout de sa robe la soulève à bras tendus, en bondissant.*)

Tu te repentiras, bel ermite! tu gémiras, tu t'ennuieras. Mais je m'en moque! la! la! la!... Oh! oh... Oh! oh!

Elle s'en va, la figure dans les mains, en sautillant à cloche-pied. Les esclaves défilent devant saint Antoine, les chevaux, les dromadaires, l'éléphant, les suivantes, les mulets qu'on a rechargés, les négrillons, le singe, les courriers verts tenant à la main leur lis cassé, et la Reine de Saba s'éloigne en poussant une sorte de hoquet convulsif qui ressemble à des sanglots ou à un ricanement.

Mais sa robe traînante qui s'allonge par derrière à mesure qu'elle s'en va, arrive comme un flot jusqu'aux sandales de saint Antoine. Il pose le pied dessus : tout disparaît.

ANTOINE. — Qu'ai-je fait? misérable! (*Il se désole.*) Ah! comment me débarrasser de l'illusion continuelle qui me persécute? Les cailloux du désert, l'eau saumâtre que je bois, la bure que je porte se changent, pour ma damnation, en pavés de mosaïque, en flots de vin, en manteaux de pourpre. Je me roule par le désir dans les prostitutions des capitales, et la pénitence s'échappe des mes efforts, comme une poignée de sable qui vous glisse entre les doigts plus on serre la main!...

Qu'on examine, de même, la passage de la Chimère, du Sphinx et des Bêtes fabuleuses dans le texte de 1874 (pp. 155-156 de la présente édition) et tel que Flaubert l'avait arrêté en 1856 :

ANTOINE. — Tiens!... je ne distingue pas, mais... on dirait deux bêtes monstrueuses? L'une rampe, l'autre voltige... Ah! mon Dieu! elles approchent!

Et, à travers le crépuscule, apparaît le Sphinx. Il allonge ses pattes, secoue lentement les bandelettes de son front et se couche à plat sur le ventre.

Sautant, volant, crachant du feu par les narines et de sa queue de dragon se frappant les ailes, la Chimère aux yeux verts, tournoie, aboie. Les anneaux de sa chevelure, rejetée d'un coté, s'entremêlent aux poils de ses

*reins ; de l'autre, ils pendent jusque sur le sable, et remuent au balancement
de tout son corps.*

LE SPHINX, *immobile et regardant la Chimère.* — Ici, Chimère !
arrête-toi !

LA CHIMÈRE. — Non ! jamais !

LE SPHINX. — Ne cours pas si vite, ne vole pas si haut, n'aboie
pas si fort.

LA CHIMÈRE. — Ne m'appelle plus ! ne m'appelle plus ! puisque
tu restes toujours muet, et que jamais tu ne te déranges de ta posture.

LE SPHINX. — Cesse donc de me jeter des flammes au visage
et de pousser des hurlements dans mon oreille ! Car tu ne fondras
pas mon granit, tu n'ouvriras pas mes lèvres.

LA CHIMÈRE. — Ni toi non plus, tu ne me saisiras pas, Sphinx
terrible, qui dardes sur l'horizon ton grand œil éternel.

LE SPHINX. — Pour demeurer avec moi, tu es trop folle.

LA CHIMÈRE. — Toi, pour me suivre, tu es trop lourd.

LE SPHINX. — Il y a longtemps que je vois au bout du désert
glisser dans la tempête, tes deux ailes déployées.

LA CHIMÈRE. — Il y a longtemps que je galope sur les sables,
et que je vois le soleil brunir ta figure sérieuse.

LE SPHINX. — La nuit, quand je marche dans les corridors
du labyrinthe, et que j'écoute le vent bramer sous les galeries
où passe la lune, j'entends le bruit de tes pattes grêles sur les dalles
sonores. Où vas-tu que tu fuis si vite ?... Moi, je reste au bas des
escaliers, à regarder les étoiles dans les vasques de porphyre.

LA CHIMÈRE. — De l'air ! de l'air ! du feu ! du feu ! je cours sur
les flots, je plane sur les monts, j'aboie dans les gouffres. De ma
queue traînante, je raye les plages. En me couchant sur la terre,
mon ventre a creusé les vallées, et les collines ont pris leur courbe
selon la forme de mes épaules. Mais toi, toujours accroupi et
grondant comme un orage, je te retrouve immobile, ou bien, du
bout de ta griffe, dessinant des alphabets sur le sable.

LE SPHINX. — C'est que je garde mon secret, je songe et je
calcule. L'Océan, dans son grand lit, se balance encore. Le chacal
piaule près des sépulcres. Les blés se courbent aux mêmes brises.
Je vois la poussière qui tourbillonne, le soleil qui luit, j'entends
le vent qui souffle.

LA CHIMÈRE. — Moi, je suis légère et joyeuse. Je découvre
aux hommes des perspectives éblouissantes avec des paradis dans
les nuages et des félicités lointaines. Je verse à l'âme les éternelles
manies, projets de bonheur, plans d'avenir, rêves de gloire, et
les serments d'amour et les résolutions vertueuses.

J'ai bâti des architectures étranges dont j'ai ciselé les feuillages
avec l'ongle de mes pattes. C'est moi qui ai suspendu des clochettes
au tombeau de Porsenna. J'ai inventé les idoles à quatre bras,
les religions dévergondées, les coiffures ambitieuses.

Je pousse les matelots aux voyages d'aventure : ils aperçoivent
dans la brume des îles avec des pâturages verts, des dômes, des

femmes nues qui dansent, et ils sourient à toutes ces ivresses qui chantent dans leur âme, au milieu des grands flots se refermant sur le navire sombré. *(Saint Antoine se promène entre les deux bêtes dont les gueules lui effleurent l'épaule.)*

Le Sphinx. — Ô Fantaisie! Fantaisie! emporte-moi sur tes ailes pour désennuyer ma tristesse!

La Chimère. — Ô Inconnu! Inconnu! je suis amoureuse de tes yeux! Comme une hyène en chaleur, je tourne autour de toi, sollicitant les fécondations dont le besoin me dévore.

Ouvre la gueule! lève tes pieds! monte sur mon dos!

Le Sphinx. — Mes pieds depuis qu'ils sont à plat ne peuvent plus se relever. Le lichen, comme une dartre, a poussé sur ma bouche. A force de songer, je n'ai plus rien à dire.

La Chimère. — Tu mens, Sphinx hypocrite! J'ai vu ta virilité cachée! D'où vient toujours que tu m'appelles et me renies?

Le Sphinx. — C'est toi, Caprice indomptable, qui passes et tourbillonnes.

La Chimère. — Est-ce ma faute?... Comment?... Laisse-moi! *(Elle aboie)*. Houahô! houahô!

Le Sphinx. — Tu remues, tu m'échappes! *(Il grogne.)* Heoûm! eûm!

La Chimère. — Essayons?... Tu m'écrases!... houahô! houahô! *(La Chimère aboie, le Sphinx gronde, et des papillons monstrueux se mettent à bourdonner, des lézards s'avancent, des chauves-souris voltigent, des crapauds sautent, des chenilles rampent, de grandes araignées se traînent.)*

Le Cochon. — Miséricorde! ces vilaines bêtes-là vont m'avaler tout cru!

Antoine. — Oh! j'ai froid! une terreur infinie me pénètre! Il me semble apercevoir... comme des types vagabonds qui cherchent de la matière, ou bien des créatures s'évaporant en idées! Ce sont des regards qui passent, des membres incomplets qui palpitent, des apparences humaines plus diaphanes que des bulles d'air.

Les Astomi. — Ne souffle pas trop fort! Les gouttes de pluie nous écrasent, les sons faux nous aveuglent, les ténèbres nous déchirent. Composés de vent, de parfums et de rayons, nous sommes un peu plus que des rêves, et pas des êtres tout à fait.

Les Nisnas. — Nous n'avons qu'un œil, qu'une joue, qu'une narine, qu'une main, qu'une jambe, qu'une moitié du corps, qu'une moitié du cœur; et nous vivons fort à notre aise dans nos moitiés de logis avec nos moitiés de femmes et nos moitiés d'enfants.

Les Sciapodes. — Retenus à terre par nos chevelures plus longues que les lianes, nous végétons à l'abri de nos pieds larges comme des parasols; — et nous regardons, à travers eux, la lumière du jour, avec nos veines qui s'entre-croisent et notre sang rose qui circule.

Les Blemmyes. — N'ayant point de tête, nos épaules en sont plus larges et il n'y a pas de bœuf, de rhinocéros, ni d'éléphant qui soit capable de porter ce que nous portons. Des espèces de

traits et comme une vague figure empreinte sur nos poitrines :
voilà tout! Nous pensons des digestions, nous subtilisons des
sécrétions. Dieu, pour nous, flotte en paix dans les chyles intérieurs.

Nous marchons droit notre chemin, traversant toutes les fanges,
côtoyant tous les abîmes, et nous sommes les gens les plus laborieux,
les plus heureux, les plus vertueux.

Les Pygmées. — Petits bonshommes, nous grouillons sur le
monde, comme de la vermine sur la bosse d'un dromadaire. On
nous brûle, on nous noie, on nous écrase, et toujours nous reparaissons plus vivaces et plus nombreux, terribles par la quantité.

es Cynocéphales, *qui, couverts de poils, vivent dans les bois d'une
façon désordonnée.* — Nous grimpons aux arbres pour super les œufs,
nous plumons les oisillons et nous posons leur nid sur notre tête en
manière de bonnet. Malheur à la vierge qui va seule aux fontaines!

Hardi! compagnons! faisons claquer nos dents blanches, agitez
les feuillages.

Antoine. — Qui donc me souffle à la figure ce parfum de sève
où mon cœur défaille? *(Et il aperçoit)* :

Le Sadhuzag, *grand cerf noir à la tête de bœuf, qui porte, entre
les oreilles, un buisson de cornes blanches,* — Mes soixante-douze
andouillers sont creux comme des flûtes. Je les courbe et je les
redresse... tiens! *(Il fait remuer son bois en avant et en arrière.)*

Quand je me tourne vers le vent du sud, il s'en échappe des
sons qui attirent à moi les bêtes ravies. Les serpents s'enroulent
à mes jambes, les guêpes se collent à mes narines et les perroquets,
les colombes et les ibis se tiennent perchés sur mes rameaux...
Écoute! *(Il renverse son bois, d'ou sort une musique ineffable.)*

Antoine. — Quels sons! mon cœur se détache! il vibre! cette
mélodie va l'emporter avec elle!

Le Sadhuzag. — Mais quand je me tourne vers le nord et
que j'incline mon bois plus touffu qu'un bataillon de lances, il
en part une voix terrible, et les forêts tressaillent, les cascades
remontent, les lotus s'éclatent, la terre tremble et les herbes se
hérissent comme la chevelure d'un lâche... Écoute! *(Il baisse en
avant ses rameaux, d'où sort une musique épouvantable.)*

Antoine. — Ah! je me dissous, et tout ce qu'il y a dans ma
tête s'en arrache et tourbillonne, comme des feuilles d'arbre dans
un grand vent!

La Licorne, *caracolant autour de lui.* — Au galop! au galop!
J'ai les sabots d'ivoire, les dents d'acier, la tête couleur de pourpre,
le corps couleur de neige, et la corne de mon front est blanche
par le bas, noire au milieu, rouge au bout.

Je voyage de la Chaldée au désert tartare, sur les bords du
Gange et dans la Mésopotamie. Je dépasse les autruches; je cours
si vite que je traîne le vent.

Je frotte mon dos contre les palmiers, je me roule dans les
bambous. D'un bond je saute les fleuves, — et quand je passe

par Persépolis, je m'amuse à casser, avec ma corne, la figure des rois qui sont sculptés sur la montagne.

Le Griffon, *lion à bec d'aigle, garni d'ailes blanches, avec le corps noir et le cou bleu.* — Moi, je sais les cavernes où ils dorment, les vieux rois! Ils sont assis sur leur trône, couronnés de la tiare et vêtus d'un manteau rouge; — une chaîne qui sort de la muraille leur tient la tête droite, et leur sceptre d'émeraude est posé sur leurs genoux. Près d'eux, dans les bassins de porphyre, des femmes qu'ils ont aimées flottent avec leur robe blanche, sur des liquides noirs. Leurs trésors sont rangés dans des salles, par losanges, par tas, par pyramides, pleines de diamants, des soleils en escarboucles.

Debout sur les collines chenues, la croupe adossée contre la porte du souterrain, et la griffe en l'air, j'épie de mes prunelles flamboyantes ceux qui voudraient venir. C'est un pays blanchâtre, tout plein de précipices, immobile et ravagé. Le ciel noir s'étend sur la vallée où les ossements des voyageurs s'égrènent en poussière... Je t'y conduirai, Antoine, et les portes d'elles-mêmes s'ouvriront : tu humeras la vapeur chaude des mines, tu descendras dans les souterrains.

Antoine. — Oh! non! non! c'est comme si la terre m'écrasait! j'étouffe... *(Il relève le front vers le ciel.)*

Le Phénix, *qui plane, s'arrête, il a de grandes ailes d'or, des rayons lui sortent des yeux.* — Je traverse les firmaments, j'effleure les plages où je vais becquetant des étoiles, et je trottine, du bout de mes pattes, sur la Voie lactée, comme une poule qui saute parmi des grains d'avoine.

Quand je veux dormir, je me couche dans la lune, en courbant mon corps selon sa forme ovale. D'autres fois, je la prends à mon bec, et, à grands coups d'aile, je la traîne par les espaces. C'est alors qu'elle court si vite, descendant les vallées, sautant les ruisseaux, cabriolant sur les bois, comme une chèvre qui vagabonde dans la vaste plaine bleue.

Mais quand la flamme des soleils ne peut plus réchauffer mon sang appauvri, je vais dans l'Yémen prendre de la myrrhe fraîche, dont je compose un nid funèbre. Alors je ferme les plumes et je me mets à mourir.

La pluie d'équinoxe qui tombe sur ma cendre la mêle au parfum tiède encore. Un ver apparaît, il lui pousse des ailes, il s'envole : c'est le Phénix, fils ressuscité du Père... Des astres nouveaux s'épanouissent, un soleil plus jeune éclate, et les sphères paresseuses recommencent à tourner. *(Le Phénix voltige en faisant des cercles enflammés; Antoine ébloui abaisse ses regards sur la terre, et d'autres animaux apparaissent, bêtes cornues, monstres ventrus.)*

Le Cochon. — Je suis malade! Comme je souffre! qu'ils me tourmentent!... Oh! là! là!... hah! hah! hah! *(Il court de côté et d'autre.)*

Je suis brûlé, asphyxié, étranglé! je crève de toutes les façons!

On me tire la queue, on me pince le ventre, on m'écorche le dos,
et j'ai un aspic qui me mord la verge!

ANTOINE, *pleurant.* — Mon pauvre cochon! mon pauvre cochon!

LE BASILIC, *gigantesque serpent violet, à crête trilobée, s'avance droit
en l'air.* — Prends garde! tu vas tomber dans ma gueule! Je suis
le Dévorateur universel, le fils des volcans nourri de lave et de
soufre! Les rochers où je me pose éclatent, les arbres où je m'enroule
s'enflamment, la glace se fond à mes regards et, quand je passe
par les cimetières, les os des morts se mettent à sauter dans leur
sépulcre, comme des châtaignes dans la poêle. J'ai bu la rosée
des prairies, la sève des plantes, le sang des bêtes. Je bois du feu.
Le feu m'attire. Il faut que j'avale ta moelle, que je pompe ton
cœur. J'ai deux dents, une en haut, une en bas. Tu vas sentir comme
elles pincent! *(Les serpents sifflent, les bêtes féroces aboient. On entend
bruire des mâchoires, des gouttes de sang pleuvent.)*

LE MARTICHORAS, *lion de couleur cinabre, à figure humaine, avec
trois rangées de dents rouges, une queue de scorpion et des yeux verts.* —Je
cours après les hommes. Je les saisis par les reins et je leur bats
la tête contre les montagnes pour en faire jaillir la cervelle. Je
sue la peste, je crache la grêle. C'est moi qui dévore les armées
quand elles s'aventurent dans le désert.

Mes ongles sont tordus en vrilles, mes dents sont taillées en
scie, et ma queue que je dresse, abaisse et contourne, est hérissée
de dards que je lance à droite, à gauche, en avant, en arrière...
tiens! tiens! *(Le Martichoras jette les épines de sa queue, qui se succèdent
en fusées. Antoine, immobile au milieu des animaux, reste à écouter toutes
ces voix et à regarder toutes ces formes.)*

LE CATOBLÉPAS, *buffle noir, avec une tête de pourceau tombant jusqu'à
terre et rattachée à ses épaules par un cou mince, long et flasque comme
un boyau vidé. Il est vautré tout à fait et ses pieds disparaissent sous
l'énorme crinière à poils durs qui lui couvre le visage.* — Gras, mélancolique, farouche, je reste ainsi continuellement à sentir sous
mon ventre la chaleur de la terre.

Mon crâne est tellement lourd qu'il m'est impossible de le porter;
je le roule autour de moi, lentement, et, la mâchoire entr'ouverte,
j'arrache avec ma langue des herbes vénéneuses arrosées de mon
haleine. Une fois même je me suis dévoré les pattes, sans m'en
apercevoir.

Personne, Antoine, n'a jamais vu mes yeux, ou ceux qui les
ont vus sont morts. Si je relevais mes paupières, mes paupières
roses et gonflées, tout de suite tu mourrais.

ANTOINE. — Oh! oh!... celui-là... a... a!

Eh bien!... si j'allais avoir envie de les regarder, ces yeux?
mais oui, sa stupidité féroce m'attire! je tremble!... Oh! quelque
chose d'irrésistible m'entraîne à des profondeurs pleines d'épouvante! *(Et il voit venir des oursins, des dauphins, des poissons qui marchent droits sur leurs barbes, de grandes huîtres qui bâillent, des seiches crachant une liqueur noire, des cétacés soufflant l'eau par leurs évents, des cornes*

d'Ammon se déroulant comme des câbles et des quadrupèdes glauques qui balancent sur leur tête des goémons humides. Des phosphorescences verdâtres scintillent autour des nageoires, au bord des ouïes, sur la crête des dos, encerclent des valves rondes, pendent à la moustache des phoques, ou traînent par terre, comme de grandes lignes d'émeraudes qui s'entre-croisent.)

LES BÊTES DE LA MER, *respirant bruyamment.* — Le sable de la route a sali nos écailles, et nous ouvrons la gueule comme des chiens hors d'haleine.

Nous t'emmènerons, Antoine, tu viendras avec nous sur les lits de varech, par les plaines de corail qui frissonnent au mouvement régulier des vagues profondes. Tu ne sais pas nos immensités liquides. Des peuples divers habitent les pays de l'Océan. Les uns sont au séjour des tempêtes. D'autres nagent en plein dans la transparence des ondes froides, aspirent par leurs trompes l'eau des marées qui refluent, ou portent, sur leurs épaules, le poids des sources de la mer. Semblables à des soleils découpés, des plantes toutes rondes abritent des animaux endormis. Leurs membres poussent avec les roches. Le mollusque bleuâtre fait palpiter son corps inerte comme un flot d'azur.

Nous n'entendons d'autre bruit que le bourdonnement éternel des grandes eaux et nous regardons au-dessus de nos têtes passer la carène des navires, comme des astres noirs qui glissent en silence.

ANTOINE. — Oh! oh! je ne distingue plus...

Et à mesure que saint Antoine considère les animaux, il en survient de plus formidables et de plus monstrueux encore : le Tragelaphus, moitié cerf et moitié bœuf; le Phalmant, couleur de sang, qui fait crever son ventre à force de hurler; la grande belette Pastinaca, qui tue les arbres par son odeur; le Senad à trois têtes, qui déchire ses petits avec sa langue; le Myrmecoleo, lion par devant, fourmi par derrière, et dont les génitoires sont à rebours; le serpent Aksar, de soixante coudées, qui épouvanta Moïse; le chien Cépus, dont les mamelles distillent une couleur bleue; le Porphyrus, dont la salive fait mourir dans des transports lascifs; le Presteros, qui rend imbécile par le toucher; le Mirag, lièvre cornu habitant des îles de la mer.

Il arrive tout à coup des rafales hurlantes pleines d'anatomies merveilleuses. Ce sont des têtes d'alligators sur des pieds de chevreuil, des cous de cheval terminés par des vipères, des grenouilles velues comme des ours, des hiboux à queue de serpent, des pourceaux à gueule de tigre, des chèvres à croupe d'âne, des caméléons grands comme des hippopotames, des poulets à quatre pattes, des veaux à deux têtes dont l'une pleure et l'autre beugle, des fœtus quadruples se tenant par le nombril et valsant comme des toupies, des grappes d'abeilles se désenfilant comme des chapelets, des aloès tout couverts de pustules roses, des ventres ailés qui voltigent comme des moucherons, des corps de femmes ayant à la place du visage une fleur de lotus épanouie, et des carcasses gigantesques faisant crier leurs articulations blanches, et des végétaux dont la sève sous l'écorce palpite comme du sang, des minéraux dont les facettes vous regardent comme des yeux, des polypes s'accrochant par leurs bras, contractant leurs gaines, ouvrant leurs pores, se gonflant, se développant, s'avançant.

Et ceux qui ont passé reviennent, ceux qui ne sont pas venus arrivent. Il en tombe du ciel, il en sort de terre, il en dégringole des rochers. Les Cynocéphales aboient, les Sciapodes se couchent, les Blemmyes travaillent, les Pygmées se disputent, les Astomi sanglotent, la Licorne hennit, le Martichoras rugit, le Griffon piaffe, le Basilic siffle, le Phénix vole, le Sadhuzag pousse des sons, le Catoblépas soupire, la Chimère crie, le Sphinx gronde. Les bêtes marines se mettent à palpiter des nageoires, les reptiles à souffler leur venin, les crapauds à sautiller, les moucherons à bourdonner ; les dents claquent, les ailes vibrent, les poitrines se bombent, les griffes s'allongent, les chairs clapotent. Il y en a qui accouchent, d'autres copulent, ou, d'une seule bouchée, s'entre-dévorent ; tassés, pressés, étouffant par leur nombre, se multipliant à leur contact, ils grimpent les uns sur les autres. Et cela monte en pyramides, faisant un tas complexe de corps divers, dont chacun s'agite de son mouvement propre, tandis que l'ensemble oscille, bruit et reluit à travers une atmosphère que rayent la grêle, la neige, la pluie, la foudre, où passent des tourbillons de sable, des trombes de vent, des nuages de fumée, et qu'éclairent à la fois des lueurs de lune, des rayons de soleil, des crépuscules verdâtres.

Le sang de mes veines bat si fort qu'il va les rompre. Mon âme déborde par-dessus moi ! Je voudrais m'élancer, m'enfuir au dehors. Moi aussi je suis animal, la vie me grouille au ventre. J'ai envie de voler dans les airs, de nager dans les eaux, de courir dans les bois. Oh ! comme je serais heureux si j'avais ces robustes existences sous leurs cuirs inattaquables ! Comme je respirerais à l'aise sur ces vastes envergures !

J'ai besoin d'aboyer, de beugler, de hurler ! je voudrais vivre dans un antre, souffler de la fumée, porter une trompe, tordre mon corps, — et me diviser, partout être en tout, m'émaner avec les odeurs, me développer comme les plantes, vibrer comme le son, briller comme la lumière, me blottir sous les formes, pénétrer chaque atome, circuler dans la matière, être matière moi-même pour savoir ce qu'elle pense...

Le Diable, *fondant sur saint Antoine, l'accroche aux reins par ses cornes et l'emporte avec lui en criant.* — Tu vas le savoir ! je vais te l'apprendre !

Le Cochon, *cabré sur ses pattes, regarde saint Antoine disparaître dans les espaces.* — Oh ! que n'ai-je des ailes, comme le cochon de Clazomènes !

*Voici enfin le défilé des dieux, qu'on retrouvera
sensiblement modifié dans le texte de 1874 (pp. 106-141
de la présente édition).*

Le Diable *se pince la lèvre, puis il se frappe le front, bondit sur
saint Antoine, et, l'entraînant au fond de la scène, s'écrie.* — Tiens !
regarde !

*Alors on entend une grande clameur, et l'on voit à l'horizon passer
des formes confuses, plus insaisissables que des fumées, puis des pierres, des
peaux de bêtes, des fragments de métal, des morceaux de bois, et un grand
arbre touffu qui marche tout droit sur ses racines : un bracelet d'or entoure
son tronc rugueux. Des chapelets, des coquilles et des médailles sont suspendus à ses rameaux. Des peuples, au front déprimé, se traînent sur les genoux
en lui envoyant des baisers.*

La Mort *lève le bras et, d'un coup de fouet, frappe le grand arbre :
il disparaît.*

Puis, sur des traîneaux qui glissent, passent

Des Idoles *noires, blanches, vertes, violettes, faites de bois, d'argent,
de cuivre, de pierre, de marbre, de paille et d'argile, d'ardoises et d'écailles de
poisson. Elles ont de gros yeux, de grosses narines, des étendards fichés
dans le ventre, des bras qui traînent, des phallus monstrueux leur dépassant
la tête. Le jus des viandes coule dans leurs barbes, elles suintent l'huile
des sacrifices, et, de leurs lèvres entr'ouvertes, s'échappent des tourbillons
d'encens.*

Elles bégaient comme si elles voulaient parler. — Bâ, — bâ, — bâ, —
bâ !

La Mort, *les frappant.* — A d'autres !

*Alors arrivent à la fois les cinq idoles d'avant le Déluge : Sawa à figure
de femme, Yagheth à figure de lièvre, Yauk à figure de cheval, Nasr à
figure d'aigle, Waad à figure d'homme, ruisselantes d'eau de mer et avec
des varechs comme des chevelures qui leur ont poussé sur la tête. La Mort
fait claquer son fouet : elles s'abattent.*

*Passe ensuite la grande idole de Sérandib toute couverte d'escarboucles ;
elle a des nids d'hirondelles dans les trous de ses yeux. Puis l'idole de
Soumenat, de quatre cents palmes de hauteur toute en fer, et qui se tenait
suspendue à des murs d'aimant. Sa taille trop haute se renversant craque
et se brise d'elle-même. Puis une idole nègre qui, sous un feuillage d'or,
sourit d'un air stupide. Posée sur le pied gauche, dans l'attitude d'un homme
qui danse, elle porte à son cou un collier de fleurs rouges et elle souffle toujours
la même note dans un bambou creux. Puis l'idole bleue de la Bactriane,
incrustée de nacre...*

Plus vite! plus vite!

Puis l'idole de Tartarie, statue d'homme en agate verte, qui dans sa main d'argent tient sept flèches sans plumes.

Allons donc!

Puis les trois cent soixante idoles des Arabes, correspondant aux jours de l'année, qui vont grandissant de taille et diminuant.

Passez! passez!

Puis l'idole des Gangarides, en maroquin jaune, assise sur ses jambes, la tête rase, le doigt levé. Elle se déchire en pièces sous les coups de la Mort, et l'étoupe de ses membres voltige de tous côtés. Secouant dans ses mains les longues guides d'or qui retiennent ses soixante-trois chevaux à crinière blanche, assis sur un trône de cristal et sous un pavillon de perles à franges de saphir, arrive le Gange, traînant dans un chariot d'ivoire tous ses dieux. Il a une tête de taureau avec des cornes de bélier et sa robe claire disparaît sous des fleurs de pipalas. Les franges du pavillon s'entre-choquent, les crinières des chevaux frissonnent et l'immense char, supporté par deux roues, bascule tantot d'un côté, tantot de l'autre.

Il est plein; les dieux l'encombrent: dieux à plusieurs têtes, à plusieurs bras, à plusieurs pieds, rayonnant d'auréoles et qui semblent engourdis dans des abstractions éternelles. Des serpents s'enroulent à leurs corps, passant entre leurs cuisses, et, se dressant, puis se courbant, s'inclinent au-dessus d'eux, comme des berceaux de couleur. Ils sont assis sur des vaches, sur des tigres, sur des perroquets, sur des gazelles, sur des trônes à triple étage. Leurs trompes d'éléphants se balancent comme des encensoirs, leurs yeux scintillent comme des étoiles, leurs dents bruissent comme des glaives.

Ils portent, dans les mains, des roues de feu qui tournoient, des triangles sur la poitrine, des têtes de mort autour du cou, des palmes vertes sur les épaules. Ils pincent des harpes, chantent des hymnes, crachent des flammes, respirent des fleurs. Des plantes descendent de leur nez, des jets d'eau jaillissent de leurs têtes.

Des déesses couronnées de tiares allaitent des dieux qui vagissent à leurs mamelles, rondes comme des mondes; et d'autres, suçant l'ongle de leur pied, s'enveloppent dans des voiles clairs, qui réfléchissent sur leur surface la forme confuse des créations.

La Mort fait claquer son fouet, le Gange lâche les guides, les dieux pâlissent. Ils s'accrochent les uns contre les autres, ils se mordent les bras, leurs saphirs se brisent, leurs lotus se fanent. Une déesse qui portait trois œufs dans son tablier les casse par terre.

Ceux qui avaient plusieurs têtes se les tranchent avec leurs épées; ceux qui étaient entourés de serpents s'étranglent dans leurs anneaux; ceux qui buvaient dans des tasses les jettent par-dessus leurs épaules. Ils pleurent, ils se cachent la face dans les tapis de leurs sièges.

Antoine *s'avance en haletant.* — Pourquoi cela? pourquoi donc?

Les Dieux du Gange. — Gange aux vastes rives, où vas-tu, que tu nous entraînes comme des brins d'herbe?

L'éléphant a tremblé sur ses genoux, la tortue a rentré ses membres, et le serpent a lâché le bout de sa queue qu'il tenait dans sa gueule.

Remonte vers ta source! Au delà des demeures du soleil, après la lune, derrière la mer de lait, nous voulons boire encore l'enivrement de nos immortalités, au son des luths, dans les bras de nos épouses.

Mais tu coules toujours, tu coules toujours. Gange aux vastes rives!

Un Dieu *tout couvert d'yeux, noir et monté sur un éléphant à trois trompes.* — Qui donc a fait cent fois le sacrifice du cheval, pour me déposséder de mon empire? Où êtes-vous, mes Crépuscules jumeaux qui trottiez sur vos ânes? Où es-tu, Feu monté sur le bélier d'azur aux cornes rouges? Où es-tu donc, Aurore au front vermeil qui retirais à toi le nuage sombre de la nuit, comme une danseuse qui s'avance, la robe retroussée sur son genou?

Je brillais d'en haut, j'éclairais les carnages, j'effaçais les pâleurs. Mais c'est fini, maintenant! La grande âme tout essoufflée va mourir, comme une gazelle qui a trop couru.

Une Déesse, *debout sur un globe d'argent, coiffée de fleurs d'où sortent des rayons, et revêtue d'une écharpe où sont peints des animaux. Un collier de diamants, qui fait trois tours à son col, passe sur ses poignets et se rattache à ses talons. De ses seins cerclés de bracelets d'or, il jaillit du lait.* — De prairies en prairies, de sphères en sphères, de cieux en cieux, j'ai fui. Je suis pourtant la richesse des âmes, la sève des arbres, la couleur du lotus, le flot tiède, l'épi mûr, la déesse aux longs sourires, qui bâille dans la gueule des vaches et se baigne dans la rosée.

Ah! j'ai trop cueilli de fleurs, ma tête est étourdie.

Son voile s'envole. Elle court après.

Saint Antoine a passé le bras pour le saisir, mais apparaît

Un Dieu *tout bleu, à tête de sanglier, avec des boucles d'oreilles et tenant dans ses quatre mains un lotus, une conque, un cercle et un sceptre.* — J'ai remis à flot la montagne noyée et, sur mon dos de tortue, j'ai porté le monde. De mes défenses, j'ai éventré le géant. Je suis devenu lion, je suis devenu nain. J'ai été brahmane, guerrier, laboureur. Avec un soc de charrue, j'ai exterminé un monstre à mille bras, j'ai fait beaucoup de choses, des choses difficiles, prodigieuses! Les créations passaient, moi je durais, et comme l'Océan qui reçoit tous les fleuves, sans en devenir plus gros, j'absorbais les siècles.

Qu'est-ce donc?... Tout chancelle... où suis-je? qui suis-je? Faut-il prendre ma tête de serpent? *(Il lui pousse une tête de serpent.)*

Ah! plutôt la queue de poisson qui battait les flots! *(Il lui pousse une queue de poisson.)*

Si j'avais la figure du solitaire? *(Il se change en solitaire.)*

Eh non! c'est la crinière du cheval qu'il me faut! *(Il lui pousse une crinière de cheval.)*

Hennissons! levons le pied!... Oh! le lion! *(Il devient lion.)*

Oh! mes défenses! *(Il lui sort des défenses de la bouche.)*

Toutes mes formes tourbillonnent et s'échappent, comme si j'allais vomir la digestion de mes existences. Des âges arrivent. Je grelotte comme dans la fièvre.

Antoine ouvre la bouche pour parler. Mais arrive

Un Dieu *plus grand que tous les autres, magnifique, vêtu de robes étincelantes, monté sur un cygne, avec quatre figures à mentons barbus et tenant dans ses mains un collier où sont passées des sphères.* — Je suis la terre! je suis l'eau! je suis le feu! je suis l'air! je suis l'intelligence, la conscience, la création, la dissolution, la cause, l'effet : invocation dans les livres, profondeur dans l'Océan, vastitude dans le ciel, force du fort, pureté du pur, sainteté du saint! *(Il s'arrête, essoufflé.)*

Bon! excellent! très haut! Le sacrifice! l'aromate! Le prêtre et la victime; le protecteur, le réconforteur, le créateur!... *(Il respire encore une fois.)*

... la pluie qui fait du bien, la bouse de vache, le fil du collier, l'asile, l'ami, la place où les choses doivent être; la semence inépuisable, éternelle, toujours renouvelée! Sorti à la fin de l'œuf d'or, comme le fœtus de sa membrane, je... *(Il disparaît sans avoir le temps de finir sa phrase.)*

Un Dieu Noir, *avec un œil sur le front, un lotus à son cou, et un triangle sous les pieds. Il a l'air triste.* — Multiplier les Formes par elles-mêmes, ce n'est pas produire l'Être. Quand je creuserais éternellement les puits de la pagode, quand j'élèverais continuellement les escaliers de la tour, à quoi bon? C'est donc inutile, tout ce que j'ai souffert! Les agonies de mes morts, les travaux de mes existences! tant de sueurs! tant de combats! tant de victoires!...

Ô nourrice, qui t'épouvantais jadis en contemplant dans ma bouche les formes de l'univers resplendissantes comme des rangées de dents, tu ne sais pas qu'à cette heure mes gencives silencieuses, se renvoient de l'une à l'autre le vide qu'elles mâchent!

Au milieu de la forêt, le religieux, qui contemple le soleil, prie de toute son âme! Il s'est retiré du monde! Il se retire de lui-même, il se dégage. Sa pensée le transporte où il veut, il voit à toute distance, il entend tous les sons, il prend toutes les formes... mais... s'il n'en rendait aucune?... S'il allait se dépouiller de toutes? Oui... à force d'austérités, s'il finissait... *(Avec la mine de quelqu'un d'effrayé)* :

Oh! *(Et le char disparaît, en claquant de l'essieu, tel qu'une voiture usée.)*

Antoine, *mélancoliquement.* — Plus rien!.... C'étaient des dieux, pourtant! *(Mais en voici d'autres qui s'avancent, couverts de peaux à long poil. Ils soufflent entre leurs doigts et leurs nez sont bleus.)*

Les Dieux du Nord. — Le soleil fuit! Il court comme s'il avait peur, il se ferme comme l'œil fatigué d'une vieille fileuse.

Nous avons froid, nos peaux d'ours sont lourdes de neige et le bout de nos pieds passe par les trous de nos chaussures.

Jadis nous étions dans nos grandes salles où les bûches flambaient, près des tables longues couvertes de quartiers de viande et de couteaux à manche ciselé.

Il faisait bon, nous buvions de la bière. Nous nous racontions nos vieux combats. Les coupes de corne entre-choquaient leurs cercles d'or, et nos cris montaient comme des marteaux de fer que l'on eût lancés contre la voûte.

Elle était cannelée de bois de lances, la large voûte! Les glaives suspendus nous éclairaient pendant la nuit, et nos boucliers, du haut en bas, s'étalaient sur les murs.

Nous mangions le foie de la baleine, dans des plats de cuivre qui avaient été battus par des géants. Nous jouions à la balle avec des rocs; nous écoutions chanter les sorciers captifs qui s'appuyaient en pleurant sur leurs harpes de pierre, et nous rentrions dans nos lits, le matin seulement, lorsque la brise, tout à coup, entrait dans la salle échauffée.

Il a fallu partir, pourtant! Il y eut alors des sanglots! Nous avions le cœur gonflé, comme la mer quand bat le plein de la marée.

Sur la lande où picore la corneille, nous avons trouvé les pommes dont se nourrissaient les dieux quand ils se sentaient vieillir; elles étaient noires de pourriture et s'écrasaient à la pluie. Dans la forêt profonde, près du Hêtre éternel, nous avons vu les quatre daims qui tournent en mordant son feuillage. L'écorce était rongée et les bêtes assouvies ruminaient debout, en battant du pied. Au bord de la plage, où se brisent les glaçons blancs, nous avons rencontré le vaisseau construit avec les ongles des cadavres : il était vide, et alors a chanté le coq noir qui se tenait au fond de la terre, dans les salles de la Mort.

Nous sommes las, nous avons froid et nous trébuchons sur la glace. Le loup qui court derrière nous va dévorer la lune.

Nous n'avons plus les grandes prairies où il y avait des haltes pour reprendre haleine dans la bataille. Nous n'avons plus les navires à plaques d'or, les longs navires bleus dont la proue coupait les monts de glace, quand nous cherchions, sur l'Océan, les Génies cachés qui bramaient dans les tempêtes. Nous n'avons plus les patins pointus avec lesquels nous faisions le tour des pôles, en portant, au bout des bras, le firmament entier qui tournait avec nous... *(Ils disparaissent dans un tourbillon de neige.*

Antoine sent peu de sympathie pour les dieux du Nord, trop brutaux et trop étroits.)

LE DIABLE. — Oui! ils ne s'occupaient qu'à boire, comme de bons vivants. En voilà un plus moral : il vient de la Perse!

On voit venir un vieillard qui marche à pas lents, les yeux fermés, le corps enveloppé dans de vastes draperies, et une barbe blanche lui descend jusqu'au ventre.

Au-dessus de sa tête, se tient en l'air une petite figure semblable à lui et dont la partie inférieure se perd dans un plumage épais.

LE VIEILLARD *ouvre les yeux et la petite figure étend les ailes.* Enfin! les douze mille ans sont accomplis! c'est donc le jour! le grand jour! Merci, ô Ferver immortel, qui laissais tomber dans mon intelligence les rayons merveilleux de tes pupilles d'émeraude! Tu vas grandir, n'est-ce pas? et nous allons nous baigner ensemble dans les profondeurs du Verbe!

Il tend l'oreille, il regarde.

Mais quoi! je n'entends pas tomber la pluie d'eau noire! Les corps ranimés ne se relèvent point de leurs tombeaux!

Il appelle.

Kaiomors! Meschia! Meschiané!

Silence.

Mes trois fils ne sont donc pas venus?

LE DIABLE. — Non!

ZOROASTRE, *en sursaut.* — Ah! c'est toi, Ahrimane!

LE DIABLE. — Oui! c'est moi! L'ouragan a soufflé sur ton feu, ô Zoroastre! et tes mages décoiffés y chauffent leurs pieds nus, en crachant dans les cendres.

La Mort allonge un coup de fouet au Ferver qui s'enfuit à tire-d'aile, en poussant des cris, comme une caille blessée.

ZOROASTRE *s'en va la tête basse, à pas saccadés et en marmottant.* — C'était beau, pourtant! J'avais séparé Dieu en deux parties distinctes : le Bien étant d'un côté, le Mal de l'autre.

LE DIABLE. — Assez! va-t'en!

ZOROASTRE. — J'avais cerclé la vie dans un ordre sacerdotal : tout se superposait.

LE DIABLE. — C'est fini! retourne dans ta caverne!

ZOROASTRE. — J'avais enseigné la manière de faire les labours, le nombre des morceaux de tamarin, la forme des soucoupes.

LA MORT. — Passe! passe!

ZOROASTRE. — Il y avait des prières pour le lever, pour le coucher, pour les insomnies.

La Mort lui souffle dans le dos et ses vêtements, qui se bouffissent comme une voile, le poussent en avant. Il continue.

Amenez le chien pour qu'il regarde les agonisants! il faut se réjouir quand on voit le hérisson. La manière licite d'éteindre la lumière est de faire du vent avec sa main. On rince trois fois le vêtement des morts. C'est du bras gauche seulement qu'il faut tenir les branches du grenadier... *(Sa voix s'éteint dans une espèce de bredouillement stupide. Des beuglements se rapprochent : un bœuf paraît, noir, avec les poils de la queue doubles, un triangle blanc sur le front et la marque d'un aigle sur le dos. Sa housse de pourpre est déchirée, il boite de la cuisse gauche.)*

Apis. — Où sont mes prêtres chaussés de byblos, qui brossaient mon poil, en chantant, sur un air lent, des paroles sacrées ?

Antoine, *riant*. — Ah! ah! quelle sottise!

Le Diable. — C'est un dieu qui pleure! écoute!

Apis. — Du côté de la Libye, j'ai vu le Sphinx qui fuyait : il galopait comme un chacal. Les crocodiles ont laissé tomber au fond des lacs les pendants d'oreilles qu'ils portaient à la gueule. Les dieux à tête d'épervier ont les épaules blanchies par la fiente des oiseaux, et le ciel bleu passe tout seul sous la porte peinte des temples vides.

Où irai-je? J'ai brouté l'Égypte jusqu'au dernier brin d'herbe. Je me traîne au bord du fleuve, je souffre de plus en plus à la blessure que m'a faite Cambyse.

Les filles des Pharaons se faisaient ensépulturer dans des coffres taillés à mon image, et Sérapis ne s'ouvrait que pour recevoir ma momie. Mais, quand un rayon de soleil avait fécondé la génisse, on accourait me prendre dans mon herbage. Des processions me conduisaient, les castagnettes sonnaient dans les blés, le cistre grinçait sur les bateaux; et du désert, du rivage, de la plaine et des montagnes, l'Égypte accourant se prosternait autour de moi. J'étais Osiris! j'étais Dieu! j'étais le Démiurge apparu, l'Âme incarnée, le Grand-Tout qui se faisait visible, pacifique et beau! *(Il s'arrête en reniflant.)*

Qu'est-ce donc? je vois des hommes rouges qui apportent des charbons, avec des couteaux, et qui retroussent leurs bras!

Le Diable. — Bel Epaphus, ils t'égorgeront, ils te dévoreront, te tanneront et l'on battra les esclaves avec tes jarrets desséchés. *(Apis s'en va tout en boitant et en mugissant.)*

Antoine, *regardant le Diable*. — Eh bien? *(Le Diable se tait; mais alors paraissent à la file l'un de l'autre, et se suivant immédiatement, comme des personnages d'une frise, trois couples de dieux, Uranus avec la Terre, Saturne avec Rhéa, Jupiter avec Junon.*

Antoine, étonné, reprend) :

Encore!

Le Diable. — Oui, toujours!

Uranus, *couronné d'étoiles pâlissantes. Il traîne la Terre par la main et laisse couler, de dessous lui, des gouttes de sang.* — Fuyons! Quelque chose a rompu le fil qui liait les destinées des hommes aux mouvements des astres. Saturne m'a mutilé, et la figure de Dieu n'apparaît plus dans le disque du soleil.

LA TERRE, *en cheveux blancs, suivant Uranus.* — J'avais des forêts mystérieuses, j'avais des océans démesurés, j'avais des montagnes inaccessibles. Dans les eaux noires, vivaient des bêtes dangereuses, et l'haleine des marécages se balançait sur ma figure comme un voile sombre.

Terrible d'énergies, enivrante de parfums, éblouissante de couleurs, immense! Ah! j'étais belle quand je sortis toute échevelée de la couche du Chaos!

L'homme alors pâlissait au bruit de mes abîmes, à la voix des animaux, aux éclipses de la lune. Il se roulait sur mes fleurs, il grimpait dans mes feuillages, il ramassait sur les grèves les perles blondes et les coquilles contournées. A la fois Nature et Dieu, principe et but, j'étais infinie pour lui, et son Olympe ne dépassait point la hauteur de mes montagnes.

Il a grandi, ô Uranus! et, comme tu faisais autrefois des Cyclopes mes fils, que tu emprisonnais dans mes entrailles, maintenant il creuse mes pierres pour y placer ses rêves et marquer plus de désespoir.

SATURNE, *l'air farouche, la poitrine et les bras nus, la tête à demi couverte par son manteau et tenant à sa main sa harpe recourbée.* — De mon temps, le regard de l'homme était pacifique comme celui des bœufs. Il riait d'un gros rire et dormait d'un sommeil lourd.

Contre le mur d'argile, sous le toit de branchages, le porc se fumait lentement au feu clair des feuilles sèches, ramassées quand arrivent les grues. La marmite bouillait, pleine de mauves et d'asphodèles. L'enfant inepte croissait près de sa mère. Sans chemins et sans désirs, les familles isolées vivaient en paix dans des campagnes profondes, le laboureur ne sachant pas qu'il y eût des mers, ni le pêcheur des plaines, ni l'observateur des rites d'autres dieux.

Mais, quand fleurissait le chardon pointu et que la cigale ouvrait ses ailes dans les blés jaunes, on tirait du grenier les gâteaux de fromages, on buvait du vin noir, on s'asseyait sous les frênes. Les cœurs chauffés par Sirius battaient plus fort, le seuil des cabanes exhalait l'odeur du bouc, et la fille rustique clignait des yeux en passant près des buissons.

Âge qui ne reviendra plus, alors qu'attachée tout entière à la réalité du sol, la vie humaine, ainsi que l'ombre d'un cadran, faisait sans jamais dévier le tour de ce point fixe!

Puisque j'avais détrôné Uranus, pourquoi donc Jupiter est-il venu?...

RHÉA. — C'est moi qui t'ai trompé, dieu dévorateur!

Je me rongeais de tristesse, à produire continuellement pour une irrassasiable destruction. Ah! que j'ai ri, quand je t'ai vu avaler la pierre emmaillotée sous ses bandelettes! mais tu ne t'apercevais de rien! tu dévorais tout! *(La Mort fait claquer son fouet.)*

SATURNE *se drape dans son manteau.* — Ah! retournons dans

l'Érèbe, ô ma vieille épouse ! Le temps est passé des joies de l'esclave, et l'on ne déliera plus mes cordons de laine !

JUPITER OLYMPIEN, *tenant dans ses mains une coupe vide. Devant lui, marche son aigle engourdi : il a le dessous des ailes rouges comme s'il était rongé de vermine ; il ramasse par terre, avec son bec, les plumes qui lui tombent du corps. Jupiter regarde le fond de sa coupe.* — Plus rien, pas une goutte ! *(Il la penche sur l'ongle de son doigt, jette un long soupir et reprend) :*

Quand l'ambroisie défaille, les immortels s'en vont.

Père des dieux, des rois et des hommes, je gouvernais l'éther, les intelligences et les empires. Au froncement de mes sourcils, le ciel tremblait. Je lançais la foudre, j'assemblais les nuées !

Parmi tous les dieux, sur un trône d'or, au haut de l'Olympe, assis et, d'un œil ouvert, surveillant chaque chose, je regardais passer les Heures, filles à la taille égale que le Plaisir et la Peine rendent pour les mortels si longues ou si petites ; Apollon qui courait dans son char, secouant au vent des planètes sa chevelure bouclée ; les Fleuves sur le coude épanchant leurs urnes, Vulcain battant ses métaux, Cérès sciant ses blés, et Poséidon agité qui, de son manteau bleu, entourait la terre retentissante.

Les nuages s'élevant apportaient jusqu'à moi le parfum des sacrifices. Avec le chant des hymnes, la fumée montait dans le feuillage du laurier, et la poitrine du prêtre, se dilatant au rythme, exhalait grande ouverte la placide harmonie du peuple des Hellènes. Un soleil chaud brillait sur le frontispice de mes temples blancs, forêt de colonnes où, comme une brise de l'Olympe, circulait un souffle sublime.

Les tribus éparses autour de moi faisaient un peuple. Toutes les races royales me comptaient pour leur aïeul et tous les maîtres de maison étaient autant de Jupiters à leur foyer. On m'adorait sous tous les noms, depuis le Scarabée jusqu'au Porte-Foudre ! J'avais passé par bien des formes, j'avais eu beaucoup d'amours. Taureau, cygne, pluie d'or, j'avais visité la nature, et, se pénétrant de moi, elle se mettait à devenir divine, sans que je cessasse d'être dieu... Ô Phidias, tu m'avais créé si beau que ceux qui mouraient sans m'avoir vu se croyaient maudits. Tu avais pris, pour me faire, des matières exquises : l'or, le cèdre, l'ivoire, l'ébène, les pierreries, richesses qui disparaissaient dans la beauté, comme les éléments d'une nature dans la splendeur d'un ensemble. Par ma poitrine respirait la Vie. J'avais la Victoire sur la main, la Pensée dans les yeux, et, des deux côtés de ma tête, retombait ma chevelure comme la végétation libre de ce monde idéal. J'étais si grand que je frôlais mon crâne aux poutres de la toiture... Ah ! fils de Charmidès, l'humanité, n'est-ce pas ? ne pouvait monter plus haut ! Dans la barrière bleue de Panœnus, tu as enfermé pour toujours son plus sublime effort, et c'est aux dieux maintenant à descendre vers elle.

J'en vois venir qui sont pâles pour satisfaire la douleur des peuples ennuyés. Ils arrivent des pays malsains, couverts de haillons et poussant des sanglots. Moi, je ne suis pas, comme eux, né pour vivre sous des ciels froids, avec des langues barbares, en des temples sans statues. Attaché par les pieds au sol antique, je m'y dessécherai sans en sortir. Je n'ai même point bougé quand l'empereur Caïus voulait m'avoir, et les architectes entendirent éclater dans mon socle un grand rire, aux efforts qu'ils faisaient.

Tout entier pourtant je ne descendrai pas dans le Tartare. Quelque chose de moi restera sur la terre. Ceux en effet que pénètre l'Idée, qui comprennent l'Ordre et chérissent le Grand, ceux-là, de quelque dieu qu'ils descendent, seront toujours les fils de Jupiter.

Junon, *la couronne en tête, avec des bottines d'or à pointes recourbées, couverte d'un voile semé d'étoiles d'argent, portant une grenade dans une main et de l'autre un sceptre surmonté d'un coucou.* — Où vas-tu? Arrête-toi! Qu'y a-t-il donc? Encore un amour, sans doute? insensé qui perd sa force et qui ne sait pas que les mortels s'enflent d'orgueil à découvrir chaque matin, sur leur oreiller, les cheveux de Jupiter!

Notre vie pourtant était si douce, dans l'équilibre obligé de nos discordes et de nos amours. Diverse et magnifique, elle demeurait immuable comme la terre, avec ses océans en mouvement et ses plaines immobiles. Oh! reviens! fils de Saturne! Nous nous coucherons sur l'Ida, et, cachés par les nuages, au sein d'une asmosphère vermeille, de mes bras blancs, j'entourerai ton cou, je sourirai sous toi, je passerai mes doigts dans les boucles de ta barbe et je réjouirai ton cœur, ô Père des dieux. Ai-je perdu ma chevelure brune, mes grands yeux, mon cothurne d'or? N'est-ce pas pour te plaire que chaque année je refais ma virginité dans la fontaine Canathus? Ne suis-je plus belle? Me trouverait-il vieille?

Quoi? plus de bruit! Je vais, je viens, je cours dans l'Olympe. Tous sont endormis. Écho même semble mort!

(Elle crie) : Oui, oui!... Au pied de mes images, mes couronnes d'astérion s'effeuillent. La main de la Ménade a déchiré mon voile en pièces, les cent bœufs d'Argos ont perdu leurs guirlandes et, telle qu'une harangère des ports, ma prêtresse oublieuse se gorge de poissons frits. Ô vertu de la Pudeur, voilà la Courtisane aux joues fardées qui touche à mes autels!

Minerve, *avec son grand casque flanqué du sphinx, l'égide aux écailles d'or et couverte d'un peplos qui lui descend jusqu'aux pieds. Elle marche en se tenant le front dans la main.* — Je chancelle! Je n'ai pas dansé pourtant, je n'ai point aimé, je n'ai point bu. Quand les Muses chantaient, quand Bacchus s'enivrait, quand Vénus avec tous les dieux, s'abandonnait aux Amours, régulatrice travailleuse je restais seule à ma tâche; je méditais les lois, je préparais la victoire, j'étudiais les plantes, les pays, les âmes; j'allais partout, visitant les héros, j'étais la Prévoyance, l'invincible Lumière, l'Énergie même du grand Zeus.

De quel rivage souffle ce vent qui me trouble la tête? Dans quel bain de magicienne a-t-on plongé mon corps? Sont-ce les

sucs de Médée, ou les onguents de Circé la lascive? Mon cœur
défaille, je vais mourir.

MARS, *très pâle.* — J'ai peur comme un esclave en fuite, je me
cache dans les ravins. Pour mieux courir, j'ai défait ma cuirasse,
j'ai retiré mes jambarts, j'ai jeté mon épée, j'ai abandonné ma
lance. *(Il se regarde les mains.)*

N'ai-je plus de sang dans les veines, que mes mains sont si
blanches? Ah! comme je bouffissais mes joues dans les trompettes
d'airain! Comme je pressais entre mes cuisses nerveuses mes étalons
à large croupe! Les panaches rouges, se tordant, brillaient au soleil;
les rois, la tête haute, s'avançaient hors des tentes et les deux armées
faisaient un grand cercle pour les voir.

Je pense à Théro ma nourrice, à Bellone ma compagne, à mes
Saliens qui dansaient d'un pas lourd, en frappant sur leurs boucliers,
et je me sens plus triste que ce soir de ma jeunesse, où, blessé
par Diomède, je suis remonté dans l'Olympe me plaindre à Jupiter.

CÉRÈS, *assise dans un char dont les moyeux sont deux ailes de cygne
qui battent l'air; le char s'arrête et le flambeau, que la déesse porte à
la main, s'éteint.* — Oui, arrête-toi! puisque Neptune a cessé de
me poursuivre! puisque j'ai parcouru la terre entière! Ne va pas
plus loin, arrête-toi! *(Elle prend de dessous elle une serviette d'or et
s'en essuie les yeux.)*

Hélas! hélas! je ne verrai plus Proserpine resplendissante qui
s'ébattait dans les pousses vertes! Elle est descendue chez Pluton
et n'en sortira pas.

Femmes des Athéniens qui portez des cigales d'or dans vos
chevelures, vous qui emmaillotez vos enfants avec la robe usée
des mystères, qui couchez sur la sarriette sauvage et qui mangez
de l'ail pour dissiper la vapeur des parfums, sortant un soir d'automne par la Porte sacrée, derrière le char qui traîne la Corbeille,
toutes en rang, la tête basse et les pieds nus, vous ne recevrez
plus l'injure obscène des gens qui vous attendent sur le pont du
Céphise!

NEPTUNE, *empêtré, comme à Élis, dans trois robes, l'une par-dessus
l'autre. Il manque de tomber à tous les pas et s'appuie sur son trident.* —
Qu'est-ce donc? Je ne puis ni m'étendre sur le rivage ni courir
dans les plaines. On m'a serré les côtes avec des digues, et mes
dauphins jusqu'au dernier se sont pourris au fond des eaux.
Autrefois j'envahissais la campagne, je faisais trembler la terre,
j'étais le Mugissant, l'Inondateur, et la Fortune s'invoquait dans
tous mes sacrifices. Des monstres couronnés de vipères jappaient
incessamment sur mes récifs pointus. On ne passait pas les détroits,
on faisait naufrage en doublant les îles.

Heureux celui qui pouvait un jour tirer sur la grève sa galère
désarmée, revoir ses vieux parents et suspendre au sec, dans le
foyer domestique, le gouvernail de ses voyages!

LA MORT. — Passe! passe!

HERCULE, *ruisselant de sueur, haletant. Il dépose sa massue et s'essuie*

la figure avec sa peau de lion, dont la gueule lui pend sur l'épaule. — Ah!
(Il reste d'abord sans pouvoir parler, tant il est hors d'haleine.)

On dit que j'ai accompli douze travaux! J'en ai accompli cent, cent mille! que sais-je?

J'ai d'abord étranglé deux énormes serpents qui s'enroulaient à mon berceau. J'ai dompté le Taureau de Crète, les Centaures, les Cercopes et les Amazones, j'ai fait mourir Busiris, j'ai étouffé le Lion de Némée, j'ai coupé les têtes de l'Hydre. J'ai tué Théodomus et Lacymus, Lycus, roi de Thèbes, Euripide, roi de Cos, Nélée, roi de Pise, Euryle, roi d'Œchalie. J'ai cassé la corne d'Achéloüs qui était un grand fleuve. J'ai tué Géryon qui avait trois corps, et Cacus, fils de Vulcain.

Est-ce tout? Oh! non! j'ai abattu le Vautour de Prométhée, j'ai lié Cerbère avec une chaîne, j'ai nettoyé les étables d'Augias; j'ai séparé les montagnes de Calpé et d'Abyla, rien qu'en les prenant par leurs sommets, comme un homme qui écarte avec ses deux mains les éclats d'une bûche.

J'ai voyagé. J'ai été dans l'Inde, j'ai parcouru les Gaules. J'ai traversé le désert où l'on a soif.

Les pays esclaves, je les délivrais; les pays inhabités, je les peuplais; et plus je vieillissais, plus s'accroissait ma force : je tuais mes amis en jouant avec eux, je rompais les sièges en m'asseyant dessus, je démolissais les temples en passant sous leurs portiques. J'avais en moi une fureur continuelle qui débordait à gros bouillons, comme le vin nouveau qui fait sauter la bonde des cuves.

Je criais, je courais, je déracinais les arbres, je troublais les fleuves, l'écume sifflait au coin de ma lèvre, je souffrais à l'estomac, et je me tordais dans la solitude, en appelant quelqu'un.

Ma force m'étouffe! C'est le sang qui me gêne! j'ai besoin de bains tièdes et qu'on me donne à boire de l'eau glacée. Je veux m'asseoir enfin sur des coussins, dormir pendant le jour et me faire la barbe. La Reine se coucherait sur ma peau de lion, moi je passerai sa robe et filerai la quenouille, j'assortirai les laines, j'aurai les mains blanches comme une femme. Je sens des langueurs... donnez-moi donc... donnez-moi...

La Mort. — Passe! passe!

Arrive sur des roulettes un grand catafalque noir, garni de flambeaux du haut en bas. Son dais, étoilé de lames d'argent et soutenu par quatre colonnes d'ordre salomonique où s'enroule une vigne d'or, abrite un lit de parade recouvert de pourpre et dont le chevet triangulaire supporte des tablettes chargées de parfums qui brûlent dans des poteries de couleur. On distingue sur le lit une figure d'homme en cire, couchée tout à plat comme un cadavre. Autour du lit sont alternativement rangées de petites corbeilles en filigrane et des urnes d'albâtre de forme ovale ; il y a, dans les corbeilles, des pieds de laitues, dans les urnes une pommade rose.

Des femmes suivent le catafalque d'un air inquiet. Leurs chevelures dénouées tombent le long de leur corps comme des voiles: de la main gauche

*elles ramènent sur leur sein les plis de leurs robes traînantes, et tiennent
dans la droite de gros bouquets ou des fioles de verre pleines d'huile.*

Elles se rapprochent du catafalque, elles disent :

LES FEMMES. — Beau ! Beau ! il est beau ! réveille-toi ! assez dormi !
lève la tête, debout ! *(Elles s'assoient par terre, toutes en rond.)*

Ah ! il est mort ! il n'ouvrira pas les yeux ! Les mains sur les
hanches et le pied droit en l'air, il ne tournera plus sur le talon
gauche. Pleurons ! désolons-nous ! crions ! *(Elles poussent de grands
cris, puis se taisent tout à coup. On entend pétiller la mèche des flambeaux
dont les gouttes arrachées par le vent tombent sur le cadavre de cire et
lui fondent les yeux.*

Les femmes se relèvent.)

Comment faire ? chatouillons-le ! frappons-lui dans les mains !
Là... là... respire nos bouquets ! Ce sont des narcisses et des anémones que nous avons cueillis dans tes jardins. Ranime-toi,
tu nous fais peur !

Oh ! comme il est raide déjà !

Voilà ses yeux qui coulent par les bords ! Ses genoux sont tordus,
et la peinture de son visage a descendu sur la pourpre.

Parle ! Nous sommes à toi ! Que te faut-il ? Veux-tu boire du
vin ? veux-tu coucher dans nos lits ? veux-tu manger les pains
de miel que nous faisons frire dans des poêles, et qui ont la forme de
petits oiseaux, pour t'amuser davantage ?

Touchons-lui le ventre ! Baisons-le sur le cœur ! Tiens ! tiens !
les sens-tu, nos doigts chargés de bagues qui courent sur ton
corps, et nos lèvres qui cherchent ta bouche, et nos cheveux qui
balaient tes cuisses ? Dieu pâmé, sourd à nos prières !

*Antoine se cache la figure avec sa manche. Le Diable lui tire le bras
brusquement et le pousse plus près.*

Ah ! voyez donc comme ses membres, en le maniant, sont restés
au fond de nos mains ! Ils n'est plus ! Il n'éternue pas à la fumée
des herbes sèches et ne soupire point d'amour au milieu des bonnes
odeurs !... Il est mort !... il est mort !

ANTOINE, *se penchant vers les femmes.* — Qui donc ?

LE DIABLE, *lentement.* — Ce sont les filles de Tyr qui pleurent
Adonis. *(Elles s'écorchent la figure avec leurs ongles et se mettent à
couper leurs cheveux, puis elles vont, l'une après l'autre, les déposer
sur le lit, et toutes ces longues chevelures pêle-mêle semblent des serpents
blonds et noirs rampant sur le cadavre de cire rose, qui n'est plus maintenant
qu'une masse informe.*

Elles s'agenouillent et sanglotent.)

ANTOINE *se prend la tête dans les mains.* — Comment !... mais !...
oui !... je me rappelle !... une fois déjà... par une nuit pareille, autour
d'un cadavre couché... la myrrhe fumait sur la colline, près d'un
sépulcre ouvert ; les sanglots éclataient sous les voiles noirs penchés ;
des femmes pleuraient, et leurs larmes tombaient sur ses pieds
nus, comme les gouttes d'eau sur du marbre blanc... *(Il s'affaisse.)*

LE DIABLE *en riant*. — Allons! debout! Il en vient d'autres, regarde!

Le catafalque d'Adonis a disparu.

On entend un bruit de castagnettes et de cymbales, et des hommes vêtus de robes bigarrées, suivis par une foule rustique, amènent un âne empanaché de feuillage, la queue garnie de rubans, les sabots peints, avec un frontal à plaques d'or et des coquilles aux oreilles, une boîte couverte d'une housse à cordons sur le dos, entre deux larges corbeilles dont l'une, chemin faisant, reçoit les offrandes de la foule : œufs, raisins, fromages mous, lièvres dont on voit passer les oreilles, volailles plumées, poires en quantité, monnaie de cuivre, et dont l'autre, moitié pleine, contient des feuilles de roses que les conducteurs de l'âne jettent devant eux, tout en marchant. Ils ont des bottines à lacets, les cheveux nattés, de grands manteaux, des pendants d'oreilles et les joues couvertes de fard. Une couronne en branche d'olivier se rattache au milieu de leur front par un médaillon à figurine, entre deux autres plus petits, et ils en portent un troisième plus large, sur leur poitrine nue. Des poinçons, des poignards sont passés dans leur ceinture, et ils brandissent des fouets à manche d'ébène jaune, dont la triple lanière est garnie d'osselets de mouton.

On ôte d'abord la housse de la boîte, recouverte en dessous d'un feutre noir : la foule s'écarte, l'âne s'arrête. Un de ces hommes, retroussant son vêtement, se met à danser tout autour en jouant des crotales, un autre, agenouillé devant la boîte, bat du tambourin, et le plus vieux de la bande commence d'une voix nasillarde :

L'ARCHI-GALLE. — Voilà la Bonne Déesse! l'Idéenne des montagnes! la Grand'Mère de Syrie : Approchez, braves gens! Elle est assise entre deux lions, porte sur la tête une couronne de tours et procure beaucoup de biens à ceux qui la voient.

C'est nous qui la promenons dans les campagnes, sous les feux du soleil, pendant les pluies d'hiver, par beau et mauvais temps. Elle gravit les défilés, elle glisse sur les pelouses, elle traverse les ruisseaux. Souvent, faute de gîte, nous couchons en plein air, et nous n'avons pas tous les jours de table bien servie. Des voleurs habitent les bois, les bêtes féroces hurlent effroyablement dans leurs cavernes, il y a des chemins impraticables et pleins de précipices!... La voilà! la voilà! *(Ils ôtent la couverture de laine et l'on voit une boîte de sycomore incrustée de petits cailloux.)*

Plus grande que les cèdres, elle plane dans l'éther bleu; plus vaste que le vent, elle entoure le monde. Son souffle s'exhale par les naseaux des panthères, par la feuille des plantes, par la sueur des corps. Ses pleurs d'argent arrosent les prairies, son sourire est la lumière et c'est le lait de sa poitrine qui a blanchi la lune. Elle fait couler les fontaines, elle fait pousser la barbe, elle fait craquer l'écorce des pins qui se balancent dans les forêts. Donnez-lui quelque chose, car elle déteste les avares! *(La boîte s'entr'ouvre et l'on aperçoit, sous un pavillon de soie rose, une petite image de Cybèle tout étincelante de paillettes, dans un char de pierre couleur de vin traîné par deux lions crépus, la patte levée. Les paysans se poussent pour mieux*

voir, l'homme qui danse tourne toujours, celui qui bat son tambourin frappe
plus fort, et l'Archi-Galle continue) :

Son temple est bâti sur le gouffre par où les eaux du déluge
qui finissait se sont précipitées. Il a des portes d'or, un plafond
d'or, des lambris d'or, des statues d'or. Apollon y est, Mercure,
Ilythia, Atlas, Hélène, Hécube, Pâris, Achille et Alexandre. Des
aigles, des lions, des chevaux et des colombes se promènent dans
sa cour. A son grand arbre qui brûle, on accroche des tuniques
et des coffrets, et c'est pour elle qu'est dressé le phallus de cent
vingt coudées, où l'on grimpe avec des cordes, comme au tronc
d'un palmier quand on va cueillir les dattes. *(Ils se donnent avec*
leurs fouets de grands coups dans le dos, en cadence.)

Frappez du tambourin! sonnez les cymbales! soufflez dans les
flûtes à larges trous!

Elle aime le poivre noir que l'on va chercher dans les déserts.
Elle aime la fleur de l'amandier, la grenade et les figues vertes,
les lèvres rouges, les regards lascifs, la sève sucrée, la larme salée!...
Du sang! à toi! à toi! Mère des montagnes!

Ils se tailladent les bras avec leurs poignards, leurs dos résonnent comme
des boîtes creuses. La musique redouble, la foule s'accroît. Puis des hommes
en habits de femmes et des femmes en habits d'hommes se poursuivent, en
poussant une grande clameur qui se perd à l'horizon, dans le frémissement
des lyres et le bruit des baisers. Leurs robes diaphanes se collent contre
leurs ventres. Un sang rose en dégoutte et bientôt, sur cette vague multitude
toute chatoyante, agitée, lointaine, apparaît un dieu nouveau qui porte entre
ses cuisses un amandier chargé de fruits. Les voiles des têtes s'envolent,
l'encens tourbillonne, l'acier tinte. Des prêtres eunuques enveloppent des
femmes dans leurs dalmatiques chamarrées.

Mais d'autres dieux arrivent, innombrables, infinis. Ils passent comme
des traînées de feuilles sèches sous un vent d'automne, si rapidement qu'on
ne peut les voir, et tous pleurent si haut que l'on n'entend pas ce qu'ils
disent. La Mort refait un nœud à la mèche de son fouet. Antoine étourdi
veut fuir, mais le Diable le retient et reprend :

Le Diable. — Celui-là, c'est Atys de Phrygie. Il jette sa hache
de pierre, il s'en va pleurer dans les bois sa virilité perdue. Voici
la Dercéto de Babylone, à croupe de poisson. Voilà le vieil Oannès,
voilà Ilythia couverte de ses voiles, voilà Moloch crachant du
feu par les narines et dont le ventre, bourré d'hommes, hurle
comme une forêt incendiée.

La Mort, *riant.* — Ah! ah! regarde donc! Il a si chaud sous
ses flammes qu'il se fond lui-même.

Le Diable. — Voici les déesses Potniades à qui l'on sacrifiait
des cochons de lait!

Le Cochon. — Horreur!

Le Diable. — Voilà la Sosipolis d'Élée! voilà les dieux Cathares
de Pallantium! voilà Vulcain patron des forgerons! voici le bon

dieu Mercure, avec son pétase pour la pluie et ses bottes de voyage.

LA MORT, *frappant*. — Voyage! voyage!

LE DIABLE. — Noire et frottée de myrrhe, voici la grande Diane qui s'avance, les coudes au corps, les mains ouvertes, les pieds joints, avec des lions sur les épaules, des cerfs à son ventre, des abeilles à ses flancs, un collier de chrysanthèmes, un disque de griffons et trois rangs de mamelles qui ballottent à grand bruit. Mais la peau du corps lui démange sous les bandelettes qui la serrent.

LA MORT, *riant*. — Ah! ah! ah!

LE DIABLE. — Voici la Laphria des Patréens, l'Hymnia d'Orchomène, la Pyronienne du mont Crathis, Stymphalia à cuisse d'oiseau, Eurynome fille de l'Océan et toutes les autres Dianes : l'Accoucheuse, la Chasseresse, la Salutaire, la Lucifère et la Patronne des ports, avec une coiffure d'écrevisses.

ANTOINE. — Eh! que m'importe à moi? pourquoi me tiens-tu là, béant, à les regarder?

LE DIABLE, *continuant*. — Celle qui porte des croûtes blanchâtres sur la figure, c'est Rubigo, la déesse de la Rogne; non loin Angerona qui délivre des inquiétudes, et l'immonde Perfica, inventrice des olisbus. Voici Esculape, fils du Soleil, traîné par ses mulets, le coude sur le bord de son char et le menton dans la main gauche. Il a l'air de réfléchir profondément.

LA MORT, *frappant*. — Fais-toi vivre, immortel!

LE DIABLE. — Les Faunes à large bouche suivent le vieux Pan des pasteurs qui frappe dans ses mains, au milieu de son troupeau. Ils ricanent. Ils sont velus. Leur front est couvert de boutons roses, comme les tilleuls au printemps. Voilà Priape et le dieu Terminus et la déesse Epona, et Acca Larentia et Anna Perenna...

ANTOINE. — Assez! assez! laisse-moi! Ma tête s'égare dans le tourbillon de tous ces dieux qui passent.

LE DIABLE. — En voilà un qui surveille les enfants à la promenade, un autre qui donne la fièvre, un autre qui donne la pâleur, un autre qui donne la peur. Ceux-ci pour former le fœtus, pour le retourner, pour l'extraire, pour veiller à la cuisine, pour faire crier les gonds de la porte, pour pousser le flot sur le rivage.

ANTOINE, *lentement*. — Oh! quelle quantité!

LE DIABLE. — N'est-ce pas?... Et tu ne vois pas tout! Il y en a d'autres encore dont la poussière même ne se retrouve plus.

Mais ils réapparaîtront un jour, comme des morts qui ressuscitent, et l'homme impitoyable les jugera : les grands, les humbles, les farouches, les gais, ceux qui avaient des têtes d'animaux et ceux qui portaient des ailes. Ils se tiendront tous devant lui, pâles et par longues files silencieuses comme une armée vaincue. Et alors le Nègre, en grinçant des dents, s'approchera de son idole, et, lui mettant le poing sous la mâchoire, lui crachera au visage. Le Grec, avec dédain, renversera, du bout de sa sandale, ses statues blanches, et l'habitant des pôles, aux yeux rougis par les neiges, verra se fondre sous le soleil ses vagues dieux faits de brouillard et de tristesse. On jettera dans le vent leurs bracelets, leurs couronnes, leurs urnes taries, leurs glaives émoussés; on fera sonner sous le doigt le creux de leur poitrine, et les Olympes s'écrouleront au tonnerre des rires que la vengeance humaine poussera! parce qu'ils n'ont rien donné, parce qu'ils étaient durs comme la pierre de leurs temples et plus stupides que les bœufs de l'holocauste!

ANTOINE. — Une tristesse infinie me submerge. (*Il pleure.*)
Oh! combien de prières on leur a faites! Que de sacrifices ont fumé pour eux! Ils étaient forts cependant, et pas un seul doute ne levait la tête devant leur majesté.

Où êtes-vous maintenant, pauvres âmes tout altérées d'espoirs qui ne furent pas assouvis? (*Il éclate en sanglots.*)

Mais quels sons?... qui chante ainsi? (*Il écoute.*)

Cela pétille, bourdonne, gazouille, et avec quelque chose par dessus... quelque chose de lent qui se déroule et qui retombe!

APOLLON, *la chlamyde sur le bras gauche, et jouant d'une énorme cithare retenue par une courroie qui lui passe autour du cou.* — Je chante sur la lyre... (*Il tousse.*)

· Hum! hum! je chante sur la lyre... hum! hum!... l'ordre de l'univers... euh! hum! hum! heu! heu!

À la loi du rythme, la matière et les êtres... (*Une corde se rompant lui cingle la figure. Il resserre une cheville qui se casse. Il touche à une troisième, il se trompe, va de l'une à l'autre : tout se brise, pète, s'embrouille.*)

LA MORT. — Tu es resté nu si longtemps, tu as tellement marché dans toute la Grèce que tu n'en peux plus, que tu craches, que tu vas mourir. Tu étais, n'est-ce pas, le purificateur mélodieux qui chantait et qui fondait? Il n'y a plus rien à chanter, rien à fondre. Les villes sont édifiées, les peuples sont vieux. La Pythie perdue ne se retrouve pas.

Les athlètes frottés d'huile, les éphèbes qui couraient sur le stade, les cochers qui criaient debout dans leurs chars d'ivoire, les philosophes qui causaient sous les bois de lauriers-roses... (*Elle le frappe*) suis-les! va-t'en donc, beau dieu du monde plastique qui ne devait pas finir!

Apollon passe sa cithare sur son dos et s'en va.

Bacchus arrive, traîné par des panthères. Il est coiffé de myrte et il se regarde en souriant dans un miroir en cristal. Autour de lui, les Silènes en manteaux de laine rouge, les Satyres couverts de peaux de chèvre, et les Ménades avec la nébride sur l'épaule, chantent, boivent, dansent, soufflent dans des flûtes et jettent par terre des tambourins plats qui tournent en ronflant.

Les Bacchantes échevelées, tenant des masques noirs, balancent, au son de la musique, les grappes de raisin qui leur pendent sur le front, dévorent les colliers de figues sèches, suspendus à leur cou, entre-choquent leurs boucliers

*se frappent avec des thyrses, et lancent autour d'elles des regards farouches,
sous leurs sourcils noirs veloutés comme le dos des chenilles.*

*Les Satyres les serrent dans leurs bras et, versant de haut le vin des
urnes, ils barbouillent la figure des Ménades enivrées.*

Les Bacchants et les Bacchantes. — Abattez les échalas!
foulez du talon le raisin dans les pressoirs! Dieu charmant qui
portes le baudrier d'or, bois à longs traits, dans ton cratère sans
fond! Évohé! Bacchus, Évohé!

Tu as vaincu les Indes, la Thrace et la Lydie. Les armées s'en-
fuyaient quand Mimallon furieuse hurlait sur les montagnes.
Les peuples réveillés se pressaient autour de toi. Les yeux des
Bacchantes brillaient dans les feuillages.

Évohé! Bacchus, Évohé!

Père des théâtres et du vin, les dieux antiques se sont bouché
les oreilles au spectacle merveilleux du dithyrambe désordonné!
A toi le rythme nouveau et les formes incessantes!

Tu as le rire des vendangeurs, les fontaines cachées, les festins
aux flambeaux et le renard qui se glisse dans les vignes, pour cro-
quer les raisins verts.

Ta joie court de peuple en peuple! Tu délivres l'esclave, tu
es saint! tu es divin, Évohé!

La Mort allonge son fouet ; tout disparaît, et

Les Muses *s'avancent, couvertes de manteaux noirs, la tête basse.* —
Quelque chose qui n'est plus palpitait dans l'air sur les races
juvéniles. Elles avaient la poitrine carrée et des langages, comme
leurs vêtements, à grands plis droits, avec des franges d'or. Dans
les leçons du philosophe, comme dans la pantomime des bateleurs et la constitution des républiques, dans les statues, dans les
meubles, dans les harnachements et les coiffures, partout c'était un
art sublime qui rehaussait la vie. Les métaphysiciens éduquaient les
courtisanes. Des montagnes de marbre attendaient les sculpteurs.

Antoine, *soupirant.* — Ah! cela était beau! c'était beau! c'était
beau! je le sais!

Les Muses. — Pleurons les vastes théâtres et les danseurs nus!
Ô Thalie, déesse au front bombé, qu'as-tu fait de ta massue d'airain
et de ton rire qui se roulait sur les foules comme le vent du sud
sur les flots de l'Archipel? Tu as perdu tes chœurs, sérieuse
Melpomène! Adieu le haut cothurne et les manteaux traînants,
l'hymne qui passait par bouffées dans les terreurs tragiques et le
vers simple qui glaçait la peau! Et toi, svelte Terpsichore, dont
les Sirènes sont filles, tu ne te souviens plus de tes pas mesurés,
que l'on comparait à la danse des étoiles, tandis que le maître
d'orchestre battait la mesure avec sa semelle de fer! Ils sont finis,
les grands enthousiasmes! C'est le tour maintenant des gladiateurs,
des bossus et des farceurs : Clio violée a servi les politiques, la
Muse des festins s'engraisse de mets vulgaires, on a fait des livres
sans s'inquiéter des phrases! Pour les médiocres existences il a

fallu de grêles édifices, et des costumes étroits pour les fonctions
serviles. Le marchand, le goujat et la prostituée, avec l'argent de
leur commerce, ont payé les beaux-arts, et l'atelier de l'artiste,
comme le réceptacle de toutes les prostitutions intellectuelles, s'est
ouvert pour recevoir la foule, se plier à ses commodités et la divertir!

Art des temps antiques, au feuillage toujours jeune, qui pompais
ta sève dans les entrailles de la terre et balançais dans un ciel bleu ta
cime pyramidale, toi dont l'écorce était rude, les rameaux nombreux,
l'ombrage immense, et qui désaltérais les peuples d'élection avec
des fruits vermeils arrachés par les forts! une nuée de hannetons
s'est abattue sur tes feuilles; on t'a fendu en morceaux, on t'a
scié en planches, on t'a réduit en poudre, et ce qui reste de ta verdure
est brouté par les ânes!

Les Muses s'en vont et

VÉNUS *arrive toute nue, et regardant, de côté et d'autre, avec inquiétude.*
Elle pousse un cri d'effroi en apercevant la Luxure. — Grâce! va-t-en!
laisse-moi! Tes baisers ont fait pâlir mes belles couleurs! J'étais
libre autrefois, j'étais pure, les océans frissonnaient d'amour au
contact de mes talons! Baigneuse insaisissable, je nageais dans
l'éther bleu, où ma ceinture, que se disputaient les zéphirs, resplendissait, toute large et magnifique, comme un arc-en-ciel tombé dans
l'Olympe. J'étais la Beauté! J'étais la Forme! je tressaillais sur
le monde engourdi, et la matière, se séchant à mon regard, s'affer-
missait de soi-même en contours précis. L'artiste plein d'angoisse
m'invoquait dans son travail, le jeune homme dans son désir,
et les femmes dans le rêve de leur maternité. C'est toi, c'est toi,
ô Besoin immonde, qui m'as déshonorée!

LA MORT. — Passe, belle Vénus! Tu te purifieras dans mes
étreintes. *(On entend quelqu'un qui sanglote.)*

CUPIDON *paraît, les paupières chassieuses, maigre, souffreteux, hale-*
tant, misérable. Son bandeau trop lâche est tombé sur sa figure et il pleure à
grand bruit, en s'enfonçant le poing dans l'œil. — Est-ce ma faute, à
moi? hô! hô! hô! Tout le monde autrefois me caressait... eh!
hô! *(Il recommence à pleurer.)* Ma torche s'est éteinte! J'ai perdu
mes flèches, hô! hô! j'avais des ber... oh! oh! oh! des berceaux
de verdure dans les jardins. Le doigt sur la bouche, souriant et
les cheveux frisés, je gardais continuellement de charmantes
attitudes. On m'enguirlandait de roses, d'acrostiches et d'épi-
grammes. Je me jouais dans l'Olympe avec les attributs des dieux.
J'étais l'enchantement de la vie, le dominateur des âmes, l'éternel
souci.

Je grelotte de froid, de faim, de fatigue et de tristesse. Les cœurs
maintenant sont à Plutus. Quand je frappe aux portes, ils font
les sourds! J'en ai vu qui me regardaient d'un œil farouche, et
qui reprenaient leur ouvrage!

LA MORT. — Va-t-en! détale! Le monde bâille à ton nom!

Tu lui as agacé les dents avec le sirop de ta tendresse! (*Elle lui donne un grand coup de pied dans le derrière.*)

LES DIEUX LARES, *couverts de peaux de chien râpées et accroupis les genoux au menton, comme de vieux singes qui ont la gale.* — Nous..

LA MORT, *les frappant.* — Passez! Passez!

LES DIEUX LARES. — La maison est ouverte, les clefs sont perdues, l'hôte a trahi sa foi! Plus de valets soumis, plus d'enfants respectueux, plus de pères redoutés, plus de longues familles!... et le grillon, dans les cendres, pleure le souvenir éteint de la religion domestique!

La Mort s'essuie le front avec le pan de son linceul, et Antoine, immobile, reste les yeux fixés vers l'horizon, mais se roulant dans l'air bleuâtre et tout léger, arrive le dieu-nain Crépitus.

CRÉPITUS, *d'une voix flûtée.* — Moi aussi l'on m'honora jadis. On me faisait des libations. Je fus un dieu.

L'Athénien me saluait comme un heureux présage de fortune, tandis que le Romain dévot me maudissait, les poings crispés, et que le pontife d'Égypte, s'abstenant de fèves, tremblait à ma voix et pâlissait à mon odeur.

Quand le vinaigre militaire coulait sur les barbes non rasées, que l'on se régalait de glands, de ciboules et d'oignons crus, et que le bouc en morceaux cuisait dans le beurre rance des pasteurs, sans souci du voisin, personne alors ne se gênait. Les nourritures solides faisaient les digestions retentissantes; au soleil de la campagne, les hommes se soulageaient avec lenteur.

Ainsi, je passais sans scandale, comme tous les autres besoins de la vie, comme Mena tourment des vierges, et la douce Rumina qui protège le sein de la nourrice gonflé de veines bleuâtres. J'étais joyeux! je faisais rire! et, se dilatant à cause de moi, le convive exhalait sa gaîté par les ouvertures de son corps.

J'ai eu mes jours d'orgueil! Le bon Aristophane me promena sur la scène et l'empereur Claudius Drusus me fit asseoir à sa table. Dans les laticlaves des patriciens j'ai circulé majestueusement. Les vases d'or, comme des tympanons, résonnaient sous moi, et quand plein de murènes, de truffes et de pâtés, l'intestin du maître se dégorgeait avec fracas, l'univers attentif apprenait que César avait dîné.

Mais à présent on rougit de moi. On me dissimule avec effort. Je suis confiné dans la populace, et l'on se récrie même à mon nom!

Et Crépitus s'éloigne en poussant un gémissement.
Silence.
Un coup de tonnerre éclate. Le Diable frissonne et saint Antoine tombe, la face contre terre.

UNE VOIX. — J'étais le Dieu des armées! le Seigneur! le Seigneur Dieu!

J'étais terrible comme la gueule des lions, plus fort que les torrents, plus haut que les montagnes; j'apparaissais dans les nuages, avec une figure furieuse.

J'ai conduit les patriarches qui s'en allaient chercher des femmes pour leur postérité. Je réglais le pas des dromadaires et l'occasion de la rencontre, au bord de la citerne ombragée d'un palmier jaune. Comme par des robinets d'argent, je lâchais les pluies; je séparais les mers avec mon pied; j'entre-choquais les cèdres avec mes mains; j'ai déplié sur les collines les tentes de Jacob et conduit, à travers les sables, mon peuple qui s'enfuyait.

C'est moi qui ai brûlé Sodome. C'est moi qui ai englouti la terre sous le déluge; c'est moi qui ai noyé Pharaon, avec les princes fils de rois, avec les chariots de guerre et les cochers.

Dieux jaloux, j'exécrais les autres dieux, les autres peuples, et je châtiais mon peuple d'une colère sans pitié. J'ai broyé les impurs, j'ai abattu les superbes, et ma désolation allait de droite et de gauche, comme un chameau qui est lâché dans un champ de maïs.

Pour délivrer Israël, je choisissais les simples. Des anges aux ailes de flamme leur parlaient dans les buissons; les pâtres jetaient leur bâton et partaient à la guerre. Parfumées de nard, de cinnamome et de myrrhe, avec des robes transparentes et des chaussures à talon haut, des femmes pleines d'un cœur intrépide allaient trouver les capitaines et leur tranchaient la tête. Alors ma gloire éclatait plus sonore que les cymbales. Au retentissement de la foudre, elle a grondé sur les montagnes; le vent qui passait emportait les prophètes; ils se roulaient tout nus dans les ravines desséchées, ils se couchaient à plat ventre pour écouter la voix de la mer, et, se relevant tout à coup, se mettaient à crier mon nom.

Ils arrivaient la nuit dans la salle des rois, ils secouaient sur les tapis du trône la poussière de leurs manteaux, et, rappelant mes vengeances, parlaient de Babylone et des soufflets de l'esclavage. Les lions pour eux se faisaient doux, la flamme des fournaises s'écartait de leurs corps, et les magiciens, hurlant de rage, se lacéraient avec des couteaux.

J'avais gravé ma loi sur des tables de pierre : elle étreignait mon peuple, comme la ceinture du voyageur, qui lui soutient la taille. C'était mon peuple, — j'étais son Dieu! La terre était à moi, les hommes étaient à moi, leurs pensées, leurs œuvres, leurs outils de labourage et leurs maisons.

Mon arche reposait dans un triple sanctuaire, derrière les voiles de pourpre et les candélabres allumés. J'avais pour me servir toute une tribu qui balançait des encensoirs; j'avais un plafond fait avec des poutres de cèdre, — et le grand prêtre, en robe d'hyacinthe, qui portait sur sa poitrine des pierres précieuses rangées dans un ordre symétrique.

Malheur! malheur! le Saint des Saints s'est ouvert. Le voile s'est déchiré, l'arche est perdue et les parfums du sacrifice sont partis à tous les vents, par les fentes de la muraille. Dans les sépulcres d'Israël, le vautour du Liban vient abriter sa couvée. Mon temple est détruit, mon peuple est dispersé. On a étranglé les prêtres avec les cordons de leurs habits; les forts ont péri par le glaive, les femmes sont captives; les vases sont tous fondus.

C'est ce Dieu de Nazareth qui a passé par la Judée. Comme un tourbillon d'automne, il a entraîné mes serviteurs. Ses apôtres ont des églises, sa mère, sa famille, tous ses amis; et moi je n'ai pas un temple! pas une prière pour moi seul! pas une pierre où soit mon nom! et le Jourdain aux eaux bourbeuses n'est pas plus triste ni plus abandonné. *(La Voix s'éloigne.)*

J'étais le Dieu des armées! le Seigneur! le Seigneur Dieu!

La Mort bâille. Antoine est étendu par terre, immobile. La Luxure, le dos appuyé contre la cabane et la jambe droite relevée sur le genou gauche, effiloque le bas de sa robe, dont les brins emportés par le vent voltigent autour du cochon, tombent sur ses paupières et lui chatouillent les narines.

Alors

LE DIABLE, *allongeant sa griffe sur saint Antoine, crie.* — Ils sont passés!

LA LOGIQUE. — Eh bien, puisqu'ils... *(Antoine rouvre les yeux).* ... puisqu'ils sont passés, le tien...

ANTOINE *se relève, saisit un caillou et, le lançant contre la Logique.* — Non! non! jamais! tu es la mort de l'âme, arrière!

MADAME BOVARY

INTRODUCTION

Après la lecture — et la condamnation — de la première version de la Tentation de saint Antoine, en septembre 1849, Bouilhet qui, avec Du Camp, venait de prononcer la sentence, dit à Flaubert : « Prends un sujet terre à terre, et astreins-toi à le traiter sur un ton naturel, presque familier, en rejetant les divagations... » Du Camp, qui, en ses Souvenirs intimes, s'étend complaisamment sur l'anecdote, ajoute : « Pendant toute la journée qui suivit cette nuit sans sommeil (consacrée à la lecture et au jugement de Saint Antoine), nous étions assis dans le jardin ; nous nous taisions, nous étions tristes en pensant à la déception et aux vérités que nous ne lui avions point ménagées. Tout à coup Bouilhet dit : « Pourquoi n'écrirais-tu pas l'histoire de Delaunay ! » Flaubert redressa la tête, et avec joie, s'écria : « Quelle idée ! »

On n'est pas aussi sûr que Du Camp le veut paraître de la joie de Flaubert ; on a dit dans l'introduction à la Tentation de saint Antoine que s'il accepta la sentence de ses juges et s'il fit le pensum (car Madame Bovary, c'est cela : un pensum), il ne crut pas que ses bourreaux avaient raison. Il reconnut seulement que l'exercice imposé lui serait salutaire, mais de cette résignation à la joie, il y a bien loin.

Du Camp raconte sommairement l'histoire de ce « Delaunay », et il ajoute que « des scrupules bien compréhensibles l'empêchent d'imprimer aussi bien les noms exacts que les circonstances réelles de ces aventures conjugales ». Depuis 1881 toute une armée d'exégètes s'est appliquée à découvrir les personnages réels de Madame Bovary. Nous savons qu'Emma se nommait dans la vie Delphine Couturier, qu'elle épousa un officier de santé du nom d'Eugène Delamare ; nous savons qu'Yonville-l'Abbaye, c'est Ry, un bourg situé à quelques lieues de Rouen, vers la vallée de l'Andelle ; nous savons que Rodolphe Boulanger, le gentleman farmer de la Huchette, fut un certain Louis Campion, tout pareil au Don Juan de village que Flaubert a peint, et que Campion, « ruiné par le jeu et les créatures », essaya de refaire sa fortune en Amérique, qu'il revint en France

et se tua en 1852 d'un coup de pistolet, en plein boulevard ;
nous savons que, dans la vie réelle comme dans le roman,
ce fut un clerc de notaire qui lui succéda auprès de Delphine,
et nous savons même que, devenu notaire après le suicide de
sa maîtresse, il pendit ses panonceaux dans un gros bourg
de l'Oise, où il mourut notaire honoraire ; nous savons que
l'abbé Bournisien se nommait l'abbé Lafortune, et nous savons
aussi que le pharmacien Jouanne, authentiquement apothicaire
à Ry, fut exactement M. Homais. Le docteur Raoul Brunon,
qui fut directeur de l'École de Médecine de Rouen, nous a
tout appris, et après lui, son fils, M. Georges Brunon-Guardia,
a publié sur ce Jouanne des articles qui nous font pénétrer
dans son intimité et nous prouvent que Flaubert n'a fait que
copier, jusqu'au physique, son modèle. Mais toutes ces choses
que nous savons n'empêchent point que Flaubert avait raison
quand il disait à ceux qui l'interrogeaient sur son héroïne :
Madame Bovary, c'est moi. Et si récemment un dernier exégète,
Auriant, intitulait une étude Madame Bovary, née Colet,
et rapprochait divers passages du roman et diverses lettres
de l'auteur, il ne parvenait nullement, comme le remarquait
M. Fernand Vandérem, à « dégommer la pauvre Delphine
Couturier ». Mais ses rapprochements ingénieux ne prouvaient
qu'une chose — d'ailleurs évidente — et c'est que Flaubert,
« voulant peindre la liaison orageuse — je cite encore M.
F. Vandérem — d'un homme quelque peu blasé avec une
maîtresse cramponnante et romanesque, eut recours aux souvenirs que lui laissaient ses amours accidentées avec Louise
Colet »[1]. Et d'ailleurs, si la Muse s'était reconnue en Emma,
quel tapage n'eût-elle pas fait ! Non, Flaubert n'inventa rien ;
il dut à l'observation patiente, minutieuse, attentive, des hommes
et des choses, tous les détails de son roman — de tous ses
romans. On a trouvé la plupart de ses « sources » et on en
découvrira bien d'autres encore. Mais cela ne changera rien :
Madame Bovary sera toujours lui, comme Salammbô, comme
Marie Arnoux... Ces « découvertes » sont amusantes pour
les curieux d'histoire littéraire ; mais une taupinée n'est pas
une montagne, et la montagne, c'est l'œuvre achevée, c'est le
résultat obtenu par le patient labeur et surtout par l'art de
l'auteur, par son génie.

Ce génie, Madame Bovary — son premier livre — précisément, du premier coup, le mit en pleine lumière. Transformer
en œuvre d'art une histoire aussi banale, un sujet aussi rebattu,
aussi usé qu'une histoire d'adultère provincial, en prenant pour

personnages des gens dont la médiocrité épouvante, réussir non seulement à garder l'intérêt pendant cinq cents pages, mais à le faire progresser, à le porter au paroxysme pour le dénouement, c'était un joli succès pour un débutant ! Il est vrai que sa force et son génie, celui-ci les devait, tout autant qu'à ses dons naturels, à cette longue préparation silencieuse. Patiemment, il avait forgé ses outils, façonné cent ébauches avant de livrer au public son chef-d'œuvre de maîtrise.

Durant son voyage en Orient, Flaubert ne cessa de penser à la fois à Saint Antoine, *qu'il abandonnait, et à l'histoire de Delamare, qu'il allait entreprendre de conter. Du Camp le montre « accablé » par la déconvenue de la* Tentation : *« Bien souvent, le soir, sur notre barque, tandis que l'eau du Nil clapotait contre les plats-bords, et que la constellation de la Croix du Sud éclatait parmi les étoiles, nous avons discuté encore ce livre qui lui tenait tant au cœur ; en outre, son futur roman l'occupait. Il me disait : « J'en suis obsédé. » Devant les paysages africains, il rêvait à des paysages normands. Aux confins de la Nubie inférieure, sur le sommet du Djebel Aboucir, qui domine la seconde cataracte, pendant que nous regardions le Nil se battre contre les épis de rochers en granit noir, il jeta un cri : « J'ai trouvé, Eurêka ! Eurêka ! je « l'appellerai Emma Bovary ! » et plusieurs fois, il répéta, il dégusta ce nom, en prononçant l'o très bref. Par un phénomène singulier, les impressions de ce voyage, qu'il semblait dédaigner, lui revinrent toutes à la fois et avec vigueur lorsqu'il écrivit* Salammbô. *Balzac était ainsi : il ne regardait rien et se souvenait de tout. »*

Cependant cet enthousiasme — s'il se manifesta jamais — tomba vite. Le sujet, à mesure qu'il y songe, lui paraît de plus en plus ennuyeux ; il voudrait réaliser un autre projet, écrire le Dictionnaire des Idées reçues, *c'est-à-dire le répertoire de la sottise humaine, et rédigé de telle sorte que « le lecteur ne pourrait jamais savoir si l'auteur s'est f... de lui ». Il le dit à Bouilhet dans une lettre écrite à Damas, le 4 septembre 1850. Retenons ce projet : non seulement les* Idées reçues *ont donné directement naissance à* Bouvard et Pécuchet, *comme on le verra plus loin, mais encore, ce dossier sans cesse enrichi, Flaubert viendra le consulter à chaque instant pour placer quelque propos « bourgeois » dans la bouche de ses personnages. Descharmes a bien montré quel parti Flaubert en tire pour* Madame Bovary, *et quelle erreur c'était d'en restreindre l'usage, comme l'ont fait les critiques antérieurs, au seul* Bouvard et Pécuchet. *Il cite une quantité d'exemples de cette transcription presque littérale des définitions du dictionnaire incorporées au texte de* Madame Bovary. *Ainsi :*

MADAME BOVARY

Paris, plus vague que l'Océan, miroitait donc aux yeux d'Emma dans une atmosphère vermeille... Dans les cabinets de restaurants où l'on soupe après minuit, riait, à la clarté des bougies, la foule bigarrée des gens de lettres et des actrices. Ils étaient, ceux-là, prodigues comme des rois...

Dépêchez-vous, Lagardy ne donnera qu'une seule représentation... C'est, à ce qu'on assure, un fameux lapin ! Il roule sur l'or... Tous ces grands artistes brûlent la chandelle par les deux bouts. Il leur faut une existence dévergondée, qui excite un peu l'imagination. Mais ils meurent à l'hôpital, parce qu'ils n'ont pas eu l'esprit, étant jeunes, de faire des économies.

Emma aimait la verdure seulement lorsqu'elle était clairsemée parmi les ruines...

Quand sa mère mourut, elle (Emma) pleura beaucoup les premiers jours... Elle fut intérieurement satisfaite de se sentir arrivée du premier coup à ce rare idéal des existences pâles, où ne parviennent jamais les cœurs médiocres[1].

DICTIONNAIRE

Artistes : tous farceurs... Gagnent des sommes folles, mais les jettent par les fenêtres...

Actrices : la perte du fils de famille, sont d'une lubricité effrayante, se livrent à des orgies, avalent des millions, périssent à l'hôpital...

Ruines : font rêver et donnent de la poésie à un paysage...

Mélancolie : signe de distinction du cœur et d'élévation de l'esprit.

Quand il amasse ces notes, Flaubert ne sait, au juste, comment il les utilisera. Son premier projet était de publier le Dictionnaire, *précédé d'une préface qu'il définit ainsi dans une lettre à Louise Colet (16 décembre 1852) : « La préface*

*m'excite fort. De la manière dont je la conçois (ce serait
tout un livre), aucune loi ne pourrait me mordre, quoique j'y
attaquerais tout; ce serait la glorification historique de tout
ce qu'on approuve; j'y démontrerais que les majorités ont
toujours eu raison, les minorités toujours tort. J'immolerais
les grands hommes à tous les imbéciles, les martyrs à tous les
bourreaux, et cela dans un style poussé à outrance, à fusées.
Ainsi, pour la littérature, j'établirais ce qui serait facile, à
savoir que le médiocre, étant à la portée de tous, est le seul
légitime, et qu'il faut donc honnir toute espèce d'originalité
comme dangereuse, sotte, etc. Cette apologie de la canaillerie
humaine sur toutes ses faces, ironique et hurlante d'un bout
à l'autre, pleine de citations, de preuves (qui prouveraient le
contraire) et de textes effrayants (ce serait facile), est dans
le but, dirais-je d'en finir une fois pour toutes avec les excen-
tricités, quelles qu'elles soient. Je rentrerais par là dans
l'idée démocratique moderne d'égalité, dans le mot de Fourier
que les grands hommes deviendront inutiles; et c'est dans ce
but, dirais-je, que ce livre est fait... »*

N'avons-nous pas dans cette lettre tout Homais, tout
Bournisien, tout Bovary — comme nous aurons bien des per-
sonnages de l'Éducation sentimentale et de Bouvard et
Pécuchet?

*Flaubert revint à Rouen en mai 1851 et il s'attarda jusqu'en
septembre à mettre ses notes de voyage en ordre : il ne semblait
nullement empressé de commencer le « pensum ». Pendant cinq
ans, « la Bovary », comme il dit, allait le tenir rivé à sa table
de travail. Cela dura en effet de septembre 1851 au
30 avril 1856, et les premiers volumes de la* Correspondance
*sont comme un journal des souffrances de ce douloureux enfan-
tement. Les brouillons de* Madame Bovary *remplissent
1.788 feuillets, sans compter les scénarios qui, à eux seuls,
en tiennent 42, et le manuscrit définitif qui s'étend sur 490.
Les pages d'ébauche sont couvertes, recto et verso, d'une fine
écriture : au verso d'une feuille, le premier jet, tel qu'il est
venu, sans souci de la forme. Et puis, au recto de l'autre
feuille, la reprise méticuleuse, phrase par phrase, une sorte
de trituration de la matière, une mosaïque patiente, où les
mots essentiels changent de place, à chaque rédaction nouvelle,
où certains disparaissent sous les ratures, les surcharges, car
il faut arriver au mot juste, au seul qui exprime nettement*

l'idée, et dont la sonorité s'harmonise avec la phrase sans fausser son équilibre. Et puis surtout, de correction en correction, des allégements, des suppressions, et cela jusqu'aux dernières épreuves, — plus même : de réimpression en réimpression. Jamais Flaubert ne regarde son texte comme définitif : toujours il le reprend, le simplifie, l'assouplit. Tels passages comme le discours des Comices *ont été* entièrement *refaits jusqu'à sept fois. Les scénarios, très développés, ne laissent à peu près rien au hasard. Les premiers sont même indéchiffrables, tant ils sont surchargés de développements et de béquets. Dans son livre sur le* Travail du style *enseigné par les manuscrits des grands écrivains,* Antoine Albalat *a dit très justement :*

« *Aucun auteur n'a été plus longuement supplicié par les délices du style. C'est le Christ de la littérature. Pendant vingt ans, il a lutté contre les mots. Il a agonisé devant les phrases. Il est mort foudroyé, la plume à la main. Son cas est légendaire. Tout a été dit là-dessus. Sa soif de perfection, ses cris d'angoisse, l'unité magnifique de cette existence exclusivement vouée au culte de l'art, ont fait l'objet de nombreuses études, et resteront à jamais pour la critique un sujet d'admiration et de pitié. Tous les grands écrivains ont travaillé, celui-là s'est tué à la tâche. Le travail du style fut chez Flaubert une vraie maladie. Sa sévérité devint puérile à force d'être minutieuse. La moindre assonance l'effarouchait. Passionné d'harmonie, il proscrivait les hiatus et voulait qu'on rythmât la prose comme les vers. Il haïssait surtout le style cliché, banal composé d'expressions toutes faites, comme* « la tristesse régnait sur son visage », « la mélancolie était peinte sur ses traits », *les métaphores mal suivies et les idiotismes usés. Il supprimait les* qui *et les* que, *les blâmait chez les classiques, et ne pardonnait pas les répétitions. Un pareil travail dépassait toute exigence connue. Tourgueneff en était stupéfait. Que de découragements, quelles sueurs d'agonie ! Quels dégoûts parfois de la littérature ! »*

En effet, *il dit à* Louise Colet *:* « J'écris d'esquisse en esquisse. » *Et aussi :* « J'ai lu à Bouilhet, dimanche, les vingt-sept pages (à peu près finies) qui sont l'ouvrage de deux grands mois : il n'en a point été mécontent ; c'est beaucoup, car je craignais que ce ne fût exécrable. » *Il avait en* Bouilhet *une confiance que celui-ci méritait pleinement par son dévouement, sa droiture et sa fidélité ; mais on se demande si l'influence de* Bouilhet *sur* Flaubert *n'a pas été malfaisante, car elle eut pour effet d'aggraver les scrupules de l'écrivain, de lui faire tendre davantage son style, et si l'on compare* Un cœur simple

(écrit après la mort de Bouilhet) à Madame Bovary, *rédigée
sous le contrôle de ce sévère correcteur, on mesure la différence.
La méthode est la même, toutes les phrases ont passé par
« l'épreuve du gueuloir », épreuve physiologique, conséquence de
» cette théorie : ce qui est bien écrit s'articule facilement ; tout
» ce qui ne sort pas « est mauvais ». Mais Bouilhet, grand
ami de la métaphore, poussa Flaubert à user et abuser des*
comme, *tout en se montrant excessivement sévère pour
des vétilles. Ce sont, en tout cas, les détails d'exécution, c'est
le style, et ce n'est point le plan général de* Madame Bovary
*qui donnèrent à Flaubert tant de peine : dans les scénarios
qu'il abandonne, il reprend les idées, et les changements, de
l'un à l'autre, portent plutôt sur l'agencement des épisodes,
sur le détail de l'action, que sur les traits de mœurs, que sur
les caractères des personnages. Ceux-ci semblent avoir été conçus
tout d'un coup. Flaubert les connaissait : il n'a fait que préciser
des portraits dont les détails étaient déjà fixés pour lui. Il
n'a fait que suivre le canevas fourni par la véritable histoire
de Delamare, en y ajoutant, pour la recréer et pour la transmuer
en œuvre d'art, les souvenirs personnels, les fruits de son
observation directe de la vie. Et c'est ainsi — mais ainsi
seulement — qu'on a pu retrouver en Emma Bovary des traits
empruntés à Louise Colet... et à Flaubert lui-même. Mais
on en eût trouvé aussi qui venaient de plus loin, et qui se
retrouveraient encore chez Marie Arnoux. Car nous ne pouvons
inventer, au sens complet du mot, nous ne pouvons créer de
toutes pièces un personnage. Il nous faut bien prendre dans
la vie des éléments dont il sera fait — et où les prendre, si
ce n'est dans nos propres souvenirs, soit que nous utilisions
ceux-ci tels qu'ils demeurent, soit que nous les déformions,
mais en respectant leur logique ? Et précisément dans le moment
même que Flaubert engage Emma dans les complications de
l'adultère, il est au milieu des orages que Louise Colet fait
naître dans ses amours. Mais Flaubert est plus occupé de
la fiction qu'il invente que de la réalité qu'on lui offre : Louise
en prend souvent ombrage. La vraie maîtresse de Flaubert,
c'est Emma, parce que c'est une création littéraire. Quand
Louise lui parle de ses propres sentiments, il arrive à son
amant de répondre en citant les propos des personnages dont
il est occupé. Ce sont des griefs qu'une femme pardonne
difficilement...*

Nous trouvons, plus tard, dans la Correspondance, *maints
aveux sur cette véritable possession, sur cet envoûtement de*

*l'écrivain par ses personnages. C'est le secret de l'étonnante
vie de ce livre : il a été vécu dans la réalité, d'abord, puis
revécu dans le rêve par la création artistique : « Quand j'écrivais
l'empoisonnement d'Emma Bovary, j'avais le goût d'arsenic
dans la bouche, dira Flaubert à Taine. Mes personnages
imaginaires m'affectent, me poursuivent, ou plutôt c'est moi
qui suis en eux. » Ainsi Balzac disait : « Revenons aux
choses sérieuses », et parlait de Rastignac ou de Rubempré,
après qu'on l'avait entretenu d'événements très réels. Cette
projection, et si complète, hors de la vie, ou plutôt dans une
vie imaginaire, cette véritable hallucination, c'est l'état de fièvre
nécessaire à l'éclosion des chefs-d'œuvre...*

Enfin, en mai 1856, le manuscrit mis au net, recopié, corrigé
sur la copie même, part pour Paris. Du Camp et Laurent
Pichat dirigent la Revue de Paris, et Bouilhet, déjà, leur
a donné Melænis. Mais à peine les deux directeurs ont-ils
lu le roman, qu'ils sont pris de peur et demandent, exigent,
des modifications. On annonce — sans se presser —
Madame Bovary, par Gustave Faubert (sic), ce qui met
Flaubert en rage, ce nom de Faubert étant celui d'un épicier
fort connu, et, surtout, cette faute révélant une négligence
inquiétante pour l'avenir. Mais les malheurs ne font que
commencer : une nouvelle lettre de Maxime Du Camp arrive :
« Laisse-nous maîtres de ton roman, demande Maxime, pour
le publier dans la Revue ; nous y ferons faire les coupures
que nous jugeons indispensables ; tu le publieras ensuite en
volume comme tu l'entendras, cela te regarde... Sois courageux,
ferme les yeux pendant l'opération, et fie-t'en, sinon à notre
talent, du moins à notre expérience acquise de ces sortes de
choses, et aussi à notre affection pour toi. Tu as enfoui ton
roman sous un tas de choses bien faites, mais inutiles ; on
ne le voit pas assez : il s'agit de le dégager, c'est un travail
facile. Nous le ferons faire sous nos yeux par une personne
exercée et habile ; on n'ajoutera pas un mot à ta copie, on
ne fera qu'élaguer ; ça te coûtera une centaine de francs qu'on
réservera sur les droits, et tu auras publié une chose vraiment
bonne au lieu d'une œuvre incomplète et trop rembourrée... »

Ainsi le même « ami » qui avait conseillé de jeter au feu
Saint Antoine et de n'en plus parler, demandait sept ans
plus tard à Flaubert de laisser « tripatouiller » la Bovary

par des mains mercenaires... Flaubert écrivit au dos de la
lettre ce seul mot : « Gigantesque » — et ne répondit point.
Et pour se diſtraire, il reprit Saint Antoine, condamné naguère
par le même Du Camp. Enfin le 8 septembre, Du Camp
lui écrit pour lui annoncer que le numéro du 1ᵉʳ octobre donnera
le début de Madame Bovary. Mais voici maintenant que l'on
demande à Flaubert de changer le nom du journal cité dans
son roman. Il eſt fort ennuyé : ses phrases vont perdre leur
harmonie. Il trouve une solution : le Journal de Rouen
deviendra le Fanal, et les susceptibilités locales seront apaisées.

L'éditeur Michel Lévy, dès le second numéro de la Revue,
propose à Flaubert d'acheter le roman. Mais l'auteur héſite :
ses démêlés avec la Revue l'ont dégoûté déjà d'imprimer sa
prose. Cependant des abonnés proteſtent près de la direction
et Du Camp et Pichat prennent peur. Des bruits courent,
annonçant que le gouvernement n'attend qu'un prétexte pour
supprimer un périodique dont le libéralisme le gêne. Déjà la
Revue a reçu deux avertissements ; il suffirait d'un troisième
pour qu'elle fût, ipso facto, réduite au silence. Le 1ᵉʳ décembre,
la suite de Madame Bovary eſt précédée de cette note : « La
direction s'eſt vue dans la nécessité de supprimer ici un passage
qui ne pouvait convenir à la rédaction de la Revue de Paris.
Nous en donnons acte à l'auteur. — M. D... » Le passage
supprimé était l'épisode du fiacre. Quelques jours plus tard,
le Nouvelliſte de Rouen, qui reproduiſait en feuilleton le
texte de la Revue, « prenait le parti d'arrêter la publication
du roman, la direction apprenant, ajoutait l'avertissement au
lecteur, que des difficultés s'étaient élevées entre la Revue de
Paris et l'auteur ». La Revue, en effet, dans son numéro
du 15, publiait en tête de la dernière partie de Madame Bovary
cette note : « Des considérations que je n'ai pas à apprécier
ont contraint la Revue de Paris à faire une suppression dans
le numéro du 1ᵉʳ décembre ; ses scrupules s'étant renouvelés
à l'occasion du présent numéro, elle a jugé convenable d'enlever
encore plusieurs passages. En conséquence, je déclare dénier
la reſponsabilité des lignes qui suivent. Le lecteur eſt donc
prié de n'y voir que des fragments et non un ensemble. — Guſtave
Flaubert. » Ces lignes étaient le fruit d'un laborieux accord
entre Flaubert et Pichat. Flaubert avait voulu d'abord interdire
à la Revue de continuer la publication de son œuvre mutilée.
« On ne blanchit pas les nègres, avait-il dit juſtement. On
ne change pas le sang d'un livre. On peut l'appauvrir, voilà
tout. » La précaution de Pichat et de Du Camp fut d'ailleurs

inutile ; d'une querelle littéraire, on va faire un procès correctionnel, car la Revue, *décidément, déplaît au pouvoir et le prétexte est bon pour engager un procès qui la ruinera — si même le tribunal reste indulgent. Les poursuites sont donc ordonnées, et Flaubert a beau multiplier les démarches, faire intervenir les anciens amis de sa famille, il ne lui reste qu'à choisir un avocat. C'est M*e *Sénard qu'il charge de sa défense, Sénard qui, sept ans plus tôt, présida l'Assemblée Nationale, et qui fut ministre de l'Intérieur ; évidemment cet ami de Cavaignac n'est point* persona grata ; *mais Du Camp est au mieux avec Mme Delessert. Et l'impératrice, un soir, charge Édouard Delessert de rassurer Flaubert, de lui dire que l'affaire va être classée. Il n'en sera rien cependant et Gustave Flaubert va s'asseoir, le 24 janvier 1857, sur « le banc d'infamie » en compagnie de Laurent Pichat, éditeur, et de Pillet, imprimeur de la* Revue. *Il est inculpé d'outrage à la morale publique et religieuse et d'outrage aux bonnes mœurs, délits prévus par l'article 1 de la loi du 17 mai 1819 et réprimés par les articles 59 et 60 du Code pénal. L'affaire est renvoyée à huitaine. On trouvera dans l'appendice qui suit le texte de* Madame Bovary *le réquisitoire de Pinard, la plaidoirie de Sénard et le jugement. Ce procès est célèbre : les pièces sont infiniment curieuses et instructives. Le réquisitoire, un monument de sottise et de mauvaise foi, semble né de la collaboration de Tartuffe et de Homais. Le substitut incriminait des passages que l'assignation n'avait pas visés, et même des fragments de* la Tentation de saint Antoine, *publiés à ce moment dans l'Artiste. Avec perfidie, il isolait du contexte des phrases qui prenaient ainsi une brutalité que l'auteur ne leur avait jamais donnée. Pinard montrait « les couleurs lascives » des portraits, Messaline triomphant de Juvénal, l'Art sans règle, la Morale bafouée... Mais il est inutile d'insister davantage : Sénard eut beau jeu de redresser ces mensonges. Cependant les considérants de l'acquittement prononcé le 7 février flétrissaient Flaubert, coupable de ne pas « s'être suffisamment rendu compte qu'il y a des limites que la littérature, même la plus légère, ne doit pas dépasser » ; mais attendu que l'ouvrage « paraît avoir été longuement et sérieusement travaillé, au point de vue littéraire et de l'étude des caractères, que les passages répréhensibles sont peu nombreux..., que Gustave Flaubert proteste de son respect pour les bonnes mœurs et tout ce qui se rattache à la moralité religieuse... » le tribunal ne condamnait point. Un tel scandale, un tel jugement, c'était une merveilleuse réclame...*

*Mais Flaubert était tout le contraire de ce que l'on nomme
aujourd'hui un « arriviste ». Il sortait de là brisé, dégoûté,
et si bien qu'il se demandait s'il n'allait point rentrer à
Croisset et ne plus jamais donner une seule ligne aux imprimeurs. Cependant Michel Lévy insista et le roman parut
en avril. L'éditeur en avait payé huit cents francs la propriété
pour cinq ans. Avec le « lancement » du procès, c'était une
assez bonne affaire. En juin, il fallut faire un deuxième tirage,
mais l'auteur restait avec « mille écus de dettes » — tout
le profit que lui laissait le procès. Et le tapage fait à propos
de son nom était bien loin de cette gloire pure qu'il avait rêvée...*

*Elle allait venir, cependant, apportée précisément par ce
livre dénoncé aux honnêtes gens comme une basse entreprise
d'obscénité.*

*On était alors en pleine querelle du réalisme. On imagine
mal, aujourd'hui, ce que fut ce temps, tout près de nous,
cependant, et déjà si loin, ces années où s'accomplit dans les
arts la réaction contre le romantisme, mais où demeuraient
encore bien vivants et bien agissants parmi leurs jeunes ennemis
(dont beaucoup, malgré la contradiction, ne cessaient point
d'être des admirateurs) un Victor Hugo, un Sainte-Beuve, un
Delacroix. La réaction, c'est Courbet, et ce sont ses amis
littérateurs, c'est Champfleury, c'est Duranty. Duranty publie
précisément au moment même où la Revue de Paris insère
Madame Bovary, une petite revue qui a pour titre Le
Réalisme. Or il n'accueille pas du tout le roman de Flaubert
comme l'ouvrage d'un ami, d'un allié. Ce roman dont le ministère
public flétrissait le réalisme, les pontifes de l'école nouvelle
le regardent sans enthousiasme — exception faite de
Champfleury, qui écrira une très noble lettre à Flaubert.
Duranty, dans sa feuille du 15 janvier 1857 annonce prophé-
tiquement, mais avec ironie que « la fosse de la Revue
de Paris est creusée », et il sous-entend de manière fort explicite
que Flaubert en est le fossoyeur. Pauvre Flaubert ; il sera
toute sa vie ainsi, trop indépendant pour être jamais compté
parmi les dévots d'aucune chapelle. Mais il aura pour lui
l'hommage des plus clairvoyants. En attendant, Duranty
aperçoit dans Madame Bovary le « chef-d'œuvre de la
description obstinée, mais sans émotion, ni sentiment, ni vie ».
Voilà donc Flaubert excommunié du clan réaliste...*

Il n'est pas mieux accueilli pour cela parmi les défenseurs
de la tradition : on dirait que ceux-ci empruntent à Duranty
ses propres arguments pour en accabler Flaubert. Car
Duranty n'avait pas attendu que le roman ait paru en librairie
pour l'attaquer. Dès le 15 mars, il écrivait : « Ce roman
est un de ceux qui rappellent le dessin linéaire, tant il est
fait au compas, avec minutie, calculé, travaillé, tout à angles
droits et, en définitive, sec et aride. On a mis plusieurs années
à le faire, dit-on. En effet les détails y sont comptés un à un,
avec la même chaleur. Chaque rue, chaque maison, chaque
ruisseau, chaque brin d'herbe est décrit en entier ! Chaque
personnage, en arrivant en scène, parle préalablement sur une
foule de sujets inutiles et peu intéressants, servant seulement
à faire connaître son degré d'intelligence. Par suite de ce système
de description obstinée, le roman se passe presque toujours par
gestes. Pas une main, pas un pied ne bouge, qu'il n'y ait deux
ou trois lignes pour le décrire. » Et Duranty de conclure que
le style de Flaubert est dépourvu de personnalité, comme son
œuvre est dépourvue du moindre intérêt. La critique, avec un
singulier ensemble, allait faire chorus et rares, très rares,
furent les clairvoyants.

Dans la Revue des Deux Mondes, Charles de Mazade,
plaisanta : « L'auteur, sous forme de compliment, dit dans
sa dédicace à l'avocat qui l'a défendu, Me Sénard, que par sa
magnifique plaidoirie, il a donné à l'œuvre une autorité imprévue.
Il est inutile de le rechercher. Il resterait à savoir si Madame
Bovary peut rendre le même service à Me Sénard. »

Jules Duplan se fit l'argus bénévole de Flaubert qui, rentré
à Croisset, s'était mis à la besogne et avait commencé ses
lectures pour préparer Salammbô. Chaque semaine Duplan
expédiait les coupures de journaux. Il n'est pas sans intérêt
de feuilleter ce dossier énorme : on y voit comme il est difficile
aux contemporains de porter sur une œuvre originale un jugement
équitable, car, précisément cette originalité déconcerte. On n'a
point de commune mesure entre ce nouveau livre et les autres,
et il faut échapper soi-même complètement à la routine pour
s'élever au-dessus des préjugés, des « idées reçues » et voir
les choses du point de vue qui sera celui de la postérité. Cette
difficulté est, en somme, comparable à celle que nous éprouvons
nous-mêmes quand nous voulons nous placer dans la situation
de ces critiques : on échappe malaisément à son propre temps.
Mais comment Flaubert, qui avait si bien échappé au sien,
en créant des personnages qui, sous leurs habits de 1830, ont

des passions de tous les temps, comment se voit-il précisément reprocher de « chérir particulièrement ses souvenirs d'un autre temps et de n'avoir pas le courage d'en faire le sacrifice »? comment le critique de la Chronique artistique et littéraire, *dans son article daté du 3 mai, tout en reconnaissant que le roman est « une des œuvres les plus curieuses de ces derniers temps », reproche-t-il à Flaubert d'avoir apporté trop de soin « aux détails, et à la crudité, sans compensation, de certaines peintures »?*

Sainte-Beuve est plus clairvoyant. Le 4 mai, il donne au Moniteur *un « lundi » qui fait grand bruit. Il avait qualifié* Madame Bovary *de « maître livre » dans une lettre écrite à l'auteur dès qu'il en avait achevé la lecture. Publiquement, il confirma ce jugement, tout en portant des critiques assez sévères. Il s'attachait, selon sa méthode, à relier* Madame Bovary *aux manifestations contemporaines de la littérature et concluait : « L'ouvrage porte bien le cachet de l'heure où il a paru. Commencé, dit-on, depuis plusieurs années, il vient à point en ce moment. C'est bien un livre à lire en sortant d'entendre le dialogue net et acéré d'une comédie de Dumas fils, ou d'applaudir les* Faux bonshommes, *entre deux articles de Taine. Car en bien des endroits, et sous des formes diverses, je crois reconnaître des signes littéraires nouveaux : science, esprit d'observation, maturité, force, un peu de dureté, ce sont les caractères qui semblent affecter les chefs de file des générations nouvelles. Fils et frère de médecins distingués, M. Gustave Flaubert tient la plume comme d'autres le scalpel. Anatomistes et physiologistes, je vous retrouve partout ! »*

Flaubert, lui, allait retrouver dans tous les articles cette phrase de Sainte-Beuve, vrai leitmotiv *des critiques consacrées à son roman. Mais l'effet de ce « lundi » fut excellent. Levallois, la secrétaire de Sainte-Beuve, disait des comptes rendus de son patron, que, quand ils étaient élogieux, ils « dispensaient du stage en littérature », et c'était exact. Le retentissement du procès, et un tel « lundi » de Sainte-Beuve, c'était plus qu'il n'en fallait pour lancer le roman; ce ne fut cependant point du tout une raison pour que les autres juges littéraires se fissent bénins. Beaucoup, à travers Flaubert qui n'en pouvait mais, tapèrent sur Sainte-Beuve, coupable d'avoir vanté un livre immoral, un livre qui avait conduit son auteur sur les bancs de la correctionnelle, un livre horrible et dégoûtant... Le 10 mai, six jours après l'article du* Moniteur, *Paulin Limayrac, dans* le Constitutionnel, *reprenant presque mot pour mot la phrase conclusive de Sainte-Beuve, donne le ton à ses confrères : « Il*

serait difficile de comprendre que le poète des Consolations
et le critique de ces admirables Causeries du lundi
*s'accommodât d'un art qui s'enfonce dans la réalité jusqu'au
cou, et n'en veut pas sortir. Pour le moment, cet art existe,
je le reconnais, et les origines en sont bien connues. Après
toutes ses exagérations et ses bizarreries, après ses courses
sans fin à travers le connu et l'inconnu, le roman devait arriver,
de guerre lasse, à se servir de la plume comme du scalpel,
et à ne voir dans la vie qu'un amphithéâtre de dissection. »*
Sainte-Beuve fut piqué et envoya à Dalloz, directeur du
Constitutionnel, *une lettre de protestation.* Même note chez
Edmond Texier, *dans l'*Illustration *(9 mai),* qui reproche
à Flaubert sa « *façon de voir les sentiments à un point de
vue physiologique dont la brutalité vous blesse... et ne vous
déplaît pas toujours* ». Toutefois, à ces reproches, le critique
mêlait les louanges : « *On ne lit pas sans de fréquentes révoltes,
mais on va jusqu'au bout, captivé par le charme du style,
la vigueur de l'expression, la grâce des détails et la belle
ornementation de l'œuvre.* » De même Nestor Roqueplan, *dans
la* Presse *(16 mai),* qualifiait le livre de « *charmant* » *et
félicitait l'auteur de « ses personnages vrais, pas créés à plaisir,
sublimes ou vulgaires, mais vus et reproduits dans leur effet
naturel* ». De même encore Desdemaines, *dans un petit journal,
le* Rabelais *(ancien* Triboulet, *du 20 mai),* disait :
« Madame Bovary *est un des plus remarquables livres qui
aient été publiés depuis dix ans... Ce roman mérite le bruit
qu'il a fait. On nous a dit que M. Flaubert avait passé quatre
années à l'écrire : tant mieux pour M. Flaubert. Il y a là
pour vingt années d'observations.* »

En général c'est d'ailleurs dans les petits journaux que l'on
trouve les meilleures critiques de Madame Bovary, *à la fois
les plus favorables et les plus judicieuses.* La grande presse,
effarouchée, *ne cache point sa réprobation* : ainsi Cuvillier-
Fleury *dans les* Débats *du 26 mai,* fait à la fois le procès
de Flaubert, *d'*Emma Bovary, *trop complaisamment peinte,
et de Sainte-Beuve,* point assez sévère : « Le frisson d'Emma,
pendant le dîner de la Vaubeyssard, n'est pas un simple détail
de son histoire. C'est son histoire tout entière. Emma *frissonne
partout et pour tout le monde, frissons d'amour ou de haine,
frissons d'orgueil ou de convoitise,* frissons de plaisir, *surtout...
Les scènes d'une hardiesse singulière abondent dans l'ouvrage
de M. Flaubert. L'auteur y met-il de la complaisance ? La
justice a dit non, et je crois aussi que, le caractère de l'héroïne*

une fois donné, c'est la force des situations qui entraîne son historien bon gré mal gré, dans ces périlleuses analyses... Emma Bovary, c'est la Marguerite de la Dame aux Camélias, *la Duchesse de* la Dame aux Perles, *la Suzanne du* Demi-Monde. *Toutes les héroïnes de Dumas fils sous un nom nouveau.* » Puis Cuvillier-Fleury *s'en prenait au style de* Flaubert : « *L'affectation du langage s'allie mal à la dureté du trait. Drapés dans cette défroque du romantisme, les personnages de M. Flaubert, si peu flattés du côté moral, ressemblent parfois à ces intrigants des vieilles comédies, qu'on voit courant les ruelles, couverts de paillettes et de broderies d'emprunt. Dans* Madame Bovary, *si elle peut vieillir, il y a tout l'avenir d'une marchande à la toilette.* »

Comme beaucoup de critiques avaient rapproché Madame Bovary *des romans de* Balzac *(c'était un autre* leitmotiv, *ce second thème complétant celui de la « physiologie »),* Flaubert *écrit à propos de* Cuvillier : « *J'ai reçu le Cuvillier. Il est d'une insigne mauvaise foi. Remarquez-vous qu'on affecte de me confondre avec le jeune* Alex ? *Ma* Bovary *est une* Dame aux Camélias, *maintenant ! Boum ! Quant au* Balzac, *j'en ai décidément les oreilles cornées. Je vais tâcher de leur tripleficeler quelque chose de rutilant et de gueulard où le rapprochement ne sera pas facile !* » *Ce quelque chose de rutilant, annoncé ainsi à l'argus-Duplan, ce devait être* Salammbô.

Citons encore quelques articles. Après une seconde charge de Paulin Limayrac *qui, dès le titre même (le Réalisme et la médiocrité du talent, dans le* Constitutionnel *du 7 juin) insinue que Flaubert pourrait retourner en correctionnelle ! c'est* Armand de Pontmartin, *dans le* Correspondant *de juin qui définit* Madame Bovary *par cette phrase lapidaire : « C'est l'exaltation maladive des sens et de l'imagination dans la démocratie mécontente » ; puis dans* l'Assemblée Nationale, *c'est encore* Pontmartin *qui fait, le 4 juillet, le procès de la* Revue de Paris, *coupable de « donner à tous les sophismes révolutionnaires le plaisir d'être proprement imprimés et lus par de beaux esprits » ; c'est surtout* Léon Aubineau *qui, dans* l'Univers, *sans imprimer le nom de* Flaubert *ni le titre du roman, éreinte l'un et l'autre avec autant d'acharnement que d'hypocrisie : « Commençons, dit-il, par déclarer que le titre est de telle nature qu'il est impossible d'en donner ici une analyse : l'art cesse du moment qu'il est envahi par l'ordure. Il s'agit de l'histoire d'une femme qui, du noble et saint état de mariage qu'elle avait embrassé par*

*un sentiment que l'auteur, en style médicinal (sic), définit « une
irritation causée par la présence de l'homme qui recherchait
sa main », tombe dans les dernières ignominies du libertinage.
On dit que l'article de Sainte-Beuve sur le livre dont nous
parlons, et ses éloges, ont déterminé le Moniteur à se priver
des communications du célèbre critique. Nous ne pouvons qu'y
applaudir. Il y a quelque chose de plus précieux pour le
Moniteur et de plus utile, qu'il doit acquérir et conserver
avec plus de soin que le talent et le concours de M. Sainte-Beuve,
c'est l'assentiment des esprits droits et des cœurs attachés à
la morale. L'esprit public serait doublement atteint si de tels
ouvrages, après avoir échappé aux coups de la justice, étaient
glorifiés par l'organe officiel du gouvernement. »*

Ainsi, malgré l'acquittement, le procès de Madame Bovary
continuait devant l'opinion. Et il se trouvait dans la presse
des critiques pour reprendre les accusations de Pinard et
prolonger le rôle du Ministère public. Mais il faut se borner :
on ne saurait dans cette brève étude, et quel qu'en soit l'intérêt,
passer en revue tous les articles consacrés à Madame Bovary
en sa nouveauté. On citera encore celui de Barbey d'Aurevilly,
dans le Pays du 6 octobre, et celui de Baudelaire, dans l'Artiste
du 18 du même mois. Barbey rendait hommage aux mérites
de Flaubert : « *Parmi les productions d'une littérature de
copiage, parmi tous ces romans issus plus ou moins de Balzac
ou de Stendhal — les seuls romanciers d'invention ou
d'observation de ce siècle — un livre qui avait de l'accent,
de l'originalité, une manière tranchée — tranchée même jusqu'à
la dureté — devait frapper les connaisseurs. Et telle a été
l'histoire, l'histoire instantanée de la Madame Bovary de
M. Flaubert. Selon nous, jamais succès ne fut plus juste. Il
y avait les deux raisons fondamentales des réussites qui doivent
durer : le livre vaut mieux que les autres livres contemporains
du même genre, et, de plus, il avait une valeur en soi...
M. Flaubert est un moraliste, sans doute, mais il n'a point
d'émotion, — il n'a point de jugement, du moins appréciable.
C'est un narrateur incessant et infatigable, c'est un descripteur
jusqu'à la plus minutieuse subtilité, mais il est sourd-muet
d'impression à tout ce qu'il raconte. Il est indifférent à ce
qu'il décrit avec le scrupule de l'amour. Si l'on forgeait à
Birmingham ou à Manchester des machines à raconter ou à
analyser, en bon acier anglais, qui fonctionneraient toutes seules
par des procédés inconnus de dynamique, elles fonctionneraient
absolument comme M. Flaubert. »*

*Barbey faisait donc, et longuement, et minutieusement, le
procès de l'« objectivité », premier article du credo esthétique
flaubertien : « A coup sûr, M. Flaubert est trop intelligent
pour n'avoir pas en lui les notions affermies du bien et du
mal, mais il les invoque si peu qu'on est tenté de croire qu'il
ne les a pas, et voilà pourquoi, à la première lecture de son
livre, a retenti si haut ce grand cri d'immoralité, qui au fond
était une calomnie... » Et il y avait dans cet article, au surplus
louangeur, cette phrase sur le style, qui aurait dû ravir Flaubert,
si celui-ci avait pu pardonner à Barbey d'avoir montré Bouilhet,
« imitateur de Byron et de Musset, dans Melænis, clair de
lune d'un clair de lune... » Cela, le bon Flaubert ne le pouvait
pardonner, même après que Barbey venait d'écrire : « Le style
de Madame Bovary est d'un artiste littéraire qui a sa langue
à lui, colorée, brillante, étincelante, et d'une précision presque
scientifique... », phrase qui semble le commentaire et la
transposition d'une propre phrase de Flaubert, cherchant à
définir sa conception du style : « J'en conçois un pourtant,
moi, un style qui serait beau, qui serait rythmé comme le
vers, précis comme le langage des sciences, et avec des ondulations,
des ronflements de violoncelle, et des aigrettes de feu, un style
qui vous entrerait dans l'idée comme un coup de stylet, et où
votre pensée voguerait sur des surfaces lisses, comme lorsqu'on
file en canot avec bon vent arrière... » Ce sont presque les
mêmes mots : la comparaison avec le langage des sciences, sa
précision, les étincelles et les aigrettes, le coloris... Oui, mais
il y avait le terrible article sur Bouilhet, et jusqu'à la mort,
ces deux artistes si bien faits pour se comprendre demeurèrent
brouillés.*

*Baudelaire répondait au reproche d'impassibilité si souvent
fait à Flaubert : « Il ne restait plus à l'auteur, pour accomplir
le tour de force dans son entier, que de se dépouiller (autant
que possible) de son sexe et de se faire femme. Il en est résulté
une merveille... Plusieurs critiques avaient dit : « Cette œuvre,
» vraiment belle par la minutie et la vivacité des descriptions,
» ne contient pas un seul personnage qui représente la morale,
» qui parle de la conscience de l'auteur. » Absurdité ! éternelle
et incorrigible confusion des fonctions et des genres ! Une véritable
œuvre d'art n'a pas besoin de réquisitoire. La logique de l'œuvre
suffit à toutes les postulations de la morale, et c'est au lecteur
à tirer les conclusions de la conclusion. » Enfin Baudelaire
« remerciait la justice et la magistrature française de l'éclatant
exemple d'impartialité et de bon goût qu'elles avaient donné*

en se montrant loyales et impartiales, comme le livre qui était
poussé devant elles en holocauste », et de l'avoir acquitté au
nom de la Beauté. Il y avait dans ce remerciement une sorte
d'ironie, car il venait d'un homme qui, deux mois plus tôt — le
20 août — avait appris à ses dépens comment des juges peuvent
ordonner la saisie d'un livre que la postérité, réformant leur
arrêt, rangera parmi les plus beaux qui soient sortis des mains
d'aucun poète.

Après les journaux et les revues, les petits théâtres
s'emparèrent de Madame Bovary. Flaubert, inébranlable en
ses résolutions, refusa toute sa vie, comme il avait refusé dès
1857 à Henri Monnier, de laisser « mettre en pièce » son
héroïne ; mais il ne put empêcher les fabricants de revues de
fin d'année de donner à la traditionnelle commère les traits
d'Emma et de lui faire tenir sur Yonville et sur Paris des
propos de circonstance, où le procès était évoqué. On vit donc
Madame Bovary dans les Vaches landaises et dans Ohé,
les Petits Agneaux! à la fois aux Variétés et au Palais-
Royal — et on la vit longtemps, car ces deux revues eurent
du succès.

Et peut-être est-ce dans une autre revue, jouée à Deauville
en 1923 — soixante-six ans après le procès — qu'on trouverait
la morale de cette histoire. Mettant à leur tour Emma Bovary
en scène, MM. Paul Abram et Jean Hallaure la faisaient
comparaître devant les juges. Et ceux-ci, qui venaient de lire
quelques romans nouveaux — des romans de 1923, tout épicés
de hardiesses au vitriol — trouvaient que la pauvre fille était
une oie blanche. Pinard prononçait son réquisitoire : pour la
rendre ridicule, les auteurs n'avaient eu qu'à le citer textuel-
lement. Et puis la toile tombait. Le compère et la
commère, venus sur le proscenium, disaient : « Attendons le
jugement. » La toile se relevait, et on voyait le Ministre de
l'Instruction publique devant la stèle du Luxembourg inaugurée
en effet dans les pompes officielles l'hiver précédent (à l'occasion
du centenaire de Flaubert), prononçant l'éloge « du plus grand
moraliste du XIXᵉ siècle, que sa patrie s'honorait de glorifier ».

L'année qui suivit la publication de Madame Bovary parut
Fanny, d'Ernest Feydeau. Comme Flaubert avait fait le drame

de la femme, de la maîtresse, Feydeau fit celui de l'amant, de
l'homme qui tient de la passion le seul droit de souffrir. Et
Fanny *balança le succès de* Madame Bovary *si bien que,
pour beaucoup de contemporains, ce fut Feydeau le grand homme,
le véritable novateur. Mais* Fanny, *si original que fût le roman
(et il l'est, et il ne lui manque que bien peu de chose pour
être un chef-d'œuvre) ne possédait pas ce qui assure aux ouvrages
de l'esprit une place de premier rang et leur vaut de durer
dans la mémoire des hommes. Les caractères n'y ont pas cette
universalité qui, la mode passant, fait que les générations
successives se retrouvent cependant sous les traits des
personnages. Et puis le style assez plat quand il n'est pas
boursouflé, de Feydeau, n'était pas d'un métal assez pur pour
résister à la rouille du temps. On ne lit plus* Fanny *que de
bons juges comme Sainte-Beuve, cependant, préféraient peut-être
à* Madame Bovary. *On lit toujours et on lira* Madame
Bovary *tant qu'il y aura dans le monde des êtres sensibles
à la beauté, à l'humanité d'un récit.*

    Madame Bovary *vint à son heure. Brunetière l'a constaté
dans son étude sur le Roman naturaliste : « Paraître en
son temps, c'est quelquefois reconnaître, d'instinct, où en est
l'art de son temps, quelles en sont les légitimes exigences,
et ce qu'il peut supporter de nouveau, et c'est quelquefois aller
contre la mode et remonter le courant. » C'est ce que fit Flaubert
en écrivant* Madame Bovary : *on n'y découvre aucune concession
aux goûts de son époque, aucun sacrifice aux idées à la mode,
mais le sentiment très juste de ce qu'il fallait apporter de
nouveau à l'art de son temps pour le régénérer, l'entraîner
dans des voies nouvelles. Aussi bien, un seul livre n'eût pas
suffi pour exercer par l'exemple cette action rénovatrice, et
c'est pourquoi on ne saurait, sans commettre une erreur, isoler*
Madame Bovary *de l'œuvre tout entier de Flaubert, et surtout
de cet autre chef-d'œuvre plus parfait encore, l'Éducation
sentimentale. Mais celui-ci, plus âpre et plus vigoureux,
n'aurait pu venir au jour si* Madame Bovary *ne lui avait
frayé les voies. Et Banville, à la mort de Flaubert, n'eut
sans doute point tort d'écrire que de ces deux livres « sortit
tout le roman moderne »*[1].

                                                R. D.

MADAME BOVARY [1]
MŒURS DE PROVINCE

A

MARIE-ANTOINE-JULES SÉNARD

MEMBRE DU BARREAU DE PARIS
EX-PRÉSIDENT DE L'ASSEMBLÉE NATIONALE
ET ANCIEN MINISTRE DE L'INTÉRIEUR

Cher et illustre ami,

Permettez-moi d'inscrire votre nom en tête de ce livre et au-dessus de sa dédicace ; car c'est à vous, surtout, que j'en dois la publication. En passant par votre magnifique plaidoirie, mon œuvre a acquis pour moi-même, comme une autorité imprévue. Acceptez donc ici l'hommage de ma gratitude, qui, si grande qu'elle puisse être, ne sera jamais à la hauteur de votre éloquence et de votre dévouement[1].

GUSTAVE FLAUBERT.

Paris, le 12 avril 1857.

PREMIÈRE PARTIE

I

Nous étions à l'étude, quand le Proviseur entra, suivi d'un *nouveau* habillé en bourgeois et d'un garçon de classe qui portait un grand pupitre. Ceux qui dormaient se réveillèrent, et chacun se leva comme surpris dans son travail.

Le Proviseur nous fit signe de nous rasseoir; puis, se tournant vers le maître d'études :

« Monsieur Roger, lui dit-il à demi-voix, voici un élève que je vous recommande, il entre en cinquième. Si son travail et sa conduite sont méritoires, il passera *dans les grands,* où l'appelle son âge. »

Resté dans l'angle, derrière la porte, si bien qu'on l'apercevait à peine, le *nouveau* était un gars de la campagne, d'une quinzaine d'années environ, et plus haut de taille qu'aucun de nous tous. Il avait les cheveux coupés droit sur le front, comme un chantre de village, l'air raisonnable et fort embarrassé. Quoiqu'il ne fût pas large des épaules, son habit-veste de drap vert à boutons noirs devait le gêner aux entournures et laissait voir, par la fente des parements, des poignets rouges habitués à être nus. Ses jambes, en bas bleus, sortaient d'un pantalon jaunâtre très tiré par les bretelles. Il était chaussé de souliers forts, mal cirés, garnis de clous.

On commença la récitation des leçons. Il les écouta, de toutes ses oreilles, attentif comme au sermon, n'osant même croiser les cuisses, ni s'appuyer sur le coude, et, à deux heures, quand la cloche sonna, le maître d'études fut obligé de l'avertir, pour qu'il se mît avec nous dans les rangs.

Nous avions l'habitude, en entrant en classe, de jeter nos casquettes par terre, afin d'avoir ensuite nos mains plus libres; il fallait, dès le seuil de la porte, les lancer sous le banc, de façon à frapper contre la muraille, en faisant beaucoup de poussière; c'était là le *genre*.

Mais, soit qu'il n'eût pas remarqué cette manœuvre ou qu'il n'eût osé s'y soumettre, la prière était finie que le *nouveau* tenait encore sa casquette sur ses deux genoux. C'était une de ces coiffures d'ordre composite, où l'on retrouve les éléments du bonnet à poil, du chapska, du chapeau rond, de la casquette de loutre et du bonnet de coton, une de ces pauvres choses, enfin, dont la laideur muette a des profondeurs d'expression comme le visage d'un imbécile. Ovoïde et renflée de baleines, elle commençait par trois boudins circulaires; puis s'alternaient, séparés par une bande rouge, des losanges de velours et de poil de lapin; venait ensuite une façon de sac qui se terminait par un polygone cartonné, couvert d'une broderie en soutache compliquée, et d'où pendait, au bout d'un long cordon trop mince, un petit croisillon de fils d'or, en manière de gland. Elle était neuve; la visière brillait.

« Levez-vous », dit le professeur.

Il se leva : sa casquette tomba. Toute la classe se mit à rire.

Il se baissa pour la reprendre. Un voisin la fit tomber d'un coup de coude; il la ramassa encore une fois.

« Débarrassez-vous donc de votre casque », dit le professeur, qui était un homme d'esprit.

Il y eut un rire éclatant des écoliers qui décontenança le pauvre garçon, si bien qu'il ne savait s'il fallait garder sa casquette à la main, la laisser par terre ou la mettre sur sa tête. Il se rassit et la posa sur ses genoux.

« Levez-vous, reprit le professeur, et dites-moi votre nom. »

Le *nouveau* articula, d'une voix bredouillante, un nom inintelligible.

« Répétez! »

Le même bredouillement de syllabes se fit entendre couvert par les huées de la classe.

« Plus haut! cria le maître, plus haut! »

Le *nouveau,* prenant alors une résolution extrême, ouvrit une bouche démesurée et lança à pleins poumons, comme pour appeler quelqu'un, ce mot : *Charbovari.*

Ce fut un vacarme qui s'élança d'un bond, monta en *crescendo*, avec des éclats de voix aigus (on hurlait, on aboyait, on trépignait, on répétait : *Charbovari ! Charbovari !*), puis qui roula en notes isolées, se calmant à grand'peine, et parfois qui reprenait tout à coup sur la ligne d'un banc où saillissait encore çà et là, comme un pétard mal éteint, quelque rire étouffé.

Cependant, sous la pluie des pensums, l'ordre peu à peu se rétablit dans la classe, et le professeur, parvenu à saisir le nom de Charles Bovary, se l'étant fait dicter, épeler et relire, commanda tout de suite au pauvre diable d'aller s'asseoir sur le banc de paresse, au pied de la chaire. Il se mit en mouvement, mais, avant de partir, hésita.

« Que cherchez-vous ? demanda le professeur.

— Ma cas..., fit timidement le *nouveau,* promenant autour de lui des regards inquiets.

— Cinq cents vers à toute la classe ! » exclamé d'une voix furieuse arrêta, comme le *Quos ego,* une bourrasque nouvelle. « Restez donc tranquilles ! continuait le professeur indigné, et, s'essuyant le front avec son mouchoir qu'il venait de prendre dans sa toque : quant à vous le *nouveau,* vous me copierez vingt fois le verbe *ridiculus sum.* »

Puis, d'une voix plus douce :

« Eh ! vous la retrouverez, votre casquette ; on ne vous l'a pas volée ! »

Tout reprit son calme. Les têtes courbèrent sur les cartons, et le *nouveau* resta pendant deux heures dans une tenue exemplaire, quoiqu'il y eût bien, de temps à autre, quelque boulette de papier lancée d'un bec de plume qui vînt s'éclabousser sur sa figure. Mais il s'essuyait avec la main, et demeurait immobile, les yeux baissés.

Le soir à l'étude, il tira ses bouts de manches de son pupitre, mit en ordre ses petites affaires, régla soigneusement son papier. Nous le vîmes qui travaillait en conscience, cherchant tous les mots dans le dictionnaire et se donnant beaucoup de mal. Grâce, sans doute, à cette bonne volonté dont il fit preuve, il dut de ne pas descendre dans la classe inférieure; car, s'il savait passablement ses règles, il n'avait guère d'élégance dans les tournures. C'était le curé de son village qui lui avait commencé le latin, ses parents, par économie, ne l'ayant envoyé au collège que le plus tard possible.

Son père, M. Charles-Denis-Bartholomé Bovary, ancien aide-chirurgien-major, compromis, vers 1812, dans des affaires de conscription, et forcé vers cette époque de quitter le service, avait alors profité de ses avantages personnels pour saisir au passage une dot de soixante mille francs qui s'offrait en la fille d'un marchand bonnetier devenue amoureuse de sa tournure. Bel homme, hâbleur, faisant sonner haut ses éperons, portant des favoris rejoints aux moustaches, les doigts toujours garnis de bagues et habillé de couleurs voyantes, il avait l'aspect d'un brave, avec l'entrain facile d'un commis voyageur. Une fois marié, il vécut deux ou trois ans sur la fortune de sa femme, dînant bien, se levant tard, fumant dans de grandes pipes en porcelaine, ne rentrant le soir qu'après le spectacle et fréquentant les cafés. Le beau-père mourut et laissa peu de chose; il en fut indigné, se lança *dans la fabrique,* y perdit quelque argent, puis se retira dans la campagne, où il voulut *faire valoir.* Mais comme il ne s'entendait guère plus en culture qu'en indienne, qu'il montait ses chevaux au lieu de les envoyer au labour, buvait son cidre en bouteilles au lieu de le vendre, mangeait les plus belles volailles de sa cour et graissait ses souliers de chasse avec le lard de ses cochons, il ne tarda point à s'apercevoir qu'il valait mieux planter là toute spéculation.

Moyennant deux cents francs par an, il trouva donc à louer dans un village, sur les confins du pays de Caux et de la Picardie, une sorte de logis moitié ferme, moitié maison de maître; et, chagrin, rongé de regrets, accusant le ciel, jaloux contre tout le monde, il s'enferma, dès l'âge de quarante-cinq ans, dégoûté des hommes, disait-il, et décidé à vivre en paix.

Sa femme avait été folle de lui autrefois; elle l'avait aimé avec mille servilités qui l'avaient détaché d'elle encore davantage. Enjouée jadis, expansive et toute aimante, elle était, en vieillissant, devenue (à la façon du vin éventé qui se tourne en vinaigre) d'humeur difficile, piaillarde, nerveuse. Elle avait tant souffert, sans se plaindre, d'abord, quand elle le voyait courir après toutes les gotons de village et que vingt mauvais lieux le lui renvoyaient le soir, blasé et puant l'ivresse! Puis l'orgueil s'était révolté. Alors elle s'était tue, avalant sa rage dans un stoïcisme muet, qu'elle garda jusqu'à sa mort. Elle était sans cesse en courses, en affaires. Elle allait chez les avoués, chez le président, se rappelait l'échéance des billets, obtenait des retards ; et, à la maison, repassait, cousait, blanchissait, surveillait les ouvriers, soldait leurs mémoires, tandis que, sans s'inquiéter de rien, Monsieur, continuellement engourdi dans une somnolence boudeuse dont il ne se réveillait que pour lui dire des choses désobligeantes, restait à fumer au coin du feu, en crachant dans les cendres.

Quand elle eut un enfant, il le fallut mettre en nourrice. Rentré chez eux, le marmot fut gâté comme un prince. La mère le nourrissait de confitures ; son père le laissait courir sans souliers, et, pour faire le philosophe, disait même qu'il pouvait bien aller tout nu, comme les enfants des bêtes. A l'encontre des tendances maternelles, il avait en tête un certain idéal viril de l'enfance, d'après lequel il tâchait de former son fils, voulant qu'on l'élevât durement, à la spartiate, pour lui faire une bonne constitution. Il l'envoyait se coucher sans feu, lui apprenait à boire de grands coups de rhum et à insulter les processions. Mais, naturellement paisible, le petit répondait mal à ses efforts. Sa mère le traînait toujours après elle ; elle lui découpait des cartons, lui racontait des histoires, s'entretenait avec lui dans des monologues sans fin, pleins de gaietés mélancoliques et de chatteries babillardes. Dans l'isolement de sa vie, elle reporta sur cette tête d'enfant toutes ses vanités éparses, brisées. Elle rêvait de hautes positions, elle le voyait déjà grand, beau, spirituel, établi dans les ponts et chaussées ou dans la magistrature. Elle lui apprit à lire, et même lui enseigna sur un vieux piano qu'elle avait, à chanter deux ou trois petites romances. Mais, à tout cela, M. Bovary, peu soucieux des lettres, disait que ce *n'était pas la peine !* Auraient-ils jamais de quoi l'entretenir dans les écoles du gouvernement, lui acheter une charge ou un fonds de commerce ? D'ailleurs, *avec du toupet, un homme réussit toujours dans le monde.* Madame Bovary se mordait les lèvres et l'enfant vagabondait dans le village.

Il suivait les laboureurs, et chassait, à coups de mottes de terre, les corbeaux qui s'envolaient. Il mangeait des mûres le long des fossés, gardait les dindons avec une gaule, fanait à la moisson, courait dans les bois, jouait à la marelle sous le porche de l'église, les jours de pluie, et, aux grandes fêtes, suppliait le bedeau de lui laisser

sonner les cloches, pour se pendre de tout son corps à la
grande corde et se sentir emporter par elle dans sa volée.

Aussi poussa-t-il comme un chêne. Il acquit de fortes
mains, de belles couleurs.

A douze ans, sa mère obtint que l'on commençât
ses études. On en chargea le curé. Mais les leçons étaient
si courtes et si mal suivies, qu'elles ne pouvaient servir
à grand'chose. C'était aux moments perdus qu'elles se
donnaient, dans la sacristie, debout, à la hâte, entre un
baptême et un enterrement; ou bien le curé envoyait
chercher son élève après l'*Angelus*, quand il n'avait pas
à sortir. On montait dans sa chambre, on s'installait :
les moucherons et les papillons de nuit tournoyaient
autour de la chandelle. Il faisait chaud, l'enfant s'endormait; et le bonhomme, s'assoupissant les mains
sur son ventre, ne tardait pas à ronfler, la bouche ouverte.
D'autres fois, quand M. le curé, revenant de porter le
viatique à quelque malade des environs, apercevait
Charles qui polissonnait dans la campagne, il l'appelait, le
sermonnait un quart d'heure et profitait de l'occasion
pour lui faire conjuguer son verbe au pied d'un arbre. La
pluie venait les interrompre, ou une connaissance qui
passait. Du reste, il était toujours content de lui, disait
même que le *jeune homme* avait beaucoup de mémoire.

Charles ne pouvait en rester là. Madame fut énergique.
Honteux, ou fatigué plutôt, Monsieur céda sans résistance,
et l'on attendit encore un an que le gamin eût fait
sa première communion.

Six mois se passèrent encore; et, l'année d'après,
Charles fut définitivement envoyé au collège de Rouen,
où son père l'amena lui-même, vers la fin d'octobre,
à l'époque de la foire Saint-Romain.

Il serait maintenant impossible à aucun de nous de
se rien rappeler de lui. C'était un garçon de tempérament
modéré, qui jouait aux récréations, travaillait à l'étude,
écoutant en classe, dormant bien au dortoir, mangeant
bien au réfectoire. Il avait pour correspondant un
quincaillier en gros de la rue Ganterie, qui le faisait
sortir une fois par mois, le dimanche, après que sa
boutique était fermée, l'envoyait se promener sur le port
à regarder les bateaux, puis le ramenait au collège dès
sept heures, avant le souper. Le soir de chaque jeudi,
il écrivait une longue lettre à sa mère, avec de l'encre

rouge et trois pains à cacheter; puis il repassait ses cahiers d'histoire, ou bien lisait un vieux volume d'*Anacharsis* qui traînait dans l'étude. En promenade, il causait avec le domestique, qui était de la campagne comme lui.

A force de s'appliquer, il se maintint toujours vers le milieu de la classe; une fois même, il gagna un premier accessit d'histoire naturelle. Mais, à la fin de sa troisième, ses parents le retirèrent du collège pour lui faire étudier la médecine, persuadés qu'il pourrait se pousser seul jusqu'au baccalauréat.

Sa mère lui choisit une chambre, au quatrième, sur l'Eau-de-Robec, chez un teinturier de sa connaissance. Elle conclut les arrangements pour sa pension, se procura des meubles, une table et deux chaises, fit venir de chez elle un vieux lit en merisier, et acheta de plus un petit poêle en fonte, avec la provision de bois qui devait chauffer son pauvre enfant. Puis elle partit au bout de la semaine après mille recommandations de se bien conduire, maintenant qu'il allait être abandonné à lui-même.

Le programme des cours, qu'il lut sur l'affiche, lui fit un effet d'étourdissement; cours d'anatomie, cours de pathologie, cours de physiologie, cours de pharmacie, cours de chimie, et de botanique, et de clinique, et de thérapeutique, sans compter l'hygiène ni la matière médicale, tous noms dont il ignorait les étymologies et qui étaient comme autant de portes de sanctuaires pleins d'augustes ténèbres.

Il n'y comprit rien; il avait beau écouter, il ne saisissait pas. Il travaillait pourtant, il avait des cahiers reliés. Il suivait tous les cours, il ne perdait pas une seule visite. Il accomplissait sa petite tâche quotidienne à la manière du cheval de manège, qui tourne en place les yeux bandés, ignorant de la besogne qu'il broie.

Pour lui épargner de la dépense, sa mère lui envoyait chaque semaine, par le messager, un morceau de veau cuit au four, avec quoi il déjeunait le matin, quand il était rentré de l'hôpital, tout en battant la semelle contre le mur. Ensuite il fallait courir aux leçons, à l'amphithéâtre, à l'hospice, et revenir chez lui, à travers toutes les rues. Le soir, après le maigre dîner de son propriétaire, il remontait à sa chambre et se remettait au travail, dans ses habits mouillés qui fumaient sur son corps devant le poêle rougi.

Dans les beaux soirs d'été, à l'heure où les rues tièdes
sont vides, quand les servantes jouent au volant sur
le seuil des portes, il ouvrait sa fenêtre et s'accoudait.
La rivière, qui fait de ce quartier de Rouen comme
une ignoble petite Venise, coulait en bas, sous lui, jaune,
violette ou bleue entre ses ponts et ses grilles. Des
ouvriers, accroupis au bord, lavaient leurs bras dans l'eau.
Sur des perches partant du haut des greniers, des écheveaux de coton séchaient à l'air. En face, au delà des toits,
le grand ciel pur s'étendait, avec le soleil rouge se couchant. Qu'il devait faire bon là-bas! Quelle fraîcheur sous
la hêtrée! Et il ouvrait les narines pour aspirer les bonnes
odeurs de la campagne, qui ne venaient pas jusqu'à lui.

Il maigrit, sa taille s'allongea, et sa figure prit une sorte
d'expression dolente qui la rendit presque intéressante.

Naturellement, par nonchalance, il en vint à se défier
de toutes les résolutions qu'il s'était faites. Une fois,
il manqua la visite, le lendemain son cours, et, savourant
la paresse, peu à peu, n'y retourna plus.

Il prit l'habitude du cabaret, avec la passion des
dominos. S'enfermer chaque soir dans un sale appartement public, pour y taper sur des tables de marbre de
petits os de mouton marqués de points noirs lui semblait
un acte précieux de sa liberté, qui le rehaussait d'estime
vis-à-vis de lui-même. C'était comme l'initiation au
monde, l'accès des plaisirs défendus; et, en entrant, il
posait la main sur le bouton de la porte avec une joie
presque sensuelle. Alors, beaucoup de choses compri-
mées en lui se dilatèrent; il apprit par cœur des couplets
qu'il chantait aux bienvenues, s'enthousiasma pour
Béranger, sut faire du punch et connut enfin l'amour.

Grâce à ces travaux préparatoires, il échoua complètement à son examen d'officier de santé. On l'attendait
le soir même à la maison pour fêter son succès!

Il partit à pied et s'arrêta vers l'entrée du village,
où il fit demander sa mère, lui conta tout. Elle l'excusa,
rejetant l'échec sur l'injustice des examinateurs, et le
raffermit un peu, se chargeant d'arranger les choses.

Cinq ans plus tard seulement, M. Bovary connut la
vérité; elle était vieille, il l'accepta, ne pouvant d'ailleurs
supposer qu'un homme issu de lui fût un sot.

Charles se remit donc au travail et prépara sans
discontinuer les matières de son examen, dont il apprit

d'avance toutes les questions par cœur. Il fut reçu avec
une assez bonne note. Quel beau jour pour sa mère!
On donna un grand dîner.

Où irait-il exercer son art? A Tostes. Il n'y avait
là qu'un vieux médecin. Depuis longtemps, Madame
Bovary guettait sa mort, et le bonhomme n'avait point
encore plié bagage, que Charles était installé en face
comme son successeur.

Mais ce n'était pas tout que d'avoir élevé son fils,
de lui avoir fait apprendre la médecine et découvert
Tostes pour l'exercer : il lui fallait une femme. Elle lui
en trouva une : la veuve d'un huissier de Dieppe, qui
avait quarante-cinq ans et douze cents livres de rente.

Quoiqu'elle fût laide, sèche comme un cotret, et
bourgeonnée comme un printemps, certes Madame
Dubuc ne manquait pas de partis à choisir. Pour arriver
à ses fins, la mère Bovary fut obligée de les évincer
tous, et elle déjoua même fort habilement les intrigues
d'un charcutier qui était soutenu par les prêtres.

Charles avait entrevu par le mariage l'avènement d'une
condition meilleure, imaginant qu'il serait plus libre et
pourrait disposer de sa personne et de son argent. Mais
sa femme fut le maître; il devait devant le monde dire
ceci, ne pas dire cela, faire maigre tous les vendredis,
s'habiller comme elle l'entendait, harceler par son ordre
les clients qui ne payaient pas. Elle décachetait ses lettres,
épiait ses démarches, et l'écoutait, à travers la cloison,
donner ses consultations dans son cabinet, quand il y
avait des femmes.

Il lui fallait son chocolat tous les matins, des égards
à n'en plus finir. Elle se plaignait sans cesse de ses
nerfs, de sa poitrine, de ses humeurs. Le bruit des pas
lui faisait mal; on s'en allait, la solitude lui devenait
odieuse; revenait-on près d'elle, c'était pour la voir
mourir, sans doute. Le soir, quand Charles rentrait, elle
sortait de dessous ses draps ses longs bras maigres, les
lui passait autour du cou, et, l'ayant fait asseoir au bord
du lit, se mettait à lui parler de ses chagrins : il l'oubliait,
il en aimait une autre! On lui avait bien dit qu'elle
serait malheureuse; et elle finissait en lui demandant
quelque sirop pour sa santé et un peu plus d'amour.

II

UNE nuit, vers onze heures, ils furent réveillés par
le bruit d'un cheval qui s'arrêta juste à la porte.
La bonne ouvrit la lucarne du grenier et parlementa
quelque temps avec un homme resté en bas, dans
la rue. Il venait chercher le médecin; il avait une lettre.
Nastasie descendit les marches en grelottant, et alla
ouvrir la serrure et les verròus, l'un après l'autre.
L'homme laissa son cheval, et, suivant la bonne, entra
tout à coup derrière elle. Il tira de dedans son bonnet
de laine à houppes grises une lettre enveloppée dans
un chiffon, et la présenta délicatement à Charles, qui
s'accouda sur l'oreiller pour la lire. Nastasie, près du
lit, tenait la lumière. Madame, par pudeur, restait tournée
vers la ruelle et montrait le dos.

Cette lettre, cachetée d'un petit cachet de cire bleue,
suppliait M. Bovary de se rendre immédiatement à la
ferme des Bertaux, pour remettre une jambe cassée. Or,
il y a, de Tostes aux Bertaux, six bonnes lieues de traverse,
en passant par Longueville et Saint-Victor. La nuit était
noire. Madame Bovary jeune redoutait les accidents pour
son mari. Donc, il fut décidé que le valet d'écurie
prendrait les devants. Charles partirait trois heures plus
tard, au lever de la lune. On enverrait un gamin à sa
rencontre, afin de lui montrer le chemin de la ferme
et d'ouvrir les clôtures devant lui.

Vers quatre heures du matin, Charles, bien enveloppé
dans son manteau, se mit en route pour les Bertaux.
Encore endormi par la chaleur du sommeil, il se laissait
bercer au trot pacifique de sa bête. Quand elle s'arrêtait
d'elle-même devant ces trous entourés d'épines que l'on
creuse au bord des sillons, Charles, se réveillant en
sursaut, se rappelait vite la jambe cassée, et il tâchait de se
remettre en mémoire toutes les fractures qu'il savait. La
pluie ne tombait plus : le jour commençait à venir, et, sur
les branches des pommiers sans feuilles, des oiseaux se
tenaient immobiles, hérissant leurs petites plumes au vent
froid du matin. La plate campagne s'étalait à perte de vue,
et les bouquets d'arbres autour des fermes faisaient, à
intervalles éloignés, des taches d'un violet noir sur cette

grande surface grise qui se perdait à l'horizon dans le ton
morne du ciel. Charles, de temps à autre, ouvrait les
yeux; puis, son esprit se fatiguant et le sommeil revenant
de soi-même, bientôt il entrait dans une sorte d'assoupissement où ses sensations récentes se confondant avec
des souvenirs, lui-même se percevait double, à la fois
étudiant et marié, couché dans son lit comme tout à
l'heure, traversant une salle d'opérés comme autrefois.
L'odeur chaude des cataplasmes se mêlait dans sa tête
à la verte odeur de la rosée; il entendait rouler sur leur
tringle les anneaux de fer des lits et sa femme dormir...
Comme il passait par Vassonville, il aperçut, au bord
d'un fossé, un jeune garçon assis sur l'herbe.

« Êtes-vous le médecin? » demanda l'enfant.

Et, sur la réponse de Charles, il prit ses sabots à
ses mains et se mit à courir devant lui.

L'officier de santé, chemin faisant, comprit aux
discours de son guide que M. Rouault devait être un
cultivateur des plus aisés. Il s'était cassé la jambe, la
veille au soir, en revenant de *faire les Rois* chez un
voisin. Sa femme était morte depuis deux ans. Il n'avait
avec lui que sa *demoiselle,* qui l'aidait à tenir la maison.

Les ornières devinrent plus profondes. On approchait
des Bertaux. Le petit gars, se coulant alors par un trou
de haie, disparut, puis il revint au bout d'une cour en
ouvrir la barrière. Le cheval glissait sur l'herbe mouillée;
Charles se baissait pour passer sous les branches. Les
chiens de garde à la niche aboyaient en tirant sur leur
chaîne. Quand il entra dans les Bertaux son cheval eut
peur et fit un grand écart.

C'était une ferme de bonne apparence. On voyait dans
les écuries, par le dessus des portes ouvertes, de gros
chevaux de labour qui mangeaient tranquillement dans
des râteliers neufs. Le long des bâtiments s'étendait un
large fumier, de la buée s'en élevait, et, parmi les poules
et les dindons, picoraient dessus cinq ou six paons, luxe
des basses-cours cauchoises. La bergerie était longue, la
grange était haute, à murs lisses comme la main. Il y avait
sous le hangar deux grandes charrettes et quatre charrues,
avec leurs fouets, leurs colliers, leurs équipages complets,
dont les toisons de laine bleue se salissaient à la poussière
fine qui tombait des greniers. La cour allait en montant,
plantée d'arbres symétriquement espacés, et le bruit

gai d'un troupeau d'oies retentissait près de la mare.

Une jeune femme, en robe de mérinos bleu garnie de trois volants, vint sur le seuil de la maison pour recevoir M. Bovary, qu'elle fit entrer dans la cuisine, où flambait un grand feu. Le déjeuner des gens bouillonnait alentour, dans des petits pots de taille inégale. Des vêtements humides séchaient dans l'intérieur de la cheminée. La pelle, les pincettes et le bec du soufflet, tous de proportion colossale, brillaient comme de l'acier poli, tandis que le long des murs s'étendait une abondante batterie de cuisine, où miroitait inégalement la flamme claire du foyer, jointe aux premières lueurs du soleil arrivant par les carreaux.

Charles monta, au premier, voir le malade. Il le trouva dans son lit, suant sous ses couvertures et ayant rejeté bien loin son bonnet de coton. C'était un gros petit homme de cinquante ans, à la peau blanche, à l'œil bleu, chauve sur le devant de la tête, et qui portait des boucles d'oreilles. Il avait à ses côtés, sur une chaise, une grande carafe d'eau-de-vie, dont il se versait de temps à autre pour se donner du cœur au ventre; mais, dès qu'il vit le médecin, son exaltation tomba, et, au lieu de sacrer comme il le faisait depuis douze heures, il se prit à geindre faiblement.

La fracture était simple, sans complication d'aucune espèce. Charles n'eût osé en souhaiter de plus facile. Alors, se rappelant les allures de ses maîtres auprès du lit des blessés, il réconforta le patient avec toutes sortes de bons mots, caresses chirurgicales qui sont comme l'huile dont on graisse les bistouris. Afin d'avoir des attelles, on alla chercher, sous la charretterie, un paquet de lattes. Charles en choisit une, la coupa en morceaux et la polit avec un éclat de vitre, tandis que la servante déchirait des draps pour faire des bandes, et que mademoiselle Emma tâchait à coudre des coussinets. Comme elle fut longtemps avant de trouver son étui, son père s'impatienta; elle ne répondit rien; mais, tout en cousant, elle se piquait les doigts, qu'elle portait ensuite à sa bouche pour les sucer.

Charles fut surpris de la blancheur de ses ongles. Ils étaient brillants, fins du bout, plus nettoyés que les ivoires de Dieppe, et taillés en amande. Sa main pourtant n'était pas belle, point assez pâle, peut-être, et un peu sèche

aux phalanges; elle était trop longue aussi et sans molles
inflexions de lignes sur les contours. Ce qu'elle avait
de beau, c'étaient les yeux : quoiqu'ils fussent bruns,
ils semblaient noirs à cause des cils, et son regard arrivait
franchement à vous avec une hardiesse candide.

Une fois le pansement fait, le médecin fut invité, par
M. Rouault lui-même, à *prendre un morceau,* avant de
partir.

Charles descendit dans la salle, au rez-de-chaussée.
Deux couverts, avec des timbales d'argent, y étaient mis
sur une petite table, au pied d'un grand lit à baldaquin
revêtu d'une indienne à personnages représentant des
Turcs. On sentait une odeur d'iris et de draps humides
qui s'échappait de la haute armoire en bois de chêne
faisant face à la fenêtre. Par terre, dans les angles, étaient
rangés, debout, des sacs de blé. C'était le trop-plein
du grenier proche, où l'on montait par trois marches
de pierre. Il y avait, pour décorer l'appartement,
accrochée à un clou, au milieu du mur dont la peinture
verte s'écaillait sous le salpêtre, une tête de Minerve
au crayon noir, encadrée de dorure, et qui portait au
bas, écrit en lettres gothiques : « A mon cher papa ».

On parla d'abord du malade, puis du temps qu'il faisait,
des grands froids, des loups qui couraient les champs
la nuit. Mademoiselle Rouault ne s'amusait guère à la
campagne, maintenant surtout qu'elle était chargée
presque à elle seule des soins de la ferme. Comme la
salle était fraîche, elle grelottait tout en mangeant, ce
qui découvrait un peu ses lèvres charnues, qu'elle avait
coutume de mordiller à ses moments de silence.

Son cou sortait d'un col blanc, rabattu. Ses cheveux,
dont les deux bandeaux noirs semblaient chacun d'un
seul morceau, tant ils étaient lisses, étaient séparés sur
le milieu de la tête par une raie fine, qui s'enfonçait
légèrement selon la courbe du crâne; et, laissant voir
à peine le bout de l'oreille, ils allaient se confondre
par derrière en un chignon abondant, avec un mouvement ondé vers les tempes, que le médecin de campagne
remarqua là pour la première fois de sa vie. Ses pommettes étaient roses. Elle portait, comme un homme,
passé entre deux boutons de son corsage, un lorgnon
d'écaille.

Quand Charles, après être monté dire adieu au père

Rouault, rentra dans la salle avant de partir, il la trouva
debout, le front contre la fenêtre, et qui regardait dans
le jardin, où les échalas des haricots avaient été renversés
par le vent. Elle se retourna.

« Cherchez-vous quelque chose? demanda-t-elle.

— Ma cravache, s'il vous plaît », répondit-il.

Et il se mit à fureter sur le lit, derrière les portes,
sous les chaises; elle était tombée à terre, entre les sacs
et la muraille. Mademoiselle Emma l'aperçut; elle se
pencha sur les sacs de blé. Charles, par galanterie,
se précipita, et, comme il allongeait aussi son bras dans
le même mouvement, il sentit sa poitrine effleurer le
dos de la jeune fille, courbée sous lui. Elle se redressa
toute rouge et le regarda par-dessus l'épaule, en lui
tendant son nerf de bœuf.

Au lieu de revenir aux Bertaux trois jours après,
comme il l'avait promis, c'est le lendemain même qu'il
y retourna, puis deux fois la semaine régulièrement, sans
compter les visites inattendues qu'il faisait de temps à
autre, comme par mégarde.

Tout, du reste, alla bien; la guérison s'établit selon
les règles, et, quand, au bout de quarante-six jours, on
vit le père Rouault qui s'essayait à marcher seul dans
sa *masure,* on commença à considérer M. Bovary comme
un homme de grande capacité. Le père Rouault disait
qu'il n'aurait pas mieux été guéri par les premiers
médecins d'Yvetot, ou même de Rouen.

Quant à Charles, il ne chercha point à se demander
pourquoi il venait aux Bertaux avec plaisir. Y eût-il
songé qu'il aurait sans doute attribué son zèle à la gravité
du cas, ou peut-être au profit qu'il en espérait. Était-ce
pour cela, cependant, que ses visites à la ferme faisaient,
parmi les pauvres occupations de sa vie, une exception
charmante? Ces jours-là, il se levait de bonne heure,
partait au galop, poussait sa bête, puis il descendait pour
s'essuyer les pieds sur l'herbe, et passait ses gants noirs
avant d'entrer. Il aimait à se voir arriver dans la cour,
à sentir contre son épaule la barrière qui tournait, et
le coq qui chantait sur le mur, les garçons qui venaient
à sa rencontre. Il aimait la grange et les écuries; il aimait
le père Rouault, qui lui tapait dans la main en l'appelant
son sauveur; il aimait les petits sabots de mademoiselle
Emma sur les dalles lavées de la cuisine; ses talons hauts

la grandissaient un peu, et, quand elle marchait devant lui, les semelles de bois, se relevant vite, claquaient avec un bruit sec contre le cuir de la bottine.

Elle le reconduisait toujours jusqu'à la première marche du perron. Lorsqu'on n'avait pas encore amené son cheval, elle restait là. On s'était dit adieu, on ne parlait plus; le grand air l'entourait, levant pêle-mêle les petits cheveux follets de sa nuque, ou secouant sur sa hanche les cordons de son tablier, qui se tortillaient comme des banderoles. Une fois, par un temps de dégel, l'écorce des arbres suintait dans la cour, la neige sur les couvertures des bâtiments se fondait. Elle était sur le seuil; elle alla chercher son ombrelle, elle l'ouvrit. L'ombrelle, de soie gorge-de-pigeon, que traversait le soleil, éclairait de reflets mobiles la peau blanche de sa figure. Elle souriait là-dessous à la chaleur tiède; et on entendait les gouttes d'eau, une à une, tomber sur la moire tendue.

Dans les premiers temps que Charles fréquentait les Bertaux, madame Bovary jeune ne manquait pas de s'informer du malade, et même, sur le livre qu'elle tenait en partie double, elle avait choisi pour M. Rouault une belle page blanche. Mais quand elle sut qu'il avait une fille, elle alla aux informations; et elle apprit que mademoiselle Rouault, élevée au couvent, chez les Ursulines, avait reçu, comme on dit, *une belle éducation,* qu'elle savait, en conséquence, la danse, la géographie, le dessin, faire de la tapisserie et toucher du piano. Ce fut le comble!

« C'est donc pour cela, se disait-elle, qu'il a la figure si épanouie quand il va la voir, et qu'il met son gilet neuf, au risque de l'abîmer à la pluie? Ah! cette femme! cette femme!... »

Et elle la détesta, d'instinct. D'abord, elle se soulagea par des allusions. Charles ne les comprit pas; ensuite, par des réflexions incidentes qu'il laissait passer de peur de l'orage; enfin, par des apostrophes à brûle-pourpoint auxquelles il ne savait que répondre. — D'où vient qu'il retournait aux Bertaux, puisque M. Rouault était guéri et que ces gens-là n'avaient pas encore payé? Eh! c'est qu'il y avait là-bas *une personne,* quelqu'un qui savait causer, une brodeuse, un bel esprit. C'était là ce qu'il aimait : il lui fallait des demoiselles de ville! Et elle reprenait :

« La fille au père Rouault, une demoiselle de ville!

Allons donc! leur grand-père était berger, et ils ont
un cousin qui a failli passer par les assises pour un
mauvais coup, dans une dispute. Ce n'est pas la peine
de faire tant de fla-fla, ni de se montrer le dimanche
à l'église avec une robe de soie, comme une comtesse.
Pauvre bonhomme d'ailleurs, qui, sans les colzas de l'an
passé, eût été bien embarrassé de payer ses arrérages! »

Par lassitude, Charles cessa de retourner aux Bertaux.
Héloïse lui avait fait jurer qu'il n'irait plus, la main
sur son livre de messe, après beaucoup de sanglots et
de baisers, dans une grande explosion d'amour. Il obéit
donc; mais la hardiesse de son désir protesta contre
la servilité de sa conduite et, par une sorte d'hypocrisie
naïve, il estima que cette défense de la voir était pour
lui comme un droit de l'aimer. Et puis la veuve était
maigre [1]; elle avait les dents longues; elle portait en
toute saison un petit châle noir dont la pointe lui
descendait entre les omoplates; sa taille dure était
engainée dans des robes en façon de fourreau, trop
courtes, qui découvraient ses chevilles avec les rubans
de ses souliers larges s'entrecroisant sur des bas gris.

La mère de Charles venait les voir de temps à autre,
mais, au bout de quelques jours, la bru semblait l'aiguiser
à son fil; et alors, comme deux couteaux, elles étaient à
le scarifier par leurs réflexions et leurs observations. Il
avait tort de tant manger! Pourquoi toujours offrir la
goutte au premier venu? Quel entêtement que de ne
pas vouloir porter de flanelle!

Il arriva qu'au commencement du printemps, un
notaire d'Ingouville, détenteur de fonds à la veuve Dubuc,
s'embarqua par une belle marée, emportant avec lui tout
l'argent de son étude. Héloïse, il est vrai, possédait
encore, outre une part de bateau évaluée six mille francs,
sa maison de la rue Saint-François; et cependant, de
toute cette fortune que l'on avait fait sonner si haut,
rien, si ce n'est un peu de mobilier et quelques nippes,
n'avait paru dans le ménage. Il fallut tirer la chose au
clair. La maison de Dieppe se trouva vermoulue d'hypothèques jusque dans ses pilotis; ce qu'elle avait mis chez
le notaire, Dieu seul le savait, et la part de barque
n'excéda point mille écus. Elle avait donc menti, la bonne
dame! Dans son exaspération, M. Bovary père, brisant
une chaise contre les pavés, accusa sa femme d'avoir

fait le malheur de leur fils en l'attelant à une haridelle semblable, dont les harnais ne valaient pas la peau. Ils vinrent à Tostes. On s'expliqua. Il y eut des scènes. Héloïse, en pleurs, se jetant dans les bras de son mari, le conjura de la défendre de ses parents. Charles voulut parler pour elle. Ceux-ci se fâchèrent, et ils partirent.

Mais *le coup était porté*. Huit jours après, comme elle étendait du linge dans sa cour, elle fut prise d'un crachement de sang, et le lendemain, tandis que Charles avait le dos tourné pour fermer le rideau de la fenêtre, elle dit : « Ah! mon Dieu! » poussa un soupir et s'évanouit. Elle était morte! Quel étonnement!

Quand tout fut fini au cimetière, Charles rentra chez lui. Il ne trouva personne en bas; il monta au premier, dans la chambre, vit sa robe encore accrochée au pied de l'alcôve; alors, s'appuyant contre le secrétaire, il resta jusqu'au soir perdu dans une rêverie douloureuse. Elle l'avait aimé, après tout.

III

Un matin, le père Rouault vint apporter à Charles le payement de sa jambe remise : soixante et quinze francs en pièces de quarante sous, et une dinde. Il avait appris son malheur, et l'en consola tant qu'il put.

« Je sais ce que c'est! disait-il en lui frappant sur l'épaule; j'ai été comme vous, moi aussi! Quand j'ai eu perdu ma pauvre défunte, j'allais dans les champs pour être tout seul; je tombais au pied d'un arbre, je pleurais, j'appelais le Bon Dieu, je lui disais des sottises; j'aurais voulu être comme les taupes que je voyais aux branches, qui avaient des vers leur grouillant dans le ventre, crevé, enfin. Et quand je pensais que d'autres, à ce moment-là, étaient avec leurs bonnes petites femmes à les tenir embrassées contre eux, je tapais de grands coups par terre avec mon bâton; j'étais quasiment fou, que je ne mangeais plus; l'idée d'aller seulement au café me dégoûtait, vous ne croiriez pas. Eh bien, tout doucement, un jour chassant l'autre, un printemps sur un hiver et un automne par-dessus un été, ça a coulé brin à brin, miette à miette; ça s'en est allé, c'est parti, c'est descendu, je veux dire, car il vous reste toujours quelque chose au fond, comme qui dirait... un poids, là, sur la poitrine! Mais puisque c'est notre sort à tous, on ne doit pas non plus se laisser dépérir, et, parce que d'autres sont morts, vouloir mourir... Il faut vous secouer, monsieur Bovary; ça se passera! Venez nous voir; ma fille pense à vous de temps à autre, savez-vous bien, et elle dit comme ça que vous l'oubliez. Voilà le printemps bientôt; nous vous ferons tirer le lapin dans la garenne, pour vous dissiper un peu. »

Charles suivit son conseil. Il retourna aux Bertaux. Il retrouva tout comme la veille, comme il y avait cinq mois, c'est-à-dire. Les poiriers déjà étaient en fleurs, et le bonhomme Rouault, debout maintenant, allait et venait, ce qui rendait la ferme plus animée.

Croyant qu'il était de son devoir de prodiguer au médecin le plus de politesses possible, à cause de sa position douloureuse, il le pria de ne point se découvrir la tête, lui parla à voix basse, comme s'il eût été malade, et même fit semblant de se mettre en colère de ce que l'on n'avait pas apprêté à son intention quelque chose d'un peu plus léger que tout le reste, tels que des petits pots de crème ou des poires cuites. Il conta des histoires. Charles se surprit à rire; mais le souvenir de sa femme, lui revenant tout à coup, l'assombrit. On apporta le café; il n'y pensa plus.

Il y pensa moins, à mesure qu'il s'habituait à vivre seul. L'agrément nouveau de l'indépendance lui rendit bientôt la solitude plus supportable. Il pouvait changer maintenant les heures de ses repas, rentrer ou sortir sans donner de raisons, et, lorsqu'il était bien fatigué, s'étendre de ses quatre membres, tout en large dans son lit. Donc, il se choya, se dorlota et accepta les consolations qu'on lui donnait. D'autre part, la mort de sa femme ne l'avait pas mal servi dans son métier, car on avait répété durant un mois : « Ce pauvre jeune homme! quel malheur! » Son nom s'était répandu, sa clientèle s'était accrue; et puis il allait aux Bertaux tout à son aise. Il avait un espoir sans but, un bonheur vague; il se trouvait la figure plus agréable en brossant ses favoris devant son miroir.

Il arriva un jour vers trois heures; tout le monde était aux champs; il entra dans la cuisine, mais n'aperçut point d'abord Emma; les auvents étaient fermés. Par les fentes du bois, le soleil allongeait sur les pavés de grandes raies

minces, qui se brisaient à l'angle des meubles et tremblaient au plafond. Des mouches, sur la table, montaient
le long des verres qui avaient servi, et bourdonnaient
en se noyant au fond, dans le cidre resté. Le jour qui
descendait par la cheminée, veloutant la suie de la plaque,
bleuissait un peu les cendres froides. Entre la fenêtre
et le foyer, Emma cousait; elle n'avait point de fichu,
on voyait sur ses épaules nues de petites gouttes de sueur.

Selon la mode de la campagne, elle lui proposa de
boire quelque chose. Il refusa, elle insista, et enfin lui
offrit, en riant, de prendre un verre de liqueur avec
elle. Elle alla donc chercher dans l'armoire une bouteille
de curaçao, atteignit deux petits verres, emplit l'un
jusqu'au bord, versa à peine dans l'autre et, après avoir
trinqué, le porta à sa bouche. Comme il était presque
vide, elle se renversait pour boire : et, la tête en arrière,
les lèvres avancées, le cou tendu, elle riait de ne rien
sentir, tandis que le bout de sa langue, passant entre
ses dents fines, léchait à petits coups le fond du verre.

Elle se rassit et elle reprit son ouvrage, qui était un bas
de coton blanc où elle faisait des reprises : elle travaillait
le front baissé; elle ne parlait pas. Charles non plus. L'air
passant par le dessous de la porte, poussait un peu de
poussière sur les dalles; il la regardait se traîner, et il
entendait seulement le battement intérieur de sa tête avec
le cri d'une poule, au loin, qui pondait dans les cours.
Emma, de temps à autre, se rafraîchissait les joues en y
appliquant la paume de ses mains, qu'elle refroidissait
après cela sur la pomme de fer des grands chenets.

Elle se plaignait d'éprouver, depuis le commencement
de la saison, des étourdissements; elle demanda si les
bains de mer lui seraient utiles; elle se mit à causer
du couvent, Charles de son collège, les phrases leur
vinrent. Ils montèrent dans sa chambre. Elle lui fit voir
ses anciens cahiers de musique, les petits livres qu'on
lui avait donnés en prix et les couronnes en feuilles
de chêne, abandonnées dans un bas d'armoire. Elle lui
parla encore de sa mère, du cimetière, et même lui montra
dans le jardin la plate-bande dont elle cueillait les fleurs,
tous les premiers vendredis de chaque mois, pour les
aller mettre sur sa tombe. Mais le jardinier qu'ils avaient
n'y entendait rien; on était si mal servi! Elle eût bien
voulu, ne fût-ce au moins que pendant l'hiver, habiter

la ville, quoique la longueur des beaux jours rendît
peut-être la campagne plus ennuyeuse encore durant
l'été; — et, selon ce qu'elle disait, sa voix était claire,
aiguë, ou, se couvrant de langueur tout à coup, traînait
des modulations qui finissaient presque en murmures,
quand elle se parlait à elle-même, — tantôt joyeuse,
ouvrant des yeux naïfs, puis les paupières à demi closes,
le regard noyé d'ennui, la pensée vagabondant.

Le soir, en s'en retournant, Charles reprit une à une
les phrases qu'elle avait dites, tâchant de se les rappeler,
d'en compléter le sens, afin de se faire la portion d'existence qu'elle avait vécue dans le temps qu'il ne la connaissait pas encore. Mais jamais il ne put la voir en sa pensée
différemment qu'il ne l'avait vue la première fois, ou telle
qu'il venait de la quitter tout à l'heure. Puis il se demanda
ce qu'elle deviendrait, si elle se marierait, et à qui? Hélas!
le père Rouault était bien riche, et elle!... si belle! Mais
la figure d'Emma revenait toujours se placer devant ses
yeux, et quelque chose de monotone comme le ronflement d'une toupie bourdonnait à ses oreilles : « Si tu te
mariais, pourtant! si tu te mariais! » La nuit, il ne dormit
pas, sa gorge était serrée, il avait soif; il se leva pour aller
boire à son pot à l'eau et il ouvrit la fenêtre, le ciel était
couvert d'étoiles, un vent chaud passait; au loin des
chiens aboyaient. Il tourna la tête du côté des Bertaux.

Pensant qu'après tout l'on ne risquait rien, Charles
se promit de faire la demande quand l'occasion s'en
offrirait; mais, chaque fois qu'elle s'offrit, la peur de ne
point trouver les mots convenables lui collait les lèvres.

Le père Rouault n'eût pas été fâché qu'on le débar-
rassât de sa fille, qui ne lui servait guère dans sa maison. Il l'excusait intérieurement, trouvant qu'elle
avait trop d'esprit pour la culture, métier maudit du
ciel, puisqu'on n'y voyait jamais de millionnaire. Loin
d'y avoir fait fortune, le bonhomme y perdait tous les
ans : car, s'il excellait dans les marchés, où il se plaisait
aux ruses du métier, en revanche la culture proprement
dite, avec le gouvernement intérieur de la ferme, lui
convenait moins qu'à personne. Il ne retirait pas volontiers ses mains de dedans ses poches, et n'épargnait
point la dépense pour tout ce qui regardait la vie, voulant
être bien nourri, bien chauffé, bien couché. Il aimait
le gros cidre, les gigots saignants, les *glorias* longuement

battus. Il prenait ses repas dans la cuisine, seul, en face
du feu, sur une petite table qu'on lui apportait toute
servie comme au théâtre.

Lorsqu'il s'aperçut donc que Charles avait les pommettes rouges près de sa fille, ce qui signifiait qu'un
de ces jours on la lui demanderait en mariage, il rumina
d'avance toute l'affaire. Il le trouvait bien un peu
gringalet, et ce n'était pas là un gendre comme il l'eût
souhaité; mais on le disait de bonne conduite, économe,
fort instruit, et sans doute qu'il ne chicanerait pas trop
sur la dot. Or, comme le père Rouault allait être forcé
de vendre vingt-deux acres de *son bien,* qu'il devait
beaucoup au maçon, beaucoup au bourrelier, que l'arbre
du pressoir était à remettre :

« S'il me la demande, se dit-il, je la lui donne. »

A l'époque de la Saint-Michel, Charles était venu passer
trois jours aux Bertaux. La dernière journée s'était
écoulée comme les précédentes, à reculer de quart d'heure
en quart d'heure. Le père Rouault lui fit la conduite;
ils marchaient dans un chemin creux, ils s'allaient quitter;
c'était le moment. Charles se donna jusqu'au coin de
la haie, et enfin, quand on l'eut dépassée :

« Maître Rouault, murmura-t-il, je voudrais bien
vous dire quelque chose. »

Ils s'arrêtèrent. Charles se taisait.

« Mais contez-moi votre histoire! Est-ce que je ne
sais pas tout! dit le père Rouault, en riant doucement.

— Père Rouault..., père Rouault, balbutia Charles.

— Moi, je ne demande pas mieux, continua le fermier.
Quoique sans doute la petite soit de mon idée, il faut
pourtant lui demander son avis. Allez-vous-en donc;
je m'en vais retourner chez nous. Si c'est oui, entendez-
moi bien, vous n'aurez pas besoin de revenir, à cause
du monde, et, d'ailleurs, ça la saisirait trop. Mais pour
que vous ne vous mangiez pas le sang, je pousserai
tout grand l'auvent de la fenêtre contre le mur : vous
pourrez le voir par derrière, en vous penchant sur la haie. »

Et il s'éloigna.

Charles attacha son cheval à un arbre. Il courut se
mettre dans le sentier; il attendit. Une demi-heure
se passa, puis il compta dix-neuf minutes à sa montre.
Tout à coup un bruit se fit contre le mur; l'auvent
s'était rabattu, la cliquette tremblait encore.

Le lendemain, dès neuf heures, il était à la ferme. Emma rougit quand il entra, tout en s'efforçant de rire un peu, par contenance. Le père Rouault embrassa son futur gendre. On se remit à causer des arrangements d'intérêt; on avait, d'ailleurs, du temps devant soi, puisque le mariage ne pouvait décemment avoir lieu avant la fin du deuil de Charles, c'est-à-dire vers le printemps de l'année prochaine.

L'hiver se passa dans cette attente. Mademoiselle Rouault s'occupa de son trousseau. Une partie en fut commandée à Rouen, et elle se confectionna des chemises et des bonnets de nuit, d'après des dessins de modes qu'elle emprunta. Dans les visites que Charles faisait à la ferme, on causait des préparatifs de la noce, on se demandait dans quel appartement se donnerait le dîner; on rêvait à la quantité de plats qu'il faudrait et quelles seraient les entrées.

Emma eût, au contraire, désiré se marier à minuit, aux flambeaux; mais le père Rouault ne comprit rien à cette idée. Il y eut donc une noce, où vinrent quarante-trois personnes, où l'on resta seize heures à table, qui recommença le lendemain et quelque peu les jours suivants.

IV

LES conviés arrivèrent de bonne heure dans des voitures, carrioles à un cheval, chars à bancs à deux roues, vieux cabriolets sans capote, tapissières à rideaux de cuir, et les jeunes gens des villages les plus voisins dans des charrettes où ils se tenaient debout, en rang, les mains appuyées sur les ridelles pour ne pas tomber, allant au trot et secoués dur. Il en vint de dix lieues loin, de Goderville, de Normanville et de Cany. On avait invité tous les parents des deux familles; on s'était raccommodé avec les amis brouillés; on avait écrit à des connaissances perdues de vue depuis longtemps.

De temps à autre, on entendait des coups de fouet derrière la haie; bientôt la barrière s'ouvrait : c'était une carriole qui entrait. Galopant jusqu'à la première marche du perron, elle s'y arrêtait court, et vidait son monde, qui sortait par tous les côtés en se frottant les genoux et en s'étirant les bras. Les dames, en bonnet, avaient des robes à la façon de la ville, des chaînes de montre en or, des pèlerines à bouts croisés dans la ceinture, ou de petits fichus de couleur attachés dans le dos avec une épingle, et qui leur découvraient le cou par derrière. Les gamins, vêtus pareillement à leurs papas, semblaient incommodés par leurs habits neufs (beaucoup même étrennèrent ce jour-là la première paire de bottes de leur existence), et l'on voyait à côté d'eux, ne soufflant mot dans la robe blanche de sa première communion rallongée pour la circonstance, quelque grande fillette de quatorze ou seize ans, leur cousine ou leur sœur aînée sans doute, rougeaude, ahurie, les cheveux gras de pommade à la rose, et ayant bien peur de salir ses gants. Comme il n'y avait point assez de valets d'écurie pour dételer toutes les voitures, les messieurs retroussaient leurs manches et s'y mettaient eux-mêmes. Suivant leur position sociale différente, ils avaient des habits, des redingotes, des vestes, des habits-vestes; — bons habits, entourés de toute la considération d'une famille, et qui ne sortaient de l'armoire que pour les solennités; redingotes à grandes basques flottant au vent, à collet cylindrique, à poches larges comme des sacs; vestes de gros drap, qui accompagnaient ordinairement quelque casquette cerclée de cuivre à sa visière; habits-vestes très courts, ayant dans le dos deux boutons rapprochés comme une paire d'yeux, et dont les pans semblaient avoir été coupés à même un seul bloc, par la hache du charpentier. Quelques-uns encore (mais ceux-là, bien sûr, devaient dîner au bas bout de la table) portaient des blouses de cérémonie, c'est-à-dire dont le col était rabattu sur les épaules, le dos froncé à petits plis et la taille attachée très bas par une ceinture cousue.

Et les chemises sur les poitrines bombaient comme des cuirasses! Tout le monde était tondu à neuf, les oreilles s'écartaient des têtes, on était rasé de près; quelques-uns même qui s'étaient levés dès avant l'aube, n'ayant pas vu clair à se faire la barbe, avaient des balafres en diagonale sous le nez, ou, le long des mâchoires, des pelures d'épidermes larges comme des écus de trois francs, et qu'avait enflammées le grand air pendant la route, ce qui marbrait un peu de plaques roses toutes ces grosses faces blanches épanouies.

La mairie se trouvant à une demi-lieue de la ferme,

on s'y rendit à pied, et l'on revint de même, une fois
la cérémonie faite à l'église. Le cortège, d'abord uni
comme une seule écharpe de couleur, qui ondulait dans
la campagne, le long de l'étroit sentier serpentant entre
les blés verts, s'allongea bientôt et se coupa en groupes
différents, qui s'attardaient à causer. Le ménétrier allait
en avant avec son violon empanaché de rubans à la
coquille; les mariés venaient ensuite, les parents, les amis
tout au hasard, et les enfants restaient derrière, s'amusant
à arracher les clochettes des brins d'avoine, ou à se
jouer entre eux, sans qu'on les vît. La robe d'Emma,
trop longue, traînait un peu par le bas; de temps à
autre, elle s'arrêtait pour la tirer, et alors délicatement,
de ses doigts gantés, elle enlevait les herbes rudes avec
les petits dards des chardons, pendant que Charles, les
mains vides, attendait qu'elle eût fini. Le père Rouault,
un chapeau de soie neuf sur la tête et les parements
de son habit noir lui couvrant les mains jusqu'aux ongles,
donnait le bras à madame Bovary mère. Quant à
M. Bovary père, qui, méprisant au fond tout ce monde-là,
était venu simplement avec une redingote à un rang
de boutons d'une coupe militaire, il débitait des
galanteries d'estaminet à une jeune paysanne blonde. Elle
saluait, rougissait, ne savait que répondre. Les autres
gens de la noce causaient de leurs affaires ou se faisaient
des niches dans le dos, s'excitant d'avance à la gaieté;
et, en y prêtant l'oreille, on entendait toujours le crin-crin
du ménétrier qui continuait à jouer dans la campagne.
Quand il s'apercevait qu'on était loin derrière lui, il
s'arrêtait à reprendre haleine, cirait longuement de
colophane son archet, afin que les cordes grinçassent
mieux, et puis il se remettait à marcher, abaissant et
levant tour à tour la manche de son violon, pour se
bien marquer la mesure à lui-même. Le bruit de l'instrument faisait partir de loin les petits oiseaux.

C'était sous le hangar de la charretterie que la table
était dressée. Il y avait dessus quatre aloyaux, six
fricassées de poulets, du veau à la casserole, trois gigots
et, au milieu, un joli cochon de lait, rôti, flanqué de
quatre andouilles à l'oseille. Aux angles, se dressait
l'eau-de-vie, dans des carafes. Le cidre doux en bouteilles
poussait sa mousse épaisse autour des bouchons et tous
les verres, d'avance, avaient été remplis de vin jusqu'au

bord. De grands plats de crème jaune, qui flottaient
d'eux-mêmes au moindre choc de la table, présentaient,
dessinés sur leur surface unie, les chiffres des nouveaux
époux en arabesques de nonpareille. On avait été chercher
un pâtissier à Yvetot pour les tourtes et les nougats.
Comme il débutait dans le pays, il avait soigné les choses;
et il apporta, lui-même, au dessert, une pièce montée
qui fit pousser des cris. A la base, d'abord c'était un
carré de carton bleu figurant un temple avec portiques,
colonnades et statuettes de stuc tout autour dans des
niches constellées d'étoiles en papier doré; puis se tenait
au second étage un donjon en gâteau de Savoie, entouré
de menues fortifications en angélique, amandes, raisins
secs, quartiers d'oranges; et enfin, sur la plate-forme
supérieure, qui était une prairie verte où il y avait des
rochers avec des lacs de confiture et des bateaux en
écales de noisettes, on voyait un petit Amour, se balançant à une escarpolette de chocolat, dont les deux poteaux
étaient terminés par deux boutons de rose naturelle,
en guise de boules, au sommet.

Jusqu'au soir, on mangea. Quand on était fatigué
d'être assis, on allait se promener dans les cours ou jouer
une partie de bouchon, dans la grange, puis on revenait à
table. Quelques-uns, vers la fin, s'y endormirent et ron-
flèrent. Mais, au café, tout se ranima; alors on entama
des chansons, on fit des tours de force, on portait des
poids, on passait sous son pouce, on essayait à soulever
les charrettes sur ses épaules, on disait des gaudrioles, on
embrassait les dames. Le soir, pour partir, les chevaux
gorgés d'avoine jusqu'aux naseaux eurent du mal à entrer
dans les brancards; ils ruaient, se cabraient, les harnais
se cassaient, leurs maîtres juraient ou riaient; et toute la
nuit, au clair de lune, par les routes du pays, il y eut des
carrioles emportées qui couraient au grand galop, bondissant dans les saignées, sautant par-dessus les mètres de
cailloux, s'accrochant aux talus, avec des femmes qui se
penchaient en dehors de la portière pour saisir les guides.

Ceux qui restèrent aux Bertaux passèrent la nuit à
boire dans la cuisine. Les enfants s'étaient endormis sous
les bancs.

La mariée avait supplié son père qu'on lui épargnât
les plaisanteries d'usage. Cependant, un mareyeur de leurs
cousins (qui même avait apporté, comme présent de

noces, une paire de soles) commençait à souffler de l'eau
avec sa bouche par le trou de la serrure, quand le père
Rouault arriva juste à temps pour l'en empêcher, et
lui expliqua que la position grave de son gendre ne
permettait pas de telles inconvenances. Le cousin,
toutefois, céda difficilement à ces raisons. En dedans
de lui-même, il accusa le père Rouault d'être fier, et
il alla se joindre dans un coin à quatre ou cinq autres
des invités qui, ayant eu par hasard plusieurs fois de
suite à table les bas morceaux des viandes, trouvaient
aussi qu'on les avait mal reçus, chuchotaient sur le compte
de leur hôte et souhaitaient sa ruine à mots couverts.

Madame Bovary mère n'avait pas desserré les dents
de la journée. On ne l'avait consultée ni sur la toilette de
la bru, ni sur l'ordonnance du festin; elle se retira
de bonne heure. Son époux, au lieu de la suivre, envoya
chercher des cigares à Saint-Victor et fuma jusqu'au jour,
tout en buvant des grogs au kirsch, mélange inconnu
à la compagnie, et qui fut pour lui comme la source
d'une considération plus grande encore.

Charles n'était point de complexion facétieuse, il
n'avait pas brillé pendant la noce. Il répondit médiocrement aux pointes, calembours, mots à double entente,
compliments et gaillardises que l'on se fit un devoir
de lui décocher dès le potage.

Le lendemain, en revanche, il semblait un autre
homme. C'est lui plutôt que l'on eût pris pour la vierge
de la veille, tandis que la mariée ne laissait rien découvrir
où l'on pût deviner quelque chose. Les plus malins ne
savaient que répondre, et ils la considéraient, quand elle
passait près d'eux, avec des tensions d'esprit démesurées.
Mais Charles ne dissimulait rien. Il l'appelait ma femme,
la tutoyait, s'informait d'elle à chacun, la cherchait partout, et souvent il l'entraînait dans les cours, où on l'apercevait de loin, entre les arbres, qui lui passait le bras sous
la taille et continuait à marcher à demi penché sur elle,
en lui chiffonnant avec sa tête la guimpe de son corsage [1].

Deux jours après la noce, les époux s'en allèrent :
Charles, à cause de ses malades, ne pouvait s'absenter
plus longtemps. Le père Rouault les fit reconduire dans
sa carriole et les accompagna lui-même jusqu'à Vassonville. Là, il embrassa sa fille une dernière fois, mit pied à
terre et reprit sa route. Lorsqu'il eut fait cent pas environ,

il s'arrêta, et, comme il vit la carriole s'éloignant, dont
les roues tournaient dans la poussière, il poussa un gros
soupir. Puis il se rappela ses noces, son temps d'autrefois,
la première grossesse de sa femme; il était bien joyeux,
lui aussi, le jour qu'il l'avait emmenée de chez son père
dans sa maison, quand il la portait en croupe en trottant
sur la neige; car on était aux environs de Noël et la
campagne était toute blanche; elle le tenait par un bras;
à l'autre était accroché son panier; le vent agitait les
longues dentelles de sa coiffure cauchoise qui lui passaient
quelquefois sur la bouche, et, lorsqu'il tournait la tête,
il voyait près de lui, sur son épaule, sa petite mine rosée
qui souriait silencieusement, sous la plaque d'or de son
bonnet. Pour se réchauffer les doigts, elle les lui mettait
de temps en temps dans la poitrine. Comme c'était vieux,
tout cela! Leur fils, à présent, aurait trente ans! Alors il
regarda derrière lui, il n'aperçut rien sur la route. Il se
sentit triste comme une maison démeublée; et les souvenirs tendres se mêlant aux pensées noires dans sa cervelle
obscurcie par les vapeurs de la bombance, il eut bien
envie un moment d'aller faire un tour du côté de l'église.
Comme il eut peur, cependant, que cette vue ne le rendît
plus triste encore, il s'en revint tout droit chez lui.

M. et Madame Charles arrivèrent à Tostes vers six
heures. Les voisins se mirent aux fenêtres pour voir
la nouvelle femme de leur médecin.

La vieille bonne se présenta, lui fit ses salutations,
s'excusa de ce que le dîner n'était pas prêt, et engagea
Madame, en attendant, à prendre connaissance de sa
maison.

V

L A façade de briques était juste à l'alignement de
    la rue, ou de la route plutôt. Derrière la porte
se trouvaient accrochés un manteau à petit collet,
une bride, une casquette de cuir noir, et, dans un coin,
à terre, une paire de houseaux encore couverts de boue
sèche. A droite était la salle, c'est-à-dire l'appartement
où l'on mangeait et où l'on se tenait. Un papier jaune-
serin, relevé dans le haut par une guirlande de fleurs
pâles, tremblait tout entier sur sa toile mal tendue;

des rideaux de calicot blanc, bordés d'un galon rouge, s'entre-croisaient le long des fenêtres, et sur l'étroit chambranle de la cheminée resplendissait une pendule à tête d'Hippocrate, entre deux flambeaux d'argent plaqué, sous des globes de forme ovale. De l'autre côté du corridor était le cabinet de Charles, petite pièce de six pas de large environ, avec une table, trois chaises et un fauteuil de bureau. Les tomes du *Dictionnaire des sciences médicales,* non coupés, mais dont la brochure avait souffert dans toutes les ventes successives par où ils avaient passé, garnissaient presque à eux seuls les six rayons d'une bibliothèque en bois de sapin. L'odeur des roux pénétrait à travers la muraille, pendant les consultations, de même que l'on entendait de la cuisine les malades tousser dans le cabinet et débiter toute leur histoire. Venait ensuite, s'ouvrant immédiatement sur la cour, où se trouvait l'écurie, une grande pièce délabrée qui avait un four, et qui servait maintenant de bûcher, de cellier, de garde-magasin, pleine de vieilles ferrailles, de tonneaux vides, d'instruments de culture hors de service, avec quantité d'autres choses poussiéreuses dont il était impossible de deviner l'usage.

Le jardin, plus long que large, allait, entre deux murs de bauge couverts d'abricots en espalier, jusqu'à une haie d'épines qui le séparait des champs. Il y avait, au milieu, un cadran solaire en ardoise, sur un piédestal de maçonnerie; quatre plates-bandes garnies d'églantiers maigres entouraient symétriquement le carré plus utile des végétations sérieuses. Tout au fond, sous les sapinettes, un curé de plâtre lisait son bréviaire.

Emma monta dans les chambres. La première n'était point meublée; mais la seconde, qui était la chambre conjugale, avait un lit d'acajou dans une alcôve à draperie rouge. Une boîte en coquillages décorait la commode; et, sur le secrétaire, près de la fenêtre, il y avait, dans une carafe, un bouquet de fleurs d'oranger, noué par des rubans de satin blanc. C'était un bouquet de mariée, le bouquet de l'autre! Elle le regarda. Charles s'en aperçut, il le prit et l'alla porter au grenier, tandis qu'assise dans un fauteuil (on disposait ses affaires autour d'elle), Emma songeait à son bouquet de mariage, qui était emballé dans un carton, et se demandait, en rêvant, ce qu'on en ferait, si par hasard elle venait à mourir.

Elle s'occupa, les premiers jours, à méditer des changements dans sa maison. Elle retira les globes des flambeaux, fit coller des papiers neufs, repeindre l'escalier et faire des bancs dans le jardin, tout autour du cadran solaire; elle demanda même comment s'y prendre pour avoir un bassin à jet d'eau avec des poissons. Enfin son mari, sachant qu'elle aimait à se promener en voiture, trouva un *boc* d'occasion, qui, ayant une fois des lanternes neuves et des garde-crotte en cuir piqué, ressembla presque à un tilbury.

Il était donc heureux et sans souci de rien au monde. Un repas en tête à tête, une promenade le soir sur la grande route, un geste de sa main sur ses bandeaux, la vue de son chapeau de paille accroché à l'espagnolette d'une fenêtre, et bien d'autres choses où Charles n'avait jamais soupçonné de plaisir, composaient maintenant la continuité de son bonheur. Au lit, le matin, et côte à côte sur l'oreiller, il regardait la lumière du soleil passer parmi le duvet de ses joues blondes, que couvraient à demi les pattes escalopées de son bonnet. Vus de si près, ses yeux lui paraissaient agrandis, surtout quand elle ouvrait plusieurs fois de suite ses paupières en s'éveillant; noirs à l'ombre et bleu foncé au grand jour, ils avaient comme des couches de couleurs successives, et qui, plus épaisses dans le fond, allaient en s'éclaircissant vers la surface de l'émail. Son œil, à lui, se perdait dans ces profondeurs, et il s'y voyait en petit jusqu'aux épaules, avec le foulard qui le coiffait et le haut de sa chemise entr'ouvert. Il se levait. Elle se mettait à la fenêtre pour le voir partir; et elle restait accoudée sur le bord, entre deux pots de géraniums, vêtue de son peignoir, qui était lâche autour d'elle. Charles dans la rue, bouclait ses éperons sur la borne; et elle continuait à lui parler d'en haut, tout en arrachant avec sa bouche quelque bribe de fleur ou de verdure qu'elle soufflait vers lui et qui, voltigeant, se soutenant, faisant dans l'air des demi-cercles comme un oiseau, allait, avant de tomber, s'accrocher aux crins mal peignés de la vieille jument blanche, immobile à la porte. Charles, à cheval, lui envoyait un baiser; elle répondait par un signe, elle refermait la fenêtre, il partait. Et alors, sur la grande route qui étendait sans en finir son long ruban de poussière, par les chemins creux où les arbres se cour-

baient en berceaux, dans les sentiers dont les blés lui
montaient jusqu'aux genoux, avec le soleil sur ses
épaules et l'air du matin à ses narines, le cœur plein
des félicités de la nuit, l'esprit tranquille, la chair contente,
il s'en allait ruminant son bonheur, comme ceux qui
mâchent encore, après dîner, le goût des truffes qu'ils
digèrent.

Jusqu'à présent, qu'avait-il eu de bon dans l'existence ?
Était-ce son temps de collège, où il restait enfermé entre
ces hauts murs, seul au milieu de ses camarades plus
riches ou plus forts que lui dans leurs classes, qu'il faisait
rire par son accent, qui se moquaient de ses habits,
et dont les mères venaient au parloir avec des pâtisseries
dans leur manchon ? Était-ce plus tard, lorsqu'il étudiait
la médecine et n'avait jamais la bourse assez ronde pour
payer la contredanse à quelque petite ouvrière qui fût
devenue sa maîtresse ? Ensuite, il avait vécu pendant
quatorze mois avec la veuve, dont les pieds, dans le
lit, étaient froids comme des glaçons. Mais, à présent,
il possédait pour la vie cette jolie femme qu'il adorait.
L'univers, pour lui, n'excédait pas le tour soyeux de
son jupon ; et il se reprochait de ne pas l'aimer, il avait
envie de la revoir ; il s'en revenait vite, montait l'escalier,
le cœur battant. Emma, dans sa chambre, était à faire
sa toilette ; il arrivait à pas muets, il la baisait dans
le dos, elle poussait un cri.

Il ne pouvait se retenir de toucher continuellement
à son peigne, à ses bagues, à son fichu ; quelquefois,
il lui donnait sur les joues de gros baisers à pleine bouche,
ou c'étaient de petits baisers à la file tout le long de
son bras nu, depuis le bout des doigts jusqu'à l'épaule ;
et elle le repoussait, à demi souriante et ennuyée, comme
on fait à un enfant qui se pend après vous.

Avant qu'elle se mariât, elle avait cru avoir de l'amour ;
mais le bonheur qui aurait dû résulter de cet amour
n'étant pas venu, il fallait qu'elle se fût trompée, songeait-elle. Et Emma cherchait à savoir ce que l'on
entendait au juste dans la vie par les mots de *félicité*,
de *passion* et *d'ivresse*, qui lui avaient paru si beaux dans
les livres.

VI

ELLE avait lu *Paul et Virginie* et elle avait rêvé la maisonnette de bambous, le nègre Domingo, le chien Fidèle, mais surtout l'amitié douce de quelque bon petit frère, qui va chercher pour vous des fruits rouges dans des grands arbres plus hauts que des clochers, ou qui court pieds nus sur le sable, vous apportant un nid d'oiseau.

Lorsqu'elle eut treize ans, son père l'amena lui-même à la ville, pour la mettre au couvent. Ils descendirent dans une auberge du quartier Saint-Gervais, où ils eurent à leur souper des assiettes peintes qui représentaient l'histoire de Mademoiselle de La Vallière. Les explications légendaires, coupées çà et là par l'égratignure des couteaux, glorifiaient toutes la religion, les délicatesses de cœur et les pompes de la Cour.

Loin de s'ennuyer au couvent les premiers temps, elle se plut dans la société des bonnes sœurs, qui, pour l'amuser, la conduisaient dans la chapelle, où l'on pénétrait du réfectoire par un long corridor. Elle jouait fort peu durant les récréations, comprenait bien le catéchisme, et c'est elle qui répondait toujours à M. le vicaire, dans les questions difficiles [1]. Vivant donc sans jamais sortir de la tiède atmosphère des classes et parmi ces femmes au teint blanc portant des chapelets à croix de cuivre, elle s'assoupit doucement à la langueur mystique qui s'exhale des parfums de l'autel, de la fraîcheur des bénitiers et du rayonnement des cierges. Au lieu de suivre la messe, elle regardait dans son livre les vignettes pieuses bordées d'azur, et elle aimait la brebis malade, le sacré cœur percé de flèches aiguës, ou le pauvre Jésus qui tombe en marchant sur sa croix. Elle essaya, par mortification, de rester tout un jour sans manger. Elle cherchait dans sa tête quelque vœu à accomplir.

Quand elle allait à confesse, elle inventait de petits péchés, afin de rester là plus longtemps, à genoux dans l'ombre, les mains jointes, le visage à la grille sous le chuchotement du prêtre. Les comparaisons de fiancé, d'époux, d'amant céleste et de mariage éternel qui reviennent dans les sermons lui soulevaient au fond de l'âme des douceurs inattendues.

Le soir, avant la prière, on faisait dans l'étude une lecture religieuse. C'était, pendant la semaine, quelque résumé d'Histoire sainte ou les *Conférences* de l'abbé Frayssinous, et, le dimanche, des passages du *Génie du Christianisme,* par récréation. Comme elle écouta, les premières fois, la lamentation sonore des mélancolies romantiques se répétant à tous les échos de la terre et de l'éternité! Si son enfance se fût écoulée dans l'arrière-boutique d'un quartier marchand, elle se serait peut-être ouverte alors aux envahissements lyriques de la nature, qui, d'ordinaire, ne nous arrivent que par la traduction des écrivains. Mais elle connaissait trop la campagne; elle savait le bêlement des troupeaux, les laitages, les charrues. Habituée aux aspects calmes, elle se tournait au contraire vers les accidentés. Elle n'aimait la mer qu'à cause de ses tempêtes, et la verdure seulement lorsqu'elle était clairsemée parmi les ruines. Il fallait qu'elle pût retirer des choses une sorte de profit personnel; et elle rejetait comme inutile tout ce qui ne contribuait pas à la consommation immédiate de son cœur, — étant de tempérament plus sentimentale qu'artiste, cherchant des émotions et non des paysages.

Il y avait au couvent une vieille fille qui venait tous les mois, pendant huit jours, travailler à la lingerie. Protégée par l'archevêché comme appartenant à une ancienne famille de gentilshommes ruinés sous la Révolution, elle mangeait au réfectoire à la table des bonnes sœurs, et faisait avec elles, après le repas, un petit bout de causette avant de remonter à son ouvrage. Souvent les pensionnaires s'échappaient de l'étude pour l'aller voir. Elle savait par cœur des chansons galantes du siècle passé, qu'elle chantait à demi-voix, tout en poussant son aiguille. Elle contait des histoires, vous apprenait des nouvelles, faisait en ville vos commissions, et prêtait aux grandes, en cachette, quelque roman qu'elle avait toujours dans les poches de son tablier, et dont la bonne demoiselle elle-même avalait de longs chapitres, dans les intervalles de sa besogne. Ce n'étaient qu'amours, amants, amantes, dames persécutées s'évanouissant dans des pavillons solitaires, postillons qu'on tue à tous les relais, chevaux qu'on crève à toutes les pages, forêts sombres, troubles du cœur, serments, sanglots, larmes et baisers, nacelles au clair de lune, rossignols dans les

bosquets, *messieurs* braves comme des lions, doux comme
des agneaux, vertueux comme on ne l'est pas, toujours
bien mis, et qui pleurent comme des urnes. Pendant
six mois, à quinze ans, Emma se graissa donc les mains
à cette poussière des vieux cabinets de lecture. Avec
Walter Scott, plus tard, elle s'éprit de choses historiques,
rêva bahuts, salle des gardes et ménestrels. Elle aurait
voulu vivre dans quelque vieux manoir, comme ces
châtelaines au long corsage qui, sous le trèfle des ogives,
passaient leurs jours, le coude sur la pierre et le menton
dans la main, à regarder venir du fond de la campagne
un cavalier à plume blanche qui galope sur un cheval
noir. Elle eut dans ce temps-là le culte de Marie Stuart
et des vénérations enthousiastes à l'endroit des femmes
illustres ou infortunées. Jeanne Darc, Héloïse, Agnès
Sorel, la belle Ferronnière et Clémence Isaure, pour elle,
se détachaient comme des comètes sur l'immensité
ténébreuse de l'histoire, où saillissaient encore çà et là,
mais plus perdus dans l'ombre et sans aucun rapport
entre eux, saint Louis avec son chêne, Bayard mourant,
quelques férocités de Louis XI, un peu de Saint-
Barthélemy, le panache du Béarnais, et toujours le
souvenir des assiettes peintes où Louis XIV était vanté.

A la classe de musique, dans les romances qu'elle chantait, il n'était question que de petits anges aux ailes d'or,
de madones, de lagunes, de gondoliers, pacifiques compositions qui lui laissaient entrevoir, à travers la niaiserie
du style et les imprudences de la note, l'attirante fantasmagorie des réalités sentimentales. Quelques-unes de ses
camarades apportaient au couvent les keepsakes qu'elles
avaient reçus en étrennes. Il les fallait cacher, c'était une
affaire; on les lisait au dortoir. Maniant délicatement leurs
belles reliures de satin, Emma fixait ses regards éblouis
sur le nom des auteurs inconnus qui avaient signé, le plus
souvent, comtes ou vicomtes, au bas de leurs pièces.

Elle frémissait, en soulevant de son haleine le papier
de soie des gravures, qui se levait à demi plié et retombait
doucement contre la page. C'était, derrière la balustrade
d'un balcon, un jeune homme en court manteau qui
serrait dans ses bras une jeune fille en robe blanche,
portant une aumônière à sa ceinture; ou bien les portraits
anonymes des ladies anglaises à boucles blondes qui,
sous leur chapeau de paille rond, vous regardent avec

leurs grands yeux clairs. On en voyait d'étalées dans
des voitures, glissant au milieu des parcs, où un lévrier
sautait devant l'attelage que conduisaient au trot deux
petits postillons en culotte blanche. D'autres, rêvant sur
des sofas près d'un billet décacheté, contemplaient la
lune, par la fenêtre entr'ouverte, à demi drapée d'un
rideau noir. Les naïves, une larme sur la joue, becque-
taient une tourterelle à travers les barreaux d'une cage
gothique, ou, souriant la tête sur l'épaule, effeuillaient
une marguerite de leurs doigts pointus, retroussés comme
des souliers à la poulaine. Et vous y étiez aussi, sultans
à longues pipes, pâmés sous les tonnelles aux bras des
bayadères, djiaours, sabres turcs, bonnets grecs, et vous
surtout, paysages blafards des contrées dithyrambiques,
qui souvent nous montrez à la fois des palmiers, des
sapins, des tigres à droite, un lion à gauche, des minarets
tartares à l'horizon, au premier plan des ruines romaines,
puis des chameaux accroupis; — le tout encadré d'une
forêt vierge bien nettoyée, et avec un grand rayon de
soleil perpendiculaire tremblotant dans l'eau, où se
détachent en écorchures blanches, sur un fond d'acier
gris, de loin en loin, des cygnes qui nagent.

Et l'abat-jour du quinquet, accroché dans la muraille
au-dessus de la tête d'Emma, éclairait tous ces tableaux
du monde, qui passaient devant elle les uns après les
autres dans le silence du dortoir et au bruit lointain
de quelque fiacre attardé qui roulait encore sur les boulevards.

Quand sa mère mourut, elle pleura beaucoup les
premiers jours. Elle se fit faire un tableau funèbre avec
les cheveux de la défunte, et, dans une lettre qu'elle
envoyait aux Bertaux, toute pleine de réflexions tristes
sur la vie, elle demandait qu'on l'ensevelît plus tard
dans le même tombeau. Le bonhomme la crut malade
et vint la voir. Emma fut intérieurement satisfaite de
se sentir arrivée du premier coup à ce rare idéal des
existences pâles, où ne parviennent jamais les cœurs
médiocres. Elle se laissa donc glisser dans les méandres
lamartiniens, écouta les harpes sur les lacs, tous les chants
de cygnes mourants, toutes les chutes de feuilles, les
vierges pures qui montent au ciel, et la voix de l'Éternel
discourant dans les vallons. Elle s'en ennuya, n'en voulut
point convenir, continua par habitude, ensuite par vanité

et fut enfin surprise de se sentir apaisée, et sans plus de tristesse au cœur que de rides sur son front.

Les bonnes religieuses, qui avaient si bien présumé de sa vocation, s'aperçurent avec de grands étonnements que Mademoiselle Rouault semblait échapper à leur soin. Elles lui avaient, en effet, tant prodigué les offices, les retraites, les neuvaines, les sermons, si bien prêché le respect que l'on doit aux saints et aux martyrs, et donné tant de bons conseils, pour la modestie du corps et le salut de son âme, qu'elle fit comme les chevaux que l'on tire par la bride : elle s'arrêta court et le mors lui sortit des dents. Cet esprit, positif au milieu de ses enthousiasmes, qui avait aimé l'église pour ses fleurs, la musique pour les paroles des romances, et la littérature pour ses excitations passionnelles, s'insurgeait devant les mystères de la foi, de même qu'elle s'irritait davantage contre la discipline, qui était quelque chose d'antipathique à sa constitution. Quand son père la retira de pension, on ne fut point fâché de la voir partir. La supérieure trouvait même qu'elle était devenue, dans les derniers temps, peu révérencieuse envers la communauté.

Emma, rentrée chez elle, se plut d'abord au commandement des domestiques, prit ensuite la campagne en dégoût et regretta son couvent. Quand Charles vint aux Bertaux pour la première fois, elle se considérait comme fort désillusionnée, n'ayant plus rien à apprendre, ne devant plus rien sentir.

Mais l'anxiété d'un état nouveau, ou peut-être l'irritation causée par la présence de cet homme, avait suffi à lui faire croire qu'elle possédait enfin cette passion merveilleuse qui jusqu'alors s'était tenue comme un grand oiseau au plumage rose planant dans la splendeur des ciels poétiques; — et elle ne pouvait s'imaginer à présent que ce calme où elle vivait fût le bonheur qu'elle avait rêvé.

VII

ELLE songeait quelquefois que c'étaient là pourtant les plus beaux jours de sa vie, la lune de miel, comme on disait. Pour en goûter la douceur, il eût fallu, sans doute, s'en aller vers ces pays à noms sonores où les lendemains de mariage ont de plus suaves

paresses! Dans des chaises de poste, sous des stores de
soie bleue, on monte au pas des routes escarpées, écoutant
la chanson du postillon, qui se répète dans la montagne
avec les clochettes des chèvres et le bruit sourd de la
cascade. Quand le soleil se couche, on respire au bord
des golfes le parfum des citronniers; puis, le soir, sur
la terrasse des villas, seuls et les doigts confondus, on
regarde les étoiles en faisant des projets. Il lui semblait
que certains lieux sur la terre devaient produire du
bonheur, comme une plante particulière au sol et qui
pousse mal tout autre part. Que ne pouvait-elle s'ac-
couder sur le balcon des chalets suisses ou enfermer sa
tristesse dans un cottage écossais, avec un mari vêtu d'un
habit de velours noir à longues basques, et qui porte des
bottes molles, un chapeau pointu et des manchettes!

Peut-être aurait-elle souhaité faire à quelqu'un la
confidence de toutes ces choses. Mais comment dire un
insaisissable malaise, qui change d'aspect comme les
nuées, qui tourbillonne comme le vent? Les mots lui
manquaient donc, l'occasion, la hardiesse.

Si Charles l'avait voulu, cependant, s'il s'en fût douté,
si son regard, une seule fois, fût venu à la rencontre
de sa pensée, il lui semblait qu'une abondance subite
se serait détachée de son cœur, comme tombe la récolte
d'un espalier, quand on y porte la main. Mais, à mesure
que se serrait davantage l'intimité de leur vie, un
détachement intérieur se faisait qui la déliait de lui.

La conversation de Charles était plate comme un trottoir de rue, et les idées de tout le monde y défilaient, dans
leur costume ordinaire, sans exciter d'émotion, de rire
ou de rêverie. Il n'avait jamais été curieux, disait-il, pendant qu'il habitait Rouen, d'aller voir au théâtre les acteurs de Paris. Il ne savait ni nager, ni faire des armes, ni
tirer le pistolet, et il ne put, un jour, lui expliquer un
terme d'équitation qu'elle avait rencontré dans un roman.

Un homme, au contraire, ne devait-il pas tout
connaître, exceller en des activités multiples, vous initier
aux énergies de la passion, aux raffinements de la vie,
à tous les mystères? Mais il n'enseignait rien, celui-là,
ne savait rien, ne souhaitait rien. Il la croyait heureuse;
et elle lui en voulait de ce calme si bien assis, de cette
pesanteur sereine, du bonheur même qu'elle lui donnait.

Elle dessinait quelquefois; et c'était pour Charles un

grand amusement que de rester là, tout debout, à la
regarder penchée sur son carton, clignant des yeux, afin
de mieux voir son ouvrage, ou arrondissant, sur son
pouce, des boulettes de mie de pain. Quant au piano,
plus ses doigts y couraient vite, plus il s'émerveillait.
Elle frappait sur les touches avec aplomb, et parcourait
du haut en bas tout le clavier sans s'interrompre. Ainsi
secoué par elle, le vieil instrument, dont les cordes
frisaient, s'entendait jusqu'au bout du village si la fenêtre
était ouverte, et souvent le clerc de l'huissier qui passait
sur la grande route, nu-tête et en chaussons, s'arrêtait
à l'écouter, sa feuille de papier à la main.

Emma, d'autre part, savait conduire sa maison. Elle
envoyait aux malades le compte des visites, dans des
lettres bien tournées qui ne sentaient pas la facture.
Quand ils avaient, le dimanche, quelque voisin à dîner,
elle trouvait le moyen d'offrir un plat coquet, s'entendait
à poser sur des feuilles de vigne les pyramides de
reines-claude, servait renversés les pots de confitures
dans une assiette, et même elle parlait d'acheter des
rince-bouche pour le dessert. Il rejaillissait de tout cela
beaucoup de considération sur Bovary.

Charles finissait par s'estimer davantage de ce qu'il
possédait une pareille femme. Il montrait avec orgueil,
dans la salle, deux petits croquis d'elle à la mine de
plomb, qu'il avait fait encadrer de cadres très larges
et suspendus contre le papier de la muraille à de longs
cordons verts. Au sortir de la messe, on le voyait sur
sa porte avec de belles pantoufles en tapisserie.

Il rentrait tard, à dix heures, minuit quelquefois. Alors
il demandait à manger, et, comme la bonne était couchée,
c'était Emma qui le servait. Il retirait sa redingote pour
dîner plus à son aise. Il disait les uns après les autres
tous les gens qu'il avait rencontrés, les villages où il
avait été, les ordonnances qu'il avait écrites, et, satisfait
de lui-même, il mangeait le reste du miroton, épluchait
son fromage, croquait une pomme, vidait sa carafe, puis
s'allait mettre au lit, se couchait sur le dos et ronflait.

Comme il avait eu longtemps l'habitude du bonnet de
coton, son foulard ne lui tenait pas aux oreilles; aussi ses
cheveux, le matin, étaient rabattus pêle-mêle sur sa figure
et blanchis par le duvet de son oreiller, dont les cordons
se dénouaient pendant la nuit. Il portait toujours de fortes

bottes, qui avaient au cou-de-pied deux plis épais obli-
quant vers les chevilles, tandis que le reste de l'empeigne
se continuait en ligne droite, tendu comme par un pied
de bois. Il disait *que c'était bien assez bon pour la campagne.*

Sa mère l'approuvait en cette économie; car elle le
venait voir comme autrefois, lorsqu'il y avait eu chez
elle quelque bourrasque un peu violente; et cependant
Madame Bovary mère semblait prévenue contre sa bru.
Elle lui trouvait *un genre trop relevé pour leur position de
fortune;* le bois, le sucre et la chandelle *filaient comme
dans une grande maison,* et la quantité de braise qui se
brûlait à la cuisine aurait suffi pour vingt-cinq plats!
Elle rangeait son linge dans ses armoires et lui apprenait
à surveiller le boucher quand il apportait la viande.
Emma recevait ces leçons; Madame Bovary les prodiguait; et les mots de *ma fille* et de *ma mère* s'échangeaient
tout le long du jour, accompagnés d'un petit frémissement des lèvres, chacune lançant des paroles douces d'une
voix tremblante de colère.

Du temps de Madame Dubuc, la vieille femme se
sentait encore la préférée; mais, à présent, l'amour de
Charles pour Emma lui semblait une désertion de sa
tendresse, un envahissement sur ce qui lui appartenait;
et elle observait le bonheur de son fils avec un silence
triste comme quelqu'un de ruiné qui regarde à travers
les carreaux, des gens attablés dans son ancienne maison.
Elle lui rappelait, en manière de souvenirs, ses peines
et ses sacrifices, et, les comparant aux négligences
d'Emma, concluait qu'il n'était point raisonnable de
l'adorer d'une façon si exclusive.

Charles ne savait que répondre; il respectait sa mère,
et il aimait infiniment sa femme; il considérait le jugement
de l'une comme infaillible et cependant il trouvait l'autre
irréprochable. Quand Madame Bovary était partie il
essayait de hasarder timidement, et dans les mêmes
termes, une ou deux des plus anodines observations qu'il
avait entendu faire à sa maman; Emma lui prouvant
d'un mot qu'il se trompait, le renvoyait à ses malades.

Cependant, d'après les théories qu'elle croyait bonnes,
elle voulut se donner de l'amour. Au clair de lune, dans
le jardin, elle récitait tout ce qu'elle savait par cœur
de rimes passionnées et lui chantait en soupirant des
adagios mélancoliques; mais elle se trouvait ensuite aussi

calme qu'auparavant, et Charles n'en paraissait ni plus amoureux ni plus remué.

Quand elle eut ainsi un peu battu le briquet sur son cœur sans faire jaillir une étincelle, incapable, du reste, de comprendre ce qu'elle n'éprouvait pas, comme de croire à tout ce qui ne se manifestait point par des formes convenues, elle se persuada sans peine que la passion de Charles n'avait plus rien d'exorbitant. Ses expansions étaient devenues régulières; il l'embrassait à de certaines heures. C'était une habitude parmi les autres, et comme un dessert prévu d'avance, après la monotonie du dîner.

Un garde-chasse, guéri par Monsieur d'une fluxion de poitrine, avait donné à Madame une petite levrette d'Italie; elle la prenait pour se promener, car elle sortait quelquefois, afin d'être seule un instant et de n'avoir plus sous les yeux l'éternel jardin avec la route poudreuse.

Elle allait jusqu'à la hêtrée de Banneville, près du pavillon abandonné qui fait l'angle du mur, du côté des champs. Il y a dans le saut-de-loup, parmi les herbes, de longs roseaux à feuilles coupantes.

Elle commençait par regarder tout alentour, pour voir si rien n'avait changé depuis la dernière fois qu'elle était venue. Elle retrouvait aux mêmes places les digitales et les ravenelles, les bouquets d'orties entourant les gros cailloux, et les plaques de lichen le long des trois fenêtres dont les volets toujours clos s'égrenaient de pourriture, sur leurs barres de fer rouillées. Sa pensée, sans but d'abord, vagabondait au hasard, comme sa levrette, qui faisait des cercles dans la campagne, jappait après les papillons jaunes, donnait la chasse aux musaraignes en mordillant les coquelicots sur le bord d'une pièce de blé. Puis ses idées peu à peu se fixaient, et, assise sur le gazon, qu'elle fouillait à petits coups avec le bout de son ombrelle, Emma se répétait :

« Pourquoi, mon Dieu, me suis-je mariée ? »

Elle se demandait s'il n'y aurait pas eu moyen, par d'autres combinaisons du hasard, de rencontrer un autre homme; et elle cherchait à imaginer quels eussent été ces événements non survenus, cette vie différente, ce mari qu'elle ne connaissait pas. Tous, en effet, ne ressemblaient pas à celui-là. Il aurait pu être beau, spirituel, distingué, attirant, tels qu'ils étaient sans doute, ceux qu'avaient épousés ses anciennes camarades du couvent.

Que faisaient-elles maintenant? A la ville, avec le bruit des rues, le bourdonnement des théâtres et les clartés du bal, elles avaient des existences où le cœur se dilate, où les sens s'épanouissent. Mais elle, sa vie était froide comme un grenier dont la lucarne est au nord, et l'ennui, araignée silencieuse, filait sa toile dans l'ombre à tous les coins de son cœur. Elle se rappelait les jours de distribution de prix, où elle montait sur l'estrade pour aller chercher ses petites couronnes. Avec ses cheveux en tresse, sa robe blanche et ses souliers de prunelle découverts, elle avait une façon gentille, et les messieurs, quand elle regagnait sa place, se penchaient pour lui faire des compliments; la cour était pleine de calèches, on lui disait adieu par les portières, le maître de musique passait en saluant, avec sa boîte à violon. Comme c'était loin, tout cela! comme c'était loin!

Elle appelait Djali, la prenait entre ses genoux, passait ses doigts sur sa longue tête fine et lui disait :

« Allons, baisez maîtresse, vous qui n'avez pas de chagrins. »

Puis, considérant la mine mélancolique du svelte animal qui bâillait avec lenteur, elle s'attendrissait, et, le comparant à elle-même, lui parlait tout haut, comme à quelqu'un d'affligé que l'on console.

Il arrivait parfois des rafales de vent, brises de la mer qui, roulant d'un bond sur tout le plateau du pays de Caux, apportaient, jusqu'au loin dans les champs, une fraîcheur salée. Les joncs sifflaient à ras de terre et les feuilles des hêtres bruissaient en un frisson rapide, tandis que les cimes, se balançant toujours, continuaient leur grand murmure. Emma serrait son châle contre ses épaules et se levait.

Dans l'avenue, un jour vert rabattu par le feuillage éclairait la mousse rase qui craquait doucement sous ses pieds. Le soleil se couchait; le ciel était rouge entre les branches, et les troncs pareils des arbres plantés en ligne droite semblaient une colonnade brune se détachant sur un fond d'or; une peur la prenait, elle appelait Djali, s'en retournait vite à Tostes par la grande route, s'affaissait dans un fauteuil, et de toute la soirée ne parlait pas.

Mais, vers la fin de septembre, quelque chose d'extraordinaire tomba dans sa vie; elle fut invitée à la Vaubyessard, chez le marquis d'Andervilliers.

Secrétaire d'État sous la Restauration, le Marquis cherchant à rentrer dans la vie politique, préparait de longue main sa candidature à la Chambre des députés. Il faisait, l'hiver, de nombreuses distributions de fagots, et, au Conseil général, réclamait avec exaltation toujours des routes pour son arrondissement. Il avait eu, lors des grandes chaleurs, un abcès dans la bouche, dont Charles l'avait soulagé comme par miracle, en y donnant à point un coup de lancette. L'homme d'affaires, envoyé à Tostes pour payer l'opération, conta, le soir, qu'il avait vu dans le jardinet du médecin des cerises superbes. Or, les cerisiers poussaient mal à la Vaubyessard, M. le Marquis demanda quelques boutures à Bovary, se fit un devoir de l'en remercier lui-même, aperçut Emma, trouva qu'elle avait une jolie taille et qu'elle ne saluait point en paysanne; si bien qu'on ne crut pas au château outrepasser les bornes de la condescendance ni, d'autre part, commettre une maladresse en invitant le jeune ménage.

Un mercredi, à trois heures, M. et Madame Bovary, montés dans leur *boc,* partirent pour la Vaubyessard, avec une grande malle attachée par derrière et une boîte à chapeau qui était posée devant le tablier. Charles avait, de plus, un carton entre les jambes.

Ils arrivèrent à la nuit tombante, comme on commençait à allumer des lampions dans le parc, afin d'éclairer les voitures.

VIII

L E château, de construction moderne, à l'italienne, avec deux ailes avançant et trois perrons, se déployait au bas d'une immense pelouse où paissaient quelques vaches, entre des bouquets de grands arbres espacés, tandis que des bannettes d'arbustes, rhododendrons, seringas, et boules-de-neige, bombaient leurs touffes de verdure inégales sur la ligne courbe du chemin sablé. Une rivière passait sous un pont; à travers la brume on distinguait des bâtiments à toit de chaume, éparpillés dans la prairie, que bordaient en pente douce deux coteaux couverts de bois, et par derrière, dans les massifs, se tenaient, sur deux lignes parallèles, les remises et les écuries, restes conservés de l'ancien château démoli.

Le *boc* de Charles s'arrêta devant le perron du milieu;
des domestiques parurent; le Marquis s'avança et, offrant
son bras à la femme du médecin, l'introduisit dans le
vestibule.

Il était pavé de dalles en marbre, très haut, et le bruit
des pas avec celui des voix y retentissait comme dans une
église. En face montait un escalier droit, et à gauche
une galerie donnant sur le jardin conduisait à la salle de
billard, dont on entendait, dès la porte, caramboler les
boules d'ivoire. Comme elle la traversait pour aller au
salon, Emma vit autour du jeu des hommes à figure
grave, le menton posé sur de hautes cravates, décorés
tous, et qui souriaient silencieusement en poussant leur
queue. Sur la boiserie sombre du lambris, de grands
cadres dorés portaient, au bas de leur bordure, des noms
écrits en lettre noires. Elle lut : « Jean-Antoine d'Andervilliers d'Yverbonville, comte de la Vaubyessard et baron
de la Fresnaye, tué à la bataille de Coutras le 20 octobre
1587. » Et sur un autre : « Jean-Antoine-Henry-Guy
d'Andervilliers de la Vaubyessard, amiral de France et
chevalier de l'ordre de Saint-Michel, blessé au combat
de la Hougue-Saint-Vaast le 29 mai 1692, mort à la
Vaubyessard le 23 janvier 1693. » Puis on distinguait à
peine ceux qui suivaient, car la lumière des lampes,
rabattue sur le tapis vert du billard, laissait flotter une
ombre dans l'appartement. Brunissant les toiles horizontales, elle se brisait contre elles en arêtes fines, selon les
craquelures du vernis; et de tous ces grands carrés noirs
bordés d'or sortaient, çà et là, quelque portion plus
claire de la peinture, un front pâle, deux yeux qui vous
regardaient, des perruques se déroulant sur l'épaule
poudrée des habits rouges, ou bien la boucle d'une
jarretière en haut d'un mollet rebondi.

Le Marquis ouvrit la porte du salon; une des dames
se leva (la Marquise elle-même), vint à la rencontre
d'Emma et la fit asseoir près d'elle, sur une causeuse, où
elle se mit à lui parler amicalement comme si elle le connaissait depuis longtemps. C'était une femme de la quarantaine environ, à belles épaules, à nez busqué, à la voix
traînante, et portant, ce soir-là, sur ses cheveux châtains,
un simple fichu de guipure qui retombait par derrière,
en triangle. Une jeune personne blonde se tenait à côté,
dans une chaise à dossier long; et des messieurs, qui

avaient une petite fleur à la boutonnière de leur habit,
causaient avec les dames, tout autour de la cheminée.

A sept heures, on servit le dîner. Les hommes, plus
nombreux, s'assirent à la première table dans le vestibule,
et les dames à la seconde, dans la salle à manger, avec le
Marquis et la Marquise.

Emma se sentit, en entrant, enveloppée par un air
chaud, mélange du parfum des fleurs et du beau linge,
du fumet des viandes et de l'odeur des truffes. Les bougies des candélabres allongeaient des flammes sur les
cloches d'argent, les cristaux à facettes, couverts d'une
buée mate, se renvoyaient des rayons pâles; des bouquets
étaient en ligne sur toute la longueur de la table, et, dans
les assiettes à large bordure, les serviettes arrangées en
manière de bonnet d'évêque, tenaient entre le bâillement
de leurs deux plis chacune un petit pain de forme ovale.
Les pattes rouges des homards dépassaient les plats; de
gros fruits dans des corbeilles à jour s'étageaient sur la
mousse; les cailles avaient leurs plumes, des fumées montaient; et, en bas de soie, en culotte courte, en cravate
blanche, en jabot, grave comme un juge, le maître d'hôtel, passant entre les épaules des convives les plats tout
découpés, faisait d'un coup de sa cuiller sauter pour vous
le morceau qu'on choisissait. Sur le grand poêle de porcelaine à baguettes de cuivre, une statue de femme drapée
jusqu'au menton regardait immobile la salle pleine de
monde.

Madame Bovary remarqua que plusieurs dames
n'avaient pas mis leurs gants dans leur verre.

Cependant, au haut bout de la table, seul parmi toutes
ces femmes, courbé sur son assiette remplie et la serviette
nouée dans le dos comme un enfant, un vieillard mangeait, laissant tomber de sa bouche des gouttes de sauce.
Il avait les yeux éraillés et portait une petite queue
enroulée d'un ruban noir. C'était le beau-père du marquis,
le vieux duc de Laverdière, l'ancien favori du comte
d'Artois, dans le temps des parties de chasse au Vaudreuil,
chez le marquis de Conflans, et qui avait été, disait-on,
l'amant de la reine Marie-Antoinette entre MM. de
Coigny et de Lauzun. Il avait mené une vie bruyante de
débauches, pleine de duels, de paris, de femmes enlevées,
avait dévoré sa fortune et effrayé toute sa famille. Un
domestique, derrière sa chaise, lui nommait tout haut,

dans l'oreille, les plats qu'il désignait du doigt en bégayant; et sans cesse les yeux d'Emma revenaient d'eux-mêmes sur ce vieil homme à lèvres pendantes, comme sur quelque chose d'extraordinaire et d'auguste. Il avait vécu à la Cour et couché dans le lit des reines!

On versa du vin de Champagne à la glace. Emma frissonna de toute sa peau en sentant ce froid dans sa bouche. Elle n'avait jamais vu de grenades ni mangé d'ananas. Le sucre en poudre même lui parut plus blanc et plus fin qu'ailleurs.

Les dames, ensuite, montèrent dans leurs chambres s'apprêter pour le bal.

Emma fit sa toilette avec la conscience méticuleuse d'une actrice à son début. Elle disposa ses cheveux d'après les recommandations du coiffeur, et elle entra dans sa robe de barège, étalée sur le lit. Le pantalon de Charles le serrait au ventre.

« Les sous-pieds vont me gêner pour danser, dit-il.

— Danser? reprit Emma.

— Oui!

— Mais tu as perdu la tête! on se moquerait de toi, reste à ta place. D'ailleurs, c'est plus convenable pour un médecin », ajouta-t-elle.

Charles se tut. Il marchait de long en large, attendant qu'Emma fût habillée.

Il la voyait par derrière, dans la glace, entre deux flambeaux. Ses yeux noirs semblaient plus noirs. Ses bandeaux, doucement bombés vers les oreilles, luisaient d'un éclat bleu; une rose à son chignon tremblait sur une tige mobile, avec des gouttes d'eau factices au bout de ses feuilles. Elle avait une robe de safran pâle, relevée par trois bouquets de roses pompon mêlées de verdure.

Charles vint l'embrasser sur l'épaule.

« Laisse-moi! dit-elle, tu me chiffonnes. »

On entendit une ritournelle de violon et les sons d'un cor. Elle descendit l'escalier, se retenant de courir.

Les quadrilles étaient commencés. Il arrivait du monde. On se poussait. Elle se plaça près de la porte, sur une banquette.

Quand la contredanse fut finie, le parquet resta libre pour les groupes d'hommes causant debout et les domestiques en livrée qui apportaient de grands plateaux. Sur la ligne des femmes assises, les éventails peints s'agitaient, les bouquets cachaient à demi le sourire des visages, et les flacons à bouchon d'or tournaient dans des mains entr'ouvertes dont les gants blancs marquaient la forme des ongles et serraient la chair au poignet. Les garnitures de dentelles, les broches de diamants, les bracelets à médaillon frissonnaient aux corsages, scintillaient aux poitrines, bruissaient sur les bras nus. Les chevelures, bien collées sur les fronts et tordues à la nuque, avaient, en couronnes, en grappes ou en rameaux, des myosotis, du jasmin, des fleurs de grenadier, des épis ou des bleuets. Pacifiques à leurs places, des mères à figure renfrognée portaient des turbans rouges.

Le cœur d'Emma lui battit un peu lorsque, son cavalier la tenant par le bout des doigts, elle vint se mettre en ligne et attendit le coup d'archet pour partir. Mais bientôt l'émotion disparut; et, se balançant au rythme de l'orchestre, elle glissait en avant, avec des mouvements légers du cou. Un sourire lui montait aux lèvres à certaines délicatesses du violon, qui jouait seul, quelquefois, quand les autres instruments se taisaient; on entendait le bruit clair des louis d'or qui se versaient à côté, sur le tapis des tables; puis tout reprenait à la fois, le cornet à pistons lançant un éclat sonore. Les pieds retombaient en mesure, les jupes se bouffaient et frôlaient, les mains se donnaient, se quittaient; les mêmes yeux, s'abaissant devant vous, revenaient se fixer sur les vôtres.

Quelques hommes (une quinzaine) de vingt-cinq à quarante ans, disséminés parmi les danseurs ou causant à l'entrée des portes, se distinguaient de la foule par un air de famille, quelles que fussent leurs différences d'âge, de toilette ou de figure.

Leurs habits, mieux faits, semblaient d'un drap plus souple, et leurs cheveux, ramenés en boucles vers les tempes, lustrés par des pommades plus fines. Ils avaient le teint de la richesse, ce teint blanc que rehaussent la pâleur des porcelaines, les moires du satin, le vernis des beaux meubles, et qu'entretient dans sa santé un régime discret de nourritures exquises. Leur cou tournait à l'aise sur des cravates basses; leurs favoris longs tombaient sur des cols rabattus; ils s'essuyaient les lèvres à des mouchoirs brodés d'un large chiffre, d'où sortait une odeur suave. Ceux qui commençaient à vieillir avaient l'air jeune, tandis que quelque chose de mûr s'étendait

sur le visage des jeunes. Dans leurs regards indifférents
flottait la quiétude de passions journellement assouvies;
et, à travers leurs manières douces, perçait cette brutalité
particulière que communique la domination de choses
à demi faciles, dans lesquelles la force s'exerce et où
la vanité s'amuse, le maniement des chevaux de race
et la société des femmes perdues.

A trois pas d'Emma, un cavalier en habit bleu causait
Italie avec une jeune femme pâle, portant une parure de
perles. Ils vantaient la grosseur des piliers de Saint-Pierre,
Tivoli, le Vésuve, Castellamàre et les Cassines, les roses
de Gênes, le Colisée au clair de lune. Emma écoutait de
son autre oreille une conversation pleine de mots qu'elle
ne comprenait pas. On entourait un tout jeune homme
qui avait battu, la semaine d'avant, *Miss Arabelle* et
Romulus, et gagné deux mille louis à sauter un fossé,
en Angleterre. L'un se plaignait de ses coureurs qui
engraissaient; un autre, des fautes d'impression qui
avaient dénaturé le nom de son cheval.

L'air du bal était lourd; les lampes pâlissaient. On
refluait dans la salle de billard. Un domestique monta sur
une chaise et cassa deux vitres; au bruit des éclats de
verre, madame Bovary tourna la tête et aperçut dans le
jardin, contre les carreaux, des faces de paysans qui regardaient. Alors le souvenir des Bertaux lui arriva. Elle revit
la ferme, la mare bourbeuse, son père en blouse sous les
pommiers, et elle se revit elle-même, comme autrefois,
écrémant avec son doigt les terrines de lait dans la laiterie.
Mais, aux fulgurations de l'heure présente, sa vie passée,
si nette jusqu'alors, s'évanouissait tout entière, et elle
doutait presque de l'avoir vécue. Elle était là; puis,
autour du bal, il n'y avait plus que de l'ombre, étalée sur
tout le reste. Elle mangeait alors une glace au marasquin,
qu'elle tenait de la main gauche dans une coquille de vermeil, et fermait à demi les yeux, la cuiller entre les dents.

Une dame, près d'elle, laissa tomber son éventail. Un
danseur passait.

« Que vous seriez bon, monsieur, dit la dame, de vouloir bien ramasser mon éventail, qui est derrière ce canapé. »

Le monsieur s'inclina, et, pendant qu'il faisait le
mouvement d'étendre son bras, Emma vit la main de la
jeune dame qui jetait dans son chapeau quelque chose de
blanc, plié en triangle. Le monsieur, ramenant l'éventail,

l'offrit à la dame, respectueusement; elle le remercia d'un
signe de tête et se mit à respirer son bouquet.

Après le souper, où il y eut beaucoup de vins d'Espagne et de vins du Rhin, des potages à la bisque et au
lait d'amandes, des puddings à la Trafalgar et toutes
sortes de viandes froides avec des gelées alentour qui
tremblaient dans les plats, les voitures, les unes après les
autres, commencèrent à s'en aller. En écartant du coin le
rideau de mousseline, on voyait glisser dans l'ombre la
lumière de leurs lanternes. Les banquettes s'éclaircirent :
quelques joueurs restaient encore; les musiciens rafraîchissaient, sur leur langue, le bout de leurs doigts;
Charles dormait à demi, le dos appuyé contre une porte.

A trois heures du matin, le cotillon commença. Emma
ne savait pas valser. Tout le monde valsait, mademoiselle
d'Andervilliers elle-même et la Marquise; il n'y avait
plus que les hôtes du château, une douzaine de personnes
à peu près.

Cependant, un des valseurs, qu'on appelait familièrement *Vicomte,* dont le gilet très ouvert semblait moulé
sur la poitrine, vint une seconde fois encore inviter
madame Bovary, l'assurant qu'il la guiderait et qu'elle
s'en tirerait bien.

Ils commencèrent lentement, puis allèrent plus vite.
Ils tournaient : tout tournait autour d'eux, les lampes,
les meubles, les lambris, et le parquet, comme un disque
sur un pivot. En passant auprès des portes, la robe
d'Emma, par le bas, s'éraflait au pantalon; leurs jambes
entraient l'une dans l'autre; il baissait ses regards vers
elle, elle levait les siens vers lui; une torpeur la prenait,
elle s'arrêta. Ils repartirent; et, d'un mouvement plus
rapide, le Vicomte, l'entraînant, disparut avec elle
jusqu'au bout de la galerie, où, haletante, elle faillit
tomber, et, un instant, s'appuya la tête sur sa poitrine.
Et puis, tournant toujours, mais plus doucement, il la
reconduisit à sa place; elle se renversa contre la muraille
et mit la main devant ses yeux.

Quand elle les rouvrit, au milieu du salon, une dame
assise sur un tabouret avait devant elle trois valseurs agenouillés. Elle choisit le Vicomte, et le violon recommença.

On les regardait. Ils passaient et revenaient, elle immobile du corps et le menton baissé, et lui toujours
dans sa même pose, la taille cambrée, le coude arrondi,

la bouche en avant. Elle savait valser, celle-là ! Ils
continuèrent longtemps et fatiguèrent tous les autres.

On causa quelques minutes encore, et, après les adieux,
ou plutôt le bonjour, les hôtes du château s'allèrent
coucher.

Charles se traînait à la rampe, les genoux *lui rentraient
dans le corps*. Il avait passé cinq heures de suite, tout
debout devant les tables, à regarder jouer au whist, sans
y rien comprendre. Aussi poussa-t-il un grand soupir
de satisfaction lorsqu'il eut retiré ses bottes.

Emma mit un châle sur ses épaules, ouvrit la fenêtre
et s'accouda.

La nuit était noire. Quelques gouttes de pluie tombaient. Elle aspira le vent humide qui lui rafraîchissait
les paupières. La musique du bal bourdonnait encore
à ses oreilles, et elle faisait des efforts pour se tenir
éveillée, afin de prolonger l'illusion de cette vie luxueuse
qu'il lui faudrait tout à l'heure abandonner.

Le petit jour parut. Elle regarda les fenêtres du
château, longuement, tâchant de deviner quelles étaient
les chambres de tous ceux qu'elle avait remarqués la
veille. Elle aurait voulu savoir leurs existences, y pénétrer,
s'y confondre.

Mais elle grelottait de froid. Elle se déshabilla et se
blottit entre les draps, contre Charles qui dormait.

Il y eut beaucoup de monde au déjeuner. Le repas dura
dix minutes ; on ne servit aucune liqueur, ce qui étonna le
médecin. Ensuite mademoiselle d'Andervilliers ramassa
des morceaux de brioche dans une bannette, pour les
porter aux cygnes sur la pièce d'eau, et on s'alla promener
dans la serre chaude, où les plantes bizarres, hérissées de
poils, s'étageaient en pyramides sous des vases suspendus,
qui, pareils à des nids de serpents trop pleins, laissaient
retomber, de leurs bords, de longs cordons verts entrelacés. L'orangerie, que l'on trouvait au bout, menait le
couvert jusqu'aux communs du château. Le Marquis,
pour amuser la jeune femme, la mena voir les écuries.
Au-dessus des râteliers en forme de corbeille, des plaques
de porcelaine portaient en noir le nom des chevaux.
Chaque bête s'agitait dans sa stalle quand on passait
près d'elle, en claquant de la langue. Le plancher de la
sellerie luisait à l'œil comme le parquet d'un salon. Des
harnais de voiture étaient dressés dans le milieu sur deux

colonnes tournantes, et les mors, les fouets, les étriers, les gourmettes rangés en ligne tout le long de la muraille.

Charles, cependant, alla prier un domestique d'atteler son *boc*. On l'amena devant le perron, et, tous les paquets y étant fourrés, les époux Bovary firent leurs politesses au Marquis et à la Marquise, et repartirent pour Tostes.

Emma, silencieuse, regardait tourner les roues. Charles, posé sur le bord extrême de la banquette, conduisait les deux bras écartés, et le petit cheval trottait l'amble dans les brancards, qui étaient trop larges pour lui. Les guides molles battaient sur sa croupe en s'y trempant d'écume, et la boîte ficelée derrière le *boc* donnait contre la caisse de grands coups réguliers.

Ils étaient sur les hauteurs de Thibourville, lorsque devant eux, tout à coup, des cavaliers passèrent en riant, avec des cigares à la bouche. Emma crut reconnaître le Vicomte; elle se détourna et n'aperçut à l'horizon que le mouvement des têtes s'abaissant et montant, selon la cadence inégale du trot ou du galop.

Un quart de lieue plus loin, il fallut s'arrêter pour raccommoder, avec de la corde, le reculement qui était rompu.

Mais Charles, donnant au harnais un dernier coup d'œil, vit quelque chose par terre, entre les jambes de son cheval; et il ramassa un porte-cigares tout bordé de soie verte et blasonné à son milieu, comme la portière d'un carrosse.

« Il y a même deux cigares dedans, dit-il; ce sera pour ce soir après dîner.

— Tu fumes donc? demanda-t-elle.

— Quelquefois, quand l'occasion se présente. »

Il mit sa trouvaille dans sa poche et fouetta le bidet.

Quand ils arrivèrent chez eux, le dîner n'était point prêt. Madame s'emporta. Nastasie répondit insolemment.

« Partez! dit Emma. C'est se moquer, je vous chasse. »

Il y avait pour dîner de la soupe à l'oignon, avec un morceau de veau à l'oseille. Charles, assis devant Emma, dit en se frottant les mains d'un air heureux :

« Cela fait plaisir de se retrouver chez soi! »

On entendait Nastasie qui pleurait. Il aimait un peu cette pauvre fille. Elle lui avait, autrefois, tenu société pendant bien des soirs, dans les désœuvrements de son

veuvage. C'était sa première pratique, sa plus ancienne
connaissance du pays.

« Est-ce que tu l'as renvoyée pour tout de bon?
dit-il enfin.

— Oui. Qui m'en empêche? » répondit-elle.

Puis ils se chauffèrent dans la cuisine, pendant qu'on
apprêtait leur chambre. Charles se mit à fumer. Il fumait
en avançant les lèvres, crachant à toute minute, se
reculant à chaque bouffée.

« Tu vas te faire mal », dit-elle dédaigneusement.

Il déposa son cigare, et courut avaler à la pompe
un verre d'eau froide. Emma, saisissant le porte-cigare,
le jeta vivement au fond de l'armoire.

La journée fut longue, le lendemain. Elle se promena
dans son jardinet, passant et revenant par les mêmes
allées, s'arrêtant devant les plates-bandes, devant l'espalier, devant le curé de plâtre, considérant avec ébahissement toutes ces choses d'autrefois qu'elle connaissait
si bien. Comme le bal déjà lui semblait loin! Qui donc
écartait, à tant de distance, le matin d'avant-hier et le
soir d'aujourd'hui? Son voyage à la Vaubyessard avait
fait un trou dans sa vie, à la manière de ces grandes
crevasses qu'un orage, en une seule nuit, creuse quelquefois dans les montagnes. Elle se résigna pourtant : elle
serra pieusement dans la commode sa belle toilette et
jusqu'à ses souliers de satin, dont la semelle s'était jaunie
à la cire glissante du parquet. Son cœur était comme eux :
au frottement de la richesse, il s'était placé dessus quelque
chose qui ne s'effacerait pas.

Ce fut donc une occupation pour Emma que le souvenir de ce bal. Toutes les fois que revenait le mercredi,
elle se disait en s'éveillant : « Ah! il y a huit jours...
il y a quinze jours... il y a trois semaines, j'y étais! »
Et peu à peu, les physionomies se confondirent dans
sa mémoire; elle oublia l'air des contredanses; elle ne
vit plus nettement les livrées et les appartements;
quelques détails s'en allèrent, mais le regret lui resta.

IX

SOUVENT, lorsque Charles était sorti, elle allait prendre dans l'armoire, entre les plis du linge où elle l'avait laissé, le porte-cigares en soie verte.

Elle le regardait, l'ouvrait, et même elle flairait l'odeur de sa doublure, mêlée de verveine et de tabac. A qui appartenait-il?... Au Vicomte. C'était peut-être un cadeau de sa maîtresse. On avait brodé cela sur quelque métier de palissandre, meuble mignon que l'on cachait à tous les yeux, qui avait occupé bien des heures et où s'étaient penchées les boucles molles de la travailleuse pensive. Un souffle d'amour avait passé parmi les mailles du canevas; chaque coup d'aiguille avait fixé là une espérance ou un souvenir, et tous ces fils de soie entrelacés n'étaient que la continuité de la même passion silencieuse. Et puis le Vicomte, un matin, l'avait emporté avec lui. De quoi avait-on parlé, lorsqu'il restait sur les cheminées à large chambranle, entre les vases de fleurs et les pendules Pompadour? Elle était à Tostes. Lui, il était à Paris, maintenant; là-bas! Comment était ce Paris? Quel nom démesuré! Elle se le répétait à demi-voix, pour se faire plaisir; il sonnait à ses oreilles comme un bourdon de cathédrale! il flamboyait à ses yeux jusque sur l'étiquette de ses pots de pommade.

La nuit, quand les mareyeurs, dans leurs charrettes, passaient sous ses fenêtres en chantant la *Marjolaine,* elle s'éveillait; et, écoutant le bruit des roues ferrées qui, à la sortie du pays, s'amortissait vite sur la terre :

« Ils y seront demain! » se disait-elle.

Et elle les suivait dans sa pensée, montant et descendans les côtes, traversant les villages, filant sur la grande route à la clarté des étoiles. Au bout d'une distance indéterminée, il se trouvait toujours une place confuse où expirait son rêve.

Elle s'acheta un plan de Paris, et, du bout de son doigt, sur la carte, elle faisait des courses dans la capitale. Elle remontait les boulevards, s'arrêtant à chaque angle, entre les lignes des rues, devant les carrés blancs qui figurent les maisons. Les yeux fatigués, à la fin, elle fermait ses paupières, et elle voyait dans les ténèbres se tordre au vent des becs de gaz, avec des marchepieds de calèches, qui se déployaient à grand fracas devant le péristyle des théâtres.

Elle s'abonna à la *Corbeille,* journal des femmes, et au *Sylphe des Salons.* Elle dévorait, sans rien en passer, tous les comptes rendus de premières représentations, de courses et de soirées, s'intéressait au début d'une chanteuse, à l'ouverture d'un magasin. Elle savait les modes nouvelles, l'adresse des bons tailleurs, les jours de Bois ou d'Opéra. Elle étudia, dans Eugène Sue, des descriptions d'ameublements; elle lut Balzac et George Sand, y cherchant des assouvissements imaginaires pour ses convoitises personnelles. A table même, elle apportait son livre, et elle tournait les feuillets, pendant que Charles mangeait en lui parlant. Le souvenir du Vicomte revenait toujours dans ses lectures. Entre lui et les personnages inventés, elle établissait des rapprochements. Mais le cercle dont il était le centre peu à peu s'élargit autour de lui, et cette auréole qu'il avait, s'écartant de sa figure, s'étala plus au loin, pour illuminer d'autres rêves.

Paris, plus vaste que l'Océan, miroitait donc aux yeux d'Emma dans une atmosphère vermeille. La vie nombreuse qui s'agitait en ce tumulte y était cependant divisée par parties, classée en tableaux distincts. Emma n'en apercevait que deux ou trois qui lui cachaient tous les autres et représentaient à eux seuls l'humanité complète. Le monde des ambassadeurs marchait sur des parquets luisants, dans des salons lambrissés de miroirs, autour de tables ovales couvertes d'un tapis de velours à crépines d'or. Il y avait là des robes à queue, de grands mystères, des angoisses dissimulées sous des sourires. Venait ensuite la société des duchesses : on y était pâle; on se levait à quatre heures; les femmes, pauvres anges! portaient du point d'Angleterre au bas de leur jupon, et les hommes, capacités méconnues sous des dehors futiles, crevaient leurs chevaux par partie de plaisir, allaient passer à Bade la saison d'été, et, vers la quarantaine enfin, épousaient des héritières. Dans les cabinets de restaurants où l'on soupe après minuit riait, à la clarté des bougies, la foule bigarrée des gens de lettres et des actrices. Ils étaient, ceux-là, prodigues comme des rois, pleins d'ambitions idéales et de délires fantastiques. C'était une existence au-dessus des autres, entre ciel et terre, dans les orages, quelque chose de sublime. Quant au reste du monde, il était perdu, sans place précise et comme n'existant pas. Plus les choses, d'ailleurs, étaient voisines, plus sa pensée s'en détournait. Tout ce qui l'entourait immédiatement, campagne ennuyeuse, petits bourgeois imbéciles, médiocrité de l'existence, lui semblait une exception dans le monde, un hasard particulier où elle se trouvait prise, tandis qu'au delà s'étendait à perte de vue l'immense pays des félicités et des passions. Elle confondait, dans son désir, les sensualités du luxe avec les joies du cœur, l'élégance des habitudes et les délicatesses du sentiment. Ne fallait-il pas à l'amour, comme aux plantes indiennes, des terrains préparés, une température particulière? Les soupirs au clair de lune, les longues étreintes, les larmes qui coulent sur les mains qu'on abandonne, toutes les fièvres de la chair et les langueurs de la tendresse ne se séparaient donc pas du balcon des grands châteaux qui sont pleins de loisirs, d'un boudoir à stores de soie avec un tapis bien épais, des jardinières remplies, un lit monté sur une estrade, ni du scintillement des pierres précieuses et des aiguillettes de la livrée.

Le garçon de la poste, qui, chaque matin, venait panser la jument, traversait le corridor avec ses gros sabots; sa blouse avait des trous, ses pieds étaient nus dans des chaussons. C'était là le groom en culotte courte dont il fallait se contenter! Quand son ouvrage était fini, il ne revenait plus de la journée; car Charles, en rentrant, mettait lui-même son cheval à l'écurie, retirait la selle et passait le licou, pendant que la bonne apportait une botte de paille et la jetait, comme elle le pouvait, dans la mangeoire.

Pour remplacer Nastasie (qui, enfin, partit de Tostes en versant des ruisseaux de larmes), Emma prit à son service une jeune fille de quatorze ans, orpheline et de physionomie douce. Elle lui interdit les bonnets de coton, lui apprit qu'il fallait vous parler à la troisième personne, apporter un verre d'eau dans une assiette, frapper aux portes avant d'entrer, et à repasser, à empeser, à l'habiller, voulut en faire sa femme de chambre. La nouvelle bonne obéissait sans murmure pour n'être point renvoyée; et, comme Madame, d'habitude, laissait la clef au buffet, Félicité, chaque soir, prenait une petite provision de sucre qu'elle mangeait toute seule, dans son lit, après avoir fait sa prière.

L'après-midi, quelquefois, elle allait causer en face avec les postillons. Madame se tenait en haut, dans son appartement.

Elle portait une robe de chambre tout ouverte, qui laissait voir, entre les revers à châle du corsage, une chemise plissée avec trois boutons d'or. Sa ceinture était une cordelière à gros glands, et ses petites pantoufles de couleur grenat avaient une touffe de rubans larges, qui s'étalait sur le cou-de-pied. Elle s'était acheté un buvard, une papeterie, un porte-plume et des enveloppes, quoiqu'elle n'eût personne à qui écrire; elle époussetait son étagère, se regardait dans la glace, prenait un livre, puis, rêvant entre les lignes, le laissait tomber sur ses genoux. Elle avait envie de faire des voyages ou de retourner vivre à son couvent. Elle souhaitait à la fois mourir et habiter Paris.

Charles, à la neige, à la pluie, chevauchait par les chemins de traverse. Il mangeait des omelettes sur la table des fermes, entrait son bras dans des lits humides, recevait au visage le jet tiède des saignées, écoutait des râles, examinait des cuvettes, retroussait bien du linge sale; mais il trouvait, tous les soirs, un feu flambant, la table servie, des meubles souples, et une femme en toilette fine, charmante et sentant frais, à ne savoir même d'où venait cette odeur, ou si ce n'était pas sa peau qui parfumait sa chemise.

Elle le charmait par quantité de délicatesses; c'était tantôt une manière nouvelle de façonner pour les bougies des bobèches de papier, un volant qu'elle changeait à sa robe, ou le nom extraordinaire d'un mets bien simple et que la bonne avait manqué, mais que Charles, jusqu'au bout, avalait avec plaisir. Elle vit à Rouen des dames qui portaient à leur montre un paquet de breloques; elle acheta des breloques. Elle voulut sur sa cheminée deux grands vases de verre bleu, et quelque temps après, un nécessaire d'ivoire, avec un dé de vermeil. Moins Charles comprenait ces élégances, plus il en subissait la séduction. Elles ajoutaient quelque chose au plaisir de ses sens et à la douceur de son foyer. C'était comme une poussière d'or qui sablait tout du long le petit sentier de sa vie.

Il se portait bien, il avait bonne mine; sa réputation était établie tout à fait. Les campagnards le chérissaient parce qu'il n'était pas fier. Il caressait les enfants, n'entrait jamais au cabaret, et, d'ailleurs, inspirait de la confiance

par sa moralité. Il réussissait particulièrement dans les
catarrhes et maladies de poitrine. Craignant beaucoup
de tuer son monde, Charles, en effet, n'ordonnait guère
que des potions calmantes, de temps à autre de l'émétique, un bain de pieds ou des sangsues. Ce n'est pas
que la chirurgie lui fît peur; il vous saignait les gens
largement, comme des chevaux, et il avait pour l'extraction des dents une *poigne d'enfer*.

Enfin, *pour se tenir au courant,* il prit un abonnement
à la *Ruche médicale,* journal nouveau dont il avait reçu
le prospectus. Il en lisait un peu après son dîner, mais
la chaleur de l'appartement, jointe à la digestion, faisait
qu'au bout de cinq minutes, il s'endormait; et il restait
là, le menton sur ses deux mains, et les cheveux étalés
comme une crinière jusqu'au pied de la lampe. Emma
le regardait en haussant les épaules. Que n'avait-elle,
au moins, pour mari un de ces hommes d'ardeurs
taciturnes qui travaillent la nuit dans les livres, et portent
enfin, à soixante ans, quand vient l'âge des rhumatismes,
une brochette en croix, sur leur habit noir, mal fait.
Elle aurait voulu que ce nom de Bovary, qui était le
sien, fût illustre, le voir étalé chez des libraires, répété
dans les journaux, connu par toute la France. Mais
Charles n'avait point d'ambition! Un médecin d'Yvetot,
avec qui dernièrement il s'était trouvé en consultation,
l'avait humilié quelque peu, au lit même du malade,
devant les parents assemblés. Quand Charles lui raconta,
le soir, cette anecdote, Emma s'emporta bien haut
contre le confrère. Charles en fut attendri. Il la baisa au
front avec une larme. Mais elle était exaspérée de honte,
elle avait envie de le battre, elle alla dans le corridor
ouvrir la fenêtre et huma l'air frais pour se calmer.

« Quel pauvre homme! quel pauvre homme! »
disait-elle tout bas, en se mordant les lèvres.

Elle se sentait, d'ailleurs, plus irritée de lui. Il prenait,
avec l'âge, des allures épaisses; il coupait, au dessert, le
bouchon des bouteilles vides; il se passait, après manger,
la langue sur les dents; il faisait, en avalant sa soupe, un
gloussement à chaque gorgée, et, comme il commençait
d'engraisser, ses yeux, déjà petits, semblaient remonter
vers les tempes par la bouffissure de ses pommettes.

Emma, quelquefois, lui rentrait dans son gilet la
bordure rouge de ses tricots, rajustait sa cravate, ou

jetait à l'écart les gants déteints qu'il se disposait à passer;
et ce n'était pas, comme il croyait, pour lui; c'était pour
elle-même, par expansion d'égoïsme, agacement nerveux.
Quelquefois aussi, elle lui parlait des choses qu'elle avait
lues, comme d'un passage de roman, d'une pièce nouvelle
ou de l'anecdote du *grand monde* que l'on racontait dans
le feuilleton; car, enfin, Charles était quelqu'un, une
oreille toujours ouverte, une approbation toujours prête.
Elle faisait bien des confidences à sa levrette! Elle en eût
fait aux bûches de la cheminée et au balancier de la pendule.

Au fond de son âme, cependant, elle attendait un
événement. Comme les matelots en détresse, elle
promenait sur la solitude de sa vie des yeux désespérés,
cherchant au loin quelque voile blanche dans les brumes
de l'horizon. Elle ne savait pas quel serait ce hasard,
le vent qui le pousserait jusqu'à elle, vers quel rivage
il la mènerait, s'il était chaloupe ou vaisseau à trois
ponts, chargé d'angoisses ou plein de félicités jusqu'aux
sabords. Mais, chaque matin, à son réveil, elle l'espérait
pour la journée, et elle écoutait tous les bruits, se levait
en sursaut, s'étonnait qu'il ne vînt pas; puis, au coucher
du soleil, toujours plus triste, désirait être au lendemain.

Le printemps reparut. Elle eut des étouffements aux
premières chaleurs, quand les poiriers fleurirent.

Dès le commencement de juillet, elle compta sur ses
doigts combien de semaines lui restaient pour arriver au
mois d'octobre, pensant que le marquis d'Andervilliers,
peut-être, donnerait encore un bal à la Vaubyessard.
Mais tout septembre s'écoula sans lettres ni visites.

Après l'ennui de cette déception, son cœur, de
nouveau, resta vide, et alors la série des mêmes journées
recommença.

Elles allaient donc maintenant se suivre à la file,
toujours pareilles, innombrables, et n'apportant rien! Les
autres existences, si plates qu'elles fussent, avaient du
moins la chance d'un événement. Une aventure amenait
parfois des péripéties à l'infini, et le décor changeait.
Mais, pour elle, rien n'arrivait, Dieu l'avait voulu!
L'avenir était un corridor noir, et qui avait au fond
sa porte bien fermée.

Elle abandonna la musique. Pourquoi jouer? Qui
l'entendrait? Puisqu'elle ne pourrait jamais, en robe de
velours à manches courtes, sur un piano d'Érard, dans

un concert, battant de ses doigts légers les touches
d'ivoire, sentir comme une brise, circuler autour d'elle
un murmure d'extase, ce n'était pas la peine de s'ennuyer
à étudier. Elle laissa dans l'armoire ses cartons à dessin et
la tapisserie. A quoi bon ? A quoi bon ? La couture l'irritait.

« J'ai tout lu », se disait-elle.

Et elle restait à faire rougir les pincettes, ou regardant
la pluie tomber.

Comme elle était triste, le dimanche, quand on sonnait
les vêpres ! Elle écoutait, dans un hébétement attentif,
tinter un à un les coups fêlés de la cloche. Quelque
chat sur les toits, marchant lentement, bombait son dos
aux rayons pâles du soleil. Le vent, sur la grande route,
soufflait des traînées de poussière. Au loin, parfois, un
chien hurlait : et la cloche, à temps égaux, continuait
sa sonnerie monotone qui se perdait dans la campagne.

Cependant on sortait de l'église. Les femmes en sabots
cirés, les paysans en blouse neuve, les petits enfants
qui sautillaient nu-tête devant eux, tout rentrait chez
soi. Et jusqu'à la nuit, cinq ou six hommes, toujours
les mêmes, restaient à jouer au bouchon, devant la grande
porte de l'auberge.

L'hiver fut froid. Les carreaux, chaque matin, étaient
chargés de givre, et la lumière, blanchâtre à travers eux,
comme par des verres dépolis, quelquefois ne variait
pas de la journée. Dès quatre heures du soir, il fallait
allumer la lampe.

Les jours qu'il faisait beau, elle descendait dans le
jardin. La rosée avait laissé sur les choux des guipures
d'argent avec de longs fils clairs qui s'étendaient de l'un
à l'autre. On n'entendait pas d'oiseaux, tout semblait
dormir, l'espalier couvert de paille et la vigne comme
un grand serpent malade sous le chaperon du mur, où
l'on voyait, en s'approchant, se traîner des cloportes
à pattes nombreuses. Dans les sapinettes, près de la haie,
le curé en tricorne qui lisait son bréviaire avait perdu le
pied droit, et même le plâtre, s'écaillant à la gelée, avait
fait des gales blanches sur sa figure.

Puis elle remontait, fermait la porte, étalait les charbons, et, défaillant à la chaleur du foyer, sentait l'ennui
plus lourd qui retombait sur elle. Elle serait bien descendue causer avec la bonne, mais une pudeur la retenait.

Tous les jours, à la même heure, le maître d'école

en bonnet de soie noire, ouvrait les auvents de sa maison
et le garde champêtre passait, portant son sabre sur sa
blouse. Soir et matin, les chevaux de la poste, trois
par trois, traversaient la rue pour aller boire à la mare.
De temps à autre, la porte d'un cabaret faisait tinter
sa sonnette, et, quand il y avait du vent, l'on entendait
grincer sur les deux tringles des petites cuvettes en cuivre
du perruquier, qui servaient d'enseigne à sa boutique.
Elle avait pour décoration une vieille gravure de modes
collée contre un carreau et un buste de femme en cire,
dont les cheveux étaient jaunes. Lui aussi, le perruquier,
il se lamentait de sa vocation arrêtée, de son avenir
perdu, et, rêvant quelque boutique dans une grande ville,
comme à Rouen, par exemple, sur le port, près du théâtre,
il restait toute la journée à se promener en long, depuis
la mairie jusqu'à l'église, sombre, et attendant la clientèle.
Lorsque madame Bovary levait les yeux, elle le voyait
toujours là, comme une sentinelle en faction, avec son
bonnet grec sur l'oreille et sa veste de lasting.

Dans l'après-midi, quelquefois, une tête d'homme
apparaissait derrière les vitres de la salle, tête hâlée, à
favoris noirs, et qui souriait lentement d'un large sourire
doux à dents blanches. Une valse aussitôt commençait,
et, sur l'orgue, dans un petit salon, des danseurs hauts
comme le doigt, femmes en turban rose, Tyroliens en
jaquette, singes en habit noir, messieurs en culotte courte,
tournaient, tournaient entre les fauteuils, les canapés,
les consoles, se répétant dans les morceaux de miroir
que raccordait à leurs angles un filet de papier doré.
L'homme faisait aller sa manivelle, regardant à droite,
à gauche et vers les fenêtres. De temps à autre, tout
en lançant contre la borne un long jet de salive brune,
il soulevait du genou son instrument, dont la bretelle
dure lui fatiguait l'épaule; et, tantôt dolente et traînarde,
ou joyeuse et précipitée, la musique de la boîte s'échappait en bourdonnant à travers un rideau de taffetas
rose, sous une griffe de cuivre en arabesque. C'étaient
des airs que l'on jouait ailleurs, sur les théâtres, que
l'on chantait dans les salons, que l'on dansait le soir
sous des lustres éclairés, échos du monde qui arrivaient
jusqu'à Emma. Des sarabandes à n'en plus finir se
déroulaient dans sa tête, et, comme une bayadère sur
les fleurs d'un tapis, sa pensée bondissait avec les notes,

se balançait de rêve en rêve, de tristesse en tristesse. Quand l'homme avait reçu l'aumône dans sa casquette, il rabattait une vieille couverture de laine bleue, passait son orgue sur son dos et s'éloignait d'un pas lourd. Elle le regardait partir.

Mais c'était surtout aux heures des repas qu'elle n'en pouvait plus, dans cette petite salle au rez-de-chaussée, avec le poêle qui fumait, la porte qui criait, les murs qui suintaient, les pavés humides; toute l'amertume de l'existence lui semblait servie sur son assiette, et, à la fumée du bouilli, il montait du fond de son âme comme d'autres bouffées d'affadissement. Charles était long à manger; elle grignotait quelques noisettes, ou bien, appuyée du coude, s'amusait, avec la pointe de son couteau, à faire des raies sur la toile cirée.

Elle laissait maintenant tout aller dans son ménage, et madame Bovary mère, lorsqu'elle vint passer à Tostes une partie du carême, s'étonna fort de ce changement. Elle, en effet, si soigneuse autrefois et délicate, elle restait à présent des journées entières sans s'habiller, portait des bas de coton gris, s'éclairait à la chandelle. Elle répétait qu'il fallait économiser, puisqu'ils n'étaient pas riches, ajoutant qu'elle était très contente, très heureuse, que Tostes lui plaisait beaucoup, et autres discours nouveaux qui fermaient la bouche à la belle-mère. Du reste, Emma ne semblait plus disposée à suivre ses conseils; une fois même, madame Bovary s'étant avisée de prétendre que les maîtres devaient surveiller la religion de leurs domestiques, elle lui avait répondu d'un œil si colère et avec un sourire tellement froid, que la bonne femme ne s'y frotta plus.

Emma devenait difficile, capricieuse. Elle se commandait des plats pour elle, n'y touchait point, un jour ne buvait que du lait pur, et, le lendemain, des tasses de thé à la douzaine. Souvent, elle s'obstinait à ne pas sortir, puis elle suffoquait, ouvrait les fenêtres, s'habillait en robe légère. Lorsqu'elle avait bien rudoyé sa servante, elle lui faisait des cadeaux ou l'envoyait se promener chez les voisines, de même qu'elle jetait parfois aux pauvres toutes les pièces blanches de sa bourse, quoiqu'elle ne fût guère tendre, cependant, ni facilement accessible à l'émotion d'autrui, comme la plupart des gens issus de campagnards, qui gardent toujours à l'âme, quelque chose de la callosité des mains paternelles.

Vers la fin de février, le père Rouault, en souvenir de sa guérison, apporta lui-même à son gendre une dinde superbe, et il resta trois jours à Tostes. Charles étant à ses malades, Emma lui tint compagnie. Il fuma dans la chambre, cracha sur les chenets, causa culture, veaux, vaches, volailles et conseil municipal; si bien qu'elle referma la porte, quand il fut parti, avec un sentiment de satisfaction qui la surprit elle-même. D'ailleurs, elle ne cachait plus son mépris pour rien, ni pour personne; et elle se mettait quelquefois à exprimer des opinions singulières, blâmant ce que l'on approuvait, et approuvant des choses perverses ou immorales : ce qui faisait ouvrir de grands yeux à son mari.

Est-ce que cette misère durerait toujours? Est-ce qu'elle n'en sortirait pas? Elle valait bien, cependant, toutes celles qui vivaient heureuses! Elle avait vu des duchesses à la Vaubyessard qui avaient la taille plus lourde et les façons plus communes, et elle exécrait l'injustice de Dieu; elle s'appuyait la tête aux murs pour pleurer; elle enviait les existences tumultueuses, les nuits masquées, les insolents plaisirs avec tous les éperdument qu'elle ne connaissait pas et qu'ils devaient donner.

Elle pâlissait et avait des battements de cœur. Charles lui administra de la valériane et des bains de camphre. Tout ce que l'on essayait semblait l'irriter davantage.

En de certains jours, elle bavardait avec une abondance fébrile; à ces exaltations succédaient tout à coup des torpeurs où elle restait sans parler, sans bouger. Ce qui la ranimait alors, c'était de se répandre sur les bras un flacon d'eau de Cologne.

Comme elle se plaignait de Tostes continuellement, Charles imagina que la cause de sa maladie était sans doute dans quelque influence locale, et, s'arrêtant à cette idée, il songea sérieusement à aller s'établir ailleurs.

Dès lors, elle but du vinaigre pour se faire maigrir, contracta une petite toux sèche et perdit complètement l'appétit.

Il en coûtait à Charles d'abandonner Tostes, après quatre ans de séjour et au moment *où il commençait à s'y poser*. S'il le fallait, cependant! Il la conduisit à Rouen, voir son ancien maître. C'était une maladie nerveuse : on devait la changer d'air [1].

Après s'être tourné de côté et d'autre, Charles apprit qu'il y avait, dans l'arrondissement de Neufchâtel, un fort bourg, nommé Yonville-l'Abbaye, dont le médecin, qui était un réfugié polonais, venait de décamper la semaine précédente. Alors il écrivit au pharmacien de l'endroit pour savoir quel était le chiffre de la population, la distance où se trouvait le confrère le plus voisin, combien par année gagnait son prédécesseur, etc.; et, les réponses ayant été satisfaisantes, il se résolut à déménager vers le printemps, si la santé d'Emma ne s'améliorait pas.

Un jour qu'en prévision de son départ elle faisait des rangements dans un tiroir, elle se piqua les doigts à quelque chose. C'était un fil de fer de son bouquet de mariage. Les boutons d'oranger étaient jaunes de poussière, et les rubans de satin, à liséré d'argent, s'effiloquaient par le bord. Elle le jeta dans le feu. Il s'enflamma plus vite qu'une paille sèche. Puis ce fut comme un buisson rouge sur les cendres, et qui se rongeait lentement. Elle le regarda brûler. Les petites baies de carton éclataient, les fils d'archal se tordaient, le galon se fondait; et les corolles de papier, racornies, se balançant le long de la plaque comme des papillons noirs, enfin s'envolèrent par la cheminée.

Quand on partit de Tostes, au mois de mars, madame Bovary était enceinte.

DEUXIÈME PARTIE

I

YONVILLE-L'ABBAYE (ainsi nommé à cause d'une ancienne abbaye de Capucins dont les ruines n'existent même plus) est un bourg à huit lieues de Rouen, entre la route d'Abbeville et celle de Beauvais, au fond d'une vallée qu'arrose la Rieule, petite rivière qui se jette dans l'Andelle, après avoir fait tourner trois moulins, vers son embouchure, et où il y a quelques truites, que les garçons, le dimanche, s'amusent à pêcher à la ligne.

On quitte la grande route à la Boissière et l'on continue à plat jusqu'au haut de la côte des Leux, d'où l'on découvre la vallée. La rivière qui la traverse en fait comme deux régions de physionomie distincte : tout ce qui est à gauche est en herbage, tout ce qui est à droite est en labour. La prairie s'allonge sous un bourrelet de collines basses pour se rattacher par derrière aux pâturages du pays de Bray, tandis que, du côté de l'est, la plaine, montant doucement, va s'élargissant et étale à perte de vue ses blondes pièces de blé. L'eau qui court au bord de l'herbe sépare d'une raie blanche la couleur des prés et celle des sillons, et la campagne ainsi ressemble à un grand manteau déplié qui a un collet de velours bordé d'un galon d'argent.

Au bout de l'horizon, lorsqu'on arrive, on a devant soi les chênes de la forêt d'Argueil, avec les escarpements de la côte Saint-Jean, rayés du haut en bas par de longues traînées rouges, inégales ; ce sont les traces des pluies, et ces tons de brique, tranchant en filets minces sur la couleur grise de la montagne, viennent de la quantité de sources ferrugineuses qui coulent au delà dans le pays d'alentour.

On est ici sur les confins de la Normandie, de la Picardie et de l'Ile-de-France, contrée bâtarde où le langage est sans accentuation, comme le paysage sans caractère.

C'est là que l'on fait les pires fromages de Neufchâtel de tout l'arrondissement, et, d'autre part, la culture y est coûteuse, parce qu'il faut beaucoup de fumier pour engraisser ces terres friables pleines de sable et de cailloux.

Jusqu'en 1835, il n'y avait point de route praticable pour arriver à Yonville; mais on a établi vers cette époque un chemin de *grande vicinalité* qui relie la route d'Abbeville à celle d'Amiens, et sert quelquefois aux rouliers allant de Rouen dans les Flandres. Cependant, Yonville-l'Abbaye est demeuré stationnaire, malgré ses *débouchés nouveaux*. Au lieu d'améliorer les cultures, on s'y obstine encore aux herbages, quelque dépréciés qu'ils soient, et le bourg paresseux, s'écartant de la plaine, a continué naturellement à s'agrandir vers la rivière. On l'aperçoit de loin, tout couché en long sur la rive, comme un gardeur de vaches qui fait la sieste au bord de l'eau.

Au bas de la côte, après le pont, commence une chaussée plantée de jeunes trembles, qui vous mène en droite ligne jusqu'aux premières maisons du pays. Elles sont encloses de haies, au milieu de cours pleines de bâtiments épars, pressoirs, charretteries et bouilleries disséminés sous les arbres touffus portant des échelles, des gaules ou des faux accrochées dans leur branchage. Les toits de chaume, comme des bonnets de fourrure rabattus sur des yeux, descendent jusqu'au tiers à peu près des fenêtres basses, dont les gros verres bombés sont garnis d'un nœud dans le milieu, à la façon des culs de bouteilles. Sur le mur de plâtre que traversent en diagonale des lambourdes noires s'accroche parfois quelque maigre poirier, et les rez-de-chaussée ont à leur porte une petite barrière tournante pour les défendre des poussins, qui viennent picorer, sur le seuil, des miettes de pain bis trempé de cidre. Cependant les cours se font plus étroites, les habitations se rapprochent, les haies disparaissent; un fagot de fougères se balance sous une fenêtre au bout d'un manche à balai; il y a la forge d'un maréchal et ensuite un charron avec deux ou trois charrettes neuves, en dehors, qui empiètent sur la route. Puis, à travers une claire-voie, apparaît une maison blanche au delà d'un rond de gazon que décore un Amour, le doigt posé sur la bouche; deux vases en fonte sont à chaque bout du perron; des panonceaux brillent à la porte; c'est la maison du notaire, et la plus belle du pays.

L'église est de l'autre côté de la rue, vingt pas plus loin, à l'entrée de la place. Le petit cimetière qui l'entoure, clos d'un mur à hauteur d'appui, est si bien rempli de tombeaux, que les vieilles pierres à ras du sol font un dallage continu, où l'herbe a dessiné de soi-même des carrés verts réguliers. L'église a été rebâtie à neuf dans les dernières années du règne de Charles X. La voûte en bois commence à pourrir par le haut, et de place en place, a des enfonçures noires dans sa couleur bleue. Au-dessus de la porte, où seraient les orgues, se tient un jubé pour les hommes, avec un escalier tournant qui retentit sous les sabots.

Le grand jour, arrivant par les vitraux tout unis, éclaire obliquement les bancs rangés en travers de la muraille, que tapisse çà et là quelque paillasson cloué, ayant au-dessous de lui ces mots en grosses lettres : « Banc de M. un tel ». Plus loin, à l'endroit où le vaisseau se rétrécit, le confessionnal fait pendant à une statuette de la Vierge vêtue d'une robe de satin, coiffée d'un voile de tulle semé d'étoiles d'argent, et tout empourprée aux pommettes comme une idole des îles Sandwich ; enfin une copie de la *Sainte Famille, envoi du ministre de l'Intérieur,* dominant le maître-autel entre quatre chandeliers, termine au fond la perspective. Les stalles du chœur, en bois de sapin, sont restées sans être peintes.

Les halles, c'est-à-dire un toit de tuiles supporté par une vingtaine de poteaux, occupent à elles seules la moitié environ de la grande place d'Yonville. La mairie, construite *sur les dessins d'un architecte de Paris,* est une manière de temple grec qui fait l'angle, à côté de la maison du pharmacien. Elle a, au rez-de-chaussée, trois colonnes ioniques et, au premier étage, une galerie à plein cintre, tandis que le tympan qui la termine est rempli par un coq gaulois, appuyé d'une patte sur la Charte et tenant de l'autre les balances de la justice.

Mais ce qui attire le plus les yeux, c'est, en face de l'auberge du *Lion d'or,* la pharmacie de M. Homais ! Le soir, principalement, quand son quinquet est allumé et que les bocaux rouges et verts qui embellissent sa devanture allongent au loin, sur le sol, leurs deux clartés de couleur, alors, à travers elles, comme dans des feux de Bengale, s'entrevoit l'ombre du pharmacien accoudé sur son pupitre. Sa maison, du haut en bas, est placardée

d'inscriptions écrites en anglaise, en ronde, en moulée :
« Eaux de Vichy, de Seltz et de Barèges, robs dépuratifs,
médecine Raspail, racahout des Arabes, pastilles Darcet,
pâte Regnault, bandages, bains, chocolats de santé, etc. »
Et l'enseigne, qui tient toute la largeur de la boutique,
porte en lettres d'or : *Homais, pharmacien.* Puis, au fond
de la boutique, derrière les grandes balances scellées sur
le comptoir, le mot *laboratoire* se déroule au-dessus d'une
porte vitrée qui, à moitié de sa hauteur, répète encore
une fois *Homais,* en lettres d'or, sur un fond noir.

Il n'y a plus ensuite rien à voir dans Yonville. La
rue (la seule), longue d'une portée de fusil et bordée
de quelques boutiques, s'arrête juste au tournant de
la route. Si on la laisse sur la droite et que l'on suive le
bas de la côte Saint-Jean, bientôt on arrive au cimetière.

Lors du choléra, pour l'agrandir, on a abattu un pan
de mur et acheté trois acres de terre à côté; mais toute
cette portion nouvelle est presque inhabitée, les tombes,
comme autrefois, continuant à s'entasser vers la porte.
Le gardien, qui est en même temps fossoyeur et bedeau
à l'église (tirant ainsi des cadavres de la paroisse un
double bénéfice), a profité du terrain vide pour y semer
des pommes de terre. D'année en année, cependant, son
petit champ se rétrécit, et, lorsqu'il survient une épi-
démie, il ne sait pas s'il doit se réjouir des décès ou
s'affliger des sépultures.

« Vous vous nourrissez des morts, Lestiboudois! » lui
dit enfin, un jour, M. le curé.

Cette parole sombre le fit réfléchir; elle l'arrêta pour
quelque temps; mais, aujourd'hui encore, il continue
la culture de ses tubercules, et même soutient avec
aplomb qu'ils poussent naturellement.

Depuis les événements que l'on va raconter, rien, en
effet, n'a changé à Yonville. Le drapeau tricolore de
fer-blanc tourne toujours au haut du clocher de l'église;
la boutique du marchand de nouveautés agite encore
au vent ses deux banderoles d'indienne; les fœtus du
pharmacien, comme des paquets d'amadou blanc, se
pourrissent de plus en plus dans leur alcool bourbeux,
et, au-dessus de la grande porte de l'auberge, le vieux
lion d'or, déteint par les pluies, montre toujours aux
passants sa frisure de caniche.

Le soir que les époux Bovary devaient arriver à

Yonville, madame veuve Lefrançois, la maîtresse de cette
auberge, était si fort affairée, qu'elle suait à grosses
gouttes en remuant ses casseroles. C'était, le lendemain,
jour de marché dans le bourg. Il fallait d'avance tailler
les viandes, vider les poulets, faire de la soupe et du
café. Elle avait, de plus, le repas de ses pensionnaires,
celui du médecin, de sa femme et de leur bonne; le
billard retentissait d'éclats de rire; trois meuniers, dans
la petite salle, appelaient pour qu'on leur apportât de
l'eau-de-vie; le bois flambait, la braise craquait, et, sur
la longue table de la cuisine, parmi les quartiers de
mouton cru, s'élevaient des piles d'assiettes qui tremblaient aux secousses du billot où l'on hachait des
épinards. On entendait, dans la basse-cour, crier les volailles que la servante poursuivait pour leur couper le cou.

Un homme en pantoufles de peau verte, quelque peu
marqué de petite vérole et coiffé d'un bonnet de velours
à gland d'or, se chauffait le dos contre la cheminée. Sa
figure n'exprimait rien que la satisfaction de soi-même,
et il avait l'air aussi calme dans la vie que le chardonneret
suspendu au-dessus de sa tête, dans sa cage d'osier :
c'était le pharmacien.

« Artémise! cria la maîtresse d'auberge, casse de
la bourrée, emplis les carafes, apporte de l'eau-de-vie,
dépêche-toi! Au moins, si je savais quel dessert offrir
à la société que vous attendez! Bonté divine! les commis
du déménagement recommencent leur tintamarre dans
le billard! Et leur charrette qui est restée sous la grande
porte! L'*Hirondelle* est capable de la défoncer en arrivant!
Appelle Polyte pour qu'il la remise!... Dire que, depuis
le matin, monsieur Homais, ils ont peut-être fait quinze
parties et bu huit pots de cidre!... Mais ils vont me
déchirer le tapis, continuait-elle en les regardant de loin,
son écumoire à la main.

— Le mal ne serait pas grand, répondit M. Homais,
vous en achèteriez un autre.

— Un autre billard! exclama la veuve.

— Puisque celui-là ne tient plus, madame Lefrançois,
je vous le répète, vous vous faites tort! vous vous faites
grand tort! Et puis les amateurs, à présent, veulent des
blouses étroites et des queues lourdes. On ne joue plus
la bille; tout est changé! Il faut marcher avec son siècle!
Regardez Tellier, plutôt... »

L'hôtesse devint rouge de dépit. Le pharmacien
ajouta :

« Son billard, vous avez beau dire, est plus mignon
que le vôtre ; et qu'on ait l'idée, par exemple, de monter
une poule patriotique pour la Pologne ou les inondés
de Lyon...

— Ce ne sont pas des gueux comme lui qui nous
font peur ! interrompit l'hôtesse, en haussant ses grosses
épaules. Allez ! allez ! monsieur Homais, tant que le *Lion
d'or* vivra, on y viendra. Nous avons du foin dans nos
bottes, nous autres ! Au lieu qu'un de ces matins vous
verrez le *Café français* fermé, et avec une belle affiche
sur les auvents !... Changer mon billard, continuait-elle
en se parlant à elle-même, lui qui m'est si commode
pour ranger ma lessive, et sur lequel, dans le temps
de la chasse, j'ai mis coucher jusqu'à six voyageurs !...
Mais ce lambin d'Hivert qui n'arrive pas !

— L'attendez-vous pour le dîner de vos messieurs ?
demanda le pharmacien.

— L'attendre ? Et M. Binet donc ! A six heures battant
vous allez le voir entrer, car son pareil n'existe pas sur
la terre pour l'exactitude. Il lui faut toujours sa place
dans la petite salle ! On le tuerait plutôt que de le faire
dîner ailleurs ! et dégoûté qu'il est ! et si difficile pour
le cidre ! Ce n'est pas comme M. Léon ; lui, il arrive
quelquefois à sept heures, sept heures et demie même ;
il ne regarde seulement pas à ce qu'il mange. Quel bon
jeune homme ! Jamais un mot plus haut que l'autre.

— C'est qu'il y a bien de la différence, voyez-vous,
entre quelqu'un qui a reçu de l'éducation et un ancien
carabinier qui est percepteur. »

Six heures sonnèrent. Binet entra.

Il était vêtu d'une redingote bleue, tombant droit
d'elle-même tout autour de son corps maigre, et sa
casquette de cuir, à pattes nouées par des cordons sur
le sommet de sa tête, laissait voir, sous la visière relevée,
un front chauve, qu'avait déprimé l'habitude du casque.
Il portait un gilet de drap noir, un col de crin, un pantalon
gris, et, en toute saison, des bottes bien cirées qui avaient
deux renflements parallèles, à cause de la saillie de ses
orteils. Pas un poil ne dépassait la ligne de son collier
blond, qui, contournant la mâchoire, encadrait comme la
bordure d'une plate-bande sa longue figure terne, dont

les yeux étaient petits et le nez busqué. Fort à tous les
jeux de cartes, bon chasseur et possédant une belle écriture, il avait chez lui un tour, où il s'amusait à tourner
des ronds de serviette dont il encombrait sa maison, avec
la jalousie d'un artiste et l'égoïsme d'un bourgeois.

Il se dirigea vers la petite salle : mais il fallut d'abord
en faire sortir les trois meuniers ; et, pendant tout le
temps que l'on fut à mettre son couvert, Binet resta
silencieux à sa place, auprès du poêle ; puis il ferma la
porte et retira sa casquette, comme d'usage.

« Ce ne sont pas les civilités qui lui useront la langue !
dit le pharmacien, dès qu'il fut seul avec l'hôtesse.

— Jamais il ne cause davantage, répondit-elle ; il est
venu ici, la semaine dernière, deux voyageurs en draps,
des garçons pleins d'esprit qui contaient, le soir, un
tas de farces que j'en pleurais de rire : eh bien ! il restait
là, comme une alose, sans dire un mot.

— Oui, fit le pharmacien, pas d'imagination, pas de
saillies, rien de ce qui constitue l'homme de société !

— On dit pourtant qu'il a des moyens, objecta
l'hôtesse.

— Des moyens ! répliqua M. Homais ; lui ! des
moyens ? Dans sa partie, c'est possible », ajouta-t-il d'un
ton plus calme.

Et il reprit :

« Ah ! qu'un négociant qui a des relations considérables, qu'un jurisconsulte, un médecin, un pharmacien
soient tellement absorbés qu'ils en deviennent fantasques
et bourrus même, je le comprends ; on en cite des traits
dans l'histoire ! Mais, au moins, c'est qu'ils pensent à
quelque chose. Moi, par exemple, combien de fois m'est-il
arrivé de chercher ma plume sur mon bureau pour écrire
une étiquette, et de trouver, en définitive, que je l'avais
placée à mon oreille ! »

Cependant, madame Lefrançois alla sur le seuil
regarder si l'*Hirondelle* n'arrivait pas. Elle tressaillit. Un
homme vêtu de noir entra tout à coup dans la cuisine.
On distinguait, aux dernières lueurs du crépuscule, qu'il
avait une figure rubiconde et le corps athlétique.

« Qu'y a-t-il pour votre service, monsieur le curé ?
demanda la maîtresse d'auberge, tout en atteignant sur
la cheminée un des flambeaux de cuivre qui s'y trouvaient
rangés en colonnade avec leurs chandelles ; voulez-vous

prendre quelque chose? un doigt de cassis, un verre de vin? »

L'ecclésiastique refusa fort civilement. Il venait chercher son parapluie, qu'il avait oublié l'autre jour au couvent d'Ernemont, et, après avoir prié madame Lefrançois de le lui faire remettre au presbytère dans la soirée, il sortit pour se rendre à l'église, où sonnait l'*Angelus*.

Quand le pharmacien n'entendit plus sur la place le bruit de ses souliers, il trouva fort inconvenante sa conduite de tout à l'heure. Ce refus d'accepter un rafraîchissement lui semblait une hypocrisie des plus odieuses; les prêtres godaillaient tous sans qu'on les vît, et cherchaient à ramener le temps de la dîme.

L'hôtesse prit la défense de son curé :

« D'ailleurs, il en plierait quatre comme vous sur son genou. Il a, l'année dernière, aidé nos gens à rentrer la paille; il en portait jusqu'à six bottes à la fois, tant il est fort.

— Bravo ! dit le pharmacien. Envoyez donc vos filles à confesse à des gaillards d'un tempérament pareil! Moi, si j'étais le gouvernement, je voudrais qu'on saignât les prêtres une fois par mois. Oui, madame Lefrançois, tous les mois, une large phlébotomie, dans l'intérêt de la police et des mœurs!

— Taisez-vous donc, monsieur Homais! vous êtes un impie! vous n'avez pas de religion! »

Le pharmacien répondit :

« J'ai une religion, ma religion, et même j'en ai plus qu'eux tous, avec leurs mômeries et leurs jongleries! J'adore Dieu, au contraire! Je crois en l'Être suprême, à un Créateur, quel qu'il soit, peu m'importe, qui nous a placés ici-bas pour y remplir nos devoirs de citoyen et de père de famille; mais je n'ai pas besoin d'aller, dans une église, baiser des plats d'argent et engraisser de ma poche un tas de farceurs qui se nourrissent mieux que nous! Car on peut l'honorer aussi bien dans un bois, dans un champ, ou même en contemplant la voûte éthérée, comme les anciens. Mon Dieu, à moi, c'est le Dieu de Socrate, de Franklin, de Voltaire et de Béranger! Je suis pour la *Profession de foi du vicaire savoyard* et les immortels principes de 89! Aussi je n'admets pas un bonhomme du bon Dieu qui se promène dans son

parterre la canne à la main, loge ses amis dans le ventre
des baleines, meurt en poussant un cri et ressuscite au
bout de trois jours : choses absurdes en elles-mêmes
et complètement opposées, d'ailleurs, à toutes les lois de
la physique; ce qui nous démontre, en passant, que les
prêtres ont toujours croupi dans une ignorance turpide,
où ils s'efforcent d'engloutir avec eux les populations. »

Il se tut, cherchant des yeux un public autour de lui,
car, dans son effervescence, le pharmacien, un moment,
s'était cru en plein conseil municipal. Mais la maîtresse
d'auberge ne l'écoutait plus : elle tendait son oreille
à un roulement éloigné. On distingua le bruit d'une
voiture mêlé à un claquement de fers lâches qui battaient
la terre, et l'*Hirondelle,* enfin, s'arrêta devant la porte.

C'était un coffre jaune porté par deux grandes roues
qui, montant jusqu'à la hauteur de la bâche, empêchaient
les voyageurs de voir la route et leur salissaient les
épaules. Les petits carreaux de ses vasistas étroits tremblaient dans leurs châssis quand la voiture était fermée,
et gardaient des taches de boue, çà et là, parmi leur
vieille couche de poussière, que les pluies d'orage même
ne lavaient pas tout à fait. Elle était attelée de trois
chevaux, dont le premier en arbalète, et, lorsqu'on
descendait les côtes, elle touchait du fond en cahotant.

Quelques bourgeois d'Yonville arrivèrent sur la place;
ils parlaient tous à la fois, demandant des nouvelles, des
explications et des bourriches : Hivert ne savait auquel
répondre. C'était lui qui faisait à la ville les commissions
du pays. Il allait dans les boutiques, rapportait des rouleaux de cuir au cordonnier, de la ferraille au maréchal,
un baril de harengs pour sa maîtresse, des bonnets de
chez la modiste, des toupets de chez le coiffeur; et, le
long de la route, en s'en revenant, il distribuait ses
paquets, qu'il jetait par-dessus les clôtures des cours,
debout sur son siège, et criant à pleine poitrine, pendant
que ses chevaux allaient tout seuls.

Un accident l'avait retardé; la levrette de madame
Bovary s'était enfuie à travers champs. On l'avait sifflée
un grand quart d'heure. Hivert même était retourné d'une
demi-lieue en arrière, croyant l'apercevoir à chaque
minute; mais il avait fallu continuer la route. Emma
avait pleuré, s'était emportée; elle avait accusé Charles
de ce malheur. M. Lheureux, marchand d'étoffes, qui se

trouvait avec elle dans la voiture, avait essayé de la consoler par quantité d'exemples de chiens perdus, reconnaissant leur maître au bout de longues années. On en citait un, disait-il, qui était revenu de Constantinople à Paris. Un autre avait fait cinquante lieues en ligne droite et passé quatre rivières à la nage; et son père à lui-même avait possédé un caniche qui, après douze ans d'absence, lui avait tout à coup sauté sur le dos, un soir, dans la rue, comme il allait dîner en ville.

II

Emma descendit la première, puis Félicité, M. Lheureux, une nourrice, et l'on fut obligé de réveiller Charles dans son coin, où il s'était endormi complètement, dès que la nuit était venue.

Homais se présenta; il offrit ses hommages à Madame, ses civilités à Monsieur, dit qu'il était charmé d'avoir pu leur rendre quelque service, et ajouta d'un air cordial qu'il avait osé s'inviter lui-même, sa femme, d'ailleurs, était absente.

Madame Bovary, quand elle fut dans la cuisine, s'approcha de la cheminée. Du bout de ses deux doigts elle prit sa robe à la hauteur du genou, et, l'ayant ainsi remontée jusqu'aux chevilles, elle tendit à la flamme, par-dessus le gigot qui tournait, son pied chaussé d'une bottine noire. Le feu l'éclairait en entier, pénétrant d'une lumière crue la trame de sa robe, les pores égaux de sa peau blanche et même les paupières de ses yeux qu'elle clignait de temps à autre. Une grande couleur rouge passait sur elle selon le souffle du vent qui venait par la porte entr'ouverte.

De l'autre côté de la cheminée, un jeune **homme** à chevelure blonde la regardait silencieusement.

Comme il s'ennuyait beaucoup à Yonville, où **il était** clerc chez maître Guillaumin, souvent M. Léon Dupuis (c'était lui, le second habitué du *Lion d'or*) reculait l'instant de son repas, espérant qu'il viendrait quelque voyageur à l'auberge avec qui causer dans la soirée. Les jours que sa besogne était finie, il lui fallait bien, faute de savoir que faire, arriver à l'heure exacte, et subir depuis la soupe jusqu'au fromage le tête-à-tête de Binet. Ce fut donc avec joie qu'il accepta la proposition de l'hôtesse de dîner en la compagnie des nouveaux venus, et l'on passa dans la grande salle où madame Lefrançois, par pompe, avait fait dresser les quatre couverts.

Homais demanda la permission de garder son bonnet grec, de peur des coryzas.

Puis, se tournant vers sa voisine :

« Madame, sans doute, est un peu lasse? On est si épouvantablement cahoté dans notre *Hirondelle!*

— Il est vrai, répondit Emma; mais le dérangement m'amuse toujours : j'aime à changer de place.

— C'est une chose si maussade, soupira le clerc, que de vivre cloué aux mêmes endroits!

— Si vous étiez comme moi, dit Charles, sans cesse obligé d'être à cheval...

— Mais, reprit Léon, s'adressant à madame Bovary, rien n'est plus agréable, il me semble; quand on le peut, ajouta-t-il.

— Du reste, disait l'apothicaire, l'exercice de la médecine n'est pas fort pénible en nos contrées; car l'état de nos routes permet l'usage du cabriolet, et, généralement, l'on paye assez bien, les cultivateurs étant aisés. Nous avons, sous le rapport médical, à part les cas ordinaires d'entérite, bronchite, affections bilieuses, etc., de temps à autre quelques fièvres intermittentes à la moisson, mais, en somme, peu de choses graves, rien de spécial à noter, si ce n'est beaucoup d'humeurs froides, et qui tiennent sans doute aux déplorables conditions hygiéniques de nos logements de paysans. Ah! vous trouverez bien des préjugés à combattre, monsieur Bovary; bien des entêtements de routine, où se heurteront quotidiennement tous les efforts de votre science; car on a recours encore aux neuvaines, aux reliques, au curé, plutôt que de venir naturellement chez le médecin ou chez le pharmacien. Le climat, pourtant, n'est point, à vrai dire, mauvais, et même nous comptons dans la commune quelques nonagénaires. Le thermomètre (j'en ai fait les observations) descend en hiver jusqu'à quatre degrés et, dans la forte saison, touche vingt-cinq, trente centigrades tout au plus, ce qui nous donne vingt-quatre Réaumur au maximum, ou autrement cinquante-quatre Fahrenheit (mesure anglaise), pas davantage! — et, en effet, nous sommes abrités des vents du nord par la forêt d'Argueil d'une

part; des vents d'ouest par la côte Saint-Jean de l'autre;
et cette chaleur, cependant, qui à cause de la vapeur d'eau
dégagée par la rivière et la présence considérable de bestiaux dans les prairies, lesquels exhalent, comme vous
savez, beaucoup d'ammoniaque, c'est-à-dire azote, hydrogène et oxygène (non, azote et hydrogène seulement),
et qui, pompant à elle l'humus de la terre, confondant
toutes ces émanations différentes, les réunissant en un
faisceau, pour ainsi dire, et se combinant de soi-même
avec l'électricité répandue dans l'atmosphère, lorsqu'il y
en a, pourrait à la longue, comme dans les pays tropicaux,
engendrer des miasmes insalubres; — cette chaleur,
dis-je, se trouve justement tempérée du côté d'où elle
vient ou plutôt d'où elle viendrait, c'est-à-dire du côté
sud, par les vents de sud-est, lesquels, s'étant rafraîchis
d'eux-mêmes en passant sur la Seine, nous arrivent
quelquefois tout d'un coup, comme des brises de Russie!

— Avez-vous du moins quelques promenades dans
les environs? continuait madame Bovary parlant au
jeune homme.

— Oh! fort peu, répondit-il. Il y a un endroit que
l'on nomme la Pâture, sur le haut de la côte, à la lisière
de la forêt. Quelquefois, le dimanche, je vais là, et j'y
reste avec un livre, à regarder le soleil couchant.

— Je ne trouve rien d'admirable comme les soleils
couchants, reprit-elle, mais au bord de la mer, surtout.

— Oh! j'adore la mer, dit M. Léon.

— Et puis ne vous semble-t-il pas, répliqua madame
Bovary, que l'esprit vogue plus librement sur cette
étendue sans limites, dont la contemplation vous élève
l'âme et donne des idées d'infini, d'idéal?

— Il en est de même des paysages de montagnes, reprit
Léon. J'ai un cousin qui a voyagé en Suisse l'année
dernière, et qui me disait qu'on ne peut se figurer la
poésie des lacs, le charme des cascades, l'effet gigantesque
des glaciers. On voit des pins d'une grandeur incroyable,
en travers des torrents, des cabanes suspendues sur des
précipices, et, à mille pieds sous vous, des vallées entières
quand les nuages s'entr'ouvrent. Ces spectacles doivent.
enthousiasmer, disposer à la prière, à l'extase! Aussi
je ne m'étonne plus de ce musicien célèbre qui, pour
exciter mieux son imagination, avait coutume d'aller
jouer du piano devant quelque site imposant.

— Vous faites de la musique ? demanda-t-elle.

— Non, mais je l'aime beaucoup, répondit-il.

— Ah ! ne l'écoutez pas, madame Bovary, interrompit Homais en se penchant sur son assiette, c'est modestie pure. — Comment, mon cher ! Eh ! l'autre jour, dans votre chambre, vous chantiez l'*Ange gardien* à ravir. Je vous entendais du laboratoire ; vous détachiez cela comme un acteur. »

Léon, en effet, logeait chez le pharmacien, où il avait une petite pièce au second étage, sur la place. Il rougit au compliment de son propriétaire, qui déjà s'était tourné vers le médecin et lui énumérait les uns après les autres les principaux habitants d'Yonville. Il racontait des anecdotes, donnait des renseignements. On ne savait pas au juste la fortune du notaire, et *il y avait la maison Tuvache* qui faisait beaucoup d'embarras.

Emma reprit :

« Et quelle musique préférez-vous ?

— Oh ! la musique allemande, celle qui porte à rêver.

— Connaissez-vous les Italiens ?

— Pas encore, mais je les verrai l'année prochaine, quand j'irai habiter Paris, pour finir mon droit.

— C'est comme j'avais l'honneur, dit le pharmacien, de l'exprimer à monsieur votre époux, à propos de ce pauvre Yanoda qui s'est enfui ; vous vous trouverez, grâce aux folies qu'il a faites, jouir d'une des maisons les plus confortables d'Yonville. Ce qu'elle a principalement de commode pour un médecin, c'est une porte sur l'*Allée*, qui permet d'entrer et de sortir sans être vu. D'ailleurs, elle est fournie de tout ce qui est agréable à un ménage : buanderie, cuisine avec office, salon de famille, fruitier, etc. C'était un gaillard qui n'y regardait pas ! Il s'était fait construire, au bout du jardin, à côté de l'eau, une tonnelle tout exprès pour boire de la bière en été, et si Madame aime le jardinage, elle pourra...

— Ma femme ne s'en occupe guère, dit Charles ; elle aime mieux, quoiqu'on lui recommande l'exercice, toujours rester dans sa chambre à lire.

— C'est comme moi, répliqua Léon ; quelle meilleure chose, en effet, que d'être le soir au coin du feu avec un livre, pendant que le vent bat les carreaux, que la lampe brûle ?...

— N'est-ce pas? dit-elle, en fixant sur lui ses grands yeux noirs tout ouverts.

— On ne songe à rien, continuait-il, les heures passent. On se promène immobile dans des pays que l'on croit voir, et votre pensée, s'enlaçant à la fiction, se joue dans les détails ou poursuit le contour des aventures. Elle se mêle aux personnages; il semble que c'est vous qui palpitez sous leurs costumes.

— C'est vrai! c'est vrai! disait-elle.

— Vous est-il arrivé parfois, reprit Léon, de rencontrer dans un livre une idée vague que l'on a eue, quelque image obscurcie qui revient de loin, et comme l'exposition entière de votre sentiment le plus délié?

— J'ai éprouvé cela, répondit-elle.

— C'est pourquoi, dit-il, j'aime surtout les poètes. Je trouve les vers plus tendres que la prose, et qu'ils font bien mieux pleurer.

— Cependant ils fatiguent à la longue, reprit Emma; et maintenant, au contraire, j'adore les histoires qui se suivent tout d'une haleine, où l'on a peur. Je déteste les héros communs et les sentiments tempérés, comme il y en a dans la nature.

— En effet, observa le clerc, ces ouvrages, ne touchant pas le cœur, s'écartent, il me semble, du vrai but de l'Art. Il est doux, parmi les désenchantements de la vie, de pouvoir se reporter en idée sur de nobles caractères, des affections pures et des tableaux de bonheur. Quant à moi, vivant ici, loin du monde, c'est ma seule distraction; mais Yonville offre si peu de ressources!

— Comme Tostes, sans doute, reprit Emma, aussi j'étais toujours abonnée à un cabinet de lecture.

— Si Madame veut me faire l'honneur d'en user, dit le pharmacien, qui venait d'entendre ces derniers mots, j'ai moi-même à sa disposition une bibliothèque composée des meilleurs auteurs : Voltaire, Rousseau, Delille, Walter Scott, l'*Écho des feuilletons,* etc., et je reçois, de plus, différentes feuilles périodiques, parmi lesquelles le *Fanal de Rouen,* quotidiennement, ayant l'avantage d'en être le correspondant pour les circonscriptions de Buchy, Forges, Neufchâtel, Yonville et les alentours. »

Depuis deux heures et demie, on était à table; car la servante Artémise, traînant nonchalamment sur les carreaux ses savates de lisière, apportait les assiettes les unes après les autres, oubliait tout, n'entendait à rien et sans cesse laissait entre-bâillée la porte du billard, qui battait contre le mur du bout de sa clenche.

Sans qu'il s'en aperçût, tout en causant, Léon avait posé son pied sur un des barreaux de la chaise où madame Bovary était assise. Elle portait une petite cravate de soie bleue, qui tenait droit comme une fraise un col de batiste tuyauté; et, selon les mouvements de tête qu'elle faisait, le bas de son visage s'enfonçait dans le linge ou en sortait avec douceur. C'est ainsi, l'un près de l'autre, pendant que Charles et le pharmacien devisaient, qu'ils entrèrent dans une de ces vagues conversations où le hasard des phrases vous ramène toujours au centre fixe d'une sympathie commune. Spectacles de Paris, titres de romans, quadrilles nouveaux, et le monde qu'ils ne connaissaient pas, Tostes où elle avait vécu, Yonville où ils étaient, ils examinèrent tout, parlèrent de tout jusqu'à la fin du dîner.

Quand le café fut servi, Félicité s'en alla préparer la chambre dans la nouvelle maison, et les convives bientôt levèrent le siège. Madame Lefrançois dormait auprès des cendres, tandis que le garçon d'écurie, une lanterne à la main, attendait M. et Madame Bovary pour les conduire chez eux. Sa chevelure rouge était entremêlée de brins de paille et il boitait de la jambe gauche. Lorsqu'il eut pris de son autre main le parapluie de M. le curé, l'on se mit en marche.

Le bourg était endormi. Les piliers des halles allongeaient de grandes ombres. La terre était toute grise, comme par une nuit d'été.

Mais, la maison du médecin se trouvant à cinquante pas de l'auberge, il fallut presque aussitôt se souhaiter le bonsoir, et la compagnie se dispersa.

Emma, dès le vestibule, sentit tomber sur ses épaules, comme un linge humide, le froid du plâtre. Les murs étaient neufs, et les marches de bois craquèrent. Dans la chambre, au premier, un jour blanchâtre passait par les fenêtres sans rideaux. On entrevoyait des cimes d'arbres et, plus loin, la prairie, à demi noyée dans le brouillard, qui fumait au clair de lune, selon le cours de la rivière. Au milieu de l'appartement, pêle-mêle, il y avait des tiroirs de commode, des bouteilles, des tringles, des bâtons dorés avec des matelas sur des chaises et des cuvettes

sur le parquet, — les deux hommes qui avaient apporté
les meubles ayant tout laissé là, négligemment.

C'était la quatrième fois qu'elle couchait dans un endroit inconnu. La première avait été le jour de son entrée
au couvent, la seconde celle de son arrivée à Tostes, la
troisième à la Vaubyessard, la quatrième était celle-ci; et
chacune s'était trouvée faire dans sa vie comme l'inauguration d'une phase nouvelle. Elle ne croyait pas que les
choses pussent se représenter les mêmes à des places
différentes, et, puisque la portion vécue avait été mauvaise, sans doute ce qui restait à consommer serait meilleur.

III

L E lendemain, à son réveil, elle aperçut le clerc sur la
   place. Elle était en peignoir. Il leva la tête et la
salua. Elle fit une inclination rapide et referma la
fenêtre.

Léon attendit pendant tout le jour que six heures du
soir fussent arrivées : mais, en entrant à l'auberge, il ne
trouva que M. Binet, attablé.

Ce dîner de la veille était pour lui un événement considérable; jamais, jusqu'alors, il n'avait causé pendant
deux heures de suite avec une *dame*. Comment donc
avoir pu lui exposer, et en un tel langage, quantité de
choses qu'il n'aurait pas si bien dites auparavant? Il était
timide d'habitude et gardait cette réserve qui participe à
la fois de la pudeur et de la dissimulation. On trouvait à
Yonville qu'il avait des manières *comme il faut*. Il écoutait
raisonner les gens mûrs et ne paraissait point exalté en
politique, chose remarquable pour un jeune homme. Puis
il possédait des talents, il peignait à l'aquarelle, savait lire
la clef de sol, et s'occupait volontiers de littérature après
son dîner, quand il ne jouait pas aux cartes. M. Homais
le considérait pour son instruction; madame Homais
l'affectionnait pour sa complaisance, car souvent il accompagnait au jardin les petits Homais, marmots toujours
barbouillés, fort mal élevés et quelque peu lymphatiques,
comme leur mère. Ils avaient, pour les soigner, outre la
bonne, Justin, l'élève en pharmacie, un arrière-cousin de
M. Homais que l'on avait pris dans la maison par charité,
et qui servait en même temps de domestique.

L'apothicaire se montra le meilleur des voisins. Il renseigna madame Bovary sur les fournisseurs, fit venir son marchand de cidre tout exprès, goûta la boisson lui-même, et veilla dans la cave à ce que la futaille fût bien placée; il indiqua encore la façon de s'y prendre pour avoir une provision de beurre à bon marché, et conclut un arrangement avec Lestiboudois, le sacristain, qui, outre ses fonctions sacerdotales et mortuaires, soignait les principaux jardins d'Yonville à l'heure ou à l'année, selon le goût des personnes.

Le besoin de s'occuper d'autrui ne poussait pas seul le pharmacien à tant de cordialité obséquieuse, et il y avait là-dessous un plan.

Il avait enfreint la loi du 19 ventôse an XI, article 1er, qui défend à tout individu non porteur de diplôme l'exercice de la médecine; si bien que, sur des dénonciations ténébreuses, Homais avait été mandé à Rouen, près M. le procureur du roi, en son cabinet particulier. Le magistrat l'avait reçu debout, dans sa robe, hermine à l'épaule et toque en tête. C'était le matin, avant l'audience. On entendait dans le corridor passer les fortes bottes des gendarmes, et comme un bruit lointain de grosses serrures qui se fermaient. Les oreilles du pharmacien lui tintèrent à croire qu'il allait tomber d'un coup de sang; il entrevit des culs de basse-fosse, sa famille en pleurs, la pharmacie vendue, tous les bocaux disséminés; et il fut obligé d'entrer dans un café prendre un verre de rhum avec de l'eau de Seltz, pour se remettre les esprits.

Peu à peu, le souvenir de cette admonition s'affaiblit, et il continuait, comme autrefois, à donner des consultations anodines dans son arrière-boutique. Mais le maire lui en voulait, des confrères étaient jaloux, il fallait tout craindre; en s'attachant M. Bovary par des politesses, c'était gagner sa gratitude et empêcher qu'il ne parlât plus tard, s'il s'apercevait de quelque chose. Aussi, tous les matins, Homais lui apportait *le journal,* et souvent, dans l'après-midi, quittait un instant la pharmacie pour aller chez l'officier de santé faire la conversation.

Charles était triste : la clientèle n'arrivait pas. Il demeurait assis pendant de longues heures, sans parler, allait dormir dans son cabinet ou regardait coudre sa femme. Pour se distraire, il s'employa chez lui comme homme de peine et même il essaya de peindre le grenier avec un reste de couleur que les peintres avaient laissé. Mais les affaires d'argent le préoccupaient. Il en avait tant dépensé pour les réparations de Tostes, pour les toilettes de Madame et pour le déménagement, que toute la dot, plus de trois mille écus, s'était écoulée en deux ans. Puis, que de choses endommagées ou perdues dans le transport de Tostes à Yonville, sans compter le curé de plâtre, qui, tombant de la charrette à un cahot trop fort, s'était écrasé en mille morceaux sur le pavé de Quincampoix!

Un souci meilleur vint le distraire, à savoir la grossesse de sa femme. A mesure que le terme en approchait, il la chérissait davantage. C'était un autre lien de la chair s'établissant, et comme le sentiment continu d'une union plus complexe. Quand il voyait de loin sa démarche paresseuse et sa taille tourner mollement sur ses hanches sans corset; quand, vis-à-vis l'un de l'autre, il la contemplait tout à l'aise et qu'elle prenait, assise, des poses fatiguées dans son fauteuil, alors son bonheur ne se tenait plus, il se levait, il l'embrassait, passait ses mains sur sa figure, l'appelait petite maman, voulait la faire danser, et débitait, moitié riant, moitié pleurant, toutes sortes de plaisanteries caressantes qui lui venaient à l'esprit. L'idée d'avoir engendré le délectait. Rien ne lui manquait à présent. Il connaissait l'existence humaine tout du long, et il s'y attablait sur les deux coudes avec sérénité.

Emma, d'abord, sentit un grand étonnement, puis eut envie d'être délivrée, pour savoir quelle chose c'était que d'être mère. Mais, ne pouvant faire les dépenses qu'elle voulait, avoir un berceau en nacelle avec des rideaux de soie rose et des béguins brodés, elle renonça au trousseau, dans un accès d'amertume, et le commanda d'un seul coup à une ouvrière du village, sans rien choisir ni discuter. Elle ne s'amusa donc pas à ces préparatifs où la tendresse des mères se met en appétit, et son affection, dès l'origine, en fut peut-être atténuée de quelque chose.

Cependant, comme Charles, à tous les repas, parlait du marmot, bientôt elle y songea d'une façon plus continue.

Elle souhaitait un fils; il serait fort et brun, et s'appellerait Georges; et cette idée d'avoir pour enfant un mâle était comme la revanche en espoir de toutes ses impuissances passées. Un homme, au moins, est libre; il peut parcourir les passions et les pays, traverser les obstacles, mordre aux bonheurs les plus lointains. Mais une femme eſt empêchée continuellement. Inerte et flexible à la fois, elle a contre elle les mollesses de la chair avec les dépendances de la loi. Sa volonté, comme le voile de son chapeau retenu par un cordon, palpite à tous les vents, il y a toujours quelque désir qui entraîne, quelque convenance qui retient.

Elle accoucha un dimanche, vers six heures, au soleil levant.

« C'eſt une fille! » dit Charles.

Elle tourna la tête et s'évanouit.

Presque aussitôt, madame Homais accourut et l'embrassa, ainsi que la mère Lefrançois du *Lion d'or*. Le pharmacien en homme discret, lui adressa seulement quelques félicitations provisoires, par la porte entrebâillée. Il voulut voir l'enfant et le trouva bien conformé.

Pendant sa convalescence, elle s'occupa beaucoup à chercher un nom pour sa fille. D'abord elle passa en revue tous ceux qui avaient des terminaisons italiennes, tels que Clara, Louisa, Amanda, Atala; elle aimait assez, Galsuinde, plus encore Yseult ou Léocadie. Charles désirait qu'on appelât l'enfant comme sa mère; Emma s'y opposait. On parcourut le calendrier d'un bout à l'autre, et l'on consulta les étrangers.

« M. Léon, disait le pharmacien, avec qui j'en causais l'autre jour, s'étonne que vous ne choisissiez point Madeleine, qui eſt excessivement à la mode maintenant. »

Mais la mère Bovary se récria bien fort sur ce nom de pécheresse. M. Homais, quant à lui, avait en prédilection tous ceux qui rappelaient un grand homme, un fait illuſtre ou une conception généreuse, et c'eſt dans ce syſtème-là qu'il avait baptisé ses quatre enfants. Ainsi Napoléon représentait la gloire et Franklin la liberté; Irma, peut-être, était une concession au romantisme; mais Athalie un hommage au plus immortel chef-d'œuvre de la scène française. Car ses convictions philosophiques n'empêchaient pas ses admirations artiſtiques, le penseur, chez lui, n'étouffait point l'homme sensible; il savait établir les différences, faire la part de l'imagination et celle du fanatisme. De cette tragédie, par exemple, il blâmait les idées, mais il admirait le ſtyle; il maudissait la conception, mais il applaudissait à tous les détails, et s'exaspérait contre les personnages, en s'enthousiasmant de leurs discours. Lorsqu'il lisait les grands morceaux, il

était transporté; mais quand il songeait que les calotins
en tiraient avantage pour leur boutique, il était désolé, et,
dans cette confusion de sentiments où il s'embarrassait,
il aurait voulu tout à la fois pouvoir couronner Racine de
ses deux mains et discuter avec lui pendant un bon quart
d'heure.

Enfin, Emma se souvint qu'au château de la Vaubyessard elle avait entendu la marquise appeler Berthe une
jeune femme; dès lors ce nom-là fut choisi, et, comme
le père Rouault ne pouvait venir, on pria M. Homais
d'être parrain. Il donna pour cadeaux tous produits de
son établissement, à savoir : six boîtes de jujubes, un
bocal entier de racahout, trois coffins de pâte à la guimauve, et, de plus, six bâtons de sucre candi qu'il avait
retrouvés dans un placard. Le soir de la cérémonie, il y
eut un grand dîner; le curé s'y trouvait; on s'échauffa.
M. Homais, vers les liqueurs, entonna *le Dieu des bonnes
gens,* M. Léon chanta une barcarolle, et madame Bovary
mère, qui était la marraine, une romance du temps de
l'Empire; enfin M. Bovary père exigea que l'on descendît
l'enfant, et se mit à le baptiser avec un verre de champagne qu'il lui versait de haut sur la tête. Cette dérision
du premier des sacrements indigna l'abbé Bournisien; le
père Bovary répondit par une citation de *la Guerre des
dieux,* le curé voulut partir : les dames suppliaient; Homais s'interposa, et l'on parvint à faire rasseoir l'ecclésiastique, qui reprit tranquillement, dans sa soucoupe, sa
demi-tasse de café à moitié bue.

M. Bovary père resta encore un mois à Yonville, dont
il éblouit les habitants par un superbe bonnet de police
à galons d'argent, qu'il portait le matin, pour fumer sa
pipe sur la place. Ayant aussi l'habitude de boire beaucoup d'eau-de-vie, souvent il envoyait la servante au
Lion d'or lui en acheter une bouteille, que l'on inscrivait
au compte de son fils; et il usa, pour parfumer ses foulards, toute la provision d'eau de Cologne qu'avait sa bru.

Celle-ci ne se déplaisait point dans sa compagnie. Il
avait couru le monde : il parlait de Berlin, de Vienne, de
Strasbourg, de son temps d'officier, des maîtresses qu'il
avait eues, des grands déjeuners qu'il avait faits, puis il
se montrait aimable, et parfois même, soit dans l'escalier
ou au jardin, il lui saisissait la taille en s'écriant :

« Charles, prends garde à toi! »

Alors la mère Bovary s'effraya pour le bonheur de son
fils, et, craignant que son époux, à la longue, n'eût une
influence immorale sur les idées de la jeune femme, elle
se hâta de presser le départ. Peut-être avait-elle des inquiétudes plus sérieuses. M. Bovary était homme à ne
rien respecter.

Un jour, Emma fut prise tout à coup du besoin de
voir sa petite fille, qui avait été mise en nourrice chez la
femme du menuisier, et, sans regarder à l'almanach si les
six semaines de la Vierge duraient encore, elle s'achemina
vers la demeure de Rollet, qui se trouvait à l'extrémité
du village, au bas de la côte, entre la grande route et les
prairies.

Il était midi; les maisons avaient leurs volets fermés,
et les toits d'ardoises, qui reluisaient sous la lumière âpre
du ciel bleu, semblaient à la crête de leurs pignons faire
pétiller des étincelles. Un vent lourd soufflait. Emma se
sentait faible en marchant; les cailloux du trottoir la bles-
saient; elle hésita si elle ne s'en retournerait pas chez elle
ou entrerait quelque part pour s'asseoir.

A ce moment, M. Léon sortit d'une porte voisine, avec
une liasse de papiers sous son bras. Il vint la saluer et se
mit à l'ombre devant la boutique de Lheureux, sous la
tente grise qui avançait.

Madame Bovary dit qu'elle allait voir son enfant, mais
qu'elle commençait à être lasse.

« Si..., reprit Léon, n'osant poursuivre.

— Avez-vous affaire quelque part? » demanda-t-elle.

Et, sur la réponse du clerc, elle le pria de l'accompagner. Dès le soir, cela fut connu dans Yonville, et
madame Tuvache, la femme du maire, déclara devant sa
servante que *madame Bovary se compromettait.*

Pour arriver chez la nourrice, il fallait, après la rue,
tourner à gauche, comme pour gagner le cimetière, et
suivre, entre les maisonnettes et des cours, un petit sentier que bordaient des troènes. Ils étaient en fleur et les
véroniques aussi, les églantiers, les orties et les ronces
légères qui s'élançaient des buissons. Par le trou des haies
on apercevait, dans les *masures,* quelque pourceau sur un
fumier, ou des vaches embricolées, frottant leurs cornes
contre le tronc des arbres. Tous les deux, côte à côte, ils
marchaient doucement, elle s'appuyant sur lui, et lui
retenant son pas qu'il mesurait sur les siens; devant eux

un essaim de mouches voltigeait, en bourdonnant dans l'air chaud.

Ils reconnurent la maison à un vieux noyer qui l'ombrageait. Basse et couverte de tuiles brunes, elle avait en dehors, sous la lucarne de son grenier, un chapelet d'oignons suspendu. Des bourrées, debout contre la clôture d'épines, entouraient un carré de laitues, quelques pieds de lavande et des pois à fleurs montés sur des rames. De l'eau sale coulait en s'éparpillant sur l'herbe, et il y avait tout autour plusieurs guenilles indistinctes, des bas de tricot, une camisole d'indienne rouge et un grand drap de toile épaisse étalé en long sur la haie. Au bruit de la barrière, la nourrice parut, tenant sur son bras un enfant qui tétait. Elle tirait de l'autre main un pauvre marmot chétif, couvert de scrofules au visage, le fils d'un bonnetier de Rouen, que ses parents, trop occupés de leur négoce, laissaient à la campagne.

« Entrez, dit-elle; votre petite est là qui dort. »

La chambre, au rez-de-chaussée, la seule du logis, avait au fond, contre la muraille, un large lit sans rideaux, tandis que le pétrin occupait le côté de la fenêtre, dont une vitre était raccommodée avec un soleil de papier bleu. Dans l'angle, derrière la porte, des brodequins à clous luisants étaient rangés sous la dalle du lavoir, près d'une bouteille pleine d'huile qui portait une plume à son goulot; un *Mathieu Laensberg* traînait sur la cheminée poudreuse, parmi des pierres à fusil, des bouts de chandelle et des morceaux d'amadou. Enfin, la dernière superfluité de cet appartement était une Renommée soufflant dans des trompettes, image découpée sans doute à même quelque prospectus de parfumerie et que six pointes à sabot clouaient au mur.

L'enfant d'Emma dormait à terre, dans un berceau d'osier. Elle la prit avec la couverture qui l'enveloppait, et se mit à chanter doucement en se dandinant.

Léon se promenait dans la chambre; il lui semblait étrange de voir cette belle dame en robe de nankin tout au milieu de cette misère. Madame Bovary devint rouge; il se détourna, croyant que ses yeux peut-être avaient eu quelque impertinence. Puis elle recoucha la petite qui venait de vomir sur sa collerette. La nourrice aussitôt vint l'essuyer, protestant qu'il n'y paraîtrait pas.

« Elle m'en fait bien d'autres, disait-elle, et je ne

suis occupée qu'à la rincer continuellement! Si vous aviez
donc la complaisance de commander à Camus l'épicier
qu'il me laisse prendre un peu de savon lorsqu'il m'en
faut? Ce serait même plus commode pour vous, que je
ne dérangerais pas.

— C'est bien, c'est bien! dit Emma. Au revoir, mère
Rollet! »

Et elle sortit en essuyant ses pieds sur le seuil.

La bonne femme l'accompagna jusqu'au bout de la
cour, tout en parlant du mal qu'elle avait à se relever la
nuit.

« J'en suis si rompue quelquefois que je m'endors
sur ma chaise; aussi, vous devriez pour le moins me donner une petite livre de café moulu qui me ferait un mois et
que je prendrais le matin avec du lait. »

Après avoir subi ses remercîments, madame Bovary
s'en alla; et elle était quelque peu avancée dans le sentier,
lorsqu'à un bruit de sabots elle tourna la tête : c'était la
nourrice.

« Qu'y a-t-il? »

Alors la paysanne, la tirant à l'écart derrière un orme,
se mit à lui parler de son mari, qui, avec son métier et
six francs par an que le capitaine...

« Achevez plus vite, dit Emma.

— Eh bien! reprit la nourrice poussant des soupirs
entre chaque mot, j'ai peur qu'il ne se fasse une tristesse
de me voir prendre du café toute seule; vous savez, les
hommes...

— Puisque vous en aurez, répétait Emma, je vous en
donnerai!... Vous m'ennuyez!

— Hélas! ma pauvre chère dame, c'est qu'il a, par
suite de ses blessures, des crampes terribles à la poitrine.
Il dit même que le cidre l'affaiblit.

— Mais dépêchez-vous, mère Rollet!

— Donc, reprit celle-ci faisant une révérence, si ce
n'était pas trop vous demander..., elle salua encore
une fois — quand vous voudrez, — et son regard suppliait, — un cruchon d'eau-de-vie, dit-elle enfin, et j'en
frotterai les pieds de votre petite, qui les a tendres comme
la langue. »

Débarrassée de la nourrice, Emma reprit le bras de
M. Léon. Elle marcha rapidement pendant quelque
temps; puis elle se ralentit, et son regard, qu'elle prome-

nait devant elle, rencontra l'épaule du jeune homme, dont
la redingote avait un collet de velours noir. Ses cheveux
châtains tombaient dessus, plats et bien peignés. Elle
remarqua ses ongles, qui étaient plus longs qu'on ne les
portait à Yonville. C'était une des grandes occupations
du clerc que de les entretenir ; et il gardait, à cet usage, un
canif tout particulier dans son écritoire.

Ils s'en revinrent à Yonville en suivant le bord de l'eau.
Dans la saison chaude, la berge plus élargie découvrait
jusqu'à leur base les murs des jardins, qui avaient un escalier de quelques marches descendant à la rivière. Elle
coulait sans bruit, rapide et froide à l'œil ; de grandes
herbes minces s'y courbaient ensemble, selon le courant
qui les poussait, et comme des chevelures vertes abandonnées s'étalaient dans sa limpidité. Quelquefois, à la
pointe des joncs ou sur la feuille des nénufars, un insecte
à pattes fines marchait ou se posait. Le soleil traversait
d'un rayon les petits globules bleus des ondes qui se succédaient en se crevant ; les vieux saules ébranchés miraient dans l'eau leur écorce grise ; au delà, tout alentour,
la prairie semblait vide. C'était l'heure du dîner dans les
fermes, et la jeune femme et son compagnon n'entendaient en marchant que la cadence de leurs pas sur la
terre du sentier, les paroles qu'ils se disaient, et le frôlement de la robe d'Emma qui bruissait tout autour d'elle.

Les murs des jardins, garnis à leur chaperon de morceaux de bouteilles, étaient chauds comme le vitrage d'une
serre. Dans les briques, des ravenelles avaient poussé, et,
du bord de son ombrelle déployée, madame Bovary, tout
en passant, faisait s'égrener en poussière jaune un peu de
leurs fleurs flétries, ou bien quelque branche des chèvre-
feuilles et des clématites qui pendaient au dehors traînait
un moment sur la soie, en s'accrochant aux effilés.

Ils causaient d'une troupe de danseurs espagnols, que
l'on attendait bientôt sur le théâtre de Rouen.

« Vous irez ? demanda-t-elle.

— Si je le peux », répondit-il.

N'avaient-ils rien autre chose à se dire ? Leurs yeux
pourtant étaient pleins d'une causerie plus sérieuse ; et,
tandis qu'ils s'efforçaient à trouver des phrases banales,
ils sentaient une même langueur les envahir tous les deux ;
c'était comme un murmure de l'âme, profond, continu,
qui dominait celui des voix. Surpris d'étonnement à cette

suavité nouvelle, ils ne songeaient pas à s'en raconter la
sensation ou en découvrir la cause. Les bonheurs futurs,
comme les rivages des tropiques, projettent sur l'immensité qui les précède leurs mollesses natales, une brise parfumée, et l'on s'assoupit dans cet enivrement, sans même
s'inquiéter de l'horizon que l'on n'aperçoit pas.

La terre, à un endroit, se trouvait effondrée par le pas
des bestiaux; il fallut marcher sur de grosses pierres
vertes, espacées dans la boue. Souvent, elle s'arrêtait une
minute à regarder où poser sa bottine, — et, chancelant
sur le caillou qui tremblait, les coudes en l'air, la taille
penchée, l'œil indécis, elle riait alors, de peur de tomber
dans les flaques d'eau.

Quand ils furent arrivés devant son jardin, madame
Bovary poussa la petite barrière, monta les marches en
courant et disparut.

Léon rentra à son étude. Le patron était absent; il jeta
un coup d'œil sur les dossiers, puis se tailla une plume,
prit enfin son chapeau et s'en alla.

Il alla sur la Pâture, au haut de la côte d'Argueil, à
l'entrée de la forêt; il se coucha par terre sous les sapins
et regarda le ciel à travers ses doigts.

« Comme je m'ennuie! se disait-il, comme je m'ennuie! »

Il se trouvait à plaindre de vivre dans ce village, avec
Homais pour ami et M. Guillaumin pour maître. Ce dernier, tout occupé d'affaires, portant des lunettes à branches
d'or et favoris rouges sur cravate blanche, n'entendait
rien aux délicatesses de l'esprit, quoiqu'il affectât un genre
raide et anglais qui avait ébloui le clerc dans les premiers
temps. Quant à la femme du pharmacien, c'était la meilleure épouse de Normandie, douce comme un mouton,
chérissant ses enfants, son père, sa mère, ses cousins,
pleurant aux maux d'autrui, laissant tout aller dans son
ménage, et détestant les corsets; — mais si lente à se mouvoir, si ennuyeuse à écouter, d'un aspect si commun et
d'une conversation si restreinte qu'il n'avait jamais songé,
quoiqu'elle eût trente ans, qu'il en eût vingt, qu'ils cou-
chassent porte à porte, et qu'il lui parlât chaque jour,
qu'elle pût être une femme pour quelqu'un, ni qu'elle
possédât de son sexe autre chose que la robe.

Et ensuite, qu'y avait-il? Binet, quelques marchands,
deux ou trois cabaretiers, le curé, et enfin M. Tuvache,

le maire, avec ses deux fils, gens cossus, bourrus, obtus, cultivant leurs terres eux-mêmes, faisant les ripailles en famille, dévots d'ailleurs, et d'une société tout à fait insupportable.

Mais, sur le fond commun de tous ces visages humains, la figure d'Emma se détachait isolée et plus lointaine cependant; car il sentait entre elle et lui comme de vagues abîmes.

Au commencement, il était venu chez elle plusieurs fois dans la compagnie du pharmacien. Charles n'avait point paru extrêmement curieux de le recevoir; et Léon ne savait comment s'y prendre entre la peur d'être indiscret et le désir d'une intimité qu'il estimait presque impossible.

IV

Dès les premiers froids, Emma quitta sa chambre pour habiter la salle, longue pièce à plafond bas où il y avait, sur la cheminée, un polypier touffu s'étalant contre la glace. Assise dans son fauteuil, près de la fenêtre, elle voyait passer les gens du village sur le trottoir.

Léon, deux fois par jour, allait de son étude au *Lion d'or*; Emma, de loin, l'entendait venir; elle se penchait en écoutant; et le jeune homme glissait derrière le rideau, toujours vêtu de même façon et sans détourner la tête. Mais, au crépuscule, lorsque, le menton dans sa main gauche, elle avait abandonné sur ses genoux sa tapisserie commencée, souvent elle tressaillait à l'apparition de cette ombre glissant tout à coup. Elle se levait et commandait qu'on mît le couvert.

M. Homais arrivait pendant le dîner. Bonnet grec à la main, il entrait à pas muets pour ne déranger personne et toujours en répétant la même phrase : « Bonsoir la compagnie! » Puis, quand il s'était posé à sa place, contre la table, entre les deux époux, il demandait au médecin des nouvelles de ses malades, et celui-ci le consultait sur la probabilité des honoraires. Ensuite, on causait de ce qu'il y avait *dans le journal*. Homais, à cette heure-là, le savait presque par cœur; et il le rapportait intégralement, avec les réflexions du journaliste et toutes les histoires des catastrophes individuelles arrivées en France ou à l'étranger. Mais, le sujet se tarissant, il ne tardait pas à lancer quelques observations sur les mets qu'il voyait. Parfois même, se levant à demi, il indiquait délicatement à Madame le morceau le plus tendre, ou, se tournant vers la bonne, lui adressait des conseils, pour la manipulation des ragoûts et l'hygiène des assaisonnements; il parlait arôme, osmazôme, suc et gélatine d'une façon à éblouir. La tête, d'ailleurs, plus remplie de recettes que sa pharmacie ne l'était de bocaux, Homais excellait à faire quantité de confitures, vinaigres et liqueurs douces, et il connaissait aussi toutes les inventions nouvelles de caléfacteurs économiques, avec l'art de conserver les fromages et de soigner les vins malades.

A huit heures, Justin venait le chercher pour fermer la pharmacie. Alors M. Homais le regardait d'un œil narquois, surtout si Félicité se trouvait là, s'étant aperçu que son élève affectionnait la maison du médecin.

« Mon gaillard, disait-il, commence à avoir des idées, et je crois, diable m'emporte, qu'il est amoureux de votre bonne ! »

Mais un défaut plus grave, et qu'il lui reprochait, c'était d'écouter continuellement les conversations. Le dimanche, par exemple, on ne pouvait le faire sortir du salon, où madame Homais l'avait appelé pour prendre les enfants, qui s'endormaient dans les fauteuils, en tirant avec leurs dos les housses de calicot, trop larges.

Il ne venait pas grand monde à ces soirées du pharmacien, sa médisance et ses opinions politiques ayant écarté de lui successivement différentes personnes respectables. Le clerc ne manquait pas de s'y trouver. Dès qu'il entendait la sonnette, il courait au-devant de madame Bovary, prenait son châle, et posait à l'écart, sous le bureau de la pharmacie, les grosses pantoufles de lisière qu'elle portait sur sa chaussure, quand il y avait de la neige.

On faisait d'abord quelques parties de trente-et-un; ensuite M. Homais jouait à l'écarté avec Emma; Léon, derrière elle, lui donnait des avis. Debout et les mains sur le dossier de sa chaise, il regardait les dents de son peigne qui mordaient son chignon. A chaque mouvement qu'elle faisait pour jeter les cartes, sa robe du côté droit remontait. De ses cheveux retroussés, il descendait une couleur

brune sur son dos, et qui, s'apâlissant graduellement, peu
à peu se perdait dans l'ombre. Son vêtement, ensuite,
retombait des deux côtés sur le siège, en bouffant, plein
de plis, et s'étalait jusqu'à terre. Quand Léon, parfois,
sentait la semelle de sa botte poser dessus, il s'écartait
comme s'il eût marché sur quelqu'un.

Lorsque la partie de cartes était finie, l'apothicaire et
le médecin jouaient aux dominos, et Emma, changeant
de place, s'accoudait sur la table à feuilleter l'*Illustration*.
Elle avait apporté son journal de modes. Léon se mettait
près d'elle; ils regardaient ensemble les gravures et s'attendaient au bas des pages. Souvent elle le priait de lui
dire des vers; Léon les déclamait d'une voix traînante et
qu'il faisait expirer soigneusement aux passages d'amour.
Mais le bruit des dominos la contrariait; M. Homais
y était fort, il battait Charles à plein double-six. Puis les
trois centaines terminées, ils s'allongeaient tous les deux
devant le foyer et ne tardaient pas à s'endormir. Le feu se
mourait dans les cendres; la théière était vide; Léon lisait
encore, Emma l'écoutait, en faisant tourner machinalement l'abat-jour de la lampe, où étaient peints sur la gaze
des pierrots dans des voitures et des danseuses de corde,
avec leurs balanciers. Léon s'arrêtait, désignant d'un geste
son auditoire endormi; alors ils se parlaient à voix basse,
et la conversation qu'ils avaient leur semblait plus douce
parce qu'elle n'était pas entendue.

Ainsi s'établit entre eux une sorte d'association, un
commerce continuel de livres et de romances; M. Bovary
peu jaloux, ne s'en étonnait pas.

Il reçut pour sa fête une belle tête phrénologique, toute
marquetée de chiffres jusqu'au thorax et peinte en bleu.
C'était une attention du clerc. Il en avait bien d'autres,
jusqu'à lui faire, à Rouen, ses commissions; et le livre
d'un romancier ayant mis à la mode la manie des plantes
grasses, Léon en achetait pour Madame, qu'il rapportait
sur ses genoux, dans l'*Hirondelle,* tout en se piquant les
doigts à leurs poils durs.

Elle fit ajuster, contre sa croisée, une planchette à balustrade pour tenir ses potiches. Le clerc eut aussi son
jardinet suspendu; ils s'apercevaient soignant leurs fleurs
à leur fenêtre.

Parmi les fenêtres du village, il y en avait une encore
plus souvent occupée: car, le dimanche, depuis le matin

jusqu'à la nuit, et chaque après-midi, si le temps était clair, on voyait à la lucarne d'un grenier le profil maigre de M. Binet penché sur son tour, dont le ronflement monotone s'entendait jusqu'au *Lion d'or*.

Un soir, en rentrant, Léon trouva dans sa chambre un tapis de velours et de laine avec des feuillages sur fond pâle. Il appela madame Homais, M. Homais, Justin, les enfants, la cuisinière; il en parla à son patron; tout le monde désira connaître ce tapis; pourquoi la femme du médecin faisait-elle au clerc des *générosités?* Cela parut drôle, et l'on pensa définitivement qu'elle devait être *sa bonne amie*.

Il le donnait à croire, tant il vous entretenait sans cesse de ses charmes et de son esprit, si bien que Binet lui répondit une fois fort brutalement :

« Que m'importe à moi, puisque je ne suis pas de sa société! »

Il se torturait à découvrir par quel moyen lui *faire sa déclaration;* et, toujours hésitant entre la crainte de lui déplaire et la honte d'être si pusillanime, il en pleurait de découragement et de désir. Puis il prenait des décisions énergiques; il écrivait des lettres qu'il déchirait, s'ajournait à des époques qu'il reculait. Souvent, il se mettait en marche, dans le projet de tout oser; mais cette résolution l'abandonnait bien vite en la présence d'Emma, et quand Charles, survenant, l'invitait à monter dans son *boc,* pour aller voir ensemble quelque malade aux environs, il acceptait aussitôt, saluait Madame et s'en allait. Son mari, n'était-ce pas quelque chose d'elle?

Quant à Emma, elle ne s'interrogea point pour savoir si elle l'aimait. L'amour, croyait-elle, devait arriver tout à coup, avec de grands éclats et des fulgurations, — ouragan des cieux qui tombe sur la vie, la bouleverse, arrache les volontés comme des feuilles et emporte à l'abîme le cœur entier. Elle ne savait pas que, sur la terrasse des maisons, la pluie fait des lacs quand les gouttières sont bouchées, et elle fût ainsi demeurée en sa sécurité, lorsqu'elle découvrit subitement une lézarde dans le mur.

V

CE fut un dimanche de février, une après-midi qu'il neigeait.

Ils étaient tous, M. et Madame Bovary, Homais et M. Léon, partis voir, à une demi-lieue d'Yonville, dans la vallée, une filature de lin que l'on établissait. L'apothi-caire avait emmené avec lui Napoléon et Athalie, pour leur faire faire de l'exercice, et Justin les accompagnait portant des parapluies sur son épaule.

Rien pourtant n'était moins curieux que cette curio-sité. Un grand espace de terrain vide, où se trouvaient pêle-mêle, entre des tas de sable et de cailloux, quelques roues d'engrenage déjà rouillées, entourait un long bâti-ment quadrangulaire que perçaient quantité de petites fenêtres. Il n'était pas achevé d'être bâti et l'on voyait le ciel à travers les lambourdes de la toiture. Attaché à la poutrelle du pignon, un bouquet de paille entremêlé d'épis faisait claquer au vent ses rubans tricolores.

Homais parlait. Il expliquait à la *compagnie* l'importance future de cet établissement, supputait la force des plan-chers, l'épaisseur des murailles, et regrettait beaucoup de n'avoir pas de canne métrique, comme M. Binet en pos-sédait une pour son usage particulier.

Emma, qui lui donnait le bras, s'appuyait un peu sur son épaule, et elle regardait le disque du soleil irradiant au loin, dans la brume, sa pâleur éblouissante; mais elle tourna la tête : Charles était là. Il avait sa casquette enfon-cée sur les sourcils, et ses deux grosses lèvres tremblo-taient, ce qui ajoutait à son visage quelque chose de stu-pide; son dos même, son dos tranquille était irritant à voir, et elle y trouvait étalée sur la redingote toute la platitude du personnage.

Pendant qu'elle le considérait, goûtant ainsi dans son irritation une sorte de volupté dépravée, Léon s'avança d'un pas. Le froid qui le pâlissait semblait déposer sur sa figure une langueur plus douce; entre sa cravate et son cou, le col de sa chemise, un peu lâche, laissait voir la peau; un bout d'oreille dépassait sous une mèche de che-veux, et son grand œil bleu, levé vers les nuages, parut à Emma plus limpide et plus beau que ces lacs des mon-tagnes où le ciel se mire.

« Malheureux! » s'écria tout à coup l'apothicaire.

Et il courut à son fils, qui venait de se précipiter dans un tas de chaux pour peindre ses souliers en blanc. Aux reproches dont on l'accablait, Napoléon se prit à pousser des hurlements, tandis que Justin lui essuyait ses chaussures avec un torchis de paille. Mais il eût fallu un couteau; Charles offrit le sien.

« Ah! se dit-elle, il porte un couteau dans sa poche, comme un paysan! »

Le givre tombait, et l'on s'en retourna vers Yonville.

Madame Bovary, le soir, n'alla pas chez ses voisins, et, quand Charles fut parti, lorsqu'elle se sentit seule, le parallèle recommença dans la netteté d'une sensation presque immédiate et avec cet allongement de perspective que le souvenir donne aux objets. Regardant de son lit le feu clair qui brûlait, elle voyait encore, comme là-bas, Léon debout, faisant plier d'une main sa badine et tenant de l'autre Athalie, qui suçait tranquillement un morceau de glace. Elle le trouvait charmant; elle ne pouvait s'en détacher; elle se rappela ses autres attitudes en d'autres jours, des phrases qu'il avait dites, le son de sa voix, toute sa personne; et elle répétait, en avançant ses lèvres comme pour un baiser :

« Oui, charmant! charmant!... N'aime-t-il pas? se demanda-t-elle. Qui donc?... mais c'est moi! »

Toutes les preuves à la fois s'en étalèrent, son cœur bondit. La flamme de la cheminée faisait trembler au plafond une clarté joyeuse; elle se tourna sur le dos en s'étirant les bras.

Alors commença l'éternelle lamentation : « Oh! si le ciel l'avait voulu! Pourquoi n'est-ce pas? Qui empêchait donc?... »

Quand Charles, à minuit, rentra, elle eut l'air de s'éveiller, et, comme il fit du bruit en se déshabillant, elle se plaignit de la migraine; puis demanda nonchalamment ce qui s'était passé dans la soirée.

« M. Léon, dit-il, est remonté de bonne heure. »

Elle ne put s'empêcher de sourire, et elle s'endormit l'âme remplie d'un enchantement nouveau.

Le lendemain, à la nuit tombante, elle reçut la visite du sieur Lheureux, marchand de nouveautés. C'était un homme habile que ce boutiquier.

Né Gascon, mais devenu Normand, il doublait sa faconde méridionale de cautèle cauchoise. Sa figure grasse, molle et sans barbe, semblait teinte par une décoction de réglisse claire, et sa chevelure blanche rendait plus vif encore l'éclat rude de ses petits yeux noirs. On ignorait ce qu'il avait été jadis : porteballe, disaient les uns, banquier à Routot, selon les autres. Ce qu'il y a de sûr, c'est qu'il faisait, de tête, des calculs compliqués à effrayer Binet lui-même. Poli jusqu'à l'obséquiosité, il se tenait toujours les reins à demi courbés, dans la position de quelqu'un qui salue ou qui invite.

Après avoir laissé à la porte son chapeau garni d'un crêpe, il posa sur la table un carton vert et commença par se plaindre à Madame, avec force civilités, d'être resté jusqu'à ce jour sans obtenir sa confiance. Une pauvre boutique comme la sienne n'était pas faite pour attirer une *élégante ;* il appuya sur le mot. Elle n'avait pourtant qu'à commander, et il se chargerait de lui fournir ce qu'elle voudrait, tant en mercerie que lingerie, bonneterie ou nouveautés ; car il allait à la ville quatre fois par mois régulièrement. Il était en relation avec les plus fortes maisons. On pourrait parler de lui aux *Trois Frères,* à la *Barbe d'or* ou au *Grand Sauvage ;* tous ces messieurs le connaissaient comme leurs poches ! Aujourd'hui, donc, il venait montrer à Madame, en passant, différents articles qu'il se trouvait avoir, grâce à une occasion des plus rares. Et il retira de la boîte une demi-douzaine de cols brodés.

Madame Bovary les examina.

« Je n'ai besoin de rien », dit-elle.

Alors M. Lheureux exhiba délicatement trois écharpes algériennes, plusieurs paquets d'aiguilles anglaises, une paire de pantoufles en paille et, enfin, quatre coquetiers en coco, ciselés à jour par des forçats. Puis, les deux mains sur la table, le cou tendu, la taille penchée, il suivait, bouche béante, le regard d'Emma qui se promenait indécis parmi ces marchandises. De temps à autre, comme pour en chasser la poussière, il donnait un coup d'ongle sur la soie des écharpes, dépliées dans toute leur longueur ; et elles frémissaient avec un bruit léger en faisant, à la lumière verdâtre du crépuscule, scintiller, comme de petites étoiles, les paillettes d'or de leur tissu.

« Combien coûtent-elles ?

— Une misère, répondit-il, une misère ; mais rien ne

presse; quand vous voudrez; nous ne sommes pas des Juifs! »

Elle réfléchit quelques instants, et finit encore par remercier M. Lheureux, qui répliqua sans s'émouvoir :

« Eh bien! nous nous entendrons plus tard; avec les dames je me suis toujours arrangé, si ce n'est avec la mienne, cependant! »

Emma sourit.

« C'était pour vous dire, reprit-il d'un air bonhomme, après sa plaisanterie, que ce n'est pas l'argent qui m'inquiète... Je vous en donnerais, s'il le fallait. »

Elle eut un geste de surprise.

« Ah! fit-il vivement et à voix basse, je n'aurais pas besoin d'aller loin pour vous en trouver; comptez-y! »

Et il se mit à demander des nouvelles du père Tellier, le maître du *Café Français,* que M. Bovary soignait alors.

« Qu'est-ce qu'il a donc, le père Tellier?... Il tousse qu'il en secoue toute sa maison, et j'ai bien peur que, prochainement, il ne faille plutôt un paletot de sapin qu'une camisole de flanelle! Il a fait tant de bamboches quand il était jeune! Ces gens-là, madame, n'avaient pas le moindre ordre! Il s'est calciné avec l'eau-de-vie! Mais c'est fâcheux, tout de même, de voir une connaissance s'en aller. »

Et, tandis qu'il rebouclait son carton, il discourait ainsi sur la clientèle du médecin.

« C'est le temps, sans doute, dit-il en regardant les carreaux avec une figure rechignée, qui est la cause de ces maladies-là? Moi aussi, je ne me sens pas en mon assiette; il faudra même un de ces jours que je vienne consulter Monsieur, pour une douleur que j'ai dans le dos. Enfin, au revoir, madame Bovary; à votre disposition; serviteur très humble! »

Et il referma la porte doucement.

Emma se fit servir à dîner dans sa chambre, au coin du feu, sur un plateau; elle fut longue à manger; tout lui sembla bon.

« Comme j'ai été sage! » se disait-elle en songeant aux écharpes.

Elle entendit des pas dans l'escalier : c'était Léon. Elle se leva, et prit sur la commode, parmi des torchons à ourler, le premier de la pile. Elle semblait fort occupée quand il parut.

La conversation fut languissante, madame Bovary
l'abandonnant à chaque minute, tandis qu'il demeurait
lui-même comme tout embarrassé. Assis sur une chaise
basse, près de la cheminée, il faisait tourner dans ses
doigts l'étui d'ivoire; elle poussait son aiguille, ou, de
temps à autre, avec son ongle, fronçait les plis de la toile.
Elle ne parlait pas; il se taisait, captivé par son silence,
comme il l'eût été par ses paroles.

« Pauvre garçon! pensait-elle.

— En quoi lui déplais-je? » se demandait-il.

Léon, cependant, finit par dire qu'il devait, un de ces
jour, aller à Rouen, pour une affaire de son étude.

« Votre abonnement de musique est terminé, dois-je
le reprendre?

— Non, répondit-elle.

— Pourquoi?

— Parce que... »

Et, pinçant ses lèvres, elle tira lentement une longue
aiguillée de fil gris.

Cet ouvrage irritait Léon. Les doigts d'Emma semblaient s'y écorcher par le bout; il lui vint en tête une
phrase galante, mais qu'il ne risqua pas.

« Vous l'abandonnez donc? reprit-il.

— Quoi? dit-elle vivement : la musique? Ah! mon
Dieu, oui! N'ai-je pas ma maison à tenir, mon mari à soigner, mille choses enfin, bien des devoirs qui passent
auparavant! »

Elle regarda la pendule. Charles était en retard. Alors
elle fit la soucieuse. Deux ou trois fois elle répéta :

« Il est si bon! »

Le clerc affectionnait M. Bovary. Mais cette tendresse
à son endroit l'étonna d'une façon désagréable; néanmoins, il continua son éloge, qu'il entendait faire à chacun, disait-il, et surtout au pharmacien.

« Ah! c'est un brave homme, reprit Emma.

— Certes », reprit le clerc.

Et il se mit à parler de madame Homais, dont la tenue
fort négligée leur prêtait à rire ordinairement.

« Qu'est-ce que cela fait? interrompit Emma. Une
bonne mère de famille ne s'inquiète pas de sa toilette. »

Puis elle retomba dans son silence.

Il en fut de même les jours suivants; ses discours, ses
manières, tout changea. On la vit prendre à cœur son

ménage, retourner à l'église régulièrement et tenir sa
servante avec plus de sévérité.

Elle retira Berthe de nourrice. Félicité l'amenait quand
il venait des visites, et madame Bovary la déshabillait afin
de faire voir ses membres. Elle déclarait adorer les enfants; c'était sa consolation, sa joie, sa folie, et elle accompagnait ses caresses d'expansions lyriques, qui, à d'autres
qu'à des Yonvillais, eussent rappelé la Sachette de *Notre-
Dame de Paris.*

Quand Charles rentrait, il trouvait auprès des cendres
ses pantoufles à chauffer. Ses gilets maintenant ne manquaient plus de doublure, ni ses chemises de boutons, et
même il y avait plaisir à considérer dans l'armoire tous
les bonnets de coton rangés par piles égales. Elle ne rechi-
gnait plus, comme autrefois, à faire des tours dans le jardin; ce qu'il proposait était toujours consenti, bien qu'elle
ne devinât pas les volontés auxquelles elle se soumettait
sans un murmure; — et lorsque Léon le voyait au coin
du feu, après le dîner, les deux mains sur son ventre, les
deux pieds sur les chenets, la joue rougie par la digestion,
les yeux humides de bonheur, avec l'enfant qui se traînait
sur le tapis, et cette femme à taille mince qui, par-dessus
le dossier du fauteuil venait le baiser au front :

« Quelle folie ! se disait-il, et comment arriver jusqu'à
elle ? »

Elle lui parut donc si vertueuse et inaccessible que
toute espérance, même la plus vague, l'abandonna.

Mais, par ce renoncement, il la plaçait en des conditions extraordinaires. Elle se dégagea, pour lui, des qualités charnelles dont il n'avait rien à obtenir; et elle alla,
dans son cœur, montant toujours et s'en détachant à la
manière magnifique d'une apothéose qui s'envole. C'était
un de ces sentiments purs qui n'embarrassent pas l'exercice de la vie, que l'on cultive parce qu'ils sont rares, et
dont la perte affligerait plus que la possession n'est ré-
jouissante.

Emma maigrit, ses joues pâlirent, sa figure s'allongea.
Avec ses bandeaux noirs, ses grands yeux, son nez droit,
sa démarche d'oiseau, et toujours silencieuse maintenant,
ne semblait-elle pas traverser l'existence en y touchant
à peine, et porter au front la vague empreinte de quelque
prédestination sublime ? Elle était si triste et si calme, si
douce à la fois et si réservée, que l'on se sentait près d'elle

pris par un charme glacial, comme l'on frissonne dans les églises sous le parfum des fleurs mêlé au froid des marbres. Les autres même n'échappaient point à cette séduction. Le pharmacien disait :

« C'est une femme de grands moyens et qui ne serait pas déplacée dans une sous-préfecture. »

Les bourgeoises admiraient son économie, les clients sa politesse, les pauvres sa charité.

Mais elle était pleine de convoitises, de rage, de haine. Cette robe aux plis droits cachait un cœur bouleversé, et ces lèvres si pudiques n'en racontaient pas la tourmente. Elle était amoureuse de Léon, et elle recherchait la solitude, afin de pouvoir plus à l'aise se délecter en son image. La vue de sa personne troublait la volupté de cette méditation. Emma palpitait au bruit de ses pas : puis, en sa présence, l'émotion tombait, et il ne lui restait ensuite qu'un immense étonnement qui se finissait en tristesse.

Léon ne savait pas, lorsqu'il sortait de chez elle désespéré, qu'elle se levait derrière lui, afin de le voir dans la rue. Elle s'inquiétait de ses démarches; elle épiait son visage; elle inventa toute une histoire pour trouver prétexte à visiter sa chambre. La femme du pharmacien lui semblait bien heureuse de dormir sous le même toit; et ses pensées continuellement s'abattaient sur cette maison, comme les pigeons du *Lion d'or* qui venaient tremper là, dans les gouttières, leurs pattes roses et leurs ailes blanches. Mais plus Emma s'apercevait de son amour, plus elle le refoulait, afin qu'il ne parût pas, et pour le diminuer. Elle aurait voulu que Léon s'en doutât; et elle imaginait des hasards, des catastrophes qui l'eussent facilité. Ce qui la retenait, sans doute, c'était la paresse ou l'épouvante, et la pudeur aussi. Elle songeait qu'elle l'avait repoussé trop loin, qu'il n'était plus temps, que tout était perdu. Puis l'orgueil, la joie de se dire : « Je suis vertueuse », et de se regarder dans la glace en prenant des poses résignées, la consolait un peu du sacrifice qu'elle croyait faire.

Alors, les appétits de la chair, les convoitises d'argent et les mélancolies de la passion, tout se confondit dans une même souffrance; — et au lieu d'en détourner sa pensée, elle l'y attachait davantage, s'excitant à la douleur et en cherchant partout les occasions. Elle s'irritait d'un plat mal servi ou d'une porte entre-bâillée, gémissait du ve-

lours qu'elle n'avait pas, du bonheur qui lui manquait,
de ses rêves trop hauts, de sa maison trop étroite.

Ce qui l'exaspérait, c'est que Charles n'avait pas l'air
de se douter de son supplice. La conviction où il était de
la rendre heureuse lui semblait une insulte imbécile, et sa
sécurité là-dessus de l'ingratitude. Pour qui donc était-
elle sage ? N'était-il pas, lui, l'obstacle à toute félicité, la
cause de toute misère, et comme l'ardillon pointu de cette
courroie complexe qui la bouclait de tous côtés ?

Donc, elle reporta sur lui seul la haine nombreuse qui
résultait de ses ennuis, et chaque effort pour l'amoindrir
ne servait qu'à l'augmenter; car cette peine inutile s'ajoutait aux autres motifs de désespoir et contribuait encore
plus à l'écartement. Sa propre douceur à elle-même lui
donnait des rébellions. La médiocrité domestique la poussait à des fantaisies luxueuses, la tendresse matrimoniale
en des désirs adultères. Elle aurait voulu que Charles la
battît, pour pouvoir plus justement le détester, s'en venger. Elle s'étonnait parfois des conjectures atroces qui lui
arrivaient à la pensée; et il fallait continuer à sourire, s'entendre répéter qu'elle était heureuse, faire semblant de
l'être, le laisser croire !

Elle avait des dégoûts, cependant, de cette hypocrisie.
Des tentations la prenaient de s'enfuir avec Léon, quelque part, bien loin, pour essayer une destinée nouvelle;
mais aussitôt il s'ouvrait dans son âme un gouffre vague,
plein d'obscurité.

« D'ailleurs, il ne m'aime plus, pensait-elle; que devenir ? quel secours attendre, quelle consolation, quel
allégement ? »

Elle restait brisée, haletante, inerte, sanglotant à voix
basse et avec des larmes qui coulaient.

« Pourquoi ne point le dire à Monsieur ? lui demandait la domestique, lorsqu'elle entrait pendant ces crises.

— Ce sont les nerfs, répondait Emma; ne lui en parle
pas, tu l'affligerais.

— Ah! oui, reprenait Félicité, vous êtes justement
comme la Guérine, la fille au père Guérin, le pêcheur du
Pollet, que j'ai connue à Dieppe, avant de venir chez
vous. Elle était si triste, si triste, qu'à la voir debout sur
le seuil de sa maison, elle vous faisait l'effet d'un drap
d'enterrement tendu devant la porte. Son mal, à ce qu'il
paraît, était une manière de brouillard qu'elle avait dans

la tête, et les médecins n'y pouvaient rien, ni le curé non
plus. Quand ça la prenait trop fort, elle s'en allait toute
seule sur le bord de la mer, si bien que le lieutenant de la
douane, en faisant sa tournée, souvent la trouvait étendue à plat ventre et pleurant sur les galets. Puis, après
son mariage, ça lui a passé, dit-on.

— Mais, moi, reprenait Emma, c'est après le mariage
que ça m'est venu. »

VI

Un soir que la fenêtre était ouverte, et que, assise au
bord, elle venait de regarder Lestiboudois, le bedeau, qui taillait le buis, elle entendit tout à coup
sonner l'*Angelus*.

On était au commencement d'avril, quand les primevères sont écloses; un vent tiède se roule sur les plates-
bandes labourées, et les jardins, comme des femmes,
semblent faire leur toilette pour les fêtes de l'été. Par les
barreaux de la tonnelle et au delà tout alentour, on voyait
la rivière dans la prairie, où elle dessinait sur l'herbe des
sinuosités vagabondes. La vapeur du soir passait entre
les peupliers sans feuilles, estompant leurs contours d'une
teinte violette, plus pâle et plus transparente qu'une gaze
subtile arrêtée sur leurs branchages. Au loin, des bestiaux
marchaient; on n'entendait ni leurs pas, ni leurs mugissements; et la cloche, sonnant toujours, continuait dans les
airs sa lamentation pacifique.

A ce tintement répété, la pensée de la jeune femme
s'égarait dans ses vieux souvenirs de jeunesse et de pension. Elle se rappela les grands chandeliers, qui dépassaient sur l'autel, les vases pleins de fleurs et le tabernacle
à colonnettes. Elle aurait voulu, comme autrefois, être
encore confondue dans la longue ligne des voiles blancs,
que marquaient de noir çà et là les capuchons raides des
bonnes sœurs inclinées sur leur prie-Dieu; le dimanche,
à la messe, quand elle relevait la tête, elle apercevait le
doux visage de la Vierge, parmi les tourbillons bleuâtres
de l'encens qui montait. Alors un attendrissement la saisit : elle se sentit molle et tout abandonnée comme un
duvet d'oiseau qui tournoie dans la tempête; et ce fut
sans en avoir conscience qu'elle s'achemina vers l'église,

disposée à n'importe quelle dévotion, pourvu qu'elle y courbât son âme et que l'existence entière y disparût.

Elle rencontra, sur la place, Lestiboudois, qui s'en revenait; car, pour ne pas rogner la journée, il préférait interrompre sa besogne, puis la prendre, si bien qu'il tintait l'*Angelus* selon sa commodité. D'ailleurs, la sonnerie, faite plus tôt, avertissait les gamins de l'heure du catéchisme.

Déjà quelques-uns, qui se trouvaient arrivés, jouaient aux billes sur les dalles du cimetière. D'autres, à califourchon sur le mur, agitaient leurs jambes, en fauchant avec leurs sabots les grandes orties poussées entre la petite enceinte et les dernières tombes. C'était la seule place qui fût verte; tout le reste n'était que pierres, et couvert continuellement d'une poudre fine, malgré le balai de la sacristie.

Les enfants en chaussons couraient là comme sur un parquet fait pour eux, et on entendait les éclats de leurs voix à travers le bourdonnement de la cloche. Il diminuait avec les oscillations de la grosse corde qui, tombant des hauteurs du clocher, traînait à terre par le bout. Des hirondelles passaient en poussant de petits cris, coupaient l'air au tranchant de leur vol, et rentraient vite dans leurs nids jaunes sous les tuiles du larmier. Au fond de l'église, une lampe brûlait, c'est-à-dire une mèche de veilleuse dans un verre suspendu. Sa lumière, de loin, semblait une tache blanchâtre qui tremblait sur l'huile. Un long rayon de soleil traversait toute la nef et rendait plus sombres encore les bas-côtés et les angles.

« Où est le curé? » demanda madame Bovary à un jeune garçon qui s'amusait à secouer le tourniquet dans son trou trop lâche.

« Il va venir », répondit-il.

En effet, la porte du presbytère grinça, l'abbé Bournisien parut; les enfants, pêle-mêle, s'enfuirent dans l'église.

« Ces polissons-là! murmura l'ecclésiastique, toujours les mêmes! »

Et, ramassant un catéchisme en lambeaux qu'il venait de heurter avec son pied :

« Ça ne respecte rien! »

Mais, dès qu'il aperçut madame Bovary :

« Excusez-moi, dit-il, je ne vous remettais pas. »

Il fourra le catéchisme dans sa poche et s'arrêta, continuant à balancer entre deux doigts la lourde clef de la sacristie.

La lueur du soleil couchant qui frappait en plein son visage pâlissait le lasting de sa soutane, luisante sous les coudes, effiloquée par le bas. Des taches de graisse et de tabac suivaient sur sa poitrine large la ligne des petits boutons, et elles devenaient plus nombreuses en s'écartant de son rabat, où reposaient les plis abondants de sa peau rouge; elle était semée de macules jaunes qui disparaissaient dans les poils rudes de sa barbe grisonnante. Il venait de dîner et respirait bruyamment.

« Comment vous portez-vous? ajouta-t-il.

— Mal, répondit Emma; je souffre.

— Eh bien! moi aussi, reprit l'ecclésiastique. Ces premières chaleurs, n'est-ce pas, vous amollissent étonnamment? Enfin, que voulez-vous! nous sommes nés pour souffrir, comme dit saint Paul. Mais M. Bovary, qu'est-ce qu'il en pense?

— Lui! fit-elle avec un geste de dédain.

— Quoi! répliqua le bonhomme tout étonné, il ne vous ordonne pas quelque chose?

— Ah! dit Emma, ce ne sont pas les remèdes de la terre qu'il me faudrait. »

Mais le curé, de temps à autre, regardait dans l'église, où tous les gamins agenouillés se poussaient de l'épaule, et tombaient comme des capucins de cartes.

« Je voudrais savoir..., reprit-elle.

— Attends, attends, Riboudet, cria l'ecclésiastique d'une voix colère, je m'en vas aller te chauffer les oreilles, mauvais galopin! »

Puis se tournant vers Emma:

« C'est le fils de Boudet le charpentier; ses parents sont à leur aise et lui laissent faire ses fantaisies. Pourtant il apprendrait vite, s'il le voulait, car il est plein d'esprit. Et moi, quelquefois, par plaisanterie, je l'appelle donc Riboudet (comme la côte que l'on prend pour aller à Maromme), et je dis même : mon Riboudet. Ah! ah! Mont-Riboudet! L'autre jour, j'ai rapporté ce mot-là à Monseigneur, qui en a ri... il a daigné en rire. — Et M. Bovary, comment va-t-il? »

Elle semblait ne pas entendre. Il continua :

« Toujours fort occupé, sans doute? Car nous sommes certainement, lui et moi, les deux personnes de

la paroisse qui avons le plus à faire. Mais lui, il est le
médecin des corps, ajouta-t-il avec un rire épais, et moi,
je le suis des âmes! »

Elle fixa sur le prêtre des yeux suppliants :

« Oui..., dit-elle, vous soulagez toutes les misères.

— Ah! ne m'en parlez pas, madame Bovary! Ce matin
même, il a fallu que j'aille dans le Bas-Diauville pour une
vache qui avait l'*enfle;* ils croyaient que c'était un sort.
Toutes leurs vaches, je ne sais comment... Mais, pardon!
Longuemarre et Boudet! sac à papier! voulez-vous bien
finir! »

Et, d'un bond, il s'élança dans l'église.

Les gamins, alors, se pressaient autour du grand pupitre, grimpaient sur le tabouret du chantre, ouvraient
le missel; et d'autres, à pas de loup, allaient se hasarder
bientôt jusque dans le confessional. Mais le curé, soudain, distribua sur tous une grêle de soufflets. Les prenant par le collet de la veste, il les enlevait de terre et les
reposait à deux genoux sur les pavés du chœur, fortement,
comme s'il eût voulu les y planter.

« Allez, dit-il quand il fut revenu près d'Emma, et
en déployant son large mouchoir d'indienne, dont il
mit un angle entre ses dents, les cultivateurs sont bien à
plaindre!

— Il y en a d'autres, répondit-elle.

— Assurément! les ouvriers des villes, par exemple.

— Ce ne sont pas eux...

— Pardonnez-moi! j'ai connu là de pauvres mères de
famille, des femmes vertueuses, je vous assure, de véritables saintes qui manquaient même de pain.

— Mais celles, reprit Emma (et les coins de sa bouche
se tordaient en parlant), celles, monsieur le curé, qui ont
du pain, et qui n'ont pas...

— De feu l'hiver, dit le prêtre.

— Eh! qu'importe?

— Comment! qu'importe? Il me semble, à moi, que
lorsqu'on est bien chauffé, bien nourri..., car, enfin...

— Mon Dieu! mon Dieu! soupirait-elle.

— Vous vous trouvez gênée? fit-il, en s'avançant d'un
air inquiet; c'est la digestion, sans doute? il faut rentrer
chez vous, madame Bovary, boire un peu de thé, ça vous
fortifiera, ou bien un verre d'eau fraîche avec de la cas-
sonade.

— Pourquoi? »

Et elle avait l'air de quelqu'un qui se réveille d'un songe.

« C'est que vous passiez la main sur votre front. J'ai cru qu'un étourdissement vous prenait. »

Puis, se ravisant :

« Mais vous me demandiez quelque chose? Qu'est-ce donc? Je ne sais plus.

— Moi? Rien..., rien... », répétait Emma.

Et son regard, qu'elle promenait autour d'elle, s'abaissa lentement sur le vieillard à soutane. Ils se considéraient tous les deux, face à face, sans parler.

« Alors, madame Bovary, dit-il enfin, faites excuse, mais le devoir avant tout, vous savez; il faut que j'expédie mes garnements. Voilà les premières communions qui vont venir. Nous serons encore surpris, j'en ai peur! Aussi, à partir de l'Ascension, je les tiens *retta* tous les mercredis une heure de plus. Ces pauvres enfants! on ne saurait les diriger trop tôt dans la voie du Seigneur, comme, du reste, il nous l'a recommandé lui-même par la bouche de son divin Fils... Bonne santé, madame; mes respects à monsieur votre mari. »

Et il entra dans l'église, en faisant, dès la porte, une génuflexion.

Emma le vit qui disparaissait entre la double ligne de bancs, marchant à pas lourds, la tête un peu penchée sur l'épaule, et avec ses deux mains entr'ouvertes, qu'il portait en dehors.

Puis elle tourna sur ses talons, tout d'un bloc, comme une statue sur un pivot, et prit le chemin de sa maison. Mais la grosse voix du curé, la voix claire des gamins arrivaient encore à son oreille et continuaient derrière elle :

« Êtes-vous chrétien?

— Oui, je suis chrétien.

— Qu'est-ce qu'un chrétien?

— C'est celui qui, étant baptisé..., baptisé..., baptisé. »

Elle monta les marches de son escalier en se tenant à la rampe, et, quand elle fut dans sa chambre, se laissa tomber dans un fauteuil.

Le jour blanchâtre des carreaux s'abaissait doucement avec des ondulations. Les meubles à leur place semblaient devenus plus immobiles et se perdre dans l'ombre comme dans un océan ténébreux. La cheminée était éteinte, la pendule battait toujours, et Emma vaguement s'ébahissait à ce calme des choses, tandis qu'il y avait en elle-même tant de bouleversements. Mais, entre la fenêtre et la table à ouvrage, la petite Berthe était là, qui chancelait sur ses bottines de tricot et essayait de se rapprocher de sa mère pour lui saisir, par le bout, les rubans de son tablier.

« Laisse-moi ! » dit celle-ci en l'écartant avec la main.

La petite fille bientôt revint plus près encore contre ses genoux ; et, s'y appuyant des bras, elle levait vers elle son gros œil bleu, pendant qu'un filet de salive pure découlait de sa lèvre sur la soie du tablier.

« Laisse-moi ! » répéta la jeune femme tout irritée.

Sa figure épouvanta l'enfant, qui se mit à crier.

« Eh ! laisse-moi donc ! » fit-elle en la repoussant du coude.

Berthe alla tomber au pied de la commode, contre la patère de cuivre ; elle s'y coupa la joue, le sang sortit. Madame Bovary se précipita pour la relever, cassa le cordon de la sonnette, appela la servante de toutes ses forces, et elle allait commencer à se maudire, lorsque Charles parut. C'était l'heure du dîner, il rentrait.

« Regarde donc, cher ami, lui dit Emma d'une voix tranquille : voilà la petite qui, en jouant, vient de se blesser par terre. »

Charles la rassura, le cas n'était point grave, et il alla chercher du diachylum.

Madame Bovary ne descendit pas dans la salle ; elle voulut demeurer seule à garder son enfant. Alors, en la contemplant dormir, ce qu'elle conservait d'inquiétude se dissipa par degrés, et elle se parut à elle-même bien sotte et bien bonne de s'être troublée tout à l'heure pour si peu de chose. Berthe, en effet, ne sanglotait plus. Sa respiration, maintenant, soulevait insensiblement la couverture de coton. De grosses larmes s'arrêtaient au coin de ses paupières à demi closes, qui laissaient voir entre les cils deux prunelles pâles, enfoncées ; le sparadrap, collé sur sa joue, en tirait obliquement la peau tendue.

« C'est une chose étrange, pensait Emma, comme cette enfant est laide ! »

Quand Charles, à onze heures du soir, revint de la pharmacie (où il avait été remettre, après le dîner, ce qui

lui restait du diachylum), il trouva sa femme debout
auprès du berceau.

« Puisque je t'assure que ce ne sera rien, dit-il en la
baisant au front; ne te tourmente pas, pauvre chérie, tu
te rendras malade! »

Il était resté longtemps chez l'apothicaire. Bien qu'il
ne s'y fût pas montré fort ému, M. Homais, néanmoins,
s'était efforcé de le raffermir, de lui *remonter le moral*. Alors
on avait causé des dangers divers qui menaçaient l'enfance et de l'étourderie des domestiques. Madame Homais en savait quelque chose, ayant encore sur la poitrine
les marques d'une écuellée de braise qu'une cuisinière,
autrefois, avait laissé tomber dans son sarrau. Aussi ces
bons parents prenaient-ils quantité de précautions. Les
couteaux jamais n'étaient affilés, ni les appartements cirés.
Il y avait aux fenêtres des grilles en fer et aux chambranles
de fortes barres. Les petits Homais, malgré leur indépendance, ne pouvaient remuer sans un surveillant derrière
eux; au moindre rhume, leur père les bourrait de pecto-
raux, et jusqu'à plus de quatre ans ils portaient tous, impitoyablement, des bourrelets matelassés. C'était, il est
vrai, une manie de madame Homais; son époux en était
intérieurement affligé, redoutant pour les organes de
l'intellect les résultats possibles d'une pareille compres-
sion, et il s'échappait jusqu'à lui dire :

« Tu prétends donc en faire des Caraïbes ou des
Botocudos ? »

Charles, cependant, avait essayé plusieurs fois d'interrompre la conversation.

« J'aurais à vous entretenir, avait-il soufflé bas à
l'oreille du clerc, qui se mit à marcher devant lui dans
l'escalier.

— Se douterait-il de quelque chose ? » se demandait
Léon. Il avait des battements de cœur et se perdait en
conjectures.

Enfin Charles, ayant fermé la porte, le pria de voir
lui-même à Rouen quel pouvait être le prix d'un beau
daguerréotype; c'était une surprise sentimentale qu'il
réservait à sa femme, une attention fine, son portrait en habit noir. Mais il voulait auparavant *savoir à
quoi s'en tenir*; ces démarches ne devaient pas embarrasser
M. Léon, puisqu'il allait à la ville toutes les semaines, à
peu près.

Dans quel but ? Homais soupçonnait là-dessous quelque
histoire de jeune homme, une intrigue. Mais il se trompait;
Léon ne poursuivait aucune amourette. Plus que jamais
il était triste, et madame Lefrançois s'en apercevait bien
à la quantité de nourriture qu'il laissait maintenant sur
son assiette. Pour en savoir plus long, elle interrogea le
percepteur; Binet répliqua, d'un ton rogue, qu'il n'était
point payé par la police.

Son camarade, toutefois, lui paraissait fort singulier;
car souvent Léon se renversait sur sa chaise en écartant
les bras et se plaignait vaguement de l'existence.

« C'est que vous ne prenez point assez de distractions,
disait le percepteur.

— Lesquelles?

— Moi, à votre place, j'aurais un tour!

— Mais je ne sais pas tourner, répondait le clerc.

— Oh! c'est vrai! » faisait l'autre en caressant sa mâchoire, avec un air de dédain mêlé de satisfaction.

Léon était las d'aimer sans résultat; puis il commençait
à sentir cet accablement que vous cause la répétition de
la même vie, lorsque aucun intérêt ne la dirige et qu'aucune espérance ne la soutient. Il était si ennuyé d'Yonville
et des Yonvillais, que la vue de certaines gens, de certaines maisons l'irritait à n'y pouvoir tenir; et le pharmacien, tout bonhomme qu'il était, lui devenait complètement insupportable. Cependant la perspective d'une
situation nouvelle l'effrayait autant qu'elle le séduisait.

Cette appréhension se tourna vite en impatience, et
Paris alors agita pour lui, dans le lointain, la fanfare de
ses bals masqués avec le rire de ses grisettes. Puisqu'il
devait y terminer son droit, pourquoi ne partait-il pas?
Qui l'empêchait? Et il se mit à faire des préparatifs intérieurs; il arrangea d'avance ses occupations. Il se meubla,
dans sa tête, un appartement. Il y mènerait une vie d'artiste! Il y prendrait des leçons de guitare! Il aurait une
robe de chambre, un béret basque, des pantoufles de
velours bleu! Et même il admirait déjà sur sa cheminée
deux fleurets en sautoir, avec une tête de mort et la guitare au-dessus.

La chose difficile était le consentement de sa mère;
rien pourtant ne paraissait plus raisonnable. Son patron
même l'engageait à visiter une autre étude, où il pût se
développer davantage. Prenant donc un parti moyen,

Léon chercha quelque place de second clerc à Rouen, n'en trouva pas; il écrivit enfin à sa mère une longue lettre détaillée, où il exposait les raisons d'aller habiter Paris immédiatement. Elle y consentit.

Il ne se hâta point. Chaque jour, durant tout un mois, Hivert transporta pour lui d'Yonville à Rouen, de Rouen à Yonville, des coffres, des valises, des paquets; et, quand Léon eut remonté sa garde-robe, fait rembourrer ses trois fauteuils, acheté une provision de foulards, pris, en un mot, plus de dispositions que pour un voyage autour du monde, il ajourna de semaine en semaine, jusqu'à ce qu'il reçût une seconde lettre maternelle où on le pressait de partir, puisqu'il désirait, avant les vacances, passer son examen.

Lorsque le moment fut venu des embrassades, madame Homais pleura; Justin sanglotait; Homais, en homme fort, dissimula son émotion, il voulait lui-même porter le paletot de son ami jusqu'à la grille du notaire, qui emmenait Léon à Rouen dans sa voiture. Ce dernier avait juste le temps de faire ses adieux à M. Bovary.

Quand il fut au haut de l'escalier, il s'arrêta, tant il se sentait hors d'haleine. A son entrée, madame Bovary se leva vivement.

« C'est encore moi! dit Léon.

— J'en étais sûre! »

Elle se mordit les lèvres, et un flot de sang lui courut sous la peau, qui se colora tout en rose, depuis la racine des cheveux jusqu'au bord de sa collerette. Elle restait debout, s'appuyant de l'épaule contre la boiserie.

« Monsieur n'est donc pas là ? reprit-il.

— Il est absent. »

Elle répéta :

« Il est absent. »

Alors il y eut un silence. Ils se regardèrent; et leurs pensées, confondues dans la même angoisse, s'étreignaient étroitement, comme deux poitrines palpitantes.

« Je voudrais bien embrasser Berthe », dit Léon.

Emma descendit quelques marches et elle appela Félicité.

Il jeta vite autour de lui un large coup d'œil qui s'étala sur les murs, les étagères, la cheminée, comme pour pénétrer tout, emporter tout.

Mais elle rentra, et la servante amena Berthe, qui

secouait au bout d'une ficelle un moulin à vent la tête
en bas.

Léon la baisa sur le cou à plusieurs reprises.

« Adieu, pauvre enfant! adieu, chère petite, adieu! »
Et il la remit à sa mère.

« Emmenez-la », dit celle-ci.

Ils restèrent seuls.

Madame Bovary, le dos tourné, avait la figure posée
contre un carreau; Léon tenait sa casquette à la main et
la battait doucement le long de sa cuisse.

« Il va pleuvoir, dit Emma.

— J'ai un manteau, répondit-il.

— Ah! »

Elle se détourna, le menton baissé et le front en avant.
La lumière y glissait comme sur un marbre, jusqu'à la
courbe des sourcils, sans que l'on pût savoir ce qu'Emma
regardait à l'horizon ni ce qu'elle pensait au fond d'elle-
même.

« Allons, adieu! » soupira-t-il.

Elle releva sa tête d'un mouvement brusque :

« Oui, adieu... partez! »

Ils s'avancèrent l'un vers l'autre : il tendit la main, elle
hésita.

« A l'anglaise donc », fit-elle, abandonnant la sienne,
tout en s'efforçant de rire.

Léon la sentit entre ses doigts, et la substance même de
tout son être lui semblait descendre dans cette paume
humide.

Puis il ouvrit la main; leurs yeux se rencontrèrent
encore, et il disparut.

Quand il fut sous les halles, il s'arrêta, et il se cacha
derrière un pilier, afin de contempler une dernière fois
cette maison blanche avec ses quatre jalousies vertes. Il
crut voir une ombre derrière la fenêtre, dans la chambre,
mais le rideau, se décrochant de la patère comme si personne n'y touchait, remua lentement ses longs plis obliques, qui d'un seul bond s'étalèrent tous, et il resta droit,
plus immobile qu'un mur de plâtre. Léon se mit à courir.

Il aperçut de loin, sur la route, le cabriolet de son
patron, et à côté un homme en serpillière qui tenait le
cheval. Homais et M. Guillaumin causaient ensemble.
On l'attendait.

« Embrassez-moi, dit l'apothicaire, les larmes aux

yeux. Voilà votre paletot, mon bon ami, prenez garde au froid! Soignez-vous! ménagez-vous!

— Allons, Léon, en voiture! » dit le notaire.

Homais se pencha sur le garde-crotte et, d'une voix entrecoupée par les sanglots, laissa tomber ces deux mots tristes :

« Bon voyage!

— Bonsoir, répondit M. Guillaumin. Lâchez tout! » Ils partirent, et Homais s'en retourna.

Madame Bovary avait ouvert sa fenêtre sur le jardin, et elle regardait les nuages.

Ils s'amoncelaient au couchant, du côté de Rouen, et roulaient vite leurs volutes noires, d'où dépassaient par derrière les grandes lignes du soleil, comme les flèches d'or d'un trophée suspendu, tandis que le reste du ciel vide avait la blancheur d'une porcelaine. Mais une rafale de vent fit se courber les peupliers, et tout à coup la pluie tomba; elle crépitait sur les feuilles vertes. Puis le soleil reparut, les poules chantèrent, des moineaux battaient des ailes dans les buissons humides, et les flaques d'eau sur le sable emportaient en s'écoulant les fleurs roses d'un acacia.

« Ah! qu'il doit être loin déjà! » pensa-t-elle.

M. Homais, comme de coutume, vint à six heures et demie, pendant le dîner.

« Eh bien! dit-il en s'asseyant, nous avons donc tantôt embarqué notre jeune homme?

— Il paraît! » répondit le médecin.

Puis, se tournant sur sa chaise :

« Et quoi de neuf chez vous?

— Pas grand'chose. Ma femme, seulement, a été cette après-midi un peu émue. Vous savez, les femmes, un rien les trouble! la mienne surtout! Et l'on aurait tort de se révolter là contre, puisque leur organisation nerveuse est beaucoup plus malléable que la nôtre.

— Ce pauvre Léon! disait Charles, comment va-t-il vivre à Paris!... S'y accoutumera-t-il? »

Madame Bovary soupira.

« Allons donc! dit le pharmacien en claquant de la langue, les parties fines chez le traiteur! les bals masqués! le champagne! tout cela va rouler, je vous assure.

— Je ne crois pas qu'il se dérange, objecta Bovary.

— Ni moi! reprit vivement M. Homais, quoiqu'il lui
faudra pourtant suivre les autres, au risque de passer
pour un jésuite. Et vous ne savez pas la vie que mènent
ces farceurs-là, dans le quartier Latin, avec les actrices!
Du reste, les étudiants sont fort bien vus à Paris. Pour
peu qu'ils aient quelque talent d'agrément, on les reçoit
dans les meilleures sociétés, et il y a même des dames du
faubourg Saint-Germain qui en deviennent amoureuses,
ce qui leur fournit, par la suite, les occasions de faire de
très beaux mariages.

— Mais, dit le médecin, j'ai peur pour lui que... là-
bas...

— Vous avez raison, interrompit l'apothicaire, c'est
le revers de la médaille! et l'on y est obligé continuellement d'avoir la main posée sur son gousset. Ainsi, vous
êtes dans un jardin public, je suppose; un quidam se
présente, bien mis, décoré même, et qu'on prendrait pour
un diplomate; il vous aborde; vous causez; il s'insinue,
vous offre une prise ou vous ramasse votre chapeau. Puis
on se lie davantage; il vous mène au café, vous invite à
venir dans sa maison de campagne, vous fait faire, entre
deux vins, toutes sortes de connaissances, et, les trois
quarts du temps, ce n'est que pour flibuster votre bourse
ou vous entraîner en des démarches pernicieuses.

— C'est vrai, répondit Charles; mais je pensais surtout aux maladies, à la fièvre typhoïde, par exemple, qui
attaque les étudiants de la province. »

Emma tressaillit.

« A cause du changement de régime, continua le
pharmacien, et de la perturbation qui en résulte dans
l'économie générale. Et puis, l'eau de Paris, voyez-vous!
les mets des restaurateurs, toutes ces nourritures épicées
finissent par vous échauffer le sang et ne valent pas, quoi
qu'on en dise, un bon pot-au-feu. J'ai toujours, quant à
moi, préféré la cuisine bourgeoise : c'est plus sain! Aussi,
lorsque j'étudiais à Rouen la pharmacie, je m'étais mis en
pension dans une pension; je mangeais avec les professeurs. »

Et il continua donc à exposer ses opinions générales et
ses sympathies personnelles, jusqu'au moment où Justin
vint le chercher pour un lait de poule qu'il fallait faire.

« Pas un instant de répit! s'écria-t-il, toujours à la
chaîne! Je ne peux sortir une minute! Il faut, comme

un cheval de labour, être à suer sang et eau! Quel collier de misère! »

Puis, quand il fut sur la porte :

« A propos, dit-il, savez-vous la nouvelle?

— Quoi donc?

— C'eſt qu'il eſt fort probable, reprit Homais, en dressant ses sourcils et en prenant une figure des plus sérieuses, que les comices agricoles de la Seine-Inférieure se tiendront cette année à Yonville-l'Abbaye. Le bruit, du moins, en circule. Ce matin, le journal en touchait quelque chose. Ce serait, pour notre arrondissement, de la dernière importance! Mais nous en causerons plus tard. J'y vois, je vous remercie; Juſtin a la lanterne. »

VII

L E lendemain fut, pour Emma, une journée funèbre. Tout lui parut enveloppé par une atmosphère noire qui flottait confusément sur l'extérieur des choses, et le chagrin s'engouffrait dans son âme avec des hurlements doux, comme fait le vent d'hiver dans les châteaux abandonnés. C'était cette rêverie que l'on a sur ce qui ne reviendra plus, la lassitude qui vous prend après chaque fait accompli, cette douleur, enfin, que vous apportent l'interruption de tout mouvement accoutumé, la cessation brusque d'une vibration prolongée.

Comme au retour de la Vaubyessard, quand les quadrilles tourbillonnaient dans sa tête, elle avait une mélancolie morne, un désespoir engourdi. Léon réapparaissait plus grand, plus beau, plus suave, plus vague[1]; quoiqu'il fût séparé d'elle, il ne l'avait pas quittée, il était là, et les murailles de la maison semblaient garder son ombre. Elle ne pouvait détacher sa vue de ce tapis où il avait marché, de ces meubles vides où il s'était assis. La rivière coulait toujours, et poussait lentement ses petits flots le long de la berge glissante. Ils s'y étaient promenés bien des fois, à ce même murmure des ondes, sur les cailloux couverts de mousse. Quels bons soleils ils avaient eus! Quelles bonnes après-midi, seuls, à l'ombre, dans le fond du jardin! Il lisait tout haut, tête nue, posé sur un tabouret de bâtons secs; le vent frais de la prairie faisait

trembler les pages du livre et les capucines de la tonnelle.
Ah! il était parti, le seul charme de sa vie, le seul espoir
possible d'une félicité! Comment n'avait-elle pas saisi ce
bonheur-là, quand il se présentait! Pourquoi ne l'avoir
pas retenu à deux mains, à deux genoux, quand il voulait
s'enfuir? Et elle se maudit de n'avoir pas aimé Léon;
elle eut soif de ses lèvres. L'envie la prit de courir le
rejoindre, de se jeter dans ses bras, de lui dire : « C'est
moi, je suis à toi! » Mais Emma s'embarrassait d'avance
aux difficultés de l'entreprise, et ses désirs, s'augmentant
d'un regret, n'en devenaient que plus actifs.

Dès lors, ce souvenir de Léon fut comme le centre de
son ennui; il y pétillait plus fort que, dans une steppe de
Russie, un feu de voyageurs abandonné sur la neige. Elle
se précipitait vers lui, elle se blottissait contre, elle remuait délicatement ce foyer près de s'éteindre, elle allait
cherchant tout autour d'elle ce qui pouvait l'aviver
davantage; et les réminiscences les plus lointaines comme
les plus immédiates occasions, ce qu'elle éprouvait avec
ce qu'elle imaginait, ses envies de volupté qui se dispersaient, ses projets de bonheur qui craquaient au vent
comme des branchages morts, sa vertu stérile, ses espérances tombées, la litière domestique, elle ramassait tout,
prenait tout, et faisait servir tout à réchauffer sa tristesse.

Cependant les flammes s'apaisèrent, soit que la provision d'elle-même s'épuisât ou que l'entassement fût
trop considérable. L'amour peu à peu s'éteignit par
l'absence, le regret s'étouffa sous l'habitude; et cette
lueur d'incendie qui empourprait son ciel pâle se couvrit
de plus d'ombre et s'effaça par degrés. Dans l'assoupissement de sa conscience, elle prit même les répugnances
du mari pour des aspirations vers l'amant, les brûlures de
la haine pour des réchauffements de la tendresse; mais,
comme l'ouragan soufflait toujours, et que la passion se
consuma jusqu'aux cendres, et qu'aucun secours ne vint,
qu'aucun soleil ne parut, il fut de tous côtés nuit complète, et elle demeura perdue dans un froid qui la traversait.

Alors les mauvais jours de Tostes recommencèrent.
Elle s'estimait à présent beaucoup plus malheureuse, car
elle avait l'expérience du chagrin, avec la certitude qu'il
ne finirait pas.

Une femme qui s'était imposé de si grands sacrifices

pouvait bien se passer des fantaisies. Elle s'acheta un prie-Dieu gothique, elle dépensa en un mois pour quatorze francs de citrons à se nettoyer les ongles; elle écrivit à Rouen, afin d'avoir une robe en cachemire bleu; elle choisit chez Lheureux la plus belle de ses écharpes; elle se la nouait à la taille par-dessus sa robe de chambre; et, les volets fermés, avec un livre à la main, elle restait étendue sur un canapé, dans cet accoutrement.

Souvent, elle variait sa coiffure : elle se mettait à la chinoise, en boucles molles, en nattes tressées; elle se fit une raie sur le côté de la tête et roula ses cheveux en dessous, comme un homme.

Elle voulut apprendre l'italien : elle acheta des dictionnaires, une grammaire, une provision de papier blanc. Elle essaya des lectures sérieuses, de l'histoire et de la philosophie. La nuit, quelquefois, Charles se réveillait en sursaut, croyant qu'on venait le chercher pour un malade :

« J'y vais », balbutiait-il.

Et c'était le bruit d'une allumette qu'Emma frottait afin de rallumer la lampe. Mais il en était de ses lectures comme de ses tapisseries, qui, toutes commencées, encombraient son armoire; elle les prenait, les quittait, passait à d'autres.

Elle avait des accès, où on l'eût poussée facilement à des extravagances. Elle soutint un jour, contre son mari, qu'elle boirait un grand demi-verre d'eau-de-vie, et, comme Charles eut la bêtise de l'en défier, elle avala l'eau-de-vie jusqu'au bout.

Malgré ses airs évaporés (c'était le mot des bourgeoises d'Yonville), Emma, pourtant, ne paraissait pas joyeuse, et, d'habitude, elle gardait aux coins de la bouche cette immobile contraction qui plisse la figure des vieilles filles et celle des ambitieux déchus. Elle était pâle partout, blanche comme du linge; la peau du nez se tirait vers les narines, ses yeux vous regardaient d'une manière vague. Pour s'être découvert trois cheveux gris sur les tempes, elle parla de sa vieillesse.

Souvent des défaillances la prenaient. Un jour même elle eut un crachement de sang, et, comme Charles s'empressait, laissant apercevoir son inquiétude :

« Ah bah! répondit-elle, qu'est-ce que cela fait? »

Charles s'alla réfugier dans son cabinet; et il pleura,

les deux coudes sur la table, assis dans son fauteuil de bureau, sous la tête phrénologique.

Alors il écrivit à sa mère pour la prier de venir, et ils eurent ensemble de longues conférences au sujet d'Emma.

A quoi se résoudre? Que faire, puisqu'elle se refusait à tout traitement?

« Sais-tu ce qu'il faudrait à ta femme? reprenait la mère Bovary. Ce seraient des occupations forcées, des ouvrages manuels! Si elle était, comme tant d'autres, contrainte à gagner son pain, elle n'aurait pas ces vapeurs-là, qui lui viennent d'un tas d'idées qu'elle se fourre dans la tête, et du désœuvrement où elle vit.

— Pourtant elle s'occupe, disait Charles.

— Ah! elle s'occupe! A quoi donc? A lire des romans, de mauvais livres, des ouvrages qui sont contre la religion et dans lesquels on se moque des prêtres par des discours tirés de Voltaire. Mais tout cela va loin, mon pauvre enfant, et quelqu'un qui n'a pas de religion finit toujours par tourner mal. »

Donc, il fut résolu que l'on empêcherait Emma de lire des romans. L'entreprise ne semblait point facile. La bonne dame s'en chargea : elle devait, quand elle passerait par Rouen, aller en personne chez le loueur de livres et lui représenter qu'Emma cessait ses abonnements. N'aurait-on pas le droit d'avertir la police, si le libraire persistait quand même dans son métier d'empoisonneur?

Les adieux de la belle-mère et de la bru furent secs. Pendant trois semaines qu'elles étaient restées ensemble, elles n'avaient pas échangé quatre paroles, à part les informations et les compliments, quand elles se rencontraient à table, et le soir avant de se mettre au lit.

Madame Bovary mère partit un mercredi, qui était jour de marché à Yonville.

La place, dès le matin, était encombrée par une file de charrettes qui, toutes à cul et les brancards en l'air, s'étendaient le long des maisons depuis l'église jusqu'à l'auberge. De l'autre côté, il y avait des baraques de toile où l'on vendait des cotonnades, des couvertures et des bas de laine, avec des licous pour les chevaux et des paquets de rubans bleus, qui par le bout s'envolaient au vent. De la grosse quincaillerie s'étalait par terre, entre les pyramides d'œufs et les bannettes de fromages, d'où sortaient des pailles gluantes ; près des machines à blé, des poules qui gloussaient dans des cages plates passaient leurs cous par les barreaux. La foule, s'encombrant au même endroit sans en vouloir bouger, menaçait quelquefois de rompre la devanture de la pharmacie. Les mercredis, elle ne désemplissait pas et l'on s'y poussait, moins pour acheter des médicaments que pour prendre des consultations, tant était fameuse la réputation du sieur Homais, dans les villages circonvoisins. Son robuste aplomb avait fasciné les campagnards. Ils le regardaient comme un plus grand médecin que tous les médecins.

Emma était accoudée à sa fenêtre (elle s'y mettait souvent : la fenêtre, en province, remplace les théâtres et la promenade), et elle s'amusait à considérer la cohue des rustres, lorsqu'elle aperçut un monsieur vêtu d'une redingote de velours vert. Il était ganté de gants jaunes, quoiqu'il fût chaussé de fortes guêtres ; et il se dirigeait vers la maison du médecin, suivi d'un paysan marchant la tête basse d'un air tout réfléchi.

« Puis-je voir Monsieur ? » demanda-t-il à Justin, qui causait sur le seuil avec Félicité.

Et, le prenant pour le domestique de la maison :

« Dites-lui que M. Rodolphe Boulanger, de la Huchette, est là. »

Ce n'était point par vanité territoriale que le nouvel arrivant avait ajouté à son nom la particule, mais afin de se faire mieux connaître. La Huchette, en effet, était un domaine, près d'Yonville, dont il venait d'acquérir le château, avec deux fermes qu'il cultivait lui-même, sans trop se gêner cependant. Il vivait en garçon, et passait pour avoir *au moins quinze mille livres de rentes !*

Charles entra dans la salle. M. Boulanger lui présenta son homme, qui voulait être saigné, parce qu'il éprouvait *des fourmis le long du corps.*

« Ça me purgera », objectait-il à tous les raisonnements.

Bovary commença donc d'apporter une bande et une cuvette, et pria Justin de la soutenir. Puis, s'adressant au villageois déjà blême :

« N'ayez point peur, mon brave.

— Non, non, répondit l'autre, marchez toujours ! »

Et, d'un air fanfaron, il tendit son gros bras. Sous la piqûre de la lancette, le sang jaillit et alla s'éclabousser contre la glace.

« Approche le vase! exclama Charles.

— *Guête !* disait le paysan, on jurerait une petite fontaine qui coule! Comme j'ai le sang rouge! Ce doit être
bon signe, n'est-ce pas?

— Quelquefois, reprit l'officier de santé, l'on n'éprouve
rien au commencement, puis la syncope se déclare, et
plus particulièrement chez les gens bien constitués comme
celui-ci. »

Le campagnard, à ces mots, lâcha l'étui qu'il tournait
entre ses doigts. Une saccade de ses épaules fit craquer le
dossier de sa chaise. Son chapeau tomba.

« Je m'en doutais », dit Bovary en appliquant son
doigt sur la veine.

La cuvette commençait à trembler aux mains de Justin;
ses genoux chancelèrent, il devint pâle.

« Ma femme! ma femme! » appela Charles.

D'un bond, elle descendit l'escalier.

« Du vinaigre! cria-t-il. Ah! mon Dieu, deux à la
fois. »

Et, dans son émotion, il avait peine à poser la com-
presse.

« Ce n'est rien, disait tout tranquillement M. Boulanger », tandis qu'il prenait Justin entre ses bras.

Et il l'assit sur la table, lui appuyant le dos contre la
muraille.

Madame Bovary se mit à lui retirer sa cravate. Il y avait
un nœud aux cordons de sa chemise; elle resta quelques
minutes à remuer ses doigts légers dans le cou du jeune
garçon; ensuite elle versa du vinaigre sur son mouchoir
de batiste; elle lui en mouillait les tempes à petits coups
et elle soufflait dessus, délicatement.

Le charretier se réveilla : mais la syncope de Justin
durait encore, et ses prunelles disparaissaient dans leur
sclérotique pâle, comme des fleurs bleues dans du lait.

« Il faudrait, dit Charles, lui cacher cela. »

Madame Bovary prit la cuvette, pour la mettre sous la
table; dans le mouvement qu'elle fit, en s'inclinant, sa
robe (c'était une robe d'été à quatre volants, de couleur
jaune, longue de taille, large de jupe), sa robe s'évasa
autour d'elle sur les carreaux de la salle; — et, comme
Emma, baissée, chancelait un peu en écartant les bras,
le gonflement de l'étoffe se crevait de place en place,
selon les inflexions de son corsage. Ensuite, elle alla

prendre une carafe d'eau, et elle faisait fondre des morceaux de sucre lorsque le pharmacien arriva. La servante l'avait été chercher dans l'algarade; en apercevant son élève les yeux ouverts, il reprit haleine. Puis, tournant autour de lui, il le regardait de haut en bas.

« Sot! disait-il; petit sot, vraiment! sot en trois lettres! Grand'chose, après tout, qu'une phlébotomie! et un gaillard qui n'a pas peur de rien! une espèce d'écureuil tel que vous le voyez, qui monte locher des noix à des hauteurs vertigineuses. Ah! oui, parle, vante-toi! voilà de belles dispositions à exercer plus tard la pharmacie; car tu peux te trouver appelé en des circonstances graves, par-devant les tribunaux, afin d'y éclairer la conscience des magistrats; et il faudra pourtant garder son sang-froid, raisonner, se montrer homme, ou bien passer pour un imbécile! »

Justin ne répondait pas. L'apothicaire continuait :

« Qui t'a prié de venir? Tu importunes toujours monsieur et madame! Les mercredis, d'ailleurs, ta présence m'est indispensable. Il y a maintenant vingt personnes à la maison. J'ai tout quitté, à cause de l'intérêt que je te porte. Allons, va-t'en! cours! attends-moi, et surveille les bocaux! »

Quand Justin, qui se rhabillait, fut parti, l'on causa quelque peu des évanouissements. Madame Bovary n'en avait jamais eu.

« C'est extraordinaire pour une dame! dit M. Boulanger. Du reste, il y a des gens bien délicats. Ainsi j'ai vu, dans une rencontre, un témoin perdre connaissance rien qu'au bruit des pistolets que l'on chargeait.

— Moi, dit l'apothicaire, la vue du sang des autres ne me fait rien du tout; mais l'idée seulement du mien qui coule suffirait à me causer des défaillances, si j'y réfléchissais trop. »

Cependant M. Boulanger congédia son domestique, en l'engageant à se tranquilliser l'esprit, puisque sa fantaisie était passée.

« Elle m'a procuré l'avantage de votre connaissance », ajouta-t-il.

Et il regardait Emma durant cette phrase.

Puis il déposa trois francs sur le coin de la table, salua négligemment et s'en alla.

Il fut bientôt de l'autre côté de la rivière (c'était son

chemin pour s'en retourner à la Huchette); et Emma
l'aperçut dans la prairie, qui marchait sous les peupliers,
se ralentissant de temps à autre comme quelqu'un qui
réfléchit.

« Elle est fort gentille! se disait-il; elle est fort gentille, cette femme du médecin! De belles dents, les yeux
noirs, le pied coquet, et de la tournure comme une Parisienne. D'où diable sort-elle? Où donc l'a-t-il trouvée,
ce gros garçon-là? »

M. Rodolphe Boulanger avait trente-quatre ans; il
était de tempérament brutal et d'intelligence perspicace,
ayant d'ailleurs beaucoup fréquenté les femmes et s'y
connaissant bien. Celle-là lui avait paru jolie : il y rêvait
donc, et à son mari.

« Je le crois très bête. Elle en est fatiguée sans doute.
Il porte des ongles sales et une barbe de trois jours.
Tandis qu'il trottine à ses malades, elle reste à ravauder
des chaussettes. Et on s'ennuie! on voudrait habiter la
ville, danser la polka tous les soirs! Pauvre petite femme!
Ça bâille après l'amour, comme une carpe après l'eau sur
une table de cuisine. Avec trois mots de galanterie, cela
vous adorerait, j'en suis sûr! ce serait tendre! charmant!...
Oui, mais comment s'en débarrasser ensuite? »

Alors les encombrements du plaisir, entrevus en perspective, le firent, par contraste, songer à sa maîtresse.
C'était une comédienne de Rouen, qu'il entretenait; et,
quand il se fut arrêté sur cette image, dont il avait, en
souvenir même, des rassasiements :

« Ah! Madame Bovary, pensa-t-il, est bien plus jolie
qu'elle, plus fraîche surtout. Virginie, décidément, commence à devenir trop grosse. Elle est si fastidieuse avec
ses joies. Et, d'ailleurs, quelle manie de salicoques! »

La campagne était déserte, et Rodolphe n'entendait
autour de lui que le battement régulier des herbes qui
fouettaient sa chaussure, avec le cri des grillons tapis au
loin sous les avoines; il revoyait Emma dans la salle,
habillée comme il l'avait vue, et il la déshabillait.

« Oh! je l'aurai! » s'écria-t-il en écrasant, d'un coup
de bâton, une motte de terre devant lui.

Et, aussitôt, il examina la partie politique de l'entreprise. Il se demandait :

« Où se rencontrer? par quel moyen? On aura continuellement le marmot sur les épaules, et la bonne, les

voisins, le mari, toute sorte de tracasseries considérables.
Ah bah! dit-il, on y perd trop de temps! »

Puis il recommença :

« C'est qu'elle a des yeux qui vous entrent au cœur
comme des vrilles. Et ce teint pâle!... Moi, qui adore les
femmes pâles! »

Au haut de la côte d'Argueil, sa résolution était prise.

« Il n'y a plus qu'à chercher les occasions. Eh bien!
j'y passerai quelquefois, je leur enverrai du gibier, de la
volaille; je me ferai saigner, s'il le faut; nous deviendrons
amis, je les inviterai chez moi... Ah! parbleu! ajouta-t-il,
voilà les Comices bientôt; elle y sera, je la verrai. Nous
commencerons, et hardiment, car c'est le plus sûr. »

VIII

ILS arrivèrent, en effet, ces fameux Comices! Dès le
matin de la solennité, tous les habitants, sur leurs
portes, s'entretenaient des préparatifs; on avait en-
guirlandé de lierre le fronton de la mairie; une tente,
dans un pré, était dressée pour le festin, et, au milieu de
la place, devant l'église, une espèce de bombarde devait
signaler l'arrivée de M. le Préfet et le nom des cultivateurs lauréats. La garde nationale de Buchy (il n'y en
avait point à Yonville) était venue s'adjoindre au corps
des pompiers, dont Binet était le capitaine. Il portait, ce
jour-là, un col encore plus haut que de coutume; et,
sanglé dans sa tunique, il avait le buste si raide et immobile, que toute la partie vitale de sa personne semblait
être descendue dans ses deux jambes, qui se levaient en
cadence, à pas marqués, d'un seul mouvement. Comme
une rivalité subsistait entre le percepteur et le colonel,
l'un et l'autre, pour montrer leurs talents, faisaient à part
manœuvrer leurs hommes. On voyait alternativement
passer et repasser les épaulettes rouges et les plastrons
noirs. Cela ne finissait pas et toujours recommençait!
Jamais il n'y avait eu pareil déploiement de pompe! Plusieurs bourgeois, dès la veille, avaient lavé leurs maisons;
des drapeaux tricolores pendaient aux fenêtres entr'ouvertes; tous les cabarets étaient pleins; et, par le beau
temps qu'il faisait, les bonnets empesés, les croix d'or et

les fichus de couleur paraissaient plus blancs que neige, miroitaient au soleil clair, et relevaient de leur bigarrure éparpillée la sombre monotonie des redingotes et des bourgerons bleus. Les fermières des environs retiraient, en descendant de cheval, la grosse épingle qui leur serrait autour du corps leur robe retroussée de peur des taches; et les maris, au contraire, afin de ménager leurs chapeaux, gardaient par-dessus des mouchoirs de poche, dont ils tenaient un angle entre les dents.

La foule arrivait dans la grande rue par les deux bouts du village. Il s'en dégorgeait des ruelles, des allées, des maisons, et l'on entendait de temps à autre retomber le marteau des portes, derrière les bourgeoises en gants de fil, qui sortaient pour aller voir la fête. Ce que l'on admirait surtout, c'étaient deux longs ifs couverts de lampions qui flanquaient une estrade où s'allaient tenir les autorités; et il y avait de plus, contre les quatre colonnes de la mairie, quatre manières de gaules, portant chacune un petit étendard de toile verdâtre, enrichi d'inscriptions en lettres d'or. On lisait sur l'un : « Au Commerce »; sur l'autre : « À l'Agriculture »; sur le troisième : « À l'Industrie » et, sur le quatrième : « Aux Beaux-Arts ».

Mais la jubilation qui épanouissait tous les visages paraissait assombrir madame Lefrançois, l'aubergiste. Debout sur les marches de sa cuisine, elle murmurait dans son menton :

« Quelle bêtise! Quelle bêtise avec leur baraque de toile! Croient-ils que le préfet sera bien aise de dîner là-bas, sous une tente, comme un saltimbanque? Ils appellent ces embarras-là faire le bien du pays! Ce n'était pas la peine, alors, d'aller chercher un gargotier à Neufchâtel! Et pour qui? pour des vachers! des va-nu-pieds!.. »

L'apothicaire passa. Il avait un habit noir, un pantalon de nankin, des souliers de castor et, par extraordinaire, un chapeau, — un chapeau bas de forme.

« Serviteur! dit-il; excusez-moi, je suis pressé. »

Et comme la grosse veuve lui demanda où il allait :

« Cela vous semble drôle, n'est-ce pas? moi qui reste toujours plus confiné dans mon laboratoire que le rat du bonhomme dans son fromage.

— Quel fromage? fit l'aubergiste.

— Non, rien! ce n'est rien! reprit Homais. Je voulais vous exprimer seulement, madame Lefrançois, que je demeure d'habitude tout reclus chez moi. Aujourd'hui, cependant, vu la circonstance, il faut bien que...

— Ah! vous allez là-bas? dit-elle avec un air de dédain.

— Oui, j'y vais, répliqua l'apothicaire étonné; ne fais-je point partie de la commission consultative? »

La mère Lefrançois le considéra quelques minutes, et finit par répondre en souriant :

« C'est autre chose! Mais qu'est-ce que la culture vous regarde? Vous vous y entendez donc?

— Certainement, je m'y entends, puisque je suis pharmacien, c'est-à-dire chimiste! Et la chimie, madame Lefrançois, ayant pour objet la connaissance de l'action réciproque et moléculaire de tous les corps de la nature, il s'ensuit que l'agriculture se trouve comprise dans son domaine! Et, en effet, composition des engrais, fermentation des liquides, analyse des gaz et influence des miasmes, qu'est-ce que tout cela, je vous le demande, si ce n'est de la chimie pure et simple? »

L'aubergiste ne répondit rien. Homais continua :

« Croyez-vous qu'il faille, pour être agronome, avoir soi-même labouré la terre ou engraissé des volailles? Mais il faut connaître plutôt la constitution des substances dont il s'agit, les gisements géologiques, les actions atmosphériques, la qualité des terrains, des minéraux, des eaux, la densité des différents corps et leur capillarité! Que sais-je? Et il faut posséder à fond tous les principes d'hygiène, pour diriger, critiquer la construction des bâtiments, le régime des animaux, l'alimentation des domestiques! Il faut encore, madame Lefrançois, posséder la botanique; pouvoir discerner les plantes. Entendez-vous? Quelles sont les salutaires d'avec les délétères; quelles les improductives et quelles les nutritives; s'il est bon de les arracher par-ci et de les ressemer par-là, de propager les unes, de détruire les autres; bref, il faut se tenir au courant de la science par les brochures et papiers publics, être toujours en haleine, afin d'indiquer les améliorations... »

L'aubergiste ne quittait point des yeux la porte du *Café Français,* et le pharmacien poursuivit :

« Plût à Dieu que nos agriculteurs fussent des chimistes, ou que du moins ils écoutassent davantage les conseils de la science! Ainsi, moi, j'ai dernièrement écrit un fort opuscule, un mémoire de plus de soixante et douze pages, intitulé : *Du cidre, de sa fabrication et de ses effets, suivi de quelques réflexions nouvelles à ce sujet,* que j'ai envoyé à la Société agronomique de Rouen; ce qui m'a même valu l'honneur d'être reçu parmi ses membres, section d'agriculture, classe de pomologie. Eh bien! si mon ouvrage avait été livré à la publicité... »

Mais l'apothicaire s'arrêta, tant madame Lefrançois paraissait préoccupée.

« Voyez-les donc! disait-elle, on n'y comprend rien! une gargote semblable! »

Et, avec des haussements d'épaules qui tiraient sur sa poitrine les mailles de son tricot, elle montrait des deux mains le cabaret de son rival, d'où sortaient alors des chansons.

« Du reste, il n'en a pas pour longtemps, ajouta-t-elle; avant huit jours, tout est fini. »

Homais se recula de stupéfaction. Elle descendit ses trois marches, et, lui parlant à l'oreille :

« Comment! vous ne savez pas cela? On va le saisir cette semaine. C'est Lheureux qui le fait vendre. Il l'a assassiné de billets. »

L'hôtesse donc se mit à lui raconter cette histoire, qu'elle savait par Théodore, le domestique de M. Guillaumin, et, bien qu'elle exécrât Tellier, elle blâmait Lheureux. C'était un enjôleur, un rampant.

« Ah! tenez, dit-elle, le voilà sous les halles : il salue madame Bovary, qui a un chapeau vert. Elle est même au bras de Boulanger.

— Madame Bovary! fit Homais. Je m'empresse d'aller lui offrir mes hommages. Peut-être qu'elle sera bien aise d'avoir une place dans l'enceinte, sous le péristyle. »

Et, sans écouter la mère Lefrançois, qui le rappelait pour lui en conter plus long, le pharmacien s'éloigna d'un pas rapide, sourire aux lèvres et jarret tendu, distribuant de droite et de gauche quantité de salutations et emplissant beaucoup d'espace avec les grandes basques de son habit noir, qui flottaient au vent derrière lui.

Rodolphe, l'ayant aperçu de loin, avait pris un train rapide; mais madame Bovary s'essouffla; il se ralentit donc et lui dit en souriant, d'un ton brutal :

« C'est pour éviter ce gros homme : vous savez, l'apothicaire. »

Elle lui donna un coup de coude.

« Qu'est-ce que cela signifie ? » se demanda-t-il.

Et il la considéra du coin de l'œil, tout en continuant à marcher.

Son profil était si calme, que l'on n'y devinait rien. Il se détachait en pleine lumière, dans l'ovale de sa capote qui avait des rubans pâles ressemblant à des feuilles de roseau. Ses yeux aux longs cils courbes regardaient devant elle, et, quoique bien ouverts, ils semblaient un peu bridés par les pommettes, à cause du sang qui battait doucement sous sa peau fine. Une couleur rose traversait la cloison de son nez. Elle inclinait la tête sur l'épaule, et l'on voyait entre ses lèvres le bout nacré de ses dents blanches.

« Se moque-t-elle de moi ? » songeait Rodolphe.

Ce geste d'Emma pourtant n'avait été qu'un avertissement, car M. Lheureux les accompagnait, et il leur parlait de temps à autre, comme pour entrer en conversation.

« Voici une journée superbe ! Tout le monde est dehors ! Les vents sont à l'est. »

Et madame Bovary, non plus que Rodolphe, ne lui répondait guère, tandis qu'au moindre mouvement qu'ils faisaient, il se rapprochait en disant : « Plaît-il ? » et portait la main à son chapeau.

Quand ils furent devant la maison du maréchal, au lieu de suivre la route jusqu'à la barrière, Rodolphe, brusquement, prit un sentier, entraînant madame Bovary ; il cria :

« Bonsoir, monsieur Lheureux ! Au plaisir !

— Comme vous l'avez congédié ! dit-elle en riant.

— Pourquoi, reprit-il, se laisser envahir par les autres ? et, puisque, aujourd'hui, j'ai le bonheur d'être avec vous... »

Emma rougit. Il n'acheva point sa phrase. Alors il parla du beau temps et du plaisir de marcher sur l'herbe. Quelques marguerites étaient repoussées.

« Voici de gentilles pâquerettes, dit-il, et de quoi fournir bien des oracles à toutes les amoureuses du pays. »

Il ajouta :

« Si j'en cueillais. Qu'en pensez-vous ?

— Est-ce que vous êtes amoureux ? fit-elle en toussant un peu.

— Eh ! eh ! qui sait », répondit Rodolphe.

Le pré commençait à se remplir, et les ménagères vous heurtaient avec leurs grands parapluies, leurs paniers et

leurs bambins. Souvent il fallait se déranger devant une
longue file de campagnardes, servantes en bas bleus, à
souliers plats, à bagues d'argent, et qui sentaient le lait
quand on passait près d'elles. Elles marchaient en se
tenant par la main, et se répandaient ainsi sur toute la
longueur de la prairie, depuis la ligne des trembles
jusqu'à la tente du banquet. Mais c'était le moment de
l'examen, et les cultivateurs, les uns après les autres,
entraient dans une manière d'hippodrome que formait
une longue corde portée sur des bâtons.

Les bêtes étaient là, le nez tourné vers la ficelle, et
alignant confusément leurs croupes inégales. Les porcs
assoupis enfonçaient en terre leur groin; des veaux beuglaient; des brebis bêlaient; les vaches, un jarret replié,
étalaient leur ventre sur le gazon, et, ruminant lentement,
clignaient leurs paupières lourdes sous les moucherons
qui bourdonnaient autour d'elles. Des charretiers, les
bras nus, retenaient par le licou des étalons cabrés, qui
hennissaient à pleins naseaux du côté des juments. Elles
restaient paisibles, allongeant la tête et la crinière pen-
dante, tandis que leurs poulains se reposaient à leur
ombre, ou venaient les téter quelquefois; et, sur la longue
ondulation de tous ces corps tassés, on voyait se lever
au vent, comme un flot, quelque crinière blanche, ou bien
saillir des cornes aiguës et des têtes d'hommes qui couraient. A l'écart, en dehors des lices, cent pas plus loin, il
y avait un grand taureau noir muselé, portant un cercle
de fer à la narine, et qui ne bougeait pas plus qu'une bête
de bronze. Un enfant en haillons le tenait par une corde.

Cependant, entre les deux rangées, des messieurs
s'avançaient d'un pas lourd, examinant chaque animal,
puis se consultaient à voix basse. L'un d'eux, qui semblait plus considérable, prenait, tout en marchant, quelques notes sur un album. C'était le président du jury:
M. Derozerays de la Panville. Sitôt qu'il reconnut Rodolphe, il s'avança vivement, et lui dit en souriant d'un
air aimable:

« Comment, monsieur Boulanger, vous nous abandonnez? »

Rodolphe protesta qu'il allait venir. Mais, quand le président eut disparu:

« Ma foi, non, reprit-il, je n'irai pas: votre compagnie vaut bien la sienne. »

Et, tout en se moquant des comices, Rodolphe, pour circuler plus à l'aise, montrait au gendarme sa pancarte bleue, et même il s'arrêtait parfois devant quelque beau *sujet* que madame Bovary n'admirait guère. Il s'en aperçut, et alors se mit à faire des plaisanteries sur les dames d'Yonville, à propos de leur toilette; puis il s'excusa lui-même du négligé de la sienne. Elle avait cette incohérence de choses communes et recherchées, où le vulgaire, d'habitude, croit entrevoir la révélation d'une existence excentrique, les désordres du sentiment, les tyrannies de l'art, et toujours un certain mépris des conventions sociales, ce qui le séduit ou l'exaspère. Ainsi, sa chemise de batiste à manchettes plissées bouffait au hasard du vent dans l'ouverture de son gilet, qui était de coutil gris, et son pantalon à larges raies découvrait aux chevilles ses bottines de nankin, claquées de cuir verni. Elles étaient si vernies, que l'herbe s'y reflétait. Il foulait avec elles les crottins de cheval, une main dans la poche de sa veste et son chapeau de paille mis de côté.

« D'ailleurs, ajouta-t-il, quand on habite la campagne...

— Tout est peine perdue, dit Emma.

— C'est vrai! répliqua Rodolphe. Songer que pas un seul de ces braves gens n'est capable de comprendre même la tournure d'un habit! »

Alors ils parlèrent de la médiocrité provinciale, des existences qu'elle étouffait, des illusions qui s'y perdaient.

« Aussi, disait Rodolphe, je m'enfonce dans une tristesse...

— Vous! fit-elle avec étonnement. Mais je vous croyais très gai?

— Ah! oui, d'apparence, parce qu'au milieu du monde je sais mettre sur mon visage un masque railleur; et, cependant, que de fois, à la vue d'un cimetière, au clair de lune, je me suis demandé si je ne ferais pas mieux d'aller rejoindre ceux qui sont à dormir...

— Oh! Et vos amis? dit-elle. Vous n'y pensez pas.

— Mes amis? Lesquels donc? En ai-je? Qui s'inquiète de moi? »

Et il accompagna ces derniers mots d'une sorte de sifflement entre ses lèvres.

Mais ils furent obligés de s'écarter l'un de l'autre à cause d'un grand échafaudage de chaises qu'un homme

portait derrière eux. Il en était si surchargé, que l'on apercevait seulement la pointe de ses sabots, avec le bout de
ses deux bras, écartés droit. C'était Lestiboudois, le fossoyeur, qui charriait dans la multitude les chaises de
l'église. Plein d'imagination pour tout ce qui concernait
ses intérêts, il avait découvert ce moyen de tirer parti des
comices, et son idée lui réussissait, car il ne savait plus
auquel entendre. En effet, les villageois, qui avaient chaud,
se disputaient ces sièges dont la paille sentait l'encens, et
s'appuyaient contre leurs gros dossiers, salis par la cire
des cierges, avec une certaine vénération.

Madame Bovary reprit le bras de Rodolphe; il continua comme se parlant à lui-même :

« Oui! tant de choses m'ont manqué! Toujours
seul! Ah! si j'avais eu un but dans la vie, si j'eusse rencontré une affection, si j'avais trouvé quelqu'un... Oh!
comme j'aurais dépensé toute l'énergie dont je suis capable, j'aurais surmonté tout, brisé tout! »

— Il me semble pourtant, dit Emma, que vous n'êtes
guère à plaindre.

— Ah! vous trouvez? fit Rodolphe.

— Car enfin..., reprit-elle, vous êtes libre. »

Elle hésita :

« Riche.

— Ne vous moquez pas de moi », répondit-il.

Et elle jurait qu'elle ne se moquait pas, quand un coup
de canon retentit; aussitôt, on se poussa pêle-mêle vers
le village.

C'était une fausse alerte. M. le préfet n'arrivait pas; et les
membres du jury se trouvaient fort embarrassés, ne sachant
s'il fallait commencer la séance ou bien attendre encore.

Enfin, au fond de la place, parut un grand landau de
louage, traîné par deux chevaux maigres, que fouettait à
tour de bras un cocher en chapeau blanc. Binet n'eut que
le temps de crier : « Aux armes! » et le colonel de l'imiter.
On courut vers les faisceaux. On se précipita. Quelques-
uns même oublièrent leur col. Mais l'équipage préfectoral
sembla deviner cet embarras, et les deux rosses accou-
plées, se dandinant sur leur chaînette, arrivèrent au petit
trot devant le péristyle de la mairie juste au moment où
la garde nationale et les pompiers s'y déployaient, tambour battant, et marquant le pas.

« Balancez! cria Binet.

— Halte! cria le colonel. Par file à gauche! »

Et, après un port d'armes où le cliquetis des capucines se déroulant sonna comme un chaudron de cuivre qui dégringole les escaliers, tous les fusils retombèrent.

Alors on vit descendre du carrosse un monsieur vêtu d'un habit court à broderie d'argent, chauve sur le front, portant toupet à l'occiput, ayant le teint blafard et l'apparence des plus bénignes. Ses deux yeux, fort gros et couverts de paupières épaisses, se fermaient à demi pour considérer la multitude, en même temps qu'il levait son nez pointu et faisait sourire sa bouche rentrée. Il reconnut le maire à son écharpe, et lui exposa que M. le préfet n'avait pu venir. Il était, lui, un conseiller de préfecture; puis il ajouta quelques excuses. Tuvache y répondit par des civilités, l'autre s'avoua confus; et ils restaient ainsi, face à face, et leurs fronts se touchant presque, avec les membres du jury tout alentour, le conseil municipal, les notables, la garde nationale et la foule. M. le conseiller, appuyant contre sa poitrine son petit tricorne noir, réitérait ses salutations, tandis que Tuvache, courbé comme un arc, souriait aussi, bégayait, cherchait ses phrases, protestait de son dévouement à la monarchie, et de l'honneur que l'on faisait à Yonville.

Hippolyte, le garçon de l'auberge, vint prendre par la bride les chevaux du cocher, et tout en boitant de son pied bot, il les conduisit sous le porche du *Lion d'or* où beaucoup de paysans s'amassèrent à regarder la voiture. Le tambour battit, l'obusier tonna, et les messieurs à la file montèrent s'asseoir sur l'estrade, dans les fauteuils en Utrecht rouge qu'avait prêtés madame Tuvache.

Tous ces gens-là se ressemblaient. Leurs molles figures blondes, un peu hâlées par le soleil, avaient la couleur du cidre doux, et leurs favoris bouffants s'échappaient de grands cols roides, que maintenaient des cravates blanches à rosette bien étalée. Tous les gilets étaient de velours, à châle; toutes les montres portaient au bout d'un long ruban quelque cachet ovale en cornaline; et l'on appuyait ses deux mains sur ses deux cuisses, en écartant avec soin la fourche du pantalon, dont le drap non décati reluisait plus brillamment que le cuir des fortes bottes.

Les dames de la société se tenaient derrière, sous le vestibule, entre les colonnes, tandis que le commun de la foule était en face, debout, ou bien assis sur des chaises.

En effet, Lestiboudois avait apporté là toutes celles qu'il avait déménagées de la prairie, et même il courait à chaque minute en chercher d'autres dans l'église, et causait un tel encombrement par son commerce, que l'on avait grand'peine à parvenir jusqu'au petit escalier de l'estrade.

« Moi, je trouve, dit M. Lheureux (s'adressant au pharmacien, qui passait pour gagner sa place), que l'on aurait dû planter là deux mâts vénitiens; avec quelque chose d'un peu sévère et de riche comme nouveauté, c'eût été un fort joli coup d'œil.

— Certes, répondit Homais. Mais, que voulez-vous! c'est le maire qui a tout pris sous son bonnet. Il n'a pas grand goût, ce pauvre Tuvache; il est même complètement dénué de ce qui s'appelle le génie des arts. »

Cependant Rodolphe, avec madame Bovary, était monté au premier étage de la mairie, dans la *salle des délibérations,* et, comme elle était vide, il avait déclaré que l'on y serait bien pour jouir du spectacle plus à son aise. Il prit trois tabourets autour de la table ovale, sous le buste du monarque, et, les ayant approchés de l'une des fenêtres, ils s'assirent l'un près de l'autre.

Il y eut une agitation sur l'estrade, de longs chuchotements, des pourparlers. Enfin, M. le Conseiller se leva. On savait maintenant qu'il s'appelait Lieuvain, et l'on se répétait son nom de l'un à l'autre, dans la foule. Quand il eut donc collationné quelques feuilles et appliqué dessus son œil, pour y mieux voir, il commença :

« MESSIEURS,

» Qu'il me soit permis d'abord (avant de vous entretenir de l'objet de cette réunion d'aujourd'hui, et ce sentiment, j'en suis sûr, sera partagé par vous tous), qu'il me soit permis, dis-je, de rendre justice à l'administration supérieure, au gouvernement, au monarque, messieurs, à notre souverain, à ce roi bien-aimé à qui aucune branche de la prospérité publique ou particulière n'est indifférente, et qui dirige à la fois d'une main si ferme et si sage le char de l'État parmi les périls incessants d'une mer orageuse, sachant d'ailleurs faire respecter la paix comme la guerre, l'industrie, le commerce, l'agriculture et les beaux-arts. »

« Je devrais, dit Rodolphe, me reculer un peu.

— Pourquoi ? » dit Emma.

Mais, à ce moment, la voix du Conseiller s'éleva d'un ton extraordinaire. Il déclamait :

« Le temps n'est plus, messieurs, où la discorde civile ensanglantait nos places publiques, où le propriétaire, le négociant, l'ouvrier lui-même, en s'endormant le soir d'un sommeil paisible, tremblaient de se voir réveillés tout à coup au bruit des tocsins incendiaires, où les maximes les plus subversives sapaient audacieusement les bases... »

« C'est qu'on pourrait, reprit Rodolphe, m'apercevoir d'en bas ; puis j'en aurais pour quinze jours à donner des excuses, et, avec ma mauvaise réputation...

— Oh ! vous vous calomniez, dit Emma.

— Non, non, elle est exécrable, je vous jure. »

« Mais, messieurs, poursuivit le Conseiller, que si, écartant de mon souvenir ces sombres tableaux, je reporte mes yeux sur la situation actuelle de notre belle patrie : qu'y vois-je ? Partout fleurissent le commerce et les arts ; partout des voies nouvelles de communication, comme autant d'artères nouvelles dans le corps de l'État, y établissent des rapports nouveaux ; nos grands centres manufacturiers ont repris leur activité ; la religion, plus affermie, sourit à tous les cœurs ; nos ports sont pleins, la confiance renaît, et enfin la France respire !... »

« Du reste, ajouta Rodolphe, peut-être, au point de vue du monde, a-t-on raison ?

— Comment cela ? fit-elle.

— Eh quoi, dit-il, ne savez-vous pas qu'il y a des âmes sans cesse tourmentées ? Il leur faut tour à tour le rêve et l'action, les passions les plus pures, les jouissances les plus furieuses, et l'on se jette ainsi dans toutes sortes de fantaisies, de folies. »

Alors elle le regarda comme on contemple un voyageur qui a passé par des pays extraordinaires, et elle reprit :

« Nous n'avons pas même cette distraction, nous autres pauvres femmes !

— Triste distraction, car on n'y trouve pas le bonheur.

— Mais le trouve-t-on jamais ? demanda-t-elle.

— Oui, il se rencontre un jour », répondit-il.

« Et c'est là ce que vous avez compris, disait le Conseiller. Vous, agriculteurs et ouvriers des campagnes; vous, pionniers pacifiques d'une œuvre toute de civilisation! vous, hommes de progrès et de moralité! vous avez compris, dis-je, que les orages politiques sont encore plus redoutables vraiment que les désordres de l'atmosphère... »

« Il se rencontre un jour, répéta Rodolphe, un jour, tout à coup et quand on en désespérait. Alors des horizons s'entr'ouvrent, c'est comme une voix qui crie : « Le voilà! » Vous sentez le besoin de faire à cette personne la confidence de votre vie, de lui donner tout, de lui sacrifier tout! On ne s'explique pas, on se devine. On s'est entrevu dans ses rêves. (Et il la regardait.) Enfin, il est là, ce trésor que l'on a tant cherché, là, devant vous; il brille, il étincelle. Cependant on en doute encore, on n'ose y croire; on en reste ébloui, comme si l'on sortait des ténèbres à la lumière. »

Et, en achevant ces mots, Rodolphe ajouta la pantomime à sa phrase. Il se passa la main sur le visage, tel qu'un homme pris d'étourdissement; puis il la laissa retomber sur celle d'Emma. Elle retira la sienne. Mais le Conseiller lisait toujours :

« Et qui s'en étonnerait, messieurs ? Celui-là seul qui serait assez aveugle, assez plongé (je ne crains pas de le dire), assez plongé dans les préjugés d'un autre âge pour méconnaître encore l'esprit des populations agricoles. Où trouver, en effet, plus de patriotisme que dans les campagnes, plus de dévouement à la cause publique, plus d'intelligence en un mot ? Et je n'entends pas, messieurs, cette intelligence superficielle, vain ornement des esprits oisifs, mais plus de cette intelligence profonde et modérée, qui s'applique par-dessus toute chose à poursuivre des buts utiles, contribuant ainsi au bien de chacun, à l'amélioration commune et au soutien des États, fruit du respect des lois et de la pratique des devoirs... »

« Ah! encore, dit Rodolphe. Toujours les devoirs, je
suis assommé de ces mots-là. Ils sont un tas de vieilles
ganaches en gilet de flanelle, et des bigotes à chaufferette
et à chapelet, qui continuellement nous chantent aux
oreilles : « Le devoir! le devoir! » Eh! parbleu! le devoir,
c'est de sentir ce qui est grand, de chérir ce qui est beau,
et non pas d'accepter toutes les conventions de la société,
avec les ignominies qu'elle nous impose.

— Cependant..., cependant..., objectait madame Bovary.

— Eh non! pourquoi déclamer contre les passions?
Ne sont-elles pas la seule belle chose qu'il y ait sur la
terre, la source de l'héroïsme, de l'enthousiasme, de la
poésie, de la musique, des arts, de tout enfin?

— Mais il faut bien, dit Emma, suivre un peu l'opinion du monde et obéir à sa morale.

— Ah! c'est qu'il y en a deux, répliqua-t-il. La petite,
la convenue, celle des hommes, celle qui varie sans cesse
et qui braille si fort, s'agite en bas, terre à terre, comme
ce rassemblement d'imbéciles que vous voyez. Mais
l'autre, l'éternelle, elle est tout autour et au-dessus,
comme le paysage qui nous environne et le ciel bleu qui
nous éclaire. »

M. Lieuvain venait de s'essuyer la bouche avec son
mouchoir de poche. Il reprit :

« Et qu'aurais-je à faire, messieurs, de vous démontrer
ici l'utilité de l'agriculture? Qui donc pourvoit à nos
besoins? Qui donc fournit à notre subsistance? N'est-ce
pas l'agriculteur? L'agriculteur, messieurs, qui, ense-
mençant d'une main laborieuse les sillons féconds des
campagnes, fait naître le blé, lequel broyé est mis en
poudre au moyen d'ingénieux appareils, en sort sous le
nom de farine, et, de là, transporté dans les cités, est
bientôt rendu chez le boulanger, qui en confectionne un
aliment pour le pauvre comme pour le riche. N'est-ce pas
l'agriculteur encore qui engraisse, pour nos vêtements,
ses abondants troupeaux dans les pâturages? Car comment nous vêtirions-nous, car comment nous nourri-
rions-nous sans l'agriculteur? Et même, messieurs, est-il
besoin d'aller si loin chercher des exemples? Qui n'a souvent réfléchi à toute l'importance que l'on retire de ce
modeste animal, ornement de nos basses-cours, qui four-

nit à la fois un oreiller moelleux pour nos couches, sa chair succulente pour nos tables, et des œufs ? Mais je n'en finirais pas s'il fallait énumérer les uns après les autres les différents produits que la terre bien cultivée, telle qu'une mère généreuse, prodigue à ses enfants. Ici, c'est la vigne ; ailleurs, ce sont les pommiers à cidre ; là, le colza ; plus loin, les fromages ; et le lin ; messieurs, n'oublions pas le lin ! qui a pris dans ces dernières années un accroissement considérable et sur lequel j'appellerai plus particulièrement votre attention. »

Il n'avait pas besoin de l'appeler : car toutes les bouches de la multitude se tenaient ouvertes, comme pour boire ses paroles. Tuvache, à côté de lui, l'écoutait en écarquillant les yeux ; M. Derozerays, de temps à autre, fermait doucement les paupières ; et plus loin, le pharmacien, avec son fils Napoléon entre les jambes, bombait sa main contre son oreille pour ne pas perdre une seule syllabe. Les autres membres du jury balançaient lentement leur menton dans leur gilet, en signe d'approbation. Les pompiers, au bas de l'estrade, se reposaient sur leurs baïonnettes ; et Binet, immobile, restait le coude en dehors, avec la pointe du sabre en l'air. Il entendait peut-être, mais il ne devait rien apercevoir à cause de la visière de son casque qui lui descendait sur le nez. Son lieutenant, le fils cadet du sieur Tuvache, avait encore exagéré le sien ; car il en portait un énorme et qui lui vacillait sur la tête, en laissant dépasser un bout de son foulard d'indienne. Il souriait là-dessous avec une douceur tout enfantine, et sa petite figure pâle, où des gouttes ruisselaient, avait une expression de jouissance, d'accablement et de sommeil.

La place jusqu'aux maisons était comble de monde. On y voyait des gens accoudés à toutes les fenêtres, d'autres debout sur toutes les portes, et Justin, devant la devanture de la pharmacie, paraissait tout fixé dans la contemplation de ce qu'il regardait. Malgré le silence, la voix de M. Lieuvain se perdait dans l'air. Elle vous arrivait par lambeaux de phrases, qu'interrompait çà et là le bruit des chaises dans la foule ; puis on entendait, tout à coup, partir derrière soi un long mugissement de bœuf, ou bien les bêlements des agneaux qui se répondaient au coin des rues. En effet, les vachers et les bergers avaient poussé leurs bêtes jusque-là, et elles beuglaient de temps à autre, tout en arrachant avec leur langue quelque bribe de feuillage qui leur pendait sur le museau.

Rodolphe s'était rapproché d'Emma, et il disait d'une voix basse, en parlant vite :

« Est-ce que cette conjuration du monde ne vous révolte pas ? Est-il un seul sentiment qu'il ne condamne ? Les instincts les plus nobles, les sympathies les plus pures sont persécutés, calomniés, et s'il se rencontre enfin deux pauvres âmes, tout est organisé pour qu'elles ne puissent se joindre. Elles essayeront cependant, elles battront des ailes, elles s'appelleront. Oh ! n'importe, tôt ou tard, dans six mois, dix ans, elles se réuniront, s'aimeront, parce que la fatalité l'exige et qu'elles sont nées l'une pour l'autre. »

Il se tenait les bras croisés sur ses genoux, et, ainsi levant la figure vers Emma, il la regardait de près, fixement. Elle distinguait dans ses yeux des petits rayons d'or, s'irradiant tout autour de ses pupilles noires, et même elle sentait le parfum de la pommade qui lustrait sa chevelure. Alors une mollesse la saisit, elle se rappela ce vicomte qui l'avait fait valser à la Vaubyessard, et dont la barbe exhalait, comme ces cheveux-là, cette odeur de vanille et de citron ; et, machinalement, elle entrefema les paupières pour le mieux respirer. Mais, dans ce geste qu'elle fit en se cabrant sur sa chaise, elle aperçut au loin, tout au fond de l'horizon, la vieille diligence l'*Hirondelle,* qui descendait lentement la côte des Leux, en traînant après soi un long panache de poussière. C'était dans cette voiture que Léon, si souvent, était revenu vers elle ; et par cette route là-bas qu'il était parti pour toujours ! Elle crut le voir en face, à sa fenêtre, puis tout se confondit, des nuages passèrent ; il lui sembla qu'elle tournait encore dans la valse, sous le feu des lustres, au bras du vicomte, et que Léon n'était pas loin, qu'il allait venir... et cependant elle sentait toujours la tête de Rodolphe à côté d'elle. La douceur de cette sensation pénétrait ainsi ses désirs d'autrefois, et comme des grains de sable sous un coup de vent, ils tourbillonnaient dans la bouffée subtile du parfum qui se répandait sur son âme. Elle ouvrit les narines à plusieurs reprises, fortement, pour aspirer la fraîcheur des lierres autour des chapiteaux. Elle retira ses gants, elle s'essuya les mains ; puis, avec son mouchoir,

elle s'éventait la figure, tandis qu'à travers le battement de
ses tempes elle entendait la rumeur de la foule et la voix
du Conseiller qui psalmodiait ses phrases.

Il disait :

« Continuez! persévérez! n'écoutez ni les suggestions
de la routine, ni les conseils trop hâtifs d'un empirisme
téméraire! Appliquez-vous surtout à l'amélioration du
sol, aux bons engrais, au développement des races che-
valines, bovines, ovines et porcines! Que ces comices
soient pour vous comme des arènes pacifiques où le vainqueur, en sortant, tendra la main au vaincu et fraternisera
avec lui, dans l'espoir d'un succès meilleur! Et vous,
vénérables serviteurs! humbles domestiques, dont aucun
gouvernement jusqu'à ce jour n'avait pris en considération les pénibles labeurs, venez recevoir la récompense
de vos vertus silencieuses, et soyez convaincus que l'État,
désormais, a les yeux fixés sur vous, qu'il vous encourage,
qu'il vous protège, qu'il fera droit à vos justes réclamations et allégera, autant qu'il est en lui, le fardeau de vos
pénibles sacrifices! »

M. Lieuvain se rassit alors; M. Derozerays se leva,
commençant un autre discours. Le sien, peut-être, ne fut
point aussi fleuri que celui du Conseiller; mais il se re-
commandait par un caractère de style plus positif, c'est-
à-dire par des connaissances plus spéciales et des considérations plus relevées. Ainsi, l'éloge du gouvernement
y tenait moins de place; la religion et l'agriculture en
occupaient davantage. On y voyait le rapport de l'une et
de l'autre, et comment elles avaient concouru toujours à
la civilisation. Rodolphe, avec madame Bovary causait
rêves, pressentiments, magnétisme. Remontant au berceau des sociétés, l'orateur nous dépeignait ces temps
farouches où les hommes vivaient de glands, au fond des
bois. Puis ils avaient quitté la dépouille des bêtes, endossé
le drap, creusé des sillons, planté la vigne. Était-ce un
bien, et n'y avait-il pas dans cette découverte plus d'in-
convénients que d'avantages? M. Derozerays se posait ce
problème. Du magnétisme, peu à peu, Rodolphe en était
venu aux affinités, et, tandis que M. le Président citait
Cincinnatus à sa charrue, Dioclétien plantant ses choux
et les empereurs de la Chine inaugurant l'année par des

semailles, le jeune homme expliquait à la jeune femme que ces attractions irrésistibles tiraient leur cause de quelque existence antérieure.

« Ainsi, nous, disait-il, pourquoi nous sommes-nous connus ? Quel hasard l'a voulu ? C'est qu'à travers l'éloignement, sans doute, comme deux fleuves qui coulent pour se rejoindre, nos pentes particulières nous avaient poussés l'un vers l'autre. »

Et il saisit sa main ; elle ne la retira pas.

« Ensemble de bonnes cultures ! » cria le président.

« Tantôt, par exemple, quand je suis venu chez vous...

« A M. Binet, de Quincampoix. »

— Savais-je que je vous accompagnerais ?

« Soixante et dix francs ! »

— Cent fois même j'ai voulu partir, et je vous ai suivie, je suis resté.

« Fumiers. »

— Comme je resterais ce soir, demain, les autres jours, toute ma vie !

« A M. Caron, d'Argueil, une médaille d'or ! »

— Car jamais je n'ai trouvé dans la société de personne un charme aussi complet.

« A M. Bain, de Givry-Saint-Martin ! »

— Aussi, moi, j'emporterai votre souvenir.

« Pour un bélier mérinos... »

— Mais vous m'oublierez, j'aurai passé comme une ombre.

« A M. Belot, de Notre-Dame... »

— Oh ! non, n'est-ce pas, je serai quelque chose dans votre pensée, dans votre vie ?

« Race porcine, prix *ex æquo* à MM. Lehérissé et Cullembourg ; soixante francs ! »

Rodolphe lui serrait la main, et il la sentait toute chaude et frémissante comme une tourterelle captive qui veut reprendre sa volée ; mais, soit qu'elle essayât de la dégager ou bien qu'elle répondît à cette pression, elle fit un mouvement des doigts ; il s'écria :

« Oh ! merci ! Vous ne me repoussez pas ! Vous êtes bonne ! Vous comprenez que je suis à vous ! Laissez que je vous voie, que je vous contemple ! »

Un coup de vent qui arriva par les fenêtres fronça le tapis de la table, et, sur la place, en bas, tous les grands

bonnets de paysannes se soulevèrent, comme des ailes
de papillons blancs qui s'agitent.

« Emploi de tourteaux de graines oléagineuses », continua le président.

Il se hâtait :

« Engrais flamand, — culture du lin, — drainage, —
baux à longs termes, — services de domestiques. »

Rodolphe ne parlait plus. Ils se regardaient. Un désir
suprême faisait frissonner leurs lèvres sèches; et mollement, sans efforts, leurs doigts se confondirent.

« Catherine-Nicaise-Élisabeth Leroux, de Sassetot-la-
Guerrière, pour cinquante-quatre ans de service dans la
même ferme, une médaille d'argent — du prix de vingt-
cinq francs! »

« Où est-elle, Catherine Leroux? » répéta le Conseiller.

Elle ne se présentait pas, et l'on entendait des voix qui
chuchotaient :

« Vas-y!
— Non.
— A gauche!
— N'aie pas peur!
— Ah! qu'elle est bête!
— Enfin y est-elle? s'écria Tuvache.
— Oui!... la voilà!
— Qu'elle approche donc! »

Alors on vit s'avancer sur l'estrade une petite vieille
femme de maintien craintif, et qui paraissait se ratatiner
dans ses pauvres vêtements[1]. Elle avait aux pieds de
grosses galoches de bois, et, le long des hanches, un
grand tablier bleu. Son visage maigre, entouré d'un bé-
guin sans bordure, était plus plissé de rides qu'une
pomme de reinette flétrie, et des manches de sa camisole
rouge dépassaient deux longues mains, à articulations
noueuses. La poussière des granges, la potasse des les-
sives et le suint des laines les avaient si bien encroûtées,
éraillées, durcies, qu'elles semblaient sales quoiqu'elles
fussent rincées d'eau claire; et, à force d'avoir servi, elles
restaient entr'ouvertes, comme pour présenter d'elles-
mêmes l'humble témoignage de tant de souffrances su-
bies. Quelque chose d'une rigidité monacale relevait l'expression de sa figure. Rien de triste ou d'attendri n'amollissait ce regard pâle. Dans la fréquentation des animaux,
elle avait pris leur mutisme et leur placidité. C'était la pre-

mière fois qu'elle se voyait au milieu d'une compagnie si nombreuse ; et, intérieurement effarouchée par les drapeaux, par les tambours, par les messieurs en habit noir et par la croix d'honneur du Conseiller, elle demeurait tout immobile, ne sachant s'il fallait s'avancer ou s'enfuir, ni pourquoi la foule la poussait et pourquoi les examinateurs lui souriaient. Ainsi se tenait, devant ces bourgeois épanouis, ce demi-siècle de servitude.

« Approchez, vénérable Catherine-Nicaise-Élisabeth Leroux ! » dit M. le Conseiller, qui avait pris des mains du président la liste des lauréats.

Et tour à tour examinant la feuille de papier, puis la vieille femme, il répétait d'un ton paternel :

« Approchez, approchez !

— Êtes-vous sourde ? » dit Tuvache, en bondissant sur son fauteuil.

Et il se mit à lui crier dans l'oreille :

« Cinquante-quatre ans de service ! Une médaille d'argent ! Vingt-cinq francs ! C'est pour vous. »

Puis, quand elle eut sa médaille, elle la considéra. Alors un sourire de béatitude se répandit sur sa figure et on l'entendait qui marmottait en s'en allant :

« Je la donnerai au curé de chez nous, pour qu'il me dise des messes.

— Quel fanatisme ! » exclama le pharmacien, en se penchant vers le notaire.

La séance était finie ; la foule se dispersa ; et, maintenant que les discours étaient lus, chacun reprenait son rang et tout rentrait dans la coutume : les maîtres rudoyaient les domestiques, et ceux-ci frappaient les animaux, triomphateurs indolents qui s'en retournaient à l'étable, une couronne verte entre les cornes.

Cependant les gardes nationaux étaient montés au premier étage de la mairie, avec des brioches embrochées à leurs baïonnettes, et le tambour du bataillon qui portait un panier de bouteilles. Madame Bovary prit le bras de Rodolphe ; il la reconduisit chez elle ; ils se séparèrent devant sa porte ; puis il se promena seul dans la prairie, tout en attendant l'heure du banquet.

Le festin fut long, bruyant, mal servi ; l'on était si tassé, que l'on avait peine à remuer les coudes, et les planches étroites qui servaient de bancs faillirent se rompre sous le poids des convives. Ils mangeaient abondamment. Cha-

cun s'en donnait pour sa quote-part. La sueur coulait sur
tous les fronts; et une vapeur blanchâtre, comme la buée
d'un fleuve par un matin d'automne, flottait au-dessus de
la table, entre les quinquets suspendus. Rodolphe, le dos
appuyé contre le calicot de la tente, pensait si fort à
Emma, qu'il n'entendait rien. Derrière lui, sur le gazon,
des domestiques empilaient des assiettes sales; ses voisins parlaient, il ne leur répondait pas; on lui emplissait
son verre, et un silence s'établissait dans sa pensée, malgré
les accroissements de la rumeur. Il rêvait à ce qu'elle avait
dit et à la forme de ses lèvres; sa figure, comme en un
miroir magique, brillait sur la plaque des shakos; les plis
de sa robe descendaient le long des murs, et des journées
d'amour se déroulaient à l'infini dans les perspectives de
l'avenir.

Il la revit le soir, pendant le feu d'artifice; mais elle
était avec son mari, madame Homais et le pharmacien,
lequel se tourmentait beaucoup sur le danger des fusées
perdues; et, à chaque moment, il quittait la compagnie
pour aller faire à Binet des recommandations.

Les pièces pyrotechniques envoyées à l'adresse du
sieur Tuvache avaient, par excès de précaution, été enfermées dans sa cave; aussi la poudre humide ne s'enflammait guère et le morceau principal, qui devait figurer
un dragon se mordant la queue, rata complètement. De
temps à autre, il partait une pauvre chandelle romaine;
alors la foule béante poussait une clameur où se mêlait le
cri des femmes à qui l'on chatouillait la taille pendant
l'obscurité. Emma, silencieuse, se blottissait doucement
contre l'épaule de Charles; puis, le menton levé, elle suivait dans le ciel noir le jet lumineux des fusées. Rodolphe
la contemplait à la lueur des lampions qui brûlaient.

Ils s'éteignirent peu à peu. Les étoiles s'allumèrent.
Quelques gouttes de pluie vinrent à tomber. Elle noua
son fichu sur sa tête nue.

À ce moment, le fiacre du Conseiller sortit de l'auberge. Son cocher, qui était ivre, s'assoupit tout à coup
et l'on apercevait de loin, par-dessus la capote, entre les
deux lanternes, la masse de son corps qui se balançait de
droite et de gauche, selon le tangage des soupentes.

« En vérité, dit l'apothicaire, on devrait bien sévir
contre l'ivresse! Je voudrais que l'on inscrivît, hebdoma-
dairement, à la porte de la mairie, sur un tableau *ad hoc,*

les noms de tous ceux qui, durant la semaine, se seraient
intoxiqués avec des alcools. D'ailleurs, sous le rapport de
la statistique, on aurait là comme des annales patentes
qu'on irait au besoin... Mais excusez... »

Et il courut encore vers le capitaine.

Celui-ci rentrait à sa maison. Il allait revoir son tour.

« Peut-être ne feriez-vous pas mal, lui dit Homais,
d'envoyer un de vos hommes ou d'aller vous-même...

— Laissez-moi donc tranquille, répondit le percepteur, puisqu'il n'y a rien!

— Rassurez-vous, dit l'apothicaire, quand il fut revenu près de ses amis. M. Binet m'a certifié que les mesures étaient prises. Nulle flammèche ne sera tombée. Les
pompes sont pleines. Allons dormir.

— Ma foi! j'en ai besoin, fit madame Homais, qui
bâillait considérablement; mais, n'importe, nous avons
eu pour notre fête une bien belle journée. »

Rodolphe répéta d'une voix basse et avec un regard
tendre :

« Oh! oui, bien belle! »

Et, s'étant salués, on se tourna le dos.

Deux jours après, dans le *Fanal de Rouen,* il y avait un
grand article sur les comices. Homais l'avait composé, de
verve, dès le lendemain :

« Pourquoi ces festons, ces fleurs, ces guirlandes? Où
courait cette foule, comme les flots d'une mer en furie,
sous les torrents d'un soleil tropical qui répandait sa chaleur sur nos guérets? »

Ensuite, il parlait de la condition des paysans. Certes,
le gouvernement faisait beaucoup, mais pas assez! « Du
courage? lui criait-il; mille réformes sont indispensables,
accomplissons-les. » Puis, abordant l'entrée du Conseiller, il n'oubliait point « l'air martial de notre milice », ni
« nos plus sémillantes villageoises », ni les vieillards à tête
chauve, « sorte de patriarches qui étaient là, et dont quelques-uns, débris de nos immortelles phalanges, sentaient
encore battre leurs cœurs au son mâle des tambours ».
Il se citait des premiers parmi les membres du jury, et
même il rappelait, dans une note, que M. Homais, pharmacien, avait envoyé un Mémoire sur le cidre à la Société
d'Agriculture. Quand il arrivait à la distribution des
récompenses, il dépeignait la joie des lauréats en traits
dithyrambiques. « Le père embrassait son fils, le frère le

frère, l'époux l'épouse. Plus d'un montrait avec orgueil son humble médaille, et sans doute, revenu chez lui, près de sa bonne ménagère, il l'aura suspendue en pleurant aux murs discrets de sa chaumine.

« Vers six heures, un banquet, dressé dans l'herbage de M. Liégard, a réuni les principaux assistants de la fête. La plus grande cordialité n'a cessé d'y régner. Divers toasts ont été portés : M. Lieuvain, au monarque ! M. Tuvache, au préfet ! M. Derozerays, à l'agriculture ! M. Homais, à l'industrie et aux beaux-arts, ces deux sœurs ! M. Leplichey, aux améliorations ! Le soir, un brillant feu d'artifice a tout à coup illuminé les airs. On eût dit un véritable kaléidoscope, un vrai décor d'opéra, et, un moment, notre petite localité a pu se croire transportée au milieu d'un rêve des *Mille et une Nuits*.

« Constatons qu'aucun événement fâcheux n'est venu troubler cette réunion de famille. »

Et il ajoutait :

« On y a seulement remarqué l'absence du clergé. Sans doute les sacristies entendent le progrès d'une autre manière. Libre à vous, messieurs de Loyola[1] ! »

IX

Six semaines s'écoulèrent. Rodolphe ne revint pas. Un soir, enfin, il parut.

« N'y retournons pas de sitôt, ce serait une faute. »

Et, au bout de la semaine, il était parti pour la chasse.

Après la chasse, il avait songé qu'il était trop tard, puis il fit ce raisonnement :

« Mais, si du premier jour elle m'a aimé, elle doit, par l'impatience de me revoir, m'aimer davantage. Continuons donc ! »

Et il comprit que son calcul avait été bon, lorsque, en entrant dans la salle, il aperçut Emma pâlir.

Elle était seule. Le jour tombait. Les petits rideaux de mousseline, le long des vitres, épaississaient le crépuscule, et la dorure du baromètre, sur qui frappait un rayon de soleil, étalait des feux dans la glace, entre les découpures du polypier.

Rodolphe resta debout; et à peine si Emma répondit à ses premières phrases de politesse.

« Moi, dit-il, j'ai eu des affaires. J'ai été malade.

— Gravement? s'écria-t-elle.

— Eh bien! fit Rodolphe en s'asseyant à ses côtés sur un tabouret, non!... C'est que je n'ai pas voulu revenir.

— Pourquoi?

— Vous ne le devinez pas? »

Il la regarda encore une fois, mais d'une façon si violente qu'elle baissa la tête en rougissant. Il reprit :

— Emma...

— Monsieur! fit-elle en s'écartant un peu.

— Ah! vous voyez bien, répliqua-t-il d'une voix mélancolique, que j'avais raison de vouloir ne pas revenir; car ce nom, ce nom qui remplit mon âme et qui m'est échappé, vous me l'interdisez! Madame Bovary!... Eh! tout le monde vous appelle comme cela!... Ce n'est pas votre nom, d'ailleurs; c'est le nom d'un autre! »

Il répéta :

« D'un autre! »

Et il se cacha la figure entre les mains.

« Oui, je pense à vous continuellement!... Votre souvenir me désespère! Ah! pardon!... Je vous quitte... Adieu!... J'irai loin... si loin que vous n'entendrez plus parler de moi!... Et cependant..., aujourd'hui..., je ne sais quelle force encore m'a poussé vers vous! Car on ne lutte pas contre le ciel, on ne résiste point au sourire des anges! on se laisse entraîner par ce qui est beau, charmant, adorable! »

C'était la première fois qu'Emma s'entendait dire ces choses; et son orgueil, comme quelqu'un qui se délasse dans une étuve, s'étirait mollement et tout entier à la chaleur de ce langage.

« Mais, si je ne suis pas venu, continua-t-il, si je n'ai pu vous voir, ah! du moins j'ai bien contemplé ce qui vous entoure. La nuit, toutes les nuits, je me relevais, j'arrivais jusqu'ici, je regardais votre maison, le toit qui brillait sous la lune, les arbres du jardin qui se balançaient à votre fenêtre, et une petite lampe, une lueur, qui brillait à travers les carreaux, dans l'ombre. Ah! vous ne saviez guère qu'il y avait là, si près et si loin, un pauvre misérable... »

Elle se tourna vers lui avec un sanglot.

« Oh! vous êtes bon! dit-elle.

— Non, je vous aime, voilà tout! Vous n'en doutez pas! dites-le-moi; un mot! un seul mot! »

Et Rodolphe, insensiblement, se laissait glisser du tabouret jusqu'à terre; mais on entendit un bruit de sabots dans la cuisine, et la porte de la salle, il s'en aperçut, n'était pas fermée.

« Que vous seriez charitable, poursuivit-il en se relevant, de satisfaire une fantaisie! »

C'était de visiter sa maison; il désirait la connaître; et madame Bovary n'y voyant point d'inconvénient, ils se levaient tous deux, quand Charles entra.

« Bonjour, docteur », lui dit Rodolphe.

Le médecin, flatté de ce titre inattendu, se répandit en obséquiosités, et l'autre en profita pour se remettre un peu.

« Madame m'entretenait, fit-il donc, de sa santé... »

Charles l'interrompit : il avait mille inquiétudes, en effet; les oppressions de sa femme recommençaient. Alors Rodolphe demanda si l'exercice du cheval ne serait pas bon.

« Certes! excellent, parfait!... Voilà une idée! Tu devrais la suivre. »

Et, comme elle objectait qu'elle n'avait point de cheval, M. Rodolphe en offrit un; elle refusa ses offres; il n'insista pas; puis, afin de motiver sa visite, il conta que son charretier, l'homme à la saignée, éprouvait toujours des étourdissements.

« J'y passerai, dit Bovary.

— Non, non, je vous l'enverrai; nous reviendrons, ce sera plus commode pour vous.

— Ah! fort bien. Je vous remercie. »

Et, dès qu'ils furent seuls :

« Pourquoi n'acceptes-tu pas les propositions de M. Boulanger, qui sont si gracieuses? »

Elle prit un air boudeur, chercha mille excuses, et déclara finalement *que cela peut-être semblerait drôle.*

« Ah! je m'en moque pas mal! dit Charles en faisant une pirouette. La santé avant tout! Tu as tort!

— Eh! comment veux-tu que je monte à cheval, puisque je n'ai pas d'amazone?

— Il faut t'en commander une! » répondit-il.

L'amazone la décida.

Quand le costume fut prêt, Charles écrivit à M. Boulanger que sa femme était à sa disposition, et qu'il comptait sur sa complaisance.

Le lendemain, à midi, Rodolphe arriva devant la porte de Charles avec deux chevaux de maître. L'un portait des pompons roses aux oreilles et une selle de femme en peau de daim.

Rodolphe avait mis de longues bottes molles, se disant que sans doute elle n'en avait jamais vu de pareilles; en effet, Emma fut charmée de sa tournure, lorsqu'il apparut sur le palier avec son grand habit de velours et sa culotte de tricot blanc. Elle était prête, elle l'attendait.

Justin s'échappa de la pharmacie pour la voir, et l'apothicaire aussi se dérangea. Il faisait à M. Boulanger des recommandations.

« Un malheur arrive si vite! Prenez garde! Vos chevaux peut-être sont fougueux! »

Elle entendit du bruit au-dessus de sa tête : c'était Félicité qui tambourinait contre les carreaux pour divertir la petite Berthe. L'enfant envoya de loin un baiser; sa mère lui répondit d'un signe avec le pommeau de sa cravache.

« Bonne promenade! cria M. Homais. De la prudence, surtout de la prudence! »

Et il agita son journal en les regardant s'éloigner.

Dès qu'il sentit la terre, le cheval d'Emma prit le galop. Rodolphe galopait à côté d'elle. Par moments ils échangeaient une parole. La figure un peu baissée, la main haute et le bras droit déployé, elle s'abandonnait à la cadence du mouvement qui la berçait sur la selle.

Au bas de la côte, Rodolphe lâcha les rênes; ils partirent ensemble d'un seul bond; puis, en haut, tout à coup les chevaux s'arrêtèrent et son grand voile bleu retomba.

On était aux premiers jours d'octobre. Il y avait du brouillard sur la campagne. Des vapeurs s'allongeaient à l'horizon, contre le contour des collines; et d'autres, se déchirant, montaient, se perdaient. Quelquefois, dans un écartement des nuées, sous un rayon de soleil, on apercevait au loin les toits d'Yonville, avec les jardins au bord de l'eau, les cours, les murs et le clocher de l'église. Emma fermait à demi les paupières pour reconnaître sa maison, et jamais ce pauvre village où elle vivait ne lui

avait semblé si petit. De la hauteur où ils étaient, toute
la vallée paraissait un immense lac pâle, s'évaporant à
l'air. Les massifs d'arbres de place en place saillissaient
comme des rochers noirs; et les hautes lignes des peupliers, qui dépassaient la brume, figuraient des grèves
que le vent remuait.

A côté, sur la pelouse, entre les sapins, une lumière
brune circulait dans l'atmosphère tiède. La terre, rous-
sâtre comme de la poudre de tabac, amortissait le bruit
des pas; et, du bout de leurs fers, en marchant, les chevaux poussaient devant eux des pommes de pin tombées.

Rodolphe et Emma suivirent ainsi la lisière du bois.
Elle se détournait de temps à autre, afin d'éviter son regard, et alors, elle ne voyait que les troncs de sapins alignés, dont la succession continue l'étourdissait un peu.
Les chevaux soufflaient. Le cuir des selles craquait.

Au moment où ils entrèrent dans la forêt, le soleil
parut.

« Dieu nous protège! dit Rodolphe.

— Vous croyez! fit-elle.

— Avançons! Avançons! » reprit-il.

Il claqua de la langue. Les deux bêtes couraient.

De longues fougères, au bord du chemin, se prenaient
dans l'étrier d'Emma, Rodolphe, tout en allant, se penchait et il les retirait à mesure. D'autres fois, pour écarter les branches, il passait près d'elle, et Emma sentait
son genou lui frôler la jambe. Le ciel était devenu bleu.
Les feuilles ne remuaient pas. Il y avait de grands espaces
pleins de bruyères tout en fleurs; et des nappes de violettes s'alternaient avec le fouillis des arbres, qui étaient
gris, fauves ou dorés, selon la diversité des feuillages.
Souvent on entendait, sous les buissons, glisser un petit
battement d'ailes, ou bien le cri rauque et doux des corbeaux, qui s'envolaient dans les chênes.

Ils descendirent. Rodolphe attacha les chevaux. Elle
allait devant, sur la mousse, entre les ornières.

Mais sa robe trop longue l'embarrassait, bien qu'elle
la portât relevée par la queue, et Rodolphe, marchant
derrière elle, contemplait entre ce drap noir et la bottine
noire, la délicatesse de son bas blanc, qui lui semblait
quelque chose de sa nudité.

Elle s'arrêta.

« Je suis fatiguée, dit-elle.

— Allons, essayez encore! reprit-il. Du courage! »

Puis, cent pas plus loin, elle s'arrêta de nouveau; et, à travers son voile, qui de son chapeau d'homme descendait obliquement sur ses hanches, on distinguait son visage dans une transparence bleuâtre, comme si elle eût nagé sous des flots d'azur.

« Où allons-nous donc? »

Il ne répondit rien. Elle respirait d'une façon saccadée. Rodolphe jetait les yeux autour de lui et il se mordait la moustache.

Ils arrivèrent à un endroit plus large, où l'on avait abattu des baliveaux. Ils s'assirent sur un tronc d'arbre renversé, et Rodolphe se mit à lui parler de son amour.

Il ne l'effraya point d'abord par des compliments. Il fut calme, sérieux, mélancolique.

Emma l'écoutait la tête basse, et tout en remuant avec la pointe de son pied des copeaux par terre.

Mais, à cette phrase :

« Est-ce que nos destinées maintenant ne sont pas communes?

— Eh non! répondit-elle. Vous le savez bien. C'est impossible. »

Elle se leva pour partir. Il la saisit au poignet. Elle s'arrêta. Puis, l'ayant considéré quelques minutes d'un œil amoureux et tout humide, elle dit vivement :

« Ah! tenez, n'en parlons plus... Où sont les chevaux? Retournons. »

Il eut un geste de colère et d'ennui. Elle répéta :

« Où sont les chevaux? Où sont les chevaux? »

Alors souriant d'un sourire étrange et la prunelle fixe, les dents serrées, il s'avança en écartant les bras. Elle se recula tremblante. Elle balbutiait :

« Oh! vous me faites peur! Vous me faites mal! Partons.

— Puisqu'il le faut », reprit-il en changeant de visage.

Et il redevint aussitôt respectueux, caressant, timide. Elle lui donna son bras. Ils s'en retournèrent. Il disait :

« Qu'aviez-vous donc? Pourquoi? Je n'ai pas compris. Vous vous méprenez, sans doute? Vous êtes dans mon âme comme une madone sur un piédestal, à une place haute, solide et immaculée. Mais j'ai besoin de vous pour vivre! j'ai besoin de vos yeux, de votre voix, de votre pensée. Soyez mon amie, ma sœur, mon ange! »

Et il allongeait son bras et lui en entourait la taille. Elle tâchait de se dégager mollement. Il la soutenait ainsi, en marchant.

Mais ils entendirent les deux chevaux qui broutaient le feuillage.

« Oh! encore, dit Rodolphe. Ne partons pas! Restez! »

Il l'entraîna plus loin, autour d'un petit étang, où des lentilles d'eau faisaient une verdure sur les ondes. Des nénufars flétris se tenaient immobiles entre les joncs. Au bruit de leurs pas dans l'herbe, des grenouilles sautaient pour se cacher.

« J'ai tort, j'ai tort, disait-elle. Je suis folle de vous entendre.

— Pourquoi?... Emma! Emma!

— Oh! Rodolphe!... » fit lentement la jeune femme en se penchant sur son épaule.

Le drap de sa robe s'accrochait au velours de l'habit, elle renversa son cou blanc, qui se gonflait d'un soupir, et, défaillante, tout en pleurs, avec un long frémissement et se cachant la figure, elle s'abandonna.

Les ombres du soir descendaient; le soleil horizontal, passant entre les branches, lui éblouissait les yeux. Çà et là, tout autour d'elle, dans les feuilles ou par terre, des taches lumineuses tremblaient, comme si des colibris, en volant, eussent éparpillé leurs plumes. Le silence était partout; quelque chose de doux semblait sortir des arbres; elle sentait son cœur, dont les battement recommençaient, et le sang circuler dans sa chair comme un fleuve de lait. Alors, elle entendit au loin, au-delà du bois, sur les autres collines, un cri vague et prolongé, une voix qui se traînait, et elle l'écoutait silencieusement, se mêlant comme une musique aux dernières vibrations de ses nerfs émus. Rodolphe, le cigare aux dents, raccommodait avec son canif une des deux brides cassée.

Ils s'en revinrent à Yonville, par le même chemin. Ils revirent sur la boue les traces de leurs chevaux, côte à côte, et les mêmes buissons, les mêmes cailloux dans l'herbe. Rien autour d'eux n'avait changé; et pour elle, cependant, quelque chose était survenu de plus considérable que si les montagnes se fussent déplacées. Rodolphe, de temps à autre, se penchait et lui prenait sa main pour la baiser.

Elle était charmante, à cheval! Droite, avec sa taille

mince, le genou plié sur la crinière de sa bête et un peu
colorée par le grand air, dans la rougeur du soir.

En entrant dans Yonville, elle caracola sur les pavés.
On la regardait des fenêtres.

Son mari, au dîner, lui trouva bonne mine; mais elle
eut l'air de ne pas l'entendre lorsqu'il s'informa de sa
promenade; et elle restait le coude au bord de son assiette,
entre les deux bougies qui brûlaient.

« Emma! dit-il.

— Quoi?

— Eh bien, j'ai passé cette après-midi chez M. Alexandre; il a une ancienne pouliche encore fort belle, un
peu couronnée seulement, et qu'on aurait, je suis sûr,
pour une centaine d'écus... »

Il ajouta:

« Pensant même que cela te serait agréable, je l'ai
retenue..., je l'ai achetée... Ai-je bien fait? Dis-moi donc. »

Elle remua la tête en signe d'assentissement; puis, un
quart d'heure après:

« Sors-tu ce soir? demanda-t-elle.

— Oui. Pourquoi?

— Oh! rien, rien, mon ami. »

Et, dès qu'elle fut débarrassée de Charles, elle monta
s'enfermer dans sa chambre.

D'abord, ce fut comme un étourdissement; elle voyait
les arbres, les chemins, les fossés, Rodolphe, et elle sentait encore l'étreinte de ses bras, tandis que le feuillage
frémissait et que les joncs sifflaient.

Mais, en s'apercevant dans la glace, elle s'étonna de
son visage. Jamais elle n'avait eu les yeux si grands, si
noirs, ni d'une telle profondeur. Quelque chose de subtil
épandu sur sa personne la transfigurait.

Elle se répétait: « J'ai un amant! un amant! » se délectant à cette idée comme à celle d'une autre puberté qui
lui serait survenue. Elle allait donc posséder enfin ces
joies de l'amour, cette fièvre du bonheur dont elle avait
désespéré. Elle entrait dans quelque chose de merveilleux
où tout serait passion, extase, délire; une immensité
bleuâtre l'entourait, les sommets du sentiment étincelaient sous sa pensée, l'existence ordinaire n'apparaissait
qu'au loin, tout en bas, dans l'ombre, entre les intervalles
de ces hauteurs.

Alors elle se rappela les héroïnes des livres qu'elle avait

lus, et la légion lyrique de ces femmes adultères se mit à
chanter dans sa mémoire avec des voix de sœurs qui la
charmaient. Elle devenait elle-même comme une partie
véritable de ces imaginations et réalisait la longue rêverie
de sa jeunesse, en se considérant dans ce type d'amoureuse qu'elle avait tant envié. D'ailleurs, Emma éprouvait une satisfaction de vengeance. N'avait-elle pas assez
souffert! Mais elle triomphait maintenant, et l'amour, si
longtemps contenu, jaillissait tout entier avec des bouil-
lonnements joyeux. Elle le savourait sans remords, sans
inquiétude, sans trouble.

La journée du lendemain se passa dans une douceur
nouvelle. Ils se firent des serments. Elle lui raconta ses
tristesses. Rodolphe l'interrompait par ses baisers; et elle
lui demandait, en le contemplant les paupières à demi
closes, de l'appeler encore par son nom et de répéter qu'il
l'aimait. C'était dans la forêt, comme la veille, sous une
hutte de sabotiers. Les murs en étaient de paille et le toit
descendait si bas, qu'il fallait se tenir courbé. Ils étaient
assis l'un contre l'autre, sur un lit de feuilles sèches.

A partir de ce jour-là, ils s'écrivirent régulièrement
tous les soirs. Emma portait sa lettre au bout du jardin
près de la rivière, dans une fissure de la terrasse. Rodolphe
venait l'y chercher et en plaçait une autre, qu'elle accusait
toujours d'être trop courte.

Un matin, que Charles était sorti dès avant l'aube, elle
fut prise par la fantaisie de voir Rodolphe à l'instant. On
pouvait arriver promptement à la Huchette, y rester une
heure et être rentré dans Yonville que tout le monde
encore serait endormi. Cette idée la fit haleter de convoitise; elle se trouva bientôt au milieu de la prairie, où elle
marchait à pas rapides, sans regarder derrière elle.

Le jour commençait à paraître. Emma, de loin, reconnut la maison de son amant, dont les deux girouettes à
queue-d'aronde se découpaient en noir sur le crépuscule
pâle.

Après la cour de la ferme, il y avait un corps de logis
qui devait être le château. Elle y entra, comme si les murs,
à son approche, se fussent écartés d'eux-mêmes. Un
grand escalier droit montait vers le corridor. Emma
tourna la clenche d'une porte, et tout à coup, au fond de
la chambre, elle aperçut un homme qui dormait. C'était
Rodolphe. Elle poussa un cri.

« Te voilà! te voilà! répéta-t-il. Comment as-tu fait pour venir?... Ah! ta robe est mouillée!

— Je t'aime », répondit-elle en lui passant les bras autour du cou.

Cette première audace lui ayant réussi, chaque fois maintenant que Charles sortait de bonne heure, Emma s'habillait vite et descendait à pas de loup le perron qui conduisait au bord de l'eau.

Mais, quand la planche aux vaches était levée, il fallait suivre les murs qui longeaient la rivière; la berge était glissante; elle s'accrochait de la main, pour ne pas tomber, aux bouquets de ravenelles flétries. Puis elle prenait à travers des champs en labour, où elle enfonçait, trébuchait et empêtrait ses bottines minces. Son foulard, noué sur sa tête, s'agitait au vent dans les herbages; elle avait peur des bœufs, elle se mettait à courir; elle arrivait essoufflée, les joues roses, et exhalant de toute sa personne un frais parfum de sève, de verdure et de grand air. Rodolphe, à cette heure-là, dormait encore. C'était comme une matinée de printemps qui entrait dans sa chambre.

Les rideaux jaunes, le long des fenêtres, laissaient passer doucement une lourde lumière blonde. Emma tâtonnait en clignant des yeux, tandis que les gouttes de rosée suspendues à ses bandeaux faisaient comme une auréole de topaze tout autour de sa figure. Rodolphe, en riant, l'attirait à lui et il la pressait sur son cœur.

Ensuite, elle examinait l'appartement, elle ouvrait les tiroirs des meubles, elle se peignait avec son peigne et se regardait dans le miroir à barbe. Souvent même, elle mettait entre ses dents le tuyau d'une grosse pipe qui était sur la table de nuit, parmi des citrons et des morceaux de sucre, près d'une carafe d'eau.

Il leur fallait un bon quart d'heure pour les adieux. Alors Emma pleurait; elle aurait voulu ne jamais abandonner Rodolphe. Quelque chose de plus fort qu'elle la poussait vers lui, si bien qu'un jour, la voyant survenir à l'improviste, il fronça le visage, comme quelqu'un de contrarié.

« Qu'as-tu donc? dit-elle. Souffres-tu? Parle-moi! »

Enfin il déclara, d'un air sérieux, que ses visites devenaient imprudentes et qu'elle se compromettait.

X

Peu à peu, ces craintes de Rodolphe la gagnèrent. L'amour l'avait enivrée d'abord, elle n'avait songé à rien au delà. Mais, à présent qu'il était indispensable à sa vie, elle craignait d'en perdre quelque chose, ou même qu'il ne fût troublé. Quand elle s'en revenait de chez lui, elle jetait tout alentour des regards inquiets, épiant chaque forme qui passait à l'horizon et chaque lucarne du village d'où l'on pouvait l'apercevoir. Elle écoutait les pas, les cris, le bruit des charrues; et elle s'arrêtait plus blême et plus tremblante que les feuilles de peupliers qui se balançaient sur sa tête.

Un matin, qu'elle s'en retournait ainsi, elle crut distinguer tout à coup le long canon d'une carabine qui semblait la tenir en joue. Il dépassait obliquement le bord d'un petit tonneau, à demi enfoui dans les herbes sur la marge d'un fossé. Emma, prête à défaillir de terreur, avança cependant, et un homme sortit du tonneau, comme ces diables à boudin qui se dressent du fond des boîtes. Il avait des guêtres bouclées jusqu'aux genoux, sa casquette enfoncée jusqu'aux yeux, les lèvres grelottantes et le nez rouge. C'était le capitaine Binet, à l'affût des canards sauvages.

« Vous auriez dû parler de loin! s'écria-t-il. Quand on aperçoit un fusil, il faut toujours avertir. »

Le percepteur, par là, tâchait de dissimuler la crainte qu'il venait d'avoir; car, un arrêté préfectoral ayant interdit la chasse aux canards autrement qu'en bateau, M. Binet, malgré son respect pour les lois, se trouvait en contravention. Aussi croyait-il à chaque minute entendre arriver le garde champêtre. Mais cette inquiétude irritait son plaisir, et, tout seul dans son tonneau, il s'applaudissait de son bonheur et de sa malice.

A la vue d'Emma, il parut soulagé d'un grand poids, et aussitôt, entamant la conversation :

« Il ne fait pas chaud, ça pique ! »

Emma ne répondit rien. Il poursuivit :

« Et vous voilà sortie de bien bonne heure ?

— Oui, dit-elle en balbutiant; je viens de chez la nourrice où est mon enfant.

— Ah! fort bien! fort bien! Quant à moi, tel que vous me voyez, dès la pointe du jour, je suis là; mais le temps est si crassineux, qu'à moins d'avoir la plume juste au bout...

— Bonsoir, monsieur Binet, interrompit-elle en lui tournant les talons.

— Serviteur, madame », reprit-il d'un ton sec.

Et il rentra dans son tonneau.

Emma se repentit d'avoir quitté si brusquement le percepteur. Sans doute, il allait faire des conjectures défavorables. L'histoire de la nourrice était la pire excuse, tout le monde sachant bien à Yonville que la petite Bovary, depuis un an, était revenue chez ses parents. D'ailleurs, personne n'habitait aux environs; ce chemin ne conduisait qu'à la Huchette; Binet, donc, avait deviné d'où elle venait, et il ne se tairait pas, il bavarderait, c'était certain! Elle resta jusqu'au soir à se torturer l'esprit dans tous les projets de mensonges imaginables, et ayant sans cesse devant les yeux cet imbécile à carnassière.

Charles, après le dîner, la voyant soucieuse, voulut, par distraction, la conduire chez le pharmacien; et la première personne qu'elle aperçut dans la pharmacie ce fut encore lui, le percepteur! Il était debout devant le comptoir, éclairé par la lumière du bocal rouge, et il disait :

« Donnez-moi, je vous prie, une demi-once de vitriol.

— Justin, cria l'apothicaire, apporte-nous l'acide sulfurique. »

Puis, à Emma, qui voulait monter dans l'appartement de madame Homais :

« Non, restez, ce n'est pas la peine, elle va descendre. Chauffez-vous au poêle en attendant... Excusez-moi... Bonjour, docteur (car le pharmacien se plaisait beaucoup à prononcer ce mot *docteur,* comme si, en l'adressant à un autre, il eût fait rejaillir sur lui-même quelque chose de la pompe qu'il y trouvait)... Mais prends garde de renverser les mortiers! va plutôt chercher les chaises de la petite salle; tu sais bien qu'on ne dérange pas les fauteuils du salon. »

Et, pour remettre en place son fauteuil, Homais se précipitait hors du comptoir, quand Binet lui demanda une demi-once d'acide de sucre.

« Acide de sucre? fit le pharmacien dédaigneusement. Je ne connais pas, j'ignore! Vous voulez peut-être
de l'acide oxalique. C'est oxalique, n'est-il pas vrai? »

Binet expliqua qu'il avait besoin d'un mordant pour
composer lui-même une eau de cuivre avec quoi dé-
rouiller diverses garnitures de chasse. Emma tressaillit.
Le pharmacien se mit à dire :

« En effet, le temps n'est pas propice, à cause de
l'humidité.

— Cependant, reprit le percepteur d'un air finaud,
il y a des personnes qui s'en arrangent. »

Elle étouffait.

« Donnez-moi encore...

— Il ne s'en ira donc jamais! pensait-elle.

— Une demi-once d'arcanson et de térébenthine,
quatre onces de cire jaune, et trois demi-onces de noir
animal, s'il vous plaît, pour nettoyer les cuirs vernis de
mon équipement. »

L'apothicaire commençait à tailler de la cire, quand
madame Homais parut avec Irma dans ses bras, Napoléon à ses côtés et Athalie qui la suivait. Elle alla s'asseoir sur le banc de velours, contre la fenêtre, et le gamin
s'accroupit sur un tabouret, tandis que sa sœur aînée
rôdait autour de la boîte de jujube, près de son petit papa.
Celui-ci emplissait des entonnoirs et bouchait des flacons,
il collait des étiquettes, il confectionnait des paquets.
On se taisait autour de lui; et l'on entendait seulement
de temps à autre tinter les poids dans les balances, avec
quelques paroles basses du pharmacien donnant des conseils à son élève.

« Comment va votre jeune personne? demanda tout
à coup madame Homais.

— Silence! exclama son mari, qui écrivait des chiffres
sur le cahier de brouillons.

— Pourquoi ne l'avez-vous pas amenée? reprit-elle
à demi-voix.

— Chut! chut! » fit Emma en désignant du doigt l'apothicaire.

Mais Binet, tout entier à la lecture de l'addition, n'avait
rien entendu, probablement. Enfin il sortit. Alors Emma,
débarrassée, poussa un grand soupir.

« Comme vous respirez fort! dit madame Homais.

— Ah! c'est qu'il fait chaud », répondit-elle.

Ils avisèrent donc, le lendemain, à organiser leurs rendez-vous; Emma voulait corrompre sa servante par un cadeau; mais il eût mieux valu découvrir à Yonville quelque maison discrète. Rodolphe promit d'en chercher une.

Pendant tout l'hiver, trois ou quatre fois la semaine, à la nuit noire, il arrivait dans le jardin. Emma, tout exprès, avait retiré la clef de la barrière, que Charles crut perdue.

Pour l'avertir, Rodolphe jetait contre les persiennes une poignée de sable. Elle se levait en sursaut; mais quelquefois il lui fallait attendre, car Charles avait la manie de bavarder au coin du feu, et il n'en finissait plus.

Elle se dévorait d'impatience; si ses yeux l'avaient pu, ils l'eussent fait sauter par les fenêtres. Enfin, elle commençait sa toilette de nuit; puis elle prenait un livre et continuait à lire fort tranquillement, comme si la lecture l'eût amusée. Mais Charles, qui était au lit, l'appelait pour se coucher.

« Viens donc, Emma, disait-il, il est temps.

— Oui, j'y vais! » répondait-elle.

Cependant, comme les bougies l'éblouissaient, il se tournait vers le mur et s'endormait. Elle s'échappait, en retenant son haleine, souriante, palpitante, déshabillée.

Rodolphe avait un grand manteau; il l'en enveloppait tout entière, et, passant le bras autour de sa taille, il l'entraînait sans parler jusqu'au fond du jardin.

C'était sous la tonnelle, sur ce même banc de bâtons pourris où autrefois Léon la regardait si amoureusement, durant les soirs d'été. Elle ne pensait guère à lui maintenant.

Les étoiles brillaient à travers les branches du jasmin sans feuilles. Ils entendaient derrière eux la rivière qui coulait, et, de temps à autre, sur la berge, le claquement des roseaux secs. Des massifs d'ombre, çà et là, se bombaient dans l'obscurité, et parfois, frissonnant tous d'un seul mouvement, ils se dressaient et se penchaient comme d'immenses vagues noires qui se fussent avancées pour les recouvrir. Le froid de la nuit les faisait s'étreindre davantage; les soupirs de leurs lèvres leur semblaient plus forts; leurs yeux, qu'ils entrevoyaient à peine, leur paraissaient plus grands, et, au milieu du silence, il y avait des paroles dites tout bas qui tombaient sur leur

âme avec une sonorité cristalline et qui s'y répercutaient
en vibrations multipliées.

Lorsque la nuit était pluvieuse, ils s'allaient réfugier
dans le cabinet aux consultations, entre le hangar et
l'écurie. Elle allumait un des flambeaux de la cuisine,
qu'elle avait caché derrière les livres. Rodolphe s'installait là comme chez lui. La vue de la bibliothèque et du
bureau, de tout l'appartement, enfin, excitait sa gaieté;
et il ne pouvait se retenir de faire sur Charles quantité de
plaisanteries qui embarrassaient Emma. Elle eût désiré
le voir plus sérieux, et même plus dramatique, à l'occasion, comme cette fois où elle crut entendre dans l'allée
un bruit de pas qui s'approchaient.

« On vient! » dit-elle.

Il souffla la lumière.

« As-tu tes pistolets?

— Pourquoi?

— Mais... pour te défendre, reprit Emma.

— Est-ce de ton mari? Ah! le pauvre garçon! »

Et Rodolphe acheva sa phrase avec un geste qui signifiait : « Je l'écraserais d'une chiquenaude. »

Elle fut ébahie de sa bravoure, bien qu'elle y sentît
une sorte d'indélicatesse et de grossièreté naïve qui la
scandalisa.

Rodolphe réfléchit beaucoup à cette histoire de pistolets. Si elle avait parlé sérieusement, cela était fort ridicule, pensait-il, odieux même, car il n'avait lui, aucune
raison de haïr ce bon Charles, n'étant pas ce qui s'appelle
dévoré de jalousie; — et, à ce propos, Emma lui avait
fait un grand serment qu'il ne trouvait pas non plus du
meilleur goût.

D'ailleurs, elle devenait bien sentimentale. Il avait
fallu échanger des miniatures; on s'était coupé des poignées de cheveux, et elle demandait à présent une bague,
un véritable anneau de mariage, en signe d'alliance éternelle. Souvent elle lui parlait des cloches du soir ou des
voix de la nature; puis elle l'entretenait de sa mère, à elle,
et de sa mère, à lui. Rodolphe l'avait perdue depuis vingt
ans. Emma, néanmoins, l'en consolait avec des mièvreries
de langage, comme on eût fait à un marmot abandonné,
et même lui disait quelquefois, en regardant la lune :

« Je suis sûre que là-haut, ensemble, elles approuvent
notre amour. »

Mais elle était si jolie! Il en avait possédé si peu d'une candeur pareille! Cet amour sans libertinage était pour lui quelque chose de nouveau, et qui, le sortant de ses habitudes faciles, caressait à la fois son orgueil et sa sensualité. L'exaltation d'Emma, que son bon sens bourgeois dédaignait, lui semblait, au fond du cœur, charmante, puisqu'elle s'adressait à sa personne. Alors, sûr d'être aimé, il ne se gêna pas, et insensiblement ses façons changèrent.

Il n'avait plus, comme autrefois, de ces mots si doux qui la faisaient pleurer, ni de ces véhémentes caresses qui la rendaient folle; si bien que leur grand amour, où elle vivait plongée, parut se diminuer sous elle, comme l'eau d'un fleuve qui s'absorberait dans son lit, et elle aperçut la vase. Elle n'y voulait pas croire; elle redoubla de tendresse; et Rodolphe, de moins en moins, cacha son indifférence.

Elle ne savait pas si elle regrettait de lui avoir cédé ou si elle ne souhaitait point, au contraire, le chérir davantage. L'humiliation de se sentir faible se tournait en une rancune que les voluptés tempéraient. Ce n'était pas de l'attachement, c'était comme une séduction permanente. Il la subjuguait. Elle en avait presque peur.

Les apparences, néanmoins, étaient plus calmes que jamais, Rodolphe ayant réussi à conduire l'adultère selon sa fantaisie; et, au bout de six mois, quand le printemps arriva, ils se trouvaient, l'un vis-à-vis de l'autre, comme deux mariés qui entretiennent tranquillement une flamme domestique.

C'était l'époque où le père Rouault envoyait *son* dinde en souvenir de sa jambe remise. Le cadeau arrivait toujours avec une lettre. Emma coupa la corde qui la retenait au panier, et lut les lignes suivantes :

« Mes chers enfants,

» J'espère que la présente vous trouvera en bonne santé et que celui-là vaudra bien les autres; car il me semble un peu plus mollet, si j'ose dire, et plus massif. Mais, la prochaine fois, par changement, je vous donnerai un coq, à moins que vous ne teniez de préférence aux *picots,* et renvoyez-moi la bourriche, s'il vous plaît, avec les deux anciennes. J'ai eu un malheur à ma char-

retterie, dont la couverture, une nuit qu'il ventait fort, s'est
envolée dans les arbres. La récolte non plus n'a pas été
trop fameuse. Enfin, je ne sais pas quand j'irai vous voir.
Ça m'est tellement difficile de quitter maintenant la
maison, depuis que je suis seul, ma pauvre Emma! »

Et il y avait ici un intervalle entre les lignes, comme
si le bonhomme eût laissé tomber sa plume pour rêver
quelque temps.

« Quant à moi, je vais bien, sauf un rhume que j'ai
attrapé l'autre jour à la foire d'Yvetot, où j'étais parti
pour retenir un berger, ayant mis le mien dehors, par
suite de sa trop grande délicatesse de bouche. Comme
on est à plaindre avec tous ces brigands-là! Du reste,
c'était aussi un malhonnête.

» J'ai appris d'un colporteur qui, en voyageant cet
hiver par votre pays, s'est fait arracher une dent, que
Bovary travaillait toujours dur. Ça ne m'étonne pas, et
il m'a montré sa dent; nous avons pris un café ensemble.
Je lui ai demandé s'il t'avait vue, il m'a dit que non, mais
qu'il avait vu dans l'écurie deux animaux, d'où je conclus
que le métier roule. Tant mieux, mes chers enfants, et
que le bon Dieu vous envoie tout le bonheur imaginable.

» Il me fait deuil de ne pas connaître encore ma bien-
aimée petite-fille Berthe Bovary. J'ai planté pour elle,
dans le jardin, sous ta chambre, un prunier de prunes
d'avoine, et je ne veux pas qu'on y touche, si ce n'est
pour lui faire plus tard des compotes, que je garderai
dans l'armoire, à son intention, quand elle viendra.

» Adieu, mes chers enfants. Je t'embrasse, ma fille,
vous aussi mon gendre, et la petite, sur les deux joues.

Je suis, avec bien des compliments,

Votre tendre père,

THÉODORE ROUAULT. »

Elle resta quelques minutes à tenir entre ses doigts
ce gros papier. Les fautes d'orthographe s'y enlaçaient
les unes aux autres, et Emma poursuivait la pensée
douce qui caquetait tout au travers comme une poule à
demi cachée dans une haie d'épine. On avait séché l'écriture avec les cendres du foyer, car un peu de poussière
grise glissa de la lettre sur sa robe, et elle crut presque
apercevoir son père se courbant vers l'âtre pour saisir

les pincettes. Comme il y avait longtemps qu'elle n'était
plus auprès de lui, sur l'escabeau dans la cheminée, quand
elle faisait brûler le bout d'un bâton à la grande flamme
des joncs marins qui pétillaient !... Elle se rappela des
soirs d'été tout pleins de soleil. Les poulains hennissaient
quand on passait, et galopaient, galopaient... Il y avait
sous sa fenêtre une ruche à miel et quelquefois les abeilles,
tournoyant dans la lumière, frappaient contre les carreaux
comme des balles d'or rebondissantes. Quel bonheur
dans ce temps-là ! quelle liberté ! quel espoir ! quelle abondance d'illusions ! Il n'en restait plus maintenant ! Elle en
avait dépensé à toutes les aventures de son âme, par
toutes les conditions successives, dans la virginité, dans
le mariage et dans l'amour ; — les perdant ainsi continuellement le long de sa vie, comme un voyageur qui laisse
quelque chose de sa richesse à toutes les auberges de la
route.

Mais qui donc la rendait si malheureuse ? Où était la
catastrophe extraordinaire qui l'avait bouleversée ? Et
elle releva la tête, regardant autour d'elle, comme pour
chercher la cause de ce qui la faisait souffrir.

Un rayon d'avril chatoyait sur les porcelaines de l'étagère ; le feu brûlait ; elle sentait sous ses pantoufles la
douceur du tapis ; le jour était blanc, l'atmosphère tiède,
et elle entendit son enfant qui poussait des éclats de rire.

En effet, la petite fille se roulait alors sur le gazon,
au milieu de l'herbe qu'on fanait. Elle était couchée à
plat ventre, au haut d'une meule. Sa bonne la retenait
par la jupe. Lestiboudois ratissait à côté, et chaque fois
qu'il s'approchait, elle se penchait en battant l'air de ses
deux bras.

« Amenez-la-moi ! dit sa mère, se précipitant pour
l'embrasser. Comme je t'aime, ma pauvre enfant ! comme
je t'aime ! »

Puis, s'apercevant qu'elle avait le bout des oreilles un
peu sale, elle sonna vite pour avoir de l'eau chaude et
la nettoya, la changea de linge, de bas, de souliers, fit
mille questions sur sa santé, comme au retour d'un
voyage, et, enfin, la baisant encore, et pleurant un peu,
elle la remit aux mains de la domestique, qui restait fort
ébahie devant cet excès de tendresse.

Rodolphe, le soir, la trouva plus sérieuse que d'habitude.

« Cela se passera, jugea-t-il; c'est un caprice. »

Et il manqua consécutivement à trois rendez-vous.
Quand il revint, elle se montra froide et presque dédaigneuse.

« Ah! tu perds ton temps, ma mignonne... »

Et il eut l'air de ne pas remarquer ses soupirs mélancoliques, ni le mouchoir qu'elle tirait.

C'est alors qu'Emma se repentit!

Elle se demanda même pourquoi donc elle exécrait
Charles, et s'il n'eût pas été meilleur de le pouvoir aimer.
Mais il n'offrait pas grande prise à ces retours du sentiment, si bien qu'elle demeurait fort embarrassée dans sa
velléité de sacrifice, lorsque l'apothicaire vint à propos lui
fournir une occasion.

XI

Il avait lu dernièrement l'éloge d'une nouvelle méthode pour la cure des pieds bots; et, comme il était
partisan du progrès, il conçut cette idée patriotique
que Yonville, pour *se mettre au niveau,* devait avoir des
opérations de stréphopodie.

« Car, disait-il à Emma, que risque-t-on? Examinez
(et il énumérait sur ses doigts les avantages de la tentative) : succès presque certain, soulagement et embellissement du malade, célébrité vite acquise à l'opérateur.
Pourquoi votre mari, par exemple, ne voudrait-il pas
débarrasser ce pauvre Hippolyte, du *Lion d'or* ? Notez
qu'il ne manquerait pas de raconter sa guérison à tous
les voyageurs, et puis (Homais baissait la voix et regardait autour de lui) qui donc m'empêcherait d'envoyer
au journal une petite note là-dessus ? Eh! mon Dieu! un
article circule..., on en parle..., cela finit par faire la boule
de neige! Et qui sait? qui sait? »

En effet, Bovary pouvait réussir; rien n'affirmait à
Emma qu'il ne fût pas habile, et quelle satisfaction pour
elle que de l'avoir engagé à une démarche d'où sa réputation et sa fortune se trouveraient accrues? Elle ne
demandait qu'à s'appuyer sur quelque chose de plus
solide que l'amour.

Charles, sollicité par l'apothicaire et par elle, se laissa

convaincre. Il fit venir de Rouen le volume du docteur
Duval, et, tous les soirs, se prenant la tête entre les
mains, il s'enfonçait dans cette lecture.

Tandis qu'il étudiait les équins, les varus et les valgus,
c'est-à-dire la stréphocatopodie, la stréphendopodie et la
stréphexopodie (ou, pour parler mieux, les différentes
déviations du pied, soit en bas, en dedans ou en dehors),
avec la stréphypopodie et la stréphanopodie (autrement
dit : torsion en dessous et redressement en haut),
M. Homais, par toute sorte de raisonnements exhortait
le garçon d'auberge à se faire opérer.

« A peine sentiras-tu, peut-être, une légère douleur;
c'est une simple piqûre comme une petite saignée, moins
que l'extirpation de certains cors. »

Hippolyte, réfléchissant, roulait des yeux stupides.

« Du reste, reprenait le pharmacien, ça ne me regarde pas! c'est pour toi! par humanité pure! Je voudrais
te voir, mon ami, débarrassé de ta hideuse claudication,
avec ce balancement de la région lombaire, qui, bien que
tu prétendes, doit te nuire considérablement dans l'exercice de ton métier. »

Alors Homais lui représentait combien il se sentirait
ensuite plus gaillard et plus ingambe, et même lui donnait à entendre qu'il s'en trouverait mieux pour plaire
aux femmes, et le valet d'écurie se prenait à sourire
lourdement. Puis il l'attaquait par la vanité :

« N'es-tu pas un homme, saprelotte? Que serait-ce
donc, s'il t'avait fallu servir, aller combattre sous les
drapeaux?... Ah! Hippolyte! »

Et Homais s'éloignait, déclarant qu'il ne comprenait
pas cet entêtement, cet aveuglement à se refuser aux
bienfaits de la science.

Le malheureux céda, car ce fut comme une conjuration. Binet, qui ne se mêlait jamais des affaires d'autrui,
madame Lefrançois, Artémise, les voisins, et jusqu'au
maire, M. Tuvache, tout le monde l'engagea, le sermonna
lui faisait honte; mais, ce qui acheva de le décider, *c'est
que ça ne lui coûterait rien.* Bovary se chargeait même de
fournir la machine pour l'opération. Emma avait eu
l'idée de cette générosité; et Charles y consentit, se disant
au fond du cœur que sa femme était un ange.

Avec les conseils du pharmacien, et en recommençant
trois fois, il fit donc construire par le menuisier, aidé du

serrurier, une manière de boîte pesant huit livres environ, et où le fer, le bois, la tôle, le cuir, les vis et les écrous ne se trouvaient point épargnés.

Cependant, pour savoir quel tendon couper à Hippolyte, il fallait connaître d'abord quelle espèce de pied bot il avait.

Il avait un pied faisant avec la jambe une ligne presque droite, ce qui ne l'empêchait pas d'être tourné en dedans, de sorte que c'était un équin mêlé d'un peu de varus, ou bien un léger varus fortement accusé d'équin. Mais, avec cet équin, large en effet comme un pied de cheval, à peau rugueuse, à tendons secs, à gros orteils, et où les ongles noirs figuraient les clous d'un fer, le stréphopode, depuis le matin jusqu'à la nuit, galopait comme un cerf. On le voyait continuellement sur la place, sautiller tout autour des charrettes, en jetant en avant son support inégal. Il semblait même plus vigoureux de cette jambe-là que de l'autre. A force d'avoir servi, elle avait contracté comme des qualités morales de patience et d'énergie, et quand on lui donnait quelque gros ouvrage, il s'écorait dessus, préférablement.

Or, puisque c'était un équin, il fallait couper le tendon d'Achille, quitte à s'en prendre plus tard au muscle tibial antérieur pour se débarrasser du varus : car le médecin n'osait d'un seul coup risquer deux opérations, et même il tremblait déjà, dans la peur d'attaquer quelque région importante qu'il ne connaissait pas.

Ni Ambroise Paré, appliquant pour la première fois depuis Celse, après quinze siècles d'intervalle, la ligature immédiate d'une artère; ni Dupuytren allant ouvrir un abcès à travers une couche épaisse d'encéphale; ni Gensoul, quand il fit la première ablation de maxillaire supérieur, n'avaient certes le cœur si palpitant, la main si frémissante, l'intellect aussi tendu que M. Bovary quand il approcha d'Hippolyte, son *ténotome* entre les doigts. Et, comme dans les hôpitaux, on voyait à côté sur une table, un tas de charpie, des fils cirés, beaucoup de bandes, une pyramide de bandes, tout ce qu'il y avait de bandes chez l'apothicaire. C'était M. Homais qui avait organisé dès le matin tous ces préparatifs, autant pour éblouir la multitude que pour s'illusionner lui-même. Charles piqua la peau; on entendit un craquement sec. Le tendon était coupé, l'opération était finie. Hippolyte n'en revenait pas de surprise; il se penchait sur les mains de Bovary pour les couvrir de baisers.

« Allons, calme-toi, disait l'apothicaire, tu témoigneras plus tard ta reconnaissance envers ton bienfaiteur! »

Et il descendit conter le résultat à cinq ou six curieux qui stationnaient dans la cour, et qui s'imaginaient qu'Hippolyte allait reparaître marchant droit. Puis Charles, ayant bouclé son malade dans le moteur mécanique, s'en retourna chez lui, où Emma, tout anxieuse, l'attendait à la porte. Elle lui sauta au cou; ils se mirent à table; il mangea beaucoup, et même il voulut, au dessert, prendre une tasse de café, débauche qu'il ne se permettait que le dimanche lorsqu'il y avait du monde.

La soirée fut charmante, pleine de causeries, de rêves en commun. Ils parlèrent de leur fortune future, d'améliorations à introduire dans leur ménage; il voyait sa considération s'étendant, son bien-être augmentant, sa femme l'aimant toujours; et elle se trouvait heureuse de se rafraîchir dans un sentiment nouveau, plus sain, meilleur, enfin d'éprouver quelque tendresse pour ce pauvre garçon qui la chérissait. L'idée de Rodolphe, un moment, lui passa par la tête; mais ses yeux se reportèrent sur Charles; elle remarqua même avec surprise qu'il n'avait point les dents vilaines.

Ils étaient au lit lorsque M. Homais, malgré la cuisinière, entra tout à coup dans la chambre, en tenant à la main une feuille de papier fraîche écrite. C'était la réclame qu'il destinait au *Fanal de Rouen*. Il la leur apportait à lire.

« Lisez vous-même », dit Bovary.

Il lut :

« Malgré les préjugés qui recouvrent encore une » partie de la face de l'Europe comme un réseau, la lumière » cependant commence à pénétrer dans nos campagnes. » C'est ainsi que, mardi, notre petite cité d'Yonville s'est » vue le théâtre d'une expérience chirurgicale qui est en » même temps un acte de haute philanthropie. M. Bovary, » un de nos praticiens les plus distingués... »

— Ah! c'est trop! c'est trop! disait Charles, que l'émotion suffoquait.

— Mais non, pas du tout! comment donc!... « A opéré d'un pied bot... » Je n'ai pas mis de terme scientifique, parce que, vous savez, dans un journal..., tout le monde peut-être ne comprendrait pas; il faut que les masses...

— En effet, dit Bovary. Continuez.

— Je reprends, dit le pharmacien. « M. Bovary, un de » nos praticiens les plus distingués, a opéré d'un pied bot » le nommé Hippolyte Tautain, garçon d'écurie depuis » vingt-cinq ans à l'hôtel du *Lion d'or,* tenu par madame » Lefrançois, sur la place d'Armes. La nouveauté de la » tentative et l'intérêt qui s'attachait au sujet avaient attiré » un tel concours de population, qu'il y avait véritable» ment encombrement au seuil de l'établissement. L'opé» ration, du reste, s'est pratiquée comme par enchantement » et à peine si quelques gouttes de sang sont venues sur » la peau, comme pour dire que le tendon rebelle venait » enfin de céder sous les efforts de l'art. Le malade, chose » étrange (nous l'affirmons *de visu*), n'accusa point de dou» leur. Son état jusqu'à présent ne laisse rien à désirer. » Tout porte à croire que la convalescence sera courte, et » qui sait même si, à la prochaine fête villageoise, nous ne » verrons pas notre brave Hippolyte figurer dans des » danses bachiques, au milieu d'un chœur de joyeux drilles, » et ainsi prouver à tous les yeux, par sa verve et ses » entrechats, sa complète guérison? Honneur donc aux » savants généreux! Honneur à ces esprits infatigables qui » consacrent leurs veilles à l'amélioration ou bien au soula» gement de leur espèce! Honneur! trois fois honneur! » N'est-ce pas le cas de s'écrier que les aveugles verront, » les sourds entendront et les boiteux marcheront? Mais » ce que le fanatisme autrefois promettait à ses élus, la » science maintenant l'accomplit pour tous les hommes! » Nous tiendrons nos lecteurs au courant des phases suc» cessives de cette cure remarquable. »

Ce qui n'empêcha pas que, cinq jours après, la mère Lefrançois n'arrivât tout effarée en s'écriant :

« Au secours! il se meurt!... J'en perds la tête! »

Charles se précipita vers le *Lion d'or,* et le pharmacien, qui l'aperçut passant sur la place, sans chapeau, abandonna la pharmacie. Il parut lui-même, haletant, rouge, inquiet, et demandant à tous ceux qui montaient l'escalier :

« Qu'a donc notre intéressant stréphopode? »

Il se tordait, le stréphopode, dans des convulsions atroces, si bien que le moteur mécanique où était enfermée sa jambe frappait contre la muraille à la défoncer.

Avec beaucoup de précautions, pour ne pas déranger la position du membre, on retira donc la boîte, et l'on vit un spectacle affreux. Les formes du pied disparaissaient dans une telle bouffissure, que la peau tout entière semblait près de se rompre, et elle était couverte d'ecchymoses occasionnées par la fameuse machine. Hippolyte déjà s'était plaint d'en souffrir; on n'y avait pris garde; il fallut reconnaître qu'il n'avait pas eu tort complètement et on le laissa libre quelques heures. Mais à peine l'œdème eut-il un peu disparu, que les deux savants jugèrent à propos de rétablir le membre dans l'appareil, et en l'y serrant davantage, pour accélérer les choses. Enfin, trois jours après, Hippolyte n'y pouvant plus tenir, ils retirèrent encore une fois la mécanique, tout en s'étonnant beaucoup du résultat qu'ils aperçurent. Une tuméfaction livide s'étendait sur la jambe, et avec des phlyctènes de place en place, par où suintait un liquide noir. Cela prenait une tournure sérieuse. Hippolyte commençait à s'ennuyer, et la mère Lefrançois l'installa dans la petite salle, près de la cuisine, pour qu'il eût au moins quelque distraction.

Mais le percepteur, qui tous les jours y dînait, se plaignit avec amertume d'un tel voisinage. Alors on transporta Hippolyte dans la salle du billard.

Il était là, geignant sous ses grosses couvertures, pâle, la barbe longue, les yeux caves, et, de temps à autre, tournant sa tête en sueur sur le sale oreiller où s'ébattaient les mouches. Madame Bovary le venait voir. Elle lui apportait des linges pour ses cataplasmes, et le consolait, l'encourageait. Du reste, il ne manquait pas de compagnie, les jours de marché surtout, lorsque les paysans autour de lui poussaient les billes du billard, s'escrimaient avec les queues, fumaient, buvaient, chantaient, braillaient.

« Comment vas-tu? disaient-ils en lui frappant sur l'épaule. Ah! tu n'es pas fier, à ce qu'il paraît! Mais c'est ta faute. Il faudrait faire ceci, faire cela. »

Et on lui racontait des histoires de gens qui avaient tous été guéris par d'autres remèdes que les siens; puis, en manière de consolation, ils ajoutaient :

« C'est que tu t'écoutes trop! lève-toi donc! tu te dorlotes comme un roi! Ah! n'importe, vieux farceur! tu ne sens pas bon! »

La gangrène, en effet, montait de plus en plus. Bovary
en était malade lui-même. Il venait à chaque heure, à
tout moment. Hippolyte le regardait avec des yeux pleins
d'épouvante et balbutiait en sanglotant :

« Quand est-ce que je serai guéri ?... Ah ! sauvez-
moi !... Que je suis malheureux ! que je suis malheureux ! »

Et le médecin s'en allait toujours en lui recommandant
la diète.

« Ne l'écoute point, mon garçon, reprenait la mère
Lefrançois ; ils t'ont déjà bien assez martyrisé ! Tu vas
t'affaiblir encore. Tiens, avale ! »

Et elle lui présentait quelque bon bouillon, quelque
tranche de gigot, quelque morceau de lard, et parfois
des petits verres d'eau-de-vie, qu'il n'avait pas le courage
de porter à ses lèvres.

L'abbé Bournisien, apprenant qu'il empirait, fit demander à le voir. Il commença par le plaindre de son
mal, tout en déclarant qu'il fallait s'en réjouir, puisque
c'était la volonté du Seigneur, et profiter vite de l'occasion pour se réconcilier avec le ciel.

« Car, disait l'ecclésiastique d'un ton paternel, tu
négligeais un peu tes devoirs ; on te voyait rarement à
l'office divin ; combien y a-t-il d'années que tu ne t'es
approché de la Sainte Table ? Je comprends que tes occupations, que le tourbillon du monde aient pu t'écarter
du soin de ton salut. Mais, à présent, c'est l'heure d'y
réfléchir. Ne désespère pas, cependant ; j'ai connu de
grands coupables qui, près de comparaître devant Dieu
(tu n'en es point encore là, je le sais bien), avaient im-
ploré sa miséricorde, et qui certainement sont morts dans
les meilleures dispositions. Espérons que, tout comme
eux, tu nous donneras de bons exemples ! Ainsi, par précaution, qui donc t'empêcherait de réciter matin et soir
un « Je vous salue, Marie, pleine de grâce », et un « Notre
Père, qui êtes aux Cieux » ! Oui, fais cela, pour moi, pour
m'obliger. Qu'est-ce que ça coûte... Me le promets-tu ? »

Le pauvre diable promit. Le curé revint les jours suivants. Il causait avec l'aubergiste et même racontait des
anecdotes entremêlées de plaisanteries, de calembours
qu'Hippolyte ne comprenait pas. Puis, dès que la circonstance le permettait, il retombait sur les matières de
religion, en prenant une figure convenable.

Son zèle parut réussir ; car bientôt le stréphopode

témoigna l'envie d'aller en pèlerinage à Bon-Secours, s'il se guérissait : à quoi M. Bournisien répondit qu'il ne voyait pas d'inconvénient; deux précautions valaient mieux qu'une. *On ne risquait rien.*

L'apothicaire s'indigna contre ce qu'il appelait les *manœuvres du prêtre;* elles nuisaient, prétendait-il, à la convalescence d'Hippolyte, et il répétait à madame Lefrançois :

« Laissez-le! laissez-le! vous lui perturbez le moral avec votre mysticisme! »

Mais la bonne femme ne voulut plus l'entendre. Il était *cause de tout.* Par esprit de contradiction, elle accrocha même au chevet du malade un bénitier tout plein, avec une branche de buis.

Cependant la religion pas plus que la chirurgie ne paraissait le secourir, et l'invincible pourriture allait montant toujours des extrémités vers le ventre. On avait beau varier les potions et changer les cataplasmes, les muscles, chaque jour, se décollaient davantage, et enfin Charles répondit par un signe de tête affirmatif quand la mère Lefrançois lui demanda si elle ne pourrait point, en désespoir de cause, faire venir M. Canivet, de Neufchâtel, qui était une célébrité.

Docteur en médecine, âgé de cinquante ans, jouissant d'une bonne position et sûr de lui-même, le confrère ne se gêna pas pour rire dédaigneusement lorsqu'il découvrit cette jambe gangrenée jusqu'au genou. Puis, ayant déclaré net qu'il la fallait amputer, il s'en alla chez le pharmacien déblatérer contre les ânes qui avaient pu réduire un malheureux homme en un tel état. Secouant M. Homais par le bouton de sa redingote, il vociférait dans la pharmacie.

« Ce sont là des inventions de Paris! Voilà les idées de ces messieurs de la Capitale! C'est comme le strabisme, le chloroforme et la lithotritie, un tas de monstruosités que le gouvernement devrait défendre! Mais on veut faire le malin, et l'on vous fourre des remèdes sans s'inquiéter des conséquences. Nous ne sommes pas si forts que cela, nous autres; *nous* ne sommes pas des savants, des mirliflores, des jolis cœurs; nous sommes des praticiens, des guérisseurs, et nous n'imaginerions pas d'opérer quelqu'un qui se porte à merveille! Redresser des pieds bots! est-ce qu'on peut redresser les pieds bots?

c'est comme si l'on voulait, par exemple, rendre droit un bossu! »

Homais souffrait en écoutant ce discours, et il dissimulait son malaise sous un sourire de courtisan, ayant besoin de ménager M. Canivet, dont les ordonnances quelquefois arrivaient jusqu'à Yonville; aussi ne prit-il pas la défense de Bovary, ne fit-il même aucune observation, et, abandonnant ses principes, il sacrifia sa dignité aux intérêts plus sérieux de son négoce.

Ce fut dans le village un événement considérable que cette amputation de cuisse par le docteur Canivet! Tous les habitants, ce jour-là, s'étaient levés de meilleure heure, et la Grande-Rue, bien que pleine de monde, avait quelque chose de lugubre comme s'il se fût agi d'une exécution capitale. On discutait chez l'épicier sur la maladie d'Hippolyte; les boutiques ne vendaient rien, et madame Tuvache, la femme du maire, ne bougeait pas de la fenêtre, par l'impatience où elle était de voir venir l'opérateur.

Il arriva dans son cabriolet qu'il conduisait lui-même. Mais, le ressort du côté droit s'étant à la longue affaissé sous le poids de sa corpulence, il se faisait que la voiture penchait un peu tout en allant, et l'on apercevait sur l'autre coussin, près de lui, une vaste boîte, recouverte de basane rouge, dont les trois fermoirs de cuivre brilaient magistralement.

Quand il fut entré comme un tourbillon sous le porche du *Lion d'or,* le docteur, criant très haut, ordonna de dételer son cheval, puis il alla dans l'écurie voir s'il mangeait bien l'avoine; car, en arrivant chez ses malades, il s'occupait d'abord de sa jument et de son cabriolet. On disait même à ce propos : « Ah! M. Canivet, c'est un original! » Et on l'estimait davantage pour cet inébranlable aplomb. L'univers aurait pu crever jusqu'au dernier homme qu'il n'eût pas failli à la moindre de ses habitudes.

Homais se présenta.

« Je compte sur vous, fit le docteur. Sommes-nous prêts? En marche! »

Mais l'apothicaire, en rougissant, avoua qu'il était trop sensible pour assister à une pareille opération.

« Quand on est simple spectateur, disait-il, l'imagination, vous savez, se frappe! Et puis j'ai le système nerveux tellement...

— Ah! bah! interrompit Canivet, vous me paraissez, au contraire, porté à l'apoplexie. Et, d'ailleurs, cela ne m'étonne pas; car, vous autres, messieurs les pharmaciens, vous êtes continuellement fourrés dans votre cuisine, ce qui doit finir par altérer votre tempérament. Regardez-moi, plutôt : tous les jours, je me lève à quatre heures, je fais ma barbe à l'eau froide (je n'ai jamais froid) et je ne porte pas de flanelle, je n'attrape aucun rhume, le coffre est bon! Je vis tantôt d'une manière, tantôt d'une autre, en philosophe, au hasard de la fourchette. C'est pourquoi je ne suis point délicat comme vous et il m'est aussi parfaitement égal de découper un chrétien que la première volaille venue. Après ça, direz-vous, l'habitude..., l'habitude!... »

Alors, sans aucun égard pour Hippolyte, qui suait d'angoisse entre ses draps, ces messieurs engagèrent une conversation où l'apothicaire compara le sang-froid d'un chirurgien à celui d'un général; et ce rapprochement fut agréable à Canivet qui se répandit en paroles sur les exigences de son art. Il le considérait comme un sacerdoce, bien que les officiers de santé le déshonorassent. Enfin, revenant au malade, il examina les bandes apportées par Homais, les mêmes qui avaient comparu lors du pied bot, et demanda quelqu'un pour lui tenir le membre. On envoya chercher Lestiboudois, et M. Canivet, ayant retroussé ses manches, passa dans la salle de billard, tandis que l'apothicaire restait avec Artémise et l'aubergiste, plus pâles toutes deux que leur tablier, et l'oreille tendue contre la porte.

Bovary, pendant ce temps-là, n'osait bouger de sa maison. Il se tenait en bas, dans la salle, assis au coin de la cheminée sans feu, le menton sur sa poitrine, les mains jointes, les yeux fixes. Quelle mésaventure! pensait-il, quel désappointement! Il avait pris pourtant toutes les précautions imaginables. La fatalité s'en était mêlée. N'importe? si Hippolyte, plus tard, venait à mourir, c'est lui qui l'aurait assassiné. Et puis, quelle raison donnerait-il dans les visites, quand on l'interrogerait? Peut-être, cependant, s'était-il trompé en quelque chose? Il cherchait, ne trouvait pas. Mais les plus fameux chirurgiens se trompaient bien. Voilà ce qu'on ne voudrait jamais croire! on allait rire, au contraire, clabauder! Cela se répandrait jusqu'à Forges! jusqu'à Neufchâtel! jusqu'à

Rouen! partout! Qui sait si des confrères n'écriraient pas contre lui? Une polémique s'ensuivrait, il faudrait répondre dans les journaux. Hippolyte même pouvait lui faire un procès. Il se voyait déshonoré, ruiné, perdu! Et son imagination, assaillie par une multitude d'hypothèses, ballottait au milieu d'elles comme un tonneau vide emporté à la mer et qui roule sur les flots.

Emma, en face de lui, le regardait; elle ne partageait pas son humiliation, elle en éprouvait une autre; c'était de s'être imaginé qu'un pareil homme pût valoir quelque chose, comme si vingt fois déjà elle n'avait pas suffisamment aperçu sa médiocrité.

Charles se promenait de long en large, dans sa chambre. Ses bottes craquaient sur le parquet.

« Assieds-toi, dit-elle, tu m'agaces! »

Il se rassit.

Comment donc avait-elle fait (elle qui était si intelligente!) pour se méprendre encore une fois? Du reste, par quelle déplorable manie avoir ainsi abîmé son existence en sacrifices continuels? Elle se rappela tous ses instincts de luxe, toutes les privations de son âme, les bassesses du mariage, du ménage, ses rêves tombant dans la boue comme des hirondelles blessées, tout ce qu'elle avait désiré, tout ce qu'elle s'était refusé, tout ce qu'elle aurait pu avoir! Et pourquoi? pourquoi?

Au milieu du silence qui emplissait le village, un cri déchirant traversa l'air. Bovary devint pâle à s'évanouir. Elle fronça les sourcils d'un geste nerveux, puis continua. C'était pour lui, cependant, pour cet être, pour cet homme qui ne comprenait rien, qui ne sentait rien! Car il était là, tout tranquillement, et sans même se douter que le ridicule de son nom allait désormais la salir comme lui. Elle avait fait des efforts pour l'aimer, et elle s'était repentie en pleurant d'avoir cédé à un autre.

« Mais c'était peut-être un valgus? » exclama soudain Bovary, qui méditait.

Au choc imprévu de cette phrase tombant sur sa pensée comme une balle de plomb dans un plat d'argent, Emma tressaillant leva la tête pour deviner ce qu'il voulait dire; et ils se regardèrent silencieusement, presque ébahis de se voir, tant ils étaient par leur conscience éloignés l'un de l'autre. Charles la considérait avec le regard trouble d'un homme ivre, tout en écoutant, immobile, les derniers cris de l'amputé qui se suivaient en modulations traînantes, coupées de saccades aiguës, comme le hurlement lointain de quelque bête qu'on égorge. Emma mordait ses lèvres blêmes, et, roulant entre ses doigts un des brins du polypier qu'elle avait cassé, elle fixait sur Charles la pointe ardente de ses prunelles, comme deux flèches de feu prêtes à partir. Tout en lui l'irritait maintenant, sa figure, son costume, ce qu'il ne disait pas, sa personne entière, son existence enfin. Elle se repentait, comme d'un crime, de sa vertu passée, et ce qui en restait encore s'écroulait sous les coups furieux de son orgueil. Elle se délectait dans toutes les ironies mauvaises de l'adultère triomphant. Le souvenir de son amant revenait à elle avec des attractions vertigineuses; elle y jetait son âme, emportée vers cette image par un enthousiasme nouveau; et Charles lui semblait aussi détaché de sa vie, aussi absent pour toujours, aussi impossible et anéanti, que s'il allait mourir et qu'il eût agonisé sous ses yeux.

Il se fit un bruit de pas sur le trottoir. Charles regarda; et, à travers la jalousie baissée, il aperçut au bord des halles, en plein soleil, le docteur Canivet qui s'essuyait le front avec son foulard. Homais, derrière lui, portait à la main une grande boîte rouge, et ils se dirigeaient tous les deux du côté de la pharmacie.

Alors, par tendresse subite et découragement, Charles se tourna vers sa femme en lui disant :

« Embrasse-moi donc, ma bonne!

— Laisse-moi! fit-elle, toute rouge de colère.

— Qu'as-tu? qu'as-tu? répétait-il stupéfait. Calme-toi, reprends-toi! Tu sais bien que je t'aime!... viens!

— Assez! » s'écria-t-elle d'un air terrible.

Et, s'échappant de la salle, Emma ferma la porte si fort, que le baromètre bondit de la muraille et s'écrasa par terre.

Charles s'affaissa dans son fauteuil, bouleversé, cherchant ce qu'elle pouvait avoir, imaginant une maladie nerveuse, pleurant, et sentant vaguement circuler autour de lui quelque chose de funeste et d'incompréhensible.

Quand Rodolphe, le soir, arriva dans le jardin, il trouva sa maîtresse qui l'attendait au bas du perron, sur la première marche. Ils s'étreignirent, et toute leur rancune se fondit comme une neige sous la chaleur de ce baiser.

XII

Ils recommencèrent à s'aimer. Souvent même, au milieu de la journée, Emma lui écrivait tout à coup; puis, à travers les carreaux, faisait signe à Justin, qui, dénouant vite sa serpillière, s'envolait à la Huchette : Rodolphe arrivait; c'était pour lui dire qu'elle s'ennuyait, que son mari était odieux et l'existence affreuse!

« Est-ce que j'y peux quelque chose? s'écria-t-il un jour, impatienté.

— Ah! si tu voulais!... »

Elle était assise par terre, entre ses deux genoux, les bandeaux dénoués, le regard perdu.

« Quoi donc? » fit Rodolphe.

Elle soupira :

« Nous irions vivre ailleurs..., quelque part...

— Tu es folle, vraiment! dit-il en riant. Est-ce possible? »

Elle revint là-dessus; il eut l'air de ne pas comprendre et détourna la conversation. Ce qu'il ne comprenait pas, c'était tout ce trouble dans une chose aussi simple que l'amour. Elle avait un motif, une raison, et comme un auxiliaire à son attachement.

Cette tendresse, en effet, chaque jour s'accroissait davantage sous la répulsion du mari. Plus elle se livrait à l'un, plus elle exécrait l'autre; jamais Charles ne lui paraissait aussi désagréable, avoir les doigts aussi carrés, l'esprit aussi lourd, les façons si communes qu'après ses rendez-vous avec Rodolphe, quand ils se trouvaient ensemble. Alors, tout en faisant l'épouse et la vertueuse, elle s'enflammait à l'idée de cette tête dont les cheveux noirs se tournaient en une boucle vers le front hâlé, de cette taille à la fois si robuste et si élégante, de cet homme, enfin, qui possédait tant d'expérience dans la raison, tant d'emportement dans le désir! C'était pour lui qu'elle se limait les ongles avec un soin de ciseleur, et qu'il n'y avait jamais assez de *cold-cream* sur sa peau, ni de patchouli dans ses mouchoirs. Elle se chargeait de bracelets, de bagues, de colliers. Quand il devait venir, elle emplissait de roses ses deux grands vases de verre bleu, et disposait son appartement et sa personne comme une courtisane

qui attend un prince. Il fallait que la domestique fût sans
cesse à blanchir du linge; et, de toute la journée, Félicité
ne bougeait de la cuisine, où le petit Justin, qui souvent
lui tenait compagnie, la regardait travailler.

Le coude sur la longue planche où elle repassait, il considérait avidement toutes ces affaires de femme étalées
autour de lui : les jupons de basin, les fichus, les collerettes, et les pantalons à coulisse, vastes de hanches et qui
se rétrécissaient par le bas.

« A quoi cela sert-il ? demandait le jeune garçon en
passant sa main sur la crinoline ou les agrafes.

— Tu n'as donc jamais rien vu ? répondait en riant
Félicité; comme si ta patronne, madame Homais, n'en
portait pas de pareils.

— Ah bien oui ! madame Homais ! »

Et il ajoutait d'un ton méditatif :

« Est-ce que c'est une dame comme Madame. »

Mais Félicité s'impatientait de le voir tourner ainsi
tout autour d'elle. Elle avait six ans de plus, et Théodore,
le domestique de M. Guillaumin, commençait à lui faire
la cour.

« Laisse-moi tranquille ! disait-elle en déplaçant son
pot d'empois. Va-t'en plutôt piler des amandes; tu es toujours à fourrager du côté des femmes; attends, pour te
mêler de ça, méchant mioche, que tu aies de la barbe au
menton.

— Allons, ne vous fâchez pas, je m'en vais vous *faire
ses bottines.* »

Et aussitôt il atteignait sur le chambranle les chaussures
d'Emma, tout empâtées de crotte — la crotte des rendez-
vous — qui se détachait en poudre sous ses doigts, et
qu'il regardait monter doucement dans un rayon de soleil.

« Comme tu as peur de les abîmer ! » disait la cuisinière, qui n'y mettait pas tant de façons quand elle les
nettoyait elle-même, parce que Madame, dès que l'étoffe
n'était plus fraîche, les lui abandonnait.

Emma en avait une quantité dans son armoire, et
qu'elle gaspillait à mesure, sans que jamais Charles se
permît la moindre observation.

C'est ainsi qu'il débours trois cents francs pour une
jambe de bois dont elle jugea convenable de faire cadeau
à Hippolyte.

Le pilon en était garni de liège, et il avait des articula-

tions à ressort, une mécanique compliquée recouverte
d'un pantalon noir, que terminait une botte vernie. Mais
Hippolyte, n'osant à tous les jours se servir d'une si belle
jambe, supplia madame Bovary de lui en procurer une
autre plus commode. Le médecin, bien entendu, fit encore
les frais de cette acquisition.

Donc, le garçon d'écurie peu à peu recommença son
métier. On le voyait comme autrefois parcourir le village,
et quand Charles entendait de loin, sur les pavés, le bruit
sec de son bâton, il prenait bien vite une autre route.

C'était M. Lheureux, le marchand, qui s'était chargé
de la commande; cela lui fournit l'occasion de fréquenter
Emma. Il causait avec elle des nouveaux déballages de
Paris, de mille curiosités féminines, se montrait fort com-
plaisant, et jamais ne réclamait d'argent. Emma s'abandonnait à cette facilité de satisfaire tous ses caprices. Ainsi
elle voulut avoir, pour donner à Rodolphe, une fort belle
cravache qui se trouvait à Rouen dans un magasin de parapluies. M. Lheureux, la semaine d'après, la lui posa sur
sa table.

Mais le lendemain il se présenta chez elle avec une facture de deux cent soixante et dix francs sans compter les
centimes. Emma fut très embarrassée : tous les tiroirs du
secrétaire étaient vides; on devait plus de quinze jours à
Lestiboudois, deux trimestres à la servante, quantité
d'autres choses encore, et Bovary attendait impatiemment l'envoi de M. Derozerays, qui avait coutume,
chaque année, de le payer vers la Saint-Pierre.

Elle réussit d'abord à éconduire Lheureux; enfin il
perdit patience : on le poursuivait, ses capitaux étaient
absents, et, s'il ne rentrait dans quelques-uns, il serait
forcé de lui reprendre toutes les marchandises qu'elle
avait.

« Eh! reprenez-les! dit Emma.

— Oh! c'est pour rire! répliqua-t-il. Seulement, je ne
regrette que la cravache. Ma foi, je la redemanderai à
Monsieur.

— Non! non! fit-elle.

— Ah! je te tiens! » pensa Lheureux.

Et, sûr de sa découverte, il sortit en répétant à demi-
voix et avec son petit sifflement habituel :

« Soit! nous verrons! nous verrons. »

Elle rêvait comment se tirer de là, quand la cuisinière

entrant déposa sur la cheminée un petit rouleau de papier
bleu, *de la part de M. Derozerays*. Emma sauta dessus,
l'ouvrit. Il y avait quinze napoléons. C'était le compte.
Elle entendit Charles dans l'escalier; elle jeta l'or au fond
de son tiroir et prit la clef.

Trois jours après, Lheureux reparut.

« J'ai un arrangement à vous proposer, dit-il; si, au
lieu de la somme convenue, vous vouliez prendre...

— La voilà! » fit-elle en lui plaçant dans la main quatorze napoléons.

Le marchand fut stupéfait. Alors, pour dissimuler son
désappointement, il se répandit en excuses et en offres de
service qu'Emma refusa toutes; puis elle resta quelques
minutes palpant dans la poche de son tablier les deux
pièces de cent sous qu'il lui avait rendues. Elle se promettait d'économiser, afin de rendre plus tard...

« Ah! bah! songea-t-elle, il n'y pensera plus. »

Outre la cravache à pommeau de vermeil, Rodolphe
avait reçu un cachet avec cette devise : *Amor nel Cor*; de
plus, une écharpe pour se faire un cache-nez, et enfin un
porte-cigarettes tout pareil à celui du Vicomte, que
Charles avait autrefois ramassé sur la route et qu'Emma
conservait. Cependant ces cadeaux l'humiliaient. Il en
refusa plusieurs : elle insista, et Rodolphe finit par obéir,
la trouvant tyrannique et trop envahissante.

Puis elle avait d'étranges idées :

« Quand minuit sonnera, disait-elle, tu penseras à
moi! »

Et, s'il avouait n'y avoir pas songé, c'étaient des reproches en abondance, et qui se terminaient toujours par
l'éternel mot :

« M'aimes-tu?

— Mais oui, je t'aime! répondait-il.

— Beaucoup?

— Certainement!

— Tu n'en as pas aimé d'autres, hein?

— Crois-tu m'avoir pris vierge? » exclamait-il en riant.

Emma pleurait, et il s'efforçait de la consoler, enjoli-
vant de calembours ses protestations.

« Oh! c'est que je t'aime! reprenait-elle, je t'aime à
ne pouvoir me passer de toi, sais-tu bien? J'ai quelquefois des envies de te revoir où toutes les colères de l'amour

me déchirent. Je me demande : « Où est-il ? Peut-être il
» parle à d'autres femmes ? Elles lui sourient, il s'ap-
» proche... » Oh ! non, n'est-ce pas, aucune ne te plaît ? Il y
en a de plus belles ; mais, moi, je sais mieux aimer ! Je suis
ta servante et ta concubine ! tu es mon roi, mon idole ! tu
es bon ! tu es beau ! tu es intelligent ! tu es fort ! »

Il s'était tant de fois entendu dire ces choses, qu'elles
n'avaient pour lui rien d'original. Emma ressemblait à
toutes les maîtresses ; et le charme de la nouveauté, peu à
peu tombant comme un vêtement, laissait voir à nu
l'éternelle monotonie de la passion, qui a toujours les
mêmes formes et le même langage. Il ne distinguait pas,
cet homme si plein de pratique, la dissemblance des sentiments sous la parité des expressions. Parce que des
lèvres libertines ou vénales lui avaient murmuré des
phrases pareilles, il ne croyait que faiblement à la candeur
de celles-là ; on en devait rabattre, pensait-il, les discours
exagérés cachant les affections médiocres : comme si la
plénitude de l'âme ne débordait pas quelquefois par les
métaphores les plus vides, puisque personne, jamais, ne
peut donner l'exacte mesure de ses besoins, ni de ses con-
ceptions, ni de ses douleurs, et que la parole humaine est
comme un chaudron fêlé où nous battons des mélodies
à faire danser les ours, quand on voudrait attendrir les
étoiles.

Mais, avec cette supériorité de critique appartenant à
celui qui, dans n'importe quel engagement, se tient en
arrière, Rodolphe aperçut en cet amour d'autres jouissances à exploiter. Il jugea toute pudeur incommode. Il la
traita sans façon. Il en fit quelque chose de souple et de
corrompu. C'était une sorte d'attachement idiot plein
d'admiration pour lui, de volupté pour elle, une béatitude qui l'engourdissait ; et son âme s'enfonçait en cette
ivresse et s'y noyait, ratatinée, comme le duc de Clarence
dans son tonneau de malvoisie.

Par l'effet seul de ses habitudes amoureuses, madame
Bovary changea d'allures. Ses regards devinrent plus
hardis, ses discours plus libres ; elle eut même l'inconve-
nance de se promener avec M. Rodolphe une cigarette à
la bouche, *comme pour narguer le monde ;* enfin, ceux qui
doutaient encore ne doutèrent plus quand on la vit, un
jour, descendre de l'*Hirondelle,* la taille serrée dans un
gilet, à la façon d'un homme ; et madame Bovary mère,

qui, après une épouvantable scène avec son mari, était venue se réfugier chez son fils, ne fut pas la bourgeoise la moins scandalisée. Bien d'autres choses lui déplurent : d'abord Charles n'avait point écouté ses conseils pour l'interdiction des romans; puis, *le genre de la maison* lui déplaisait; elle se permit des observations et l'on se fâcha, une fois surtout, à propos de Félicité.

Madame Bovary mère, la veille au soir, en traversant le corridor, l'avait surprise dans la compagnie d'un homme, un homme à collier brun, d'environ quarante ans, et qui, au bruit de ses pas, s'était vite échappé de la cuisine. Alors Emma se prit à rire; mais la bonne dame s'emporta, déclara qu'à moins de se moquer des mœurs, on devait surveiller celles des domestiques.

« De quel monde êtes-vous? dit la bru, avec un regard tellement impertinent que madame Bovary lui demanda si elle ne défendait point sa propre cause.

— Sortez! fit la jeune femme se levant d'un bond.

— Emma!... maman!... » s'écriait Charles pour les rapatrier.

Mais elles s'étaient enfuies toutes les deux dans leur exaspération. Emma trépignait en répétant :

« Ah! quel savoir-vivre! quelle paysanne! »

Il courut à sa mère; elle était hors des gonds, elle balbutiait :

« C'est une insolente! une évaporée! pire peut-être! »

Et elle voulait partir immédiatement, si l'autre ne venait lui faire des excuses. Charles retourna vers sa femme et la conjura de céder : il se mit à genoux; elle finit par répondre :

« Soit! j'y vais. »

En effet, elle tendit la main à sa belle-mère avec une dignité de marquise, en lui disant :

« Excusez-moi, madame. »

Puis, remontée chez elle, Emma se jeta tout à plat ventre sur son lit, et elle y pleura comme un enfant, la tête enfoncée dans l'oreiller.

Ils étaient convenus, elle et Rodolphe, qu'en cas d'événement extraordinaire, elle attacherait à la persienne un petit chiffon de papier blanc, afin que si, par hasard, il se trouvait à Yonville, il accourût dans la ruelle, derrière la maison. Emma fit le signal; elle attendait depuis trois quarts d'heure quand, tout à coup, elle aperçut Rodolphe

au coin des halles. Elle fut tentée d'ouvrir la fenêtre, de
l'appeler; mais déjà il avait disparu. Elle retomba désespérée.

Bientôt, pourtant, il lui sembla que l'on marchait sur
le trottoir. C'était lui, sans doute; elle descendit l'escalier, traversa la cour. Il était là, dehors. Elle se jeta dans
ses bras.

« Prends donc garde, dit-il.

— Ah! si tu savais! » reprit-elle.

Et elle se mit à lui raconter tout, à la hâte, sans suite,
exagérant les faits, en inventant plusieurs, et prodiguant
les parenthèses si abondamment qu'il n'y comprenait rien.

« Allons, mon pauvre ange, du courage, console-
toi, patience!

— Mais voilà quatre ans que je patiente et que je
souffre!... Un amour comme le nôtre devrait s'avouer à
la face du ciel! Ils sont à me torturer. Je n'y tiens plus!
Sauve-moi! »

Elle se serrait contre Rodolphe. Ses yeux, pleins de
larmes, étincelaient comme des flammes sous l'onde; sa
gorge haletait à coups rapides; jamais il ne l'avait tant
aimée; si bien qu'il en perdit la tête et qu'il lui dit :
« Que faut-il faire? Que veux-tu?

— Emmène-moi! s'écria-t-elle. Enlève-moi...! Oh!
je t'en supplie! »

Et elle se précipita sur sa bouche, comme pour y saisir
le consentement inattendu qui s'en exhalait dans un
baiser.

« Mais..., reprit Rodolphe.

— Quoi donc?

— Et ta fille? »

Elle réfléchit quelques minutes, puis répondit :

« Nous la prendrons, tant pis!

— Quelle femme! » se dit-il en la regardant s'éloigner.
Car elle venait de s'échapper dans le jardin. On l'appelait.

La mère Bovary, les jours suivants, fut très étonnée de
la métamorphose de sa bru. En effet, Emma se montra
plus docile, et même poussa la déférence jusqu'à lui
demander une recette pour faire mariner des cornichons.

Était-ce afin de les mieux duper l'un et l'autre? Ou
bien voulait-elle, par une sorte de stoïcisme voluptueux,
sentir plus profondément l'amertume des choses qu'elle

allait abandonner? Mais elle n'y prenait garde, au contraire : elle vivait comme perdue dans la dégustation anti-
cipée de son bonheur prochain. C'était avec Rodolphe
un éternel sujet de causeries. Elle s'appuyait sur son
épaule, elle murmurait :

« Hein! quand nous serons dans la malle-poste!...
Y songes-tu? Est-ce possible? Il me semble qu'au moment où je sentirai la voiture s'élancer, ce sera comme si
nous montions en ballon, comme si nous partions vers
les nuages. Sais-tu que je compte les jours?... Et toi? »

Jamais madame Bovary ne fut aussi belle qu'à cette
époque; elle avait cette indéfinissable beauté qui résulte
de la joie, de l'enthousiasme, du succès, et qui n'est que
l'harmonie du tempérament avec les circonstances. Ses
convoitises, ses chagrins, l'expérience du plaisir et ses
illusions toujours jeunes, comme font aux fleurs le fumier,
la pluie, les vents et le soleil, l'avaient par gradation développée, et elle s'épanouissait enfin dans la plénitude de sa
nature. Ses paupières semblaient taillées tout exprès pour
ses longs regards amoureux où la prunelle se perdait,
tandis qu'un souffle fort écartait ses narines minces et relevait le coin charnu de ses lèvres, qu'ombrageait à la
lumière un peu de duvet noir. On eût dit qu'un artiste
habile en corruptions avait disposé sur sa nuque la torsade de ses cheveux; ils s'enroulaient en une masse lourde
négligemment, et selon les hasards de l'adultère, qui les
dénouait tous les jours. Sa voix, maintenant, prenait des
inflexions plus molles, sa taille aussi; quelque chose de
subtil qui vous pénétrait se dégageait même des draperies
de sa robe et de la cambrure de son pied. Charles, comme
aux premiers temps de son mariage, la trouvait délicieuse
et irrésistible.

Quand il rentrait au milieu de la nuit, il n'osait pas la
réveiller. La veilleuse de porcelaine arrondissait au plafond une clarté tremblante, et les rideaux fermés du petit
berceau faisaient comme une hutte blanche qui se bombait dans l'ombre, au bord du lit. Charles les regardait.
Il croyait entendre l'haleine légère de son enfant. Elle
allait grandir maintenant ; chaque saison, vite, amènerait
un progrès; il la voyait déjà revenant de l'école à la tombée du jour, toute rieuse, avec sa brassière tachée d'encre,
et portant au bras son panier; puis il faudrait la mettre en
pension, cela coûterait beaucoup; comment faire? Alors

il réfléchissait. Il pensait à louer une petite ferme aux environs, et qu'il surveillerait lui-même, tous les matins, en allant voir ses malades. Il en économiserait le revenu, il le placerait à la caisse d'épargne; ensuite il achèterait des actions, quelque part, n'importe où; d'ailleurs la clientèle augmenterait; il y comptait, car il voulait que Berthe fût bien élevée, qu'elle eût des talents, qu'elle apprît le piano. Ah! qu'elle serait jolie, plus tard, à quinze ans, quand, ressemblant à sa mère, elle porterait comme elle, dans l'été, de grands chapeaux de paille! On les prendrait de loin pour les deux sœurs. Il se la figurait travaillant le soir auprès d'eux, sous la lumière de la lampe; elle lui broderait des pantoufles; elle s'occuperait du ménage; elle emplirait toute la maison de sa gentillesse et de sa gaîté. Enfin, ils songeraient à son établissement : on lui trouverait quelque brave garçon ayant un état solide; il la rendrait heureuse; cela durerait toujours.

Emma ne dormait pas, elle faisait semblant d'être endormie; et, tandis qu'il s'assoupissait à ses côtés, elle se réveillait en d'autres rêves.

Au galop de quatre chevaux, elle était emportée depuis huit jours vers un pays nouveau, d'où ils ne reviendraient plus. Ils allaient, ils allaient, les bras enlacés, sans parler. Souvent, du haut d'une montagne, ils apercevaient tout à coup quelque cité splendide avec des dômes, des ponts, des navires, des forêts de citronniers et des cathédrales de marbre blanc, dont les clochers aigus portaient des nids de cigognes. On marchait au pas à cause des grandes dalles, et il y avait par terre des bouquets de fleurs, que vous offraient des femmes habillées en corset rouge. On entendait sonner des cloches, hennir des mulets, avec le murmure des guitares et le bruit des fontaines, dont la vapeur s'envolant rafraîchissait des tas de fruits, disposés en pyramides au pied des statues pâles, qui souriaient sous les jets d'eau. Et puis ils arrivaient, un soir, dans un village de pêcheurs, où des filets bruns séchaient au vent, le long de la falaise et des cabanes. C'est là qu'ils s'arrêteraient pour vivre : ils habiteraient une maison basse à toit plat, ombragée d'un palmier, au fond d'un golfe, au bord de la mer. Ils se promèneraient en gondole, ils se balanceraient en hamac; et leur existence serait facile et large comme leurs vêtements de soie, toute chaude et étoilée comme les nuits douces qu'ils contempleraient.

Cependant, sur l'immensité de cet avenir qu'elle se faisait apparaître, rien de particulier ne surgissait : les jours, tous magnifiques, se ressemblaient comme des flots ; et cela se balançait à l'horizon infini, harmonieux, bleuâtre et couvert de soleil. Mais l'enfant se mettait à tousser dans son berceau, ou bien Bovary ronflait plus fort, et Emma ne s'endormait que le matin, quand l'aube blanchissait les carreaux et que déjà le petit Justin, sur la place, ouvrait les auvents de la pharmacie.

Elle avait fait venir M. Lheureux et lui avait dit :

« J'aurais besoin d'un manteau, un grand manteau, à long collet, doublé.

— Vous partez en voyage ? demanda-t-il.

— Non ! mais... qu'importe, je compte sur vous, n'est-ce pas ? et vivement ! »

Il s'inclina.

« Il me faudrait encore, reprit-elle, une caisse..., pas trop lourde..., commode.

— Oui, oui, j'entends, de quatre-vingt-douze centimètres environ, sur cinquante, comme on les fait à présent.

— Avec un sac de nuit.

— Décidément, pensa Lheureux, il y a du grabuge là-dessous.

— Et tenez, dit madame Bovary en tirant sa montre de sa ceinture, prenez cela : vous vous paierez dessus. »

Mais le marchand s'écria qu'elle avait tort ; ils se connaissaient ; est-ce qu'il doutait d'elle ? Quel enfantillage ! Elle insista cependant pour qu'il prît au moins la chaîne, et déjà Lheureux l'avait mise dans sa poche et s'en allait, quand elle le rappela.

« Vous laisserez tout chez vous. Quant au manteau — elle eut l'air de réfléchir — ne l'apportez pas non plus ; seulement, vous me donnerez l'adresse de l'ouvrier et avertirez qu'on le tienne à ma disposition. »

C'était le mois prochain qu'ils devaient s'enfuir. Elle partirait d'Yonville comme pour aller faire des commissions à Rouen. Rodolphe aurait retenu des places, pris des passeports, et même écrit à Paris, afin d'avoir la malle entière jusqu'à Marseille, où ils achèteraient une calèche et, de là, continueraient sans s'arrêter, par la route de Gênes. Elle aurait eu soin d'envoyer chez Lheureux son bagage, qui serait directement porté à l'*Hirondelle,* de manière que personne ainsi n'aurait de soupçons; et, dans tout cela, jamais il n'était question de son enfant. Rodolphe évitait d'en parler; peut-être qu'elle n'y pensait pas.

Il voulut avoir encore deux semaines devant lui, pour terminer quelques dispositions; puis, au bout de huit jours, il en demanda quinze autres, puis il se dit malade; ensuite il fit un voyage; le mois d'août se passa, et, après tous ces retards, ils arrêtèrent que ce serait irrévocablement pour le 4 septembre, un lundi.

Enfin le samedi, l'avant-veille, arriva.

Rodolphe vint le soir, plus tôt que de coutume.

« Tout est-il prêt? lui demanda-t-elle.

— Oui. »

Alors ils firent le tour d'une plate-bande, et allèrent s'asseoir près de la terrasse, sur la margelle du mur.

« Tu es triste, dit Emma.

— Non, pourquoi? »

Et cependant il la regardait singulièrement, d'une façon tendre.

« Est-ce de t'en aller? reprit-elle, de quitter tes affections, ta vie? Ah! je comprends... Mais, moi, je n'ai rien au monde! tu es tout pour moi. Aussi je serai tout pour toi, je te serai une famille, une patrie: je te soignerai, je t'aimerai.

— Que tu es charmante! dit-il en la saisissant dans ses bras.

— Vrai? fit-elle avec un rire de volupté. M'aimes-tu? Jure-le donc!

— Si je t'aime! si je t'aime! mais je t'adore, mon amour! »

La lune, toute ronde et couleur de pourpre, se levait à ras de terre, au fond de la prairie. Elle montait vite entre les branches des peupliers, qui la cachaient de place en place, comme un rideau noir, troué. Puis elle parut, élégante de blancheur, dans le ciel vide qu'elle éclairait; et alors, se ralentissant, elle laissa tomber sur la rivière une grande tache, qui faisait une infinité d'étoiles, et cette lueur d'argent semblait s'y tordre jusqu'au fond à la manière d'un serpent sans tête couvert d'écailles lumineuses. Cela ressemblait aussi à quelque monstrueux candélabre, d'où ruisselaient, tout au long, des gouttes de diamant, en fusion. La nuit douce s'étalait autour d'eux; des nappes d'ombre emplissaient les feuillages. Emma, les yeux à demi clos, aspirait avec de grands soupirs le vent frais qui soufflait. Ils ne se parlaient pas, trop perdus qu'ils étaient dans l'envahissement de leur rêverie. La tendresse des anciens jours leur revenait au cœur, abondante et silencieuse comme la rivière qui coulait, avec autant de mollesse qu'en apportait le parfum des seringas, et projetait dans leurs souvenirs des ombres plus démesurées et plus mélancoliques que celles des saules immobiles qui s'allongeaient sur l'herbe. Souvent quelque bête nocturne, hérisson ou belette, se mettant en chasse, dérangeait les feuilles, ou bien on entendait par moments une pêche mûre qui tombait toute seule de l'espalier.

« Ah! la belle nuit! dit Rodolphe.

— Nous en aurons d'autres! » reprit Emma.

Et, comme se parlant à elle-même :

« Oui, il fera bon voyager... Pourquoi ai-je le cœur triste, cependant? Est-ce l'appréhension de l'inconnu..., l'effet des habitudes quittées..., ou plutôt...? Non, c'est l'excès du bonheur! Que je suis faible, n'est-ce pas? Pardonne-moi!

— Il est encore temps! s'écria-t-il. Réfléchis, tu t'en repentiras peut-être.

— Jamais! » fit-elle impétueusement.

Et, se rapprochant de lui :

« Quel malheur donc peut-il me survenir? Il n'y a pas de désert, pas de précipice ni d'océan que je ne traverserais avec toi. A mesure que nous vivrons ensemble, ce sera comme une étreinte chaque jour plus serrée, plus complète! Nous n'aurons rien qui nous trouble, pas de soucis, nul obstacle! Nous serons seuls, tout à nous, éternellement... Parle donc, réponds-moi. »

Il répondait à intervalles réguliers : « Oui... Oui...! » Elle lui avait passé les mains dans ses cheveux, et elle répétait d'une voix enfantine, malgré de grosses larmes qui coulaient :

« Rodolphe! Rodolphe!... Ah! Rodolphe, cher petit Rodolphe! »

Minuit sonna.

« Minuit! dit-elle. Allons, c'est demain! encore un jour! »

Il se leva pour partir; et, comme si ce geste qu'il faisait eût été le signal de leur fuite, Emma, tout à coup, prenant un air gai :

« Tu as les passeports?

— Oui.

— Tu n'oublies rien?

— Non.

— Tu en es sûr?

— Certainement.

— C'est à l'*hôtel de Provence,* n'est-ce pas, que tu m'attendras?... à midi? »

Il fit un signe de tête.

« A demain, donc! » dit Emma dans une dernière caresse.

Et elle le regarda s'éloigner.

Il ne se détournait pas. Elle courut après lui, et, se penchant au bord de l'eau entre des broussailles :

« A demain! » s'écria-t-elle.

Il était déjà de l'autre côté de la rivière et marchait vite dans la prairie.

Au bout de quelques minutes, Rodolphe s'arrêta; et, quand il la vit avec son vêtement blanc peu à peu s'évanouir dans l'ombre comme un fantôme, il fut pris d'un tel battement de cœur, qu'il s'appuya contre un arbre pour ne pas tomber.

« Quel imbécile je suis! fit-il en jurant épouvantablement. N'importe, c'était une jolie maîtresse! »

Et, aussitôt, la beauté d'Emma, avec tous les plaisirs de cet amour, lui réapparurent. D'abord, il s'attendrit, puis il se révolta contre elle.

« Car, enfin, exclamait-il en gesticulant, je ne peux pas m'expatrier, avoir la charge d'une enfant. »

Il se disait ces choses pour s'affermir davantage.

« Et, d'ailleurs, les embarras, la dépense... Ah! non, non, mille fois non! cela eût été trop bête! »

XIII

A PEINE arrivé chez lui, Rodolphe s'assit brusquement à son bureau, sous la tête de cerf faisant trophée contre la muraille. Mais, quand il eut la plume entre les doigts, il ne sut rien trouver, si bien que, s'appuyant sur les deux coudes, il se mit à réfléchir. Emma lui semblait être reculée dans un passé lointain, comme si la résolution qu'il avait prise venait de placer entre eux, tout à coup, un immense intervalle.

Afin de ressaisir quelque chose d'elle, il alla chercher dans l'armoire, au chevet de son lit, une vieille boîte à biscuits de Reims où il enfermait d'habitude ses lettres de femmes, et il s'en échappa une odeur de poussière humide et de roses flétries. D'abord il aperçut un mouchoir de poche, couvert de gouttelettes pâles. C'était un mouchoir à elle, une fois qu'elle avait saigné du nez, en promenade; il ne s'en souvenait plus. Il y avait auprès, se cognant à tous les angles, la miniature donnée par Emma; sa toilette lui parut prétentieuse et son regard *en coulisse* du plus pitoyable effet; puis, à force de considérer cette image et d'évoquer le souvenir du modèle, les traits d'Emma peu à peu se confondirent en sa mémoire, comme si la figure vivante et la figure peinte, se frottant l'une contre l'autre, se fussent réciproquement effacées. Enfin, il lut de ses lettres; elles étaient pleines d'explications relatives à leur voyage, courtes, techniques et pressantes comme des billets d'affaires. Il voulut revoir les longues, celles d'autrefois; pour les trouver au fond de la boîte, Rodolphe dérangea toutes les autres; et machinalement il se mit à fouiller dans ce tas de papiers et de choses, y retrouvant pêle-mêle des bouquets, une jarretière, un masque noir, des épingles et des cheveux — des cheveux! de bruns, de blonds; quelques-uns, même, s'accrochant à la ferrure de la boîte, se cassaient quand on l'ouvrait.

Ainsi flânant parmi ses souvenirs, il examinait les écritures et le style des lettres, aussi variés que leurs orthographes. Elles étaient tendres ou joviales, facétieuses, mélancoliques; il y en avait qui demandaient de l'amour et d'autres qui demandaient de l'argent. À propos d'un mot, il se rappelait des visages, de certains gestes, un son de voix; quelquefois, pourtant, il ne se rappelait rien.

En effet, ces femmes, accourant à la fois dans sa pensée, s'y gênaient les unes les autres et s'y rapetissaient, comme sous un même niveau d'amour qui les égalisait. Prenant donc à poignée les lettres confondues, il s'amusa pendant quelques minutes à les faire tomber en cascades de sa main droite dans sa main gauche. Enfin, ennuyé, assoupi, Rodolphe alla reporter la boîte dans l'armoire en se disant :

« Quel tas de blagues!... »

Ce qui résumait son opinion; car les plaisirs, comme
des écoliers dans la cour d'un collège, avaient tellement
piétiné sur son cœur, que rien de vert n'y poussait, et ce
qui passait par là, plus étourdi que les enfants, n'y laissait
pas même, comme eux, son nom gravé sur la muraille.

« Allons, se dit-il, commençons! »

Il écrivit :

« Du courage, Emma! du courage! Je ne veux pas faire
le malheur de votre existence... »

« Après tout, c'est vrai, pensa Rodolphe; j'agis dans
son intérêt; je suis honnête. »

« Avez-vous mûrement pesé votre détermination?
Savez-vous l'abîme où je vous entraînais, pauvre ange?
Non, n'est-ce pas? Vous alliez confiante et folle, croyant
au bonheur, à l'avenir... Ah! malheureux que nous
sommes! insensés! »

Rodolphe s'arrêta pour trouver ici quelque bonne
excuse.

« Si je lui disais que toute ma fortune est perdue?...
Ah! non, et, d'ailleurs, cela n'empêcherait rien. Ce serait
à recommencer plus tard. Est-ce qu'on peut faire entendre
raison à des femmes pareilles? »

Il réfléchit, puis ajouta :

« Je ne vous oublierai pas, croyez-le bien, et j'aurai
continuellement pour vous un dévouement profond;
mais, un jour, tôt ou tard, cette ardeur (c'est là le sort
des choses humaines) se fût diminuée, sans doute! Il nous
serait venu des lassitudes, et qui sait même si je n'aurais
pas eu l'atroce douleur d'assister à vos remords et d'y participer moi-même, puisque je les aurais causés. L'idée
seule des chagrins qui vous arrivent me torture, Emma!
Oubliez-moi! Pourquoi faut-il que je vous aie connue?
Pourquoi étiez-vous si belle? Est-ce ma faute? Ô mon
Dieu! non, non, n'en accusez que la fatalité! »

« Voilà un mot qui fait toujours de l'effet », se dit-il.

« Ah! si vous eussiez été une des ces femmes au cœur
frivole comme on en voit, certes, j'aurais pu, par égoïsme,
tenter une expérience alors sans danger pour vous. Mais
cette exaltation délicieuse, qui fait à la fois votre charme
et votre tourment, vous a empêchée de comprendre, ado-

rable femme que vous êtes, la fausseté de notre position future. Moi non plus, je n'y avais pas réfléchi d'abord, et je me reposais à l'ombre de ce bonheur idéal comme à celle du mancenillier, sans prévoir les conséquences. »

« Elle va peut-être croire que c'est par avarice que j'y renonce... Ah! n'importe! tant pis, il faut en finir! »

« Le monde est cruel, Emma. Partout où nous eussions été, il nous aurait poursuivis. Il vous aurait fallu subir les questions indiscrètes, la calomnie, le dédain, l'outrage peut-être. L'outrage à vous! Oh!... Et moi qui voudrais vous faire asseoir sur un trône! Moi qui emporte votre pensée comme un talisman! Car je me punis par l'exil de tout le mal que je vous ai fait. Je pars. Où? Je n'en sais rien, je suis fou! Adieu! Soyez toujours bonne! Conservez le souvenir du malheureux qui vous a perdue. Apprenez mon nom à votre enfant, qu'il le redise, dans ses prières. »

La mèche des deux bougies tremblait. Rodolphe se leva pour aller fermer la fenêtre, et, quand il se fut rassis :

« Il me semble que c'est tout. Ah! encore ceci, de peur qu'elle vienne *à me relancer :* »

« Je serai loin quand vous lirez ces tristes lignes; car j'ai voulu m'enfuir au plus vite afin d'éviter la tentation de vous revoir. Pas de faiblesse! Je reviendrai; et peut-être que, plus tard, nous causerons ensemble très froidement de nos anciennes amours. Adieu! »

Et il y avait un dernier adieu, séparé en deux mots *À Dieu!* ce qu'il jugeait d'un excellent goût.

« Comment vais-je signer, maintenant? se dit-il. Votre tout dévoué... Non. Votre ami?... Oui, c'est cela. »

« Votre ami. »

Il relut sa lettre. Elle lui parut bonne.

« Pauvre petite femme! pensa-t-il avec attendrissement. Elle va me croire plus insensible qu'un roc; il eût fallu quelques larmes là-dessus; mais, moi, je ne peux pas pleurer; ce n'est pas ma faute. » Alors, s'étant versé de l'eau dans un verre, Rodolphe y trempa son doigt et il laissa tomber de haut une grosse goutte, qui fit une tache pâle

sur l'encre; puis, cherchant à cacheter la lettre, le cachet
Amor nel Cor se rencontra.

« Cela ne va guère à la circonstance... Ah! bah!
qu'importe! »

Après quoi, il fuma trois pipes, et alla se coucher.

Le lendemain, quand il fut debout (vers deux heures
environ, il avait dormi tard), Rodolphe se fit cueillir une
corbeille d'abricots. Il disposa la lettre dans le fond, sous
des feuilles de vigne, et ordonna tout de suite à Girard,
son valet de charrue, de porter cela délicatement chez
madame Bovary. Il se servait de ce moyen pour corres-
pondre avec elle, lui envoyant, selon la saison, des fruits
ou du gibier.

« Si elle te demande de mes nouvelles, dit-il, tu ré-
pondras que je suis parti en voyage. Il faut remettre le
panier à elle-même, en mains propres... Va, et prends
garde! »

Girard passa sa blouse neuve, noua son mouchoir autour des abricots, et, marchant à grands pas lourds dans
ses grosses galoches ferrées, prit tranquillement le chemin
d'Yonville.

Madame Bovary, quand il arriva chez elle, arrangeait
avec Félicité, sur la table de cuisine, un paquet de linge.

« Voilà, dit le valet, ce que notre maître vous envoie. »

Elle fut saisie d'une appréhension, et, tout en cherchant quelque monnaie dans sa poche, elle considérait le
paysan d'un œil hagard, tandis qu'il la regardait lui-même
avec ébahissement, ne comprenant pas qu'un pareil cadeau pût tant émouvoir quelqu'un. Enfin il sortit. Félicité
restait. Elle n'y tenait plus; elle courut dans la salle comme
pour y porter les abricots, renversa le panier, arracha les
feuilles, trouva la lettre, l'ouvrit, et, comme s'il y avait eu
derrière elle un effroyable incendie, Emma se mit à fuir
vers sa chambre, tout épouvantée.

Charles y était, elle l'aperçut; il lui parla, elle n'entendit rien, et elle continua vivement à monter les marches,
haletante, éperdue, ivre, et toujours tenant cette horrible
feuille de papier, qui lui claquait dans les doigts comme
une plaque de tôle. Au second étage, elle s'arrêta devant
la porte du grenier, qui était fermée.

Alors elle voulut se calmer; elle se rappela la lettre: il
fallait la finir, elle n'osait pas. D'ailleurs, où, comment?
On la verrait.

« Ah! non, ici, pensa-t-elle, je serai bien. »

Emma poussa la porte et entra.

Les ardoises laissaient tomber d'aplomb une chaleur lourde, qui lui serrait les tempes et l'étouffait; elle se traîna jusqu'à la mansarde close, dont elle tira le verrou, et la lumière éblouissante jaillit d'un bond.

En face, par-dessus les toits, la pleine campagne s'étalait à perte de vue. En bas, sous elle, la place du village était vide; les cailloux du trottoir scintillaient, les girouettes des maisons se tenaient immobiles; au coin de la rue, il partit d'un étage inférieur une sorte de ronflement à modulations stridentes. C'était Binet qui tournait.

Elle s'était appuyée contre l'embrasure de la mansarde et elle relisait la lettre avec des ricanements de colère. Mais plus elle y fixait d'attention, plus ses idées se confondaient. Elle le revoyait, elle l'entendait, elle l'entourait de ses deux bras; et des battements de cœur, qui la frappaient sous la poitrine comme à grands coups de bélier, s'accéléraient l'un après l'autre, à intermittences inégales. Elle jetait les yeux tout d'elle avec l'envie que la terre croulât. Pourquoi n'en pas finir? Qui la retenait donc? Elle était libre. Et elle s'avança, elle regarda les pavés en se disant :

« Allons! allons! »

Le rayon lumineux qui montait d'en bas directement tirait vers l'abîme le poids de son corps. Il lui semblait que le sol de la place oscillante s'élevait le long des murs, et que le plancher s'inclinait par le bout, à la manière d'un vaisseau qui tangue. Elle se tenait tout au bord, presque suspendue, entourée d'un grand espace. Le bleu du ciel l'envahissait, l'air circulait dans sa tête creuse, elle n'avait qu'à céder, qu'à se laisser prendre; et le ronflement du tour ne discontinuait pas, comme une voix furieuse qui l'appelait.

« Ma femme! ma femme! » cria Charles.

Elle s'arrêta.

« Où es-tu donc? Arrive! »

L'idée qu'elle venait d'échapper à la mort faillit la faire s'évanouir de terreur; elle ferma les yeux, puis elle tressaillit au contact d'une main sur sa manche : c'était Félicité.

« Monsieur vous attend, madame; la soupe est servie. »

Et il fallut descendre! il fallut se mettre à table!

Elle essaya de manger. Les morceaux l'étouffaient.
Alors elle déplia sa serviette comme pour en examiner
les reprises et voulut réellement s'appliquer à ce travail,
compter les fils de la toile. Tout à coup, le souvenir de la
lettre lui revint. L'avait-elle donc perdue ? Où la retrouver ? Mais elle éprouvait une telle lassitude dans l'esprit,
que jamais elle ne put inventer un prétexte à sortir de
table. Puis elle était devenue lâche; elle avait peur de
Charles; il savait tout, c'était sûr! En effet, il prononça
ces mots, singulièrement :

« Nous ne sommes pas près, à ce qu'il paraît, de voir
M. Rodolphe.

— Qui te l'a dit ? fit-elle en tressaillant.

— Qui me l'a dit ? répliqua-t-il, un peu surpris de ce
ton brusque; c'est Girard que j'ai rencontré tout à l'heure
à la porte du *Café Français*. Il est parti en voyage, ou il
doit partir. »

Elle eut un sanglot.

« Quoi donc t'étonne ? Il s'absente ainsi de temps à
autre pour se distraire, et, ma foi! je l'approuve. Quand
on a de la fortune et que l'on est garçon... Du reste, il
s'amuse joliment, notre ami! c'est un farceur. M. Langlois m'a conté... »

Il se tut, par convenance, à cause de la domestique qui
entrait.

Celle-ci replaça dans la corbeille les abricots répandus
sur l'étagère; Charles, sans remarquer la rougeur de
sa femme, se les fit apporter, en prit un et mordit à même.

« Oh! parfait, disait-il. Tiens, goûte. »

Et il tendit la corbeille, qu'elle repoussa doucement.

« Sens donc : quelle odeur! fit-il en la lui passant
sous le nez à plusieurs reprises.

— J'étouffe! » s'écria-t-elle en se levant d'un bond.

Mais, par un effort de volonté, ce spasme disparut;
puis :

« Ce n'est rien! dit-elle, ce n'est rien! c'est nerveux!
Assieds-toi, mange! »

Car elle redoutait qu'on ne fût à la questionner, à la
soigner, qu'on ne la quittât plus.

Charles, pour lui obéir, s'était rassis, et il crachait dans
sa main les noyaux des abricots, qu'il déposait ensuite
dans son assiette.

Tout à coup, un tilbury bleu passa au grand trot sur la

place. Emma poussa un cri et tomba roide par terre, à la renverse.

En effet, Rodolphe, après bien des réflexions, s'était décidé à partir pour Rouen. Or, comme il n'y a, de la Huchette à Buchy, pas d'autre chemin que celui d'Yonville, il lui avait fallu traverser le village, et Emma l'avait reconnu à la lueur des lanternes qui coupaient comme un éclair le crépuscule.

Le pharmacien, au tumulte qui se faisait dans la maison, s'y précipita. La table, avec toutes les assiettes, était renversée; de la sauce, de la viande, les couteaux, la salière et l'huilier jonchaient l'appartement; Charles appelait au secours; Berthe, effarée, criait; et Félicité, dont les mains tremblaient, délaçait Madame, qui avait le long du corps des mouvements convulsifs.

« Je cours, dit l'apothicaire, chercher dans mon laboratoire un peu de vinaigre aromatique. »

Puis, comme elle rouvrait les yeux en respirant le flacon :

« J'en étais sûr, fit-il; cela vous réveillerait un mort. — Parle-nous! disait Charles, parle-nous! Remets-toi! C'est moi, ton Charles qui t'aime! Me reconnais-tu? Tiens, voilà ta petite fille : embrasse-la donc! »

L'enfant avançait les bras vers sa mère pour se pendre à son cou. Mais, détournant la tête, Emma dit d'une voix saccadée :

« Non, non... personne! »

Elle s'évanouit encore. On la porta sur son lit.

Elle restait étendue, la bouche ouverte, les paupières fermées, les mains à plat, immobile, et blanche comme une statue de cire. Il sortait de ses yeux deux ruisseaux de larmes qui coulaient lentement sur l'oreiller.

Charles, debout, se tenait au fond de l'alcôve, et le pharmacien, près de lui, gardait ce silence méditatif qu'il est convenable d'avoir dans les occasions sérieuses de la vie.

« Rassurez-vous, dit-il en lui poussant le coude, je crois que le paroxysme est passé.

— Oui, elle repose un peu maintenant! répondit Charles, qui la regardait dormir. Pauvre femme!... pauvre femme!... la voilà retombée! »

Alors Homais demanda comment cet accident était survenu. Charles répondit que cela l'avait saisie tout à coup pendant qu'elle mangeait des abricots.

« Extraordinaire!... reprit le pharmacien. Mais il se

pourrait que les abricots eussent occasionné la syncope !
Il y a des natures si impressionnables à l'encontre de certaines odeurs ! et ce serait même une belle question à étudier, tant sous le rapport pathologique que sous le rapport physiologique. Les prêtres en connaissaient l'importance, eux qui ont toujours mêlé des aromates à leurs cérémonies. C'est pour vous stupéfier l'entendement et provoquer des extases, chose d'ailleurs facile à obtenir chez les personnes du sexe, qui sont plus délicates que les autres. On en cite qui s'évanouissent à l'odeur de la corne brûlée, du pain tendre...

— Prenez garde de l'éveiller ! dit à voix basse Bovary.

— Et non seulement, continua l'apothicaire, les humains sont en butte à ces anomalies, mais encore les animaux. Ainsi, vous n'êtes pas sans savoir l'effet singulièrement aphrodisiaque que produit le *nepeta cataria*, vulgairement appelé herbe-au-chat, sur la gent féline ; et, d'autre part, pour citer un exemple que je garantis authentique, Bridoux (un de mes anciens camarades, actuellement établi rue Malpalu) possède un chien qui tombe en convulsion dès qu'on lui présente une tabatière. Souvent même il en fait l'expérience devant ses amis, à son pavillon du bois Guillaume. Croirait-on qu'un simple sternutatoire pût exercer de tels ravages dans l'organisme d'un quadrupède ? C'est extrêmement curieux, n'est-il pas vrai ?

— Oui, dit Charles, qui n'écoutait pas.

— Cela nous prouve, reprit l'autre en souriant avec un air de suffisance bénigne, les irrégularités sans nombre du système nerveux. Pour ce qui est de Madame, elle m'a toujours paru, je l'avoue, une vraie sensitive. Aussi ne vous conseillerai-je point, mon bon ami, aucun de ces prétendus remèdes qui, sous prétexte d'attaquer les symptômes, attaquent le tempérament. Non, pas de médicamentation oiseuse ! du régime, voilà tout ! des sédatifs, des émollients, des dulcifiants. Puis, ne pensez-vous pas qu'il faudrait peut-être frapper l'imagination ?

— En quoi ? comment ? dit Bovary.

— Ah ! c'est là la question ! Telle est effectivement la question : *That is the question !* comme je lisais dernièrement dans le journal. »

Mais Emma, se réveillant, s'écria :

« Et la lettre ? Et la lettre ? »

On crut qu'elle avait le délire; elle l'eut à partir de minuit : une fièvre cérébrale s'était déclarée.

Pendant quarante-trois jours Charles ne la quitta pas. Il abandonna tous ses malades; il ne se couchait plus, il était continuellement à lui tâter le pouls, à lui poser des sinapismes, des compresses d'eau froide. Il envoyait Justin jusqu'à Neufchâtel chercher de la glace; la glace se fondait en route; il le renvoyait. Il appela M. Canivet en consultation; il fit venir de Rouen le docteur Larivière, son ancien maître; il était désespéré. Ce qui l'effrayait le plus, c'était l'abattement d'Emma; car elle ne parlait pas, n'entendait rien et même semblait ne point souffrir, — comme si son corps et son âme se fussent ensemble reposés de toutes leurs agitations.

Vers le milieu d'octobre, elle put se tenir assise dans son lit, avec des oreillers derrière elle. Charles pleura quand il la vit manger sa première tartine de confitures. Les forces lui revinrent; elle se levait quelques heures pendant l'après-midi, et un jour qu'elle se sentait mieux, il essaya de lui faire faire, à son bras, un tour de promenade dans le jardin. Le sable des allées disparaissait sous les feuilles mortes; elle marchait pas à pas, en traînant ses pantoufles, et, s'appuyant de l'épaule contre Charles, elle continuait à sourire.

Ils allèrent ainsi jusqu'au fond, près de la terrasse. Elle se redressa lentement, se mit la main devant ses yeux, pour regarder : elle regarda au loin, tout au loin; mais il n'y avait à l'horizon que de grands feux d'herbe, qui fumaient sur les collines.

« Tu vas te fatiguer, ma chérie », dit Bovary.

Et, la poussant doucement pour la faire entrer sous la tonnelle :

« Assieds-toi donc sur ce banc : tu seras bien.

— Oh! non, pas là, pas là! » fit-elle d'une voix défaillante.

Elle eut un étourdissement, et, dès le soir, sa maladie recommença avec une allure plus incertaine, il est vrai, et des caractères plus complexes. Tantôt elle souffrait au cœur, puis dans la poitrine, dans le cerveau, dans les membres; il lui survint des vomissements où Charles crut apercevoir les premiers symptômes d'un cancer.

Et le pauvre garçon, par là-dessus, avait des inquiétudes d'argent!

XIV

D'ABORD, il ne savait comment faire pour dédommager M. Homais de tous les médicaments pris chez lui; et, quoiqu'il eût pu, comme médecin, ne pas les payer, néanmoins il rougissait un peu de cette obligation. Puis la dépense du ménage, à présent que la cuisinière était maîtresse, devenait effrayante; les notes pleuvaient dans la maison; les fournisseurs murmuraient; M. Lheureux surtout le harcelait. En effet, au plus fort de la maladie d'Emma, celui-ci, profitant de la circonstance pour exagérer sa facture, avait vite apporté le manteau, le sac de nuit, deux caisses au lieu d'une, quantité d'autres choses encore. Charles eut beau dire qu'il n'en avait pas besoin, le marchand répondit arrogamment qu'on lui avait commandé tous ces articles et qu'il ne les reprendrait pas; d'ailleurs, ce serait contrarier Madame dans sa convalescence; Monsieur réfléchirait; bref, il était résolu à le poursuivre en justice plutôt que d'abandonner ses droits et que d'emporter ses marchandises. Charles ordonna par la suite de les renvoyer à son magasin; Félicité oublia; il avait d'autres soucis; on n'y pensa plus; M. Lheureux revint à la charge, et, tour à tour menaçant et gémissant, manœuvra de telle façon que Bovary finit pas souscrire un billet à six mois d'échéance. Mais à peine eut-il signé ce billet, qu'une idée audacieuse lui surgit: c'était d'emprunter mille francs à M. Lheureux. Donc, il demanda, d'un air embarrassé, s'il n'y avait pas moyen de les avoir, ajoutant que ce serait pour un an et au taux que l'on voudrait. Lheureux courut à sa boutique, en rapporta les écus et dicta un autre billet, par lequel Bovary déclarait devoir payer à son ordre, le 1er septembre prochain, la somme de mille soixante et dix francs; ce qui, avec les cent quatre-vingts déjà stipulés, faisait juste douze cent cinquante. Ainsi, prêtant à six pour cent, augmenté d'un quart de commission, et les fournitures lui rapportant un bon tiers pour le moins, cela devait, en douze mois, donner cent trente francs de bénéfice; et il espérait que l'affaire ne s'arrêterait pas là, qu'on ne pourrait payer les billets, qu'on les renouvellerait, et que son pauvre argent, s'étant nourri chez le médecin comme dans une maison de santé, lui reviendrait, un jour, considérablement plus dodu, et gros à faire craquer le sac.

Tout d'ailleurs, lui réussissait. Il était adjudicataire d'une fourniture de cidre pour l'hôpital de Neufchâtel; M. Guillaumin lui promettait des actions dans les tourbières de Grumesnil, et il rêvait d'établir un nouveau service de diligences entre Arcueil et Rouen, qui ne tarderait pas, sans doute, à ruiner la guimbarde du *Lion d'or,* et qui, marchant plus vite, étant à prix plus bas et portant plus de bagages, lui mettrait ainsi dans les mains tout le commerce d'Yonville.

Charles se demanda plusieurs fois par quel moyen, l'année prochaine, pouvoir rembourser tant d'argent; et il cherchait, imaginait des expédients, comme de recourir à son père ou de vendre quelque chose. Mais son père serait sourd, et il n'avait, lui, rien à vendre. Alors il découvrait de tels embarras, qu'il écartait vite de sa conscience un sujet de méditation aussi désagréable. Il se reprochait d'en oublier Emma; comme si, toutes ses pensées appartenant à cette femme, c'eût été lui dérober quelque chose que de n'y pas continuellement réfléchir.

L'hiver fut rude. La convalescence de Madame fut longue. Quand il faisait beau, on la poussait dans son fauteuil auprès de la fenêtre, celle qui regardait la place, car elle avait maintenant le jardin en antipathie, et la persienne de ce côté restait constamment fermée. Elle voulut que l'on vendît le cheval; ce qu'elle aimait autrefois, à présent lui déplaisait. Toutes ses idées paraissaient se borner au soin d'elle-même. Elle restait dans son lit à faire de petites collations, sonnait sa domestique pour s'informer de ses tisanes ou pour causer avec elle. Cependant, la neige sur le toit des halles jetait dans la chambre un reflet blanc, immobile; ensuite, ce fut la pluie qui tombait. Et Emma quotidiennement attendait, avec une sorte d'anxiété, l'infaillible retour d'événements minimes, qui pourtant ne lui importaient guère. Le plus considérable était, le soir, l'arrivée de l'*Hirondelle.* Alors l'aubergiste criait et d'autres voix répondaient, tandis que le falot d'Hippolyte, qui cherchait des coffres sur la bâche, faisait comme une étoile dans l'obscurité. A midi, Charles rentrait; ensuite, il sortait; puis elle prenait un bouillon, et, vers cinq heures, à la tombée du jour, les

enfants qui s'en revenaient de la classe, traînant leurs
sabots sur le trottoir, frappaient tous avec leurs règles la
cliquette des auvents, les uns après les autres.

C'était à cette heure-là que M. Bournisien venait la
voir. Il s'enquérait de sa santé, lui apportait des nouvelles
et l'exhortait à la religion dans un petit bavardage câlin
qui ne manquait pas d'agrément. La vue seule de sa soutane la réconfortait.

Un jour qu'au plus fort de sa maladie elle s'était crue
agonisante, elle avait demandé la communion; et, à mesure que l'on faisait dans sa chambre les préparatifs pour
le sacrement, que l'on disposait en autel la commode encombrée de sirops et que Félicité semait par terre des
fleurs de dahlia, Emma sentait quelque chose de fort
passant sur elle, qui la débarrassait de ses douleurs, de
toute perception, de tout sentiment. Sa chair allégée ne
pensait plus, une autre vie commençait; il lui sembla que
son être, montant vers Dieu, allait s'anéantir dans cet
amour comme un encens allumé qui se dissipe en vapeur.
On aspergea d'eau bénite les draps du lit; le prêtre retira
du saint ciboire la blanche hostie; et ce fut en défaillant
d'une joie céleste qu'elle avança les lèvres pour accepter
le corps du Sauveur qui se présentait. Les rideaux de son
alcôve se gonflaient mollement, autour d'elle, en façon
de nuées, et les rayons des deux cierges brûlant sur la
commode lui parurent être de gloires éblouissantes.
Alors elle laissa retomber sa tête, croyant entendre dans
les espaces le chant des harpes séraphiques et apercevoir
en un ciel d'azur, sur un trône d'or, au milieu des saints
tenant des palmes vertes, Dieu le Père tout éclatant de
majesté, et qui d'un signe faisait descendre vers la terre
des anges aux ailes de flamme pour l'emporter dans leurs
bras.

Cette vision splendide demeura dans sa mémoire
comme la chose la plus belle qu'il fût possible de rêver;
si bien qu'à présent elle s'efforçait d'en ressaisir la sensation, qui continuait cependant, mais d'une manière
moins exclusive et avec une douceur aussi profonde. Son
âme, courbatue d'orgueil, se reposait enfin dans l'humilité chrétienne; et, savourant le plaisir d'être faible,
Emma contemplait en elle-même la destruction de sa
volonté, qui devait faire aux envahissements de la grâce
une large entrée. Il existait donc à la place du bonheur

des félicités plus grandes, un autre amour au-dessus de tous les autres amours, sans intermittence ni fin, et qui s'accroîtrait éternellement! Elle entrevit, parmi les illusions de son espoir, un état de pureté flottant au-dessus de la terre, se confondant avec le ciel, et où elle aspira d'être. Elle voulut devenir une sainte. Elle acheta des chapelets, elle porta des amulettes; elle souhaitait avoir dans sa chambre, au chevet de sa couche, un reliquaire enchâssé d'émeraudes, pour le baiser tous les soirs.

Le curé s'émerveillait de ces dispositions, bien que la religion d'Emma, trouvait-il, pût, à force de ferveur, finir par friser l'hérésie et même l'extravagance. Mais, n'étant pas très versé dans ces matières, sitôt qu'elles dépassaient une certaine mesure, il écrivit à M. Boulard, libraire de Monseigneur, de lui envoyer *quelque chose de fameux pour une personne du sexe, qui était pleine d'esprit*. Le libraire, avec autant d'indifférence que s'il eût expédié de la quincaillerie à des nègres, vous emballa pêle-mêle tout ce qui avait cours pour lors dans le négoce des livres pieux. C'étaient de petits manuels par demandes et par réponses, des pamphlets d'un ton rogue dans la manière de M. de Maistre, et des espèces de romans à cartonnage rose et à style douceâtre, fabriqués par des séminaristes troubadours ou des bas-bleus repentis. Il y avait le *Pensez-y bien; l'Homme du monde aux pieds de Marie, par M. de***, décoré de plusieurs ordres; des Erreurs de Voltaire, à l'usage des jeunes gens,* etc.

Madame Bovary n'avait pas encore l'intelligence assez nette pour s'appliquer sérieusement à n'importe quoi; d'ailleurs, elle entreprit ces lectures avec trop de précipitation. Elle s'irrita contre les prescriptions du culte; l'arrogance des écrits polémiques lui déplut par leur acharnement à poursuivre des gens qu'elle ne connaissait pas; et les contes profanes relevés de religion lui parurent écrits dans une telle ignorance du monde, qu'ils l'écartèrent insensiblement des vérités dont elle attendait la preuve. Elle persista pourtant, et, lorsque le volume lui tombait des mains, elle se croyait prise par la plus fine mélancolie catholique qu'une âme éthérée pût concevoir.

Quant au souvenir de Rodolphe, elle l'avait descendu tout au fond de son cœur; et il restait là, plus solennel et plus immobile qu'une momie de roi dans un souterrain. Une exhalaison s'échappait de ce grand amour

embaumé et qui, passant à travers tout, parfumait de
tendresse l'atmosphère d'immaculation où elle voulait
vivre. Quand elle se mettait à genoux sur son prie-Dieu
gothique, elle adressait au Seigneur les mêmes paroles
de suavité qu'elle murmurait jadis à son amant, dans ses
épanchements de l'adultère. C'était pour faire venir la
croyance[1]; mais aucune délectation ne descendait des
cieux; et elle se relevait, les membres fatigués, avec le
sentiment vague d'une immense duperie. Cette recherche,
pensait-elle, n'était qu'un mérite de plus; et, dans l'orgueil de sa dévotion, Emma se comparait à ces grandes
dames d'autrefois, dont elle avait rêvé la gloire sur un
portrait de La Vallière, et qui, traînant avec tant de
majesté la queue chamarrée de leurs longues robes, se
retiraient en des solitudes pour y répandre aux pieds du
Christ toutes les larmes d'un cœur que l'existence blessait.

Alors, elle se livra à des charités excessives. Elle cousait des habits pour les pauvres; elle envoyait du bois
aux femmes en couches; et Charles, un jour, en rentrant,
trouva dans la cuisine trois vauriens attablés qui mangeaient un potage. Elle fit revenir à la maison sa petite
fille, que son mari, durant sa maladie, avait renvoyée
chez la nourrice. Elle voulut lui apprendre à lire; Berthe
avait beau pleurer, elle ne s'irritait plus. C'était un parti
pris de résignation, une indulgence universelle. Son langage à propos de tout était plein d'expressions idéales.
Elle disait à son enfant :

« Ta colique est-elle passée, mon ange? »

Madame Bovary mère ne trouvait rien à blâmer, sauf
peut-être cette manie de tricoter des camisoles pour les
orphelins, au lieu de raccommoder ses torchons. Mais,
harassée de querelles domestiques, la bonne femme se
plaisait en cette maison tranquille, et même elle y demeura jusque après Pâques, afin d'éviter les sarcasmes du
père Bovary, qui ne manquait pas, tous les vendredis
saints, de commander une andouille.

Outre la compagnie de sa belle-mère, qui la raffermis-
sait un peu par sa rectitude de jugement et ses façons
graves, Emma, presque tous les jours, avait encore d'autres sociétés. C'était madame Langlois, madame Caron,
madame Dubreuil, madame Tuvache et, régulièrement
de deux à cinq heures, l'excellente madame Homais, qui
n'avait jamais voulu croire, celle-là, à aucun des cancans

que l'on débitait sur sa voisine. Les petits Homais aussi venaient la voir; Justin les accompagnait. Il montait avec eux dans la chambre, et il restait debout près de la porte, immobile, sans parler. Souvent même madame Bovary, n'y prenant garde, se mettait à sa toilette. Elle commençait par retirer son peigne, en secouant sa tête d'un mouvement brusque; et, quand il aperçut la première fois cette chevelure entière qui descendait jusqu'aux jarrets en déroulant ses anneaux noirs, ce fut pour lui, le pauvre enfant, comme l'entrée subite dans quelque chose d'extraordinaire et de nouveau dont la splendeur l'effraya.

Emma, sans doute, ne remarquait pas ses empressements silencieux ni ses timidités. Elle ne se doutait point que l'amour, disparu de sa vie, palpitait là, près d'elle, sous cette chemise de grosse toile, dans ce cœur d'adolescent ouvert aux émanations de sa beauté. Du reste, elle enveloppait tout maintenant d'une telle indifférence, elle avait des paroles si affectueuses et des regards si hautains, des façons si diverses, que l'on ne distinguait plus l'égoïsme de la charité, ni la corruption de la vertu. Un soir, par exemple, elle s'emporta contre sa domestique, qui lui demandait à sortir et balbutiait en cherchant un prétexte, puis tout à coup :

« Tu l'aimes donc? » dit-elle.

Et, sans attendre la réponse de Félicité, qui rougissait, elle ajouta d'un air triste :

« Allons, cours-y! amuse-toi! »

Elle fit, au commencement du printemps, bouleverser le jardin d'un bout à l'autre, malgré les observations de Bovary; il fut heureux, cependant, de lui voir enfin manifester une volonté quelconque. Elle en témoigna davantage à mesure qu'elle se rétablissait. D'abord, elle trouva moyen d'expulser la mère Rollet, la nourrice, qui avait pris l'habitude, pendant sa convalescence, de venir trop souvent à la cuisine avec ses deux nourrissons et son pensionnaire, plus endenté qu'un cannibale. Puis elle se dégagea de la famille Homais, congédia successivement toutes les autres visites et même fréquenta l'église avec moins d'assiduité, à la grande approbation de l'apothicaire, qui lui dit alors amicalement :

« Vous donniez un peu dans la calotte! »

M. Bournisien, comme autrefois, survenait tous les jours, en sortant du catéchisme. Il préférait rester dehors à prendre l'air *au milieu du bocage ;* il appelait ainsi la tonnelle. C'était l'heure où Charles rentrait. Ils avaient chaud ; on apportait du cidre doux, et ils buvaient ensemble au complet rétablissement de Madame.

Binet se trouvait là ; c'est-à-dire un peu plus bas, contre le mur de la terrasse, à pêcher des écrevisses. Bovary l'invitait à se rafraîchir, et il s'entendait parfaitement à déboucher les cruchons.

« Il faut, disait-il en promenant autour de lui et jusqu'aux extrémités du paysage un regard satisfait, tenir ainsi la bouteille d'aplomb sur la table, et après que les ficelles sont coupées, pousser le liège à petits coups, doucement, doucement, comme on fait, d'ailleurs, à l'eau de Seltz, dans les restaurants. »

Mais le cidre, pendant sa démonstration, souvent leur jaillissait en plein visage, et alors l'ecclésiastique, avec un rire opaque, ne manquait jamais cette plaisanterie :

« Sa bonté saute aux yeux ! »

Il était brave homme, en effet, et même, un jour, ne fut point scandalisé du pharmacien, qui conseillait à Charles, pour distraire Madame, de la mener au théâtre de Rouen voir l'illustre ténor Lagardy. Homais, s'étonnant de ce silence, voulut savoir son opinion, et le prêtre déclara qu'il regardait la musique comme moins dangereuse pour les mœurs que la littérature.

Mais le pharmacien prit la défense des lettres. Le théâtre, prétendait-il, servait à fronder les préjugés, et, sous le masque du plaisir, enseignait la vertu.

« *Castigat ridendo mores,* monsieur Bournisien ! Ainsi, regardez la plupart des tragédies de Voltaire ; elles sont semées habilement de réflexions philosophiques qui en font pour le peuple une véritable école de morale et de diplomatie.

— Moi, dit Binet, j'ai vu autrefois une pièce intitulée *le Gamin de Paris,* où l'on remarque le caractère d'un vieux général qui est vraiment tapé ! Il rembarre un fils de famille qui avait séduit une ouvrière, qui à la fin...

— Certainement ! continuait Homais, il y a la mauvaise littérature comme il y a la mauvaise pharmacie ; mais condamner en bloc le plus important des beaux-arts me paraît une balourdise, une idée gothique, digne de ces temps abominables où l'en enfermait Galilée.

— Je sais bien, objecta le curé, qu'il existe de bons

ouvrages, de bons auteurs; cependant, ne serait-ce que
ces personnes de sexe différent réunies dans un appartement enchanteur, orné de pompes mondaines, et puis
ces déguisements païens, ce fard, ces flambeaux, ces voix
efféminées, tout cela doit finir par engendrer un certain
libertinage d'esprit et vous donner des pensées déshonnêtes, des tentations impures. Telle est du moins l'opinion de tous les Pères. Enfin, ajouta-t-il en prenant subitement un ton de voix mystique, tandis qu'il roulait sur
son pouce une prise de tabac, si l'Église a condamné les
spectacles, c'est qu'elle avait raison; il faut nous soumettre à ses décrets.

— Pourquoi, demanda l'apothicaire, excommunie-
t-elle les comédiens? car, autrefois, ils concouraient ou-
vertement aux cérémonies du culte. Oui, on jouait, on
représentait au milieu du chœur des espèces de farces
appelées mystères, dans lesquelles les lois de la décence
souvent se trouvaient offensées. »

L'ecclésiastique se contenta de pousser un gémissement, et le pharmacien poursuivit :

« C'est comme dans la Bible; il y a..., savez-vous...,
plus d'un détail... piquant, des choses... vraiment...,
gaillardes! »

Et, sur un geste d'irritation que faisait M. Bournisien :

« Ah! vous conviendrez que ce n'est pas un livre à
mettre entre les mains d'une jeune personne, et je serais
fâché qu'Athalie...

— Mais ce sont les protestants, et non pas nous, s'écria
l'autre impatienté, qui recommandent la Bible!

— N'importe! dit Homais, je m'étonne que, de nos
jours, en un siècle de lumières, on s'obstine encore à
proscrire un délassement intellectuel qui est inoffensif,
moralisant et même hygiénique quelquefois, n'est-ce pas,
docteur?

— Sans doute », répondit le médecin nonchalamment,
soit que, ayant les mêmes idées, il voulût n'offenser personne, ou bien qu'il n'eût pas d'idées.

La conversation semblait finie, quand le pharmacien
jugea convenable de pousser une dernière botte.

« J'en ai connu, des prêtres, qui s'habillaient en
bourgeois pour aller voir gigoter des danseuses.

— Allons donc! fit le curé.

— Ah! j'en ai connu! »

Et, séparant les syllabes de sa phrase, Homais répéta :
« J'en-ai-connu. »

— Eh bien! ils avaient tort, dit Bournisien, résigné à
tout entendre.

— Parbleu, ils en font bien d'autres! exclama l'apothicaire.

— Monsieur!... reprit l'ecclésiastique avec des yeux si
farouches, que le pharmacien en fut intimidé.

— Je veux seulement dire, répliqua-t-il alors d'un ton
moins brutal, que la tolérance est le plus sûr moyen
d'attirer les âmes à la religion.

— C'est vrai! c'est vrai! » concéda le bonhomme en se
rasseyant sur sa chaise.

Mais il n'y resta que deux minutes. Puis, dès qu'il fut
parti, M. Homais dit au médecin :

« Voilà ce qui s'appelle une prise de bec! Je l'ai
roulé, vous avez vu, d'une manière!... Enfin, croyez-moi,
conduisez Madame au spectacle, ne serait-ce que pour
faire une fois dans votre vie enrager un de ces corbeaux-
là, saprelotte! Si quelqu'un pouvait me remplacer, je vous
accompagnerais moi-même. Dépêchez-vous! Lagardy ne
donnera qu'une seule représentation; il est engagé en
Angleterre à des appointements considérables. C'est, à ce
qu'on assure, un fameux lapin! Il roule sur l'or! il mène
avec lui trois maîtresses et son cuisinier! Tous ces grands
artistes brûlent la chandelle par les deux bouts; il leur
faut une existence dévergondée qui excite un peu l'imagination. Mais ils meurent à l'hôpital, parce qu'ils n'ont pas
eu l'esprit, étant jeunes, de faire des économies. Allons,
bon appétit; à demain! »

Cette idée de spectacle germa vite dans la tête de
Bovary; car aussitôt il en fit part à sa femme, qui refusa
tout d'abord, alléguant la fatigue, le dérangement, la
dépense; mais, par extraordinaire, Charles ne céda pas,
tant il jugeait cette récréation lui devoir être profitable.
Il n'y voyait aucun empêchement; sa mère leur avait
expédié trois cents francs sur lesquels il ne comptait plus,
les dettes courantes n'avaient rien d'énorme, et l'échéance
des billets à payer au sieur Lheureux était encore si longue,
qu'il n'y fallait pas songer. D'ailleurs, imaginant qu'elle y
mettait de la délicatesse, Charles insista davantage; si bien
qu'elle finit, à force d'obsessions, par se décider. Et, le lendemain, à huit heures, ils s'emballèrent dans l'*Hirondelle*.

L'apothicaire, que rien ne retenait à Yonville, mais qui se croyait contraint de n'en pas bouger, soupira en les voyant partir.

« Allons, bon voyage ! leur dit-il, heureux mortels que vous êtes ! »

Puis, s'adressant à Emma, qui portait une robe de soie bleue à quatre falbalas :

« Je vous trouve jolie comme un Amour ! Vous allez *faire florès* à Rouen. »

La diligence descendait à l'hôtel de la *Croix-Rouge,* sur la place Beauvoisine. C'était une de ces auberges comme il y en a dans tous les faubourgs de province, avec de grandes écuries et de petites chambres à coucher, où l'on voit au milieu de la cour des poules picorant l'avoine sous les cabriolets crottés des commis-voyageurs ; — bons vieux gîtes à balcon de bois vermoulu qui craquent au vent dans les nuits d'hiver, continuellement pleins de monde, de vacarme et de mangeaille, dont les tables noires sont poissées par les *glorias,* les vitres épaisses jaunies par les mouches, les serviettes humides tachées par le vin bleu ; et qui, sentant toujours le village, comme des valets de ferme habillés en bourgeois, ont un café sur la rue, et du côté de la campagne un jardin à légumes. Charles, immédiatement, se mit en courses. Il confondit l'avant-scène avec les galeries, le *parquet* avec les loges, demanda des explications, ne les comprit pas, fut renvoyé du contrôleur au directeur, revint à l'auberge, retourna au bureau, et, plusieurs fois, ainsi, arpenta toute la longueur de la ville, depuis le théâtre jusqu'au boulevard.

Madame s'acheta un chapeau, des gants, un bouquet. Monsieur craignait beaucoup de manquer le commencement ; et, sans avoir eu le temps d'avaler le bouillon, ils se présentèrent devant les portes du théâtre, qui étaient encore fermées.

XV

L A foule stationnait contre le mur, parquée symétriquement entre des balustrades. A l'angle des rues voisines, de gigantesques affiches répétaient en caractères baroques : « *Lucie de Lammermoor*... Lagardy... Opéra... etc. » Il faisait beau ; on avait chaud ; la sueur

coulait dans les frisures, tous les mouchoirs tirés épon-
geaient des fronts rouges; et parfois un vent tiède, qui
soufflait de la rivière, agitait mollement la bordure des
tentes en coutil suspendues à la porte des estaminets. Un
peu plus bas, cependant, on était rafraîchi par un courant
d'air glacial qui sentait le suif, le cuir et l'huile. C'était
l'exhalaison de la rue des Charrettes, pleine de grands
magasins noirs où l'on roule des barriques.

De peur de paraître ridicule, Emma voulut, avant
d'entrer, faire un tour de promenade sur le port, et
Bovary, par prudence, garda les billets à sa main, dans la
poche de son pantalon, qu'il appuyait contre son ventre.

Un battement de cœur la prit dès le vestibule. Elle
sourit involontairement de vanité, en voyant la foule qui
se précipitait à droite par l'autre corridor, tandis qu'elle
montait l'escalier des *premières*. Elle eut plaisir comme
un enfant à pousser de son doigt les larges portes tapis-
sées; elle aspira de toute sa poitrine l'odeur poussiéreuse
des couloirs, et, quand elle fut assise dans sa loge, elle
se cambra la taille avec une désinvolture de duchesse.

La salle commençait à se remplir, on tirait les lor-
gnettes de leurs étuis, et les abonnés, s'apercevant de
loin, se faisaient des salutations. Ils venaient se délasser
dans les beaux-arts des inquiétudes de la vente; mais
n'oubliant point *les affaires,* ils causaient encore cotons,
trois-six ou indigo. On voyait là des têtes de vieux, inex-
pressives et pacifiques, et qui, blanchâtres de chevelure
et de teint, ressemblaient à des médailles d'argent ternies
par une vapeur de plomb. Les jeunes beaux se pavanaient
au *parquet,* étalant, dans l'ouverture de leur gilet, leur
cravate rose ou vert-pomme; et madame Bovary les admirait d'en haut appuyant sur des badines à pomme d'or
la paume tendue de leurs gants jaunes.

Cependant, les bougies de l'orchestre s'allumèrent; le
lustre descendit du plafond, versant, avec le rayonnement
de ses facettes, une gaieté subite dans la salle; puis les
musiciens entrèrent les uns après les autres, et ce fut
d'abord un long charivari de basses ronflant, de violons
grinçant, de pistons trompettant, de flûtes et de flageolets
qui piaulaient. Mais on entendit trois coups sur la scène;
un roulement de timbales commença, les instruments de
cuivre plaquèrent des accords, et le rideaux, se levant,
découvrit un paysage.

C'était le carrefour d'un bois, avec une fontaine, à gauche, ombragée par un chêne. Des paysans et des seigneurs, le plaid sur l'épaule, chantaient tous ensemble une chanson de chasse; puis il survint un capitaine qui invoquait l'ange du mal en levant au ciel ses deux bras; un autre parut; ils s'en allèrent, et les chasseurs reprirent.

Elle se retrouvait dans les lectures de sa jeunesse, en plein Walter Scott. Il lui semblait entendre, à travers le brouillard, le son des cornemuses écossaises se répéter sur les bruyères. D'ailleurs, le souvenir du roman facilitant l'intelligence du libretto, elle suivait l'intrigue phrase à phrase, tandis que d'insaisissables pensées qui lui revenaient se dispersaient aussitôt sous les rafales de la musique. Elle se laissait aller au bercement des mélodies et se sentait elle-même vibrer de tout son être comme si les archets des violons se fussent promenés sur ses nerfs. Elle n'avait pas assez d'yeux pour contempler les costumes, les décors, les personnages, les arbres peints qui tremblaient quand on marchait, et les toques de velours, les manteaux, les épées, toutes ces imaginations qui s'agitaient dans l'harmonie comme dans l'atmosphère d'un autre monde. Mais une jeune femme s'avança en jetant une bourse à un écuyer vert. Elle resta seule, et alors on entendit une flûte qui faisait comme un murmure de fontaine ou comme des gazouillements d'oiseau. Lucie entama d'un air grave sa cavatine en *sol* majeur; elle se plaignait d'amour, elle demandait des ailes. Emma, de même, aurait voulu, fuyant la vie, s'envoler dans une étreinte. Tout à coup, Édgar Lagardy parut.

Il avait une de ces pâleurs splendides qui donnent quelque chose de la majesté des marbres aux races ardentes du Midi. Sa taille vigoureuse était prise dans un pourpoint de couleur brune; un petit poignard ciselé lui battait sur la cuisse gauche, et il roulait des regards langoureusement en découvrant ses dents blanches. On disait qu'une princesse polonaise, l'écoutant un soir chanter sur la plage de Biarritz, où il radoubait des chaloupes, en était devenue amoureuse. Elle s'était ruinée à cause de lui. Il l'avait plantée là pour d'autres femmes, et cette célébrité sentimentale ne laissait pas que de servir à sa réputation artistique. Le cabotin diplomate avait même soin de faire toujours glisser dans les réclames une phrase poétique sur la fascination de sa personne et la

sensibilité de son âme. Un bel organe, un imperturbable
aplomb, plus de tempérament que d'intelligence et plus
d'emphase que de lyrisme, achevaient de rehausser cette
admirable nature de charlatan, où il y avait du coiffeur
et du toréador.

Dès la première scène, il enthousiasma. Il pressait
Lucie dans ses bras, il la quittait, il revenait, il semblait
désespéré : il avait des éclats de colère, puis des râles
élégiaques d'une douceur infinie, et les notes s'échappaient de son cou nu, pleines de sanglots et de baisers.
Emma se penchait pour le voir, égratignant avec ses
ongles le velours de sa loge. Elle s'emplissait le cœur de
ces lamentations mélodieuses qui se traînaient à l'accom-
pagnement des contrebasses, comme des cris de naufragés dans le tumulte d'une tempête. Elle reconnaissait
tous les enivrements et les angoisses dont elle avait
manqué mourir. La voix de la chanteuse ne lui semblait
être que le retentissement de sa conscience, et cette illusion qui la charmait quelque chose même de sa vie. Mais
personne sur la terre ne l'avait aimée d'un pareil amour.
Il ne pleurait pas comme Edgar, le dernier soir, au clair
de lune, lorsqu'ils se disaient : « A demain, à demain!... »
La salle craquait sous les bravos; on recommença la
strette entière; les amoureux parlaient des fleurs de leur
tombe, de serments, d'exil, de fatalité, d'espérances, et,
quand ils poussèrent l'adieu final, Emma jeta un cri aigu,
qui se confondit avec la vibration des derniers accords.

« Pourquoi donc, demanda Bovary, ce seigneur est-il
à la persécuter?

— Mais non, répondit-elle; c'est son amant.

— Pourtant il jure de se venger sur sa famille, tandis
que l'autre, celui qui est venu tout à l'heure, disait :
« J'aime Lucie et je m'en crois aimé. » D'ailleurs, il est
parti avec son père, bras dessus, bras dessous. Car c'est
bien son père, n'est-ce pas, le petit laid qui porte une
plume de coq à son chapeau? »

Malgré les explications d'Emma, dès le duo récitatif
où Gilbert expose à son maître Ashton ses abominables
manœuvres, Charles, en voyant le faux anneau de fiançailles qui doit abuser Lucie, crut que c'était un souvenir
d'amour envoyé par Edgar. Il avouait, du reste, ne pas
comprendre l'histoire — à cause de la musique, qui
nuisait beaucoup aux paroles.

« Qu'importe ? dit Emma ; tais-toi !

— C'est que j'aime, reprit-il en se penchant sur son épaule, à me rendre compte, tu sais bien.

— Tais-toi ! tais-toi ! » fit-elle impatientée.

Lucie s'avançait, à demi soutenue par ses femmes, une couronne d'oranger dans les cheveux, et plus pâle que le satin blanc de sa robe. Emma rêvait au jour de son mariage ; et elle se revoyait là-bas, au milieu des blés, sur le petit sentier, quand on marchait vers l'église. Pourquoi donc n'avait-elle pas, comme celle-là, résisté, supplié ? Elle était joyeuse, au contraire, sans s'apercevoir de l'abîme où elle se précipitait... Ah ! si, dans la fraîcheur de sa beauté, avant les souillures du mariage et la désillusion de l'adultère, elle avait pu placer sa vie sur quelque grand cœur solide, alors, la vertu, la tendresse, les voluptés et le devoir se confondant, jamais elle ne serait descendue d'une félicité si haute. Mais ce bonheur-là, sans doute, était un mensonge imaginé pour le désespoir de tout désir. Elle connaissait à présent la petitesse des passions que l'art exagérait. S'efforçant donc d'en détourner sa pensée, Emma voulait ne plus voir dans cette reproduction de ses douleurs qu'une fantaisie plastique bonne à abuser les yeux, et même elle souriait intérieurement d'une pitié dédaigneuse quand, au fond du théâtre, sous la portière de velours, un homme apparut en manteau noir.

Son grand chapeau à l'espagnole tomba dans un geste qu'il fit ; et aussitôt les instruments et les chanteurs entonnèrent le sextuor. Edgar, étincelant de furie, dominait tous les autres de sa voix plus claire ; Ashton lui lançait en notes graves des provocations homicides ; Lucie poussait sa plainte aiguë ; Arthur modulait à l'écart des sons moyens, et la basse-taille du ministre ronflait comme un orgue, tandis que les voix de femmes, répétant ses paroles, reprenaient en chœur, délicieusement. Ils étaient tous sur la même ligne à gesticuler ; et la colère, la vengeance, la jalousie, la terreur, la miséricorde et la stupéfaction s'exhalaient à la fois de leurs bouches entr'ouvertes. L'amoureux outragé brandissait son épée nue : sa collerette de guipure se levait par saccades, selon les mouvements de sa poitrine, et il allait de droite et de gauche, à grands pas, faisant sonner contre les planches les éperons vermeils de ses bottes molles, qui s'évasaient à la cheville. Il devait avoir, pensait-elle, un intarissable amour, pour en déverser sur la foule à si larges effluves. Toutes ses velléités de dénigrement s'évanouissaient sous la poésie du rôle qui l'envahissait, et, entraînée vers l'homme par l'illusion du personnage, elle tâcha de se figurer sa vie, cette vie retentissante, extraordinaire, splendide, et qu'elle aurait pu mener, cependant, si le hasard l'avait voulu. Ils se seraient connus, ils se seraient aimés! Avec lui, par tous les royaumes de l'Europe, elle aurait voyagé de capitale en capitale, partageant ses fatigues et son orgueil, ramassant les fleurs qu'on lui jetait, brodant elle-même ses costumes; puis, chaque soir, au fond d'une loge, derrière la grille à treillis d'or, elle eût recueilli, béante, les expansions de cette âme qui n'aurait chanté que pour elle seule; de la scène, tout en jouant, il l'aurait regardée. Mais une folie la saisit : il la regardait, c'est sûr! Elle eut envie de courir dans ses bras pour se réfugier en sa force, comme dans l'incarnation de l'amour même, et de lui dire, de s'écrier : « Enlève-moi, emmène-moi, partons! A toi, à toi! toutes mes ardeurs et tous mes rêves! »

Le rideau se baissa.

L'odeur du gaz se mêlait aux haleines; le vent des éventails rendait l'atmosphère plus étouffante. Emma voulut sortir; la foule encombrait les corridors, et elle retomba dans son fauteuil avec des palpitations qui la suffoquaient. Charles, ayant peur de la voir s'évanouir, courut à la buvette lui chercher un verre d'orgeat.

Il eut grand'peine à regagner sa place; car on lui heurtait les coudes à tous les pas, à cause du verre qu'il tenait entre ses mains, et même il en versa trois quarts sur les épaules d'une Rouennaise en manches courtes, qui, sentant le liquide froid lui couler dans les reins, jeta des cris de paon, comme si on l'eût assassinée. Son mari, qui était un filateur, s'emporta contre le maladroit; et, tandis qu'avec son mouchoir elle épongeait les taches sur sa belle robe de taffetas cerise, il murmurait d'un ton bourru les mots d'indemnité, de frais, de remboursement. Enfin, Charles arriva près de sa femme, et lui disant tout essoufflé :

« J'ai cru, ma foi, que j'y resterais! Il y a un monde!... un monde!... »

Il ajouta :

« — Devine un peu qui j'ai rencontré là-haut ? M. Léon !
— Léon ?
— Lui-même ! il va venir te présenter ses civilités. »
Et, comme il achevait ces mots, l'ancien clerc d'Yonville entra dans la loge.

Il tendit sa main avec un sans-façon de gentilhomme : et madame Bovary, machinalement, avança la sienne, sans doute obéissant à l'attraction d'une volonté plus forte. Elle ne l'avait pas sentie depuis ce soir de printemps où il pleuvait sur les feuilles vertes, quand ils se dirent adieu, debout au bord de la fenêtre. Mais, vite, se rappelant à la convenance de la situation, elle secoua dans un effort cette torpeur de ses souvenirs et se mit à balbutier des phrases rapides.

« Ah ! bonjour... Comment, vous voilà ?
— Silence ! cria une voix du parterre, car le troisième acte commençait.
— Vous êtes donc à Rouen ?
— Oui.
— Et depuis quand ?
— A la porte ! à la porte ! »
On se tournait vers eux ; ils se turent.

Mais, à partir de ce moment, elle n'écouta plus ; et le chœur des conviés, la scène d'Ashton et de son valet, grand duo en *ré* majeur, tout passa pour elle dans l'éloignement, comme si les instruments fussent devenus moins sonores et les personnages plus reculés : elle se rappelait les parties de cartes chez le pharmacien et la promenade chez la nourrice, les lectures sous la tonnelle, les tête-à-tête au coin du feu, tout ce pauvre amour si calme et si long, si discret, si tendre, et qu'elle avait oublié cependant. Pourquoi donc revenait-il ? Quelle combinaison d'aventures le replaçait dans sa vie ? Il se tenait derrière elle, s'appuyant de l'épaule contre la cloison ; et, de temps à autre, elle se sentait frissonner sous le souffle tiède de ses narines qui lui descendait dans la chevelure.

« Est-ce que cela vous amuse ? » dit-il en se penchant sur elle de si près, que la pointe de sa moustache lui effleura la joue.

Elle répondit nonchalamment :

« Oh ! mon Dieu, non ! pas beaucoup. »

Alors il fit la proposition de sortir du théâtre, pour aller prendre des glaces quelque part.

« Ah! pas encore! restons! dit Bovary. Elle a les cheveux dénoués : cela promet d'être tragique. »

Mais la scène de la folie n'intéressait point Emma, et le jeu de la chanteuse lui parut exagéré.

« Elle crie trop fort, dit-elle en se tournant vers Charles, qui écoutait.

— Oui... peut-être... un peu », répliqua-t-il, indécis entre la franchise de son plaisir et le respect qu'il portait aux opinions de sa femme.

Puis Léon dit en soupirant :

« Il fait une chaleur...

— Insupportable! c'est vrai.

— Es-tu gênée? demanda Bovary.

— Oui, j'étouffe : partons. »

M. Léon posa délicatement sur ses épaules son long châle de dentelles, et ils allèrent tous les trois s'asseoir sur le port, en plein air, devant le vitrage d'un café. Il fut d'abord question de sa maladie, bien qu'Emma interrompît Charles de temps à autre, par crainte, disait-elle, d'ennuyer M. Léon; et celui-ci leur raconta qu'il venait à Rouen passer deux ans dans une forte étude, afin de se rompre aux affaires, qui étaient différentes en Normandie de celles que l'on traitait à Paris. Puis il s'informa de Berthe, de la famille Homais, de la mère Lefrançois; et, comme ils n'avaient, en présence du mari, rien de plus à se dire, bientôt la conversation s'arrêta.

Des gens qui sortaient du spectacle passèrent sur le trottoir, tout en fredonnant ou braillant à plein gosier : *Ô bel ange, ma Lucie !* Alors Léon, pour faire le dilettante, se mit à parler musique. Il avait vu Tamburini, Rubini, Persiani, Grisi; et à côté d'eux, Largardy, malgré ses grands éclats, ne valait rien.

« Pourtant, interrompit Charles qui mordait à petits coups son sorbet au rhum, on prétend qu'au dernier acte il est admirable tout à fait; je regrette d'être parti avant la fin, car ça commençait à m'amuser.

— Au reste, reprit le clerc, il donnera bientôt une autre représentation. »

Mais Charles répondit qu'ils s'en allaient dès le lendemain.

« A moins, ajouta-t-il en se tournant vers sa femme, que tu ne veuilles rester seule, mon petit chat? »

Et, changeant de manœuvre devant cette occasion

inattendue qui s'offrait à son espoir, le jeune homme
entama l'éloge de Lagardy dans le morceau final. C'était
quelque chose de superbe, de sublime! Alors Charles
insista.

« Tu reviendras dimanche. Voyons. décide-toi! tu
as tort, si tu sens le moins du monde que cela te fait du
bien. »

Cependant les tables, alentour, se dégarnissaient; un
garçon vint discrètement se poster près d'eux; Charles,
qui comprit, tira sa bourse; le clerc le retint par le bras,
et même n'oublia point de laisser, en plus, deux pièces
blanches, qu'il fit sonner contre le marbre.

« Je suis fâché, vraiment, murmura Bovary, de l'argent que vous... »

L'autre eut un geste dédaigneux plein de cordialité, et,
prenant son chapeau :

« C'est convenu, n'est-ce pas, demain à six heures? »

Charles se récria encore une fois qu'il ne pouvait s'absenter plus longtemps; mais rien n'empêchait Emma...

« C'est que..., balbutiait-elle avec un singulier sourire, je ne sais pas trop... »

— Eh bien! tu réfléchiras, nous verrons, la nuit porte
conseil... »

Puis, à Léon qui les accompagnait :

« Maintenant que vous voilà dans nos contrées, vous
viendrez, j'espère, de temps à autre, nous demander à
dîner? »

Le clerc affirma qu'il n'y manquerait pas, ayant d'ailleurs besoin de se rendre à Yonville pour une affaire de
son étude. Et l'on se sépara devant le passage Saint-
Herbland, au moment où onze heures et demie sonnaient
à la cathédrale.

TROISIÈME PARTIE

I

Monsieur Léon, tout en étudiant son droit, avait passablement fréquenté la *Chaumière,* où il obtint même de fort jolis succès près des grisettes, qui lui trouvaient l'*air distingué.* C'était le plus convenable des étudiants : il ne portait les cheveux ni trop longs ni trop courts, ne mangeait par le 1er du mois l'argent de son trimestre, et se maintenait en de bons termes avec ses professeurs. Quant à faire des excès, il s'en était toujours abstenu, autant par pusillanimité que par délicatesse.

Souvent, lorsqu'il restait à lire dans sa chambre, ou bien assis le soir sous les tilleuls du Luxembourg, il laissait tomber son Code par terre, et le souvenir d'Emma lui revenait. Mais, peu à peu, ce sentiment s'affaiblit, et d'autres convoitises s'accumulèrent par-dessus, bien qu'il persistât cependant à travers elles; car Léon ne perdait pas toute espérance, et il y avait pour lui comme une promesse incertaine qui se balançait dans l'avenir, tel un fruit d'or suspendu à quelque feuillage fantastique.

Puis, en la revoyant après trois années d'absence, sa passion se réveilla. Il fallait, pensait-il, se résoudre enfin à la vouloir posséder. D'ailleurs, sa timidité s'était usée au contact des compagnies folâtres, et il revenait en province, méprisant tout ce qui ne foulait pas d'un pied verni l'asphalte du boulevard. Auprès d'une Parisienne en dentelles, dans le salon de quelque docteur illustre, personnage à décorations et à voiture, le pauvre clerc, sans doute, eût tremblé comme un enfant; mais ici, à Rouen, sur le port, devant la femme de ce petit médecin, il se sentait à l'aise, sûr d'avance qu'il éblouirait. L'aplomb dépend des milieux où il se pose : on ne parle pas à l'entresol comme au quatrième étage, et la femme riche semble avoir autour d'elle, pour garder sa vertu, tous ses billets de banque, comme une cuirasse, dans la doublure de son corset.

En quittant, la veille au soir, monsieur et madame Bovary, Léon, de loin, les avait suivis dans la rue; puis les ayant vus s'arrêter à la *Croix Rouge,* il avait tourné les talons et passé toute la nuit à méditer un plan.

Le lendemain donc, vers cinq heures, il entra dans la cuisine de l'auberge, la gorge serrée, les joues pâles, et avec cette résolution des poltrons que rien n'arrête.

« Monsieur n'y est point », répondit un domestique. Cela lui parut de bon augure. Il monta.

Elle ne fut pas troublée à son abord; elle lui fit, au contraire, des excuses pour avoir oublié de lui dire où ils étaient descendus.

« Oh! je l'ai deviné, reprit Léon.

— Comment? »

Il prétendit avoir été guidé vers elle au hasard, par un instinct. Elle se mit à sourire, et aussitôt, pour réparer sa sottise, Léon raconta qu'il avait passé sa matinée à la chercher successivement dans tous les hôtels de la ville.

« Vous vous êtes donc décidée à rester? ajouta-t-il.

— Oui, dit-elle, et j'ai eu tort. Il ne faut pas s'accoutumer à des plaisirs impraticables, quand on a autour de soi mille exigences...

— Oh! je m'imagine...

— Eh! non, car vous n'êtes pas une femme, vous. »

Mais les hommes avaient aussi leurs chagrins, et la conversation s'engagea par quelques réflexions philosophiques. Emma s'étendit beaucoup sur la misère des affections terrestres et l'éternel isolement où le cœur reste enseveli.

Pour se faire valoir, ou par une imitation naïve de cette mélancolie qui provoquait la sienne, le jeune homme déclara s'être ennuyé prodigieusement tout le temps de ses études. La procédure l'irritait, d'autres vocations l'attiraient et sa mère ne cessait, dans chaque lettre, de le tourmenter. Car ils précisaient de plus en plus les motifs de leur douleur, chacun, à mesure qu'il parlait, s'exaltant un peu de cette confidence progressive. Mais ils s'arrêtaient quelquefois devant l'exposition complète de leur idée, et cherchaient alors à imaginer une phrase qui pût la traduire cependant. Elle ne confessa point sa passion pour un autre; il ne dit pas qu'il l'avait oubliée.

Peut-être ne se rappelait-il plus ses soupers après le bal, avec des débardeuses; et elle ne se souvenait pas

sans doute des rendez-vous d'autrefois, quand elle courait le matin dans les herbes vers le château de son
amant. Les bruits de la ville arrivaient à peine jusqu'à
eux; et la chambre semblait petite, tout exprès pour res-
serrer davantage leur solitude. Emma, vêtue d'un peignoir en basin, appuyait son chignon contre le dossier
du vieux fauteuil; le papier jaune de la muraille faisait
comme un fond d'or derrière elle; et sa tête nue se
répétait dans la glace avec la raie blanche au milieu, et
le bout de ses oreilles dépassant sous ses bandeaux.

« Mais, pardon, dit-elle, j'ai tort! je vous ennuie
avec mes éternelles plaintes!

— Non, jamais! jamais!

— Si vous saviez, reprit-elle, en levant au plafond ses
beaux yeux qui roulaient une larme, tout ce que j'avais
rêvé!

— Et moi, donc! Oh! j'ai bien souffert! Souvent je
sortais, je m'en allais, je me traînais le long des quais,
m'étourdissant au bruit de la foule sans pouvoir bannir
l'obsession qui me poursuivait. Il y a sur le boulevard,
chez un marchand d'estampes, une gravure italienne qui
représente une Muse. Elle est drapée d'une tunique et elle
regarde la lune, avec des myosotis sur sa chevelure dénouée. Quelque chose incessamment me poussait là; j'y
suis resté des heures entières. »

Puis, d'une voix tremblante :

« Elle vous ressemblait un peu. »

Madame Bovary détourna la tête, pour qu'il ne vît
pas sur ses lèvres l'irrésistible sourire qu'elle y sentait
monter.

« Souvent, reprit-il, je vous écrivais des lettres
qu'ensuite je déchirais. »

Elle ne répondait pas. Il continua :

« Je m'imaginais quelquefois qu'un hasard vous
amènerait. J'ai cru vous reconnaître au coin des rues :
et je courais après tous les fiacres où flottait à la portière
un châle, un voile pareil au vôtre... »

Elle semblait déterminée à le laisser parler sans l'interrompre. Croisant les bras et baissant la figure, elle considérait la rosette de ses pantoufles, et elle faisait dans leur
satin de petits mouvements, par intervalles, avec les
doigts de son pied.

Cependant, elle soupira :

« Ce qu'il y a de plus lamentable, n'est-ce pas? c'est de traîner, comme moi, une existence inutile. Si nos douleurs pouvaient servir à quelqu'un, on se consolerait dans la pensée du sacrifice! »

Il se mit à vanter la vertu, le devoir et les immolations silencieuses, ayant lui-même un incroyable besoin de dévouement qu'il ne pouvait assouvir.

« J'aimerais beaucoup, dit-elle, à être une religieuse d'hôpital.

— Hélas! répliqua-t-il, les hommes n'ont point de ces missions saintes, et je ne vois nulle part aucun métier..., à moins peut-être que celui de médecin... »

Avec un haussement léger de ses épaules, Emma l'interrompit pour se plaindre de sa maladie où elle avait manqué mourir; quel dommage! elle ne souffrirait plus maintenant. Léon tout de suite envia *le calme du tombeau* et même, un soir, il avait écrit son testament en recommandant qu'on l'ensevelît dans ce beau couvre-pied, à bandes de velours, qu'il tenait d'elle; car c'est ainsi qu'ils auraient voulu avoir été, l'un et l'autre se faisant un idéal sur lequel ils ajustaient à présent leur vie passée. D'ailleurs, la parole est un laminoir qui allonge toujours les sentiments.

Mais à cette invention du couvre-pied :

« Pourquoi donc? demanda-t-elle.

— Pourquoi? »

Il hésitait.

« Parce que je vous ai bien aimée! »

Et, s'applaudissant d'avoir franchi la difficulté, Léon, du coin de l'œil, épia sa physionomie.

Ce fut comme le ciel, quand un coup de vent chasse les nuages. L'amas de pensées tristes qui les assombrissaient parut se retirer de ses yeux bleus; tout son visage rayonna.

Il attendait. Enfin elle répondit :

« Je m'en étais toujours doutée... »

Alors, ils se racontèrent les petits événements de cette existence lointaine, dont ils venaient de résumer, par un seul mot, les plaisirs et les mélancolies. Il se rappelait le berceau de clématite, les robes qu'elle avait portées, les meubles de sa chambre, toute sa maison.

« Et nos pauvres cactus, où sont-ils?

— Le froid les a tués cet hiver.

— Ah! que j'ai pensé à eux, savez-vous? Souvent je les revoyais comme autrefois, quand, par les matins d'été, le soleil frappait sur les jalousies... et j'apercevais vos deux bras nus qui passaient entre les fleurs.

— Pauvre ami! » fit-elle en lui tendant la main.

Léon, bien vite, y colla ses lèvres. Puis, quand il eut largement respiré :

« Vous étiez, dans ce temps-là, pour moi, je ne sais quelle force incompréhensible qui captivait ma vie. Une fois, par exemple, je suis venu chez vous; mais vous ne vous en souvenez pas, sans doute?

— Si, dit-elle. Continuez.

— Vous étiez en bas, dans l'antichambre, prête à sortir, sur la dernière marche; — vous aviez même un chapeau à petites fleurs bleues; et, sans nulle invitation de votre part, malgré moi, je vous ai accompagnée. A chaque minute, cependant, j'avais de plus en plus conscience de ma sottise, et je continuais à marcher près de vous, n'osant vous suivre tout à fait, et ne voulant pas vous quitter. Quand vous entriez dans une boutique, je restais dans la rue, je vous regardais par le carreau défaire vos gants et compter la monnaie sur le comptoir. Ensuite vous avez sonné chez madame Tuvache, on vous a ouvert, et je suis resté comme un idiot devant la grande porte lourde, qui était retombée sur vous. »

Madame Bovary, en l'écoutant, s'étonnait d'être si vieille; toutes ces choses qui réapparaissaient lui semblaient élargir son existence; cela faisait comme des immensités sentimentales où elle se reportait; et elle disait de temps à autre, à voix basse et les paupières à demi fermées :

« Oui, c'est vrai!... c'est vrai!... c'est vrai... »

Ils entendirent huit heures sonner aux différentes horloges du quartier Beauvoisine, qui est plein de pensionnats, d'églises et de grands hôtels abandonnés. Ils ne se parlaient plus; mais ils sentaient, en se regardant, un bruissement dans leurs têtes, comme si quelque chose de sonore se fût réciproquement échappé de leurs prunelles fixes. Ils venaient de se joindre les mains; et le passé, l'avenir, les réminiscences et les rêves, tout se trouvait confondu dans la douceur de cette extase. La nuit s'épaississait sur les murs, où brillaient encore, à demi perdues dans l'ombre, les grosses couleurs de quatre estampes représentant quatre scènes de la *Tour de Nesle,* avec une légende au bas, en espagnol et en français. Par la fenêtre à guillotine, on voyait un coin de ciel noir, entre des toits pointus.

Elle se leva pour allumer deux bougies sur la commode, puis elle vint se rasseoir.

« Eh bien?... fit Léon.

— Eh bien?... » répondit-elle.

Et il cherchait comment renouer le dialogue interrompu, quand elle lui dit :

« D'où vient que personne, jusqu'à présent, ne m'a jamais exprimé des sentiments pareils? »

Le clerc se récria que les natures idéales étaient difficiles à comprendre. Lui, du premier coup d'œil, il l'avait aimée; et il se désespérait en pensant au bonheur qu'ils auraient eu, si par une grâce du hasard, se rencontrant plus tôt, ils se fussent attachés l'un à l'autre d'une manière indissoluble.

« J'y ai songé quelquefois, reprit-elle.

— Quel rêve! » murmura Léon.

Et, maniant délicatement le liséré bleu de sa longue ceinture blanche, il ajouta :

« Qui nous empêche donc de recommencer?...

— Non, mon ami, répondit-elle. Je suis trop vieille... vous êtes trop jeune..., oubliez-moi! D'autres vous aimeront..., vous les aimerez.

— Pas comme vous! s'écria-t-il.

— Enfant que vous êtes! Allons, soyons sage! je le veux! »

Elle lui représenta les impossibilités de leur amour, et qu'ils devaient se tenir, comme autrefois, dans les simples termes d'une amitié fraternelle.

Était-ce sérieusement qu'elle parlait ainsi? Sans doute qu'Emma n'en savait rien elle-même, tout occupée par le charme de la séduction et la nécessité de s'en défendre; et, contemplant le jeune homme d'un regard attendri, elle repoussait doucement les timides caresses que ses mains frémissantes essayaient.

« Ah! pardon », dit-il en se reculant.

Et Emma fut prise d'un vague effroi, devant cette timidité, plus dangereuse pour elle que la hardiesse de Rodolphe quand il s'avançait les bras ouverts. Jamais aucun homme ne lui avait paru si beau. Une exquise candeur s'échappait de son maintien. Il baissait ses longs cils fins qui se recourbaient. Sa joue à l'épiderme suave rougissait — pensait-elle — du désir de sa personne, et Emma sentait une invincible envie d'y porter ses lèvres. Alors se penchant vers la pendule comme pour regarder l'heure :

« Qu'il est tard, mon Dieu! dit-elle; que nous bavardons! »

Il comprit l'allusion et chercha son chapeau.

« J'en ai même oublié le spectacle! Ce pauvre Bovary qui m'avait laissée tout exprès! M. Lormeaux, de la rue Grand-Pont, devait m'y conduire avec sa femme. »

Et l'occasion était perdue, car elle partait dès le lendemain.

« Vrai? fit Léon.

— Oui.

— Il faut pourtant que je vous voie encore, reprit-il, j'avais à vous dire...

— Quoi?

— Une chose... grave, sérieuse. Eh! non, d'ailleurs, vous ne partirez pas, c'est impossible! Si vous saviez... Écoutez-moi... Vous ne m'avez donc pas compris? vous n'avez donc pas deviné?...

— Cependant vous parlez bien, dit Emma.

— Ah! des plaisanteries! Assez, assez! Faites, par pitié, que je vous revoie..., une fois..., une seule.

— Eh bien!... »

Elle s'arrêta; puis, comme se ravisant :

« Oh! pas ici!

— Où vous voudrez.

— Voulez-vous... »

Elle parut réfléchir, et, d'un ton bref :

« Demain, à onze heures, dans la cathédrale.

— J'y serai! » s'écria-t-il en saisissant ses mains, qu'elle dégagea.

Et, comme ils se tenaient debout tous les deux, lui placé derrière elle et Emma baissant la tête, il se pencha vers son cou et la baisa longuement à la nuque.

« Mais vous êtes fou! ah! vous êtes fou! » disait-elle avec de petits rires sonores, tandis que les baisers se multipliaient.

Alors, avançant la tête par-dessus son épaule, il sembla chercher le consentement de ses yeux. Ils tombèrent sur lui, pleins d'une majesté glaciale.

Léon fit trois pas en arrière, pour sortir. Il resta sur le seuil. Puis il chuchota d'une voix tremblante :

« A demain. »

Elle répondit par un signe de tête, et disparut comme un oiseau dans la pièce à côté.

Emma, le soir, écrivit au clerc une interminable lettre où elle se dégageait du rendez-vous ; tout maintenant était fini, et ils ne devaient plus, pour leur bonheur, se rencontrer. Mais, quand la lettre fut close, comme elle ne savait pas l'adresse de Léon, elle se trouva fort embarrassée.

« Je la lui donnerai moi-même, se dit-elle ; il viendra. »

Léon, le lendemain, fenêtre ouverte et chantonnant sur le balcon, vernit lui-même ses escarpins, et à plusieurs couches. Il passa un pantalon blanc, des chaussettes fines, un habit vert, répandit dans son mouchoir tout ce qu'il possédait de senteurs, puis, s'étant fait friser, se défrisa, pour donner à sa chevelure plus d'élégance naturelle.

« Il est encore trop tôt ! » pensa-t-il en regardant le coucou du perruquier, qui marquait neuf heures.

Il lut un vieux journal de modes, sortit, fuma un cigare, remonta trois rues, songea qu'il était temps et se dirigea lentement vers le parvis Notre-Dame.

C'était par un beau matin d'été. Des argenteries reluisaient aux boutiques des orfèvres, et la lumière qui arrivait obliquement sur la cathédrale posait des miroitements à la cassure des pierres grises ; une compagnie d'oiseaux tourbillonnait dans le ciel bleu, autour des clochetons à trèfles ; la place, retentissante de cris, sentait des fleurs qui bordaient son pavé, roses, jasmins, œillets, narcisses et tubéreuses, espacés inégalement par des verdures humides, de l'herbe-au-chat et du mouron pour les oiseaux ; la fontaine, au milieu, gargouillait, et sous de larges parapluies, parmi des cantaloups s'étageant en pyramides, des marchandes, nu-tête, tournaient dans du papier des bouquets de violettes.

Le jeune homme en prit un. C'était la première fois qu'il achetait des fleurs pour une femme ; et sa poitrine, en les respirant, se gonfla d'orgueil, comme si cet hommage qu'il destinait à une autre se fût retourné vers lui.

Cependant il avait peur d'être aperçu ; il entra résolument dans l'église.

Le suisse, alors, se tenait sur le seuil, au milieu du portail à gauche, au-dessous de la *Marianne dansant,* plumet

en tête, rapière au mollet, canne au poing, plus majes-
tueux qu'un cardinal et reluisant comme un saint ciboire.

Il s'avança vers Léon, et, avec ce sourire de bénignité
pateline que prennent les ecclésiastiques lorsqu'ils inter-
rogent les enfants :

« Monsieur, sans doute, n'est pas d'ici? Monsieur
désire voir les curiosités de l'église?

— Non », dit l'autre.

Et il fit d'abord le tour des bas-côtés. Puis il vint regarder sur la place. Emma n'arrivait pas. Il remonta jusqu'au chœur.

La nef se mirait dans les bénitiers pleins, avec le commencement des ogives et quelques portions de vitrail.
Mais le reflet des peintures, se brisant au bord du marbre,
continuait plus loin, sur les dalles, comme un tapis ba-
riolé. Le grand jour du dehors s'allongeait dans l'église
en trois rayons énormes, par les trois portails ouverts.
De temps à autre, au fond, un sacristain passait en faisant
devant l'autel l'oblique génuflexion des dévots pressés.
Les lustres de cristal pendaient immobiles. Dans le chœur
une lampe d'argent brûlait; et, des chapelles latérales, des
parties sombres de l'église, il s'échappait quelquefois
comme des exhalaisons de soupirs, avec le son d'une
grille qui retombait, en répercutant son écho sous les
hautes voûtes.

Léon, à pas sérieux, marchait auprès des murs. Jamais
la vie ne lui avait paru si bonne. Elle allait venir tout à
l'heure, charmante, agitée, épiant derrière elle les regards
qui la suivaient, — et avec sa robe à volants, son lorgnon
d'or, ses bottines minces, dans toutes sortes d'élégances
dont il n'avait pas goûté, et dans l'ineffable séduction de
la vertu qui succombe. L'église, comme un boudoir gigantesque, se disposait autour d'elle; les voûtes s'inclinaient pour recueillir dans l'ombre la confession de son
amour; les vitraux resplendissaient pour illuminer son
visage, et les encensoirs allaient brûler pour qu'elle ap-
parût comme un ange, dans la fumée des parfums.

Cependant elle ne venait pas. Il se plaça sur une chaise
et ses yeux rencontrèrent un vitrage bleu où l'on voit des
bateliers qui portent des corbeilles. Il le regarda longtemps, attentivement, et il comptait les écailles des poissons et les boutonnières des pourpoints, tandis que sa
pensée vagabondait à la recherche d'Emma.

Le suisse, à l'écart, s'indignait intérieurement contre cet individu, qui se permettait d'admirer seul la cathédrale. Il lui semblait se conduire d'une façon monstrueuse, le voler en quelque sorte, et presque commettre un sacrilège.

Mais un froufrou de soie sur les dalles, la bordure d'un chapeau, un camail noir... C'était elle! Léon se leva, courut à sa rencontre.

Emma était pâle. Elle marchait vite.

« Lisez! dit-elle en lui tendant un papier... Oh! non. »

Et brusquement elle retira sa main, pour entrer dans la chapelle de la Vierge, où, s'agenouillant contre une chaise, elle se mit en prière.

Le jeune homme fut irrité de cette fantaisie bigote; puis il éprouva pourtant un certain charme à la voir, au milieu du rendez-vous, ainsi perdue dans les oraisons comme une marquise andalouse; puis il ne tarda pas à s'ennuyer, car elle n'en finissait pas.

Emma priait, ou plutôt s'efforçait de prier, espérant qu'il allait lui descendre du ciel quelque résolution subite; et, pour attirer le secours divin, elle s'emplissait les yeux des splendeurs du tabernacle, elle aspirait le parfum des juliennes blanches épanouies dans les grands vases, et prêtait l'oreille au silence de l'église, qui ne faisait qu'accroître le tumulte de son cœur.

Elle se relevait, et ils allaient partir, quand le suisse s'approcha vivement, en disant :

« Madame, sans doute, n'est pas d'ici? Madame désire voir les curiosités de l'église?

— Eh non! s'écria le clerc.

— Pourquoi pas ? » reprit-elle.

Car elle se raccrochait de sa vertu chancelante à la Vierge, aux sculptures, aux tombeaux, à toutes les occasions.

Alors, afin de procéder *dans l'ordre,* le suisse les conduisit jusqu'à l'entrée, près de la place, où, leur montrant avec sa canne un grand cercle de pavés noirs, sans inscriptions ni ciselures.

« Voilà, fit-il majestueusement, la circonférence de la belle cloche d'Amboise. Elle pesait quarante mille livres. Il n'y avait pas sa pareille dans toute l'Europe. L'ouvrier qui l'a fondue en est mort de joie...

— Partons », dit Léon.

Le bonhomme se remit en marche; puis, revenu à la chapelle de la Vierge, il étendit les bras dans un geste synthétique de démonstration, et, plus orgueilleux qu'un propriétaire campagnard vous montrant ses espaliers :

« Cette simple dalle recouvre Pierre de Brézé, seigneur de la Varenne et de Brissac, grand maréchal de Poitou et gouverneur de Normandie, mort à la bataille de Montlhéry, 16 juillet 1465. »

Léon, se mordant les lèvres, trépignait.

« Et, à droite, ce gentilhomme tout bardé de fer, sur un cheval qui se cabre, est son petit-fils Louis de Brézé, seigneur de Breval et de Montchauvet, comte de Maulevrier, baron de Mauny, chambellan du roi, chevalier de l'Ordre et pareillement gouverneur de Normandie, mort le 23 juillet 1531, un dimanche, comme l'inscription porte; et au-dessous, cet homme prêt à descendre au tombeau vous figure exactement le même. Il n'est point possible, n'est-ce pas, de voir une plus parfaite représentation du néant? »

Madame Bovary prit son lorgnon. Léon, immobile, la regardait, n'essayant même plus de dire un seul mot, de faire un seul geste, tant il se sentait découragé devant ce double parti pris de bavardage et d'indifférence.

L'éternel guide continuait :

« Près de lui, cette femme à genoux qui pleure est son épouse, Diane de Poitiers, comtesse de Brézé, duchesse de Valentinois, née en 1499, morte en 1566; et, à gauche, celle qui porte un enfant, la sainte Vierge. Maintenant, tournez-vous de ce côté : voici les tombeaux d'Amboise. Ils ont été tous les deux cardinaux et archevêques de Rouen. Celui-ci était un ministre du roi Louis XII. Il a fait beaucoup de bien à la cathédrale. On a trouvé dans son testament trente mille écus d'or pour les pauvres. »

Et, sans s'arrêter, tout en parlant, il les poussa dans une chapelle encombrée par des balustrades, en dérangea quelques-unes, et découvrit une sorte de bloc, qui pouvait bien avoir été une statue mal faite.

« Elle décorait autrefois, dit-il avec un long gémissement, la tombe de Richard Cœur de Lion, roi d'Angleterre et duc de Normandie. Ce sont les calvinistes, monsieur, qui vous l'ont réduite en cet état. Ils l'avaient, par méchanceté, ensevelie dans de la terre, sous le siège épiscopal de Monseigneur. Tenez, voici la porte par où il se rend à son habitation, Monseigneur. Passons voir les vitraux de la Gargouille. »

Mais Léon tira vivement une pièce blanche de sa poche et saisit Emma par le bras. Le suisse demeura tout stupéfait, ne comprenant point cette munificence intempestive, lorsqu'il restait encore à l'étranger tant de choses à voir. Aussi le rappelant :

« Eh! monsieur. La flèche! la flèche!...

— Merci, fit Léon.

— Monsieur a tort! Elle a quatre cent quarante pieds, neuf de moins que la grande pyramide d'Égypte. Elle est toute en fonte, elle... »

Léon fuyait; car il lui semblait que son amour, qui, depuis deux heures bientôt, s'était immobilisé dans l'église, comme les pierres, allait maintenant s'évaporer tel qu'une fumée, par cette espèce de tuyau tronqué, de cage oblongue, de cheminée à jour, qui se hasarde si grotesquement sur la cathédrale, comme la tentative extravagante de quelque chaudronnier fantaisiste.

« Où allons-nous donc? » disait-elle.

Sans répondre, il continuait à marcher d'un pas rapide, et déjà madame Bovary trempait son doigt dans l'eau bénite, quand ils entendirent derrière eux un grand souffle haletant, entrecoupé régulièrement par le rebondissement d'une canne. Léon se détourna.

« Monsieur!

— Quoi? »

Et il reconnut le suisse, portant sous son bras et maintenant en équilibre contre son ventre une vingtaine environ de forts volumes brochés. C'étaient les ouvrages *qui traitaient de la cathédrale.*

« Imbécile! » grommela Léon s'élançant hors de l'église.

Un gamin polissonnait sur le parvis :

« Va me chercher un fiacre! »

L'enfant partit comme une balle, par la rue des Quatre-Vents; alors ils restèrent seuls quelques minutes, face à face et un peu embarrassés.

« Ah! Léon!... Vraiment... je ne sais... si je dois... »

Elle minaudait. Puis, d'un air sérieux :

« C'est très inconvenant, savez-vous?

— En quoi? répliqua le clerc. Cela se fait à Paris! »

Et cette parole, comme un irrésistible argument, la détermina.

Cependant, le fiacre n'arrivait pas. Léon avait peur qu'elle ne rentrât dans l'église. Enfin le fiacre parut.

« Sortez du moins par le portail du nord! leur cria le suisse, qui était resté sur le seuil, pour voir la *Résurrection,* le *Jugement dernier,* le *Paradis,* le *Roi David* et les *Réprouvés* dans les flammes d'enfer.

— Où Monsieur va-t-il? demanda le cocher.

— Où vous voudrez! » dit Léon poussant Emma dans la voiture.

Et la lourde machine se mit en route[1].

Elle descendit la rue Grand-Pont, traversa la place des Arts, le quai Napoléon, le pont Neuf et s'arrêta court devant la statue de Pierre Corneille.

« Continuez! » fit une voix qui sortait de l'intérieur. La voiture repartit, et, se laissant, dès le carrefour La Fayette, emporter vers la descente, elle entra au grand galop dans la gare du chemin de fer.

« Non, tout droit! » cria la même voix.

Le fiacre sortit des grilles, et bientôt, arrivé sur le cours, trotta doucement, au milieu des grands ormes. Le cocher s'essuya le front, mit son chapeau de cuir entre ses jambes et poussa la voiture en dehors des contre-allées, au bord de l'eau, près du gazon.

Elle alla le long de la rivière, sur le chemin de halage pavé de cailloux secs, et, longtemps, du côté d'Oyssel, au delà des îles.

Mais, tout à coup, elle s'élança d'un bond à travers Quatremares, Sotteville, la Grande-Chaussée, la rue d'Elbeuf, et elle fit sa troisième halte devant le Jardin des Plantes.

« Marchez donc! » s'écria la voix plus furieusement.

Et aussitôt, reprenant sa course, elle passa par Saint-Sever, par le quai des Curandiers, par le quai aux Meules, encore une fois par le pont, par la place du Champ-de-Mars et derrière les jardins de l'hôpital, où des vieillards en veste noire se promènent au soleil, le long d'une terrasse toute verdie par des lierres. Elle remonta le boulevard Bouvreuil, parcourut le boulevard Cauchoise, puis tout le Mont-Riboudet jusqu'à la côte de Deville.

Elle revint; et alors, sans parti pris ni direction, au hasard, elle vagabonda. On la vit à Saint-Pol, à Lescure, au mont Gargan, à la Rouge-Mare et place du Gaillardbois; rue Maladrerie, rue Dinanderie, devant Saint-

Romain, Saint-Vivien, Saint-Maclou, Saint-Nicaise, — devant la Douane, — à la Basse-Vieille-Tour, aux Trois-Pipes et au Cimetière Monumental. De temps à autre, le cocher, sur son siège, jetait aux cabarets des regards désespérés. Il ne comprenait pas quelle fureur de la locomotion poussait ces individus à ne vouloir point s'arrêter. Il essayait quelquefois, et aussitôt il entendait derrière lui partir des exclamations de colère. Alors il cinglait de plus belle ses deux rosses tout en sueur, mais sans prendre garde aux cahots, accrochant par-ci par-là, ne s'en souciant, démoralisé, et presque pleurant de soif, de fatigue et de tristesse.

Et sur le port, au milieu des camions et des barriques, et dans les rues, au coin des bornes, les bourgeois ouvraient de grands yeux ébahis devant cette chose si extraordinaire en province, une voiture à stores tendus, et qui apparaissait ainsi continuellement, plus close qu'un tombeau et ballottée comme un navire.

Une fois, au milieu du jour, en pleine campagne au moment où le soleil dardait le plus fort contre les vieilles lanternes argentées, une main nue passa sous les petits rideaux de toile jaune et jeta des déchirures de papier, qui se dispersèrent au vent et s'abattirent plus loin, comme des papillons blancs, sur un champ de trèfles rouges tout en fleur.

Puis, vers six heures, la voiture s'arrêta dans une ruelle du quartier Beauvoisine, et une femme en descendit qui marchait le voile baissé, sans détourner la tête.

II

En arrivant à l'auberge, madame Bovary fut étonnée de ne pas apercevoir la diligence. Hivert, qui l'avait attendue cinquante-trois minutes, avait fini par s'en aller.

Rien pourtant ne la forçait à partir; mais elle avait donné sa parole qu'elle reviendrait le soir même. D'ailleurs, Charles l'attendait; et déjà elle se sentait au cœur cette lâche docilité qui est, pour bien des femmes, comme le châtiment tout à la fois et la rançon de l'adultère.

Vivement elle fit sa malle, paya la note, prit dans la

cour un cabriolet, et, pressant le palefrenier, l'encoura-
geant, s'informant à toute minute de l'heure et des kilo-
mètres parcourus, parvint à rattraper l'*Hirondelle* vers les
premières maisons de Quincampoix.

A peine assise dans son coin, elle ferma les yeux et les
rouvrit au bas de la côte, où elle reconnut de loin Félicité, qui se tenait en vedette devant la maison du maréchal. Hivert retint ses chevaux, et la cuisinière, se haussant jusqu'au vasistas, dit mystérieusement :

« Madame, il faut que vous alliez tout de suite chez
M. Homais. C'est pour quelque chose de pressé. »

Le village était silencieux comme d'habitude. Au coin
des rues, il y avait de petits tas roses qui fumaient à l'air,
car c'était le moment des confitures, et tout le monde, à
Yonville, confectionnait sa provision le même jour. Mais
on admirait devant la boutique du pharmacien un tas
beaucoup plus large, et qui dépassait les autres de la supériorité qu'une officine doit avoir sur les fourneaux bourgeois, un besoin général sur des fantaisies individuelles.

Elle entra. Le grand fauteuil était renversé, et même
le *Fanal de Rouen* gisait par terre, étendu entre les deux
pilons. Elle poussa la porte du couloir; et, au milieu de la
cuisine, parmi les jarres brunes pleines de groseilles égre-
nées, du sucre râpé, du sucre en morceaux, des balances
sur la table, des bassines sur le feu, elle aperçut tous les
Homais, grands et petits, avec des tabliers qui leur montaient jusqu'au menton et tenant des fourchettes à la
main. Justin, debout, baissait la tête, et le pharmacien
criait :

« Qui t'avait dit de l'aller chercher dans le capharnaüm?

— Qu'est-ce donc? Qu'y a-t-il?

— Ce qu'il y a? répondit l'apothicaire. On fait des
confitures : elles cuisent; mais elles allaient déborder à
cause du bouillon trop fort, et je commande une autre
bassine. Alors, lui, par mollesse, par paresse, a été prendre
suspendue à son clou, dans mon laboratoire, la clef du
capharnaüm! »

L'apothicaire appelait ainsi un cabinet sous les toits,
plein des ustensiles et des marchandises de sa profession.
Souvent, il y passait seul de longues heures à étiqueter, à
transvaser, à reficeler; et il le considérait non comme un
simple magasin, mais comme un véritable sanctuaire,

d'où s'échappaient ensuite, élaborés par ses mains, toutes
sortes de pilules, bols, tisanes, lotions et potions, qui
allaient répandre aux alentours sa célébrité. Personne au
monde n'y mettait les pieds; et il le respectait si fort, qu'il
le balayait lui-même. Enfin, si la pharmacie, ouverte à
tout venant, était l'endroit où il étalait son orgueil, le capharnaüm était le refuge où, se concentrant égoïstement,
Homais se délectait dans l'exercice de ses prédilections;
aussi l'étourderie de Justin lui paraissait-elle monstrueuse
d'irrévérence; et, plus rubicond que les groseilles, il répétait :

« Oui, du capharnaüm! la clef qui enferme les acides
avec les alcalis caustiques! Avoir été prendre une bassine
de réserve! une bassine à couvercle! et dont jamais peut-
être je ne me servirai! Tout a son importance dans les
opérations délicates de notre art! Mais, que diable! il faut
établir des distinctions et ne pas employer à des usages
presque domestiques ce qui est destiné pour les pharmaceutiques! C'est comme si on découpait une poularde
avec un scalpel, comme si un magistrat...

— Mais calme-toi! » disait madame Homais.

Et Athalie, le tirant par sa redingote :

« Papa! papa!

— Non, laissez-moi! reprenait l'apothicaire, laissez-
moi! fichtre! Autant s'établir épicier, ma parole d'honneur! Allons, va! ne respecte rien! casse! brise! lâche les
sangsues! brûle la guimauve! marine des cornichons
dans les bocaux, lacère les bandages!

— Vous aviez pourtant..., dit Emma.

— Tout à l'heure! — Sais-tu à quoi tu t'exposais?...
N'as-tu rien vu, dans le coin, à gauche, sur la troisième
tablette? Parle, réponds, articule quelque chose?

— Je ne... sais pas, balbutia le jeune garçon.

— Ah! tu ne sais pas! Eh bien! je sais, moi! Tu as vu
une bouteille, en verre bleu, cachetée avec de la cire jaune,
qui contient une poudre blanche, sur laquelle même
j'avais écrit : *Dangereux* ! Et sais-tu ce qu'il y avait dedans? De l'arsenic! Et tu vas toucher à cela! prendre une
bassine qui est à côté.

— A côté! s'écria madame Homais en joignant les
mains. De l'arsenic? Tu pouvais nous empoisonner tous! »

Et les enfants se mirent à pousser des cris, comme s'ils
avaient déjà senti dans leurs entrailles d'atroces douleurs.

« Ou bien empoisonner un malade! continua l'apothicaire. Tu voulais donc que j'allasse sur le banc des cri-
minels, en cour d'assises? me voir traîner à l'échafaud?
Ignores-tu le soin que j'observe dans les manutentions,
quoique j'en aie cependant une furieuse habitude. Souvent je m'épouvante moi-même, lorsque je pense à ma
responsabilité! Car le gouvernement nous persécute, et
l'absurde législation qui nous régit est comme une véritable épée de Damoclès suspendue sur notre tête! »

Emma ne songeait plus à demander ce qu'on lui voulait, et le pharmacien poursuivait en phrases haletantes :

« Voilà comme tu reconnais les bontés qu'on a pour
toi! voilà comme tu me récompenses des soins tout pater-
nels que je te prodigue! Car, sans moi, où serais-tu? Que
ferais-tu? Qui te fournit la nourriture, l'éducation, l'ha-
billement, et tous les moyens de figurer un jour, avec
honneur, dans les rangs de la société? Mais il faut pour
cela suer ferme sur l'aviron, et acquérir, comme on dit,
du cal aux mains. *Fabricando fit faber, age quod agis.* »

Il citait du latin, tant il était exaspéré. Il eût cité du
chinois et du groenlandais, s'il eût connu ces deux
langues; car il se trouvait dans une de ces crises où l'âme
entière montre indistinctement ce qu'elle enferme, comme
l'Océan, qui, dans les tempêtes, s'entr'ouvre depuis les
fucus de son rivage jusqu'au sable de ses abîmes.

Et il reprit :

« Je commence à terriblement me repentir de m'être
chargé de ta personne! J'aurais certes mieux fait de te
laisser autrefois croupir dans ta misère et dans la crasse
où tu es né! Tu ne seras jamais bon qu'à être un gardeur
de bêtes à cornes! Tu n'as nulle aptitude pour les sciences!
A peine si tu sais coller une étiquette! Et tu vis là, chez
moi, comme un chanoine, comme un coq en pâte, à te
goberger. »

Mais Emma, se tournant vers madame Homais :

« On m'avait fait venir...

— Ah! mon Dieu, interrompit d'un air triste la bonne
dame, comment vous dirais-je bien?... C'est un malheur!»

Elle n'acheva pas. L'apothicaire tonnait :

« Vide-la! écure-la! reporte-la! dépêche-toi donc! »
Et, secouant Justin par le collet de son bourgeron, il fit
tomber un livre de sa poche.

L'enfant se baissa. Homais fut plus prompt, et, ayant

ramassé le volume, il le contemplait, les yeux écarquillés, la mâchoire ouverte.

« *L'amour... conjugal* ! dit-il en séparant lentement ces deux mots. Ah ! très bien ! très bien ! très joli ! Et des gravures !... Ah ! c'est trop fort ! »

Madame Homais s'avança.

« Non, n'y touche pas ! »

Les enfants voulurent voir les images.

« Sortez ! » fit-il impérieusement.

Et ils sortirent.

Il marcha d'abord de long en large, à grands pas, gardant le volume ouvert entre ses doigts, roulant les yeux, suffoqué, tuméfié, apoplectique. Puis il vint droit à son élève, et, se plantant devant lui les bras croisés :

« Mais tu as donc tous les vices, petit malheureux ?... Prends garde, tu es sur une pente !... Tu n'as donc pas réfléchi qu'il pouvait, ce livre infâme, tomber entre les mains de mes enfants, mettre l'étincelle dans leur cerveau, ternir la pureté d'Athalie, corrompre Napoléon ! Il est déjà formé comme un homme. Es-tu bien sûr, au moins, qu'ils ne l'aient pas lu ? Peux-tu me certifier ?...

— Mais, enfin, monsieur, fit Emma, vous aviez à me dire... ?

— C'est vrai, madame... Votre beau-père est mort ! »

En effet le sieur Bovary père venait de décéder l'avant-veille, tout à coup, d'une attaque d'apoplexie, au sortir de table ; et, par excès de précaution pour la sensibilité d'Emma, Charles avait prié M. Homais de lui apprendre avec ménagement cette horrible nouvelle.

Il avait médité sa phrase, il l'avait arrondie, polie, rythmée ; c'était un chef-d'œuvre de prudence et de transition, de tournures fines et de délicatesse ; mais la colère avait emporté la rhétorique.

Emma, renonçant à avoir aucun détail, quitta donc la pharmacie ; car M. Homais avait repris le cours de ses vitupérations. Il se calmait cependant, et, à présent, il grommelait d'un ton paterne, tout en s'éventant avec son bonnet grec.

« Ce n'est pas que je désapprouve entièrement l'ouvrage ! L'auteur était médecin. Il y a là-dedans certains côtés scientifiques qu'il n'est pas mal à un homme de connaître et, j'oserai dire, qu'il faut qu'un homme connaisse. Mais plus tard, plus tard ! Attends du moins que tu sois homme toi-même et que ton tempérament soit fait. »

Au coup de marteau d'Emma, Charles, qui l'attendait, s'avança les bras ouverts et lui dit avec des larmes dans la voix :

« Ah! ma chère amie... »

Et il s'inclina doucement pour l'embrasser. Mais, au contact de ses lèvres, le souvenir de l'autre la saisit; et elle se passa la main sur son visage en frissonnant.

Cependant, elle répondit :

« Oui, je sais..., je sais... »

Il lui montra la lettre où sa mère narrait l'événement, sans aucune hypocrisie sentimentale. Seulement, elle regrettait que son mari n'eût pas reçu les secours de la religion, étant mort à Doudeville, dans la rue, sur le seuil d'un café, après un repas patriotique avec d'anciens officiers.

Emma rendit la lettre; puis, au dîner, par savoir-vivre, elle affecta quelque répugnance. Mais, comme il la reforçait, elle se mit résolument à manger, tandis que Charles, en face d'elle, demeurait immobile, dans une posture accablée.

De temps à autre, relevant la tête, il lui envoyait un long regard tout plein de détresse. Une fois il soupira :

« J'aurais voulu le revoir encore! »

Elle se taisait. Enfin, comprenant qu'il fallait parler :

« Quel âge avait-il, ton père ?

— Cinquante-huit ans !

— Ah! »

Et ce fut tout.

Un quart d'heure après, il ajouta :

« Ma pauvre mère!... que va-t-elle devenir, à présent? »

Elle fit un geste d'ignorance.

A la voir si taciturne, Charles la supposait affligée et il se contraignait à ne rien dire, pour ne pas aviver cette douleur qui l'attendrissait. Cependant, secouant la sienne :

« T'es-tu bien amusée, hier? demanda-t-il.

— Oui. »

Quand la nappe fut ôtée, Bovary ne se leva pas. Emma non plus; et à mesure qu'elle l'envisageait, la monotonie de ce spectacle bannissait peu à peu tout apitoiement de son cœur. Il lui semblait chétif, faible, nul, enfin être un pauvre homme, de toutes les façons. Comment se débarrasser de lui? Quelle interminable soirée! Quelque chose de stupéfiant comme une vapeur d'opium l'engourdissait.

Ils entendirent dans le vestibule le bruit sec d'un bâton sur les planches. C'était Hippolyte qui apportait les bagages de Madame.

Pous les déposer, il décrivit péniblement un quart de cercle avec son pilon.

« Il n'y pense même plus! » se disait-elle en regardant le pauvre diable, dont la grosse chevelure rousse dégouttait de sueur.

Bovary cherchait un patard au fond de sa bourse; et, sans paraître comprendre tout ce qu'il y avait pour lui d'humiliation dans la seule présence de cet homme qui se tenait là, comme le reproche personnifié de son incurable ineptie :

« Tiens! tu as un joli bouquet! dit-il en remarquant sur la cheminée les violettes de Léon.

— Oui, fit-elle avec indifférence; c'est un bouquet que j'ai acheté tantôt... à une mendiante. »

Charles prit les violettes, et, rafraîchissant dessus ses yeux tout rouges de larmes, il les humait délicatement. Elle les retira vite de sa main, et alla les porter dans un verre d'eau.

Le lendemain, madame Bovary mère arriva. Elle et son fils pleurèrent beaucoup, Emma, sous prétexte d'ordres à donner, disparut.

Le jour d'après, il fallut aviser ensemble aux affaires de deuil. On alla s'asseoir, avec les boîtes à ouvrage, au bord de l'eau, sous la tonnelle.

Charles pensait à son père, et il s'étonnait de sentir tant d'affection pour cet homme qu'il avait cru jusqu'alors n'aimer que très médiocrement. Madame Bovary mère pensait à son mari. Les pires jours d'autrefois lui réapparaissaient enviables. Tout s'effaçait sous le regret instinctif d'une si longue habitude; et, de temps à autre, tandis qu'elle poussait son aiguille, une grosse larme descendait le long de son nez et s'y tenait un moment suspendue.

Emma pensait qu'il y avait quarante-huit heures à peine ils étaient ensemble, loin du monde, tout en ivresse et n'ayant pas assez d'yeux pour se contempler. Elle tâchait de ressaisir les plus imperceptibles détails de cette journée disparue. Mais la présence de la belle-mère et du mari la gênait. Elle aurait voulu ne rien entendre, ne rien

voir, afin de ne pas déranger le recueillement de son
amour qui allait se perdant, quoi qu'elle fît, sous les sensations extérieures.

Elle décousait la doublure d'une robe, dont les bribes
s'éparpillaient autour d'elle; la mère Bovary, sans lever
les yeux, faisait crier ses ciseaux, et Charles, avec ses pantoufles de lisière et sa vieille redingote brune qui lui servait de robe de chambre, restait les deux mains dans ses
poches et ne parlait pas non plus; près d'eux, Berthe,
en petit tablier blanc, raclait avec sa pelle le sable des
allées.

Tout à coup, ils virent entrer par la barrière M. Lheureux, le marchand d'étoffes.

Il venait offrir ses services, *eu égard à la fatale circonstance*. Emma répondit qu'elle croyait pouvoir s'en passer.
Le marchand ne se tint pas pour battu.

« Mille excuses, dit-il; je désirerais avoir un entre-
tien particulier. »

Puis, d'une voix basse :

« C'est relativement à cette affaire..., vous savez? »
Charles devint cramoisi jusqu'aux oreilles.

« Ah! oui..., effectivement. »

Et, dans son trouble, se tournant vers sa femme :
« Ne pourrais-tu pas..., ma chérie...? »

Elle parut le comprendre, car elle se leva, et Charles
dit à sa mère :

« Ce n'est rien! sans doute quelque bagatelle de ménage. »

Il ne voulait point qu'elle connût l'histoire du billet,
redoutant ses observations.

Dès qu'ils furent seuls, M. Lheureux se mit, en termes
assez nets, à féliciter Emma sur la succession, puis à causer de choses indifférentes, des espaliers, de la récolte et
de sa santé à lui, qui allait toujours *couci-couci, entre le zist
et le zest*. En effet, il se donnait un mal de cinq cents
diables, bien qu'il ne fît pas, malgré les propos du monde,
de quoi avoir seulement du beurre sur son pain.

Emma le laissait parler. Elle s'ennuyait si prodigieusement depuis deux jours!

« Et vous voilà tout à fait rétablie? continuait-il. Ma
foi, j'ai vu votre pauvre mari dans de beaux draps! C'est
un brave garçon, quoique nous ayons eu ensemble des
difficultés. »

Elle demanda lesquelles, car Charles lui avait caché la contestation des fournitures.

« Mais vous le savez bien! fit Lheureux. C'était pour vos fantaisies, les boîtes de voyage. »

Il avait baissé son chapeau sur ses yeux, et les deux mains derrière le dos, souriant et sifflotant, il la regardait en face, d'une manière insupportable. Soupçonnait-il quelque chose? Elle demeurait perdue dans toutes sortes d'appréhensions. A la fin, pourtant, il reprit :

« Nous nous sommes rapatriés, et je venais encore lui proposer un arrangement. »

C'était de renouveler le billet signé par Bovary. Monsieur, du reste, agirait à sa guise; il ne devait point se tourmenter, maintenant surtout qu'il allait avoir une foule d'embarras.

« Et même il ferait mieux de s'en décharger sur quelqu'un, sur vous, par exemple; avec une procuration, ce serait commode, et alors nous aurions ensemble de petites affaires... »

Elle ne comprenait pas. Il se tut. Ensuite, passant à son négoce, Lheureux déclara que Madame ne pouvait se dispenser de lui prendre quelque chose. Il lui enverrait un barège noir, douze mètres, de quoi faire une robe.

« Celle que vous avez là est bonne pour la maison. Il vous en faut une autre pour les visites. J'ai vu ça, moi, du premier coup, en entrant. J'ai l'œil américain. »

Il n'envoya point l'étoffe, il l'apporta. Puis il revint pour l'aunage; il revint sous d'autres prétextes, tâchant chaque fois de se rendre aimable, serviable, s'inféodant, comme eût dit Homais, et toujours glissant à Emma quelques conseils sur la procuration. Il ne parlait point du billet. Elle n'y songeait pas; Charles, au début de sa convalescence, lui en avait bien conté quelque chose; mais tant d'agitations avaient passé dans sa tête, qu'elle ne s'en souvenait plus. D'ailleurs, elle se garda d'ouvrir aucune discussion d'intérêt; la mère Bovary en fut surprise, et attribua son changement d'humeur aux sentiments religieux qu'elle avait contractés étant malade.

Mais, dès qu'elle fut partie, Emma ne tarda pas à émerveiller Bovary par son bon sens pratique. Il allait falloir prendre des informations, vérifier les hypothèques, voir s'il y avait lieu à une licitation ou à une liquidation.

Elle citait des termes techniques, au hasard, prononçait les grands mots d'ordre, d'avenir, de prévoyance, et continuellement exagérait les embarras de la succession : si bien qu'un jour elle lui montra le modèle d'une autorisation générale pour « gérer et administrer ses affaires, faire tous emprunts, signer et endosser tous billets, payer toutes sommes, etc. » Elle avait profité des leçons de Lheureux.

Charles, naïvement, lui demanda d'où venait ce papier.

« De M. Guillaumin. »

Et, avec le plus grand sang-froid du monde, elle ajouta :

« Je ne m'y fie pas trop. Les notaires ont si mauvaise réputation ! Il faudrait peut-être consulter... Nous ne connaissons que... Oh ! personne.

— A moins que Léon... », répliqua Charles, qui réfléchissait.

Mais il était difficile de s'entendre par correspondance. Alors elle s'offrit à faire ce voyage. Il la remercia. Elle insista. Ce fut un assaut de prévenances. Enfin, elle s'écria d'un ton de mutinerie factice :

« Non, je t'en prie, j'irai.

— Comme tu es bonne ! » dit-il en la baisant au front.

Dès le lendemain, elle s'embarqua dans l'*Hirondelle* pour aller à Rouen consulter M. Léon : et elle y resta trois jours.

III

CE furent trois jours pleins, exquis, splendides, une vraie lune de miel.

Ils étaient à l'*hôtel de Boulogne,* sur le port, et ils vivaient là, volets fermés, portes closes, avec des fleurs par terre et des sirops à la glace, qu'on leur apportait dès le matin.

Vers le soir, ils prenaient une barque couverte et allaient dîner dans une île.

C'était l'heure où l'on entend, au bord des chantiers, retentir le maillet des calfats contre la coque des vaisseaux. La fumée du goudron s'échappait d'entre les arbres, et l'on voyait sur la rivière de larges gouttes grasses, ondulant inégalement sous la couleur pourpre du soleil, comme des plaques de bronze florentin, qui flottaient.

Ils descendaient au milieu des barques amarrées, dont les longs câbles obliques frôlaient un peu le dessus de la barque.

Les bruits de la ville insensiblement s'éloignaient, le roulement des charrettes, le tumulte des voix, le jappement des chiens sur le pont des navires. Elle dénouait son chapeau et ils abordaient à leur île.

Ils se plaçaient dans la salle basse d'un cabaret, qui avait à sa porte des filets noirs suspendus. Ils mangeaient de la friture d'éperlans, de la crème et des cerises. Ils se couchaient sur l'herbe; ils s'embrassaient à l'écart sous les peupliers; et ils auraient voulu, comme deux Robinsons, vivre perpétuellement dans ce petit endroit, qui leur semblait, en leur béatitude, le plus magnifique de la terre. Ce n'était pas la première fois qu'ils apercevaient des arbres, du ciel bleu, du gazon, qu'ils entendaient l'eau couler et la brise soufflant dans le feuillage; mais ils n'avaient sans doute jamais admiré tout cela, comme si la nature n'existait pas auparavant, ou qu'elle n'eût commencé à être belle que depuis l'assouvissance de leurs désirs.

A la nuit, ils repartaient. La barque suivait le bord des îles. Ils restaient au fond, tous les deux cachés par l'ombre sans parler. Les avirons carrés sonnaient entre les tolets de fer; et cela marquait dans le silence comme un battement de métronome, tandis qu'à l'arrière la bauce qui traînait ne discontinuait pas son petit clapotement doux dans l'eau.

Une fois, la lune parut; alors ils ne manquèrent pas à faire des phrases, trouvant l'astre mélancolique et plein de poésie; même elle se mit à chanter :

> Un soir, t'en souvient-il? nous voguions, etc.

Sa voix harmonieuse et faible se perdait sur les flots; et le vent emportait les roulades que Léon écoutait passer, comme des battements d'ailes, autour de lui.

Elle se tenait en face, appuyée contre la cloison de la chaloupe, où la lune entrait par un des volets ouverts. Sa robe noire, dont les draperies s'élargissaient en éventail, l'amincissait, la rendait plus grande. Elle avait la tête levée, les mains jointes, et les deux yeux vers le ciel. Par-

fois l'ombre des saules la cachait en entier, puis elle réapparaissait tout à coup, comme une vision, dans la lumière
de la lune.

Léon, par terre, à côté d'elle, rencontra sous sa main
un ruban de soie ponceau.

Le batelier l'examina et finit par dire :

« Ah! c'est peut-être à une compagnie que j'ai pro-
menée l'autre jour. Ils sont venus un tas de farceurs, messieurs et dames, avec des gâteaux, du champagne, des
cornets à pistons, tout le tremblement! Il y en avait un
surtout, un grand bel homme, à petites moustaches, qui
était joliment amusant! et ils disaient comme ça : « Allons,
conte-nous quelque chose..., Adolphe..., Dodolphe... »,
je crois. »

Elle frissonna.

« Tu souffres? fit Léon en se rapprochant d'elle.

— Oh! ce n'est rien. Sans doute la fraîcheur de la nuit.

— Et qui ne doit pas manquer de femmes, non plus »,
ajouta doucement le vieux matelot, croyant dire une politesse à l'étranger.

Puis, crachant dans ses mains, il reprit ses avirons.

Il fallut pourtant se séparer! Les adieux furent tristes.
C'était chez la mère Rollet qu'il devait envoyer ses lettres
et elle lui fit des recommandations si précises à propos
de la double enveloppe, qu'il admira grandement son
astuce amoureuse.

« Ainsi, tu m'affirmes que tout est bien, dit-elle dans
le dernier baiser.

— Oui, certes! — Mais pourquoi donc, songea-t-il
après, en s'en revenant seul par les rues, tient-elle si fort
à cette procuration? »

IV

Léon, bientôt, prit devant ses camarades un air de
supériorité, s'abstint de leur compagnie, et négli-
gea complètement les dossiers.

Il attendait ses lettres; il les relisait. Il lui écrivait. Il
l'évoquait de toute la force de son désir et de ses souvenirs. Au lieu de diminuer par l'absence, cette envie de la
revoir s'accrut, si bien qu'un samedi matin il s'échappa
de son étude.

Lorsque, du haut de la côte, il aperçut dans la vallée le clocher de l'église avec son drapeau de fer-blanc qui tournait au vent, il sentit cette délectation mêlée de vanité triomphante et d'attendrissement égoïste que doivent avoir les millionnaires, quand ils reviennent visiter leur village.

Il alla rôder autour de sa maison. Une lumière brillait dans la cuisine. Il guetta son ombre derrière les rideaux. Rien ne parut.

La mère Lefrançois, en le voyant, fit de grandes exclamations, et elle le trouva « grandi et minci », tandis qu'Artémise, au contraire, le trouva « forci et bruni ».

Il dîna dans la petite salle, comme autrefois, mais seul, sans le percepteur; car Binet, *fatigué* d'attendre l'*Hirondelle,* avait définitivement avancé son repas d'une heure, et, maintenant, il dînait à cinq heures juste, encore prétendait-il le plus souvent que la *vieille patraque retardait.*

Léon pourtant se décida; il alla frapper à la porte du médecin. Madame était dans sa chambre, d'où elle ne descendit qu'un quart d'heure après. Monsieur parut enchanté de le revoir; mais il ne bougea de la soirée, ni de tout le jour suivant.

Il la vit seule, le soir, très tard, derrière le jardin, dans la ruelle; — dans la ruelle, comme avec l'autre! Il faisait de l'orage, et ils causaient sous un parapluie, à la lueur des éclairs.

Leur séparation devenait intolérable.

« Plutôt mourir! » disait Emma.

Elle se tordait sur son bras, tout en pleurant.

« Adieu!... adieu...! Quand te reverrai-je? »

Ils revinrent sur leurs pas pour s'embrasser encore; et ce fut là qu'elle lui fit la promesse de trouver bientôt, par n'importe quel moyen, l'occasion permanente de se voir en liberté, au moins une fois par semaine. Emma n'en doutait pas. Elle était, d'ailleurs, pleine d'espoir. Il allait lui venir de l'argent.

Aussi, elle acheta pour sa chambre une paire de rideaux jaunes à larges raies, dont M. Lheureux lui avait vanté le bon marché; elle rêva un tapis, et Lheureux, affirmant « que ce n'était pas la mer à boire », s'engagea poliment à lui en fournir un. Elle ne pouvait plus se passer de ses services. Vingt fois dans la journée elle l'envoyait chercher, et aussitôt il plantait là ses affaires, sans se permettre un murmure. On ne comprenait point davantage pourquoi la mère Rollet déjeunait chez elle tous les jours, et même lui faisait des visites en particulier.

Ce fut vers cette époque, c'est-à-dire le commencement de l'hiver, qu'elle parut prise d'une grande ardeur musicale.

Un soir que Charles l'écoutait, elle recommença quatre fois de suite le même morceau, et toujours en se dépitant, tandis que, sans y remarquer la différence, il s'écriait :

« Bravo!... très bien!... tu as tort! va donc!

— Eh! non! c'est exécrable! j'ai les doigts rouillés. »

Le lendemain, il la pria *de lui jouer encore quelque chose.*

« Soit, pour te faire plaisir! »

Et Charles avoua qu'elle avait un peu perdu. Elle se trompait de portée, barbouillait; puis, s'arrêtant court :

« Ah! c'est fini! il faudrait que je prisse des leçons; mais... »

Elle se mordit les lèvres, et ajouta :

« Vingt francs par cachet, c'est trop cher!

— Oui, en effet... un peu..., dit Charles tout en ricanant niaisement. Pourtant, il me semble que l'on pourrait peut-être à moins; car il y a des artistes sans réputation qui souvent valent mieux que les célébrités.

— Cherche-les », dit Emma.

Le lendemain, en rentrant, il la contempla d'un œil finaud et ne put à la fin retenir cette phrase :

« Quel entêtement tu as quelquefois! J'ai été à Barfeuchères aujourd'hui. Eh bien! madame Liégeard m'a certifié que ses trois demoiselles, qui sont à la Miséricorde, prenaient des leçons moyennant cinquante sous la séance, et d'une fameuse maîtresse encore! »

Elle haussa les épaules, et ne rouvrit plus son instrument.

Mais lorsqu'elle passait auprès (si Bovary se trouvait là), elle soupirait :

« Ah! mon pauvre piano! »

Et quand on venait la voir, elle ne manquait pas de vous apprendre qu'elle avait abandonné la musique et ne pouvait maintenant s'y remettre, pour des raisons majeures. Alors on la plaignait. C'était dommage! elle qui avait un si beau talent! On en parla même à Bovary. On lui faisait honte, et surtout le pharmacien :

« Vous avez tort! Il ne faut jamais laisser en friche

les facultés de la nature. D'ailleurs, songez, mon bon ami, qu'en engageant Madame à étudier, vous économisez plus tard sur l'éducation musicale de votre enfant! Moi, je trouve que les mères doivent instruire elles-mêmes leurs enfants. C'est une idée de Rousseau, peut-être un peu neuve encore, mais qui finira par triompher, j'en suis sûr, comme l'allaitement maternel, et la vaccination. »

Charles revint donc encore une fois sur cette question du piano. Emma répondit avec aigreur qu'il valait mieux le vendre. Ce pauvre piano, qui lui avait causé tant de vaniteuses satisfactions, le voir s'en aller, c'était pour Bovary comme l'indéfinissable suicide d'une partie d'elle-même.

« Si tu voulais..., disait-il, de temps à autre, une leçon, cela ne serait pas, après tout, extrêmement ruineux.

— Mais les leçons, répliquait-elle, ne sont profitables que suivies. »

Et voilà comment elle s'y prit pour obtenir de son époux la permission d'aller à la ville, une fois la semaine, voir son amant. On trouva même, au bout d'un mois, qu'elle avait fait des progrès considérables.

V

C'ÉTAIT le jeudi. Elle se levait, et elle s'habillait silencieusement pour ne point éveiller Charles, qui lui aurait fait des observations sur ce qu'elle s'apprêtait de trop bonne heure. Ensuite elle marchait de long en large; elle se mettait devant les fenêtres et regardait la Place. Le petit jour circulait entre les piliers des halles, et la maison du pharmacien, dont les volets étaient fermés, laissait apercevoir dans la couleur pâle de l'aurore les majuscules de son enseigne.

Quand la pendule marquait sept heures et un quart, elle s'en allait au *Lion d'or,* dont Artémise, en bâillant, venait lui ouvrir la porte. Celle-ci déterrait pour Madame les charbons enfouis sous les cendres. Emma restait seule dans la cuisine. De temps à autre, elle sortait. Hivert attelait sans se dépêcher, et en écoutant, d'ailleurs, la mère Lefrançois, qui passant par un guichet sa tête en bonnet de coton, le chargeait de commissions et lui donnait des explications à troubler un tout autre homme. Emma battait la semelle de ses bottines contre les pavés de la cour.

Enfin, lorsqu'il avait mangé sa soupe, endossé sa limousine, allumé sa pipe et empoigné son fouet, il s'installait tranquillement sur le siège.

L'*Hirondelle* partait au petit trot, et, durant trois quarts de lieue, s'arrêtait de place en place pour prendre des voyageurs, qui la guettaient debout, au bord du chemin, devant la barrière des cours. Ceux qui avaient prévenu la veille se faisaient attendre; quelques-uns même étaient encore au lit dans leur maison; Hivert appelait, criait, sacrait, puis il descendait de son siège et allait frapper de grands coups contre les portes. Le vent soufflait par les vasistas fêlés.

Cependant les quatre banquettes se garnissaient, la voiture roulait, les pommiers à la file se succédaient; et, la route, entre ses deux longs fossés pleins d'eau jaune, allait continuellement se rétrécissant vers l'horizon.

Emma la connaissait d'un bout à l'autre; elle savait qu'après un herbage il y avait un poteau, ensuite un orme, une grange ou une cahute de cantonnier; quelquefois même, afin de se faire des surprises, elle fermait les yeux. Mais elle ne perdait jamais le sentiment net de la distance à parcourir.

Enfin, les maisons de briques se rapprochaient, la terre résonnait sous les roues, l'*Hirondelle* glissait entre des jardins, où l'on apercevait, par une claire-voie, des statues, un vignot, des ifs taillés et une escarpolette. Puis, d'un seul coup d'œil, la ville apparaissait.

Descendant tout en amphithéâtre et noyée dans le brouillard, elle s'élargissait au delà des ponts, confusément. La pleine campagne remontait ensuite d'un mouvement monotone, jusqu'à toucher au loin la base indécise du ciel pâle. Ainsi vu d'en haut, le paysage tout entier avait l'air immobile comme une peinture; les navires à l'ancre se tassaient dans un coin; le fleuve arrondissait sa courbe au pied des collines vertes, et les îles, de forme oblongue, semblaient sur l'eau de grands poissons noirs arrêtés. Les cheminées des usines poussaient d'immenses panaches bruns qui s'envolaient par le bout. On entendait le ronflement des fonderies avec le carillon clair des églises qui se dressaient dans la brume. Les arbres des

boulevards, sans feuilles, faisaient des broussailles violettes au milieu des maisons, et les toits, tout reluisants
de pluie, miroitaient inégalement, selon la hauteur des
quartiers. Parfois un coup de vent emportait les nuages
vers la côte Sainte-Catherine, comme des flots aériens
qui se brisaient en silence contre une falaise.

Quelque chose de vertigineux se dégageait pour elle
de ces existences amassées, et son cœur s'en gonflait abondamment, comme si les cent vingt mille âmes qui palpitaient là eussent envoyé toutes à la fois la vapeur des
passions qu'elle leur supposait. Son amour s'agrandissait
devant l'espace, et s'emplissait de tumulte aux bourdonnements vagues qui montaient. Elle le reversait au dehors, sur les places, sur les promenades, sur les rues, et
la vieille cité normande s'étalait à ses yeux comme une
capitale démesurée, comme une Babylone où elle entrait.
Elle se penchait des deux mains par le vasistas, en humant
la brise; les trois chevaux galopaient. Les pierres grinçaient dans la boue, la diligence se balançait, et Hivert,
de loin, hélait les carrioles sur la route, tandis que les
bourgeois qui avaient passé la nuit au Bois-Guillaume
descendaient la côte tranquillement dans leur petite voiture de famille.

On s'arrêtait à la barrière; Emma débouclait ses socques, mettait d'autres gants, rajustait son châle, et, vingt
pas plus loin, elle sortait de l'*Hirondelle*.

La ville alors s'éveillait. Des commis, en bonnet grec,
frottaient la devanture des boutiques, et des femmes qui
tenaient des paniers sur la hanche poussaient par intervalles un cri sonore, au coin des rues. Elle marchait les
yeux à terre, frôlant les murs, et souriant de plaisir sous
son voile noir baissé.

Par peur d'être vue, elle ne prenait pas ordinairement
le chemin le plus court. Elle s'engouffrait dans les ruelles
sombres, et elle arrivait tout en sueur vers le bas de la rue
Nationale, près de la fontaine qui est là. C'est le quartier
du théâtre, des estaminets et des filles. Souvent une charrette passait près d'elle, portant quelque décor qui tremblait. Des garçons en tablier versaient du sable sur les
dalles, entre des arbustes verts. On sentait l'absinthe, le
cigare et les huîtres.

Elle tournait une rue; elle le reconnaissait à sa chevelure frisée qui s'échappait de son chapeau.

Léon, sur le trottoir, continuait à marcher. Elle le suivait jusqu'à son hôtel; il montait, il ouvrait la porte, il entrait... Quelle étreinte!

Puis les paroles, après les baisers, se précipitaient. On se racontait les chagrins de la semaine, les pressentiments, les inquiétudes pour les lettres; mais à présent tout s'oubliait, et ils se regardaient face à face, avec des rires de volupté et des appellations de tendresse.

Le lit était un grand lit d'acajou en forme de nacelle. Les rideaux de levantine rouge, qui descendaient du plafond, se cintraient trop bas près du chevet évasé; — et rien au monde n'était beau comme sa tête brune et sa peau blanche se détachant sur cette couleur pourpre, quand, par un geste de pudeur, elle fermait ses deux bras nus, en se cachant la figure dans les mains.

Le tiède appartement, avec son tapis discret, ses ornements folâtres et sa lumière tranquille, semblait tout commode pour les intimités de la passion. Les bâtons se terminant en flèche, les patères de cuivre et les grosses boules de chenets reluisaient tout à coup, si le soleil entrait. Il y avait sur la cheminée, entre les candélabres, deux de ces grandes coquilles roses où l'on entend le bruit de la mer quand on les applique à son oreille.

Comme ils aimaient cette bonne chambre pleine de gaieté, malgré sa splendeur un peu fanée! Ils retrouvaient toujours les meubles à leur place, et parfois des épingles à cheveux qu'elle avait oubliées, l'autre jeudi, sous le socle de la pendule. Ils déjeunaient au coin du feu, sur un petit guéridon incrusté de palissandre. Emma découpait, lui mettait les morceaux dans son assiette en débitant toutes sortes de chatteries; et elle riait d'un rire sonore et libertin quand la mousse du vin de Champagne débordait du verre léger sur les bagues de ses doigts. Ils étaient si complètement perdus en la possession d'eux-mêmes, qu'ils se croyaient là dans leur maison particulière, et devant y vivre jusqu'à la mort, comme deux éternels jeunes époux. Ils disaient notre chambre, notre tapis, nos fauteuils, même elle disait mes pantoufles, un cadeau de Léon, une fantaisie qu'elle avait eue. C'étaient des pantoufles en satin rose, bordées de cygne. Quand elle s'asseyait sur ses genoux, sa jambe, alors trop courte, pendait en l'air; et la mignarde chaussure, qui n'avait pas de quartier, tenait seulement par les orteils à son pied nu.

Il savourait pour la première fois l'inexprimable délicatesse des élégances féminines[1]. Jamais il n'avait rencontré cette grâce de langage, cette réserve du vêtement, ces poses de colombe assoupie. Il admirait l'exaltation de son âme et les dentelles de sa jupe. D'ailleurs, n'était-ce pas *une femme du monde,* et une femme mariée! une vraie maîtresse enfin?

Par la diversité de son humeur, tour à tour mystique ou joyeuse, babillarde, taciturne, emportée, nonchalante, elle allait rappelant en lui mille désirs, évoquant des instincts ou des réminiscences. Elle était l'amoureuse de tous les romans, l'héroïne de tous les drames, le vague *elle* de tous les volumes de vers. Il retrouvait sur ses épaules la couleur ambrée de *l'odalisque au bain ;* elle avait le corsage long des châtelaines féodales; elle ressemblait aussi à la *femme pâle de Barcelone,* mais elle était par-dessus tout Ange!

Souvent, en la regardant, il lui semblait que son âme, s'échappant vers elle, se répandait comme une onde sur le contour de sa tête, et descendait entraînée dans la blancheur de sa poitrine.

Il se mettait par terre, devant elle; et, les deux coudes sur les genoux, il la considérait avec un sourire et le front tendu.

Elle se penchait vers lui et murmurait, comme suffoquée d'enivrement :

« Oh! ne bouge pas! ne parle pas! regarde-moi! Il sort de tes yeux quelque chose de si doux, qui me fait tant de bien! »

Elle l'appelait enfant :

« Enfant, m'aimes-tu? »

Et elle n'entendait guère sa réponse, dans la précipitation de ses lèvres qui lui montaient à la bouche.

Il y avait sur la pendule un petit Cupidon de bronze, qui minaudait en arrondissant les bras sous une guirlande dorée. Ils en rirent bien des fois; mais, quand il fallait se séparer, tout leur semblait sérieux.

Immobiles l'un devant l'autre, ils se répétaient :

« A jeudi!... A jeudi! »

Tout à coup elle lui prenait la tête dans les deux mains, le baisait vite au front en s'écriant : « Adieu! » et s'élançait dans l'escalier.

Elle allait rue de la Comédie, chez un coiffeur, se faire

arranger ses bandeaux. La nuit tombait; on allumait le gaz dans la boutique.

Elle entendait la clochette du théâtre qui appelait les cabotins à la représentation; et elle voyait, en face, passer des hommes à figure blanche et des femmes en toilette fanée, qui entraient par la porte des coulisses.

Il faisait chaud dans ce petit appartement trop bas, où le poêle bourdonnait au milieu des perruques et des pommades. L'odeur des fers, avec ces mains grasses qui lui maniaient la tête, ne tardait pas à l'étourdir, et elle s'endormait un peu sous son peignoir. Souvent le garçon, en la coiffant, lui proposait des billets pour le bal masqué.

Puis elle s'en allait! Elle remontait les rues; elle arrivait à la *Croix Rouge;* elle reprenait ses socques, qu'elle avait cachés le matin sous une banquette, et se tassait à sa place, parmi les voyageurs impatientés. Quelques-uns descendaient au bas de la côte. Elle restait seule dans la voiture.

A chaque tournant, on apercevait de plus en plus tous les éclairages de la ville qui faisaient une large vapeur lumineuse au-dessus des maisons confondues. Emma se mettait à genoux sur les coussins, et elle égarait ses yeux dans cet éblouissement. Elle sanglotait, appelait Léon, et lui envoyait des paroles tendres, et des baisers qui se perdaient au vent.

Il y avait dans la côte un pauvre diable vagabondant avec son bâton, tout au milieu des diligences. Un amas de guenilles lui recouvrait les épaules, et un vieux castor défoncé, s'arrondissant en cuvette, lui cachait la figure; mais, quand il le retirait, il découvrait, à la place des paupières, deux orbites béantes tout ensanglantées. La chair s'effiloquait par lambeaux rouges; et il en coulait des liquides qui se figeaient en gales vertes jusqu'au nez, dont les narines noires reniflaient convulsivement. Pour vous parler, il se renversait la tête avec un rire idiot; — alors ses prunelles bleuâtres, roulant d'un mouvement continu, allaient se cogner, vers les tempes, sur le bord de la plaie vive.

Il chantait une petite chanson en suivant les voitures :

> Souvent la chaleur d'un beau jour
> Fait rêver fillette à l'amour.

Et il y avait dans tout le reste des oiseaux, du soleil et du feuillage.

Quelquefois, il apparaissait tout à coup derrière Emma, tête nue. Elle se retirait avec un cri. Hivert venait le plaisanter. Il l'engageait à prendre une baraque à la foire Saint-Romain, ou bien lui demandait, en riant, comment se portait sa bonne amie.

Souvent, on était en marche, lorsque son chapeau, d'un mouvement brusque, entrait dans la diligence par le vasistas, tandis qu'il se cramponnait, de l'autre bras, sur le marchepied, entre l'éclaboussure des roues. Sa voix, faible d'abord et vagissante, devenait aiguë. Elle se traînait dans la nuit, comme l'indistincte lamentation d'une vague détresse; et, à travers la sonnerie des grelots, le murmure des arbres et le ronflement de la boîte creuse, elle avait quelque chose de lointain qui bouleversait Emma. Cela lui descendait au fond de l'âme comme un tourbillon dans un abîme, et l'emportait parmi les espaces d'une mélancolie sans bornes. Mais Hivert, qui s'apercevait d'un contrepoids, allongeait à l'aveugle de grands coups avec son fouet. La mèche le cinglait sur ses plaies, et il tombait dans la boue en poussant un hurlement.

Puis les voyageurs de l'*Hirondelle* finissaient par s'endormir, les uns la bouche ouverte, les autres le menton baissé, s'appuyant sur l'épaule de leur voisin, ou bien le bras passé dans la courroie, tout en oscillant régulièrement au branle de la voiture; et le reflet de la lanterne qui se balançait en dehors, sur la croupe des limoniers, pénétrant dans l'intérieur par les rideaux de calicot chocolat, posait des ombres sanguinolentes sur tous ces individus immobiles. Emma, ivre de tristesse, grelottait sous ses vêtements et se sentait de plus en plus froid aux pieds, avec la mort dans l'âme.

Charles, à la maison, l'attendait; l'*Hirondelle* était toujours en retard le jeudi. Madame arrivait enfin! A peine si elle embrassait la petite. Le dîner n'était pas prêt, n'importe! Elle excusait la cuisinière. Tout maintenant semblait permis à cette fille.

Souvent son mari, remarquant sa pâleur, lui demandait si elle ne se trouvait point malade.

« Non, disait Emma.

— Mais, répliquait-il, tu es toute drôle ce soir?

— Eh! ce n'est rien! ce n'est rien! »

Il y avait même des jours où, à peine rentrée, elle montait dans sa chambre; et Justin, qui se trouvait là, circulait à pas muets, plus ingénieux à la servir qu'une excellente camériste. Il plaçait les allumettes, le bougeoir, un livre, disposait sa camisole, ouvrait les draps.

« Allons, disait-elle, c'est bien, va-t'en! »

Car il restait debout, les mains pendantes, et les yeux ouverts, comme enlacé dans les fils innombrables d'une rêverie soudaine.

La journée du lendemain était affreuse, et les suivantes étaient plus intolérables encore par l'impatience qu'avait Emma de ressaisir son bonheur, — convoitise âpre, enflammée d'images connues, et qui, le septième jour, éclatait tout à l'aise dans les caresses de Léon. Ses ardeurs, à lui, se cachaient sous des expansions d'émerveillement et de reconnaissance[1]. Emma goûtait cet amour d'une façon discrète et absorbée, l'entretenait par tous les artifices de sa tendresse, et tremblait un peu qu'il ne se perdît plus tard.

Souvent elle lui disait, avec des douceurs de voix mélancoliques :

« Ah! tu me quitteras, toi!... tu te marieras!... tu seras comme les autres. »

Il demandait :

« Quels autres ?

— Mais les hommes, enfin », répondait-elle.

Puis elle ajoutait, en le repoussant d'un geste langoureux :

« Vous êtes tous des infâmes! »

Un jour qu'ils causaient philosophiquement des désillusions terrestres, elle vint à dire (pour expérimenter sa jalousie ou cédant peut-être à un besoin d'épanchement trop fort) qu'autrefois, avant lui, elle avait aimé quelqu'un, « pas comme toi! » reprit-elle vite, protestant sur la tête de sa fille *qu'il ne s'était rien passé.*

Le jeune homme la crut, et néanmoins la questionna pour savoir ce qu'il faisait.

« Il était capitaine de vaisseau, mon ami. »

N'était-ce pas prévenir toute recherche, et en même temps se poser très haut par cette prétendue fascination exercée sur un homme qui devait être de nature belliqueuse et accoutumé à des hommages?

Le clerc sentit alors l'infimité de sa position; il envia

des épaulettes, des croix, des titres. Tout cela devait lui plaire; il s'en doutait à ses habitudes dispendieuses.

Cependant Emma taisait quantité de ses extravagances, telles que l'envie d'avoir, pour l'amener à Rouen, un tilbury bleu, attelé d'un cheval anglais, et conduit par un groom en bottes à revers. C'était Justin qui lui en avait inspiré le caprice, en la suppliant de le prendre chez elle comme valet de chambre; et, si cette privation n'atténuait pas à chaque rendez-vous le plaisir de l'arrivée, elle augmentait certainement l'amertume du retour.

Souvent, lorsqu'ils parlaient ensemble de Paris, elle finissait par murmurer:

« Ah! que nous serions bien là pour vivre!

— Ne sommes-nous pas heureux? reprenait doucement le jeune homme, en lui passant la main sur ses bandeaux.

— Oui, c'est vrai, disait-elle, je suis folle: embrasse-moi! »

Elle était pour son mari plus charmante que jamais, lui faisait des crèmes à la pistache et jouait des valses après dîner. Il se trouvait donc le plus fortuné des mortels, et Emma vivait sans inquiétude, lorsqu'un soir, tout à coup:

« C'est mademoiselle Lempereur, n'est-ce pas, qui te donne des leçons?

— Oui.

— Eh bien! je l'ai vue tantôt, reprit Charles, chez madame Liégeard. Je lui ai parlé de toi: elle ne te connaît pas. »

Ce fut comme un coup de foudre. Cependant elle répliqua d'un air naturel:

« Ah! sans doute, elle aura oublié mon nom!

— Mais il y a peut-être à Rouen, dit le médecin, plusieurs demoiselles Lempereur qui sont maîtresses de piano?

— C'est possible! »

Puis vivement:

« J'ai pourtant ses reçus, tiens! regarde. »

Et elle alla au secrétaire, fouilla tous les tiroirs, confondit les papiers et finit si bien par perdre la tête, que Charles l'engagea fort à ne point se donner tant de mal pour ces misérables quittances.

« Oh! je les trouverai », dit-elle.

En effet, dès le vendredi suivant, Charles, en passant une de ses bottes dans le cabinet noir où l'on serrait ses habits, sentit une feuille de papier entre le cuir et sa chaussette, il la prit et lut :

« Reçu, pour trois mois de leçons, plus diverses fournitures, la somme de soixante-cinq francs. FÉLICIE LEMPEREUR, professeur de musique. »

« Comment diable est-ce dans mes bottes ?

— Ce sera, sans doute, répondit-elle, tombé du vieux carton aux factures, qui est sur le bord de la planche. »

A partir de ce moment, son existence ne fut plus qu'un assemblage de mensonges, où elle enveloppait son amour comme dans des voiles, pour le cacher.

C'était un besoin, une manie, un plaisir, au point que, si elle disait avoir passé, hier, par le côté droit d'une rue, il fallait croire qu'elle avait pris par le côté gauche.

Un matin qu'elle venait de partir, selon sa coutume, assez légèrement vêtue, il tomba de la neige tout à coup ; et comme Charles regardait le temps à la fenêtre, il aperçut M. Bournisien dans le boc du sieur Tuvache qui le conduisait à Rouen. Alors il descendit confier à l'ecclésiastique un gros châle pour qu'il le remît à Madame, sitôt qu'il arriverait à la *Croix Rouge.* A peine fut-il à l'auberge que Bournisien demanda où était la femme du médecin d'Yonville. L'hôtelière répondit qu'elle fréquentait fort peu son établissement. Aussi, le soir, en reconnaissant madame Bovary dans l'*Hirondelle,* le curé lui conta son embarras, sans paraître, du reste, y attacher de l'importance ; car il entama l'éloge d'un prédicateur qui pour lors faisait merveilles à la cathédrale, et que toutes les dames couraient entendre.

N'importe, s'il n'avait point demandé d'explications, d'autres, plus tard, pourraient se montrer moins discrets. Aussi jugea-t-elle utile de descendre chaque fois à la *Croix Rouge,* de sorte que les bonnes gens de son village qui la voyaient dans l'escalier ne se doutaient de rien.

Un jour, pourtant, M. Lheureux la rencontra qui sortait de *l'hôtel de Boulogne* au bras de Léon ; et elle eut peur, s'imaginant qu'il bavarderait. Il n'était pas si bête.

Mais, trois jours après, il entra dans sa chambre, ferma la porte et dit :

« J'aurais besoin d'argent. »

Elle déclara ne pouvoir lui en donner. Lheureux se

répandit en gémissements, et rappela toutes les complaisances qu'il avait eues.

En effet, des deux billets souscrits par Charles, Emma jusqu'à présent n'en avait payé qu'un seul. Quant au second, le marchand, sur sa prière, avait consenti à le remplacer par deux autres, qui même avaient été renouvelés à une fort longue échéance. Puis il tira de sa poche une liste de fournitures non soldées, à savoir : les rideaux, le tapis, l'étoffe pour les fauteuils, plusieurs robes et divers articles de toilette, dont la valeur se montait à la somme de deux mille francs environ.

Elle baissa la tête; il reprit :

« Mais, si vous n'avez pas d'espèces, vous avez *du bien.* »

Et il indiqua une méchante masure sise à Barneville, près d'Aumale, qui ne rapportait pas grand'chose. Cela dépendait autrefois d'une petite ferme vendue par M. Bovary père, car Lheureux savait tout, jusqu'à la contenance d'hectares, avec le nom des voisins.

« Moi, à votre place, disait-il, je me libérerais, et j'aurais encore le surplus de l'argent. »

Elle objecta la difficulté d'un acquéreur; il donna l'espoir d'en trouver; mais elle demanda comment faire pour qu'elle pût vendre.

« N'avez-vous pas la procuration? » répondit-il.

Ce mot lui arriva comme une bouffée d'air frais.

« Laissez-moi la note! dit Emma.

— Oh! ce n'est pas la peine! » reprit Lheureux.

Il revint la semaine suivante, et se vanta d'avoir, après force démarches, fini par découvrir un certain Langlois qui, depuis longtemps, guignait la propriété sans faire connaître son prix.

« N'importe le prix! » s'écria-t-elle.

Il fallait attendre, au contraire, tâter ce gaillard-là. La chose valait la peine d'un voyage, et, comme elle ne pouvait faire ce voyage, il offrit de se rendre sur les lieux, pour s'aboucher avec Langlois. Une fois revenu, il annonça que l'acquéreur proposait quatre mille francs.

Emma s'épanouit à cette nouvelle.

« Franchement, ajouta-t-il, c'est bien payé. »

Elle toucha la moitié de la somme immédiatement, et, quand elle fut pour solder son mémoire, le marchand lui dit :

« Cela me fait de la peine, parole d'honneur, de vous voir vous dessaisir tout d'un coup d'une somme aussi *conséquente* que celle-là. »

Alors elle regarda les billets de banque; et, rêvant au nombre illimité de rendez-vous que ces deux mille francs représentaient :

« Comment! comment! balbutia-t-elle.

— Oh! reprit-il en riant d'un air bonhomme, on met tout ce que l'on veut sur les factures. Est-ce que je ne connais pas les ménages? »

Et il la considérait fixement, tout en tenant à sa main deux longs papiers qu'il faisait glisser entre ses ongles. Enfin, ouvrant son portefeuille, il étala sur la table quatre billets à ordre, de mille francs chacun.

« Signez moi cela, dit-il, et gardez tout. »

Elle se récria, scandalisée.

« Mais, si je vous donne le surplus, répondit effrontément M. Lheureux, n'est-ce pas vous rendre service, à vous? »

Et, prenant une plume, il écrivit au bas du mémoire : « Reçu de madame Bovary quatre mille francs. »

« Qui vous inquiète, puisque vous toucherez dans six mois l'arriéré de votre baraque, et que je vous place l'échéance du dernier billet pour après le payement? »

Emma s'embarrassait un peu dans ses calculs, et les oreilles lui tintaient comme si des pièces d'or, s'éventrant de leurs sacs, eussent sonné tout autour d'elle sur le parquet. Enfin Lheureux expliqua qu'il avait un sien ami Vinçart, banquier à Rouen, lequel allait escompter ces quatre billets, puis il remettrait lui-même à Madame le surplus de la dette réelle.

Mais, au lieu de deux mille francs, il n'en apporta que dix-huit cents, car l'ami Vinçart (comme *de juste*) en avait prélevé deux cents, pour frais de commission et d'escompte.

Puis il réclama négligemment une quittance.

« Vous comprenez..., dans le commerce..., quelquefois... Et avec la date, s'il vous plaît, la date. »

Un horizon de fantaisies réalisables s'ouvrit alors devant Emma. Elle eut assez de prudence pour mettre en réserve mille écus, avec quoi furent payés, lorsqu'ils échurent, les trois premiers billets; mais le quatrième, par hasard, tomba dans la maison un jeudi, et Charles, bouleversé, attendit patiemment le retour de sa femme pour avoir des explications.

Si elle ne l'avait point instruit de ce billet, c'était afin de lui épargner des tracas domestiques; elle s'assit sur ses genoux, le caressa, roucoula, fit une longue énumération de toutes les choses indispensables prises à crédit.

« Enfin, tu conviendras que, vu la quantité, ce n'est pas trop cher. »

Charles, à bout d'idées, bientôt eut recours à l'éternel Lheureux, qui jura de calmer les choses, si Monsieur lui signait deux billets, dont l'un de sept cents francs, payable dans trois mois. Pour se mettre en mesure, il écrivit à sa mère une lettre pathétique. Au lieu d'envoyer la réponse, elle vint elle-même; et, quand Emma voulut savoir s'il en avait tiré quelque chose :

« Oui, répondit-il. Mais elle demande à connaître la facture. »

Le lendemain, au point du jour, Emma courut chez M. Lheureux le prier de refaire une autre note, qui ne dépassât point mille francs; car, pour montrer celle de quatre mille, il eût fallu dire qu'elle en avait payé les deux tiers, avouer conséquemment la vente de l'immeuble, négociation bien conduite par le marchand, et qui ne fut effectivement connue que plus tard.

Malgré le prix très bas de chaque article, madame Bovary mère ne manqua point de trouver la dépense exagérée.

« Ne pouvait-on se passer d'un tapis? Pourquoi avoir renouvelé l'étoffe des fauteuils? De mon temps, on avait dans une maison un seul fauteuil, pour les personnes âgées, — du moins, c'était comme cela chez ma mère, qui était une honnête femme, je vous assure. — Tout le monde ne peut être riche! Aucune fortune ne tient contre le coulage! Je rougirais de me dorloter comme vous faites! et pourtant, moi, je suis vieille, j'ai besoin de soins... En voilà! en voilà, des ajustements, des flaflas! Comment! de la soie pour doublure à deux francs!... tandis qu'on trouve du jaconas à dix sous, et même à huit sous, qui fait parfaitement l'affaire! »

Emma, renversée sur la causeuse, répliquait le plus tranquillement possible :

« Eh! madame, assez! assez! »

L'autre continuait à la sermonner, prédisant qu'ils

finiraient à l'hôpital. D'ailleurs, c'était la faute de Bovary. Heureusement qu'il avait promis d'anéantir cette procuration...

« Comment?

— Ah! il me l'a juré », reprit la bonne femme.

Emma ouvrit la fenêtre, appela Charles, et le pauvre garçon fut contraint d'avouer la parole arrachée par sa mère.

Emma disparut, puis rentra vite en lui tendant majestueusement une grosse feuille de papier.

« Je vous remercie », dit la vieille femme.

Et elle jeta dans le feu la procuration.

Emma se mit à rire d'un rire strident, éclatant, continu : elle avait une attaque de nerfs.

« Ah! mon Dieu! s'écria Charles. Eh! tu as tort aussi, toi! tu viens lui faire des scènes!... »

Sa mère, en haussant les épaules, prétendait que *tout cela c'étaient des gestes*.

Mais Charles, pour la première fois se révoltant, prit la défense de sa femme, si bien que madame Bovary mère voulut s'en aller. Elle partit dès le lendemain, et, sur le seuil, comme il essayait à la retenir, elle répliqua :

« Non, non! Tu l'aimes mieux que moi, et tu as raison, c'est dans l'ordre. Au reste, tant pis! tu verras!... Bonne santé!... car je ne suis pas près, comme tu dis, de venir lui faire des scènes. »

Charles n'en resta pas moins fort penaud vis-à-vis d'Emma, celle-ci ne cachant point la rancune qu'elle lui gardait pour avoir manqué de confiance; il fallut bien des prières avant qu'elle consentît à reprendre sa procuration, et même il l'accompagna chez M. Guillaumin pour lui en faire une seconde, toute pareille.

« Je comprends cela, dit le notaire, un homme de science ne peut s'embarrasser aux détails pratiques de la vie. »

Et Charles se sentit soulagé par cette réflexion pateline, qui donnait à sa faiblesse les apparences flatteuses d'une préoccupation supérieure.

Quel débordement, le jeudi d'après, à l'hôtel, dans leur chambre, avec Léon! Elle rit, pleura, chanta, dansa, fit monter des sorbets, voulut fumer des cigarettes, lui parut extravagante, mais adorable, superbe.

Il ne savait pas quelle réaction de tout son être la poussait davantage à se précipiter sur les jouissances de la vie. Elle devenait irritable, gourmande, et voluptueuse; et elle se promenait avec lui dans les rues, tête haute, sans peur, disait-elle, de se compromettre. Parfois, cependant, Emma tressaillait à l'idée soudaine de rencontrer Rodolphe; car il lui semblait, bien qu'ils fussent séparés pour toujours, qu'elle n'était pas complètement affranchie de sa dépendance.

Un soir, elle ne rentra point à Yonville. Charles en perdait la tête, et la petite Berthe, ne voulant pas se coucher sans sa maman, sanglotait à se rompre la poitrine. Justin était parti au hasard sur la route. M. Homais en avait quitté sa pharmacie.

Enfin, à onze heures, n'y tenant plus, Charles attela son boc, sauta dedans, fouetta sa bête et arriva vers deux heures du matin à la *Croix Rouge*. Personne. Il pensa que le clerc peut-être l'avait vue; mais où demeurait-il? Charles, heureusement, se rappela l'adresse de son patron. Il y courut.

Le jour commençait à paraître. Il distingua des panonceaux au-dessus d'une porte; il frappa. Quelqu'un, sans ouvrir, lui cria le renseignement demandé, tout en ajoutant force injures contre ceux qui dérangeaient le monde pendant la nuit.

La maison que le clerc habitait n'avait ni sonnette, ni marteau, ni portier. Charles donna de grands coups de poing contre les auvents. Un agent de police vint à passer; alors il eut peur et s'en alla.

« Je suis fou, se disait-il; sans doute on l'aura retenue à dîner chez M. Lormeaux. »

La famille Lormeaux n'habitait plus Rouen.

« Elle sera restée à soigner madame Dubreuil. Eh! madame Dubreuil est morte depuis dix mois!... Où est-elle donc? »

Une idée lui vint. Il demanda, dans un café, l'*Annuaire,* et chercha vite le nom de mademoiselle Lempereur, qui demeurait rue de la Renelle-des-Maroquiniers, n° 74.

Comme il entrait dans cette rue, Emma parut elle-même à l'autre bout; il se jeta sur elle plutôt qu'il ne l'embrassa, en s'écriant :

« Qui t'a retenue, hier?

— J'ai été malade.

— Et de quoi?... Où?... Comment?... »

Elle se passa la main sur le front, et répondit :

« Chez mademoiselle Lempereur.

— J'en étais sûr! J'y allais.

— Oh! ce n'est pas la peine, dit Emma. Elle vient de sortir tout à l'heure; mais, à l'avenir, tranquillise-toi. Je ne suis pas libre, tu comprends, si je sais que le moindre retard te bouleverse ainsi. »

C'était une manière de permission qu'elle se donnait de ne point se gêner dans ses escapades. Aussi en profitat-elle tout à son aise, largement. Lorsque l'envie la prenait de voir Léon, elle partait sous n'importe quel prétexte, et, comme il ne l'attendait pas ce jour-là, elle allait le chercher à son étude.

Ce fut un grand bonheur les premières fois; mais bientôt il ne cacha plus la vérité, à savoir : que son patron se plaignait fort de ces dérangements.

« Ah bah! viens donc », disait-elle.

Et il s'esquivait.

Elle voulut qu'il se vêtit tout en noir et se laissât pousser une pointe au menton, pour ressembler aux portraits de Louis XIII. Elle désira connaître son logement, le trouva médiocre; il en rougit, elle n'y prit garde, puis lui conseilla d'acheter des rideaux pareils aux siens, et, comme il objectait la dépense :

« Ah! ah! tu tiens à tes petits écus! » dit-elle en riant.

Il fallait que Léon, chaque fois, lui racontât toute sa conduite, depuis le dernier rendez-vous. Elle demanda des vers, des vers pour elle, *une pièce d'amour* en son honneur; jamais il ne put parvenir à trouver la rime du second vers, et il finit par copier un sonnet dans un keepsake.

Ce fut moins par vanité que dans le seul but de lui complaire. Il ne discutait pas ses idées; il acceptait tous ses goûts; il devenait sa maîtresse plutôt qu'elle n'était la sienne. Elle avait des paroles tendres avec des baisers qui lui emportaient l'âme[1]. Où donc avait-elle appris cette corruption, presque immatérielle à force d'être profonde et dissimulée?

VI

Dans les voyages qu'il faisait pour la voir, Léon souvent avait dîné chez le pharmacien, et s'était cru contraint, par politesse, de l'inviter à son tour.

« Volontiers! avait répondu M. Homais; il faut, d'ailleurs, que je me retrempe un peu, car je m'encroûte ici. Nous irons au spectacle, au restaurant, nous ferons des folies!

— Ah! bon ami! murmura tendrement madame Homais, effrayée des périls vagues qu'il se disposait à courir.

— Eh bien, quoi? tu trouves que je ne ruine pas assez ma santé à vivre parmi les émanations continuelles de la pharmacie! Voilà, du reste, le caractère des femmes; elles sont jalouses de la Science, puis s'opposent à ce que l'on prenne les plus légitimes distractions. N'importe, comptez sur moi; un de ces jours, je tombe à Rouen et nous ferons sauter ensemble les *monacos*. »

L'apothicaire, autrefois, se fût bien gardé d'une telle expression; mais il donnait maintenant dans un genre folâtre et parisien qu'il trouvait du meilleur goût, et comme madame Bovary, sa voisine, il interrogeait le clerc curieusement sur les mœurs de la capitale, même il parlait argot afin d'éblouir... les bourgeois, disant *turne, bazar, chicard, chicandard, Breda-Street,* et *Je me la casse,* pour : Je m'en vais.

Donc, un jeudi, Emma fut surprise de rencontrer, dans la cuisine du *Lion d'or,* M. Homais en costume de voyageur, c'est-à-dire couvert d'un vieux manteau qu'on ne lui connaissait pas, tandis qu'il portait d'une main une valise et, de l'autre, la chancelière de son établissement. Il n'avait confié son projet à personne, dans la crainte d'inquiéter le public par son absence.

L'idée de revoir les lieux où s'était passée sa jeunesse l'exaltait sans doute, car tout le long du chemin il n'arrêta pas de discourir; puis, à peine arrivé, il sauta vivement de la voiture pour se mettre en quête de Léon; et le clerc eut beau se débattre, M. Homais l'entraîna vers le grand café de *Normandie,* où il entra majestueusement,

sans retirer son chapeau, estimant fort provincial de se
découvrir dans un endroit public.

Emma attendit Léon trois quarts d'heure. Enfin elle
courut à son étude, et, perdue dans toute sorte de conjectures, l'accusant d'indifférence et se reprochant à elle-
même sa faiblesse, elle passa l'après-midi le front collé
contre les carreaux.

Ils étaient encore à deux heures attablés l'un devant
l'autre. La grande salle se vidait; le tuyau du poêle, en
forme de palmier, arrondissait au plafond blanc sa gerbe
dorée; et près d'eux, derrière le vitrage, en plein soleil,
un petit jet d'eau gargouillait dans un bassin de marbre
où, parmi du cresson et des asperges, trois homards engourdis s'allongeaient jusqu'à des cailles, toutes couchées
en pile, sur le flanc.

Homais se délectait. Quoiqu'il se grisât de luxe encore
plus que de bonne chère, le vin de Pommard, cependant,
lui excitait un peu les facultés, et, lorsque apparut l'ome-
lette au rhum, il exposa sur les femmes des théories
immorales. Ce qui le séduisait par-dessus tout, c'était le
chic. Il adorait une toilette élégante dans un appartement
bien meublé, et, quant aux qualités corporelles, ne détestait pas le *morceau*.

Léon contemplait la pendule avec désespoir. L'apothicaire buvait, mangeait, parlait.

« Vous devez être, dit-il tout à coup, bien privé à
Rouen. Du reste, vos amours ne logent pas loin. »

Et, comme l'autre rougissait :

« Allons, soyez franc! Nierez-vous qu'à Yonville...? »

Le jeune homme balbutia.

« Chez madame Bovary, vous ne courtisiez point?...

— Et qui donc?

— La bonne! »

Il ne plaisantait pas; mais, la vanité l'emportant sur
toute prudence, Léon, malgré lui, se récria. D'ailleurs il
n'aimait que les femme brunes.

« Je vous approuve, dit le pharmacien : elles ont
plus de tempérament. »

Et, se penchant à l'oreille de son ami, il indiqua les
symptômes auxquels on reconnaissait qu'une femme
avait du tempérament. Il se lança même dans une digres-
sion ethnographique : l'Allemande était vaporeuse, la
Française libertine, l'Italienne passionnée.

« Et les négresses ? demanda le clerc.

— C'est un goût d'artiste. dit Homais. — Garçon ! deux demi-tasses !

— Partons-nous ? reprit à la fin Léon s'impatientant.

— *Yes.* »

Mais il voulut, avant de s'en aller, voir le maître de l'établissement et lui adressa quelques félicitations.

Alors le jeune homme, pour être seul, allégua qu'il avait affaire.

« Ah ! je vous escorte ! » dit Homais.

Et, tout en descendant les rues avec lui, il parlait de sa femme, de ses enfants, de leur avenir, et de sa pharmacie, racontait en quelle décadence elle était autrefois, et le point de perfection où il l'avait montée.

Arrivé devant l'*hôtel de Boulogne,* Léon le quitta brusquement, escalada l'escalier, et trouva sa maîtresse en grand émoi.

Au nom du pharmacien, elle s'emporta. Cependant, il accumulait de bonnes raisons ; ce n'était pas sa faute, ne connaissait-elle pas M. Homais ? pouvait-elle croire qu'il préférât sa compagnie ? Mais elle se détournait ; il la retint ; et, s'affaissant sur les genoux, il lui entoura la taille de ses deux bras, dans une pose langoureuse toute pleine de concupiscence et de supplication.

Elle était debout ; ses grands yeux enflammés le regardaient sérieusement et presque d'une façon terrible. Puis des larmes les obscurcirent, ses paupières roses s'abaissèrent, elle abandonna ses mains, et Léon les portait à sa bouche, lorsque parut un domestique, avertissant Monsieur qu'on le demandait.

« Tu vas revenir ? dit-elle.

— Oui.

— Mais quand ?

— Tout à l'heure.

— C'est un *truc,* dit le pharmacien en apercevant Léon. J'ai voulu interrompre cette visite qui me paraissait vous contrarier. Allons chez Bridoux prendre un verre de garus. »

Léon jura qu'il lui fallait retourner à son étude. Alors l'apothicaire fit des plaisanteries sur les paperasses, la procédure.

« Laissez donc un peu Cujas et Barthole, que diable ! Qui vous empêche ? Soyez un brave ! Allons

chez Bridoux; vous verrez son chien. C'est très curieux! »

Et comme le clerc s'obstinait toujours :

« J'y vais aussi. Je lirai un journal en vous attendant,
ou je feuilleterai un Code. »

Léon, étourdi par la colère d'Emma, le bavardage de
M. Homais et peut-être les pesanteurs du déjeuner, restait indécis et comme sous la fascination du pharmacien
qui répétait :

« Allons chez Bridoux! c'est à deux pas, rue Malpalu. »

Alors, par lâcheté, par bêtise, par cet inqualifiable
sentiment qui nous entraîne aux actions les plus anti-
pathiques, il se laissa conduire chez Bridoux; et ils le
trouvèrent dans sa petite cour, surveillant trois garçons
qui haletaient à tourner la grande roue d'une machine
pour faire l'eau de Seltz. Homais leur donna des conseils; il embrassa Bridoux, on prit le garus. Vingt fois
Léon voulut s'en aller; mais l'autre l'arrêtait par le bras
en lui disant :

« Tout à l'heure! je sors. Nous irons au *Fanal de
Rouen,* voir ces messieurs. Je vous présenterai à Tho-
massin. »

Il s'en débarrassa pourtant et courut d'un bond jusqu'à
l'hôtel. Emma n'y était plus.

Elle venait de partir, exaspérée. Elle le détestait maintenant. Ce manque de parole au rendez-vous lui semblait
un outrage, et elle cherchait encore d'autres raisons pour
s'en détacher : il était incapable d'héroïsme, faible, banal,
plus mou qu'une femme, avare d'ailleurs, et pusillanime.

Puis, se calmant, elle finit par découvrir qu'elle l'avait
sans doute calomnié. Mais le dénigrement de ceux que
nous aimons toujours nous en détache quelque peu. Il ne
faut pas toucher aux idoles : la dorure en reste aux mains.

Ils en vinrent à parler plus souvent de choses indiffé-
férentes à leur amour; et, dans les lettres qu'Emma lui
envoyait, il était question de fleurs, de vers, de la lune et
des étoiles, ressources naïves d'une passion affaiblie, qui
essayait de s'aviver à tous les secours extérieurs. Elle se
promettait continuellement, pour son prochain voyage,
une félicité profonde; puis elle s'avouait ne rien sentir
d'extraordinaire. Cette déception s'effaçait vite sous un
espoir nouveau, et Emma revenait à lui plus enflammée,
plus avide[1]. Elle se déshabillait brutalement, arrachant

le lacet mince de son corset, qui sifflait autour de ses hanches comme une couleuvre qui glisse. Elle allait sur la pointe de ses pieds nus regarder encore une fois si la porte était fermée, puis elle faisait d'un seul geste tomber ensemble tous ses vêtements; — et, pâle, sans parler, sérieuse, elle s'abattait contre sa poitrine, avec un long frisson.

Cependant, il y avait sur ce front couvert de gouttes froides, sur ces lèvres balbutiantes, dans ces prunelles égarées, dans l'étreinte de ces bras, quelque chose d'extrême, de vague et de lugubre, qui semblait à Léon se glisser entre eux, subtilement, comme pour les séparer.

Il n'osait lui faire des questions; mais, la discernant si expérimentée, elle avait dû passer, se disait-il, par toutes les épreuves de la souffrance et du plaisir. Ce qui le charmait autrefois l'effrayait un peu maintenant. D'ailleurs, il se révoltait contre l'absorption, chaque jour plus grande, de sa personnalité. Il en voulait à Emma de cette victoire permanente. Il s'efforçait même à ne pas la chérir; puis, au craquement de ses bottines, il se sentait lâche, comme les ivrognes à la vue des liqueurs fortes.

Elle ne manquait point, il est vrai, de lui prodiguer toutes sortes d'attentions, depuis les recherches de table jusqu'aux coquetteries du costume et aux langueurs du regard. Elle apportait d'Yonville des roses dans son sein, qu'elle lui jetait à la figure, montrait des inquiétudes pour sa santé, lui donnait des conseils sur sa conduite, et, afin de le retenir davantage, espérant que le ciel peut-être s'en mêlerait, elle lui passa autour du cou une médaille de la Vierge. Elle s'informait, comme une mère vertueuse, de ses camarades. Elle lui disait :

« Ne les vois pas, ne sors pas, ne pense qu'à nous; aime-moi. »

Elle aurait voulu pouvoir surveiller sa vie, et l'idée lui vint de le faire suivre dans les rues. Il y avait toujours, près de l'hôtel, une sorte de vagabond qui accostait les voyageurs et qui ne refuserait pas... Mais sa fierté se révolta.

« Eh! tant pis! qu'il me trompe, que m'importe! Est-ce que j'y tiens? »

Un jour qu'ils s'étaient quittés de bonne heure, et qu'elle s'en revenait seule par le boulevard, elle aperçut les murs de son couvent; alors elle s'assit sur un banc, à

l'ombre des ormes. Quel calme dans ce temps-là, comme
elle enviait les ineffables sentiments d'amour qu'elle
tâchait, d'après des livres, de se figurer!

Les premiers mois de son mariage, ses promenades à
cheval dans la forêt, le Vicomte qui valsait, et Lagardy
chantant, tout repassa devant ses yeux... Et Léon lui
parut soudain dans le même éloignement que les autres.

« Je l'aime pourtant! » se disait-elle.

N'importe! elle n'était pas heureuse, ne l'avait jamais
été. D'où venait donc cette insuffisance de la vie, cette
pourriture instantanée des choses où elle s'appuyait?...
Mais, s'il y avait quelque part un être fort et beau, une
nature valeureuse, pleine à la fois d'exaltation et de raffinements, un cœur de poète sous une forme d'ange, lyre
aux cordes d'airain, sonnant vers le ciel des épithalames
élégiaques, pourquoi, par hasard, ne le trouverait-elle
pas? Oh! quelle impossibilité! Rien, d'ailleurs, ne valait
la peine d'une recherche; tout mentait! Chaque sourire
cachait un bâillement d'ennui, chaque joie une malédiction, tout plaisir son dégoût, et les meilleurs baisers ne
vous laissaient sur la lèvre qu'une irréalisable envie d'une
volupté plus haute.

Un râle métallique se traîna dans les airs et quatre
coups se firent entendre à la cloche du couvent. Quatre
heures! et il lui semblait qu'elle était là, sur ce banc,
depuis l'éternité. Mais un infini de passions peut tenir
dans une minute, comme une foule dans un petit espace.

Emma vivait tout occupée des siennes, et ne s'inquiétait pas plus de l'argent qu'une archiduchesse.

Une fois, pourtant, un homme d'allure chétive, rubicond et chauve, entra chez elle, se déclarant envoyé par
M. Vinçart, de Rouen. Il retira les épingles qui fermaient
la poche latérale de sa longue redingote verte, les piqua
sur sa manche et tendit poliment un papier.

C'était un billet de sept cents francs, souscrit par elle,
et que Lheureux, malgré toutes ses protestations, avait
passé à l'ordre de Vinçart.

Elle expédia chez lui sa domestique. Il ne pouvait venir.

Alors, l'inconnu, qui était resté debout, lançant de
droite et de gauche des regards curieux que dissimulaient
ses gros sourcils blonds, demanda d'un air naïf :

« Quelle réponse apporter à M. Vinçart?

— Eh bien! répondit Emma, dites-lui... que je n'en

ai pas... Ce sera la semaine prochaine... Qu'il attende...
Oui, la semaine prochaine. »

Et le bonhomme s'en alla sans souffler mot.

Mais, le lendemain, à midi, elle reçut un protêt; et la
vue du papier timbré, où s'étalait à plusieurs reprises et
en gros caractères : « Maître Hareng, huissier à Buchy »,
l'effraya si fort, qu'elle courut en toute hâte chez le marchand d'étoffes.

Elle le trouva dans sa boutique, en train de ficeler un
paquet.

« Serviteur! dit-il, je suis à vous. »

Lheureux n'en continua pas moins sa besogne, aidé
par une jeune fille de treize ans environ, un peu bossue,
et qui lui servait à la fois de commis et de cuisinière.

Puis, faisant claquer ses sabots sur les planches de la
boutique, il monta devant Madame au premier étage,
et l'introduisit dans un étroit cabinet, où un gros bureau
en bois de sape supportait quelques registres, défendus
transversalement par une barre de fer cadenassée. Contre
le mur, sous des coupons d'indienne, on entrevoyait un
coffre-fort, mais d'une telle dimension, qu'il devait contenir autre chose que des billets et de l'argent. M. Lheureux, en effet, prêtait sur gages, et c'est là qu'il avait mis
la chaîne en or de madame Bovary, avec les boucles
d'oreilles du pauvre père Tellier, qui, enfin contraint de
vendre, avait acheté à Quincampoix un maigre fonds
d'épicerie, où il se mourait de son catarrhe, au milieu de
ses chandelles moins jaunes que sa figure.

Lheureux s'assit dans son large fauteuil de paille, en
disant :

« Quoi de neuf?

— Tenez. »

Et elle lui montra le papier.

« Eh bien! qu'y puis-je? »

Alors, elle s'emporta, rappelant la parole qu'il avait
donnée de ne pas faire circuler ses billets; il en convenait.

« Mais j'ai été forcé moi-même, j'avais le couteau sur
la gorge.

— Et que va-t-il arriver, maintenant? dit-elle.

— Oh! c'est bien simple : un jugement de tribunal, et
puis la saisie...; *bernique !* »

Emma se retenait pour ne pas le battre. Elle lui de-

manda doucement s'il n'y avait pas moyen de calmer
M. Vinçart.

« Ah bien, oui! calmer Vinçart! vous ne le connaissez
guère; il est plus féroce qu'un Arabe. »

Pourtant il fallait que M. Lheureux s'en mêlât.

« Écoutez donc! il me semble que, jusqu'à présent,
j'ai été assez bon pour vous. »

Et, déployant un de ses registres :

« Tenez! »

Puis, remontant la page avec son doigt :

« Voyons... voyons... Le 3 août, deux cents francs...
Au 17 juin, cent cinquante... 23 mars, quarante-six... En
avril... »

Il s'arrêta, comme craignant de faire quelque sottise.

« Et je ne dis rien des billets souscrits par Monsieur,
un de sept cents francs, un autre de trois cents! Quant à
vos petits acomptes, aux intérêts, ça n'en finit pas, on s'y
embrouille. Je ne m'en mêle plus! »

Elle pleurait, elle l'appela même « son bon monsieur
Lheureux ». Mais il se rejetait toujours sur ce « mâtin de
Vinçart ». D'ailleurs, il n'avait pas un centime, personne à
présent ne le payait, on lui mangeait la laine sur le dos, un
pauvre boutiquier comme lui ne pouvait faire d'avances.

Emma se taisait; et M. Lheureux, qui mordillait les
barbes d'une plume, sans doute s'inquiéta de son silence,
car il reprit :

« Au moins, si un de ces jours j'avais quelques ren-
trées... je pourrais...

— Du reste, dit-elle, dès que l'arriéré de Barneville...

— Comment? »

Et, en apprenant que Langlois n'avait pas encore payé,
il parut fort surpris. Puis, d'une voix mielleuse :

« Et nous convenons, dites-vous...?

— Oh! de ce que vous voudrez! »

Alors, il ferma les yeux pour réfléchir, écrivit quelques
chiffres, et, déclarant qu'il aurait grand mal, que la chose
était scabreuse et qu'il se *saignait,* il dicta quatre billets de
deux cent cinquante francs chacun, espacés les uns des
autres à un mois d'échéance.

« Pourvu que Vinçart veuille m'entendre! Du reste
c'est convenu, je ne lanterne pas, je suis rond comme une
pomme. »

Ensuite il lui montra négligemment plusieurs marchandises nouvelles, mais dont pas une, dans son opinion, n'était digne de Madame.

« Quand je pense que voilà une robe à sept sous le mètre, et certifiée bon teint! Ils gobent cela pourtant! on ne leur conte pas ce qui en est, vous pensez bien », voulant, par cet aveu de coquinerie envers les autres, la convaincre tout à fait de sa probité.

Puis il la rappela, pour lui montrer trois aunes de guipure qu'il avait trouvées dernièrement « dans une *vendue* ».

« Est-ce beau! disait Lheureux : on s'en sert beaucoup maintenant, comme têtes de fauteuils, c'est le genre. »

Et, plus prompt qu'un escamoteur, il enveloppa la guipure de papier bleu et la mit dans les mains d'Emma.

« Au moins, que je sache...? »

— Ah! plus tard », reprit-il en lui tournant les talons.

Dès le soir, elle pressa Bovary d'écrire à sa mère pour qu'elle leur envoyât vite tout l'arriéré de l'héritage. La belle-mère répondit n'avoir plus rien : la liquidation était close, et il leur restait, outre Barneville, six cents livres de rente, qu'elle leur servirait exactement.

Alors Madame expédia des factures chez deux ou trois clients, et bientôt usa largement de ce moyen, qui lui réussissait. Elle avait toujours soin d'ajouter en post-scriptum : « N'en parlez pas à mon mari, vous savez comme il est fier... Excusez-moi... Votre servante... » Il y eut quelques réclamations; elle les intercepta.

Pour se faire de l'argent, elle se mit à vendre ses vieux gants, ses vieux chapeaux, la vieille ferraille; et elle marchandait avec rapacité, — son sang de paysanne la poussant au gain. Puis, dans ses voyages à la ville, elle brocanterait des babioles, que M. Lheureux, à défaut d'autres, lui prendrait certainement. Elle s'acheta des plumes d'autruche, de la porcelaine chinoise et des bahuts; elle empruntait à Félicité, à Madame Lefrançois, à l'hôtelière de la *Croix Rouge,* à tout le monde, n'importe où. Avec l'argent qu'elle reçut enfin de Barneville, elle paya deux billets, les quinze cents autres francs s'écoulèrent. Elle s'engagea de nouveau, et toujours ainsi!

Parfois, il est vrai, elle tâchait de faire des calculs, mais elle découvrait des choses si exorbitantes, qu'elle n'y pouvait croire. Alors elle recommençait, s'embrouillait vite, plantait tout là et n'y pensait plus.

La maison était bien triste, maintenant! On en voyait sortir les fournisseurs avec des figures furieuses. Il y avait des mouchoirs traînant sur les fourneaux; et la petite Berthe, au grand scandale de madame Homais, portait des bas percés. Si Charles, timidement, hasardait une observation, elle répondait avec brutalité que ce n'était point sa faute!

Pourquoi ces emportements? Il expliquait tout par son ancienne maladie nerveuse; et, se reprochant d'avoir pris pour des défauts ses infirmités, il s'accusait d'égoïsme, avait envie de courir l'embrasser.

« Oh! non, se disait-il, je l'ennuierais! »

Et il restait.

Après le dîner, il se promenait seul dans le jardin; il prenait la petite Berthe sur ses genoux, et, déployant son journal de médecine, essayait de lui apprendre à lire. L'enfant, qui n'étudiait jamais, ne tardait pas à ouvrir de grands yeux tristes et se mettait à pleurer. Alors il la consolait; il allait lui chercher de l'eau dans l'arrosoir pour faire des rivières sur le sable, ou cassait les branches des troènes pour planter des arbres dans les plates-bandes, ce qui gâtait peu le jardin, tout encombré de longues herbes; on devait tant de journées à Lestiboudois! Puis l'enfant avait froid et demandait sa mère.

« Appelle ta bonne, disait Charles. Tu sais bien, ma petite, que ta maman ne veut pas qu'on la dérange. »

L'automne commençait et déjà les feuilles tombaient, — comme il y a deux ans, lorsqu'elle était malade! — Quand donc tout cela finirait-il!... Et il continuait à marcher, les deux mains derrière le dos.

Madame était dans sa chambre. On n'y montait pas. Elle restait là tout le long du jour, engourdie, à peine vêtue, et de temps à autre, faisant fumer des pastilles du sérail qu'elle avait achetées à Rouen, dans la boutique d'un Algérien. Pour ne pas avoir, la nuit, auprès d'elle, cet homme étendu qui dormait, elle finit, à force de grimaces, par le reléguer au second étage[1]; et elle lisait jusqu'au matin des livres extravagants où il y avait des tableaux orgiaques avec des situations sanglantes. Souvent une terreur la prenait, elle poussait un cri. Charles accourait.

« Ah! va-t'en! » disait-elle.

Ou, d'autres fois, brûlée plus fort par cette flamme

intime que l'adultère avivait, haletante, émue, tout en désir, elle ouvrait sa fenêtre, aspirait l'air froid, éparpillait au vent sa chevelure trop lourde, et, regardant les étoiles, souhaitait des amours de prince. Elle pensait à lui, à Léon. Elle eût alors tout donné pour un seul de ces rendez-vous, qui la rassasiaient.

C'étaient ses jours de gala. Elle les voulait splendides! et, lorsqu'il ne pouvait payer seul la dépense, elle complétait le surplus libéralement, ce qui arrivait à peu près toutes les fois. Il essaya de lui faire comprendre qu'ils seraient aussi bien ailleurs, dans quelque hôtel plus modeste; mais elle trouva des objections.

Un jour, elle tira de son sac six petites cuillers en vermeil (c'était le cadeau de noces du père Rouault), en le priant d'aller immédiatement porter cela, pour elle, au mont-de-piété; et Léon obéit, bien que cette démarche lui déplût. Il avait peur de se compromettre.

Puis, en y réfléchissant, il trouva que sa maîtresse prenait des allures étranges, et qu'on n'avait peut-être pas tort de vouloir l'en détacher.

En effet, quelqu'un avait envoyé à sa mère une longue lettre anonyme, pour la prévenir qu'il *se perdait avec une femme mariée;* et aussitôt la bonne dame, entrevoyant l'éternel épouvantail des familles, c'est-à-dire la vague créature pernicieuse, la sirène, le monstre, qui habite fantastiquement les profondeurs de l'amour, écrivit à maître Dubocage, son patron, lequel fut parfait dans cette affaire. Il le tint trois quarts d'heure, voulant lui dessiller les yeux, l'avertit du gouffre. Une telle intrigue nuirait plus tard à son établissement. Il le supplia de rompre, et, s'il ne faisait ce sacrifice dans son propre intérêt, qu'il le fît au moins pour lui, Dubocage!

Léon enfin avait juré de ne plus revoir Emma; et il se reprochait de n'avoir pas tenu sa parole, considérant tout ce que cette femme pourrait encore lui attirer d'embarras et de discours, sans compter les plaisanteries de ses camarades, qui se débitaient le matin, autour du poêle. D'ailleurs, il allait devenir premier clerc : c'était le moment d'être sérieux. Aussi renonçait-il à la flûte, aux sentiments exaltés, à l'imagination : — car tout bourgeois, dans l'échauffement de sa jeunesse, ne fût-ce qu'un jour, une minute, s'est cru capable d'immenses passions, de hautes entreprises. Le plus médiocre libertin a rêvé

des sultanes; chaque notaire porte en soi les débris d'un
poète.

Il s'ennuyait maintenant lorsque Emma, tout à coup,
sanglotait sur sa poitrine; et son cœur, comme les gens
qui ne peuvent endurer qu'une certaine dose de musique,
s'assoupissait d'indifférence au vacarme d'un amour dont
il ne distinguait plus les délicatesses.

Ils se connaissaient trop pour avoir ces ébahissements
de la possession qui en centuplent la joie. Elle était aussi
dégoûtée de lui qu'il était fatigué d'elle. Emma retrouvait dans l'adultère toutes les platitudes du mariage[1].

Mais comment pouvoir s'en débarrasser? Puis, elle
avait beau se sentir humiliée de la bassesse d'un tel bonheur, elle y tenait par habitude ou par corruption; et,
chaque jour, elle s'y acharnait davantage, tarissant toute
félicité à la vouloir trop grande. Elle accusait Léon de
ses espoirs déçus, comme s'il l'avait trahie; et même elle
souhaitait une catastrophe qui amenât leur séparation,
puisqu'elle n'avait pas le courage de s'y décider.

Elle n'en continuait pas moins à lui écrire des lettres
amoureuses, en vertu de cette idée, qu'une femme doit
toujours écrire à son amant.

Mais, en écrivant, elle apercevait un autre homme, un
fantôme fait de ses plus ardents souvenirs, de ses lectures
les plus belles, de ses convoitises les plus fortes; et il
devenait à la fin si véritable, et accessible, qu'elle en
palpitait émerveillée, sans pouvoir néanmoins le nettement imaginer, tant il se perdait, comme un dieu, sous
l'abondance de ses attributs. Il habitait la contrée bleuâtre
où les échelles de soie se balancent à des balcons, sous le
souffle des fleurs, dans la clarté de la lune. Elle le sentait
près d'elle, il allait venir et l'enlèverait tout entière dans
un baiser. Ensuite elle retombait à plat, brisée; car ces
élans d'amour vague la fatiguaient plus que de grandes
débauches.

Elle éprouvait maintenant une courbature incessante
et universelle. Souvent même, Emma recevait des as-
signations, du papier timbré qu'elle regardait à peine.
Elle aurait voulu ne plus vivre, ou continuellement
dormir.

Le jour de la mi-carême, elle ne rentra pas à Yonville;
elle alla le soir au bal masqué. Elle mit un pantalon de
velours et des bas rouges, avec une perruque à catogan

et un lampion sur l'oreille. Elle sauta toute la nuit, au son furieux des trombones ; on faisait cercle autour d'elle ; et elle se trouva le matin sur le péristyle du théâtre parmi cinq ou six masques, débardeuses et matelots, des camarades de Léon, qui parlaient d'aller souper.

Les cafés d'alentour étaient pleins. Ils avisèrent sur le port un restaurant des plus médiocres, dont le maître leur ouvrit, au quatrième étage, une petite chambre.

Les hommes chuchotèrent dans un coin, sans doute se consultant sur la dépense. Il y avait un clerc, deux carabins et un commis : quelle société pour elle ! Quant aux femmes, Emma s'aperçut vite, au timbre de leurs voix, qu'elles devaient être, presque toutes, du dernier rang. Elle eut peur alors, recula sa chaise et baissa les yeux.

Les autres se mirent à manger. Elle ne mangea pas ; elle avait le front en feu, des picotements aux paupières et un froid de glace à la peau. Elle sentait dans sa tête le plancher du bal, rebondissant encore sous la pulsation rythmique des mille pieds qui dansaient. Puis, l'odeur de punch avec la fumée des cigares l'étourdit. Elle s'évanouissait ; on la porta devant la fenêtre.

Le jour commençait à se lever, et une grande tache de couleur pourpre s'élargissait dans le ciel pâle, du côté de Sainte-Catherine. La rivière livide frissonnait au vent ; il n'y avait personne sur les ponts ; les réverbères s'éteignaient.

Elle se ranima cependant, et vint à penser à Berthe, qui dormait là-bas, dans la chambre de sa bonne. Mais une charrette pleine de longs rubans de fer, passa en jetant contre le mur des maisons une vibration métallique assourdissante.

Elle s'esquiva brusquement, se débarrassa de son costume, dit à Léon qu'il lui fallait s'en retourner, et enfin resta seule à l'*hôtel de Boulogne*. Tout et elle-même lui étaient insupportables. Elle aurait voulu, s'échappant comme un oiseau, aller se rajeunir quelque part, bien loin, dans les espaces immaculés.

Elle sortit, elle traversa le boulevard, la place Cauchoise et le faubourg, jusqu'à une rue découverte qui dominait les jardins. Elle marchait vite, le grand air la calmait : et peu à peu les figures de la foule, les masques, les quadrilles, les lustres, le souper, ces femmes, tout

disparaissait comme des brumes emportées. Puis, revenue
à la *Croix Rouge,* elle se jeta sur son lit, dans la petite
chambre du second, où il y avait des images de la *Tour
de Nesle.* A quatre heures du soir, Hivert la réveilla.

En rentrant chez elle, Félicité lui montra derrière la
pendule un papier gris. Elle lut :

« En vertu de la grosse, en forme exécutoire d'un
jugement... »

Quel jugement ? La veille, en effet, on avait apporté un
autre papier qu'elle ne connaissait pas ; aussi fut-elle
stupéfaite de ces mots :

« Commandement, de par le roi, la loi et justice, à
madame Bovary... »

Alors, sautant plusieurs lignes, elle aperçut :

« Dans vingt-quatre heures pour tout délai. » — Quoi
donc ? « Payer la somme totale de huit mille francs. » Et
même, il y avait plus bas : « Elle y sera contrainte par
toute voie de droit, et notamment par la saisie exécutoire
de ses meubles et effets. »

Que faire ?... C'était dans vingt-quatre heures ; demain ! Lheureux, pensa-t-elle, voulait sans doute l'effrayer encore ; car elle devina du coup toutes ses manœuvres, le but de ses complaisances. Ce qui la rassurait,
c'était l'exagération même de la somme.

Cependant, à force d'acheter, de ne pas payer, d'emprunter, de souscrire des billets, puis de renouveler ces
billets, qui s'enflaient à chaque échéance nouvelle, elle
avait fini par préparer au sieur Lheureux un capital,
qu'il attendait impatiemment pour ses spéculations.

Elle se présenta chez lui d'un air dégagé.

« Vous savez ce qui m'arrive ? C'est une plaisanterie,
sans doute !

— Non.

— Comment cela ? »

Il se détourna lentement, et il lui dit en se croisant les
bras :

« Pensiez-vous, ma petite dame, que j'allais, jusqu'à
la consommation des siècles, être votre fournisseur et
banquier pour l'amour de Dieu ? Il faut bien que je
rentre dans mes déboursés, soyons justes ! »

Elle se récria sur la dette.

« Ah! tant pis! le tribunal l'a reconnue! Il y a jugement! On vous l'a signifié! D'ailleurs, ce n'est pas moi,
c'est Vinçart.

— Est-ce que vous ne pourriez...?

— Oh! rien du tout.

— Mais..., cependant..., raisonnons. »

Et elle battit la campagne; elle n'avait rien su... c'était
une surprise...

« A qui la faute? dit Lheureux en saluant ironiquement. Tandis que je suis, moi, à bûcher comme un
nègre, vous vous repassez du bon temps.

— Ah! pas de morale!

— Ça ne nuit jamais », répliqua-t-il.

Elle fut lâche, elle le supplia; et même elle appuya sa
jolie main blanche et longue sur les genoux du marchand.

« Laissez-moi donc! On dirait que vous voulez me
séduire!

— Vous êtes un misérable! s'écria-t-elle.

— Oh! oh! comme vous y allez! reprit-il en riant.

— Je ferai savoir qui vous êtes. Je dirai à mon mari...

— Eh bien! moi, je lui montrerai quelque chose à
votre mari! »

Et Lheureux tira de son coffre-fort un reçu de dix-huit
cents francs, qu'elle lui avait donné lors de l'escompte
Vinçart.

« Croyez-vous, ajouta-t-il, qu'il ne comprenne pas
votre petit vol, ce pauvre cher homme? »

Elle s'affaissa, plus assommée qu'elle n'eût été par un
coup de massue. Il se promenait depuis la fenêtre jusqu'au
bureau, tout en répétant :

« Ah! je lui montrerai bien... je lui montrerai bien... »

Ensuite il se rapprocha d'elle, et, d'une voix douce :

« Ce n'est pas amusant, je le sais; personne, après
tout, n'en est mort, et, puisque c'est le seul moyen qui
vous reste de me rendre mon argent...

— Mais où en trouverai-je? dit Emma en se tordant
les bras.

— Ah! bah! quand on a comme vous des amis! »

Et il la regardait d'une façon si perspicace et si terrible,
qu'elle en frissonna jusqu'aux entrailles.

« Je vous promets, dit-elle, je signerai...

— J'en ai assez, de vos signatures!

— Je vendrai encore...

— Allons donc! fit-il en haussant les épaules, vous n'avez plus rien. »

Et il cria dans le judas qui s'ouvrait sur la boutique : « Annette! n'oublie pas les trois coupons du n° 14. »

La servante parut; Emma comprit et demanda « ce qu'il faudrait d'argent pour arrêter toutes les poursuites. »

« Il est trop tard! »

— Mais si je vous apportais plusieurs mille francs, le quart de la somme, le tiers, presque tout?

— Eh! non, c'est inutile! »

Il la poussait doucement vers l'escalier.

« Je vous en conjure, monsieur Lheureux, quelques jours encore! »

Elle sanglotait.

« Allons, bon! des larmes!

— Vous me désespérez!

— Je m'en moque pas mal! » dit-il en refermant la porte.

VII

Elle fut stoïque, le lendemain, lorsque maître Hareng, l'huissier, avec deux témoins, se présenta chez elle pour faire le procès-verbal de la saisie.

Ils commencèrent par le cabinet de Bovary et n'inscrivirent point la tête phrénologique, qui fut considérée comme *instrument de sa profession;* mais ils comptèrent dans la cuisine, les plats, les marmites, les chaises, les flambeaux, et, dans sa chambre à coucher, toutes les babioles de l'étagère. Ils examinèrent ses robes, le linge, le cabinet de toilette; et son existence, jusque dans ses recoins les plus intimes, fut, comme un cadavre que l'on autopsie, étalée tout du long aux regards de ces trois hommes.

Maître Hareng, boutonné dans un mince habit noir, en cravate blanche, et portant des sous-pieds fort tendus, répétait de temps à autre :

« Vous permettez, madame? vous permettez? »

Souvent, il faisait des exclamations :

« Charmant!... fort joli! »

Puis il se remettait à écrire, trempant sa plume dans l'encrier de corne qu'il tenait de la main gauche.

Quand ils en eurent fini avec les appartements, ils montèrent au grenier.

Elle y gardait un pupitre où étaient enfermées les lettres de Rodolphe. Il fallut l'ouvrir.

« Ah! une correspondance! dit maître Hareng avec un sourire discret. Mais, permettez! car je dois m'assurer si la boîte ne contient pas autre chose. »

Et il inclina les papiers, légèrement, comme pour en faire tomber les napoléons. Alors l'indignation la prit, à voir cette grosse main, aux doigts rouges et mous comme des limaces, qui se posait sur ces pages où son cœur avait battu.

Ils partirent enfin! Félicité rentra. Elle l'avait envoyée aux aguets pour détourner Bovary; et elles installèrent vivement sous les toits le gardien de la saisie, qui jura de s'y tenir.

Charles, pendant la soirée, lui parut soucieux. Emma l'épiait d'un regard plein d'angoisse, croyant apercevoir dans les rides de son visage des accusations. Puis, quand ses yeux se reportaient sur la cheminée garnie d'écrans chinois, sur les larges rideaux, sur les fauteuils, sur toutes ces choses enfin qui avaient adouci l'amertume de sa vie, un remords la prenait, ou plutôt un regret immense et qui irritait la passion, loin de l'anéantir. Charles tisonnait avec placidité, les deux pieds sur les chenets.

Il y eut un moment où le gardien, sans doute s'ennuyant dans sa cachette, fit un peu de bruit.

« On marche là-haut? dit Charles.

— Non! reprit-elle, c'est une lucarne restée ouverte que le vent remue. »

Elle partit pour Rouen, le lendemain dimanche, afin d'aller chez tous les banquiers dont elle connaissait le nom. Ils étaient à la campagne ou en voyage. Elle ne se rebuta pas, et ceux qu'elle put rencontrer, elle leur demanda de l'argent, protestant qu'il lui en fallait, qu'elle le rendrait. Quelques-uns lui rirent au nez; tous refusèrent.

A deux heures, elle courut chez Léon, frappa contre sa porte. On n'ouvrit pas. Enfin il parut.

« Qui t'amène?

— Cela te dérange?

— Non..., mais... »

Et il avoua que le propriétaire n'aimait point que l'on reçût « des femmes ».

« J'ai à te parler », reprit-elle.

Alors il atteignit sa clef. Elle l'arrêta.

« Oh! non, là-bas, chez nous. »

Et ils allèrent dans leur chambre, à l'*hôtel de Boulogne*.
Elle but en arrivant un grand verre d'eau. Elle était
très pâle. Elle lui dit :

« Léon, tu vas me rendre un service. »

Et, le secouant par ses deux mains, qu'elle serrait
étroitement, elle ajouta :

« Écoute, j'ai besoin de huit mille francs!

— Mais tu es folle!

— Pas encore! »

Et, aussitôt, racontant l'histoire de la saisie, elle lui
exposa sa détresse; car Charles ignorait tout : sa belle-
mère la détestait, le père Rouault ne pouvait rien; mais
lui, Léon, il allait se mettre en course pour trouver cette
indispensable somme...

« Comment veux-tu?...

— Quel lâche tu fais! » s'écria-t-elle.

Alors il dit bêtement :

« Tu t'exagères le mal. Peut-être qu'avec un millier
d'écus ton bonhomme se calmerait. »

Raison de plus pour tenter quelque démarche; il n'était
pas possible que l'on ne découvrît point trois mille francs.
D'ailleurs, Léon pouvait s'engager à sa place.

« Va! essaye! il le faut! cours!... Oh! tâche! tâche!
je t'aimerai bien! »

Il sortit, revint au bout d'une heure, et dit avec une
figure solennelle :

« J'ai été chez trois personnes... inutilement! »

Puis ils restèrent assis l'un en face de l'autre, aux deux
coins de la cheminée, immobiles, sans parler. Emma
haussait les épaules tout en trépignant. Il l'entendait qui
murmurait :

« Si j'étais à ta place, moi, j'en trouverais bien!

— Où donc!

— A ton étude! »

Et elle le regarda.

Une hardiesse infernale s'échappait de ses prunelles
enflammées, et les paupières se rapprochaient d'une
façon lascive et encourageante; — si bien que le jeune
homme se sentit faiblir sous la muette volonté de cette
femme qui lui conseillait un crime. Alors il eut peur, et,

pour éviter tout éclaircissement, il se frappa le front en s'écriant :

« Morel doit revenir cette nuit! Il ne me refusera pas, j'espère (c'était un de ses amis, le fils d'un négociant fort riche), et je t'apporterai cela demain », ajouta-t-il.

Emma n'eut point l'air d'accueillir cet espoir avec autant de joie qu'il l'avait imaginé. Soupçonnait-elle le mensonge? Il reprit en rougissant :

« Pourtant, si tu ne me voyais pas à trois heures, ne m'attends plus, ma chérie. Il faut que je m'en aille, excuse-moi. Adieu! »

Il serra sa main, mais il la sentit tout inerte. Emma n'avait plus la force d'aucun sentiment.

Quatre heures sonnèrent; et elle se leva pour s'en retourner à Yonville, obéissant comme un automate à l'impulsion des habitudes.

Il faisait beau; c'était un de ces jours du mois de mars clairs et âpres, où le soleil reluit dans un ciel tout blanc. Des Rouennais endimanchés se promenaient d'un air heureux. Elle arriva sur la place du Parvis. On sortait des vêpres; la foule s'écoulait par les trois portails, comme un fleuve par les trois arches d'un pont, et, au milieu, plus immobile qu'un roc, se tenait le suisse.

Alors elle se rappela ce jour où, tout anxieuse et pleine d'espérance, elle était entrée sous cette grande nef qui s'étendait devant elle, moins profonde que son amour; et elle continua de marcher, en pleurant sous son voile, étourdie, chancelante, près de défaillir.

« Gare! » cria une voix sortant d'une porte cochère qui s'ouvrait.

Elle s'arrêta pour laisser passer un cheval noir, piaffant dans les brancards d'un tilbury que conduisait un gentleman en fourrure de zibeline. Qui était-ce donc? Elle le connaissait... La voiture s'élança et disparut.

Mais c'était lui, le Vicomte! Elle se détourna; la rue était déserte. Et elle fut si accablée, si triste, qu'elle s'appuya contre un mur pour ne pas tomber.

Puis elle pensa qu'elle s'était trompée. Au reste, elle n'en savait rien. Tout, en elle-même et au dehors, l'abandonnait. Elle se sentait perdue, roulant au hasard dans des abîmes indéfinissables; et ce fut presque avec joie qu'elle aperçut, en arrivant à la *Croix Rouge,* ce bon Homais qui regardait charger sur l'*Hirondelle* une grande boîte pleine de provisions pharmaceutiques; il tenait à sa main, dans un foulard, six *cheminots* pour son épouse.

Madame Homais aimait beaucoup ces petits pains lourds, en forme de turban, que l'on mange dans le carême avec du beurre salé : dernier échantillon des nourritures gothiques, qui remonte peut-être au siècle des croisades, et dont les robustes Normands s'emplissaient autrefois, croyant voir sur la table, à la lueur des torches jaunes, entre les brocs d'hypocras et les gigantesques charcuteries, des têtes de Sarrasins à dévorer. La femme de l'apothicaire les croquait comme eux, héroïquement, malgré sa détestable dentition; aussi, toutes les fois que M. Homais faisait un voyage à la ville, il ne manquait pas de lui en rapporter, qu'il prenait toujours chez le grand faiseur, rue Massacre.

« Charmé de vous voir! » dit-il en offrant la main à Emma pour l'aider à monter dans l'*Hirondelle.*

Puis il suspendit les *cheminots* aux lanières du filet, et resta nu-tête et les bras croisés, dans une attitude pensive et napoléonienne.

Mais, quand l'Aveugle, comme d'habitude, apparut au bas de la côte, il s'écria :

« Je ne comprends pas que l'autorité tolère encore de si coupables industries! On devrait enfermer ces malheureux, que l'on forcerait à quelque travail! Le Progrès, ma parole d'honneur, marche à pas de tortue! Nous pataugeons en pleine barbarie! »

L'Aveugle tendait son chapeau, qui ballottait au bord de la portière, comme une poche de la tapisserie déclouée.

« Voilà, dit le pharmacien, une affection scrofuleuse! »

Et, bien qu'il connût ce pauvre diable, il feignit de le voir pour la première fois, murmura les mots de *cornée, cornée opaque, sclérotique, facies,* puis lui demanda d'un ton paterne :

« Y a-t-il longtemps, mon ami, que tu as cette épouvantable infirmité? Au lieu de t'enivrer au cabaret, tu ferais mieux de suivre un régime. »

Il l'engageait à prendre de bon vin, de bonne bière,

de bons rôtis. L'Aveugle continuait sa chanson; il paraissait, d'ailleurs, presque idiot. Enfin, M. Homais ouvrit sa bourse.

« Tiens, voilà un sou, rends-moi deux liards : et n'oublie pas mes recommandations, tu t'en trouveras bien. »

Hivert se permit tout haut quelque doute sur leur efficacité. Mais l'apothicaire certifia qu'il le guérirait lui-même, avec une pommade antiphlogistique de sa composition, et il donna son adresse :

« M. Homais, près des halles, suffisamment connu.

— Eh bien! pour la peine, dit Hivert, tu vas nous montrer la comédie. »

L'Aveugle s'affaissa sur ses jarrets, et, la tête renversée, tout en roulant ses yeux verdâtres et tirant la langue, il se frottait l'estomac à deux mains, tandis qu'il poussait une sorte de hurlement sourd, comme un chien affamé. Emma, prise de dégoût, lui envoya, par-dessus l'épaule, une pièce de cinq francs. C'était toute sa fortune. Il lui semblait beau de la jeter ainsi.

La voiture était repartie, quand soudain M. Homais se pencha en dehors du vasistas et cria :

« Pas de farineux ni de laitage! Porter de la laine sur la peau et exposer les parties malades à la fumée de baies de genièvre! »

Le spectacle des objets connus qui défilaient devant ses yeux peu à peu détournait Emma de sa douleur présente. Une intolérable fatigue l'accablait, et elle arriva chez elle hébétée, découragée, presque endormie.

« Advienne que pourra! » se disait-elle.

Et puis, qui sait? pourquoi, d'un moment à l'autre, ne surgirait-il pas un événement extraordinaire? Lheureux même pouvait mourir.

Elle fut, à neuf heures du matin, réveillée par un bruit de voix sur la place. Il y avait un attroupement autour des halles pour lire une grande affiche collée contre un des poteaux, et elle vit Justin qui montait sur une borne et qui déchirait l'affiche. Mais, à ce moment, le garde champêtre lui posa la main sur le collet. M. Homais sortit de la pharmacie, et la mère Lefrançois, au milieu de la foule, avait l'air de pérorer.

« Madame, madame! s'écria Félicité en entrant, c'est une abomination! »

Et la pauvre fille, émue, lui tendit un papier jaune qu'elle venait d'arracher à la porte. Emma lut d'un clin d'œil que tout son mobilier était à vendre.

Alors elles se considérèrent silencieusement. Elles n'avaient, la servante et la maîtresse, aucun secret l'une pour l'autre. Enfin Félicité soupira :

« Si j'étais de vous, madame, j'irais chez M. Guillaumin.

— Tu crois ? »

Et, cette interrogation voulait dire :

« Toi qui connais la maison par le domestique, est-ce que le maître quelquefois aurait parlé de moi ?

— Oui, allez-y, vous ferez bien. »

Elle s'habilla, mit sa robe noire avec sa capote à grains de jais ; et, pour qu'on ne la vît pas (il y avait toujours beaucoup de monde sur la place), elle prit en dehors du village, par le sentier au bord de l'eau.

Elle arriva tout essoufflée devant la grille du notaire ; le ciel était sombre et un peu de neige tombait.

Au bruit de la sonnette, Théodore, en gilet rouge, parut sur le perron ; il vint lui ouvrir presque familièrement, comme à une connaissance, et l'introduisit dans la salle à manger.

Un large poêle de porcelaine bourdonnait sous un cactus qui emplissait la niche, et, dans les cadres de bois noir, contre la tenture de papier de chêne, il y avait la *Esméralda* de Steuben, avec la *Putiphar* de Schopin. La table servie, deux réchauds d'argent, le bouton des portes en cristal, le parquet et les meubles, tout reluisait d'une propreté méticuleuse, anglaise ; les carreaux étaient décorés, à chaque angle, par des verres de couleur.

« Voilà une salle à manger, pensait Emma, comme il m'en faudrait une ».

Le notaire entra, serrant du bras gauche contre son corps sa robe de chambre à palmes, tandis qu'il ôtait et remettait vite de l'autre main sa toque de velours marron, prétentieusement posée sur le côté droit, où retombaient les bouts de trois mèches blondes qui, prises à l'occiput, contournaient son crâne chauve.

Après qu'il eut offert un siège, il s'assit pour déjeuner, tout en s'excusant beaucoup de l'impolitesse.

« Monsieur, dit-elle, je vous prierais...

— De quoi, madame ? J'écoute. »

Elle se mit à lui exposer sa situation.

Maître Guillaumin la connaissait, étant lié secrètement avec le marchand d'étoffes, chez lequel il trouvait toujours des capitaux pour les prêts hypothécaires qu'on lui demandait à contracter.

Donc, il savait (et mieux qu'elle) la longue histoire de ces billets, minimes d'abord, portant comme endosseurs des noms divers, espacés à de longues échéances et renouvelés continuellement, jusqu'au jour où, ramassant tous les protêts, le marchand avait chargé son ami Vinçart de faire en son nom propre les poursuites qu'il fallait, ne voulant point passer pour un tigre parmi ses concitoyens.

Elle entremêla son récit de récriminations contre Lheureux, récriminations auxquelles le notaire répondait de temps à autre par une parole insignifiante. Mangeant sa côtelette et buvant son thé, il baissait le menton dans sa cravate bleu de ciel, piquée par deux épingles de diamant que rattachait une chaînette d'or, et il souriait d'un singulier sourire, d'une façon douceâtre et ambiguë. Mais, s'apercevant qu'elle avait les pieds humides :

« Approchez-vous donc du poêle... plus haut..., contre la porcelaine. »

Elle avait peur de la salir. Le notaire reprit d'un ton galant :

« Les belles choses ne gâtent rien. »

Alors elle tâcha de l'émouvoir, et, s'émotionnant elle-même, elle vint à lui conter l'étroitesse de son ménage, ses tiraillements, ses besoins. Il comprenait cela : une femme élégante ! et, sans s'interrompre de manger, il s'était tourné vers elle complètement, si bien qu'il frôlait du genou sa bottine, dont la semelle se recourbait tout en fumant sur le poêle.

Mais, lorsqu'elle lui demanda mille écus, il serra les lèvres, puis se déclara très peiné de n'avoir pas eu autrefois la direction de sa fortune, car il y avait cent moyens fort commodes, même pour une dame, de faire valoir son argent. On aurait pu, soit dans les tourbières de Grumesnil ou les terrains du Havre, hasarder presque à coup sûr d'excellentes spéculations ; et il la laissa se dévorer de rage à l'idée des sommes fantastiques qu'elle aurait certainement gagnées[1].

« D'où vient, reprit-il, que vous n'êtes pas venue chez moi ?

— Je ne sais trop, dit-elle.

— Pourquoi, hein ?... Je vous faisais donc bien peur ? C'est moi, au contraire, qui devrais me plaindre! A peine si nous nous connaissons! Je vous suis pourtant très dévoué; vous n'en doutez plus, j'espère? »

Il tendit sa main, prit la sienne, la couvrit d'un baiser vorace, puis la garda sur son genou; et il jouait avec ses doigts délicatement, tout en lui contant mille douceurs.

Sa voix fade susurrait, comme un ruisseau qui coule; une étincelle jaillissait de sa pupille à travers le miroitement de ses lunettes, et ses mains s'avançaient dans la manche d'Emma, pour lui palper le bras. Elle sentait contre sa joue le souffle d'une respiration haletante. Cet homme la gênait horriblement.

Elle se leva d'un bond et lui dit :

« Monsieur, j'attends!

— Quoi donc? fit le notaire, qui devint tout à coup extrêmement pâle.

— Cet argent.

— Mais... »

Puis, cédant à l'irruption d'un désir trop fort :

« Eh bien, oui!... »

Il se traînait à genoux vers elle, sans égard pour sa robe de chambre.

« De grâce, restez! je vous aime. »

Il la saisit par la taille.

Un flot de pourpre monta vite au visage de madame Bovary. Elle se recula d'un air terrible, en s'écriant :

« Vous profitez impudemment de ma détresse, monsieur! Je suis à plaindre, mais pas à vendre! »

Et elle sortit.

Le notaire resta fort stupéfait, les yeux fixés sur ses belles pantoufles en tapisserie. C'était un présent de l'amour. Cette vue à la fin le consola. D'ailleurs, il songeait qu'une aventure pareille l'aurait entraîné trop loin.

« Quel misérable! quel goujat!... quelle infamie! » se disait-elle, en fuyant d'un pied nerveux sous les trembles de la route. Le désappointement de l'insuccès renforçait l'indignation de sa pudeur outragée; il lui semblait que la Providence s'acharnait à la poursuivre, et, s'en rehaussant d'orgueil, jamais elle n'avait eu tant d'estime pour elle-même ni tant de mépris pour les autres. Quelque chose de belliqueux la transportait. Elle aurait voulu battre les hommes, leur cracher au visage, les broyer tous; et elle continuait à marcher rapidement devant elle, pâle, frémissante, enragée, furetant d'un œil en pleurs l'horizon vide, et comme se délectant à la haine qui l'étouffait.

Quand elle aperçut sa maison, un engourdissement la saisit. Elle ne pouvait plus avancer; il le fallait, cependant; d'ailleurs, où fuir?

Félicité l'attendait sur la porte.

« Eh bien?

— Non! » dit Emma.

Et, pendant un quart d'heure, toutes les deux, elles avisèrent les différentes personnes d'Yonville disposées peut-être à la secourir. Mais, chaque fois que Félicité nommait quelqu'un, Emma répliquait :

« Est-ce possible! Ils ne voudront pas!

— Et monsieur qui va rentrer!

— Je le sais bien... Laisse-moi seule. »

Elle avait tout tenté. Il n'y avait plus rien à faire maintenant; et, quand Charles paraîtrait, elle allait donc lui dire :

« Retire-toi. Ce tapis où tu marches n'est plus à nous. De ta maison, tu n'as pas un meuble, une épingle, une paille, et c'est moi qui t'ai ruiné, pauvre homme! »

Alors ce serait un grand sanglot, puis il pleurerait abondamment, et enfin, la surprise passée, il pardonnerait.

« Oui, murmurait-elle en grinçant des dents, il me pardonnera, lui qui n'aurait pas assez d'un million à m'offrir pour que je l'excuse de m'avoir connue... Jamais! jamais! »

Cette idée de la supériorité de Bovary sur elle l'exaspérait. Puis, qu'elle avouât ou n'avouât pas, tout à l'heure, tantôt, demain, il n'en saurait pas moins la catastrophe; donc il fallait attendre cette horrible scène et subir le poids de sa magnanimité. L'envie lui vint de retourner chez Lheureux : à quoi bon? d'écrire à son père; il était trop tard; et peut-être qu'elle

se repentait maintenant de n'avoir pas cédé à l'autre,
lorsqu'elle entendit le trot d'un cheval dans l'allée.
C'était lui, il ouvrait la barrière, il était plus blême que
le mur de plâtre. Bondissant dans l'escalier, elle
s'échappa vivement par la place; et la femme du maire,
qui causait devant l'église avec Lestiboudois, la vit
entrer chez le percepteur.

Elle courut le dire à Madame Caron. Ces deux dames
montèrent dans le grenier, et, cachées par du linge
étendu sur des perches, se postèrent commodément
pour apercevoir tout l'intérieur de Binet.

Il était seul, dans sa mansarde, en train d'imiter,
avec du bois, une de ces ivoireries indescriptibles,
composées de croissants, de sphères creusées les unes
dans les autres, le tout droit comme un obélisque et
ne servant à rien; et il entamait la dernière pièce, il
touchait au but! Dans le clair-obscur de l'atelier, la
poussière blonde s'envolait de son outil, comme une
aigrette d'étincelles sous les fers d'un cheval au galop :
les deux roues tournaient, ronflaient; Binet souriait,
le menton baissé, les narines ouvertes, et semblait enfin
perdu dans un de ces bonheurs complets, n'appartenant sans doute qu'aux occupations médiocres, qui
amusent l'intelligence par des difficultés faciles, et
l'assouvissent en une réalisation au delà de laquelle
il n'y a pas à rêver.

« Ah! la voici! » fit madame Tuvache.

Mais il n'était guère possible, à cause du tour, d'entendre ce qu'elle disait.

Enfin, ces dames crurent distinguer le mot *francs,*
et la mère Tuvache souffla tout bas :

« Elle le prie, pour obtenir un retard à ses contributions.

— D'apparence! » reprit l'autre.

Elles la virent qui marchait de long en large, examinant contre les murs les ronds de serviette, les chandeliers, les pommes de rampe, tandis que Binet se caressait
la barbe avec satisfaction.

« Viendrait-elle lui commander quelque chose? »
dit madame Tuvache.

— Mais il ne vend rien! » objecta sa voisine.

Le percepteur avait l'air d'écouter, tout en écarquillant les yeux, comme s'il ne comprenait pas. Elle

continuait d'une manière tendre, suppliante. Elle se rapprocha; son sein haletait; ils ne parlaient plus.

« Est-ce qu'elle lui fait des avances? » dit madame Tuvache.

Binet était rouge jusqu'aux oreilles. Elle lui prit les mains.

« Ah! c'est trop fort! »

Et sans doute qu'elle lui proposait une abomination; car le percepteur, — il était brave, pourtant, il avait combattu à Bautzen et à Lutzen, fait la campagne de France, et même été *porté pour la croix,* — tout à coup, comme à la vue d'un serpent, se recula bien loin en s'écriant :

« Madame! y pensez-vous!...

— On devrait fouetter ces femmes-là! dit madame Tuvache.

— Où est-elle donc? » reprit madame Caron.

Car elle avait disparu durant ces mots; puis, l'apercevant qui enfilait la Grande-Rue, et tournait à droite comme pour gagner le cimetière, elles se perdirent en conjectures.

« Mère Rolet, dit-elle en arrivant chez la nourrice, j'étouffe! délacez-moi. »

Elle tomba sur le lit; elle sanglotait. La mère Rolet la couvrit d'un jupon et resta debout près d'elle. Puis, comme elle ne répondait pas, la bonne femme s'éloigna, prit son rouet et se mit à filer du lin.

« Oh! finissez! murmura-t-elle, croyant entendre le tour de Binet.

— Qui la gêne? se demandait la nourrice. Pourquoi vient-elle ici? »

Elle y était accourue, poussée par une sorte d'épouvante qui la chassait de sa maison.

Couchée sur le dos, immobile, et les yeux fixes elle discernait vaguement les objets, bien qu'elle y appliquât son attention avec une persistance idiote. Elle contemplait les écaillures de la muraille, deux tisons fumant bout à bout, et une longue araignée qui marchait au-dessus de sa tête dans la fente de la poutrelle. Enfin, elle rassembla ses idées. Elle se souvenait... Un jour, avec Léon... Oh! comme c'était loin.... Le soleil brillait sur la rivière et les clématites embaumaient... Alors,

emportée dans ses souvenirs, comme dans un torrent
qui bouillonne, elle arriva bientôt à se rappeler la
journée de la veille.

« Quelle heure est-il ? » demanda-t-elle.

La mère Rolet sortit, leva les doigts de sa main
droite du côté que le ciel était le plus clair et rentra
lentement en disant :

« Trois heures, bientôt.

— Ah ! merci ! merci ! »

Car il allait venir. C'était sûr ! Il aurait trouvé de
l'argent. Mais il riait peut-être là-bas, sans se douter
qu'elle fût là ; et elle commanda à la nourrice de courir
chez elle pour l'amener.

« Dépêchez-vous !

— Mais, ma chère dame, j'y vais ! j'y vais ! »

Elle s'étonnait, à présent, de n'avoir pas songé à
lui tout d'abord ; hier, il avait donné sa parole, il n'y
manquerait pas ; et elle se voyait déjà chez Lheureux,
étalant sur son bureau les trois billets de banque. Puis
il faudrait inventer une histoire qui expliquât les choses
à Bovary. Laquelle ?

Cependant la nourrice était bien longue à revenir.
Mais, comme il n'y avait point d'horloge dans la chaumière, Emma craignait de s'exagérer peut-être la longueur du temps. Elle se mit à faire des tours de promenade dans le jardin, pas à pas ; elle alla dans le sentier
le long de la haie, et s'en retourna vivement, espérant
que la bonne femme serait rentrée par une autre route.
Enfin, lasse d'attendre, assaillie de soupçons qu'elle
repoussait, ne sachant plus si elle était là depuis un siècle
ou une minute, elle s'assit dans un coin et ferma
les yeux, se boucha les oreilles. La barrière grinça :
elle fit un bond ; avant qu'elle eût parlé, la mère Rolet
lui avait dit :

« Il n'y a personne chez vous !

— Comment ?

— Oh ! personne ! Et monsieur pleure. Il vous appelle.
On vous cherche. »

Emma ne répondit rien. Elle haletait, tout en roulant les yeux autour d'elle, tandis que la paysanne,
effrayée de son visage, se reculait instinctivement, la
croyant folle. Tout à coup elle se frappa le front, poussa
un cri, car le souvenir de Rodolphe, comme un grand

éclair dans une nuit sombre, lui avait passé dans l'âme.
Il était si bon, si délicat, si généreux. Et, d'ailleurs,
s'il hésitait à lui rendre ce service, elle saurait bien l'y
contraindre en rappelant d'un seul clin d'œil leur amour
perdu. Elle partit donc vers la Huchette, sans s'apercevoir qu'elle courait s'offrir à ce qui l'avait tantôt
si fort exaspérée, ni se douter le moins du monde de
cette prostitution.

VIII

ELLE se demandait tout en marchant : « Que vais-je
dire ? Par où commencerai-je ? » Et, à mesure
qu'elle avançait, elle reconnaissait les buissons, les
arbres, les jōncs marins sur la colline, le château là-bas.
Elle se retrouvait dans les sensations de sa première
tendresse, et son pauvre cœur comprimé s'y dilatait
amoureusement. Un vent tiède lui soufflait au visage;
la neige, se fondant, tombait goutte à goutte des bourgeons sur l'herbe.

Elle entra, comme autrefois, par la petite porte du
parc, puis arriva à la cour d'honneur que bordait un
double rang de tilleuls touffus. Ils balançaient, en sifflant, leurs longues branches. Les chiens au chenil
aboyèrent tous, et l'éclat de leurs voix retentissait
sans qu'il parût personne.

Elle monta le large escalier droit, à balustrades de
bois, qui conduisait au corridor pavé de dalles pou-
dreuses où s'ouvraient plusieurs chambres à la file,
comme dans les monastères ou les auberges. La sienne
était au bout, tout au fond, à gauche. Quand elle vint
à poser les doigts sur la serrure, ses forces subitement
l'abandonnèrent. Elle avait peur qu'il ne fût pas là,
le souhaitait presque, et c'était pourtant son seul espoir,
la dernière chance du salut. Elle se recueillit une minute,
et, retrempant son courage au sentiment de la nécessité
présente, elle entra.

Il était devant le feu, les deux pieds sur le chambranle, en train de fumer une pipe.

« Tiens ! c'est vous ! dit-il en se levant brusquement.

— Oui, c'est moi !... Je voudrais, Rodolphe, vous
demander un conseil. »

Et, malgré tous ses efforts, il lui était impossible de desserrer la bouche.

« Vous n'avez pas changé, vous êtes toujours charmante!

— Oh! reprit-elle amèrement, ce sont de tristes charmes, mon ami, puisque vous les avez dédaignés. »

Alors il entama une explication de sa conduite, s'excusant en termes vagues, faute de pouvoir inventer mieux.

Elle se laissa prendre à ses paroles, plus encore à sa voix et par le spectacle de sa personne; si bien qu'elle fit semblant de croire, ou crut-elle peut-être, au prétexte de leur rupture; c'était un secret d'où dépendaient l'honneur et même la vie d'une troisième personne.

« N'importe! fit-elle en le regardant tristement, j'ai bien souffert. »

Il répondit d'un ton philosophique :

« L'existence est ainsi!

— A-t-elle du moins, reprit Emma, été bonne pour vous depuis notre séparation?

— Oh! ni bonne... ni mauvaise.

— Il aurait peut-être mieux valu ne jamais nous quitter.

— Oui..., peut-être!

— Tu crois? » dit-elle en se rapprochant.

Et elle soupira :

« O Rodolphe! si tu savais!... je t'ai bien aimé! »

Ce fut alors qu'elle prit sa main, et ils restèrent quelque temps les doigts entrelacés, — comme le premier jour, aux Comices! Par un geste d'orgueil, il se débattait sous l'attendrissement. Mais, s'affaissant contre sa poitrine, elle lui dit :

« Comment voulais-tu que je vécusse sans toi? On ne peut pas se déshabituer du bonheur! J'étais désespérée! J'ai cru mourir! Je te raconterai tout cela, tu verras. Et toi, tu m'as fuie!... »

Car, depuis trois ans, il l'avait soigneusement évitée, par suite de cette lâcheté naturelle qui caractérise le sexe fort; et Emma continuait avec des gestes mignons de tête, plus câline qu'une chatte amoureuse :

« Tu en aimes d'autres, avoue-le. Oh! je les comprends, va! je les excuse; tu les auras séduites, comme tu m'avais séduite. Tu es un homme, toi, tu as tout ce qu'il faut pour te faire chérir. Mais nous recommencerons, n'est-ce pas? Nous nous aimerons! Tiens, je ris, je suis heureuse!... parle donc! »

Et elle était ravissante à voir, avec son regard où tremblait une larme, comme l'eau d'un orage dans un calice bleu.

Il l'attira sur ses genoux, et il caressait du revers de la main ses bandeaux lisses, où, dans la clarté du crépuscule, miroitait comme une flèche d'or un dernier rayon de soleil. Elle penchait le front; il finit par la baiser sur les paupières, tout doucement, du bout de ses lèvres[1].

« Mais tu as pleuré! dit-il. Pourquoi? »

Elle éclata en sanglots. Rodolphe crut que c'était l'explosion de son amour; comme elle se taisait, il prit ce silence pour une dernière pudeur, et alors, il s'écria :

« Ah! pardonne-moi! tu es la seule qui me plaise. J'ai été imbécile et méchant! Je t'aime, je t'aimerai toujours! Qu'as-tu? dis-le donc! »

Il s'agenouillait.

« Eh bien!... je suis ruinée, Rodolphe! Tu vas me prêter trois mille francs!

— Mais... mais..., dit-il en se relevant peu à peu, tandis que sa physionomie prenait une expression grave.

— Tu sais, continuait-elle vite, que mon mari avait placé toute sa fortune chez un notaire; il s'est enfui. Nous avons emprunté; les clients ne payaient pas. Du reste, la liquidation n'est pas finie; nous en aurons plus tard. Mais, aujourd'hui, faute de trois mille francs, on va nous saisir; c'est à présent, à l'instant même; et, comptant sur ton amitié, je suis venue.

— Ah! pensa Rodolphe, qui devint très pâle tout à coup, c'est pour cela qu'elle est venue! »

Enfin il dit d'un air très calme :

« Je ne les ai pas, chère madame. »

Il ne mentait point. Il les eût eus qu'il les aurait donnés, sans doute, bien qu'il soit généralement désagréable de faire de si belles actions : une demande pécuniaire, de toutes les bourrasques qui tombent sur l'amour, étant la plus froide et la plus déracinante.

Elle resta d'abord quelques minutes à le regarder.

« Tu ne les as pas! »

Elle répéta plusieurs fois :

« Tu ne les as pas!... J'aurais dû m'épargner cette
dernière honte. Tu ne m'as jamais aimée! tu ne vaux
pas mieux que les autres! »

Elle se trahissait, elle se perdait.

Rodolphe l'interrompit, affirmant qu'il se trouvait
« gêné » lui-même.

« Ah! je te plains! dit Emma. Oui, considérablement!... »

Et, arrêtant ses yeux sur une carabine damasquinée
qui brillait dans la panoplie :

« Mais, lorsqu'on est si pauvre, on ne met pas
d'argent à la crosse de son fusil! On n'achète pas une
pendule avec des incrustations d'écaille! continuait-
elle en montrant l'horloge de Boulle; ni des sifflets
de vermeil pour ses fouets — elle les touchait! — ni
des breloques pour sa montre! Oh! rien ne lui manque!
jusqu'à un porte-liqueurs dans sa chambre; car tu
t'aimes, tu vis bien, tu as un château, des fermes, des
bois; tu chasses à courre, tu voyages à Paris... Eh!
quand ce ne serait que cela, s'écria-t-elle en prenant
sur la cheminée ses boutons de manchettes, que la
moindre de ces niaiseries! on en peut faire de l'argent!...
Oh! je n'en veux pas! garde-les. »

Et elle lança bien loin les deux boutons, dont la
chaîne d'or se rompit en cognant contre la muraille.

« Mais, moi, je t'aurais tout donné, j'aurais tout
vendu, j'aurais travaillé de mes mains, j'aurais mendié
sur les routes, pour un sourire, pour un regard, pour
t'entendre dire : « Merci! » Et tu restes là tranquillement dans ton fauteuil, comme si déjà tu ne m'avais
pas fait assez souffrir? Sans toi, sais-tu bien, j'aurais pu
vivre heureuse! Qui t'y forçait? Était-ce une gageure?
Tu m'aimais cependant, tu le disais... Et tout à l'heure
encore... Ah! il eût mieux valu me chasser! J'ai les
mains chaudes de tes baisers, et voilà la place, sur le
tapis, où tu jurais à mes genoux une éternité d'amour.
Tu m'y as fait croire : tu m'as, pendant deux ans,
traînée dans le rêve le plus magnifique et le plus suave!...
Hein? nos projets de voyage, tu te rappelles? Oh!
ta lettre, ta lettre! elle m'a déchiré le cœur! Et puis,
quand je reviens vers lui, vers lui, qui est riche, heu-

reux, libre! pour implorer un secours que le premier
venu rendrait, suppliante et lui rapportant toute ma
tendresse, il me repousse, parce que ça lui coûterait
trois mille francs!

— Je ne les ai pas! » répondit Rodolphe avec ce calme
parfait dont se recouvrent, comme d'un bouclier, les
colères résignées.

Elle sortit. Les murs tremblaient, le plafond l'écrasait; et elle repassa par la longue allée, en trébuchant
contre les tas de feuilles mortes que le vent dispersait.
Enfin elle arriva au saut-de-loup devant la grille; elle
se cassa les ongles contre la serrure, tant elle se dépê-
chait pour l'ouvrir. Puis, cent pas plus loin, essoufflée,
près de tomber, elle s'arrêta. Et alors, se détournant,
elle aperçut encore une fois l'impassible château, avec
le parc, les jardins, les trois cours, et toutes les fenêtres
de la façade.

Elle resta perdue de stupeur, et n'ayant plus
conscience d'elle-même que par le battement de ses
artères, qu'elle croyait entendre s'échapper comme une
assourdissante musique qui emplissait la campagne.
Le sol, sous ses pieds, était plus mou qu'une onde et les
sillons lui parurent d'immenses vagues brunes, qui
déferlaient. Tout ce qu'il y avait dans sa tête de réminiscences, d'idées, s'échappait à la fois, d'un seul bond,
comme les mille pièces d'un feu d'artifice. Elle vit
son père, le cabinet de Lheureux, leur chambre là-bas,
un autre paysage. La folie la prenait, elle eut peur, et
parvint à se ressaisir, d'une manière confuse, il est
vrai; car elle ne se rappelait point la cause de son horrible état, c'est-à-dire la question d'argent. Elle ne
souffrait que de son amour, et sentait son âme l'abandonner par ce souvenir, comme les blessés, en agonisant, sentent l'existence qui s'en va par leur plaie qui
saigne.

La nuit tombait, des corneilles volaient.

Il lui sembla tout à coup que des globules couleur
de feu éclataient dans l'air comme des balles fulmi-
nantes en s'aplatissant, et tournaient, tournaient, pour
aller se fondre dans la neige, entre les branches des
arbres. Au milieu de chacun d'eux, la figure de Rodolphe
apparaissait. Ils se multiplièrent, et ils se rapprochaient,
la pénétraient; tout disparut. Elle reconnut les lumières

des maisons, qui rayonnaient de loin dans le brouillard.

Alors sa situation, telle qu'un abîme, se représenta. Elle haletait à se rompre la poitrine. Puis, dans un transport d'héroïsme qui la rendait presque joyeuse, elle descendit la côte en courant, traversa la planche aux vaches, le sentier, l'allée, les halles, et arriva devant la boutique du pharmacien.

Il n'y avait personne. Elle allait entrer; mais, au bruit de la sonnette, on pouvait venir; et, se glissant par la barrière, retenant son haleine, tâtant les murs, elle s'avança jusqu'au seuil de la cuisine, où brûlait une chandelle posée sur le fourneau. Justin, en manches de chemise, emportait un plat.

« Ah! ils dînent. Attendons. »

Il revint. Elle frappa contre la vitre. Il sortit.

« La clef! celle d'en haut, où sont les...

— Comment! »

Et il la regardait, tout étonné par la pâleur de son visage, qui tranchait en blanc sur le fond noir de la nuit. Elle lui apparut extraordinairement belle, et majestueuse comme un fantôme; sans comprendre ce qu'elle voulait, il pressentait quelque chose de terrible.

Mais elle reprit vivement, à voix basse, d'une voix douce, dissolvante :

« Je la veux! Donne-la moi. »

Comme la cloison était mince, on entendait le cliquetis des fourchettes sur les assiettes dans la salle à manger.

Elle prétendait avoir besoin de tuer les rats qui l'empêchaient de dormir.

« Il faudrait que j'avertisse monsieur.

— Non! reste! »

Puis, d'un air indifférent :

« Eh! ce n'est pas la peine, je lui dirai tantôt. Allons, éclaire-moi! »

Elle entra dans le corridor où s'ouvrait la porte du laboratoire. Il y avait contre la muraille une clef étiquetée Capharnaüm.

« Justin! cria l'apothicaire, qui s'impatientait.

— Montons! »

Et il la suivit.

La clef tourna dans la serrure, et elle alla droit vers la troisième tablette, tant son souvenir la guidait bien, saisit le bocal bleu, en arracha le bouchon, y fourra sa main et, la retirant pleine d'une poudre blanche, elle se mit à manger à même.

« Arrêtez! s'écria-t-il en se jetant sur elle.

— Tais-toi! on viendrait... »

Il se désespérait, voulait appeler.

« N'en dis rien, tout retomberait sur ton maître! »

Puis elle s'en retourna subitement apaisée, et presque dans la sérénité d'un devoir accompli.

Quand Charles, bouleversé par la nouvelle de la saisie, était rentré à la maison, Emma venait d'en sortir. Il cria, pleura, s'évanouit, mais elle ne revint pas. Où pouvait-elle être? Il envoya Félicité chez Homais, chez Tuvache, chez Lheureux, au *Lion d'or*, partout; et, dans les intermittences de son angoisse, il voyait sa considération anéantie, leur fortune perdue, l'avenir de Berthe brisé! Par quelle cause!... pas un mot! Il attendit jusqu'à six heures du soir. Enfin, n'y pouvant plus tenir, et imaginant qu'elle était partie pour Rouen, il alla sur la grande route, fit une demi-lieue, ne rencontra personne, attendit encore et s'en revint.

Elle était rentrée.

« Qu'y avait-il?... Pourquoi?... Explique-moi?... »

Elle s'assit à son secrétaire et écrivit une lettre qu'elle cacheta lentement, ajoutant la date du jour et l'heure. Puis elle dit d'un ton solennel :

« Tu la liras demain; d'ici là, je t'en prie ne m'adresse pas une seule question!... Non, pas une!

— Mais...

— Oh! laisse-moi! »

Et elle se coucha tout du long sur son lit.

Une saveur âcre qu'elle sentait dans sa bouche la réveilla. Elle entrevit Charles et referma les yeux.

Elle s'épiait curieusement pour discerner si elle ne souffrait pas. Mais non! rien encore. Elle entendait le battement de la pendule, le bruit du feu, et Charles, debout près de sa couche, qui respirait.

« Ah! c'est bien peu de chose, la mort! pensait-elle : je vais dormir, et tout sera fini! »

Elle but une gorgée d'eau et se tourna vers la muraille. Cet affreux goût d'encre continuait.

« J'ai soif!... oh! j'ai bien soif! soupira-t-elle.

— Qu'as-tu donc? dit Charles, qui lui tendait un verre.

— Ce n'est rien!... Ouvre la fenêtre... j'étouffe! »

Et elle fut prise d'une nausée si soudaine, qu'elle eut à peine le temps de saisir son mouchoir sous l'oreiller.

« Enlève-le! dit-elle vivement; jette-le! »

Il la questionna; elle ne répondit pas. Elle se tenait immobile, de peur que la moindre émotion ne la fît vomir. Cependant, elle sentait un froid de glace qui lui montait des pieds jusqu'au cœur.

« Ah! voilà que ça commence! murmura-t-elle.

— Que dis-tu? »

Elle roulait sa tête avec un geste doux, plein d'angoisse, et tout en ouvrant continuellement les mâchoires, comme si elle eût porté sur sa langue quelque chose de très lourd. A huit heures, les vomissements reparurent.

Charles observa qu'il y avait au fond de la cuvette une sorte de gravier blanc, attaché aux parois de la porcelaine.

« C'est extraordinaire! c'est singulier! » répéta-t-il.

Mais elle dit d'une voix forte :

« Non, tu te trompes! »

Alors, délicatement et presque en la caressant, il lui passa la main sur l'estomac. Elle jeta un cri aigu. Il se recula tout effrayé.

Puis elle se mit à geindre, faiblement d'abord. Un grand frisson lui secouait les épaules, et elle devenait plus pâle que le drap où s'enfonçaient ses doigts crispés. Son pouls, inégal, était presque insensible maintenant.

Des gouttes suintaient sur sa figure bleuâtre, qui semblait comme figée dans l'exhalaison d'une vapeur métallique. Ses dents claquaient, ses yeux agrandis regardaient vaguement autour d'elle, et à toutes les questions elle ne répondait qu'en hochant la tête; même elle sourit deux ou trois fois. Peu à peu ses gémissements furent plus forts. Un hurlement sourd lui échappa; elle prétendit qu'elle allait mieux et qu'elle se lèverait tout à l'heure. Mais les convulsions la saisirent; elle s'écria :

« Ah! c'est atroce, mon Dieu! »

Il se jeta à genoux contre son lit.

« Parle! qu'as-tu mangé? Réponds, au nom du ciel! »

Et il la regardait avec des yeux d'une tendresse comme elle n'en avait jamais vu.

« Eh bien, là..., là! », dit-elle d'une voix défaillante.

Il bondit au secrétaire, brisa le cachet et lut tout haut : *Qu'on n'accuse personne...* Il s'arrêta, se passa la main sur les yeux, et relut encore.

« Comment! Au secours! A moi! »

Et il ne pouvait que répéter ce mot : « Empoisonnée! empoisonnée! » Félicité courut chez Homais, qui l'exclama sur la place; madame Lefrançois l'entendit au *Lion d'or;* quelques-uns se levèrent pour l'apprendre à leurs voisins, et toute la nuit le village fut en éveil.

Éperdu, balbutiant, près de tomber, Charles tournait dans la chambre. Il se heurtait aux meubles, s'arrachait les cheveux, et jamais le pharmacien n'avait cru qu'il pût y avoir de si épouvantable spectacle.

Il revint chez lui pour écrire à M. Canivet et au docteur Larivière. Il perdait la tête; il fit plus de quinze brouillons. Hippolyte partit à Neufchâtel, et Justin talonna si fort le cheval de Bovary, qu'il le laissa dans la côte du Bois-Guillaume, fourbu et aux trois quarts crevé.

Charles voulut feuilleter son dictionnaire de médecine; il n'y voyait pas, les lignes dansaient.

« Du calme! dit l'apothicaire. Il s'agit seulement d'administrer quelque puissant antidote. Quel est le poison? »

Charles montra la lettre. C'était de l'arsenic.

« Eh bien! reprit Homais, il faudrait en faire l'analyse. »

Car il savait qu'il faut, dans tous les empoisonnements, faire une analyse; et l'autre, qui ne comprenait pas, répondit :

« Ah! faites! faites! sauvez-la... »

Puis, revenu près d'elle, il s'affaissa par terre sur le tapis, et il restait la tête appuyée contre le bord de sa couche à sangloter.

« Ne pleure pas! lui dit-elle. Bientôt je ne te tourmenterai plus!

— Pourquoi? Qui t'a forcée? »

Elle répliqua :

« Il le fallait, mon ami.

— N'étais-tu pas heureuse? Est-ce ma faute? J'ai fait tout ce que j'ai pu, pourtant! »

— Oui..., c'est vrai..., tu es bon, toi! »

Et elle lui passait la main dans les cheveux, lentement. La douceur de cette sensation surchargeait sa
tristesse; il sentait tout son être s'écrouler de désespoir
à l'idée qu'il fallait la · perdre, quand, au contraire,
elle avouait pour lui plus d'amour que jamais; et il
ne trouvait rien; il ne savait pas, il n'osait, l'urgence
d'une résolution immédiate achevant de le bouleverser.

Elle en avait fini, songeait-elle, avec toutes les
trahisons, les bassesses et les innombrables convoitises
qui la torturaient. Elle ne haïssait personne, maintenant; une confusion de crépuscule s'abattait en sa
pensée, et de tous les bruits de la terre Emma n'entendait plus que l'intermittente lamentation de ce pauvre
cœur, douce et indistincte, comme le dernier écho
d'une symphonie qui s'éloigne.

« Amenez-moi la petite, dit-elle en se soulevant
du coude.

— Tu n'es pas plus mal, n'est-ce pas? demanda
Charles.

— Non! non! »

L'enfant arriva sur le bras de sa bonne, dans sa
longue chemise de nuit, d'où sortaient ses pieds nus,
sérieuse et presque rêvant encore. Elle considérait
avec étonnement la chambre tout en désordre, et clignait des yeux, éblouie par les flambeaux qui brûlaient
sur les meubles. Ils lui rappelaient sans doute les matins
du jour de l'an ou de la mi-carême, quand, ainsi réveillée
de bonne heure à la clarté des bougies, elle venait
dans le lit de sa mère pour y recevoir ses étrennes, car
elle se mit à dire :

« Où est-ce donc, maman? »

Et, comme tout le monde se taisait :

« Mais je ne vois pas mon petit soulier! »

Félicité la penchait vers le lit, tandis qu'elle regardait toujours du côté de la cheminée.

« Est-ce nourrice qui l'aurait pris? » demanda-t-elle.

Et, à ce nom, qui la reportait dans le souvenir de ses
adultères et de ses calamités, madame Bovary détourna
sa tête, comme au dégoût d'un autre poison plus fort
qui lui remontait à la bouche. Berthe, cependant,
restait posée sur le lit.

« Oh! comme tu as de grands yeux, maman! comme tu es pâle! comme tu sues!... »

Sa mère la regardait.

« J'ai peur! » dit la petite en se reculant.

Emma prit sa main pour la baiser; elle se débattait.

« Assez! qu'on l'emmène! » s'écria Charles, qui sanglotait dans l'alcôve.

Puis les symptômes s'arrêtèrent un moment; elle paraissait moins agitée; et, à chaque parole insignifiante, à chaque souffle de sa poitrine un peu plus calme, il reprenait espoir. Enfin, lorsque Canivet entra, il se jeta dans ses bras en pleurant.

« Ah! c'est vous! merci! vous êtes bon! Mais tout va mieux. Tenez, regardez-la... »

Le confrère ne fut nullement de cette opinion, et, n'y allant pas, comme il le disait lui-même, *par quatre chemins,* il prescrivit de l'émétique, afin de dégager complètement l'estomac.

Elle ne tarda pas à vomir du sang. Ses lèvres se serrèrent davantage. Elle avait les membres crispés, le corps couvert de taches brunes, et son pouls glissait sous les doigts comme un fils tendu, comme une corde de harpe près de se rompre.

Puis elle se mettait à crier, horriblement. Elle maudissait le poison, l'invectivait, le suppliait de se hâter, et repoussait de ses bras raidis tout ce que Charles, plus agonisant qu'elle, s'efforçait de lui faire boire. Il était debout, son mouchoir sur les lèvres, râlant, pleurant, suffoqué par des sanglots qui le secouaient jusqu'aux talons; Félicité courait çà et là dans la chambre; Homais, immobile, poussait de gros soupirs, et M. Canivet, gardant toujours son aplomb, commençait néanmoins à se sentir troublé.

« Diable!... cependant... elle est purgée, et, du moment que la cause cesse...

— L'effet doit cesser, dit Homais; c'est évident.

— Mais sauvez-la! » exclamait Bovary.

Aussi, sans écouter le pharmacien qui hasardait encore cette hypothèse : « C'est peut-être un paroxysme salutaire », Canivet allait administrer de la thériaque, lorsqu'on entendit le claquement d'un fouet; toutes les vitres frémirent, et une berline de poste, qu'enlevaient à plein poitrail trois chevaux crottés jusqu'aux oreilles, débusqua d'un bond au coin des halles. C'était le doĉteur Larivière.

L'apparition d'un dieu n'eût pas causé plus d'émoi. Bovary leva les mains, Canivet s'arrêta court et Homais retira son bonnet grec bien avant que le doĉteur fût entré.

Il appartenait à la grande école chirurgicale sortie du tablier de Bichat, à cette génération, maintenant disparue, de praticiens philosophes qui, chérissant leur art d'un amour fanatique, l'exerçaient avec exaltation et sagacité! Tout tremblait dans son hôpital quand il se mettait en colère et ses élèves le vénéraient si bien, qu'ils s'efforçaient, à peine établis, de l'imiter le plus possible; de sorte que l'on retrouvait sur eux, par les villes d'alentour, sa longue douillette de mérinos et son large habit noir, dont les parements déboutonnés couvraient un peu ses mains charnues, de fort belles mains, et qui n'avaient jamais de gants, comme pour être plus promptes à plonger dans les misères. Dédaigneux des croix, des titres et des académies, hospitalier, libéral, paternel avec les pauvres et pratiquant la vertu sans y croire, il eût presque passé pour un saint si la finesse de son esprit ne l'eût fait craindre comme un démon. Son regard, plus tranchant que ses bistouris, vous descendait droit dans l'âme et désarticulait tout mensonge à travers les allégations et les pudeurs. Et il allait ainsi, plein de cette majeŝté débonnaire que donnent la conscience d'un grand talent, de la fortune, et quarante ans d'une exiŝtence laborieuse et irréprochable.

Il fronça les sourcils dès la porte, en apercevant la face cadavéreuse d'Emma étendue sur le dos, la bouche ouverte. Puis, tout en ayant l'air d'écouter Canivet, il se passait l'index sous les narines et répétait:

« C'eŝt bien, c'eŝt bien. »

Mais il fit un geŝte lent des épaules. Bovary l'observa: ils se regardèrent; et cet homme, si habitué pourtant à l'aspeĉt des douleurs, ne put retenir une larme qui tomba sur son jabot.

Il voulut emmener Canivet dans la pièce voisine. Charles le suivit.

« Elle eŝt bien mal, n'eŝt-ce pas? Si l'on posait des sinapismes? je ne sais quoi? Trouvez donc quelque chose, vous qui en avez tant sauvé! »

Charles lui entourait le corps de ses deux bras, et il le contemplait d'une manière effarée, suppliante, à demi pâmé contre sa poitrine.

« Allons, mon pauvre garçon, du courage! Il n'y a plus rien à faire. »

Et le docteur Larivière se détourna.

« Vous partez?

— Je vais revenir. »

Il sortit, comme pour donner un ordre au postillon, avec le sieur Canivet, qui ne se souciait pas non plus de voir Emma mourir entre ses mains.

Le pharmacien les rejoignit sur la place. Il ne pouvait, par tempérament, se séparer des gens célèbres. Aussi conjura-t-il M. Larivière de lui faire cet insigne honneur d'accepter à déjeuner.

On envoya bien vite prendre des pigeons au *Lion d'or*, tout ce qu'il y avait de côtelettes à la boucherie, de la crème chez Tuvache, des œufs chez Lestiboudois, et l'apothicaire aidait lui-même aux préparatifs, tandis que madame Homais disait, en tirant les cordons de sa camisole :

« Vous ferez excuse, monsieur; car, dans notre malheureux pays, du moment qu'on n'est pas prévenu la veille...

— Les verres à pattes!!! souffla Homais.

— Au moins, si nous étions à la ville, nous aurions la ressource des pieds farcis.

— Tais-toi!... A table, docteur! »

Il jugea bon, après les premiers morceaux, de fournir quelques détails sur la catastrophe :

« Nous avons eu d'abord un sentiment de siccité au pharynx, puis des douleurs intolérables à l'épigastre, superpurgation, coma.

— Comment s'est-elle donc empoisonnée?

— Je l'ignore, docteur, et même je ne sais pas trop où elle a pu se procurer cet acide arsénieux. »

Justin, qui apportait alors une pile d'assiettes, fut saisi d'un tremblement.

« Qu'as-tu? » dit le pharmacien.

Le jeune homme, à cette question, laissa tout tomber par terre, avec un grand fracas.

« Imbécile! s'écria Homais, maladroit! lourdaud! fichu âne! »

Mais, soudain, se maîtrisant :

« J'ai voulu, docteur, tenter une analyse, et *primo,* j'ai délicatement introduit dans un tube...

— Il aurait mieux valu, dit le chirurgien, lui introduire vos doigts dans la gorge. »

Son confrère se taisait, ayant tout à l'heure reçu confidentiellement une forte semonce à propos de son émétique, de sorte que ce bon Canivet, si arrogant et verbeux lors du pied bot, était très modeste aujourd'hui; il souriait sans discontinuer, d'une manière approbative.

Homais s'épanouissait dans son orgueil d'amphitryon, et l'affligeante idée de Bovary contribuait vaguement à son plaisir, par un retour égoïste qu'il faisait sur lui-même. Puis la présence du docteur le transportait. Il étalait son érudition, il citait pêle-mêle les cantharides, l'upas, le mancenillier, la vipère...

« Et même j'ai lu que différentes personnes s'étaient trouvées intoxiquées, docteur, et comme foudroyées par des boudins qui avaient subi une trop véhémente fumigation! Du moins, c'était dans un fort beau rapport, composé par une de nos sommités pharmaceutiques, un de nos maîtres, l'illustre Cadet de Gassicourt! »

Madame Homais réapparut, portant une de ces vacillantes machines que l'on chauffe avec de l'esprit-de-vin; car Homais tenait à faire son café sur la table, l'ayant, d'ailleurs, torréfié lui-même, porphyrisé lui-même, mixtionné lui-même.

« *Saccharum,* docteur », dit-il en offrant du sucre.

Puis il fit descendre tous ses enfants, curieux d'avoir l'avis du chirurgien sur leur constitution.

Enfin M. Larivière allait partir, quand madame Homais lui demanda une consultation pour son mari. Il s'épaississait le sang à s'endormir chaque soir après le dîner.

« Oh! ce n'est pas le *sens* qui le gêne. »

Et, souriant un peu de ce calembour inaperçu, le docteur ouvrit la porte. Mais la pharmacie regorgeait de monde, et il eut grand'peine à pouvoir se débarrasser du sieur Tuvache, qui redoutait pour son épouse une fluxion de poitrine, parce qu'elle avait coutume de cracher dans les cendres; puis de M. Binet, qui éprouvait parfois des fringales, et de madame Caron, qui avait des picotements; de Lheureux, qui avait des vertiges;

de Lestiboudois, qui avait des rhumatismes; de madame Lefrançois, qui avait des aigreurs. Enfin les trois chevaux détalèrent, et l'on trouva généralement qu'il n'avait point montré de complaisance.

L'attention publique fut distraite par l'apparition de M. Bournisien, qui passait sous les halles avec les saintes huiles.

Homais, comme il le devait à ses principes, compara les prêtres à des corbeaux qu'attire l'odeur des morts, la vue d'un ecclésiastique lui était personnellement désagréable, car la soutane le faisait rêver au linceul, et il exécrait l'une un peu par épouvante de l'autre.

Néanmoins, ne reculant pas devant ce qu'il appelait *sa mission,* il retourna chez Bovary en compagnie de Canivet, que M. Larivière, avant de partir, avait engagé fortement à cette démarche; et même, sans les représentations de sa femme, il eût emmené avec lui ses deux fils, afin de les accoutumer aux fortes circonstances, pour que ce fût une leçon, un exemple, un tableau solennel qui leur restât plus tard dans la tête.

La chambre, quand ils entrèrent, était toute pleine d'une solennité lugubre. Il y avait sur la table à ouvrage, recouverte d'une serviette blanche, cinq ou six petites boules de coton dans un plat d'argent, près d'un gros crucifix, entre deux chandeliers qui brûlaient. Emma, le menton contre sa poitrine, ouvrait démesurément les paupières, et ses pauvres mains se traînaient sur les draps, avec ce geste hideux et doux des agonisants qui semblent vouloir déjà se recouvrir du suaire. Pâle comme une statue et les yeux rouges comme des charbons, Charles, sans pleurer, se tenait en face d'elle au pied du lit, tandis que le prêtre, appuyé sur un genou, marmottait des paroles basses.

Elle tourna sa figure lentement et parut saisie de joie à voir tout à coup l'étole violette, sans doute retrouvant au milieu d'un apaisement extraordinaire la volupté perdue de ses premiers élancements mystiques, avec des visions de béatitude éternelle qui commençaient.

Le prêtre se releva pour prendre le crucifix; alors elle allongea le cou comme quelqu'un qui a soif, et, collant ses lèvres sur le corps de l'Homme-Dieu, elle y déposa de toute sa force expirante le plus grand baiser

d'amour qu'elle eût jamais donné. Ensuite, il récita
le *Misereatur* et l'*Indulgentiam,* trempa son pouce droit
dans l'huile et commença les onctions : d'abord sur
les yeux, qui avaient tant convoité toutes les somptuosités terrestres; puis sur les narines, friandes de
brises tièdes et de senteurs amoureuses; puis sur la
bouche, qui s'était ouverte pour le mensonge, qui
avait gémi d'orgueil et crié dans la luxure; puis sur
les mains, qui se délectaient aux contacts suaves, et
enfin sur la plante des pieds, si rapides autrefois quand
elle courait à l'assouvissance de ses désirs, et qui maintenant ne marcheraient plus.

Le curé s'essuya les doigts, jeta dans le feu les brins
de coton trempés d'huile, et revint s'asseoir près de la
moribonde pour lui dire qu'elle devait à présent joindre
ses souffrances à celles de Jésus-Christ et s'abandonner à la miséricorde divine.

Et finissant ses exhortations, il essaya de lui mettre
dans la main un cierge bénit, symbole des gloires
célestes dont elle allait tout à l'heure être environnée.
Emma, trop faible, ne put fermer les doigts, et le cierge,
sans M. Bournisien, serait tombé à terre.

Cependant, elle n'était pas aussi pâle, et son visage
avait une expression de sérénité comme si le sacrement
l'eût guérie.

Le prêtre ne manqua point d'en faire l'observation,
il expliqua même à Bovary que le Seigneur, quelquefois, prolongeait l'existence des personnes lorsqu'il
le jugeait convenable pour le salut; et Charles se rappela un jour où, ainsi près de mourir, elle avait reçu
la communion.

« Il ne fallait peut-être pas se désespérer », pensa-
t-il.

En effet, elle regarda tout autour d'elle, lentement,
comme quelqu'un qui se réveille d'un songe, puis, d'une
voix distincte, elle demanda son miroir, et elle resta
penchée dessus quelque temps, jusqu'au moment où
de grosses larmes lui découlèrent des yeux. Alors
elle se renversa la tête en poussant un soupir et retomba
sur l'oreiller.

Sa poitrine aussitôt se mit à haleter rapidement.
La langue tout entière lui sortit hors de la bouche;
ses yeux, en roulant, pâlissaient comme deux globes

de lampe qui s'éteignent, à la croire déjà morte, sans l'effrayante accélération de ses côtes, secouées par un souffle furieux, comme si l'âme eût fait des bonds pour se détacher. Félicité s'agenouilla devant le crucifix, et le pharmacien lui-même, fléchit un peu les jarrets, tandis que M. Canivet regardait vaguement sur la place. Bournisien s'était remis en prière, la figure inclinée contre le bord de la couche, avec sa longue soutane noire qui traînait derrière lui dans l'appartement. Charles était de l'autre côté, à genoux, les bras étendus vers Emma. Il avait pris ses mains et il les serrait, tressaillant à chaque battement de son cœur, comme au contre-coup d'une ruine qui tombe. A mesure que le râle devenait plus fort, l'ecclésiastique précipitait ses oraisons : elles se mêlaient aux sanglots étouffés de Bovary, et quelquefois tout semblait disparaître dans le sourd murmure des syllabes latines, qui tintaient comme un glas de cloche.

Tout à coup, on entendit sur le trottoir un bruit de gros sabots, avec le frôlement d'un bâton; et une voix s'éleva, une voix rauque, qui chantait :

> Souvent la chaleur d'un beau jour
> Fait rêver fillette à l'amour.

Emma se releva comme un cadavre que l'on galvanise, les cheveux dénoués, la prunelle fixe, béante.

> Pour amasser diligemment
> Les épis que la faux moissonne,
> Ma Nanette va s'inclinant
> Vers le sillon qui nous les donne.

« L'Aveugle! » s'écria-t-elle.

Et Emma se mit à rire, d'un rire atroce, frénétique, désespéré, croyant voir la face hideuse du misérable, qui se dressait dans les ténèbres éternelles comme un épouvantement.

> Il souffla bien fort ce jour-là,
> Et le jupon court s'envola!

Une convulsion la rabattit sur le matelas. Tous s'approchèrent. Elle n'existait plus.

IX

Il y a toujours, après la mort de quelqu'un, comme une stupéfaction qui se dégage, tant il est difficile de comprendre cette survenue du néant et de se résigner à y croire. Mais, quand il s'aperçut pourtant de son immobilité, Charles se jeta sur elle en criant :

« Adieu! adieu! »

Homais et Canivet l'entraînèrent hors de la chambre.

« Modérez-vous! »

— Oui, disait-il en se débattant, je serai raisonnable, je ne ferai pas de mal. Mais laissez-moi! je veux la voir! c'est ma femme! »

Et il pleurait.

« Pleurez, reprit le pharmacien, donnez cours à la nature, cela vous soulagera! »

Devenu plus faible qu'un enfant, Charles se laissa conduire en bas, dans la salle, et M. Homais, bientôt, s'en retourna chez lui.

Il fut, sur la place, accosté par l'aveugle, qui, s'étant traîné jusqu'à Yonville, dans l'espoir de la pommade antiphlogistique, demandait à chaque passant où demeurait l'apothicaire.

« Allons, bon! comme si je n'avais pas d'autres chiens à fouetter! Ah! tant pis, reviens plus tard! »

Et il entra précipitamment dans la pharmacie.

Il avait à écrire deux lettres, à faire une potion calmante pour Bovary, à trouver un mensonge qui pût cacher l'empoisonnement et à le rédiger en article pour le *Fanal,* sans compter les personnes qui l'attendaient, afin d'avoir des informations; et, quand les Yonvillais eurent tous entendu son histoire d'arsenic qu'elle avait pris pour du sucre en faisant une crème à la vanille, Homais, encore une fois, retourna chez Bovary.

Il le trouva seul (M. Canivet venait de partir), assis dans le fauteuil, près de la fenêtre, et contemplant d'un regard idiot les pavés de la salle.

« Il faudrait à présent, dit le pharmacien, fixer vous-même l'heure de la cérémonie.

— Pourquoi? Quelle cérémonie? »

Puis, d'une voix balbutiante et effrayée :

« Oh! non, n'est-ce pas? non, je veux la garder. »

Homais, par contenance, prit une carafe sur l'étagère pour arroser les géraniums.

« Ah! merci, dit Charles, vous êtes bon! »

Et il n'acheva pas, suffoquant sous une abondance de souvenirs que ce geste du pharmacien lui rappelait.

Alors, pour le distraire, Homais jugea convenable de causer un peu horticulture; les plantes avaient besoin d'humidité. Charles baissa la tête en signe d'approbation.

« Du reste, les beaux jours maintenant vont revenir.

— Ah! » fit Bovary.

L'apothicaire, à bout d'idées, se mit à écarter doucement les petits rideaux du vitrage.

« Tiens, voilà M. Tuvache qui passe. »

Charles répéta comme une machine :

« M. Tuvache qui passe. »

Homais n'osa lui reparler des dispositions funèbres; ce fut l'ecclésiastique qui parvint à l'y résoudre.

Il s'enferma dans son cabinet, prit une plume, et, après avoir sangloté quelque temps, il écrivit :

Je veux qu'on l'enterre dans sa robe de noces, avec des souliers blancs, une couronne. On lui étalera les cheveux sur les épaules; trois cercueils, un de chêne, un d'acajou, un de plomb. Qu'on ne me dise rien, j'aurai de la force. On lui mettra par-dessus toute une grande pièce de velours vert. Je le veux. Faites-le.

Ces messieurs s'étonnèrent beaucoup des idées romanesques de Bovary, et aussitôt le pharmacien alla lui dire :

« Ce velours me paraît une superfétation. La dépense, d'ailleurs...

— Est-ce que cela vous regarde? s'écria Charles. Laissez-moi! vous ne l'aimiez pas! Allez-vous-en! »

L'ecclésiastique le prit par-dessous le bras pour lui faire faire un tour de promenade dans le jardin. Il discourait sur la vanité des choses terrestres. Dieu était bien grand, bien bon; on devait sans murmure se soumettre à ses décrets, même le remercier.

Charles éclata en blasphèmes.

« Je l'exècre, votre Dieu!

— L'esprit de la révolte est encore en vous », soupira l'ecclésiastique.

Bovary était loin. Il marchait à grands pas, le long du mur, près de l'espalier, et il grinçait des dents, il levait au ciel des regards de malédiction ; mais pas une feuille seulement n'en bougea.

Une petite pluie tombait. Charles, qui avait la poitrine nue, finit par grelotter ; il rentra s'asseoir dans la cuisine.

A six heures, on entendit un bruit de ferraille sur la place : c'était l'*Hirondelle* qui arrivait ; et il resta le front contre les carreaux, à voir descendre les uns après les autres tous les voyageurs. Félicité lui étendit un matelas dans le salon ; il se jeta dessus et s'endormit.

Bien que philosophe, M. Homais respectait les morts. Aussi, sans garder rancune au pauvre Charles, il revint le soir pour faire la veillée du cadavre, apportant avec lui trois volumes, et un portefeuille, afin de prendre des notes.

M. Bournisien s'y trouvait, et deux grands cierges brûlaient au chevet du lit, que l'on avait tiré hors de l'alcôve.

L'apothicaire, à qui le silence pesait, ne tarda pas à formuler quelques plaintes sur cette « infortunée jeune femme » ; et le prêtre répondit qu'il ne restait plus maintenant qu'à prier pour elle.

« Cependant, reprit Homais, de deux choses l'une : ou elle est morte en état de grâce (comme s'exprime l'Église), et alors elle n'a nul besoin de nos prières ; ou bien elle est décédée impénitente (c'est, je crois, l'expression ecclésiastique), et alors... »

Bournisien l'interrompit, répliquant d'un ton bourru qu'il n'en fallait pas moins prier.

« Mais, objecta le pharmacien, puisque Dieu connaît tous nos besoins, à quoi peut servir la prière ?

— Comment ! fit l'ecclésiastique, la prière ! Vous n'êtes donc pas chrétien ?

— Pardonnez ! dit Homais. J'admire le christianisme. Il a d'abord affranchi les esclaves, introduit dans le monde une morale...

— Il ne s'agit pas de cela ! Tous les textes...

— Oh ! oh ! quant aux textes, ouvrez l'histoire ; on sait qu'ils ont été falsifiés par les Jésuites. »

Charles entra, et, s'avançant vers le lit, il tira lentement les rideaux.

Emma avait la tête penchée sur l'épaule droite. Le coin de sa bouche qui se tenait ouverte, faisait comme un trou noir au bas de son visage, les deux pouces restaient infléchis dans la paume des mains; une sorte de poussière blanche lui parsemait les cils, et ses yeux commençaient à disparaître dans une pâleur visqueuse qui ressemblait à une toile mince, comme si des araignées avaient filé dessus. Le drap se creusait depuis ses seins jusqu'à ses genoux, se relevant ensuite à la pointe des orteils; et il semblait à Charles que des masses infinies, qu'un poids énorme pesait sur elle.

L'horloge de l'église sonna deux heures. On entendait le gros murmure de la rivière qui coulait dans les ténèbres, au pied de la terrasse. M. Bournisien, de temps à autre, se mouchait bruyamment, et Homais faisait grincer sa plume sur le papier.

« Allons, mon bon ami! dit-il, retirez-vous, ce spectacle vous déchire! »

Charles une fois parti, le pharmacien et le curé recommencèrent leurs discussions.

« Lisez Voltaire! disait l'un; lisez d'Holbach, lisez l'*Encyclopédie*!

— Lisez les *Lettres de quelques juifs portugais*! disait l'autre; lisez la *Raison du Christianisme*, par Nicolas, ancien magistrat! »

Ils s'échauffaient, ils étaient rouges, ils parlaient à la fois, sans s'écouter; Bournisien se scandalisait d'une telle audace; Homais s'émerveillait d'une telle bêtise; et ils n'étaient pas loin de s'adresser des injures quand Charles, tout à coup, reparut. Une fascination l'attirait. Il remontait continuellement l'escalier.

Il se posait en face d'elle pour la mieux voir, et il se perdait en cette contemplation, qui n'était plus douloureuse à force d'être profonde.

Il se rappelait des histoires de catalepsie, les miracles du magnétisme; et il se disait qu'en le voulant extrêmement, il parviendrait peut-être à la ressusciter. Une fois même, il se pencha vers elle, et il cria tout bas : « Emma! Emma! » Son haleine, fortement poussée, fit trembler la flamme des cierges contre le mur.

Au petit jour, madame Bovary mère arriva; Charles, en l'embrassant, eut un nouveau débordement de pleurs. Elle essaya, comme avait tenté le pharmacien,

de lui faire quelques observations sur les dépenses de
l'enterrement. Il s'emporta si fort qu'elle se tut, et
même il la chargea de se rendre immédiatement à la
ville pour acheter ce qu'il fallait.

Charles resta seul toute l'après-midi; on avait conduit Berthe chez madame Homais; Félicité se tenait en
haut, dans la chambre, avec la mère Lefrançois.

Le soir, il reçut des visites. Il se levait, vous serrait
les mains sans pouvoir parler, puis on s'asseyait auprès
des autres, qui faisaient devant la cheminée un grand
demi-cercle. La figure basse et le jarret sur le genou,
ils dandinaient leur jambe, tout en poussant par intervalles un gros soupir; et chacun s'ennuyait d'une façon
démesurée; c'était pourtant à qui ne partirait pas.

Homais, quand il revint à neuf heures (on ne voyait
que lui sur la place, depuis deux jours), était chargé
d'une provision de camphre, de benjoin et d'herbes
aromatiques. Il portait aussi un vase plein de chlore,
pour bannir les miasmes. A ce moment, la domestique,
madame Lefrançois et la mère Bovary tournaient autour
d'Emma, en achevant de l'habiller; et elles abaissèrent
le long voile raide, qui la recouvrit jusqu'à ses souliers
de satin.

Félicité sanglotait :

« Ah! ma pauvre maîtresse! ma pauvre maîtresse!

— Regardez-la, disait en soupirant l'aubergiste, comme
elle est mignonne encore! Si l'on ne jurerait pas qu'elle
va se lever tout à l'heure. »

Puis elles se penchèrent pour lui mettre sa couronne.

Il fallut soulever un peu la tête, et alors un flot de
liquides noirs sortit, comme un vomissement, de sa
bouche.

« Ah! mon Dieu! la robe! prenez garde! s'écria
madame Lefrançois. Aidez-nous donc! disait-elle au
pharmacien. Est-ce que vous avez peur, par hasard?

— Moi, peur? répliqua-t-il en haussant les épaules.
Ah! bien oui! J'en ai vu d'autres à l'Hôtel-Dieu, quand
j'étudiais la pharmacie! Nous faisions du punch dans
l'amphithéâtre aux dissections! Le néant n'épouvante
pas un philosophe; et même, je le dis souvent, j'ai
l'intention de léguer mon corps aux hôpitaux, afin
de servir plus tard à la Science. »

En arrivant, le curé demanda comment se portait

Monsieur; et, sur la réponse de l'apothicaire, il reprit :
« Le coup, vous comprenez, est encore trop récent! »

Alors Homais le félicita de n'être pas exposé, comme
tout le monde, à perdre une compagne chérie; d'où
s'ensuivit une discussion sur le célibat des prêtres.

« Car, disait le pharmacien, il n'est pas naturel
qu'un homme se passe de femmes! On a vu des crimes...

— Mais, sabre de bois! s'écria l'ecclésiastique, comment voulez-vous qu'un individu pris dans le mariage
puisse garder, par exemple, le secret de la confession? »

Homais attaqua la confession. Bournisien la défendit;
il s'étendit sur les restitutions qu'elle faisait opérer. Il
cita différentes anecdotes de voleurs devenus honnêtes
tout à coup. Des militaires, s'étant approchés du tribunal
de la pénitence, avaient senti les écailles leur tomber
des yeux. Il y avait à Fribourg un ministre...

Son compagnon dormait. Puis, comme il étouffait un
peu dans l'atmosphère trop lourde de la chambre, il
ouvrit la fenêtre, ce qui réveilla le pharmacien.

« Allons, une prise! lui dit-il. Acceptez, cela dissipe. »

Des aboiements continus se traînaient au loin, quelque
part.

« Entendez-vous un chien qui hurle? dit le pharmacien.

— On prétend qu'ils sentent les morts, répondit
l'ecclésiastique. C'est comme les abeilles; elle s'envolent
de la ruche au décès des personnes. » Homais ne
releva pas ces préjugés, car il s'était rendormi.

M. Bournisien, plus robuste, continua quelque temps
à remuer tout bas les lèvres; puis, insensiblement, il
baissa le menton, lâcha son gros livre noir et se mit
à ronfler.

Ils étaient en face l'un de l'autre, le ventre en avant,
la figure bouffie, l'air renfrogné, après tant de désaccord
se rencontrant enfin dans la même faiblesse humaine;
et ils ne bougeaient pas plus que le cadavre à côté
d'eux, qui avait l'air de dormir.

Charles, en entrant, ne les réveilla point. C'était la
dernière fois. Il venait lui faire ses adieux.

Les herbes aromatiques fumaient encore, et des
tourbillons de vapeur bleuâtre se confondaient au
bord de la croisée avec le brouillard qui entrait. Il y
avait quelques étoiles, et la nuit était douce.

La cire des cierges tombait par grosses larmes sur les draps du lit. Charles les regardait brûler, fatiguant ses yeux contre le rayonnement de leur flamme jaune.

Des moires frissonnaient sur la robe de satin, blanche comme un clair de lune. Emma disparaissait dessous; et il lui semblait que, s'épandant au dehors d'elle-même, elle se perdait confusément dans l'entourage des choses, dans le silence, dans la nuit, dans le vent qui passait, dans les senteurs humides qui montaient.

Puis, tout à coup, il la voyait dans le jardin de Tostes, sur le banc, contre la haie d'épines, ou bien à Rouen, dans les rues, sur le seuil de leur maison, dans la cour des Bertaux. Il entendait encore le rire des garçons en gaîté qui dansaient sous les pommiers; la chambre était pleine du parfum de sa chevelure, et sa robe lui frissonnait dans les bras avec un bruit d'étincelles. C'était la même, celle-là!

Il fut longtemps à se rappeler ainsi toutes les félicités disparues, ses attitudes, ses gestes, le timbre de sa voix. Après un désespoir, il en venait un autre et toujours, intarissablement, comme les flots d'une marée qui déborde.

Il eut une curiosité terrible : lentement, du bout des doigts, en palpitant, il releva son voile. Mais il poussa un cri d'horreur qui réveilla les autres. Ils l'entraînèrent en bas, dans la salle.

Puis Félicité vint dire qu'il demandait des cheveux.

« Coupez-en! » répliqua l'apothicaire.

Et, comme elle n'osait, il s'avança lui-même, les ciseaux à la main. Il tremblait si fort, qu'il piqua la peau des tempes en plusieurs places. Enfin, se raidissant contre l'émotion, Homais donna deux ou trois grands coups au hasard, ce qui fit des marques blanches dans cette belle chevelure noire.

Le pharmacien et le curé se replongèrent dans leurs occupations, non sans dormir de temps à autre, ce dont ils s'accusaient réciproquement à chaque réveil nouveau. Alors M. Bournisien aspergeait la chambre d'eau bénite et Homais jetait un peu de chlore par terre.

Félicité avait eu soin de mettre pour eux, sur la commode, une bouteille d'eau-de-vie, un fromage et une grosse brioche. Aussi l'apothicaire, qui n'en pouvait plus, soupira, vers quatre heures du matin :

« Ma foi, je me sustenterais avec plaisir! »

L'ecclésiastique ne se fit point prier; il sortit pour aller dire sa messe, revint[1]; puis, ils mangèrent et trinquèrent, tout en ricanant un peu sans savoir pourquoi, excités par cette gaîté vague qui nous prend après des séances de tristesse; et, au dernier petit verre, le prêtre dit au pharmacien, tout en lui frappant sur l'épaule :

« Nous finirons par nous entendre! »

Ils rencontrèrent en bas, dans le vestibule, les ouvriers qui arrivaient[2]. Alors, Charles, pendant deux heures, eut à subir le supplice du marteau qui résonnait sur les planches. Puis on la descendit dans son cercueil de chêne que l'on emboîta dans les deux autres; mais, comme la bière était trop large, il fallut boucher les interstices avec la laine d'un matelas. Enfin, quand les trois couvercles furent rabotés, cloués, soudés, on l'exposa devant la porte; on ouvrit toute grande la maison, et les gens d'Yonville commencèrent à affluer.

Le père Rouault arriva. Il s'évanouit sur la place en apercevant le drap noir.

X

Il n'avait reçu la lettre du pharmacien que trente-six heures après l'événement; et, par égard pour sa sensibilité, M. Homais l'avait rédigée de telle façon qu'il était impossible de savoir à quoi s'en tenir.

Le bonhomme tomba d'abord comme frappé d'apoplexie. Ensuite il comprit qu'elle n'était pas morte. Mais elle pouvait l'être... Enfin il avait passé sa blouse, pris son chapeau, accroché un éperon à son soulier et était parti ventre à terre; et, tout le long de la route, le père Rouault, haletant, se dévora d'angoisses. Une fois même, il fut obligé de descendre. Il n'y voyait plus, il entendait des voix autour de lui, il se sentait devenir fou.

Le jour se leva. Il aperçut trois poules noires qui dormaient dans un arbre; il tressaillit, épouvanté de ce présage. Alors il promit à la sainte Vierge trois chasubles pour l'église, et qu'il irait pieds nus depuis le cimetière des Bertaux jusqu'à la chapelle de Vassonville.

Il entra dans Maromme en hélant les gens de l'auberge, enfonça la porte d'un coup d'épaule, bondit au sac d'avoine, versa dans la mangeoire une bouteille de cidre doux, et renfourcha son bidet, qui faisait feu des quatre fers.

Il se disait qu'on la sauverait sans doute; les médecins découvriraient un remède, c'était sûr. Il se rappela toutes les guérisons miraculeuses qu'on lui avait contées.

Puis elle lui apparaissait morte. Elle était là, devant lui, étendue sur le dos, au milieu de la route. Il tirait la bride et l'hallucination disparaissait.

A Quincampoix, pour se donner du cœur, il but trois cafés l'un sur l'autre.

Il songea qu'on s'était trompé de nom en écrivant. Il chercha la lettre dans sa poche, l'y sentit, mais n'osa pas l'ouvrir.

Il en vint à supposer que c'était peut-être une *farce*, une vengeance de quelqu'un, une fantaisie d'homme en goguette; et, d'ailleurs, si elle était morte, on le saurait? Mais non! la campagne n'avait rien d'extraordinaire : le ciel était bleu, les arbres se balançaient; un troupeau de moutons passa. Il aperçut le village; on le vit accourant tout penché sur son cheval, qu'il bâtonnait à grands coups, et dont les sangles dégouttelaient de sang.

Quand il eut repris connaissance, il tomba tout en pleurs dans les bras de Bovary :

« Ma fille! Emma! mon enfant! expliquez-moi?... »

Et l'autre répondit avec des sanglots :

« Je ne sais pas, je ne sais pas! c'est une malédiction! »

L'apothicaire les sépara.

« Ces horribles détails sont inutiles. J'en instruirai monsieur. Voici le monde qui vient. De la dignité, fichtre! de la philosophie! »

Le pauvre garçon voulut paraître fort, et il répéta plusieurs fois :

« Oui..., du courage! »

— Eh bien! s'écria le bonhomme, j'en aurai, nom d'un tonnerre de Dieu! Je m'en vas la conduire jusqu'au bout. »

La cloche tintait. Tout était prêt. Il fallait se mettre en marche.

Et, assis dans une stalle du chœur, l'un près de l'autre, ils virent passer devant eux et repasser continuellement les trois chantres qui psalmodiaient. Le serpent soufflait à pleine poitrine. M. Bournisien, en grand appareil, chantait d'une voix aiguë; il saluait le tabernacle, élevait les mains, étendait les bras. Lestiboudois circulait dans l'église avec sa latte de baleine; près du lutrin, la bière reposait entre quatre rangs de cierges. Charles avait envie de se lever pour les éteindre.

Il tâchait cependant de s'exciter à la dévotion, de s'élancer dans l'espoir d'une vie future, où il la reverrait. Il imaginait qu'elle était partie en voyage, bien loin, depuis longtemps. Mais, quand il pensait qu'elle se trouvait là-dessous, et que tout était fini, qu'on l'emportait dans la terre, il se prenait d'une rage farouche, noire, désespérée. Parfois, il croyait ne plus rien sentir et il savourait cet adoucissement de sa douleur, tout en se reprochant d'être un misérable.

On entendit sur les dalles comme le bruit sec d'un bâton ferré qui les frappait à temps égaux. Cela venait du fond, et s'arrêta court dans les bas-côtés de l'église. Un homme en grosse veste brune s'agenouilla péniblement. C'était Hippolyte, le garçon du *Lion d'or*. Il avait mis sa jambe neuve.

L'un des chantres vint faire le tour de la nef pour quêter, et les gros sous, les uns après les autres, sonnaient dans le plat d'argent.

«Dépêchez-vous donc! je souffre, moi!» s'écria Bovary, tout en lui jetant avec colère une pièce de cinq francs.

L'homme d'église le remercia par une longue révérence.

On chantait, on s'agenouillait, on se relevait, cela n'en finissait pas! Il se rappela qu'une fois, dans les premiers temps, ils avaient ensemble assisté à la messe, et ils s'étaient mis de l'autre côté, à droite, contre le mur. La cloche recommença. Il y eut un grand mouvement de chaises. Les porteurs glissèrent leurs trois bâtons sous la bière, et l'on sortit de l'église.

Justin alors parut sur le seuil de la pharmacie. Il y rentra tout à coup, pâle, chancelant.

On se tenait aux fenêtres pour voir passer le cortège. Charles, en avant, se cambrait la taille. Il affectait un air brave et saluait d'un signe ceux qui, débouchant des ruelles ou des portes, se rangeaient dans la foule. Les six hommes, trois de chaque côté, marchaient au petit pas et en haletant un peu. Les prêtres, les chantres et les deux enfants de chœur récitaient le *De Profundis*; et leurs voix s'en allaient sur la campagne, montant et s'abaissant avec des ondulations. Parfois ils disparaissaient aux détours du sentier; mais la grande croix d'argent se dressait toujours entre les arbres.

Les femmes suivaient, couvertes de mantes noires à capuchon rabattu; elles portaient à la main un gros cierge qui brûlait, et Charles se sentait défaillir à cette continuelle répétition de prières et de flambeaux, sous ces odeurs affadissantes de cire et de soutane. Une brise fraîche soufflait, les seigles et les colzas verdoyaient, des gouttelettes de rosée tremblaient au bord du chemin, sur les haies d'épines. Toutes sortes de bruits joyeux emplissaient l'horizon : le claquement d'une charrette roulant au loin dans les ornières, le cri d'un coq qui se répétait ou la galopade d'un poulain que l'on voyait s'enfuir sous les pommiers. Le ciel pur était tacheté de nuages roses; des lumignons bleuâtres se rabattaient sur les chaumières couvertes d'iris; Charles, en passant, reconnaissait les cours. Il se souvenait de matins comme celui-ci, où, après avoir visité quelque malade, il en sortait et retournait vers elle.

Le drap noir, semé de larmes blanches, se levait de temps à autre en découvrant la bière. Les porteurs fatigués se ralentissaient; et elle avançait par saccades continues, comme une chaloupe qui tangue à chaque flot.

On arriva.

Les hommes continuèrent jusqu'en bas, à une place dans le gazon où la fosse était creusée.

On se rangea tout autour; et tandis que le prêtre parlait, la terre rouge, rejetée sur les bords, coulait par les coins sans bruit, continuellement.

Puis, quand les quatre cordes furent disposées, on poussa la bière dessus. Il la regarda descendre. Elle descendait toujours.

Enfin on entendit un choc; les cordes en grinçant

remontèrent. Alors Bournisien prit la bêche que lui tendait Lestiboudois; de sa main gauche, tout en aspergeant de la droite, il poussa vigoureusement une large pelletée; et le bois du cercueil, heurté par les cailloux, fit ce bruit formidable qui nous semble être le retentissement de l'éternité.

L'ecclésiastique passa le goupillon à son voisin. C'était M. Homais. Il le secoua gravement, puis le tendit à Charles, qui s'affaissa jusqu'aux genoux dans la terre, et il en jetait à pleines mains tout en criant : « Adieu! » Il lui envoyait des baisers; il se traînait vers la fosse pour s'y engloutir avec elle.

On l'emmena; et il ne tarda pas à s'apaiser, éprouvant peut-être, comme tous les autres, la vague satisfaction d'en avoir fini.

Le père Rouault, en revenant, se mit tranquillement à fumer une pipe; ce que Homais, dans son for intérieur, jugea peu convenable. Il remarqua de même que M. Binet s'était abstenu de paraître, que Tuvache « avait filé » après la messe, et que Théodore, le domestique du notaire, portait un habit bleu, « comme si l'on ne pouvait pas trouver un habit noir, puisque c'est l'usage, que diable! » Et, pour communiquer ses observations, il allait d'un groupe à l'autre. On y déplorait la mort d'Emma, et surtout Lheureux, qui n'avait pas manqué de venir à l'enterrement.

« Cette pauvre petite dame! quelle douleur pour son mari! »

L'apothicaire reprenait :

« Sans moi, savez-vous bien, il se serait porté sur lui-même à quelque attentat funeste!

— Une si bonne personne! Dire pourtant que je l'ai encore vue samedi dernier dans ma boutique!

— Je n'ai pas eu le loisir, dit Homais, de préparer quelques paroles, que j'aurais jetées sur sa tombe. »

En rentrant, Charles se déshabilla, et le père Rouault repassa sa blouse bleue. Elle était neuve, et, comme il s'était, pendant la route, souvent essuyé les yeux avec les manches, elle avait déteint sur sa figure; et la trace des pleurs y faisait des lignes dans la couche de poussière qui la salissait.

Madame Bovary mère était avec eux. Ils se taisaient tous les trois. Enfin le bonhomme soupira :

« Vous rappelez-vous, mon ami, que je suis venu
à Tostes une fois, quand vous veniez de perdre votre
première défunte ? Je vous consolais dans ce temps-là !
Je trouvais quoi dire; mais à présent... »

Puis, avec un long gémissement qui souleva toute
sa poitrine :

« Ah! c'est la fin pour moi, voyez-vous ! J'ai vu
partir ma femme..., mon fils après, et voilà ma fille,
aujourd'hui ! »

Il voulut s'en retourner tout de suite aux Bertaux,
disant qu'il ne pourrait pas dormir dans cette maison-là.
Il refusa même de voir sa petite-fille.

« Non! non! ça me ferait trop de deuil. Seulement
vous l'embrasserez bien ! Adieu !... vous êtes un bon
garçon ! Et puis, jamais je n'oublierai ça, dit-il en se
frappant la cuisse, n'ayez peur ! vous recevrez toujours
votre dinde. »

Mais, quand il fut au haut de la côte, il se détourna,
comme autrefois il s'était détourné sur le chemin de
Saint-Victor, en se séparant d'elle. Les fenêtres du
village étaient tout en feu sous les rayons obliques du
soleil qui se couchait dans la prairie. Il mit sa main
devant ses yeux, et il aperçut à l'horizon un enclos de
murs où des arbres, çà et là, faisaient des bouquets
noirs entre des pierres blanches, puis il continua sa
route, au petit trot, car son bidet boitait.

Charles et sa mère restèrent le soir, malgré leur
fatigue, fort longtemps à causer ensemble. Ils parlèrent des jours d'autrefois et de l'avenir. Elle viendrait habiter Yonville, elle tiendrait son ménage, ils
ne se quitteraient plus. Elle fut ingénieuse et caressante, se réjouissant intérieurement à ressaisir une
affection qui depuis tant d'années lui échappait. Minuit
sonna. Le village, comme d'habitude, était silencieux,
et Charles, éveillé, pensait toujours à elle.

Rodolphe, qui, pour se distraire, avait battu le bois
toute la journée, dormait tranquillement dans son
château; et Léon, là-bas, dormait aussi.

Il y en avait un autre qui, à cette heure-là, ne dormait pas.

Sur la fosse, entre les sapins, un enfant pleurait
agenouillé, et sa poitrine, brisée par les sanglots, haletait
dans l'ombre, sous la pression d'un regret immense,

plus doux que la lune et plus insondable que la nuit. La grille tout à coup craqua. C'était Lestiboudois; il venait chercher sa bêche qu'il avait oubliée tantôt. Il reconnut Justin, escaladant le mur, et sut alors à quoi s'en tenir sur le malfaiteur qui lui dérobait ses pommes de terre.

XI

CHARLES, le lendemain, fit revenir la petite. Elle demanda sa maman. On lui répondit qu'elle était absente, qu'elle lui rapporterait des joujoux. Berthe en reparla plusieurs fois; puis, à la longue, elle n'y pensa plus. La gaîté de cette enfant navrait Bovary, et il avait à subir les intolérables consolations du pharmacien.

Les affaires d'argent bientôt recommencèrent, M. Lheureux excitant de nouveau son ami Vinçart, et Charles s'engagea pour des sommes exorbitantes; car jamais il ne voulut consentir à laisser vendre le moindre des meubles qui *lui* avaient appartenu. Sa mère en fut exaspérée. Il s'indigna plus fort qu'elle. Il avait changé tout à fait. Elle abandonna la maison.

Alors chacun se mit à *profiter*. Mademoiselle Lempereur réclama six mois de leçons, bien qu'Emma n'en eût jamais pris une seule (malgré cette facture acquittée qu'elle avait fait voir à Bovary) : c'était une convention entre elles deux; le loueur de livres réclama trois ans d'abonnement; la mère Rolet réclama le port d'une vingtaine de lettres; et, comme Charles demandait des explications, elle eut la délicatesse de répondre :

« Ah! je ne sais rien! c'était pour ses affaires. »

A chaque dette qu'il payait, Charles croyait en avoir fini. Il en survenait d'autres, continuellement.

Il exigea l'arriéré d'anciennes visites. On lui montra les lettres que sa femme avait envoyées. Alors il fallut faire des excuses.

Félicité portait maintenant les robes de Madame; non pas toutes, car il en avait gardé quelques-unes, et il allait les voir dans son cabinet de toilette, où il s'enfermait; elle était à peu près de sa taille; souvent

Charles, en l'apercevant par derrière, était saisi d'une illusion et répétait :

« Oh! reste! reste! »

Mais, à la Pentecôte, elle décampa d'Yonville, enlevée par Théodore, et en volant tout ce qui restait de la garde-robe.

Ce fut vers cette époque que madame veuve Dupuis eut l'honneur de lui faire part du « mariage de M. Léon Dupuis, son fils, notaire à Yvetot, avec mademoiselle Léocadie Lebœuf, de Bondeville ». Charles, parmi les félicitations qu'il lui adressa, écrivit cette phrase :

« Comme ma pauvre femme aurait été heureuse! »

Un jour qu'errant sans but dans la maison, il était monté jusqu'au grenier, il sentit sous sa pantoufle une boulette de papier fin. Il l'ouvrit et il lut : « Du courage, Emma! du courage! Je ne veux pas faire le malheur de votre existence. » C'était la lettre de Rodolphe, tombée à terre entre des caisses, qui était restée là, et que le vent de la lucarne venait de pousser vers la porte. Et Charles demeura tout immobile et béant à cette même place où jadis, encore plus pâle que lui, Emma, désespérée, avait voulu mourir. Enfin, il découvrit un petit R au bas de la seconde page. Qu'était-ce? Il se rappela les assiduités de Rodolphe, sa disparition soudaine et l'air contraint qu'il avait eu en le rencontrant depuis, deux ou trois fois. Mais le ton respectueux de la lettre l'illusionna.

« Ils se sont peut-être aimés platoniquement », se dit-il.

D'ailleurs, Charles n'était pas de ceux qui descendent au fond des choses; il recula devant les preuves, et sa jalousie incertaine se perdit dans l'immensité de son chagrin.

On avait dû, pensait-il, l'adorer. Tous les hommes, à coup sûr, l'avaient convoitée. Elle lui en parut plus belle; et il en conçut un désir permanent, furieux, qui enflammait son désespoir et qui n'avait pas de limites, parce qu'il était maintenant irréalisable.

Pour lui plaire, comme si elle vivait encore, il adopta ses prédilections, ses idées, il s'acheta des bottes vernies, il prit l'usage des cravates blanches. Il mettait du cosmétique à ses moustaches, il souscrivit comme elle des billets à ordre. Elle le corrompait par delà le tombeau.

Il fut obligé de vendre l'argenterie pièce à pièce, ensuite il vendit les meubles du salon. Tous les appartements se dégarnirent; mais la chambre, sa chambre à elle, était restée comme autrefois. Après son dîner, Charles montait là. Il poussait devant le feu la table ronde, et il approchait *son* fauteuil. Il s'asseyait en face. Une chandelle brûlait dans un des flambeaux dorés. Berthe, près de lui, enluminait des estampes.

Il souffrait, le pauvre homme, à la voir si mal vêtue, avec ses brodequins sans lacets et l'emmanchure de ses blouses déchirées jusqu'aux hanches, car la femme de ménage n'en prenait guère de souci. Mais elle était si douce, si gentille, et sa petite tête se penchait si gracieusement en laissant retomber sur ses joues roses sa bonne chevelure blonde, qu'une délectation infinie l'envahissait, plaisir tout mêlé d'amertume comme ces vins mal faits qui sentent la résine. Il raccommodait ses joujoux, lui fabriquait des pantins avec du carton, ou recousait le ventre déchiré de ses poupées. Puis, s'il rencontrait des yeux la boîte à ouvrage, un ruban qui traînait ou même une épingle restée dans une fente de la table, il se prenait à rêver, et il avait l'air si triste, qu'elle devenait triste comme lui.

Personne à présent ne venait les voir; car Justin s'était enfui à Rouen, où il est devenu garçon épicier, et les enfants de l'apothicaire fréquentaient de moins en moins la petite, M. Homais ne se souciant pas, vu la différence de leurs conditions sociales, que l'intimité se prolongeât.

L'Aveugle, qu'il n'avait pu guérir avec sa pommade était retourné dans la côte du Bois-Guillaume, où il narrait aux voyageurs la vaine tentative du pharmacien, à tel point que Homais, lorsqu'il allait à la ville, se dissimulait derrière les rideaux de l'*Hirondelle,* afin d'éviter sa rencontre. Il l'exécrait; et, dans l'intérêt de sa propre réputation, voulant s'en débarrasser à toute force, il dressa contre lui une batterie cachée, qui décelait la profondeur de son intelligence et la scélératesse de sa vanité. Durant six mois consécutifs, on put donc lire dans le *Fanal de Rouen* des entrefilets ainsi conçus :

« Toutes les personnes qui se dirigent vers les fertiles contrées de la Picardie auront remarqué, sans doute, dans la côte du Bois-Guillaume, un misérable atteint d'une horrible plaie faciale. Il vous importune, vous persécute et prélève un véritable impôt sur les voyageurs. Sommes-nous encore à ces temps monstrueux du moyen âge, où il était permis aux vagabonds d'étaler par nos places publiques la lèpre et les scrofules qu'ils avaient rapportées de la croisade? »

Ou bien :

« Malgré les lois contre le vagabondage, les abords de nos grandes villes continuent à être infestés par des bandes de pauvres. On en voit qui circulent isolément, et qui, peut-être, ne sont pas les moins dangereux. A quoi songent nos édiles? »

Puis Homais inventait des anecdotes :

« Hier, dans la côte du Bois-Guillaume, un cheval ombrageux... » Et suivait le récit d'un accident occasionné par la présence de l'aveugle.

Il fit si bien qu'on l'incarcéra. Mais on le relâcha. Il recommença, et Homais aussi recommença. C'était une lutte. Il eut la victoire; car son ennemi fut condamné à une réclusion perpétuelle dans un hospice.

Ce succès l'enhardit; et dès lors, il n'y eut plus dans l'arrondissement un chien écrasé, une grange incendiée, une femme battue, dont aussitôt il ne fît part au public, toujours guidé par l'amour du progrès et la haine des prêtres. Il établissait des comparaisons entre les écoles primaires et les frères ignorantins, au détriment de ces derniers, rappelait la Saint-Barthélemy à propos d'une allocation de cent francs faite à l'église, et dénonçait des abus, lançait des boutades. C'était son mot. Homais sapait; il devenait dangereux.

Cependant, il étouffait dans les limites étroites du journalisme, et bientôt il lui fallut le livre, l'ouvrage! Alors il composa une *Statistique générale du canton d'Yonville, suivie d'observations climatologiques,* et la statistique le poussa vers la philosophie. Il se préoccupa des grandes questions : problème social, moralisation des classes pauvres, pisciculture, caoutchouc, chemins de fer, etc. Il en vint à rougir d'être un bourgeois. Il affectait le *genre artiste,* il fumait! Il s'acheta deux statuettes *chic* Pompadour, pour décorer son salon.

Il n'abandonnait point la pharmacie; au contraire! il se tenait au courant des découvertes. Il suivait le grand mouvement des chocolats. C'est le premier qui ait fait venir dans la Seine-Inférieure du *cho-ca* et de la *revalentia*. Il s'éprit d'enthousiasme pour les chaînes hydro-électriques Pulvermacher; il en portait une lui-même; et, le soir, quand il retirait son gilet de flanelle, madame Homais restait tout éblouie devant la spirale d'or sous laquelle il disparaissait, et sentait redoubler ses ardeurs pour cet homme plus garrotté qu'un Scythe et splendide comme un mage.

Il eut de belles idées à propos du tombeau d'Emma. Il proposa d'abord un tronçon de colonne, avec une draperie, ensuite une pyramide, puis un temple de Vesta, une manière de rotonde... ou bien « un amas de ruines ». Et, dans tous les plans, Homais ne démordait point du saule pleureur qu'il considérait comme le symbole obligé de la tristesse.

Charles et lui firent ensemble un voyage à Rouen, pour voir des tombeaux, chez un entrepreneur de sépultures, — accompagnés d'un artiste peintre, un nommé Vaufrylard, ami de Bridoux, et qui, tout le temps, débita des calembours. Enfin, après avoir examiné une centaine de dessins, s'être commandé un devis et avoir fait un second voyage à Rouen, Charles se décida pour un mausolée qui devait porter sur ses deux faces principales « un génie tenant une torche éteinte ».

Quant à l'inscription, Homais ne trouvait rien de beau comme : *Sta viator,* et il en restait là; il se creusait l'imagination; il répétait continuellement : *Sta viator...* Enfin il découvrit : *amabilem conjugem calcas!* qui fut adopté.

Une chose étrange, c'est que Bovary, tout en pensant à Emma continuellement, l'oubliait; et il se désespérait à sentir cette image lui échapper de la mémoire au milieu des efforts qu'il faisait pour la retenir. Chaque nuit, pourtant, il la rêvait; c'était toujours le même rêve; il s'approchait d'elle; mais, quand il venait à l'étreindre, elle tombait en pourriture dans ses bras.

On le vit pendant une semaine entrer le soir à l'église. M. Bournisien lui fit même deux ou trois visites, puis l'abandonna. D'ailleurs, le bonhomme tournait à l'intolérance, au fanatisme, disait Homais; il fulminait contre l'esprit du siècle et ne manquait pas, tous les quinze jours, au sermon, de raconter l'agonie de Voltaire, lequel mourut en dévorant ses excréments, comme chacun sait.

Malgré l'épargne où vivait Bovary, il était loin de pouvoir amortir ses anciennes dettes. Lheureux refusa de renouveler aucun billet. La saisie devint imminente. Alors il eut recours à sa mère, qui consentit à lui laisser prendre une hypothèque sur ses biens, mais en lui envoyant force récriminations contre Emma; et elle demandait, en retour de son sacrifice, un châle échappé aux ravages de Félicité. Charles le lui refusa. Ils se brouillèrent.

Elle fit les premières ouvertures de raccommodement, en lui proposant de prendre chez elle la petite, qui la soulagerait dans sa maison. Charles y consentit. Mais, au moment du départ, tout courage l'abandonna. Alors ce fut une rupture définitive, complète.

A mesure que ses affections disparaissaient, il se resserrait plus étroitement à l'amour de son enfant. Elle l'inquiétait cependant; car elle toussait quelquefois et avait des plaques rouges aux pommettes.

En face de lui s'étalait, florissante et hilare, la famille du pharmacien, que tout au monde contribuait à satisfaire. Napoléon l'aidait au laboratoire. Athalie lui brodait un bonnet grec, Irma découpait des rondelles de papier pour couvrir les confitures, et Franklin récitait tout d'une haleine la table de Pythagore. Il était le plus heureux des pères, le plus fortuné des hommes.

Erreur! une ambition sourde le rongeait : Homais désirait la croix. Les titres ne lui manquaient point :

1º S'être, lors du choléra, signalé par un dévouement sans bornes; 2º avoir publié, et à ses frais, différents ouvrages d'utilité publique, tels que... (et il rappelait son mémoire intitulé : *Du cidre, de sa fabrication et de ses effets;* plus, des observations sur le puceron laniger, envoyées à l'Académie; son volume de statistique, et jusqu'à sa thèse de pharmacien); « sans compter que je suis membre de plusieurs sociétés savantes » (il l'était d'une seule).

« Enfin, s'écriait-il, en faisant une pirouette, quand ce ne serait que de me signaler aux incendies! »

Alors Homais inclinait vers le Pouvoir. Il rendit secrètement à M. le Préfet de grands services dans les

élections. Il se vendit enfin, il se prostitua. Il adressa
même au souverain une pétition où il le suppliait *de
lui faire justice,* il l'appelait *notre bon roi* et le comparait à
Henri IV.

Et, chaque matin, l'apothicaire se précipitait sur le
journal pour y découvrir sa nomination : elle ne venait
pas. Enfin, n'y tenant plus, il fit dessiner dans son
jardin un gazon figurant l'étoile de l'honneur, avec
deux petits tortillons d'herbe qui partaient du sommet
pour imiter le ruban. Il se promenait autour, les bras
croisés, en méditant sur l'ineptie du gouvernement
et l'ingratitude des hommes.

Par respect, ou par une sorte de sensualité qui lui
faisait mettre de la lenteur dans ses investigations,
Charles n'avait pas encore ouvert le compartiment
secret d'un bureau de palissandre dont Emma se servait
habituellement. Un jour, enfin, il s'assit devant, tourna
la clef et poussa le ressort. Toutes les lettres de Léon
s'y trouvaient. Plus de doute, cette fois! Il dévora
jusqu'à la dernière, fouilla dans tous les coins, tous les
meubles, tous les tiroirs, derrière les murs, sanglotant,
hurlant, éperdu, fou. Il découvrit une boîte, la défonça
d'un coup de pied. Le portrait de Rodolphe lui sauta
en plein visage, au milieu des billets doux bouleversés.

On s'étonna de son découragement. Il ne sortait
plus, ne recevait personne, refusait même d'aller voir
ses malades. Alors on prétendit qu'il *s'enfermait pour
boire.*

Quelquefois, pourtant, un curieux se haussait par-
dessus la haie du jardin et apercevait avec ébahissement cet homme à barbe longue, couvert d'habits
sordides, farouche, et qui pleurait tout haut en marchant.

Le soir, dans l'été, il prenait avec lui sa petite fille
et la conduisait au cimetière. Ils s'en revenaient à la
nuit close, quand il n'y avait plus d'éclairé sur la place
que la lucarne de Binet.

Cependant la volupté de sa douleur était incomplète,
car il n'avait autour de lui personne qui la partageât;
et il faisait des visites à la mère Lefrançois afin de
pouvoir parler d'*elle.* Mais l'aubergiste ne l'écoutait
que d'une oreille, ayant comme lui des chagrins, car
M. Lheureux venait enfin d'établir *les Favorites du*

Commerce, et Hivert, qui jouissait d'une grande réputation pour les commissions, exigeait un surcroît d'appointements et menaçait de s'engager « à la Concurrence ».

Un jour qu'il était allé au marché d'Argueil pour y vendre son cheval; — dernière ressource, — il rencontra Rodolphe.

Ils pâlirent en s'apercevant. Rodolphe, qui avait seulement envoyé sa carte, balbutia d'abord quelques excuses, puis s'enhardit et même poussa l'aplomb (il faisait très chaud, on était au mois d'août) jusqu'à l'inviter à prendre une bouteille de bière au cabaret.

Accoudé en face de lui, il mâchait son cigare tout en causant, et Charles se perdait en rêveries devant cette figure qu'elle avait aimée. Il lui semblait revoir quelque chose d'elle. C'était un émerveillement. Il aurait voulu être cet homme.

L'autre continuait à parler culture, bestiaux, engrais, bouchant avec des phrases banales tous les interstices où pouvait se glisser une allusion. Charles ne l'écoutait pas; Rodolphe s'en apercevait, et il suivait sur la mobilité de sa figure le passage des souvenirs. Elle s'empourprait peu à peu, les narines battaient vite, les lèvres frémissaient; il y eut même un instant où Charles, plein d'une fureur sombre, fixa ses yeux contre Rodolphe, qui, dans une sorte d'effroi, s'interrompit. Mais bientôt la même lassitude funèbre réapparut sur son visage.

« Je ne vous en veux pas », dit-il.

Rodolphe était resté muet. Et Charles, la tête dans ses deux mains, reprit d'une voix éteinte et avec l'accent résigné des douleurs infinies :

« Non, je ne vous en veux plus! »

Il ajouta même un grand mot, le seul qu'il ait jamais dit :

« C'est la faute de la fatalité! »

Rodolphe, qui avait conduit cette fatalité, le trouva bien débonnaire pour un homme dans sa situation, comique même, et un peu vil.

Le lendemain, Charles alla s'asseoir sur le banc, dans la tonnelle. Des jours passaient par le treillis; les feuilles de vigne dessinaient leurs ombres sur le sable, le jasmin embaumait, le ciel était bleu, des cantharides bourdonnaient autour des lis en fleur, et Charles suffoquait comme un adolescent sous les vagues effluves amoureux qui gonflaient son cœur chagrin.

A sept heures, la petite Berthe, qui ne l'avait pas vu de toute l'après-midi, vint le chercher pour dîner.

Il avait la tête renversée contre le mur, les yeux clos, la bouche ouverte, et tenait dans ses mains une longue mèche de cheveux noirs.

« Papa, viens donc! » dit-elle.

Et, croyant qu'il voulait jouer, elle le poussa doucement. Il tomba par terre. Il était mort.

Trente-six heures après, sur la demande de l'apothicaire, M. Canivet accourut. Il l'ouvrit et ne trouva rien.

Quand tout fut vendu, il resta douze francs soixante et quinze centimes qui servirent à payer le voyage de mademoiselle Bovary chez sa grand-mère. La bonne femme mourut dans l'année même; le père Rouault étant paralysé, ce fut une tante qui s'en chargea. Elle est pauvre et l'envoie, pour gagner sa vie, dans une filature de coton.

Depuis la mort de Bovary, trois médecins se sont succédé à Yonville sans pouvoir y réussir, tant M. Homais les a tout de suite battus en brèche. Il fait une clientèle d'enfer; l'autorité le ménage et l'opinion publique le protège.

Il vient de recevoir la croix d'honneur.

APPENDICE

APPENDICE

PROCÈS

LE MINISTÈRE PUBLIC
CONTRE GUSTAVE FLAUBERT

RÉQUISITOIRE

DE M. L'AVOCAT IMPÉRIAL
M. ERNEST PINARD.

MESSIEURS, en abordant ce débat, le ministère public est en présence d'une difficulté qu'il ne peut pas se dissimuler. Elle n'est pas dans la nature même de la prévention : offenses à la morale publique et à la religion, ce sont là sans doute des expressions un peu vagues, un peu élastiques, qu'il est nécessaire de préciser. Mais enfin, quand on parle à des esprits droits et pratiques, il est facile de s'entendre à cet égard, de distinguer si telle page d'un livre porte atteinte à la religion ou à la morale. La difficulté n'est pas dans notre prévention, elle est plutôt, elle est davantage dans l'étendue de l'œuvre que vous avez à juger. Il s'agit d'un roman tout entier. Quand on soumet à votre appréciation un article de journal, on voit tout de suite où le délit commence et où il finit; le ministère public lit l'article et le soumet à votre appréciation. Ici il ne s'agit pas d'un article de journal, mais d'un roman tout entier qui commence le 1er octobre, finit le 15 décembre, et se compose de six livraisons, dans la *Revue de Paris*, 1856. Que faire dans cette situation? Quel est le rôle du ministère public? Lire tout le roman? C'est impossible. D'un autre côté, ne lire que les textes incriminés, c'est s'exposer à un reproche très fondé. On pourrait nous dire : si vous n'exposez pas le procès dans toutes ses parties, si vous passez ce qui précède et ce qui suit les passages incriminés, il est évident que vous étouffez le débat en restreignant le terrain de la discussion. Pour éviter ce double inconvénient, il n'y a qu'une marche à suivre, et la voici, c'est de vous raconter d'abord tout le roman sans en lire, sans en incriminer aucun passage, et puis de lire, d'incriminer en citant le texte, et enfin de répondre aux objections qui pourraient s'élever contre le système général de la prévention.

Quel est le titre du roman : *Madame Bovary*. C'est un titre qui

ne dit rien par lui-même. Il en a un second entre parenthèses :
Mœurs de province. C'est encore là un titre qui n'explique pas la
pensée de l'auteur, mais qui la fait pressentir. L'auteur n'a pas
voulu suivre tel ou tel système philosophique vrai ou faux, il
a voulu faire des tableaux de genre, et vous allez voir quels tableaux!!! Sans doute c'est le mari qui commence et qui termine
le livre, mais le portrait le plus sérieux de l'œuvre, qui illu-
mine les autres peintures, c'est évidemment celui de Mme
Bovary.

Ici je raconte, je ne cite pas. On prend le mari au collège, et,
il faut le dire, l'enfant annonce déjà ce que sera le mari. Il est excessivement lourd et timide, si timide que lorsqu'il arrive au collège
et qu'on lui demande son nom, il commence par répondre *Charbovari.* Il est si lourd qu'il travaille sans avancer. Il n'est jamais
le premier, il n'est jamais le dernier non plus de sa classe ; c'est
le type, sinon de la nullité, au moins de celui du ridicule au collège.
Après les études du collège il vint étudier la médecine à Rouen,
dans une chambre au quatrième, donnant sur la Seine*, que sa
mère lui avait louée chez un teinturier de sa connaissance. C'est
là qu'il fait ses études médicales et qu'il arrive petit à petit à conquérir, non pas le grade de docteur en médecine, mais celui d'officier de santé. Il fréquentait les cabarets, il manquait les cours, mais
il n'avait au demeurant d'autre passion que celle de jouer aux
dominos. Voilà M. Bovary.

Il va se marier. Sa mère lui trouve une femme : la veuve d'un
huissier de Dieppe ; elle est vertueuse et laide, elle a quarante-
cinq ans et 1.200 livres de rente. Seulement le notaire qui avait
le capital de la rente partit un beau matin pour l'Amérique, et
Mme Bovary jeune fut tellement frappée, tellement impressionnée
par ce coup inattendu, qu'elle en mourut. Voilà le premier mariage,
voilà la première scène.

M. Bovary, devenu veuf, songea à se remarier. Il interroge ses
souvenirs ; il n'a pas besoin d'aller bien loin, il lui vient tout
de suite à l'esprit la fille d'un fermier du voisinage qui avait singulièrement excité les soupçons de Mme Bovary, Mlle Emma
Rouault. Le fermier Rouault n'avait qu'une fille, élevée aux
Ursulines de Rouen. Elle s'occupait peu de la ferme ; son père
désirait la marier. L'officier de santé se présente, il n'est pas difficile sur la dot, et vous comprenez qu'avec de telles dispositions
de part et d'autre les choses vont vite. Le mariage est accompli.
M. Bovary est aux genoux de sa femme, il est le plus heureux des
hommes, le plus aveugle des maris ; sa seule préoccupation est de
prévenir les désirs de sa femme.

Ici le rôle de M. Bovary s'efface ; celui de Mme Bovary devient
l'œuvre sérieuse du livre.

Messieurs, Mme Bovary a-t-elle aimé son mari ou cherché à

---

* *Sic,* voir page 299, ligne 12.

l'aimer? Non, et dès le commencement il y eut ce qu'on peut appeler la scène de l'initiation. A partir de ce moment, un autre horizon s'étale devant elle, une vie nouvelle lui apparaît. Le propriétaire du château de la Vaubyessard avait donné une grande fête. On avait invité l'officier de santé, on avait invité sa femme, et là il y eut pour elle comme une initiation à toutes les ardeurs de la volupté! Elle avait aperçu le duc de Laverdière, qui avait eu des succès à la cour; elle avait valsé avec un vicomte et éprouvé un trouble inconnu. A partir de ce moment, elle avait vécu d'une vie nouvelle; son mari, tout ce qui l'entourait, lui était devenu insupportable. Un jour, en cherchant dans un meuble, elle avait rencontré un fil de fer qui lui avait déchiré le doigt; c'était le fil de son bouquet de mariage. Pour essayer de l'arracher à l'ennui qui la consumait, M. Bovary fit le sacrifice de sa clientèle, et vint s'installer à Yonville. C'est ici que vient la scène de la première chute. Nous sommes à la seconde livraison. Mme Bovary arrive à Yonville, et là, la première personne qu'elle rencontre, sur laquelle elle fixe ses regards, ce n'est pas le notaire de l'endroit, c'est l'unique clerc de ce notaire, Léon Dupuis. C'est un tout jeune homme qui fait son droit et qui va partir pour la capitale. Tout autre que M. Bovary aurait été inquiété des visites du jeune clerc, mais M. Bovary est si naïf qu'il croit à la vertu de sa femme; Léon, inexpérimenté, éprouvait le même sentiment. Il est parti, l'occasion est perdue, mais les occasions se retrouvent facilement. Il y avait dans le voisinage d'Yonville un M. Rodolphe Boulanger (vous voyez que je raconte). C'était un homme de trente-quatre ans, d'un tempérament brutal; il avait eu beaucoup de succès auprès des conquêtes faciles; il avait alors pour maîtresse une actrice; il aperçut Mme Bovary, elle était jeune, charmante; il résolut d'en faire sa maîtresse. La chose était facile, il lui suffit de trois occasions. La première fois il était venu aux Comices agricoles, la seconde fois il lui avait rendu une visite, la troisième fois il lui avait fait faire une promenade à cheval que le mari avait jugée nécessaire à la santé de sa femme; et c'est alors, dans une première visite de la forêt, que la chute a lieu. Les rendez-vous se multiplieront au château de Rodolphe, surtout dans le jardin de l'officier de santé. Les amants arrivent jusqu'aux limites extrêmes de la volupté! Mme Bovary veut se faire enlever par Rodolphe, Rodolphe n'ose pas dire non, mais il lui écrit une lettre où il cherche à lui prouver, par beaucoup de raisons, qu'il ne peut pas l'enlever. Foudroyée à la réception de cette lettre, Mme Bovary a une fièvre cérébrale, à la suite de laquelle une fièvre typhoïde se déclare. La fièvre tua l'amour, mais resta la malade. Voilà la deuxième scène.

J'arrive à la troisième. La chute avec Rodolphe avait été suivie d'une réaction religieuse, mais elle avait été courte; Mme Bovary va tomber de nouveau. Le mari avait jugé le spectacle utile à la convalescence de sa femme, et il l'avait conduite à Rouen. Dans une loge, en face de celle qu'occupaient M. et Mme Bovary, se trouvait Léon Dupuis, ce jeune clerc de notaire qui fait son droit à Paris, et qui en est revenu singulièrement instruit, singulièrement expérimenté. Il va voir Mme Bovary; il lui propose un rendez-vous. Mme Bovary lui indique la cathédrale. Au sortir de la cathédrale, Léon lui propose de monter dans un fiacre. Elle résiste d'abord, mais Léon lui dit que cela se fait ainsi à Paris et, alors, plus d'obstacle. La chute a lieu dans le fiacre! Les rendez-vous se multiplient pour Léon comme pour Rodolphe, chez l'officier de santé et puis dans une chambre qu'on avait louée à Rouen. Enfin elle arriva jusqu'à la fatigue même de ce second amour, et c'est ici que commence la scène de détresse, c'est la dernière du roman.

Mme Bovary avait prodigué, jeté les cadeaux à la tête de Rodolphe et de Léon, elle avait mené une vie de luxe, et, pour faire face à tant de dépenses, elle avait souscrit de nombreux billets à ordre. Elle avait obtenu de son mari une procuration générale pour gérer le patrimoine commun; elle avait rencontré un usurier qui se faisait souscrire des billets, lesquels n'étant pas payés à l'échéance, étaient renouvelés, sous le nom d'un compère. Puis étaient venus le papier timbré, les protêts, les jugements, la saisie, et enfin l'affiche de la vente du mobilier de M. Bovary qui ignorait tout. Réduite aux plus cruelles extrémités, Mme Bovary demande de l'argent à tout le monde et n'en obtient de personne. Léon n'en a pas, et il recule épouvanté à l'idée d'un crime qu'on lui suggère pour s'en procurer. Parcourant tous les degrés de l'humiliation, Mme Bovary va chez Rodolphe; elle ne réussit pas, Rodolphe n'a pas trois mille francs. Il ne lui reste plus qu'une issue. De s'excuser auprès de son mari? Non; de s'expliquer avec lui? Mais ce mari aurait la générosité de lui pardonner, et c'est là une humiliation qu'elle ne peut pas accepter : elle s'empoisonne. Viennent alors des scènes douloureuses. Le mari est là, à côté du corps glacé de sa femme. Il fait apporter sa robe de noces, il ordonne qu'on l'en enveloppe et qu'on enferme sa dépouille dans un triple cercueil.

Un jour, il ouvre le secrétaire et il y trouve le portrait de Rodolphe, ses lettres et celles de Léon. Vous croyez que l'amour va tomber alors? Non, non, il s'excite, au contraire, il s'exalte pour cette femme que d'autres ont possédée, en raison de ces souvenirs de volupté qu'elle lui a laissés; et dès ce moment il néglige sa clientèle, sa famille, il laisse aller au vent les dernières parcelles de son patrimoine, et un jour on le trouve mort dans la tonnelle de son jardin, tenant dans ses mains une longue mèche de cheveux noirs.

Voilà le roman; je l'ai raconté tout entier en n'en suppriman aucune scène. On l'appelle *Madame Bovary;* vous pouvez lui donner un autre titre, et l'appeler avec justesse : *Histoire des adultères d'une femme de province.*

Messieurs, la première partie de ma tâche est remplie; j'ai raconté, je vais citer, et après les citations viendra l'incrimination qui porte sur deux délits : offense à la morale publique, offense à la morale religieuse. L'offense à la morale publique est dans les tableaux lascifs que je mettrai sous vos yeux, l'offense à la morale religieuse dans des images voluptueuses mêlées aux choses sacrées. J'arrive aux citations. Je serai court, car vous lirez le roman tout entier. Je me bornerai à vous citer quatre scènes, ou plutôt quatre tableaux. La première, ce sera celle des amours et de la chute avec Rodolphe; la seconde, la transition religieuse entre les deux adultères; la troisième, ce sera la chute avec Léon, c'est le deuxième adultère, et, enfin, la quatrième, que je veux citer, c'est la mort de Mme Bovary.

Avant de soulever ces quatre coins du tableau, permettez-moi de me demander quelle est la couleur, le coup de pinceau de M. Flaubert, car enfin, son roman est un tableau, et il faut savoir à quelle école il appartient, quelle est la couleur qu'il emploie et quel est le portrait de son héroïne.

La couleur générale de l'auteur, permettez-moi de vous le dire, c'est la couleur lascive, avant, pendant et après ces chutes! Elle est enfant, elle a dix ou douze ans, elle est au couvent des Ursulines. A cet âge où la jeune fille n'est pas formée, où la femme ne peut pas sentir ces émotions premières qui lui révèlent un monde nouveau, elle se confesse.

« Quand elle allait à confesse (cette première citation de la première livraison est à la page 30 du numéro du 1er octobre*), » quand elle allait à confesse, elle inventait de petits péchés afin » de rester là plus longtemps, à genoux dans l'ombre, les mains » jointes, le visage à la grille sous le chuchotement du prêtre. » Les comparaisons de fiancé, d'époux, d'amant céleste et de » mariage éternel qui reviennent dans les sermons lui soulevaient » au fond de l'âme des douceurs inattendues. »

Est-ce qu'il est naturel qu'une petite fille invente de petits péchés, quand on sait que, pour un enfant, ce sont les plus petits qu'on a le plus de peine à dire? Et puis, à cet âge-là, quand une petite fille n'est pas formée, la montrer inventant de petits péchés dans l'ombre, sous le chuchotement du prêtre, en se rappelant ces comparaisons de fiancé, d'époux, d'amant céleste et de mariage éternel, qui lui faisaient éprouver comme un frisson de volupté, n'est-ce pas faire ce que j'ai appelé une peinture lascive?

Voulez-vous Mme Bovary dans ses moindres actes, à l'état libre, sans l'amant, sans la faute. Je passe sur ce mot du *lendemain*, et sur cette mariée qui ne laissait rien découvrir où l'on pût deviner quelque chose, il y a là déjà un tour de phrase plus qu'équivoque, mais voulez-vous savoir comment était le mari?

Ce mari du lendemain « que l'on eût pris pour la vierge de la

---

* Voir page 323, dernier paragraphe.

» veille », et cette mariée « qui ne laissait rien découvrir où l'on
» pût deviner quelque chose ». Ce mari (p. 29)* qui se lève et
part « le cœur plein des félicités de la nuit, l'esprit tranquille,
» la chair contente », s'en allant « ruminant son bonheur comme
» ceux qui mâchent encore après dîner le goût des truffes qu'ils
» digèrent ».

Je tiens, messieurs, à vous préciser le cachet de l'œuvre littéraire de M. Flaubert et ses coups de pinceau. Il a quelquefois des
traits qui veulent beaucoup dire, et ces traits ne lui coûtent rien.

Et puis, au château de la Vaubyessard, savez-vous ce qui attire
les regards de cette jeune femme, ce qui la frappe le plus? C'est
toujours la même chose, c'est le duc de Laverdière, amant,
« disait-on, de Marie-Antoinette, entre MM. de Coigny et de Lau-
» zun », et sur lequel « les yeux d'Emma revenaient d'eux-mêmes,
» comme sur quelque chose d'extraordinaire et d'auguste; il
» avait vécu à la cour et couché dans le lit des reines ! »

Ce n'est là qu'une parenthèse historique, dira-t-on? Triste
et inutile parenthèse! L'histoire a pu autoriser des soupçons,
mais non le droit de les ériger en certitude. L'histoire a parlé
du collier dans tous les romans, l'histoire a parlé de mille choses,
mais ce ne sont là que des soupçons, et, je le répète, je ne sache
pas qu'elle ait autorisé à transformer ces soupçons en certitude.
Et quand Marie-Antoinette est morte avec la dignité d'une souveraine et le calme d'une chrétienne, ce sang versé pourrait effacer
des fautes, à plus forte raison des soupçons. Mon Dieu, M. Flaubert
a eu besoin d'une image frappante pour peindre son héroïne,
et il a pris celle-là pour exprimer tout à la fois et les instincts pervers
et l'ambition de Mme Bovary !

Mme Bovary doit très bien valser, et la voici valsant :
« Ils commencèrent lentement, puis allèrent plus vite. Ils tour-
» naient; tout tournait autour d'eux, les lampes, les meubles, les
» lambris et le parquet, comme un disque sur un pivot. En passant
» auprès des portes, la robe d'Emma par le bas s'ériflait au pan-
» talon; leurs jambes entraient l'une dans l'autre, il baissait ses
» regards vers elle, elle levait les siens vers lui; une torpeur la
» prenait, elle s'arrêta. Ils repartirent, et, d'un mouvement plus
» rapide, le vicomte l'entraînant, disparut avec elle, jusqu'au
» bout de la galerie où, haletante, elle faillit tomber et, un instant,
» s'appuya la tête sur sa poitrine. Et puis, tournant toujours, mais
» plus doucement, il la reconduisit à sa place; elle se renversa
» contre la muraille et mit la main devant ses yeux. »

Je sais bien qu'on valse un peu de cette manière, mais cela n'en
est pas plus moral.

Prenez Mme Bovary dans les actes les plus simples, c'est toujours le même coup de pinceau, il est à toutes les pages. Aussi
Justin, le domestique du pharmacien voisin, a-t-il des émerveil-

---

* Page 322, 3e ligne et suiv.

lements subits quand il est initié dans le secret du cabinet de toilette de cette femme. Il poursuit sa volupteuse admiration jusqu'à la cuisine.

« Le coude sur la longue planche où elle (Félicité, la femme
» de chambre) repassait, il considérait avidement toutes ces affaires
» de femmes étalées autour de lui, les jupons de basin, les fichus,
» les collerettes et les pantalons à coulisse, vastes de hanches et
» qui se rétrécissaient par le bas.

« — A quoi cela sert-il? demandait le jeune garçon, en passant
» sa main sur la crinoline ou les agrafes.

« — Tu n'as donc jamais rien vu? » répondait en riant Félicité.

Aussi le mari se demande-t-il, en présence de cette femme sentant frais, si l'odeur vient de la peau ou de la chemise.

« Il trouvait tous les soirs des meubles souples et une femme
» en toilette fine, charmante et sentant frais, à ne savoir même
» d'où venait cette odeur, ou si ce n'était pas la femme qui par-
» fumait la chemise. »

Assez de citations de détail! Vous connaissez maintenant la physionomie de Mme Bovary au repos, quand elle ne provoque personne, quand elle ne pèche pas, quand elle est encore complètement innocente, quand, au retour d'un rendez-vous, elle n'est pas encore à côté d'un mari qu'elle déteste; vous connaissez maintenant la couleur générale du tableau, la physionomie générale de Mme Bovary. L'auteur a mis le plus grand soin, employé tous les prestiges de son style pour peindre cette femme. A-t-il essayé de la montrer du côté de l'intelligence? Jamais. Du côté du cœur? Pas davantage. Du côté de l'esprit? Non. Du côté de la beauté physique? Pas même. Oh! je sais bien qu'il y a un portrait de Mme Bovary après l'adultère des plus étincelants; mais le tableau est avant tout lascif, les poses sont voluptueuses, la beauté de Mme Bovary est une beauté de provocation.

J'arrive maintenant aux quatre citations importantes; je n'en ferai que quatre; je tiens à restreindre mon cadre. J'ai dit que la première serait sur les amours de Rodolphe, la seconde sur la transition religieuse, la troisième sur les amours de Léon, la quatrième sur la mort.

Voyons la première, Mme Bovary est près de la chute, près de succomber.

« La médiocrité domestique la poussait à des fantaisies luxueuses,
» les tendresses matrimoniales en des désirs adultères »... « elle
» se maudit de n'avoir pas aimé Léon, elle eut soif de ses lèvres. »

Qu'est-ce qui a séduit Rodolphe et l'a préparé? Le gonflement de l'étoffe de la robe de Mme Bovary, qui s'est crevée de place en place selon les inflexions du corsage! Rodolphe a amené son domestique chez Bovary pour le faire saigner. Le domestique va se trouver mal, Mme Bovary tient la cuvette.

« Pour la mettre sous la table, dans le mouvement qu'elle fit
» en s'inclinant, sa robe s'évasa autour d'elle sur les carreaux de

» la salle : et comme Emma, baissée, chancelait un peu en écartant
» les bras, le gonflement de l'étoffe se crevait de place en place
» selon les inflexions du corsage. » Aussi voici la réflexion de
Rodolphe :

« Il revoyait Emma dans la salle, habillée comme il l'avait vue,
» et il la déshabillait. »

P. 417*. C'est le premier jour où ils se parlent. « Ils se regar-
» daient, un désir suprême faisait frissonner leurs lèvres sèches,
» et mollement, sans effort, leurs doigts se confondirent. »

Ce sont là les préliminaires de la chute. Il faut lire la chute
elle-même.

« Quand le costume fut prêt, Charles écrivit à M. Boulanger
» que sa femme était à sa disposition et qu'ils comptaient sur sa
» complaisance.

« Le lendemain à midi, Rodolphe arriva devant la porte de Charles
» avec deux chevaux de maître ; l'un portait des pompons roses
» aux oreilles et une selle de femme en peau de daim.

« Il avait mis de longues bottes molles, se disant que sans doute
» elle n'en avait jamais vu de pareilles ; en effet, Emma fut charmée
» de sa tournure, lorsqu'il apparut avec son grand habit de velours
» marron et sa culotte de tricot blanc...

....

« Dès qu'il sentit la terre, le cheval d'Emma prit le galop.
» Rodolphe galopait à côté d'elle. »

Les voilà dans la forêt.

« Il l'entraîna plus loin autour d'un petit étang où des lentilles
» d'eau faisaient une verdure sur les ondes...

....

« — J'ai tort, j'ai tort, disait-elle, je suis folle de vous entendre.

« — Pourquoi ? Emma ! Emma !

« — O Rodolphe !... fit lentement la jeune femme, en se penchant
» sur son épaule.

« Le drap de sa robe s'accrochait au velours de l'habit. Elle
» renversa son cou blanc, qui se gonflait d'un soupir ; et, défaillante,
» tout en pleurs, avec un long frémissement et se cachant la figure,
» elle s'abandonna. »

Lorsqu'elle se fut relevée, lorsque après avoir secoué les fatigues
de la volupté, elle rentra au foyer domestique, à ce foyer où elle
devait trouver un mari qui l'adorait, après sa première faute, après
ce premier adultère, après cette première chute, est-ce le remords,
le sentiment du remords qu'elle éprouva, au regard de ce mari
trompé qui l'adorait ? Non ! le front haut, elle rentra en glorifiant
l'adultère.

« En s'apercevant dans la glace, elle s'étonna de son visage.
» Jamais elle n'avait eu les yeux si grands, si noirs, ni d'une telle

---

* Page 428.

» profondeur. Quelque chose de subtil épandu sur sa personne
» la transfigurait.

« Elle se répétait : J'ai un amant ! un amant ! se délectant à cette
» idée comme à celle d'une autre puberté qui lui serait survenue.
» Elle allait donc enfin posséder ces plaisirs de l'amour, cette fièvre
» de bonheur dont elle avait désespéré. Elle entrait dans quelque
» chose de merveilleux, où tout serait passion, extase, délire... »

Ainsi dès cette première faute, dès cette première chute, elle
fait la glorification de l'adultère, elle chante le cantique de l'adultère,
sa poésie, ses voluptés. Voilà, messieurs, qui pour moi est bien
plus dangereux, bien plus immoral que la chute elle-même !

Messieurs, tout est pâle devant cette glorification de l'adultère;
même les rendez-vous de nuit, quelques jours après.

« Pour l'avertir, Rodolphe jetait contre les persiennes une poignée
» de sable. Elle se levait en sursaut; mais quelquefois il lui fallait
» attendre, car Charles avait la manie de bavarder au coin du feu,
» et il n'en finissait pas. Elle se dévorait d'impatience; si ses yeux
» l'avaient pu, ils l'eussent fait sauter par les fenêtres. Enfin elle
» commençait sa toilette de nuit, puis elle prenait un livre et
» continuait à lire fort tranquillement comme si la lecture l'eût
» amusée. Mais Charles, qui était au lit, l'appelait pour se coucher.

« — Viens donc, Emma, disait-il, il est temps.

« — Oui, j'y vais ! répondait-elle.

« Cependant, comme les bougies l'éblouissaient, il se tournait
» vers le mur et s'endormait. Elle s'échappait en retenant son
» haleine, souriante, palpitante, déshabillée.

« Rodolphe avait un grand manteau; il l'en enveloppait tout
» entière, et passant le bras autour de sa taille, il l'entraînait sans
» parler jusqu'au fond du jardin.

« C'était sous la tonnelle, sur ce même banc de bâtons pourris
» où autrefois Léon la regardait si amoureusement durant les
» soirées d'été ! Elle ne pensait guère à lui, maintenant.

« Le froid de la nuit les faisait s'étreindre davantage, les soupirs
» de leurs lèvres leur semblaient plus forts, leurs yeux, qu'ils
» entrevoyaient à peine, leur paraissaient plus grands, et au milieu
» du silence il y avait des paroles dites tout bas qui tombaient
» sur leur âme avec une sonorité cristalline et qui s'y répercutaient
» en vibrations multipliées. »

Connaissez-vous au monde, messieurs, un langage plus expressif?
Avez-vous jamais vu un tableau plus lascif? Écoutez encore :

« Jamais Mme Bovary ne fut aussi belle qu'à cette époque; elle
» avait cette indéfinissable beauté qui résulte de la joie, de l'en-
» thousiasme, du succès, et qui n'est que l'harmonie du tempé-
» rament avec les circonstances. Ses convoitises, ses chagrins,
» l'expérience du plaisir et ses illusions toujours jeunes, comme
» font aux fleurs le fumier, la pluie, les vents et le soleil, l'avaient
» par gradations développée, et elle s'épanouissait enfin dans la
» plénitude de sa nature. Ses paupières semblaient taillées tout

» exprès pour ses longs regards amoureux où la prunelle se per-
» dait, tandis qu'un souffle fort écartait ses narines minces et rele-
» vait le coin charnu de ses lèvres, qu'ombrageait à la lumière
» un peu de duvet noir. On eût dit qu'un artiste habile en corrup-
» tions avait disposé sur sa nuque la torsade de ses cheveux.
» Ils s'enroulaient en une masse lourde, négligemment, et selon
» les hasards de l'adultère qui les dénouait tous les jours. Sa
» voix maintenant prenait des inflexions plus molles, sa taille
» aussi; quelque chose de subtil qui vous pénétrait se dégageait
» même des draperies de sa robe et de la cambrure de son pied.
» Charles, comme au premier temps de leur mariage, la trouvait
» délicieuse et tout irrésistible. »

Jusqu'ici la beauté de cette femme avait consisté dans sa grâce,
dans sa tournure, dans ses vêtements; enfin, elle vient de vous
être montrée sans voile, et vous pouvez dire si l'adultère ne l'a
pas embellie :

« — Emmène-moi ! s'écria-t-elle. Enlève-moi !... Oh ! je t'en
» supplie !

« Et elle se précipita sur sa bouche, comme pour y saisir le
» consentement inattendu, qui s'exhalait dans un baiser. »

Voilà un portrait, messieurs, comme sait les faire M. Flaubert.
Comme les yeux de cette femme s'élargissent ! Comme quelque
chose de ravissant est épandu sur elle, depuis sa chute ! Sa beauté
a-t-elle jamais été aussi éclatante que le lendemain de sa chute,
que dans les jours qui ont suivi sa chute? Ce que l'auteur vous
montre, c'est la poésie de l'adultère, et je vous demande encore une
fois si ces pages lascives ne sont pas d'une immoralité profonde !!!

J'arrive à la seconde citation. La seconde citation est une transition religieuse. Mme Bovary avait été très malade, aux portes du
tombeau. Elle revient à la vie, sa convalescence est signalée par
une petite transition religieuse.

« M. Bournisien (c'était le curé) venait la voir. Il s'enquérait
» de sa santé, lui apportait des nouvelles et l'exhortait à la religion
» dans un petit bavardage câlin, qui ne manquait pas d'agrément.
» La seule vue de sa soutane la réconfortait. »

Enfin elle va faire la communion. Je n'aime pas beaucoup à
rencontrer des choses saintes dans un roman, mais au moins, quand
on en parle, faudrait-il ne pas les travestir par le langage. Y a-t-il
dans cette femme adultère qui va à la communion quelque chose
de la foi de la Madeleine repentante? Non, non, c'est toujours
la femme passionnée qui cherche des illusions, et qui les cherche
dans les choses les plus saintes, les plus augustes.

« Un jour qu'au plus fort de sa maladie elle s'était crue agoni-
» sante, elle avait demandé la communion; et à mesure que l'on
» faisait dans sa chambre les préparatifs pour le sacrement, que l'on
» disposait en autel la commode encombrée de sirops, et que Félicité
» semait par terre des fleurs de dahlia, Emma sentait quelque chose
» de fort passant sur elle, qui la débarrassait de ses douleurs, de

» toute perception, de tout sentiment. Sa chair allégée ne pesait
» plus, une autre vie commençait; il lui sembla que son être montant
» vers Dieu allait s'anéantir dans cet amour, comme un encens
» allumé qui se dissipe en vapeur. »

Dans quelle langue prie-t-on Dieu avec les paroles adressées
à l'amant dans les épanchements de l'adultère? Sans doute on
parlera de la couleur locale, et on s'excusera en disant qu'une
femme vaporeuse, romanesque, ne fait pas, même en religion, les
choses comme tout le monde. Il n'y a pas de couleur locale qui
excuse ce mélange! Voluptueuse un jour, religieuse le lendemain,
nulle femme, même dans d'autres régions, même sous le ciel
d'Espagne ou d'Italie, ne murmure à Dieu les caresses adultères
qu'elle donnait à l'amant. Vous apprécierez ce langage, messieurs,
et vous n'excuserez pas ces paroles de l'adultère introduites, en
quelque sorte, dans le sanctuaire de la divinité! Voilà la seconde
citation; j'arrive à la troisième, c'est la série des adultères.

Après la transition religieuse, Mme Bovary est encore prête à
tomber. Elle va au spectacle à Rouen. On jouait *Lucie de Lammermoor*. Emma fit un retour sur elle-même.

« Ah! si dans la fraîcheur de sa beauté, avant les souillures du
» mariage et les désillusions de l'adultère (il y en a qui auraient
» dit : les désillusions du mariage et les souillures de l'adultère),
» avant les souillures du mariage et les désillusions de l'adultère,
» elle avait pu placer sa vie sur quelque grand cœur solide, alors
» la vertu, la tendresse, les voluptés et le devoir se confondant,
» jamais elle ne serait descendue d'une félicité si haute. »

En voyant Lagardy sur la scène, elle eut envie de courir dans
ses « bras pour se réfugier en sa force, comme dans l'incarnation
» de l'amour même, et de lui dire, de s'écrier : Enlève-moi,
» emmène-moi, partons! à toi, à toi! toutes mes ardeurs et tous
» mes rêves! »

Léon était derrière elle.

« Il se tenait derrière elle, s'appuyant de l'épaule contre la cloison;
» et de temps à autre elle se sentait frissonner sous le souffle tiède
» de ses narines qui lui descendait dans la chevelure. »

On vous a parlé tout à l'heure des souillures du mariage; on
va vous montrer encore l'adultère dans toute sa poésie, dans ses
ineffables séductions. J'ai dit qu'on aurait dû au moins modifier
les expressions et dire : les désillusions du mariage et les souillures
de l'adultère. Bien souvent, quand on s'est marié, au lieu du bonheur
sans nuages qu'on s'était promis, on rencontre les sacrifices, les
amertumes. Le mot désillusion peut donc être justifié, celui de
souillure ne saurait l'être.

Léon et Emma se sont donné rendez-vous à la cathédrale. Ils
la visitent, ou ils ne la visitent pas. Ils sortent.

« Un gamin polissonnait sur le parvis.

« — Va me chercher un fiacre! lui crie Léon. L'enfant partit
comme une balle...

« — Ah! Léon!... vraiment... je ne sais... si je dois!... et elle
» minaudait. Puis, d'un air sérieux : C'est très inconvenant, savez-
» vous?

« — En quoi? répliqua le clerc, cela se fait à Paris.

« Et cette parole, comme un irrésistible argument, la détermina. »

Nous savons maintenant, messieurs, que la chute n'a pas lieu
dans le fiacre. Par un scrupule qui l'honore, le rédacteur de la *Revue*
a supprimé le passage de la chute dans le fiacre. Mais si la *Revue de
Paris* baisse les stores du fiacre, elle nous laisse pénétrer dans le
chambre où se donnent les rendez-vous.

Emma veut partir, car elle avait donné sa parole qu'elle reviendrait le soir même. « D'ailleurs, Charles l'attendait; et déjà elle
» se sentait au cœur cette lâche docilité qui est pour bien des fem-
» mes comme le châtiment tout à la fois et la rançon de l'adultère... »

« Léon, sur le trottoir, continuait à marcher, elle le suivait jusqu'à
» l'hôtel; il montait, il ouvrait la porte, entrait. « Quelle étreinte! »

« Puis les paroles après les baisers se précipitaient. On se racon-
» tait les chagrins de la semaine, les pressentiments, les inquiétudes
» pour les lettres; mais à présent tout s'oubliait, et ils se regardaient
» face à face, avec des rires de volupté et des appellations de
» tendresse.

« Le lit était un grand lit d'acajou en forme de nacelle. Les
» rideaux de levantine rouge, qui descendaient du plafond, se
» cintraient trop bas vers le chevet évasé, et rien au monde n'était
» beau comme sa tête brune et sa peau blanche, se détachant sur
» cette couleur pourpre, quand, par un geste de pudeur, elle fer-
» mait ses deux bras nus, en se cachant la figure dans les mains.

« Le tiède appartement, avec son tapis discret, ses ornements
» folâtres et sa lumière tranquille, semblait tout commode pour
» les intimités de la passion. »

Voilà ce qui se passe dans cette chambre. Voici encore un passage
très important — comme peinture lascive!

« Comme ils aimaient cette bonne chambre pleine de gaieté malgré
» sa splendeur un peu fanée! Ils trouvaient toujours les meubles
» à leur place, et parfois des épingles à cheveux qu'elle avait oubliées
» l'autre jeudi, sous le socle de la pendule. Ils déjeunaient au coin
» du feu, sur un petit guéridon incrusté de palissandre. Emma
» découpait, lui mettait les morceaux dans son assiette en débitant
» toutes sortes de chatteries, et elle riait d'un rire sonore et libertin,
» quand la mousse du vin de Champagne débordait du verre léger
» sur les bagues de ses doigts. Ils étaient si complètement perdus
» en la possession d'eux-mêmes, qu'ils se croyaient là dans leur
» maison particulière, et devant y vivre jusqu'à la mort, comme
» deux éternels jeunes époux. Ils disaient notre chambre, nos tapis,
» nos fauteuils, même elle disait mes pantoufles, un cadeau de Léon,
» une fantaisie qu'elle avait eue. C'étaient des pantoufles en satin
» rose, bordées de cygne. Quand elle s'asseyait sur ses genoux,

» sa jambe, alors trop courte, pendait en l'air, et la mignarde
» chaussure, qui n'avait pas de quartier, tenait seulement par les
» orteils à son pied nu.

« Il savourait pour la première fois, et dans l'exercice de l'amour,
» l'inexprimable délicatesse des élégances féminines. Jamais il n'a-
» vait rencontré cette grâce de langage, cette réserve du vêtement,
» ces poses de colombe assoupie. Il admirait l'exaltation de son
» âme et les dentelles de sa jupe. D'ailleurs, n'était-ce pas une fem-
» me du monde, et une femme mariée? une vraie maîtresse, enfin? »

Voilà, messieurs, une description qui ne laissera rien à désirer,
j'espère, au point de vue de la prévention? En voici une autre
ou, plutôt, voici la continuation de la même scène :

« Elle avait des paroles qui l'enflammaient avec des baisers qui
» lui emportaient l'âme. Où donc avait-elle appris ces caresses
» presque immatérielles, à force d'être profondes et dissimulées? »

Oh! je comprends bien, messieurs, le dégoût que lui inspirait
ce mari qui voulait l'embrasser à son retour; je comprends à
merveille que lorsque les rendez-vous de cette espèce avaient lieu,
elle sentît avec horreur, la nuit, « contre sa chair, cet homme étendu
» qui dormait. »

Ce n'est pas tout, à la page 73*, il est un dernier tableau que je
ne peux pas omettre; elle était arrivée jusqu'à la fatigue de la
volupté.

« Elle se promettait continuellement pour son prochain voyage
» une félicité profonde puis elle s'avouait ne rien sentir d'extra-
» ordinaire. Mais cette déception s'effaçait vite sous un espoir
» nouveau, et Emma revenait à lui plus enflammée, plus haletante,
» plus avide. Elle se déshabillait brutalement, arrachant le lacet
» mince de son corset qui sifflait autour de ses hanches comme
» une couleuvre qui glisse. Elle allait sur la pointe de ses pieds
» nus regarder encore une fois si la porte était fermée, puis elle
» faisait d'un seul geste tomber ensemble tous ses vêtements; —
» et pâle, sans parler, sérieuse, elle s'abattait contre sa poitrine,
» avec un long frisson. »

Je signale ici deux choses, messieurs, une peinture admirable
sous le rapport du talent, mais une peinture exécrable au point
de vue de la morale. Oui, M. Flaubert sait embellir ses peintures
avec toutes les ressources de l'art, mais sans les ménagements de
l'art. Chez lui point de gaze, point de voiles, c'est la nature dans
toute sa nudité, dans toute sa crudité!

Encore une citation de la page 78**.

« Ils se connaissaient trop pour avoir ces ébahissements de
» possession qui en centuplent la joie. Elle était aussi dégoûtée

---

* Pages 548-549.
** Page 556.

» de lui qu'il était fatigué d'elle. Emma retrouvait dans l'adultère
» toutes les platitudes du mariage. »

Platitudes du mariage, poésie de l'adultère! Tantôt c'est la
souillure du mariage, tantôt ce sont ses platitudes, mais c'est toujours la poésie de l'adultère. Voilà, messieurs, les situations que
M. Flaubert aime à peindre, et malheureusement il ne les peint
que trop bien.

J'ai raconté trois scènes : la scène avec Rodolphe, et vous y
avez vu la chute dans la forêt, la glorification de l'adultère, et
cette femme dont la beauté devient plus grande avec cette poésie.
J'ai parlé de la transition religieuse, et vous y avez vu la prière
emprunter à l'adultère son langage. J'ai parlé de la seconde chute,
je vous ai déroulé les scènes qui se passent avec Léon. Je vous
ai montré la scène du fiacre — supprimée — mais je vous ai montré
le tableau de la chambre et du lit. Maintenant que nous croyons
nos convictions faites, arrivons à la dernière scène, à celle du
supplice.

Des coupures nombreuses y ont été faites, à ce qu'il paraît,
par la *Revue de Paris*. Voici en quels termes M. Flaubert s'en plaint :

« Des considérations que je n'ai pas à apprécier ont contraint
» la *Revue de Paris* à faire une suppression dans le numéro du
» 1er décembre. Ses scrupules s'étant renouvelés à l'occasion
» du présent numéro, elle a jugé convenable d'enlever encore
» plusieurs passages. En conséquence, je déclare dénier la res-
» ponsabilité des lignes qui suivent; le lecteur est donc prié de
» n'y voir que des fragments et non pas un ensemble. »

Passons donc sur ces fragments et arrivons à la mort. Elle
s'empoisonne. Elle s'empoisonne, pourquoi? « Ah! c'est bien peu
» de chose, la mort, pensa-t-elle; je vais m'endormir et tout sera
» fini. » Puis, sans un remords, sans un aveu, sans une larme de
repentir sur ce suicide qui s'achève et les adultères de la veille,
elle va recevoir le sacrement des mourants. Pourquoi le sacrement,
puisque, dans sa pensée de tout à l'heure, elle va au néant? Pourquoi, quand il n'y a pas une larme, pas un soupir de Madeleine
sur son crime d'incrédulité, sur son suicide, sur ses adultères?

Après cette scène, vient celle de l'extrême-onction. Ce sont des
paroles saintes et sacrées pour nous. C'est avec ces paroles-là que
nous avons endormi nos aïeux, nos pères ou nos proches, et c'est
avec elles qu'un jour nos enfants nous endormiront. Quand on
veut les reproduire, il faut le faire exactement; il ne faut pas du
moins les accompagner d'une image voluptueuse sur la vie passée.

Vous le savez, le prêtre fait les onctions saintes sur le front,
sur les oreilles, sur la bouche, sur les pieds, en prononçant ces
phrases liturgiques : *Quidquid per pedes, per aures, per pectus*, etc.,
toujours suivies des mots *misericordia...* péché d'un côté, miséricorde de l'autre. Il faut les reproduire exactement, ces paroles saintes
et sacrées; si vous ne les reproduisez pas exactement, au moins
n'y mettez rien de voluptueux.

« Elle tourna sa figure lentement et parut saisie de joie à voir
» tout à coup l'étole violette, sans doute retrouvant au milieu d'un
» apaisement extraordinaire la volupté perdue de ses premiers
» élancements mystiques, avec des visions de béatitude éternelle
» qui commençaient.

« Le prêtre se releva pour prendre le crucifix; alors elle allongea
» le cou comme quelqu'un qui a soif, et collant ses lèvres sur le
» corps de l'Homme-Dieu, elle y déposa de toute sa force expirante
» le plus grand baiser d'amour qu'elle eût jamais donné. Ensuite
» il récita le *Misereatur* et l'*Indulgentiam*, trempa son pouce droit
» dans l'huile et commença les onctions : d'abord sur les yeux,
» qui avaient tant convoité toutes les somptuosités terrestres; puis
» sur les narines, friandes de brises tièdes et de senteurs amoureuses;
» puis sur la bouche, qui s'était ouverte pour le mensonge, qui
» avait gémi d'orgueil et crié dans la luxure; puis sur les mains,
» qui se délectaient aux contacts suaves, et enfin sur la plante des
» pieds, si rapides autrefois quand elle courait à l'assouvissement
» de ses désirs, et qui maintenant ne marcheraient plus. »

Maintenant, il y a les prières des agonisants que le prêtre récite
tout bas, où à chaque verset se trouvent les mots : « Ame chrétienne,
« partez pour une région plus haute. » On les murmure au moment
où le dernier souffle du mourant s'échappe de ses lèvres. Le prêtre
les récite, etc.

« À mesure que le râle devenait plus fort, l'ecclésiastique pré-
» cipitait ses oraisons; elles se mêlaient aux sanglots étouffés
» de Bovary, et quelquefois tout semblait disparaître dans le sourd
» murmure des syllabes latines qui tintaient comme un glas
» lugubre. »

L'auteur a jugé à propos d'alterner ces paroles, de leur faire
une sorte de réplique. Il fait intervenir sur le trottoir un aveugle
qui entonne une chanson dont les paroles profanes sont une sorte
de réponse aux prières des agonisants.

« Tout à coup on entendit sur le trottoir un bruit de gros sabots,
» avec le frôlement d'un bâton, et une voix s'éleva, une voix rauque,
» qui chantait :

> *Souvent la chaleur d'un beau jour*
> *Fait rêver fillette à l'amour.*
> *Il souffla bien fort ce jour-là,*
> *Et le jupon court s'envola.*

C'est à ce moment que Mme Bovary meurt.

Ainsi voilà le tableau : d'un côté le prêtre qui récite les prières
des agonisants; de l'autre, le joueur d'orgue, qui excite chez la
mourante « un rire atroce, frénétique, désespéré, croyant voir la face
» hideuse du misérable qui se dressait dans les ténèbres éternelles
» comme un épouvantement... Une convulsion la rabattit sur le
» matelas. Tous s'approchèrent. Elle n'existait plus. »

Et puis ensuite, lorsque le corps est froid, la chose qu'il faut respecter par-dessus tout, c'est le cadavre que l'âme a quitté. Quand le mari est là, à genoux, pleurant sa femme, quand il a étendu sur elle le linceul, tout autre se serait arrêté, et c'est le moment où M. Flaubert donna le dernier coup de pinceau.

« Le drap se creusait depuis ses seins jusqu'à ses genoux, se » relevant ensuite à la pointe des orteils. »

Voilà la scène de la mort. Je l'ai abrégée, je l'ai groupée en quelque sorte. C'est à vous de juger et d'apprécier si c'est là le mélange du sacré au profane, ou si ce ne serait pas plutôt le mélange du sacré au voluptueux.

J'ai raconté le roman, je l'ai incriminé ensuite et, permettez-moi de le dire, le genre que M. Flaubert cultive, celui qu'il réalise sans les ménagements de l'art, mais avec toutes les ressources de l'art, c'est le genre descriptif, la peinture réaliste. Voyez jusqu'à quelle limite il arrive. Dernièrement un numéro de l'*Artiste* me tombait sous la main; il ne s'agit pas d'incriminer l'*Artiste*, mais de savoir quel est le genre de M. Flaubert, et je vous demande la permission de vous citer quelques lignes de l'écrit qui n'engagent en rien l'écrit poursuivi contre M. Flaubert, et j'y voyais à quel degré M. Flaubert excelle dans la peinture; il aime à peindre les tentations, surtout les tentations auxquelles a succombé Mme Bovary. Eh bien ! je trouve un modèle du genre dans les quelques lignes qui suivent de l'*Artiste* du mois de janvier, signées *Gustave Flaubert*, sur la tentation de saint Antoine. Mon Dieu ! c'est un sujet sur lequel on peut dire beaucoup de choses, mais je ne crois pas qu'il soit possible de donner plus de vivacité à l'image, plus de trait à la peinture que dans ces mots d'Apollinaire* à saint Antoine :
« Est-ce la science ? Est-ce la gloire ? Veux-tu rafraîchir tes yeux sur » des jasmins humides ? Veux-tu sentir ton corps s'enfoncer » comme dans une onde dans la chair douce des femmes pâmées ? »

Eh bien ! c'est la même couleur, la même énergie de pinceau, la même vivacité d'expression !

Il faut se résumer. J'ai analysé le livre, j'ai raconté sans oublier une page, j'ai incriminé ensuite, c'était la seconde partie de ma tâche : j'ai précisé quelques portraits, j'ai montré Mme Bovary au repos, vis-à-vis de son mari, vis-à-vis de ceux qu'elle ne devait pas tenter, et je vous ai fait toucher les couleurs lascives de ce portrait ! Puis, j'ai analysé quelques grandes scènes : la chute avec Rodolphe, la transition religieuse, les amours avec Léon, la scène de la mort, et dans toutes j'ai trouvé le double délit d'offense à la morale publique et à la religion.

Je n'ai besoin que de deux scènes : l'outrage à la morale, est-ce que vous ne le verrez pas dans la chute avec Rodolphe? Est-ce que vous ne le verrez pas dans cette glorification de l'adultère? Est-ce que vous ne le verrez pas surtout dans ce qui se passe avec Léon ?

---

* Apollinaire *(sic!)* pour Apollonius de Tyane !

Et puis, l'outrage à la morale religieuse, je le trouve dans le trait sur la confession, p. 30* de la première livraison, numéro du 1er octobre, dans la transition religieuse, p. 548** et 550*** du 15 novembre, et enfin dans la dernière scène de la mort.

Vous avez devant vous, messieurs, trois inculpés : M. Flaubert, l'auteur du livre, M. Pichat qui l'a accueilli, et M. Pillet qui l'a imprimé. En cette matière, il n'y a pas de délit sans publicité, et tous ceux qui ont concouru à la publicité doivent être également atteints. Mais nous nous hâtons de le dire, le gérant de la *Revue* et l'imprimeur ne sont qu'en seconde ligne. Le principal prévenu, c'est l'auteur, c'est M. Flaubert, M. Flaubert qui, averti par la note de la rédaction, proteste contre la suppression qui est faite à son œuvre. Après lui, vient au second rang M. Laurent Pichat, auquel vous demanderez compte non de cette suppression qu'il a faite, mais de celles qu'il aurait dû faire, et, enfin, vient en dernière ligne, l'imprimeur qui est une sentinelle avancée contre le scandale. M. Pillet, d'ailleurs, est un homme honorable contre lequel je n'ai rien à dire. Nous ne vous demandons qu'une chose, de lui appliquer la loi. Les imprimeurs doivent lire; quand ils n'ont pas lu ou fait lire, c'est à leurs risques et périls qu'ils impriment. Les imprimeurs ne sont pas des machines; ils ont un privilège, ils prêtent serment, ils sont dans une situation spéciale, ils sont responsables. Encore une fois, ils sont, si vous me permettez l'expression, comme des sentinelles avancées; s'ils laissent passer le délit, c'est comme s'ils laissaient passer l'ennemi. Atténuez la peine autant que vous voudrez vis-à-vis de Pillet; soyez même indulgents vis-à-vis du gérant de la *Revue*; quant à Flaubert, le principal coupable, c'est à lui que vous devez réserver vos sévérités !

Ma tâche remplie, il faut attendre les objections ou les prévenir. On nous dira comme objection générale : mais, après tout, le roman est moral au fond, puisque l'adultère est puni?

A cette objection, deux réponses : je suppose l'œuvre morale, par hypothèse, une conclusion morale ne pourrait pas amnistier les détails lascifs qui peuvent s'y trouver. Et puis je dis : l'œuvre au fond n'est pas morale.

Je dis, messieurs, que des détails lascifs ne peuvent pas être couverts par une conclusion morale, sinon on pourrait raconter toutes les orgies imaginables, décrire toutes les turpitudes d'une femme publique, en la faisant mourir sur un grabat à l'hôpital. Il serait permis d'étudier et de montrer toutes ses poses lascives ! Ce serait aller contre toutes les règles du bon sens. Ce serait placer le poison à la portée de tous et le remède à la portée d'un bien petit nombre, s'il y avait un remède. Qui est-ce qui lit le roman de M. Flaubert? Sont-ce des hommes qui s'occupent d'économie

---

* Page 323.
** Page 486.
*** Page 490.

politique ou sociale? Non! Les pages légères de *Madame Bovary* tombent en des mains plus légères, dans des mains de jeunes filles, quelquefois de femmes mariées. Eh bien! lorsque l'imagination aura été séduite, lorsque cette séduction sera descendue jusqu'au cœur, lorsque le cœur aura parlé aux sens, est-ce que vous croyez qu'un raisonnement bien froid sera bien fort contre cette séduction des sens et du sentiment? Et puis, il ne faut pas que l'homme se drape trop dans sa force et dans sa vertu, l'homme porte les instincts d'en bas et les idées d'en haut, et, chez tous, la vertu n'est que la conséquence d'un effort, bien souvent pénible. Les peintures lascives ont généralement plus d'influence que les froids raisonnements. Voilà ce que je réponds à cette théorie, voilà ma première réponse, mais j'en ai une seconde.

Je soutiens que le roman de *Madame Bovary*, envisagé au point de vue philosophique, n'est point moral. Sans doute Mme Bovary meurt empoisonnée; elle a beaucoup souffert, c'est vrai; mais elle meurt à son heure et à son jour, mais elle meurt, non parce qu'elle est adultère, mais parce qu'elle l'a voulu; elle meurt dans tout le prestige de sa jeunesse et de sa beauté; elle meurt après avoir eu deux amants, laissant un mari qui l'aime, qui l'adore, qui trouvera le portrait de Rodolphe, qui trouvera ses lettres et celles de Léon, qui lira les lettres d'une femme deux fois adultère, et qui, après cela, l'aimera encore davantage au delà du tombeau. Qui peut condamner cette femme dans le livre? Personne. Telle est la conclusion. Il n'y a pas dans le livre un personnage qui puisse la condamner. Si vous y trouvez un personnage sage, si vous y trouvez un seul principe en vertu duquel l'adultère soit stigmatisé, j'ai tort. Donc, si, dans tout le livre, il n'y a pas un personnage qui puisse lui faire courber la tête; s'il n'y a pas une idée, une ligne en vertu de laquelle l'adultère soit flétri, c'est moi qui ai raison, le livre est immoral!

Serait-ce au nom de l'honneur conjugal que le livre serait condamné? Mais l'honneur conjugal est représenté par un mari béat, qui, après la mort de sa femme, rencontrant Rodolphe, cherche sur le visage de l'amant les traits de la femme qu'il aime (liv. du 15 décembre, p. 289*). Je vous le demande, est-ce au nom de l'honneur conjugal que vous pouvez stigmatiser cette femme, quand il n'y a pas dans le livre un seul mot où le mari ne s'incline devant l'adultère.

Serait-ce au nom de l'opinion publique? Mais l'opinion publique est personnifiée dans un être grotesque, dans le pharmacien Homais, entouré de personnages ridicules que cette femme domine.

Le condamnerez-vous au nom du sentiment religieux? Mais ce sentiment, vous l'avez personnifié dans le curé Bournisien, prêtre à peu près aussi grotesque que le pharmacien, ne croyant qu'aux souffrances physiques, jamais aux souffrances morales, à peu près matérialiste.

---

* Page 610.

Le condamnerez-vous au nom de la conscience de l'auteur? Je ne sais pas ce que pense la conscience de l'auteur; mais, dans son chapitre X, le seul philosophique de l'œuvre, liv. du 15 décembre*, je lis la phrase suivante.

« Il y a toujours après la mort de quelqu'un comme une stu- » péfaction qui se dégage, tant il est difficile de comprendre » cette survenue du néant et de se résigner à y croire. »

Ce n'est pas un cri d'incrédulité, mais c'est du moins un cri de scepticisme. Sans doute il est difficile de le comprendre et d'y croire; mais, enfin, pourquoi cette stupéfaction qui se manifeste à la mort? Pourquoi? Parce que cette survenue est quelque chose qui est un mystère, parce qu'il est difficile de le comprendre et de le juger, mais il faut s'y résigner. Et moi je dis que si la mort est la survenue du néant, que si le mari béat sent croître son amour en apprenant les adultères de sa femme, que si l'opinion est représentée par des êtres grotesques, que si le sentiment religieux est représenté par un prêtre ridicule, une seule personne a raison, règne, domine : c'est Emma Bovary. Messaline a raison contre Juvénal.

Voilà la conclusion philosophique du livre, tirée non par l'auteur, mais par un homme qui réfléchit et approfondit les choses, par un homme qui a cherché dans le livre un personnage qui pût dominer cette femme. Il n'y en a pas. Le seul personnage qui y domine, c'est Mme Bovary. Il faut donc chercher ailleurs que dans le livre, il faut chercher dans cette morale chrétienne qui est le fond des civilisations modernes. Pour cette morale, tout s'explique et s'éclaircit.

En son nom l'adultère est stigmatisé, condamné, non pas parce que c'est une imprudence qui expose à des désillusions et à des regrets, mais parce que c'est un crime pour la famille. Vous stigmatisez et vous condamnez le suicide, non pas parce que c'est une folie, le fou n'est pas responsable; non pas parce que c'est une lâcheté, il demande quelquefois un certain courage physique, mais parce qu'il est le mépris du devoir dans la vie qui s'achève, et le cri de l'incrédulité dans la vie qui commence.

Cette morale stigmatise la littérature réaliste, non pas parce qu'elle peint les passions : la haine, la vengeance, l'amour; le monde ne vit que là-dessus, et l'art doit les peindre; mais quand elle les peint sans frein, sans mesure. L'art sans règle n'est plus l'art; c'est comme une femme qui quitterait tout vêtement. Imposer à l'art l'unique règle de la décence publique, ce n'est pas l'asservir, mais l'honorer. On ne grandit qu'avec une règle. Voilà, messieurs, les principes que nous professons, voilà une doctrine que nous défendons avec conscience.

---

* Page 590.

PLAIDOIRIE

DU DÉFENSEUR

Me SÉNARD

Messieurs, M. Gustave Flaubert est accusé devant vous d'avoir fait un mauvais livre, d'avoir, dans ce livre, outragé la morale publique et la religion. M. Gustave Flaubert est auprès de moi; il affirme devant vous qu'il a fait un livre honnête; il affirme devant vous que la pensée de son livre, depuis la première ligne jusqu'à la dernière, est une pensée morale, religieuse, et que, si elle n'était pas dénaturée (nous avons vu pendant quelques instants ce que peut un grand talent pour dénaturer une pensée), elle serait (et elle redeviendra tout à l'heure) pour vous ce qu'elle a été déjà pour les lecteurs du livre, une pensée éminemment morale et religieuse pouvant se traduire par ces mots : l'excitation à la vertu par l'horreur du vice.

Je vous apporte ici l'affirmation de M. Gustave Flaubert, et je la mets hardiment en regard du réquisitoire du ministère public, car cette affirmation est grave; elle l'est par la personne qui l'a faite, elle l'est par les circonstances qui ont présidé à l'exécution du livre que je vais vous faire connaître.

L'affirmation est déjà grave par la personne qui la fait, et, permettez-moi de vous le dire, M. Gustave Flaubert n'était pas pour moi un inconnu qui eût besoin auprès de moi de recommandations, qui eût des renseignements à me donner, je ne dis pas sur sa moralité, mais sur sa dignité. Je viens ici, dans cette enceinte, remplir un devoir de conscience, après avoir lu le livre, après avoir senti s'exhaler par cette lecture tout ce qu'il y a en moi d'honnête et de profondément religieux. Mais, en même temps que je viens remplir un devoir de conscience, je viens remplir un devoir d'amitié. Je me rappelle, je ne saurais oublier que son père a été pour moi un vieil ami. Son père, de l'amitié duquel je me suis longtemps honoré, honoré jusqu'au dernier jour, son père et, permettez-moi de le dire, son illustre père, a été pendant plus de trente années chirurgien en chef de l'Hôtel-Dieu de Rouen. Il a été le protecteur de Dupuytren; en donnant à la science de grands enseignements, il l'a dotée de grands noms; je n'en veux citer qu'un seul, Cloquet. Il n'a pas seulement laissé lui-même un beau nom dans la science, il y a laissé de grands souvenirs, pour d'immenses services rendus à l'humanité. Et en même temps que je me souviens de mes liaisons avec lui, je veux vous le dire, son fils, qui est traduit en police correctionnelle pour outrage à la morale et à la religion, son fils est l'ami de mes enfants, comme j'étais l'ami de son père. Je sais sa pensée, je sais ses intentions, et l'avocat a ici le droit de se poser comme la caution personnelle de son client.

Messieurs, un grand nom et de grands souvenirs obligent. Les enfants de M. Flaubert ne lui ont pas failli. Ils étaient trois, deux fils et une fille, morte à vingt et un ans. L'aîné a été jugé digne de succéder à son père : et c'est lui qui, aujourd'hui, remplit déjà depuis plusieurs années la mission que son père a remplie pendant trente ans. Le plus jeune, le voici : il est à votre barre. En leur laissant une fortune considérable et un grand nom, leur père leur a laissé le besoin d'être des hommes d'intelligence et de cœur, des hommes utiles. Le frère de mon client s'est lancé dans une carrière où les services rendus sont de chaque jour. Celui-ci a dévoué sa vie à l'étude, aux lettres, et l'ouvrage qu'on poursuit en ce moment devant vous est son premier ouvrage. Ce premier ouvrage, messieurs, qui provoque les passions, au dire de monsieur l'avocat impérial, est le résultat de longues études, de longues méditations. M. Gustave Flaubert est un homme d'un caractère sérieux, porté par sa nature aux choses graves, aux choses tristes. Ce n'est pas l'homme que le ministère public, avec quinze ou vingt lignes mordues çà et là, est venu vous présenter comme un faiseur de tableaux lascifs. Non; il y a dans sa nature, je le répète, tout ce qu'on peut imaginer au monde de plus grave, de plus sérieux, mais en même temps de plus triste. Son livre, en rétablissant seulement une phrase, en mettant à côté des quelques lignes citées les quelques lignes qui précèdent et qui suivent, reprendra bientôt devant vous sa véritable couleur, en même temps qu'il fera connaître les intentions de l'auteur. Et, de la parole trop habile que vous avez entendue, il ne restera dans vos souvenirs qu'un sentiment d'admiration profonde pour un talent qui peut tout transformer.

Je vous ai dit que M. Gustave Flaubert était un homme sérieux et grave. Ses études, conformes à la nature de son esprit, ont été sérieuses et larges. Elles ont embrassé non seulement toutes les branches de la littérature, mais le droit. M. Flaubert est un homme qui ne s'est pas contenté des observations que pouvait lui fournir le milieu où il a vécu; il a interrogé d'autres milieux :

Qui mores multorum vidit et urbes.

Après la mort de son père et ses études de collège, il a visité l'Italie et, de 1848 à 1851, parcouru ces contrées de l'Orient, l'Égypte, la Palestine, l'Asie Mineure, dans lesquelles, sans doute, l'homme qui les parcourt, en y apportant une grande intelligence, peut acquérir quelque chose d'élevé, de poétique, ces couleurs, ce prestige de style que le ministère public faisait tout à l'heure ressortir, pour établir le délit qu'il nous impute. Ce prestige de style, ces qualités littéraires resteront, ressortiront avec éclat de ces débats, mais ne pourront en aucune façon laisser prise à l'incrimination.

De retour depuis 1852, M. Gustave Flaubert a écrit et cherché à produire dans un grand cadre le résultat d'études attentives et sérieuses, le résultat de ce qu'il avait recueilli dans ses voyages.

Quel est le cadre qu'il a choisi, le sujet qu'il a pris, et comment l'a-t-il traité? Mon client est de ceux qui n'appartiennent à aucune des écoles dont j'ai trouvé, tout à l'heure, le nom dans le réquisitoire. Mon Dieu! il appartient à l'école réaliste, en ce sens qu'il s'attache à la réalité des choses. Il appartiendrait à l'école psychologique en ce sens que ce n'est pas la matérialité des choses qui le pousse, mais le sentiment humain, le développement des passions dans le milieu où il est placé. Il appartiendrait à l'école romantique moins peut-être qu'à toute autre, car si le romantisme apparaît dans son livre, de même que si le réalisme y apparaît, ce n'est pas par quelques expressions ironiques, jetées çà et là, que le ministère public a prises au sérieux. Ce que M. Flaubert a voulu surtout, ç'a été de prendre un sujet d'études dans la vie réelle, ç'a été de créer, de constituer des types vrais dans la classe moyenne et d'arriver à un résultat utile. Oui, ce qui a le plus préoccupé mon client dans l'étude à laquelle il s'est livré, c'est précisément ce but utile, poursuivi en mettant en scène trois ou quatre personnages de la société actuelle vivant dans les conditions de la vie réelle, et présentant aux yeux du lecteur le tableau vrai de ce qui se rencontre le plus souvent dans le monde.

Le ministère public, résumant son opinion sur *Madame Bovary*, a dit : Le second titre de cet ouvrage est : *Histoire des adultères d'une femme de province*. Je proteste énergiquement contre ce titre. Il me prouverait à lui seul, si je ne l'avais pas senti d'un bout à l'autre de votre réquisitoire, la préoccupation sous l'empire de laquelle vous avez constamment été. Non! le second titre de cet ouvrage n'est pas : *Histoire des adultères d'une femme de province;* il est, s'il vous faut absolument un second titre : histoire de l'éducation trop souvent donnée en province; histoire des périls auxquels elle peut conduire, histoire de la dégradation, de la friponnerie, du suicide considéré comme conséquence d'une première faute, et d'une faute amenée elle-même par des premiers torts auxquels souvent une jeune femme est entraînée; histoire de l'éducation, histoire d'une vie déplorable dont trop souvent l'éducation est la préface. Voilà ce que M. Flaubert a voulu peindre, et non pas les adultères d'une femme de province; vous le reconnaîtrez bientôt en parcourant l'ouvrage incriminé.

Maintenant le ministère public a aperçu dans tout cela, pardessus tout, la couleur lascive. S'il m'était possible de prendre le nombre des lignes du livre que le ministère public a découpées, et de le mettre en parallèle avec le nombre des autres lignes qu'il a laissées de côté, nous serions dans la proportion totale de un à cinq cents, et vous verriez que cette proportion de un à cinq cents n'est pas une couleur lascive, n'est nulle part; elle n'existe que sous la condition des découpures et des commentaires.

Maintenant, qu'est-ce que M. Gustave Flaubert a voulu peindre? D'abord une éducation donnée à une femme au-dessus de la condition dans laquelle elle est née, comme il arrive, il faut bien le dire, trop souvent chez nous; ensuite, le mélange d'éléments disparates qui se produit ainsi dans l'intelligence de la femme, et puis, quand vient le mariage, comme le mariage ne se proportionne pas à l'éducation, mais aux conditions dans lesquelles la femme est née, l'auteur a expliqué tous les faits qui se passent dans la position qui lui est faite.

Que montre-t-il encore? Il montre une femme allant au vice par la mésalliance, et du vice au dernier degré de la dégradation et du malheur. Tout à l'heure, quand, par la lecture de différents passages, j'aurai fait connaître le livre dans son ensemble, je demanderai au tribunal la liberté d'accepter la question en ces termes : Ce livre, mis dans les mains d'une jeune femme, pourrait-il avoir pour effet de l'entraîner vers des plaisirs faciles, vers l'adultère, ou de lui montrer, au contraire, le danger dès les premiers pas, et de la faire frissonner d'horreur? La question ainsi posée, c'est votre conscience qui la résoudra.

Je dis ceci, quant à présent : M. Flaubert a voulu peindre la femme qui, au lieu de chercher à s'arranger dans la condition qui lui est donnée, avec sa situation, avec sa naissance; au lieu de chercher à se faire à la vie qui lui appartient, reste préoccupée de mille aspirations étrangères puisées dans une éducation trop élevée pour elle; qui, au lieu de s'accommoder des devoirs de sa position, d'être la femme tranquille du médecin de campagne avec lequel elle passe ses jours, au lieu de chercher le bonheur dans sa maison, dans son union, le cherche dans d'interminables rêvasseries, et puis, qui, bientôt, rencontrant sur sa route un jeune homme qui coquette avec elle, joue avec elle le même jeu (mon Dieu! ils sont inexpérimentés l'un et l'autre), s'excite en quelque sorte par degrés, s'effraye quand, recourant à la religion de ses premières années, elle n'y trouve pas une force suffisante; et nous verrons tout à l'heure pourquoi elle ne l'y trouve pas. Cependant l'ignorance du jeune homme et sa propre ignorance la préservent d'un premier danger. Mais elle est bientôt rencontrée par un homme comme il y en a tant, comme il y en a trop dans le monde, qui se saisit d'elle, pauvre femme déjà déviée, et l'entraîne. Voilà ce qui est capital, ce qu'il fallait voir, ce qu'est le livre lui-même.

Le ministère public s'irrite, et je crois qu'il s'irrite à tort, au point de vue de la conscience et du cœur humain, de ce que, dans la première scène, Mme Bovary trouve une sorte de plaisir, de joie à avoir brisé sa prison, et rentre chez elle en disant : « J'ai un amant. » Vous croyez que ce n'est pas là le premier cri du cœur humain ! La preuve est entre vous et moi. Mais il fallait regarder un peu plus loin, et vous auriez vu que, si le premier moment, le premier instant de cette chute excite chez cette femme une sorte de transport de joie, de délire, à quelques lignes plus loin la déception arrive, et, suivant l'expression de l'auteur, ellle semble à ses propres yeux humiliée.

Oui, la déception, la douleur, le remords lui arrivent à l'instant même. L'homme auquel elle s'était confiée, livrée, ne l'avait prise que pour s'en servir un instant comme d'un jouet ; le remords la ronge, la déchire. Ce qui vous a choqué, ç'a été d'entendre appeler cela les désillusions de l'adultère ; vous auriez mieux aimé les *souillures* chez un écrivain qui faisait poser cette femme, laquelle n'ayant pas compris le mariage, se sentait souillée par le contact d'un mari ; laquelle, ayant cherché ailleurs son idéal, avait trouvé les désillusions de l'adultère. Ce mot vous a choqué ; au lieu des *désillusions,* vous auriez voulu les *souillures* de l'adultère. Le tribunal jugera. Quant à moi, si j'avais à faire poser le même personnage, je lui dirais : « Pauvre femme ! si vous croyez que les baisers de votre mari sont quelque chose de monotone, d'ennuyeux, si vous n'y trouvez — c'est le mot qui a été signalé — que les platitudes du mariage, s'il vous semble voir une souillure dans cette union à laquelle l'amour n'a pas présidé, prenez-y garde, vos rêves sont une illusion, et vous serez un jour cruellement détrompée. » Celui qui crie bien fort, messieurs, qui se sert du mot souillure pour exprimer ce que nous avons appelé désillusion, celui-là dit un mot vrai, mais vague, qui n'apprend rien à l'intelligence. J'aime mieux celui qui ne crie pas fort, qui ne prononce pas le mot de souillure, mais qui avertit la femme de la déception, de la désillusion, qui lui dit : Là où vous croyez trouver l'amour, vous ne trouverez que le libertinage ; là où vous croyez trouver le bonheur, vous ne trouverez que des amertumes. Un mari qui va tranquillement à ses affaires, qui vous embrasse, qui met son bonnet de coton et mange la soupe avec vous est un mari pro-saïque qui vous révolte ; vous aspirez à un homme qui vous aime, qui vous idolâtre, pauvre enfant ! cet homme sera un libertin, qui vous aura prise une minute pour jouer avec vous. L'illusion se sera produite la première fois, peut-être la seconde ; vous serez rentrée chez vous enjouée, en chantant la chanson de l'adultère : « J'ai un amant ! » La troisième fois vous n'aurez pas besoin d'arriver jusqu'à lui, la désillusion sera venue. Cet homme que vous aviez rêvé, aura perdu tout son prestige ; vous aurez retrouvé dans l'amour les platitudes du mariage ; et vous les aurez retrouvées avec le mépris et le dédain, le dégoût et le remords poignant.

Voilà, messieurs, ce que M. Flaubert a dit, ce qu'il a peint, ce qui est à chaque ligne de son livre ; voilà ce qui distingue son œuvre de toutes les œuvres du même genre. C'est que chez lui les grands travers de la société figurent à chaque page ; c'est que chez lui l'adultère marche plein de dégoût et de honte. Il a pris dans les relations habituelles de la vie l'enseignement le plus saisissant qui puisse être donné à une jeune femme. Oh ! mon Dieu, celles de nos jeunes femmes qui ne trouvent pas dans les principes honnêtes, élevés, dans une religion sévère de quoi se tenir fermes dans l'accomplissement de leurs devoirs de mères, qui ne le trouvent pas surtout dans cette résignation, cette science pratique de la vie qui nous dit qu'il faut s'accommoder de ce que nous avons, mais qui portent leurs rêveries au dehors, ces jeunes femmes les plus honnêtes, les plus pures, qui, dans le prosaïsme de leur ménage, sont quelquefois tourmentées par ce qui se passe autour d'elles, un livre comme celui-là, soyez-en sûrs, en fait réfléchir plus d'une. Voilà ce que M. Flaubert a fait.

Et prenez bien garde à une chose : M. Flaubert n'est pas un homme qui vous peint un charmant adultère, pour faire arriver ensuite le *Deus ex machina,* non; vous avez sauté trop vite de la page que vous avez lue à la dernière. L'adultère, chez lui, n'est qu'une suite de tourments, de regrets, de remords; et puis il arrive à une expiation finale, épouvantable. Elle est excessive. Si M. Flaubert pèche, c'est par l'excès, et je vous dirai tout à l'heure de qui est ce mot. L'expiation ne se fait pas attendre;. et c'est en cela que le livre est éminemment moral et utile, c'est qu'il ne promet pas à la jeune femme quelques-unes de ces belles années au bout desquelles elle peut dire : après cela, on peut mourir. Non ! Dès le second jour arrive l'amertume, la désillusion. Le dénuement pour la moralité se trouve à chaque ligne du livre.

Ce livre est écrit avec une puissance d'observation à laquelle monsieur l'avocat impérial a rendu justice : et c'est ici que j'appelle votre attention, parce que si l'accusation n'a pas de cause, il faut qu'elle tombe. Ce livre est écrit avec une puissance vraiment remarquable d'observation dans les moindres détails. Un article de l'*Artiste,* signé Flaubert, a servi encore de prétexte à l'accusation. Que monsieur l'Avocat impérial veuille remarquer d'abord que cet article est étranger à l'incrimination; qu'il veuille remarquer ensuite que nous le tenons pour très innocent et très moral aux yeux du tribunal, à une condition que monsieur l'Avocat impérial aura la bonté de le lire en entier, au lieu de le déchiqueter. Ce qui a saisi dans le livre de M. Flaubert, c'est ce que quelques comptes rendus ont appelé une fidélité toute daguerrienne dans la reproduction du type de toutes les choses, dans la nature intime de la pensée, du cœur humain — et cette reproduction devient plus saisissante encore par la magie du style. Remarquez bien que s'il n'avait appliqué cette fidélité qu'aux scènes de dégradation, vous pourriez dire avec raison : l'auteur s'est complu à peindre la dégradation avec cette puissance de description qui lui est propre. De la première à la dernière page de son livre, il s'attache sans aucune espèce de réserve à tous les faits de la vie d'Emma, à son enfance dans la maison paternelle, à son éducation dans le couvent, il ne fait grâce de rien. Mais ceux qui ont lu comme moi

du commencement à la fin, diront — chose notable dont vous
lui saurez gré, qui non seulement sera l'absolution pour lui, mais
qui aurait dû écarter de lui toute espèce de poursuite — que,
quand il arrive aux parties difficiles, précisément à la dégradation,
au lieu de faire comme quelques auteurs classiques que le ministère public connaît bien, mais qu'il a oubliés pendant qu'il écrivait
son réquisitoire et dont j'ai apporté ici des passages, non pas pour
vous les lire, mais pour que vous les parcouriez dans la chambre
du conseil (j'en citerai quelques lignes tout à l'heure), au lieu de
faire comme nos grands auteurs classiques, nos grands maîtres,
qui, lorsqu'ils ont rencontré des scènes de l'union des sens chez
l'homme et la femme, n'ont pas manqué de tout décrire, M. Flaubert
se contente d'un mot. Là toute sa puissance descriptive disparaît,
parce que sa pensée est chaste, parce que là où il pourrait écrire
à sa manière et avec toute la magie du style, il sent qu'il y a des
choses qui ne peuvent pas être abordées, décrites. Le ministère
public trouve qu'il a trop dit encore. Quand je lui montrerai
des hommes qui, dans de grandes œuvres philosophiques, se
sont complu à la description de ces choses, et qu'en regard je
placerai l'homme qui possède la science descriptive à un si haut
degré et qui, loin de l'employer, s'arrête et s'abstient, j'aurai bien
le droit de demander raison à l'accusation qui est produite.

Toutefois, messieurs, de même qu'il se plaît à nous décrire
le riant berceau où se joue Emma encore enfant, avec son feuillage,
avec ses petites fleurs roses ou blanches qui viennent de s'épanouir,
et ses sentiers embaumés ; — de même, quand elle sera sortie de là,
quand elle ira dans d'autres chemins, dans des chemins où elle
trouvera de la fange, quand elle y salira ses pieds, quand les taches
mêmes rejailliront plus haut sur elle, il ne faudrait pas qu'il le dît !
Mais ce serait supprimer complètement le livre, je vais plus loin,
l'élément moral, sous prétexte de le défendre, car si la faute ne
peut être montrée, si elle ne peut pas être indiquée, si dans un
tableau de la vie réelle qui a pour but de montrer par la pensée
le péril, la chute, l'expiation, si vous voulez empêcher de peindre
tout cela, c'est évidemment ôter au livre toute sa conclusion.

Ce livre n'a pas été pour mon client l'objet d'une distraction
de quelques heures, il représente deux ou trois années d'études
incessantes. Et je vais vous dire maintenant quelque chose de
plus : M. Flaubert qui, après tant d'années de travaux, tant d'études,
tant de voyages, tant de notes recueillies dans les auteurs qu'il a lus
— vous verrez, mon Dieu ! où il a puisé, car c'est quelque chose
d'étrange qui se chargera de le justifier, — vous le verrez, lui
aux couleurs lascives, tout imprégné de Bossuet et de Massillon.
C'est dans l'étude de ces auteurs que nous allons le retrouver
tout à l'heure, cherchant, non pas à les plagier, mais à reproduire
dans ses descriptions les pensées, les couleurs employées par eux.
Quand, après tout ce travail fait avec tant d'amour, quand son
œuvre a son but, est-ce que vous croyez que, plein de confiance en

lui-même et malgré tant d'études et de méditations, il a voulu immédiatement se lancer dans la lice! Il l'aurait fait, sans doute, s'il eût été un inconnu dans le monde, si son nom lui eût appartenu en toute propriété, s'il eût cru pouvoir en disposer et le livrer comme bon lui semblait; mais, je le repète, il est de ceux chez lesquels noblesse oblige : il s'appelle Flaubert, il est le second fils de M. Flaubert; il voulait se tracer une voie dans la littérature, en respectant profondément la morale et la religion, — non pas par inquiétude du parquet, un tel intérêt ne pourrait se présenter à sa pensée, — mais par dignité personnelle, ne voulant pas laisser son nom à la tête d'une publication, si elle ne semblait pas, à quelques personnes en lesquelles il avait foi, digne d'être publiée. M. Flaubert a lu, par fragments et en totalité même, devant quelques amis haut placés dans les lettres, les pages qu'un jour il devrait livrer à l'impression, et j'affirme qu'aucun d'eux n'a été offensé de ce qui excite en ce moment si vivement la sévérité de monsieur l'Avocat impérial. Personne même n'y a songé. On a seulement examiné, étudié la valeur littéraire du livre. Quant au but moral, il est si évident, il est écrit à chaque ligne en termes si peu équivoques, qu'il n'était pas même besoin de le mettre en question. Rassuré sur la valeur du livre, encouragé d'ailleurs par les hommes les plus éminents de la presse, M. Flaubert ne songe plus qu'à le livrer à l'impression, à la publicité. Je le répète, tout le monde a été unanime pour rendre hommage au mérite littéraire, au style et en même temps à la pensée excellente qui préside à l'œuvre depuis la première jusqu'à la dernière ligne. Et quand la poursuite est venue, ce n'est pas lui seulement qui a été surpris, profondément affligé; mais, permettez-moi de vous le dire, c'est nous qui ne comprenions pas cette poursuite, c'est moi tout le premier, qui avais lu le livre avec un intérêt très vif, à mesure que la publication en a été faite; ce sont des amis intimes. Mon Dieu! il y a des nuances qui quelquefois pourraient nous échapper dans nos habitudes, mais qui ne peuvent pas échapper à des femmes d'une grande intelligence, d'une grande pureté, d'une grande chasteté. Il n'y a pas de nom qui puisse se prononcer dans cette audience, mais si je vous disais ce qui a été dit à M. Flaubert, ce qui m'a été dit à moi-même par des mères de famille qui avaient lu ce livre, si je vous disais leur étonnement après avoir reçu de cette lecture une impression si bonne qu'elles ont cru devoir en remercier l'auteur, si je vous disais leur étonnement, leur douleur, quand elles ont appris que ce livre devait être considéré comme contraire à la morale publique, à leur foi religieuse, à la foi de toute leur vie, mon Dieu! mais il y aurait dans la réunion de ces appréciations mêmes de quoi me fortifier, si j'avais besoin d'être fortifié au moment de combattre les attaques du ministère public.

Pourtant, au milieu de toutes ces appréciations de la littérature contemporaine, il y en a une que je veux vous dire. Il y en a une, qui n'est pas seulement respectée par nous à raison d'un beau et d'un grand caractère, qui, au milieu même de l'adversité, de la souffrance, contre lesquelles il lutte courageusement chaque jour, grand par le souvenir de beaucoup d'actions inutiles à rappeler ici, mais grand par des œuvres littéraires qu'il faut rappeler parce que c'est là ce qui fait sa compétence, grand surtout par la pureté qui existe dans toutes ses œuvres, par la chasteté de tout ses écrits : Lamartine.

Lamartine ne connaissait pas mon client; il ne savait pas qu'il existât. Lamartine à la campagne, chez lui, avait lu, dans chacun des numéros de la *Revue de Paris,* la publication de *Madame Bovary* et Lamartine avait trouvé là des impressions telles, qu'elles se sont reproduites toutes les fois que je vais vous dire maintenant.

Il y a quelques jours, Lamartine est revenu à Paris, et le lendemain il s'est informé de la demeure de M. Gustave Flaubert. Il a envoyé à la *Revue* savoir la demeure d'un M. Gustave Flaubert qui avait publié dans le recueil des articles sous le titre de *Madame Bovary.* Il a chargé son secrétaire d'aller faire à M. Flaubert tous ses compliments, et de lui exprimer toute la satisfaction qu'il avait éprouvée en lisant son œuvre, et lui témoigner le désir de voir l'auteur nouveau, se révélant par un essai pareil.

Mon client est allé chez Lamartine; et il a trouvé chez lui non pas seulement un homme qui l'a encouragé, mais un homme qui lui a dit : « Vous m'avez donné la meilleure œuvre que j'aie lue » depuis vingt ans. » C'étaient, en un mot, des éloges tels que mon client, dans sa modestie, osait à peine me les répéter. Lamartine lui prouvait qu'il avait lu les livraisons, et le lui prouvait de la manière la plus gracieuse, en lui en disant des pages tout entières. Seulement Lamartine ajoutait : « En même temps que je vous ai lu sans restriction jusqu'à la dernière page, j'ai blâmé les dernières. Vous m'avez fait mal, vous m'avez fait littéralement souffrir ! L'expiation est hors de proportion avec le crime; vous avez créé une mort affreuse, effroyable ! Assurément la femme qui souille le lit conjugal, doit s'attendre à une expiation, mais celle-ci est horrible, c'est un supplice comme on n'en a jamais vu. Vous avez été trop loin, vous m'avez fait mal aux nerfs; cette puissance de description qui s'est appliquée aux derniers instants de la mort m'a laissé une indicible souffrance ! » Et quand Gustave Flaubert lui demandait : « Mais, monsieur de Lamartine, est-ce » que vous comprenez que je sois poursuivi pour avoir fait une » œuvre pareille, devant le tribunal de police correctionnelle, pour » offense à la morale publique et religieuse? » Lamartine lui répondait : « Je crois avoir été toute ma vie l'homme qui, dans ses » œuvres littéraires comme dans ses autres, a le mieux compris » ce que c'était que la morale publique et religieuse; mon cher » enfant, il n'est pas possible qu'il se trouve en France un tribunal » pour vous condamner. Il est déjà très regrettable qu'on se soit » ainsi mépris sur le caractère de votre œuvre et qu'on ait ordonné

» de la poursuivre, mais il n'est pas possible, pour l'honneur de
» notre pays et de notre époque, qu'il se trouve un tribunal pour
» vous condamner. »

Voilà ce qui se passait hier, entre Lamartine et Flaubert, et
j'ai le droit de vous dire que cette appréciation est de celles qui
valent la peine d'être pesées.

Ceci bien entendu, voyons comment il se pourrait faire que
ma conscience à moi me dît que *Madame Bovary* est un bon livre,
une bonne action? Et je vous demande la permission d'ajouter
que je ne suis pas facile sur ces sortes de choses, la facilité n'est
pas dans mes habitudes. Des œuvres littéraires, j'en tiens à la main
qui, quoique émanées de nos grands écrivains, n'ont jamais arrêté
deux minutes mes yeux. Je vous en ferai passer dans la chambre
du conseil quelques lignes que je ne me suis jamais complu à lire,
et je vous demanderai la permission de vous dire que lorsque
je suis arrivé à la fin de l'œuvre de M. Flaubert, j'ai été convaincu
qu'une coupure faite par la *Revue de Paris* a été cause de tout ceci.
Je vous demanderai, de plus, la permission de joindre mon appréciation à l'appréciation plus élevée, plus éclairée que je viens de
rappeler.

Voici, messieurs, un portefeuille rempli des opinions de tous les
littérateurs de notre temps, et parmi lesquels se trouvent les plus
distingués, sur l'œuvre dont il s'agit, et sur l'émerveillement
qu'ils ont éprouvé en lisant cette œuvre nouvelle, en même temps
si morale et si utile!

Maintenant comment une œuvre pareille a-t-elle pu encourir
une poursuite? Voulez-vous me permettre de vous le dire? La
Revue de Paris, dont le comité de lecture avait lu l'œuvre en son
entier, car le manuscrit lui avait été envoyé longtemps avant la
publication, n'y avait rien trouvé à redire. Quand on est arrivé
à imprimer le cahier du 1ᵉʳ décembre 1856, un des directeurs de
la Revue s'est effarouché de la scène dans un fiacre. Il a dit : « Ceci
n'est pas convenable, nous allons le supprimer. » Flaubert s'est
offensé de la suppression. Il n'a pas voulu qu'elle eût lieu sans
qu'une note fût placée au bas de la page. C'est lui qui a exigé la
note. C'est lui qui, pour son amour-propre d'auteur, ne voulant
pas que son œuvre fût mutilée, ni que, d'un autre côté, il y eût
quelque chose qui donnât des inquiétudes à la *Revue,* a dit : « Vous
supprimerez si bon vous semble, mais vous déclarerez que vous
avez supprimé »; et alors on convint de la note suivante :

« La direction s'est vue dans la nécessité de supprimer ici un
passage qui ne pouvait convenir à la rédaction de la *Revue de Paris;*
nous en donnons acte à l'auteur. »

Voici le passage supprimé, je vais vous le lire. Nous en avons
une épreuve, que nous avons eu beaucoup de peine à nous procurer. En voici la première partie, qui n'a pas une seule correction; un mot a été corrigé sur la seconde :

« Où allons-nous? — Où vous voudrez, dit Léon poussant

» Emma dans la voiture. Les stores s'abaissèrent, et la lourde
» machine se mit en route.

« Elle descendit la rue du Grand-Pont, traversa la place des
» Arts, le quai Napoléon, le pont Neuf, et s'arrêta court devant
» la statue de Pierre Corneille.

« — Continuez ! fit une voix qui sortait de l'intérieur.

« La voiture repartit, et se laissant, dès le carrefour Lafayette,
» emporter par la descente, elle entra au grand galop dans la
» gare du chemin de fer.

« — Non ! tout droit ! » cria la même voix.

« Le fiacre sortit des grilles, et bientôt arrivé sur le Cours, trotta
» doucement, au milieu des grands ormes. Le cocher s'essuya
» le front, mit son chapeau de cuir entre ses jambes et poussa
» la voiture en dehors des contre-allées, au bord de l'eau, près
» du gazon.

« Elle alla le long de la rivière, sur le chemin de halage pavé
» de cailloux secs, — et, longtemps, du côté d'Oyssel, au delà
» des îles.

« Mais tout à coup, elle s'élança d'un bond à travers Quatre-
» mares, Sotteville, la grande chaussée, la rue d'Elbœuf, et fit
» sa troisième halte devant le Jardin des Plantes.

« — Marchez donc ! s'écria la voix plus furieusement.

« Et aussitôt, reprenant sa course, elle passa par Saint-Sever,
» par le quai des Curandiers, par le quai aux Meules, encore une
» fois par le pont, par la place du Champs-de-Mars, et derrière
» les jardins de l'Hôpital où des vieillards en veste noire se pro-
» mènent au soleil, le long d'une terrasse toute verdie par des
» lierres. Elle remonta le boulevard Bouvreuil, parcourut le
» boulevard Cauchoise, puis tout le mont Riboudet jusqu'à la
» côte de Deville !

« Elle revint ; et alors, sans parti pris ni direction, au hasard,
» elle vagabonda. On la vit à Saint-Paul, à Lescure, au mont
» Gargan, à la Rouge-Mare, et place du Gaillarbois, rue Mala-
» drerie, rue Dinandrie, devant Saint-Romain, Saint-Vivien,
» Saint-Maclou, Saint-Nicaise, devant la Douane, à la basse Vieille-
» Tour, aux Trois-Pipes et au Cimetière-Monumental ! De temps
» à autre, le cocher, sur son siège, jetait aux cabarets des regards
» désespérés. Il ne comprenait pas quelle fureur de locomotion
» poussait ces individus à ne vouloir point s'arrêter. Il essayait
» quelquefois ; et aussitôt il entendait derrière lui partir des
» exclamations de colère. Alors il cinglait de plus belle ses deux
» rosses tout en sueur, mais sans prendre garde aux cahots,
» accrochant par-ci, par-là, ne s'en souciant, démoralisé, et pres-
» que pleurant de soif, de fatigue et de tristesse.

« Et sur le port, au milieu des camions et des barriques, et
» dans les rues, au coin des bornes, les bourgeois ouvraient de
» grands yeux ébahis devant cette chose si extraordinaire en
» province, une voiture à stores tendus, et qui apparaissait ainsi

» continuellement, plus close qu'un tombeau et ballottée comme
» un navire.

« Une fois, au milieu du jour, en pleine campagne, au moment
» où le soleil dardait le plus fort contre les vieilles lanternes
» argentées, une main nue passa sous les petits rideaux de toile
» jaune et jeta des déchirures de papier, qui se dispersèrent au
» vent, et s'abattirent plus loin, comme des papillons blancs,
» sur un champ de trèfles rouges tout en fleurs.

« Puis vers six heures, la voiture s'arrêta dans une ruelle du
» quartier Beauvoisine; et une femme en descendit qui marchait
» le voile baissé, sans détourner la tête.

« En arrivant à l'auberge, Mme Bovary fut étonnée de ne pas
» apercevoir la diligence. Hivert, qui l'avait attendue cinquante-
» trois minutes, avait fini par s'en aller.

« Rien pourtant ne la forçait à partir; mais elle avait donné
» sa parole qu'elle reviendrait le soir même. D'ailleurs, Charles
» l'attendait; et déjà elle se sentait au cœur cette lâche docilité
» qui est pour bien des femmes comme le châtiment tout à la
» fois et la rançon de l'adultère. »

M. Flaubert me fait remarquer que le ministère public lui a
reproché la dernière phrase.

M. l'Avocat impérial — Non, je l'ai indiquée.

Me Sénard — Ce qui est certain, c'est que s'il y avait un reproche, il tomberait devant ces mots : « le châtiment tout à la fois et la
rançon de l'adultère ». Au surplus, cela pourrait faire la matière
d'un reproche tout aussi fondé que les autres; car dans tout ce
que vous avez reproché, il n'y a rien qui puisse se soutenir sérieusement.

Or, messieurs, cette espèce de course fantastique ayant déplu
à la rédaction de la *Revue,* la suppression en fut faite. Ce fut là
un excès de réserve de la part de la *Revue;* et très certainement
ce n'est pas un excès de réserve qui pouvait donner matière à
un procès; vous allez voir cependant comment elle a donné
matière au procès. Ce qu'on ne voit pas, ce qui est supprimé
ainsi paraît une chose fort étrange. On a supposé beaucoup de
choses qui n'existaient pas, comme vous l'avez vu par la lecture
du passage primitif. Mon Dieu, savez-vous ce qu'on a supposé?
Qu'il y avait probablement dans le passage supprimé quelque chose
d'analogue à ce que vous aurez la bonté de lire dans un des plus
merveilleux romans sortis de la plume d'un honorable membre
de l'Académie française, M. Mérimée.

M. Mérimée, dans un roman intitulé *La double méprise,* raconte
une scène qui se passe dans une chaise de poste. Ce n'est pas
la localité de la voiture qui a de l'importance, c'est, comme ici,
dans le détail de ce qui se fait dans son intérieur. Je ne veux pas
abuser de l'audience, je ferai passer le livre au ministère public
et au tribunal. Si nous avions écrit la moitié ou le quart de ce qu'a
écrit M. Mérimée, j'éprouverais quelque embarras dans la tâche

qui m'est donnée, ou plutôt je la modifierais. Au lieu de dire
ce que j'ai dit, ce que j'affirme, que M. Flaubert a écrit un bon
livre, un livre honnête, utile, moral, je dirais : la littérature a
ses droits; M. Mérimée a fait une œuvre littéraire très remarquable,
et il ne faut pas se montrer si difficile sur les détails quand
l'ensemble est irréprochable. Je m'en tiendrais là, j'absoudrais
et vous absoudriez. Eh! mon Dieu! ce n'est pas par omission
qu'un auteur peut pécher en pareille matière. Et, d'ailleurs, vous
aurez le détail de ce qui se passa dans le fiacre. Mais comme mon
client, lui, s'était contenté de faire une course, et que l'intérieur
ne s'était révélé que par « une main nue qui passa sous les petits
rideaux de toile jaune et jeta des déchirures de papier qui se dispersèrent au vent et s'abattirent plus loin comme des papillons
blancs sur un champ de trèfles rouges tout en fleurs » ; comme
mon client s'était contenté de cela, personne n'en savait rien
et tout le monde supposait — par la suppression même — qu'il
avait dit au moins autant que le membre de l'Académie française.
Vous avez vu qu'il n'en était rien.

Eh bien! cette malheureuse suppression, c'est le procès, c'est-à-
dire que, dans les bureaux qui sont chargés, avec infiniment
de raison, de surveiller tous les écrits qui peuvent offenser la
morale publique, quand on a vu cette coupure, on s'est tenu
en éveil. Je suis obligé de l'avouer, et messieurs de la *Revue de
Paris* me permettront de dire cela, ils ont donné le coup de ciseaux
deux mots trop loin; il fallait le donner avant qu'on montât
dans le fiacre; couper après, ce n'était plus la peine. La coupure
a été très malheureuse; mais si vous avez commis cette petite
faute, messieurs de la *Revue*, assurément vous l'expiez bien aujour-
d'hui.

On a dit dans les bureaux : prenons garde à ce qui va suivre;
quand le numéro suivant est venu, on a fait la guerre aux syllabes. Les gens des bureaux ne sont pas obligés de tout lire;
et quand ils ont vu qu'on avait écrit qu'une femme avait retiré
tous ses vêtements, ils se sont effarouchés sans aller plus loin.
Il est vrai qu'à la différence de nos grands maîtres, M. Flaubert
ne s'est pas donné la peine de décrire l'albâtre de ses bras nus;
de sa gorge, etc. Il n'a pas dit comme un poète que nous aimons :

> *Je vis de ses beaux flancs l'albâtre ardent et pur,*
> *Lis, ébène, corail, roses, veines d'azur,*
> *Telle enfin qu'autrefois tu me l'avais montrée,*
> *De sa nudité seule embellie et parée,*
> *Quand nos nuits s'envolaient, quand le mol oreiller*
> *La vit sous tes baisers dormir et s'éveiller.*

Il n'a rien dit de semblable à ce qu'a dit André Chénier. Mais
enfin il a dit : « Elle s'abandonna... Ses vêtements tombèrent. »
Elle s'abandonna! Eh quoi! toute description est donc inter-

dite? Mais quand on incrimine, on devrait tout lire, et monsieur l'Avocat impérial n'a pas tout lu. Le passage qu'il incrimine ne s'arrête pas où il s'est arrêté; il y a le correctif que voici :

« Cependant il y avait sur ce front couvert de gouttes froides,
» sur ces lèvres balbutiantes, dans ces prunelles égarées, dans
» l'étreinte de ces bras quelque chose d'extrême, de vague et de
» lugubre qui semblait à Léon se glisser entre eux subtilement
» comme pour les séparer. »

Dans les bureaux on n'a pas lu cela. M. l'Avocat impérial tout à l'heure n'y prenait pas garde. Il n'a vu que ceci : « Puis » elle faisait d'un seul geste tomber ensemble tous ses vêtements », et il s'est écrié : outrage à la morale publique! Vraiment, il est par trop facile d'accuser avec un pareil système. Dieu garde les auteurs de dictionnaires de tomber sous la main de M. l'Avocat impérial! Quel est celui qui échapperait à une condamnation si, au moyen de découpures, non de phrases mais de mots, on s'avisait de faire une liste de tous les mots qui pourraient offenser la morale ou la religion?

La première pensée de mon client, qui a malheureusement rencontré de la résistance, avait été celle-ci : « Il n'y a qu'une seule chose à faire : imprimer immédiatement, non pas avec des coupures, mais dans son entier, l'œuvre telle qu'elle est sortie de mes mains, en rétablissant la scène du fiacre. » J'étais tout à fait de son avis, c'était la meilleure défense de mon client que l'impression complète de l'ouvrage avec l'indication de quelques points, sur lesquels nous aurions plus spécialement prié le tribunal de porter son attention. J'avais donné moi-même le titre de cette publication : *Mémoire de M. Gustave Flaubert contre la prévention d'outrage à la morale religieuse dirigée contre lui.* J'avais écrit de ma main : *Tribunal de police correctionnelle, sixième chambre,* avec l'indication du président et du ministère public. Il y avait une préface dans laquelle on lisait : « On m'accuse avec des phrases prises çà et là dans mon livre; je ne puis me défendre qu'avec mon livre. » Demander à des juges la lecture d'un roman tout entier, c'est leur demander beaucoup, mais nous sommes devant des juges qui aiment la vérité, qui la veulent; qui, pour la connaître, ne reculeront devant aucune fatigue; nous sommes devant des juges qui veulent la justice, qui la veulent énergiquement et qui liront, sans aucune espèce d'hésitation, tout ce que nous les supplierons de lire. J'avais dit à M. Flaubert : « Envoyez tout de suite cela à l'impression et mettez au bas mon nom à côté du vôtre : SÉNARD, *avocat.* » On avait commencé l'impression; la déclaration était faite pour 100 exemplaires que nous voulions faire tirer; l'impression marchait avec une rapidité extrême, on y passait les jours et les nuits, lorsque nous est venue la défense de continuer l'impression, non pas d'un livre, mais d'un mémoire dans lequel l'œuvre incriminée se trouvait avec des notes explicatives! On a réclamé au parquet de M. le Procureur impérial, qui nous a dit que la défense était absolue, qu'elle ne pouvait pas être levée!

Eh bien, soit! Nous n'aurons pas publié le livre avec nos notes et nos observations, mais si votre première lecture, messieurs, vous avait laissé un doute, je vous le demande en grâce, vous en feriez une seconde. Vous aimez, vous voulez la vérité; vous ne pouvez être de ceux qui, quand on leur porte deux lignes de l'écriture d'un homme, sont assurés de le faire pendre à quelque condition que ce soit. Vous ne voulez pas qu'un homme soit jugé sur des découpures, plus ou moins habilement faites. Vous ne voulez pas cela; vous ne voulez pas nous priver des ressources ordinaires de la défense. Eh bien! vous avez le livre, et quoique ce soit moins commode que ce que nous voulions faire, vous ferez vous-mêmes les divisions, les observations, les rapprochements, parce que vous voulez la vérité et qu'il faut que ce soit la vérité qui serve de base à votre jugement, et la vérité sortira de l'examen sérieux du livre.

Cependant je ne puis pas m'en tenir là. Le ministère public attaque le livre, il faut que je prenne le livre même pour le défendre, que je complète les citations qu'il en a faites, et que, sur chaque passage incriminé, je montre le néant de l'incrimination; ce sera toute ma défense.

Je n'essayerai pas, assurément, d'opposer aux appréciations élevées, animées, pathétiques, dont le ministère public a entouré tout ce qu'il a dit, des appréciations du même genre; la défense n'aurait pas le droit de prendre de telles allures; elle se contentera de citer les textes tels qu'ils sont.

Et d'abord, je déclare que rien n'est plus faux que ce qu'on a dit tout à l'heure de la couleur lascive. La couleur lascive! Où donc avez-vous pris cela? Mon client a dépeint dans *Madame Bovary* quelle femme? Eh! mon Dieu! c'est triste à dire, mais cela est vrai, une jeune fille, née comme elles le sont presque toutes, honnête; c'est du moins le plus grand nombre, mais bien fragiles quand l'éducation, au lieu de les fortifier, les a amollies ou jetées dans une mauvaise voie. Il a pris une jeune fille; est-ce une nature perverse? Non, c'est une nature impressionnable, accessible à l'exaltation.

M. l'Avocat impérial a dit : Cette jeune fille, on la présente constamment comme lascive. Mais non! on la représente née à la campagne, née à la ferme, où elle s'occupe de tous les travaux de son père, et où aucune espèce de lasciveté n'avait pu passer dans son esprit ou dans son cœur. On la représente ensuite, au lieu de suivre la destinée qui lui appartenait tout naturellement d'être élevée pour la ferme dans laquelle elle devait vivre ou dans un milieu analogue, on la représente sous l'autorité imprévoyante d'un père qui s'imagine de faire élever au couvent cette fille née à la ferme, qui devait épouser un fermier, un homme de la campagne. La voilà conduite dans un couvent, hors de sa sphère. Il n'y a rien qui ne soit grave dans la parole du ministère public, il ne faut donc rien laisser sans réponse. Ah! vous avez parlé de ses petits péchés; en citant quelques lignes de la première livraison, vous avez dit : « Quand elle allait à confesse, elle inventait de petits péchés, afin de rester là plus longtemps, à genoux dans l'ombre... sous le chuchotement du prêtre. » Vous vous êtes déjà gravement trompé sur l'appréciation de mon client. Il n'a pas fait la faute que vous lui reprochez, l'erreur est tout entière de votre côté, d'abord sur l'âge de la jeune fille. Comme elle n'est entrée au couvent qu'à treize ans, il est évident qu'elle en avait quatorze lorsqu'elle allait à confesse. Ce n'était donc pas une enfant de dix ans comme il vous a plu de le dire; vous vous êtes trompé là-dessus matériellement. Mais je n'en suis pas sur l'invraisemblance d'une enfant de dix ans qui aime à rester au confessionnal « sous le chuchotement du prêtre ». Ce que je veux, c'est que vous lisiez les lignes qui précèdent, ce qui n'est pas facile, j'en conviens. Et voilà l'inconvénient pour nous de n'avoir pas de mémoire : avec un mémoire nous n'aurions pas à chercher dans six volumes.

J'appelais votre attention sur ce passage, pour restituer à *Madame Bovary* son véritable caractère. Voulez-vous me permettre de vous dire ce qui me paraît bien grave, ce que M. Flaubert a compris et qu'il a mis en relief? Il y a une espèce de religion qui est celle qu'on parle généralement aux jeunes filles et qui est la plus mauvaise de toutes. On peut, à cet égard, différer dans les appréciations. Quant à moi, je déclare nettement ceci : que je ne connais rien de beau, d'utile, de nécessaire pour soutenir, non pas seulement les femmes dans le chemin de la vie, mais les hommes eux-mêmes qui ont quelquefois de bien pénibles épreuves à traverser; que je ne connais rien de plus utile et de plus nécessaire que le sentiment religieux, mais le sentiment religieux grave et, permettez-moi d'ajouter, sévère.

Je veux que mes enfants comprennent un Dieu, non pas un Dieu dans les abstractions du panthéisme, non, mais un être suprême avec lequel ils sont en rapport, vers lequel ils s'élèvent pour prier, et qui, en même temps, les grandit et les fortifie. Cette pensée-là, voyez-vous, qui est ma pensée, qui est la vôtre, c'est la force dans les mauvais jours, la force dans ce qu'on appelle, dans le monde, le refuge, ou, mieux encore, la force des faibles. C'est cette pensée-là qui donne à la femme cette consistance qui la fait se résigner sur les mille petites choses de la vie, qui la fait rapporter à Dieu ce qu'elle peut souffrir, et lui demander la grâce de remplir son devoir. Cette religion-là, messieurs, c'est le christianisme, c'est la religion, qui établit les rapports entre Dieu et l'homme. Le christianisme, en faisant intervenir entre Dieu et nous une sorte de puissance intermédiaire, nous rend Dieu plus accessible, et cette communication avec lui plus facile. Que la mère de celui qui se fit Homme-Dieu reçoive aussi les prières de la femme, je ne vois rien encore là qui altère ni la pureté, ni la sainteté religieuse, ni le sentiment lui-même. Mais voici où commence l'altération. Pour accommoder la religion à toutes les natures, on fait intervenir toutes sortes de petites choses chétives, misérables, mesquines. La pompe des cérémonies, au lieu d'être cette grande pompe qui nous saisit l'âme, cette pompe dégénère en petit commerce de reliques, de médailles, de petits bons dieux, de petites bonnes vierges. A quoi, messieurs, se prend l'esprit des enfants curieux, ardents, tendres, l'esprit des jeunes filles surtout? A toutes ces images, affaiblies, atténuées, misérables de l'esprit religieux. Elles se font alors de petites religions de pratique, de petites dévotions de tendresse, d'amour, et au lieu d'avoir dans leur âme le sentiment de Dieu, le senti-ment du devoir, elles s'abandonnent à des rêvasseries, à de petites pratiques, à de petites dévotions. Et puis vient la poésie, et puis viennent, il faut bien le dire, mille pensées de charité, de tendresse, d'amour mystique, mille formes qui trompent les jeunes filles, qui sensualisent la religion. Ces pauvres enfants, naturellement crédules et faibles, se prennent à tout cela, à la poésie, à la rêvasse-rie, au lieu de s'attacher à quelque chose de raisonnable et de sévère. D'où il arrive que vous avez beaucoup de femmes fort dévotes, qui ne sont pas religieuses du tout. Et quand le vent les pousse hors du chemin où elles devraient marcher, au lieu de trouver la force, elles ne trouvent que toute espèce de sensualités qui les égarent.

Ah! vous m'avez accusé d'avoir, dans le tableau de la société moderne, confondu l'élément religieux avec le sensualisme! Accusez donc la société au milieu de laquelle nous sommes, mais n'accusez pas l'homme qui, comme Bossuet, s'écrie : Réveil-lez-vous et prenez garde au péril! Mais venir dire aux pères de famille : Prenez garde, ce ne sont pas là de bonnes habitudes à donner à vos filles, il y a dans tous ces mélanges de mysticisme quelque chose qui sensualise la religion; venir dire cela, c'est dire la vérité. C'est pour cela que vous accusez Flaubert, c'est pour cela que j'exalte sa conduite. Oui, il a bien fait d'avertir, ainsi, les familles des dangers de l'exaltation chez les jeunes per-sonnes qui s'en prennent aux petites pratiques, au lieu de s'attacher à une religion forte et sévère qui les soutiendrait au jour de la faiblesse. Et maintenant, vous allez voir d'où vient l'invention des petits péchés « sous le chuchotement du prêtre ». Lisons la page 30*.

« Elle avait lu *Paul et Virginie* et elle avait rêvé la maison-
» nette de bambous, le nègre Domingo, le chien fidèle, mais
» surtout l'amitié douce de quelque bon petit frère, qui va cher-
» cher pour vous des fruits rouges dans des grands arbres plus
» hauts que des clochers ou qui court pieds nus sur le sable,
» vous apportant un nid d'oiseaux. »

---

* Page 323.

Est-ce lascif, cela, messieurs? Continuons.

M. l'Avocat impérial — Je n'ai pas dit que ce passage fût lascif.

Me Sénard — Je vous demande bien pardon, c'est précisément dans ce passage que vous avez relevé une phrase lascive, et vous n'avez pu la trouver lascive qu'en l'isolant de ce qui précédait et de ce qui suivait :

« Au lieu de suivre la messe, elle regardait dans son livre les
» vignettes pieuses bordées d'azur qui servent de signets, et
» elle aimait la brebis malade, le sacré-cœur percé de flèches
» aiguës, ou le pauvre Jésus qui tombe en marchant sous sa
» croix. Elle essaya, par mortification, de rester tout un jour sans
» manger. Elle cherchait dans sa tête quelque vœu à accomplir. »

N'oubliez pas cela; quand on invente de petits péchés à confesse et qu'on cherche dans sa tête quelque vœu à accomplir, ce que vous trouverez à la ligne qui précède, évidemment on a eu les idées un peu faussées, quelque part. Et je vous demande maintenant si j'ai à discuter votre passage! Mais je continue :

« Le soir, avant la prière, on faisait dans l'étude une lecture
» religieuse. C'était, pendant la semaine, quelque résumé d'his-
» toire sainte ou les conférences de l'abbé Frayssinous, et, le
» dimanche, des passages du *Génie du Christianisme,* par récréa-
» tion. Comme elle écouta, les premières fois, la lamentation
» sonore des mélancolies romantiques se répétant à tous les échos
» de la terre et de l'éternité! Si son enfance se fût écoulée dans
» l'arrière-boutique obscure d'un quartier marchand, elle se
» serait peut-être alors ouverte aux envahissements lyriques de
» la nature, qui, d'ordinaire, ne nous arrivent que par la traduc-
» tion des écrivains. Mais elle connaissait trop la campagne;
» elle savait le bêlement des troupeaux, les laitages, les charrues.
» Habituée aux aspects calmes, elle se tournait, au contraire, vers
» les accidentés. Elle n'aimait la mer qu'à cause de ses tempêtes,
» et la verdure seulement lorsqu'elle était clairsemée parmi les
» ruines. Il fallait qu'elle pût retirer des choses une sorte de profit
» personnel; et elle rejetait comme inutile tout ce qui ne contri-
» buait pas à la consommation immédiate de son cœur, étant
» de tempérament plus sentimental qu'artistique, cherchant des
» émotions et non des paysages. »

Vous allez voir avec quelles délicates précautions l'auteur introduit cette vieille sainte fille, et comment, pour enseigner la religion, il va se glisser dans le couvent un élément nouveau, l'introduction du roman apporté par une étrangère. N'oubliez jamais ceci quand il s'agira d'apprécier la morale religieuse.

« Il y avait au couvent une vieille fille qui venait tous les mois,
» pendant huit jours, travailler à la lingerie. Protégée par l'arche-
» vêché comme appartenant à une ancienne famille de gentils-
» hommes ruinés sous la Révolution, elle mangeait au réfectoire
» à la table des bonnes sœurs et faisait avec elles, après le repas,
» un petit bout de causette avant de remonter à son ouvrage.

» Souvent les pensionnaires s'échappaient de l'étude pour l'aller
» voir. Elle savait par cœur des chansons galantes du siècle passé,
» qu'elle chantait à demi-voix en poussant son aiguille. Elle
» contait des histoires, vous apprenait des nouvelles, faisait
» en ville vos commissions, et prêtait aux grandes, en cachette,
» quelque roman qu'elle avait toujours dans les poches de son
» tablier, et dont la bonne demoiselle elle-même avalait de longs
» chapitres dans les intervalles de sa besogne. »

Ceci n'est pas seulement merveilleux littéralement parlant :
l'absolution ne peut pas être refusée à l'homme qui écrit ces
admirables passages, pour signaler à tous les périls d'une éducation
de ce genre, pour indiquer à la jeune femme les écueils de la vie
dans laquelle elle va s'engager. Continuons :

« Ce n'étaient qu'amours, amants, amantes, dames persécutées
» s'évanouissant dans des pavillons solitaires, postillons qu'on
» tue à tous les relais, chevaux qu'on crève à toutes les pages,
» forêts sombres, troubles du cœur, serments, sanglots, larmes
» et baisers, nacelles au clair de lune, rossignols dans les bos-
» quets, *Messieurs* braves comme des lions, doux comme des
» agneaux, vertueux comme on ne l'est pas, toujours bien mis
» et qui pleurent comme des urnes. Pendant six mois, à quinze
» ans, Emma se graissa donc les mains à cette poussière des
» vieux cabinets de lecture. Avec Walter Scott, plus tard, elle
» s'éprit de choses historiques, rêva bahuts, salles des gardes
» et ménestrels. Elle aurait voulu vivre dans quelque vieux
» manoir, comme ces châtelaines au long corsage qui, sous le
» trèfle des ogives, passaient leurs jours le coude sur la pierre
» et le menton dans la main à regarder venir du fond de la cam-
» pagne un cavalier à plume blanche, qui galope sur un cheval
» noir. Elle eut, dans ce temps-là, le culte de Marie Stuart et
» des vénérations enthousiastes à l'endroit des femmes illustres
» ou infortunées. Jeanne d'Arc, Héloïse, Agnès Sorel, la belle
» Ferronnière et Clémence Isaure, pour elle se détachaient comme
» des comètes sur l'immensité ténébreuse de l'histoire, où saillis-
» saient encore çà et là mais plus perdus dans l'ombre et sans
» aucun rapport entre eux, saint Louis avec son chêne, Bayard
» mourant, quelques férocités de Louis XI, un peu de Saint-
» Barthélemy, le panache du Béarnais, et toujours le souvenir
» des assiettes peintes où Louis XIV était vanté.

« A la classe de musique, dans les romances qu'elle chantait,
» il n'était question que de petits anges aux ailes d'or, de madones,
» de lagunes, de gondoliers, pacifiques compositions qui lais-
» saient entrevoir, à travers la niaiserie du style et les imprudences
» de la note, l'attirante fantasmagorie de réalités sentimentales. »

Comment, vous ne vous êtes pas souvenu de cela, quand cette
pauvre fille de la campagne rentrée à la ferme, ayant trouvé à
épouser un médecin de village, est invitée à une soirée d'un château, sur laquelle vous avez cherché à appeler l'attention du tri-

bunal, pour montrer quelque chose de lascif dans une valse qu'elle vient de danser ! Vous ne vous êtes pas souvenu de cette éducation, quand cette pauvre femme enlevée par une invitation qui est venue la prendre au foyer vulgaire de son mari, pour la mener à ce château, quand elle a vu ces beaux messieurs, ces belles dames, ce vieux duc qui, disait-on, avait eu des bonnes fortunes à la cour !... M. l'Avocat impérial a eu de beaux mouvements, à propos de la reine Antoinette ! Il n'y a pas un de nous, assurément, qui ne se soit associé par la pensée à votre pensée. Comme vous, nous avons frémi au nom de cette victime des révolutions ; mais ce n'est pas de Marie-Antoinette qu'il s'agit ici, c'est du château de la Vaubyessard.

Il y avait là un vieux duc qui avait eu — disait-on — des rapports avec la reine, et sur lequel se portaient tous les regards. Et quand cette jeune femme, voyant se réaliser les rêves fantastiques de sa jeunesse, se trouve ainsi transportée au milieu de ce monde, vous vous étonnez de l'enivrement qu'elle a ressenti ; vous l'accusez d'avoir été lascive ! Mais accusez donc la valse elle-même, cette danse de nos grands bals modernes où, dit un auteur qui l'a décrite, la femme « s'appuie sur l'épaule du cavalier, dont la jambe l'embarrasse ». Vous trouvez que dans la description de Flaubert Mme Bovary est lascive. Mais il n'y a pas un homme, et je ne vous excepte pas, qui, ayant assisté à un bal, ayant vu cette sorte de valse, n'ait eu en sa pensée le désir que sa femme ou sa fille s'abstînt de ce plaisir qui a quelque chose de farouche. Si, comptant sur la chasteté qui enveloppe une jeune fille, on la laisse quelquefois se livrer à ce plaisir que la mode a consacré, il faut beaucoup compter sur cette enveloppe de chasteté, et quoiqu'on y compte, il n'est pas impossible d'exprimer les impressions que M. Flaubert a exprimées au nom des mœurs et de la chasteté.

La voilà au château de la Vaubyessard, la voilà qui regarde ce vieux duc, qui étudie tout avec transport, et vous vous écriez : Quels détails ! Qu'est-ce à dire ? Les détails sont partout, quand on ne cite qu'un passage.

« Madame Bovary remarqua que plusieurs dames n'avaient
» pas mis leurs gants dans leurs verres.

« Cependant, au haut bout de la table, seul parmi toutes ces
» femmes, courbé sur son assiette remplie, et la serviette nouée
» dans le dos comme un enfant, un vieillard mangeait, laissant
» tomber de sa bouche des gouttes de sauce. Il avait les yeux
» éraillés et portait une petite queue enroulée d'un ruban noir.
» C'était le beau-père du marquis, le vieux duc de Laverdière,
» l'ancien favori du comte d'Artois, dans le temps des parties de
» chasse au Vaudreuil, chez le marquis de Conflans, et qui avait
» été, disait-on, l'amant de la reine Marie-Antoinette, entre
» MM. de Coigny et de Lauzun. »

Défendez la reine, défendez-la surtout devant l'échafaud,

dites que par son titre elle avait droit au respect, mais supprimez
vos accusations, quand on se contentera de dire qu'il avait été,
disait-on, l'amant de la reine. Est-ce que c'est sérieusement que
vous nous reprocherez d'avoir insulté à la mémoire de cette
femme infortunée?

« Il avait mené une vie bruyante de débauches, pleine de duels,
» de paris, de femmes enlevées, avait dévoré sa fortune et effrayé
» toute sa famille. Un domestique derrière sa chaise lui nommait
» tout haut dans l'oreille les plats qu'il désignait du doigt en
» bégayant. Et sans cesse les yeux d'Emma revenaient d'eux-
» mêmes sur ce vieil homme à lèvres pendantes, comme sur
» quelque chose d'extraordinaire et d'auguste. Il avait vécu à
» la Cour et couché dans le lit des reines ! »

« On versa du vin de Champagne à la glace. Emma frissonna
» de toute sa peau en sentant ce froid à sa bouche. Elle n'avait
» jamais vu de grenades ni mangé d'ananas. »

Vous voyez que ces descriptions sont charmantes, incontestable-
ment, mais qu'il n'est pas possible d'y prendre çà et là une ligne
pour créer une espèce de couleur contre laquelle ma conscience
proteste. Ce n'est pas la couleur lascive, c'est la couleur du livre;
c'est l'élément littéraire, et en même temps l'élément moral.

La voilà, cette jeune fille dont vous avez fait l'éducation, la
voilà devenue femme. M. l'Avocat impérial a dit : Essaye-t-elle
même d'aimer son mari? Vous n'avez pas lu le livre ; si vous
l'aviez lu, vous n'auriez pas fait cette objection.

La voilà, messieurs, cette pauvre femme, elle rêvassera d'abord.
A la page 34* vous verrez ses rêvasseries. Et il y a plus, il y a
quelque chose dont M. l'Avocat impérial n'a pas parlé, et qu'il
faut que je vous dise, ce sont ses impressions quand sa mère
mourut; vous verrez si c'est lascif, cela ! Ayez la bonté de prendre
la page 33** et me suivre :

« Quand sa mère mourut, elle pleura beaucoup les premiers
» jours. Elle se fit faire un tableau funèbre avec les cheveux de
» la défunte, et, dans une lettre qu'elle envoyait aux Bertaux,
» toute pleine de réflexions tristes sur la vie elle demandait qu'on
» l'ensevelît plus tard dans le même tombeau. Le bonhomme la
» crut malade et vint la voir. Emma fut intérieurement satisfaite
» de se sentir arrivée, du premier coup, à ce rare idéal des exis-
» tences pâles où ne parviennent jamais les cœurs médiocres. Elle
» se laissa donc glisser dans les méandres lamartiniens, écouta
» les harpes sur les lacs, tous les chants des cygnes mourants,
» toutes les chutes de feuilles, les vierges pures qui montent au
» ciel, et la voix de l'Éternel discourant dans les vallons. Elle
» s'ennuya, n'en voulut point convenir, continua par habitude,
» ensuite par vanité, et fut enfin surprise de se sentir apaisée,

* Pages 327-328.
** Page 326.

» et sans plus de tristesse au cœur que de rides sur le front. »

Je veux répondre aux reproches de M. l'Avocat impérial, qu'elle ne fait aucun effort pour aimer son mari.

M. L'AVOCAT IMPÉRIAL — Je ne lui ai pas reproché cela; j'ai dit qu'elle n'avait pas réussi.

Me SÉNARD — Si j'ai mal compris, si vous n'avez pas fait ce reproche, c'est la meilleure réponse qui puisse être faite. Je croyais vous l'avoir entendu faire; mettons que je me sois trompé. Au surplus, voici ce que je lis à la fin de la page 36* :

« Cependant, d'après des théories qu'elle croyait bonnes, elle » voulut se donner de l'amour. Au clair de lune, dans le jardin, » elle récitait tout ce qu'elle savait par cœur de rimes passionnées, » et lui chantait en soupirant des adagios mélancoliques; mais » elle se trouvait ensuite aussi calme qu'auparavant, et Charles » n'en paraissait ni plus amoureux, ni plus remué.

« Quand elle eut ainsi un peu battu le briquet sur son cœur » sans en faire jaillir une étincelle, incapable, d'ailleurs, de com- » prendre ce qu'elle n'éprouvait pas, comme de croire à tout ce » qui ne se manifestait point par des formes convenues, elle se » persuada sans peine que la passion de Charles n'avait plus rien » d'exorbitant. Ses expansions étaient devenues régulières; il » l'embrassait à de certaines heures. C'était une habitude parmi » les autres, et comme un dessert prévu d'avance, après la mono- » tonie du dîner. »

A la page 37**, nous trouverons une foule de choses semblables. Maintenant, voici le péril qui va commencer. Vous savez comment elle avait été élevée; c'est ce que je vous supplie de ne pas oublier un instant.

Il n'y a pas un homme, l'ayant lu, qui ne dise, ce livre à la main, que M. Flaubert n'est pas seulement un grand artiste, mais un homme de cœur, pour avoir dans les dix dernières pages déversé toute l'horreur et le mépris sur la femme, et tout l'intérêt sur le mari. Il est encore un grand artiste, comme on l'a dit, parce qu'il n'a pas transformé le mari, parce qu'il l'a laissé jusqu'à la fin ce qu'il était, un bon homme, vulgaire, médiocre, remplissant les devoirs de sa profession, aimant bien sa femme, mais dépourvu d'éducation, manquant d'élévation dans la pensée. Il est de même au lit de mort de sa femme. Et, pourtant, il n'y a pas un individu dont le souvenir revienne avec plus d'intérêt. Pourquoi? Parce qu'il a gardé jusqu'à la fin la simplicité, la droiture du cœur; parce que jusqu'à la fin il a rempli son devoir, dont sa femme s'était écartée. Sa mort est aussi belle, aussi touchante, que la mort de sa femme est hideuse. Sur le cadavre de la femme, l'auteur a montré les taches que lui ont laissées les vomissements du poison; elles ont sali le linceul blanc dans lequel elle va être ense-

---

* Pages 330-331.
** Page 332.

velie, il a voulu en faire un objet de dégoût; mais il y a un homme qui est sublime, c'est le mari, sur le bord de cette fosse. Il y a un homme qui est grand, sublime, dont la mort est admirable, c'est le mari, qui, après avoir vu successivement se briser par la mort de sa femme tout ce qui pouvait lui rester d'illusions au cœur, embrasse par la pensée sa femme sous une tombe. Mettez-le, je vous en prie, dans vos souvenirs, l'auteur a été au delà, — Lamartine le lui a dit, — de ce qui était permis, pour rendre la mort de la femme hideuse et l'expiation plus terrible. L'auteur a su concentrer tout l'intérêt sur l'homme qui n'avait pas dévié de la ligne du devoir, qui est resté avec son caractère médiocre, sans doute, l'auteur ne pouvait pas changer son caractère; mais avec toute la générosité de son cœur, et il a accumulé toutes les horreurs sur la mort de la femme qui l'a trompé, ruiné, qui s'est livrée aux usuriers, qui a mis en circulation des billets faux, et enfin est arrivée au suicide. Nous verrons si elle est naturelle la mort de cette femme qui, si elle n'avait pas trouvé le poison pour en finir, aurait été brisée par l'excès même du malheur qui l'étreignait. Voilà ce qu'a fait l'auteur. Son livre ne serait pas lu, s'il l'eût fait autrement, si, pour montrer où peut conduire une éducation aussi périlleuse que celle de Mme Bovary, il n'avait pas prodigué les images charmantes et les tableaux énergiques qu'on lui reproche.

M. Flaubert fait constamment ressortir la supériorité du mari sur la femme, et quelle supériorité, s'il vous plaît? Celle du devoir rempli, tandis qu'Emma s'en écarte! Et puis la voilà placée sur la pente de cette mauvaise éducation, la voilà partie après la scène du bal avec un jeune enfant. Léon, inexpérimenté comme elle. Elle coquettera avec lui, mais elle n'osera pas aller plus loin; rien ne se fera. Vient ensuite Rodolphe qui la prendra, lui, cette femme. Après l'avoir regardée un instant, il se dit : Elle est bien, cette femme! et elle sera à lui, car elle est légère, et sans expérience. Quant à la chute, vous relirez les pages 42, 43 et 44*. Je n'ai qu'un mot à vous dire sur cette scène, il n'y a pas de détails, pas de description, aucune image qui nous peigne le trouble des sens; un seul mot indique la chute : « elle s'abandonna ». Je vous prierai, encore, d'avoir la bonté de relire les détails de la chute de Clarisse Harlowe, que je ne sache pas avoir été décrite dans un mauvais livre. M. Flaubert a substitué Rodolphe à Lovelace, et Emma à Clarisse. Vous comparerez les deux auteurs et les deux ouvrages; et vous apprécierez.

Mais je rencontre ici l'indignation de M. l'Avocat impérial. Il est choqué de ce que le remords ne suit pas de près la chute, de ce qu'au lieu d'en exprimer les amertumes, elle se dit avec satisfaction : « J'ai un amant. » Mais l'auteur ne serait pas dans le vrai si, au moment où la coupe est encore aux lèvres, il faisait

---

* Pages 435 à 438.

sentir toute l'amertume de la liqueur enchanteresse. Celui qui
écrirait, comme l'entend M. l'Avocat impérial, pourrait être moral,
mais il dirait ce qui n'est pas dans la nature. Non, ce n'est pas
au moment de la première faute, que le sentiment de la faute se
réveille; sans cela elle ne serait pas commise. Non, ce n'est pas
au moment où elle est dans l'illusion qui l'enivre, que la femme
peut être avertie par cet enivrement même de la faute immense
qu'elle a commise. Elle n'en rapporte que l'ivresse; elle rentre
chez elle, heureuse, étincelante, elle chante dans son cœur : « Enfin
j'ai un amant. » Mais cela dure-t-il longtemps? Vous avez lu
les pages 424 et 425*. A deux pages de là, s'il vous plaît, à la
page 428**, le sentiment du dégoût de l'amant ne se manifeste
pas encore, mais elle est déjà sous l'impression de la crainte, de
l'inquiétude. Elle examine, elle regarde, elle ne voudrait jamais
abandonner Rodolphe :

« Quelque chose de plus fort qu'elle la poussait vers lui, si
» bien qu'un jour, la voyant survenir à l'improviste, il fronça
» le visage comme quelqu'un de contrarié.

« — Qu'as-tu donc? dit-elle. Souffres-tu? Parle-moi!

« Et enfin il déclara d'un air sérieux que ses visites devenaient
» imprudentes et qu'elle se compromettait.

« Peu à peu, cependant, ces craintes de Rodolphe la gagnèrent.
» L'amour l'avait enivrée d'abord, et elle n'avait songé à rien
» au delà. Mais à présent qu'il était indispensable à sa vie, elle
» craignait d'en perdre quelque chose, ou même qu'il ne fût
» troublé. Quand elle s'en revenait de chez lui, elle jetait tout
» à l'entour des regards inquiets, épiait chaque forme qui passait
» à l'horizon, et chaque lucarne du village d'où l'on pouvait
» l'apercevoir. Elle écoutait les pas, les cris, le bruit des charrues,
» et elle s'arrêtait plus blême et plus tremblante que les feuilles
» des peupliers qui se balançaient sur sa tête. »

Vous voyez bien qu'elle ne s'y méprend pas; elle sent bien
qu'il y a quelque chose qui n'est pas ce qu'elle avait rêvé. Prenons
les pages 433 et 434***, et vous en serez encore plus convaincus.

« Lorsque la nuit était pluvieuse, ils s'allaien réfugier dans
» le cabinet aux consultations, entre le hangar et l'écurie. Elle
» allumait un des flambeaux de la cuisine, qu'elle avait caché
» derrière les livres. Rodolphe s'installait là comme chez lui,
» Cependant, la vue de la bibliothèque et du bureau, de tout
» l'appartement enfin, excitait sa gaieté, et il ne pouvait pas se retenir
» de faire sur Charles quantité de plaisanteries qui embarrassaient
» Emma. Elle eût désiré le voir plus sérieux et même plus drama-
» tique à l'occasion, comme cette fois où elle crut entendre dans
» l'allée un bruit de pas qui s'approchait.

* Pages 439-440.
** Page 441.
*** Page 446.

« — On vient ! dit-elle.

« Il souffla la lumière.

« — As-tu tes pistolets ?

« — Pourquoi ?

« — Mais... pour te défendre, reprit Emma.

« — Est-ce de ton mari ? Ah ! le pauvre garçon !

« Et Rodolphe acheva sa phrase avec un geste qui signifiait :
» je l'écraserais d'une chiquenaude.

« Elle fut ébahie de sa bravoure, bien qu'elle y sentît une sorte
» d'indélicatesse et de grossièreté naïve, qui la scandalisa.

« Rodolphe réfléchit beaucoup à cette histoire de pistolets.
» Si elle avait parlé sérieusement, cela était fort ridicule, pen-
» sait-il, odieux même, car il n'avait, lui, aucune raison de haïr
» ce bon Charles, n'étant pas ce qui s'appelle dévoré de jalousie ;
» — et à ce propos Emma lui avait fait un grand serment, qu'il
» ne trouvait pas, non plus, du meilleur goût.

» D'ailleurs, elle devenait bien sentimentale. Il avait fallu
» s'échanger des miniatures, on s'était coupé des poignées de
» cheveux, et elle demandait à présent une bague, un véritable
» anneau de mariage, en signe d'alliance éternelle. Souvent elle
» lui parlait des cloches du soir, ou des voix de la nature, puis
» elle l'entretenait de sa mère à elle, et de sa mère à lui. »

Elle l'ennuyait enfin.

Puis, page 453* : « Il (Rodolphe) n'avait plus, comme autre-
» fois, de ces mots si doux qui la faisaient pleurer, ni de ces véhé-
» mentes caresses qui la rendaient folle ; — si bien que leur grand
» amour, où elle vivait plongée, parut se diminuer sous elle comme
» l'eau d'un fleuve, qui s'absorberait dans son lit, et elle aperçut
» la vase. Elle n'y voulut pas croire ; elle redoubla de tendresse ;
» et Rodolphe, de moins en moins, cacha son indifférence.

« Elle ne savait pas si elle regrettait de lui avoir cédé, ou si
» elle ne souhaitait point, au contraire, le chérir davantage. L'humi-
» liation de se sentir faible se tournait en une rancune que les
» voluptés tempéraient. Ce n'était pas de l'attachement, mais
» comme une séduction permanente. Il la subjuguait. Elle en
» avait presque peur. »

Et vous craignez, monsieur l'Avocat impérial, que les jeunes
femmes lisent cela ! Je suis moins effrayé, moins timide que vous.
Pour mon compte personnel, je comprends à merveille que le
père de famille dise à sa fille : « Jeune femme, si ton cœur, si ta
conscience, si le sentiment religieux, si la voix du devoir ne suffi-
saient pas pour te faire marcher dans la droite voie, regarde,
mon enfant, regarde combien d'ennuis, de souffrances, de douleurs et de désolations attendent la femme qui va chercher le
bonheur ailleurs que chez elle ! » Ce langage ne vous blesserait
pas dans la bouche d'un père, eh bien ! M. Flaubert ne dit pas autre

---

* Page 447.

chose; c'est la peinture la plus vraie, la plus saisissante de ce que la femme qui a rêvé le bonheur en dehors de sa maison trouve immédiatement.

Mais marchons, nous arrivons à toutes les aventures de la désillusion. Vous m'opposez les caresses de Léon à la page 60*. Hélas! elle va payer bientôt la rançon de l'adultère; et cette rançon vous la trouverez terrible, à quelques pages plus loin de l'ouvrage que vous incriminez. Elle a cherché le bonheur dans l'adultère, la malheureuse! Et elle y a trouvé, outre le dégoût et la fatigue que la monotonie du mariage peut donner à une femme qui ne marche pas dans la voie du devoir, elle y a trouvé la désillusion, le mépris de l'homme auquel elle s'était livrée. Est-ce qu'il manque quelque chose à ce mépris? Oh non! et vous ne le nierez pas, le livre est sous vos yeux : Rodolphe, qui s'est révélé si vil, lui donne une dernière preuve d'égoïsme et de lâcheté. Elle lui dit : « Emmène-moi! Enlève-moi! J'étouffe, je ne puis plus respirer » dans la maison de mon mari dont j'ai fait la honte et le malheur. » Il hésite; elle insiste, enfin il promet, et le lendemain elle reçoit de lui une lettre foudroyante, sous laquelle elle tombe, écrasée, anéantie. Elle tombe malade, elle est mourante. La livraison qui suit vous la montre dans toutes les convulsions d'une âme qui se débat, qui peut-être serait ramenée au devoir par l'excès de sa souffrance, mais malheureusement elle rencontre bientôt l'enfant avec lequel elle avait joué quand elle était inexpérimentée. Voilà le mouvement du roman, et puis vient l'expiation.

Mais M. l'Avocat impérial m'arrête et me dit : « Quand il serait vrai que le but de l'ouvrage soit bon d'un bout à l'autre, est-ce que vous pouviez vous permettre des détails obscènes, comme ceux que vous vous êtes permis? »

Très certainement, je ne pouvais pas me permettre de tels détails, mais m'en suis-je permis? Où sont-ils? J'arrive ici aux passages les plus incriminés. Je ne parle plus de l'aventure du fiacre, le tribunal a eu satisfaction à cet égard; j'arrive aux passages que vous avez signalés comme contraires à la morale publique et qui forment un certain nombre de pages du numéro du 1er décembre; et pour faire disparaître tout l'échafaudage de votre accusation, je n'ai qu'une chose à faire : restituer ce qui précède et ce qui suit vos citations, substituer, en un mot, le texte complet à vos découpures.

Au bas de la page 72**, Léon, après avoir été mis en rapport avec Homais le pharmacien, vient à l'hôtel de Bourgogne; et puis le pharmacien vient le chercher.

« Mais Emma venait de partir, exaspérée; ce manque de parole » au rendez-vous lui semblait un outrage.

---

* Page 532.
** Page 548.

« Puis, se calmant, elle finit par découvrir qu'elle l'avait sans
» doute calomnié. Mais le dénigrement de ceux que nous aimons
» toujours nous en détache quelque peu. Il ne faut pas toucher
» aux idoles; la dorure en reste aux mains.

« Ils en vinrent à parler plus souvent de choses indifférentes
» à leur amour... »

Mon Dieu! C'est pour les lignes que je viens de vous lire que
nous sommes traduits devant vous. Écoutez maintenant :

« Ils en vinrent à parler plus souvent de choses indifférentes
» à leur amour; et dans les lettres qu'Emma lui envoyait, il était
» question de fleurs, de vers, de la lune et des étoiles, ressources
» naïves d'une passion affaiblie, qui essayait de s'aviver à tous
» les secours extérieurs. Elle se promettait continuellement,
» pour son prochain voyage, une félicité profonde; puis elle
» s'avouait ne rien sentir d'extraordinaire. Mais cette déception
» s'effaçait vite, sous un espoir nouveau; et Emma revenait à
» lui plus enflammée, plus haletante, plus avide. Elle se désha-
» billait brutalement, arrachant le lacet mince de son corset qui
» sifflait autour de ses hanches comme une couleuvre qui glisse.
» Elle allait sur la pointe de ses pieds nus regarder encore une
» fois si la porte était fermée, puis elle faisait d'un seul geste tom-
» ber ensemble tous ses vêtements; — et pâle, sans parler, sérieuse,
» elle s'abattait contre sa poitrine avec un long frisson. »

Vous vous êtes arrêté là, Monsieur l'Avocat impérial; permettez-moi de continuer.

« Cependant, il y avait sur ce front couvert de gouttes froides,
» sur ces lèvres balbutiantes, dans ces prunelles égarées, dans
» l'étreinte de ces bras, quelque chose d'extrême, de vague et de
» lugubre, qui semblait à Léon se glisser entre eux, subtilement,
» comme pour les séparer. »

Vous appelez cela de la couleur lascive; vous dites que cela
donnerait le goût de l'adultère; vous dites que voilà des pages
qui peuvent exciter, émouvoir les sens, — des pages lascives!
Mais la mort est dans ces pages. Vous n'y pensez pas, Monsieur
l'Avocat impérial, vous vous effarouchez de trouver là les mots
de *corset*, de *vêtements qui tombent;* et vous vous attachez à ces
trois ou quatre mots de corset et de vêtements qui tombent!
Voulez-vous que je montre comme quoi un corset peut paraître
dans un livre classique, et très classique? C'est ce que je me donnerai le plaisir de faire tout à l'heure.

« Elle se déshabillait... (ah! Monsieur l'Avocat impérial, que
vous avez mal compris ce passage!) elle se déshabillait brutalement
» (la malheureuse), arrachant le lacet mince de son corset qui sifflait
» autour de ses hanches, comme une couleuvre qui glisse : et,
» pâle sans parler, sérieuse, elle s'abattait contre sa poitrine,
» avec un long frisson... Il y avait sur ce front couvert de gouttes
» froides... dans l'étreinte de ces bras, quelque chose de vague
» et de lugubre... »

C'est ici qu'il faut se demander où est la couleur lascive? et
où est la couleur sévère? et si les sens de la jeune fille aux mains
de laquelle tomberait ce livre peuvent être émus, excités, — comme
à la lecture d'un livre classique entre tous les classiques, que je
citerai tout à l'heure, et qui a été réimprimé mille fois, sans que
jamais procureur impérial, ou royal, ait songé à le poursuivre.
Est-ce qu'il y a quelque chose d'analogue dans ce que je viens de
vous lire? Est-ce que ce n'est pas, au contraire, l'excitation à
l'horreur du vice que « ce quelque chose de lugubre qui se glisse
entre eux pour les séparer? » Continuons, je vous prie.

« Il n'osait lui faire de questions; mais, la discernant si expé-
» rimentée, elle avait dû passer, se disait-il, par toutes les épreuves
» de la souffrance et du plaisir. Ce qui le charmait autrefois l'ef-
» frayait un peu maintenant. D'ailleurs, il se révoltait contre
» l'absorption, chaque jour plus grande, de sa personnalité. Il
» en voulait à Emma de cette victoire permanente. Il s'efforçait
» même à ne pas la chérir; puis, au craquement de ses bottines,
» il se sentait lâche, comme les ivrognes à la vue des liqueurs
» fortes. »

Est-ce que c'est lascif, cela?

Et puis, prenez le dernier paragraphe :

« Un jour qu'ils s'étaient quittés de bonne heure, et qu'elle
» s'en revenait seule par le boulevard, elle aperçut les murs de
» son couvent; alors elle s'assit sur un banc, à l'ombre des ormes.
» Quel calme dans ce temps-là! Comme elle enviait les ineffables
» sentiments d'amour qu'elle tâchait, d'après les livres, de se
» figurer!

« Les premiers mois de son mariage, ses promenades à cheval
» dans la forêt, le vicomte qui valsait, et Lagardy chantant, tout
» repassa devant ses yeux. »

N'oubliez donc pas ceci, Monsieur l'Avocat impérial, quand
vous voulez juger la pensée de l'auteur, quand vous voulez trouver
absolument la couleur lascive là où je ne puis trouver qu'un
excellent livre.

« Et Léon lui parut soudain dans le même éloignement que
» les autres. « Je l'aime pourtant », se disait-elle; elle n'était pas
» heureuse, ne l'avait jamais été. D'où venait donc cette insuffi-
» sance de la vie, cette pourriture instantanée des choses où elle
» s'appuyait? »

Est-ce lascif, cela?

« Mais s'il y avait quelque part un être fort et beau, une nature
» valeureuse, pleine à la fois d'exaltation et de raffinements, un
» cœur de poète sous une forme d'ange, lyre aux cordes d'airain
» sonnant vers le ciel des épithalames élégiaques, pourquoi, par
» hasard, ne le trouverait-elle pas? Oh! quelle impossibilité!
» Rien, d'ailleurs, ne valait la peine d'une recherche, tout men-
» tait! Chaque sourire cachait un bâillement d'ennui, chaque
» joie une malédiction, tout plaisir son dégoût, et les meilleurs

» baisers ne vous laissaient sur la lèvre que l'irréalisable envie
» d'une volupté plus haute.

« Un râle métallique se traîna dans les airs, et quatre coups
» se firent entendre à la cloche du couvent. Quatre heures! et
» il lui semblait qu'elle était là, sur ce banc, depuis l'éternité. »

Il ne faut pas chercher au bout d'un livre quelque chose pour
expliquer ce qui est au bout d'un autre. J'ai lu le passage incriminé
sans y ajouter un mot, pour défendre une œuvre qui se défend
par elle-même. Continuons la lecture de ce passage incriminé
au point de vue de la morale :

« Madame était dans sa chambre. On n'y montait pas. Elle
» restait là tout le long du jour, engourdie, à peine vêtue, et de
» temps à autre faisait fumer des pastilles du sérail, qu'elle avait
» achetées à Rouen, dans la boutique d'un Algérien. Pour ne
» pas avoir, la nuit, contre sa chair, cet homme étendu qui
» dormait, elle finit, à force de grimaces, par le reléguer au second
» étage; et elle lisait jusqu'au matin des livres extravagants où
» il y avait des tableaux orgiaques avec des situations sanglantes. »
« Ceci donne envie de l'adultère, n'est-ce pas? Souvent une terreur
» la prenait, elle poussait un cri. Charles accourait. — Ah! va-t'en,
» disait-elle; ou, d'autres fois, brûlée plus fort par cette flamme
» intime que l'adultère avivait, haletante, émue, toute en désir,
» elle ouvrait la fenêtre, aspirait l'air froid, éparpillait au vent
» sa chevelure trop lourde et regardait les étoiles, souhaitait des
» amours de prince. Elle pensait à lui, à Léon. Elle eût alors
» tout donné pour un seul de ces rendez-vous qui la rassasiaient.

« C'était ses jours de gala. Elle les voulait splendides, et, lors-
» qu'il ne pouvait payer seul la dépense, elle complétait le sur-
» plus libéralement; ce qui arrivait à peu près toutes les fois.
» Il essaya de lui faire comprendre qu'ils seraient aussi bien
» ailleurs, dans quelque hôtel plus modeste, mais elle trouva des
» objections. »

Vous voyez comme tout ceci est simple quand on lit tout;
mais, avec les découpures de M. l'Avocat impérial, le plus petit
mot devient une montagne.

M. l'Avocat impérial — Je n'ai cité aucune de ces phrases-là,
et puisque vous me voulez citer que je n'ai point incriminées,
il ne fallait pas passer à pieds joints sur la page 50.

Me Sénard — Je ne passe rien, j'insiste sur les phrases incriminées dans la citation. Nous sommes cités pour les pages 77
et 78*.

M. l'Avocat impérial — Je parle des citations faites à l'audience, et je croyais que vous m'imputiez d'avoir cité les lignes
que vous venez de lire.

Me Sénard — Monsieur l'Avocat impérial, j'ai cité tous les
passages à l'aide desquels vous vouliez constituer un délit qui

---

* Pages 554-555.

maintenant est brisé. Vous avez développé à l'audience ce que
bon vous semblait, et vous avez eu beau jeu. Heureusement nous
avions le livre, le défenseur savait le livre; s'il ne l'avait pas su
sa position eût été bien étrange, permettez-moi de vous le dire.
Je suis appelé à m'expliquer sur tels ou tels passages, et à l'audience on y substitue d'autres passages. Si je n'avais possédé
le livre comme je le possède, la défense eût été difficile. Maintenant, je vous montre par une analyse fidèle que le roman, loin
de devoir être présenté comme lascif, doit être au contraire considéré comme une œuvre éminemment morale. Après avoir fait
cela, je prends les passages qui ont motivé la citation en police
correctionnelle, et après avoir fait suivre vos découpures de ce
qui précède et de ce qui suit, l'accusation est si faible, qu'elle
vous révolte vous-même, au moment où je les lis! Ces mêmes
passages que vous signaliez comme incriminables, il y a un instant, j'ai cependant bien le droit de les citer moi-même, pour vous
faire voir le néant de votre accusation.

      Je reprends ma citation où j'en suis resté, au bas de la page
78* :

      « Il (Léon) s'ennuyait maintenant lorsque Emma, tout à coup,
» sanglotait sur sa poitrine; et son cœur, comme les gens qui
» ne peuvent endurer qu'une certaine dose de musique, s'assou-
» pissait d'indifférence au vacarme d'un amour dont il ne distin-
» guait plus les délicatesses.

      « Ils se connaissaient trop pour avoir ces ébahissements de
» la possession qui en centuplent la joie. Elle était aussi dégoûtée
» de lui qu'il était fatigué d'elle. Emma retrouvait dans l'adultère
» toutes les platitudes du mariage. »

      Platitudes du mariage! Celui qui a découpé ceci, a dit : « Comment,
voilà un monsieur qui dit que dans le mariage il n'y a que des
platitudes! C'est une attaque au mariage, c'est un outrage à la
morale! » Convenez, Monsieur l'Avocat impérial, qu'avec des
découpures artistement faites on peut aller loin en fait d'incrimination. Qu'est-ce que l'auteur a appelé les platitudes du mariage?
Cette monotonie qu'Emma avait redoutée, qu'elle avait voulu
fuir, et qu'elle retrouvait sans cesse dans l'adultère, ce qui était
précisément la désillusion. Vous voyez donc bien que quand,
au lieu de découper des membres de phrases et des mots, on lit
ce qui précède et ce qui suit, il ne reste plus rien à l'incrimination; et vous comprenez à merveille que mon client, qui sait
sa pensée, doit être un peu révolté de la voir ainsi travestir. Continuons :

      « Elle était aussi dégoûtée de lui qu'il était fatigué d'elle. Emma
» retrouvait dans l'adultère toutes les platitudes du mariage.

      « Mais comment pouvoir s'en débarrasser? Puis elle avait beau
» se sentir humiliée de la bassesse d'un tel bonheur, elle y tenait

─────────

* Page 556.

» encore, par habitude ou par corruption; et chaque jour elle s'y
» acharnait davantage, tarissant toute félicité à la vouloir trop
» grande. Elle accusait Léon de ses espoirs déçus, comme s'il
» l'avait trahie; et même elle souhaitait une catastrophe qui
» amenât leur séparation, puisqu'elle n'avait pas le courage de s'y
» décider.

« Elle n'en continuait pas moins à lui écrire des lettres amou-
» reuses, en vertu de cette idée : qu'une femme doit toujours
» écrire à son amant.

« Mais, en écrivant, elle percevait un autre homme, un fan-
» tôme, fait de ses plus ardents souvenirs. » Ceci n'est plus incriminé : « Ensuite elle retombait à plat, brisée, car ces élans d'amour
» vague la fatiguaient plus que de grandes débauches.

« Elle éprouvait maintenant une courbature incessante et
» universelle... elle recevait du papier timbré qu'elle regardait
» à peine. Elle aurait voulu ne plus vivre ou continuellement
» dormir. »

J'appelle cela une excitation à la vertu, par l'horreur du vice,
ce que l'auteur annonce lui-même, et ce que le lecteur le plus
distrait ne peut pas ne pas voir, sans un peu de mauvaise volonté.

Et maintenant quelque chose de plus, pour vous faire apercevoir
quelle espèce d'homme vous avez à juger. Pour vous montrer
non pas quelle espèce de justification je puis prendre, mais si
M. Flaubert a eu la couleur lascive et où il prend ses inspirations,
laissez-moi mettre sur votre bureau ce livre usé par lui, et dans
les passages duquel il s'est inspiré pour dépeindre cette concupiscence, les entraînements de cette femme qui cherche le bonheur
dans les plaisirs illicites, qui ne peut pas l'y rencontrer, qui cherche
encore, qui cherche de plus en plus, et ne le rencontre jamais.
Où Flaubert a pris ses inspirations, messieurs? C'est dans ce livre
que voilà; écoutez :

« Illusion des sens.

« Quiconque donc s'attache au sensible, il faut qu'il erre néces-
» sairement d'objets en objets et se trompe pour ainsi dire, en
» changeant de place; ainsi la concupiscence, c'est-à-dire l'amour
» des plaisirs, est toujours changeant, parce que toute son ardeur
» languit et meurt dans la continuité, et que c'est le changement
» qui le fait revivre. Aussi qu'est-ce autre chose que la vie des
» sens, qu'un mouvement alternatif de l'appétit au dégoût et du
» dégoût à l'appétit, l'âme flottant toujours incertaine entre
» l'ardeur qui se ralentit et l'ardeur qui se renouvelle? Inconstantia,
» concupiscentia. Voilà ce que c'est que la vie des sens. Cependant,
» dans ce mouvement perpétuel, on ne laisse pas de se divertir
» par l'image d'une liberté errante. »

Voilà ce que c'est que la vie des sens. Qui a dit cela? qui a écrit
les paroles que vous venez d'entendre, sur ces excitations et ces
ardeurs incessantes? Quel est le livre que M. Flaubert feuillette
jour et nuit, et dont il s'est inspiré dans les passages qu'incrimine

monsieur l'Avocat impérial? C'est Bossuet! Ce que je viens de vous lire, c'est un fragment d'un discours de Bossuet sur les *plaisirs illicites*. Je vous ferai voir que tous ces passages incriminés ne sont, non pas des plagiats, — l'homme qui s'est approprié une idée n'est pas un plagiaire, — mais que des imitations de Bossuet. En voulez-vous un autre exemple? Le voici :

« SUR LE PÉCHÉ.

« Et ne me demandez pas, chrétiens, de quelle sorte se fera ce
» grand changement de nos plaisirs en supplices; la chose est
» prouvée par les Écritures. C'est le Véritable qui le dit, c'est le
» Tout-Puissant qui le fait. Et toutefois, si vous regardez la nature
» des passions auxquelles vous abandonnez votre cœur, vous
» comprendrez aisément qu'elles peuvent devenir un supplice
» intolérable. Elles ont toutes, en elles-mêmes, des peines cruelles,
» des dégoûts, des amertumes. Elles ont toutes une infinité qui
» se fâche de ne pouvoir être assouvie; ce qui mêle dans elles
» toutes les emportements, qui dégénèrent en une espèce de
» fureur non moins pénible que déraisonnable. L'amour, s'il
» m'est permis de le nommer dans cette chaire, a ses incertitudes,
» ses agitations violentes et ses résolutions irrésolues et l'enfer
» de ses jalousies. »

Et plus loin :

« Eh! qu'y a-t-il donc de plus aisé que de faire de nos passions
» une peine insupportable de nos péchés, en leur ôtant, comme
» il est très juste, ce peu de douceur par où elles nous séduisent,
» et leur laissant seulement les inquiétudes cruelles et l'amertume
» dont elles abondent? Nos péchés contre nous, nos péchés sur
» nous, nos péchés au milieu de nous, trait perçant contre notre
» sein, poids insupportable sur notre tête, poison dévorant dans
» nos entrailles. »

Tout ce que vous venez d'entendre n'est-il pas là pour vous montrer les amertumes des passions? Je vous laisse ce livre tout marqué, tout flétri par le pouce de l'homme studieux qui y a pris sa pensée. Et celui qui s'est inspiré à une source pareille, celui-là qui a décrit l'adultère dans les termes que vous venez d'entendre, celui-là est poursuivi pour outrage à la morale publique et religieuse!

Quelques lignes encore sur la *Femme pécheresse*, et vous allez voir comment M. Flaubert, ayant à peindre ces ardeurs, a su s'inspirer de son modèle :

« Mais punis de notre erreur sans en être détrompés, nous
» cherchons dans le changement un remède de notre méprise;
» nous errons d'objet en objet; et s'il en est enfin quelqu'un qui
» nous fixe, ce n'est pas que nous soyons contents de notre choix,
» c'est que nous sommes loués de notre inconstance. »

....

« Tout lui paraît vide, faux, dégoûtant, dans les créatures : loin
» d'y retrouver ces premiers charmes, dont son cœur avait eu

» tant de peine à se défendre, elle n'en voit plus que le frivole, le
» danger et la vanité. »

....

« Je ne parle pas d'un engagement de passion; quelles frayeurs
» que le mystère n'éclate ! que de mesures à garder du côté de la
» bienséance et de la gloire ! que d'yeux à éviter ! que de surveil-
» lants à tromper ! que de retours à craindre sur la fidélité de ceux
» qu'on a choisis pour les ministres et les confidents de sa pas-
» sion ! quels rebuts à essuyer de celui, peut-être, à qui on a sacrifié
» son honneur et sa liberté, et dont on n'oserait se plaindre ! A
» tout cela, ajoutez ces moments cruels où la passion moins vive
» nous laisse le loisir de retomber sur nous-mêmes, et de sentir
» toute l'indignité de notre état; ces moments où le cœur, né
» pour les plaisirs plus solides, se lasse de ses propres idoles, et
» trouve son supplice dans ses dégoûts et dans son inconstance
» Monde profane ! si c'est là cette félicité que tu nous vantes tant,
» favorises-en tes adorateurs; et punis-les, en les rendant ainsi
» heureux, de la foi qu'ils ont ajoutée si légèrement à tes pro-
» messes. »

Laissez-moi vous dire ceci : quand un homme, dans le silence
des nuits, a médité sur les causes des entraînements de la femme;
quand il les a trouvées dans l'éducation et que, pour les exprimer,
se défiant de ses observations personnelles, il a été se mûrir aux
sources que je viens d'indiquer; quand il ne s'est laissé aller à
prendre la plume qu'après s'être inspiré des pensées de Bossuet
et de Massillon, permettez-moi de vous demander s'il y a un mot
pour vous exprimer ma surprise, ma douleur en voyant traduire
cet homme en police correctionnelle — pour quelques passages
de son livre, et précisément pour les idées et les sentiments les
plus vrais et les plus élevés qu'il ait pu rassembler ! Voilà ce que
je vous prie de ne pas oublier relativement à l'inculpation d'outrage à la morale religieuse. Et puis, si vous me le permettez, je
mettrai en regard de tout ceci, sous vos yeux, ce que j'appelle,
moi, des atteintes à la morale, c'est-à-dire la satisfaction des sens
sans amertume, sans ces *larges gouttes de sueur* glacée, qui tombent
du front chez ceux qui s'y livrent; et je ne vous citerai pas des
livres licencieux dans lesquels les auteurs ont cherché à exciter
les sens, je vous citerai un livre — qui est donné en prix dans les
collèges, mais je vous demanderai la permission de ne vous dire
le nom de l'auteur qu'après que je vous en aurai lu un passage.
Voici ce passage, je vous ferai passer le volume; c'est un exemplaire qui a été donné en prix à un élève de collège; j'aime mieux
vous remettre cet exemplaire que celui de M. Flaubert :

« Le lendemain, je fus reconduit dans son appartement. Là
» je sentis tout ce qui peut porter à la volupté. On avait répandu
» dans la chambre les parfums les plus agréables. Elle était sur
» un lit qui n'était fermé que par des guirlandes de fleurs; elle
» y paraissait languissamment couchée. Elle me tendit la main,

» et me fit asseoir auprès d'elle. Tout, jusqu'au voile qui lui cou-
» vrait le visage, avait de la grâce. Je voyais la forme de son beau
» corps. Une simple toile qui se mouvait sur elle me faisait tour
» à tour perdre et trouver des beautés ravissantes. » Une simple
toile, quand elle était étendue sur un cadavre, vous a paru une
image lascive; ici elle est étendue sur la femme vivante. « Elle
» remarqua que mes yeux étaient occupés, et quand elle les vit
» s'enflammer, la toile sembla s'ouvrir d'elle-même; je vis tous
» les trésors d'une beauté divine. Dans ce moment, elle me serra
» la main; mes yeux errèrent partout. Il n'y a, m'écriai-je, que
» ma chère Ardasire qui soit aussi belle; mais j'atteste les dieux
» que ma fidélité... Elle se jeta à mon cou, et me serra dans ses
» bras. Tout d'un coup, la chambre s'obscurcit, son voile s'ouvrit;
» elle me donna un baiser. Je fus tout hors de moi; une flamme
» subite coula dans mes veines et échauffa tous mes sens. L'idée
» d'Ardasire s'éloigna de moi. Un reste de souvenir... mais il ne
» me paraissait qu'un songe... J'allais... J'allais la préférer à elle-
» même. Déjà j'avais porté mes mains sur son sein; elles couraient
» rapidement partout; l'amour ne se montrait que par sa fureur;
» elle se précipitait à la victoire; un moment de plus, et Ardasire
» ne pouvait pas se défendre. »

Qui a écrit cela? Ce n'est pas même l'auteur de *la Nouvelle
Héloïse*, c'est M. le Président de Montesquieu! Ici, pas une amertume, pas un dégoût, tout est sacrifié à la beauté littéraire, et on
donne cela en prix aux élèves de rhétorique, sans doute pour leur
servir de modèle dans les amplifications ou les descriptions qu'on
leur donne à faire. Montesquieu décrit dans *les Lettres persanes*
une scène qui ne peut pas même être lue. Il s'agit d'une femme
que cet auteur place entre deux hommes qui se la disputent. Cette
femme ainsi placée entre deux hommes fait des rêves — qui lui
paraissent fort agréables.

En sommes-nous là, monsieur l'Avocat impérial! Faudra-t-il
encore vous citer Jean-Jacques Rousseau dans *les Confessions* et
ailleurs! Non, je dirai seulement au tribunal que si, à propos de
sa description de la voiture dans *la Double méprise*, M. Mérimée
était poursuivi, il serait immédiatement acquitté. On ne verrait
dans son livre qu'une œuvre d'art, de grandes beautés littéraires.
On ne le condamnerait pas plus qu'on ne condamne les peintres
ou les statuaires qui ne se contentent pas de traduire toute la
beauté du corps, mais toutes les ardeurs, toutes les passions. Je
n'en suis pas là; je vous demande de reconnaître que M. Flaubert
n'a pas chargé ses images, et qu'il n'a fait qu'une chose : toucher
de la main la plus ferme la scène de la dégradation. A chaque
ligne de son livre il fait ressortir la désillusion, et, au lieu de terminer par quelque chose de gracieux, il s'attache à nous montrer
cette femme arrivant, après le mépris, l'abandon, la ruine de sa
maison, à la mort la plus épouvantable. En un mot, je ne puis
que répéter ce que j'ai dit en commençant la plaidoirie, que M.

Flaubert est l'auteur d'un bon livre, d'un livre qui est l'excitation
à la vertu par l'horreur du vice.

J'ai maintenant à examiner l'outrage à la religion. L'outrage
à la religion commis par M. Flaubert! Et en quoi, s'il vous plaît?
M. l'Avocat impérial a cru voir en lui un sceptique. Je puis répondre à monsieur l'Avocat impérial qu'il se trompe. Je n'ai pas
ici de profession de foi à faire, je n'ai que le livre à défendre, c'est
ce qui fait que je me borne à ce simple mot. Mais, quant au livre,
je défie M. l'Avocat impérial d'y trouver quoi que ce soit qui ressemble à un outrage à la religion. Vous avez vu comment la religion a été introduite dans l'éducation d'Emma, et comment cette
religion, faussée de mille manières, ne pouvait pas retenir Emma
sur la pente qui l'entraînait. Voulez-vous savoir en quelle langue
M. Flaubert parle de la religion? Écoutez quelques lignes que je
prends dans la première livraison, pages 231, 232 et 233*.

« Un soir que la fenêtre était ouverte, et qu'assise au bord elle
» venait de regarder Lestiboudois, le bedeau, qui taillait le buis,
» elle entendit tout à coup sonner l'*Angelus*.

« On était au commencement d'avril, quand les primevères
» sont écloses; un vent tiède se roule sur les plates-bandes labou-
» rées, et les jardins comme des femmes semblent faire leur toilette
» pour les fêtes de l'été. Par les barreaux de la tonnelle et au delà,
» tout autour, on voyait la rivière dans la prairie, où elle dessinait
» sur l'herbe des sinuosités vagabondes. La vapeur du soir pas-
» sait entre les peupliers sans feuilles, estompant leurs contours
» d'une teinte violette, plus pâle et transparente qu'une gaze
» subtile arrêtée sur les branchages. Au loin, des bestiaux mar-
» chaient; on n'entendait ni leurs pas, ni les mugissements, et
» la cloche sonnant toujours, continuait dans les airs sa lamen-
» tation pacifique.

« A ce tintement répété, la pensée de la jeune femme s'égarait
» dans ses vieux souvenirs de jeunesse et de pension. Elle se
» rappela les grands chandeliers qui dépassaient, de l'autel, les
» vases pleins de fleurs et le tabernacle à colonnettes. Elle aurait
» voulu comme autrefois être encore confondue dans la longue
» ligne des voiles blancs que marquaient de noir, çà et là, les capu-
» chons raides des bonnes sœurs inclinées sur leur prie-Dieu. »

Voilà la langue dans laquelle le sentiment religieux est exprimé;
et à entendre Monsieur l'Avocat impérial, le scepticisme règne
d'un bout à l'autre dans le livre de M. Flaubert. Où donc, je vous
prie, trouvez-vous là du scepticisme?

M. L'AVOCAT IMPÉRIAL — Je n'ai pas dit qu'il y en eût là-
dedans.

Me SÉNARD — S'il n'y en a pas là-dedans, où donc y en a-t-il?
Dans vos découpures, évidemment. Mais voici l'ouvrage tout
entier, que le tribunal le juge, et il verra que le sentiment religieux

---

* Page 391.

y est si fortement empreint, que l'accusation de scepticisme est
une vrai calomnie. Et maintenant, monsieur l'Avocat impérial
me permettra-t-il de lui dire que ce n'était pas la peine d'accuser
l'auteur de scepticisme avec tant de fracas? Poursuivons :

« Le dimanche à la messe, quand elle relevait sa tête, elle aper-
» cevait le doux visage de la Vierge parmi les tourbillons bleuâtres
» de l'encens qui montait. Alors un attendrissement la saisit, elle
» se sentit molle et tout abandonnée, comme un duvet d'oiseau
» qui tournoie dans la tempête, et ce fut sans en avoir conscience
» qu'elle s'achemina vers l'église, disposée à n'importe quelle
» dévotion, pourvu qu'elle y absorbât son âme et que l'existence
» entière y disparût. »

Ceci, messieurs, est le premier appel à la religion, pour retenir
Emma sur la pente des passions. Elle est tombée, la pauvre femme,
puis repoussée du pied par l'homme auquel elle s'est abandonnée.
Elle est presque morte, elle se relève, elle se ranime; et vous allez
voir maintenant ce qui est écrit, n⁰ du 15 novembre 1856, p. 548*

« Un jour qu'au plus fort de sa maladie elle s'était crue ago-
» nisante, elle avait demandé la communion; et à mesure que l'on
» faisait dans sa chambre les préparatifs pour le sacrement, que
» l'on disposait en autel la commode encombrée de sirops, et
» que Félicité semait par terre des fleurs de dahlia, Emma sentait
» quelque chose de fort pesant sur elle, qui la débarrassait de ses
» douleurs, de toute perception, de tout sentiment. Sa chair
» allégée ne pesait plus, une autre vie commençait; il lui sembla
» que son être, montant vers Dieu... (Vous voyez dans quelle
» langue M. Flaubert parle des choses religieuses.) « Il lui sembla
» que son être, montant vers Dieu, allait s'anéantir dans cet
» amour, comme un encens allumé qui se dissipe en vapeur. On
» aspergea d'eau bénite les draps du lit; le prêtre retira du saint
» ciboire la blanche hostie : et ce fut en défaillant d'une joie céleste
» qu'elle avança les lèvres pour accepter le corps du Sauveur
» qui se présentait. »

J'en demande pardon à M. l'Avocat impérial, j'en demande
pardon au tribunal, j'interromps ce passage, mais j'ai besoin de
dire que c'est l'auteur qui parle, et de vous faire remarquer dans
quels termes il s'exprime sur le mystère de la communion; j'ai
besoin, avant de reprendre cette lecture, que le tribunal saisisse
a valeur littéraire empruntée à ce tableau; j'ai besoin d'insister
sur ces expressions qui appartiennent à l'auteur :

« Et ce fut en défaillant d'une joie céleste qu'elle avança les
» lèvres pour accepter le corps du Sauveur qui se présentait. Les
» rideaux de son alcôve se bombaient mollement autour d'elle
» en façon de nuées, et les rayons des deux cierges brûlant sur
» la commode lui parurent être des gloires éblouissantes. Alors

* Page 486.

» elle laissa retomber sa tête, croyant entendre dans les espaces
» le chant des harpes séraphiques, et apercevoir en un ciel d'azur,
» sur un trône d'or, au milieu des saints tenant des palmes vertes,
» Dieu le Père, tout éclatant de majesté, et qui d'un signe faisait
» descendre vers la terre des anges aux ailes de flammes, pour
» l'emporter dans leurs bras. »

Il continue :

« Cette vision splendide demeura dans sa mémoire comme la
» chose la plus belle qu'il fût possible de rêver; si bien qu'à pré-
» sent elle s'efforçait d'en ressaisir la sensation qui continuait
» cependant, mais d'une manière moins exclusive et avec une
» douceur aussi profonde. Son âme, courbaturée d'orgueil, se
» reposait enfin dans l'humilité chrétienne; et, savourant le plai-
» sir d'être faible, Emma contemplait en elle-même la destruction
» de sa volonté, qui devait faire aux envahissements de la grâce
» une large entrée. Il existait donc à la place du bonheur des féli-
» cités plus grandes, un autre amour au-dessus de tous les amours,
» sans intermittences, ni fin, et qui s'accroîtrait éternellement !
» Elle entrevit, parmi les illusions de son espoir, un état de pureté
» flottant au-dessus de la terre, se confondant avec le ciel et où
» elle soupira d'être. Elle voulut devenir une sainte. Elle acheta
» des chapelets; elle porta des amulettes; elle souhaitait avoir
» dans sa chambre, au chevet de sa couche, un reliquaire enchâssé
» d'émeraudes, pour le baiser tous les soirs. »

Voilà des sentiments religieux ! Et si vous vouliez vous arrêter
un instant sur la pensée principale de l'auteur, je vous demanderais
de tourner la page et de lire les trois lignes suivantes du deuxième
alinéa* :

« Elle s'irrita contre les prescriptions du culte; l'arrogance
» des écrits polémiques lui déplut par leur acharnement à pour-
» suivre des gens qu'elle ne connaissait pas, et des contes profanes
» relevés de la religion lui parurent écrits dans une telle ignorance
» du monde qu'ils l'écartèrent insensiblement des vérités dont
» elle attendait la preuve. »

Voilà le langage de M. Flaubert. Maintenant, s'il vous plaît,
arrivons à une autre scène, à la scène de l'extrême-onction. Oh !
M. l'Avocat impérial, combien vous vous êtes trompé quand,
vous arrêtant aux premiers mots, vous avez accusé mon client
de mêler le sacré au profane, quand il s'est contenté de traduire
ces belles formules de l'extrême-onction, au moment où le prêtre
touche tous les organes de nos sens, au moment où, selon l'expression du rituel, il dit : *Per istam unctionem, et suam piissimam
misericordiam, indulgeat tibi Dominus quidquid deliquisti.*

Vous avez dit : Il ne faut pas toucher aux choses saintes. De
quel droit travestissez-vous ces saintes paroles : « Que Dieu, dans

----

* Page 487.

» sa sainte miséricorde, vous pardonne toutes les fautes que vous
» avez commises par la vue, par le goût, par l'ouïe, etc.? »

Tenez, je vais vous lire le passage incriminé, et ce sera toute
ma vengeance. J'ose dire ma vengeance, car l'auteur a besoin
d'être vengé. Oui, il faut que M. Flaubert sorte d'ici, non seulement acquitté, mais vengé! vous allez voir de quelles lectures il
est nourri. Le passage incriminé est à la page 271* du n° du 15 décembre, il est ainsi conçu :

« Pâle comme une statue, et les yeux rouges comme des char-
» bons, Charles, sans pleurer, se tenait en face d'elle, au pied du
» lit, tandis que le prêtre, appuyé sur un genou, marmottait des
» paroles basses... »

Tout ce tableau est magnifique, et la lecture en est irrésistible;
mais tranquillisez-vous, je ne la prolongerai pas outre mesure.
Voici maintenant l'incrimination :

« Elle tourna sa figure lentement, et parut saisie de joie à voir
» tout à coup l'étole violette, sans doute retrouvant au milieu
» d'un apaisement extraordinaire la volupté perdue de ses pre-
» miers élancements mystiques, avec des visions de béatitude
» éternelle qui commençaient.

« Le prêtre se releva pour prendre le crucifix; alors elle allongea
» le cou comme quelqu'un qui a soif, et, collant ses lèvres sur le
» corps de l'Homme-Dieu, elle y déposa, de toute sa force expi-
» rante, le plus grand baiser d'amour qu'elle eût jamais donné. »

L'extrême-onction n'est pas encore commencée; mais on me
reproche ce baiser. Je n'irai pas chercher dans sainte Thérèse,
que vous connaissez peut-être mais dont le souvenir est trop
éloigné; je n'irai pas même chercher dans Fénelon le mysticisme
de Mme Guyon, ni des mysticismes plus modernes dans lesquels
je trouve bien d'autres raisons. Je ne veux pas demander à ces
écoles, que vous qualifiez de christianisme sensuel, l'explication
de ce baiser; c'est à Bossuet, à Bossuet lui-même que je veux la
demander :

« Obéissez et tâchez au reste d'entrer dans les dispositions de
» Jésus en communiant, qui sont des dispositions d'union, de
» jouissance et d'amour : tout l'Évangile le crie. Jésus veut qu'on
» soit avec lui; il veut jouir, il veut qu'on jouisse de lui. Sa sainte
» chair est le milieu de cette union et de cette chaste jouissance :
» il se donne. » Etc.

Je reprends la lecture du passage incriminé :

« Ensuite il récita le *Misereatur* et l'*Indulgentiam*, trempa son
» pouce droit dans l'huile et commença les onctions : d'abord sur
» les yeux, qui avaient tant convoité les somptuosités terrestres;
» puis sur les narines, friandes de brises tièdes et de senteurs
» amoureuses; puis sur la bouche, qui s'était ouverte pour le
» mensonge, qui avait gémi d'orgueil et crié dans la luxure; puis

---

* Page 587.

» sur les mains, qui se délectaient aux contacts suaves, et enfin
» sur la plante des pieds, si rapides autrefois quand elle courait
» à l'assouvissement de ses désirs, et qui maintenant ne marcheraient
» plus.

« Le curé s'essuya les doigts, jeta dans le feu les brins de coton
» trempés d'huile, et revint s'asseoir près de la moribonde pour
» lui dire qu'à présent elle devait joindre ses souffrances à celles
» de Jésus-Christ, et s'abandonner à la miséricorde divine.

« En faisant ses exhortations, il essaya de lui mettre dans la main
» un cierge béni, symbole des gloires célestes dont elle allait
» être tout à l'heure environnée. Mais Emma, trop faible, ne put
» fermer les doigts, et le cierge, sans M. Bournisien, serait tombé
» par terre.

« Cependant elle n'était plus aussi pâle, et son visage avait une
» expression de sérénité, comme si le sacrement l'eût guérie.

« Le prêtre ne manqua point d'en faire l'observation; et il expli-
» qua même à Bovary que le Seigneur, quelquefois, prolongeait
» l'existence des personnes lorsqu'il le jugeait convenable pour
» leur salut. Et Charles se rappela un jour, où ainsi, près de mourir,
» elle avait reçu la communion. Il ne fallait peut-être pas se déses-
» pérer, pensait-il. »

Maintenant, quand une femme meurt, et que le prêtre va lui
donner l'extrême-onction; quand on fait de cela une scène mystique et que nous traduisons avec une fidélité scrupuleuse les
paroles sacramentelles, on dit que nous touchons aux choses
saintes. Nous avons porté une main téméraire aux choses saintes,
parce que au *deliquisti per oculos, per os, per aurem, par manus, et per
pedes*, nous avons ajouté le péché que chacun de ces organes avait
commis. Nous ne sommes pas les premiers qui ayons marché
dans cette voie. M. Sainte-Beuve, dans un livre que vous connaissez, met aussi une scène d'extrême-onction, et voici comment il
s'exprime :

« Oh! oui donc, à ces yeux d'abord, comme au plus noble et
» au plus vif des sens; à ces yeux, pour ce qu'ils ont vu, regardé
» de tendre, de trop perfide en d'autres yeux, de trop mortel; pour
» ce qu'ils ont lu et relu d'attachant et de trop chéri; pour ce
» qu'ils ont versé de vaines larmes sur les biens fragiles et sur les
» créatures infidèles; pour le sommeil qu'ils ont tant de fois
» oublié, le soir en y songeant!

« A l'ouïe aussi, pour ce qu'elle a entendu et s'est laissé dire
» de trop doux, de trop flatteur et enivrant; pour ce son que
» l'oreille dérobe lentement aux paroles trompeuses; pour ce
» qu'elle y boit de miel caché!

« A cet odorat ensuite, pour les trop subtils et voluptueux par-
» fums des soirs de printemps au fond des bois, pour les fleurs
» reçues le matin et tous les jours, respirées avec tant de complai-
» sance!

« Aux lèvres, pour ce qu'elles ont prononcé de trop confus

» ou de trop avoué; pour ce qu'elles n'ont pas répliqué en certains
» moments ou ce qu'elles n'ont pas révélé à certaines personnes,
» pour ce qu'elles ont chanté dans la solitude de trop mélodieux
» et de trop plein de larmes; pour leur murmure inarticulé, pour
» leur silence !

« Au cou au lieu de la poitrine, pour l'ardeur du désir selon
» l'expression consacrée *(propter ardorem libidinis)*; oui, pour la
» douleur des affections, des rivalités, pour le trop d'angoisse des
» humaines tendresses, pour les larmes qui suffoquent un gosier
» sans voix, pour tout ce qui fait battre un cœur ou ce qui le ronge !

« Aux mains aussi, pour avoir serré une main qui n'était pas
» saintement liée; pour avoir reçu des pleurs trop brûlants; pour
» avoir peut-être commencé d'écrire, sans l'achever, quelque
» réponse non permise !

« Aux pieds, pour n'avoir pas fui, pour avoir suffi aux longues
» promenades solitaires, pour ne pas s'être lassés assez tôt au
» milieu des entretiens qui sans cesse recommençaient. »

Vous n'avez pas poursuivi cela. Voilà deux hommes qui, chacun dans leur sphère, ont pris la même chose, et qui ont, à chacun
des sens, ajouté le péché, la faute. Est-ce que vous auriez voulu
leur interdire de traduire la formule du rituel : *Quidquid deliquisti
per oculos, per aurem*, etc.?

M. Flaubert a fait ce qu'a fait M. Sainte-Beuve, sans pour cela
être un plagiaire. Il a usé du droit, qui appartient à tout écrivain,
d'ajouter à ce qu'a dit un autre écrivain, de compléter un sujet.
La dernière scène du roman de *Madame Bovary* a été faite comme
toute l'étude de ce type, avec les documents religieux. M. Flaubert
a fait la scène de l'extrême-onction avec un livre que lui avait
prêté un vénérable ecclésiastique de ses amis, qui a lu cette scène,
qui en a été touché jusqu'aux larmes, et qui n'a pas imaginé que
la majesté de la religion pût en être offensée. Ce livre est intitulé :
*Explication historique, dogmatique, morale, liturgique et canonique du
catéchisme, avec la réponse aux objections tirées des sciences contre la
religion, par M. l'Abbé Ambroise Guillois, curé de Notre-Dame-du-
Pré, au Mans, 6e édition*, etc., ouvrage approuvé par Son Éminence
le cardinal Gousset, N.N. S.S. les Évêques et Archevêques du
Mans, de Tours, de Bordeaux, de Cologne, etc., tome 3e, imprimé
au Mans par Charles Monnoyer, 1851. Or, vous allez voir dans
ce livre, comme vous avez vu tout à l'heure dans Bossuet, les principes et en quelque sorte le triomphe des passages qu'incrimine M.
l'Avocat impérial. Ce n'est plus maintenant M. Sainte-Beuve,
un artiste, un fantaisiste littéraire que je cite; écoutez l'Église
elle-même.

« L'extrême-onction peut rendre la santé du corps si elle est
» utile pour la gloire de Dieu... » et le prêtre dit que cela arrive
souvent. Maintenant voici l'extrême-onction :

« Le prêtre adresse au malade une courte exhortation, s'il est

» en état de l'entendre, pour le disposer à recevoir dignement
» le sacrement qu'il va lui administrer.

« Le prêtre fait ensuite les onctions sur le malade avec le stylet,
» ou l'extrémité du pouce droit qu'il trempe chaque fois dans
» l'huile des infirmes. Ces onctions doivent être faites surtout aux
» cinq parties du corps que la nature a données à l'homme comme
» les organes des sensations, savoir : aux yeux, aux oreilles, aux
» narines, à la bouche et aux mains.

« A mesure que le prêtre fait les onctions (nous avons suivi
» de point en point le *Rituel,* nous l'avons copié), il prononce les
» paroles qui y répondent.

« *Aux yeux, sur la paupière fermée :* Par cette onction sainte et
» par sa pieuse miséricorde, que Dieu vous pardonne tous les
» péchés que vous avez commis par la vue. Le malade doit, dans
» ce moment, détester de nouveau tous les péchés qu'il a commis
» par la vue : tant de regards indiscrets, tant de curiosités crimi-
» nelles, tant de lectures qui ont fait naître en lui une foule de
» pensées contraires à la foi et aux mœurs. »

Qu'a fait M. Flaubert? Il a mis dans la bouche du prêtre, en
réunissant les deux parties, ce qui doit être dans sa pensée et en
même temps dans la pensée du malade. Il a copié purement et
simplement.

« *Aux oreilles :* Par cette onction sainte et par sa pieuse misé-
» ricorde, que Dieu vous pardonne tous les péchés que vous avez
» commis par le sens de l'ouïe. Le malade doit, dans ce moment,
» détester de nouveau toutes les fautes dont il s'est rendu cou-
» pable en écoutant avec plaisir des médisances, des calomnies,
» des propos déshonnêtes, des chansons obscènes.

« *Aux narines :* Par cette onction sainte et par sa grande misé-
» ricorde, que le Seigneur vous pardonne tous les péchés que vous
» avez commis par l'odorat. Dans ce moment, le malade doit
» détester de nouveau tous les péchés qu'il a commis par l'odorat,
» toutes les recherches, raffinées et voluptueuses des parfums,
» toutes les sensualités, tout ce qu'il a respiré des odeurs de l'ini-
» quité. — *A la bouche, sur les lèvres :* Par cette onction sainte et
» par sa grande miséricorde, que le Seigneur vous pardonne tous
» les péchés que vous avez commis par le sens du goût et par la
» parole. Le malade doit, dans ce moment, détester de nouveau
» tous les péchés qu'il a commis, en proférant des jurements et
» des blasphèmes..., en faisant des excès dans le boire et dans le
» manger... — *Sur les mains :* Par cette onction sainte et par sa
» grande miséricorde, que le Seigneur vous pardonne tous les
» péchés que vous avez commis par le sens du toucher. Le malade
» doit, dans ce moment, détester de nouveau tous les larcins, toutes
» les injustices dont il a pu se rendre coupable, toutes les libertés
» plus ou moins criminelles qu'il s'est permises... Les prêtres
» reçoivent l'onction des mains en dehors, parce qu'ils l'ont déjà
» reçue en dedans au moment de leur ordination, et les autres

» malades en dedans. — *Sur les pieds :* Par cette onction sainte
» et par sa grande miséricorde, que Dieu vous pardonne tous les
» péchés que vous avez commis par vos démarches. Le malade
» doit, dans ce moment, détester de nouveau tous les pas qu'il a
» faits dans les voies de l'iniquité, tant de promenades scanda-
» leuses, tant d'entrevues criminelles... L'onction des pieds se
» fait sur le dessus ou sous la plante, selon la commodité du
» malade, et aussi selon l'usage du diocèse où l'on se trouve. La
» pratique la plus commune semble être de la faire à la plante des
» pieds. »

Et enfin à la poitrine (M. Sainte-Beuve a copié, nous ne l'avons
pas fait parce qu'il s'agissait de la poitrine d'une femme). *Propter
ardorem libidinis,* etc.

« *A la poitrine :* Par cette onction sainte et par sa grande misé-
» ricorde, que le Seigneur vous pardonne tous les péchés que vous
» avez commis par l'ardeur des passions. Le malade doit, en ce
» moment, détester de nouveau toutes les mauvaises pensées, tous
» les mauvais désirs auxquels il s'est abandonné, tous les senti-
» ments de haine, de vengeance qu'il a nourris dans son cœur. »

Et nous pourrions, d'après le *Rituel,* parler d'autre chose encore
que de la poitrine, mais Dieu sait quelle sainte colère nous aurions
excitée chez le ministère public, si nous avions parlé des reins :

« *Aux reins (ad lumbos) :* Par cette sainte onction, et par sa
» grande miséricorde, que le Seigneur vous pardonne tous les
» péchés que vous avez commis par les mouvements déréglés de
» la chair. »

Si nous avions dit cela, de quelle foudre n'auriez-vous pas tenté
de nous accabler, monsieur l'Avocat impérial! et cependant le
Rituel ajoute :

« Le malade doit, dans ce moment, détester de nouveau tant
» de plaisirs illicites, tant de délectations charnelles... »

Voilà le *Rituel,* et vous y avez vu l'article incriminé; il n'y a
pas une raillerie, tout y est sérieux et émouvant. Et, je vous le
répète, celui qui a donné à mon client ce livre, et qui a vu mon
client en faire l'usage qu'il en a fait, lui a serré la main avec des
larmes. Vous voyez donc, monsieur l'Avocat impérial, combien
est téméraire — pour ne pas me servir d'une expression qui, pour
être exacte, serait plus sévère — l'accusation que nous avions
touché aux choses saintes. Vous voyez maintenant que nous
n'avons pas mêlé le profane au sacré, quand, à chacun des sens,
nous avons indiqué le péché commis par ce sens, puisque c'est le
langage de l'Église elle-même.

Insisterai-je, maintenant, sur les autres détails du délit d'outrage
à la religion? Voilà que le ministère public me dit : « Ce n'est plus
la religion, c'est la morale de tous les temps que vous avez outragée;
vous avez insulté la mort! » Comment ai-je insulté la mort? Parce
qu'au moment où cette femme meurt, il passe dans la rue un
homme que, plus d'une fois, elle avait rencontré demandant l'au-

mône près de la voiture dans laquelle elle revenait des rendez-
vous adultères, l'aveugle qu'elle avait accoutumé de voir, l'aveugle
qui chantait sa chanson pendant que la voiture montait lentement
la côte, à qui elle jetait une pièce de monnaie, et dont l'aspect la
faisait frissonner. Cet homme passe dans la rue; et, au moment où
la miséricorde divine pardonne ou promet le pardon à la malheureuse qui expie ainsi par une mort affreuse les fautes de sa vie, la
raillerie humaine lui apparaît sous la forme de la chanson qui passe
sous sa fenêtre. Mon Dieu! vous trouvez qu'il y a là un outrage;
mais M. Flaubert ne fait que ce qu'ont fait Shakespeare et Gœthe,
qui, à l'instant suprême de la mort, ne manquent pas de faire
entendre quelque chant, soit de plainte, soit de raillerie, qui rappelle à celui qui s'en va dans l'éternité quelque plaisir dont il ne
jouira plus, ou quelque faute à expier.

Lisons :

« En effet, elle regarda tout autour d'elle lentement, comme
» quelqu'un qui se réveille d'un songe; puis, d'une voix distincte,
» elle demanda son miroir; elle resta penchée dessus quelque
» temps jusqu'au moment où de grosses larmes lui découlèrent
» des yeux. Alors elle se renversa la tête en poussant un soupir
» et retomba sur l'oreiller.

« Sa poitrine aussitôt se mit à haleter rapidement. »

Je ne puis pas lire, je suis comme Lamartine : « L'expiation va
pour moi au delà de la vérité... » Je ne croyais pourtant pas faire
une mauvaise action, monsieur l'Avocat impérial, en lisant ces
pages à mes filles qui sont mariées, honnêtes filles qui ont reçu
de bons exemples, de bonnes leçons, et que jamais, jamais on n'a
mises, par une indiscrétion, hors de la voie la plus étroite, hors
des choses qui peuvent et doivent être entendues... Il m'est impossible de continuer cette lecture, je m'en tiendrai rigoureusement
aux passages incriminés :

« Les bras étendus et à mesure que le râle devenait plus fort
» (Charles était de l'autre côté, cet homme que vous ne voyez
» jamais et qui est admirable), et à mesure que le râle devenait
» plus fort, l'ecclésiastique précipitait ses oraisons; elles se mêlaient
» aux sanglots étouffés de Bovary, et quelquefois tout semblait
» disparaître dans le sourd murmure des syllabes latines, qui tin-
» taient comme un glas de cloche.

« Tout à coup on entendit sur le trottoir un bruit de gros
» sabots, avec le frôlement d'un bâton; et une voix s'éleva, une
» voix rauque qui chantait :

> *Souvent la chaleur d'un beau jour*
> *Fait rêver fillette à l'amour.*

« Elle se releva comme un cadavre que l'on galvanise, les che-
» veux dénoués, la prunelle fixe, béante.

Pour amasser diligemment
Les épis que la faux moissonne,
Ma Nanette va s'inclinant
Vers le sillon qui nous les donne.

« — L'Aveugle ! s'écria-t-elle.

« Et Emma se mit à rire, d'un rire atroce, frénétique, désespéré,
» croyant voir la face hideuse du misérable qui se dressait dans les
» ténèbres éternelles comme un épouvantement.

Il souffla bien fort ce jour-là,
Et le jupon court s'envola !

« Une convulsion la rabattit sur le matelas. Tous s'appro-
» chèrent. Elle n'existait plus. »

Voyez, messieurs, dans ce moment suprême, le rappel de sa
faute, le remords, avec tout ce qu'il a de poignant et d'affreux.
Ce n'est pas une fantaisie d'artiste voulant seulement faire un
contraste sans utilité, sans moralité, c'est l'aveugle qu'elle entend
dans la rue chantant cette affreuse chanson. qu'il chantait quand
elle revenait toute suante, toute hideuse des rendez-vous de l'adultère ; c'est l'aveugle qu'elle voyait à chacun de ces rendez-vous :
c'est cet aveugle qui la poursuivait de son chant, de son impor-
tunité ; c'est lui qui, au moment où la miséricorde divine est là,
vient personnifier la rage humaine qui la poursuit à l'instant
suprême de la mort ! Et on appelle cela un outrage à la morale
publique ! Mais je puis dire, au contraire, que c'est là un hommage
à la morale publique, qu'il n'y a rien de plus moral que cela ; je
puis dire que, dans ce livre, le vice de l'éducation est animé, qu'il
est pris dans le vrai, dans la chair vivante de notre société, qu'à
chaque trait l'auteur nous pose cette question : « As-tu fait ce que
tu devais pour l'éducation de tes filles ? La religion que tu leur
as donnée, est-elle celle qui peut les soutenir dans les orages de
la vie, ou n'est-elle qu'un amas de superstitions charnelles, qui
laissent sans appui quand la tempête gronde ? Leur as-tu enseigné
que la vie n'est pas la réalisation de rêves chimériques, que c'est
quelque chose de prosaïque dont il faut s'accommoder ? Leur as-
tu enseigné cela, toi ? As-tu fait ce que tu devais pour leur bonheur ? Leur as-tu dit : Pauvres enfants, hors de la route que je
vous indique, dans les plaisirs que vous poursuivez, vous n'avez
que le dégoût qui vous attend, l'abandon de la maison, le trouble,
le désordre, la dilapidation, les convulsions, la saisie... » Et vous
voyez si quelque chose manque au tableau, l'huissier est là, là
aussi est le juif qui a vendu pour satisfaire les caprices de cette
femme, les meubles sont saisis, la vente va avoir lieu ; et le mari
ignore tout encore. Il ne reste plus à la malheureuse qu'à mourir !

Mais, dit le ministère public, sa mort est volontaire, cette femme
meurt à son heure.

Est-ce qu'elle pouvait vivre ? Est-ce qu'elle n'était pas condamnée? Est-ce qu'elle n'avait pas épuisé le dernier degré de la honte et de la bassesse?

Oui, sur nos scènes, on montre les femmes qui ont dévié, gracieuses, souriantes, heureuses, et je ne veux pas dire ce qu'elles ont fait. *Questum corpore fecerant*. Je me borne à dire ceci. Quand on nous les montre heureuses, charmantes, enveloppées de mousseline, présentant une main gracieuse à des comtes, à des marquis, à des ducs, que souvent elles répondent elles-mêmes au nom de marquise ou de duchesse : voilà ce que vous appelez respecter la morale publique. Et celui qui vous présente la femme adultère mourant honteusement, celui-là commet un outrage à la morale publique !

Tenez, je ne veux pas dire que ce n'est pas votre pensée que vous avez exprimée, puisque vous l'avez exprimée, mais vous avez cédé à une grande préoccupation. Non, ce n'est pas vous, le mari, le père de famille, l'homme qui est là, ce n'est pas vous, ce n'est pas possible; ce n'est pas vous qui, sans la préoccupation du réquisitoire et d'une idée préconçue, seriez venu dire que M. Flaubert est l'auteur d'un mauvais livre ! Oui, abandonné à vos inspirations, votre appréciation serait la même que la mienne, je ne parle pas du point de vue littéraire, nous ne pouvons pas différer vous et moi à cet égard, mais au point de vue de la morale et du sentiment religieux tel que vous l'entendez, tel que je l'entends.

On nous a dit encore que nous avions mis en scène un curé matérialiste. Nous avons pris le curé, comme nous avons pris le mari. Ce n'est pas un ecclésiastique éminent, c'est un ecclésiastique ordinaire, un curé de campagne. Et de même que nous n'avons insulté personne, que nous n'avons exprimé aucun sentiment, aucune pensée qui pût être injurieuse pour le mari, nous n'avons pas davantage insulté l'ecclésiastique qui était là. Je n'ai qu'un mot à dire là-dessus.

Voulez-vous des livres dans lesquels les ecclésiastiques jouent un rôle déplorable? Prenez *Gil Blas, le Chanoine*, de Balzac, *Notre-Dame de Paris*, de Victor Hugo. Si vous voulez des prêtres qui soient la honte du clergé, prenez-les ailleurs, vous ne les trouveriez pas dans *Madame Bovary*. Qu'est-ce que j'ai montré, moi? Un curé de campagne qui est dans ses fonctions de curé de campagne ce qu'est M. Bovary, un homme ordinaire. L'ai-je représenté libertin, gourmand, ivrogne? Je n'ai pas dit un mot de cela. Je l'ai représenté remplissant son ministère, non pas avec une intelligence élevée, mais comme sa nature l'appelait à le remplir. J'ai mis en contact avec lui et en état de discussions presque perpétuelles un type qui vivra — comme a vécu la création de M. Prudhomme — comme vivront quelques autres créations de notre temps, tellement étudiées et prises sur le vrai, qu'il n'y a pas possibilité qu'on les oublie; c'est le pharmacien de campagne, le voltairien, le sceptique, l'incrédule, l'homme qui est en querelle perpétuelle avec le curé. Mais dans ces querelles avec le curé, qui est-ce qui est continuellement battu, bafoué, ridiculisé? C'est Homais, c'est lui à qui on a donné le rôle le plus comique parce qu'il est le plus vrai, celui qui peint le mieux notre époque sceptique, un enragé, ce qu'on appelle le prêtrophobe. Permettez-moi encore de vous lire la page 206*. C'est la bonne femme de l'auberge qui offre quelque chose à son curé :

« — Qu'y a-t-il pour votre service, monsieur le curé? demanda
» la maîtresse d'auberge tout en atteignant sur la cheminée un des
» flambeaux de cuivre qui s'y trouvaient rangés en colonnade
» avec leurs chandelles. Voulez-vous prendre quelque chose? Un
» doigt de cassis, un verre de vin?

« L'ecclésiastique refusa civilement. Il venait chercher son
» parapluie qu'il avait oublié l'autre jour au couvent d'Ernemont,
» et, après avoir prié madame Lefrançois de le lui faire remettre
» au presbytère dans la soirée, il sortit pour se rendre à l'église
» où l'on sonnait l'*Angelus*.

« Quand le pharmacien n'entendit plus sur la place le bruit
» de ses souliers, il trouva fort inconvenante sa conduite de tout
» à l'heure. Ce refus d'accepter un rafraîchissement lui semblait
» une hypocrisie des plus odieuses; les prêtres godaillaient tous
» sans qu'on les vît et cherchaient à ramener le temps de la dîme.

« L'hôtesse prit la défense de son curé :

« — D'ailleurs, il en plierait quatre comme vous sur son genou.
» Il a, l'année dernière, aidé nos gens à rentrer la paille; il en por-
» tait jusqu'à six bottes à la fois, tant il est fort!

« — Bravo! fit le pharmacien. Envoyez donc vos filles à con-
» fesse à des gaillards d'un tempérament pareil! Moi, si j'étais
» le gouvernement, je voudrais qu'on saignât les prêtres une fois
» par mois. Oui, madame Lefrançois, tous les mois une large
» phlébotomie, dans l'intérêt de la police et des mœurs!

« — Taisez-vous donc, monsieur Homais, vous êtes un impie,
» vous n'avez pas de religion!

« Le pharmacien répondit :

» — J'ai une religion, ma religion, et même j'en ai plus qu'eux
» tous avec leurs mômeries et leurs jongleries. J'adore Dieu, au
» contraire! Je crois en l'Être suprême, à un créateur quel qu'il
» soit, peu m'importe, qui nous a placés ici-bas pour y remplir
» nos devoirs de citoyen et de père de famille; mais je n'ai pas
» besoin d'aller dans une église baiser des plats d'argent et engrais-
» ser de ma poche un tas de farceurs qui se nourrissent mieux que
» nous. Car on peut l'honorer aussi bien dans un bois, dans un
» champ, ou même en contemplant la voûte éthérée, comme les
» anciens. Mon Dieu, c'est à moi, c'est le Dieu de Socrate, de Franklin
» de Voltaire et de Béranger! Je suis pour *la Profession de foi du*,
» *vicaire savoyard* et les Immortels principes de 89! Aussi je n'ad-

* Pages 360-361.

» mets pas un bonhomme de Bon-Dieu qui se promène dans son
» parterre la canne à la main, loge ses amis dans le ventre des
» baleines, meurt en poussant un cri et ressuscite au bout de trois
» jours — choses absurdes en elles-mêmes et complètement oppo-
» sées, d'ailleurs, à toutes les lois de la physique, ce qui nous
» démontre, en passant, que les prêtres ont toujours croupi dans
» une ignorance turpide, où ils s'efforcent d'engloutir avec eux
» les populations.

« Il se tut, cherchant des yeux un public autour de lui, car,
» dans son effervescence, le pharmacien, un moment, s'était cru
» en plein conseil municipal. Mais la maîtresse d'auberge ne l'écou-
» tait plus. »

Qu'est-ce qu'il y a là? Un dialogue, une scène, comme il y en
avait chaque fois que Homais avait occasion de parler des prêtres.

Maintenant il y a quelque chose de mieux dans le dernier passage, page 271* :

« Mais l'attention publique fut distraite par l'apparition de
» M. Bournisien, qui passait sous les halles avec les saintes huiles.
» Homais, comme il le devait, compara les prêtres à des cor-
» beaux qu'attire l'odeur des morts; la vue d'un ecclésiastique
» lui était personnellement désagréable, car la soutane le faisait
» rêver au linceul, et il exécrait l'une un peu par épouvante de
» l'autre. »

Notre vieil ami, celui qui nous a prêté le catéchisme, était fort
heureux de ce passage; il nous disait : C'est d'une vérité frappante; c'est bien le portrait du prêtrophobe que « la soutane fait
rêver au linceul et qui exècre l'une un peu par épouvante de
l'autre. » C'était un impie, et il exécrait la soutane, un peu par
impiété peut-être, mais beaucoup plus parce qu'elle le faisait rêver
au linceul.

Permettez-moi de résumer tout ceci.

Je défends un homme qui, s'il avait rencontré une critique littéraire sur la forme de son livre, sur quelques expressions, sur
trop de détails, sur un point ou sur un autre, aurait accepté cette
critique littéraire du meilleur cœur du monde. Mais se voir accusé
d'outrage à la morale et à la religion! M. Flaubert n'en revient
pas; et il proteste ici devant vous avec tout l'étonnement et toute
l'énergie dont il est capable contre une telle accusation.

Vous n'êtes pas de ceux qui condamnent des livres sur quelques
lignes, vous êtes de ceux qui jugent avant tout la pensée, les moyens
de mise en œuvre, et qui vous poserez cette question par laquelle
j'ai commencé ma plaidoirie, et par laquelle je la finis : La lecture
d'un tel livre donne-t-elle l'amour du vice, inspire-t-elle l'horreur
du vice? L'expiation si terrible de la faute ne pousse-t-elle pas,
n'excite-t-elle pas à la vertu? La lecture de ce livre ne peut pas
produire sur vous une impression autre que celle qu'elle a pro-

* Page 587.

duite sur nous, à savoir : que ce livre est excellent dans son ensemble, et que les détails en sont irréprochables. Toute la littérature classique nous autorisait à des peintures et à des scènes bien autres que celles que nous nous sommes permises. Nous aurions pu, sous ce rapport, la prendre pour modèle, nous ne l'avons pas fait ; nous nous sommes imposé une sobriété dont vous nous tiendrez compte. Que s'il était possible que, par un mot ou par un autre, M. Flaubert eût dépassé la mesure qu'il s'était imposée, je n'aurais pas seulement à vous rappeler que c'est une première œuvre, mais j'aurais à vous dire qu'alors même qu'il se serait trompé, son erreur serait sans dommage pour la morale publique. Et le faisant venir en police correctionnelle — lui, que vous connaissez maintenant un peu par son livre, lui que vous aimez déjà un peu, j'en suis sûr, et que vous aimeriez davantage si vous le connaissiez davantage, — il est bien assez, il est déjà trop cruellement puni. A vous maintenant de statuer. Vous avez jugé le livre dans son ensemble et dans ses détails ; il n'est pas possible que vous hésitiez !

JUGEMENT*

Le tribunal a consacré une partie de l'audience de la huitaine dernière aux débats d'une poursuite exercée contre MM. Léon Laurent-Pichat et Auguste-Alexis Pillet, le premier gérant, le second imprimeur du recueil périodique la Revue de Paris, et M. Gustave Flaubert, homme de lettres, tous trois prévenus : 1º Laurent-Pichat, d'avoir, en 1856, en publiant dans les nos des 1er et 15 décembre de la Revue de Paris des fragments d'un roman intitulé Madame Bovary et, notamment, divers fragments contenus dans les pages 73, 77, 78, 272, 273, commis les délits d'outrage à la morale publique et religieuse et aux bonnes mœurs ; 2º Pillet et Flaubert d'avoir, Pillet en imprimant pour qu'ils fussent publiés, Flaubert en .écrivant et remettant à Laurent-Pichat pour être publiés, les fragments du roman intitulé Madame Bovary, sus-désignés, aidé et assisté, avec connaissance, Laurent-Pichat dans les faits qui ont préparé, facilité et consommé les délits sus-mentionnés, et de s'être ainsi rendus complices de ces délits prévus par les articles 1er et 8 de la loi du 17 mai 1819, et 59 et 60 du Code pénal.

M. Pinard, substitut, a soutenu la prévention.

Le tribunal, après avoir entendu la défense présentée par Me Sé-

---

nard pour M. Flaubert, Me Desmarest pour M. Pichat et Me Faverie pour l'imprimeur, a remis à l'audience de ce jour (7 février) le prononcé du jugement, qui a été rendu en ces termes :

« Attendu que Laurent-Pichat, Gustave Flaubert et Pillet sont inculpés d'avoir commis les délits d'outrage à la morale publique et religieuse et aux bonnes mœurs; le premier, comme auteur, en publiant dans le recueil périodique intitulé *la Revue de Paris*, dont il est directeur gérant, et dans les numéros des 1er et 15 octobre, 1er et 15 novembre, 1er et 15 décembre 1856, un roman intitulé *Madame Bovary*, Gustave Flaubert et Pillet, comme complices, l'un en fournissant le manuscrit, et l'autre en imprimant ledit roman;

» Attendu que les passages particulièrement signalés du roman dont il s'agit, lequel renferme près de 300 pages, sont contenus. aux termes de l'ordonnance du renvoi devant le tribunal correctionnel, dans les pages 73, 77 et 78 (no du 1er décembre), et 271, 272 et 273 (no du 15 décembre 1856);

» Attendu que les passages incriminés, envisagés abstractivement et isolément, présentent effectivement soit des expressions, soit des images, soit des tableaux que le bon goût réprouve et qui sont de nature à porter atteinte à de légitimes et honorables susceptibilités;

» Attendu que les mêmes observations peuvent s'appliquer justement à d'autres passages non définis par l'ordonnance de renvoi et qui, au premier abord, semblent présenter l'exposition de théories qui ne seraient pas moins contraires aux bonnes mœurs, aux institutions, qui sont la base de la société, qu'au respect dû aux cérémonies les plus augustes du culte;

» Attendu qu'à ces divers titres l'ouvrage déféré au tribunal mérite un blâme sévère, car la mission de la littérature doit être d'orner et de récréer l'esprit en élevant l'intelligence et en épurant les mœurs plus encore que d'imprimer le dégoût du vice en offrant le tableau des désordres qui peuvent exister dans la société;

» Attendu que les prévenus, et en particulier Gustave Flaubert, repoussent énergiquement l'inculpation dirigée contre eux, en articulant que le roman soumis au jugement du tribunal a un but éminemment moral; que l'auteur a eu principalement en vue d'exposer les dangers qui résultent d'une éducation non appropriée au milieu dans lequel on doit vivre, et que, poursuivant cette idée, il a montré la femme, personnage principal de son roman, aspirant vers un monde et une société pour lesquels elle n'était pas faite, malheureuse de la condition modeste dans laquelle le sort l'aurait placée, oubliant d'abord ses devoirs de mère, manquant ensuite à ses devoirs d'épouse, introduisant successivement dans sa maison l'adultère et la ruine, et finissant misérablement par le suicide, après avoir passé par tous les degrés de la dégradation la plus complète et être descendue jusqu'au vol;

» Attendu que cette donnée, morale sans doute dans son principe, aurait dû être complétée dans ses développements par une certaine sévérité de langage et par une réserve contenue, en ce qui touche particulièrement l'exposition des tableaux et des situations que le plan de l'auteur lui faisait placer sous les yeux du public;

» Attendu qu'il n'est pas permis, sous prétexte de peinture de caractère ou de couleur locale, de reproduire dans leurs écarts les faits, dits, et gestes des personnages qu'un écrivain s'est donné mission de peindre; qu'un pareil système appliqué aux œuvres de l'esprit aussi bien qu'aux productions des beaux-arts, conduirait à un réalisme qui serait la négation du beau et du bon et qui, enfantant des œuvres également offensantes pour les regards et pour l'esprit, commettrait de continuels outrages à la morale publique et aux bonnes mœurs;

» Attendu qu'il y a des limites que la littérature, même la plus légère, ne doit pas dépasser, et dont Gustave Flaubert et co-inculpés paraissent ne s'être pas suffisamment rendu compte;

» Mais attendu que l'ouvrage dont Flaubert est l'auteur est une œuvre qui paraît avoir été longuement et sérieusement travaillée, au point de vue littéraire et de l'étude des caractères; que les passages relevés par l'ordonnance de renvoi, quelque répréhensibles qu'ils soient, sont peu nombreux si on les compare à l'étendue de l'ouvrage; que ces passages, soit dans les idées qu'ils exposent, soit dans les situations qu'ils représentent, rentrent dans l'ensemble des caractères que l'auteur a voulu peindre, tout en les exagérant et en les imprégnant d'un réalisme vulgaire et souvent choquant;

» Attendu que Gustave Flaubert proteste de son respect pour les bonnes mœurs et tout ce qui se rattache à la morale religieuse; qu'il n'apparaît pas que son livre ait été, comme certaines œuvres, écrit dans le but unique de donner une satisfaction aux passions sensuelles, à l'esprit de licence et de débauche, ou de ridiculiser des choses qui doivent être entourées du respect de tous;

» Qu'il a eu le tort seulement de perdre parfois de vue les règles que tout écrivain qui se respecte ne doit jamais franchir, et d'oublier que la littérature, comme l'art, pour accomplir le bien qu'elle est appelée à produire, ne doit pas seulement être chaste et pure dans sa forme et dans son expression;

» Dans ces circonstances, attendu qu'il n'est pas suffisamment établi que Pichat, Gustave Flaubert et Pillet se soient rendus coupables des délits qui leur sont imputés;

» Le tribunal les acquitte de la prévention portée contre eux et les renvoie sans dépens. »

SALAMMBÔ

INTRODUCTION

Tandis qu'il peinait sur le pensum que lui avaient infligé ses amis afin de le guérir des extravagances lyriques librement épanchées dans la Tentation de saint Antoine (1849), tandis qu'il recommençait sept fois de suite le discours des Comices et à peu près autant les épisodes des rencontres d'Emma et de Léon, le pauvre Flaubert, dégoûté de la Bovary et des bourgeois, rêvait d'une « grande machine » qui lui donnerait « une bosse » d'antiquité et l'arracherait complètement aux turpitudes du monde moderne. Comment conçut-il ce rêve et l'idée de son roman carthaginois ?

Sans doute les conversations avec Bouilhet le préparèrent : il revenait d'Orient, s'était grisé de soleil, de couleurs; en mettant ses notes au net, il avait revu les paysages et goûté plus encore que devant la nature elle-même, « cet étourdissement » qu'il prêtera plus tard à Frédéric dans le passage célèbre de l'Éducation. Car, pour l'écrivain, c'est moins au moment même qu'il les ressent qu'au moment où il se les remémore pour les fixer noir sur blanc, que les impressions de voyage prennent toute leur valeur. Il revoyait le Nil, songeait à l'almée d'Esneh, Kutchuk-Hanen, savante en voluptés, et les sables du désert et les flots de la Méditerranée, et puis encore les ruines romaines, passaient devant ses yeux en rêve, les soirs d'été tandis que la lune miroitait sur les eaux d'un fleuve plus étroit, et qui, celui-là, coulait sous sa terrasse. Le manuscrit de Madame Bovary grossissait cependant. Chaque semaine il fallait lire à Bouilhet quelques pages difficilement, laborieusement rédigées. Et l'on causait. Bouilhet parlait de ses projets dramatiques. Mais lui aussi apportait le travail de la semaine, et c'étaient les strophes de Melænis, polies par sa patiente volonté comme le marbre antique, Melænis, courtisane romaine... Encore une occasion de rêver, de s'échapper hors du temps, vers les mondes disparus. Rome, découverte quelques années plus tôt par le jeune voyageur *rentrant d'Orient, Rome rivale de Carthage ; la civilisation phénicienne, il en avait trouvé les traces dans cette Asie Mineure laissée à regret en 1851 pour revenir sans avoir pu tout voir de ce qu'il eût souhaité parcourir. A Rome, le mardi saint 15 avril 1851, près de Saint-Paul-hors-les-Murs, il aperçut une femme qui l'émut violemment ; une ressemblance, sans doute, avec Élisa Schlésinger — « l'unique passion » de sa vie — mais aussi quelque chose d'impérieux, de brutal et de très doux tout ensemble, l'attira. Il nota la rencontre dans son carnet. Et M. Émile Bouvier a trouvé dans ce texte rapide « l'ébauche humaine » de Salammbô, la passion soudaine, l'impulsion irrésistible qui ploie Mâtho et le brûle comme le vent du désert. Quoi qu'il en soit, Flaubert revint de ce voyage mieux préparé à entreprendre un roman historique, une évocation du monde antique, que le récit d'un adultère de province, et s'il lui fallut attendre, rédiger péniblement* Madame Bovary *avant d'aborder Carthage, cette attente ne fit qu'exaspérer son désir.*

Ce fut, assure-t-on, une conversation avec Théophile Gautier, qui, précisant ses idées, lui fit définitivement choisir son sujet. Il savait bien en l'abordant qu'il lui faudrait une minutieuse préparation, de nombreuses lectures ; il n'était pas homme à se lancer dans une entreprise de cette sorte sans avoir soigneusement étudié les sources historiques, géographiques, politiques et morales. Mais, les notes prises, il croyait cependant évoluer plus à l'aise parmi les Romains et les Carthaginois qu'au milieu des gens d'Yonville-l'Abbaye. Ceux-là étaient plus près de son esprit, en somme... Hélas ! D'abord les notes à prendre s'entassèrent, le travail de lecture fut énorme ; et chose grave, il ne suffit point d'un travail préparatoire définitivement fait ; il fallut, pour chaque épisode, reprendre en sous-œuvre, creuser plus avant. Ces premières lectures durèrent tout l'été de 1857. Il « entre dans un Dédale ». Et point de fil d'Ariane : ce qui l'épouvante, à mesure qu'il avance, c'est « le côté psychologique de son histoire ». Enfin le 1er septembre, il se met à écrire. Jusqu'en novembre, il reste sur le chapitre initial. Quand il passe au suivant, des doutes l'assaillent, qui loin de se calmer, deviennent plus grands à chaque page : il ne fera rien de bon s'il ne va sur les lieux mêmes contempler les paysages africains et leur arracher le secret des temps abolis. Il n'est pas l'homme des demi-mesures : il abandonne ce qu'il a déjà fait et il part.

Gautier, assure Arsène Houssaye, quand il avait indiqué le sujet de Salammbô *à son ami Flaubert, lui avait conseillé « d'aller rêver sur les ruines de Carthage ». Le romancier, tout d'abord, pensait qu'il suffisait de se transporter en rêve au pays d'Hamilcar. Une fois sur les lieux, il voit que « tout ce qu'il a déjà fait, tout ce qu'il aurait fait » sans ce voyage ne vaut rien et n'aurait rien valu, décidément. Tout est à reprendre, même le plan. Et il change à la fois le titre et les noms des personnages. L'héroïne, qui dans la première ébauche s'appelait Pyrrha, devient Salammbô et elle donne son nom au roman.*

Le voyage a été rapide : il n'a duré que du 12 avril au 6 juin. Le 9, à Croisset, après avoir dormi quarante-huit heures d'affilée, Flaubert met ses notes au net et les termine par cette invocation : Que toutes les énergies de la nature que j'ai aspirées me pénètrent et qu'elles s'exhalent dans mon livre ! A moi, puissances de l'émotion plastique ! Résurrection du passé, à moi, à moi ! Il faut faire, à travers le Beau, vivant et vrai quand même. Pitié pour ma volonté, Dieu des âmes ! Donne-moi la force et l'espoir ! (nuit du samedi 12 au dimanche 13 juin, minuit) *(1858).*

Il retrouvait l'élan lyrique qui l'avait soulevé dix ans plus tôt, quand il écrivait Saint Antoine; *mais aussi la discipline de la* Bovary *allait tempérer ces foucades romantiques. Et bien vite même, les difficultés de style apparaissent; bientôt la tâche est aussi dure, plus dure qu'elle ne l'était quand il s'agissait de peindre les bourgeois d'Yonville. La lecture de la correspondance adressée par Flaubert à ses amis durant les années 1857, 1858, 1859, 1860, 1861 et 1862 le prouve :* la Bovary *n'avait tenu Flaubert au supplice que quatre ans et quelques mois.* Salammbô *lui vaut un surcroît de peine, comme si la récidive entraînait cette aggravation.*

Bien vite il vérifie comme il est difficile de « faire, à travers le Beau, vivant et vrai, quand même ». Le vœu, la prière formulée dans cette invocation au Dieu des âmes, combien de fois, sous des formes diverses, va-t-il la répéter ! Il n'avance qu'en trébuchant à chaque pas. Il se prive de tout ce qui pourrait le distraire de sa besogne. Il vit isolé comme un marin en mer : again on the seas, *dit-il comme Byron; mais sa barque est une lourde galère : « Il y a huit jours que je suis complètement seul, écrit-il à Ernest Feydeau. Je travaille*

*raide, jusqu'à quatre heures du matin, toutes les nuits. Ça
commence à marcher, c'est-à-dire à m'amuser, ce qui est
bon signe.* » *Cependant, moins de quinze jours plus tard,
il fait le point : dix pages en dix-huit jours d'efforts. Alors
il redouble de rigueur envers lui-même, il ne voit plus la lumière
du soleil, il* « *vit d'une façon farouche, extravagante* », *il
s'enivre de travail et de solitude :* « *Sérieusement, je crois qu'on
n'a jamais entrepris un sujet aussi difficile de style ! A chaque
ligne, à chaque mot, la langue me manque !* »

   *En décembre 1859, il se demande si les forces ne vont
pas lui manquer. Il avoue à Feydeau qu'il est* « *las jusqu'aux
moelles* », *et il ajoute que* « *peu de gens se douteront de ce
qu'il a fallu être triste pour entreprendre de ressusciter
Carthage !* ». *En mai 1860, il achève le chapitre VII, Hamilcar
Barca. Pour distractions, il lit la Kabbale, puis il aborde
le chapitre VIII, la Bataille du Macar, et alors il retrouve
des difficultés toutes pareilles à celles des Comices de Madame
Bovary, de cuisante mémoire. A la fin du mois, il en est
à la neuvième version, et on a retrouvé dans ses papiers jusqu'à
quatorze rédactions des mêmes passages (par exemple celui
qui commence par :* « *C'était le corps des hoplites...* ») *Trois
mois se passent sans qu'il vienne à bout de cette bataille,
et jusqu'au bon à tirer des dernières épreuves, il conservera
des doutes sur sa valeur.*

   *Ses notes se révèlent insuffisantes : durant l'été, il passe
quelques semaines à Paris pour étudier la médecine arabe.
Puis il aborde le chapitre IX, En Campagne, qui lui
donne moins de tourment. Les suivants : Le Serpent et Sous la
tente, sont achevés en janvier 1861. En février, il rédige
le douzième, l'Aqueduc, et alors des craintes nouvelles naissent
en son esprit. Il ne voit plus clair; il doute que le plan général
du roman vaille quelque chose; les situations se répètent.
Faudra-t-il tout recommencer ?* « *Carthage, s'écrie-t-il,
me fera crever de rage !* » *Non, malgré la plainte échappée
dans une lettre à Feydeau, il poursuit sa route. Ce sont
maintenant les machines de guerre, les balistes, les catapultes,
tout le matériel de siège qu'il faut étudier. En mai, pour
fortifier sa résolution, il lit aux Goncourt quelques passages
achevés. Chose curieuse, si les Goncourt encouragent Flaubert
et protestent devant lui de leur admiration, une fois rentrés
rue Saint-Georges, ils écrivent dans leur* Journal : « *Lundi
6 mai : A quatre heures, nous sommes chez Flaubert qui
nous a invités à une grande lecture de Salammbô, en com-*

pagnie du peintre Gleyre. De quatre heures à sept heures, Flaubert lit de sa voix mugissante... nous allons de lectures en résumés de morceaux qu'il analyse, et dont quelques-uns ne sont pas complètement terminés, nous allons jusqu'au dernier chapitre. Il est deux heures.

» Je vais écrire ici sincèrement ce que je pense de l'œuvre d'un homme que j'aime, et dont j'ai admiré sans réserve le premier livre. Salammbô est au-dessous de ce que j'attendais de Flaubert. La personnalité de l'auteur, si bien dissimulée dans Madame Bovary, transperce ici, renflée, déclamatoire, mélodramatique et amoureuse de la grosse couleur, de l'enluminure. Flaubert voit l'Orient et l'Orient antique sous l'aspect des étagères algériennes. L'effort sans doute est immense, la patience infinie, et, malgré la critique que j'en fais, le talent rare. Mais dans ce livre, point de ces illuminations, point de ces révélations par analogie qui font retrouver un morceau de l'âme d'une nation qui n'est plus. Quant à une restitution morale, le bon Flaubert s'illusionne : les sentiments de ses personnages sont les sentiments banaux et généraux de l'humanité, et non les sentiments d'une humanité particulièrement carthaginoise, et son Mâtho n'est, au fond, qu'un ténor d'opéra dans un poème barbare.

» On ne peut nier que, par la volonté, le travail, la curiosité de la couleur empruntée à toutes les couleurs de l'Orient, il n'arrive, par moments, à un transport de votre cerveau, de vos yeux dans le monde de son invention; mais il en donne plutôt l'étourdissement que la vision, par le manque de gradation des plans, l'éclat permanent des teintes, la longueur interminable des descriptions.

» Puis, une trop belle syntaxe, une syntaxe à l'usage des vieux universitaires flegmatiques, une syntaxe d'oraison funèbre, sans une de ces audaces de tour, de ces sveltes élégances, de ces virevoltes nerveuses dans lesquelles vibre la modernité du style contemporain... et encore des comparaisons non fondues dans la phrase, et toujours attachées par un comme, et qui me font l'effet de ces camélias faussement fleuris, et dont chaque bouton est accroché aux branches par une épingle... et toujours encore des phrases de gueuloir, et jamais d'harmonies en sourdine, accommodées à la douceur des choses qui se passent ou que les personnes se disent, etc. Enfin, pour moi, dans les modernes, il n'y a eu jusqu'ici qu'un homme qui ait fait la trouvaille d'une langue pour parler des temps antiques. C'est Maurice de Guérin, dans le Centaure. »

J'ai voulu citer tout au long. Flaubert eût été bien surpris s'il avait pu lire ce jugement. Au fond, le grief des Goncourt, c'est surtout la langue, c'est la syntaxe, c'est que Flaubert n'écrive point comme eux, c'est ce que Flaubert définissait d'un mot si juste, reprocher aux pommiers de ne pas donner d'oranges. Encore qu'ils aient eu le tort de parler de fragments inachevés comme ils eussent fait d'une rédaction définitive, il faut reconnaître que tout n'est pas injuste de ce que disent les deux censeurs. Quand on sait la patience de Flaubert, on est sûr que bien des taches disparurent entre mai 1861 et avril 1862, date de l'achèvement de Salammbô, *et que, en conséquence, il en existait beaucoup plus quand il fit cette lecture aux Goncourt.*

Il lui fallut un an de labeur pour mener à bien sa tâche. Les deux chapitres de Moloch et du Défilé de la Hache lui demandèrent autant d'efforts que la Bataille du Macar, et encore dut-il reprendre cet épisode pour effacer toute ressemblance entre les passages guerriers. Il reçut en octobre, alors qu'il était en plein travail, la visite de Suzanne Lagier à Croisset. L'actrice revint à Paris épouvantée et dit aux Goncourt : « Le travail et la solitude lui font partir la tête. »

Il étudia minutieusement, pour le supplice de la faim et de la soif subi par les Barbares encerclés dans le défilé, des ouvrages de physiologie et de médecine. Il en usa si pertinemment que ce chapitre est un de ceux qui ont donné corps à la légende d'un Flaubert médecin. En janvier et février 1862 il rédige le chapitre XV, Mâtho, et enfin, en avril, le roman achevé est remis au copiste. Cependant il n'en a pas encore fini : minutieusement, il corrige le texte avant de donner, le 6 septembre, le manuscrit à Lévy pour l'impression.

Celui-ci avait songé à faire une édition illustrée. Flaubert refusa. L'autre insista, mais en vain : « Jamais, moi vivant, écrit Flaubert à Jules Duplan, on ne m'illustrera, car la plus belle description littéraire est dévorée par le dessin. » Et lui vivant, en effet, nul ne l'illustra. Les mêmes discussions recommencèrent plus tard avec Charpentier, au sujet de la Légende de saint Julien l'Hospitalier; *il fut pareillement intraitable. Mais dès qu'il fut mort, on se dédommagea : sa nièce oublia bien vite les « principes » du « vieillard de Cro-Magnon! » Il disait : « Je voudrais qu'on me montre le coco qui fera le portrait d'Annibal et le dessin d'un fauteuil carthaginois! » Et il ajoutait ces mots qui éclairent et résument les procédés ordinaires de ses descrip-*

*tions et l'idéal littéraire qu'il poursuivait : « C'était bien
la peine d'employer tant d'art à laisser tout dans le vague
pour qu'un pignouf vienne démolir mon rêve par sa précision
inepte. »*

*Les discussions avec Lévy, Duplan servant à Flaubert
de conseiller et d'intermédiaire, furent épuisantes : « le fils
d'Israël » se montrait retors. Le romancier, de son côté,
ne voulait point recommencer la mauvaise affaire qu'avait
été la vente de son premier roman. Il laissa finalement la
propriété de Salammbô pendant dix ans pour dix mille
francs.*

Le 24 novembre 1862, le roman était mis en vente.

*Le succès fut immédiat et durable; mais la presse ne
fut point enthousiaste autant que le public. Dans une lettre
à Poulet-Malassis, Baudelaire montre sa joie : « Une édition
de deux mille enlevée en deux jours. Positif. Beau livre,
plein de défauts, et qui met en fureur tous les taquins, particulièrement Babou. Il y en a qui reprochent à Flaubert les
imitations des anciens. Ce que Flaubert a fait, lui seul pouvait
le faire. » Evidemment Salammbô « ahurit » les critiques
qui, en général, sont stupéfaits du genre choisi et du sujet
traité. On reproche à Flaubert son « mépris de l'histoire »
— et ce sont les moins qualifiés qui crient le plus fort. Flaubert, dans deux réponses (que l'on pourra lire ici même,
dans l'Appendice), confond ses adversaires, et montre péremp-
toirement que l'histoire et l'archéologie, loin de détruire ses
hypothèses, les renforcent.*

*Bien entendu les critiques sur la composition, sur le style
— celles que l'on fait d'ordinaire — ne manquèrent pas
non plus : elles s'ajoutèrent aux autres, d'ordre savant et
que Flaubert avait attirées en voulant faire ce que personne
avant lui n'avait fait. Car ni le Télémaque, ni le Voyage
du jeune Anacharsis, ni les Martyrs ne ressemblaient,
en vérité, à Salammbô. Tout au plus, pour l'observateur
attentif et qui ne se fût pas laissé prendre aux faux-sem-
blants, le style de Flaubert eût-il trahi sa parenté avec le
style de Chateaubriand. Mais, comme on voyait en Flaubert
un réaliste, comme on en faisait même le chef de l'école, on
ne s'avisa guère de voir en lui un authentique descendant de
René; plus tard, au contraire, on souligna cette filiation.
Preuve d'un grand succès : la mode adopte Salammbô*

et l'on voit, au carnaval de 1863, les dames porter des déguisements puniques. Mme Rimsky-Korsakov paraît chez le comte Waleski dans une robe constellée d'or et qui prétend être le voile de Tanit, un serpent enroulé à sa taille. Les petits journaux satiriques trouvent dans les personnages de Flaubert des sujets de caricatures. Le journal amusant fait dialoguer « les deux sœurs » *Emma Bovary et la Princesse carthaginoise. Laurencin et Clairville donnent au Palais-Royal une revue en quatre tableaux qui a pour titre* Folammbô, ou les cocasseries carthaginoises

En vers de plusieurs pieds, même de plusieurs toises,
Avec prologue en prose et de français douteux...

et Meilhac et Halévy, écrivant la ronde du Brésilien, ne manquent pas de faire allusion à Salammbô. *Enfin, un certain Simonin soulage en un pamphlet de mille deux cents alexandrins la colère épique ressentie en lisant*

Un tableau tout barbare où d'éternels combats
Assomment le lecteur bien plus que les soldats.

Autre preuve de succès : Berlioz, qui dans son feuilleton musical du Journal des Débats, *dès le 23 décembre 1862, avait exprimé son enthousiasme pour* Salammbô, *et bien qu'il fût assez extraordinaire de voir un critique musical entretenir ses lecteurs d'un roman, Berlioz sollicita de Flaubert des conseils pour la mise en scène et les costumes phéniciens et carthaginois des* Troyens : « *Personne, à coup sûr, ajoutait-il, n'en sait autant que vous là-dessus.* » *La lettre est datée du 6 juillet 1863.*

C'est que Flaubert avait gagné devant l'opinion le procès de Salammbô, *de même qu'il avait gagné le procès de Madame Bovary devant les juges. Comme le remarque très justement M. Léon Abrami dans la notice de l'édition Conard, l'aventure était autrement redoutable pour l'avenir de l'ouvrage, sinon pour l'écrivain, qu'un procès de moralité. Il était assez solidement armé pour que « dans sa dispute avec les écrivains, le dernier mot lui appartînt sans conteste. Son érudition a subi l'épreuve du feu; nous la savons désormais fidèle et de bon aloi, et nous devons nous réjouir de ce qu'on se soit battu autour de ce livre.* »

Les choses arrivèrent ainsi : les 8, 15 et 22 décembre 1862, Sainte-Beuve publia dans le Constitutionnel *son étude sur* Salammbô. *Le 31 décembre, Guillaume Frœhner, dans* la Revue contemporaine, *prenait vivement à partie et l'auteur et l'ouvrage dans un article intitulé* le Roman archéologique en France, Gustave Flaubert : Salammbô. *Sainte-Beuve parlait de* Salammbô *d'un ton grognon, comme un professeur agacé qui cache sous une politesse affectée une ironie assez désobligeante. Il relevait maintes erreurs — affirmait-il — et faisait à Flaubert un procès de tendances, mais sous les apparences d'une discusion littéraire et scientifique. Guillaume Frœhner, Badois, par la complaisance de l'Empereur, avait obtenu la place de conservateur des Antiques au Musée du Louvre, s'était tenu, lui, dans son domaine : l'archéologie. Il passait pour fort savant. Il dressa une liste de « bévues » commises par le pauvre romancier fourvoyé dans une science trop difficile pour un esprit si léger. A Sainte-Beuve, Flaubert répondit si nettement et si complètement, que « la sincérité de ses études » en est pleinement justifiée, que nous n'ignorons plus rien de ses intentions, de la manière dont il les réalisa, des « dessous », en un mot, de son ouvrage. A Guillaume Frœhner, il assena une réplique telle que le pauvre homme en demeura étourdi. Frœhner avait cru démontrer à la fois l'insuffisance historique du scénario et ses erreurs énormes dans les détails. Flaubert prouva qu'il n'avait rien avancé qui ne fût soutenu par un texte. Son argumentation est rigoureuse et triomphante. Et comme Frœhner avait commis la maladresse de joindre à ses critiques quelques plaisanteries assez lourdes, il reçut quelques nasardes si sévères qu'il regimba. Nouvelle réponse de Flaubert, et qui, adressée à M. Guéroult, directeur de* l'Opinion nationale, *se terminait par cette phrase : « Il nous reste l'un et l'autre à vous remercier, cher Monsieur, moi, pour m'avoir ouvert votre journal spontanément et d'une si large manière, et quant à lui, M. Frœhner, il doit vous savoir un gré infini : vous lui avez donné l'occasion d'apprendre à beaucoup de monde son existence. Cet étranger tenait à être connu; maintenant il l'est …avantageusement. »*

On répète que la critique est aisée. Point la critique d'un livre comme Salammbô — *s'il existe d'autres livres pareils à celui-là. M. Léon Abrami le dit justement : nul ouvrage de chartiste n'a coûté plus d'efforts ni de recherches, et s'il y a trop d'érudition dans ce livre, c'est la rançon d'un prodigieux travail. Pour apprécier la méthode de Flaubert, il faut relire* Salammbô *comme Flaubert a lu ses auteurs,*

*le crayon à la main, et remonter ensuite jusqu'aux sources.
On est confondu devant ce travail d'adaptation, devant cette
transmutation de l'histoire et de l'archéologie en œuvre d'art.
Le fonds du récit, c'est un fragment de l'*Histoire générale
de Polybe. *Flaubert le suit pas à pas : M. Abrami a pu
confronter les passages de l'historien et les phrases du roman.
Si la métaphore ordinaire qui donne au mot charpente un sens
littéraire et l'applique aux ouvrages de l'esprit peut se vérifier,
c'est bien ici : le texte de l'historien, ces faits utilisés, c'est
une charpente — et solide, qui soutient le roman, lui donne
cette fermeté à laquelle ne parviennent point les ouvrages
sans rapport avec la vérité. Mais ce n'est que cela. Cette
armature aurait pu supporter autre chose, d'autres détails,
d'autres épisodes; et d'autres êtres auraient pu se mouvoir
sous une construction pareillement charpentée, mais différemment ornée. De ce qu'il a tant emprunté à l'histoire, qu'il
a suivi si fidèlement les données qu'elle lui fournissait, la
part d'invention de Flaubert n'en est pas diminuée.*

*On en dirait autant pour les détails eux-mêmes. Dans
le fragment des Goncourt que l'on citait tout à l'heure il y
a un reproche très injuste, et c'est que toute la couleur de
Salammbô est pareille aux étagères algériennes. De meilleurs
juges, mieux informés des choses d'Afrique et d'Orient
— on le verra plus loin — ont donné raison à Flaubert
contre Goncourt. La vérité est que les détails sont traités
avec la même conscience que le plan général du livre, que la
description de chaque fait ou de chaque objet est elle aussi
appuyée sur une charpente solide, soit que l'observation directe
l'ait fournie, soit qu'elle vienne des lectures faites dans les
meilleurs ouvrages.*

*De ces « sources » les unes sont anciennes, les autres
modernes. Mais celles-ci, jamais Flaubert n'y a recours à
la légère. Peu nous importe, en effet, qu'il s'appuie sur un
document moderne comme la thèse de Savigny, chirurgien
de la Marine et survivant de la Méduse, sur les Effets de
la faim et de la soif (1812) pour décrire les souffrances
des Barbares au défilé de la Hache : tous les hommes privés
d'aliments et de boissons ont souffert de même façon et sont
morts de même manière depuis que le monde est monde. Les
couleurs de l'Orient non plus n'ont point varié tant que
l'imaginent certains. On est tout surpris quand on voit ce
que révèlent les fouilles récentes. Nous avons vécu longtemps
sur l'idée d'une antiquité blanche comme les marbres qui*

nous livraient les formes sans nous donner les couleurs. Notre vision restait linéaire et plate en dépit des épithètes rutilantes des poètes et des historiens. La crudité de tons et les formes barbares de l'étagère algérienne sont toutes proches des formes et des tons que les Berbères donnaient aux objets usuels au temps où les Phéniciens s'établirent sur leurs côtes. Et une chose certainement n'a point changé — et c'est elle qui imprime à Salammbô son harmonie, c'est l'aspect du pays, c'est la couleur de la mer, du sable des grèves et des dunes du désert, c'est la forme des monts, c'est la végétation, c'est la violence des contrastes sous la lumière brûlante. C'est l'âme de l'Afrique.

Cela, Goncourt n'en savait rien — ou n'a pas voulu le voir.

Certes on peut encore disputer sur les détails : les fouilles de Carthage se poursuivant apportent tour à tour confirmation ou démenti aux hypothèses (peu nombreuses) de Flaubert. Force lui a bien été, de-ci de-là, de jeter un pont entre deux certitudes ; encore cette arche lancée sur l'ignorance repose-t-elle sur des piles solides. Peu importent les querelles de spécialistes. Ce qui compte, ce qui est la qualité maîtresse du roman carthaginois, c'est que personne n'a jamais fixé comme Flaubert les aspects éternels du pays d'Afrique : « En cela encore, dit très justement M. Louis Bertrand, il a vraiment été un classique. Tandis que les écrivains de son temps, les Goncourt, par exemple, se perdaient dans le menu détail de la description, inventaient le parisianisme, l'exotisme, l'impressionnisme, et pour tout dire, propageaient la manie du chic en littérature, l'auteur de Madame Bovary continuait la grande tradition française qui consiste à ne voir les choses que dans leur plus haute généralité... Il a dit la langueur et la mollesse des plages africaines, l'enchantement des grandes cités maritimes par les levers d'aube et les soirs de lune. Qu'on relise la page de Salammbô où il a décrit Carthage endormie, on y retrouvera tout le charme d'Alger, de Tunis, d'Alexandrie. Avec autant d'exactitude et de justesse, Flaubert a dit les paysages plus modestes du Tell... et les régions sablonneuses et désertiques où d'immenses ondulations parallèles d'un blond cendré s'étirent les unes derrière les autres en montant toujours... Exprimer ces trois aspects avec un pareil relief, ce n'est pas seulement faire de la littérature et fixer d'admirables paysages, c'est encore rendre intelligibles les étranges recommencements de

*l'histoire de l'Afrique. Toutes les révoltes et toutes les
guerres qui ont troublé le pays depuis la domination punique
jusqu'à la conquête française, n'ont pas d'autre origine que
l'opposition, pour ne pas dire l'hostilité naturelle qu'il y
a entre ces trois régions juxtaposées et si profondément
différentes. Non seulement Flaubert a fortement rendu ces
grands aspects du sol, mais il s'est imprégné de l'atmosphère
du pays. Il y a telle de ses phrases qui recèle un véritable
charme nostalgique pour l'Africain exilé[1]. »*

Du Camp l'a noté : en Afrique, Flaubert, qui semblait
ne rien regarder, voyait tout. Les impressions de ce voyage
lui revinrent toutes à la fois et avec une vigueur étonnante
quand il écrivit Salammbô.

Ce sont elles qu'on y retrouve, nettes et vives, et si fortes
que Salammbô c'est moins la fille d'Hamilcar que l'Afrique
elle-même, mystérieuse et séductrice, et vers laquelle on revient
malgré tout, comme Mâtho le barbare revient rôder aux
jardins de Mégara. Ainsi Salammbô, en même temps qu'une
héroïne de roman, est un symbole, et Mâtho est lui-même
un autre symbole. Et c'est cela que n'expliquent pas les
confrontations de textes empruntés à Polybe et à Strabon,
à Pline et à Silius Italicus : outre le patient travail d'érudition, outre l'application volontaire de l'écrivain utilisant
ses fiches, il y a chez le romancier un autre travail profond,
où les qualités de méthode n'interviennent plus, et qui est
la part du génie. Cela, qui élargit singulièrement la portée
de son livre, il se peut qu'il ne l'ait pas cherché délibérément ;
mais c'est cela qui lui donne cette haute valeur, et qui, malgré
les défauts inhérents à ces reconstitutions, a placé Salammbô
au rang des chefs-d'œuvre durables.

Il est aisé de voir que, pour ce résultat, Flaubert a fait
beaucoup plus appel à ses souvenirs d'Égypte et d'Orient,
à son voyage de 1850-1851 qu'aux notes prises en Tunisie
en 1858. Ce dernier voyage, en vérité, n'a été qu'une vérifica-
tion topographique ; l'âme de l'Afrique, c'est bien avant
qu'il l'avait explorée et comprise. Ceci ne veut pas dire,
naturellement, qu'il lui ait été inutile d'aller raviver ses
souvenirs de Nubie et de Syrie devant les ruines de Carthage.
Mais voyez Salammbô, par exemple, et considérez ce qu'elle
doit, physiquement au moins, à Kutchuk-Hanem, Safia, la
« petite princesse », chez laquelle Flaubert fut mené par
la servante et son mouton teint en jaune, quand la cange aborda
la rive d'Esneb. Comme il avait raison de confier à Bouilhet,

*le lendemain : « J'ai bien savouré l'amertume de tout cela.
Je m'en suis pénétré jusqu'aux entrailles. » L'Orient et
l'Afrique lui avaient gardé, tout préservé, le modèle dont
il avait besoin pour sa princesse carthaginoise[1]. Il a pu,
ainsi, être lui-même Salammbô, décrire le trouble et la nostalgie
de la jeune fille punique, comme il avait été Emma Bovary
— avec la même vraisemblance, la même justesse, le même
tact.*

Sainte-Beuve, dans ses articles du Constitutionnel (reproduits dans les Nouveaux lundis, IV, pp. 31-95)
réclamait un lexique pour lire commodément Salammbô.
Ce grief forme le fond de la plupart des critiques, et même
des légendes de dessins satiriques : «Avez-vous lu Salammbô,
madame ? — Excusez-moi, monsieur, je n'entends pas le
carthaginois ! » La plaisanterie est reprise des centaines de
fois. On y joint aussi le reproche d'obscénité (à cause du
serpent et de la chaînette). Une caricature représente Courbet
dialoguant avec Flaubert : « Moi, Courbet, lit-on sous la
vignette, j'ai peint ma Baigneuse, et pas mal d'autres choses
peu ragoûtantes, mais, ma foi, Monsieur Flaubert, je ne
me chargerais pas d'illustrer votre dernier ouvrage ! »
    Dans cette presse, si pudiquement effarouchée, retenons
l'article que Théophile Gautier publia dans le Moniteur
du 22 décembre 1862 et qui est reproduit dans l'Orient
(tome II); il contient en effet des choses excellentes, qui
devaient être dites à ce moment, et qui n'ont pas cessé d'être
justes : « Depuis longtemps, écrit donc Gautier, on attendait
avec une impatience bien légitime Salammbô, le nouveau
roman de M. Gustave Flaubert; mais l'auteur n'est pas
de ceux qui se hâtent. Sans mettre tout à fait en pratique
le nonumque prematur in annum d'Horace, il n'abandonne une œuvre qu'au moment où il la croit parfaite, c'est-
à-dire lorsque soins, veilles, corrections, remaniements ne
peuvent plus la perfectionner; car chaque nature, quelque
bien douée qu'elle soit, a cependant ses limites. L'aiguillon
même du succès ne lui a pas fait presser son allure, et plusieurs
années se sont écoulées entre la française Madame Bovary
et Salammbô la carthaginoise.
    « C'est une hardiesse périlleuse, après une œuvre réussie,
de dérouter si complètement le public que l'a fait M. Gustave

*Flaubert par son roman punique. Au lecteur qui voudrait
peut-être du même, il verse un vin capiteux puisé à une autre
amphore, et cela dans « une coupe d'argile rouge, rehaussée
de dessins noirs », la coupe de la couleur locale, enfin, à une
époque où le sens du passé semble être perdu, où l'homme ne
reconnaît l'homme que lorsqu'il est habillé à la dernière mode.
Sans doute l'étude des réalités actuelles a son mérite, et l'auteur de* Madame Bovary *a montré qu'il savait aussi bien
que pas un dégager du milieu contemporain des figures douées
d'une vie intense. Les types qu'il a créés ont leur état civil
sur les registres de l'art, comme des personnes ayant existé
véritablement, et rien ne lui était plus facile que d'ajouter
à cette collection quelques photographies d'une exactitude non
moins impitoyable. Mais n'est-ce pas un beau rêve et bien
fait pour tenter un artiste que celui de s'isoler de son temps
et de reconstruire à travers les siècles une civilisation évanouie,
un monde disparu ? Quel plaisir, moitié avec la science, moitié
avec l'intuition, de relever ces ruines enterrées sous les écrase-
ments des catastrophes, de les colorer, de les peupler, d'y
faire jouer le soleil et la vie, et de se donner ce spectacle magnifique d'une résurrection complète ! »*

Flaubert, en écrivant Salammbô, *reste dans sa nature,
ajoute Gautier, qui voit, au contraire, dans* Madame Bovary
*un exercice que l'auteur s'est imposé pour mater son lyrisme :
« On ne saurait exiger de* Salammbô, *roman carthaginois,
la peinture des passions modernes et la minutieuse étude de
nos petits travers en habit noir et paletot sac. Et cependant
la première impression que semble produire le livre de M. Gustave Flaubert sur la généralité des lecteurs et même des critiques, est une surprise désappointée. Ils sont tentés de s'écrier :
« Peut-on être Carthaginois ! »*

*Et Gautier de montrer qu'il est bien malaisé de prouver
qu'on l'est, car il ne reste de Carthage que quelques ruines,
quelques arches d'aqueduc, pas de langue : « À défaut de
monuments, M. Gustave Flaubert, avec une patience de
bénédictin, a dépouillé toute l'histoire antique. Chaque passage
se rapportant de près ou de loin à son sujet a été relevé ; pour
un détail, il a lu de gros volumes qui ne contenaient que ce
détail. Non content de cela, il a fait une excursion investiga-
trice aux rives où fut Carthage, adaptant la science acquise
à la configuration des lieux... La lecture de* Salammbô *est
une des plus violentes sensations intellectuelles qu'on puisse
éprouver...*

» *Jamais l'art n'a rendu une figure plus terriblement repoussante et d'une laideur plus sinistre que celle du suffète Hannon, en qui semblent se résumer les monstruosités de Carthage et les gangrènes de l'Afrique. Sous les plaques d'or et les pierres précieuses des colliers, sous le ruissellement des parfums et des onguents, sous les plis de la pourpre, au milieu de son luxe de richard et de voluptueux, la lèpre immonde le dévore, et il fait envoler de sa peau, en la grattant avec une spatule d'aloès, une poussière blanche comme la râpure de marbre...*

» *M. Gustave Flaubert est un peintre de batailles antiques qu'on n'a jamais égalé et qu'on ne surpassera point. Il mêle Homère à Polybe et à Végèce, la poésie à la science, l'effet pittoresque à l'exactitude stratégique. Il fait manœuvrer les masses avec une exactitude de grand capitaine, et, difficulté que n'eurent pas les illustres généraux, il doit conduire à la fois deux armées, seul joueur de cette double partie où il gagne la victoire et poursuit la déroute. Comme il dispose les phalanges et les syntagmes, comme il étend les ailes, comme il tient en réserve les éléphants à son centre de bataille, comme il laisse s'engager l'ennemi par les vides ouverts exprès dans les lignes qui se referment sur lui et l'enveloppent, le rabattant sur les carrés de piques !...*

» *On ne saurait s'imaginer la furie et l'acharnement de ces assauts qui paraissent décrits par un témoin oculaire, tant ils sont rendus avec une fidélité vivante...*

» *Cette réduction au trait d'un tableau ardemment coloré n'en donne sans doute qu'une idée bien incomplète, mais elle en indique les masses principales et peut faire du moins comprendre cette gigantesque composition si en dehors des habitudes littéraires de l'époque. Une impersonnalité absolue y règne d'un bout à l'autre, et jamais la main de l'auteur ne s'y laisse apercevoir. Les images du monde antique semblent s'y être fixées toutes seules comme sur un miroir de métal poli qui a gardé leur empreinte. Cette empreinte est si vive, si nette, si juste de forme et de ton, que le sens intime en affirmerait la réalité quoique le modèle en soit depuis longtemps disparu. M. Gustave Flaubert possède au plus haut point l'objectivité rétrospective. Il* voit *(nous soulignons exprès le mot pour lui donner toute sa signifiance spirituelle) les choses qui ne sont plus dans le domaine de l'œil humain, avec une lucidité toute contemporaine. Dans son livre, Carthage, pulvérisé à ce point qu'on a peine à en délimiter la place, se dresse d'une façon aussi précise qu'une ville moderne, copiée d'après nature. C'est la plus étonnante restauration architecturale qui se soit faite.*

» Comme Cuvier qui recomposait un monstre antédiluvien d'après une dent, un fragment d'os, moins que cela, une trace de pas figée sur le limon des créations disparues, et à qui, plus tard, la découverte du squelette complet donnait raison, l'auteur de Salammbô *restitue un édifice d'après une pierre, d'après une ligne de texte, d'après une analogie. Tyr et Sidon, les villes mères, le renseignent parfois sur leur fille. La Bible, cette encyclopédie de l'antique genre humain, où se résument les vieilles civilisations orientales, lui révèle des secrets qu'on n'y cherche pas ordinairement. Si Polybe lui fournit le trait, Ézéchiel lui fournit la couleur. Les imprécations figurées des prophètes laissent échapper dans leur colère de précieux détails sur le luxe et la corruption. Telle singularité de toilette, qu'on croirait d'invention, a pour garant un verset biblique.*

» Ce don de résurrection que M. Gustave Flaubert possède pour les choses, il n'en est pas moins doué à l'endroit des personnages. Avec un merveilleux sens ethnographique, il rend à chaque race sa forme de crâne, son masque, sa couleur de peau, sa taille, son habitude de corps, son tempérament, son caractère physique et moral. Dans ce mélange de tous les peuples qui compose l'armée des Mercenaires, il y a des Grecs, des Italiotes, des Gaulois, des Baléares, des Campaniens, des Ligures, des Ibères, des Libyens, des Numides, des Gétules, des Nègres, des gens du pays des dattes, et quelques transfuges de ces tribus lointaines, moitié hommes, moitié bêtes, comme en nourrit à sa noire mamelle l'Afrique portenteuse — portentosa Africa! Chacun a son type, son accent, son costume. Jamais un Grec n'y prend la pose d'un homme de race sémitique; car, en sa qualité de voyageur, M. Gustave Flaubert a remarqué que l'Occident et l'Orient ne se meuvent pas de la même façon...

» Pour peindre ces personnages de types si divers, M. Gustave Flaubert a su trouver les teintes les plus délicates et les plus vigoureuses. Si rien n'est horrible comme le suffète lépreux, rien n'est plus suave que cette Salammbô faite de vapeurs, d'arômes et de rayons...

» Aucune imagination orientale n'a dépassé les merveilles entassées dans l'appartement de Salammbô : les yeux modernes sont peu habitués à de telles splendeurs. Aussi a-t-on accusé

*M. Gustave Flaubert d'enluminure, de papillotage, de clin-
quant. Quelques mots de physionomie trop carthaginoise ont
arrêté les critiques. Avec le temps, ces couleurs trop vives se
tranquilliseront d'elles-mêmes; ces mots exotiques, plus
aisément compris, perdront leur étrangeté, et le style de M. Gustave Flaubert apparaîtra tel qu'il est, plein, robuste, sonore,
d'une originalité qui ne doit rien à personne, coloré quand il le
faut, précis, sobre et mâle lorsque le récit n'exige pas d'ornement; le style d'un maître, enfin. Son volume restera comme
un des plus hauts monuments littéraires de ce siècle. Résumons,
en une phrase qui dira toute notre pensée, notre opinion sur
Salammbô : ce n'est pas un livre d'histoire, ce n'est pas un
roman, c'est un* poème épique! »*

Malgré sa longueur, j'ai voulu reproduire l'essentiel de cet
article : la prophétie qui le termine — et que l'avenir a justifiée — prend toute sa valeur quand on a lu ce qui la précède,
quand on voit comment Gautier l'a tirée d'une étude attentive,
et non point portée par sympathie, parce que Flaubert était
un peu son disciple, beaucoup son ami de cœur et de lettres.
On y trouve, évidemment, tout ce qui attache l'un à l'autre
si fortement ces deux artistes, et qui fera dire à Flaubert
quand Gautier mourra : « C'était le meilleur... » Le dogme
de l'objectivité, respecté jusque dans le « poème épique », et tout
comme dans le roman réaliste de la Bovary, voilà qui séduit
Gautier au moins autant que l'éclat des couleurs et que la
beauté de la forme. Poème épique : le « bon Théo » a raison.
C'est cela, en vérité, Salammbô, et Flaubert a trouvé, un
demi-siècle après les Martyrs, la forme de poésie épique qui
convenait à son temps. Il avait rêvé d'un style précis comme le
langage des sciences et fulgurant comme la poésie. Il avait forgé
l'instrument de son art, patiemment, obstinément. Et après
Madame Bovary, il écrivait Salammbô, enrichissant la
littérature française d'une épopée épique écrite dans la véritable
langue épique qui ne risquât point d'être un pastiche de Hugo :
la prose.

Dans sa joie, il écrivit à Théophile Gautier le jour même où
parut l'article du Moniteur : « Quel bel article, et comment
t'en remercier ? Si l'on m'avait dit il y a vingt ans que ce
Théophile Gautier, dont je me bourrais l'imagination, écrirait*

*sur mon compte de pareilles choses, j'en serais devenu fou
d'orgueil. As-tu lu la troisième Philippique de Sainte-Beuve ?
Mais ton panégyrique de Trajan me venge, et au delà... »*

Leconte de Lisle lui avait écrit : « *Bravo, mon bonhomme !
Tu es un poète et un peintre comme il y en a peu. Si ta Carthage ne ressemble pas à la vieille ville punique, tant pis pour
celle-ci. Mais tu as vu, et bien vu, je n'en doute pas. Merci
deux fois, et d'avoir écrit ce beau poème, et de me l'avoir
envoyé.* » Et Fromentin : « *Vous êtes un grand peintre, mon
cher ami, mieux que cela, un grand visionnaire ! car comment
appeler celui qui crée des réalités si vives avec ses rêves et qui
vous y fait croire ? Il ne fallait pas moins que cet éclat et cet
épanouissement définitif de toutes vos forces pour ne permettre
à personne de regretter Madame Bovary, le grand écueil,
vous le savez. De nouveaux horizons plus vastes, une mise en
scène prodigieuse, ont permis à votre manière de se mettre au
large; et votre exécution déjà si ferme, a pris une âpreté et
un relief qui font de vous un praticien consommé. Je parle ici
seulement du métier...* »

Un autre artiste — Berlioz — avait écrit : «*Quel style !
quelle science ! quelle imagination ! Oh ! votre Salammbô mystérieuse et son secret amour involontaire et si plein d'horreur
pour l'ennemi qui l'a violée est une invention de la plus haute
poésie, tout en restant dans la vérité la plus vraie... Qu'on ose
maintenant calomnier notre langue !* » Dans cette lettre, Berlioz
ajoutait qu'il « *en était effrayé, qu'il en avait rêvé ces dernières
nuits...* » Rêva-t-il d'écrire une musique inspirée de Salammbô? C'est possible. Mais ce qui est sûr, c'est qu'il
était à ce moment trop absorbé par les Troyens pour s'atteler
à la composition d'un autre opéra. Ce qui est sûr aussi, c'est
que Flaubert, si bien résolu à ne laisser point illustrer son
roman, accepta cependant que l'on en tirât un livret, et c'est
que Gautier lui-même proposa de l'écrire, et c'est qu'une fois
converti à cette idée, Flaubert ne cessa plus de vouloir avec
acharnement qu'elle fût réalisée. Les deux amis songèrent à
Verdi, qui, en 1863, au printemps, se trouvait à Paris.
Flaubert, pour stimuler l'ardeur fléchissante de Gautier,
esquissa le plan du drame — un scénario que Georges Dubosc
a publié, et dont on peut dire sans manquer de respect à la
mémoire de Flaubert, qu'il ne vaut pas grand'chose. Il y fait
Taanach, la suivante de Salammbô, rivale de la princesse, et
c'est elle qui, sournoise et jalouse, poignarde Mâtho dans la
dernière scène...

Gautier passa la main à son gendre Mendès. Berlioz étant mort en 1869, Victor Massé s'offrit, puis fut écarté. Finalement ce fut Du Locle qui composa le livret en respectant beaucoup mieux que Flaubert ne l'avait fait dans son scénario, le roman. Et Reyer, disciple de Berlioz et son successeur au feuilleton musical des Débats, composa la partition. La première représentation fut donnée à la Monnaie de Bruxelles le 10 février 1890. Le 16 mai 1892, l'Opéra montait Salammbô, qui est demeurée au répertoire.

Quant au roman, il alla son chemin; la première édition fut épuisée en six semaines, dès la fin de 1862. La Bibliographie de la France, le 10 janvier 1863, annonçait une nouvelle édition. Flaubert en profita pour reviser son texte, mais le temps lui manquant, le nombre des variantes est insignifiant.

En 1874, le traité avec Michel Lévy étant expiré, Flaubert donne Salammbô à Charpentier. Comme il avait ajouté au texte de Madame Bovary un appendice contenant la plaidoirie de Sénard, le réquisitoire de Pinard et le jugement, il joignit au texte de Salammbô ses réponses aux articles de Sainte-Beuve et de Frœhner, plus une lettre de Sainte-Beuve. Dans cette édition, les variantes sont plus nombreuses. Il en introduit dans le texte de ses réponses aux critiques, rectifiant les fautes typographiques des journaux dans lesquels elles avaient primitivement paru. Pour le roman, ces variantes, quand elles ne sont pas des corrections de fautes, sont toutes, à deux exceptions près, des suppressions : preuve manifeste de sa vigilance et de son désir de perfection.

R. D.

SALAMMBÔ[1]

I

LE FESTIN

C'ÉTAIT à Mégara, faubourg de Carthage, dans les jardins d'Hamilcar.

Les soldats qu'il avait commandés en Sicile se donnaient un grand festin pour célébrer le jour anniversaire de la bataille d'Éryx, et comme le maître était absent et qu'ils se trouvaient nombreux, ils mangeaient et ils buvaient en pleine liberté.

Les capitaines, portant des cothurnes de bronze, s'étaient placés dans le chemin du milieu, sous un voile de pourpre à franges d'or, qui s'étendait depuis le mur des écuries jusqu'à la première terrasse du palais; le commun des soldats était répandu sous les arbres, où l'on distinguait quantité de bâtiments à toit plat, pressoirs, celliers, magasins, boulangeries et arsenaux, avec une cour pour les éléphants, des fosses pour les bêtes féroces, une prison pour les esclaves.

Des figuiers entouraient les cuisines; un bois de sycomores se prolongeait jusqu'à des masses de verdure, où des grenades resplendissaient parmi les touffes blanches des cotonniers; des vignes, chargées de grappes, montaient dans le branchage des pins; un champ de roses s'épanouissait sous des platanes; de place en place sur des gazons se balançaient des lis; un sable noir, mêlé à de la poudre de corail, parsemait les sentiers, et, au milieu, l'avenue des cyprès faisait d'un bout à l'autre comme une double colonnade d'obélisques verts.

Le palais, bâti en marbre numidique tacheté de jaune, superposait tout au fond, sur de larges assises, ses quatre étages en terrasses. Avec son grand escalier droit en bois d'ébène, portant aux angles de chaque marche la proue d'une galère vaincue, avec ses portes rouges écartelées d'une croix noire, ses grillages d'airain

qui le défendaient en bas des scorpions, et ses treillis
de baguettes dorées qui bouchaient en haut ses ouvertures, il semblait aux soldats, dans son opulence farouche,
aussi solennel et impénétrable que le visage d'Hamilcar.

Le Conseil leur avait désigné sa maison pour y tenir
ce festin; les convalescents qui couchaient dans le temple
d'Eschmoûn[1], se mettant en marche dès l'aurore, s'y
étaient traînés sur leurs béquilles. A chaque minute,
d'autres arrivaient. Par tous les sentiers, il en débouchait
incessamment, comme des torrents qui se précipitent
dans un lac. On voyait entre les arbres courir les esclaves
des cuisines, effarés et à demi nus; les gazelles sur les
pelouses s'enfuyaient en bêlant; le soleil se couchait,
et le parfum des citronniers rendait encore plus lourde
l'exhalaison de cette foule en sueur.

Il y avait là des hommes de toutes les nations, des
Ligures, des Lusitaniens, des Baléares, des Nègres et
des fugitifs de Rome. On entendait, à côté du lourd
patois dorien, retentir les syllabes celtiques bruissantes
comme des chars de bataille, et les terminaisons ioniennes
se heurtaient aux consonnes du désert, âpres comme
des cris de chacal. Le Grec se reconnaissait à sa taille
mince, l'Égyptien à ses épaules remontées, le Cantabre
à ses larges mollets. Des Cariens balançaient orgueilleu-
sement les plumes de leur casque, des archers de Cappa-
doce s'étaient peints avec des jus d'herbes de larges
fleurs sur le corps, et quelques Lydiens portant des
robes de femmes dînaient en pantoufles et avec des
boucles d'oreilles. D'autres, qui s'étaient par pompe
barbouillés de vermillon, ressemblaient à des statues
de corail.

Ils s'allongeaient sur les coussins, ils mangeaient
accroupis autour de grands plateaux, ou bien, couchés
sur le ventre, ils tiraient à eux les morceaux de viande,
et se rassasiaient appuyés sur les coudes, dans la pose
pacifique des lions lorsqu'ils dépècent leur proie. Les
derniers venus, debout contre les arbres, regardaient
les tables basses disparaissant à moitié sous des tapis
d'écarlate, et attendaient leur tour.

Les cuisines d'Hamilcar n'étant pas suffisantes, le
Conseil leur avait envoyé des esclaves, de la vaisselle,
des lits; et l'on voyait au milieu du jardin, comme sur
un champ de bataille quand on brûle les morts, de

grands feux clairs où rôtissaient des bœufs. Les pains saupoudrés d'anis alternaient avec les gros fromages plus lourds que des disques, et les cratères pleins de vin, et les canthares pleins d'eau auprès des corbeilles en filigrane d'or qui contenaient des fleurs. La joie de pouvoir enfin se gorger à l'aise dilatait tous les yeux : çà et là, les chansons commençaient.

D'abord on leur servit des oiseaux à la sauce verte, dans des assiettes d'argile rouge rehaussée de dessins noirs, puis toutes les espèces de coquillages que l'on ramasse sur les côtes puniques, des bouillies de froment, de fève et d'orge, et des escargots au cumin, sur des plats d'ambre jaune.

Ensuite les tables furent couvertes de viande : antilopes avec leurs cornes, paons avec leurs plumes, moutons entiers cuits au vin doux, gigots de chamelles et de buffles, hérissons au garum, cigales frites et loirs confits. Dans des gamelles en bois de Tamrapanni flottaient, au milieu du safran, de grands morceaux de graisse. Tout débordait de saumure, de truffes et d'assafœtida. Les pyramides de fruits s'éboulaient sur les gâteaux de miel, et l'on n'avait pas oublié quelques-uns de ces petits chiens à gros ventre et à soies roses que l'on engraissait avec du marc d'olives, mets carthaginois en abomination aux autres peuples. La surprise des nourritures nouvelles excitait la cupidité des estomacs. Les Gaulois aux longs cheveux retroussés sur le sommet de la tête, s'arrachaient les pastèques et les limons qu'ils croquaient avec l'écorce. Des Nègres n'ayant jamais vu de langoustes se déchiraient le visage à leurs piquants rouges. Mais les Grecs rasés, plus blancs que des marbres, jetaient derrière eux les épluchures de leur assiette, tandis que des pâtres du Brutium, vêtus de peaux de loups, dévoraient silencieusement, le visage dans leur portion.

La nuit tombait. On retira le velarium étalé sur l'avenue de cyprès et l'on apporta des flambeaux.

Les lueurs vacillantes du pétrole qui brûlait dans des vases de porphyre effrayèrent, au haut des cèdres, les singes consacrés à la lune. Ils poussèrent des cris, ce qui mit les soldats en gaieté.

Des flammes oblongues tremblaient sur les cuirasses d'airain. Toutes sortes de scintillements jaillissaient des

plats incrustés de pierres précieuses. Les cratères, à
bordure de miroirs convexes, multipliaient l'image
élargie des choses; les soldats se pressant autour s'y
regardaient avec ébahissement et grimaçaient pour se
faire rire. Ils se lançaient, par-dessus les tables, les escabeaux d'ivoire et les spatules d'or. Ils avalaient à pleine
gorge tous les vins grecs qui sont dans des outres, les
vins de Campanie enfermés dans des amphores, les vins
des Cantabres que l'on apporte dans des tonneaux, et les
vins de jujubier, de cinnamome et de lotus. Il y en avait
des flaques par terre où l'on glissait. La fumée des
viandes montait dans les feuillages avec la vapeur des
haleines. On entendait à la fois le claquement des mâchoires, le bruit des paroles, des chansons, des coupes,
le fracas des vases campaniens qui s'écroulaient en mille
morceaux, ou le son limpide d'un grand plat d'argent.

A mesure qu'augmentait leur ivresse, ils se rappelaient
de plus en plus l'injustice de Carthage. En effet, la
République, épuisée par la guerre, avait laissé s'accu-
muler dans la ville toutes les bandes qui revenaient.
Giscon, leur général, avait eu cependant la prudence
de les renvoyer les uns après les autres pour faciliter
l'acquittement de leur solde, et le Conseil avait cru qu'ils
finiraient par consentir à quelque diminution. Mais on
leur en voulait aujourd'hui de ne pouvoir les payer.
Cette dette se confondait dans l'esprit du peuple avec
les trois mille deux cents talents cuboïques exigés par
Lutatius, et ils étaient, comme Rome, un ennemi pour
Carthage. Les Mercenaires le comprenaient; aussi leur
indignation éclatait en menaces et en débordements.
Enfin, ils demandèrent à se réunir pour célébrer une de
leurs victoires, et le parti de la paix céda, en se vengeant
d'Hamilcar qui avait tant soutenu la guerre. Elle s'était
terminée contre tous ses efforts, si bien que, désespérant
de Carthage, il avait remis à Giscon le gouvernement
des Mercenaires. Désigner son palais pour les recevoir,
c'était attirer sur lui quelque chose de la haine qu'on
leur portait. D'ailleurs la dépense devait être excessive;
il la subirait presque toute.

Fiers d'avoir fait plier la République, les Mercenaires
croyaient qu'ils allaient enfin s'en retourner chez eux,
avec la solde de leur sang dans le capuchon de leur
manteau. Mais leurs fatigues, revues à travers les vapeurs

de l'ivresse, leur semblaient prodigieuses et trop peu
récompensées. Ils se montraient leurs blessures, ils
racontaient leurs combats, leurs voyages et les chasses
de leurs pays. Ils imitaient le cri des bêtes féroces, leurs
bonds. Puis vinrent les immondes gageures; ils s'enfonçaient la tête dans les amphores, et restaient à boire sans
s'interrompre comme des dromadaires altérés. Un Lusi-
tanien, de taille gigantesque, portant un homme au bout
de chaque bras, parcourait les tables tout en crachant
du feu par les narines. Des Lacédémoniens qui n'avaient
point ôté leurs cuirasses, sautaient d'un pas lourd.
Quelques-uns s'avançaient comme des femmes en faisant
des gestes obscènes; d'autres se mettaient nus pour
combattre, au milieu des coupes, à la façon des gladiateurs, et une compagnie de Grecs dansait autour d'un
vase où l'on voyait des nymphes, pendant qu'un nègre
tapait avec un os de bœuf sur un bouclier d'airain.

Tout à coup, ils entendirent un chant plaintif, un
chant fort et doux, qui s'abaissait et remontait dans les
airs comme le battement d'ailes d'un oiseau blessé.

C'était la voix des esclaves dans l'ergastule. Des soldats, pour les délivrer, se levèrent d'un bond et disparurent.

Ils revinrent, chassant au milieu des cris, dans la
poussière, une vingtaine d'hommes que l'on distinguait
à leur visage plus pâle. Un petit bonnet de forme
conique, en feutre noir, couvrait leur tête rasée; ils
portaient tous des sandales de bois et faisaient un bruit
de ferrailles comme des chariots en marche.

Ils arrivèrent dans l'avenue des cyprès, où ils se perdirent parmi la foule, qui les interrogeait. L'un d'eux
était resté à l'écart, debout. A travers les déchirures de
sa tunique on apercevait ses épaules rayées par de
longues balafres. Baissant le menton, il regardait autour
de lui avec méfiance et fermait un peu ses paupières dans
l'éblouissement des flambeaux; mais quand il vit que
personne de ces gens armés ne lui en voulait, un grand
soupir s'échappa de sa poitrine : il balbutiait, il ricanait
sous les larmes claires qui lavaient sa figure; puis il
saisit par les anneaux un canthare tout plein, le leva
droit en l'air au bout de ses bras d'où pendaient des
chaînes, et alors regardant le ciel et toujours tenant la
coupe, il dit :

« Salut d'abord à toi, Baal-Eschmoûn libérateur,
que les gens de ma patrie appellent Esculape ! et à vous,
Génies des fontaines, de la lumière et des bois ! et à vous,
Dieux cachés sous les montagnes et dans les cavernes de
la terre ! et à vous, hommes forts aux armures reluisantes, qui m'avez délivré ! »

Puis il laissa tomber la coupe et conta son histoire.
On le nommait Spendius. Les Carthaginois l'avaient
pris à la bataille des Égineuses, et parlant grec, ligure et
punique, il remercia encore une fois les Mercenaires ; il
leur baisait les mains ; enfin, il les félicita du banquet,
tout en s'étonnant de n'y pas apercevoir les coupes de la
Légion sacrée. Ces coupes, portant une vigne en émeraude sur chacune de leurs six faces en or, appartenaient
à une milice exclusivement composée des jeunes patriciens, les plus hauts de taille. C'était un privilège, presque
un honneur sacerdotal ; aussi rien dans les trésors de la
République n'était plus convoité des Mercenaires. Ils
détestaient la Légion à cause de cela, et on en avait vu qui
risquaient leur vie pour l'inconcevable plaisir d'y boire.

Donc ils commandèrent d'aller chercher les coupes.
Elles étaient en dépôt chez les Syssites, compagnies de
commerçants qui mangeaient en commun. Les esclaves
revinrent. A cette heure, tous les membres des Syssites
dormaient.

« Qu'on les réveille ! » répondirent les Mercenaires.

Après une seconde démarche, on leur expliqua qu'elles
étaient enfermées dans un temple.

« Qu'on l'ouvre ! » répliquèrent-ils.

Et quand les esclaves, en tremblant, eurent avoué
qu'elles étaient entre les mains du général Giscon, ils
s'écrièrent :

« Qu'il les apporte ! »

Giscon, bientôt, apparut au fond du jardin dans une
escorte de la Légion sacrée. Son ample manteau noir,
retenu sur sa tête à une mitre d'or constellée de pierres
précieuses, et qui pendait tout à l'entour jusqu'aux
sabots de son cheval, se confondait, de loin, avec la
couleur de la nuit. On n'apercevait que sa barbe blanche,
les rayonnements de sa coiffure et son triple collier à
larges plaques bleues qui lui battait sur la poitrine.

Les soldats, quand il entra, le saluèrent d'une grande
acclamation, tous criant :

« Les coupes ! Les coupes ! »

Il commença par déclarer que, si l'on considérait leur courage, ils en étaient dignes. La foule hurla de joie, en applaudissant.

Il le savait bien, lui qui les avait commandés là-bas et qui était revenu avec la dernière cohorte sur la dernière galère !

« C'est vrai ! c'est vrai ! » disaient-ils.

Cependant, continua Giscon, la République avait respecté leurs divisions par peuples, leurs coutumes, leurs cultes ; ils étaient libres dans Carthage ! Quant aux vases de la Légion sacrée, c'était une propriété particulière. Tout à coup, près de Spendius, un Gaulois s'élança par-dessus les tables et courut droit à Giscon, qu'il menaçait en gesticulant avec deux épées nues.

Le général, sans s'interrompre, le frappa sur la tête de son lourd bâton d'ivoire : le Barbare tomba. Les Gaulois hurlaient, et leur fureur, se communiquant aux autres, allait emporter les légionnaires. Giscon haussa les épaules en les voyant pâlir. Il songeait que son courage serait inutile contre ces bêtes brutes, exaspérées. Il valait mieux plus tard s'en venger dans quelque ruse ; donc il fit signe à ses soldats et s'éloigna lentement. Puis, sous la porte, se tournant vers les Mercenaires, il leur cria qu'ils s'en repentiraient.

Le festin recommença. Mais Giscon pouvait revenir, et, cernant le faubourg qui touchait aux derniers remparts, les écraser contre les murs. Alors ils se sentirent seuls malgré leur foule ; et la grande ville qui dormait sous eux, dans l'ombre, leur fit peur, tout à coup, avec ses entassements d'escaliers, ses hautes maisons noires et ses vagues dieux encore plus féroces que son peuple. Au loin, quelques fanaux glissaient sur le port, et il y avait des lumières dans le temple de Khamon. Ils se souvinrent d'Hamilcar. Où était-il ? Pourquoi les avoir abandonnés, la paix conclue ? Ses dissensions avec le Conseil n'étaient sans doute qu'un jeu pour les perdre. Leur haine inassouvie retombait sur lui ; et ils le maudissaient, s'exaspérant les uns les autres par leur propre colère. A ce moment-là, il se fit un rassemblement sous les platanes. C'était pour voir un nègre qui se roulait en battant le sol avec ses membres, la prunelle fixe, le cou tordu, l'écume aux lèvres. Quelqu'un cria qu'il était

empoisonné. Tous se crurent empoisonnés. Ils tombèrent
sur les esclaves; une clameur épouvantable s'éleva, et
un vertige de destruction tourbillonna sur l'armée ivre.
Ils frappaient au hasard, autour d'eux, ils brisaient, ils
tuaient : quelques-uns lancèrent des flambeaux dans les
feuillages; d'autres s'accoudant sur la balustrade des
lions, les massacrèrent à coups de flèches; les plus
hardis coururent aux éléphants, ils voulaient leur abattre
la trompe et manger de l'ivoire.

Cependant les frondeurs baléares qui, pour piller
plus commodément, avaient tourné l'angle du palais,
furent arrêtés par une haute barrière faite en jonc des
Indes. Ils coupèrent avec leurs poignards les courroies
de la serrure et se trouvèrent alors sous la façade qui
regardait Carthage, dans un autre jardin rempli de
végétations taillées. Des lignes de fleurs blanches, toutes
se suivant une à une, décrivaient sur la terre couleur
d'azur de longues paraboles, comme des fusées d'étoiles.
Les buissons, pleins de ténèbres, exhalaient des odeurs
chaudes, mielleuses. Il y avait des troncs d'arbres barbouillés de cinabre, qui ressemblaient à des colonnes
sanglantes. Au milieu, douze piédestraux de cuivre
portaient chacun une grosse boule de verre, et des
lueurs rougeâtres emplissaient confusément ces globes
creux, comme d'énormes prunelles qui palpiteraient
encore[1]. Les soldats s'éclairaient avec des torches, tout en
trébuchant sur la pente du terrain, profondément labouré.

Mais ils aperçurent un petit lac, divisé en plusieurs
bassins par des murailles de pierres bleues. L'onde était
si limpide que les flammes des torches tremblaient
jusqu'au fond, sur un lit de cailloux blancs et de poussière d'or. Elle se mit à bouillonner, des paillettes lumineuses glissèrent, et de gros poissons, qui portaient
des pierreries à la gueule, apparurent vers la surface.

Les soldats, en riant beaucoup, leur passèrent les
doigts dans les ouïes et les apportèrent sur les tables.

C'étaient les poissons de la famille Barca. Tous descendaient de ces lottes primordiales qui avaient fait
éclore l'œuf mystique où se cachait la Déesse. L'idée
de commettre un sacrilège ranima la gourmandise des
Mercenaires; ils placèrent vite du feu sous des vases
d'airain et s'amusèrent à regarder les beaux poissons
se débattre dans l'eau bouillante.

La houle des soldats se poussait. Ils n'avaient plus peur. Ils recommençaient à boire. Les parfums qui leur coulaient du front mouillaient de gouttes larges leurs tuniques en lambeaux, et s'appuyant des deux poings sur les tables qui leur semblaient osciller comme des navires, ils promenaient à l'entour leurs gros yeux ivres, pour dévorer par la vue ce qu'ils ne pouvaient prendre. D'autres, marchant tout au milieu des plats sur les nappes de pourpre, cassaient à coups de pied les escabeaux d'ivoire et les fioles tyriennes en verre. Les chansons se mêlaient au râle des esclaves agonisant parmi les coupes brisées. Ils demandaient du vin, des viandes, de l'or. Ils criaient pour avoir des femmes. Ils déliraient en cent langages. Quelques-uns se croyaient aux étuves, à cause de la buée qui flottait autour d'eux, ou bien, apercevant des feuillages, ils s'imaginaient être à la chasse et couraient sur leurs compagnons comme sur des bêtes sauvages. L'incendie de l'un à l'autre gagnait tous les arbres, et les hautes masses de verdure, d'où s'échappaient de longues spirales blanches, semblaient des volcans qui commencent à fumer. La clameur redoublait; les lions blessés rugissaient dans l'ombre.

Le palais s'éclaira d'un seul coup à sa plus haute terrasse, la porte du milieu s'ouvrit, et une femme, la fille d'Hamilcar elle-même, couverte de vêtements noirs, apparut sur le seuil. Elle descendit le premier escalier qui longeait obliquement le premier étage, puis le second, le troisième, et elle s'arrêta sur la dernière terrasse, au haut de l'escalier des galères. Immobile et la tête basse, elle regardait les soldats.

Derrière elle, de chaque côté, se tenaient deux longues théories d'hommes pâles, vêtus de robes blanches à franges rouges qui tombaient droit sur leurs pieds. Ils n'avaient pas de barbe, pas de cheveux, pas de sourcils. Dans leurs mains étincelantes d'anneaux ils portaient d'énormes lyres et chantaient tous, d'une voix aiguë, un hymne à la divinité de Carthage. C'étaient les prêtres eunuques du temple de Tanit, que Salammbô appelait souvent dans sa maison.

Enfin elle descendit l'escalier des galères. Les prêtres la suivirent. Elle s'avança dans l'avenue des cyprès, et elle marchait lentement entre les tables des capitaines, qui se reculaient un peu en la regardant passer.

Sa chevelure, poudrée d'un sable violet, et réunie en forme de tour selon la mode des vierges chananéennes, la faisait paraître plus grande. Des tresses de perles attachées à ses tempes descendaient jusqu'aux coins de sa bouche, rose comme une grenade entr'ouverte. Il y avait sur sa poitrine un assemblage de pierres lumineuses, imitant par leur bigarrure les écailles d'une murène. Ses bras, garnis de diamants, sortaient nus de sa tunique sans manches, étoilée de fleurs rouges sur un fond tout noir. Elle portait entre les chevilles une chaînette d'or pour régler sa marche, et son grand manteau de pourpre sombre, taillé dans une étoffe inconnue, traînait derrière elle, faisant à chacun de ses pas comme une large vague qui la suivait.

Les prêtres, de temps à autre, pinçaient sur leurs lyres des accords presque étouffés, et dans les intervalles de la musique, on entendait le petit bruit de la chaînette d'or avec le claquement régulier de ses sandales en papyrus.

Personne encore ne la connaissait. On savait seulement qu'elle vivait retirée dans des pratiques pieuses. Des soldats l'avaient aperçue la nuit, sur le haut de son palais, à genoux devant les étoiles, entre les tourbillons des cassolettes allumées. C'était la lune qui l'avait rendue si pâle, et quelque chose des Dieux l'enveloppait comme une vapeur subtile. Ses prunelles semblaient regarder tout au loin au delà des espaces terrestres. Elle marchait en inclinant la tête, et tenait à sa main droite une petite lyre d'ébène.

Ils l'entendaient murmurer :

« Morts ! Tous morts ! Vous ne viendrez plus obéissant à ma voix, quand, assise sur le bord du lac, je vous jetais dans la gueule des pépins de pastèques ! Le mystère de Tanit roulait au fond de vos yeux, plus limpides que les globules des fleuves. » Et elle les appelait par leurs noms, qui étaient les noms des mois. « Siv ! Sivan ! Tammouz, Eloul, Tischri, Schebar ! — Ah ! pitié pour moi, Déesse ! »

Les soldats, sans comprendre ce qu'elle disait, se tassaient autour d'elle. Ils s'ébahissaient de sa parure ; mais elle promena sur eux tous un long regard épouvanté, puis s'enfonçant la tête dans les épaules en écartant les bras, elle répéta plusieurs fois :

« Qu'avez-vous fait ! qu'avez-vous fait ! Vous aviez

cependant, pour vous réjouir, du pain, des viandes, de
l'huile, tout le malobathre des greniers! J'avais fait
venir des bœufs d'Hécatompyle, j'avais envoyé des
chasseurs dans le désert! Sa voix s'enflait, ses joues
s'empourpraient. Elle ajouta : Où êtes-vous donc, ici?
Est-ce dans une ville conquise, ou dans les palais d'un
maître? Et quel maître? le suffète Hamilcar mon père,
serviteur des Baals! Vos armes, rouges du sang de ses
esclaves, c'est lui qui les a refusées à Lutatius! En
connaissez-vous un dans vos patries qui sache mieux
conduire les batailles ? Regardez donc! les marches de
notre palais sont encombrées par nos victoires! Continuez! brûlez-le! J'emporterai avec moi le Génie de ma
maison, mon serpent noir qui dort là-haut sur des
feuilles de lotus! Je sifflerai, il me suivra; et, si je monte
en galère, il courra dans le sillage de mon navire sur
l'écume des flots. »

Ses narines minces palpitaient. Elle écrasait ses ongles
contre les pierreries de sa poitrine. Ses yeux s'alan-
guirent; elle reprit :

« Ah! pauvre Carthage! lamentable ville! Tu n'as
plus pour te défendre les hommes forts d'autrefois, qui
allaient au delà des océans bâtir des temples sur les
rivages. Tous les pays travaillaient autour de toi, et les
plaines de la mer, labourées par tes rames, balançaient
tes moissons. »

Alors elle se mit à chanter les aventures de Melkarth,
dieu des Sidoniens et père de sa famille.

Elle disait l'ascension des montagnes d'Ersiphonie,
le voyage à Tartessus, et la guerre contre Masisabal
pour venger la reine des serpents :

« Il poursuivait dans la forêt le monstre femelle
dont la queue ondulait sur les feuilles mortes comme un
ruisseau d'argent; et il arriva dans une prairie où des
femmes, à croupe de dragon, se tenaient autour d'un
grand feu, dressées sur la pointe de leur queue. La lune,
couleur de sang, resplendissait dans un cercle pâle, et
leurs langues écarlates, fendues comme des harpons de
pêcheurs, s'allongeaient en se recourbant jusqu'au bord
de la flamme. »

Puis Salammbô, sans s'arrêter, raconta comment
Melkarth, après avoir vaincu Masisabal, mit à la proue du
navire sa tête coupée.

« A chaque battement des flots, elle s'enfonçait
sous l'écume; mais le soleil l'embaumait; elle se fit
plus dure que l'or; cependant les yeux ne cessaient
point de pleurer, et les larmes, continuellement, tombaient dans l'eau. »

Elle chantait tout cela dans un vieil idiome chana-
néen que n'entendaient pas les Barbares. Ils se demandaient ce qu'elle pouvait leur dire avec les gestes
effrayants dont elle accompagnait son discours; — et
montés autour d'elle sur les tables, sur les lits, dans les
rameaux des sycomores, la bouche ouverte et allongeant
la tête, ils tâchaient de saisir ces vagues histoires qui
se balançaient devant leur imagination, à travers l'obscurité des théogonies, comme des fantômes dans des
nuages.

Seuls, les prêtres sans barbe comprenaient Salammbô.
Leurs mains ridées, pendant sur les cordes des lyres,
frémissaient, et de temps à autre en tiraient un accord
lugubre : car plus faibles que des vieilles femmes, ils
tremblaient à la fois d'émotion mystique et de la peur
que leur faisaient les hommes. Les Barbares ne s'en
souciaient; ils écoutaient toujours la vierge chanter.

Aucun ne la regardait comme un jeune chef numide
placé aux tables des capitaines, parmi des soldats de sa
nation. Sa ceinture était si hérissée de dards, qu'elle
faisait une bosse dans son large manteau, noué à ses
tempes par un lacet de cuir. L'étoffe bâillant sur ses
épaules, enveloppait d'ombre son visage, et l'on n'apercevait que les flammes de ses deux yeux fixes. C'était par
hasard qu'il se trouvait au festin, — son père le faisait
vivre chez les Barca, selon la coutume des rois qui
envoyaient leurs enfants dans les grandes familles pour
préparer des alliances; mais depuis six mois que Narr'
Havas y logeait, il n'avait point encore aperçu Salammbô;
et, assis sur les talons, la barbe baissée vers les hampes
de ses javelots, il la considérait en écartant les narines
comme un léopard qui est accroupi dans les bambous.

De l'autre côté des tables se tenait un Libyen de
taille colossale et à courts cheveux noirs frisés. Il n'avait
gardé que sa jaquette militaire, dont les larmes d'airain
déchiraient la pourpre du lit. Un collier à lune d'argent
s'embarrassait dans les poils de sa poitrine. Des éclaboussures de sang lui tachetaient la face, il s'appuyait

sur le coude gauche; et la bouche grande ouverte il souriait.

Salammbô n'en était plus au rythme sacré. Elle employait simultanément tous les idiomes des Barbares, délicatesse de femme pour attendrir leur colère. Aux Grecs elle parlait grec, puis elle se tournait vers les Ligures, vers les Campaniens, vers les Nègres; et chacun en l'écoutant retrouvait dans cette voix la douceur de sa patrie. Emportée par les souvenirs de Carthage, elle chantait maintenant les anciennes batailles contre Rome; ils applaudissaient. Elle s'enflammait à la lueur des épées nues; elle criait les bras ouverts. Sa lyre tomba, elle se tut; — et, pressant son cœur à deux mains, elle resta quelques minutes les paupières closes à savourer l'agitation de tous ces hommes.

Mâtho le Libyen se penchait vers elle. Involontairement elle s'en approcha, et, poussée par la reconnaissance de son orgueil, elle lui versa dans une coupe d'or un long jet de vin pour se réconcilier avec l'armée.

« Bois ! » dit-elle.

Il prit la coupe et il la portait à ses lèvres quand un Gaulois, le même que Giscon avait blessé, le frappa sur l'épaule, tout en débitant d'un air jovial des plaisanteries dans la langue de son pays. Spendius n'était pas loin; il s'offrit à les expliquer.

« Parle ! dit Mâtho.

— Les Dieux te protègent, tu vas devenir riche. A quand les noces ?

— Quelles noces ?

— Les tiennes ! car chez nous, dit le Gaulois, lorsqu'une femme fait boire un soldat, c'est qu'elle lui offre sa couche. »

Il n'avait pas fini que Narr'Havas, en bondissant, tira un javelot de sa ceinture, et appuyé du pied droit sur le bord de la table, il le lança contre Mâtho.

Le javelot siffla entre les coupes, et, traversant le bras du Libyen, le cloua sur la nappe si fortement, que la poignée en tremblait dans l'air.

Mâtho l'arracha vite; mais il n'avait pas d'armes, il était nu; enfin, levant à deux bras la table surchargée, il la jeta contre Narr'Havas tout au milieu de la foule qui se précipitait entre eux. Les soldats et les Numides se serraient à ne pouvoir tirer leurs glaives. Mâtho avançait en donnant de grands coups avec sa tête. Quand il la releva, Narr'Havas avait disparu. Il le chercha des yeux. Salammbô aussi était partie.

Alors sa vue se tournant sur le palais, il aperçut tout en haut la porte rouge à croix noire qui se refermait. Il s'élança.

On le vit courir entre les proues des galères, puis réapparaître le long des trois escaliers jusqu'à la porte rouge qu'il heurta de tout son corps. En haletant, il s'appuya contre le mur pour ne pas tomber.

Un homme l'avait suivi, et, à travers les ténèbres, car les lueurs du festin étaient cachées par l'angle du palais, il reconnut Spendius.

« Va-t'en ! » dit-il.

L'esclave, sans répondre, se mit avec ses dents à déchirer sa tunique ; puis s'agenouillant auprès de Mâtho il lui prit le bras délicatement, et il le palpait dans l'ombre pour découvrir la blessure.

Sous un rayon de la lune qui glissait entre les nuages, Spendius aperçut au milieu du bras une plaie béante. Il roula tout autour le morceau d'étoffe ; mais l'autre, s'irritant, disait : « Laisse-moi ! laisse-moi ! »

« Oh non ! reprit l'esclave. Tu m'as délivré de l'ergastule. Je suis à toi ! tu es mon maître ! ordonne ! »

Mâtho, en frôlant les murs, fit le tour de la terrasse. Il tendait l'oreille à chaque pas, et par l'intervalle des roseaux dorés, plongeait ses regards dans les appartements silencieux. Enfin il s'arrêta d'un air désespéré.

« Écoute ! lui dit l'esclave. Oh ! ne me méprise pas pour ma faiblesse ! J'ai vécu dans le palais. Je peux, comme une vipère, me couler entre les murs. Viens ! il y a dans la Chambre des Ancêtres un lingot d'or sous chaque dalle ; une voie souterraine conduit à leurs tombeaux.

— Eh ! qu'importe ! » dit Mâtho.

Spendius se tut.

Ils étaient sur la terrasse. Une masse d'ombre énorme s'étalait devant eux, et qui semblait contenir de vagues amoncellements, pareils aux flots gigantesques d'un océan noir pétrifié.

Mais une barre lumineuse s'éleva du côté de l'Orient. A gauche, tout en bas, les canaux de Mégara commençaient à rayer de leurs sinuosités blanches les verdures des jardins. Les toits coniques des temples heptagones, les escaliers, les terrasses, les remparts, peu à peu, se découpaient sur la pâleur de l'aube; et tout autour de la péninsule carthaginoise une ceinture d'écume blanche oscillait tandis que la mer couleur d'émeraude semblait comme figée dans la fraîcheur du matin. Puis à mesure que le ciel rose allait s'élargissant, les hautes maisons inclinées sur les pentes du terrain se haussaient, se tassaient telles qu'un troupeau de chèvres noires qui descend des montagnes. Les rues désertes s'allongeaient; les palmiers, çà et là sortant des murs, ne bougeaient pas; les citernes remplies avaient l'air de boucliers d'argent perdus dans les cours, le phare du promontoire Hermæum commençait à pâlir. Tout au haut de l'Acropole, dans le bois de cyprès, les chevaux d'Eschmoûn, sentant venir la lumière, posaient leurs sabots sur le parapet de marbre et hennissaient du côté du soleil.

Il parut; Spendius, levant les bras, poussa un cri.

Tout s'agitait dans une rougeur épandue, car le Dieu, comme se déchirant, versait à pleins rayons sur Carthage la pluie d'or de ses veines. Les éperons des galères étincelaient, le toit de Khamon paraissait tout en flammes, et l'on apercevait des lueurs au fond des temples dont les portes s'ouvraient. Les grands chariots arrivant de la campagne faisaient tourner leurs roues sur les dalles des rues. Des dromadaires chargés de bagages descendaient les rampes. Les changeurs dans les carrefours relevaient les auvents de leurs boutiques. Des cigognes s'envolèrent, des voiles blanches palpitaient. On entendait dans le bois de Tanit le tambourin des courtisanes sacrées, et à la pointe des Mappales, les fourneaux pour cuire les cercueils d'argile commençaient à fumer.

Spendius se penchait en dehors de la terrasse; ses dents claquaient, il répétait :

« Ah! oui... oui... maître! je comprends pourquoi tu dédaignais tout à l'heure le pillage de la maison. »

Mâtho fut comme réveillé par le sifflement de sa voix, il semblait ne pas comprendre; Spendius reprit :

« Ah! quelles richesses! et les hommes qui les possèdent n'ont pas même de fer pour les défendre! »

Alors, lui faisant voir de sa main droite étendue quelques-uns de la populace qui rampaient en dehors du môle, sur le sable, pour chercher des paillettes d'or :

« Tiens ! lui dit-il, la République est comme ces
misérables : courbée au bord des océans, elle enfonce
dans tous les rivages ses bras avides, et le bruit des flots
emplit tellement son oreille qu'elle n'entendrait pas
venir par derrière le talon d'un maître ! »

Il entraîna Mâtho tout à l'autre bout de la terrasse, et
lui montrant le jardin où miroitaient au soleil les épées
des soldats suspendues dans les arbres :

« Mais ici il y a des hommes forts dont la haine
est exaspérée ! et rien ne les attache à Carthage, ni leurs
familles, ni leurs serments, ni leurs dieux ! »

Mâtho restait appuyé contre le mur; Spendius, se
rapprochant, poursuivit à voix basse :

« Me comprends-tu, soldat? Nous nous promène-
rions couverts de pourpre comme des satrapes. On nous
laverait dans les parfums; j'aurais des esclaves à mon
tour ! N'es-tu pas las de dormir sur la terre dure, de
boire le vinaigre des camps, et toujours d'entendre la
trompette? Tu te reposeras plus tard, n'est-ce pas?
quand on arrachera ta cuirasse pour jeter ton cadavre
aux vautours ! ou peut-être, t'appuyant sur un bâton,
aveugle, boiteux, débile, tu t'en iras de porte en porte
raconter ta jeunesse aux petits enfants et aux vendeurs
de saumure. Rappelle-toi toutes les injustices de tes
chefs, les campements dans la neige, les courses au
soleil, les tyrannies de la discipline et l'éternelle menace
de la croix ! Après tant de misères on t'a donné un collier
d'honneur, comme on suspend au poitrail des ânes
une ceinture de grelots pour les étourdir dans la marche,
et faire qu'ils ne sentent pas la fatigue. Un homme
comme toi, plus brave que Pyrrhus ! Si tu l'avais voulu,
pourtant ! Ah ! comme tu seras heureux dans les grandes
salles fraîches, au son des lyres, couché sur des fleurs,
avec des bouffons et avec des femmes ! Ne me dis pas
que l'entreprise est impossible ! Est-ce que les Mercenaires, déjà, n'ont pas possédé Rheggium et d'autres
places fortes en Italie ! Qui t'empêche ! Hamilcar est
absent; le peuple exècre les Riches; Giscon ne peut
rien sur les lâches qui l'entourent. Mais tu es brave,
toi ! ils t'obéiront. Commande-les ! Carthage est à nous;
jetons-nous-y !

— Non ! dit Mâtho, la malédiction de Moloch pèse

sur moi. Je l'ai senti à ses yeux, et tout à l'heure, j'ai
vu dans un temple un bélier noir qui reculait. Il ajouta,
en regardant autour de lui : Où est-elle? »

Spendius comprit qu'une inquiétude immense l'occupait; il n'osa plus parler.

Les arbres derrière eux fumaient encore; de leurs
branches noircies, des carcasses de singes à demi brûlées tombaient de temps à autre au milieu des plats. Les
soldats ivres ronflaient la bouche ouverte à côté des
cadavres; et ceux qui ne dormaient pas baissaient leur
tête, éblouis par le jour. Le sol piétiné disparaissait
sous des flaques rouges. Les éléphants balançaient entre
les pieux de leurs parcs leurs trompes sanglantes. On
apercevait dans les greniers ouverts des sacs de froment
répandus, et sous la porte une ligne épaisse de chariots
amoncelés par les Barbares; les paons juchés dans les
cèdres déployaient leur queue et se mettaient à crier.

Cependant l'immobilité de Mâtho étonnait Spendius,
il était encore plus pâle que tout à l'heure, et les prunelles
fixes, il suivait quelque chose à l'horizon, appuyé
des deux poings sur le bord de la terrasse. Spendius, en
se courbant, finit par découvrir ce qu'il contemplait.
Un point d'or tournait au loin dans la poussière sur la
route d'Utique; c'était le moyeu d'un char attelé de
deux mulets; un esclave courait à la tête du timon, en
les tenant par la bride. Il y avait dans le char deux
femmes assises. Les crinières des bêtes bouffaient entre
leurs oreilles à la mode persique, sous un réseau de
perles bleues. Spendius les reconnut; il retint un cri.

Un grand voile, par derrière, flottait au vent.

II

A SICCA

D EUX jours après, les Mercenaires sortirent de
Carthage.

On leur avait donné à chacun une pièce d'or, sous
la condition qu'ils iraient camper à Sicca, et on leur
avait dit avec toutes sortes de caresses :

« Vous êtes les sauveurs de Carthage! Mais vous

l'affameriez en y restant; elle deviendrait insolvable. Éloignez-vous! La République, plus tard, vous saura gré de cette condescendance. Nous allons immédiatement lever des impôts; votre solde sera complète, et l'on équipera des galères qui vous reconduiront dans vos patries. »

Ils ne savaient que répondre à tant de discours. Ces hommes, accoutumés à la guerre, s'ennuyaient dans le séjour d'une ville; on n'eut pas de mal à les convaincre, et le peuple monta sur les murs pour les voir s'en aller.

Ils défilèrent par la rue de Khamon et la porte de Cirta, pêle-mêle, les archers avec les hoplites, les capitaines avec les soldats, les Lusitaniens avec les Grecs. Ils marchaient d'un pas lourd, faisant sonner sur les dalles leurs lourds cothurnes[1]. Leurs armures étaient bosselées par les catapultes et leurs visages noircis par le hâle des batailles. Des cris rauques sortaient des barbes épaisses; leurs cottes de mailles déchirées battaient sur les pommeaux des glaives, et l'on apercevait, aux trous de l'airain, leurs membres nus, effrayants comme des machines de guerre. Les sarisses, les haches, les épieux, les bonnets de feutre et les casques de bronze, tout oscillait à la fois d'un seul mouvement. Ils emplissaient la rue à faire craquer les murs, et cette longue masse de soldats en armes s'épanchait entre les hautes maisons à six étages, barbouillées de bitume. Derrière leurs grilles de fer ou de roseaux, les femmes, la tête couverte d'un voile, regardaient en silence les Barbares passer.

Les terrasses, les fortifications, les murs disparaissaient sous la foule des Carthaginois, habillée de vêtements noirs. Les tuniques des matelots faisaient comme des taches de sang parmi cette sombre multitude, et des enfants presque nus, dont la peau brillait sous leurs bracelets de cuivre, gesticulaient dans le feuillage des colonnes ou entre les branches d'un palmier. Quelques-uns des Anciens s'étaient postés sur la plate-forme des tours, et l'on ne savait pas pourquoi se tenait ainsi, de place en place, un personnage à barbe longue, dans une attitude rêveuse. Il apparaissait de loin sur le fond du ciel, vague comme un fantôme, et immobile comme les pierres.

Tous, cependant, étaient oppressés par la même

inquiétude; on avait peur que les Barbares, en se voyant si forts, n'eussent la fantaisie de vouloir rester. Mais ils partaient avec tant de confiance que les Carthaginois s'enhardirent et se mêlèrent aux soldats. On les accablait de serments, d'étreintes. Quelques-uns même les engageaient à ne pas quitter la ville, par exagération de politique et audace d'hypocrisie. On leur jetait des parfums, des fleurs et des pièces d'argent. On leur donnait des amulettes contre les maladies; mais on avait craché dessus trois fois pour attirer la mort, ou enfermé dedans des poils de chacal qui rendent le cœur lâche. On invoquait tout haut la faveur de Melkarth et tout bas sa malédiction.

Puis vint la cohue des bagages, des bêtes de somme et des traînards. Des malades gémissaient sur des dromadaires; d'autres s'appuyaient, en boitant, sur le tronçon d'une pique. Les ivrognes emportaient des outres, les voraces des quartiers de viande, des gâteaux, des fruits, du beurre dans des feuilles de figuier, de la neige dans des sacs de toile. On en voyait avec des parasols à la main, avec des perroquets sur l'épaule. Ils se faisaient suivre par des dogues, par des gazelles ou des panthères. Des femmes de race libyque, montées sur des ânes, invectivaient les négresses qui avaient abandonné pour les soldats les lupanars de Malqua; plusieurs allaitaient des enfants suspendus à leur poitrine dans une lanière de cuir. Les mulets, que l'on aiguillonnait avec la pointe des glaives, pliaient l'échine sous le fardeau des tentes; et il y avait une quantité de valets et de porteurs d'eau, hâves, jaunis par les fièvres et tout sales de vermine, écume de la plèbe carthaginoise, qui s'attachait aux Barbares.

Quand ils furent passés, on ferma les portes derrière eux, le peuple ne descendit pas des murs; l'armée se répandit bientôt sur la largeur de l'isthme.

Elle se divisait par masses inégales. Puis les lances apparurent comme des hauts brins d'herbe, enfin tout se perdit dans une traînée de poussière; ceux des soldats qui se retournaient vers Carthage n'apercevaient plus que ses longues murailles, découpant au bord du ciel leurs créneaux vides.

Alors les Barbares entendirent un grand cri. Ils crurent que quelques-uns d'entre eux, restés dans la

ville (car ils ne savaient par leur nombre), s'amusaient
à piller un temple. Ils rirent beaucoup à cette idée, puis
continuèrent leur chemin.

Ils étaient joyeux de se retrouver, comme autrefois,
marchant tous ensemble dans la pleine campagne; et
des Grecs chantaient la vieille chanson des Mamer-
tins :

« Avec ma lance et mon épée, je laboure et je moissonne; c'est moi qui suis le maître de la maison ! L'homme
désarmé tombe à mes genoux et m'appelle Seigneur
et Grand-Roi. »

Ils criaient, sautaient, les plus gais commençaient des
histoires; le temps des misères était fini. En arrivant à
Tunis, quelques-uns remarquèrent qu'il manquait une
troupe de frondeurs baléares. Ils n'étaient pas loin, sans
doute; on n'y pensa plus.

Les uns allèrent loger dans les maisons, les autres
campèrent au pied des murs, et les gens de la ville
vinrent causer avec les soldats.

Pendant toute la nuit, on aperçut des feux qui brûlaient à l'horizon, du côté de Carthage; ces lueurs,
comme des torches géantes, s'allongeaient sur le lac
immobile. Personne, dans l'armée, ne pouvait dire
quelle fête on célébrait.

Les Barbares, le lendemain, traversèrent une campagne
toute couverte de cultures. Les métairies des patriciens se succédaient sur le bord de la route; des rigoles
coulaient dans des bois de palmiers; les oliviers faisaient
de longues lignes vertes; des vapeurs roses flottaient
dans les gorges des collines; des montagnes bleues
se dressaient par derrière. Un vent chaud soufflait.
Des caméléons rampaient sur les feuilles larges des
cactus.

Les Barbares se ralentirent.

Ils s'en allaient par détachements isolés, ou se traînaient les uns après les autres à de longs intervalles. Ils
mangeaient des raisins au bord des vignes. Ils se couchaient dans les herbes, et ils regardaient avec stupéfaction les grandes cornes des bœufs artificiellement
tordues, les brebis revêtues de peaux pour protéger leur
laine, les sillons qui s'entre-croisaient de manière à
former des losanges, et les socs de charrues pareils à
des ancres de navires, avec les grenadiers que l'on arro-

sait de silphium. Cette opulence de la terre et ces inventions de la sagesse les éblouissaient.

Le soir ils s'étendirent sur les tentes sans les déplier; et, tout en s'endormant la figure aux étoiles, ils regrettaient le festin d'Hamilcar.

Au milieu du jour suivant, on fit halte sur le bord d'une rivière, dans des touffes de lauriers-roses. Alors ils jetèrent vite leurs lances, leurs boucliers, leurs ceintures. Ils se lavaient en criant, ils puisaient dans leur casque, et d'autres buvaient à plat ventre, tout au milieu des bêtes de somme, dont les bagages tombaient.

Spendius, assis sur un dromadaire volé dans les parcs d'Hamilcar, aperçut de loin Mâtho, qui, le bras suspendu contre la poitrine, nu-tête et la figure basse, laissait boire son mulet, tout en regardant l'eau couler. Aussitôt il courut à travers la foule, en l'appelant : « Maître! maître! »

A peine si Mâtho le remercia de ses bénédictions. Spendius n'y prenant garde se mit à marcher derrière lui, et, de temps à autre, il tournait des yeux inquiets du côté de Carthage.

C'était le fils d'un rhéteur grec et d'une prostituée campanienne. Il s'était d'abord enrichi à vendre des femmes; puis, ruiné par un naufrage, il avait fait la guerre contre les Romains avec les pâtres du Samnium. On l'avait pris, il s'était échappé; on l'avait repris, et il avait travaillé dans les carrières, haleté dans les étuves, crié dans les supplices, passé par bien des maîtres, connu toutes les fureurs. Un jour enfin, par désespoir il s'était lancé à la mer du haut de la trirème où il poussait l'aviron. Des matelots d'Hamilcar l'avaient recueilli mourant et amené à Carthage dans l'ergastule de Mégara. Mais, comme on devait rendre aux Romains leurs transfuges, il avait profité du désordre pour s'enfuir avec les soldats.

Pendant toute la route, il resta près de Mâtho; il lui apportait à manger, il le soutenait pour descendre, il étendait un tapis, le soir, sous sa tête. Mâtho finit par s'émouvoir de ces prévenances, et peu à peu il desserra les lèvres.

Il était né dans le golfe des Syrtes. Son père l'avait conduit en pèlerinage au temple d'Ammon. Puis il avait chassé les éléphants dans les forêts des Garamantes.

Ensuite, il s'était engagé au service de Carthage. On l'avait nommé tétrarque à la prise de Drépanum. La République lui devait quatre chevaux, vingt-trois médines de froment et la solde d'un hiver. Il craignait les Dieux et souhaitait mourir dans sa patrie.

Spendius lui parla de ses voyages, des peuples et des temples qu'il avait visités, et il connaissait beaucoup de choses : il savait faire des sandales, des épieux, des filets, apprivoiser les bêtes farouches et cuire des poissons.

Parfois s'interrompant, il tirait du fond de sa gorge un cri rauque; le mulet de Mâtho pressait son allure; les autres se hâtaient pour le suivre, puis Spendius recommençait, toujours agité par son angoisse. Elle se calma, le soir du quatrième jour.

Ils marchaient côte à côte, à la droite de l'armée, sur le flanc d'une colline; la plaine, en bas, se prolongeait, perdue dans les vapeurs de la nuit. Les lignes des soldats défilant au-dessous d'eux, faisaient dans l'ombre des ondulations. De temps à autre elles passaient sur les éminences éclairées par la lune; alors une étoile tremblait à la pointe des piques, les casques un instant miroitaient, tout disparaissait, et il en survenait d'autres, continuellement[1]. Au loin, des troupeaux réveillés bêlaient, et quelque chose d'une douceur infinie semblait s'abattre sur la terre.

Spendius, la tête renversée et les yeux à demi clos, aspirait avec de grands soupirs la fraîcheur du vent; il écartait les bras en remuant ses doigts pour mieux sentir cette caresse qui lui coulait sur le corps. Des espoirs de vengeance, revenus, le transportaient. Il colla sa main contre sa bouche afin d'arrêter ses sanglots, et à demi pâmé d'ivresse, il abandonnait le licol de son dromadaire qui avançait à grands pas réguliers. Mâtho était retombé dans sa tristesse : ses jambes pendaient jusqu'à terre, et les herbes, en fouettant ses cothurnes, faisaient un sifflement continu.

Cependant, la route s'allongeait sans jamais en finir. A l'extrémité d'une plaine, toujours on arrivait sur un plateau de forme ronde; puis on redescendait dans une vallée, et les montagnes qui semblaient boucher l'horizon, à mesure que l'on approchait d'elles, se déplaçaient comme en glissant. De temps à autre, une rivière appa-

raissait dans la verdure des tamaris, pour se perdre au
tournant des collines. Parfois, se dressait un énorme
rocher, pareil à la proue d'un vaisseau ou au piédestal
de quelque colosse disparu.

On rencontrait, à des intervalles réguliers, de petits
temples quadrangulaires, servant aux stations des pèle-
rins qui se rendaient à Sicca. Ils étaient fermés comme
des tombeaux. Les Libyens, pour se faire ouvrir, frappaient à grands coups contre la porte. Personne de
l'intérieur ne répondait.

Puis les cultures se firent plus rares. On entrait tout
à coup sur des bandes de sable, hérissées de bouquets
épineux. Des troupeaux de moutons broutaient parmi
les pierres; une femme, la taille ceinte d'une toison
bleue, les gardait. Elle s'enfuyait en poussant des cris,
dès qu'elle apercevait entre les rochers les piques des
soldats.

Ils marchaient dans une sorte de grand couloir bordé
par deux chaînes de monticules rougeâtres, quand une
odeur nauséabonde vint les frapper aux narines, et ils
crurent voir au haut d'un caroubier quelque chose
d'extraordinaire : une tête de lion se dressait au-dessus
des feuilles.

Ils y coururent. C'était un lion, attaché à une croix
par les quatre membres comme un criminel. Son mufle
énorme lui retombait sur la poitrine, et ses deux pattes
antérieures, disparaissant à demi sous l'abondance de sa
crinière, étaient largement écartées comme les deux ailes
d'un oiseau. Ses côtes, une à une, saillissaient sous sa
peau tendue; ses jambes de derrière, clouées l'une
contre l'autre, remontaient un peu; et du sang noir,
coulant parmi ses poils, avait amassé des stalactites au
bas de sa queue qui pendait toute droite le long de la
croix. Les soldats se divertirent autour; ils l'appelaient
consul et citoyen de Rome et lui jetèrent des cailloux
dans les yeux, pour faire envoler les moucherons.

Cent pas plus loin ils en virent deux autres, puis
tout à coup parut une longue file de croix supportant
des lions. Les uns étaient morts depuis si longtemps
qu'il ne restait plus contre le bois que les débris de leurs
squelettes; d'autres à moitié rongés tordaient la gueule
en faisant une horrible grimace; il y en avait d'énormes,
l'arbre de la croix pliait sous eux et ils se balançaient au

vent, tandis que sur leur tête des bandes de corbeaux
tournoyaient dans l'air, sans jamais s'arrêter. Ainsi se
vengeaient les paysans carthaginois quand ils avaient
pris quelque bête féroce; ils espéraient par cet exemple
terrifier les autres. Les Barbares, cessant de rire, tombèrent dans un long étonnement. « Quel est ce peuple,
pensaient-ils, qui s'amuse à crucifier des lions! »

Ils étaient, d'ailleurs, les hommes du Nord surtout,
vaguement inquiets, troublés, malades déjà, ils se déchiraient les mains aux dards des aloès; de grands moustiques bourdonnaient à leurs oreilles, et les dysenteries
commençaient dans l'armée. Ils s'ennuyaient de ne pas
voir Sicca. Ils avaient peur de se perdre et d'atteindre
le désert, la contrée des sables et des épouvantements.
Beaucoup même ne voulaient plus avancer. D'autres
reprirent le chemin de Carthage.

Enfin le septième jour, après avoir suivi pendant
longtemps la base d'une montagne, on tourna brusquement à droite; alors apparut une ligne de murailles
posées sur des roches blanches et se confondant avec
elles. Soudain la ville entière se dressa; des voiles bleus,
jaunes et blancs s'agitaient sur les murs, dans la rougeur
du soir. C'étaient les prêtresses de Tanit, accourues pour
recevoir les hommes. Elles se tenaient rangées sur le
long du rempart, en frappant des tambourins, en pinçant
des lyres, en secouant des crotales, et les rayons du soleil,
qui se couchait par derrière dans les montagnes de la
Numidie, passaient entre les cordes des harpes où
s'allongeaient leurs bras nus. Les instruments, par intervalles, se taisaient tout à coup, et un cri strident éclatait,
précipité, furieux, continu, sorte d'aboiement qu'elles
faisaient en se frappant avec la langue les deux coins
de la bouche. D'autres restaient accoudées, le menton
dans la main, et plus immobiles que des sphinx, elles
dardaient leurs grands yeux noirs sur l'armée qui
montait.

Bien que Sicca fût une ville sacrée, elle ne pouvait
contenir une telle multitude; le temple avec ses dépendances en occupait, seul, la moitié. Aussi les Barbares
s'établirent dans la plaine tout à leur aise, ceux qui
étaient disciplinés par troupes régulières, et les autres,
par nations ou d'après leur fantaisie.

Les Grecs alignèrent sur des rangs parallèles leurs

tentes de peaux; les Ibériens disposèrent en cercle leurs pavillons de toile; les Gaulois se firent des baraques de planches; les Libyens des cabanes de pierres sèches, et les Nègres creusèrent dans le sable avec leurs ongles des fosses pour dormir. Beaucoup, ne sachant où se mettre, erraient au milieu des bagages, et la nuit couchaient par terre dans leurs manteaux troués.

La plaine se développait autour d'eux, toute bordée de montagnes. Çà et là un palmier se penchait sur une colline de sable, des sapins et des chênes tachetaient les flancs des précipices. Quelquefois la pluie d'un orage, telle qu'une longue écharpe, pendait du ciel, tandis que la campagne restait partout couverte d'azur et de sérénité; puis un vent tiède chassait des tourbillons de poussière; — et un ruisseau descendait en cascades des hauteurs de Sicca où se dressait, avec sa toiture d'or sur des colonnes d'airain, le temple de la Vénus Carthaginoise, dominatrice de la contrée. Elle semblait l'emplir de son âme. Par ces convulsions des terrains, ces alternatives de la température et ces jeux de la lumière, elle manifestait l'extravagance de sa force avec la beauté de son éternel sourire. Les montagnes, à leur sommet, avaient la forme d'un croissant; d'autres ressemblaient à des poitrines de femme tendant leurs seins gonflés, et les Barbares sentaient peser par-dessus leurs fatigues un accablement qui était plein de délices.

Spendius, avec l'argent de son dromadaire, s'était acheté un esclave. Tout le long du jour il dormait étendu devant la tente de Mâtho. Souvent il se réveillait croyant dans son rêve entendre siffler les lanières; alors, en souriant, il se passait les mains sur les cicatrices de ses jambes, à la place où les fers avaient longtemps porté; puis il se rendormait.

Mâtho acceptait sa compagnie, et quand il sortait, Spendius, avec un long glaive sur la cuisse, l'escortait comme un licteur; ou bien Mâtho nonchalamment s'appuyait du bras sur son épaule, car Spendius était petit.

Un soir qu'ils traversaient ensemble les rues du camp, ils aperçurent des hommes couverts de manteaux blancs; parmi eux se trouvait Narr'Havas, le prince des Numides. Mâtho tressaillit.

« Ton épée! s'écria-t-il; je veux le tuer!
— Pas encore! » fit Spendius en l'arrêtant.
Déjà Narr'Havas s'avançait sur lui.

Il baissa ses deux pouces en signe d'alliance, rejetant
la colère qu'il avait eue sur l'ivresse du festin; puis il
parla longuement contre Carthage, mais il ne dit pas
ce qui l'amenait chez les Barbares.

« Était-ce pour les trahir ou bien la République? » se
demandait Spendius; et comme il comptait faire son
profit de tous les désordres, il savait gré à Narr'Havas
des futures perfidies dont il le soupçonnait.

Le chef des Numides resta parmi les Mercenaires. Il
paraissait vouloir s'attacher Mâtho. Il lui envoyait des
chèvres grasses, de la poudre d'or et des plumes d'autruche. Le Libyen, ébahi de ces caresses, hésitait à y
répondre ou à s'en exaspérer. Mais Spendius l'apaisait,
et Mâtho se laissait gouverner par l'esclave, — toujours
irrésolu et dans une invincible torpeur, comme ceux
qui ont pris autrefois quelque breuvage dont ils doivent
mourir.

Un matin qu'ils partaient tous les trois pour la chasse
au lion, Narr'Havas cacha un poignard dans son manteau. Spendius marcha continuellement derrière lui; et
ils revinrent sans qu'on eût tiré le poignard.

Une autre fois, Narr'Havas les entraîna fort loin,
jusqu'aux limites de son royaume. Ils arrivèrent dans
une gorge étroite; Narr'Havas sourit en leur déclarant
qu'il ne connaissait plus la route; Spendius la retrouva.

Mais le plus souvent Mâtho, mélancolique comme
un augure, s'en allait dès le soleil levant pour vaga-
bonder dans la campagne. Il s'étendait sur le sable, et
jusqu'au soir y restait immobile.

Il consulta l'un après l'autre tous les devins de l'armée, ceux qui observent la marche des serpents, ceux
qui lisent dans les étoiles, ceux qui soufflent sur la
cendre des morts. Il avala du galbanum, du seseli et
du venin de vipère qui glace le cœur; des femmes
nègres en chantant au clair de lune des paroles barbares,
lui piquèrent la peau du front avec des stylets d'or; il
se chargeait de colliers et d'amulettes : il invoqua
tour à tour Baal-Kamon, Moloch, les sept Cabires,
Tanit et la Vénus des Grecs. Il grava un nom sur une
plaque de cuivre et il l'enfouit dans le sable au seuil

de sa tente. Spendius l'entendait gémir et parler tout seul.

Une nuit il entra.

Mâtho, nu comme un cadavre, était couché à plat ventre sur une peau de lion, la face dans les deux mains, une lampe suspendue éclairait ses armes, accrochées sur sa tête contre le mât de la tente.

« Tu souffres? lui dit l'esclave. Que te faut-il? réponds-moi! »

Et il le secoua par l'épaule en l'appelant plusieurs fois :

« Maître! maître!... »

Enfin Mâtho leva vers lui de grands yeux troubles.

« Écoute! fit-il à voix basse, avec un doigt sur les lèvres. C'est une colère des Dieux! la fille d'Hamilcar me poursuit! J'en ai peur, Spendius! »

Il se serrait contre sa poitrine, comme un enfant épouvanté par un fantôme.

« Parle-moi! je suis malade! je veux guérir! j'ai tout essayé! Mais toi, tu sais peut-être des Dieux plus forts ou quelque invocation irrésistible? »

— Pour quoi faire? » demanda Spendius.

Il répondit, en se frappant la tête avec ses deux poings :

« Pour m'en débarrasser! »

Puis il se disait, se parlant à lui-même, avec de longs intervalles :

« Je suis sans doute la victime de quelque holocauste qu'elle aura promis aux Dieux?... Elle me tient attaché par une chaîne que l'on n'aperçoit pas. Si je marche, c'est qu'elle s'avance; quand je m'arrête, elle se repose! Ses yeux me brûlent, j'entends sa voix. Elle m'environne, elle me pénètre. Il me semble qu'elle est devenue mon âme! Et pourtant, il y a entre nous deux comme les flots invisibles d'un océan sans bornes! Elle est lointaine et tout inaccessible! La splendeur de sa beauté fait autour d'elle un nuage de lumière; et je crois, par moments, ne l'avoir jamais vue... qu'elle n'existe pas... et que tout cela est un songe! »

Mâtho pleurait ainsi dans les ténèbres; les Barbares dormaient. Spendius, en le regardant, se rappelait les jeunes hommes qui, avec des vases d'or dans les mains, le suppliaient autrefois, quand il promenait par les

villes son troupeau de courtisanes; une pitié l'émut, et
il dit :

« Sois fort, mon maître! Appelle ta volonté et
n'implore plus les Dieux, car ils ne se détournent pas
aux cris des hommes! Te voilà pleurant comme un
lâche! Tu n'es donc pas humilié qu'une femme te fasse
tant souffrir!

— Suis-je un enfant? dit Mâtho. Crois-tu que je
m'attendrisse encore à leur visage et à leurs chansons?
Nous en avions à Drepanum pour balayer nos écuries.
J'en ai possédé au milieu des assauts, sous les plafonds
qui croulaient et quand la catapulte vibrait encore!...
Mais celle-là, Spendius, celle-là!... »

L'esclave l'interrompit :

« Si elle n'était pas la fille d'Hamilcar...

— Non! s'écria Mâtho. Elle n'a rien d'une autre
fille des hommes! As-tu vu ses grands yeux sous ses
grands sourcils, comme des soleils sous les arcs de
triomphe? Rappelle-toi : quand elle a paru, tous les
flambeaux ont pâli. Entre les diamants de son collier,
des places sur sa poitrine nue resplendissaient; on sentait derrière elle comme l'odeur d'un temple, et quelque
chose s'échappait de tout son être qui était plus suave
que le vin et plus terrible que la mort. Elle marchait
cependant, et puis elle s'est arrêtée. »

Il resta béant, la tête basse, les prunelles fixes.

« Mais je la veux! il me la faut! j'en meurs! A l'idée
de l'étreindre dans mes bras, une fureur de joie m'emporte, et cependant je la hais, Spendius! je voudrais la
battre! Que faire? J'ai envie de me vendre pour devenir
son esclave. Tu l'as été, toi! Tu pouvais l'apercevoir :
parle-moi d'elle! Toutes les nuits, n'est-ce pas, elle
monte sur la terrasse de son palais? Ah! les pierres
doivent frémir sous ses sandales et les étoiles se pencher
pour la voir! »

Il retomba tout en fureur, et râlant comme un taureau
blessé.

Puis Mâtho chanta : « Il poursuivait dans la forêt le
monstre femelle dont la queue ondulait sur les feuilles
mortes, comme un ruisseau d'argent. » Et en traînant
sa voix, il imitait la voix de Salammbô, tandis que ses
mains étendues faisaient comme deux mains légères
sur les cordes d'une lyre.

A toutes les consolations de Spendius, il lui répétait les mêmes discours; leurs nuits se passaient dans ces gémissements et ces exhortations.

Mâtho voulut s'étourdir avec du vin. Après ses ivresses il était plus triste encore. Il essaya de se distraire aux osselets, et il perdit une à une les plaques d'or de son collier. Il se laissa conduire chez les servantes de la Déesse; mais il descendit la colline en sanglotant, comme ceux qui s'en reviennent des funérailles.

Spendius, au contraire, devenait plus hardi et plus gai. On le voyait, dans les cabarets de feuillages, discourant au milieu des soldats. Il raccommodait les vieilles cuirasses. Il jonglait avec des poignards, il allait pour les malades cueillir des herbes dans les champs. Il était facétieux, subtil, plein d'inventions et de paroles; les Barbares s'accoutumaient à ses services; il s'en faisait aimer.

Cependant ils attendaient un ambassadeur de Carthage qui leur apporterait, sur des mulets, des corbeilles chargées d'or; et toujours recommençant le même calcul, ils dessinaient avec leurs doigts des chiffres sur le sable. Chacun, d'avance, arrangeait sa vie; ils auraient des concubines, des esclaves, des terres; d'autres voulaient enfouir leur trésor ou le risquer sur un vaisseau. Mais dans ce désœuvrement les caractères s'irritaient : il y avait de continuelles disputes entre les cavaliers et les fantassins, les Barbares et les Grecs, et l'on était sans cesse étourdi par la voix aigre des femmes.

Tous les jours, il survenait des troupeaux d'hommes presque nus, avec des herbes sur la tête pour se garantir du soleil; c'étaient les débiteurs des riches Carthaginois, contraints de labourer leurs terres, et qui s'étaient échappés. Des Libyens affluaient, des paysans ruinés par les impôts, des bannis, des malfaiteurs. Puis la horde des marchands, tous les vendeurs de vin et d'huile, furieux de n'être pas payés, s'en prenaient à la République; Spendius déclamait contre elle. Bientôt les vivres diminuèrent. On parlait de se porter en masse sur Carthage et d'appeler les Romains.

Un soir, à l'heure de souper, on entendit des sons lourds et fêlés qui se rapprochaient, et au loin, quelque chose de rouge apparut dans les ondulations du terrain.

C'était une grande litière de pourpre, ornée aux
angles par des bouquets de plumes d'autruche. Des
chaînes de cristal, avec des guirlandes de perles, battaient sur sa tenture fermée. Des chameaux la suivaient
en faisant sonner la grosse cloche suspendue à leur poitrail, et l'on apercevait autour d'eux des cavaliers ayant
une armure en écailles d'or depuis les talons jusqu'aux
épaules.

Ils s'arrêtèrent à trois cents pas du camp, pour retirer des étuis qu'ils portaient en croupe, leur bouclier
rond, leur large glaive et leur casque à la béotienne.
Quelques-uns restèrent avec les chameaux; les autres se
remirent en marche. Enfin les enseignes de la République parurent, c'est-à-dire des bâtons de bois bleu,
terminés par des têtes de cheval ou des pommes de pin.
Les Barbares se levèrent tous, en applaudissant; les
femmes se précipitaient vers les gardes de la Légion
et leur baisaient les pieds.

La litière s'avançait sur les épaules de douze Nègres,
qui marchaient d'accord à petits pas rapides. Ils allaient
de droite et de gauche, au hasard, embarrassés par les
cordes des tentes, par les bestiaux qui erraient et les
trépieds où cuisaient les viandes. Quelquefois une main
grasse, chargée de bagues, entr'ouvrait la litière; une
voix rauque criait des injures; alors les porteurs s'arrêtaient, puis ils prenaient une autre route à travers le
camp.

Mais les courtines de pourpre se relevèrent; et l'on
découvrit sur un large oreiller une tête humaine tout
impassible et boursouflée; les sourcils formaient comme
deux arcs d'ébène se rejoignant par les pointes; des
paillettes d'or étincelaient dans les cheveux crépus, et la
face était si blême qu'elle semblait saupoudrée avec de
la râpure de marbre. Le reste du corps disparaissait
sous les toisons qui emplissaient la litière.

Les soldats reconnurent dans cet homme ainsi couché
le suffète Hannon, celui qui avait contribué par sa lenteur à faire perdre la bataille des îles Ægates; et, quant
à sa victoire d'Hécatompyle sur les Libyens, s'il s'était
conduit avec clémence, c'était par cupidité, pensaient
les Barbares, car il avait vendu à son compte tous les
captifs, bien qu'il eût déclaré leur mort à la République.

Lorsqu'il eut, pendant quelque temps, cherché une

place commode pour haranguer les soldats, il fit un
signe : la litière s'arrêta, et Hannon, soutenu par deux
esclaves, posa ses pieds par terre, en chancelant.

Il avait des bottines en feutre noir, semées de lunes
d'argent. Des bandelettes comme autour d'une momie,
s'enroulaient à ses jambes, et la chair passait entre les
linges croisés. Son ventre débordait sur la jaquette
écarlate qui lui couvrait les cuisses; les plis de son cou
retombaient jusqu'à sa poitrine comme des fanons de
bœuf, sa tunique, où des fleurs étaient peintes, craquait
aux aisselles; il portait une écharpe, une ceinture et un
large manteau noir à doubles manches lacées. L'abondance de ses vêtements, son grand collier de pierres
bleues, ses agrafes d'or et ses lourds pendants d'oreilles
ne rendaient que plus hideuse sa difformité. On aurait
dit quelque grosse idole ébauchée dans un bloc de
pierre; car une lèpre pâle, étendue sur tout son corps,
lui donnait l'apparence d'une chose inerte. Cependant
son nez, crochu comme un bec de vautour, se dilatait
violemment, afin d'aspirer l air, et ses petits yeux, aux
cils collés, brillaient d'un éclat dur et métallique. Il
tenait à la main une spatule d'aloès, pour se gratter
la peau.

Enfin deux hérauts sonnèrent dans leurs cornes
d'argent; le tumulte s'apaisa, et Hannon se mit à parler.

Il commença par faire l'éloge des Dieux et de la
République; les Barbares devaient se féliciter de l'avoir
servie. Mais il fallait se montrer plus raisonnables, les
temps étaient durs, — « et si un maître n'a que trois
olives, n'est-il pas juste qu'il en garde deux pour lui? »

Ainsi le vieux suffète entremêlait son discours de
proverbes et d'apologues, tout en faisant des signes de
tête pour solliciter quelque approbation.

Il parlait punique, et ceux qui l'entouraient (les plus
alertes accourus sans leurs armes) étaient des Campaniens, des Gaulois et des Grecs, si bien que personne
dans cette foule ne le comprenait. Hannon s'en aperçut,
il s'arrêta, et il se balançait lourdement, d'une jambe
sur l'autre, en réfléchissant.

L'idée lui vint de convoquer les capitaines; alors ses
hérauts crièrent cet ordre en grec, — langage qui,
depuis Xantippe, servait aux commandements dans les
armées carthaginoises.

Les gardes, à coups de fouet, écartèrent la tourbe des
soldats; et bientôt les capitaines des phalanges à la
spartiate et les chefs des cohortes barbares arrivèrent,
avec les insignes de leur grade et l'armure de leur nation.
La nuit était tombée, une grande rumeur circulait par
la plaine; çà et là des feux brûlaient; on allait de l'un à
l'autre, on se demandait : « Qu'y a-t-il? » et pourquoi
le suffète ne distribuait pas l'argent?

Il exposait aux capitaines les charges infinies de la
République. Son trésor était vide. Le tribut des Romains
l'accablait. « Nous ne savons plus que faire!... Elle est
bien à plaindre. »

De temps à autre, il se frottait les membres avec sa
spatule d'aloès, ou bien il s'interrompait pour boire
dans une coupe d'argent, que lui tendait un esclave,
une tisane faite avec de la cendre de belette et des
asperges bouillies dans du vinaigre; puis il s'essuyait
les lèvres à une serviette d'écarlate, et reprenait :

« Ce qui valait un sicle d'argent vaut aujourd'hui
trois shekels d'or, et les cultures abandonnées pendant
la guerre ne rapportent rien! Nos pêcheries de pourpre
sont à peu près perdues, les perles mêmes deviennent
exorbitantes; à peine si nous avons assez d'onguents
pour le service des Dieux! Quant aux choses de la table,
je n'en parle pas, c'est une calamité! Faute de galères,
nous manquons d'épices, et l'on a bien du mal à se
fournir de silphium, à cause des rébellions sur la frontière de Cyrène. La Sicile, où l'on trouvait tant d'esclaves,
nous est maintenant fermée! Hier encore, pour un
baigneur et quatre valets de cuisine, j'ai donné plus
d'argent qu'autrefois pour une paire d'éléphants! »

Il déroula un long morceau de papyrus; et il lut,
sans passer un seul chiffre, toutes les dépenses que le
Gouvernement avait faites : tant pour les réparations des
temples, pour le dallage des rues, pour la construction
des vaisseaux, pour les pêcheries de corail, pour l'agran-
dissement des Syssites, et pour des engins dans les
mines, au pays des Cantabres.

Mais les capitaines, pas plus que les soldats, n'entendaient le punique, bien que les Mercenaires se saluassent
en cette langue. On plaçait ordinairement dans les
armées des Barbares quelques officiers carthaginois
pour servir d'interprètes; après la guerre ils s'étaient

cachés de peur des vengeances, et Hannon n'avait pas
songé à les prendre avec lui; d'ailleurs sa voix trop
sourde se perdait au vent.

Les Grecs, sanglés dans leur ceinturon de fer, tendaient l'oreille, en s'efforçant à deviner ses paroles,
tandis que des montagnards, couverts de fourrures
comme des ours, le regardaient avec défiance ou
bâillaient, appuyés sur leur massue à clous d'airain.
Les Gaulois inattentifs secouaient en ricanant leur
haute chevelure, et les hommes du désert écoutaient
immobiles, tout encapuchonnés dans leurs vêtements
de laine grise : d'autres arrivaient par derrière; les
gardes, que la cohue poussait, chancelaient sur leurs
chevaux, les Nègres tenaient au bout de leurs bras
des branches de sapin enflammées et le gros Carthaginois continuait sa harangue, monté sur un tertre
de gazon.

Cependant les Barbares s'impatientaient, des murmures s'élevèrent, chacun l'apostropha. Hannon gesti-
culait avec sa spatule; ceux qui voulaient faire taire les
autres, criant plus fort, ajoutaient au tapage.

Tout à coup, un homme d'apparence chétive bondit
aux pieds d'Hannon, arracha la trompette d'un héraut,
souffla dedans, et Spendius (car c'était lui) annonça
qu'il allait dire quelque chose d'important. A cette déclaration, rapidement débitée en cinq langues diverses,
grec, latin, gaulois, libyque et baléare, les capitaines,
moitié riant, moitié surpris, répondirent : « Parle!
parle! »

Spendius hésita; il tremblait; enfin s'adressant aux
Libyens, qui étaient les plus nombreux, il leur dit :

« Vous avez tous entendu les horribles menaces
de cet homme! »

Hannon ne se récria pas, donc il ne comprenait point
le libyque; et, pour continuer l'expérience, Spendius
répéta la même phrase dans les autres idiomes des
Barbares.

Ils se regardèrent étonnés; puis tous, comme d'un
accord tacite, croyant peut-être avoir compris, il bais-
sèrent la tête en signe d'assentiment.

Alors Spendius commença d'une voix véhémente :

« Il a d'abord dit que tous les Dieux des autres
peuples n'étaient que des songes près des Dieux de

Carthage! il vous a appelés lâches, voleurs, menteurs,
chiens et fils de chiennes! La République, sans vous
(il a dit cela!) ne serait pas contrainte à payer le tribut
des Romains; et par vos débordements vous l'avez
épuisée de parfums, d'aromates, d'esclaves et de silphium, car vous vous entendez avec les nomades sur la
frontière de Cyrène! Mais les coupables seront punis! Il
a lu l'énumération de leurs supplices; on les fera travailler au dallage des rues, à l'armement des vaisseaux,
à l'embellissement des Syssites, et l'on enverra les autres
gratter la terre dans les mines, au pays des Cantabres. »

Spendius redit les mêmes choses aux Gaulois, aux
Grecs, aux Campaniens, aux Baléares. En reconnaissant
plusieurs des noms propres qui avaient frappé leurs
oreilles, les Mercenaires furent convaincus qu'il rapportait exactement le discours du suffète. Quelques-uns lui
crièrent : « Tu mens! » Leurs voix se perdirent dans
le tumulte des autres; Spendius ajouta :

« N'avez-vous pas vu qu'il a laissé en dehors du
camp une réserve de ses cavaliers? A un signal ils vont
accourir pour vous égorger tous. »

Les Barbares se tournèrent de ce côté, et comme la
foule alors s'écartait, il apparut au milieu d'elle, s'avançant avec la lenteur d'un fantôme, un être humain tout
courbé, maigre, entièrement nu et caché jusqu'aux
flancs par de longs cheveux hérissés de feuilles sèches,
de poussière et d'épines. Il avait autour des reins et
autour des genoux des torchis de paille, des lambeaux
de toile; sa peau molle et terreuse pendait à ses membres
décharnés, comme des haillons sur des branches sèches;
ses mains tremblaient d'un frémissement continu, et il
marchait en s'appuyant sur un bâton d'olivier.

Il arriva auprès des Nègres qui portaient les flambeaux. Une sorte de ricanement idiot découvrait ses
gencives pâles; ses grands yeux effarés considéraient
la foule des Barbares autour de lui.

Mais, poussant un cri d'effroi, il se jeta derrière eux
et il s'abritait de leurs corps; il bégayait : « Les voilà,
les voilà! » en montrant les gardes du Suffète, immobiles dans leurs armures luisantes. Leurs chevaux piaffaient, éblouis par la lueur des torches : elles pétillaient
dans les ténèbres; le spectre humain se débattait et
hurlait : « Ils les ont tués! »

A ces mots qu'il criait en baléare, des Baléares arrivèrent et le reconnurent; sans leur répondre il répétait :
« Oui, tués tous, tous! écrasés comme des raisins!
Les beaux jeunes hommes! les frondeurs! mes compagnons, les vôtres! »

On lui fit boire du vin, et il pleura; puis il se répandit
en paroles.

Spendius avait peine à contenir sa joie, — tout en
expliquant aux Grecs et aux Libyens les choses horribles
que racontait Zarxas; il n'y pouvait croire, tant
elles survenaient à propos. Les Baléares pâlissaient en
apprenant comment avaient péri leurs compagnons.

C'était une troupe de trois cents frondeurs débarqués
de la veille, et qui, ce jour-là, avaient dormi trop tard.
Quand ils arrivèrent sur la place de Khamon, les Barbares étaient partis et ils se trouvaient sans défense,
leurs balles d'argile ayant été mises sur les chameaux
avec le reste des bagages. On les laissa s'engager dans
la rue de Satheb, jusqu'à la porte de chêne doublée
de plaques d'airain; alors le peuple, d'un seul mouvement, s'était poussé contre eux.

En effet, les soldats se rappelèrent un grand cri;
Spendius, qui fuyait en tête des colonnes, ne l'avait pas
entendu.

Puis les cadavres furent placés dans les bras des
Dieux-Patæques qui bordaient le temple de Khamon.
On leur reprocha tous les crimes des Mercenaires : leur
gourmandise, leurs vols, leurs impiétés, leurs dédains,
et le meurtre des poissons dans le jardin de Salammbô.
On fit à leurs corps d'infâmes mutilations; les prêtres
brûlèrent leurs cheveux pour tourmenter leur âme; on
les suspendit par morceaux chez les marchands de
viandes; quelques-uns mêmes y enfoncèrent les dents,
et le soir, pour en finir, on alluma des bûchers dans
les carrefours.

C'étaient là ces flammes qui luisaient de loin sur le
lac. Mais quelques maisons ayant pris feu, on avait jeté
vite par-dessus les murs ce qui restait de cadavres et
d'agonisants; Zarxas juqu'au lendemain s'était tenu
dans les roseaux, au bord du lac; puis il avait erré dans
la campagne, cherchant l'armée d'après les traces des
pas sur la poussière. Le matin, il se cachait dans les
cavernes; le soir, il se remettait en marche, avec ses

plaies saignantes, affamé, malade, vivant de racines
et de charognes; un jour enfin, il aperçut des lances à
l'horizon et il les avait suivies, car sa raison était troublée à force de terreurs et de misères.

L'indignation des soldats, contenue tant qu'il parlait,
éclata comme un orage; ils voulaient massacrer les
gardes avec le Suffète. Quelques-uns s'interposèrent,
disant qu'il fallait l'entendre et savoir au moins s'ils
seraient payés. Alors tous crièrent : « Notre argent! »
Hannon leur répondit qu'il l'avait apporté.

On courut aux avant-postes, et les bagages du Suffète
arrivèrent au milieu des tentes, poussés par les Barbares.
Sans attendre les esclaves, bien vite ils dénouèrent les
corbeilles; ils y trouvèrent des robes d'hyacinthe, des
éponges, des grattoirs, des brosses, des parfums, et des
poinçons en antimoine, pour se peindre les yeux; — le
tout appartenant aux Gardes, hommes riches accoutumés à ces délicatesses. Ensuite on découvrit sur un chameau une grande cuve de bronze : c'était au Suffète
pour se donner des bains pendant la route; car il avait
pris toutes sortes de précautions, jusqu'à emporter, dans
des cages, des belettes d'Hécatompyle que l'on brûlait
vivantes pour faire sa tisane. Mais, comme sa maladie
lui donnait un grand appétit, il y avait, de plus, force
comestibles et force vins, de la saumure, des viandes et
des poissons au miel, avec des petits pots de Comma-
gène, graisse d'oie fondue recouverte de neige et de
paille hachée. La provision en était considérable; à
mesure que l'on ouvrait les corbeilles, il en apparaissait,
et des rires s'élevaient comme des flots qui s'entre-
choquent.

Quant à la solde des Mercenaires, elle emplissait, à
peu près, deux couffes de sparterie; on voyait, même,
dans l'une, de ces rondelles en cuir dont la République
se servait pour ménager le numéraire; et comme les
Barbares paraissaient fort surpris, Hannon leur déclara
que, leurs comptes étant trop difficiles, les Anciens
n'avaient pas eu le loisir de les examiner. On leur
envoyait cela, en attendant.

Alors tout fut renversé, bouleversé : les mulets, les
valets, la litière, les provisions, les bagages. Les soldats
prirent la monnaie dans les sacs pour lapider Hannon.
A grand'peine il put monter sur un âne; il s'enfuyait

en se cramponnant aux poils, hurlant, pleurant, secoué,
meurtri, et appelant sur l'armée la malédiction de tous
les Dieux. Son large collier de pierreries rebondissait
jusqu'à ses oreilles. Il retenait avec ses dents son manteau trop long qui traînait, et de loin les Barbares lui
criaient : « Va-t'en, lâche ! pourceau ! égout de Moloch !
sue ton or et ta peste ! plus vite ! plus vite ! » L'escorte
en déroute galopait à ses côtés.

Mais la fureur des Barbares ne s'apaisa pas. Ils se
rappelèrent que plusieurs d'entre eux, partis pour
Carthage, n'en étaient pas revenus; on les avait tués
sans doute. Tant d'injustice les exaspéra, et ils se mirent
à arracher les piquets des tentes, à rouler leurs manteaux, à brider leurs chevaux; chacun prit son casque
et son épée, en un instant tout fut prêt. Ceux qui
n'avaient pas d'armes s'élancèrent dans les bois pour
se couper des bâtons.

Le jour se levait; les gens de Sicca réveillés s'agitaient
dans les rues. « Ils vont à Carthage », disait-on, et cette
rumeur bientôt s'étendit par la contrée.

De chaque sentier, de chaque ravin, il surgissait des
hommes. On apercevait les pasteurs qui descendaient
les montagnes en courant.

Puis, quand les Barbares furent partis, Spendius fit
le tour de la plaine, monté sur un étalon punique et
avec son esclave qui menait un troisième cheval.

Une seule tente était restée. Spendius y entra.

« Debout, maître ! lève-toi ! nous partons !

— Où donc allez-vous ? demanda Mâtho.

— A Carthage ! » cria Spendius.

Mâtho bondit sur le cheval que l'esclave tenait à la
porte.

III

SALAMMBÔ

L A lune se levait à ras des flots, et, sur la ville encore couverte de ténèbres, des points lumineux,
des blancheurs brillaient : le timon d'un char dans
une cour, quelque haillon de toile suspendu, l'angle
d'un mur, un collier d'or à la poitrine d'un dieu. Les

boules de verre sur les toits des temples rayonnaient
çà et là, comme de gros diamants. Mais de vagues
ruines, des tas de terre noire, des jardins faisaient des
masses plus sombres dans l'obscurité, et au bas de
Malqua, des filets de pêcheurs s'étendaient d'une maison
à l'autre, comme de gigantesques chauves-souris
déployant leurs ailes. On n'entendait plus le grincement
des roues hydrauliques qui apportaient l'eau au dernier
étage des palais; et au milieu des terrasses les chameaux
reposaient tranquillement, couchés sur le ventre, à
la manière des autruches. Les portiers dormaient dans
les rues contre le seuil des maisons; l'ombre des colosses
s'allongeait sur les places désertes; au loin quelquefois
la fumée d'un sacrifice brûlant encore s'échappait par
les tuiles de bronze, et la brise lourde apportait avec
des parfums d'aromates les senteurs de la marine et
l'exhalaison des murailles chauffées par le soleil. Autour
de Carthage les ondes immobiles resplendissaient, car
la lune étalait sa lueur tout à la fois sur le golfe environné de montagnes et sur le lac de Tunis, où des phénicoptères parmi les bancs de sable formaient de longues
lignes roses, tandis qu'au delà, sous les catacombes, la
grande lagune salée miroitait comme un morceau
d'argent. La voûte du ciel bleu s'enfonçait à l'horizon,
d'un côté dans le poudroiement des plaines, de l'autre
dans les brumes de la mer, et sur le sommet de l'Acropole
les cyprès pyramidaux bordant le temple d'Eschmoûn
se balançaient, et faisaient un murmure, comme les
flots réguliers qui battaient lentement le long du môle,
au bas des remparts.

Salammbô monta sur la terrasse de son palais, soutenue par une esclave qui portait dans un plat de fer
des charbons enflammés.

Il y avait au milieu de la terrasse un petit lit d'ivoire,
couvert de peaux de lynx avec des coussins en plume de
perroquet, animal fatidique consacré aux Dieux, et dans
les quatre coins s'élevaient quatre longues cassolettes
remplies de nard, d'encens, de cinnamome et de myrrhe.
L'esclave alluma les parfums. Salammbô regarda l'étoile
polaire; elle salua lentement les quatre points du ciel
et s'agenouilla sur le sol parmi la poudre d'azur qui
était semée d'étoiles d'or, à l'imitation du firmament.
Puis les deux coudes contre les flancs, les avant-bras

tout droits et les mains ouvertes, en se renversant la
tête sous les rayons de la lune, elle dit :

« O Rabbetna !... Baalet !... Tanit ! et sa voix se
traînait d'une façon plaintive, comme pour appeler
quelqu'un.

» Anaïtis ! Astarté ! Derceto ! Astoreth ! Mylitta !
Athara ! Élissa ! Tiratha !... Par les symboles cachés,
— par mes cistres résonnants, — par les sillons de la
terre, — par l'éternel silence et par l'éternelle fécondité,
— dominatrice de la mer ténébreuse et des plages
azurées, ô Reine des choses humides, salut ! »

Elle se balança tout le corps deux ou trois fois, puis
se jeta le front dans la poussière, les bras allongés.

Son esclave la releva lestement, car il fallait, d'après
les rites, que quelqu'un vînt arracher le suppliant à sa
prosternation; c'était lui dire que les Dieux l'agréaient,
et la nourrice de Salammbô ne manquait jamais à ce
devoir de piété.

Des marchands de la Gétulie-Darytienne l'avaient
toute petite apportée à Carthage, et après son affranchissement elle n'avait pas voulu abandonner ses maîtres,
comme le prouvait son oreille droite, percée d'un large
trou. Un jupon à raies multicolores, en lui serrant les
hanches, descendait sur ses chevilles, où s'entrecho-
quaient deux cercles d'étain. Sa figure, un peu plate,
était jaune comme sa tunique. Des aiguilles d'argent
très longues faisaient un soleil derrière sa tête. Elle
portait sur la narine un bouton de corail, et elle se tenait
auprès du lit, plus droite qu'un hermès et les paupières
baissées.

Salammbô s'avança jusqu'au bord de la terrasse. Ses
yeux un instant, parcoururent l'horizon, puis ils s'abaissèrent sur la ville endormie, et le soupir qu'elle poussa,
en lui soulevant les seins, fit onduler d'un bout à l'autre
la longue simarre blanche qui pendait autour d'elle,
sans agrafe ni ceinture. Ses sandales à pointes recourbées disparaissaient sous un amas d'émeraudes, et ses
cheveux à l'abandon emplissaient un réseau en fils de
pourpre.

Mais elle releva la tête pour contempler la lune, et
mêlant à ses paroles des fragments d'hymne, elle murmura :

« Que tu tournes légèrement, soutenue par l'éther

impalpable! Il se polit autour de toi, et c'est le mouvement de ton agitation qui distribue les vents et les rosées
fécondes. Selon que tu croîs et décroîs, s'allongent ou
se rapetissent les yeux des chats et les taches des panthères. Les épouses hurlent ton nom dans la douleur
des enfantements! Tu gonfles les coquillages! Tu fais
bouillonner les vins! Tu putréfies les cadavres! Tu
formes les perles au fond de la mer!

» Et tous les germes, ô Déesse! fermentent dans les
obscures profondeurs de ton humidité.

» Quand tu parais, il s'épand une quiétude sur la
terre; les fleurs se ferment, les flots s'apaisent, les
hommes fatigués s'étendent la poitrine vers toi, et le
monde avec ses océans et ses montagnes, comme en un
miroir, se regarde dans ta figure. Tu es blanche, douce,
lumineuse, immaculée, auxiliatrice, purifiante, sereine. »

Le croissant de la lune était alors sur la montagne
des Eaux-Chaudes, dans l'échancrure de ses deux
sommets, de l'autre côté du golfe. Il y avait en dessous
une petite étoile et tout autour un cercle pâle. Salammbô
reprit :

« Mais tu es terrible, maîtresse!... C'est par toi
que se produisent les monstres, les fantômes effrayants,
les songes menteurs; tes yeux dévorent les pierres des
édifices, et les singes sont malades toutes les fois que
tu rajeunis.

» Où donc vas-tu? Pourquoi changer tes formes,
perpétuellement? Tantôt mince et recourbée, tu glisses
dans les espaces comme une galère sans mâture, ou bien
au milieu des étoiles tu ressembles à un pasteur qui garde
son troupeau. Luisante et ronde, tu frôles la cime des
monts comme la roue d'un char.

» O Tanit! tu m'aimes, n'est-ce pas? Je t'ai tant
regardée! Mais non! tu cours dans ton azur, et moi je
reste sur la terre immobile.

» Taanach, prends ton nebal et joue tout bas sur la
corde d'argent, car mon cœur est triste! »

L'esclave souleva une sorte de harpe en bois d'ébène
plus haute qu'elle, et triangulaire comme un delta; elle
en fixa la pointe dans un globe de cristal, et des deux
bras se mit à jouer.

Les sons se succédaient, sourds et précipités comme
un bourdonnement d'abeilles, et de plus en plus sonores

ils s'envolaient dans la nuit avec la plainte des flots
et le frémissement des grands arbres au sommet de
l'Acropole.

« Tais-toi! s'écria Salammbô.

— Qu'as-tu donc, maîtresse? La brise qui souffle,
un nuage qui passe, tout à présent t'inquiète et t'agite.

— Je ne sais, dit-elle.

— Tu te fatigues à des prières trop longues!

— Oh! Taanach, je voudrais m'y dissoudre comme
une fleur dans du vin!

— C'est peut-être la fumée de tes parfums?

— Non! dit Salammbô; l'esprit des Dieux habite
dans les bonnes odeurs. »

Alors l'esclave lui parla de son père. On le croyait
parti vers la contrée de l'ambre, derrière les colonnes de
Melkarth.

« Mais s'il ne revient pas, disait-elle, il te faudra
pourtant, puisque c'était sa volonté, choisir un époux
parmi les fils des Anciens, et alors ton chagrin s'en ira
dans les bras d'un homme.

— Pourquoi? » demanda la jeune fille. Tous ceux
qu'elle avait aperçus lui faisaient horreur avec leurs
rires de bête fauve et leurs membres grossiers.

« Quelquefois, Taanach, il s'exhale du fond de mon
être comme de chaudes bouffées, plus lourdes que les
vapeurs d'un volcan. Des voix m'appellent, un globe
de feu roule et monte dans ma poitrine, il m'étouffe,
je vais mourir; et puis, quelque chose de suave, coulant
de mon front jusqu'à mes pieds, passe dans ma chair...
c'est une caresse qui m'enveloppe, et je me sens écrasée
comme si un dieu s'étendait sur moi. Oh! je voudrais
me perdre dans la brume des nuits, dans le flot des
fontaines, dans la sève des arbres, sortir de mon corps,
n'être qu'un souffle, qu'un rayon, et glisser, monter
jusqu'à toi, ô Mère! »

Elle leva ses bras le plus haut possible, en se cambrant
la taille, pâle et légère comme la lune avec son long
vêtement. Puis elle retomba sur la couche d'ivoire,
haletante; mais Taanach lui passa autour du cou un
collier d'ambre avec des dents de dauphin pour bannir
les terreurs, et Salammbô dit d'une voix presque éteinte :

« Va me chercher Schahabarim. »

Son père n'avait pas voulu qu'elle entrât dans le

collège des prêtresses, ni même qu'on lui fît rien connaître de la Tanit populaire. Il la réservait pour quelque
alliance pouvant servir sa politique, si bien que Salammbô
vivait seule au milieu de ce palais; sa mère depuis longtemps était morte.

Elle avait grandi dans les abstinences, les jeûnes et les
purifications, toujours entourée de choses exquises et
graves, le corps saturé de parfums, l'âme pleine de
prières. Jamais elle n'avait goûté de vin, ni mangé de
viandes, ni touché à une bête immonde, ni posé ses
talons dans la maison d'un mort.

Elle ignorait les simulacres obscènes, car chaque dieu
se manifestant par des formes différentes, des cultes
souvent contradictoires témoignaient à la fois du même
principe, et Salammbô adorait la Déesse en sa figuration
sidérale. Une influence était descendue de la lune sur
la vierge; quand l'astre allait en diminuant, Salammbô
s'affaiblissait. Languissante toute la journée, elle se ranimait le soir. Pendant une éclipse, elle avait manqué mourir.

Mais la Rabbet jalouse se vengeait de cette virginité
soustraite à ses sacrifices, et elle tourmentait Salammbô
d'obsessions d'autant plus fortes qu'elles étaient vagues,
épandues dans cette croyance et avivées par elle.

Sans cesse la fille d'Hamilcar s'inquiétait de Tanit.
Elle avait appris ses aventures, ses voyages et tous ses
noms, qu'elle répétait sans qu'ils eussent pour elle de
signification distincte. Afin de pénétrer dans les profondeurs de son dogme, elle voulait connaître au plus secret
du temple la vieille idole avec le manteau magnifique
d'où dépendaient les destinées de Carthage, — car l'idée
d'un dieu ne se dégageait pas nettement de sa représentation, et tenir ou même voir son simulacre, c'était lui
prendre une part de sa vertu, et, en quelque sorte, le
dominer.

Salammbô se détourna. Elle avait reconnu le bruit
des clochettes d'or que Schahabarim portait au bas de
son vêtement.

Il monta les escaliers : puis, dès le seuil de la terrasse,
il s'arrêta en croisant les bras.

Ses yeux enfoncés brillaient comme les lampes d'un
sépulcre; son long corps maigre flottait dans sa robe de
lin, alourdie par les grelots qui s'alternaient sur ses
talons avec des pommes d'émeraude. Il avait les membres

débiles, le crâne oblique, le menton pointu; sa peau
semblait froide à toucher, et sa face jaune, que des rides
profondes labouraient, comme contractée dans un désir,
dans un chagrin éternel.

C'était le grand prêtre de Tanit, celui qui avait élevé
Salammbô.

« Parle! dit-il. Que veux-tu?

— J'espérais... tu m'avais presque promis... »

Elle balbutiait, elle se troubla; puis tout à coup :
« Pourquoi me méprises-tu? qu'ai-je donc oublié
dans les rites? Tu es mon maître, et tu m'as dit que
personne comme moi ne s'entendait aux choses de la
Déesse; mais il y en a que tu ne veux pas dire. Est-ce
vrai, ô père? »

Schahabarim se rappela les ordres d'Hamilcar; il
répondit :

« Non, je n'ai plus rien à t'apprendre!

— Un Génie, reprit-elle, me pousse à cet amour.
J'ai gravi les marches d'Eschmoûn, dieu des planètes et
des intelligences; j'ai dormi sous l'olivier d'or de
Melkarth, patron des colonies tyriennes; j'ai poussé les
portes de Baal-Khamon, éclaireur et fertilisateur; j'ai
sacrifié aux Kabyres souterrains, aux dieux des bois, des
vents, des fleuves et des montagnes : mais tous ils sont
trop loin, trop haut, trop insensibles, comprends-tu?
tandis qu'elle, je la sens mêlée à ma vie; elle emplit mon
âme, et je tressaille à des élancements intérieurs comme
si elle bondissait pour s'échapper. Il me semble que je
vais entendre sa voix, apercevoir sa figure, des éclairs
m'éblouissent, puis je retombe dans les ténèbres. »

Schahabarim se taisait. Elle le sollicitait de son regard
suppliant.

Enfin, il fit signe d'écarter l'esclave, qui n'était pas de
race chananéenne. Taanach disparut, et Schahabarim,
levant un bras dans l'air, commença :

« Avant les Dieux, les ténèbres étaient seules, et un
souffle flottait, lourd et indistinct comme la conscience
d'un homme dans un rêve. Il se contracta, créant le
Désir et la Nue, et du Désir et de la Nue sortit la Matière
primitive. C'était une eau bourbeuse, noire, glacée, profonde. Elle enfermait des monstres insensibles, parties
incohérentes des formes à naître et qui sont peintes sur
la paroi des sanctuaires.

» Puis la Matière se condensa. Elle devint un œuf. Il
se rompit. Une moitié forma la terre, l'autre le firmament. Le soleil, la lune, les vents, les nuages parurent;
et, au fracas de la foudre, les animaux intelligents
s'éveillèrent. Alors Eschmoûn se déroula dans la sphère
étoilée; Khamon rayonna dans le soleil; Melkarth,
avec ses bras, le poussa derrière Gadès; les Kabyrim
descendirent sous les volcans, et Rabbetna, telle qu'une
nourrice, se pencha sur le monde, versant sa lumière
comme un lait et sa nuit comme un manteau.

— Et après? » dit-elle.

Il lui avait conté le secret des origines pour la distraire
par des perspectives plus hautes; mais le désir de la
vierge se ralluma sous ces dernières paroles, et Schahabarim, cédant à moitié, reprit :

« Elle inspire et gouverne les amours des hommes.

— Les amours des hommes! répéta Salammbô rêvant.

— Elle est l'âme de Carthage, continua le prêtre;
et bien qu'elle soit partout épandue, c'est ici qu'elle
demeure, sous le voile sacré.

— O père! s'écria Salammbô, je la verrai, n'est-ce
pas? tu m'y conduiras! Depuis longtemps j'hésitais;
la curiosité de sa forme me dévore. Pitié! secours-moi!
partons! »

Il la repoussa d'un geste véhément et plein d'orgueil.

« Jamais! Ne sais-tu pas qu'on en meurt? Les Baals
hermaphrodites ne se dévoilent que pour nous seuls,
hommes par l'esprit, femmes par la faiblesse. Ton désir
est un sacrilège; satisfais-toi avec la science que tu
possèdes! »

Elle tomba sur les genoux, mettant ses deux doigts
contre ses oreilles en signe de repentir; et elle sanglotait, écrasée par la parole du prêtre, pleine à la fois de
colère contre lui, de terreur et d'humiliation. Schahabarim, debout, restait plus insensible que les pierres de
la terrasse. Il la regardait de haut en bas frémissant à
ses pieds, il éprouvait une sorte de joie en la voyant
souffrir pour sa divinité, qu'il ne pouvait, lui non plus,
étreindre tout entière. Déjà les oiseaux chantaient,
un vent froid soufflait, de petits nuages couraient dans
le ciel plus pâle.

Tout à coup il aperçut à l'horizon, derrière Tunis,

comme des brouillards légers, qui se traînaient contre
le sol; puis ce fut un grand rideau de poudre grise perpendiculairement étalé, et, dans les tourbillons de cette
masse nombreuse, des têtes de dromadaires, des lances,
des boucliers parurent. C'était l'armée des Barbares
qui s'avançait sur Carthage.

IV

SOUS LES MURS DE CARTHAGE

Des gens de la campagne, montés sur des ânes ou
courant à pied, pâles, essoufflés, fous de peur,
arrivèrent dans la ville. Ils fuyaient devant l'armée.
En trois jours, elle avait fait le chemin de Sicca, pour
venir à Carthage et tout exterminer.

On ferma les portes. Les Barbares presqu'aussitôt
parurent; mais ils s'arrêtèrent au milieu de l'isthme,
sur le bord du lac.

D'abord ils n'annoncèrent rien d'hostile. Plusieurs
s'approchèrent avec des palmes à la main. Ils furent
repoussés à coups de flèches, tant la terreur était grande.

Le matin et à la tombée du jour, des rôdeurs quelquefois erraient le long des murs. On remarquait surtout un petit homme, enveloppé soigneusement d'un
manteau et dont la figure disparaissait sous une visière
très basse. Il restait pendant de grandes heures à regarder l'aqueduc, et avec une telle persistance, qu'il voulait
sans doute égarer les Carthaginois sur ses véritables
desseins. Un autre homme l'accompagnait, une sorte
de géant qui marchait tête nue.

Mais Carthage était défendue dans toute la largeur de
l'isthme : d'abord par un fossé, ensuite par un rempart
de gazon, et enfin par un mur, haut de trente coudées,
en pierres de taille, et à double étage. Il contenait des
écuries pour trois cents éléphants avec des magasins
pour leurs caparaçons, leurs entraves et leur nourriture,
puis d'autres écuries pour quatre mille chevaux avec
les provisions d'orge et les harnachements, et des
casernes pour vingt mille soldats avec les armures et
tout le matériel de guerre. Des tours s'élevaient sur le
second étage, toutes garnies de créneaux, et qui por-

taient en dehors des boucliers de bronze, suspendus à
des crampons.

Cette première ligne de murailles abritait immédiatement Malqua, le quartier des gens de la marine et
des teinturiers. On apercevait des mâts où séchaient
des voiles de pourpre, et sur les dernières terrasses des
fourneaux d'argile pour cuire la saumure.

Par derrière, la ville étageait en amphithéâtre ses
hautes maisons de forme cubique. Elles étaient en
pierres, en planches, en galets, en roseaux, en coquillages,
en terre battue. Les bois des temples faisaient comme
des lacs de verdure dans cette montagne de blocs,
diversement coloriés. Les places publiques la nivelaient
à des distances inégales; d'innombrables ruelles s'entrecroisant, la coupaient du haut en bas. On distinguait
les enceintes des trois vieux quartiers, maintenant
confondues; elles se levaient çà et là comme de grands
écueils, ou allongeaient des pans énormes, — à demi
couverts de fleurs, noircis, largement rayés par le jet
des immondices, et des rues passaient dans leurs ouvertures béantes, comme des fleuves sous des ponts.

La colline de l'Acropole, au centre de Byrsa, disparaissait sous un désordre de monuments. C'étaient des
temples à colonnes torses avec des chapiteaux de bronze
et des chaînes de métal, des cônes en pierres sèches à
bandes d'azur, des coupoles de cuivre, des architraves
de marbre, des contreforts babyloniens, des obélisques
posant sur leur pointe comme des flambeaux renversés.
Les péristyles atteignaient aux frontons; les volutes se
déroulaient entre les colonnades; des murailles de granit
supportaient des cloisons de tuile; tout cela montait
l'un sur l'autre en se cachant à demi, d'une façon merveilleuse et incompréhensible. On sentait la succession
des âges et comme des souvenirs de patries oubliées.

Derrière l'Acropole, dans des terrains rouges, le
chemin des Mappales, bordé de tombeaux, s'allongeait
en ligne droite du rivage aux catacombes; de larges
habitations s'espaçaient ensuite dans des jardins, et ce
troisième quartier, Mégara, la ville neuve, allait jusqu'au
bord de la falaise, où se dressait un phare géant qui
flambait toutes les nuits.

Carthage se déployait ainsi devant les soldats établis
dans la plaine.

De loin ils reconnaissaient les marchés, les carrefours; ils se disputaient sur l'emplacement des temples. Celui de Khamon, en face des Syssites, avait des tuiles d'or; Melkarth à la gauche d'Eschmoûn, portait sur sa toiture des branches de corail; Tanit, au delà, arrondissait dans les palmiers sa coupole de cuivre; le noir Moloch était au bas des citernes, du côté du phare. L'on voyait à l'angle des frontons, sur le sommet des murs, au coin des places, partout, des divinités à tête hideuse, colossales ou trapues, avec des ventres énormes, ou démesurément aplaties, ouvrant la gueule, écartant les bras, tenant à la main des fourches, des chaînes ou des javelots; et le bleu de la mer s'étalait au fond des rues, que la perspective rendait encore plus escarpées.

Un peuple tumultueux du matin au soir les emplissait; de jeunes garçons, agitant des sonnettes, criaient à la porte des bains : les boutiques de boissons chaudes fumaient, l'air retentissait du tapage des enclumes, les coqs blancs consacrés au Soleil chantaient sur les terrasses, les bœufs que l'on égorgeait mugissaient dans les temples, des esclaves couraient avec des corbeilles sur leur tête; et, dans l'enfoncement des portiques, quelque prêtre apparaissait drapé d'un manteau sombre, nu-pieds et en bonnet pointu.

Ce spectacle de Carthage irritait les Barbares. Ils l'admiraient, ils l'exécraient, ils auraient voulu tout à la fois l'anéantir et l'habiter. Mais qu'y avait-il dans le Port-Militaire, défendu par une triple muraille? Puis, derrière la ville, au fond de Mégara, plus haut que l'Acropole, apparaissait le palais d'Hamilcar.

Les yeux de Mâtho à chaque instant s'y portaient. Il montait dans les oliviers, et il se penchait, la main étendue au bord des sourcils. Les jardins étaient vides, et la porte rouge à croix noire restait constamment fermée.

Plus de vingt fois il fit le tour des remparts, cherchant quelque brèche pour entrer. Une nuit, il se jeta dans le golfe et pendant trois heures, il nagea tout d'une haleine. Il arriva au bas des Mappales, il voulut grimper contre la falaise. Il ensanglanta ses genoux, brisa ses ongles, puis retomba dans les flots et s'en revint.

Son impuissance l'exaspérait. Il était jaloux de cette Carthage enfermant Salammbô, comme de quelqu'un

qui l'aurait possédée. Ses énervements l'abandonnèrent,
et ce fut une ardeur d'action folle et continuelle. La
joue en feu, les yeux irrités, la voix rauque, il se promenait d'un pas rapide à travers le camp; ou bien, assis
sur le rivage, il frottait avec du sable sa grande épée.
Il lançait des flèches aux vautours qui passaient. Son
cœur débordait en paroles furieuses.

« Laisse aller ta colère comme un char qui s'emporte,
disait Spendius. Crie, blasphème, ravage et tue. La
douleur s'apaise avec du sang, et puisque tu ne peux
assouvir ton amour, gorge ta haine; elle te soutiendra! »

Mâtho reprit le commandement de ses soldats. Il les
faisait impitoyablement manœuvrer. On le respectait
pour son courage, pour sa force surtout. D'ailleurs il
inspirait comme une crainte mystique; on croyait
qu'il parlait, la nuit, à des fantômes. Les autres capitaines s'animèrent de son exemple. L'armée, bientôt, se
disciplina. Les Carthaginois entendaient de leurs maisons la fanfare des buccines qui réglait les exercices.
Enfin, les Barbares se rapprochèrent.

Il aurait fallu pour les écraser dans l'isthme que deux
armées pussent les prendre à la fois par derrière, l'une
débarquant au fond du golfe d'Utique, et la seconde à
la montagne des Eaux-Chaudes. Mais que faire avec la
seule Légion sacrée, grosse de six mille hommes tout
au plus? S'ils inclinaient vers l'orient ils allaient se
joindre aux Nomades, intercepter la route de Cyrène et
le commerce du désert. S'ils se repliaient sur l'occident,
la Numidie se soulèverait. Enfin le manque de vivres
les ferait tôt ou tard dévaster, comme des sauterelles,
les campagnes environnantes; les Riches tremblaient
pour leurs beaux châteaux, pour leurs vignobles, pour
leurs cultures.

Hannon proposa des mesures atroces et impraticables,
comme de promettre une forte somme pour chaque tête
de Barbare ou, qu'avec des vaisseaux et des machines,
on incendiât leur camp. Son collègue Giscon voulait au
contraire qu'ils fussent payés. Mais, à cause de sa popu-
larité, les Anciens le détestaient; car ils redoutaient
le hasard d'un maître, et, par terreur de la monarchie,
s'efforçaient d'atténuer ce qui en subsistait ou la pouvait
rétablir.

Il y avait en dehors des fortifications des gens d'une

autre race et d'une origine inconnue, — tous chasseurs de
porc-épic, mangeurs de mollusques et de serpents. Ils
allaient dans les cavernes prendre des hyènes vivantes,
qu'ils s'amusaient à faire courir le soir sur les sables
de Mégara, entre les stèles des tombeaux. Leurs cabanes
de fange et de varech s'accrochaient contre la falaise
comme des nids d'hirondelles. Ils vivaient là, sans gouvernement et sans dieux, pêle-mêle, complètement nus,
à la fois débiles et farouches, et depuis des siècles exé-
crés par le peuple, à cause de leurs nourritures immondes.
Les sentinelles s'aperçurent un matin qu'ils étaient tous
partis.

Enfin des membres du Grand-Conseil se décidèrent.
Ils vinrent au camp, sans colliers ni ceintures, en sandales découvertes, comme des voisins. Ils s'avançaient
d'un pas tranquille, jetant des saluts aux capitaines, ou
bien ils s'arrêtaient pour parler aux soldats, disant que
tout était fini et qu'on allait faire justice à leurs réclamations.

Beaucoup d'entre eux voyaient pour la première fois
un camp de Mercenaires. Au lieu de la confusion qu'ils
avaient imaginée, partout c'était un ordre et un silence
effrayants. Un rempart de gazon enfermait l'armée dans
une haute muraille, inébranlable au choc des catapultes.
Le sol des rues était aspergé d'eau fraîche; par les trous
des tentes, ils apercevaient des prunelles fauves qui luisaient dans l'ombre. Les faisceaux de piques et les pano-
plies suspendues les éblouissaient comme des miroirs.
Ils se parlaient à voix basse. Ils avaient peur avec leurs
longues robes de renverser quelque chose.

Les soldats demandèrent des vivres, en s'engageant
à les payer sur l'argent qu'on leur devait.

On leur envoya des bœufs, des moutons, des pintades, des fruits secs et des lupins, avec des scombres
fumés, de ces scombres excellents que Carthage expédiait dans tous les ports. Mais ils tournaient dédaigneusement autour des bestiaux magnifiques; et, dénigrant
ce qu'ils convoitaient, offraient pour un bélier la valeur
d'un pigeon, pour trois chèvres le prix d'une grenade.
Les Mangeurs-de-choses-immondes, se portant pour
arbitres, affirmaient qu'on les dupait. Alors ils tiraient
leur glaive, menaçaient de tuer.

Des commissaires du Grand-Conseil écrivirent le

nombre d'années que l'on devait à chaque soldat. Mais
il était impossible maintenant de savoir combien on
avait engagé de Mercenaires, et les Anciens furent
effrayés de la somme exorbitante qu'ils auraient à payer.
Il fallait vendre la réserve de silphium, imposer les
villes marchandes; les Mercenaires s'impatienteraient,
déjà Tunis était avec eux : et les Riches, étourdis par les
fureurs d'Hannon et les reproches de son collègue,
recommandèrent aux citoyens qui pouvaient connaître
quelque Barbare d'aller le voir immédiatement pour
reconquérir son amitié, lui dire de bonnes paroles.
Cette confiance les calmerait.

Des marchands, des scribes, des ouvriers de l'arsenal, des familles entières se rendirent chez les Barbares.

Les soldats laissaient entrer chez eux tous les Carthaginois, mais par un seul passage tellement étroit que
quatre hommes de front s'y coudoyaient. Spendius,
debout contre la barrière, les faisait attentivement
fouiller; Mâtho, en face de lui, examinait cette multitude
cherchant à retrouver quelqu'un qu'il pouvait avoir
vu chez Salammbô.

Le camp ressemblait à une ville, tant il était rempli
de monde et d'agitation. Les deux foules distinctes se
mêlaient sans se confondre, l'une habillée de toile ou
de laine avec des bonnets de feutre pareils à des pommes
de pin, et l'autre vêtue de fer et portant des casques.
Au milieu des valets et des vendeurs ambulants circulaient des femmes de toutes les nations, brunes comme
des dattes mûres, verdâtres comme des olives, jaunes
comme des oranges, vendues par des matelots, choisies
dans les bouges, volées à des caravanes, prises dans le
sac des villes, que l'on fatiguait d'amour tant qu'elles
étaient jeunes, qu'on accablait de coups lorsqu'elles
étaient vieilles, et qui mouraient dans les déroutes au
bord des chemins, parmi les bagages, avec les bêtes
de somme abandonnées. Les épouses des Nomades
balançaient sur leurs talons des robes en poil de dromadaire, carrées et de couleur fauve; des musiciennes
de la Cyrénaïque, enveloppées de gazes violettes et les
sourcils peints, chantaient accroupies sur des nattes :
de vieilles Négresses aux mamelles pendantes ramassaient, pour faire du feu, des fientes d'animal que l'on

desséchait au soleil; les Syracusaines avaient des plaques
d'or dans la chevelure, les femmes des Lusitaniens des
colliers de coquillages, les Gauloises des peaux de loup
sur leur poitrine blanche; et des enfants robustes, couverts de vermine, nus, incirconcis, donnaient aux passants des coups dans le ventre avec leur tête, ou venaient
par derrière, comme de jeunes tigres, les mordre aux
mains.

Les Carthaginois se promenaient à travers le camp,
surpris par la quantité de choses dont il regorgeait.
Les plus misérables étaient tristes, et les autres dissimulaient leur inquiétude.

Les soldats leur frappaient sur l'épaule, en les excitant
à la gaieté. Dès qu'ils apercevaient quelque personnage,
ils l'invitaient à leurs divertissements. Quand on jouait
au disque, ils s'arrangeaient pour lui écraser les pieds,
et au pugilat, dès la première passe, lui fracassaient la
mâchoire. Les frondeurs effrayaient les Carthaginois
avec leurs frondes, les psylles avec des vipères, les cavaliers avec leurs chevaux. Ces gens d'occupations paisibles, à tous les outrages, baissaient la tête et s'efforçaient de sourire. Quelques-uns, pour se montrer braves,
faisaient signe qu'ils voulaient devenir des soldats. On
leur donnait à fendre du bois et à étriller des mulets.
On les bouclait dans une armure et on les roulait comme
des tonneaux par les rues du camp. Puis, quand ils se
disposaient à partir, les Mercenaires s'arrachaient les
cheveux avec des contorsions grotesques.

Mais beaucoup, par sottise ou préjugé, croyaient
naïvement tous les Carthaginois très riches, et ils marchaient derrière eux en les suppliant de leur accorder
quelque chose. Ils demandaient tout ce qui leur semblait beau : une bague, une ceinture, des sandales, la
frange d'une robe, et, quand le Carthaginois dépouillé
s'écriait : « Mais je n'ai plus rien. Que veux-tu? », ils
répondaient : « Ta femme! » D'autres disaient : « Ta
vie! »

Les comptes militaires furent remis aux capitaines,
lus aux soldats, définitivement approuvés. Alors ils
réclamèrent des tentes : on leur donna des tentes. Puis
les polémarques des Grecs demandèrent quelques-unes
de ces belles armures que l'on fabriquait à Carthage; le
Grand-Conseil vota des sommes pour cette acquisition.

Mais il était juste, prétendaient les cavaliers, que la République les indemnisât de leurs chevaux; l'un affirmait en avoir perdu trois à tel siège, un autre cinq dans telle marche, un autre quatorze dans les précipices. On leur offrit des étalons d'Hécatompyle; ils aimèrent mieux l'argent.

Puis ils demandèrent qu'on leur payât en argent (en pièces d'argent et non en monnaie de cuir) tout le blé qu'on leur devait, et au plus haut prix où il s'était vendu pendant la guerre, si bien qu'ils exigeaient pour une mesure de farine quatre cents fois plus qu'ils n'avaient donné pour un sac de froment. Cette injustice exaspéra; il fallut céder, pourtant.

Alors les délégués des soldats et ceux du Grand-Conseil se réconcilièrent, en jurant par le Génie de Carthage et par les Dieux des Barbares. Avec les démonstrations et la verbosité orientales ils se firent des excuses et des caresses. Puis les soldats réclamèrent, comme une preuve d'amitié, la punition des traîtres qui les avaient indisposés contre la République.

On feignit de ne pas les comprendre. Ils s'expliquèrent plus nettement, disant qu'il leur fallait la tête d'Hannon.

Plusieurs fois par jour ils sortaient de leur camp. Ils se promenaient au pied des murs. Ils criaient qu'on leur jetât la tête du Suffète, et ils tendaient leurs robes pour la recevoir.

Le Grand-Conseil aurait faibli, peut-être, sans une dernière exigence plus injurieuse que les autres : ils demandèrent en mariage, pour leurs chefs, des vierges choisies dans les grandes familles. C'était une idée de Spendius, que plusieurs trouvaient toute simple et fort exécutable. Mais cette prétention de vouloir se mêler au sang punique indigna le peuple; on leur signifia brutalement qu'ils n'avaient plus rien à recevoir. Alors ils s'écrièrent qu'on les avait trompés; si avant trois jours leur solde n'arrivait pas, ils iraient eux-mêmes la prendre dans Carthage.

La mauvaise foi des Mercenaires n'était point aussi complète que le pensaient leurs ennemis. Hamilcar leur avait fait des promesses exorbitantes, vagues il est vrai, mais solennelles et réitérées. Ils avaient pu croire, en débarquant à Carthage, qu'on leur abandonnerait la ville, qu'ils se partageraient des trésors; et quand ils virent que leur solde à peine serait payée, ce fut une désillusion pour leur orgueil comme pour leur cupidité.

Denys, Pyrrhus, Agathoclès et les généraux d'Alexandre n'avaient-ils pas fourni l'exemple de merveilleuses fortunes? L'idéal d'Hercule, que les Chananéens confondaient avec le soleil, resplendissait à l'horizon des armées. On savait que de simples soldats avaient porté des diadèmes, et le rententissement des empires qui s'écroulaient faisait rêver le Gaulois dans sa forêt de chênes, l'Éthiopien dans ses sables. Mais il y avait un peuple toujours prêt à utiliser les courages; et le voleur chassé de sa tribu, le parricide errant sur les chemins, le sacrilège poursuivi par les dieux, tous les affamés, tous les désespérés tâchaient d'atteindre au port où le courtier de Carthage recrutait des soldats. Ordinairement elle tenait ses promesses. Cette fois pourtant, l'ardeur de son avarice l'avait entraînée dans une infamie périlleuse. Les Numides, les Libyens, l'Afrique entière s'allait jeter sur Carthage. La mer seule était libre. Elle y rencontrait les Romains; et, comme un homme assailli par des meurtriers, elle sentait la mort tout autour d'elle.

Il fallut bien recourir à Giscon; les Barbares acceptèrent son entremise. Un matin ils virent les chaînes du port s'abaisser, et trois bateaux plats, passant par le canal de la Tænia, entrèrent dans le lac.

Sur le premier, à la proue, on apercevait Giscon. Derrière lui, et plus haute qu'un catafalque, s'élevait une caisse énorme, garnie d'anneaux pareils à des couronnes qui pendaient. Apparaissait ensuite la légion des Interprètes, coiffés comme des sphinx, et portant un perroquet tatoué sur la poitrine. Des amis et des esclaves suivaient, tous sans armes, et si nombreux qu'ils se touchaient des épaules. Les trois longues barques, pleines à sombrer, s'avançaient aux acclamations de l'armée, qui les regardait.

Dès que Giscon débarqua, les soldats coururent à sa rencontre. Avec des sacs il fit dresser une sorte de tribune et déclara qu'il ne s'en irait pas avant de les avoir tous intégralement payés.

Des applaudissements éclatèrent; il fut longtemps sans pouvoir parler.

Puis il blâma les torts de la République et ceux des
Barbares; la faute en était à quelques mutins, qui par
leur violence avaient effrayé Carthage. La meilleure
preuve de ses bonnes intentions, c'était qu'on l'envoyait vers eux, lui, l'éternel adversaire du suffète
Hannon. Ils ne devaient point supposer au peuple
l'ineptie de vouloir irriter des braves, ni assez d'ingratitude pour méconnaître leurs services; et Giscon se
mit à la paye des soldats en commençant par les Libyens.
Comme ils avaient déclaré les listes mensongères, il
ne s'en servit point.

Ils défilaient devant lui, par nations, en ouvrant leurs
doigts pour dire le nombre des années; on les marquait
successivement au bras gauche avec de la peinture
verte; les scribes puisaient dans le coffre béant, et d'autres, avec un stylet, faisaient des trous sur une lame de
plomb.

Un homme passa, qui marchait lourdement, à la manière des bœufs.

« Monte près de moi, dit le Suffète, suspectant
quelque fraude; combien d'années as-tu servi?

— Douze ans », répondit le Libyen.

Giscon lui glissa les doigts sous la mâchoire, car la
mentonnière du casque y produisait à la longue deux
callosités; on les appelait des caroubes, et *avoir les
caroubes*, était une locution pour dire un vétéran.

« Voleur! s'écria le Suffète, ce qui te manque au
visage tu dois le porter sur les épaules! » et lui déchirant
sa tunique, il découvrit son dos couvert de gales sanglantes; c'était un laboureur d'Hippozaryte. Des huées
s'élevèrent; on le décapita.

Dès qu'il fut nuit, Spendius alla réveiller les Libyens.
Il leur dit :

« Quand les Ligures, les Grecs, les Baléares et les
hommes d'Italie seront payés, ils s'en retourneront.
Mais vous autres, vous resterez en Afrique, épars dans
vos tribus et sans aucune défense! C'est alors que la
République se vengera! Méfiez-vous du voyage! Allez-
vous croire à toutes les paroles? Les deux suffètes sont
d'accord! Celui-là vous abuse! Rappelez-vous l'Ile-des-
Ossements et Xantippe qu'ils ont renvoyé à Sparte sur
une galère pourrie.

— Comment nous y prendre? demandaient-ils.

— Réfléchissez ! » disait Spendius.

Les deux jours suivants se passèrent à payer les gens de Magdala, de Leptis, d'Hécatompyle; Spendius se répandait chez les Gaulois.

« On solde les Libyens, ensuite on payera les Grecs, puis les Baléares, les Asiatiques, et tous les autres ! Mais vous qui n'êtes pas nombreux, on ne vous donnera rien ! Vous ne reverrez plus vos patries ! Vous n'aurez point de vaisseaux ! Ils vous tueront, pour épargner la nourriture. »

Les Gaulois vinrent trouver le Suffète. Autharite, celui qu'il avait blessé chez Hamilcar, l'interpella. Il disparut, repoussé par les esclaves, mais en jurant qu'il se vengerait.

Les réclamations, les plaintes se multiplièrent. Les plus obstinés pénétraient dans la tente du Suffète; pour l'attendrir ils prenaient ses mains, lui faisaient palper leurs bouches sans dents, leurs bras tout maigres et les cicatrices de leurs blessures. Ceux qui n'étaient point encore payés s'irritaient, ceux qui avaient reçu leur solde en demandaient une autre pour leurs chevaux; et les vagabonds, les bannis, prenant les armes des soldats, affirmaient qu'on les oubliait. A chaque minute, il arrivait comme des tourbillons d'hommes; les tentes craquaient, s'abattaient; la multitude serrée entre les remparts du camp oscillait à grands cris depuis les portes jusqu'au centre. Quand le tumulte se faisait trop fort, Giscon posait un coude sur son sceptre d'ivoire, et regardant la mer, il restait immobile, les doigts enfoncés dans sa barbe.

Souvent Mâtho s'écartait pour aller s'entretenir avec Spendius; puis il se replaçait en face du Suffète, et Giscon sentait perpétuellement ses prunelles comme deux phalariques en flammes dardées vers lui. Par-dessus la foule, plusieurs fois, ils se lancèrent des injures, mais qu'ils n'entendirent pas. Cependant la distribution continuait, et le Suffète à tous les obstacles trouvait des expédients.

Les Grecs voulurent élever des chicanes sur la différence des monnaies. Il leur fournit de telles explications qu'ils se retirèrent sans murmures. Les Nègres réclamèrent de ces coquilles blanches usitées pour le commerce dans l'intérieur de l'Afrique. Il leur offrit d'en envoyer prendre à Carthage; alors, comme les autres, ils acceptèrent de l'argent.

Mais on avait promis aux Baléares quelque chose de meilleur, à savoir des femmes. Le Suffète répondit que l'on attendait pour eux toute une caravane de vierges : la route était longue, il fallait encore six lunes. Quand elles seraient grasses et bien frottées de benjoin, on les enverrait sur des vaisseaux, dans les ports des Baléares.

Tout à coup, Zarxas, beau maintenant et vigoureux, sauta comme un bateleur sur les épaules de ses amis et il cria :

« En as-tu réservé pour les cadavres? » tandis qu'il montrait dans Carthage la porte de Khamon.

Aux derniers feux du soleil, les plaques d'airain la garnissant de haut en bas resplendissaient; les Barbares crurent apercevoir sur elle une traînée sanglante. Chaque fois que Giscon voulait parler, leurs cris recommençaient. Enfin, il descendit à pas graves et s'enferma dans sa tente.

Quand il en sortit au lever du soleil, ses interprètes, qui couchaient en dehors, ne bougèrent point; ils se tenaient sur le dos, les yeux fixes, la langue au bord des dents et la face bleuâtre. Des mucosités blanches coulaient de leurs narines, et leurs membres étaient raides, comme si le froid pendant la nuit les eût tous gelés. Chacun portait autour du cou un petit lacet de joncs.

La rébellion dès lors ne s'arrêta plus. Ce meurtre des Baléares rappelés par Zarxas confirmait les défiances de Spendius. Ils s'imaginaient que la République cherchait toujours à les tromper. Il fallait en finir ! On se passerait des interprètes ! Zarxas, avec une fronde autour de la tête, chantait des chansons de guerre; Autharite brandissait sa grande épée; Spendius soufflait à l'un quelque parole, fournissait à l'autre un poignard. Les plus forts tâchaient de se payer eux-mêmes, les moins furieux demandaient que la distribution continuât. Personne maintenant ne quittait ses armes, et toutes les colères se réunissaient contre Giscon dans une haine tumultueuse.

Quelques-uns montaient à ses côtés. Tant qu'ils vociféraient des injures on les écoutait avec patience; mais s'ils tentaient pour lui le moindre mot, ils étaient immédiatement lapidés, ou par derrière d'un coup de sabre

on leur abattait la tête. L'amoncellement des sacs était
plus rouge qu'un autel.

Ils devenaient terribles après le repas, quand ils
avaient bu du vin! C'était une joie défendue sous peine
de mort dans les armées puniques, et ils levaient leur
coupe du côté de Carthage par dérision pour sa discipline. Puis ils revenaient vers les esclaves des finances
et ils recommençaient à tuer. Le mot *frappe,* différent
dans chaque langue, était compris de tous.

Giscon savait bien que la patrie l'abandonnait; mais
il ne voulait point malgré son ingratitude la déshonorer.
Quand ils lui rappelèrent qu'on leur avait promis des
vaisseaux, il jura par Moloch de leur en fournir lui-
même, à ses frais, et, arrachant son collier de pierres
bleues, il le jeta dans la foule en gage de serment.

Alors les Africains réclamèrent le blé, d'après les
engagements du Grand-Conseil. Giscon étala les comptes
des Syssites, tracés avec de la peinture violette sur des
peaux de brebis; il lisait tout ce qui était entré dans
Carthage, mois par mois et jour par jour.

Soudain il s'arrêta, les yeux béants, comme s'il eût
découvert entre les chiffres sa sentence de mort.

En effet, les Anciens les avaient frauduleusement
réduits, et le blé, vendu pendant l'époque la plus cala-
miteuse de la guerre, se trouvait à un taux si bas, qu'à
moins d'aveuglement on n'y pouvait croire.

« Parle! crièrent-ils, plus haut! Ah! c'est qu'il
cherche à mentir, le lâche! méfions-nous. »

Pendant quelque temps, il hésita. Enfin il reprit sa
besogne.

Les soldats, sans se douter qu'on les trompait, acceptèrent comme vrais les comptes des Syssites. Alors
l'abondance où s'était trouvée Carthage les jeta dans une
jalousie furieuse. Ils brisèrent la caisse de sycomore;
elle était vide aux trois quarts. Ils avaient vu de telles
sommes en sortir qu'ils la jugeaient inépuisable; Giscon
en avait enfoui dans sa tente. Ils escaladèrent les sacs.
Mâtho les conduisait, et comme ils criaient : « L'argent!
l'argent! » Giscon à la fin répondit :

« Que votre général vous en donne! »

Il les regardait en face, sans parler, avec ses grands
yeux jaunes et sa longue figure plus pâle que sa barbe.
Une flèche, arrêtée par les plumes, se tenait à son oreille

dans son large anneau d'or, et un filet de sang coulait de sa tiare sur son épaule.

A un geste de Mâtho, tous s'avancèrent. Il écarta les bras; Spendius, avec un nœud coulant, l'étreignit aux poignets; un autre le renversa, et il disparut dans le désordre de la foule qui s'écroulait sur les sacs.

Ils saccagèrent sa tente. On n'y trouva que les choses indispensables à la vie; puis, en cherchant mieux, trois images de Tanit, et dans une peau de singe, une pierre noire tombée de la lune. Beaucoup de Carthaginois avaient voulu l'accompagner; c'étaient des hommes considérables et tous du parti de la guerre.

On les entraîna en dehors des tentes, et on les précipita dans la fosse aux immondices. Avec des chaînes de fer ils furent attachés par le ventre à des pieux solides, et on leur tendait la nourriture à la pointe d'un javelot.

Autharite, tout en les surveillant, les accablait d'invectives, mais comme ils ne comprenaient point sa langue, ils ne répondaient pas; le Gaulois, de temps à autre, leur jetait des cailloux au visage pour les faire crier.

Dès le lendemain, une sorte de langueur envahit l'armée. A présent que leur colère était finie, des inquiétudes les prenaient. Mâtho souffrait d'une tristesse vague. Il lui semblait avoir indirectement outragé Salammbô. Ces Riches étaient comme une dépendance de sa personne. Il s'asseyait la nuit au bord de leur fosse, et il retrouvait dans leurs gémissements quelque chose de la voix dont son cœur était plein.

Cependant ils accusaient, tous, les Libyens, qui seuls étaient payés. Mais, en même temps que se ravivaient les antipathies nationales avec les haines particulières, on sentait le péril de s'y abandonner. Les représailles, après un attentat pareil, seraient formidables. Donc il fallait prévenir la vengeance de Carthage. Les conciliabules, les harangues n'en finissaient pas. Chacun parlait, on n'écoutait personne, et Spendius, ordinairement si loquace, à toutes les propositions secouait la tête.

Un soir il demanda négligemment à Mâtho s'il n'y avait pas des sources dans l'intérieur de la ville.

« Pas une! » répondit Mâtho.

Le lendemain, Spendius l'entraîna sur la berge du lac.

« Maître! dit l'ancien esclave, si ton cœur est intrépide, je te conduirai dans Carthage.

— Comment? répétait l'autre en haletant.

— Jure d'exécuter tous mes ordres, de me suivre comme une ombre! »

Alors Mâtho, levant son bras vers la planète de Chabar, s'écria :

« Par Tanit, je le jure! »

Spendius reprit :

« Demain après le coucher du soleil, tu m'attendras au pied de l'aqueduc, entre la neuvième et la dixième arcade. Emporte avec toi un pic de fer, un casque sans aigrette et des sandales de cuir. »

L'aqueduc dont il parlait traversait obliquement l'isthme entier, — ouvrage considérable agrandi plus tard par les Romains. Malgré son dédain des autres peuples, Carthage leur avait pris gauchement cette invention nouvelle, comme Rome elle-même avait fait de la galère punique; et cinq rangs d'arcs superposés, d'une architecture trapue, avec des contreforts à la base et des têtes de lion au sommet, aboutissaient à la partie occidentale de l'Acropole, où ils s'enfonçaient sous la ville pour déverser presque une rivière dans les citernes de Mégara.

A l'heure convenue, Spendius y trouva Mâtho. Il attacha une sorte de harpon au bout d'une corde, le fit tourner rapidement comme une fronde, l'engin de fer s'accrocha; et ils se mirent, l'un derrière l'autre, à grimper le long du mur.

Mais quand ils furent montés sur le premier étage, le crampon, chaque fois qu'ils le jetaient, retombait; il leur fallait, pour découvrir quelque fissure, marcher sur le bord de la corniche; à chaque rang des arcs, ils la trouvaient plus étroite. Puis la corde se relâcha. Plusieurs fois, elle faillit se rompre.

Enfin ils arrivèrent à la plate-forme supérieure. Spendius, de temps à autre, se penchait pour tâter les pierres avec sa main.

« C'est là, dit-il, commençons! »

Et pesant sur l'épieu qu'avait apporté Mâtho, ils parvinrent à disjoindre une des dalles.

Ils aperçurent, au loin, une troupe de cavaliers galopant sur des chevaux sans brides. Leurs bracelets d'or

sautaient dans les vagues draperies de leurs manteaux.
On distinguait en avant un homme couronné de plumes
d'autruche et qui galopait avec une lance à chaque
main.

« Narr'Havas! s'écria Mâtho.

— Qu'importe! » reprit Spendius; et il sauta dans le
trou qu'ils venaient de faire en découvrant la dalle.

Mâtho, par son ordre, essaya de pousser un des
blocs. Mais, faute de place, il ne pouvait remuer les
coudes.

« Nous reviendrons, dit Spendius; mets-toi devant. »
Alors ils s'aventurèrent dans le conduit des eaux.

Ils en avaient jusqu'au ventre. Bientôt ils chancelèrent
et il leur fallut nager. Leurs membres se heurtaient
contre les parois du canal trop étroit. L'eau coulait
presque immédiatement sous la dalle supérieure : ils se
déchiraient le visage. Puis le courant les entraîna. Un
air plus lourd qu'un sépulcre leur écrasait la poitrine,
et la tête sous les bras, les genoux l'un contre l'autre,
allongés tant qu'ils pouvaient, ils passaient comme des
flèches dans l'obscurité, étouffant, râlant, presque morts.
Soudain, tout fut noir devant eux et la vélocité des eaux
redoublait. Ils tombèrent.

Quand ils furent remontés à la surface, ils se tinrent
pendant quelques minutes étendus sur le dos, à humer
l'air, délicieusement. Des arcades, les unes derrière les
autres, s'ouvraient au milieu de larges murailles séparant des bassins. Tous étaient remplis, et l'eau se continuait en une seule nappe dans la longueur des citernes.
Les coupoles du plafond laissaient descendre par leur
soupirail une clarté pâle qui étalait sur les ondes comme
des disques de lumière, et les ténèbres à l'entour, s'épais-
sissant vers les murs, les reculaient indéfiniment. Le
moindre bruit faisait un grand écho.

Spendius et Mâtho se remirent à nager, et passant par
l'ouverture des arcs, ils traversèrent plusieurs chambres
à la file. Deux autres rangs de bassins plus petits s'étendaient parallèlement de chaque côté. Ils se perdirent,
ils tournaient, ils revenaient. Enfin, quelque chose
résista sous leurs talons. C'était le pavé de la galerie
qui longeait les citernes.

Alors, s'avançant avec de grandes précautions, ils
palpèrent la muraille pour trouver une issue. Mais

leurs pieds glissaient; ils tombaient dans les vasques profondes. Ils avaient à remonter, puis ils retombaient encore; et ils sentaient une épouvantable fatigue, comme si leurs membres en nageant se fussent dissous dans l'eau. Leurs yeux se fermèrent : ils agonisaient.

Spendius se frappa la main contre les barreaux d'une grille. Ils la secouèrent, elle céda, et ils se trouvèrent sur les marches d'un escalier. Une porte de bronze le fermait en haut. Avec la pointe d'un poignard, ils écartèrent la barre que l'on ouvrait en dehors; tout à coup le grand air pur les enveloppa.

La nuit était pleine de silence, et le ciel avait une hauteur démesurée. Des bouquets d'arbres débordaient, sur les longues lignes des murs. La ville entière dormait. Les feux des avant-postes brillaient comme des étoiles perdues.

Spendius qui avait passé trois ans dans l'ergastule, connaissait imparfaitement les quartiers. Mâtho conjectura que, pour se rendre au palais d'Hamilcar, ils devaient prendre sur la gauche, en traversant les Mappales.

« Non, dit Spendius, conduis-moi au temple de Tanit. »

Mâtho voulut parler.

« Rappelle-toi! » fit l'ancien esclave; et, levant son bras, il lui montra la planète de Chabar qui resplendissait.

Alors Mâtho se tourna silencieusement vers l'Acropole.

Ils rampaient le long des clôtures de nopals qui bordaient les sentiers. L'eau coulait de leurs membres sur la poussière. Leurs sandales humides ne faisaient aucun bruit; Spendius, avec ses yeux plus flamboyants que des torches, à chaque pas fouillait les buissons; — et il marchait derrière Mâtho, les mains posées sur les deux poignards qu'il portait aux bras, tenus au-dessous de l'aisselle par un cercle de cuir.

TANIT

Quand ils furent sortis des jardins, ils se trouvèrent arrêtés par l'enceinte de Mégara. Mais ils découvrirent une brèche dans la grosse muraille, et passèrent.

Le terrain descendait, formant une sorte de vallon très large. C'était une place découverte.

« Écoute, dit Spendius, et d'abord ne crains rien !... j'exécuterai ma promesse... »

Il s'interrompit; il avait l'air de réfléchir, comme pour chercher ses paroles.

« Te rappelles-tu cette fois, au soleil levant, où, sur la terrasse de Salammbô, je t'ai montré Carthage? Nous étions forts ce jour-là, mais tu n'as voulu rien entendre ! » Puis d'une voix grave : « Maître, il y a dans le sanctuaire de Tanit un voile mystérieux, tombé du ciel, et qui recouvre la Déesse.

— Je le sais », dit Mâtho.

Spendius reprit :

« Il est divin lui-même, car il fait partie d'elle. Les dieux résident où se trouvent leurs simulacres. C'est parce que Carthage le possède, que Carthage est puissante. » Alors se penchant à son oreille : « Je t'ai emmené avec moi pour le ravir ! »

Mâtho recula d'horreur.

« Va-t'en ! cherche quelque autre ! Je ne veux pas t'aider dans cet exécrable forfait.

— Mais Tanit est ton ennemie, répliqua Spendius : elle te persécute, et tu meurs de sa colère. Tu t'en vengeras. Elle t'obéira. Tu deviendras presque immortel et invincible. »

Mâtho baissa la tête. Il continua :

« Nous succomberions; l'armée d'elle-même s'anéantirait. Nous n'avons ni fuite à espérer, ni secours, ni pardon ! Quel châtiment des Dieux peux-tu craindre, puisque tu vas avoir leur force dans les mains? Aimes-tu mieux périr le soir d'une défaite, misérablement, à l'abri d'un buisson, ou parmi l'outrage de la populace, dans la flamme des bûchers? Maître, un jour tu entreras à Carthage, entre les collèges des pontifes, qui baiseront tes sandales : et si le voile de Tanit te pèse encore, tu le rétabliras dans son temple. Suis-moi! viens le prendre.»

Une envie terrible dévorait Mâtho. Il aurait voulu, en s'abstenant du sacrilège, posséder le voile. Il se disait que peut-être on n'aurait pas besoin de le prendre pour en accaparer la vertu. Il n'allait point jusqu'au fond de sa pensée, s'arrêtant sur la limite où elle l'épouvantait.

« Marchons! » dit-il; et ils s'éloignèrent d'un pas rapide, côte à côte, sans parler.

Le terrain remonta, et les habitations se rapprochèrent. Ils tournaient dans les rues étroites, au milieu des ténèbres. Des lambeaux de sparterie fermant les portes battaient contre les murs. Sur une place, des chameaux ruminaient devant des tas d'herbes coupées. Puis ils passèrent sous une galerie que recouvraient des feuillages. Un troupeau de chiens aboya. Mais l'espace tout à coup s'élargit et ils reconnurent la face occidentale de l'Acropole. Au bas de Byrsa s'étalait une longue masse noire : c'était le temple de Tanit, ensemble de monuments et de jardins, de cours et d'avant-cours, bordé par un petit mur de pierres sèches. Spendius et Mâtho le franchirent.

Cette première enceinte renfermait un bois de platanes, par précaution contre la peste et l'infection de l'air. Çà et là étaient disséminées des tentes où l'on vendait pendant le jour des pâtes épilatoires, des parfums, des vêtements, des gâteaux en forme de lune, et des images de la Déesse avec des représentations du temple, creusées dans un bloc d'albâtre.

Ils n'avaient rien à craindre, car les nuits où l'astre ne paraissait pas on suspendait tous les rites : cependant Mâtho se ralentissait; il s'arrêta devant les trois marches d'ébène qui conduisaient à la seconde enceinte.

« Avance! » dit Spendius.

Des grenadiers, des amandiers, des cyprès et des myrtes, immobiles comme des feuillages de bronze, alternaient régulièrement; le chemin, pavé de cailloux bleus, craquait sous les pas, et des roses épanouies pendaient en berceau sur toute la longueur de l'allée. Ils arrivèrent devant un trou ovale, abrité par une grille. Alors, Mâtho, que ce silence effrayait, dit à Spendius :

« C'est ici qu'on mélange les Eaux douces avec les Eaux amères.

— J'ai vu tout cela, reprit l'ancien esclave, en Syrie, dans la ville de Maphug. »

Et, par un escalier de six marches d'argent, ils montèrent dans la troisième enceinte.

Un cèdre énorme en occupait le milieu. Ses branches les plus basses disparaissaient sous des brides d'étoffes et des colliers qu'y avaient appendus les fidèles. Ils firent encore quelques pas, et la façade du temple se déploya.

Deux longs portiques, dont les architraves reposaient sur des piliers trapus, flanquaient une tour quadrangulaire, ornée à sa plate-forme par un croissant de lune. Sur les angles des portiques et aux quatre coins de la tour s'élevaient des vases pleins d'aromates allumés. Des grenades et des coloquintes chargeaient les chapiteaux. Des entrelacs, des losanges, des lignes de perles s'alternaient sur les murs, et une haie en filigrane d'argent formait un large demi-cercle devant l'escalier d'airain qui descendait du vestibule.

Il y avait à l'entrée, entre une stèle d'or et une stèle d'émeraude, un cône de pierre; Mâtho, en passant à côté, se baisa la main droite.

La première chambre était très haute; d'innombrables ouvertures perçaient sa voûte; en levant la tête on pouvait voir les étoiles. Tout autour de la muraille, dans des corbeilles de roseau, s'amoncelaient des barbes et des chevelures, prémices des adolescences; et, au milieu de l'appartement circulaire, le corps d'une femme sortait d'une gaine couverte de mamelles. Grasse, barbue, et les paupières baissées, elle avait l'air de sourire, en croisant ses mains sur le bord de son gros ventre, — poli par les baisers de la foule.

Puis ils se retrouvèrent à l'air libre, dans un corridor transversal, où un autel de proportions exiguës s'appuyait contre une porte d'ivoire. On n'allait point au delà : les prêtres seuls pouvaient l'ouvrir; car un temple n'était pas un lieu de réunion pour la multitude, mais la demeure particulière d'une divinité.

« L'entreprise est impossible, disait Mâtho. Tu n'y avais pas songé! Retournons! » Spendius examinait les murs.

Il voulait le voile, non qu'il eût confiance en sa vertu
(Spendius ne croyait qu'à l'Oracle), mais persuadé que
les Carthaginois, s'en voyant privés, tomberaient dans
un grand abattement. Pour trouver quelque issue, ils
firent le tour par derrière.

On apercevait, sous des bosquets de térébinthe, des
édicules de forme différente. Çà et là un phallus de pierre
se dressait, et de grands cerfs erraient tranquillement,
poussant de leurs pieds fourchus des pommes de pin
tombées.

Ils revinrent sur leurs pas entre deux longues galeries
qui s'avançaient parallèlement. De petites cellules s'ouvraient au bord. Des tambourins et des cymbales
étaient accrochés du haut en bas de leurs colonnes de
cèdre. Des femmes dormaient en dehors des cellules,
étendues sur des nattes. Leurs corps, tout gras d'onguents, exhalaient une odeur d'épices et de cassolettes
éteintes; elles étaient si couvertes de tatouages, de colliers, d'anneaux, de vermillon et d'antimoine, qu'on
les eût prises, sans le mouvement de leur poitrine, pour
des idoles ainsi couchées par terre. Des lotus entouraient une fontaine, où nageaient des poissons pareils à
ceux de Salammbô; puis au fond, contre la muraille
du temple, s'étalait une vigne dont les sarments étaient
de verre et les grappes d'émeraude : les rayons des
pierres précieuses faisaient des jeux de lumière, entre
les colonnes peintes, sur les visages endormis.

Mâtho suffoquait dans la chaude atmosphère que
rabattaient sur lui les cloisons de cèdre. Tous ces symboles de la fécondation, ces parfums, ces rayonnements,
ces haleines l'accablaient. A travers les éblouissements
mystiques, il songeait à Salammbô. Elle se confondait
avec la Déesse elle-même, et son amour s'en dégageait
plus fort, comme les grands lotus qui s'épanouissaient
sur la profondeur des eaux.

Spendius calculait quelle somme d'argent il aurait
autrefois gagnée à vendre ces femmes; et, d'un coup
d'œil rapide, il pesait en passant les colliers d'or.

Le temple était, de ce côté comme de l'autre, impénétrable. Ils revinrent derrière la première chambre.
Pendant que Spendius cherchait, furetait, Mâtho, prosterné devant la porte, implorait Tanit. Il la suppliait de
ne point permettre ce sacrilège. Il tâchait de l'adoucir

avec des mots caressants, comme on fait à une personne
irritée.

Spendius remarqua au-dessus de la porte une ouverture étroite.

« Lève-toi ! » dit-il à Mâtho, et il le fit s'adosser contre
le mur, tout debout. Alors, posant un pied dans ses
mains, puis un autre sur sa tête, il parvint jusqu'à la
hauteur du soupirail, s'y engagea et disparut. Puis Mâtho
sentit tomber sur son épaule une corde à nœuds, celle
que Spendius avait enroulée autour de son corps avant
de s'engager dans les citernes ; et s'y appuyant des deux
mains, bientôt il se trouva près de lui dans une grande
salle pleine d'ombre.

De pareils attentats étaient une chose extraordinaire.
L'insuffisance des moyens pour les prévenir témoignait
assez qu'on les jugeait impossibles. La terreur, plus que
les murs, défendait les sanctuaires. Mâtho, à chaque
pas, s'attendait à mourir.

Cependant une lueur vacillait au fond des ténèbres ;
ils s'en rapprochèrent. C'était une lampe qui brûlait
dans une coquille sur le piédestal d'une statue coiffée
du bonnet des Kabires. Des disques en diamant parsemaient sa longue robe bleue, et des chaînes, qui s'enfonçaient sous les dalles, l'attachaient au sol par les
talons. Mâtho retint un cri. Il balbutiait : « Ah ! la voilà !
la voilà !... ». Spendius prit la lampe afin de s'éclairer.

« Quel impie tu es ! » murmura Mâtho. Il le suivait
pourtant.

L'appartement où ils entrèrent n'avait rien qu'une
peinture noire représentant une autre femme. Ses jambes
montaient jusqu'au haut de la muraille. Son corps occupait le plafond tout entier. De son nombril pendait à un
fil un œuf énorme, et elle retombait sur l'autre mur, la
tête en bas, jusqu'au niveau des dalles où atteignaient
ses doigts pointus.

Pour passer plus loin, ils écartèrent une tapisserie ;
mais le vent souffla, et la lumière s'éteignit.

Alors ils errèrent, perdus dans les complications de
l'architecture. Tout à coup, ils sentirent sous leurs pieds
quelque chose d'une douceur étrange. Des étincelles
pétillaient, jaillissaient ; ils marchaient dans du feu.
Spendius tâta le sol et reconnut qu'il était soigneusement tapissé avec des peaux de lynx ; puis il leur sem-

bla qu'une grosse corde mouillée, froide et visqueuse,
glissait entre leurs jambes. Des fissures, taillées dans la
muraille, laissaient tomber de minces rayons blancs. Ils
s'avançaient à ces lueurs incertaines. Enfin ils distinguèrent un grand serpent noir. Il s'élança vite et disparut.

« Fuyons! s'écria Mâtho. C'est elle! je la sens; elle
vient.

— Eh non! répondit Spendius, le temple est vide. »

Alors une lumière éblouissante leur fit baisser les
yeux. Puis ils aperçurent tout à l'entour une infinité de
bêtes, efflanquées, haletantes, hérissant leurs griffes, et
confondues les unes par-dessus les autres dans un désordre mystérieux qui épouvantait. Des serpents avaient
des pieds, des taureaux avaient des ailes, des poissons
à têtes d'homme dévoraient des fruits, des fleurs s'épanouissaient dans la mâchoire des crocodiles, et des éléphants, la trompe levée, passaient en plein azur, orgueil-
leusement, comme des aigles. Un effort terrible disten-
dait leurs membres incomplets ou multipliés. Ils avaient
l'air, en tirant la langue, de vouloir faire sortir leur
âme; et toutes les formes se trouvaient là, comme si le
réceptacle des germes, crevant dans une éclosion soudaine, se fût vidé sur les murs de la salle.

Douze globes de cristal bleu la bordaient circulai-
rement, supportés par des monstres qui ressemblaient
à des tigres. Leurs prunelles saillissaient comme les yeux
des escargots, et courbant leurs reins trapus, ils se tournaient vers le fond, où resplendissait, sur un char
d'ivoire, la Rabbet suprême, l'Omniféconde, la dernière
inventée.

Des écailles, des plumes, des fleurs et des oiseaux lui
montaient jusqu'au ventre. Pour pendants d'oreilles elle
avait des cymbales d'argent qui lui battaient sur les joues.
Ses grands yeux fixes vous regardaient, et une pierre
lumineuse, enchâssée à son front dans un symbole obscène, éclairait toute la salle, en se reflétant au-dessus de
la porte, sur des miroirs de cuivre rouge.

Mâtho fit un pas; une dalle fléchit sous ses talons, et
voilà que les sphères se mirent à tourner, les monstres
à rugir; une musique s'éleva, mélodieuse et ronflante
comme l'harmonie des planètes; l'âme tumultueuse de
Tanit ruisselait épandue. Elle allait se lever, grande

comme la salle, avec les bras ouverts[1]. Tout à coup les
monstres fermèrent la gueule, et les globes de cristal
ne tournaient plus.

Puis une modulation lugubre pendant quelque temps
se traîna dans l'air, et s'éteignit enfin.

« Et le voile? » dit Spendius.

Nulle part on ne l'apercevait. Où donc se trouvait-il?
Comment le découvrir? Et si les prêtres l'avaient caché?
Mâtho éprouvait un déchirement au cœur et comme une
déception dans sa foi.

« Par ici! » chuchota Spendius.

Une inspiration le guidait. Il entraîna Mâtho derrière le char de Tanit, où une fente, large d'une coudée,
coupait la muraille du haut en bas.

Alors ils pénétrèrent dans une petite salle toute ronde
et si élevée qu'elle ressemblait à l'intérieur d'une colonne.
Il y avait au milieu une grosse pierre noire à demi sphé-
rique, comme un tambourin; des flammes brûlaient
dessus; un cône d'ébène se dressait par derrière, portant
une tête et deux bras.

Mais au delà on aurait dit un nuage où étincelaient
des étoiles; des figures apparaissaient dans les profondeurs de ses plis : Eschmoûn avec les Kabires, quelques-
uns des monstres déjà vus, les bêtes sacrées des Babyloniens, puis d'autres qu'ils ne connaissaient pas. Cela
passait comme un manteau sous le visage de l'idole, et
remontant étalé sur le mur, s'accrochait par les angles,
tout à la fois bleuâtre comme la nuit, jaune comme
l'aurore, pourpre comme le soleil, nombreux, diaphane, étincelant, léger. C'était là le manteau de la
Déesse, le zaïmph saint que l'on ne pouvait voir.

Ils pâlirent l'un et l'autre.

« Prends-le! » dit enfin Mâtho.

Spendius n'hésita pas; et, s'appuyant sur l'idole, il
décrocha le voile, qui s'affaissa par terre. Mâtho posa la
main dessus; puis il entra sa tête par l'ouverture, puis
il s'en enveloppa le corps, et il écartait les bras pour
le mieux contempler.

« Partons! » dit Spendius.

Mâtho, en haletant, restait les yeux fixés sur les
dalles.

Tout à coup il s'écria :

« Mais si j'allais chez elle? Je n'ai plus peur de sa

beauté? Que pourrait-elle faire contre moi? Me voilà
plus qu'un homme, maintenant. Je traverserais les
flammes, je marcherais dans la mer! Un élan m'emporte!
Salammbô! Salammbô! je suis ton maître! »

Sa voix tonnait. Il semblait à Spendius de taille plus
haute et transfiguré.

Un bruit de pas se rapprocha, une porte s'ouvrit et un
homme apparut, un prêtre, avec son haut bonnet et les
yeux écarquillés. Avant qu'il eût fait un geste, Spendius
s'était précipité, et l'étreignant à pleins bras, lui avait
enfoncé dans les flancs ses deux poignards. La tête
sonna sur les dalles.

Puis, immobiles comme le cadavre, ils restèrent pendant quelque temps à écouter. On n'entendait que le
murmure du vent par la porte entr'ouverte.

Elle donnait sur un passage resserré. Spendius s'y
engagea, Mâtho le suivit, et ils se trouvèrent presque
immédiatement dans la troisième enceinte, entre les
portiques latéraux, où étaient les habitations des prêtres.

Derrière les cellules il devait y avoir pour sortir un
chemin plus court. Ils se hâtèrent.

Spendius, s'accroupissant au bord de la fontaine,
lava ses mains sanglantes. Les femmes dormaient. La
vigne d'émeraude brillait. Ils se remirent en marche.

Mais quelqu'un, sous les arbres, courait derrière eux;
et Mâtho, qui portait le voile, sentit plusieurs fois
qu'on le tirait par en bas, tout doucement. C'était un
grand cynocéphale, un de ceux qui vivaient libres dans
l'enceinte de la Déesse. Comme s'il avait eu conscience
du vol, il se cramponnait au manteau. Cependant ils
n'osaient le battre, dans la peur de faire redoubler ses
cris; soudain sa colère s'apaisa et il trottait près d'eux,
côte à côte, en balançant son corps, avec ses longs bras
qui pendaient. Puis, à la barrière, d'un bond, il s'élança
dans un palmier.

Quand ils furent sortis de la dernière enceinte, ils se
dirigèrent vers le palais d'Hamilcar, Spendius comprenant qu'il était inutile de vouloir en détourner
Mâtho.

Ils prirent par la rue des Tanneurs, la place de Muthumbal, le marché aux herbes et le carrefour de Cynasyn.
A l'angle d'un mur, un homme se recula, effrayé par
cette chose étincelante qui traversait les ténèbres.

« Cache le zaïmph ! » dit Spendius.

D'autres gens les croisèrent; mais ils n'en furent pas aperçus.

Enfin ils reconnurent les maisons de Mégara.

Le phare, bâti par derrière, au sommet de la falaise, illuminait le ciel d'une grande clarté rouge, et l'ombre du palais, avec ses terrasses superposées, se projetait sur les jardins comme une monstrueuse pyramide. Ils entrèrent par la haie de jujubiers, en abattant les branches à coups de poignard.

Tout gardait les traces du festin des Mercenaires. Les parcs étaient rompus, les rigoles taries, les portes de l'ergastule ouvertes. Personne n'apparaissait autour des cuisines ni des celliers. Ils s'étonnaient de ce silence, interrompu quelquefois par le souffle rauque des éléphants qui s'agitaient dans leurs entraves, et la crépitation du phare où flambait un bûcher d'aloès.

Mâtho, cependant, répétait :

« Où est-elle? Je veux la voir! Conduis-moi!

— C'est une démence! disait Spendius. Elle appellera, ses esclaves accourront, et malgré ta force, tu mourras! »

Ils atteignirent ainsi l'escalier des galères. Mâtho leva la tête, et il crut apercevoir, tout en haut, une vague clarté rayonnante et douce. Spendius voulut le retenir. Il s'élança sur les marches.

En se retrouvant aux places où il l'avait déjà vue, l'intervalle des jours écoulés s'effaça dans sa mémoire. Tout à l'heure elle chantait entre les tables; elle avait disparu, et depuis lors il montait continuellement cet escalier. Le ciel, sur sa tête, était couvert de feux; la mer emplissait l'horizon; à chacun de ses pas une immensité plus large l'entourait, et il continuait à gravir avec l'étrange facilité que l'on éprouve dans les rêves.

Le bruissement du voile frôlant contre les pierres lui rappela son pouvoir nouveau; mais, dans l'excès de son espérance, il ne savait plus maintenant ce qu'il devait faire; cette incertitude l'intimida.

De temps à autre, il collait son visage contre les baies quadrangulaires des appartements fermés, et il crut voir dans plusieurs des personnes endormies.

Le dernier étage, plus étroit, formait comme un dé sur le sommet des terrasses. Mâtho en fit le tour, lentement.

Une lumière laiteuse emplissait les feuilles de talc qui bouchaient les petites ouvertures de la muraille; et, symétriquement disposées, elles ressemblaient dans les ténèbres à des rangs de perles fines. Il reconnut la porte rouge à croix noire. Les battements de son cœur redoublèrent. Il aurait voulu s'enfuir. Il poussa la porte; elle s'ouvrit.

Une lampe en forme de galère brûlait suspendue dans le lointain de la chambre; et trois rayons, qui s'échappaient de sa carène d'argent, tremblaient sur les hauts lambris, couverts d'une peinture rouge à bandes noires. Le plafond était un assemblage de poutrelles, portant au milieu de leur dorure des améthystes et des topazes dans les nœuds du bois. Sur les deux grands côtés de l'appartement, s'allongeait un lit très bas fait de courroies blanches; et des cintres, pareils à des coquilles, s'ouvraient au-dessus, dans l'épaisseur de la muraille, laissant déborder quelque vêtement qui pendait jusqu'à terre.

Une marche d'onyx entourait un bassin ovale; de fines pantoufles en peau de serpent étaient restées sur le bord avec une buire d'albâtre. La trace d'un pas humide s'apercevait au delà. Des senteurs exquises s'évaporaient.

Mâtho effleurait les dalles incrustées d'or, de nacre et de verre; et malgré la polissure du sol, il lui semblait que ses pieds enfonçaient comme s'il eût marché dans des sables.

Il avait aperçu derrière la lampe d'argent un grand carré d'azur se tenant en l'air par quatre cordes qui remontaient, et il s'avançait, les reins courbés, la bouche ouverte.

Des ailes de phénicoptères, emmanchées à des branches de corail noir, traînaient parmi les coussins de pourpre et les étrilles d'écaille, les coffrets de cèdre, les spatules d'ivoire. A des cornes d'antilope étaient enfilés des bagues, des bracelets; et des vases d'argile rafraîchissaient au vent, dans la fente du mur, sur un treillage de roseaux. Plusieurs fois il se heurta les pieds, car le sol avait des niveaux de hauteur inégale qui faisaient dans la chambre comme une succession d'appartements. Au fond, des balustres d'argent entouraient un tapis semé de fleurs peintes. Enfin il arriva contre

le lit suspendu, près d'un escabeau d'ébène servant à y
monter.

Mais la lumière s'arrêtait au bord; — et l'ombre,
telle qu'un grand rideau, ne découvrait qu'un angle
du matelas rouge avec le bout d'un petit pied nu posant
sur la cheville. Alors Mâtho tira la lampe, tout doucement.

Elle dormait la joue dans une main et l'autre bras
déplié. Les anneaux de sa chevelure se répandaient
autour d'elle si abondamment qu'elle paraissait couchée
sur des plumes noires, et sa large tunique blanche se
courbait en molles draperies, jusqu'à ses pieds, suivant
les inflexions de sa taille. On apercevait un peu ses yeux,
sous ses paupières entre-closes. Les courtines, perpendiculairement tendues, l'enveloppaient d'une atmosphère bleuâtre, et le mouvement de sa respiration, en
se communiquant aux cordes, semblait la balancer dans
l'air. Un long moustique bourdonnait.

Mâtho, immobile, tenait au bout de son bras la galère
d'argent, mais la moustiquaire s'enflamma d'un seul
coup, disparut, et Salammbô se réveilla.

Le feu s'était de soi-même éteint. Elle ne parlait pas.
La lampe faisait osciller sur les lambris de grandes
moires lumineuses.

« Qu'est-ce donc? » dit-elle.

Il répondit :

« C'est le voile de la Déesse! »

— Le voile de la Déesse! » s'écria Salammbô. Et
appuyée sur les deux poings, elle se penchait en dehors
toute frémissante. Il reprit :

« J'ai été le chercher pour toi dans les profondeurs
du sanctuaire! Regarde! » Le zaïmph étincelait tout
couvert de rayons.

« T'en souviens-tu? disait Mâtho. La nuit, tu
apparaissais dans mes songes; mais je ne devinais pas
l'ordre muet de tes yeux! » — Elle avançait un pied sur
l'escabeau d'ébène. — Si j'avais compris, je serais
accouru; j'aurais abandonné l'armée; je ne serais pas
sorti de Carthage. Pour t'obéir, je descendrais par la
caverne d'Hadrumète dans le royaume des Ombres...
Pardonne! c'étaient comme des montagnes qui pesaient
sur mes jours; et pourtant quelque chose m'entraînait!
Je tâchais de venir jusqu'à toi! Sans les Dieux, est-ce

que jamais j'aurais osé !... Partons ! il faut me suivre !
ou, si tu ne veux pas, je vais rester. Que m'importe...
Noie mon âme dans le souffle de ton haleine ! Que mes
lèvres s'écrasent à baiser tes mains !

— Laisse-moi voir ! disait-elle. Plus près ! plus près ! »

L'aube se levait, et une couleur vineuse emplissait les
feuilles de talc dans les murs. Salammbô s'appuyait en
défaillant contre les coussins du lit.

« Je t'aime ! » criait Mâtho.

Elle balbutia : « Donne-le ! » Et ils se rapprochaient.

Elle s'avançait toujours, vêtue de sa simarre blanche
qui traînait, avec ses grands yeux attachés sur le voile.
Mâtho la contemplait, ébloui par les splendeurs de sa
tête, et tendant vers elle le zaïmph, il allait l'envelopper
dans une étreinte. Elle écartait les bras. Tout à coup
elle s'arrêta, et ils restèrent béants à se regarder.

Sans comprendre ce qu'il sollicitait, une horreur la
saisit. Ses sourcils minces remontèrent, ses lèvres
s'ouvraient ; elle tremblait. Enfin, elle frappa dans une
des patères d'airain qui pendaient aux coins du matelas
rouge, en criant :

« Au secours ! au secours ! Arrière, sacrilège ! infâme !
maudit ! A moi, Taanach, Kroûm, Ewa, Micipsa,
Schaoûl ! »

Et la figure de Spendius effarée, apparaissant dans la
muraille entre les buires d'argile, jeta ces mots :

« Fuis donc ! ils accourent ! »

Un grand tumulte monta en ébranlant les escaliers, et
un flot de monde, des femmes, des valets, des esclaves,
s'élancèrent dans la chambre avec des épieux, des casse-
tête, des coutelas, des poignards. Ils furent comme para-
lysés d'indignation en apercevant un homme ; les servantes poussaient le hurlement des funérailles, et les
eunuques pâlissaient sous leur peau noire.

Matho se tenait derrière les balustres. Avec le zaïmph
qui l'enveloppait, il semblait un dieu sidéral tout environné du firmament. Les esclaves s'allaient jeter sur lui.
Elle les arrêta.

« N'y touchez pas ! C'est le manteau de la Déesse ! »

Elle s'était reculée dans un angle ; mais elle fit un
pas vers lui, et, allongeant son bras nu :

« Malédiction sur toi qui as dérobé Tanit ! Haine,
vengeance, massacre et douleur ! Que Gurzil, dieu des

batailles, te déchire! que Matisman, dieu des morts,
t'étouffe! et que l'Autre, — celui qu'il ne faut pas
nommer — te brûle! »

Matho poussa un cri comme à la blessure d'une
épée. Elle répéta plusieurs fois : « Va-t'en! va-t'en! »

La foule des serviteurs s'écarta, et Mâtho, baissant
la tête, passa lentement au milieu d'eux; mais à la porte
il s'arrêta, car la frange du zaïmph s'était accrochée à
une des étoiles d'or qui pavaient les dalles. Il le tira
brusquement d'un coup d'épaule, et descendit les
escaliers.

Spendius, bondissant de terrasse en terrasse et sautant par-dessus les haies, les rigoles, s'était échappé des
jardins. Il arriva au pied du phare. Le mur en cet endroit
se trouvait abandonné, tant la falaise était inaccessible.
Il s'avança jusqu'au bord, se coucha sur le dos, et, les
pieds en avant, se laissa glisser tout le long jusqu'en
bas; puis il atteignit à la nage le cap des Tombeaux,
fit un grand détour par la lagune salée, et le soir rentra
au camp des Barbares.

Le soleil s'était levé; et, comme un lion qui s'éloigne,
Mâtho descendait les chemins, en jetant autour de lui
des yeux terribles.

Une rumeur indécise arrivait à ses oreilles. Elle était
partie du palais et elle recommençait au loin, du côté
de l'Acropole. Les uns disaient qu'on avait pris le trésor
de la République dans le temple de Moloch; d'autres
parlaient d'un prêtre assassiné. On s'imaginait ailleurs
que les Barbares étaient entrés dans la ville.

Mâtho, qui ne savait comment sortir des enceintes,
marchait droit devant lui. On l'aperçut, alors une clameur s'éleva. Tous avaient compris; ce fut une conster-
nation, puis une immense colère.

Du fond des Mappales, des hauteurs de l'Acropole,
des catacombes, des bords du lac, la multitude accourut.
Les patriciens sortaient de leur palais, les vendeurs de leurs
boutiques; les femmes abandonnaient leurs enfants;
on saisit des épées, des haches, des bâtons; mais l'obstacle qui avait empêché Salammbô les arrêta. Comment
reprendre le voile? Sa vue seule était un crime :
il était de la nature des Dieux et son contact faisait
mourir.

Sur le péristyle des temples, les prêtres désespérés

se tordaient les bras. Les gardes de la Légion galopaient
au hasard : on montait sur les maisons, sur les terrasses,
sur l'épaule des colosses et dans la mâture des navires.
Il s'avançait cependant, et à chacun de ses pas la rage
augmentait, mais la terreur aussi. Les rues se vidaient
à son approche, et ce torrent d'hommes qui fuyaient
rejaillissait des deux côtés jusqu'au sommet des murailles. Il ne distinguait partout que des yeux grands
ouverts comme pour le dévorer, des dents qui claquaient, des poings tendus, et les imprécations de
Salammbô retentissaient en se multipliant.

Tout à coup, une longue flèche siffla, puis une autre,
et des pierres ronflaient : mais les coups, mal dirigés
(car on avait peur d'atteindre le zaïmph), passaient
au-dessus de sa tête. D'ailleurs se faisant du voile un
bouclier, il le tendait à droite, à gauche, devant lui,
par derrière; et ils n'imaginaient aucun expédient. Il
marchait de plus en plus vite, s'engageant par les rues
ouvertes. Elles étaient barrées avec des cordes, des
chariots, des pièges; à chaque détour il revenait en
arrière. Enfin il entra sur la place de Khamon, où les
Baléares avaient péri; Mâtho s'arrêta, pâlissant comme
quelqu'un qui va mourir. Il était bien perdu cette fois;
la multitude battait des mains.

Il courut jusqu'à la grande porte fermée. Elle était
très haute, toute en cœur de chêne, avec des clous de fer
et doublée d'airain. Mâtho se jeta contre. Le peuple trépignait de joie, voyant l'impuissance de sa fureur; alors
il prit sa sandale, cracha dessus et en souffleta les pan-
neaux immobiles. La ville entière hurla. On oubliait le
voile maintenant, et ils allaient l'écraser. Mâtho promena sur la foule de grands yeux vagues. Ses tempes
battaient à l'étourdir; il se sentait envahi par l'engourdissement des gens ivres. Tout à coup il aperçut la
longue chaîne que l'on tirait pour manœuvrer la bascule
de la porte. D'un bond il s'y cramponna, en roidissant
ses bras, en s'arc-boutant des pieds; et, à la fin, les
battants énormes s'entr'ouvrirent.

Quand il fut dehors, il retira de son cou le grand
zaïmph et l'éleva sur sa tête le plus haut possible.
L'étoffe, soutenue par le vent de la mer, resplendissait
au soleil avec ses couleurs, ses pierreries et la figure
de ses dieux. Mâtho, le portant ainsi, traversa toute

la plaine jusqu'aux tentes des soldats, et le peuple,
sur les murs, regardait s'en aller la fortune de Carthage.

VI

HANNON

« J'aurais dû l'enlever ! disait-il le soir à Spendius. Il
fallait la saisir, l'arracher de sa maison ! Personne
n'eût osé rien contre moi ! »

Spendius ne l'écoutait pas. Étendu sur le dos, il se
reposait avec délices, près d'une grande jarre pleine
d'eau miellée, où de temps à autre il se plongeait la
tête pour boire plus abondamment.

Mâtho reprit :

« Que faire ?... Comment rentrer dans Carthage ?
— Je ne sais », lui dit Spendius.

Cette impassibilité l'exaspérait ; il s'écria :

« Eh ! la faute vient de toi ! Tu m'entraînes, puis
tu m'abandonnes, lâche que tu es ! Pourquoi donc
t'obéirais-je ? Te crois-tu mon maître ? Ah ! prostitueur,
esclave, fils d'esclave ! »

Il grinçait des dents et levait sur Spendius sa large
main.

Le Grec ne répondit pas. Un lampadaire d'argile
brûlait doucement contre le mât de la tente, où le
zaïmph rayonnait dans la panoplie suspendue.

Tout à coup, Mâtho chaussa ses cothurnes, boucla
sa jaquette à lames d'airain, prit son casque.

« Où vas-tu ? demanda Spendius.

— J'y retourne ! Laisse-moi ! Je la ramènerai ! Et
s'ils se présentent je les écrase comme des vipères ! Je la
ferai mourir, Spendius ! » Il répéta : « Oui ! je la tuerai !
tu verras, je la tuerai ! »

Mais Spendius, qui tendait l'oreille, arracha brusquement le zaïmph et le jeta dans un coin, en accumulant
par-dessus des toisons. On entendit un murmure de
voix, des torches brillèrent, et Narr'Havas entra, suivi
d'une vingtaine d'hommes environ.

Ils portaient des manteaux de laine blanche, de longs
poignards, des colliers de cuir, des pendants d'oreilles

en bois, des chaussures en peau d'hyène ; et, restés sur
le seuil, ils s'appuyaient contre leurs lances comme des
pasteurs qui se reposent. Narr'Havas était le plus beau
de tous ; des courroies garnies de perles serraient ses
bras minces ; le cercle d'or attachant autour de sa tête
son large vêtement retenait une plume d'autruche qui
lui pendait par derrière l'épaule : un continuel sourire
découvrait ses dents ; ses yeux semblaient aiguisés
comme des flèches, et il y avait dans toute sa personne
quelque chose d'attentif et de léger.

Il déclara qu'il venait se joindre aux Mercenaires,
car la République menaçait depuis longtemps son
royaume. Donc il avait intérêt à secourir les Barbares,
et il pouvait aussi leur être utile.

« Je vous fournirai des éléphants (mes forêts en
sont pleines), du vin, de l'huile, de l'orge, des dattes,
de la poix et du soufre pour les sièges, vingt mille fantassins et dix mille chevaux. Si je m'adresse à toi, Mâtho,
c'est que la possession du zaïmph t'a rendu le premier
de l'armée. » Il ajouta : « Nous sommes d'anciens amis,
d'ailleurs. »

Mâtho, cependant, considérait Spendius, qui écoutait
assis sur les peaux de mouton, tout en faisant avec la
tête de petits signes d'assentiment. Narr'Havas parlait.
Il attestait les Dieux, il maudissait Carthage. Dans ses
imprécations, il brisa un javelot. Tous ces hommes à la
fois poussèrent un grand hurlement, et Mâtho, emporté
par cette colère, s'écria qu'il acceptait l'alliance.

Alors on amena un taureau blanc avec une brebis
noire, symbole du jour et symbole de la nuit. On les
égorgea au bord d'une fosse. Quand elle fut pleine de
sang, ils y plongèrent leurs bras. Puis Narr'Havas
étala sa main sur la poitrine de Mâtho, et Mâtho la
sienne sur la poitrine de Narr'Havas. Ils répétèrent ce
stigmate sur la toile de leurs tentes. Ensuite ils passèrent
la nuit à manger, et on brûla le reste des viandes avec
la peau, les ossements, les cornes et les ongles.

Une immense acclamation avait salué Mâtho lorsqu'il
était revenu portant le voile de la Déesse ; ceux mêmes
qui n'étaient pas de religion chananéenne sentirent à
leur vague enthousiasme qu'un Génie survenait. Quant
à chercher à s'emparer du zaïmph, aucun n'y songea ; la
manière mystérieuse dont il l'avait acquis suffisait,

dans l'esprit des Barbares, à en légitimer la possession.
Ainsi pensaient les soldats de race africaine. Les autres,
dont la haine était moins vieille, ne savaient que résoudre. S'ils avaient eu des navires, ils se seraient
immédiatement en allés.

Spendius, Narr'Havas et Mâtho expédièrent des
hommes à toutes les tribus du territoire punique.

Carthage exténuait ces peuples. Elle en tirait des
impôts exorbitants; et les fers, la hache ou la croix
punissaient les retards et jusqu'aux murmures. Il fallait
cultiver ce qui convenait à la République, fournir ce
qu'elle demandait; personne n'avait le droit de posséder
une arme; quand les villages se révoltaient, on vendait
les habitants; les gouverneurs étaient estimés comme
des pressoirs d'après la quantité qu'ils faisaient rendre.
Puis, au delà des régions directement soumises à Carthage, s'étendaient les alliés ne payant qu'un médiocre
tribut; derrière les alliés vagabondaient les Nomades,
qu'on pouvait lâcher sur eux. Par ce système les récoltes
étaient toujours abondantes, les haras savamment
conduits, les plantations superbes. Le vieux Caton,
un maître en fait de labours et d'esclaves, quatre-vingt-
douze ans plus tard en fut ébahi, et le cri de mort qu'il
répétait dans Rome n'était que l'exclamation d'une
jalousie cupide.

Durant la dernière guerre, les exactions avaient
redoublé, si bien que les villes de la Libye, presque
toutes s'étaient livrées à Régulus. Pour les punir, on
avait exigé d'elles mille talents, vingt mille bœufs, trois
cents sacs de poudre d'or, des avances de grains considérables, et les chefs des tribus avaient été mis en croix
ou jetés aux lions.

Tunis surtout exécrait Carthage! Plus vieille que la
métropole, elle ne lui pardonnait point sa grandeur;
elle se tenait en face de ses murs, accroupie dans la fange,
au bord de l'eau, comme une bête venimeuse qui la
regardait. Les déportations, les massacres et les épidé-
mies ne l'affaiblissaient pas. Elle avait soutenu Archa-
gate, fils d'Agathoclès. Les Mangeurs-de-choses-immondes, tout de suite, y trouvèrent des armes.

Les courriers n'étaient pas encore partis, que dans
les provinces une joie universelle éclata. Sans rien
attendre, on étrangla dans les bains les intendants des

maisons et les fonctionnaires de la République: on retira des cavernes les vieilles armes que l'on cachait; avec le fer des charrues on forgea des épées; les enfants sur les portes aiguisaient des javelots, et les femmes donnèrent leurs colliers, leurs bagues, leurs pendants d'oreilles, tout ce qui pouvait servir à la destruction de Carthage. Chacun y voulait contribuer. Les paquets de lances s'amoncelaient dans les bourgs, comme des gerbes de maïs. On expédia des bestiaux et de l'argent. Mâtho paya vite aux Mercenaires l'arrérage de leur solde, et cette idée de Spendius le fit nommer général en chef, schalischim des Barbares.

En même temps, les secours d'hommes affluaient. D'abord parurent les gens de race autochtone, puis les esclaves des campagnes. Des caravanes de Nègres furent saisies, on les arma, et des marchands qui venaient à Carthage, dans l'espoir d'un profit plus certain, se mêlèrent aux Barbares. Il arrivait incessamment des bandes nombreuses. Des hauteurs de l'Acropole on voyait l'armée qui grossissait.

Sur la plate-forme de l'aqueduc, les gardes de la Légion étaient postés en sentinelles; et près d'eux, de distance en distance, s'élevaient des cuves en airain où bouillonnaient des flots d'asphalte. En `bas, dans la plaine, la grande foule s'agitait tumultueusement. Ils étaient incertains, éprouvant cet embarras que la rencontre des murailles inspire toujours aux Barbares.

Utique et Hippo-Zaryte refusèrent leur alliance. Colonies phéniciennes comme Carthage, elles se gouvernaient elles-mêmes, et, dans les traités que concluait la République, faisaient chaque fois admettre des clauses pour les en distinguer. Cependant elles respectaient cette sœur plus forte, qui les protégeait, et elles ne croyaient point qu'un amas de Barbares fût capable de la vaincre; ils seraient au contraire exterminés. Elles désiraient rester neutres et vivre tranquilles.

Mais leur position les rendait indispensables. Utique, au fond d'un golfe, était commode pour amener dans Carthage les secours du dehors. Si Utique seule était prise, Hippo-Zaryte, à six heures plus loin sur la côte, la remplacerait, et la métropole, ainsi ravitaillée, se trouverait inexpugnable.

Spendius voulait qu'on entreprît le siège immédiate-

ment, Narr'Havas s'y opposa; il fallait d'abord se porter
sur la frontière. C'était l'opinion des vétérans, celle de
Mâtho lui-même, et il fut décidé que Spendius irait
attaquer Utique, Mâtho Hippo-Zaryte; le troisième
corps d'armée, s'appuyant à Tunis, occuperait la plaine
de Carthage; Autharite s'en chargea. Quant à Narr'
Havas, il devait retourner dans son royaume pour y
prendre des éléphants, et avec sa cavalerie battre les
routes.

Les femmes crièrent bien fort à cette décision; elles
convoitaient les bijoux des dames puniques. Les Libyens
aussi réclamèrent. On les avait appelés contre Carthage, et voilà qu'on s'en allait! Les soldats presque seuls
partirent. Mâtho commandait ses compagnons avec
les Ibériens, les Lusitaniens, les hommes de l'Occident
et des îles, et tous ceux qui parlaient grec avaient
demandé Splendius, à cause de son esprit.

La stupéfaction fut grande quand on vit l'armée se
mouvoir tout à coup; puis elle s'allongea sous la montagne de l'Ariane, par le chemin d'Utique, du côté de
la mer. Un tronçon demeura devant Tunis, le reste disparut, et il reparut sur l'autre bord du golfe, à la lisière
des bois, où il s'enfonça.

Ils étaient quatre-vingt mille hommes, peut-être.
Les deux cités tyriennes ne résisteraient pas; ils reviendraient sur Carthage. Déjà une armée considérable
l'entamait, en occupant l'isthme par la base, et bientôt
elle périrait affamée, car on ne pouvait vivre sans l'auxiliaire des provinces, les citoyens ne payant pas, comme
à Rome, de contributions. Le génie politique manquait
à Carthage. Son éternel souci du gain l'empêchait
d'avoir cette prudence que donnent les ambitions plus
hautes. Galère ancrée sur le sable libyque, elle s'y
maintenait à force de travail. Les nations, comme des
flots, mugissaient autour d'elle, et la moindre tempête
ébranlait cette formidable machine.

Le trésor se trouvait épuisé par la guerre romaine, et
par tout ce qu'on avait gaspillé, perdu, tandis qu'on
marchandait les Barbares. Cependant il fallait des soldats
et pas un gouvernement ne se fiait à la République.
Ptolémée naguère lui avait refusé deux mille talents.
D'ailleurs le rapt du voile les décourageait. Spendius
l'avait bien prévu.

Mais ce peuple, qui se sentait haï, étreignait sur son cœur son argent et ses dieux; et son patriotisme était entretenu par la constitution même de son gouvernement.

D'abord, le pouvoir dépendait de tous sans qu'aucun fût assez fort pour l'accaparer. Les dettes particulières étaient considérées comme dettes publiques, les hommes de race chananéenne avaient le monopole du commerce; en multipliant les bénéfices de la piraterie par ceux de l'usure, en exploitant rudement les terres, les esclaves et les pauvres, quelquefois on arrivait à la richesse. Elle ouvrait seule toutes les magistratures; et bien que la puissance et l'argent se perpétuassent dans les mêmes familles, on tolérait l'oligarchie, parce qu'on avait l'espoir d'y atteindre.

Les sociétés de commerçants, où l'on élaborait les lois, choisissaient les inspecteurs des finances, qui, au sortir de leur charge nommaient les cent membres du Conseil des Anciens, dépendant eux-mêmes de la Grande-Assemblée, réunion générale de tous les riches. Quant aux deux suffètes, à ces restes de lois, moindres que des consuls, ils étaient pris le même jour dans deux familles distinctes. On les divisait par toutes sortes de haines, pour qu'ils s'affaiblissent réciproquement. Ils ne pouvaient délibérer sur la guerre : et, quand ils étaient vaincus, le Grand-Conseil les crucifiait.

Donc la force de Carthage émanait des Syssites, c'est-à-dire d'une grande cour au centre de Malqua, à l'endroit, disait-on, où avait abordé la première barque de matelots phéniciens, la mer depuis lors s'étant beaucoup retirée. C'était un assemblage de petites chambres d'une architecture archaïque en troncs de palmier, avec des encoignures de pierre, et séparées les unes des autres pour recevoir isolément les différentes compagnies. Les Riches se tassaient là tout le jour pour débattre leurs intérêts et ceux du gouvernement, depuis la recherche du poivre jusqu'à l'extermination de Rome. Trois fois par lune ils faisaient monter leurs lits sur la haute terrasse bordant le mur de la cour; et d'en bas on les apercevait attablés dans les airs, sans cothurnes et sans manteaux, avec les diamants de leurs doigts qui se promenaient sur les viandes et leurs grandes boucles d'oreilles qui se penchaient entre les buires, —

tous forts et gras, à moitié nus, heureux, riant et mangeant en plein azur, comme de gros requins qui s'ébattent dans la mer.

Mais à présent ils ne pouvaient dissimuler leurs inquiétudes, ils étaient trop pâles; la foule qui les attendait aux portes, les escortait jusqu'à leurs palais pour en tirer quelque nouvelle. Comme par les temps de peste, toutes les maisons étaient fermées; les rues s'emplissaient, se vidaient soudain; on montait à l'Acropole; on courait vers le port; chaque nuit le Grand-Conseil délibérait. Enfin le peuple fut convoqué sur la place de Kamon, et l'on décida de s'en remettre à Hannon, le vainqueur d'Hécatompyle.

C'était un homme dévot, rusé, impitoyable aux gens d'Afrique, un vrai Carthaginois. Ses revenus égalaient ceux des Barca. Personne n'avait une telle expérience dans les choses de l'administration.

Il décréta l'enrôlement de tous les citoyens valides, il plaça des catapultes sur les tours, il exigea des provisions d'armes exorbitantes, il ordonna même la construction de quatorze galères dont on n'avait pas besoin; et il voulut que tout fût enregistré, soigneusement écrit. Il se faisait transporter à l'arsenal, au phare, dans le trésor des temples; on apercevait toujours sa grande litière qui, en se balançant de gradin en gradin, montait les escaliers de l'Acropole. Dans son palais, la nuit, comme il ne pouvait dormir, pour se préparer à la bataille, il hurlait, d'une voix terrible, des manœuvres de guerre.

Tout le monde, par excès de terreur, devenait brave. Les Riches, dès le chant des coqs, s'alignaient le long des Mappales; et, retroussant leurs robes, ils s'exerçaient à manier la pique. Mais, faute d'instructeur, on se disputait. Ils s'asseyaient essoufflés sur les tombes, puis recommençaient. Plusieurs même s'imposèrent un régime. Les uns, s'imaginant qu'il fallait beaucoup manger pour acquérir des forces, se gorgeaient, et d'autres, incommodés par leur corpulence, s'exténuaient de jeûnes pour se faire maigrir.

Utique avait déjà réclamé plusieurs fois les secours de Carthage. Mais Hannon ne voulait point partir tant que le dernier écrou manquait aux machines de guerre. Il perdit encore trois lunes à équiper les cent douze élé-

phants qui logeaient dans les remparts; c'étaient les
vainqueurs de Régulus; le peuple les chérissait; on ne
pouvait trop bien agir envers ces vieux amis. Hannon
fit refondre les plaques d'airain dont on garnissait leur
poitrail, dorer leurs défenses, élargir leurs tours, et
tailler dans la pourpre la plus belle des caparaçons bordés
de franges très lourdes. Enfin, comme on appelait leurs
conducteurs des Indiens (d'après les premiers, sans
doute, venus des Indes), il ordonna que tous fussent
costumés à la mode indienne, c'est-à-dire avec un
bourrelet blanc autour des tempes et un petit caleçon
de byssus qui formait, par ses plis transversaux, comme
les deux valves d'une coquille appliquée sur les hanches.

L'armée d'Autharite restait toujours devant Tunis.
Elle se cachait derrière un mur fait avec la boue du lac
et défendu au sommet par des broussailles épineuses.
Des Nègres y avaient planté çà et là, sur de grands
bâtons, d'effroyables figures, masques humains composés avec des plumes d'oiseaux, têtes de chacal ou de
serpent, qui bâillaient vers l'ennemi pour l'épouvanter;
— et, par ce moyen, s'estimant invincibles, les Barbares
dansaient, luttaient, jonglaient, convaincus que Carthage ne tarderait pas à périr. Un autre qu'Hannon
eût écrasé facilement cette multitude qu'embarrassaient
des troupeaux et des femmes. D'ailleurs, ils ne comprenaient aucune manœuvre, et Autharite découragé n'en
exigeait plus rien.

Ils s'écartaient, quand il passait en roulant ses gros
yeux bleus. Puis, arrivé au bord du lac, il retirait son
sayon en poil de phoque, dénouait la corde qui attachait
ses longs cheveux rouges et les trempait dans l'eau. Il
regrettait de n'avoir pas déserté chez les Romains avec
les deux mille Gaulois du Temple d'Éryx.

Souvent, au milieu du jour, le soleil perdait ses rayons
tout à coup. Alors, le golfe et la pleine mer semblaient
immobiles comme du plomb fondu. Un nuage de poussière brune, perpendiculairement étalé, accourait en
tourbillonnant; les palmiers se courbaient, le ciel disparaissait, on entendait rebondir des pierres sur la
croupe des animaux; et le Gaulois, les lèvres collées
contre les trous de sa tente, râlait d'épuisement et de
mélancolie. Il songeait à la senteur des pâturages par
les matins d'automne, à des flocons de neige, aux beu-

glements des aurochs perdus dans le brouillard, et
fermant ses paupières, il croyait apercevoir les feux des
longues cabanes, couvertes de paille, trembler sur les
marais, au fond des bois.

D'autres que lui regrettaient la patrie, bien qu'elle ne
fût pas aussi lointaine. En effet, les Carthaginois captifs
pouvaient distinguer au delà du golfe, sur les pentes de
Byrsa, les velarium de leurs maisons, étendus dans les
cours. Mais des sentinelles marchaient autour d'eux,
perpétuellement. On les avait tous attachés à une chaîne
commune. Chacun portait un carcan de fer, et la foule
ne se fatiguait pas de venir les regarder. Les femmes
montraient aux petits enfants leurs belles robes en lambeaux qui pendaient sur leurs membres amaigris.

Toutes les fois qu'Autharite considérait Giscon, une
fureur le prenait au souvenir de son injure; il l'eût tué
sans le serment qu'il avait fait à Narr'Havas. Alors il
rentrait dans sa tente, buvait un mélange d'orge et de
cumin jusqu'à s'évanouir d'ivresse, — puis se réveillait
au grand soleil, dévoré par une soif horrible.

Mâtho cependant assiégeait Hippo-Zaryte.

Mais la ville était protégée avec un lac communiquant
avec la mer. Elle avait trois enceintes, et sur les hauteurs
qui la dominaient se développait un mur fortifié de tours.
Jamais il n'avait commandé de pareilles entreprises. Puis
la pensée de Salammbô l'obsédait, et il rêvait dans les
plaisirs de sa beauté, comme les délices d'une vengeance
qui le transportait d'orgueil. C'était un besoin de la
revoir âcre, furieux, permanent. Il songea même à s'offrir
comme parlementaire, espérant qu'une fois dans Carthage, il parviendrait jusqu'à elle. Souvent il faisait
sonner l'assaut, et, sans rien attendre, s'élançait sur le
môle qu'on tâchait d'établir dans la mer. Il arrachait les
pierres avec ses mains, bouleversait, frappait, enfonçait
partout son épée. Les Barbares se précipitaient pêle-mêle;
les échelles rompaient avec un grand fracas, et des
masses d'hommes s'écroulaient dans l'eau qui rejaillissait en flots rouges contre les murs. Enfin, le tumulte
s'affaiblissait, et les soldats s'éloignaient pour recommencer.

Mâtho allait s'asseoir en dehors des tentes; il essuyait
avec son bras sa figure éclaboussée de sang, et, tourné
vers Carthage, il regardait l'horizon.

En face de lui, dans les oliviers, les palmiers, les myrtes et les platanes, s'étalaient deux larges étangs qui rejoignaient un autre lac dont on n'apercevait pas les contours. Derrière une montagne surgissaient d'autres montagnes, et au milieu du lac immense, se dressait une île toute noire et de forme pyramide. Sur la gauche, à l'extrémité du golfe, des tas de sable semblaient de grandes vagues blondes arrêtées, tandis que la mer, plate comme un dallage de lapis-lazuli, montait insensiblement jusqu'au bord du ciel. La verdure de la campagne disparaissait par endroits sous des longues plaques jaunes; des caroubes brillaient comme des boutons de corail; des pampres retombaient du sommet des sycomores; on entendait le murmure de l'eau; des alouettes huppées sautaient, et les derniers feux du soleil doraient la carapace des tortues, sortant des joncs pour aspirer la brise.

Mâtho poussait de grands soupirs. Il se couchait à plat ventre; il enfonçait ses ongles dans la terre et il pleurait; il se sentait misérable, chétif, abandonné. Jamais il ne la posséderait, et il ne pouvait même s'emparer d'une ville.

La nuit, seul, dans sa tente, il contemplait le zaïmph. A quoi cette chose des Dieux lui servait-elle? et des doutes survenaient dans la pensée du Barbare. Puis il lui semblait au contraire que le vêtement de la Déesse dépendait de Salammbô, et qu'une partie de son âme y flottait plus subtile qu'une haleine; et il le palpait, le humait, s'y plongeait le visage, il le baisait en sanglotant. Il s'en recouvrait les épaules pour se faire illusion et se croire auprès d'elle.

Quelquefois il s'échappait tout à coup; à la clarté des étoiles, il enjambait les soldats qui dormaient, roulés dans leurs manteaux; puis, aux portes du camp, il s'élançait sur un cheval, et, deux heures après, se trouvait à Utique dans la tente de Spendius.

D'abord, il parlait du siège; mais il n'était venu que pour soulager sa douleur en causant de Salammbô : Spendius l'exhortait à la sagesse.

« Repousse de ton âme ces misères qui la dégradent! Tu obéissais autrefois; à présent tu commandes une armée, et si Carthage n'est pas conquise, du moins on nous accordera des provinces; nous deviendrons des rois ! »

Mais, comment la possession du zaïmph ne leur donnait-elle pas la victoire? D'après Spendius, il fallait attendre.

Mâtho s'imagina que le voile concernait exclusivement les hommes de race chananéenne, et, dans sa subtilité de Barbare, il se disait : « Donc le zaïmph ne fera rien pour moi; mais, puisqu'ils l'ont perdu, il ne fera rien pour eux. »

Ensuite, un scrupule le troubla. Il avait peur, en adorant Aptouknos, le dieu des Libyens, d'offenser Moloch; et il demanda timidement à Spendius auquel des deux il serait bon de sacrifier un homme.

« Sacrifie toujours! » dit Spendius, en riant.

Mâtho qui ne comprenait point cette indifférence, soupçonna le Grec d'avoir un génie dont il ne voulait pas parler.

Tous les cultes, comme toutes les races, se rencontraient dans ces armées de Barbares, et l'on considérait les dieux des autres, car ils effrayaient aussi. Plusieurs mêlaient à leur religion natale des pratiques étrangères. On avait beau ne pas adorer les étoiles, telle constellation étant funeste ou secourable, on lui faisait des sacrifices; une amulette inconnue, trouvée par hasard dans un péril, devenait une divinité; ou bien c'était un nom, rien qu'un nom, et que l'on répétait sans même chercher à comprendre ce qu'il pouvait dire. Mais, à force d'avoir pillé des temples, vu quantité de nations et d'égorgements, beaucoup finissaient pas ne plus croire qu'au destin et à la mort; et chaque soir ils s'endormaient dans la placidité des bêtes féroces. Spendius aurait craché sur les images de Jupiter Olympien; cependant il redoutait de parler haut dans les ténèbres, et il ne manquait pas, tous les jours, de se chausser d'abord du pied droit.

Il élevait, en face d'Utique, une longue terrasse quadrangulaire. Mais, à mesure qu'elle montait, le rempart grandissait aussi; ce qui était abattu par les uns, presque immédiatement se trouvait relevé par les autres. Spendius ménageait ses hommes, rêvait des plans; il tâchait de se rappeler les stratagèmes qu'il avait entendu raconter dans ses voyages. Pourquoi Narr'Havas ne revenait-il pas? On était plein d'inquiétudes.

Hannon avait terminé ses apprêts. Par une nuit sans

lune, il fit, sur des radeaux, traverser à ses éléphants
et à ses soldats le golfe de Carthage. Puis ils tournèrent
la montagne des Eaux-Chaudes pour éviter Autharite,
— et continuèrent avec tant de lenteur qu'au lieu de
surprendre les Barbares un matin, comme avait calculé
le Suffète, on n'arriva qu'en plein soleil, dans la troisième
journée.

Utique avait, du côté de l'orient, une plaine qui
s'étendait jusqu'à la grande lagune de Carthage; derrière
elle, débouchait à angle droit une vallée comprise entre
deux basses montagnes s'interrompant tout à coup; les
Barbares s'étaient campés plus loin sur la gauche, de
manière à bloquer le port; et ils dormaient dans leurs
tentes (car ce jour-là les deux partis, trop las pour
combattre, se reposaient) lorsque, au tournant des
collines, l'armée carthaginoise parut.

Des goujats munis de frondes étaient espacés sur les
ailes. Les gardes de la Légion, sous leurs armures en
écailles d'or, formaient la première ligne, avec leurs
gros chevaux sans crinière, sans poil, sans oreilles et
qui avaient au milieu du front une corne d'argent pour
les faire ressembler à des rhinocéros. Entre leurs escadrons, des jeunes gens, coiffés d'un petit casque, balançaient dans chaque main un javelot de frêne; les longues
piques de la lourde infanterie s'avançaient par derrière.
Tous ces marchands avaient accumulé sur leurs corps
le plus d'armes possible : on en voyait qui portaient à
la fois une lance, une hache, une massue, deux glaives;
d'autres, comme des porcs-épics, étaient hérissés de
dards, et leurs bras s'écartaient de leurs cuirasses en
lames de corne ou en plaques de fer. Enfin apparurent
les échafaudages des hautes machines : carrobalistes,
onagres, catapultes et scorpions, oscillant sur des chariots tirés par des mulets et des quadriges de bœufs;
— et à mesure que l'armée se développait, les capitaines,
en haletant, couraient de droite et de gauche pour communiquer des ordres, faire joindre les files et maintenir
les intervalles. Ceux des Anciens qui commandaient
étaient venus avec des casques de pourpre dont les
franges magnifiques s'embarrassaient dans les courroies
de leurs cothurnes. Leurs visages, tout barbouillés de
vermillon, reluisaient sous des casques énormes surmontés de dieux; et, comme ils avaient des boucliers à

bordure d'ivoire couverte de pierreries, on aurait dit
des soleils qui passaient sur des murs d'airain.

Les Carthaginois manœuvraient si lourdement que
les soldats, par dérision, les engagèrent à s'asseoir. Ils
criaient qu'ils allaient tout à l'heure vider leurs gros
ventres, épousseter la dorure de leur peau et leur faire
boire du fer.

Au haut du mât planté devant la tente de Spendius,
un lambeau de toile verte apparut : c'était le signal.
L'armée carthaginoise y répondit par un grand tapage
de trompettes, de cymbales, de flûtes en os d'âne et de
tympanons. Déjà les Barbares avaient sauté en dehors
des palissades. On était à portée de javelot, face à
face.

Un frondeur baléare s'avança d'un pas, posa dans
sa lanière une de ses balles d'argile, tourna son bras;
un bouclier d'ivoire éclata, et les deux armées se
mêlèrent.

Avec la pointe des lances, les Grecs, en piquant les
chevaux aux naseaux, les firent se renverser sur leurs
maîtres. Les esclaves qui devaient lancer des pierres les
avaient prises trop grosses; elles retombaient près d'eux.
Les fantassins puniques, en frappant de taille avec leurs
longues épées, se découvraient le flanc droit. Les Barbares enfoncèrent leurs lignes; ils égorgeaient à plein
glaive; ils trébuchaient sur les moribonds et les cadavres
tout aveuglés par le sang qui leur jaillissait au visage.
Ce tas de piques, de casques, de cuirasses, d'épées
et de membres confondus tournait sur soi-même, s'élargissant et se serrant avec des contractions élastiques.
Les cohortes carthaginoises se trouèrent de plus en plus,
leurs machines ne pouvaient sortir des sables; enfin, la
litière du Suffète (sa grande litière à pendeloques de
cristal), que l'on apercevait depuis le commencement,
balancée dans les soldats comme une barque sur les
flots, tout à coup sombra. Il était mort sans doute?
Les Barbares se trouvèrent seuls.

La poussière autour d'eux tombait et ils commençaient à chanter, lorsque Hannon lui-même parut au
haut d'un éléphant. Il était nu-tête, sous un parasol de
byssus, que portait un nègre derrière lui. Son collier à
plaques bleues battait sur les fleurs de sa tunique noire;
des cercles de diamants comprimaient ses bras énormes,

et la bouche ouverte, il brandissait une pique démesurée, épanouie par le bout comme un lotus et plus brillante qu'un miroir. Aussitôt la terre s'ébranla, — et les Barbares virent accourir, sur une seule ligne, tous les éléphants de Carthage avec leurs défenses dorées, les oreilles peintes en bleu, revêtus de bronze, et secouant par-dessus leurs caparaçons d'écarlate des tours de cuir, où dans chacune trois archers tenaient un grand arc ouvert.

A peine si les soldats avaient leurs armes; ils s'étaient rangés au hasard. Une terreur les glaça; ils restèrent indécis.

Déjà, du haut des tours on leur jetait des javelots, des flèches, des phalariques, des masses de plomb; quelques-uns, pour y monter, se cramponnaient aux franges des caparaçons. Avec des coutelas on leur abattait les mains, et ils tombaient à la renverse sur les glaives tendus. Les piques trop faibles se rompaient, les éléphants passaient dans les phalanges comme des sangliers dans des touffes d'herbes; ils arrachèrent les pieux du camp avec leurs trompes, le traversèrent d'un bout à l'autre en renversant les tentes sous leurs poitrails; tous les Barbares avaient fui. Ils se cachaient dans les collines qui bordent la vallée par où les Carthaginois étaient venus.

Hannon, vainqueur, se présenta devant les portes d'Utique. Il fit sonner de la trompette. Les trois Juges de la ville parurent, au sommet d'une tour, dans la baie des créneaux.

Les gens d'Utique ne voulaient point recevoir chez eux des hôtes aussi bien armés. Hannon s'emporta. Enfin ils consentirent à l'admettre avec une faible escorte.

Les rues se trouvèrent trop étroites pour les éléphants. Il fallut les laisser dehors.

Dès que le Suffète fut dans la ville, les principaux le vinrent saluer. Il se fit conduire aux étuves, et appela ses cuisiniers.

Trois heures après, il était encore enfoncé dans l'huile de cinnamome dont on avait rempli la vasque; et, tout en se baignant, il mangeait, sur une peau de bœuf étendue, des langues de phénicoptères avec des graines de pavot assaisonnées au miel. Près de lui, son méde-

cin qui, immobile dans une longue robe jaune, faisait
de temps à autre réchauffer l'étuve, et deux jeunes garçons, penchés sur les marches du bassin, lui frottaient
les jambes. Mais les soins de son corps n'arrêtaient pas
son amour de la chose publique, et il dictait une lettre
pour le Grand-Conseil, et, comme on venait de faire
des prisonniers, ils se demandait quel châtiment terrible
inventer.

« Arrête ! » dit-il à un esclave qui écrivait, debout,
dans le creux de sa main. « Qu'on m'en amène ! Je veux
les voir. »

Et du fond de la salle emplie d'une vapeur blanchâtre
où les torches jetaient des taches rouges, on poussa
trois Barbares : un Samnite, un Spartiate et un Cappa-
docien.

« Continue ! dit Hannon.

— Réjouissez-vous, lumière des Baals ! votre suffète
a exterminé les chiens voraces ! Bénédictions sur la République ! Ordonnez des prières ! » Il aperçut les captifs,
et alors éclatant de rire : « Ah ! ah ! mes braves de
Sicca ! Vous ne criez plus si fort aujourd'hui ? C'est
moi ! Me reconnaissez-vous ? Où sont donc vos épées ?
Quels hommes terribles, vraiment ! — Et il feignait de se
vouloir cacher, comme s'il en avait eu peur. — Vous
demandiez des chevaux, des femmes, des terres, des
magistratures, sans doute, et des sacerdoces ! Pourquoi
pas ? Eh bien, je vous en fournirai, des terres, et dont
jamais vous ne sortirez ! On vous mariera à des potences
toutes neuves ! Votre solde ? on vous la fondra dans la
bouche en lingots de plomb ! et je vous mettrai à de
bonnes places, très hautes, au milieu des nuages, pour
être rapprochés des aigles ! »

Les trois Barbares, chevelus et couverts de guenilles,
le regardaient sans comprendre ce qu'il disait. Blessés
aux genoux, on les avait saisis en leur jetant des cordes,
et les grosses chaînes de leurs mains traînaient par le
bout, sur les dalles. Hannon s'indigna de leur impassibilité.

« A genoux ! à genoux ! chacals ! poussière ! vermine !
excréments ! Et ils ne répondent pas ! Assez ! taisez-vous !
Qu'on les écorche vifs ! Non ! tout à l'heure ! »

Il soufflait comme un hippopotame, en roulant ses
yeux. L'huile parfumée débordait sous la masse de son

corps, et, se collant contre les écailles de sa peau, à la lueur des torches, la faisait paraître rose.

Il reprit :

« Nous avons pendant quatre jours, grandement souffert du soleil. Au passage du Macar, des mulets se sont perdus. Malgré leur position, le courage extraordinaire... Ah ! Demonades ! comme je souffre ! Qu'on réchauffe les briques, et qu'elles soient rouges ! »

On entendit un bruit de râteaux et de fourneaux. L'encens fuma plus fort dans les larges cassolettes, et les masseurs tout nus, qui suaient comme des éponges, lui écrasèrent sur les articulations une pâte composée avec du froment, du soufre, du vin noir, du lait de chienne, de la myrrhe, du galbanum et du styrax. Une soif incessante le dévorait ; l'homme vêtu de jaune ne céda pas à cette envie, et, lui tendant une coupe d'or où fumait un bouillon de vipère :

« Bois ! dit-il, pour que la force des serpents, nés du soleil, pénètre dans la moelle de tes os, et prends courage, ô reflet des Dieux ! Tu sais d'ailleurs qu'un prêtre d'Eschmoûn observe autour du Chien les étoiles cruelles d'où dérive ta maladie. Elles pâlissent comme les macules de ta peau, et tu n'en dois pas mourir.

— Oh ! oui, n'est-ce pas ? répéta le Suffète, je n'en dois pas mourir ! » Et de ses lèvres violacées s'échappait une haleine plus nauséabonde que l'exhalaison d'un cadavre. Deux charbons semblaient brûler à la place de ses yeux, qui n'avaient plus de sourcils ; un amas de peau rugueuse lui pendait sur le front ; ses deux oreilles, en s'écartant de sa tête, commençaient à grandir, et les rides profondes qui formaient des demi-cercles autour de ses narines, lui donnaient un aspect étrange et effrayant, l'air d'une bête farouche. Sa voix dénaturée ressemblait à un rugissement ; il dit :

« Tu as peut-être raison. Demonades ? En effet, voilà bien des ulcères qui se sont fermés. Je me sens robuste. Tiens ! regarde comme je mange ! »

Et moins par gourmandise que par ostentation, et pour se prouver à lui-même qu'il se portait bien, il entamait les farces de fromage et d'origan, les poissons désossés, les courges, les huîtres, avec des œufs, des raiforts, des truffes et des brochettes de petits oiseaux, Tout en regardant les prisonniers, il se délectait dans l'imagination de leur supplice. Cependant il se rappelait Sicca, et la rage de toutes ses douleurs s'exhalait en injures contre ces trois hommes.

« Ah! traîtres! ah! misérables! infâmes! maudits! Et vous m'outragiez, moi! moi! le Suffète! Leurs services, le prix de leur sang, comme ils disent! Ah! oui! leur sang! leur sang! Puis se parlant à lui-même : Tous périront! on n'en vendra pas un seul! Il vaudrait mieux les conduire à Carthage! on me verrait... mais je n'ai pas, sans doute, emporté assez de chaînes? Écris : Envoyez-moi... Combien sont-ils? qu'on aille le demander à Muthumbal! Va! pas de pitié! et qu'on m'apporte dans des corbeilles toutes leurs mains coupées! »

Mais des cris bizarres, à la fois rauques et aigus, arrivaient dans la salle, par-dessus la voix d'Hannon et le retentissement des plats que l'on posait autour de lui. Ils redoublèrent, et tout à coup, le barrissement furieux des éléphants éclata, comme si la bataille recommençait. Un grand tumulte entourait la ville.

Les Carthaginois n'avaient point cherché à poursuivre les Barbares. Ils s'étaient établis au pied des murs, avec leurs bagages, leurs valets, tout leur train de satrapes, et ils se réjouissaient sous leurs belles tentes à bordures de perles, tandis que le camp des Mercenaires ne faisait plus dans la plaine qu'un amas de ruines. Spendius avait repris son courage. Il expédia Zarxas vers Mâtho, parcourut les bois, rallia ses hommes (les pertes n'étaient pas considérables), — et enragés d'avoir été vaincus sans combattre, ils reformaient leurs lignes, quand on découvrit une cuve de pétrole, abandonnée sans doute par les Carthaginois. Alors Spendius fit enlever des porcs dans les métairies, les barbouilla de bitume, y mit le feu et les poussa vers Utique.

Les éléphants, effrayés par ces flammes, s'enfuirent. Le terrain montait, on leur jetait des javelots, ils revinrent en arrière; — et à grands coups d'ivoire et sous leurs pieds, ils éventraient les Carthaginois, les étouffaient, les aplatissaient. Derrière eux, les Barbares descendaient la colline; le camp punique, sans retranchements, dès la première charge fut saccagé, et les Carthaginois se trouvèrent écrasés contre les portes, car on ne voulut pas les ouvrir dans la peur des Mercenaires.

Le jour se levait; on vit, du côté de l'Occident, arriver les fantassins de Mâtho. En même temps des cavaliers parurent; c'était Narr'Havas avec ses Numides.
Sautant par-dessus les ravins et les buissons, ils for-
çaient les fuyards comme des lévriers qui chassent des
lièvres. Ce changement de fortune interrompit le Suffète.
Il cria pour qu'on vînt l'aider à sortir de l'étuve.

Les trois captifs étaient toujours devant lui. Alors un
nègre (le même qui, dans la bataille, portait son parasol)
se pencha vers son oreille.

« Eh bien?... répondit le Suffète lentement. Ah!
tue-les! » ajouta-t-il d'un ton brusque.

L'Éthiopien tira de sa ceinture un long poignard, et
les trois têtes tombèrent. Une d'elles, en rebondissant
parmi les épluchures du festin, alla sauter dans la vasque,
et elle y flotta quelque temps, la bouche ouverte et
les yeux fixes. Les lueurs du matin entraient par les
fentes du mur; les trois corps couchés sur leur poitrine,
ruisselaient à gros bouillons comme trois fontaines, et
une nappe de sang coulait sur les mosaïques, sablées
de poudre bleue. Le Suffète trempa sa main dans cette
fange toute chaude, et il s'en frotta les genoux : c'était
un remède.

Le soir venu, il s'échappa de la ville avec son escorte,
puis s'engagea dans la montagne, pour rejoindre son
armée.

Il parvint à en retrouver les débris.

Quatre jours après, il était à Gorza, sur le haut d'un
défilé, quand les troupes de Spendius se présentèrent
en bas. Vingt bonnes lances, en attaquant le front de leur
colonne, les eussent facilement arrêtés; les Carthaginois
les regardèrent passer tout stupéfaits. Hannon reconnut
à l'arrière-garde le roi des Numides; Narr'Havas
s'inclina pour le saluer, en faisant un signe qu'il ne
comprit pas.

On s'en revint à Carthage avec toutes sortes de terreurs. On marchait la nuit seulement; le jour on se
cachait dans les bois d'oliviers. A chaque étape quelques-
uns mouraient; ils se crurent perdus plusieurs fois.
Enfin ils atteignirent le cap Hermæum, où des vaisseaux
vinrent les prendre.

Hannon était si fatigué, si désespéré, — la perte des
éléphants surtout l'accablait, — qu'il demanda, pour

en finir, du poison à Demonades. D'ailleurs, il se sentati
déjà tout étendu sur sa croix.

Carthage n'eut pas la force de s'indigner contre lui.
On avait perdu quatre cent mille neuf cent soixante
douze sicles d'argent, quinze mille six cent vingt-trois
shekels d'or, dix-huit éléphants, quatorze membres du
Grand-Conseil, trois cents Riches, huit mille citoyens,
du blé pour trois lunes, un bagage considérable et toutes
les machines de guerre ! La défection de Narr'Havas
était certaine, les deux sièges recommençaient. L'armée
d'Autharite s'étendait maintenant de Tunis à Rhadès.
Du haut de l'Acropole, on apercevait dans la campagne
de longues fumées montant jusqu'au ciel; c'étaient les
châteaux des Riches qui brûlaient.

Un homme, seul, aurait pu sauver la République.
On se repentit de l'avoir méconnu, et le parti de la
paix, lui-même, vota les holocaustes pour le retour
d'Hamilcar.

La vue du zaïmph avait bouleversé Salammbô. Elle
croyait, la nuit, entendre les pas de la Déesse, et elle
se réveillait épouvantée en jetant des cris. Elle envoyait
tous les jours porter de la nourriture dans les temples.
Taanach se fatiguait à exécuter ses ordres, et Schahabarim ne la quittait plus.

VII

HAMILCAR BARCA

L'ANNONCIATEUR-DES-LUNES qui veillait toutes les
nuits au haut du temple d'Eschmoûn, pour signaler avec sa trompette les agitations de l'astre, aperçut un matin, du côté de l'Occident, quelque chose de
semblable à un oiseau frôlant de ses longues ailes la
surface de la mer.

C'était un navire à trois rangs de rames; il y avait à
la proue un cheval sculpté. Le soleil se levait ; l'Annonciateur-des-Lunes mit sa main devant les yeux; puis
saisissant à pleins bras son clairon, il poussa sur Carthage
un grand cri d'airain.

De toutes les maisons des gens sortirent; on ne vou-

lait pas en croire les paroles, on se disputait, le môle
était couvert de peuple. Enfin on reconnut la trirème
d'Hamilcar.

Elle s'avançait d'une façon orgueilleuse et faroucher
l'antenne toute droite, la voile bombée dans la longueu,
du mât, en fendant l'écume autour d'elle; ses gigantesques avirons battaient l'eau en cadence; de temps à
autre l'extrémité de sa quille faite comme un soc de
charrue, apparaissait, et sous l'éperon qui terminait
sa proue, le cheval à tête d'ivoire, en dressant ses deux
pieds, semblait courir sur les plaines de la mer.

Autour du promontoire, comme le vent avait cessé,
la voile tomba, et l'on aperçut auprès du pilote un
homme debout, tête nue; c'était lui, le suffète Hamilcar!
Il portait autour des flancs des lames de fer qui reluisaient; un manteau rouge s'attachant à ses épaules laissait voir ses bras; deux perles très longues pendaient
à ses oreilles, et il baissait sur sa poitrine sa barbe
noire, touffue.

Cependant la galère ballottée au milieu des rochers
côtoyait le môle, et la foule la suivait sur les dalles en
criant :

« Salut! bénédiction! Œil de Khamon! ah! délivre-
nous! C'est la faute des Riches! ils veulent te faire mourir! Prends garde à toi, Barca! »

Il ne répondait pas, comme si la clameur des océans
et des batailles l'eût complètement assourdi. Mais quand
il fut sous l'escalier qui descendait de l'Acropole, Hamilcar releva la tête, et, les bras croisés, il regarda le
temple d'Eschmoûn. Sa vue monta plus haut encore,
dans le grand ciel pur; d'une voix âpre, il cria un ordre
à ses matelots; la trirème bondit; elle érafla l'idole
établie à l'angle du môle pour arrêter les tempêtes; et
dans le port marchand plein d'immondices, d'éclats de
bois et d'écorces de fruits, elle refoulait, éventrait les
autres navires amarrés à des pieux et finissant par des
mâchoires de crocodile. Le peuple accourait, quelques-
uns se jetèrent à la nage. Déjà elle se trouvait au fond,
devant la porte hérissée de clous. La porte se leva, et
la trirème disparut sous la voûte profonde.

Le Port-Militaire était complètement séparé de la
ville; quand des ambassadeurs arrivaient, il leur fallait
passer entre deux murailles, dans un couloir qui débou-

chait à gauche, devant le temple de Khamoûn. Cette
grande place d'eau, ronde comme une coupe, avait une
bordure de quais où étaient bâties des loges abritant les
navires. En avant de chacune d'elles montaient deux
colonnes, portant à leur chapiteau des cornes d'Ammon,
ce qui formait une continuité des portiques tout autour
du bassin. Au milieu, dans une île, s'élevait une maison
pour le Suffète-de-la-mer.

L'eau était si limpide que l'on apercevait le fond pavé
de cailloux blancs. Le bruit des rues n'arrivait pas
jusque-là, et Hamilcar, en passant, reconnaissait les
trirèmes qu'il avait autrefois commandées.

Il n'en restait plus qu'une vingtaine peut-être, à
l'abri, par terre, penchées sur le flanc ou droites sur la
quille, avec des poupes très hautes et des proues bom-
bées, couvertes de dorures et de symboles mystiques.
Les chimères avaient perdu leurs ailes, les Dieux-
Pataeques leurs bras, les taureaux leurs cornes d'argent;
— et toutes à moitié dépeintes, inertes, pourries, mais
pleines d'histoires et exhalant encore la senteur des
voyages, comme des soldats mutilés qui revoient leur
maître, elles semblaient lui dire : « C'est nous ! c'est
nous ! et toi aussi tu es vaincu ! »

Nul, hormis le Suffète-de-la-mer, ne pouvait entrer
dans la maison-amiral. Tant qu'on n'avait pas la preuve
de sa mort, on le considérait comme existant toujours.
Les Anciens évitaient par là un maître de plus, et ils
n'avaient pas manqué pour Hamilcar d'obéir à la coutume.

Le Suffète s'avança dans les appartements déserts. A
chaque pas il retrouvait des armures, des meubles, des
objets connus qui l'étonnaient cependant, et même sous
le vestibule il y avait encore, dans une cassolette, la
cendre des parfums allumés au départ pour conjurer
Melkarth. Ce n'était pas ainsi qu'il espérait revenir !
Tout ce qu'il avait fait, tout ce qu'il avait vu se déroula
dans sa mémoire : les assauts, les incendies, les légions,
les tempêtes, Drepanum, Syracuse, Lilybée, le mont
Etna, le plateau d'Éryx, cinq ans de batailles, — jusqu'au
jour funeste, où déposant les armes, on avait perdu la
Sicile. Puis il revoyait des bois de citronniers, des pasteurs avec des chèvres sur des montagnes grises; et son
cœur bondissait à l'imagination d'une autre Carthage

établie là-bas. Ses projets, ses souvenirs, bourdonnaient dans sa tête, encore étourdie par le tangage du vaisseau; une angoisse l'accablait, et devenu faible tout à coup, il sentit le besoin de se rapprocher des Dieux.

Alors il monta au dernier étage de sa maison; puis ayant retiré d'une coquille d'or suspendue à son bras une spatule garnie de clous, il ouvrit une petite chambre ovale.

De minces rondelles noires, encastrées dans la muraille et transparentes comme du verre, l'éclairaient doucement. Entre les rangs de ces disques égaux, des trous étaient creusés, pareils à ceux des urnes dans les columbariums. Ils contenaient chacun une pierre ronde, obscure, et qui paraissait très lourde. Les gens d'un esprit supérieur, seuls, honoraient ces abaddirs tombés de la lune. Par leur chute, ils signifiaient les astres, le ciel, le feu; par leur couleur, la nuit ténébreuse, et par leur densité, la cohésion des choses terrestres. Une atmosphère étouffante emplissait ce lieu mystique. Du sable marin, que le vent avait poussé sans doute à travers la porte, blanchissait un peu les pierres rondes posées dans les niches. Hamilcar, du bout de son doigt, les compta les unes après les autres; puis il se cacha le visage sous un voile de couleur safran, et, tombant à genoux, il s'étendit par terre, les deux bras allongés.

Le jour extérieur frappait contre les feuilles de lattier noir. Des arborescences, des monticules, des tourbillons, de vagues animaux se dessinaient dans leur épaisseur diaphane; et la lumière arrivait, effrayante et pacifique cependant, comme elle doit être par derrière le soleil, dans les mornes espaces des créations futures. Il s'efforçait à bannir de sa pensée toutes les formes, tous les symboles et les appellations des Dieux, afin de mieux saisir l'esprit immuable que les apparences dérobaient. Quelque chose des vitalités planétaires le pénétrait, tandis qu'il sentait pour la mort et pour tous les hasards un dédain plus savant et plus intime. Quand il se releva, il était plein d'une intrépidité sereine, invulnérable à la miséricorde, à la crainte, et comme sa poitrine étouffait, il alla sur le sommet de la tour qui dominait Carthage.

La ville descendait en se creusant par une courbe longue, avec ses coupoles, ses temples, ses toits d'or, ses maisons, ses touffes de palmiers, çà et là, ses boules

de verre d'où jaillissaient des feux, et les remparts faisaient comme la gigantesque bordure de cette corne
d'abondance qui s'épanchait vers lui. Il apercevait en
bas les ports, les places, l'intérieur des cours, le dessin
des rues, les hommes tout petits presque à ras des
dalles. Ah! si Hannon n'était pas arrivé trop tard le
matin des îles Ægates? Ses yeux plongèrent dans
l'extrême horizon, et il tendit du côté de Rome ses deux
bras frémissants.

La multitude occupait les degrés de l'Acropole. Sur
la place de Kamon on se poussait pour voir le Suffète
sortir, les terrasses peu à peu se chargeaient de monde;
quelques-uns le reconnurent, on le saluait, il se retira,
afin d'irriter mieux l'impatience du peuple.

Hamilcar trouva en bas, dans la salle, les hommes les
plus importants de son parti : Istatten, Subeldia, Hicta-
mon, Yeoubas et d'autres. Ils lui racontèrent tout ce qui
s'était passé depuis la conclusion de la paix : l'avarice
des Anciens, le départ des soldats, leur retour, leurs
exigences, la capture de Giscon, le vol du Zaïmph,
Utique secourue, puis abandonnée; mais aucun n'osa
lui dire les événements qui le concernaient. Enfin on
se sépara, pour se revoir pendant la nuit à l'assemblée des
Anciens, dans le temple de Moloch.

Ils venaient de sortir quand un tumulte s'éleva en
dehors, à la porte. Malgré les serviteurs, quelqu'un
voulait entrer; et comme le tapage redoublait, Hamilcar
commanda d'introduire l'inconnu.

On vit paraître une vieille négresse, cassée, ridée,
tremblante, l'air stupide, et enveloppée jusqu'aux talons
dans de larges voiles bleus. Elle s'avança en face du
Suffète, ils se regardèrent l'un l'autre quelque temps;
tout à coup Hamilcar tressaillit; sur un geste de sa main,
les esclaves s'en allèrent. Alors, lui faisant signe de
marcher avec précaution, il l'entraîna par le bras dans
une chambre lointaine.

La négresse se jeta par terre, à ses pieds pour les
baiser; il la releva brutalement.

« Où l'as-tu laissé, Iddibal?

— Là-bas, Maître. »

Et en se débarrassant de ses voiles, avec sa manche
elle se frotta la figure; la couleur noire, le tremblement
sénile, la taille courbée, tout disparut. C'était un robuste

vieillard, dont la peau semblait tannée par le sable, le vent et la mer. Une houppe de cheveux blancs se levait sur son crâne, comme l'aigrette d'un oiseau ; et, d'un coup d'œil ironique, il montrait par terre le déguisement tombé.

« Tu as bien fait, Iddibal ! C'est bien ! » Puis, comme le perçant de son regard aigu : « Aucun encore ne se doute ?... »

Le vieillard lui jura par les Kabyres que le mystère était gardé. Ils ne quittaient pas leur cabane à trois jours d'Hadrumète, rivage peuplé de tortues, avec des palmiers sur la dune. — « Et selon ton ordre, ô Maître, je lui apprends à lancer des javelots et à conduire des attelages !

— Il est fort, n'est-ce pas ?

— Oui, Maître, et intrépide aussi ! Il n'a peur ni des serpents, ni du tonnerre, ni des fantômes. Il court pieds nus, comme un pâtre, sur le bord des précipices.

— Parle ! parle !

— Il invente des pièges pour les bêtes farouches. L'autre lune, croirais-tu, il a surpris un aigle ; il le traînait, et le sang de l'oiseau et le sang de l'enfant s'éparpillaient dans l'air en larges gouttes, telles que des roses emportées. La bête, furieuse, l'enveloppait du battement de ses ailes ; il l'étreignait contre sa poitrine, et à mesure qu'elle agonisait ses rires redoublaient, éclatants et superbes comme des chocs d'épées. »

Hamilcar baissait la tête, ébloui par ces présages de grandeur.

« Mais, depuis quelque temps, une inquiétude l'agite. Il regarde au loin les voiles qui passent sur la mer ; il est triste, il repousse le pain, il s'informe des Dieux et il veut connaître Carthage.

— Non, non ! pas encore ! » s'écria le Suffète.

Le viel esclave parut savoir le péril qui effrayait Hamilcar, et il reprit :

« Comment le retenir ? Il me faut déjà lui faire des promesses, et je ne suis venu à Carthage que pour lui acheter un poignard à manche d'argent avec des perles tout autour. »

Puis il conta qu'ayant aperçu le Suffète sur la terrasse, il s'était donné aux gardiens du port pour une des femmes de Salammbô, afin de pénétrer jusqu'à lui.

Hamilcar resta longtemps comme perdu dans ses
délibérations; enfin il dit :

« Demain tu te présenteras à Mégara, au coucher
du soleil, derrière les fabriques de pourpre, en imitant
par trois fois le cri d'un chacal. Si tu ne me vois pas,
le premier jour de chaque lune tu reviendras à Carthage.
N'oublie rien! Aime-le! Maintenant, tu peux lui parler
d'Hamilcar. »

L'esclave reprit son costume, et ils sortirent ensemble
de la maison et du port.

Hamilcar continua seul à pied, sans escorte, car les
réunions des Anciens étaient, dans les circonstances
extraordinaires, toujours secrètes, et l'on s'y rendait
mystérieusement.

D'abord il longea la face orientale de l'Acropole,
passa ensuite par le Marché-aux-herbes, les galeries de
Kinsido, le Faubourg-des-parfumeurs. Les rares lumières
s'éteignaient, les rues plus larges se faisaient silencieuses,
puis des ombres glissèrent dans les ténèbres. Elles le
suivaient, d'autres survinrent, et toutes se dirigeaient
comme lui du côté de Mappales.

Le temple de Moloch était bâti au pied d'une gorge
escarpée, dans un endroit sinistre. On n'apercevait d'en
bas que de hautes murailles montant indéfiniment,
telles que les parois d'un monstrueux tombeau. La nuit
était sombre, un brouillard grisâtre semblait peser sur
la mer. Elle battait contre la falaise avec un bruit de
râles et de sanglots; et des ombres peu à peu s'évanouissaient comme si elles eussent passé à travers les
murs.

Mais sitôt qu'on avait franchi la porte, on se trouvait
dans une vaste cour quadrangulaire, que bordaient des
arcades. Au milieu, se levait une masse d'architecture à
huit pans égaux. Des coupoles la surmontaient en se
tassant autour d'un second étage qui supportait une
manière de rotonde, d'où s'élançait un cône à courbe
rentrante, terminé par une boule au sommet.

Des feux brûlaient dans les cylindres en filigrane,
emmanchés à des perches que portaient des hommes.
Ces lueurs vacillaient sous les bourrasques du vent et
rougissaient les peignes d'or fixant à la nuque leurs
cheveux tressés. Ils couraient, s'appelaient pour recevoir
les Anciens.

Sur les dalles, de place en place, étaient accroupis, comme des sphinx, des lions énormes, symboles vivants du Soleil dévorateur. Ils sommeillaient les paupières entre-closes. Mais réveillés par les pas et par les voix, ils se levaient lentement, venaient vers les Anciens, qu'ils reconnaissaient à leur costume, se frottaient contre leurs cuisses en bombant le dos avec des bâillements sonores; la vapeur de leur haleine passait sur la lumière des torches. L'agitation redoubla, des portes se fermèrent, tous les prêtres s'enfuirent, et les Anciens disparurent sous les colonnes qui faisaient autour du temple un vestibule profond.

Elles étaient disposées de façon à reproduire par leurs rangs circulaires, compris les uns dans les autres, la période saturnienne contenant les années, les années les mois, les mois les jours, et se touchaient à la fin contre la muraille du sanctuaire.

C'était là que les Anciens déposaient leurs bâtons en corne de narval, car une loi toujours observée punissait de mort celui qui entrait à la séance avec une arme quelconque. Plusieurs portaient au bas de leur vêtement une déchirure arrêtée par un galon de pourpre, pour bien montrer qu'en pleurant la mort de leurs proches ils n'avaient point ménagé leur habits, et ce témoignage d'affliction empêchait la fente de s'agrandir. D'autres gardaient leur barbe enfermée dans un petit sac de peau violette, que deux cordons attachaient aux oreilles. Tous s'abordèrent en s'embrassant poitrine contre poitrine. Ils entouraient Hamilcar, ils le félicitaient; on aurait dit des frères qui revoient leur frère.

Ces hommes étaient généralement trapus, avec des nez recourbés comme ceux des colosses assyriens. Quelques-uns cependant, par leurs pommettes plus saillantes, leur taille plus haute et leurs pieds plus étroits, trahissaient une origine africaine, des ancêtres nomades. Ceux qui vivaient continuellement au fond de leurs comptoirs avaient le visage pâle; d'autres gardaient sur eux comme la sévérité du désert, et d'étranges joyaux scintillaient à tous les doigts de leurs mains, hâlés par des soleils inconnus. On distinguait des navigateurs au balancement de leur démarche, tandis que les hommes d'agriculture sentaient le pressoir, les herbes sèches et la sueur de mulet. Ces vieux pirates faisaient labourer des campagnes, ces ramasseurs d'argent équipaient des navires, ces propriétaires de culture nourrissaient des esclaves exerçant des métiers. Tous étaient savants dans les disciplines religieuses, experts en stratagèmes, impitoyables et riches. Ils avaient l'air fatigués par de longs soucis. Leurs yeux pleins de flammes regardaient avec défiance, et l'habitude des voyages et du mensonge, du trafic et du commandement, donnait à toute leur personne un aspect de ruse et de violence, une sorte de brutalité discrète et convulsive. D'ailleurs, l'influence du Dieu les assombrissait.

Ils passèrent d'abord par une salle voûtée, qui avait la forme d'un œuf. Sept portes, correspondant aux sept planètes, étalaient contre sa muraille sept carrés de couleur différente. Après une longue chambre, ils entrèrent dans une autre salle pareille.

Un candélabre tout couvert de fleurs ciselées brûlait au fond, et chacune de ses huit branches en or portait dans un calice de diamants une mèche de byssus. Il était posé sur la dernière des longues marches qui allaient vers un grand autel, terminé aux angles par des cornes d'airain. Deux escaliers latéraux conduisaient à son sommet aplati; on n'en voyait pas les pierres; c'était comme une montagne de cendres accumulées, et quelque chose d'indistinct fumait dessus, lentement. Puis au delà, plus haut que le candélabre, et bien plus haut que l'autel, se dressait le Moloch, tout en fer, avec sa poitrine d'homme où bâillaient des ouvertures. Ses ailes ouvertes s'étendaient sur le mur, ses mains allongées descendaient jusqu'à terre; trois pierres noires, que bordait un cercle jaune, figuraient trois prunelles à son front, et, comme pour beugler, il levait dans un effort terrible sa tête de taureau.

Autour de l'appartement étaient rangés des escabeaux d'ébène. Derrière chacun d'eux, une tige en bronze posant sur trois griffes supportait un flambeau. Toutes ces lumières se reflétaient dans les losanges de nacre qui pavaient la salle. Elle était si haute que la couleur rouge des murailles, en montant vers la voûte, se faisait noire, et les trois yeux de l'idole apparaissaient tout en haut, comme des étoiles à demi perdues dans la nuit.

Les Anciens s'assirent sur les escabeaux d'ébène, ayant mis par-dessus leur tête la queue de leur robe. Ils restaient immobiles, les mains croisées dans leurs larges manches, et le dallage de nacre semblait un fleuve lumineux qui, ruisselant de l'autel vers la porte, coulait sous leurs pieds nus.

Les quatre pontifes se tenaient au milieu, dos à dos, sur quatre sièges d'ivoire formant la croix, le grand-prêtre d'Eschmoûn en robe d'hyacinthe, le grand-prêtre de Tanit en robe de lin blanc, le grand-prêtre de Khamon en robe de laine fauve, et le grand-prêtre de Moloch en robe de pourpre.

Hamilcar s'avança vers le candélabre. Il tourna tout autour, en considérant les mèches qui brûlaient, puis jeta sur elles une poudre parfumée; des flammes violettes parurent à l'extrémité des branches.

Alors une voix aiguë s'éleva, une autre y répondit; et les cent Anciens, les quatre pontifes, et Hamilcar debout, tous à la fois entonnèrent un hymne, et répétant toujours les mêmes syllabes et renforçant les sons, leurs voix montaient, éclatèrent, devinrent terribles, puis, d'un seul coup, se turent.

On attendit quelque temps. Enfin Hamilcar tira de sa poitrine une petite statuette à trois têtes, bleue comme du saphir, et il la posa devant lui. C'était l'image de la Vérité, le génie même de sa parole. Puis il la replaça dans son sein, et tous, comme saisis d'une colère soudaine, crièrent :

« Ce sont tes bons amis les Barbares! Traître! infâme! Tu reviens pour nous voir périr, n'est-ce pas? Laissez-le parler! — Non! non! »

Ils se vengeaient de la contrainte où le cérémonial politique les avait tout à l'heure obligés; et bien qu'ils eussent souhaité le retour d'Hamilcar, ils s'indignaient maintenant de ce qu'il n'avait point prévenu leurs désastres ou plutôt ne les avait pas subis comme eux.

Quand le tumulte fut calmé, le pontife de Moloch se leva.

« Nous te demandons pourquoi tu n'es pas revenu à Carthage?

— Que vous importe! » répondit dédaigneusement le Suffète.

Leurs cris redoublèrent.

« De quoi m'accusez-vous! J'ai mal conduit la guerre, peut-être? Vous avez vu l'ordonnance de mes

batailles, vous autres qui laissez commodément à des
Barbares...

— Assez! assez! »

Il reprit, d'une voix basse, pour se faire mieux écouter :
« Oh! cela est vrai! Je me trompe, lumière des
Baals : il en est parmi vous d'intrépides! Giscon, lève-
toi! »

Et, parcourant la marche de l'autel, les paupières
à demi fermées, comme pour chercher quelqu'un, il
répéta : « Lève-toi, Giscon! tu peux m'accuser, ils
te défendront! Mais où est-il? » Puis, comme se ravisant : « Ah! dans sa maison, sans doute? entouré de
ses fils, commandant à ses esclaves, heureux, et comptant
sur le mur les colliers d'honneur que la patrie lui a
donnés? »

Ils s'agitaient avec des haussements d'épaules, comme
flagellés par des lanières.

« Vous ne savez même pas s'il est vivant ou s'il est
mort! »

Et sans se soucier de leurs clameurs, il disait qu'en
abandonnant le Suffète, c'était la République qu'on avait
abandonnée. De même la paix romaine, si avantageuse
qu'elle leur parût, était plus funeste que vingt batailles.
Quelques-uns applaudirent, les moins riches du Conseil,
suspects d'incliner toujours vers le peuple ou vers la
tyrannie. Leurs adversaires, chefs des Syssites et admi-
nistrateurs, en triomphaient par le nombre; les plus
considérables s'étaient rangés près d'Hannon, qui sié-
geait à l'autre bout de la salle, devant la haute porte,
fermée par une tapisserie d'hyacinthe.

Il avait peint avec du fard les ulcères de sa figure.
Mais la poudre d'or de ses cheveux lui était tombée sur
les épaules, où elle faisait deux plaques brillantes, et ils
paraissaient blanchâtres, fins et crépus comme de la
laine. Des linges imbibés d'un parfum gras qui dé-
gouttelait sur les dalles, enveloppaient ses mains, et sa
maladie sans doute avait considérablement augmenté,
car ses yeux disparaissaient sous les plis de ses paupières.
Pour voir, il lui fallait se renverser la tête. Ses partisans l'engageaient à parler. Enfin, d'une voix rauque
et hideuse :

« Moins d'arrogance, Barca! Nous avons tous été
vaincus! Chacun supporte son malheur! résigne-toi!

— Apprends-nous plutôt, dit en souriant Hamilcar, comment tu as conduit tes galères dans la flotte romaine?

— J'étais chassé par le vent, répondit Hannon.

— Tu fais comme le rhinocéros qui piétine dans sa fiente : tu étales ta sottise! tais-toi! »

Et ils commencèrent à s'incriminer sur la bataille des îles Ægates.

Hannon l'accusait de n'être pas venu à sa rencontre.

« Mais c'eût été dégarnir Éryx. Il fallait prendre le large; qui t'empêchait? Ah! j'oubliais! tous les éléphants ont peur de la mer! »

Les gens d'Hamilcar trouvèrent la plaisanterie si bonne qu'ils poussèrent de grands rires. La voûte en retentissait, comme si l'on eût frappé des tympanons.

Hannon dénonça l'indignité d'un tel outrage; cette maladie lui étant survenue par un refroidissement au siège d'Hécatompyle, et des pleurs coulaient sur sa face comme une pluie d'hiver sur une muraille en ruine.

Hamilcar reprit :

« Si vous m'aviez aimé autant que celui-là, il y aurait maintenant une grande joie dans Carthage! Combien de fois n'ai-je pas crié vers vous! et toujours vous me refusiez de l'argent!

— Nous en avions besoin, dirent les chefs des Syssites.

— Et quand mes affaires étaient désespérées, — nous avons bu l'urine des mulets et mangé les courroies de nos sandales, — quand j'aurais voulu que les brins d'herbe fussent des soldats, et faire des bataillons avec la pourriture de nos morts, vous rappeliez chez vous ce qui me restait de vaisseaux!

— Nous ne pouvions pas tout risquer, répondit Baat-Baal, possesseur de mines d'or dans la Gétulie-Darytienne.

— Que faisiez-vous cependant, ici, à Carthage, dans vos maisons, derrière vos murs? Il y a des Gaulois sur l'Éridan qu'il fallait pousser, des Chananéens à Cyrène qui seraient venus, et tandis que les Romains envoient à Ptolémée des ambassadeurs...

— Il nous vante les Romains, à présent! »

Quelqu'un lui cria :

« Combien t'ont-ils payé pour les défendre?

— Demande-le aux plaines du Brutium, aux ruines
de Locres, de Métaponte et d'Héraclée! J'ai brûlé tous
leurs arbres, j'ai pillé tous leurs temples, et jusqu'à la
mort des petits-fils de leurs petits-fils...

— Eh! tu déclames comme un rhéteur! fit Kapouras, un marchand très illustre. Que veux-tu donc?

— Je dis qu'il faut être plus ingénieux ou plus terrible! Si l'Afrique entière rejette votre joug, c'est que
vous ne savez pas, maîtres débiles, l'attacher à ses
épaules! Agathoclès, Régulus, Cœpio, tous les hommes
hardis n'ont qu'à débarquer pour la prendre; et quand
les Libyens qui sont à l'orient s'entendront avec les
Numides qui sont à l'occident, et que les Nomades
viendront du sud et les Romains du nord... »

Un cri d'horreur s'éleva.

« Oh! vous frapperez vos poitrines, vous vous
roulerez dans la poussière et vous déchirerez vos manteaux! N'importe! il faudra s'en aller tourner la meule
dans Suburre et faire la vendange sur les collines du
Latium. »

Ils se battaient la cuisse droite pour marquer leur
scandale, et les manches de leur robe se levaient comme
de grandes ailes d'oiseaux effarouchés. Hamilcar,
emporté par un esprit continuait, debout sur la plus
haute marche de l'autel, frémissant, terrible; il levait
les bras, et les rayons du candélabre qui brûlait derrière
lui passaient entre ses doigts comme des javelots d'or.

« Vous perdrez vos navires, vos campagnes, vos
chariots, vos lits suspendus, et vos esclaves qui vous
frottent les pieds! Les chacals se coucheront dans vos
palais, la charrue retournera vos tombeaux. Il n'y aura
plus que le cri des aigles et l'amoncellement des ruines.
Tu tomberas, Carthage! »

Les quatre pontifes étendirent leurs mains pour écarter l'anathème. Tous s'étaient levés. Mais le Suffète-de-
la-mer, magistrat sacerdotal sous la protection du
Soleil, était inviolable tant que l'assemblée des Riches
ne l'avait pas jugé. Une épouvante s'attachait à l'autel.
Ils reculèrent.

Hamilcar ne parlait plus. L'œil fixe et la face aussi
pâle que les perles de sa tiare, il haletait, presque effrayé
par lui-même et l'esprit perdu dans des visions funèbres. De la hauteur où il était, tous les flambeaux sur

les tiges de bronze lui semblaient une vaste couronne
de feux, posée à ras des dalles; des fumées noires, s'en
échappant, montaient dans les ténèbres de la voûte;
et le silence pendant quelques minutes fut tellement
profond qu'on entendait au loin le bruit de la mer.

Puis les Anciens se mirent à s'interroger. Leurs intérêts, leur existence se trouvaient attaqués par les Barbares. Mais on ne pouvait les vaincre sans le secours du
Suffète, et cette considération, malgré leur orgueil, leur
fit oublier toutes les autres. On prit à part ses amis. Il y
eut des réconciliations intéressées, des sous-entendus et
des promesses. Hamilcar ne voulait plus se mêler d'aucun
gouvernement. Tous le conjurèrent. Ils le suppliaient;
et comme le mot de trahison revenait dans leurs discours, il s'emporta. Le seul maître, c'était le Grand-
Conseil, car l'engagement des soldats expirant avec la
guerre, ils devenaient libres dès que la guerre était finie;
il exalta même leur bravoure et tous les avantages qu'on
en pourrait tirer en les intéressant à la République par
des donations, des privilèges.

Alors Magdassan, un ancien gouverneur de provinces,
dit en roulant ses yeux jaunes :

« Vraiment, Barca, à force de voyager, tu es devenu
un Grec ou un Latin, je ne sais quoi ! Que parles-tu de
récompenses pour ces hommes? Périssent dix mille
Barbares plutôt qu'un seul d'entre nous? »

Les Anciens approuvaient de la tête en murmurant :

« Oui, faut-il tant se gêner? On en trouve toujours !

— Et l'on s'en débarrasse commodément, n'est-ce
pas? On les abandonne, ainsi que vous avez fait en
Sardaigne. On avertit l'ennemi du chemin qu'ils doivent
prendre, comme pour ces Gaulois dans la Sicile, ou bien
on les débarque au milieu de la mer. En revenant, j'ai
vu le rocher tout blanc de leurs os !

— Quel malheur ! fit impudemment Kapouras.

— Est-ce qu'ils n'ont pas cent fois tourné à l'ennemi ! »
exclamaient les autres.

Hamilcar s'écria :

« Pourquoi donc, malgré vos lois, les avez-vous
rappelés à Carthage? Et quand ils sont dans votre ville,
pauvres et nombreux au milieu de toutes vos richesses,
l'idée ne vous vient pas de les affaiblir par la moindre
division ! Ensuite vous les congédiez avec leurs femmes

et avec leurs enfants, tous, sans garder un seul otage!
Comptiez-vous qu'ils s'assassineraient pour vous épargner la douleur de tenir vos serments? Vous les haïssez,
parce qu'ils sont forts! Vous me haïssez encore plus,
moi, leur maître! Oh! je l'ai senti, tout à l'heure, quand
vous me baisiez les mains, et que vous vous reteniez tous
pour ne pas les mordre! »

Si les lions qui dormaient dans la cour fussent entrés
en hurlant, la clameur n'eût pas été plus épouvantable.
Mais le pontife d'Eschmoûn se leva, et, les deux genoux
l'un contre l'autre, les coudes au corps, tout droit et les
mains à demi ouvertes, il dit :

« Barca, Carthage a besoin que tu prennes contre
les Mercenaires le commandement général des forces
puniques!

— Je refuse, répondit Hamilcar.

— Nous te donnerons pleine autorité! crièrent les
chefs des Syssites.

— Non!

— Sans aucun contrôle, sans partage, tout l'argent
que tu voudras, tous les captifs, tout le butin, cinquante
zerets de terre par cadavre d'ennemi.

— Non! non! parce qu'il est impossible de vaincre
avec vous!

— Il en a peur!

— Parce que vous êtes lâches, avares, ingrats, pusil-
lanimes et fous!

— Il les ménage!

— Pour se mettre à leur tête, dit quelqu'un.

— Et revenir sur nous », dit un autre; et du fond
de la salle, Hannon hurla :

« Il veut se faire roi! »

Alors ils bondirent, en renversant les sièges et les
flambeaux : leur foule s'élança vers l'autel; ils brandissaient des poignards. Mais, fouillant sous ses manches,
Hamilcar tira deux larges coutelas; et à demi courbé,
le pied gauche en avant, les yeux flamboyants, les dents
serrées, il les défiait, immobile sous le candélabre d'or.

Ainsi, par précaution, ils avaient apporté des armes;
c'était un crime; ils se regardèrent les uns les autres
effrayés. Comme tous étaient coupables, chacun bien vite
se rassura; et peu à peu, tournant le dos au Suffète, ils
redescendirent, enragés d'humiliation. Pour la seconde

fois, ils reculaient devant lui. Pendant quelque temps, ils restèrent debout. Plusieurs qui s'étaient blessé les doigts les portaient à leur bouche ou les roulaient doucement dans le bas de leur manteau, et ils allaient s'en aller quand Hamilcar entendit ces paroles :

« Eh ! c'est une délicatesse pour ne pas affliger sa fille ! »

Une voix plus haute s'éleva :

« Sans doute, puisqu'elle prend ses amants parmi les Mercenaires ! »

D'abord il chancela, puis ses yeux cherchèrent rapidement Shahabarim. Mais, seul, le prêtre de Tanit était resté à sa place; et Hamilcar n'aperçut de loin que son haut bonnet. Tous lui ricanaient à la face. À mesure qu'augmentait son angoisse leur joie redoublait, et, au milieu des huées, ceux qui étaient par derrière criaient :

« On l'a vu sortir de sa chambre !

— Un matin du mois de Tammouz !

— C'est le voleur du zaïmph !

— Un homme très beau !

— Plus grand que toi ! »

Il arracha sa tiare, insigne de sa dignité, — sa tiare à huit rangs mystiques dont le milieu portait une coquille d'émeraude — et à deux mains, de toutes ses forces, il la lança par terre; les cercles d'or en se brisant rebondirent, et les perles sonnèrent sur les dalles. Ils virent alors sur la blancheur de son front une longue cicatrice; elle s'agitait comme un serpent entre ses sourcils; tous ses membres tremblaient. Il monta un des escaliers latéraux qui conduisaient sur l'autel et il marchait dessus ! C'était se vouer au Dieu, s'offrir en holocauste. Le mouvement de son manteau agitait les lueurs du candélabre plus bas que ses sandales, et la poudre fine, soulevée par ses pas, l'entourait comme un nuage jusqu'au ventre. Il s'arrêta entre les jambes du colosse d'airain. Il prit dans ses mains deux poignées de cette poussière dont la vue seule faisait frissonner d'horreur tous les Carthaginois, et il dit :

« Par les cent flambeaux de vos Intelligences ! par les huit feux des Kabyres ! par les étoiles, les météores et les volcans ! par tout ce qui brûle ! par la soif du Désert et la salure de l'Océan ! par la caverne d'Hadrumète et

l'empire des Ames! par l'extermination! par la cendre
de vos fils, et la cendre des frères de vos aïeux, avec qui
maintenant je confonds la mienne! vous, les Cent du
Conseil de Carthage, vous avez menti en accusant ma
fille! Et moi, Hamilcar Barca, Suffète-de-la-mer, Chef des
Riches et Dominateur du peuple, devant Moloch-à-tête-
de-taureau, je jure... »

On s'attendait à quelque chose d'épouvantable, mais
il reprit d'une voix plus haute et plus calme :

« Que même je ne lui en parlerai pas! »

Les serviteurs sacrés, portant des peignes d'or,
entrèrent, — les uns avec des éponges de pourpre et
les autres avec des branches de palmier. Ils relevèrent
le rideau d'hyacinthe étendu devant la porte; et par
l'ouverture de cet angle on aperçut au fond des autres
salles le grand ciel rose qui semblait continuer la voûte,
en s'appuyant à l'horizon sur la mer toute bleue. Le
soleil, sortant des flots, montait. Il frappa tout à coup
contre la poitrine du colosse d'airain, divisé en sept
compartiments que fermaient des grilles. Sa gueule aux
dents rouges s'ouvrait dans un horrible bâillement; ses
naseaux énormes se dilataient, le grand jour l'animait,
lui donnait un air terrible et impatient, comme s'il avait
voulu bondir au dehors pour se mêler avec l'astre, le
Dieu, et parcourir ensemble les immensités.

Cependant les flambeaux répandus par terre brûlaient
encore, en allongeant çà et là sur les pavés de nacre
comme des taches de sang. Les Anciens chancelaient
épuisés; ils aspiraient à pleins poumons la fraîcheur de
l'air; la sueur coulait sur leurs faces livides; à force
d'avoir crié, ils ne s'entendaient plus. Mais leur colère
contre le Suffète n'était point calmée; en manière
d'adieux ils lui jetaient des menaces, et Hamilcar leur
répondait :

« A la nuit prochaine, Barca, dans le temple d'Eschmoûn!

— J'y serai!

— Nous te ferons condamner par les Riches!

— Et moi par le peuple!

— Prends garde de finir sur la croix!

— Et vous déchirés dans les rues! »

Dès qu'ils furent sur le seuil de la cour, ils reprirent
un calme maintien.

Leurs coureurs et leurs cochers les attendaient à la porte. La plupart s'en allèrent sur des mules blanches. Le Suffète sauta dans son char, prit les rênes; les deux bêtes, courbant leur encolure et frappant en cadence les cailloux qui rebondissaient, montèrent au grand galop toute la voie des Mappales, et le vautour d'argent, à la pointe du timon, semblait voler tant le char passait vite.

La route traversait un champ, planté de longues dalles, aiguës par le sommet, telles que des pyramides, et qui portaient, entaillée à leur milieu, une main ouverte comme si le mort couché dessous l'eût tendue vers le ciel pour réclamer quelque chose. Ensuite, étaient disséminées des cabanes en terre, en branchages, en claies de joncs, toutes de forme conique. De petits murs en cailloux, des rigoles d'eau vive, des cordes de sparterie, des haies de nopals séparaient irrégulièrement ces habitations, qui se tassaient de plus en plus, en s'élevant vers les jardins du Suffète. Mais Hamilcar tendait ses yeux sur une grande tour dont les trois étages faisaient trois monstrueux cylindres, le premier bâti en pierres, le second en briques, et le troisième, tout en cèdre, — supportant une coupole de cuivre sur vingt-quatre colonnes de genévrier, d'où retombaient, en manière de guirlandes, des chaînettes d'airain entrelacées. Ce haut édifice dominait les bâtiments qui s'étendaient à droite, les entrepôts, la maison-de-commerce, tandis que le palais des femmes se dressait au fond des cyprès, — alignés comme deux murailles de bronze.

Quand le char retentissant fut entré par la porte étroite, il s'arrêta sous un large hangar, où des chevaux, retenus à des entraves, mangeaient des tas d'herbes coupées.

Tous les serviteurs accoururent. Ils faisaient une multitude, ceux qui travaillaient dans les campagnes, par terreur des soldats, ayant été ramenés à Carthage. Les laboureurs, vêtus de peaux de bêtes, traînaient des chaînes rivées à leurs chevilles; les ouvriers des manufactures de pourpre avaient des bras rouges comme des bourreaux; les marins, des bonnets verts; les pêcheurs, des colliers de corail; les chasseurs, un filet sur l'épaule; et les gens de Mégara, des tuniques blanches ou noires, des caleçons de cuir, des calottes de paille, de feutre

ou de toile, selon leur service ou leurs industries différentes.

Par derrière se pressait une populace en haillons. Ils
vivaient, ceux-là, sans aucun emploi, loin des appartements, dormaient la nuit dans les jardins, dévoraient
les restes des cuisines, — moisissure humaine qui
végétait à l'ombre du palais. Hamilcar les tolérait, par
prévoyance encore plus que par dédain. Tous, en
témoignage de joie, s'étaient mis une fleur à l'oreille, et
beaucoup d'entre eux ne l'avaient jamais vu.

Mais les hommes, coiffés comme des sphinx et munis
de grands bâtons, s'élancèrent dans la foule, en frappant de droite et de gauche. C'était pour repousser les
esclaves curieux de voir le maître, afin qu'il ne fût pas
assailli sous leur nombre et incommodé par leur odeur.

Alors, tous se jetèrent à plat ventre en criant : « Œil
de Baal, que ta maison fleurisse ! » Et entre ces hommes,
ainsi couchés par terre dans l'avenue des cyprès, l'intendant-des-intendants, Abdalonim, coiffé d'une mitre
blanche, s'avança vers Hamilcar, un encensoir à la main.

Salammbô descendait alors l'escalier des galères.
Toutes ses femmes venaient derrière elle; et, à chacun
de ses pas, elles descendaient aussi. Les têtes des Négresses marquaient de gros points noirs la ligne des
bandeaux à plaques d'or qui serraient le front des
Romaines. D'autres avaient dans les cheveux des flèches
d'argent, des papillons d'émeraudes, ou de longues
aiguilles étalées en soleil. Sur la confusion de ces vêtements blancs, jaunes et bleus, les anneaux, les agrafes,
les colliers, les franges, les bracelets resplendissaient;
un murmure d'étoffes légères s'élevait; on entendait le
claquement des sandales avec le bruit sourd des pieds
nus posant sur le bois; — et, çà et là, un grand eunuque,
qui les dépassait des épaules, souriait la face en l'air.
Quand l'acclamation des hommes se fut apaisée, en se
cachant le visage avec leurs manches, elles poussèrent
ensemble un cri bizarre, pareil au hurlement d'une
louve, et il était si furieux et si strident qu'il semblait
faire, du haut en bas, vibrer comme une lyre le grand
escalier d'ébène tout couvert de femmes.

Le vent soulevait leurs voiles, et les minces tiges des
papyrus se balançaient doucement. On était au mois de
Schebaz en plein hiver. Les grenadiers en fleurs se

bombaient sur l'azur du ciel, et à travers les branches, la mer apparaissait avec une île au loin, à demi perdue dans la brume.

Hamilcar s'arrêta, en apercevant Salammbô. Elle lui était survenue après la mort de plusieurs enfants mâles. D'ailleurs, la naissance des filles passait pour une calamité dans les religions du Soleil. Les Dieux, plus tard, lui avaient envoyé un fils; mais il gardait quelque chose de son espoir trahi et comme l'ébranlement de la malédiction qu'il avait prononcée contre elle. Salammbô, cependant, continuait à marcher.

Des perles de couleurs variées descendaient en longues grappes de ses oreilles sur ses épaules et jusqu'aux coudes. Sa chevelure était crêpée, de façon à simuler un nuage. Elle portait, autour du cou, de petites plaques d'or quadrangulaires représentant une femme entre deux lions cabrés; et son costume reproduisait en entier l'accoutrement de la Déesse. Sa robe d'hyacinthe, à manches larges, lui serrait la taille en s'évasant par le bas. Le vermillon de ses lèvres faisait paraître ses dents plus blanches, et l'antimoine de ses paupières ses yeux plus longs. Ses sandales, coupées dans un plumage d'oiseau, avaient des talons très hauts et elle était pâle extraordinairement, à cause du froid sans doute.

Enfin elle arriva près d'Hamilcar, et, sans le regarder, sans lever la tête, elle lui dit :

« Salut, Œil de Baalim, gloire éternelle! triomphe! loisir! satisfaction! richesse! Voilà longtemps que mon cœur était triste, et la maison languissait. Mais le maître qui revient est comme Tammouz ressuscité; et sous ton regard, ô père, une joie, une existence nouvelle va partout s'épanouir! »

Et prenant des mains de Taanach un petit vase oblong où fumait un mélange de farine, de beurre, de cardamome et de vin :

« Bois à pleine gorge, dit-elle, la boisson du retour préparée par ta servante. »

Il répliqua : « Bénédiction sur toi! » et il saisit machinalement le vase d'or qu'elle lui tendait.

Cependant, il l'examinait avec une attention si âpre que Salammbô troublée balbutia :

« On t'a dit, ô maître!...

— Oui! je sais! » fit Hamilcar à voix basse.

Était-ce un aveu? ou parlait-elle des Barbares? Et il ajouta quelques mots vagues sur les embarras publics qu'il espérait à lui seul dissiper.

« Ô père! exclama Salammbô, tu n'effaceras pas ce qui est irréparable! »

Alors il se recula, et Salammbô s'étonnait de son ébahissement; car elle ne songeait point à Carthage mais au sacrilège dont elle se trouvait complice. Cet homme, qui faisait trembler les légions et qu'elle connaissait à peine, l'effrayait comme un dieu; il avait deviné, il savait tout, quelque chose de terrible allait venir. Elle s'écria : « Grâce! »

Hamilcar baissa la tête, lentement.

Bien qu'elle voulût s'accuser, elle n'osait ouvrir les lèvres; et cependant elle étouffait du besoin de se plaindre et d'être consolée. Hamilcar combattait l'envie de rompre son serment. Il le tenait par orgueil, ou par crainte d'en finir avec son incertitude; et il la regardait en face, de toutes ses forces, pour saisir ce qu'elle cachait au fond de son cœur.

Peu à peu, en haletant, Salammbô s'enfonçait la tête dans les épaules, écrasée par ce regard trop lourd. Il était sûr maintenant qu'elle avait failli dans l'étreinte d'un Barbare; il frémissait, il leva ses deux poings. Elle poussa un cri et tomba entre ses femmes, qui s'empressèrent autour d'elle.

Hamilcar tourna les talons. Tous les intendants le suivirent.

On ouvrit la porte des entrepôts, et il entra dans une vaste salle ronde où aboutissaient, comme les rayons d'une roue à son moyeu, de longs couloirs qui conduisaient vers d'autres salles. Un disque de pierre s'élevait au centre avec des balustres pour soutenir des coussins accumulés sur des tapis.

Le Suffète se promena d'abord à grands pas rapides; il respirait bruyamment, il frappait la terre du talon, il se passait la main sur le front comme un homme harcelé par les mouches. Mais il secoua la tête, et en apercevant l'accumulation de ses richesses, il se calma; sa pensée, qu'attiraient les perspectives des couloirs, se répandait dans les autres salles pleines de trésors plus rares. Des plaques de bronze, des lingots d'argent et des barres de fer alternaient avec des saumons d'étain apportés des Cassitérides par la mer Ténébreuse; les gommes du pays des Noirs débordaient de leurs sacs en écorce de palmier; et la poudre d'or, tassée dans des outres, fuyait insensiblement par les coutures trop vieilles. De minces filaments, tirés des plantes marines, pendaient entre les lins d'Égypte, de Grèce, de Taprobane et de Judée; des madrépores, tels que de larges buissons, se hérissaient au pied des murs; et une odeur indéfinissable flottait, exhalaison des parfums, des cuirs, des épices et des plumes d'autruche liées en gros bouquets tout au haut de la voûte. Devant chaque couloir, des dents d'éléphants posées debout, en se réunissant par les pointes, formaient un arc au-dessus de la porte.

Enfin, il monta sur le disque de pierre. Tous les intendants se tenaient les bras croisés, la tête basse, tandis qu'Abdalonim levait d'un air orgueilleux sa mitre pointue.

Hamilcar interrogea le Chef-des-navires. C'était un vieux pilote aux paupières éraillées par le vent, et des flocons blancs descendaient jusqu'à ses hanches, comme si l'écume des tempêtes lui était restée sur la barbe.

Il répondit qu'il avait envoyé une flotte par Gadès et Thymiamata, pour tâcher d'atteindre Eziongaber, en doublant la Corne-du-Sud et le promontoire des Aromates.

D'autres avaient continué dans l'Ouest, durant quatre lunes, sans rencontrer de rivages; mais la proue des navires s'embarrassait dans les herbes, l'horizon retentissait continuellement du bruit des cataractes, des brouillards couleur de sang obscurcissaient le soleil, une brise toute chargée de parfums endormait les équipages; et à présent ils ne pouvaient rien dire, tant leur mémoire était troublée. Cependant, on avait remonté les fleuves des Scythes, pénétré en Colchide, chez les Jugriens, chez les Estiens, ravi dans l'Archipel quinze cents vierges et coulé bas tous les vaisseaux étrangers naviguant au delà du cap Œstrymon, pour que le secret des routes ne fût pas connu. Le roi Ptolémée retenait l'encens de Schesbar; Syracuse, Elathia, la Corse et les îles n'avaient rien fourni, et le vieux pilote baissa la voix pour annoncer qu'une trirème était prise à Rusicada par les Numides, — « car ils sont avec eux, Maître ».

Hamilcar fronça les sourcils; puis il fit signe de parler au Chef-des-voyages, enveloppé d'une robe brune sans ceinture, et la tête prise dans une longue écharpe d'étoffe blanche qui, passant au bord de sa bouche, lui retombait par derrière sur l'épaule.

Les caravanes étaient parties régulièrement à l'équinoxe d'hiver. Mais, de quinze cents hommes se dirigeant sur l'extrême Éthiopie avec d'excellents chameaux, des outres neuves et des provisions de toiles peintes, un seul avait reparu à Carthage, — les autres étant morts de fatigue ou devenus fous par la terreur du désert; — et il disait avoir vu, bien au delà du Harousch-Noir, après les Atarantes et le pays des grands singes, d'immenses royaumes où les moindres ustensiles sont tous en or, un fleuve couleur de lait, large comme une mer; des forêts d'arbres bleus, des collines d'aromates, des monstres à figure humaine végétant sur les rochers et dont les prunelles, pour vous regarder, s'épanouissent comme des fleurs; puis, derrière des lacs tout couverts de dragons, des montagnes de cristal qui supportent le soleil. D'autres étaient revenus de l'Inde avec des paons, du poivre et des tissus nouveaux. Quant à ceux qui vont acheter des calcédoines par le chemin des Syrtes et le temple d'Ammon, sans doute ils avaient péri dans les sables. Les caravanes de la Gétulie et de Phazzana avaient fourni leurs provenances habituelles; mais il n'osait à présent, lui, le Chef-des-voyages, en équiper aucune.

Hamilcar comprit; les Mercenaires occupaient la campagne. Avec un sourd gémissement, il s'appuya sur l'autre coude; et le Chef-des-métairies avait si peur de parler, qu'il tremblait horriblement malgré ses épaules trapues et ses grosses prunelles rouges. Sa face, camarde comme celle d'un dogue, était surmontée d'un réseau en fils d'écorces; il portait un ceinturon en peau de léopard avec tous les poils et où reluisaient deux formidables coutelas.

Dès qu'Hamilcar se détourna, il se mit, en criant, à invoquer tous les Baals. Ce n'était pas sa faute! il n'y pouvait rien! il avait observé les températures, les terrains, les étoiles, fait les plantations au solstice d'hiver, les élagages au décours de la lune, inspecté les esclaves, ménagé leurs habits.

Mais Hamilcar s'irritait de cette loquacité. Il claqua de la langue et l'homme aux coutelas d'une voix rapide :

« Ah ! Maître ! ils ont tout pillé ! tout saccagé ! tout détruit ! Trois mille pieds d'arbres sont coupés à Maschala, et à Ubada les greniers défoncés, les citernes comblées ! A Tedès, ils ont emporté quinze cents gomors de farine; à Marazzana, tué les pasteurs, mangé les troupeaux, brûlé ta maison, ta belle maison à poutres de cèdre, où tu venais l'été ! Les esclaves de Tuburdo, qui sciaient de l'orge, se sont enfuis vers les montagnes; et les ânes, les bardeaux, les mulets, les bœufs de Taormine, et les chevaux orynges, plus un seul ! tous emmenés ! C'est une malédiction ! je n'y survivrai pas ! » Il reprenait en pleurant : « Ah ! si tu savais comme les celliers étaient pleins et les charrues reluisantes ! Ah ! les beaux béliers ! ah ! les beaux taureaux !... »

La colère d'Hamilcar l'étouffait. Elle éclata :

« Tais-toi ! Suis-je donc un pauvre ? Pas de mensonges ! dites vrai ! Je veux savoir tout ce que j'ai perdu, jusqu'au dernier sicle, jusqu'au dernier cab ! Abdalonim, apporte-moi les comptes des vaisseaux, ceux des caravanes; ceux des métairies, ceux de la maison ! Et si votre conscience est trouble, malheur sur vos têtes ! — Sortez ! »

Tous les intendants, marchant à reculons et les poings jusqu'à terre, sortirent.

Abdalonim alla prendre au milieu d'un casier, dans la muraille, des cordes à nœuds, des bandes de toile ou de papyrus, des omoplates de mouton chargées d'écritures fines. Il les déposa aux pieds d'Hamilcar, lui mit entre les mains un cadre de bois garni de trois fils intérieurs où étaient passées des boules d'or, d'argent et de corne, et il commença :

« Cent quatre-vingt-douze maisons dans les Mappales, louées aux Carthaginois-nouveaux à raison d'un béka par lune.

— Non ! c'est trop ! ménage les pauvres ! et tu écriras les noms de ceux qui te paraîtront les plus hardis, en tâchant de savoir s'ils sont attachés à la République ! Après ? »

Abdalonim hésitait, surpris de cette générosité.

Hamilcar lui arracha des mains les bandes de toile.

« Qu'est-ce donc ? trois palais autour de Khamon

à douze kesitath par mois! Mets-en vingt! Je ne veux
pas que les Riches me dévorent. »

L'Intendant-des-intendants, après un long salut,
reprit :

« Prêté à Tigillas, jusqu'à la fin de la saison, deux
kikar au denier trois, intérêt maritime; à Bar-Malkatth,
quinze cents sicles sur le gage de trente esclaves. Mais
douze sont morts dans les marais salins.

— C'est qu'ils n'étaient pas robustes, dit en riant
le Suffète. N'importe! s'il a besoin d'argent, satisfais-le!
Il faut toujours prêter, et à des intérêts divers, selon
la richesse des personnes. »

Alors le serviteur s'empressa de lire tout ce qu'avaient
rapporté les mines de fer d'Annaba, les pêcheries de
corail, les fabriques de pourpre, la ferme de l'impôt sur
les Grecs domiciliés, l'exportation de l'argent en Arabie
où il valait dix fois l'or, les prises des vaisseaux, déduction faite du dixième pour le temple de la Déesse. —
« Chaque fois j'ai déclaré un quart de moins, Maître! »
Hamilcar comptait avec les billes; elles sonnaient sous
ses doigts.

« Assez! Qu'as-tu payé?

— A Stratoniclès de Corinthe et à trois marchands
d'Alexandrie, sur les lettres que voilà (elles sont ren-
trées), dix mille drachmes athéniennes et douze talents
d'or syriens. La nourriture des équipages s'élevant à
vingt mines par mois pour une trirème...

— Je le sais! combien de perdues?

— En voici le compte sur ces lames de plomb,
dit l'Intendant. Quant aux navires nolisés en commun,
comme il a fallu souvent jeter les cargaisons à la mer,
on a réparti les pertes inégales par têtes d'associés. Pour
des cordages empruntés aux arsenaux et qu'il a été
impossible de leur rendre, les Syssites ont exigé huit
cents késitath, avant l'expédition d'Utique.

— Encore eux! fit Hamilcar en baissant la tête. Et
il resta quelque temps comme écrasé par le poids de
toutes les haines qu'il sentait sur lui :

— Mais je ne vois pas les dépenses de Mégara? »

Abdalonim, en pâlissant, alla prendre, dans un autre
casier, des planchettes de sycomore enfilées par paquets
à des cordes de cuir.

Hamilcar l'écoutait, curieux des détails domestiques,

et s'apaisant à la monotonie de cette voix qui énumérait des chiffres; Abdalonim se ralentissait. Tout à coup il laissa tomber par terre les feuilles de bois et il se jeta lui-même à plat ventre, les bras étendus, dans la position des condamnés. Hamilcar, sans s'émouvoir, ramassa les tablettes; et ses lèvres s'écartèrent et ses yeux s'agrandirent, lorsqu'il aperçut, à la dépense d'un seul jour, une exorbitante consommation de viandes, de poissons, d'oiseaux, de vins et d'aromates, avec des vases brisés, des esclaves morts, des tapis perdus.

Abdalonim, toujours prosterné, lui apprit le festin des Barbares. Il n'avait pu se soustraire à l'ordre des Anciens, — Salammbô, d'ailleurs, voulant que l'on prodiguât l'argent pour mieux recevoir les soldats.

Au nom de sa fille, Hamilcar se leva d'un bond. Puis en serrant les lèvres, il s'accroupit sur les coussins; il en déchirait les franges avec ses ongles, haletant, les prunelles fixes.

« Lève-toi! » dit-il; et il descendit.

Abdalonim le suivait; ses genoux tremblaient. Mais saisissant une barre de fer, il se mit comme un furieux à desceller les dalles. Un disque de bois sauta, et bientôt parurent sur la longueur du couloir plusieurs de ces larges couvercles qui bouchaient des fosses où l'on conservait le grain.

« Tu le vois, Œil de Baal, dit le serviteur en tremblant, ils n'ont pas encore tout pris! et elles sont profondes, chacune, de cinquante coudées et combles jusqu'au bord! Pendant ton voyage, j'en ai fait creuser dans les arsenaux, dans les jardins, partout! ta maison est pleine de blé, comme ton cœur de sagesse. »

Un sourire passa sur le visage d'Hamilcar:

« C'est bien, Abdalomin! Puis se penchant à son oreille: Tu en feras venir de l'Étrurie, du Brutium, d'où il te plaira, et n'importe à quel prix! Entasse et garde! Il faut que je possède, à moi seul, tout le blé de Carthage. »

Puis, quand ils furent à l'extrémité du couloir, Abdalonim, avec une des clefs qui pendaient à sa ceinture, ouvrit une grande chambre quadrangulaire, divisée au milieu par des piliers de cèdre. Des monnaies d'or, d'argent et d'airain, disposées sur des tables ou enfoncées dans des niches, montaient le long des quatre murs jusqu'aux lambourdes du toit. D'énormes couffes en

peau d'hippopotame supportaient, dans les coins, des
rangs entiers de sacs plus petits; des tas de billon faisaient des monticules sur les dalles; et, çà et là, quelque
pile trop haute s'étant écroulée, avait l'air d'une colonne
en ruine. Les grandes pièces de Carthage, représentant
Tanit avec un cheval sous un palmier, se mêlaient à
celles des colonies, marquées d'un taureau, d'une étoile,
d'un globe ou d'un croissant. Puis l'on voyait disposées,
par sommes inégales, des pièces de toutes les valeurs,
de toutes les dimensions, de tous les âges, — depuis
les vieilles d'Assyrie, minces comme l'ongle, jusqu'aux
vieilles du Latium, plus épaisses que la main, avec les
boutons d'Égine, les tablettes de la Bactriane, les courtes
tringles de l'ancienne Lacédémone; plusieurs étaient
couvertes de rouille, encrassées, verdies par l'eau ou
noircies par le feu, ayant été prises dans des filets ou
après les sièges parmi les décombres des villes. Le Suffète
eut bien vite supputé si les sommes présentes corres-
pondaient aux gains et aux dommages qu'on venait de
lui dire; et il s'en allait lorsqu'il aperçut trois jarres
d'airain complètement vides. Abdalonim détourna la
tête en signe d'horreur, et Hamilcar résigné ne parla
point.

Ils traversèrent d'autres couloirs, d'autres salles, et
arrivèrent enfin devant une porte où, pour la garder
mieux, un homme était attaché par le ventre à une
longue chaîne scellée dans le mur, coutume des Romains
nouvellement introduite à Carthage. Sa barbe et ses
ongles avaient démesurément poussé, et il se balançait
de droite et de gauche avec l'oscillation continuelle des
bêtes captives. Sitôt qu'il reconnut Hamilcar, il s'élança
vers lui en criant :

« Grâce, Œil de Baal! pitié! tue-moi! Voilà dix ans
que je n'ai vu le soleil! Au nom de ton père, grâce! »

Hamilcar, sans lui répondre, frappa dans ses mains,
trois hommes parurent; et tous les quatre à la fois, en
raidissant leurs bras, ils retirèrent de ses anneaux la
barre énorme qui fermait la porte. Hamilcar prit un
flambeau, et disparut dans les ténèbres.

C'était, croyait-on, l'endroit des sépultures de la
famille; mais on n'eût trouvé qu'un large puits. Il était
creusé seulement pour dérouter les voleurs, et ne cachait
rien. Hamilcar passa auprès; puis, en se baissant, il fit

tourner sur ses rouleaux une meule très lourde, et par cette ouverture il entra dans un appartement bâti en forme de cône.

Des écailles d'airain couvraient les murs; au milieu, sur un piédestal de granit s'élevait la statue d'un Kabyre avec le nom d'Alètes, inventeur des mines dans la Celtibérie. Contre sa base, par terre, étaient disposés en croix de larges boucliers d'or et des vases d'argent monstrueux, à goulot fermé, d'une forme extravagante et qui ne pouvaient servir; car on avait coutume de fondre ainsi des quantités de métal pour que les dilapidations et même les déplacements fussent presque impossibles.

Avec son flambeau, il alluma une lampe de mineur fixée au bonnet de l'idole; des feux verts, jaunes, bleus, violets, couleur de vin, couleur de sang, tout à coup illuminèrent la salle. Elle était pleine de pierreries qui se trouvaient dans des calebasses d'or accrochées comme des lampadaires aux lames d'airain, ou dans leurs blocs natifs rangés au bas du mur. C'étaient des callaïs arrachées des montagnes à coups de fronde, des escarboucles formées par l'urine des lynx, des glossopètres tombés de la lune, des tyanos, des diamants, des sandastrums, des béryls, avec les trois espèces de rubis, les quatre espèces de saphirs et les douze espèces d'émeraudes. Elles fulguraient, pareilles à des éclaboussures de lait, à des glaçons bleus, à de la poussière d'argent, et jetaient leurs lumières en nappes, en rayons, en étoiles. Les céraunies engendrées par le tonnerre étincelaient près des calcédoines qui guérissent les poisons. Il y avait des topazes du mont Zabarca pour prévenir les terreurs, des opales de la Bactriane qui empêchent les avortements, et des cornes d'Ammon que l'on place sous les lits afin d'avoir des songes.

Les feux des pierres et les flammes de la lampe se miraient dans les grands boucliers d'or. Hamilcar debout souriait, les bras croisés; — et il se délectait moins dans le spectacle que dans la conscience de ses richesses. Elles étaient inaccessibles, inépuisables, infinies. Ses aïeux, dormant sous ses pas, envoyaient à son cœur quelque chose de leur éternité. Il se sentait tout près des génies souterrains. C'était comme la joie d'un Kabyre; et les grands rayons lumineux frappant son visage lui semblaient l'extrémité d'un invisible réseau, qui, à travers des abîmes, l'attachait au centre du monde.

Une idée le fit tressaillir, et s'étant placé derrière l'idole, il marcha droit vers le mur. Puis il examina parmi les tatouages de son bras une ligne horizontale avec deux autres perpendiculaires, ce qui exprimait, en chiffres chananéens, le nombre treize. Alors il compta jusqu'à la treizième des plaques d'airain, releva encore une fois sa large manche; et la main droite étendue, il lisait à une autre place de son bras d'autres lignes plus compliquées, tandis qu'il promenait ses doigts délicatement, à la façon d'un joueur de lyre. Enfin, avec son pouce, il frappa sept coups; et d'un seul bloc, toute une partie de la muraille tourna.

Elle dissimulait une sorte de caveau, où étaient enfermées des choses mystérieuses, qui n'avaient pas de nom, et d'une incalculable valeur. Hamilcar descendit les trois marches; il prit dans une cuve d'argent une peau de lama flottant sur un liquide noir, puis il remonta.

Abdalonim se remit alors à marcher devant lui. Il frappait les pavés avec sa haute canne garnie de sonnettes au pommeau, et, devant chaque appartement, criait le nom d'Hamilcar, entouré de louanges et de bénédictions.

Dans la galerie circulaire où aboutissaient tous les couloirs, on avait accumulé le long des murs des poutrelles d'algummin, des sacs de lausonia, des gâteaux en terre de Lemnos, et des carapaces de tortue toutes pleines de perles. Le Suffète, en passant, les effleurait avec sa robe, sans même regarder de gigantesques morceaux d'ambre, matière presque divine formée par les rayons du soleil.

Un nuage de vapeur odorante s'échappa.

« Pousse la porte! »

Ils entrèrent.

Des hommes nus pétrissaient des pâtes, broyaient des herbes, agitaient des charbons, versaient de l'huile dans des jarres, ouvraient et fermaient les petites cellules ovoïdes creusées tout autour de la muraille et si nombreuses que l'appartement ressemblait à l'intérieur d'une ruche. Du myrobolan, du bdellium, du safran et des violettes en débordaient. Partout étaient éparpillés des gommes, des poudres, des racines, des fioles de verre, des branches de filipendule, des pétales de roses; et l'on

étouffait dans les senteurs, malgré les tourbillons de
styrax qui grésillait au milieu sur un trépied d'airain.

Le Chef-des-odeurs-suaves, pâle et long comme un
flambeau de cire, s'avança vers Hamilcar pour écraser
dans ses mains un rouleau de métopion, tandis que deux
autres lui frottaient les talons avec des feuilles de
baccaris. Il les repoussa; c'étaient des Cyrénéens de
mœurs infâmes, mais que l'on considérait à cause de
leurs secrets.

Afin de montrer sa vigilance, le Chef-des-odeurs
offrit au Suffète, sur une cuiller d'électrum, un peu de
malobathre à goûter; puis avec une alène il perça trois
besoars indiens. Le maître, qui savait les artifices, prit
une corne pleine de baume, et l'ayant approchée des
charbons, il la pencha sur sa robe; une tache brune y
parut, c'était une fraude. Alors il considéra le Chef-des-
odeurs fixement, et sans rien dire lui jeta la corne de
gazelle en plein visage.

Si indigné qu'il fût des falsifications commises à son
préjudice, en apercevant des paquets de nard qu'on
emballait pour les pays d'outre-mer, il ordonna d'y
mêler de l'antimoine, afin de le rendre plus lourd.

Puis il demanda où se trouvaient trois boîtes de
psagas, destinées à son usage.

Le Chef-des-odeurs avoua qu'il n'en savait rien, des
soldats étaient venus avec des couteaux, en hurlant; il
leur avait ouvert les cases.

« Tu les crains donc plus que moi! » s'écria le Suffète;
et à travers la fumée, ses prunelles, comme des torches,
étincelaient sur le grand homme pâle qui commençait
à comprendre.

« Abdalonim! avant le coucher du soleil tu le feras
passer par les verges : déchire-le! »

Ce dommage, moindre que les autres, l'avait exaspéré; car malgré ses efforts pour les bannir de sa pensée,
il retrouvait continuellement les Barbares. Leurs débordements se confondaient avec la honte de sa fille,
et il en voulait à toute la maison de la connaître et de
ne pas la lui dire. Mais quelque chose le poussait à
s'enfoncer dans son malheur; et pris d'une rage d'inquisition, il visita sous les hangars, derrière la maison-de-
commerce, les provisions de bitume, de bois, d'ancres
et de cordages, de miel et de cire, le magasin des étoffes,

les réserves de nourritures, le chantier des marbres, le grenier du silphium.

Il alla de l'autre côté des jardins inspecter, dans leurs cabanes, les artisans domestiques dont on vendait les produits. Des tailleurs brodaient des manteaux, d'autres tressaient des filets, d'autres peignaient des coussins, découpaient des sandales, des ouvriers d'Égypte avec un coquillage polissaient des papyrus, la navette des tisserands claquait, les enclumes des armuriers retentissaient.

Hamilcar leur dit :

« Battez des glaives ! battez toujours ! il m'en faudra. »

Et il tira de sa poitrine la peau d'antilope macérée dans les poisons pour qu'on lui taillât une cuirasse plus solide que celles d'airain, et qui serait inattaquable au fer et à la flamme.

Dès qu'il abordait les ouvriers, Abdalonim, afin de détourner sa colère, tâchait de l'irriter contre eux en dénigrant leurs ouvrages par des murmures. « Quelle besogne ! c'est une honte ! Vraiment le Maître est trop bon. » Hamilcar, sans l'écouter, s'éloignait.

Il se ralentit, car de grands arbres calcinés d'un bout à l'autre, comme on en trouve dans les bois où les pasteurs ont campé, barraient les chemins ; et les palissades étaient rompues, l'eau des rigoles se perdait, des éclats de verres, des ossements de singes apparaissaient au milieu des flaques bourbeuses. Quelque bribe d'étoffe çà et là pendait aux buissons ; sous les citronniers les fleurs pourries faisaient un fumier jaune. En effet, les serviteurs avaient tout abandonné, croyant que le maître ne reviendrait plus.

À chaque pas il découvrait quelque désastre nouveau, une preuve encore de cette chose qu'il s'était interdit d'apprendre. Voilà maintenant qu'il souillait ses brodequins de pourpre en écrasant des immondices ; et il ne tenait pas ces hommes, tous devant lui au bout d'une catapulte, pour les faire voler en éclats ! Il se sentait humilié de les avoir défendus ; c'était une duperie, une trahison ; et comme il ne pouvait se venger ni des soldats, ni des Anciens, ni de Salammbô, ni de personne, et que sa colère cherchait quelqu'un, il condamna aux mines, d'un seul coup, tous les esclaves des jardins.

Abdalonim frissonnait chaque fois qu'il le voyait

se rapprocher des parcs. Mais Hamilcar prit le sentier du moulin, d'où l'on entendait sortir une mélopée lugubre.

Au milieu de la poussière les lourdes meules tournaient, c'est-à-dire deux cônes de porphyre superposés, et dont le plus haut, portant un entonnoir, virait sur le second à l'aide de fortes barres. Avec leur poitrine et leurs bras des hommes poussaient, tandis que d'autres, attelés, tiraient. Le frottement de la bricole avait formé autour de leurs aisselles des croûtes purulentes comme on en voit au garrot des ânes, et le haillon noir et flasque qui couvrait à peine leurs reins, pendant par le bout, battait sur leurs jarrets comme une longue queue. Leurs yeux étaient rouges, les fers de leurs pieds sonnaient, toutes leurs poitrines haletaient d'accord. Ils avaient sur la bouche, fixée par deux chaînettes de bronze, une muselière, pour qu'il leur fût impossible de manger la farine, et des gantelets sans doigts enfermaient leurs mains pour les empêcher d'en prendre.

A l'entrée du maître, les barres de bois craquèrent plus fort. Le grain, en se broyant, grinçait. Plusieurs tombèrent sur les genoux; les autres, continuant, passaient par-dessus.

Il demanda Giddenem, le gouverneur des esclaves; et ce personnage parut, étalant sa dignité dans la richesse de son costume; car sa tunique, fendue sur les côtés, était de pourpre fine, de lourds anneaux tiraient ses oreilles, et, pour joindre les bandes d'étoffes qui enveloppaient ses jambes, un lacet d'or, comme un serpent autour d'un arbre, montait de ses chevilles à ses hanches. Il tenait dans ses doigts, tout chargés de bagues, un collier en grains de gagates pour reconnaître les hommes sujets au mal sacré.

Hamilcar lui fit signe de détacher les muselières. Alors tous, avec des cris de bêtes affamées, se ruèrent sur la farine, qu'ils dévoraient en s'enfonçant le visage dans les tas.

« Tu les exténues ! » dit le Suffète.

Giddenem répondit qu'il fallait cela pour les dompter.

« Ce n'était guère la peine de t'envoyer à Syracuse dans l'école des esclaves. Fais venir les autres ! »

Et les cuisiniers, les sommeliers, les palefreniers, les coureurs, les porteurs de litière, les hommes des étuves

et les femmes avec leurs enfants, tous se rangèrent dans
le jardin sur une seule ligne, depuis la maison-de-
commerce jusqu'au parc des bêtes fauves. Ils retenaient
leur haleine. Un silence énorme emplissait Mégara. Le
soleil s'allongeait sur la lagune, au bas des catacombes.
Les paons piaulaient. Hamilcar, pas à pas, marchait.

« Qu'ai-je à faire de ces vieux? dit-il; vends-les!
C'est trop de Gaulois, ils sont ivrognes! et trop de
Crétois, ils sont menteurs! Achète-moi des Cappadociens,
des Asiatiques et des Nègres. »

Il s'étonna du petit nombre des enfants.

« Chaque année, Giddenem, la maison doit avoir
des naissances! Tu laisseras toutes les nuits les cases
ouvertes pour qu'ils se mêlent en liberté. »

Il se fit montrer ensuite les voleurs, les paresseux,
les mutins. Il distribuait des châtiments avec des reproches à Giddenem; et Giddenem, comme un taureau,
baissait son front bas, où s'entre-croisaient deux larges
sourcils.

« Tiens, Œil de Baal, dit-il, en désignant un Libyen
robuste, en voilà un que l'on a surpris la corde au cou.

— Ah! tu veux mourir? » fit dédaigneusement le
Suffète.

Et l'esclave, d'un ton intrépide :

« Oui! »

Alors, sans se soucier de l'exemple ni du dommage
pécuniaire, Hamilcar dit aux valets :

« Emportez-le! »

Peut-être y avait-il dans sa pensée l'intention d'un
sacrifice. C'était un malheur qu'il s'infligeait afin d'en
prévenir de plus terribles.

Giddenem avait caché les mutilés derrière les autres.
Hamilcar les aperçut :

« Qui t'a coupé le bras, à toi?

— Les soldats, Œil de Baal. »

Puis, à un Samnite qui chancelait comme un héron
blessé :

« Et toi, qui t'a fait cela? »

C'était le gouverneur, en lui cassant la jambe avec
une barre de fer.

Cette atrocité imbécile indigna le Suffète; et, arrachant des mains de Giddenem son collier de gagates :

« Malédiction au chien qui blesse le troupeau.

Estropier des esclaves, bonté de Tanit! Ah! tu ruines ton maître! Qu'on l'étouffe dans le fumier. Et ceux qui manquent? Où sont-ils? Les as-tu assassinés avec les soldats? »

Sa figure était si terrible que toutes les femmes s'enfuirent. Les esclaves se reculant faisaient un grand cercle autour d'eux; Giddenem baisait frénétiquement ses sandales; Hamilcar, debout, restait les bras levés sur lui.

Mais, l'intelligence lucide comme au plus fort des batailles, il se rappelait mille choses odieuses, des ignominies dont il s'était détourné; et, à la lueur de sa colère, comme aux fulgurations d'un orage, il revoyait d'un seul coup tous ses désastres à la fois. Les gouverneurs des campagnes avaient fui par terreur des soldats, par connivence peut-être, tous le trompaient, depuis trop longtemps il se contenait.

« Qu'on les amène! cria-t-il, marquez-les au front avec des fers rouges, comme des lâches! »

Alors on apporta et l'on répandit au milieu du jardin des entraves, des carcans, des couteaux, des chaînes pour les condamnés aux mines, des cippes qui serraient les jambes, des numella qui enfermaient les épaules, et des scorpions, fouets à triples lanières terminées par des griffes en airain.

Tous furent placés la face vers le soleil, du côté de Moloch-dévorateur, étendus par terre sur le ventre ou sur le dos, et les condamnés à la flagellation, debout contre les arbres, avec deux hommes auprès d'eux, un qui comptait les coups et un autre qui frappait.

Il frappait à deux bras; les lanières en sifflant faisaient voler l'écorce des platanes. Le sang s'éparpillait en pluie dans les feuillages, et des masses rouges se tordaient au pied des arbres en hurlant. Ceux que l'on ferrait s'arrachaient le visage avec les ongles. On entendait les vis de bois craquer; des heurts sourds retentissaient; parfois un cri aigu, tout à coup, traversait l'air. Du côté des cuisines, entre des vêtements en lambeaux et des chevelures abattues, des hommes, avec des éventails, avivaient des charbons, et une odeur de chair qui brûle passait. Les flagellés défaillant, mais retenus par les liens de leurs bras, roulaient leur tête sur leurs épaules en fermant les yeux. Les autres, qui regardaient, se mirent à

crier d'épouvante, et les lions, se rappelant peut-être
le festin, s'allongeaient en bâillant contre le bord des
fosses.

On vit alors Salammbô sur la plate-forme de sa terrasse. Elle la parcourait rapidement de droite et de
gauche, tout effarée. Hamilcar l'aperçut. Il lui sembla
qu'elle levait les bras de son côté pour demander grâce;
avec un geste d'horreur il s'enfonça dans le parc des
éléphants.

Ces animaux faisaient l'orgueil des grandes maisons
puniques. Ils avaient porté les aïeux, triomphé dans les
guerres, et on les vénérait favoris du Soleil.

Ceux de Mégara étaient les plus forts de Carthage.
Hamilcar, avant de partir, avait exigé d'Abdalonim le
serment qu'il les surveillerait. Mais ils étaient morts de
leurs mutilations; et trois seulement restaient, couchés
au milieu de la cour, sur la poussière, devant les débris
de leur mangeoire.

Ils le reconnurent et vinrent à lui.

L'un avait les oreilles horriblement fendues, l'autre au
genou une large plaie, et le troisième la trompe coupée.

Cependant ils le regardaient d'un air triste, comme
des personnes raisonnables; et celui qui n'avait plus
de trompe, en baissant sa tête énorme et pliant les jarrets,
tâchait de le flatter doucement avec l'extrémité hideuse
de son moignon.

A cette caresse de l'animal, deux larmes lui jaillirent
des yeux. Il bondit sur Abdalonim.

« Ah! misérable! la croix! la croix! »

Abdalonim, s'évanouissant, tomba par terre à la
renverse.

Derrière les fabriques de pourpre, dont les lentes
fumées bleues montaient dans le ciel, un aboiement de
chacal retentit; Hamilcar s'arrêta.

La pensée de son fils comme l'attouchement d'un
dieu, l'avait tout à coup calmé. C'était un prolongement
de sa force, une continuation indéfinie de sa personne
qu'il entrevoyait, et les esclaves ne comprenaient pas
d'où lui était venu cet apaisement.

En se dirigeant vers les fabriques de pourpre, il passa
devant l'ergastule, longue maison de pierre noire bâtie
dans une fosse carrée avec un petit chemin tout autour
et quatre escaliers aux angles.

Pour achever son signal, Iddibal sans doute attendait la nuit. Rien ne presse encore, songeait Hamilcar; et il descendit dans la prison. Quelques-uns lui crièrent : « Retourne »; les plus hardis le suivirent.

La porte ouverte battait au vent. Le crépuscule entrait par les meurtrières étroites, et l'on distinguait dans l'intérieur des chaînes brisées pendant aux murs.

Voilà tout ce qui restait des captifs de guerre.

Alors Hamilcar pâlit extraordinairement, et ceux qui étaient penchés en dehors sur la fosse le virent qui s'appuyait d'une main contre le mur pour ne pas tomber.

Mais le chacal, trois fois de suite, cria. Hamilcar releva la tête; il ne proféra pas une parole, il ne fit pas un geste. Puis, quand le soleil fut complètement couché, il disparut derrière la haie de nopals, et le soir, à l'assemblée des Riches, dans le temple d'Eschmoûn, il dit en entrant :

« Lumières des Baalim, j'accepte le commandement des forces puniques contre l'armée des Barbares ! »

VIII

LA BATAILLE DU MACAR

Dès le lendemain, il tira des Syssites deux cent vingt-trois mille kikar d'or, il décréta un impôt de quatorze shekel sur les Riches. Les femmes mêmes contribuèrent; on payait pour les enfants, et, chose monstrueuse dans les habitudes carthaginoises, il força les collèges des prêtres à fournir de l'argent.

Il réclama tous les chevaux, tous les mulets, toutes les armes. Quelques-uns voulurent dissimuler leurs richesses, on vendit leurs biens; et, pour intimider l'avarice des autres, il donna soixante armures et quinze cents gommor de farine, autant à lui seul que la Compagnie-de-l'ivoire.

Il envoya dans la Ligurie acheter des soldats, trois mille montagnards habitués à combattre des ours; d'avance on leur paya six lunes, à quinze mines par jour.

Cependant il fallait une armée. Mais il n'accepta pas,

comme Hannon, tous les citoyens. Il repoussa d'abord
les gens d'occupations sédentaires, puis ceux qui avaient
le ventre trop gros ou l'aspect pusillanime; et il admit
des hommes déshonorés, la crapule de Malqua, des fils
de Barbares, des affranchis. Pour récompense, il promit
à des Carthaginois-nouveaux le droit de cité complet.

Son premier soin fut de réformer la Légion. Ces beaux
jeunes hommes qui se considéraient comme la majesté
militaire de la République, se gouvernaient eux-mêmes.
Il cassa leurs officiers; il les traitait rudement, les faisait
courir, sauter, monter tout d'une haleine la pente de
Byrsa, lancer des javelots, lutter corps à corps, coucher
la nuit sur les places. Leurs familles venaient les voir
et les plaignaient.

Il commanda des glaives plus courts, des brodequins
plus forts. Il fixa le nombre des valets et réduisit les
bagages; et comme on gardait dans le temple de Moloch
trois cents pilums romains, malgré les réclamations du
pontife il les prit.

Avec ceux qui étaient revenus d'Utique et d'autres
que les particuliers possédaient, il organisa une phalange
de soixante-douze éléphants et les rendit formidables. Il
arma leurs conducteurs d'un maillet et d'un ciseau, afin
de pouvoir dans la mêlée leur fendre le crâne s'ils
s'emportaient.

Il ne permit point que ses généraux fussent nommés
par le Grand-Conseil. Les Anciens tâchaient de lui
objecter les lois, il passait au travers; on n'osait plus
murmurer, tout pliait sous la violence de son génie.

A lui seul il se chargeait de la guerre, du gouvernement et des finances; et, afin de prévenir les accusations, il demanda comme examinateur de ses comptes
le suffète Hannon.

Il faisait travailler aux remparts, et, pour avoir des
pierres, démolir les vieilles murailles intérieures, à
présent inutiles. Mais la différence des fortunes, rem-
plaçant la hiérarchie des races, continuait à maintenir
séparés les fils des vaincus et ceux des conquérants;
aussi les patriciens virent d'un œil irrité la destruction
de ces ruines, tandis que la plèbe, sans trop savoir
pourquoi, s'en réjouissait.

Les troupes en armes, du matin au soir, défilaient
dans les rues; à chaque moment on entendait sonner

les trompettes; sur des chariots passaient des boucliers, des tentes, des piques : les cours étaient pleines de femmes qui déchiraient de la toile; l'ardeur de l'un à l'autre se communiquait; l'âme d'Hamilcar emplissait la République.

Il avait divisé ses soldats par nombres pairs, en ayant soin de placer dans la longueur des files, alternativement, un homme fort et un homme faible, pour que le moins vigoureux ou le plus lâche fût conduit à la fois et poussé par deux autres. Mais avec ses trois mille Ligures et les meilleurs de Carthage, il ne put former qu'une phalange simple de quatre mille quatre-vingt-seize hoplites, défendus par des casques de bronze, et qui maniaient des sarisses de frêne, longues de quatorze coudées.

Deux mille jeunes hommes portaient des frondes, un poignard et des sandales. Il les renforça de huit cents autres armés d'un bouclier rond et d'un glaive à la romaine.

La grosse cavalerie se composait de dix-neuf cents gardes qui restaient de la Légion, couverts par des lames de bronze vermeil, comme les Clinabares assyriens. Il avait de plus quatre cents archers à cheval, de ceux qu'on appelait des Tarentins, avec des bonnets en peau de belette, une hache à double tranchant et une tunique de cuir. Enfin douze cents Nègres du quartier des caravanes, mêlés aux Clinabares, devaient courir auprès des étalons, en s'appuyant d'une main sur la crinière. Tout était prêt, et cependant Hamilcar ne partait pas.

Souvent la nuit, il sortait de Carthage, seul, et il s'enfonçait plus loin que la lagune, vers les embouchures du Macar. Voulait-il se joindre aux Mercenaires? Les Ligures campant sur les Mappales entouraient sa maison.

Les appréhensions des Riches parurent justifiées quand on vit, un jour, trois cents Barbares s'approcher des murs. Le Suffète leur ouvrit les portes; c'étaient des transfuges; ils accouraient vers leur maître, entraînés par la crainte ou par la fidélité.

Le retour d'Hamilcar n'avait point surpris les Mercenaires; cet homme, dans leurs idées, ne pouvait pas mourir. Il revenait pour accomplir ses promesses : espérance qui n'avait rien d'absurde, tant l'abîme était

profond entre la Patrie et l'Armée. D'ailleurs, ils ne se
croyaient point coupables; on avait oublié le festin.

Les espions qu'ils surprirent les détrompèrent. Ce
fut un triomphe pour les acharnés; les tièdes mêmes
devinrent furieux. Puis les deux sièges les accablaient
d'ennui; rien n'avançait; mieux valait une bataille!
Aussi beaucoup d'hommes se débandaient, couraient la
campagne. A la nouvelle des armements, ils revinrent;
Mâtho en bondit de joie. « Enfin! enfin! » s'écria-t-il.

Alors le ressentiment qu'il gardait à Salammbô se
tourna contre Hamilcar. Sa haine, maintenant, apercevait une proie déterminée; et comme la vengeance
devenait plus facile à concevoir, il croyait presque la
tenir et déjà s'y délectait. En même temps il était pris
d'une tendresse plus haute, dévoré par un désir plus
âcre. Tour à tour il se voyait au milieu des soldats,
brandissant sur une pique la tête du Suffète, puis dans
la chambre au lit de pourpre, serrant la vierge entre ses
bras, couvrant sa figure de baisers, passant ses mains
sur ses grands cheveux noirs; et cette imagination qu'il
savait irréalisable le suppliciait. Il se jura, puisque ses
compagnons l'avaient nommé schalishim, de conduire
la guerre; la certitude qu'il n'en reviendrait pas le
poussait à la rendre impitoyable.

Il arriva chez Spendius, et lui dit :

« Tu vas prendre tes hommes! J'amènerai les miens.
Avertis Autharite! Nous sommes perdus si Hamilcar
nous attaque! M'entends-tu? Lève-toi! »

Spendius demeura stupéfait devant cet air d'autorité.
Mâtho, d'habitude, se laissait conduire, et les emportements qu'il avait eus étaient vite retombés. Mais à
présent il semblait tout à la fois plus calme et plus
terrible; une volonté superbe fulgurait dans ses yeux,
pareille à la flamme d'un sacrifice.

Le Grec n'écouta pas ses raisons. Il habitait une des
tentes carthaginoises à bordures de perles, buvait des
boissons fraîches dans les coupes d'argent, jouait au
cottabe, laissait croître sa chevelure et conduisait le
siège avec lenteur. Du reste, il avait pratiqué des intelligences dans la ville et ne voulait point partir, sûr
qu'avant peu de jours elle s'ouvrirait.

Narr'Havas, qui vagabondait entre les trois armées,
se trouvait alors près de lui. Il appuya son opinion, et

même il blâma le Libyen de vouloir, par un excès de courage, abandonner leur entreprise.

« Va-t'en, si tu as peur ! s'écria Mâtho ; tu nous avais promis de la poix, du soufre, des éléphants, des fantassins, des chevaux ! où sont-ils ? »

Narr'Havas lui rappela qu'il avait exterminé les dernières cohortes d'Hannon ; — quant aux éléphants, on les chassait dans les bois, il armait les fantassins, les chevaux étaient en marche ; et le Numide, en caressant la plume d'autruche qui lui retombait sur l'épaule, roulait ses yeux comme une femme et souriait d'une manière irritante. Mâtho, devant lui, ne trouvait rien à répondre.

Mais un homme que l'on ne connaissait pas entra, mouillé de sueur, effaré, les pieds saignants, la ceinture dénouée ; sa respiration secouait ses flancs maigres à les faire éclater, et tout en parlant un dialecte inintelligible, il ouvrait de grands yeux, comme s'il eût raconté quelque bataille. Le roi bondit dehors et appela ses cavaliers.

Ils se rangèrent dans la plaine, en formant un cercle devant lui. Narr'Havas, à cheval, baissait la tête et se mordait les lèvres. Enfin il sépara ses hommes en deux moitiés, dit à la première de l'attendre ; puis d'un geste impérieux enlevant les autres au galop, il disparut dans l'horizon, du côté des montagnes.

« Maître ! murmura Spendius, je n'aime pas ces hasards extraordinaires, le Suffète qui revient, Narr' Havas qui s'en va...

— Eh ! qu'importe ? » fit dédaigneusement Mâtho.

C'était une raison de plus pour prévenir Hamilcar en rejoignant Autharite. Mais si l'on abandonnait le siège des villes, leurs habitants sortiraient, les attaqueraient par derrière, et l'on aurait en face les Carthaginois. Après beaucoup de paroles, les mesures suivantes furent résolues et immédiatement exécutées.

Spendius avec quinze mille hommes, se porta jusqu'au pont bâti sur le Macar, à trois milles d'Utique ; on en fortifia les angles par quatre tours énormes garnies de catapultes. Avec des troncs d'arbres, des pans de roches, des entrelacs d'épines et des murs de pierres, on boucha dans les montagnes, tous les sentiers, toutes les gorges ; sur leurs sommets on entassa des herbes qu'on allumerait pour servir de signaux, et des pasteurs habiles à voir de loin, de place en place, y furent postés.

Sans doute Hamilcar ne prendrait pas comme Hannon par la montagne des Eaux-Chaudes. Il devait penser qu'Autharite, maître de l'intérieur, lui fermerait la route. Puis un échec au début de la campagne le perdrait, tandis que la victoire serait à recommencer bientôt, les Mercenaires étant plus loin. Il pouvait encore débarquer au cap des Raisins, et de là marcher sur une des villes. Mais il se trouvait entre les deux armées, imprudence dont il n'était pas capable avec des forces peu nombreuses. Donc, il devait longer la base de l'Ariana, puis tourner à gauche pour éviter les embouchures du Macar et venir droit au pont. C'est là que Mâtho l'attendait.

La nuit, à la lueur des torches, il surveillait les pionniers. Il courait à Hippo-Zaryte, aux ouvrages des montagnes, revenait, ne se reposait pas. Spendius enviait sa force; mais pour la conduite des espions, le choix des sentinelles, l'art des machines et tous les moyens défensifs, Mâtho écoutait docilement son compagnon; et ils ne parlaient plus de Salammbô, — l'un n'y songeant pas, et l'autre empêché par une pudeur.

Souvent il s'en allait du côté de Carthage pour tâcher d'apercevoir les troupes d'Hamilcar. Il dardait ses yeux sur l'horizon; il se couchait à plat ventre, et dans le bourdonnement de ses artères croyait entendre une armée.

Il dit à Spendius que si, avant trois jours, Hamilcar n'arrivait pas, il irait avec tous ses hommes à sa rencontre lui offrir la bataille. Deux jours encore se passèrent. Spendius le retenait; le matin du sixième, il partit.

Les Carthaginois n'étaient pas moins que les Barbares impatients de la guerre. Dans les tentes et dans les maisons, c'était le même désir, la même angoisse; tous se demandaient ce qui retardait Hamilcar.

De temps à autre, il montait sur la coupole du temple d'Eschmoûn, près de l'Annonciateur-des-Lunes, et il regardait le vent.

Un jour, c'était le troisième du mois de Tibby, on le vit descendre de l'Acropole à pas précipités. Dans les Mappales une grande clameur s'éleva. Bientôt les rues s'agitèrent, et partout les soldats commençaient à s'armer au milieu des femmes en pleurs qui se jetaient contre leur poitrine; puis ils couraient vite sur la place de Khamon prendre leurs rangs. On ne pouvait les suivre ni même leur parler, ni s'approcher des remparts; pendant quelques minutes, la ville entière fut silencieuse comme un grand tombeau. Les soldats songeaient, appuyés sur leurs lances, et les autres, dans les maisons, soupiraient.

Au coucher du soleil, l'armée sortit par la porte occidentale; mais au lieu de prendre le chemin de Tunis ou de gagner les montagnes dans la direction d'Utique, on continua par le bord de la mer; et bientôt ils atteignirent la Lagune, où des places rondes, toutes blanches de sel, miroitaient comme de gigantesques plats d'argent, oubliés sur le rivage.

Puis les flaques d'eau se multiplièrent. Le sol, peu à peu, devenait plus mou, les pieds s'enfonçaient. Hamilcar ne se retourna pas. Il allait toujours en tête; et son cheval, couvert de macules jaunes comme un dragon, en jetant de l'écume autour de lui, avançait dans la fange à grands coups de reins. La nuit tomba, une nuit sans lune. Quelques-uns crièrent qu'on allait périr; il leur arracha leurs armes, qui furent données aux valets. La boue cependant était de plus en plus profonde. Il fallut monter sur les bêtes de somme; d'autres se cramponnaient à la queue des chevaux; les robustes tiraient les faibles, et le corps des Ligures poussait l'infanterie avec la pointe des piques. L'obscurité redoubla. On avait perdu la route. Tous s'arrêtèrent.

Alors des esclaves du Suffète partirent en avant pour chercher les balises plantées par son ordre de distance en distance. Ils criaient dans les ténèbres, et de loin l'armée les suivait.

Enfin on sentit la résistance du sol. Puis une courbe blanchâtre se dessina vaguement, et ils se trouvèrent sur le bord du Macar. Malgré le froid, on n'alluma pas de feu.

Au milieu de la nuit, des rafales de vent s'élevèrent. Hamilcar fit réveiller les soldats, mais pas une trompette ne sonna : leurs capitaines les frappaient doucement sur l'épaule.

Un homme d'une haute taille descendit dans l'eau. Elle ne venait pas à la ceinture; on pouvait passer.

Le Suffète ordonna que trente-deux des éléphants se
placeraient dans le fleuve cent pas plus loin, tandis que
les autres, plus bas, arrêteraient les lignes d'hommes
emportées par le courant; et tous, en tenant leurs armes
au-dessus de leur tête, traversèrent le Macar comme
entre deux murailles. Il avait remarqué que le vent
d'ouest, en poussant les sables, obstruait le fleuve et
formait dans sa largeur une chaussée naturelle.

Maintenant il était sur la rive gauche en face d'Utique,
et dans une vaste plaine, avantage pour ses éléphants
qui faisaient la force de son armée.

Ce tour de génie enthousiasma les soldats. Une confiance extraordinaire leur revenait. Ils voulaient tout de
suite courir aux Barbares; le Suffète les fit se reposer
pendant deux heures. Dès que le soleil parut, on s'ébranla
dans la plaine sur trois lignes : les éléphants d'abord,
l'infanterie légère avec la cavalerie derrière elle, la
phalange marchait ensuite.

Les Barbares campés à Utique, et les quinze mille
autour du pont, furent surpris de voir au loin la terre
onduler. Le vent qui soufflait très fort, chassait des
tourbillons de sable; ils se levaient comme arrachés du
sol, montaient par grands lambeaux de couleur blonde,
puis se déchiraient et recommençaient toujours, en
cachant aux Mercenaires l'armée punique. A cause des
cornes dressées au bord des casques, les uns croyaient
apercevoir un troupeau de bœufs; d'autres, trompés par
l'agitation des manteaux, prétendaient distinguer des
ailes, et ceux qui avaient beaucoup voyagé, haussant les
épaules, expliquaient tout par les illusions du mirage.
Cependant, quelque chose d'énorme continuait à s'avancer. Des petites vapeurs, subtiles comme des haleines,
couraient sur la surface du désert; le soleil, plus haut
maintenant, brillait plus fort : une lumière âpre, et qui
semblait vibrer, reculait la profondeur du ciel, et,
pénétrant les objets, rendait la distance incalculable.
L'immense plaine se développait de tous les côtés à
perte de vue; et les ondulations des terrains, presque
insensibles, se prolongeaient jusqu'à l'extrême horizon,
fermé par une grande ligne bleue qu'on savait être la
mer. Les deux armées, sorties des tentes, regardaient;
les gens d'Utique, pour mieux voir, se tassaient sur les
remparts.

Enfin ils distinguèrent plusieurs barres transversales hérissées de points égaux. Elles devinrent plus épaisses, grandirent; des monticules noirs se balançaient; tout à coup des buissons carrés parurent; c'étaient des éléphants et des lances; un seul cri s'éleva : « Les Carthaginois! » et, sans signal, sans commandement, les soldats d'Utique et ceux du pont coururent pêle-mêle, pour tomber ensemble sur Hamilcar.

À ce nom, Spendius tressaillit. Il répétait en haletant : « Hamilcar! Hamilcar! » et Mâtho n'était pas là! Que faire? Nul moyen de fuir! La surprise de l'événement, sa terreur du Suffète et surtout l'urgence d'une résolution immédiate le bouleversaient; il se voyait traversé de mille glaives, décapité, mort. Cependant on l'appelait; trente mille hommes allaient le suivre; une fureur contre lui-même le saisit; il se rejeta sur l'espérance de la victoire; elle était pleine de félicités, et il se crut plus intrépide qu'Épaminondas. Pour cacher sa pâleur, il barbouilla ses joues de vermillon, puis il boucla ses cnémides, sa cuirasse, avala une patère de vin pur et courut après sa troupe, qui se hâtait vers celle d'Utique.

Elles se rejoignirent toutes les deux si rapidement que le Suffète n'eut pas le temps de ranger ses hommes en bataille. Peu à peu, il se ralentissait. Les éléphants s'arrêtèrent; ils balançaient leurs lourdes têtes chargées de plumes d'autruche, tout en se frappant les épaules avec leur trompe.

Au fond de leurs intervalles, on distinguait les cohortes des vélites, plus loin les grands casques des Clinabares, avec des fers qui brillaient au soleil, des cuirasses, des panaches, des étendards agités. Mais l'armée carthaginoise, grosse de onze mille trois cent quatre-vingt-seize hommes, semblait à peine les contenir, car elle formait un carré long, étroit des flancs et resserré sur soi-même.

En les voyant si faibles, les Barbares, trois fois plus nombreux, furent pris d'une joie désordonnée; on n'apercevait pas Hamilcar. Il était resté là-bas, peut-être? Qu'importait d'ailleurs! Le dédain qu'ils avaient de ces marchands renforçait leur courage; et avant que Spendius eût commandé la manœuvre, tout l'avaient comprise et déjà l'exécutaient.

Ils se développèrent sur une grande ligne droite, qui

débordait les ailes de l'armée punique, afin de l'envelopper complètement. Mais, quand on fut à trois cents
pas d'intervalle, les éléphants, au lieu d'avancer se
retournèrent; puis voilà que les Clinabares, faisant volte-
face, les suivirent; et la surprise des Mercenaires redoubla en apercevant tous les hommes de trait qui couraient
pour les rejoindre. Les Carthaginois avaient donc peur,
ils fuyaient! Une huée formidable éclata dans les troupes
des Barbares, et, du haut de son dromadaire, Spendius
s'écriait : « Ah! je le savais bien! En avant! en avant! »

Alors les javelots, les dards, les balles de frondes
jaillirent à la fois. Les éléphants, la croupe piquée par
les flèches, se mirent à galoper plus vite; une grosse
poussière les enveloppait, et, comme des ombres dans
un nuage, ils s'évanouirent.

Cependant, on entendait au fond un grand bruit de
pas, dominé par le son aigu des trompettes qui soufflaient avec furie. Cet espace, que les Barbares avaient
devant eux, plein de tourbillons et de tumulte, attirait
comme un gouffre; quelques-uns s'y lancèrent. Des
cohortes d'infanterie apparurent; elles se refermaient;
et, en même temps, tous les autres voyaient accourir
les fantassins avec des cavaliers au galop.

En effet, Hamilcar avait ordonné à la phalange de
rompre ses sections, aux éléphants, aux troupes légères
et à la cavalerie de passer par ces intervalles pour se
porter vivement sur les ailes, et calculé si bien la distance des Barbares, que, au moment où ils arrivaient
contre lui, l'armée carthaginoise tout entière faisait
une grande ligne droite.

Au milieu se hérissait la phalange, formée par des
syntagmes ou carrés pleins, ayant seize hommes de
chaque côté. Tous les chefs de toutes les files apparaissaient entre des longs fers aigus qui les débordaient
inégalement, car les six premiers rangs croisaient leurs
sarisses en les tenant par le milieu, et les dix rangs
inférieurs les appuyaient sur l'épaule de leurs compagnons se succédant devant eux. Toutes les figures disparaissaient à moitié dans la visière des casques; des
cnémides en bronze couvraient toutes les jambes droites;
les larges boucliers cylindriques descendaient jusqu'aux
genoux; et cette horrible masse quadrangulaire remuait
d'une seule pièce, semblait vivre comme une bête et

fonctionner comme une machine. Deux cohortes d'éléphants la bordaient régulièrement; tout en frissonnant, ils faisaient tomber les éclats des flèches attachés à leur peau noire. Les Indiens accroupis sur leur garrot, parmi les touffes de plumes blanches, les retenaient avec la cuiller du harpon, tandis que, dans les tours, des hommes cachés jusqu'aux épaules promenaient, au bord des grands arcs tendus, des quenouilles en fer garnies d'étoupes allumées. À la droite et à la gauche des éléphants, voltigeaient les frondeurs, une fronde autour des reins, une seconde sur la tête, une troisième à la main droite. Puis les Clinabares, chacun flanqué d'un nègre, tendaient leurs lances entre les oreilles de leurs chevaux tout couverts d'or comme eux. Ensuite s'espaçaient les soldats armés à la légère avec des boucliers en peau de lynx, d'où dépassaient les pointes des javelots qu'ils tenaient dans leur main gauche; et les Tarentins, conduisant deux chevaux accouplés, relevaient aux deux bouts cette muraille de soldats.

L'armée des Barbares, au contraire, n'avait pu maintenir son alignement. Sur sa longueur exorbitante il s'était fait des ondulations, des vides; tous haletaient, essoufflés d'avoir couru.

La phalange s'ébranla lourdement en poussant toutes ses sarisses; sous ce poids énorme la ligne des Mercenaires, trop mince, bientôt plia par le milieu.

Alors les ailes carthaginoises se développèrent pour les saisir : les éléphants les suivaient. Avec ses lances obliquement tendues, la phalange coupa les Barbares; deux tronçons énormes s'agitèrent; les ailes, à coups de fronde et de flèche, les rabattaient sur les phalangites. Pour s'en débarrasser, la cavalerie manquait; sauf deux cents Numides qui se portèrent contre l'escadron droit des Clinabares. Tous les autres se trouvaient enfermés, ne pouvaient sortir de ces lignes. Le péril était imminent et une résolution urgente.

Spendius ordonna d'attaquer la phalange simultanément par les deux flancs, afin de passer tout au travers. Mais les rangs les plus étroits glissèrent sous les plus longs, revinrent à leur place, et elle se retourna contre les Barbares, aussi terrible de ses côtés qu'elle était de front tout à l'heure.

Ils frappaient sur la hampe des sarisses, mais la cava-

lerie, par derrière, gênait leur attaque; et la phalange,
appuyée aux éléphants, se resserrait et s'allongeait,
se présentait en carré, en cône, en rhombe, en trapèze,
en pyramide. Un double mouvement intérieur se faisait
continuellement de sa tête à sa queue; car ceux qui
étaient au bas des files accouraient vers les premiers
rangs, et ceux-là, par lassitude ou à cause des blessés,
se repliaient plus bas. Les Barbares se trouvèrent
foulés sur la phalange. Il lui était impossible de s'avancer;
on aurait dit un océan où bondissaient des aigrettes
rouges avec des écailles d'airain, tandis que les clairs
boucliers se roulaient comme une écume d'argent.
Quelquefois, d'un bout à l'autre, de larges courants
descendaient, puis ils remontaient, et au milieu une
lourde masse se tenait immobile. Les lances s'inclinaient
et se relevaient, alternativement. Ailleurs c'était une
agitation de glaives nus si précipitée que les pointes
seules apparaissaient, et des turmes de cavalerie élargissaient des cercles, qui se refermaient derrière elles
en tourbillonnant.

Par-dessus la voix des capitaines, la sonnerie des clairons et le grincement les lyres, les boules de plomb et
les amandes d'argile passant dans l'air, sifflaient, faisaient sauter les glaives des mains, la cervelle des
crânes. Les blessés, s'abritant d'un bras sous leur bouclier, tendaient leur épée en appuyant le pommeau
contre le sol, et d'autres, dans des mares de sang, se
retournaient pour mordre les talons. La multitude était
si compacte, la poussière si épaisse, le tumulte si fort,
qu'il était impossible de rien distinguer; les lâches qui
offrirent de se rendre ne furent même pas entendus.
Quand les mains étaient vides, on s'étreignait corps à
corps; les poitrines craquaient contre les cuirasses et
des cadavres pendaient la tête en arrière, entre deux
bras crispés. Il y eut une compagnie de soixante Om-
briens qui, fermes sur leurs jarrets, la pique devant les
yeux, inébranlables et grinçant des dents, forcèrent à
reculer deux syntagmes à la fois. Des pasteurs épirotes
coururent à l'escadron gauche des Clinabares, saisirent
les chevaux à la crinière en faisant tournoyer leurs
bâtons; les bêtes, renversant leurs hommes, s'enfuirent
par la plaine. Les frondeurs puniques, écartés çà et là,
restaient béants. La phalange commençait à osciller,

les capitaines couraient éperdus, les serre-files poussaient les soldats et les Barbares s'étaient reformés; ils revenaient; la victoire était pour eux.

Mais un cri, un cri épouvantable éclata, un rugissement de douleur et de colère : c'étaient les soixante-douze éléphants qui se précipitaient sur une double ligne, Hamilcar ayant attendu que les Mercenaires fussent tassés en une seule place pour les lâcher contre eux; les Indiens les avaient si vigoureusement piqués que du sang coulait sur leurs larges oreilles. Leurs trompes, barbouillées de minium, se tenaient droites en l'air, pareilles à des serpents rouges; leurs poitrines étaient garnies d'un épieu, leurs dos d'une cuirasse, leurs défenses allongées par des lames de fer courbes comme des sabres, — et pour les rendre plus féroces, on les avait enivrés avec un mélange de poivre, de vin pur et d'encens. Ils secouaient leurs colliers de grelots, criaient; et les éléphantarques baissaient la tête sous le jet des phalariques qui commençaient à voler du haut des tours.

Afin de mieux leur résister, les Barbares se ruèrent en foule compacte; les éléphants se jetèrent au milieu, impétueusement. Les éperons de leur poitrail, comme des proues de navire, fendaient les cohortes : elles refluaient à gros bouillons. Avec leurs trompes, ils étouffaient les hommes, ou bien les arrachant du sol, par-dessus leur tête ils les livraient aux soldats dans les tours; avec leurs défenses, ils les éventraient, les lançaient en l'air, et de longues entrailles pendaient à leurs crocs d'ivoire comme des paquets de cordages à des mâts. Les Barbares tâchaient de leur crever les yeux, de leur couper les jarrets; d'autres, se glissant sous leur ventre, y enfonçaient une glaive jusqu'à la garde et périssaient écrasés; les plus intrépides se cramponnaient à leurs courroies; sous les flammes, sous les balles, sous les flèches, ils continuaient à scier les cuirs, et la tour d'osier s'écroulait comme une tour de pierres. Quatorze de ceux qui se trouvaient à l'extrémité droite, irrités de leurs blessures, se retournèrent sur le second rang; les Indiens saisirent leur maillet et leur ciseau et l'appliquant au joint de la tête, à tour de bras ils frappèrent un grand coup.

Les bêtes énormes s'affaissèrent, tombèrent les unes

par-dessus les autres. Ce fut comme une montagne; et
sur ce tas de cadavres et d'armures, un éléphant monstrueux qu'on appelait *Fureur de Baal*, pris par la jambe
entre des chaînes, resta jusqu'au soir à hurler, avec une
flèche dans l'œil.

Cependant les autres, comme des conquérants qui se
délectent dans leur extermination, renversaient, écrasaient, piétinaient, s'acharnaient aux cadavres, aux
débris. Pour repousser les manipules serrés en couronnes autour d'eux, ils pivotaient sur leurs pieds de
derrière, dans un mouvement de rotation continuelle,
en avançant toujours. Les Carthaginois sentirent redoubler leur vigueur, et la bataille recommença.

Les Barbares faiblissaient; des hoplites grecs jetèrent
leurs armes, une épouvante prit les autres. On aperçut
Spendius penché sur son dromadaire et qui l'éperonnait
aux épaules avec deux javelots. Tous alors se précipitèrent par les ailes et coururent vers Utique.

Les Clinabares, dont les chevaux n'en pouvaient
plus n'essayèrent pas de les atteindre. Les Ligures,
exténués de soif, criaient pour se porter sur le fleuve.
Mais les Carthaginois, placés au milieu des syntagmes,
et qui avaient moins souffert, trépignaient de désir devant
leur vengeance qui fuyait; déjà ils s'élançaient à la poursuite des Mercenaires; Hamilcar parut.

Il retenait avec des rênes d'argent son cheval tigré
tout couvert de sueur. Les bandelettes attachées aux
cornes de son casque claquaient au vent derrière lui, et
il avait mis sous sa cuisse gauche son bouclier ovale.
D'un mouvement de sa pique à trois pointes, il arrêta
l'armée.

Les Tarentins sautèrent vite de leur cheval sur le
second, et partirent à droite et à gauche vers le fleuve
et vers la ville.

La phalange extermina commodément tout ce qui
restait de Barbares. Quand arrivaient les épées, ils tendaient la gorge en fermant les paupières. D'autres se
défendirent à outrance; on les assomma de loin, sous
des cailloux, comme des chiens enragés. Hamilcar
avait recommandé de faire des captifs. Mais les Carthaginois lui obéissaient avec rancune, tant ils sentaient
de plaisir à enfoncer leurs glaives dans les corps des
Barbares. Comme ils avaient trop chaud, ils se

mirent à travailler nu-bras, à la manière des faucheurs;
et lorsqu'ils s'interrompaient pour reprendre haleine,
ils suivaient des yeux, dans la campagne, un cavalier
galopant après un soldat qui courait. Il parvenait à le
saisir par les cheveux, le tenait ainsi quelque temps,
puis l'abattait d'un coup de hache.

La nuit tomba. Les Carthaginois, les Barbares avaient
disparu. Les éléphants, qui s'étaient enfuis, vagabondaient à l'horizon avec leurs tours incendiées. Elles
brûlaient dans les ténèbres, çà et là comme des phares à
demi perdus dans la brume; et l'on n'apercevait d'autre
mouvement sur la plaine que l'ondulation du fleuve,
exhaussé par les cadavres et qui les charriait à la mer.

Deux heures après, Mâtho arriva. Il entrevit à la
clarté des étoiles, de longs tas inégaux couchés par
terre.

C'étaient des files de Barbares. Il se baissa; tous
étaient morts, il appela au loin; aucune voix ne lui
répondit.

Le matin même, il avait quitté Hippo-Zaryte avec ses
soldats pour marcher sur Carthage. A Utique, l'armée
de Spendius venait de partir, et les habitants commençaient à incendier les machines. Tous s'étaient battus
avec acharnement. Mais le tumulte qui se faisait vers
le pont redoublant d'une façon incompréhensible,
Mâtho s'était jeté, par le plus court chemin, à travers
la montagne, et comme les Barbares s'enfuyaient par
la plaine, il n'avait rencontré personne.

En face de lui, de petites masses pyramidales se
dressaient dans l'ombre, et en deçà du fleuve, plus près, il
y avait à ras du sol des lumières immobiles. En effet,
les Carthaginois s'étaient repliés derrière le pont, et,
pour tromper les Barbares, le Suffète avait établi des
postes nombreux sur l'autre rive.

Mâtho, s'avançant toujours, crut distinguer des
enseignes puniques, car des têtes de cheval qui ne
bougeaient pas apparaissaient dans l'air, fixées au
sommet des hampes en faisceau que l'on ne pouvait
voir; et il entendit plus loin une grande rumeur, un
bruit de chansons et de coupes heurtées.

Alors, ne sachant où il se trouvait, ni comment découvrir Spendius, tout assailli d'angoisses, effaré, perdu

dans les ténèbres, il s'en retourna par le même chemin
plus impétueusement. L'aube blanchissait, quand du
haut de la montagne il aperçut la ville, avec les carcasses des machines noircies par les flammes, comme
des squelettes de géant qui s'appuyaient aux murs.

Tout reposait dans un silence et dans un accablement
extraordinaires. Parmi ses soldats, au bord des tentes,
des hommes presque nus dormaient sur le dos, ou le
front contre leur bras que soutenait leur cuirasse.
Quelques-uns décollaient de leurs jambes des bandelettes ensanglantées. Ceux qui allaient mourir roulaient
leur tête, tout doucement; d'autres, en se traînant,
leur apportaient à boire. Le long des chemins étroits
les sentinelles marchaient pour se réchauffer, ou se
tenaient la figure tournée vers l'horizon, avec leur
pique sur l'épaule, dans une attitude farouche.

Mâtho trouva Spendius abrité sous un lambeau de
toile que supportaient deux bâtons par terre, le genou
dans les mains, la tête basse.

Ils restèrent longtemps sans parler.

Enfin Mâtho murmura :

« Vaincus ! »

Spendius reprit d'une voix sombre :

« Oui, vaincus ! »

Et à toutes les questions il répondait par des gestes
désespérés.

Cependant des soupirs, des râles arrivaient jusqu'à
eux. Mâtho entr'ouvrit la toile. Alors le spectacle des
soldats lui rappela un autre désastre, au même endroit,
et en grinçant des dents :

« Misérable ! une fois déjà... »

Spendius l'interrompit :

« Tu n'y étais pas non plus.

— C'est une malédiction ! s'écria Mâtho. A la fin
pourtant, je l'attendrai ! et je le vaincrai ! je le tuerai !
Ah ! si j'avais été là... »

L'idée d'avoir manqué la bataille le désespérait plus
encore que la défaite. Il arracha son glaive, le jeta par
terre.

« Mais comment les Carthaginois vous ont-ils
battus ? »

L'ancien esclave se mit à raconter les manœuvres.
Mâtho croyait les voir et il s'irritait. L'armée d'Utique,

au lieu de courir vers le pont, aurait dû prendre Hamilcar
par derrière.

« Eh ! je le sais ! dit Spendius.

— Il fallait doubler tes profondeurs, ne pas compromettre les vélites contre la phalange, donner des issues
aux éléphants. Au dernier moment on pouvait tout
regagner : rien ne forçait à fuir. »

Spendius répondit :

« Je l'ai vu passer dans son grand manteau rouge,
les bras levés, plus haut que la poussière, comme un
aigle qui volait au flanc des cohortes; et, à tous les
signes de sa tête, elles se resserraient, s'élançaient; la
foule nous a entraînés l'un vers l'autre; il me regardait;
j'ai senti dans mon cœur comme le froid d'une épée. »

« Il aura peut-être choisi le jour? » se disait tout bas
Mâtho.

Ils s'interrogèrent, tâchant de découvrir ce qui avait
amené le Suffète précisément dans la circonstance la plus
défavorable. Ils en vinrent à causer de la situation, et
pour atténuer sa faute ou se redonner à lui-même du
courage, Spendius avança qu'il restait encore de l'espoir.

« Qu'il n'en reste plus, n'importe ! dit Mâtho,
tout seul, je continuerai la guerre !

— Et moi aussi ! s'écria le Grec en bondissant; il
marchait à grands pas; ses prunelles étincelaient et un
sourire étrange plissait sa figure de chacal.

— Nous recommencerons, ne me quitte plus ! je ne
suis pas fait pour les batailles au grand soleil; l'éclat des
épées me trouble la vue; c'est une maladie, j'ai trop
longtemps vécu dans l'ergastule. Mais donne-moi des
murailles à escalader la nuit, et j'entrerai dans les cita-
delles, et les cadavres seront froids avant que les coqs
aient chanté ! Montre-moi quelqu'un, quelque chose,
un ennemi, un trésor, une femme... » — Il répéta :
« Une femme, fût-elle la fille d'un roi, et j'apporterai
vivement ton désir devant tes pieds. Tu me reproches
d'avoir perdu la bataille contre Hannon, je l'ai regagnée
pourtant. Avoue-le ! mon troupeau de porcs nous a
plus servi qu'une phalange de Spartiates. » Et, cédant
au besoin de se rehausser et de saisir sa revanche, il
énuméra tout ce qu'il avait fait pour la cause des Mercenaires. « C'est moi, dans les jardins du Suffète, qui ai
poussé le Gaulois ! Plus tard, à Sicca, je les ai tous

enragés avec la peur de la République! Giscon les
renvoyait, mais je n'ai pas voulu que les interprètes
pussent parler. Ah! comme la langue leur pendait de la
bouche! t'en souviens-tu? Je t'ai conduit dans Carthage;
j'ai volé le zaïmph. Je t'ai mené chez elle. Je ferai plus
encore : tu verras! »

Il éclata de rire comme un fou.

Mâtho le considérait les yeux béants. Il éprouvait une
sorte de malaise devant cet homme, qui était à la fois si
lâche et si terrible.

Le Grec reprit d'un ton jovial, en faisant claquer ses
doigts :

« Évohé! Après la pluie, le soleil! J'ai travaillé aux
carrières et j'ai bu du massique dans un vaisseau qui
m'appartint, sous un tendelet d'or, comme un Ptolémée.
Le malheur doit servir à nous rendre plus habiles. À
force de travail, on assouplit la fortune. Elle aime les
politiques. Elle cédera! »

Il revint sur Mâtho, et le prenant au bras :

« Maître, à présent les Carthaginois sont sûrs de
leur victoire. Tu as toute une armée qui n'a pas combattu, et tes hommes t'obéissent, à toi. Place-les en
avant; les miens, pour se venger, marcheront. Il me
reste trois mille Cariens, douze cents frondeurs et des
archers, des cohortes entières! On peut même former
une phalange, retournons! »

Mâtho, abasourdi par le désastre, n'avait jusqu'à
présent rien imaginé pour en sortir. Il écoutait la bouche
ouverte, et les lames de bronze qui cerclaient ses côtes
se soulevaient aux bondissements de son cœur. Il
ramassa son épée, en criant :

« Suis-moi, marchons! »

Mais les éclaireurs, quand ils furent revenus, annoncèrent que les morts des Carthaginois étaient enlevés,
le pont tout en ruine et Hamilcar disparu.

IX

EN CAMPAGNE

IL avait pensé que les Mercenaires l'attendraient à Utique ou qu'ils reviendraient contre lui; et, ne trouvant pas ses forces suffisantes pour donner l'attaque ou pour la recevoir, il s'était enfoncé dans le sud, par la rive droite du fleuve, ce qui le mettait immédiatement à couvert d'une surprise.

Il voulait, fermant d'abord les yeux sur leur révolte, détacher toutes les tribus de la cause des Barbares; puis, quand ils seraient bien isolés au milieu des provinces, il tomberait sur eux et les exterminerait.

En quatorze jours, il pacifia la région comprise entre Thouccaber et Utique, avec les villes de Tignicabah, Tessourah, Vacca et d'autres encore à l'occident. Zounghar bâtie dans les montagnes; Assouras célèbre par son temple; Djeraado fertile en genévriers; Thapitis et Hagour lui envoyèrent des ambassades. Les gens de la campagne arrivaient les mains pleines de vivres, imploraient sa protection, baisaient ses pieds, ceux des soldats, et se plaignaient des Barbares. Quelques-uns venaient lui offrir, dans des sacs, des têtes de Mercenaires, tués par eux, disaient-ils, mais qu'ils avaient coupées à des cadavres; car beaucoup s'étaient perdus en fuyant, et on les trouvait morts de place en place, sous les oliviers et dans les vignes.

Pour éblouir le peuple, Hamilcar, dès le lendemain de la victoire, avait envoyé à Carthage les deux mille captifs faits sur le champ de bataille. Ils arrivèrent par longues compagnies de cent hommes chacune, tous les bras attachés sur le dos avec une barre de bronze qui les prenait à la nuque, et les blessés, en saignant, couraient aussi; des cavaliers, derrière eux, les chassaient à coups de fouet.

Ce fut un délire de joie! On se répétait qu'il y avait eu six mille Barbares de tués; les autres ne tiendraient pas, la guerre était finie; on s'embrassait dans les rues, et l'on frotta de beurre et de cinnamome la figure des Dieux-Patæques pour les remercier. Avec leurs gros

yeux, leur gros ventre et leurs deux bras levés jusqu'aux
épaules, ils semblaient vivre sous leur peinture plus
fraîche et participer à l'allégresse du peuple. Les Riches
laissaient leurs portes ouvertes; la ville retentissait du
ronflement des tambourins; les temples toutes les nuits
étaient illuminés, et les servantes de la Déesse descendues dans Malqua établirent au coin des carrefours des
tréteaux en sycomore, où elles se prostituaient. On vota
des terres pour les vainqueurs, des holocaustes pour
Melkarth, trois cents couronnes d'or pour le Suffète,
et ses partisans proposaient de lui décerner des prérogatives et des honneurs nouveaux.

Il avait sollicité les Anciens de faire des ouvertures à
Autharite pour échanger contre tous les Barbares, s'il
le fallait, le vieux Giscon avec les autres Carthaginois
détenus comme lui. Les Libyens et les Nomades qui
composaient l'armée d'Autharite connaissaient à peine
ces Mercenaires, hommes de race italiote ou grecque; et
puisque la République leur offrait tant de Barbares
contre si peu de Carthaginois, c'est que les uns étaient
de nulle valeur et que les autres en avaient une considérable. Ils craignaient un piège. Autharite refusa.

Alors les Anciens décrétèrent l'exécution des captifs,
bien que le Suffète leur eût écrit de ne pas les mettre à
mort. Il comptait incorporer les meilleurs dans ses
troupes et exciter par là des défections. Mais la haine
emporta toute réserve.

Les deux mille Barbares furent attachés dans les
Mappales, contre les stèles des tombeaux; et des marchands, des goujats de cuisine, des brodeurs et même
des femmes, les veuves des morts avec leurs enfants,
tous ceux qui voulaient, vinrent les tuer à coups de
flèches. On les visait lentement, pour mieux prolonger
leur supplice : on baissait son arme, puis on la relevait
tour à tour; et la multitude se poussait en hurlant.
Des paralytiques se faisaient amener sur des civières;
beaucoup, par précaution, apportaient leur nourriture
et restaient là jusqu'au soir; d'autres y passaient la nuit.
On avait planté des tentes où l'on buvait. Plusieurs
gagnèrent de fortes sommes à louer des arcs.

Puis on laissa debout tous ces cadavres crucifiés, qui
semblaient sur les tombeaux autant de statues rouges, et
l'exaltation gagnait jusqu'aux gens de Malqua, issus

des familles autochtones et d'ordinaire indifférents aux choses de la patrie. Par reconnaissance des plaisirs qu'elle leur donnait, maintenant ils s'intéressaient à sa fortune, se sentaient Puniques, et les Anciens trouvèrent habile d'avoir ainsi fondu dans une même vengeance le peuple entier.

La sanction des Dieux n'y manqua pas; car de tous les côtés du ciel des corbeaux s'abattirent. Ils volaient en tournant dans l'air avec de grands cris rauques, et faisaient un nuage énorme qui roulait sur soi-même continuellement. On l'apercevait de Clypéa, de Rhadès et du promontoire Hermæum. Parfois il se crevait tout à coup, élargissant au loin ses spirales noires; c'était un aigle qui fondait dans le milieu, puis repartait; sur les terrasses, sur les dômes, à la pointe des obélisques et au fronton des temples, il y avait, çà et là, de gros oiseaux qui tenaient dans leur bec rougi des lambeaux humains.

A cause de l'odeur, les Carthaginois se résignèrent à délier les cadavres. On en brûla quelques-uns; on jeta les autres à la mer, et les vagues poussées par le vent du nord, en déposèrent sur la plage, au fond du golfe, devant le camp d'Autharite.

Ce châtiment avait terrifié les Barbares, sans doute, car du haut d'Eschmoûn on les vit abattre leurs tentes, réunir leurs troupeaux, hisser leurs bagages sur des ânes, et le soir du même jour l'armée entière s'éloigna.

Elle devait, en se portant depuis la montagne des Eaux-Chaudes jusqu'à Hippo-Zaryte alternativement, interdire au Suffète l'approche des villes tyriennes avec la possibilité d'un retour sur Carthage.

Pendant ce temps-là, les deux autres armées tâcheraient de l'atteindre dans le sud, Spendius par l'orient, Mâtho par l'occident, de manière à se rejoindre toutes les trois pour le surprendre et l'enlacer. Puis un renfort qu'ils n'espéraient pas leur survint : Narr'Havas reparut, et avec trois cents chameaux chargés de bitume, vingt-cinq éléphants et six mille cavaliers.

Le Suffète, pour affaiblir les Mercenaires, avait jugé prudent de l'occuper au loin dans son royaume. Du fond de Carthage, il s'était entendu avec Masgaba, un brigand gétule qui cherchait à se faire un empire. Fort de l'argent punique, le coureur d'aventures avait soulevé les États numides en leur promettant la liberté. Mais Narr'Havas, prévenu par le fils de sa nourrice, était tombé dans Cirta, avait empoisonné les vainqueurs avec l'eau des citernes, abattu quelques têtes, tout rétabli, et il arrivait contre le Suffète plus furieux que les Barbares.

Les chefs des quatre armées s'entendirent sur les dispositions de la guerre. Elle serait longue : il fallait tout prévoir.

On convint d'abord de réclamer l'assistance des Romains, et l'on offrit cette mission à Spendius; comme transfuge, il n'osa s'en charger. Douze hommes des colonies grecques s'embarquèrent à Annaba sur une chaloupe des Numides. Puis les chefs exigèrent de tous les Barbares le serment d'une obéissance complète. Chaque jour les capitaines inspectaient les vêtements, les chaussures; on défendit même aux sentinelles l'usage du bouclier, car souvent elles l'appuyaient contre leur lance et s'endormaient debout; ceux qui traînaient quelque bagage furent contraints de s'en défaire; tout, à la mode romaine, devait être porté sur le dos. Par précaution contre les éléphants, Mâtho institua un corps de cavaliers cataphractes, où l'homme et le cheval disparaissaient sous une cuirasse en peau d'hippopotame hérissée de clous; et pour protéger la corne des chevaux, on leur fit des bottines en tresse de sparterie.

Il fut interdit de piller les bourgs, de tyranniser les habitants de race non punique. Mais comme la contrée s'épuisait, Mâtho ordonna de distribuer les vivres par tête de soldat, sans s'inquiéter des femmes. D'abord ils les partagèrent avec elles. Faute de nourriture beaucoup s'affaiblissaient. C'était une occasion incessante de querelles, d'invectives, plusieurs attirant les compagnes des autres par l'appât ou même la promesse de leur portion. Mâtho commanda de les chasser toutes, impitoyablement. Elles se réfugièrent dans le camp d'Autharite : mais les Gauloises et les Libyennes, à force d'outrages, les contraignirent à s'en aller.

Enfin elles vinrent sous les murs de Carthage implorer la protection de Cérès et de Proserpine, car il y avait dans Byrsa un temple et des prêtres consacrés à ces déesses, en expiation des horreurs commises autrefois au siège de Syracuse. Les Syssites, alléguant leur droit d'épaves, réclamèrent les plus jeunes pour les vendre; et des Carthaginois-nouveaux prirent en mariage des Lacédémoniennes qui étaient blondes.

Quelques-unes s'obstinèrent à suivre les armées. Elles couraient sur le flanc des syntagmes, à côté des capitaines. Elles appelaient leurs hommes, les tiraient par le manteau, se frappaient la poitrine en les maudissant, et tendaient au bout de leurs bras leurs petits enfants nus qui pleuraient. Ce spectacle amollissait les Barbares; elles étaient un embarras, un péril. Plusieurs fois on les repoussa, elles revenaient; Mâtho les fit charger à coups de lance par les cavaliers de Narr'Havas; et comme des Baléares lui criaient qu'il leur fallait des femmes :

« Moi! je n'en ai pas! » répondit-il.

À présent, le génie de Moloch l'envahissait. Malgré les rébellions de sa conscience, il exécutait des choses épouvantables, s'imaginant obéir à la voix d'un Dieu. Quand il ne pouvait les ravager, Mâtho jetait des pierres dans les champs pour les rendre stériles.

Par des messages réitérés, il pressait Autharite et Spendius de se hâter. Mais les opérations du Suffète étaient incompréhensibles. Il campa successivement à Eidous, à Monchar, à Tehent; des éclaireurs crurent l'apercevoir aux environs d'Ischiil, près des frontières de Narr'Havas, et l'on apprit qu'il avait traversé le fleuve au-dessus de Tebourba comme pour revenir à Carthage. À peine dans un endroit, il se transportait vers un autre. Les routes qu'il prenait restaient toujours inconnues. Sans livrer de bataille, le Suffète conservait ses avantages; poursuivi par les Barbares, il semblait les conduire.

Ces marches et ces contre-marches fatiguaient encore plus les Carthaginois; et les forces d'Hamilcar, n'étant pas renouvelées, de jour en jour diminuaient. Les gens de la campagne lui apportaient, maintenant, des vivres avec plus de lenteur. Il rencontrait partout une hésitation, une haine taciturne; et malgré ses supplications près du Grand-Conseil, aucun secours n'arrivait de Carthage.

On disait (on croyait peut-être) qu'il n'en avait pas besoin. C'était une ruse ou des plaintes inutiles; et les

partisans d'Hannon, afin de le desservir, exagéraient
l'importance de sa victoire. Les troupes qu'il commandait, on en faisait le sacrifice; mais on n'allait pas ainsi
continuellement fournir toutes ses demandes. La guerre
était bien assez lourde! elle avait trop coûté, et par
orgueil, les praticiens de sa faction l'appuyaient avec
mollesse.

Alors, désespérant de la République, Hamilcar leva
de force dans les tribus tout ce qu'il lui fallait pour la
guerre : du grain, de l'huile, du bois, des bestiaux et
des hommes. Mais les habitants ne tardèrent pas à
s'enfuir. Les bourgs que l'on traversait étaient vides, on
fouillait les cabanes sans y rien trouver; bientôt une
effroyable solitude enveloppa l'armée punique.

Les Carthaginois, furieux, se mirent à saccager les
provinces; ils comblaient les citernes, incendiaient les
maisons. Les flammèches, emportées par le vent, s'éparpillaient au loin, et sur les montagnes des forêts entières
brûlaient; elles bordaient les vallées d'une couronne de
feux; pour passer au-delà, on était forcé d'attendre.
Puis ils reprenaient leur marche, en plein soleil, sur des
cendres chaudes.

Quelquefois ils voyaient, au bord de la route, luire
dans un buisson comme des prunelles de chat-tigre.
C'était un Barbare accroupi sur les talons, et qui s'était
barbouillé de poussière pour se confondre avec la couleur du feuillage; ou bien quand on longeait une ravine,
ceux qui étaient sur les ailes entendaient tout à coup
rouler des pierres; et, en levant les yeux, ils apercevaient dans l'écartement de la gorge un homme pieds
nus qui bondissait.

Cependant Utique et Hippo-Zaryte étaient libres,
puisque les Mercenaires ne les assiégeaient plus. Hamilcar leur commanda de venir à son aide. Mais, n'osant
se compromettre, elles lui répondirent par des mots
vagues, des compliments, des excuses.

Il remonta dans le nord brusquement, décidé à
s'ouvrir une des villes tyriennes, dût-il en faire le siège.
Il lui fallait un point sur la côte, afin de tirer des îles ou
de Cyrène des approvisionnements et des soldats, et il
convoitait le port d'Utique comme étant le plus près de
Carthage.

Le Suffète partit donc de Zouitin et tourna le lac

d'Hippo-Zaryte avec prudence. Mais bientôt il fut contraint d'allonger ses régiments en colonne pour gravir la montagne qui sépare les deux vallées. Au coucher du soleil ils descendaient dans son sommet creusé en forme d'entonnoir, quand ils aperçurent devant eux, à ras du sol, des louves de bronze qui semblaient courir sur l'herbe.

Tout à coup de grands panaches se levèrent, et au rythme des flûtes un chant formidable éclata. C'était l'armée de Spendius; car des Campaniens et des Grecs, par exécration de Carthage, avaient pris les enseignes de Rome. En même temps, sur la gauche, apparurent de longues piques, des boucliers en peau de léopard, des cuirasses de lin, des épaules nues. C'étaient les Ibériens de Mâtho, les Lusitaniens, les Baléares, les Gétules; on entendit le hennissement des chevaux de Narr'Havas; ils se répandirent autour de la colline; puis arriva la vague cohue que commandait Autharite : les Gaulois, les Libyens, les Nomades; et l'on reconnaissait au milieu d'eux les Mangeurs-de-choses-immondes aux arêtes de poisson qu'ils portaient dans la chevelure.

Ainsi les Barbares, combinant exactement leurs marches, s'étaient rejoints. Mais, surpris eux-mêmes, ils restèrent quelques minutes immobiles et se consultant.

Le Suffète avait tassé ses hommes en une masse orbiculaire, de façon à offrir partout une résistance égale. Les hauts boucliers pointus, fichés dans le gazon les uns près des autres, entouraient l'infanterie. Les Clinabares se tenaient en dehors, et plus loin, de place en place, les éléphants. Les Mercenaires étaient harassés de fatigue; il valait mieux attendre jusqu'au jour; et certains de leur victoire, les Barbares, pendant toute la nuit, s'occupèrent à manger.

Ils avaient allumé de grands feux clairs qui, en les éblouissant, laissaient dans l'ombre l'armée punique au-dessous d'eux. Hamilcar fit creuser autour de son camp, comme les Romains, un fossé large de quinze pas, profond de dix coudées; avec la terre, exhausser à l'intérieur un parapet sur lequel on planta des pieux aigus qui s'entrelaçaient, et, au soleil levant, les Mercenaires furent ébahis d'apercevoir tous les Carthaginois ainsi retranchés comme dans une forteresse.

Ils reconnaissaient au milieu des tentes Hamilcar, qui

se promenait en distribuant des ordres. Il avait le
corps pris dans une cuirasse brune tailladée en petites
écailles; et suivi de son cheval, de temps en temps il
s'arrêtait pour désigner quelque chose de son bras droit
étendu.

Alors plus d'un se rappela des matinées pareilles,
quand, au fracas des clairons, il passait devant eux lentement, et que ses regards les fortifiaient comme des
coupes de vin. Une sorte d'attendrissement les saisit.
Ceux, au contraire, qui ne connaissaient pas Hamilcar,
dans leur joie de le tenir, déliraient.

Cependant, si tous attaquaient à la fois, on se nuirait
mutuellement dans l'espace trop étroit. Les Numides
pouvaient se lancer au travers; mais les Clinabares défendus par des cuirasses les écraseraient; puis comment
franchir les palissades? Quant aux éléphants, ils n'étaient
pas suffisamment instruits.

« Vous êtes tous des lâches! » s'écria Mâtho.

Et, avec les meilleurs, il se précipita contre le retranchement. Une volée de pierres les repoussa; car le
Suffète avait pris sur le pont leurs catapultes abandonnées.

Cet insuccès fit tourner brusquement l'esprit mobile
des Barbares. L'excès de leur bravoure disparut; ils
voulaient vaincre, mais en se risquant le moins possible.
D'après Spendius, il fallait garder soigneusement la
position que l'on avait et affamer l'armée punique. Mais
les Carthaginois se mirent à creuser des puits, et des
montagnes entourant la colline, ils découvrirent de
l'eau.

Du sommet de leur palissade ils lançaient des flèches,
de la terre, du fumier, des cailloux qu'ils arrachaient
du sol, pendant que les six catapultes roulaient incessamment sur la longueur de la terrasse.

Mais les sources d'elles-mêmes se tariraient; on
épuiserait les vivres, on userait les catapultes; les Mercenaires, dix fois plus nombreux, finiraient par triompher. Le Suffète imagina des négociations afin de gagner
du temps, et un matin les Barbares trouvèrent dans
leurs lignes une peau de mouton couverte d'écritures.
Il se justifiait de sa victoire : les Anciens l'avaient forcé
à la guerre, et pour leur montrer qu'il gardait sa parole,
il leur offrait le pillage d'Utique ou celui d'Hippo-

Zaryte, à leur choix; Hamilcar, en terminant, déclarait
ne pas les craindre, parce qu'il avait gagné des traîtres
et que, grâce à ceux-là, il viendrait à bout, facilement,
de tous les autres.

Les Barbares furent troublés : cette proposition d'un
butin immédiat les faisait rêver; ils appréhendaient
une trahison, ne soupçonnant point un piège dans la
forfanterie du Suffète, et ils commencèrent à se regarder
les uns les autres avec méfiance. On observait les paroles,
les démarches; des terreurs les réveillaient la nuit.
Plusieurs abandonnaient leurs compagnons; suivant sa
fantaisie on choisissait son armée, et les Gaulois avec
Autharite allèrent se joindre aux hommes de la Cisalpine
dont ils comprenaient la langue.

Les quatre chefs se réunissaient tous les soirs dans la
tente de Mâtho, et, accroupis autour d'un bouclier, ils
avançaient et reculaient attentivement les petites figu-
rines de bois, inventées par Pyrrhus pour reproduire les
manœuvres. Spendius démontrait les ressources d'Hamilcar; il suppliait de ne point compromettre l'occasion
et jurait par tous les Dieux. Mâtho, irrité, marchait en
gesticulant. La guerre contre Carthage était sa chose
personnelle; il s'indignait que les autres s'en mêlassent
sans vouloir lui obéir. Autharite, à sa figure devinait
ses paroles, applaudissait. Narr'Havas levait le menton
en signe de dédain; pas une mesure qu'il ne jugeât
funeste; et il ne souriait plus. Des soupirs lui échappaient comme s'il eût refoulé la douleur d'un rêve
impossible, le désespoir d'une entreprise manquée.

Pendant que les Barbares, incertains, délibéraient, le
Suffète augmentait ses défenses : il fit creuser en deçà
des palissades un second fossé, élever une seconde
muraille, construire aux angles des tours de bois; et ses
esclaves allaient jusqu'au milieu des avant-postes enfoncer les chausse-trapes dans la terre. Mais les éléphants,
dont les rations étaient diminuées, se débattaient
dans leurs entraves. Pour ménager les herbes, il ordonna
aux Clinabares de tuer les moins robustes des étalons.
Quelques-uns s'y refusèrent; il les fit décapiter. On
mangea les chevaux. Le souvenir de cette viande fraîche,
les jours suivants, fut une grande tristesse.

Du fond de l'amphithéâtre où ils se trouvaient resser-
rés, ils voyaient tout autour d'eux, sur les hauteurs, les

quatre camps des Barbares pleins d'agitation. Des
femmes circulaient avec des outres sur la tête, des
chèvres en bêlant erraient sous les faisceaux des piques;
on relevait les sentinelles, on mangeait autour des
trépieds. En effet, les tribus leur fournissaient des vivres
abondamment, et ils ne se doutaient pas eux-mêmes
combien leur inaction effrayait l'armée punique.

Dès le second jour, les Carthaginois avaient remarqué dans le camp des Nomades une troupe de trois cents
hommes à l'écart des autres. C'étaient les Riches, retenus prisonniers depuis le commencement de la guerre.
Des Libyens les rangèrent tous au bord du fossé, et,
postés derrière eux, ils envoyaient des javelots en se
faisant un rempart de leur corps. A peine pouvait-on
reconnaître ces misérables, tant leur visage disparaissait
sous la vermine et les ordures. Leurs cheveux arrachés par endroits laissaient à nu les ulcères de leur tête,
et ils étaient si maigres et hideux qu'ils ressemblaient à
des momies dans des linceuls troués. Quelques-uns, en
tremblant, sanglotaient d'un air stupide; les autres
criaient à leurs amis de tirer sur les Barbares. Il y en
avait un, tout immobile, le front baissé, qui ne parlait
pas; sa grande barbe blanche tombait jusqu'à ses mains
couvertes de chaînes; et les Carthaginois, en sentant au
fond de leur cœur comme l'écroulement de la République, reconnaissaient Giscon. Bien que la place fût
dangereuse, ils se poussaient pour le voir. On l'avait
coiffé d'une tiare grotesque, en cuir d'hippopotame,
incrustée de cailloux. C'était une imagination d'Autharite; mais cela déplaisait à Mâtho.

Hamilcar exaspéré fit ouvrir les palissades, résolu à
se faire jour n'importe comment; et d'un train furieux
les Carthaginois montèrent jusqu'à mi-côte, pendant
trois cents pas. Un tel flot de Barbares descendit qu'ils
furent refoulés sur leurs lignes. Un des gardes de la
Légion, resté en dehors, trébuchait parmi les pierres.
Zarxas accourut, et, le terrassant, il lui enfonça un
poignard dans la gorge; il l'en retira, se jeta sur la blessure, — et, la bouche collée contre elle, avec des gron-
dements de joie et des soubresauts qui le secouaient
jusqu'aux talons, il pompait le sang à pleine poitrine;
puis tranquillement, il s'assit sur le cadavre, releva son
visage en se renversant le cou pour mieux humer l'air,

comme fait une biche qui vient de boire à un torrent,
et, d'une voix aiguë, il entonna une chanson des Baléares, une vague mélodie pleine de modulations pro-
longées, s'interrompant, alternant, comme des échos qui
se répondent dans les montagnes; il appelait ses frères
morts et les conviait à un festin; — puis il laissa retomber ses mains entre ses jambes, baissa lentement la
tête, et pleura. Cette chose atroce fit horreur aux Barbares, aux Grecs surtout.

Les Carthaginois, à partir de ce moment, ne tentèrent
aucune sortie; — et ils ne songeaient pas à se rendre,
certains de périr dans les supplices.

Cependant les vivres, malgré les soins d'Hamilcar,
diminuaient effroyablement. Pour chaque homme, il ne
restait plus que dix k'kommer de blé, trois hin de millet
et douze betza de fruits secs. Plus de viande, plus d'huile,
plus de salaisons, pas un grain d'orge pour les chevaux;
on les voyait, baissant leur encolure amaigrie, chercher
dans la poussière des brins de paille piétinés. Souvent
les sentinelles en vedette sur la terrasse apercevaient, au
clair de la lune, un chien des Barbares, qui venait rôder
sous le retranchement, dans les tas d'immondices; on
l'assommait avec une pierre, et, s'aidant des courroies
du bouclier, on descendait le long des palissades, puis
sans rien dire, on le mangeait. Parfois d'horribles
aboiements s'élevaient, et l'homme ne remontait plus.
Dans la quatrième dilochie et la douzième syntagme,
trois phalangistes, en se disputant un rat, se tuèrent à
coups de couteau.

Tous regrettaient leurs familles, leurs maisons : les
pauvres, leurs cabanes en forme de ruche, avec des
coquilles au seuil des portes, un filet suspendu, et les
patriciens, leurs grandes salles emplies de ténèbres
bleuâtres, quand, à l'heure la plus molle du jour, ils se
reposaient, écoutant le bruit vague des rues mêlé au
frémissement des feuilles qui s'agitaient dans leurs
jardins; — et, pour mieux descendre dans cette pensée,
afin d'en jouir davantage, ils entre-fermaient les paupières; la secousse d'une blessure les réveillait. A chaque
minutes, c'était un engagement, une alerte nouvelle; les
tours brûlaient, les Mangeurs-de-choses-immondes sautaient aux palissades; avec des haches, on leur abattait les
mains; d'autres accouraient; une pluie de fer tombait

sur les tentes. On éleva des galeries en claies de jonc
pour se garantir des projectiles. Les Carthaginois s'y
enfermèrent; ils n'en bougeaient plus.

Tous les jours, le soleil qui tournait sur la colline,
abandonnant, dès les premières heures, le fond de la
gorge, les laissait dans l'ombre. En face et par derrière,
les pentes grises du terrain remontaient, couvertes de
cailloux tachetés d'un rare lichen, et, sur leurs têtes, le
ciel, continuellement pur, s'étalait, plus lisse et froid à
l'œil qu'une coupole de métal. Hamilcar était si indigné
contre Carthage qu'il sentait l'envie de se jeter dans les
Barbares pour les conduire sur elle. Puis voilà que les
porteurs, les vivandiers, les esclaves commençaient à
murmurer, et ni le peuple, ni le Grand-Conseil, personne n'envoyait même une espérance. La situation
était intolérable surtout par l'idée qu'elle deviendrait
pire.

A la nouvelle du désastre, Carthage avait comme
bondi de colère et de haine; on aurait moins exécré le
Suffète, si, dès le commencement, il se fût laissé vaincre.
Mais pour acheter d'autres Mercenaires, le temps
manquait, l'argent manquait. Quant à lever des soldats
dans la ville, comment les équiper? Hamilcar avait pris
toutes les armes! et qui donc les commanderait? Les
meilleurs capitaines se trouvaient là-bas avec lui!
Cependant, des hommes expédiés par le Suffète arrivaient
dans les rues, poussaient des cris. Le Grand-Conseil s'en
émut, et il s'arrangea pour les faire disparaître.

C'était une prudence inutile; tous accusaient Barca de
s'être conduit avec mollesse. Il aurait dû, après sa victoire, anéantir les Mercenaires. Pourquoi avait-il ravagé
les tribus? On s'était cependant imposé d'assez lourds
sacrifices! et les patriciens déploraient leur contribution
de quatorze shekel, les Syssites leurs deux cent vingt-
trois mille kikar d'or; ceux qui n'avaient rien donné se
lamentaient comme les autres. La populace était jalouse
des Carthaginois-nouveaux auxquels il avait promis le
droit de cité complet; et même les Ligures, qui s'étaient
si intrépidement battus, on les confondait avec les Barbares, on les maudissait comme eux; leur race devenait
un crime, une complicité. Les marchands sur le seuil
de leur boutique, les manœuvres qui passaient une

règle de plomb à la main, les vendeurs de saumure rin-
çant leurs paniers, les baigneurs dans les étuves et les
débitants de boissons chaudes, tous discutaient les opérations de la campagne. On traçait avec son doigt des
plans de bataille sur la poussière; et il n'était si mince
goujat qui ne sût corriger les fautes d'Hamilcar.

C'était, disaient les prêtres, le châtiment de sa longue
impiété. Il n'avait point offert d'holocaustes; il n'avait
pas pu purifier ses troupes; il avait même refusé de
prendre avec lui des augures; — et le scandale du sacrilège renforçait la violence des haines contenues, la rage
des espoirs trahis. On se rappelait les désastres de la
Sicile, tout le fardeau de son orgueil qu'on avait si longtemps porté! Les collèges des pontifes ne lui pardon-
naient pas d'avoir saisi leur trésor, et ils exigèrent du
Grand-Conseil l'engagement de le crucifier, si jamais il
revenait.

Les chaleurs du mois d'Éloul, excessives cette année-là,
étaient une autre calamité. Des bords du Lac, il s'élevait des odeurs nauséabondes; elles passaient dans
l'air avec les fumées des aromates tourbillonnant au coin
des rues. On entendait continuellement retentir des
hymnes. Des flots de peuple occupaient les escaliers des
temples : toutes les murailles étaient couvertes de voiles
noirs; des cierges brûlaient au front des Dieux-Patæques,
et le sang des chameaux égorgés en sacrifice, coulant
le long des rampes, formait, sur les marches, des cascades rouges. Un délire funèbre agitait Carthage. Du
fond des ruelles les plus étroites, des bouges les plus
noirs, des figures pâles sortaient, des hommes à profil
de vipère et qui grinçaient des dents. Les hurlements
aigus des femmes emplissaient les maisons, et, s'échappant par les grillages, faisaient se retourner sur les
places ceux qui causaient debout. On croyait quelquefois que les Barbares arrivaient; on les avait aperçus
derrière la montagne des Eaux-Chaudes; ils étaient
campés à Tunis; et les voix se multipliaient, grossissaient,
se confondaient en une seule clameur. Puis, un silence
universel s'établissait, les uns restaient grimpés sur le
fronton des édifices, avec leur main ouverte au bord
des yeux, tandis que les autres, à plat ventre au pied des
remparts, tendaient l'oreille. La terreur passée, les
colères recommençaient. Mais la conviction de leur

impuissance les replongeait bientôt dans la même tristesse.

Elle redoublait chaque soir, quand tous, montés sur
les terrasses, poussaient, en s'inclinant, par neuf fois, un
grand cri, pour saluer le Soleil. Il s'abaissait derrière la
Lagune, lentement, puis tout à coup il disparaissait dans
les montagnes, du côté des Barbares.

On attendait la fête trois fois sainte où, du haut d'un
bûcher, un aigle s'envolait vers le ciel, symbole de la
résurrection de l'année, message du peuple à son Baal
suprême, et qu'il considérait comme une sorte d'union,
une manière de se rattacher à la force du Soleil. D'ailleurs,
empli de haine maintenant, il se tournait naïvement
vers Moloch-Homicide, et tous abandonnaient Tanit.
En effet, la Rabbetna, n'ayant plus son voile, était
comme dépouillée d'une partie de sa vertu. Elle refusait
la bienfaisance de ses eaux, elle avait déserté Carthage;
c'était une transfuge, une ennemie. Quelques-uns, pour
l'outrager, lui jetaient des pierres. Mais en l'invectivant
beaucoup la plaignaient; on la chérissait encore et plus
profondément peut-être.

Tous les malheurs venaient donc de la perte du
zaïmph. Salammbô y avait indirectement participé; on
la comprenait dans la même rancune; elle devait être
punie. La vague idée d'une immolation bientôt circula dans le peuple. Pour apaiser les Baalim, il fallait
sans doute leur offrir quelque chose d'une incalculable
valeur, un être beau, jeune, vierge, d'antique maison,
issu des Dieux, un astre humain. Tous les jours des
hommes que l'on ne connaissait pas envahissaient les
jardins de Mégara; les esclaves, tremblant pour eux-
mêmes, n'osaient leur résister. Cependant ils ne dépassaient point l'escalier des galères. Ils restaient en bas,
les yeux levés sur la dernière terrasse; ils attendaient
Salammbô, et durant des heures ils criaient contre elle,
comme des chiens qui hurlent après la lune.

X

LE SERPENT

Ces clameurs de la populace n'épouvantaient pas la fille d'Hamilcar.

Elle était troublée par des inquiétudes plus hautes : son grand serpent, le Python noir, languissait; et le serpent était pour les Carthaginois un fétiche à la fois national et particulier. On le croyait fils du limon de la terre, puisqu'il émerge de ses profondeurs et n'a pas besoin de pieds pour la parcourir; sa démarche rappelait les ondulations des fleuves, sa température les antiques ténèbres visqueuses pleines de fécondité, et l'orbe qu'il décrit en se mordant la queue l'ensemble des planètes, l'intelligence d'Eschmoûn.

Celui de Salammbô avait déjà refusé plusieurs fois les quatre moineaux vivants qu'on lui présentait à la pleine lune et à chaque lune nouvelle. Sa belle peau, couverte comme le firmament de taches d'or sur un fond tout noir, était jaune maintenant, flasque, ridée et trop large pour son corps; une moisissure cotonneuse s'étendait autour de sa tête; et dans l'angle de ses paupières, on apercevait de petits points rouges qui paraissaient remuer. De temps à autre, Salammbô s'approchait de sa corbeille en fils d'argent; elle écartait la courtine de pourpre, les feuilles de lotus, le duvet d'oiseau; il était continuellement enroulé sur lui-même, plus immobile qu'une liane flétrie; et, à force de le regarder, elle finissait par sentir dans son cœur comme une spirale, comme un autre serpent qui peu à peu lui montait à la gorge et l'étranglait.

Elle était désespérée d'avoir vu le zaïmph, et cependant elle en éprouvait une sorte de joie, un orgueil intime. Un mystère se dérobait dans la splendeur de ses plis; c'était le nuage enveloppant les Dieux, le secret de l'existence universelle, et Salammbô, en se faisant horreur à elle-même, regrettait de ne l'avoir pas soulevé.

Presque toujours elle était accroupie au fond de son appartement, tenant dans ses mains sa jambe gauche repliée, la bouche entr'ouverte, le menton baissé, l'œil

fixe. Elle se rappelait, avec épouvante, la figure de son
père; elle voulait s'en aller dans les montagnes de la
Phénicie, en pèlerinage au temple d'Aphaka, où Tanit
est descendue sous la forme d'une étoile; toutes sortes
d'imaginations l'attiraient, l'effrayaient; d'ailleurs une
solitude chaque jour plus large l'environnait. Elle ne
savait même pas ce que devenait Hamilcar.

Enfin, lasse de ses pensées, elle se levait, et, en traînant ses petites sandales dont la semelle à chaque pas
claquait sur ses talons, elle se promenait au hasard dans
la grande chambre silencieuse. Les améthystes et les
topazes du plafond faisaient çà et là trembler des taches
lumineuses, et Salammbô, tout en marchant, tournait
un peu la tête pour les voir. Elle allait prendre par le
goulot les amphores suspendues; elle se rafraîchissait la
poitrine sous les larges éventails, ou bien elle s'amusait à brûler du cinnamome dans des perles creuses. Au
coucher du soleil, Taanach retirait les losanges de feutre
noir bouchant les ouvertures de la muraille; alors ses
colombes, frottées de musc comme les colombes de
Tanit, tout à coup entraient, et leurs pattes roses glissaient sur les dalles de verre parmi les grains d'orge
qu'elle leur jetait à pleines poignées, comme un semeur
dans un champ. Mais soudain elle éclatait en sanglots,
et elle restait étendue sur le grand lit fait de courroies
de bœuf, sans remuer, en répétant un mot toujours le
même, les yeux ouverts, pâle comme une morte, insensible, froide; — et cependant elle entendait le cri des
singes dans les touffes des palmiers, avec le grincement
continu de la grande roue qui, à travers les étages,
amenait un flot d'eau pure dans la vasque de porphyre.

Quelquefois, durant plusieurs jours, elle refusait
de manger. Elle voyait en rêve des astres troubles qui
passaient sous ses pieds. Elle appelait Schahabarim, et,
quand il était venu, n'avait plus rien à lui dire.

Elle ne pouvait vivre sans le soulagement de sa présence. Mais elle se révoltait intérieurement contre cette
domination; elle sentait pour le prêtre tout à la fois de
la terreur, de la jalousie, de la haine et une espèce
d'amour, en reconnaissance de la singulière volupté
qu'elle trouvait près de lui.

Il avait reconnu l'influence de la Rabbet, habile à
distinguer quels étaient les Dieux qui envoyaient les

maladies; et, pour guérir Salammbô, il faisait arroser son
appartement avec des lotions de verveine et d'adiante;
elle mangeait tous les matins des mandragores; elle
dormait la tête sur un sachet d'aromates mixtionnés par
les pontifes; il avait même employé le baaras, racine
couleur de feu qui refoule dans le septentrion les génies
funestes; enfin se tournant vers l'étoile polaire, il murmura par trois fois le nom mystérieux de Tanit; mais
Salammbô souffrant toujours, ses angoisses s'appro-
fondirent.

Personne à Carthage n'était savant comme lui. Dans
sa jeunesse, il avait étudié au collège des Mogbeds, à
Borsippa, près de Babylone; puis visité Samothrace, Pes-
sinunte, Éphèse, la Thessalie, la Judée, les temples des
Nabathéens, qui sont perdus dans les sables; et, des
cararactes jusqu'à la mer, parcouru à pied les bords du
Nil. La face couverte d'un voile, et en secouant des
flambeaux, il avait jeté un coq noir sur un feu de sandaraque, devant le poitrail du Sphinx, le Père-de-la-terreur.
Il était descendu dans les cavernes de Proserpine; il avait
vu tourner les cinq cents colonnes du labyrinthe de
Lemnos et resplendir le candélabre de Tarente, portant
sur sa tige autant de lampadaires qu'il y a de jours dans
l'année; la nuit, parfois, il recevait des Grecs pour les
interroger. La constitution du monde ne l'inquiétait pas
moins que la nature des Dieux; avec les armilles placées
dans le portique d'Alexandrie, il avait observé les équi-
noxes, et accompagné jusqu'à Cyrène les bématistes
d'Évergète, qui mesurent le ciel en calculant le nombre
de leurs pas; — si bien que maintenant grandissait dans
sa pensée une religion particulière, sans formule distincte, et, à cause de cela même, toute pleine de vertiges
et d'ardeurs. Il ne croyait plus la terre faite comme une
pomme de pin; il la croyait ronde, et tombant éternellement dans l'immensité, avec une vitesse si prodigieuse
qu'on ne s'aperçoit pas de sa chute.

De la position du soleil au-dessus de la lune, il concluait à la prédominance de Baal, dont l'astre lui-même
n'est que le reflet et la figure; d'ailleurs, tout ce qu'il
voyait des choses terrestres le forçait à reconnaître pour
suprême le principe mâle exterminateur. Puis, il accusait secrètement la Rabbet de l'infortune de sa vie.
N'était-ce pas pour elle qu'autrefois le grand-pontife,

s'avançant dans le tumulte des cymbales, lui avait pris
sous une patère d'eau bouillante sa virilité future? Et il
suivait d'un œil mélancolique les hommes qui se perdaient avec les prêtresses au fond des térébinthes.

Ses jours se passaient à inspecter les encensoirs, les
vases d'or, les pinces, les râteaux pour les cendres de
l'autel, et toutes les robes des statues jusqu'à l'aiguille
de bronze servant à friser les cheveux d'une vieille Tanit,
dans le troisième édicule, près de la vigne d'émeraude.
Aux mêmes heures, il soulevait les grandes tapisseries
des mêmes portes qui retombaient; il restait les bras
ouverts dans la même attitude; il priait prosterné sur les
mêmes dalles, tandis qu'autour de lui un peuple de
prêtres circulait pieds nus par les couloirs pleins d'un
crépuscule éternel.

Mais sur l'aridité de sa vie, Salammbô faisait comme
une fleur dans la fente d'un sépulcre. Cependant, il était
dur pour elle, et ne lui épargnait point les pénitences ni
les paroles amères. Sa condition établissait entre eux
comme l'égalité d'un sexe commun, et il en voulait
moins à la jeune fille de ne pouvoir la posséder que de la
trouver si belle et surtout si pure. Souvent il voyait bien
qu'elle se fatiguait à suivre sa pensée. Alors il s'en
retournait plus triste; il se sentait plus abandonné,
plus seul, plus vide.

Des mots étranges quelquefois lui échappaient, et qui
passaient devant Salammbô comme de larges éclairs
illuminant des abîmes. C'était la nuit, sur la terrasse,
quand, seuls tous les deux, ils regardaient les étoiles, et
que Carthage s'étalait en bas, sous leurs pieds, avec le
golfe et la pleine mer vaguement perdus dans la couleur
des ténèbres.

Il lui exposait la théorie des âmes qui descendent sur
la terre, en suivant la même route que le soleil par les
signes du zodiaque. De son bras étendu, il montrait dans
le Bélier la porte de la génération humaine, dans le
Capricorne, celle du retour vers les Dieux; et Salammbô
s'efforçait de les apercevoir, car elle prenait ces concep-
tions pour des réalités; elle acceptait comme vrais en
eux-mêmes de purs symboles et jusqu'à des manières de
langage, distinction qui n'était pas, non plus, toujours
bien nette pour le prêtre.

« Les âmes des morts, disait-il, se révoltent dans

la lune comme les cadavres dans la terre. Leurs larmes composent son humidité; c'est un séjour obscur plein de fange, de débris et de tempêtes. »

Elle demanda ce qu'elle y deviendrait.

« D'abord, tu languiras, légère comme une vapeur qui se balance sur les flots; et, après des épreuves et des angoisses plus longues, tu t'en iras dans le foyer du soleil, à la source même de l'Intelligence! »

Cependant il ne parlait pas de la Rabbet. Salammbô s'imaginait que c'était par pudeur pour sa déesse vaincue, et l'appelant d'un nom commun qui désignait la lune, elle se répandait en bénédictions sur l'astre fertile et doux. À la fin, il s'écria:

« Non! non! elle tire de l'autre toute sa fécondité! Ne la vois-tu pas vagabondant autour de lui comme une femme amoureuse qui court après un homme dans un champ? »

Et sans cesse il exaltait la vertu de la lumière.

Loins d'abattre ses désirs mystiques, au contraire il les sollicitait, et même il semblait prendre de la joie à la désoler par les révélations d'une doctrine impitoyable. Salammbô, malgré les douleurs de son amour, se jetait dessus avec emportement.

Mais plus Schahabarim se sentait douter de Tanit, plus il voulait y croire. Au fond de son âme un remords l'arrêtait. Il lui aurait fallu quelque épreuve, une manifestation des Dieux, et dans l'espoir de l'obtenir, le prêtre imagina une entreprise qui pouvait à la fois sauver sa patrie et sa croyance.

Dès lors il se mit, devant Salammbô, à déplorer le sacrilège et les malheurs qui en résultaient jusque dans les régions du ciel. Puis, tout à coup, il lui annonça le péril du Suffète, assailli par trois armées que commandait Mâtho; car Mâtho, pour les Carthaginois, était, à cause du voile, comme le roi des Barbares; et il ajouta que le salut de la République et de son père dépendait d'elle seule.

« De moi! s'écria-t-elle, comment puis-je...? »

Mais le prêtre, avec un sourire de dédain:

« Jamais tu ne consentiras! »

Elle le suppliait. Enfin Schahabarim lui dit:

« Il faut que tu ailles chez les Barbares reprendre le zaïmph! »

Elle s'affaissa sur l'escabeau d'ébène; et elle restait les bras allongés entre ses genoux, avec un frisson de tous ses membres, comme une victime au pied de l'autel quand elle attend le coup de massue. Ses tempes bourdonnaient, elle voyait tourner des cercles de feu, et, dans sa stupeur, ne comprenait plus qu'une chose, c'est que certainement elle allait bientôt mourir.

Mais si Rabbetna triomphait, si le zaïmph était rendu et Carthage délivrée, qu'importe la vie d'une femme! pensait Schahabarim [1]. D'ailleurs, elle obtiendrait peut-être le voile et ne périrait pas.

Il fut trois jours sans revenir; le soir du quatrième, elle l'envoya chercher.

Pour mieux enflammer son cœur, il lui apportait toutes les invectives que l'on hurlait contre Hamilcar en plein Conseil; il lui disait qu'elle avait failli, qu'elle devait réparer son crime, et que la Rabbetna ordonnait ce sacrifice.

Souvent une large clameur traversant les Mappales arrivait dans Mégara. Schahabarim et Salammbô sortaient vivement; et, du haut de l'escalier des galères, ils regardaient.

C'étaient des gens sur la place de Kamon qui criaient pour avoir des armes. Les Anciens ne voulaient pas leur en fournir, estimant cet effort inutile; d'autres partis, sans général, avaient été massacrés. Enfin on leur permit de s'en aller, et, par une sorte d'hommage à Moloch ou un vague besoin de destruction, ils arrachèrent dans les bois des temples de grands cyprès, et, les ayant allumés aux flambeaux des Kabyres, ils les portaient dans les rues en chantant. Ces flammes monstrueuses s'avançaient, balancées doucement; elles envoyaient des feux sur des boules de verre à la crête des temples, sur les ornements des colosses, sur les éperons des navires, dépassaient les terrasses et faisaient comme des soleils qui se roulaient par la ville. Elles descendirent l'Acropole. La porte de Malqua s'ouvrit.

« Es-tu prête? s'écria Schahabarim, ou leur as-tu recommandé de dire à ton père que tu l'abandonnais? »

Elle se cacha le visage dans ses voiles, et les grandes lueurs s'éloignèrent, en s'abaissant peu à peu au bord des flots.

Une épouvante indéterminée la retenait, elle avait

peur de Moloch, peur de Mâtho. Cet homme à taille de géant, et qui était maître du zaïmph, dominait la Rabbetna autant que le Baal et lui apparaissait entouré des mêmes fulgurations; puis l'âme des Dieux, quelquefois, visitait le corps des hommes. Schahabarim, en parlant de celui-là, ne disait-il pas qu'elle devait vaincre Moloch? Ils étaient mêlés l'un à l'autre; elle les confondait; tous les deux la poursuivaient.

Elle voulut connaître l'avenir et s'approcha du serpent, car on tirait des augures d'après l'attitude des serpents. Mais la corbeille était vide; Salammbô fut troublée.

Elle le trouva enroulé par la queue à un des balustres d'argent, près du lit suspendu, et il le frottait pour se dégager de sa vieille peau jaunâtre, tandis que son corps tout luisant et clair s'allongeait comme un glaive à moitié sorti du fourreau.

Puis les jours suivants, à mesure qu'elle se laissait convaincre, qu'elle était plus disposée à secourir Tanit, le python se guérissait, grossissait, il semblait revivre.

La certitude que Schahabarim exprimait la volonté des Dieux s'établit alors dans sa conscience. Un matin, elle se réveilla déterminée, et elle demanda ce qu'il fallait pour que Mâtho rendît le voile.

« Le réclamer, dit Schahabarim.

« Mais s'il refuse? » reprit-elle.

Le prêtre la considéra fixement, et avec un sourire qu'elle n'avait jamais vu.

« Oui, comment faire? » répéta Salammbô.

Il roulait entre ses doigts l'extrémité des bandelettes qui tombaient de sa tiare sur ses épaules, les yeux baissés, immobile. Enfin, voyant qu'elle ne comprenait pas :

« Tu seras seule avec lui.

— Après? dit-elle

— Seule dans sa tente.

— Et alors? »

Schahabarim se mordit les lèvres. Il cherchait quelque phrase, un détour.

« Si tu dois mourir, ce sera plus tard, dit-il, plus tard! ne crains rien! et quoi qu'il entreprenne, n'appelle pas! ne t'effraye pas! Tu seras humble, entends-tu, et soumise à son désir qui est l'ordre du ciel!

— Mais le voile?

— Les Dieux y aviseront », répondit Schahabarim.
Elle ajouta :
« Si tu m'accompagnais, ô père ?
— Non ! »

Il la fit se mettre à genoux, et, gardant la main gauche
levée et la droite étendue, il jura pour elle de rapporter
dans Carthage le manteau de Tanit. Avec des imprécations terribles, elle se dévouait aux Dieux, et chaque fois
que Schahabarim prononçait un mot, en défaillant, elle
le répétait.

Il lui indiqua toutes les purifications, les jeûnes qu'elle
devait faire et comment parvenir jusqu'à Mâtho. D'ailleurs, un homme connaissant les routes l'accompagnerait.

Elle se sentit comme délivrée. Elle ne songeait plus
qu'au bonheur de revoir le zaïmph, et maintenant elle
bénissait Schahabarim de ses exhortations.

C'était l'époque où les colombes de Carthage émi-
graient en Sicile, dans la montagne d'Éryx, autour du
temple de Vénus. Avant leur départ, durant plusieurs
jours, elles se cherchaient, s'appelaient pour se réunir ;
enfin elles s'envolèrent un soir ; le vent les poussait, et
cette grosse nuée blanche glissait dans le ciel, au-dessus
de la mer, très haut.

Une couleur de sang occupait l'horizon. Elles semblaient descendre vers les flots, peu à peu ; puis elles
disparurent comme englouties et tombant d'elles-mêmes
dans la gueule du soleil. Salammbô, qui les regardait
s'éloigner, baissa la tête, et Taanach, croyant deviner
son chagrin, lui dit alors doucement :

« Mais elles reviendront, Maîtresse.
— Oui ! Je le sais.
— Et tu les reverras.
— Peut-être ! » fit-elle en soupirant.

Elle n'avait confié à personne sa résolution ; pour
l'accomplir plus discrètement, elle envoya Taanach
acheter dans le faubourg de Kinisdo (au lieu de les
demander aux intendants), toutes les choses qu'il lui
fallait : du vermillon, des aromates, une ceinture de
lin et des vêtements neufs. La vieille esclave s'ébahissait
de ces préparatifs, sans oser pourtant lui faire de questions ; et le jour arriva, fixé par Schahabarim, où Salammbô devait partir.

Vers la douzième heure, elle aperçut au fond des sycomores un vieillard aveugle, la main appuyée sur l'épaule d'un enfant qui marchait devant lui, et de l'autre il portait contre sa hanche une espèce de cithare en bois noir. Les eunuques, les esclaves, les femmes avaient été scrupuleusement éloignés; aucun ne pouvait savoir le mystère qui se préparait.

Taanach alluma dans les angles de l'appartement quatre trépieds pleins de strobus et de cardamome; puis elle déploya de grandes tapisseries babyloniennes et elle les tendit sur des cordes, tout autour de la chambre; car Salammbô ne voulait pas être vue, même par les murailles. Le joueur de kinnor se tenait accroupi derrière la porte, et le jeune garçon, debout, appliquait contre ses lèvres une flûte de roseau. Au loin la clameur des rues s'affaiblissait, des ombres violettes s'allongeaient devant le péristyle des temples, et, de l'autre côté du golfe, les bases des montagnes, les champs d'oliviers et les vagues terrains jaunes, ondulant indéfiniment, se confondaient dans une vapeur bleuâtre; on n'entendait aucun bruit, un accablement indicible pesait dans l'air.

Salammbô s'accroupit sur la marche d'onyx, au bord du bassin; elle releva ses larges manches qu'elle attacha derrière ses épaules, et elle commença ses ablutions, méthodiquement, d'après les rites sacrés.

Enfin Taanach lui apporta, dans une fiole d'albâtre, quelque chose de liquide et de coagulé; c'était le sang d'un chien noir, égorgé par des femmes stériles, une nuit d'hiver, dans les décombres d'un sépulcre. Elle s'en frotta les oreilles, les talons, le pouce de la main droite, et même son ongle resta un peu rouge, comme si elle eût écrasé un fruit.

La lune se leva; alors la cithare et la flûte, toutes les deux à la fois, se mirent à jouer.

Salammbô défit ses pendants d'oreilles, son collier, ses bracelets, sa longue simarre blanche; elle dénoua le bandeau de ses cheveux, et pendant quelques minutes elle les secoua sur ses épaules, doucement, pour se rafraîchir et les éparpillant. La musique au dehors continuait; c'étaient trois notes, toujours les mêmes, précipitées, furieuses; les cordes grinçaient, la flûte ronflait; Taanach marquait la cadence en frappant dans ses mains; Salammbô, avec un balancement de tout son corps, psalmodiait des prières, et ses vêtements, les uns après les autres, tombaient autour d'elle.

La lourde tapisserie trembla, et par-dessus la corde qui la supportait, la tête du python apparut. Il descendit lentement, comme une goutte d'eau qui coule le long d'un mur, rampa entre les étoffes épandues, puis, la queue collée contre le sol, il se leva tout droit; et ses yeux, plus brillants que des escarboucles, se dardaient sur Salammbô.

L'horreur du froid ou une pudeur, peut-être, la fit d'abord hésiter. Mais elle se rappela les ordres de Schahabarim, elle s'avança; le python se rabattit et lui posant sur la nuque le milieu de son corps, il laissait pendre sa tête et sa queue, comme un collier rompu dont les deux bouts traînent jusqu'à terre. Salammbô l'enroula autour de ses flancs, sous ses bras, entre ses genoux; puis le prenant à la mâchoire, elle approcha cette petite gueule triangulaire jusqu'au bord de ses dents, et, en fermant à demi les yeux, elle se renversait sous les rayons de la lune. La blanche lumière semblait l'envelopper d'un brouillard d'argent, la forme de ses pas humides brillait sur les dalles, des étoiles palpitaient dans la profondeur de l'eau; il serrait contre elle ses noirs anneaux tigrés de plaques d'or. Salammbô haletait sous ce poids trop lourd, ses reins pliaient, elle se sentait mourir; et du bout de sa queue il lui battait la cuisse tout doucement; puis la musique se taisant, il retomba.

Taanach revint près d'elle; et quand elle eut disposé deux candélabres dont les lumières brûlaient dans des boules de cristal pleines d'eau, elle teignit de lausonia l'intérieur de ses mains, passa du vermillon sur ses joues, de l'antimoine au bord de ses paupières, et allongea ses sourcils avec un mélange de gomme, de musc, d'ébène et de pattes de mouches écrasées.

Salammbô, assise dans une chaise à montants d'ivoire, s'abandonnait aux soins de l'esclave. Mais ces attouchements, l'odeur des aromates et les jeûnes qu'elle avait subis, l'énervaient. Elle devint si pâle que Taanach s'arrêta.

« Continue! dit Salammbô, et, se roidissant contre elle-même, elle se ranima tout à coup. Alors une impatience la saisit; elle pressait Taanach de se hâter, et la vieille esclave en grommelant :

« — Bien! bien! Maîtresse!... Tu n'as d'ailleurs personne qui t'attende! »

« — Oui! dit Salammbô, quelqu'un m'attend. »

Taanach se recula de surprise, et afin d'en savoir plus long :

« Que m'ordonnes-tu, Maîtresse? car si tu dois rester partie... »

Mais Salammbô sanglotait; l'esclave s'écria :

« Tu souffres! qu'as-tu donc? Ne t'en va pas! emmène-moi! Quand tu étais toute petite et que tu pleurais, je te prenais sur mon cœur et je te faisais rire avec la pointe de mes mamelles; tu les as taries, Maîtresse! » Elle se donnait des coups sur sa poitrine desséchée. « Maintenant, je suis vieille! je ne peux rien pour toi! tu ne m'aimes plus! tu me caches tes douleurs, tu dédaignes ta nourrice! » Et de tendresse et de dépit, des larmes coulaient le long de ses joues, dans les balafres de son tatouage.

« Non! dit Salammbô, non, je t'aime! console-toi! »

Taanach, avec un sourire pareil à la grimace d'un vieux singe, reprit sa besogne. D'après les recommandations de Schahabarim, Salammbô lui avait ordonné de la rendre magnifique; et elle l'accommodait dans un goût barbare, plein à la fois de recherche et d'ingénuité.

Sur une première tunique, mince, et de couleur vineuse, elle en passa une seconde, brodée en plumes d'oiseaux. Des écailles d'or se collaient à ses hanches, et de cette large ceinture descendaient les flots de ses caleçons bleus, étoilés d'argent. Ensuite Taanach lui emmancha une grande robe, faite avec la toile du pays des Sères, blanche et bariolée de lignes vertes. Elle attacha au bord de son épaule un carré de pourpre, appesanti dans le bas par des grains de sandastrum; et par-dessus tous ses vêtements, elle posa un manteau noir à queue traînante; puis elle le contempla, et, fière de son œuvre, ne put s'empêcher de dire :

« Tu ne seras pas plus belle le jour de tes noces! »

« — Mes noces! » répéta Salammbô; elle rêvait, le coude appuyé sur la chaise d'ivoire.

Mais Taanach dressa devant elle un miroir de cuivre si large et si haut qu'elle s'y aperçut tout entière. Alors elle se leva, et d'un coup de doigt léger, remonta une boucle de ses cheveux, qui descendait trop bas.

Ils étaient couverts de poudre d'or, crépus sur le front et par derrière ils pendaient dans le dos, en longues torsades que terminaient des perles. Les clartés des candélabres avivaient le fard de ses joues, l'or de ses vêtements, la blancheur de sa peau; elle avait autour de la taille, sur les bras, sur les mains et aux doigts des pieds, une telle abondance de pierreries que le miroir, comme un soleil, lui renvoyait des rayons; — et Salammbô, debout à côté de Taanach, se penchant pour la voir, souriait dans cet éblouissement.

Puis elle se promena de long en large, embarrassée du temps qui lui restait.

Tout à coup, le chant d'un coq retentit. Elle piqua vivement sur ses cheveux un long voile jaune, se passa une écharpe autour du cou, enfonça ses pieds dans des bottines de cuir bleu, et elle dit à Taanach :

« Va voir sous les myrtes s'il n'y a pas un homme avec deux chevaux. »

Taanach était à peine rentrée qu'elle descendait l'escalier des galeries.

« Maîtresse! » cria la nourrice.

Salammbô se retourna, un doigt sur la bouche, en signe de discrétion et d'immobilité.

Taanach se coula doucement le long des proues jusqu'au bas de la terrasse; et de loin, à la clarté de la lune, elle distingua, dans l'avenue des cyprès, une ombre gigantesque marchant à la gauche de Salammbô obliquement, ce qui était un présage de mort.

Taanach remonta dans la chambre. Elle se jeta par terre, en se déchirant le visage avec ses ongles; elle s'arrachait les cheveux, et à pleine poitrine poussait des hurlements aigus.

L'idée lui vint que l'on pouvait les entendre; alors elle se tut. Elle sanglotait tout bas, la tête dans ses mains et la figure sur les dalles.

XI

SOUS LA TENTE

L'HOMME qui conduisait Salammbô la fit remonter au delà du phare, vers les Catacombes, puis descendre le long faubourg Molouya, plein de ruelles escarpées. Le ciel commençait à blanchir. Quelquefois, des poutres de palmier, sortant des murs, les obligeaient à baisser la tête. Les deux chevaux, marchant au pas, glissaient; et ils arrivèrent ainsi à la porte de Teveste. Ses lourds battants étaient entre-bâillés; ils passèrent; elle se referma derrière eux.

D'abord ils suivirent pendant quelque temps le pied des remparts, et, à la hauteur des Citernes, ils prirent par la Tænia, étroit ruban de terre jaune, qui, séparant le golfe du lac, se prolonge jusqu'au Rhadès.

Personne n'apparaissait autour de Carthage, ni sur la mer, ni dans la campagne. Les flots couleur d'ardoise clapotaient doucement, et le vent léger, poussant leur écume çà et là, les tachetait de déchirures blanches. Malgré tous ses voiles, Salammbô frissonnait sous la fraîcheur du matin; le mouvement, le grand air l'étourdissaient. Puis le soleil se leva; il la mordait sur le derrière de la tête, et involontairement elle s'assoupissait un peu. Les deux bêtes, côte à côte, trottaient l'amble en enfonçant leurs pieds dans le sable muet.

Quand ils eurent dépassé la montagne des Eaux-Chaudes, ils continuèrent d'un train plus rapide, le sol étant plus ferme.

Mais les champs, bien qu'on fût à l'époque des semailles et des labours, d'aussi loin qu'on les apercevait, étaient vides comme le désert. Il y avait, de place en place, des tas de blé répandus; ailleurs des orges roussies s'égrenaient. Sur l'horizon clair, les villages apparaissaient en noir, avec des formes incohérentes et découpées.

De temps à autre, un pan de muraille à demi calciné se dressait au bord de la route. Les toits des cabanes s'effondraient, et, dans l'intérieur, on distinguait des éclats de poteries, des lambeaux de vêtements, toutes sortes d'ustensiles et de choses brisées méconnaissables.

Souvent un être couvert de haillons, la face terreuse et
les prunelles flamboyantes, sortait de ces ruines. Mais
bien vite il se mettait à courir ou disparaissait dans un
trou. Salammbô et son guide ne s'arrêtaient pas.

Les plaines abandonnées se succédaient. Sur de
grands espaces de terre toute blonde s'étalait, par traînées inégales, une poudre de charbon que leurs pas
soulevaient derrière eux. Quelquefois ils rencontraient
de petits endroits paisibles, un ruisseau qui coulait parmi
de longues herbes; et, en remontant sur l'autre bord,
Salammbô, pour se rafraîchir les mains, arrachait des
feuilles mouillées. Au coin d'un bois de lauriers-roses,
son cheval fit un grand écart devant le cadavre d'un
homme, étendu par terre.

L'esclave, aussitôt, la rétablit sur les coussins. C'était
un des serviteurs du Temple, un homme que Schahabarim employait dans les missions périlleuses.

Par excès de précaution, maintenant il allait à pied,
près d'elle entre les chevaux; et il les fouettait avec le
bout d'un lacet de cuir enroulé à son bras, ou bien il
tirait d'une pannetière suspendue contre sa poitrine des
boulettes de froment, de dattes et de jaunes d'œufs,
enveloppées dans des feuilles de lotus, et il les offrait à
Salammbô, sans parler, tout en courant.

Au milieu du jour, trois Barbares, vêtus de peaux de
bêtes, les croisèrent sur le sentier. Peu à peu, il en parut
d'autres, vagabondant par troupes de dix, douze, vingt-
cinq hommes; plusieurs poussaient des chèvres ou
quelque vache qui boitait. Leurs lourds bâtons étaient
hérissés de pointes en airain; des coutelas luisaient sur
leurs vêtements d'une saleté farouche, et ils ouvraient
les yeux avec un air de menace et d'ébahissement. Tout
en passant, quelques-uns envoyaient une bénédiction
banale; d'autres, des plaisanteries obscènes; et l'homme
de Schahabarim répondait à chacun dans son propre
idiome. Il leur disait que c'était un jeune garçon malade
allant pour se guérir vers un temple lointain.

Cependant le jour tombait. Des aboiements retentirent; ils s'en rapprochèrent.

Puis, aux clartés du crépuscule, ils aperçurent un
enclos de pierres sèches, enfermant une vague construction. Un chien courait sur le mur. L'esclave lui jeta des
cailloux; et ils entrèrent dans une haute salle voûtée.

Au milieu, une femme accroupie se chauffait à un feu de broussailles dont la fumée s'envolait par les trous du plafond. Ses cheveux blancs, qui lui tombaient jusqu'aux genoux, la cachaient à demi; et sans vouloir répondre, d'un air idiot, elle marmottait des paroles de vengeance contre les Barbares et contre les Carthaginois.

Le coureur furetait de droite et de gauche. Puis il revint près d'elle, en réclamant à manger. La vieille branlait la tête, et, les yeux fixés sur les charbons, murmurait :

« J'étais la main. Les dix doigts sont coupés. La bouche ne mange plus. »

L'esclave lui montra une poignée de pièces d'or. Elle se rua dessus, mais bientôt elle reprit son immobilité.

Enfin il lui posa sous la gorge un poignard qu'il avait dans sa ceinture. Alors, en tremblant, elle alla soulever une large pierre et rapporta une amphore de vin avec des poissons d'Hippo-Zaryte confits dans du miel.

Salammbô se détourna de cette nourriture immonde, et elle s'endormit sur les caparaçons des chevaux étendus dans un coin de la salle.

Avant le jour, il la réveilla.

Le chien hurlait. L'esclave s'en approcha tout doucement; et, d'un seul coup de poignard, lui abattit la tête. Puis il frotta de sang les naseaux des chevaux pour les ranimer. La vieille lui lança par derrière une malédiction. Salammbô l'aperçut, et elle pressa l'amulette qu'elle portait sur son cœur.

Ils se remirent en marche.

De temps à autre, elle demandait si l'on ne serait pas bientôt arrivé. La route ondulait sur de petites collines. On n'entendait que le grincement des cigales. Le soleil chauffait l'herbe jaunie; la terre était toute fendillée par des crevasses, qui faisaient, en la divisant, comme des dalles monstrueuses. Quelquefois une vipère passait, des aigles volaient; l'esclave courait toujours; Salammbô rêvait sous ses voiles, et malgré la chaleur ne les écartait pas, dans la crainte de salir ses beaux vêtements.

A des distances régulières, des tours s'élevaient, bâties par les Carthaginois, afin de surveiller les tribus. Ils entraient dedans pour se mettre à l'ombre, puis repartaient.

La veille, par prudence, ils avaient fait un grand détour. Mais, à présent, on ne rencontrait personne; la région était stérile, les Barbares n'y avaient point passé.

La dévastation peu à peu recommença. Parfois, au milieu d'un champ, une mosaïque s'étalait, seul débris d'un château disparu; et les oliviers, qui n'avaient pas de feuilles, semblaient au loin de larges buissons d'épines. Ils traversèrent un bourg dont les maisons étaient brûlées à ras du sol. On voyait le long des murailles des squelettes humains. Il y en avait aussi de dromadaires et de mulets. Des charognes à demi rongées barraient les rues.

La nuit descendait. Le ciel était bas et couvert de nuages.

Ils remontèrent encore pendant deux heures dans la direction de l'occident, et, tout à coup, devant eux, ils aperçurent quantité de petites flammes.

Elles brillaient au fond d'un amphithéâtre. Çà et là des plaques d'or miroitaient, en se déplaçant. C'étaient les cuirasses des Clinabares, le camp punique; puis ils distinguèrent aux alentours d'autres lueurs plus nombreuses, car les armées des Mercenaires, confondues maintenant, s'étendaient sur un grand espace.

Salammbô fit un mouvement pour s'avancer. Mais l'homme de Schahabarim l'entraîna plus loin, et ils longèrent la terrasse qui fermait le camp des Barbares. Une brèche s'y ouvrait, l'esclave disparut.

Au sommet du retranchement, une sentinelle se promenait avec un arc à la main et une pique sur l'épaule. Salammbô se rapprochait toujours; le Barbare s'agenouilla, et une longue flèche vint percer le bas de son manteau. Puis, comme elle restait immobile, en criant, il lui demanda ce qu'elle voulait.

« Parler à Mâtho, répondit-elle. Je suis un transfuge de Carthage. »

Il poussa un sifflement, qui se répéta de loin en loin.

Salammbô attendit; son cheval, effrayé, tournoyait en reniflant.

Quand Mâtho arriva, la lune se levait derrière elle. Mais elle avait sur le visage un voile jaune à fleurs noires et tant de draperies autour du corps qu'il était impossible d'en rien deviner. Du haut de la terrasse, il considérait cette forme vague se dressant comme un fantôme dans les pénombres du soir.

Enfin elle lui dit :

« Mène-moi dans ta tente ! Je le veux ! »

Un souvenir qu'il ne pouvait préciser lui traversa la mémoire. Il sentait battre son cœur. Cet air de commandement l'intimidait.

« Suis-moi ! » dit-il.

La barrière s'abaissa ; aussitôt elle fut dans le camp des Barbares.

Un grand tumulte et une grande foule l'emplissaient. Des feux clairs brûlaient sous des marmites suspendues ; et leurs reflets empourprés, illuminant certaines places, en laissaient d'autres dans les ténèbres, complètement. On criait, on appelait ; des chevaux attachés à des entraves formaient de longues lignes droites au milieu des tentes ; elles étaient rondes, carrées, de cuir ou de toile ; il y avait des huttes en roseaux et des trous dans le sable comme en font les chiens. Les soldats charriaient des fascines, s'accoudaient par terre, ou s'enroulant dans une natte, se disposaient à dormir ; et le cheval de Salammbô, pour passer par-dessus, quelquefois allongeait une jambe et sautait.

Elle se rappelait les avoir déjà vus ; mais leurs barbes étaient plus longues, leurs figures encore plus noires, leurs voix plus rauques. Mâtho, en marchant devant elle, les écartait par un geste de son bras qui soulevait son manteau rouge. Quelques-uns baisaient ses mains ; d'autres, en pliant l'échine, l'abordaient pour lui demander des ordres ; car il était maintenant le véritable, le seul chef des Barbares ; Spendius, Autharite et Narr' Havas étaient découragés, et il avait montré tant d'audace et d'obstination que tous lui obéissaient.

Salammbô, en le suivant, traversa le camp entier. Sa tente était au bout, à trois cents pas du retranchement d'Hamilcar.

Elle remarqua sur la droite une large fosse, et il lui sembla que des visages posaient contre le bord, au niveau du sol, comme eussent fait des têtes coupées. Cependant leurs yeux remuaient, et de ces bouches entr'ouvertes il s'échappait des gémissements en langage punique.

Deux nègres, portant des fanaux de résine, se tenaient

aux deux côtés de la porte. Mâtho écarta la toile brusquement. Elle le suivit.

C'était une tente profonde, avec un mât dressé au milieu. Un grand lampadaire en forme de lotus l'éclairait, tout plein d'une huile jaune où flottaient des poignées d'étoupes, et on distinguait dans l'ombre des choses militaires qui reluisaient. Un glaive nu s'appuyait contre un escabeau, près d'un bouclier; des fouets en cuir d'hippopotame, des cymbales, des grelots, des colliers s'étalaient pêle-mêle sur des corbeilles en sparterie; les miettes d'un pain noir salissaient une couverture de feutre; dans un coin, sur une pierre ronde, de la monnaie de cuivre était négligemment amoncelée, et, par les déchirures de la toile, le vent apportait la poussière du dehors avec la senteur des éléphants, que l'on entendait manger, tout en secouant leurs chaînes.

« Qui es-tu? » dit Mâtho.

Sans répondre, elle regardait autour d'elle, lentement, puis ses yeux s'arrêtèrent au fond, où sur un lit en branches de palmier, retombait quelque chose de bleuâtre et de scintillant.

Elle s'avança vivement. Un cri lui échappa. Mâtho, derrière elle, frappait du pied.

« Qui t'amène? pourquoi viens-tu? »

Elle répondit en montrant le zaïmph :

« Pour le prendre! » et de l'autre main elle arracha les voiles de sa tête. Il se recula, les coudes en arrière, béant, presque terrifié.

Elle se sentait comme appuyée sur la force des Dieux; et, le regardant face à face, elle lui demanda le zaïmph; elle le réclamait en paroles abondantes et superbes.

Mâtho n'entendait pas; il la contemplait, et les vêtements, pour lui, se confondaient avec le corps. La moire des étoffes était, comme la splendeur de sa peau, quelque chose de spécial et n'appartenant qu'à elle. Ses yeux, ses diamants étincelaient; le poli de ses ongles continuait la finesse des pierres qui chargeaient ses doigts; les deux agrafes de sa tunique, soulevant un peu ses seins, les rapprochaient l'un de l'autre, et il se perdait par la pensée dans leur étroit intervalle, où descendait un fil tenant une plaque d'émeraudes, que l'on apercevait plus bas sous la gaze violette. Elle avait pour pendants d'oreilles deux petites balances de saphir supportant une perle

creuse, pleine d'un parfum liquide. Par les trous de la
perle, de moment en moment, une gouttelette qui
tombait mouillait son épaule nue. Mâtho la regardait
tomber.

Une curiosité indomptable l'entraîna; et, comme un
enfant qui porte la main sur un fruit inconnu, tout en
tremblant, du bout de son doigt, il la toucha légèrement
sur le haut de sa poitrine; la chair un peu froide céda
avec une résistance élastique.

Ce contact, à peine sensible pourtant, ébranla Mâtho
jusqu'au fond de lui-même. Un soulèvement de tout son
être le précipitait vers elle. Il aurait voulu l'envelopper,
l'absorber, la boire. Sa poitrine haletait, il claquait des
dents.

En la prenant par les deux poignets, il l'attira doucement, et il s'assit alors sur une cuirasse, près du lit de
palmier que couvrait une peau de lion. Elle était debout.
Il la regardait de bas en haut, en la tenant ainsi entre
ses jambes, et il répétait :

« Comme tu es belle! comme tu es belle! »

Ses yeux continuellement fixés sur les siens la faisaient
souffrir; et ce malaise, cette répugnance augmentaient
d'une façon si aiguë que Salammbô se retenait pour ne
pas crier. La pensée de Schahabarim lui revint; elle se
résigna.

Mâtho gardait toujours ses petites mains dans les
siennes; et, de temps à autre, malgré l'ordre du prêtre,
en tournant le visage, elle tâchait de l'écarter avec des
secousses de ses bras. Il ouvrait les narines pour mieux
humer le parfum s'exhalant de sa personne. C'était une
émanation indéfinissable, fraîche, et cependant qui étourdissait comme la fumée d'une cassolette. Elle sentait
le miel, le poivre, l'encens, les roses, et autre odeur
encore.

Mais comment se trouvait-elle près de lui, dans sa
tente, à sa discrétion? Quelqu'un, sans doute, l'avait
poussée? Elle n'était pas venue pour le zaïmph? Ses
bras retombèrent, et il baissa la tête, accablé par une
rêverie soudaine.

Salammbô, afin de l'attendrir, lui dit d'une voix
plaintive :

« Que t'ai-je donc fait pour que tu veuilles ma
mort?

— Ta mort ! »

Elle reprit :

« Je t'ai aperçu un soir, à la lueur de mes jardins qui brûlaient, entre des coupes fumantes et mes esclaves égorgés, et ta colère était si forte que tu as bondi vers moi et qu'il a fallu m'enfuir ! Puis une terreur est entrée dans Carthage. On criait la dévastation des villes, l'incendie des campagnes, le massacre des soldats; c'est toi qui les avais perdus, c'est toi qui les avais assassinés ! Je te hais ! Ton nom seul me ronge comme un remords. Tu es plus exécré que la peste et que la guerre romaine ! Les provinces tressaillent de ta fureur, les sillons sont pleins de cadavres ! J'ai suivi la trace de tes feux, comme si je marchais derrière Moloch ! »

Mâtho se leva d'un bond; un orgueil colossal lui gonflait le cœur; il se trouvait haussé à la taille d'un Dieu.

Les narines battantes, les dents serrées, elle continuait :

« Comme si ce n'était pas assez de ton sacrilège, tu es venu chez moi, dans mon sommeil, tout couvert du zaïmph ! Tes paroles, je ne les ai pas comprises; mais je voyais bien que tu voulais m'entraîner vers quelque chose d'épouvantable, au fond d'un abîme. »

Mâtho, en se tordant les bras, s'écria :

« Non ! non ! c'était pour te le donner ! pour te le rendre ! Il me semblait que la Déesse avait laissé son vêtement pour toi, et qu'il t'appartenait ! Dans son temple ou dans ta maison, qu'importe ? n'es-tu pas toute-puissante, immaculée, radieuse et belle comme Tanit ! »

Et avec un regard plein d'une adoration infinie :

« A moins, peut-être, que tu ne sois Tanit?

— Moi, Tanit ! » se disait Salammbô.

Ils ne parlaient plus. Le tonnerre au loin roulait. Des moutons bêlaient, effrayés par l'orage.

« Oh ! approche ! reprit-il, approche ! ne crains rien ! Autrefois, je n'étais qu'un soldat confondu dans la plèbe des Mercenaires, et même si doux, que je portais pour les autres du bois sur mon dos. Est-ce que je m'inquiète de Carthage ! La foule de ses hommes s'agite comme perdue dans la poussière de tes sandales, et tous ses trésors avec les provinces, les flottes et les îles, ne me font pas envie comme la fraîcheur de tes lèvres et le

tour de tes épaules. Mais je voulais abattre ses murailles
afin de parvenir jusqu'à toi, pour te posséder! D'ailleurs,
en attendant, je me vengeais! A présent, j'écrase les
hommes comme des coquilles, et je me jette sur les
phalanges, j'écarte les sarisses avec mes mains, j'arrête
les étalons par les naseaux; une catapulte ne me tuerait
pas! Oh! si tu savais, au milieu de la guerre, comme je
pense à toi! Quelquefois, le souvenir d'un geste, d'un
pli de ton vêtement, tout à coup me saisit et m'enlace
comme un filet! j'aperçois tes yeux dans les flammes
des phalariques et sur la dorure des boucliers! j'entends ta voix dans le retentissement des cymbales. Je me
détourne, tu n'es pas là! et alors je me replonge dans la
bataille! »

Il levait ses bras où des veines s'entre-croisaient
comme des lierres sur des branches d'arbre. De la sueur
coulait sur sa poitrine, entre ses muscles carrés; et son
haleine secouait ses flancs avec sa ceinture de bronze
toute garnie de lanières qui pendaient jusqu'à ses genoux,
plus fermes que du marbre. Salammbô, accoutumée
aux eunuques, se laissait ébahir par la force de cet
homme. C'était le châtiment de la Déesse ou l'influence
de Moloch circulant autour d'elle, dans les cinq armées.
Une lassitude l'accablait; elle écoutait avec stupeur le
cri intermittent des sentinelles qui se répondaient.

Les flammes de la lampe vacillaient sous des rafales
d'air chaud. Il venait, par moments, de larges éclairs;
puis l'obscurité redoublait; et elle ne voyait plus que
les prunelles de Mâtho, comme deux charbons dans la
nuit. Cependant, elle sentait bien qu'une fatalité l'entourait, qu'elle touchait à un moment suprême, irrévocable,
et, dans un effort, elle remonta vers le zaïmph et leva
les mains pour le saisir.

« Que fais-tu? » s'écria Mâtho.

Elle répondit avec placidité :

« Je m'en retourne à Carthage. »

Il s'avança en croisant les bras, et d'un air si terrible
qu'elle fut immédiatement comme clouée sur ses talons.

« T'en retourner à Carthage! » Il balbutiait, et répétait, en grinçant des dents :

« T'en retourner à Carthage! Ah! tu venais pour
prendre le zaïmph, pour me vaincre, puis disparaître!
Non, non! tu m'appartiens! et personne à présent ne

t'arrachera d'ici ! Oh ! je n'ai pas oublié l'insolence de
tes grands yeux tranquilles et comme tu m'écrasais
avec la hauteur de ta beauté ! A mon tour, maintenant !
Tu es ma captive, mon esclave, ma servante ! Appelle,
si tu veux, ton père et son armée, les Anciens, les Riches
et ton exécrable peuple, tout entier ! Je suis le maître de
trois cent mille soldats ! j'irai en chercher dans la Lusitanie, dans les Gaules et au fond du désert, et je ren-
verserai ta ville, je brûlerai tous ses temples ; les trirèmes vogueront sur des vagues de sang ! Je ne veux pas
qu'il en reste une maison, une pierre ni un palmier ! Et
si les hommes me manquent, j'attirerai les ours des
montagnes et je pousserai les lions ! N'essaye pas de
t'enfuir, je te tue ! »

Blême et les poings crispés, il frémissait comme une
harpe dont les cordes vont éclater. Tout à coup des
sanglots l'étouffèrent, et en s'affaissant sur les jarrets :

« Ah ! pardonne-moi ! Je suis un infâme et plus vil
que les scorpions, que la fange et la poussière ! Tout à
l'heure, pendant que tu parlais, ton haleine a passé sur
ma face, et je me délectais comme un moribond qui boit
à plat ventre au bord d'un ruisseau. Écrase-moi, pourvu
que je sente tes pieds ! maudis-moi, pourvu que j'entende
ta voix ! Ne t'en va pas ! pitié ! je t'aime ! je t'aime ! »

Il était à genoux, par terre, devant elle ; et il lui
entourait la taille de ses deux bras, la tête en arrière, les
mains errantes ; les disques d'or suspendus à ses oreilles
luisaient sur son cou bronzé ; de grosses larmes roulaient
dans ses yeux pareils à des globes d'argent ; il soupirait
d'une façon caressante, et murmurait de vagues paroles,
plus légères qu'une brise et suaves comme un baiser.

Salammbô était envahie par une mollesse où elle
perdait toute conscience d'elle-même. Quelque chose à
la fois d'intime et de supérieur, un ordre des Dieux la
forçait à s'y abandonner ; des nuages la soulevaient, et,
en défaillant, elle se renversa sur le lit dans les poils
du lion. Mâtho lui saisit les talons, la chaînette d'or
éclata, et les deux bouts, en s'envolant, frappèrent la
toile comme deux vipères rebondissantes. Le zaïmph
tomba, l'enveloppait ; elle aperçut la figure de Mâtho
se courbant sur sa poitrine.

« Moloch, tu me brûles ! »

Et les baisers du soldat, plus dévorateurs que des

flammes, la parcouraient; elle était comme enlevée
dans un ouragan, prise dans la force du soleil.

Il baisa tous les doigts de ses mains, ses bras, ses
pieds, et d'un bout à l'autre les longues tresses de ses
cheveux.

« Emporte-le, disait-il, est-ce que j'y tiens! emmène-
moi avec lui! j'abandonne l'armée! je renonce à tout!
Au delà de Gadès, à vingt jours dans la mer, on rencontre une île couverte de poudre d'or, de verdure et
d'oiseaux. Sur les montagnes, de grandes fleurs pleines
de parfums qui fument, se balancent comme d'éternels
encensoirs; dans les citronniers plus hauts que des
cèdres, des serpents couleur de lait font avec les diamants de leur gueule tomber les fruits sur le gazon;
l'air est si doux qu'il empêche de mourir. Oh! je la
trouverai, tu verras. Nous vivrons dans les grottes de
cristal, taillées au bas des collines. Personne encore ne
l'habite, ou je deviendrai le roi du pays. »

Il balaya la poussière de ses cothurnes; il voulut
qu'elle mît entre ses lèvres le quartier d'une grenade;
il accumula derrière sa tête des vêtements pour lui faire
un coussin. Il cherchait les moyens de la servir, de
s'humilier, et même il étala sur ses jambes le zaïmph,
comme un simple tapis.

« As-tu toujours, disait-il, ces petites cornes de
gazelle où sont suspendus tes colliers? Tu me les donneras; je les aime! »

Car il parlait comme si la guerre était finie, des rires
de joie lui échappaient; et les Mercenaires, Hamilcar,
tous les obstacles avaient maintenant disparu. La lune
glissait entre deux nuages. Ils la voyaient par une
ouverture de la tente.

« Ah! que j'ai passé de nuits à la contempler! elle
me semblait un voile qui cachait ta figure; tu me regardais à travers; ton souvenir se mêlait à ses rayonnements; je ne vous distinguais plus! »

Et la tête entre ses seins, il pleurait abondamment.

« C'est donc là, songeait-elle, cet homme formidable
qui fait trembler Carthage! »

Il s'endormit. Alors, en se dégageant de son bras,
elle posa un pied par terre, et elle s'aperçut que sa
chaînette était brisée.

On accoutumait les vierges dans les grandes familles

à respecter ces entraves comme une chose presque religieuse, et Salammbô, en rougissant, roula autour de ses
jambes les deux tronçons de la chaîne d'or.

Carthage, Mégara, sa maison, sa chambre et les campagnes qu'elle avait traversées tourbillonnaient dans sa
mémoire en images tumultueuses et nettes cependant.
Mais un abîme survenu les reculait loin d'elle, à une
distance infinie.

L'orage s'en allait; de rares gouttes d'eau en claquant
une à une faisaient osciller le toit de la tente.

Mâtho, tel qu'un homme ivre, dormait étendu sur le
flanc, avec un bras qui dépassait le bord de la couche.
Son bandeau de perles était un peu remonté et découvrait son front. Un sourire écartait ses dents. Elles
brillaient entre sa barbe noire, et dans ses paupières à
demi closes il y avait une gaieté silencieuse et presque
outrageante.

Salammbô le regardait immobile, la tête basse, les
mains croisées.

Au chevet du lit, un poignard s'étalait sur une table
de cyprès; la vue de cette lame luisante l'enflamma
d'une vie sanguinaire. Des voix lamentables se traînaient au loin, dans l'ombre, et, comme un chœur de
Génies, la sollicitaient. Elle se rapprocha; elle saisit le
fer par le manche. Au frôlement de sa robe, Mâtho
entr'ouvrit les yeux, en avançant la bouche sur ses
mains, et le poignard tomba.

Des cris s'élevèrent; une lueur effrayante fulgurait
derrière la toile. Mâtho la souleva; ils aperçurent de
grandes flammes qui enveloppaient le camp des Libyens.

Leurs cabanes de roseaux brûlaient, et les tiges, en se
tordant, éclataient dans la fumée et s'envolaient comme
des flèches; sur l'horizon tout rouge, des ombres noires
couraient éperdues. On entendait les hurlements de ceux
qui étaient dans les cabanes; les éléphants, les bœufs
et les chevaux bondissaient au milieu de la foule en
l'écrasant, avec les munitions et les bagages que l'on
tirait de l'incendie. Des trompettes sonnaient. On appelait : « Mâtho! Mâtho! » Des gens à la porte voulaient
entrer.

« Viens donc! c'est Hamilcar qui brûle le camp
d'Autharite! »

Il fit un bond. Elle se trouva toute seule.

Alors elle examina le zaïmph; et quand elle l'eut bien contemplé, elle fut surprise de ne pas avoir ce bonheur qu'elle s'imaginait autrefois. Elle restait mélancolique devant son rêve accompli.

Mais le bas de la tente se releva, et une forme monstrueuse apparut. Salammbô ne distingua d'abord que les deux yeux, avec une longue barbe blanche qui pendait jusqu'à terre; car le reste du corps, embarrassé dans les guenilles d'un vêtement fauve, traînait contre le sol; et, à chaque mouvement pour avancer, les deux mains entraient dans la barbe, puis retombaient. En rampant ainsi, elle arriva jusqu'à ses pieds, et Salammbô reconnut le vieux Giscon.

En effet, les Mercenaires, pour empêcher les anciens captifs de s'enfuir, à coups de barre d'airain leur avaient cassé les jambes; et ils pourrissaient tous pêle-mêle, dans une fosse, au milieu des immondices. Les plus robustes, quand ils entendaient le bruit des gamelles, se haussaient en criant : c'est ainsi que Giscon avait aperçu Salammbô. Il avait deviné une Carthaginoise, aux petites boules de sandastrum qui battaient contre ses cothurnes; et, dans le pressentiment d'un mystère considérable, en se faisant aider par ses compagnons, il était parvenu à sortir de la fosse; puis, avec les coudes et les mains, il s'était traîné vingt pas plus loin, jusqu'à la tente de Mâtho. Deux voix y parlaient. Il avait écouté du dehors et tout entendu.

« C'est toi ! » dit-elle enfin, presque épouvantée.

En se haussant sur les poignets, il répliqua :

« Oui, c'est moi ! On me croit mort, n'est-ce pas? »

Elle baissa la tête. Il reprit :

« Ah ! pourquoi les Baals ne m'ont-ils pas accordé cette miséricorde ! » Et se rapprochant de si près, qu'il la frôlait : « Ils m'auraient épargné la peine de te maudire ! »

Salammbô se rejeta vivement en arrière, tant elle eut peur de cet être immonde, qui était hideux comme une larve et terrible comme un fantôme.

« J'ai cent ans, bientôt, dit-il. J'ai vu Agathoclès; j'ai vu Régulus et les aigles des Romains passer sur les moissons des champs puniques ! J'ai vu toutes les épouvantes des batailles et la mer encombrée par les débris de nos flottes ! Des Barbares que je commandais m'ont enchaîné aux quatre membres, comme un esclave

homicide. Mes compagnons, l'un après l'autre, sont à
mourir autour de moi; l'odeur de leurs cadavres me
réveille la nuit; j'écarte les oiseaux qui viennent becque-
ter leurs yeux; et pourtant, pas un seul jour je n'ai
désespéré de Carthage ! Quand même j'aurais vu contre
elle toutes les armées de la terre, et les flammes du siège
dépasser la hauteur des temples, j'aurais cru encore à
son éternité ! Mais, à présent, tout est fini, tout est perdu !
Les Dieux l'exècrent ! Malédiction sur toi qui as précipité
sa ruine par ton ignominie ! »

Elle ouvrit ses lèvres.

« Ah ! j'étais là ! s'écria-t-il. Je t'ai entendue râler
d'amour comme une prostituée; puis il te racontait
son désir, et tu te laissais baiser les mains ! Mais, si la
fureur de ton impudicité te poussait, tu devais faire
au moins comme les bêtes fauves qui se cachent dans
leurs accouplements, et ne pas étaler ta honte jusque
sous les yeux de ton père !

— Comment ? dit-elle.

— Ah ! tu ne savais pas que les deux retranchements
sont à soixante coudées l'un de l'autre, et que ton
Mâtho, par excès d'orgueil, s'est établi tout en face
d'Hamilcar. Il est là, ton père, derrière toi; et si je pouvais gravir le sentier qui mène sur la plate-forme, je lui
crierais : « Viens donc voir ta fille dans les bras du
Barbare ! Elle a mis pour lui plaire le vêtement de la
Déesse; et, en abandonnant son corps, elle livre, avec la
gloire de ton nom, la majesté des Dieux, la vengeance
de la patrie, le salut même de Carthage ! »

Le mouvement de sa bouche édentée remuait sa
barbe tout du long; ses yeux, tendus sur elle, la dévoraient; et il répétait en haletant dans la poussière :

« Ah ! sacrilège ! Maudite sois-tu ! maudite ! maudite ! »

Salammbô avait écarté la toile, elle la tenait soulevée
au bout de son bras, et, sans lui répondre, elle regardait du côté d'Hamilcar.

« C'est par ici, n'est-ce pas ? dit-elle.

— Que t'importe ! Détourne-toi ! Va-t'en ! Écrase
plutôt ta face contre la terre ! C'est un lieu saint que ta
vue souillerait. »

Elle jeta le zaïmph autour de sa taille, ramassa vivement ses voiles, son manteau, son écharpe. « J'y cours ! »
s'écria-t-elle; et, s'échappant, Salammbô disparut.

D'abord, elle marcha dans les ténèbres sans rencontrer personne, car tous se portaient vers l'incendie; et la clameur redoublait, de grandes flammes empourpraient le ciel par derrière; une longue terrasse l'arrêta.

Elle tourna sur elle-même, de droite et de gauche, au hasard, cherchant une échelle, une corde, une pierre, quelque chose enfin pour l'aider. Elle avait peur de Giscon, et il lui semblait que des cris et des pas la poursuivaient. Le jour commençait à blanchir. Elle aperçut un sentier dans l'épaisseur du retranchement. Elle prit avec ses dents le bas de sa robe qui la gênait, et, en trois bonds, elle se trouva sur la plate-forme.

Un cri sonore éclata sous elle, dans l'ombre, le même qu'elle avait entendu au bas de l'escalier des galères; et, en se penchant, elle reconnut l'homme de Schahabarim avec ses chevaux accouplés.

Il avait erré toute la nuit entre les deux retranchements; puis, inquiété par l'incendie, il était revenu en arrière, tâchant d'apercevoir ce qui se passait dans le camp de Mâtho; et, comme il savait que cette place était la plus voisine de sa tente, pour obéir au prêtre, il n'en avait pas bougé.

Il monta debout sur un des chevaux. Salammbô se laissa glisser jusqu'à lui; et ils s'enfuirent au grand galop en faisant le tour du camp punique, pour trouver une porte quelque part.

Mâtho était rentré dans sa tente. La lampe toute fumeuse éclairait à peine, et même il crut que Salammbô dormait. Alors, il palpa délicatement la peau du lion, sur le lit de palmier. Il appela, elle ne répondit pas; il arracha vivement un lambeau de la toile pour faire venir du jour; le zaïmph avait disparu.

La terre tremblait sous des pas multipliés. De grands cris, des hennissements, des chocs d'armures s'élevaient dans l'air, et les fanfares des clairons sonnaient la charge. C'était comme un ouragan tourbillonnant autour de lui. Une fureur désordonnée le fit bondir sur ses armes, il se lança dehors.

Les longues files des Barbares descendaient en courant la montagne, et les carrés puniques s'avançaient contre eux, avec une oscillation lourde et régulière. Le brouillard, déchiré par les rayons du soleil, formait de petits nuages qui se balançaient, et peu à peu, en s'élevant, ils découvraient les étendards, les casques et la pointe des piques. Sous les évolutions rapides, des portions de terrain encore dans l'ombre semblaient se déplacer d'un seul morceau; ailleurs, on aurait dit des torrents qui s'entre-croisaient, et, entre eux, des masses épineuses restaient immobiles. Mâtho distinguait les capitaines, les soldats, les hérauts et jusqu'aux valets par derrière, qui étaient montés sur des ânes. Mais au lieu de garder sa position pour couvrir les fantassins, Narr'Havas tourna brusquement à droite, comme s'il voulait se faire écraser par Hamilcar.

Ses cavaliers dépassèrent les éléphants qui se ralentissaient; et tous les chevaux, allongeant leur tête sans bride, galopaient d'un train si furieux que leur ventre paraissait frôler la terre. Puis, tout à coup, Narr'Havas marcha résolument vers une sentinelle. Il jeta son épée, sa lance, ses javelots, et disparut au milieu des Carthaginois.

Le roi des Numides arriva dans la tente d'Hamilcar; et il dit, en lui montrant ses hommes qui se tenaient au loin arrêtés :

« Barca! je te les amène. Ils sont à toi. »

Alors il se prosterna en signe d'esclavage, et, comme preuve de sa fidélité, il rappela toute sa conduite depuis le commencement de la guerre.

D'abord il avait empêché le siège de Carthage et le massacre des captifs; puis, il n'avait point profité de la victoire contre Hannon après la défaite d'Utique. Quant aux villes tyriennes, c'est qu'elles se trouvaient sur les frontières de son royaume. Enfin, il n'avait pas participé à la bataille du Macar; et même il s'était absenté tout exprès pour fuir l'obligation de combattre le Suffète.

Narr'Havas, en effet, avait voulu s'agrandir par des empiétements sur les provinces puniques, et, selon les chances de la victoire, tour à tour secouru et délaissé les Mercenaires. Mais voyant que le plus fort serait définitivement Hamilcar, il s'était tourné vers lui; et peut-être y avait-il dans sa défection une rancune contre Mâtho, soit à cause du commandement ou de son ancien amour.

Le Suffète l'écouta sans l'interrompre. L'homme qui

se présentait ainsi dans une armée où on lui devait des vengeances n'était pas un auxiliaire à dédaigner; Hamilcar devina tout de suite l'utilité d'une telle alliance pour ses grands projets. Avec les Numides, il se débarrasserait des Libyens. Puis il entraînerait l'Occident à la conquête de l'Ibérie; et, sans lui demander pourquoi il n'était pas venu plus tôt, ni relever aucun de ses mensonges, il baisa Narr'Havas, en heurtant trois fois sa poitrine contre la sienne.

C'était pour en finir, et par désespoir, qu'il avait incendié le camp des Libyens. Cette armée lui arrivait comme un secours des Dieux; en dissimulant sa joie, il répondit :

« Que les Baals te favorisent! J'ignore ce que fera pour toi la République, mais Hamilcar n'a pas d'ingratitude. »

Le tumulte redoublait; des capitaines entraient. Il s'armait tout en parlant :

« Allons, retourne! Avec les cavaliers, tu rabattras leur infanterie entre tes éléphants et les miens! Courage! extermine! »

Et Narr'Havas se précipitait, quand Salammbô parut.

Elle sauta vite à bas de son cheval. Elle ouvrit son large manteau, et, en écartant les bras, elle déploya le zaïmph.

La tente de cuir, relevée dans les coins, laissait voir le tour entier de la montagne couverte de soldats, et comme elle se trouvait au centre, de tous les côtés on apercevait Salammbô. Une clameur immense éclata, un long cri de triomphe et d'espoir. Ceux qui étaient en marche s'arrêtèrent; les moribonds, s'appuyant sur le coude, se retournaient pour la bénir. Tous les Barbares savaient maintenant qu'elle avait repris le zaïmph; de loin ils la voyaient, ils croyaient la voir; et d'autres cris, mais de rage et de vengeance, retentissaient, malgré les applaudissements des Carthaginois; les cinq armées, s'étageant sur la montagne trépignaient et hurlaient ainsi tout autour de Salammbô.

Hamilcar, sans pouvoir parler, la remerciait par des signes de tête. Ses yeux se portaient alternativement sur le zaïmph et sur elle, et il remarqua que sa chaînette était rompue. Alors il frissonna, saisi par un soupçon terrible. Mais reprenant vite son impassibilité, il considéra Narr'Havas obliquement, sans tourner la figure.

Le roi des Numides se tenait à l'écart dans une
attitude discrète; il portait au front un peu de la poussière qu'il avait touchée en se prosternant. Enfin le
Suffète s'avança vers lui, et avec un air plein de gravité :

« En récompense des services que tu m'as rendus,
Narr'Havas, je te donne ma fille. Il ajouta : Sois mon
fils et défends ton père! »

Narr'Havas eut un grand geste de surprise, puis se
jeta sur ses mains qu'il couvrit de baisers.

Salammbô, calme comme une statue, semblait ne pas
comprendre. Elle rougissait un peu, tout en baissant
les paupières; ses longs cils recourbés faisaient des
ombres sur ses joues.

Hamilcar voulut immédiatement les unir par des
fiançailles indissolubles. On mit entre les mains de
Salammbô une lance qu'elle offrit à Narr'Havas; on
attacha leurs pouces l'un contre l'autre avec une lanière
de bœuf, puis on leur versa du blé sur la tête, et les
grains qui tombaient autour d'eux sonnèrent comme
de la grêle en rebondissant.

XII

L'AQUEDUC

Douze heures après, il ne restait plus des Mercenaires qu'un tas de blessés, de morts et d'agonisants.

Hamilcar, sorti brusquement du fond de la gorge,
était redescendu par la pente occidentale qui regarde
Hippo-Zaryte, et, l'espace étant plus large en cet endroit,
il avait eu soin d'y attirer les Barbares. Narr'Havas les
avait enveloppés avec ses chevaux; le Suffète, pendant
ce temps-là, les refoulait, les écrasait; puis ils étaient
vaincus d'avance par la perte du zaïmph; ceux mêmes
qui ne s'en souciaient avaient senti une angoisse et
comme un affaiblissement. Hamilcar, ne mettant pas
son orgueil à garder pour lui le champ de bataille,
s'était retiré un peu plus loin, à gauche, sur des hauteurs d'où il les dominait.

On reconnaissait la forme des camps à leurs palissades inclinées. Un long amas de cendres noires fumait sur l'emplacement des Libyens; le sol bouleversé avait des ondulations comme la mer, et les tentes, avec leurs toiles en lambeaux, semblaient de vagues navires à demi perdus dans les écueils. Des cuirasses, des fourches, des clairons, des morceaux de bois, de fer et d'airain, du blé, de la paille et des vêtements s'éparpillaient au milieu des cadavres; çà et là quelque phalarique prête à s'éteindre brûlait contre un monceau de bagages; la terre, en de certains endroits, disparaissait sous les boucliers; des charognes de chevaux se suivaient comme une série de monticules; on apercevait des jambes, des sandales, des bras, des cottes de mailles et des têtes dans leurs casques, maintenues par la mentonnière et qui roulaient comme des boules; des chevelures pendaient aux épines; dans des mares de sang, des éléphants, les entrailles ouvertes, râlaient couchés avec leurs tours; on marchait sur des choses gluantes et il y avait des flaques de boue, bien que la pluie n'eût pas tombé.

Cette confusion de cadavres occupait, du haut en bas, la montagne tout entière.

Ceux qui survivaient ne bougeaient pas plus que les morts. Accroupis par groupes inégaux, ils se regardaient effarés, et ne parlaient pas.

Au bout d'une longue prairie, le lac d'Hippo-Zaryte resplendissait sous le soleil couchant. A droite, de blanches maisons agglomérées dépassaient une ceinture de murailles; puis la mer s'étalait, indéfiniment; et, le menton dans la main, les Barbares soupiraient en songeant à leurs patries. Un nuage de poudre grise retombait.

Le vent du soir souffla; alors toutes les poitrines se dilatèrent; et, à mesure que la fraîcheur augmentait, on pouvait voir la vermine abandonner les morts qui se refroidissaient, et courir sur le sable chaud. Au sommet des grosses pierres, des corbeaux immobiles restaient tournés vers les agonisants.

Quand la nuit fut descendue, des chiens à poil jaune, de ces bêtes immondes qui suivaient les armées, arrivèrent tout doucement au milieu des Barbares. D'abord ils léchèrent les caillots de sang sur les moignons

encore tièdes; et bientôt ils se mirent à dévorer les
cadavres, en les entamant par le ventre.

Les fugitifs reparaissaient un à un, comme des
ombres; les femmes aussi se hasardèrent à revenir, car
il en restait encore, chez les Libyens surtout, malgré
le massacre effroyable que les Numides en avaient fait.

Quelques-uns prirent des bouts de corde qu'ils allumèrent pour servir de flambeaux. D'autres tenaient des
piques entre-croisées. On plaçait dessus les cadavres et
on les transportait à l'écart.

Ils se trouvaient étendus par longues lignes, sur le
dos, la bouche ouverte, avec leurs lances auprès d'eux;
ou bien ils s'entassaient pêle-mêle, et souvent, pour
découvrir ceux qui manquaient, il fallait creuser tout
un monceau. Puis on promenait la torche sur leur visage,
lentement. Des armes hideuses leur avaient fait des
blessures compliquées. Des lambeaux verdâtres leur
pendaient du front; ils étaient taillladés en morceaux,
écrasés jusqu'à la moelle, bleus sous des strangula-
tions, ou largement fendus par l'ivoire des éléphants.
Bien qu'ils fussent morts presque en même temps, des
différences existaient dans leur corruption. Les hommes
du Nord étaient gonflés d'une bouffissure livide, tandis
que les Africains, plus nerveux, avaient l'air enfumés,
et déjà se desséchaient. On reconnaissait les Mercenaires
aux tatouages de leurs mains : les vieux soldats d'Antio-
chus portaient un épervier; ceux qui avaient servi en
Égypte, la tête d'un cynocéphale; chez les princes de
l'Asie, une hache, une grenade, un marteau; dans les
Républiques grecques, le profil d'une citadelle ou le
nom d'un archonte; et on en voyait dont les bras étaient
couverts entièrement par ces symboles multipliés, qui
se mêlaient à leurs cicatrices et aux blessures nouvelles.

Pour les hommes de race latine, les Samnites, les
Étrusques, les Campaniens et les Brutiens, on établit
quatre grands bûchers.

Les Grecs, avec la pointe de leurs glaives, creusèrent
des fosses. Les Spartiates, retirant leurs manteaux
rouges, en enveloppèrent les morts; les Athéniens les
étendaient la face vers le soleil levant; les Cantabres
les enfouissaient sous un monceau de cailloux; les
Nasamons les pliaient en deux avec des courroies de
bœufs, et les Garamantes allèrent les ensevelir sur la

plage, afin qu'ils fussent perpétuellement arrosés par les flots. Mais les Latins se désolaient de ne pas recueillir leurs cendres dans les urnes; les Nomades regrettaient la chaleur des sables où les corps se momifient, et les Celtes, trois pierres brutes, sous un ciel pluvieux, au fond d'un golfe plein d'îlots.

Des vociférations s'élevaient, suivies d'un long silence. C'était pour forcer les âmes à revenir. Puis la clameur reprenait, à intervalles réguliers, obstinément.

On s'excusait près des morts de ne pouvoir les honorer comme le prescrivaient les rites : car ils allaient, par cette privation, circuler, durant des périodes infinies, à travers toutes sortes de hasards et de métamorphoses; on les interpellait, on leur demandait ce qu'ils désiraient; d'autres les accablaient d'injures pour s'être laissé vaincre.

La lueur des grands bûchers apâlissait les figures exsangues, renversées de place en place sur les débris d'armures; et les larmes excitaient les larmes, les sanglots devenaient plus aigus, les reconnaissances et les étreintes plus frénétiques. Des femmes s'étalaient sur les cadavres, bouche contre bouche, front contre front; il fallait les battre pour qu'elles se retirassent, quand on jetait la terre. Ils se noircissaient les joues; ils se coupaient les cheveux; ils se tiraient du sang et le versaient dans les fosses; ils se faisaient des entailles à l'imitation des blessures qui défiguraient les morts. Des rugissements éclataient à travers le tapage des cymbales. Quelques-uns arrachaient leurs amulettes, crachaient dessus. Les moribonds se roulaient dans la boue sanglante en mordant de rage leurs poings mutilés; et quarante-trois Samnites, tout un printemps sacré, s'entr'égorgèrent comme des gladiateurs. Bientôt le bois manqua pour les bûchers, les flammes s'éteignirent, toutes les places étaient prises; et, las d'avoir crié, affaiblis, chancelants, ils s'endormirent auprès de leurs frères morts, ceux qui tenaient à vivre pleins d'inquiétudes, et les autres désirant ne pas se réveiller.

Aux blancheurs de l'aube, il parut sur les limites des Barbares, des soldats qui défilaient avec des casques levés au bout des piques; en saluant les Mercenaires, ils leur demandaient s'ils n'avaient rien à faire dire dans leurs patries.

D'autres se rapprochèrent, et les Barbares reconnurent quelques-uns de leurs anciens compagnons.

Le Suffète avait proposé à tous les captifs de servir dans ses troupes. Plusieurs avaient intrépidement refusé; et, bien résolu à ne point les nourrir ni à les abandonner au Grand-Conseil, il les avait renvoyés, en leur ordonnant de ne plus combattre Carthage. Quant à ceux que la peur des supplices rendait dociles, on leur avait distribué les armes de l'ennemi; et maintenant ils se présentaient aux vaincus, moins pour les séduire que par un mouvement d'orgueil et de curiosité.

D'abord ils racontèrent les bons traitements du Suffète; les Barbares les écoutaient tout en les jalousant, bien qu'ils les méprisassent. Puis, aux premières paroles de reproche, les lâches s'emportèrent; de loin ils leur montraient leurs propres épées, leurs cuirasses, et les conviaient avec des injures à venir les prendre. Les Barbares ramassèrent des cailloux; tous s'enfuirent; et l'on ne vit plus au sommet de la montagne que les pointes des lances dépassant le bord des palissades.

Alors une douleur, plus lourde que l'humiliation de la défaite, accabla les Barbares. Ils songeaient à l'inanité de leur courage. Ils restaient les yeux fixes en grinçant des dents.

La même idée leur vint. Ils se précipitèrent en tumulte sur les prisonniers carthaginois. Les soldats du Suffète, par hasard, n'avaient pu les découvrir, et comme il s'était retiré du champ de bataille, ils se trouvaient encore dans la fosse profonde.

On les rangea par terre, dans un endroit aplati. Des sentinelles firent un cercle autour d'eux, et on laissa les femmes entrer, par trente ou quarante successivement. Voulant profiter du peu de temps qu'on leur donnait, elles couraient de l'un à l'autre, incertaines, palpitantes; puis, inclinées sur ces pauvres corps, elles les frappaient à tour de bras comme des lavandières qui battent des linges; en hurlant le nom de leurs époux, elles les déchiraient sous leurs ongles; elles leur crevèrent les yeux avec les aiguilles de leurs chevelures. Les hommes y vinrent ensuite, et ils les suppliciaient depuis les pieds, qu'ils coupaient aux chevilles, jusqu'au front, dont ils levaient des couronnes de peau pour se mettre sur la tête. Les Mangeurs-de-choses-immondes furent atroces dans leurs imaginations. Ils envenimaient les blessures en y versant de la poussière, du vinaigre, des éclats de poterie; d'autres attendaient derrière eux; le sang coulait et ils se réjouissaient comme font les vendangeurs autour des cuves fumantes.

Cependant Mâtho était assis par terre, à la place même où il se trouvait quand la bataille avait fini, les coudes sur les genoux, les tempes dans les mains; il ne voyait rien, n'entendait rien, ne pensait plus.

Aux hurlements de joie que la foule poussait, il releva la tête. Devant lui, un lambeau de toile accroché à une perche, et qui traînait par le bas, abritait confusément des corbeilles, des tapis, une peau de lion. Il reconnut sa tente; et ses yeux s'attachaient contre le sol comme si la fille d'Hamilcar, en disparaissant, se fût enfoncée sous la terre.

La toile déchirée battait au vent; quelquefois ses longues bribes lui passaient devant la bouche, et il aperçut une marque rouge, pareille à l'empreinte d'une main. C'était la main de Narr'Havas, le signe de leur alliance. Alors Mâtho se leva. Il prit un tison qui fumait encore, et il le jeta sur les débris de sa tente, dédaigneusement. Puis du bout de son cothurne, il repoussait vers la flamme des choses qui débordaient, pour que rien n'en subsistât.

Tout à coup, et sans qu'on pût deviner de quel point il surgissait, Spendius parut.

L'ancien esclave s'était attaché contre la cuisse deux éclats de lance; il boitait d'un air piteux, tout en exhalant des plaintes.

« Retire donc cela, lui dit Mâtho, je sais que tu es un brave! »

Car il était si écrasé par l'injustice des Dieux qu'il n'avait pas assez de force pour s'indigner contre les hommes.

Spendius lui fit un signe, et il le mena dans le creux d'un mamelon, où Zarxas et Autharite se tenaient cachés.

Ils avaient fui comme l'esclave, l'un bien qu'il fût cruel, et l'autre malgré sa bravoure. Mais qui aurait pu s'attendre, disaient-ils, à la trahison de Narr'Havas, à l'incendie des Libyens, à la perte du zaïmph, à l'attaque soudaine d'Hamilcar, et surtout à ses manœuvres le

forçant à revenir dans le fond de la montagne sous les
coups immédiats des Carthaginois? Spendius n'avouait
point sa terreur et persistait à soutenir qu'il avait la
jambe cassée.

Enfin, les trois chefs et le shalischim se demandèrent
ce qu'il fallait maintenant décider.

Hamilcar leur fermait la route de Carthage; on était
pris entre ses soldats et les provinces de Narr'Havas; les
villes tyriennes se joindraient aux vainqueurs; ils allaient
se trouver acculés au bord de la mer, et toutes ces forces
réunies les écraseraient. Voilà ce qui arriverait imman-
quablement.

Ainsi pas un moyen ne s'offrait d'éviter la guerre.
Donc, ils devaient la poursuivre à outrance. Mais,
comment faire comprendre la nécessité d'une interminable bataille à tous ces gens découragés et saignant
encore de leurs blessures?

« Je m'en charge! » dit Spendius.

Deux heures après, un homme, qui arrivait du côté
d'Hippo-Zaryte, gravit en courant la montagne. Il agitait des tablettes au bout de son bras, et comme il criait
très fort, les Barbares l'entourèrent.

Elles étaient expédiées par les soldats grecs de la
Sardaigne. Ils recommandaient à leurs compagnons
d'Afrique de surveiller Giscon avec les autres captifs.
Un marchand de Samos, un certain Hipponax, venant de
Carthage, leur avait appris qu'un complot s'organisait
pour les faire évader, et on engageait les Barbares à
tout prévoir; la République était puissante.

Le stratagème de Spendius ne réussit point d'abord
comme il l'avait espéré. Cette assurance d'un péril nouveau, loin d'exciter de la fureur souleva des craintes;
et se rappelant l'avertissement d'Hamilcar jeté naguère
au milieu d'eux, ils s'attendaient à quelque chose
d'imprévu et qui serait terrible. La nuit se passa dans
une grande angoisse; plusieurs même se débarrassèrent
de leurs armes pour attendrir le Suffète quand il se
présenterait.

Mais le lendemain, à la troisième veille du jour, un
second coureur parut encore plus haletant et noir de
poussière. Le Grec lui arracha des mains un rouleau
de papyrus chargé d'écritures phéniciennes. On y
suppliait les Mercenaires de ne pas se décourager; les

braves de Tunis allaient venir avec de grands renforts.

Spendius lut d'abord la lettre trois fois de suite; et, soutenu par deux Cappadociens qui le tenaient assis sur leurs épaules, il se faisait transporter de place en place, et il la relisait. Pendant sept heures, il harangua.

Il rappelait aux Mercenaires les promesses du Grand-Conseil; aux Africains, les cruautés des intendants; à tous les Barbares, l'injustice de Carthage. La douceur du Suffète était un appât pour les prendre. Ceux qui se livreraient, on les vendrait comme des esclaves; les vaincus périraient suppliciés. Quant à s'enfuir, par quelles routes? Pas un peuple ne voudrait les recevoir. Tandis qu'en continuant leurs efforts, ils obtiendraient à la fois la liberté, la vengeance, de l'argent! Et ils n'attendraient pas longtemps, puisque les gens de Tunis, la Libye entière se précipitait à leur secours. Il montrait le papyrus déroulé : « Regardez donc! lisez! voilà leurs promesses! Je ne mens pas. »

Des chiens erraient, avec leur museau noir tout plaqué de rouge. Le grand soleil chauffait les têtes nues. Une odeur nauséabonde s'exhalait des cadavres mal enfouis. Quelques-uns même sortaient de terre jusqu'au ventre. Spendius les appelait à lui pour témoigner des choses qu'il disait; puis il levait ses poings du côté d'Hamilcar.

Mâtho l'observait d'ailleurs et, afin de couvrir sa lâcheté, il étalait une colère où peu à peu il se trouvait pris lui-même. En se dévouant aux Dieux, il accumula des malédictions sur les Carthaginois. Le supplice des captifs était un jeu d'enfants. Pourquoi donc les épargner et traîner toujours derrière soi ce bétail inutile! « Non! il faut en finir! leurs projets sont connus! un seul peut nous perdre! pas de pitié! On reconnaîtra les bons à la vitesse des jambes et à la force du coup. »

Alors ils se retournèrent sur les captifs. Plusieurs râlaient encore; on les acheva en leur enfonçant le talon dans la bouche, ou bien on les poignardait avec la pointe d'un javelot.

Ensuite ils songèrent à Giscon. Nulle part on ne l'apercevait; une inquiétude les troubla. Ils voulaient tout à la fois se convaincre de sa mort et y participer. Enfin trois pasteurs samnites le découvrirent à quinze pas de l'endroit où s'élevait naguère la tente de Mâtho.

Ils le reconnurent à sa longue barbe, et ils appelèrent les autres.

Étendu sur le dos, les bras contre les hanches et les genoux serrés, il avait l'air d'un mort disposé pour le sépulcre. Cependant ses côtes maigres s'abaissaient et remontaient, et ses yeux, largement ouverts au milieu de sa figure toute pâle, regardaient d'une façon continue et intolérable.

Les Barbares le considérèrent, d'abord, avec un grand étonnement. Depuis le temps qu'il vivait dans la fosse, on l'avait presque oublié; gênés par de vieux souvenirs, ils se tenaient à distance et n'osaient porter la main sur lui.

Mais ceux qui étaient par derrière murmuraient et se poussaient, quand un Garamante traversa la foule; il brandissait une faucille; tous comprirent sa pensée; leurs visages s'empourprèrent, et, saisis de honte, ils hurlaient : « Oui ! oui ! »

L'homme au fer recourbé s'approcha de Giscon. Il lui prit la tête, et, l'appuyant sur son genou, il la sciait à coups rapides; elle tomba; deux gros jets de sang firent un trou dans la poussière. Zarxas avait sauté dessus, et, plus léger qu'un léopard, il courait vers les Carthaginois.

Puis, quand il fut aux deux tiers de la montagne, il retira de sa poitrine la tête de Giscon en la tenant par la barbe, il tourna son bras rapidement plusieurs fois, et la masse, enfin lancée, décrivit une longue parabole et disparut derrière le retranchement punique.

Bientôt se dressèrent au bord des palissades deux étendards entre-croisés, signe convenu pour réclamer les cadavres.

Alors quatre hérauts choisis sur la largeur de leur poitrine, s'en allèrent avec de grands clairons, et, parlant dans les tubes d'airain, ils déclarèrent qu'il n'y avait plus désormais, entre les Carthaginois et les Barbares, ni foi, ni pitié, ni dieux, qu'ils se refusaient d'avance à toutes les ouvertures et que l'on renverrait les parlementaires avec les mains coupées.

Immédiatement après, on députa Spendius à Hippo-Zaryte afin d'avoir des vivres; la cité tyrienne leur en envoya le soir même. Ils mangèrent avidement. Puis, quand ils se furent réconfortés, ils ramassèrent bien vite

les restes de leurs bagages et leurs armes rompues; les
femmes se tassèrent au centre, et, sans souci des blessés
pleurant derrière eux, ils partirent sur le bord du rivage,
à pas rapides, comme un troupeau de loups qui s'éloignent.

Ils marchaient sur Hippo-Zaryte, décidés à la prendre,
car ils avaient besoin d'une ville.

Hamilcar, en les apercevant au loin, eut un désespoir,
malgré l'orgueil qu'il sentait à les voir fuir devant lui.
Il aurait fallu les attaquer tout de suite avec des troupes
fraîches. Encore une journée pareille, et la guerre était
finie! Si les choses traînaient, ils reviendraient plus
forts; les villes tyriennes se joindraient à eux; sa clémence envers les vaincus n'avait servi de rien. Il prit
la résolution d'être impitoyable.

Le soir même, il envoya au Grand-Conseil un dromadaire chargé de bracelets recueillis sur les morts, et,
avec des menaces horribles, il ordonnait qu'on lui
expédiât une autre armée.

Tous, depuis longtemps, le croyaient perdu; si bien
qu'en apprenant sa victoire, ils éprouvèrent une stupéfaction qui était presque de la terreur. Le retour du
zaïmph, annoncé vaguement, complétait la merveille.
Ainsi, les Dieux et la force de Carthage semblaient
maintenant lui appartenir.

Personne de ses ennemis ne hasarda une plainte ou
une récrimination. Par l'enthousiasme des uns et la
pusillanimité des autres, avant le délai prescrit, une
armée de cinq mille hommes fut prête.

Elle gagna promptement Utique pour appuyer le
Suffète sur ses derrières, tandis que trois mille des plus
considérables montèrent sur des vaisseaux qui devaient
les débarquer à Hippo-Zaryte, d'où ils repousseraient
les Barbares.

Hannon en avait accepté le commandement; mais il
confia l'armée à son lieutenant Magdassan, afin de conduire les troupes de débarquement lui-même, car il ne
pouvait plus endurer les secousses de la litière. Son
mal, en rongeant ses lèvres et ses narines, avait creusé
dans sa face un large trou; à dix pas, on lui voyait
le fond de sa gorge, et il se savait tellement hideux qu'il
se mettait, comme une femme, un voile sur la tête.

Hippo-Zaryte n'écouta point ses sommations, ni celles des Barbares non plus; mais chaque matin les habitants leur descendaient des vivres dans des corbeilles, et en criant du haut des tours, ils s'excusaient sur les exigences de la République et les conjuraient de s'éloigner. Ils adressaient par signes les mêmes protestations aux Carthaginois qui stationnaient dans la mer.

Hannon se contentait de bloquer le port sans risquer une attaque. Cependant, il persuada aux juges d'Hippo-Zaryte de recevoir chez eux trois cents soldats. Puis il s'en alla vers le cap des Raisins et il fit un long détour afin de cerner les Barbares, opération inopportune et même dangereuse. Sa jalousie l'empêchait de secourir le Suffète; il arrêtait ses espions, le gênait dans tous ses plans, compromettait l'entreprise. Enfin Hamilcar écrivit au Grand-Conseil de l'en débarrasser, et Hannon rentra dans Carthage, furieux contre la bassesse des Anciens et la folie de son collègue. Donc, après tant d'espérances, on se retrouvait dans une situation encore plus déplorable; mais on tâchait de n'y pas réfléchir et même de n'en point parler.

Comme si ce n'était pas assez d'infortunes à la fois, on apprit que les Mercenaires de la Sardaigne avaient crucifié leur général, saisi les places fortes et partout égorgé les hommes de la race chananéenne. Le Peuple romain menaça la République d'hostilités immédiates, si elle ne donnait douze cents talents avec l'île de Sardaigne tout entière. Il avait accepté l'alliance des Barbares, et il leur expédia des bateaux plats chargés de farine et de viandes sèches. Les Carthaginois les poursuivirent, capturèrent cinq cents hommes; mais trois jours après, une flotte qui venait de la Bysacène, apportant des vivres à Carthage, sombra dans une tempête. Les Dieux évidemment se déclaraient contre elle.

Alors les citoyens d'Hippo-Zaryte, prétextant une alarme, firent monter sur leurs murailles les trois cents hommes d'Hannon; puis, survenant derrière eux, ils les prirent aux jambes et les jetèrent par-dessus les remparts, tout à coup. Quelques-uns qui n'étaient pas morts furent poursuivis et allèrent se noyer dans la mer.

Utique endurait des soldats, car Magdassan avait fait comme Hannon, et, d'après ses ordres, il entourait la ville, sourd aux prières d'Hamilcar. Pour ceux-là, on leur donna du vin mêlé de mandragore, puis on les égorgea dans leur sommeil. En même temps, les Barbares arrivèrent; Magdassan s'enfuit, les portes s'ouvrirent, et dès lors les deux villes tyriennes montrèrent à leurs nouveaux amis un opiniâtre dévouement, et à leurs anciens alliés une haine inconcevable.

Cet abandon de la cause punique était un conseil, un exemple. Les espoirs de délivrance se ranimèrent. Des populations, incertaines encore, n'hésitèrent plus. Tout s'ébranla. Le Suffète l'apprit, et il n'attendait aucun secours! Il était maintenant irrévocablement perdu.

Aussitôt il congédia Narr'Havas, qui devait garder les limites de son royaume. Quant à lui, il résolut de rentrer à Carthage pour y prendre des soldats et recommencer la guerre.

Les Barbares établis à Hippo-Zaryte aperçurent son armée comme elle descendait la montagne.

Où donc les Carthaginois allaient-ils? La faim sans doute les poussait; et, affolés par les souffrances, malgré leur faiblesse, ils venaient livrer bataille. Mais ils tournèrent à droite : ils fuyaient. On pouvait les atteindre, les écraser tous. Les Barbares s'élancèrent à leur poursuite.

Les Carthaginois furent arrêtés par le fleuve. Il était large cette fois, et le vent d'ouest n'avait pas soufflé. Les uns le passèrent à la nage, les autres sur leurs boucliers. Ils se remirent en marche. La nuit tomba. On ne les vit plus.

Les Barbares ne s'arrêtèrent pas; ils remontèrent plus loin, pour trouver une place plus étroite. Les gens de Tunis accoururent; ils entraînèrent ceux d'Utique. A chaque buisson, leur nombre augmentait; et les Carthaginois, en se couchant par terre, entendaient le battement de leurs pas dans les ténèbres. De temps à autre, pour les ralentir, Barca faisait lancer, derrière lui, des volées de flèches; plusieurs en furent tués. Quand le jour se leva, on était dans les montagnes de l'Ariace, à cet endroit où le chemin fait un coude.

Alors Mâtho, qui marchait en tête, crut distinguer dans l'horizon quelque chose de vert, au sommet d'une éminence. Puis le terrain s'abaissa, et des obélisques, des dômes, des maisons parurent! c'était Carthage. Il s'appuya contre un arbre pour ne pas tomber, tant son cœur battait vite.

Il songeait à tout ce qui était survenu dans son existence depuis la dernière fois qu'il avait passé par là! C'était une surprise infinie, un étourdissement. Puis une joie l'emporta à l'idée de revoir Salammbô. Les raisons qu'il avait de l'exécrer lui revinrent à la mémoire; il les rejeta bien vite. Frémissant et les prunelles tendues, il contemplait, au delà d'Eschmoûn, la haute terrasse d'un palais, par-dessus des palmiers; un sourire d'extase illuminait sa figure, comme s'il fût arrivé jusqu'à lui quelque grande lumière; il ouvrait les bras, il envoyait des baisers dans la brise et murmurait : « Viens! viens! » un soupir lui gonfla la poitrine, et deux larmes, longues comme des perles, tombèrent sur sa barbe.

« Qui te retient! s'écria Spendius. Hâte-toi donc! En marche! Le Suffète va nous échapper! Mais tes genoux chancellent et tu me regardes comme un homme ivre! »

Il trépignait d'impatience; il pressait Mâtho; et, avec des clignements d'yeux, comme à l'approche d'un but longuement visé :

« Ah! nous y sommes! Nous y voilà! Je les tiens! »

Il avait l'air si convaincu et triomphant que Mâtho, surpris dans sa torpeur, se sentit enchaîné. Ces paroles survenaient au plus fort de sa détresse, poussaient son désespoir à la vengeance, montraient une pâture à sa colère. Il bondit sur un des chameaux qui étaient dans les bagages, lui arracha son licou; avec la longue corde, il frappait à tour de bras les traînards; et il courait de droite et de gauche, alternativement, sur le derrière de l'armée, comme un chien qui pousse un troupeau.

A sa voix tonnante, les lignes d'hommes se resserrèrent; les boiteux mêmes précipitèrent leurs pas; au milieu de l'isthme, l'intervalle diminua. Les premiers des Barbares marchaient dans la poussière des Carthaginois. Les deux armées se rapprochaient, allaient se toucher. Mais la porte de Malqua, la porte de Tagaste et la grande porte de Khamon déployèrent leurs battants. Le carré punique se divisa; trois colonnes s'y engloutirent, elles tourbillonnaient sous les porches. Bientôt la masse, trop serrée sur elle-même, n'avança plus; les piques en l'air se heurtaient, et les flèches des Barbares éclataient contre les murs.

Sur le seuil de Khamon, on aperçut Hamilcar. Il se retourna en criant à ses hommes de s'écarter. Il descendit de son cheval; et du glaive qu'il tenait, en le piquant à la croupe, il l'envoya sur les Barbares.

C'était un étalon orynge qu'on nourrissait avec des boulettes de farine, et qui pliait les genoux pour laisser monter son maître. Pourquoi donc le renvoyait-il? Était-ce un sacrifice?

Le grand cheval galopait au milieu des lances, renversait les hommes, et, s'embarrassant les pieds dans ses entrailles, tombait, puis se relevait avec des bonds furieux; et pendant qu'ils s'écartaient, tâchaient de l'arrêter ou regardaient tout surpris, les Carthaginois s'étaient rejoints; ils entrèrent; la porte énorme se referma derrière eux, en retentissant.

Elle ne céda pas. Les Barbares vinrent s'écraser contre elle; et durant quelques minutes, sur toute la longueur de l'armée, il y eut une oscillation de plus en plus molle et qui enfin s'arrêta.

Les Carthaginois avaient mis des soldats sur l'aqueduc; ils commençaient à lancer des pierres, des balles, des poutres. Spendius représenta qu'il ne fallait point s'obstiner. Ils allèrent s'établir plus loin, tous bien résolus à faire le siège de Carthage.

Cependant la rumeur de la guerre avait dépassé les confins de l'empire punique; et, des colonnes d'Hercule jusqu'au delà de Cyrène, les pasteurs en rêvaient en gardant leurs troupeaux, et les caravanes en causaient la nuit, à la lueur des étoiles. Cette grande Carthage, dominatrice des mers, splendide comme le soleil et effrayante comme un dieu, il se trouvait des hommes qui l'osaient attaquer! On avait même plusieurs fois affirmé sa chute; et tous y avaient cru, car tous la souhaitaient: les populations soumises, les villages tributaires, les provinces alliées, les hordes indépendantes, ceux qui l'exécraient pour sa tyrannie, ou qui jalousaient sa puissance, ou qui convoitaient sa richesse. Les plus braves s'étaient joints bien vite aux Mercenaires. La défaite du Macar avait arrêté tous les autres. Enfin, ils avaient repris confiance, peu à peu s'étaient avancés, rapprochés; et maintenant les hommes des régions orientales se tenaient dans les dunes de Clypea, de l'autre côté du golfe. Dès qu'ils aperçurent les Barbares, ils se montrèrent.

Ce n'étaient pas les Libyens des environs de Carthage; depuis longtemps ils composaient la troisième armée; mais les nomades du plateau de Barca, les bandits du cap Phiscus et du promontoire de Derné, ceux de Phazzana et de la Marmarique. Ils avaient traversé le désert en buvant aux puits saumâtres maçonnés avec des ossements de chameau; les Zuaèces, couverts de plumes d'autruche, étaient venus sur des quadriges; les Garamantes, masqués d'un voile noir, assis en arrière sur leurs cavales peintes; d'autres sur des ânes, sur des onagres, sur des zèbres, sur des buffles; et quelques-uns traînaient avec leurs familles et leurs idoles le toit de leur cabane en forme de chaloupe. Il y avait des Ammoniens aux membres ridés par l'eau chaude des fontaines; des Atarantes, qui maudissent le soleil; des Troglodytes, qui enterrent en riant leurs morts sous des branches d'arbres; et les hideux Auséens, qui mangent des sauterelles; les Achyrmachides, qui mangent des poux, et les Gysantes, peints de vermillon, qui mangent des singes.

Tous s'étaient rangés sur le bord de la mer, en une grande ligne droite. Ils s'avancèrent ensuite comme des tourbillons de sable soulevés par le vent. Au milieu de l'isthme leur foule s'arrêta, les Mercenaires établis devant eux, près des murailles, ne voulant point bouger.

Puis, du côté de l'Ariane, apparurent les hommes de l'Occident, le peuple des Numides. En effet, Narr' Havas ne gouvernait que les Massyliens; et d'ailleurs, une coutume leur permettant après les revers d'abandonner le roi, ils s'étaient rassemblés sur le Zaine, puis l'avaient franchi au premier mouvement d'Hamilcar. On vit d'abord accourir tous les chasseurs du Malethut-Baal et du Garaphos, habillés de peaux de lion, et qui conduisaient avec la hampe de leurs piques de petits chevaux maigres à longue crinière; puis marchaient les Gétules dans des cuirasses en peau de serpent; puis les Pharusiens, portant de hautes couronnes faites de cire et de résine; et les Caunes, les Macares, les Tillabares, chacun tenant deux javelots et un bouclier rond en cuir d'hippopotame. Ils s'arrêtèrent au bas des Catacombes, dans les premières flaques de la Lagune.

Mais quand les Libyens se furent déplacés, on aperçut à l'endroit qu'ils occupaient, et comme un nuage à ras du sol, la multitude des Nègres. Il en était venu du Harousch-blanc, du Harousch-noir, du désert d'Augyles et même de la grande contrée d'Agazymba, qui est à quatre mois au sud des Garamantes, et de plus loin encore! Malgré leurs joyaux de bois rouge, la crasse de leur peau noire les faisait ressembler à des mûres long-temps roulées dans la poussière. Ils avaient des caleçons en fils d'écorce, des tuniques d'herbes desséchées, des mufles de bêtes fauves sur la tête, et, hurlant comme des loups, ils secouaient des tringles garnies d'anneaux et brandissaient des queues de vache au bout d'un bâton, en manière d'étendards.

Puis derrière les Numides, les Maurusiens et les Gétules, se pressaient les hommes jaunâtres répandus au delà de Taggir dans les forêts de cèdres. Des carquois en poils de chat leur battaient sur les épaules, et ils menaient en laisse des chiens énormes, aussi hauts que des ânes, et qui n'aboyaient pas.

Enfin, comme si l'Afrique ne s'était point suffisam-ment vidée, et que, pour recueillir plus de fureurs, il eût fallu prendre jusqu'au bas des races, on voyait, derrière tous les autres, des hommes à profil de bête et ricanant d'un rire idiot; misérables ravagés par de hideuses maladies, pygmées difformes, mulâtres d'un sexe ambigu, albinos dont les yeux rouges clignotaient au soleil; tout en bégayant des sons inintelligibles, ils mettaient un doigt dans leur bouche pour faire voir qu'ils avaient faim.

La confusion des armes n'était pas moindre que celle des vêtements et des peuples. Pas une invention de mort qui n'y fût, depuis les poignards de bois, les haches de pierre et les tridents d'ivoire, jusqu'à de longs sabres dentelés comme des scies, minces, et faits d'une lame de cuivre qui pliait. Ils maniaient des coutelas, se bifur-quant en plusieurs branches pareilles à des ramures d'antilopes, des serpes attachées au bout d'une corde, des triangles de fer, des massues, des poinçons. Les Éthio-piens du Bambotus cachaient dans leurs cheveux de petits dards empoisonnés. Plusieurs avaient apporté des cailloux dans des sacs. D'autres, les mains vides, faisaient claquer leurs dents.

Une houle continuelle agitait cette multitude. Des dromadaires, tout barbouillés de goudron comme des navires, renversaient les femmes qui portaient leurs enfants sur la hanche. Les provisions dans les couffes se répandaient; on écrasait en marchant des morceaux de sel, des paquets de gomme, des dattes pourries, des noix de gourou; et parfois, sur des seins couverts de vermine, pendait à un mince cordon quelque diamant qu'avaient cherché les Satrapes, une pierre presque fabuleuse et suffisante pour acheter un empire. Ils ne savaient même pas, la plupart, ce qu'ils désiraient. Une fascination, une curiosité les poussait; des Nomades qui n'avaient jamais vu de ville étaient effrayés par l'ombre des murailles.

L'isthme disparaissait maintenant sous les hommes; et cette longue surface, où les tentes faisaient comme des cabanes dans une inondation, s'étalait jusqu'aux premières lignes des autres Barbares, toutes ruisselantes de fer et symétriquement établies sur les deux flancs de l'aqueduc.

Les Carthaginois se trouvaient encore dans l'effroi de leur arrivée, quand ils aperçurent, venant droit vers eux, comme des monstres et comme des édifices, — avec leurs mâts, leurs bras, leurs cordages, leurs articulations, leurs chapiteaux et leurs carapaces, — les machines de siège qu'envoyaient les villes tyriennes : soixante carrobalistes, quatre-vingts onagres, trente scorpions, cinquante tollénones, douze béliers et trois gigantesques catapultes qui lançaient des morceaux de roche du poids de quinze talents. Des masses d'hommes les poussaient cramponnés à leur base; à chaque pas un frémissement les secouait; elles arrivèrent ainsi jusqu'en face des murs.

Mais il fallait plusieurs jours encore pour finir les préparatifs du siège. Les Mercenaires, instruits par leurs défaites, ne voulaient point se risquer dans des engagements inutiles; et, de part et d'autre, on n'avait aucune hâte, sachant bien qu'une action terrible allait s'ouvrir et qu'il en résulterait une victoire ou une extermination complète.

Carthage pouvait longtemps résister; ses larges murailles offraient une série d'angles rentrants et sortants, disposition avantageuse pour repousser les assauts.

Cependant, du côté des Catacombes, une portion s'était écroulée, et par les nuits obscures, entre les blocs disjoints, on apercevait des lumières dans les bouges de Malqua. Ils dominaient en de certains endroits la hauteur des remparts. C'était là que vivaient, avec leurs nouveaux époux, les femmes des Mercenaires chassées par Mâtho. En les revoyant, leur cœur n'y tint plus. Elles agitèrent de loin leurs écharpes; puis elles venaient, dans les ténèbres, causer avec les soldats par la fente du mur, et le Grand-Conseil apprit un matin que toutes s'étaient enfuies. Les unes avaient passé entre les pierres; d'autres, plus intrépides, étaient descendues avec des cordes.

Enfin Spendius résolut d'accomplir son projet.

La guerre, en le retenant au loin, l'en avait jusqu'alors empêché; et depuis qu'on était revenu devant Carthage, il lui semblait que les habitants soupçonnaient son entreprise. Mais bientôt ils diminuèrent les sentinelles de l'aqueduc. On n'avait pas trop de monde pour la défense de l'enceinte.

L'ancien esclave s'exerça pendant plusieurs jours à tirer des flèches contre les phénicoptères du Lac. Puis un soir que la lune brillait, il pria Mâtho d'allumer au milieu de la nuit un grand feu de paille, en même temps que tous ses hommes pousseraient des cris; et prenant avec lui Zarxas, il s'en alla par le bord du golfe, dans la direction de Tunis.

A la hauteur des dernières arches, ils revinrent droit vers l'aqueduc; la place était découverte : ils s'avancèrent en rampant jusqu'à la base des piliers.

Les sentinelles de la plate-forme se promenaient tranquillement.

De hautes flammes parurent; des clairons retentirent; les soldats en vedette, croyant à un assaut, se précipitèrent du côté de Carthage.

Un homme était resté. Il apparaissait en noir sur le fond du ciel. La lune donnait derrière lui, et son ombre démesurée faisait au loin sur la plaine comme un obélisque qui marchait.

Ils attendirent qu'il fût bien placé devant eux. Zarxas saisit sa fronde; par prudence ou par férocité, Spendius l'arrêta.

« Non, le ronflement de la balle ferait du bruit! A moi!»

Alors il banda son arc de toutes ses forces, en l'appuyant par le bas contre l'orteil de son pied gauche; il visa, et la flèche partit.

L'homme ne tomba point. Il disparut.

« S'il était blessé, nous l'entendrions! » dit Spendius; et il monta vivement d'étage en étage, comme il avait fait la première fois, en s'aidant d'une corde et d'un harpon. Puis quand il fut en haut, près du cadavre, il la laissa retomber. Le Baléare y attacha un pic avec un maillet et s'en retourna.

Les trompettes ne sonnaient plus. Tout maintenant était tranquille. Spendius avait soulevé une des dalles, était entré dans l'eau, et l'avait refermée sur lui.

En calculant la distance d'après le nombre de ses pas, il arriva juste à l'endroit où il avait remarqué une fissure oblique; et pendant trois heures, jusqu'au matin, il travailla d'une façon continue, furieuse, respirant à peine par les interstices des dalles supérieures, assailli d'angoisses et vingt fois croyant mourir. Enfin, on entendit un craquement; une pierre énorme, en ricochant sur les arcs inférieurs, roula jusqu'en bas, et, tout à coup une cataracte, un fleuve entier tomba du ciel dans la plaine. L'aqueduc, coupé par le milieu, se déversait. C'était la mort pour Carthage, et la victoire pour les Barbares.

En un instant les Carthaginois réveillés apparurent sur les murailles, sur les maisons, sur les temples. Les Barbares se poussaient, criaient. Ils dansaient en délire autour de la grande chute d'eau, et, dans l'extravagance de leur joie, venaient s'y mouiller la tête.

On aperçut au sommet de l'aqueduc un homme avec une tunique brune, déchirée. Il se tenait penché tout au bord, les deux mains sur les hanches, et il regardait en bas, sous lui, comme étonné de son œuvre.

Puis il se redressa. Il parcourut l'horizon d'un air superbe qui semblait dire : « Tout cela maintenant est à moi! » Les applaudissements des Barbares éclatèrent; les Carthaginois, comprenant enfin leur désastre, hurlaient de désespoir. Alors il se mit à courir sur la plateforme d'un bout à l'autre, et comme un conducteur de char triomphant aux jeux Olympiques, Spendius, éperdu d'orgueil, levait les bras.

XIII

MOLOCH

LES Barbares n'avaient pas besoin d'une circonvalla-
tion du côté de l'Afrique : elle leur appartenait.
Mais pour rendre plus facile l'approche des murailles,
on abattit le retranchement qui bordait le fossé.
Ensuite, Mâtho divisa l'armée par grands demi-cercles,
de façon à envelopper mieux Carthage. Les hoplites des
Mercenaires furent placés au premier rang; derrière eux
les frondeurs et les cavaliers; tout au fond, les bagages,
les chariots, les chevaux; en deçà de cette multitude, à
trois cents pas des tours, se hérissaient les machines.

Sous la variété infinie de leurs appellations (qui
changèrent plusieurs fois dans le cours des siècles), elles
pouvaient se réduire à deux systèmes : les unes agissant
comme des frondes et les autres comme des arcs.

Les premières, les catapultes, se composaient d'un
châssis carré, avec deux montants verticaux et une barre
horizontale. A sa partie antérieure un cylindre, muni
de câbles, retenait un gros timon portant une cuillère
pour recevoir les projectiles; la base en était prise dans
un écheveau de fils tordus, et quand on lâchait les
cordes, il se relevait et venait frapper contre la barre,
ce qui, l'arrêtant par une secousse, multipliait sa vigueur.

Les secondes offraient un mécanisme plus compliqué;
sur une petite colonne, une traverse était fixée par son
milieu où aboutissait à angle droit une espèce de canal;
aux extrémités de la traverse s'élevaient deux chapiteaux
qui contenaient un entortillage de crins; deux poutrelles s'y trouvaient prises pour maintenir les bouts
d'une corde que l'on amenait jusqu'au bas du canal, sur
une tablette de bronze. Par un ressort, cette plaque de
métal se détachait, et, glissant sur les rainures, poussait les flèches.

Les catapultes s'appelaient également des onagres,
comme les ânes sauvages qui lancent des cailloux avec
leurs pieds, et les balistes des scorpions, à cause d'un
crochet dressé sur la tablette, et qui, s'abaissant d'un
coup de poing, faisait partir le ressort.

Leur construction exigeait de savants calculs; leurs bois devaient être choisis dans les essences les plus dures, leurs engrenages, tous d'airain; elle se bandaient avec des leviers, des moufles, des cabestans ou des tympans; de forts pivots variaient la direction de leur tir, des cylindres les faisaient s'avancer, et les plus considérables, que l'on apportait pièce à pièce, étaient remontées en face de l'ennemi.

Spendius disposa les trois grandes catapultes vers les trois angles principaux; devant chaque porte il plaça un bélier, devant chaque tour une baliste, et des carrobalistes circuleraient par derrière. Mais il fallait les garantir contre les feux des assiégés et combler d'abord le fossé qui les séparait des murailles.

On avança des galeries en claies de joncs verts et des cintres en chêne, pareils à d'énormes boucliers glissant sur trois roues; de petites cabanes couvertes de peaux fraîches et rembourrées de varech abritaient les travailleurs; les catapultes et les balistes furent défendues par des rideaux de cordage que l'on avait trempés dans du vinaigre pour les rendre incombustibles. Les femmes et les enfants allaient prendre des cailloux sur la grève, ramassaient de la terre avec leurs mains et l'apportaient aux soldats.

Les Carthaginois se préparaient aussi.

Hamilcar les avait bien vite rassurés en déclarant qu'il restait de l'eau dans les citernes pour cent vingt-trois jours. Cette affirmation, sa présence au milieu d'eux, et celle du zaïmph surtout, leur donnèrent bon espoir. Carthage se releva de son accablement; ceux qui n'étaient pas d'origine chananéenne furent emportés dans la passion des autres.

On arma les esclaves, on vida les arsenaux; les citoyens eurent chacun leur poste et leur emploi. Douze cents hommes survivaient des transfuges, le Suffète les fit tous capitaines; et les charpentiers, les armuriers, les forgerons et les orfèvres furent préposés aux machines. Les Carthaginois en avaient gardé quelques-unes, malgré les conditions de la paix romaine. On les répara. Ils s'entendaient à ces ouvrages.

Les deux côtés septentrional et oriental, défendus par la mer et par le golfe, restaient inaccessibles. Sur la muraille faisant face aux Barbares, on monta des

troncs d'arbre, des meules de moulin, des vases pleins
de soufre, des cuves pleines d'huile, et l'on bâtit des
fourneaux. On entassa des pierres sur la plate-forme des
tours, et les maisons qui touchaient immédiatement au
rempart furent bourrées avec du sable pour l'affermir
et augmenter son épaisseur.

Devant ces dispositions, les Barbares s'irritèrent. Ils
voulurent combattre tout de suite. Les poids qu'ils
mirent dans les catapultes étaient d'une pesanteur si
exorbitante, que les timons se rompirent; l'attaque fut
retardée.

Enfin le treizième jour du mois de Schabar, — au
soleil levant, — on entendit contre la porte de Khamon
un grand coup.

Soixante-quinze soldats tiraient des cordes, disposées
à la base d'une poutre gigantesque, horizontalement
suspendue par des chaînes descendant d'une potence,
et une tête de bélier, toute en airain, la terminait. On
l'avait emmaillotée de peaux de bœuf; des bracelets
en fer la cerclaient de place en place; elle était trois fois
grosse comme le corps d'un homme, longue de cent
vingt coudées, et sous la foule des bras nus la poussant
et la ramenant, elle avançait et reculait avec une oscillation régulière.

Les autres béliers devant les autres portes commencèrent à se mouvoir. Dans les roues creuses des tympans,
on aperçut des hommes qui montaient d'échelon en
échelon. Les poulies, les chapiteaux grincèrent, les
rideaux de cordages s'abattirent, et des volées de pierres
et des volées de flèches s'élancèrent à la fois; tous les
frondeurs éparpillés couraient. Quelques-uns s'approchaient du rempart, en cachant sous leurs boucliers
des pots de résine; puis ils les lançaient à tour de bras.
Cette grêle de balles, de dards et de feux passait par-
dessus les premiers rangs et faisait une courbe qui
retombait derrière les murs. Mais, à leur sommet, de
longues grues à mâter les vaisseaux se dressèrent; et
il en descendit de ces pinces énormes qui se terminaient
par deux demi-cercles dentelés à l'intérieur. Elles mor-
dirent les béliers. Les soldats, se cramponnant à la
poutre, tiraient en arrière. Les Carthaginois halaient
pour la faire monter; et l'engagement se prolongea
jusqu'au soir.

Quand les Mercenaires, le lendemain, reprirent leur besogne, le haut des murailles se trouvait entièrement tapissé par des balles de coton, des toiles, des coussins; les créneaux étaient bouchés avec des nattes; et, sur le rempart entre les grues, on distinguait un alignement de fourches et des tranchoirs emmanchés à des bâtons. Aussitôt, une résistance furieuse commença.

Des troncs d'arbres, tenus par des câbles, tombaient et retombaient alternativement en battant les béliers; des crampons, lancés par des balistes, arrachaient le toit des cabanes; et, de la plate-forme des tours, des ruisseaux de silex et de galets se déversaient.

Enfin les béliers rompirent la porte de Khamon et la porte de Tagaste. Mais les Carthaginois avaient entassé à l'intérieur une telle abondance de matériaux que leurs battants ne s'ouvrirent pas. Ils restèrent debout.

Alors on poussa contre les murailles des tarières, qui, s'appliquant aux joints des blocs, les descelleraient. Les machines furent mieux gouvernées, leurs servants répartis par escouades; du matin au soir, elles fonctionnaient, sans s'interrompre, avec la monotone précision d'un métier de tisserand.

Spendius ne se fatiguait pas de les conduire. C'était lui-même qui bandait les écheveaux des balistes. Pour qu'il y eût, dans leurs tensions jumelles, une parité complète, on serrait leurs cordes en frappant tour à tour de droite et de gauche, jusqu'au moment où les deux côtés rendaient un son égal. Spendius montait sur leur membrure. Avec le bout de son pied, il les battait tout doucement, et il tendait l'oreille comme un musicien qui accorde une lyre. Puis, quand le timon de la catapulte se relevait, quand la colonne de la baliste tremblait à la secousse du ressort, que les pierres s'élançaient en rayons et que les dards couraient en ruisseau, il se penchait le corps tout entier et jetait ses bras dans l'air, comme pour les suivre.

Les soldats, admirant son adresse, exécutaient ses ordres. Dans la gaieté de leur travail, ils débitaient des plaisanteries sur les noms des machines. Ainsi, les tenailles à prendre les béliers s'appelant des *loups,* et les galeries couvertes des *treilles;* on était des agneaux, on allait faire la vendange; et en armant leurs pièces, ils

disaient aux onagres : « Allons, rue bien ! » et aux
scorpions : « Traverse-les jusqu'au cœur ! » Ces facéties,
toujours les mêmes, soutenaient leur courage.

Cependant les machines ne démolissaient point le
rempart. Il était formé par deux murailles et tout rempli
de terre; elles abattaient leurs parties supérieures.
Mais les assiégés, chaque fois, les relevaient. Mâtho
ordonna de construire des tours en bois qui devaient être
aussi hautes que les tours de pierre. On jeta, dans le
fossé, du gazon, des pieux, des galets et des chariots
avec leurs roues afin de l'emplir plus vite; avant qu'il
fût comblé, l'immense foule des Barbares ondula sur la
plaine d'un seul mouvement, et vint battre le pied des
murs, comme une mer débordée.

On avança les échelles de corde, les échelles droites
et les sambuques, c'est-à-dire deux mâts d'où s'abaissaient, par des palans, une série de bambous que terminait un pont mobile. Elles formaient de nombreuses
lignes droites appuyées contre le mur, et les Mercenaires, à la file les uns des autres, montaient en tenant
leurs armes à la main. Pas un Carthaginois ne se montrait; déjà ils touchaient aux deux tiers du rempart.
Les créneaux s'ouvrirent, en vomissant, comme des
gueules de dragon, des feux et de la fumée; le sable
s'éparpillait, entrait par le joint des armures; le pétrole
s'attachait aux vêtements; le plomb liquide sautillait
sur les casques, faisait des trous dans les chairs; une
pluie d'étincelles s'éclaboussait contre les visages,
et des orbites sans yeux semblaient pleurer des larmes
grosses comme des amandes. Des hommes, tout jaunes
d'huile, brûlaient par la chevelure. Ils se mettaient à
courir, enflammaient les autres. On les étouffait en leur
jetant, de loin, sur la face, des manteaux trempés de
sang. Quuelques-uns qui n'avaient pas de blessure restaient immobiles, plus raides que des pieux, la bouche
ouverte et les deux bras écartés.

L'assaut, pendant plusieurs jours de suite, recommença, les Mercenaires espérant triompher par un
excès de force et d'audace.

Quelquefois un homme sur les épaules d'un autre
enfonçait une fiche entre les pierres, puis s'en servait
comme d'un échelon, pour atteindre au delà, en plaçait
une seconde, une troisième; et, protégés par le bord

des créneaux, dépassant la muraille, peu à peu, ils s'élevaient ainsi; mais, toujours à une certaine hauteur, ils retombaient. Le grand fossé trop plein débordait; sous les pas des vivants, les blessés pêle-mêle s'entassaient avec les cadavres et les moribonds. Au milieu des entrailles ouvertes, des cervelles épandues et des flaques de sang, les troncs calcinés faisaient des taches noires; et des bras et des jambes à moitié sortis d'un monceau se tenaient tout debout, comme des échalas dans un vignoble incendié.

Les échelles se trouvant insuffisantes, on employa les tollénones, instruments composés d'une longue poutre établie transversalement sur une autre, et portant à son extrémité une corbeille quadrangulaire où trente fantassins pouvaient se tenir avec leurs armes.

Mâtho voulut monter dans la première qui fut prête. Spendius l'arrêta.

Des hommes se courbèrent sur un moulinet; la grande poutre se leva, devint horizontale, se dressa presque verticalement, et, trop chargée par le bout, elle pliait comme un immense roseau. Les soldats cachés jusqu'au menton se tassaient; on n'apercevait que les plumes des casques. Enfin, quand elle fut à cinquante coudées dans l'air, elle tourna de droite et de gauche plusieurs fois, puis s'abaissa; et, comme un bras de géant qui tiendrait sur sa main une cohorte de pygmées, elle déposa au bord du mur la corbeille pleine d'hommes. Ils sautèrent dans la foule et jamais ils ne revinrent.

Tous les autres tollénones furent bien vite disposés. Mais il en aurait fallu cent fois davantage pour prendre la ville. On les utilisa d'un façon meurtrière : des archers éthiopiens se plaçaient dans les corbeilles; puis, les câbles étant assujettis, ils restaient suspendus et tiraient des flèches empoisonnées. Les cinquante tollénones, dominant les créneaux, entouraient ainsi Carthage, comme de monstrueux vautours; et les Nègres riaient de voir les gardes sur le rempart mourir dans des convulsions atroces.

Hamilcar y envoya des hoplites; il leur faisait boire chaque matin le jus de certaines herbes qui les gardait du poison.

Un soir, par un temps obscur, il embarqua les meilleurs de ses soldats sur des gabares, des planches, et,

tournant à la droite du port, il vint débarquer à la
Tænia. Puis ils s'avancèrent jusqu'aux premières lignes
des Barbares, et, les prenant par le flanc, ils en firent
un grand carnage. Des hommes suspendus à des cordes
descendaient la nuit du haut des murs avec des torches
à la main, brûlaient les ouvrages des Mercenaires, et
remontaient.

Mâtho était acharné; chaque obstacle renforçait sa
colère; il en arrivait à des choses terribles et extrava-
gantes. Il convoqua Salammbô, mentalement, à un
rendez-vous; puis il l'attendit. Elle ne vint pas; cela lui
parut une trahison nouvelle, et désormais, il l'exécra.
S'il avait vu son cadavre, il se serait peut-être en allé.
Il doubla les avant-postes, il planta des fourches au
bas du rempart, il enfouit des chausse-trapes dans la
terre, et il commanda aux Libyens de lui apporter
toute une forêt pour y mettre le feu et brûler Carthage,
comme une tanière de renards.

Spendius s'obstinait au siège. Il cherchait à inventer
des machines épouvantables et comme jamais on n'en
avait construit.

Les autres Barbares, campés au loin sur l'isthme, s'ébahissaient de ces lenteurs; ils murmuraient; on les lâcha.

Alors ils se précipitèrent avec leurs coutelas et leurs
javelots, dont ils battaient les portes. Mais la nudité de
leurs corps facilitant leurs blessures, les Carthaginois
les massacraient abondamment; et les Mercenaires s'en
réjouirent, sans doute par jalousie du pillage. Il en
résulta des querelles, des combats entre eux. Puis, la
campagne étant ravagée, bientôt on s'arracha les vivres.
Ils se décourageaient. Des hordes nombreuses s'en
allèrent. La foule était si grande qu'il n'y parut pas.

Les meilleurs tentèrent de creuser des mines; le
terrain mal soutenu s'éboula. Ils les recommencèrent
en d'autres places; Hamilcar devinait toujours leur
direction en appliquant son oreille contre un bouclier de
bronze. Il perça des contre-mines sous le chemin que
devaient parcourir les tours de bois; quand on voulut
les pousser, elles s'enfoncèrent dans des trous.

Enfin, tous reconnurent que la ville était imprenable
tant que l'on n'aurait pas élevé jusqu'à la hauteur des
murailles une longue terrasse qui permettrait de combattre sur le même niveau; on en paverait le sommet

pour faire rouler dessus les machines. Alors il serait
bien impossible à Carthage de résister.

Elle commençait à souffrir de la soif. L'eau, qui valait
au début du siège deux késitah le bât, se vendait maintenant un shekel d'argent; les provisions de viande et
de blé s'épuisaient aussi; on avait peur de la faim;
quelques-uns même parlaient de bouches inutiles, ce
qui effrayait tout le monde.

Depuis la place de Khamon jusqu'au temple de Melkarth des cadavres encombraient les rues; et, comme
on était à la fin de l'été, de grosses mouches noires har-
celaient les combattants. Des vieillards transportaient
les blessés, et les gens dévots continuaient les funérailles fictives de leurs proches et de leurs amis, défunts
au loin pendant la guerre. Des statues de cire avec des
cheveux et des vêtements s'étalaient en travers des
portes. Elles se fondaient à la chaleur des cierges brûlant
près d'elles; la peinture coulait sur leurs épaules, et des
pleurs ruisselaient sur la face des vivants, qui psalmodiaient à côté des chansons lugubres. La foule, pendant
ce temps-là, courait; des bandes armées passaient; les
capitaines criaient des ordres, et l'on entendait toujours
le heurt des béliers qui battaient le rempart.

La température devint si lourde que les corps, se
gonflant, ne pouvaient plus entrer dans les cercueils.
On les brûlait au milieu des cours. Mais les feux, trop à
l'étroit, incendiaient les murailles voisines, et de longues
flammes, tout à coup, s'échappaient des maisons comme
du sang qui jaillit d'une artère. Ainsi Moloch possédait
Carthage; il étreignait les remparts, il se roulait dans
les rues, il dévorait jusqu'aux cadavres.

Des hommes qui portaient, en signe de désespoir,
des manteaux faits de haillons ramassés, s'établirent au
coin des carrefours. Ils déclamaient contre les Anciens,
contre Hamilcar, prédisaient au peuple une ruine entière et l'engageaient à tout détruire et à tout se permettre. Les plus dangereux étaient les buveurs de jusquiame; dans leurs crises ils se croyaient des bêtes
féroces et sautaient sur les passants qu'ils déchiraient.
Des attroupements se faisaient autour d'eux; on en
oubliait la défense de Carthage. Le Suffète imagina
d'en payer d'autres pour soutenir sa politique.

Afin de retenir dans la ville le génie des Dieux, on avait couvert de chaînes leurs simulacres. On posa des voiles noirs sur les Patæques et des cilices autour des autels; on tâchait d'exciter l'orgueil et la jalousie des Baals en leur chantant à l'oreille : « Tu vas te laisser vaincre! les autres sont plus forts, peut-être? Montre-toi! aide-nous! afin que les peuples ne disent pas : Où sont maintenant leurs Dieux? »

Une anxiété permanente agitait les collèges des pontifes. Ceux de la Rabbetna surtout avaient peur, le rétablissement du zaïmph n'ayant pas servi. Ils se tenaient enfermés dans la troisième enceinte, inexpugnable comme une forteresse. Un seul d'entre eux se hasardait à sortir, le grand-prêtre Schahabarim.

Il venait chez Salammbô. Mais il restait tout silencieux, la contemplant les prunelles fixes, ou bien il prodiguait les paroles, et les reproches qu'il lui faisait étaient plus durs que jamais.

Par une contradiction inconcevable, il ne pardonnait pas à la jeune fille d'avoir suivi ses ordres; Schahabarim avait tout deviné, et l'obsession de cette idée avivait les jalousies de son impuissance. Il l'accusait d'être la cause de la guerre. Mâtho, à l'en croire, assiégeait Carthage pour reprendre le zaïmph; et il déversait des imprécations et des ironies sur ce Barbare, qui prétendait posséder des choses saintes. Ce n'était pas cela pourtant que le prêtre voulait dire.

Mais, à présent, Salammbô n'éprouvait pour lui aucune terreur. Les angoisses dont elle souffrait autrefois l'avaient abandonnée. Une tranquillité singulière l'occupait. Ses regards, moins errants, brillaient d'une flamme limpide.

Cependant le Python était redevenu malade; et, comme Salammbô paraissait au contraire se guérir, la vieille Taanach s'en réjouissait, convaincue qu'il prenait par ce dépérissement la langueur de sa maîtresse.

Un matin elle le trouva derrière le lit de peaux de bœuf, tout enroulé sur lui-même, plus froid qu'un marbre, et la tête disparaissant sous un amas de vers. A ses cris, Salammbô survint. Elle le retourna quelque temps avec le bout de sa sandale, et l'esclave fut ébahie de son insensibilité.

La fille d'Hamilcar ne prolongeait plus ses jeûnes

avec tant de ferveur. Elle passait des journées au haut
de sa terrasse, les deux coudes contre la balustade,
s'amusant à regarder devant elle. Le sommet des murailles au bout de la ville découpait sur le ciel des zigzags
inégaux, et les lances des sentinelles y faisaient tout
du long comme une bordure d'épis. Elle apercevait au
delà, entre les tours, les manœuvres des Barbares; les
jours que le siège était interrompu, elle pouvait même
distinguer leurs occupations. Ils raccommodaient leurs
armes, se graissaient la chevelure, ou bien lavaient dans
la mer leurs bras sanglants; les tentes étaient closes;
les bêtes de somme mangeaient; et au loin, les faux des
chars, tous rangés en demi-cercle, semblaient un cime-
terre d'argent étendu à la base des monts. Les discours
de Schahabarim revenaient à sa mémoire. Elle attendait
son fiancé Narr'Havas. Elle aurait voulu, malgré sa
haine, revoir Mâtho. De tous les Carthaginois, elle était
la seule personne, peut-être, qui lui eût parlé sans peur.

Souvent son père arrivait dans sa chambre. Il s'asseyait
en haletant sur les coussins et il la considérait d'un air
presque attendri, comme s'il eût trouvé dans ce spectacle
un délassement à ses fatigues. Il l'interrogeait quelquefois sur son voyage au camp des Mercenaires. Il lui
demanda même si personne, par hasard, ne l'y avait
poussée; et, d'un signe de tête, elle répondit que non,
tant Salammbô était fière d'avoir sauvé le zaïmph.

Mais le Suffète revenait toujours à Mâtho, sous prétexte de renseignements militaires. Il ne comprenait
rien à l'emploi des heures qu'elle avait passées dans la
tente. En effet, Salammbô ne parlait pas de Giscon; car,
les mots ayant par eux-mêmes un pouvoir effectif, les
malédictions que l'on rapportait à quelqu'un pouvaient
se tourner contre lui; et elle taisait son envie d'assassinat, de peur d'être blâmée de n'y avoir point cédé.
Elle disait que le shalischim paraissait furieux, qu'il
avait crié beaucoup, puis qu'il s'était endormi. Salammbô
n'en racontait pas davantage, par honte peut-être,
ou bien par un excès de candeur faisant qu'elle n'attachait guère d'importance aux baisers du soldat. Tout
cela, du reste, flottait dans sa tête mélancolique et
brumeux comme le souvenir d'un rêve accablant; et
elle n'aurait su de quelle manière, par quels discours
l'exprimer.

Un soir qu'ils se trouvaient ainsi l'un en face de
l'autre, Taanach tout effarée survint. Un vieillard avec
un enfant était là, dans les cours, et voulait voir le
Suffète.

Hamilcar pâlit, puis répliqua vivement :

« Qu'il monte ! »

Iddibal entra, sans se prosterner. Il tenait par la main
un jeune garçon couvert d'un manteau en poil de bouc ;
et aussitôt relevant le capuchon qui abritait sa figure :

« Le voilà, Maître ! Prends-le ! »

Le Suffète et l'esclave s'enfoncèrent dans un coin de
la chambre.

L'enfant était resté au milieu, tout debout ; et, d'un
regard plus attentif qu'étonné, il parcourait le plafond,
les meubles, les colliers de perles traînant sur les draperies de pourpre, et cette majestueuse jeune femme
inclinée vers lui.

Il avait dix ans peut-être, et n'était pas plus haut
qu'un glaive romain. Ses cheveux crépus ombrageaient
son front bombé. On aurait dit que ses prunelles cherchaient des espaces. Les narines de son nez mince
palpitaient largement ; sur toute sa personne s'étalait
l'indéfinissable splendeur de ceux qui sont destinés aux
grandes entreprises. Quand il eut rejeté son manteau trop
lourd, il resta revêtu d'une peau de lynx attachée autour
de sa taille, et il appuyait résolument sur les dalles ses
petits pieds nus tout blancs de poussière. Mais, sans
doute, il devina que l'on agitait des choses importantes,
car il se tenait immobile, une main derrière le dos et
le menton baissé, avec un doigt dans la bouche.

Enfin Hamilcar, d'un signe, attira Salammbô et il
lui dit à voix basse :

« Tu le garderas chez toi, entends-tu ! Il faut que
personne, même de la maison, ne connaisse son existence ! »

Puis, derrière la porte, il demanda encore une fois à
Iddibal, s'il était bien sûr qu'on ne les eût pas remarqués.

« Non ! dit l'esclave ; les rues étaient vides. »

La guerre emplissant toutes les provinces, il avait eu
peur pour le fils de son maître. Alors ne sachant où le
cacher, il était venu le long des côtes, sur une chaloupe :
et, depuis trois jours Iddibal louvoyait dans le golfe,
en observant les remparts. Enfin ce soir-là, comme les

alentours de Khamon semblaient déserts, il avait franchi
la passe lestement et débarqué près de l'arsenal, l'entrée
du port étant libre.

Mais bientôt les Barbares établirent, en face, un
immense radeau pour empêcher les Carthaginois d'en
sortir. Ils relevaient les tours de bois, et, en même
temps, la terrasse montait.

Les communications avec le dehors étant inter-
ceptées, une famine intolérable commença.

On tua tous les chiens, tous les mulets, tous les ânes,
puis les quinze éléphants que le Suffète avait ramenés.
Les lions du temple de Moloch étaient devenus furieux
et les hiérodoules n'osaient plus s'en approcher. On les
nourrit d'abord avec les blessés des Barbares; ensuite on
leur jeta des cadavres encore tièdes; ils les refusèrent
et tous moururent. Au crépuscule, des gens erraient le
long des vieilles enceintes, et cueillaient entre les pierres
des herbes et des fleurs qu'ils faisaient bouillir dans
du vin; le vin coûtait moins cher que l'eau. D'autres se
glissaient jusqu'aux avant-postes de l'ennemi et venaient
sous les tentes voler de la nourriture; les Barbares, pris
de stupéfaction, quelquefois les laissaient s'en retourner.
Enfin un jour arriva où les Anciens résolurent d'égorger,
entre eux, les chevaux d'Eschmoûn. C'étaient des bêtes
saintes, dont les pontifes tressaient les crinières avec
des rubans d'or, et qui signifiaient par leur existence le
mouvement du soleil, l'idée du feu sous la forme la
plus haute. Leurs chairs, coupées en portions égales,
furent enfouies derrière l'autel. Puis, tous les soirs, alléguant quelque dévotion, les Anciens montaient vers le
temple, se régalaient en cachette; et ils remportaient
sous leur tunique un morceau pour leurs enfants. Dans
les quartiers déserts, loin des murs, les habitants moins
misérables, par peur des autres, s'étaient barricadés.

Les pierres des catapultes et les démolitions ordonnées
pour la défense avaient accumulé des tas de ruines au
milieu des rues. Aux heures les plus tranquilles, tout à
coup des masses de peuple se précipitaient en criant;
et, du haut de l'Acropole, les incendies faisaient comme
des haillons de pourpre dispersés sur les terrasses, et
que le vent tordait.

Les trois grandes catapultes, malgré tous ces travaux,
ne s'arrêtaient pas. Leurs ravages étaient extraordinaires;

ainsi, la tête d'un homme alla rebondir sur le fronton des
Syssites; dans la rue de Kinisdo, une femme qui accou-
chait fut écrasée par un bloc de marbre, et son enfant
avec le lit emporté jusqu'au carrefour de Cinasyn où
l'on trouva la couverture.

Ce qu'il y avait de plus irritant, c'était les balles des
frondeurs. Elles tombaient sur les toits, dans les jardins
et au milieu des cours, tandis que l'on mangeait attablé
devant un maigre repas et le cœur gros de soupirs.
Ces atroces projectiles portaient des lettres gravées
qui s'imprimaient dans les chairs; et, sur les cadavres,
on lisait des injures, telles que *pourceau, chacal, vermine,* et parfois des plaisanteries : *attrape !* ou : *je l'ai
bien mérité.*

La partie du rempart qui s'étendait depuis l'angle des
portes jusqu'à la hauteur des citernes fut enfoncée. Alors
les gens de Malqua se trouvèrent pris entre la vieille
enceinte de Byrsa par derrière et les Barbares par devant.
Mais on avait assez d'épaissir la muraille et de la rendre
le plus haute possible sans s'occuper d'eux; on les
abandonna; tout périrent, et bien qu'ils fussent haïs
généralement, on en conçut pour Hamilcar une grande
horreur.

Le lendemain, il ouvrit les fosses où il gardait du blé;
ses intendants le donnèrent au peuple. Pendant trois
jours on se gorgea.

La soif n'en devint que plus intolérable; et toujours
ils voyaient devant eux la longue cascade que faisait en
tombant l'eau claire de l'aqueduc. Sous les rayons du
soleil, une vapeur fine remontait de sa base, avec un
arc-en-ciel à côté, et un petit ruisseau, formant des
courbes sur la plage, se déversait dans le golfe.

Hamilcar ne faiblissait pas. Il comptait sur un événement, sur quelque chose de décisif, d'extraordinaire.

Ses propres esclaves arrachèrent les lames d'argent
du temple de Melkarth, on tira du port quatre longs
bateaux, avec des cabestans, on les amena jusqu'au bas
des Mappales, le mur qui donnait sur le rivage fut troué;
et ils partirent pour les Gaules afin d'y acheter, n'importe
à quel prix, des Mercenaires. Cependant Hamilcar se
désolait de ne pouvoir communiquer avec le roi des
Numides, car il le savait derrière les Barbares et prêt
à tomber sur eux. Mais Narr'Havas, trop faible, n'allait

pas se risquer seul; et le Suffète fit rehausser le rempart de
douze palmes, entasser dans l'Acropole tout le matériel
des arsenaux et encore une fois réparer les machines.

On se servait, pour les entortillages des catapultes,
des tendons pris au cou des taureaux ou bien aux jarrets
des cerfs. Cependant, il n'existait dans Carthage ni cerfs
ni taureaux. Hamilcar demanda aux Anciens les cheveux
de leurs femmes; toutes les sacrifièrent; la quantité
ne fut pas suffisante. On avait, dans les bâtiments des
Syssites, douze cents esclaves nubiles, de celles que l'on
destinait aux prostitutions de la Grèce et de l'Italie, et
leurs cheveux, rendus élastiques par l'usage des onguents, se trouvaient merveilleux pour les machines de
guerre. Mais la perte plus tard serait trop considérable.
Donc, il fut décidé qu'on choisirait, parmi les épouses
des plébéiens, les plus belles chevelures. Sans aucun
souci des besoins de la patrie, elles crièrent en désespérées quand les serviteurs des Cent vinrent, avec des
ciseaux, mettre la main sur elles.

Un redoublement de fureur animait les Barbares. On
les voyait au loin prendre la graisse des morts pour
huiler leurs machines, et d'autres en arrachaient les
ongles qu'ils cousaient bout à bout afin de se faire des
cuirasses. Il imaginèrent de mettre dans les catapultes
des vases pleins de serpents apportés par les Nègres;
les pots d'argile se cassaient sur les dalles, les serpents
couraient, semblaient pulluler, et, tant ils étaient nombreux, sortir des murs naturellement. Puis, les Barbares,
mécontents de leur invention, la perfectionnèrent; ils
lançaient toutes sortes d'immondices, des excréments
humains, des morceaux de charogne, des cadavres. La
peste reparut. Les dents des Carthaginois leur tombaient
de la bouche, et ils avaient les gencives décolorées
comme celles des chameaux après un voyage trop long.

Les machines furent dressées sur la terrasse, bien
qu'elle n'atteignît pas encore partout à la hauteur du
rempart. Devant les vingt-trois tours des fortifications
se dressaient vingt-trois autres tours de bois. Tous les
tollénones étaient remontés, et au milieu, un peu plus
en arrière, apparaissait la formidable hélépole de Démétrius Poliorcète, que Spendius, enfin, avait reconstruite.
Pyramidale comme le phare d'Alexandrie, elle était
haute de cent trente coudées et large de vingt-trois, avec

neuf étages allant tous en diminuant vers le sommet et
qui étaient défendus par des écailles d'airain, percés de
portes nombreuses, remplis de soldats; sur la plate-
forme supérieure se dressait une catapulte flanquée de
deux balistes.

Alors Hamilcar fit planter des croix pour ceux qui
parleraient de se rendre; les femmes mêmes furent
embrigadées. Ils couchaient dans les rues et l'on attendait plein d'angoisses.

Puis un matin, un peu avant le lever du soleil (c'était
le septième jour du mois de Nyssan), ils entendirent un
grand cri poussé par tous les Barbares à la fois; les trompettes à tube de plomb ronflaient, les grandes cornes
paphlagoniennes mugissaient comme des taureaux.
Tous se levèrent et coururent au rempart.

Une forêt de lances, de piques et d'épées se hérissait
à sa base. Elle sauta contre les murailles, les échelles
s'y accrochèrent; et, dans la baie des créneaux, des têtes
de Barbares parurent.

Des poutres soutenues par de longues files d'hommes
battaient les portes; et, aux endroits où la terrasse manquait, les Mercenaires, pour démolir le mur, arrivaient
en cohortes serrées, la première ligne se tenant accroupie,
la seconde pliant le jarret, et les autres successivement
se dressaient jusqu'aux derniers qui restaient tout
droits : tandis qu'ailleurs, pour monter dessus, les
plus hauts s'avançaient en tête, les plus bas à la queue,
et tous, du bras gauche, appuyaient sur leurs casques
leurs boucliers en les réunissant par le bord si étroitement, qu'on aurait dit un assemblage de grandes tortues. Les projectiles glissaient sur ces masses obliques.

Les Carthaginois jetaient des meules de moulin, des
pilons, des cuves, des tonneaux, des lits, tout ce qui
pouvait faire un poids et assommer. Quelques-uns
guettaient dans les embrasures avec un filet de pêcheur,
et quand arrivait le Barbare, il se trouvait pris sous les
mailles et se débattait comme un poisson. Ils démolissaient eux-mêmes leurs créneaux; des pans de mur
s'écroulaient en soulevant une grande poussière; et,
les catapultes de la terrasse tirant les unes contre les
autres, leurs pierres se heurtaient, et éclataient en mille
morceaux qui faisaient sur les combattants une large
pluie.

Bientôt les deux foules ne formèrent plus qu'une grosse chaîne de corps humains; elle débordait dans les intervalles de la terrasse, et, un peu plus lâche aux deux bouts, se roulait sans avancer perpétuellement. Ils s'étreignaient, couchés à plat ventre comme des lutteurs. On s'écrasait. Les femmes penchées sur les créneaux hurlaient. On les tirait par leurs voiles, et la blancheur de leurs flancs, tout à coup découverts, brillait entre les bras des nègres y enfonçant des poignards. Des cadavres, trop pressés dans la foule, ne tombaient pas; soutenus par les épaules de leurs compagnons, ils allaient quelques minutes tout debout et les yeux fixes. Quelques-uns, les deux tempes traversées par une javeline, balançaient leur tête comme des ours. Des bouches ouvertes pour crier restaient béantes; des mains s'envolaient coupées. Il y eut là de grands coups, et dont parlèrent pendant longtemps ceux qui survécurent.

Cependant, des flèches jaillissaient du sommet des tours de bois et des tours de pierre. Les tollénones faisaient aller rapidement leurs longues antennes; et comme les Barbares avaient saccagé sous les Catacombes le vieux cimetière des autochtones, ils lançaient sur les Carthaginois des dalles de tombeaux. Sous le poids des corbeilles trop lourdes, quelquefois les câbles se coupaient, et des masses d'hommes, tous levant les bras, tombaient du haut des airs.

Jusqu'au milieu du jour, les vétérans des hoplites s'étaient acharnés contre la Tænia pour pénétrer dans le port et détruire la flotte. Hamilcar fit allumer sur la toiture de Khamon un feu de paille humide; et la fumée les aveuglant, ils se rabattirent à gauche et vinrent augmenter l'horrible cohue qui se poussait dans Malqua. Des syntagmes, composés d'hommes robustes, choisis tout exprès, avaient enfoncé trois portes. De hauts barrages, faits avec des planches garnies de clous, les arrêtèrent; une quatrième céda facilement; ils s'élancèrent par-dessus en courant, et roulèrent dans une fosse où l'on avait caché des pièges. A l'angle sud-est, Autharite et ses hommes abattirent le rempart, dont la fissure était bouchée avec des briques. Le terrain par derrière montait : ils le gravirent lestement. Mais ils trouvèrent en haut une seconde muraille, composée de pierres et de longues poutres étendues tout à plat et qui alter-

naient comme les pièces d'un échiquier. C'était une
mode gauloise adaptée par le Suffète au besoin de la
situation; les Gaulois se crurent devant une ville de
leur pays. Ils attaquèrent avec mollesse et furent repoussés.

Depuis la rue de Khamon jusqu'au Marché-aux-
herbes, tout le chemin de ronde appartenait maintenant
aux Barbares, et les Samnites achevaient à coups d'épieux
les moribonds; ou bien, un pied sur le mur, ils contemplaient en bas, sous eux, les ruines fumantes, et au loin
la bataille qui recommençait.

Les frondeurs, distribués par derrière, tiraient toujours. Mais, à force d'avoir servi, le ressort des frondes
acarnaniennes était brisé, et plusieurs, comme des
pâtres, envoyaient des cailloux avec la main : les autres
lançaient des boules de plomb avec le manche d'un
fouet. Zarxas, les épaules couvertes de ses longs cheveux
noirs, se portait partout en bondissant et entraînait
les Baléares. Deux pannetières étaient suspendues à
ses hanches; il y plongeait continuellement la main
gauche et son bras droit tournoyait, comme la roue
d'un char.

Mâtho s'était d'abord retenu de combattre, pour
mieux commander tous les Barbares à la fois. On l'avait
vu le long du golfe avec les Mercenaires, près de la
lagune avec des Numides, sur les bords du lac entre les
Nègres, et du fond de la plaine il poussait les masses de
soldats qui arrivaient incessamment contre les lignes de
fortifications. Peu à peu il s'était rapproché; l'odeur du
sang, le spectacle du carnage et le vacarme des clairons
avaient fini par lui faire bondir le cœur. Alors il était
rentré dans sa tente, et, jetant sa cuirasse, avait pris sa
peau de lion, plus commode pour la bataille. Le mufle
s'adaptait sur la tête en bordant le visage d'un cercle de
crocs; les deux pattes antérieures se croisaient sur la
poitrine, et celles de derrière avançaient leurs ongles
jusqu'au bas de ses genoux.

Il avait gardé son fort ceinturon, où luisait une hache
à double tranchant, et avec sa grande épée dans les
deux mains il s'était précipité par la brèche, impétueusement. Comme un émondeur qui coupe des branches
de saule, et qui tâche d'en abattre le plus possible afin
de gagner plus d'argent, il marchait en fauchant autour

de lui les Carthaginois. Ceux qui tentaient de le saisir
par les flancs, il les renversait à coups de pommeau;
quand ils l'attaquaient en face, il les perçait; s'ils fuyaient,
il les fendait. Deux hommes à la fois sautèrent sur
son dos; il recula d'un bond contre une porte et les
écrasa. Son épée s'abaissait, se relevait. Elle éclata sur
l'angle d'un mur. Alors il prit sa lourde hache, et
par devant, par derrière, il éventrait les Carthaginois
comme un troupeau de brebis. Ils s'écartaient de
plus en plus, et il arriva tout seul devant la seconde
enceinte, au bas de l'Acropole. Les matériaux lancés du
sommet encombraient les marches et débordaient par-
dessus la muraille. Mâtho, au milieu des ruines, se
retourna pour appeler ses compagnons.

Il aperçut leurs aigrettes disséminées sur la multitude; elles s'enfonçaient, ils allaient périr; il s'élança
vers eux; alors, la vaste couronne de plumes rouges se
resserrant, bientôt il se rejoignirent et l'entourèrent.
Mais des rues latérales une foule énorme se dégorgeait.
Il fut pris aux hanches, soulevé, et entraîné jusqu'en
dehors du rempart, dans un endroit où la terrasse était
haute.

Mâtho cria un commandement : tous les boucliers se
rabattirent sur les casques; il sauta dessus, pour s'accrocher quelque part afin de rentrer dans Carthage; et,
tout en brandissant la terrible hache, il courait sur
les boucliers, pareils à des vagues de bronze, comme un
dieu marin sur des flots et qui secoue son trident.

Cependant un homme en robe blanche se promenait
au bord du rempart, impassible et indifférent à la mort
qui l'entourait. Parfois il étendait sa main droite contre
ses yeux pour découvrir quelqu'un. Mâtho vint à
passer sous lui. Tout à coup ses prunelles flamboyèrent,
sa face livide se crispa; et en levant ses deux bras maigres
il lui criait des injures.

Mâtho ne les entendit pas; mais il sentit entrer dans
son cœur un regard si cruel et furieux qu'il en poussa
un rugissement. Il lança vers lui la longue hache; des
gens se jetèrent sur Schahabarim; et Mâtho, ne le voyant
plus, tomba à la renverse, épuisé.

Un craquement épouvantable se rapprochait, mêlé au
rythme de voix rauques qui chantaient en cadence.

C'était la grande hélépole, entourée par une foule de

soldats. Ils la tiraient à deux mains, halaient avec des cordes et poussaient de l'épaule, car le talus, montant de la plaine sur la terre, bien qu'il fût extrêmement doux, se trouvait impraticable pour des machines d'un poids si prodigieux. Elle avait cependant huit roues cerclées de fer, et depuis le matin elle avançait ainsi, lentement, pareille à une montagne qui se fût élevée sur une autre. Puis il sortit de sa base un immense bélier; le long des trois faces regardant la ville les portes s'abattirent, et dans l'intérieur apparurent, comme des colonnes de fer, des soldats cuirassés. On en voyait qui grimpaient et descendaient les deux escaliers traversant ses étages. Quelques-uns attendaient pour s'élancer que les crampons des portes touchassent le mur, au milieu de la plate-forme supérieure, les écheveaux des balistes tournaient, et le grand timon de la catapulte s'abaissait.

Hamilcar était, à ce moment-là, debout sur le toit de Melkarth. Il avait jugé qu'elle devait venir directement vers lui, contre l'endroit de la muraille le plus invulnérable, et à cause de cela même, dégarni de sentinelles. Depuis longtemps déjà ses esclaves apportaient des outres sur le chemin de ronde, où ils avaient élevé, avec de l'argile, deux cloisons transversales formant une sorte de bassin. L'eau coulait insensiblement sur la terrasse, et Hamilcar, chose extraordinaire, ne semblait point s'en inquiéter.

Mais, quand l'hélépole fut à trente pas environ, il commanda d'établir des planches par-dessus les rues, entre les maisons, depuis les citernes jusqu'au rempart; et des gens à la file se passaient, de main en main, des casques et des amphores qu'ils vidaient continuellement. Les Carthaginois cependant s'indignaient de cette eau perdue. Le bélier démolissait la muraille; tout à coup, une fontaine s'échappa des pierres disjointes. Alors la haute masse d'airain, à neuf étages et qui contenait et occupait plus de trois mille soldats, commença doucement à osciller comme un navire. En effet, l'eau pénétrant la terrasse avait devant elle effondré le chemin; ses roues s'embourbèrent; au premier étage, entre des rideaux de cuir, la tête de Spendius apparut soufflant à pleines joues dans un cornet d'ivoire. La grande machine, comme soulevée convulsivement, avança de dix pas peut-être; mais le terrain de plus en plus s'amollissait, la fange gagnait les essieux et l'hélépole s'arrêta en penchant effroyablement d'un seul côté. La catapulte roula jusqu'au bord de la plate-forme; et, emportée par la charge de son timon, elle tomba, fracassant sous elle les étages inférieurs. Les soldats, debout sur les portes, glissèrent dans l'abîme, ou bien ils se retenaient à l'extrémité des longues poutres, et augmentaient, par leur poids, l'inclinaison de l'hélépole, qui se démembrait en craquant dans toutes ses jointures.

Les autres Barbares s'élancèrent pour les secourir. Ils se tassaient en foule compacte. Les Carthaginois descendirent le rempart, et, les assaillant par derrière, ils les tuèrent tout à leur aise. Mais les chars garnis de faux accoururent. Ils galopaient sur le contour de cette multitude; elle remonta la muraille; la nuit survint; peu à peu les Barbares se retirèrent.

On ne voyait plus, sur la plaine, qu'une sorte de fourmillement tout noir, depuis le golfe bleuâtre jusqu'à la lagune toute blanche; et le lac, où du sang avait coulé, s'étalait, plus loin, comme une grande mare pourpre.

La terrasse était maintenant si chargée de cadavres qu'on l'aurait crue construite avec des corps humains. Au milieu se dressait l'hélépole couverte d'armures; et, de temps à autre, des fragments énormes s'en détachaient comme les pierres d'une pyramide qui s'écroule. On distinguait sur les murailles de larges traînées faites par les ruisseaux de plomb. Une tour de bois abattue, çà et là, brûlait; et les maisons apparaissaient vaguement, comme les gradins d'un amphithéâtre en ruines. De lourdes fumées montaient, en roulant des étincelles qui se perdaient dans le ciel noir.

Cependant, les Carthaginois, que la soif dévorait, s'étaient précipités vers les citernes. Ils en rompirent les portes. Une flaque bourbeuse s'étalait au fond.

Que devenir à présent? D'ailleurs les Barbares étaient innombrables, et, leur fatigue passée, ils recommenceraient.

Le peuple, toute la nuit, délibéra par sections, au coin des rues. Les uns disaient qu'il fallait renvoyer les femmes, les malades et les vieillards; d'autres proposèrent d'abandonner la ville pour s'établir au loin dans une colonie. Mais les vaisseaux manquaient, et le soleil parut qu'on n'avait rien décidé.

On ne se battit point ce jour-là, tous étant trop accablés. Les gens qui dormaient avaient l'air de cadavres.

Alors les Carthaginois, en réfléchissant sur la cause de leurs désastres, se rappelèrent qu'ils n'avaient point expédié en Phénicie l'offrande annuelle due à Melkarth-Tyrien; et une immense terreur les prit. Les Dieux, indignés contre la République, allaient sans doute poursuivre leur vengeance.

On les considérait comme des maîtres cruels, que l'on apaisait avec des supplications et qui se laissaient corrompre à force de présents. Tous étaient faibles près de Moloch-le-dévorateur. L'existence, la chair même des hommes lui appartenait; — aussi, pour la sauver, les Carthaginois avaient coutume de lui en offrir une portion qui calmait sa fureur. On brûlait les enfants au front ou à la nuque avec des mèches de laine; et cette façon de satisfaire le Baal rapportant aux prêtres beaucoup d'argent, ils ne manquaient pas de la recommander comme plus facile et plus douce.

Mais cette fois il s'agissait de la République elle-même. Or tout profit devant être racheté par une perte quelconque, toute transaction se réglant d'après le besoin du plus faible et l'exigence du plus fort, il n'y avait pas de douleur trop considérable pour le Dieu, puisqu'il se délectait dans les plus horribles et que l'on était maintenant à sa discrétion. Il fallait donc l'assouvir complètement. Les exemples prouvaient que ce moyen-là contraignait le fléau à disparaître. D'ailleurs, ils croyaient qu'une immolation par le feu purifierait Carthage. La férocité du peuple en était d'avance alléchée. Puis, le choix devait exclusivement tomber sur les grandes familles.

Les Anciens s'assemblèrent. La séance fut longue. Hannon y était venu. Comme il ne pouvait plus s'asseoir, il resta couché près de la porte, à demi perdu dans les franges de la haute tapisserie; et quand le pontife de Moloch leur demanda s'ils consentiraient à livrer leurs enfants, sa voix, tout à coup, éclata dans l'ombre comme le rugissement d'un Génie au fond d'une caverne.

Il regrettait, disait-il, de n'avoir pas à en donner de son propre sang : et il contemplait Hamilcar, en face de lui à l'autre bout de la salle. Le Suffète fut tellement troublé par ce regard qu'il en baissa les yeux. Tous approuvèrent en opinant de la tête successivement; et, d'après les rites, il dut répondre au grand prêtre : « Oui, que cela soit. » Alors les Anciens décrétèrent le sacrifice par une périphrase traditionnelle, parce qu'il y a des choses plus gênantes à dire qu'à exécuter.

La décision, presque immédiatement, fut connue dans Carthage; des lamentations retentirent. Partout on entendait les femmes crier; leurs époux les consolaient ou les invectivaient en leur faisant des remontrances.

Mais trois heures après, une nouvelle plus extraordinaire se répandit : le Suffète avait trouvé des sources au bas de la falaise. On y courut. Des trous creusés dans le sable laissaient voir de l'eau; et déjà quelques-uns étendus à plat ventre y buvaient.

Hamilcar ne savait pas lui-même si c'était par un conseil des Dieux ou le vague souvenir d'une révélation que son père autrefois lui aurait faite; mais, en quittant les Anciens, il était descendu sur la plage, et, avec ses esclaves, il s'était mis à fouir le gravier.

Il donna des vêtements, des chaussures et du vin. Il donna tout le reste du blé qu'il gardait chez lui. Il fit même entrer la foule dans son palais, et il ouvrit les cuisines, les magasins et toutes les chambres, celle de Salammbô exceptée. Il annonça que six mille Mercenaires gaulois allaient venir, et que le roi de Macédoine envoyait des soldats.

Mais, dès le second jour, les sources diminuèrent; le soir du troisième, elles étaient complètement taries. Alors le décret des Anciens circula de nouveau sur toutes les lèvres, et les prêtres de Moloch commencèrent leur besogne.

Des hommes en robes noires se présentèrent dans les maisons. Beaucoup d'avance les désertaient sous le prétexte d'une affaire ou d'une friandise qu'ils allaient acheter; les serviteurs de Moloch survenaient et prenaient les enfants. D'autres les livraient eux-mêmes, stupidement. Puis on les emmenait dans le temple de Tanit, où les prêtresses étaient chargées jusqu'au jour solennel de les amuser et de les nourrir.

Ils arrivèrent chez Hamilcar tout à coup, et le trouvant dans ses jardins :

« Barca ! Nous venons pour la chose que tu sais... ton fils ! »

Ils ajoutèrent que des gens l'avaient rencontré un soir de l'autre lune, au milieu des Mappales, conduit par un vieillard.

Il fut d'abord comme suffoqué. Mais bien vite comprenant que toute dénégation serait vaine, Hamilcar s'inclina ; et il les introduisit dans la maison-de-commerce. Des esclaves accourus d'un signe en surveillaient les alentours.

Il entra dans la chambre de Salammbô tout éperdu. Il saisit d'une main Hannibal, arracha de l'autre la ganse d'un vêtement qui traînait, attacha ses pieds, ses mains, en passa l'extrémité dans sa bouche pour lui en faire un bâillon et il le cacha sous le lit de peaux de bœuf, en laissant retomber jusqu'à terre une large draperie.

Ensuite il se promena de droite et de gauche ; il levait les bras, il tournait sur lui-même, il se mordait les lèvres. Puis il resta les prunelles fixes et haletant comme s'il allait mourir.

Mais il frappa trois fois dans ses mains. Giddenem parut.

« Écoute ! dit-il, tu vas prendre parmi les esclaves un enfant mâle de huit à neuf ans avec les cheveux noirs et le front bombé ! Amène-le ! hâte-toi ! »

Bientôt Giddenem rentra, en présentant un jeune garçon.

C'était un pauvre enfant, à la fois maigre et bouffi ; sa peau semblait grisâtre comme l'infect haillon suspendu à ses flancs ; il baissait la tête dans ses épaules, et du revers de sa main frottait ses yeux tout remplis de mouches.

Comment pourrait-on jamais le confondre avec Hannibal ! et le temps manquait pour en choisir un autre ! Hamilcar regardait Giddenem ; il avait envie de l'étrangler. « Va-t'en ! » cria-t-il ; le maître-des-esclaves s'enfuit.

Donc le malheur qu'il redoutait depuis si longtemps était venu, et il cherchait avec des efforts démesurés s'il n'y avait pas une manière, un moyen d'y échapper.

Abdalonim, tout à coup, parla derrière la porte. On demandait le Suffète. Les serviteurs de Moloch s'impatientaient.

Hamilcar retint un cri, comme à la brûlure d'un fer rouge; et il recommença de nouveau à parcourir la chambre, tel qu'un insensé. Puis il s'affaissa au bord de la balustrade, et les coudes sur ses genoux, il serrait son front dans ses deux poings fermés.

La vasque de porphyre contenait encore un peu d'eau claire pour les ablutions de Salammbô. Malgré sa répugnance et tout son orgueil, le Suffète y plongea l'enfant, et, comme un marchand d'esclaves, il se mit à le laver et à le frotter avec les strigiles et la terre rouge. Il prit ensuite dans les casiers autour de la muraille deux carrés de pourpre, lui en posa un sur la poitrine, l'autre sur le dos, et il les réunit contre ses clavicules par deux agrafes de diamants. Il versa un parfum sur sa tête; il passa autour de son cou un collier d'électrum, et il le chaussa de sandales à talons de perles, — les propres sandales de sa fille! Mais il trépignait de honte et d'irritation; Salammbô, qui s'empressait à le servir, était aussi pâle que lui. L'enfant souriait, ébloui par ces splendeurs, et même s'enhardissant, il commençait à battre des mains et à sauter quand Hamilcar l'entraîna.

Il le tenait par le bras, fortement, comme s'il avait eu peur de le perdre; et l'enfant, auquel il faisait mal, pleurait un peu tout en courant près de lui.

A la hauteur de l'ergastule, sous un palmier, une voix s'éleva, une voix lamentable et suppliante. Elle murmurait : « Maître! oh! Maître! »

Hamilcar se retourna, et il aperçut à ses côtés un homme d'apparence abjecte, un de ces misérables vivant au hasard dans la maison.

« Que veux-tu? » dit le Suffète.

L'esclave, qui tremblait horriblement, balbutia : « Je suis son père! »

Hamilcar marchait toujours; l'autre le suivait, les reins courbés, les jarrets fléchis, la tête en avant. Son visage était convulsé par une angoisse indicible, et les sanglots qu'il retenait l'étouffaient, tant il avait envie tout à la fois de le questionner et de lui crier : « Grâce! »

Enfin il osa le toucher d'un doigt, sur le coude, légèrement.

« Est-ce que tu vas le?... »

Il n'eut pas la force d'achever, et Hamilcar s'arrêta, tout ébahi de cette douleur.

Il n'avait jamais pensé, — tant l'abîme les séparant l'un de l'autre se trouvait immense, — qu'il pût y avoir entre eux rien de commun. Cela même lui parut une sorte d'outrage et comme un empiétement sur ses privilèges. Il répondit par un regard plus froid et plus lourd que la hache d'un bourreau; l'esclave s'évanouissant tomba dans la poussière, à ses pieds. Hamilcar enjamba par-dessus.

Les trois hommes en robes noires l'attendaient dans la grande salle, debout contre le disque de pierre. Tout de suite il déchira ses vêtements et il se roulait sur les dalles en poussant des cris aigus :

« Ah! pauvre petit Hannibal! oh! mon fils! ma consolation! mon espoir! ma vie! Tuez-moi aussi! emportez-moi! Malheur! malheur! » Il se labourait la face avec ses ongles, s'arrachait les cheveux et hurlait comme les pleureuses des funérailles. « Emmenez-le donc! je souffre trop! allez-vous-en! tuez-moi comme lui. » Les serviteurs de Moloch s'étonnaient que le grand Hamilcar eût le cœur si faible. Ils en étaient presque attendris.

On entendit un bruit de pieds nus avec un râle saccadé, pareil à la respiration d'une bête féroce qui accourt; et sur le seuil de la troisième galerie, entre les montants d'ivoire, un homme apparut, blême, terrible, les bras écartés; il s'écria :

« Mon enfant! »

Hamilcar, d'un bond, s'était jeté sur l'esclave; et en lui couvrant la bouche de ses mains, il criait encore plus haut :

« C'est le vieillard qui l'a élevé! il l'appelle mon enfant! il en deviendra fou! assez! assez! »

Et, chassant par les épaules les trois prêtres et leur victime, il sortit avec eux, et d'un grand coup de pied referma la porte derrière lui.

Hamilcar tendit l'oreille pendant quelques minutes, craignant toujours de les voir revenir. Il songea ensuite à se défaire de l'esclave pour être bien sûr qu'il ne parlerait pas; mais le péril n'était point complètement disparu, et cette mort, si les Dieux s'en irritaient, pouvait se retourner contre son fils. Alors, changeant d'idée, il lui envoya par Taanach les meilleures choses des cuisines : un quartier de bouc, des fèves et des conserves

de grenades. L'esclave, qui n'avait pas mangé depuis
longtemps, se rua dessus; ses larmes tombaient dans
les plats.

Hamilcar, revenu enfin près de Salammbô, dénoua les
cordes d'Hannibal. L'enfant, exaspéré, le mordit à la
main jusqu'au sang. Il le repoussa d'une caresse.

Pour le faire se tenir paisible, Salammbô voulut
l'effrayer avec Lamia, une ogresse de Cyrène.

« Où donc est-elle? » demanda-t-il.

On lui conta que les brigands allaient venir pour le
mettre en prison. Il reprit :

« Qu'ils viennent, et je les tue! »

Hamilcar lui dit alors l'épouvantable vérité. Mais il
s'emporta contre son père, prétendant qu'il pouvait
bien anéantir tout le peuple, puisqu'il était le maître de
Carthage.

Enfin, épuisé d'efforts et de colère, il s'endormit, d'un
sommeil farouche. Il parlait en rêvant, le dos appuyé
contre un coussin d'écarlate; sa tête retombait un peu
en arrière, et son petit bras, écarté de son corps, restait
tout droit dans une attitude impérative.

Quand la nuit fut noire, Hamilcar l'enleva doucement
et descendit sans flambeau l'escalier des galères. En
passant par la maison-de-commerce, il prit une couffe
de raisins avec une buire d'eau pure; l'enfant se réveilla
devant la statue d'Alètes, dans le caveau des pierreries;
et il souriait, — comme l'autre — sur le bras de son
père, à la lueur des clartés qui l'environnaient.

Hamilcar était bien sûr qu'on ne pouvait lui prendre
son fils. C'était un endroit impénétrable, communiquant
avec le rivage par un souterrain que lui seul connaissait, et en jetant les yeux à l'entour il aspira une large
bouffée d'air. Puis il le déposa sur un escabeau, près des
boucliers d'or.

Personne, à présent, ne le voyait, il n'avait plus rien
à observer; alors il se soulagea. Comme une mère qui
retrouve son premier-né perdu, il se jeta sur son fils;
il l'étreignait contre sa poitrine, il riait et pleurait à la
fois, l'appelait des noms les plus doux, le couvrait de
baisers; le petit Hannibal, effrayé par cette tendresse
terrible, se taisait maintenant.

Hamilcar s'en revint à pas muets, en tâtant les murs
autour de lui; et il arriva dans la grande salle, où la

lumière de la lune entrait par une des fentes du dôme;
au milieu, l'esclave, repu, dormait, couché tout de son
long sur les pavés de marbre. Il le regarda, et une sorte
de pitié l'émut. Du bout de son cothurne, il lui avança
un tapis sous la tête. Puis il releva les yeux et considéra
Tanit, dont le mince croissant brillait dans le ciel, et
il se sentit plus fort que les Baals et plein de mépris
pour eux.

Les dispositions du sacrifice étaient déjà commencées.

On abattit dans le temple de Moloch un pan de mur
pour en tirer le dieu d'airain, sans toucher aux cendres
de l'autel. Puis, dès que le soleil se montra, les hiérodoules le poussèrent vers la place de Khamon.

Il allait à reculons, en glissant sur des cylindres; ses
épaules dépassaient la hauteur des murailles; du plus
loin qu'ils l'apercevaient, les Carthaginois s'enfuyaient
bien vite, car on ne pouvait contempler impunément le
Baal que dans l'exercice de sa colère.

Une senteur d'aromates se répandit par les rues. Tous
les temples à la fois venaient de s'ouvrir; il en sortit
des tabernacles montés sur des chariots ou sur des
litières que des pontifes portaient. De gros panaches de
plumes se balançaient à leurs angles, et des rayons
s'échappaient de leurs faîtes aigus, terminés par des
boules de cristal, d'or, d'argent ou de cuivre.

C'étaient les Baalim chananéens, dédoublements du
Baal suprême, qui retournaient vers leur principe, pour
s'humilier devant sa force et s'anéantir devant sa splendeur.

Le pavillon de Melkarth, en pourpre fine, abritait une
flamme de pétrole; sur celui de Khamon, couleur
d'hyacinthe, se dressait un phallus d'ivoire, bordé d'un
cercle de pierreries; entre les rideaux d'Eschmoûn,
bleus comme l'éther, un python endormi faisait un
cercle avec sa queue; et les Dieux-Patæques, tenus dans
les bras de leurs prêtres, semblaient de grands enfants
emmaillotés, dont les talons frôlaient la terre.

Ensuite venaient toutes les formes inférieures de la
divinité : Baal-Samin, dieu des espaces célestes; Baal-
Peor, dieu des monts sacrés; Baal-Zeboub, dieu de la
corruption et ceux des pays voisins et des races congé-

nères : l'Iarbal de la Libye, l'Adrammelech de la Chaldée, le Kijun des Syriens; Derceto, à figure de vierge, rampait sur ses nageoires, et le cadavre de Tammouz était traîné au milieu d'un catafalque, entre des flambeaux et des chevelures. Pour asservir les rois du firmament au Soleil et empêcher que leurs influences particulières ne gênassent la sienne, on brandissait au bout de longues perches des étoiles en métal diversement coloriées; et tous s'y trouvaient, depuis le noir Nebo, génie de Mercure, jusqu'au hideux Rahab, qui est la constellation du Crocodile. Les Abaddirs, pierres tombées de la lune, tournaient dans des frondes en fils d'argent; de petits pains, reproduisant le sexe d'une femme, étaient portés sur des corbeilles par les prêtres de Cérès; d'autres amenaient leurs fétiches, leurs amulettes; des idoles oubliées reparurent; et même on avait pris aux vaisseaux leurs symboles mystiques, comme si Carthage eût voulu se recueillir tout entière dans une pensée de mort et de désolation.

Devant chacun des tabernacles, un homme tenait en équilibre, sur sa tête, un large vase où fumait de l'encens. Des nuages çà et là planaient, et l'on distinguait, dans ces grosses vapeurs, les tentures, les pendeloques et les broderies des pavillons sacrés. Ils avançaient lentement, à cause de leur poids énorme. L'essieu des chars quelquefois s'accrochait dans les rues; alors les dévots profitaient de l'occasion pour toucher les Baalim avec leurs vêtements, qu'ils gardaient ensuite comme des choses saintes.

La statue d'airain continuait à s'avancer vers la place de Khamon. Les Riches, portant des sceptres à pomme d'émeraude, partirent du fond de Mégara; les Anciens, coiffés de diadèmes, s'étaient assemblés dans Kinisdo, et les maîtres des finances, les gouverneurs des provinces, les marchands, les soldats, les matelots et la horde nombreuse employée aux funérailles, tous, avec les insignes de leur magistrature ou les instruments de leur métier, se dirigeaient vers les tabernacles qui descendaient de l'Acropole, entre les collèges des pontifes.

Par déférence pour Moloch, ils s'étaient ornés de leurs joyaux les plus splendides. Des diamants étincelaient sur les vêtements noirs; mais les anneaux trop larges

tombaient des mains amaigries, — et rien n'était lugubre
comme cette foule silencieuse où les pendants d'oreilles
battaient contre des faces pâles, où les tiares d'or serraient des fronts crispés par un désespoir atroce.

Enfin le Baal arriva juste au milieu de la place. Ses
pontifes, avec des treillages, disposèrent une enceinte
pour écarter la multitude, et ils restèrent à ses pieds,
autour de lui.

Les prêtres de Khamon, en robes de laine fauve, s'alignèrent devant leur temple, sous les colonnes du portique; ceux d'Eschmoûn, en manteaux de lin, avec des
colliers à tête de coucoupha et des tiares pointues, s'établirent sur les marches de l'Acropole; les prêtres de
Melkarth, en tuniques violettes, prirent pour eux le
côté de l'occident; les prêtres des Abaddirs, serrés dans
des bandes d'étoffes phrygiennes, se placèrent à l'orient;
et l'on rangea sur le côté du midi, avec les nécroman-
ciens tout couverts de tatouages, les hurleurs en manteaux rapiécés, les desservants des Patæques et les
Yidonim, qui, pour connaître l'avenir, se mettaient dans
la bouche un os de mort. Les prêtres de Cérès, habillés
de robes bleues, s'étaient arrêtés, prudemment, dans la
rue de Satheb, et psalmodiaient à voix basse un thesmo-
phorion en dialecte mégarien.

De temps en temps, il arrivait des files d'hommes
complètement nus, les bras écartés et tous se tenant
par les épaules. Ils tiraient, des profondeurs de leur
poitrine, une intonation rauque et caverneuse; leurs
prunelles, tendues vers le colosse, brillaient dans la
poussière, et ils se balançaient le corps à intervalles
égaux, tous à la fois, comme ébranlés par un seul
mouvement. Ils étaient si furieux que, pour établir
l'ordre, les hiérodoules, à coups de bâton, les firent se
coucher sur le ventre, la face posée contre les treillages
d'airain.

Ce fut alors que, du fond de la Place, un homme en
robe blanche s'avança. Il perça lentement la foule et l'on
reconnut un prêtre de Tanit, — le grand-prêtre Schahabarim. Des huées s'élevèrent, car la tyrannie du principe
mâle prévalait ce jour-là dans toutes les consciences, et la
Déesse était même tellement oubliée, que l'on n'avait
pas remarqué l'absence de ses pontifes. Mais l'ébahissement redoubla quand on l'aperçut ouvrant dans les

treillages une des portes destinées à ceux qui entreraient pour offrir les victimes. C'était, croyaient les prêtres de Moloch, un outrage qu'il venait faire à leur dieu; avec des grands gestes, ils essayaient de le repousser. Nourris par les viandes des holocaustes, vêtus de pourpre comme les rois et portant des couronnes à triple étage, ils conspuaient ce pâle eunuque exténué de macérations, et des rires de colère secouaient sur leur poitrine leur barbe noire étalée en soleil.

Schahabarim, sans répondre, continuait à marcher, et, traversant pas à pas toute l'enceinte, il arriva sous les jambes du colosse, puis il le toucha des deux côtés en écartant les deux bras, ce qui était une formule solennelle d'adoration. Depuis trop longtemps la Rabbet le torturait; et par désespoir, ou peut-être à défaut d'un dieu satisfaisant complètement sa pensée, il se déterminait enfin pour celui-là.

La foule, épouvantée par cette apostasie, poussa un long murmure. On sentait se rompre le dernier lien qui attachait les âmes à une divinité clémente.

Mais Schahabarim, à cause de sa mutilation, ne pouvait participer au culte du Baal. Les hommes en manteaux rouges l'exclurent de l'enceinte; puis, quand il fut dehors, il tourna autour de tous les collèges, successivement, et le prêtre, désormais sans dieu, disparut dans la foule. Elle s'écartait à son approche.

Cependant un feu d'aloès, de cèdre et de laurier brûlait entre les jambes du colosse. Ses longues ailes enfonçaient leur pointe dans la flamme; les onguents dont il était frotté coulaient comme de la sueur sur ses membres d'airain. Autour de la dalle ronde où il appuyait ses pieds, les enfants, enveloppés de voiles noirs, formaient un cercle immobile; et ses bras démesurément longs abaissaient leurs paumes jusqu'à eux, comme pour saisir cette couronne et l'emporter dans le ciel.

Les Riches, les Anciens, les femmes, toute la multitude se tassait derrière les prêtres et sur les terrasses des maisons. Les grandes étoiles peintes ne tournaient plus; les tabernacles étaient posés par terre; et les fumées des encensoirs montaient perpendiculairement, telles que des arbres gigantesques étalant au milieu de l'azur leurs rameaux bleuâtres.

Plusieurs s'évanouirent; d'autres devenaient inertes et pétrifiés dans leur extase. Une angoisse infinie pesait sur les poitrines. Les dernières clameurs une à une s'éteignaient, et le peuple de Carthage haletait, absorbé dans le désir de sa terreur.

Enfin, le grand-prêtre de Moloch passa la main gauche sous les voiles des enfants, et il leur arracha du front une mèche de cheveux qu'il jeta sur les flammes. Alors les hommes en manteaux rouges entonnèrent l'hymne sacré. « Hommage à toi, Soleil! roi des deux zones, créateur qui s'engendre, Père et Mère, Père et Fils, Dieu et Déesse, Déesse et Dieu! » Et leur voix se perdit dans l'explosion des instruments sonnant tous à la fois, pour étouffer les cris des victimes. Les scheminith à huit cordes, les kinnor, qui en avaient dix, et les nebal, qui en avaient douze, grinçaient, sifflaient, tonnaient. Des outres énormes hérissées de tuyaux faisaient un clapotement aigu; les tambourins, battus à tour de bras, retentissaient de coups sourds et rapides; et, malgré la fureur des clairons, les salsalim claquaient, comme des ailes de sauterelle.

Les hiérodoules, avec un long crochet, ouvrirent les sept compartiments étagés sur le corps du Baal. Dans le plus haut, on introduisit de la farine; dans le second, deux tourterelles; dans le troisième, un singe; dans le quatrième, un bélier, dans le cinquième, une brebis; et, comme on n'avait pas de bœufs pour le sixième, on y jeta une peau tannée prise au sanctuaire. La septième case restait béante.

Avant de rien entreprendre, il était bon d'essayer les bras du Dieu. De minces chaînettes partant de ses doigts gagnaient ses épaules et redescendaient par derrière, où des hommes, tirant dessus, faisaient monter, jusqu'à la hauteur de ses coudes, ses deux mains ouvertes qui, en se rapprochant, arrivaient contre son ventre; elles remuèrent plusieurs fois de suite, à petits coups saccadés. Puis les instruments se turent. Le feu ronflait.

Les pontifes de Moloch se promenaient sur la grande dalle, en examinant la multitude.

Il fallait un sacrifice individuel, une oblation toute volontaire et qui était considérée comme entraînant les autres. Mais personne, jusqu'à présent, ne se montrait, et les sept allées conduisant des barrières au colosse

étaient complètement vides. Alors, pour encourager le
peuple, les prêtres tirèrent de leurs ceintures des poinçons et ils se balafraient le visage. On fit entrer dans
l'enceinte les Dévoués, étendus, sur terre, en dehors. On
leur jeta un paquet d'horribles ferrailles et chacun choisit sa torture. Ils se passaient des broches entre les seins;
ils se fendaient les joues; ils se mirent des couronnes
d'épines sur la tête; puis ils s'enlacèrent par les bras,
et, entourant les enfants, ils formaient un autre grand
cercle qui se contractait et s'élargissait. Ils arrivaient
contre la balustrade, se rejetaient en arrière et recommençaient toujours, attirant à eux la foule par le vertige
de ce mouvement tout plein de sang et de cris.

Peu à peu, des gens entrèrent jusqu'au fond des
allées; ils lançaient dans la flamme des perles, des vases
d'or, des coupes, des flambeaux; toutes leurs richesses;
les offrandes, de plus en plus, devenaient splendides et
multipliées. Enfin un homme qui chancelait, un homme
pâle et hideux de terreur, poussa un enfant; puis on
aperçut entre les mains du colosse une petite masse
noire; elle s'enfonça dans l'ouverture ténébreuse. Les
prêtres se penchèrent au bord de la grande dalle, — et
un chant nouveau éclata, célébrant les joies de la mort
et les renaissances de l'éternité.

Ils montaient lentement, et, comme la fumée en
s'envolant faisait de hauts tourbillons, ils semblaient de
loin disparaître dans un nuage. Pas un ne bougeait. Ils
étaient liés aux poignets et aux chevilles, et la sombre
draperie les empêchait de rien voir et d'êtres reconnus.

Hamilcar, en manteau rouge comme les prêtres de
Moloch, se tenait auprès du Baal, debout devant l'orteil
de son pied droit. Quand on amena le quatorzième
enfant, tout le monde put s'apercevoir qu'il eut un grand
geste d'horreur. Mais bientôt, reprenant son attitude, il
croisa ses bras et il regardait par terre. De l'autre côté
de la statue, le Grand-Pontife restait immobile comme
lui. Baissant sa tête chargée d'une mitre assyrienne, il
observait sur sa poitrine la plaque d'or couverte de
pierres fatidiques, et où la flamme se mirant faisait des
lueurs irisées. Il pâlissait, éperdu. Hamilcar inclinait son
front; et ils étaient tous les deux si près du bûcher que
le bas de leurs manteaux, se soulevant, de temps à autre
l'effleurait.

Les bras d'airain allaient plus vite. Ils ne s'arrêtaient plus. Chaque fois que l'on y posait un enfant, les prêtres de Moloch étendaient la main sur lui, pour le charger des crimes du peuple, en vociférant : « Ce ne sont pas des hommes, mais des bœufs ! » et la multitude à l'entour répétait : « Des bœufs ! des bœufs ! » Les dévôts criaient : « Seigneur ! mange ! » et les prêtres de Proserpine, se conformant par la terreur au besoin de Carthage, marmottaient la formule éleusiaque : « Verse la pluie, enfante ! »

Les victimes à peine au bord de l'ouverture disparaissaient comme une goutte d'eau sur une plaque rougie, et une fumée blanche montait dans la grande couleur écarlate.

Cependant l'appétit du Dieu ne s'apaisait pas. Il en voulait toujours. Afin de lui en fournir davantage, on les empila sur ses mains avec une grosse chaîne par-dessus, qui les retenait. Des dévôts au commencement avaient voulu les compter, pour voir si leur nombre correspondait aux jours de l'année solaire; mais on en mit d'autres, et il était impossible de les distinguer dans le mouvement vertigineux des horribles bras. Cela dura longtemps, indéfiniment jusqu'au soir. Puis les parois intérieures prirent un éclat plus sombre. Alors on aperçut des chairs qui brûlaient. Quelques-uns même croyaient reconnaître des cheveux, des membres, des corps entiers.

Le jour tomba; des nuages s'amoncelèrent au-dessus du Baal. Le bûcher, sans flammes à présent, faisait une pyramide de charbons jusqu'à ses genoux; complètement rouge comme un géant tout couvert de sang, il semblait, avec sa tête qui se renversait, chanceler sous le poids de son ivresse.

A mesure que les prêtres se hâtaient, la frénésie du peuple augmentait; le nombre des victimes diminuant, les uns criaient de les épargner, les autres qu'il en fallait encore. On aurait dit que les murs chargés de monde s'écroulaient sous les hurlements d'épouvante et de volupté mystique. Puis des fidèles arrivèrent dans les allées, traînant leurs enfants qui s'accrochaient à eux et ils les battaient pour leur faire lâcher prise et les remettre aux hommes rouges. Les joueurs d'instruments quelquefois s'arrêtaient épuisés; alors on entendait les

cris des mères et le grésillement de la graisse qui tombait sur les charbons. Les buveurs de jusquiame, marchant à quatre pattes, tournaient autour du colosse et
rugissaient comme des tigres, les Yidonim vaticinaient,
les Dévoués chantaient avec leurs lèvres fendues; on
avait rompu les grillages, tous voulaient leur part du
sacrifice; et les pères dont les enfants étaient morts
autrefois, jetaient dans le feu leurs effigies, leurs jouets,
leurs ossements conservés. Quelques-uns qui avaient
des couteaux se précipitèrent sur les autres. On
s'entr'égorgea. Avec des vans de bronze, les hiérodoules
prirent au bord de la dalle les cendres tombées; et ils
les lançaient dans l'air, afin que le sacrifice s'éparpillât
sur la ville et jusqu'à la région des étoiles.

Ce grand bruit et cette grande lumière avaient attiré
les Barbares au pied des murs; se cramponnant pour
mieux voir sur les débris de l'hélépole, ils regardaient,
béants d'horreur.

XIV

LE DÉFILÉ DE LA HACHE

Les Carthaginois n'étaient pas rentrés dans leurs
maisons que les nuages s'amoncelèrent plus épais;
ceux qui levaient la tête vers le colosse sentirent sur
leur front de grosses gouttes, et la pluie tomba.

Elle tomba toute la nuit, abondamment, à flots; le
tonnerre grondait; c'était la voix de Moloch; il avait
vaincu Tanit; et, maintenant fécondée, elle ouvrait du
haut du ciel son vaste sein. Parfois on l'apercevait dans
une éclaircie lumineuse étendue sur des coussins de
nuages; puis les ténèbres se refermaient comme si,
trop lasse encore, elle se voulait rendormir; les Carthaginois, croyant tous que l'eau est enfantée par la lune,
criaient pour faciliter son travail.

La pluie battait les terrasses et débordait par-dessus
formait des lacs dans les cours, des cascades sur les
escaliers, des tourbillons au coin des rues. Elle se versait
en lourdes masses tièdes et en rayons pressés; des
angles de tous les édifices de gros jets écumeux sautaient;
contre les murs il y avait comme des nappes blanchâtres

vaguement suspendues, et les toits des temples, lavés, brillaient en noir à la lueur des éclairs. Par mille chemins des torrents descendaient de l'Acropole; des maisons s'écroulaient tout à coup; et des poutrelles, des plâtras, des meubles passaient dans les ruisseaux, qui couraient sur les dalles impétueusement.

On avait exposé des amphores, des buires, des toiles; mais les torches s'éteignaient; on prit des brandons au bûcher du Baal, et les Carthaginois, pour boire, se tenaient le cou renversé, la bouche ouverte. D'autres, au bord des flaques bourbeuses, y plongeaient leurs bras jusqu'à l'aisselle, et se gorgeaient d'eau si abondamment qu'ils la vomissaient comme des buffles. La fraîcheur peu à peu se répandait; ils aspiraient l'air humide en faisant jouer leurs membres, et dans le bonheur de cette ivresse, bientôt un immense espoir surgit. Toutes les misères furent oubliées. La patrie encore une 'fois renaissait.

Ils éprouvaient comme le besoin de rejeter sur d'autres l'excès de la fureur qu'ils n'avaient pu employer contre eux-mêmes. Un tel sacrifice ne devait pas être inutile; bien qu'ils n'eussent aucun remords, ils se trouvaient emportés par cette frénésie que donne la complicité des crimes irréparables.

Les Barbares avaient reçu l'orage dans leurs tentes mal closes; et tout transis encore le lendemain, ils pataugeaient au milieu de la boue, en cherchant leurs munitions et leurs armes, gâtées, perdues.

Hamilcar, de lui-même, alla trouver Hannon; et, suivant ses pleins pouvoirs, il lui confia le commandement. Le vieux Suffète hésita quelques minutes entre sa rancune et son appétit de l'autorité. Il accepta cependant.

Ensuite Hamilcar fit sortir une galère armée d'une catapulte à chaque bout. Il la plaça dans le golfe en face du radeau; puis il embarqua sur les vaisseaux disponibles ses troupes les plus robustes. Il s'enfuyait donc; et cinglant vers le nord, il disparut dans la brume.

Mais trois jours après (on allait recommencer l'attaque), des gens de la côte libyque arrivèrent tumultueusement. Barca était entré chez eux. Il avait partout levé des vivres et il s'étendait dans le pays.

Alors les Barbares furent indignés comme s'il les trahissait. Ceux qui s'ennuyaient le plus du siège, les

Gaulois surtout, n'hésitèrent pas à quitter les murs pour
tâcher de le rejoindre. Spendius voulait reconstruire
l'hélépole; Mâtho s'était tracé une ligne idéale depuis sa
tente jusqu'à Mégara, il s'était juré de la suivre; et
aucun de leurs hommes ne bougea. Mais les autres,
commandés par Autharite, s'en allèrent, abandonnant la
portion occidentale du rempart. L'incurie était si profonde que l'on ne songea même pas à les remplacer.

Narr'Havas les épiait de loin dans les montagnes. Il
fit, pendant la nuit, passer tout son monde sur le côté
extérieur de la Lagune, par le bord de la mer, et il entra
dans Carthage.

Il s'y présenta comme un sauveur, avec six mille
hommes, tous portant de la farine sous leurs manteaux,
et quarante éléphants chargés de fourrages et de viandes
sèches. On s'empressa vite autour d'eux; on leur donna
des noms. L'arrivée d'un pareil secours réjouissait
encore moins les Carthaginois que le spectacle même
de ces forts animaux consacrés au Baal; c'était un gage
de sa tendresse, une preuve qu'il allait enfin, pour les
défendre, se mêler de la guerre.

Narr'Havas reçut les compliments des Anciens. Puis
il monta vers le palais de Salammbô.

Il ne l'avait pas revue depuis cette fois où, dans la
tente d'Hamilcar, entre les cinq armées, il avait senti sa
petite main froide et douce attachée contre la sienne;
après les fiançailles, elle était partie pour Carthage. Son
amour, détourné par d'autres ambitions, lui était revenu;
et maintenant il comptait jouir de ses droits, l'épouser,
la prendre.

Salammbô ne comprenait pas comment ce jeune
homme pourrait jamais devenir son maître! Bien qu'elle
demandât, tous les jours, à Tanit la mort de Mâtho,
son horreur pour le Libyen diminuait. Elle sentait
confusément que la haine dont il l'avait persécutée était
une chose presque religieuse, et elle aurait voulu voir
dans la personne de Narr'Havas comme un reflet de
cette violence qui la tenait encore éblouie. Elle souhaitait le connaître davantage et cependant sa présence
l'eût embarrassée. Elle lui fit répondre qu'elle ne devait
pas le recevoir.

D'ailleurs, Hamilcar avait défendu à ses gens
d'admettre chez elle le roi des Numides; en reculant

jusqu'à la fin de la guerre cette récompense, il espérait entretenir son dévouement; et Narr'Havas, par crainte du Suffète, se retira.

Mais il se montra hautain envers les Cent. Il changea leurs dispositions. Il exigea des prérogatives pour ses hommes et les établit dans les postes importants; aussi les Barbares ouvrirent tous de grands yeux en apercevant les Numides sur les tours.

La surprise des Carthaginois fut encore plus forte lorsqu'arrivèrent, sur une vieille trirème punique, quatre cents des leurs, faits prisonniers pendant la guerre de Sicile. En effet, Hamilcar avait secrètement renvoyé aux Quirites les équipages des vaisseaux latins pris avant la défection des villes tyriennes; et Rome, par échange de bons procédés, lui rendait maintenant ses captifs. Elle dédaigna les ouvertures des Mercenaires dans la Sardaigne, et même elle ne voulut point reconnaître comme sujets les habitants d'Utique.

Hiéron, qui gouvernait à Syracuse, fut entraîné par cet exemple. Il lui fallait, pour conserver ses États, un équilibre entre les deux peuples; il avait donc intérêt au salut des Chananéens, et il se déclara leur ami en leur envoyant douze cents bœufs avec cinquante-trois mille nebel de pur froment.

Une raison plus profonde faisait secourir Carthage, on sentait bien que si les Mercenaires triomphaient, depuis le soldat jusqu'au laveur d'écuelles, tout s'insurgeait, et qu'aucun gouvernement, aucune maison ne pourrait y résister.

Hamilcar, pendant ce temps-là, battait les campagnes orientales. Il refoula les Gaulois et tous les Barbares se trouvèrent eux-mêmes comme assiégés.

Alors il se mit à les harceler. Il arrivait, s'éloignait, et renouvelant toujours cette manœuvre, peu à peu il les détacha de leurs campements. Spendius fut obligé de les suivre; Mâtho, à la fin, céda comme lui.

Il ne dépassa point Tunis. Il s'enferma dans ses murs. Cette obstination était pleine de sagesse; car bientôt on aperçut Narr'Havas qui sortait par la porte de Khamon avec ses éléphants et ses soldats; Hamilcar le rappelait. Mais déjà les autres Barbares erraient dans les provinces à la poursuite du Suffète.

Il avait reçu à Clypea trois mille Gaulois. Il fit venir

des chevaux de la Cyrénaïque, des armures du Brutium, et il recommença la guerre.

Jamais son génie ne fut aussi impétueux et fertile. Pendant cinq lunes il les traîna derrière lui. Il avait un but où il voulait les conduire.

Les Barbares avaient tenté d'abord de l'envelopper par de petits détachements; il leur échappait toujours. Ils ne se quittèrent plus. Leur armée était de quarante mille hommes environ, et plusieurs fois ils eurent la jouissance de voir les Carthaginois reculer.

Ce qui les tourmentait, c'était les cavaliers de Narr' Havas! Souvent, aux heures les plus lourdes, quand on avançait par les plaines en sommeillant sous le poids des armes, tout à coup une grosse ligne de poussière montait à l'horizon; des galops accouraient, et du sein d'un nuage plein de prunelles flamboyantes, une pluie de dards se précipitait. Les Numides, couverts de manteaux blancs, poussaient de grands cris, levaient les bras en serrant des genoux leurs étalons cabrés, les faisaient tourner brusquement, puis disparaissaient. Ils avaient toujours à quelque distance, sur les dromadaires, des provisions de javelots, et ils revenaient plus terribles, hurlaient comme des loups, s'enfuyaient comme des vautours. Ceux des Barbares placés au bord des files tombaient un à un, et l'on continuait ainsi jusqu'au soir, où l'on tâchait d'entrer dans les montagnes.

Bien qu'elles fussent périlleuses pour les éléphants, Hamilcar s'y engagea. Il suivit la longue chaîne qui s'étend depuis le promontoire Hermæum jusqu'au sommet du Zagouan. C'était, croyaient-ils, un moyen de cacher l'insuffisance de ses troupes. Mais l'incertitude continuelle où il les maintenait, finissait par les exaspérer plus qu'aucune défaite. Ils ne se décourageaient pas, et marchaient derrière lui.

Enfin, un soir, entre la Montagne-d'Argent et la Montagne-de-Plomb, au milieu de grosses roches, à l'entrée d'un défilé, ils surprirent un corps de vélites; et l'armée entière était certainement devant ceux-là, car on entendait un bruit de pas avec des clairons; aussitôt les Carthaginois s'enfuirent par la gorge. Elle dévalait dans une plaine ayant la forme d'un fer de hache et environnée de hautes falaises. Pour atteindre les vélites, les

Barbares s'y élancèrent; tout au fond, parmi des bœufs qui galopaient, d'autres Carthaginois couraient tumultueusement. On aperçut un homme en manteau rouge, c'était le Suffète, on se le criait; un redoublement de fureur et de joie les emporta. Plusieurs, soit paresse ou prudence, étaient restés au seuil du défilé. Mais de la cavalerie, débouchant d'un bois, à coups de pique et de sabre, les rabattit sur les autres; et bientôt tous les Barbares furent en bas, dans la plaine.

Puis, cette grande masse d'hommes ayant oscillé quelque temps, s'arrêta; ils ne découvraient aucune issue.

Ceux qui étaient le plus près du défilé revinrent en arrière; mais le passage avait entièrement disparu. On héla ceux de l'avant pour les faire continuer; ils s'écrasaient contre la montagne, et de loin ils invectivèrent leurs compagnons qui ne savaient pas retrouver la route.

En effet, à peine les Barbares étaient-ils descendus, que des hommes, tapis derrière les roches, en les soulevant avec des poutres, les avaient renversées; et comme la pente était rapide, ces blocs énormes, roulant pêlemêle, avaient bouché l'étroit orifice complètement.

A l'autre extrémité de la plaine s'étendait un long couloir, çà et là fendu par des crevasses, et qui conduisait à un ravin montant vers le plateau supérieur où se tenait l'armée punique. Dans ce couloir, contre la paroi de la falaise, on avait d'avance disposé des échelles; et, protégés par les détours des crevasses, les vélites, avant d'être rejoints, purent les saisir et remonter. Plusieurs même s'engagèrent jusqu'au bas de la ravine; on les tira avec des câbles, car le terrain en cet endroit était un sable mouvant et d'une telle inclinaison que, même sur les genoux, il eût été impossible de le gravir. Les Barbares, presque immédiatement, y arrivèrent. Mais une herse, haute de quarante coudées, et faite à la mesure exacte de l'intervalle, s'abaissa devant eux tout à coup, comme un rempart qui serait tombé du ciel.

Donc les combinaisons du Suffète avaient réussi. Aucun des Mercenaires ne connaissait la montagne, et marchant à la tête des colonnes, ils avaient entraîné les autres. Les roches, un peu étroites par la base, s'étaient facilement abattues, et tandis que tous couraient, son armée, dans l'horizon, avait crié comme en détresse. Hamilcar, il est vrai, pouvait perdre ses vélites, la moitié seulement y resta. Il en eût sacrifié vingt fois davantage pour le succès d'une pareille entreprise.

Jusqu'au matin, les Barbares se poussèrent en files compactes d'un bout à l'autre de la plaine. Ils tâtaient la montagne avec leurs mains, cherchant à découvrir un passage.

Enfin le jour se leva; ils aperçurent partout autour d'eux une grande muraille blanche, taillée à pic. Et pas un moyen de salut, pas un espoir! Les deux sorties naturelles de cette impasse étaient fermées par la herse et par l'amoncellement des roches.

Alors, tous se regardèrent sans parler. Ils s'affaissèrent sur eux-mêmes, en se sentant un froid de glace dans les reins, et aux paupières une pesanteur accablante.

Ils se relevèrent, et bondirent contre les roches. Mais les plus basses, pressées par le poids des autres, étaient inébranlables. Ils tâchèrent de s'y cramponner pour atteindre au sommet; la forme ventrue de ces grosses masses repoussait toute prise. Ils voulurent fendre le terrain des deux côtés de la gorge : leurs instruments se brisèrent. Avec les mâts des tentes, ils firent un grand feu; le feu ne pouvait pas brûler la montagne.

Ils revinrent sur la herse; elle était garnie de longs clous, épais comme des pieux, aigus comme les dards d'un porc-épic et plus serrés que les crins d'une brosse. Mais tant de rage les animait qu'ils se précipitèrent contre elle. Les premiers y entrèrent jusqu'à l'échine, les seconds refluèrent par-dessus; et tout retomba, en laissant à ces horribles branches des lambeaux humains et des chevelures ensanglantées.

Quand le découragement se fut un peu calmé, on examina ce qu'il y avait de vivres. Les Mercenaires, dont les bagages étaient perdus, en possédaient à peine pour deux jours; et tous les autres s'en trouvaient dénués, car ils attendaient un convoi promis par les villages du Sud.

Cependant les taureaux vagabondaient, ceux que les Carthaginois avaient lâchés dans la gorge afin d'attirer les Barbares. Ils les tuèrent à coups de lance; on les

mangea, et les estomacs étant remplis, les pensées furent
moins lugubres.

Le lendemain, ils égorgèrent tous les mulets, une
quarantaine environ, puis on racla leurs peaux, on fit
bouillir leurs entrailles, on pila les ossements, et ils ne
désespéraient pas encore; l'armée de Tunis, prévenue
sans doute, allait venir.

Mais le soir du cinquième jour, la faim redoubla;
ils rongèrent les baudriers des glaives et les petites
éponges bordant le fond des casques.

Ces quarante mille hommes étaient tassés dans
l'espèce d'hippodrome que formait autour d'eux la
montagne. Quelques-uns restaient devant la herse ou à
la base des roches; les autres couvraient la plaine confusément. Les forts s'évitaient, et les timides recherchaient
les braves, qui ne pouvaient pourtant les sauver.

On avait, à cause de leur infection, enterré vivement
les cadavres des vélites; la place des fosses ne s'apercevait plus.

Tous les Barbares languissaient, couchés par terre.
Entre leurs lignes, çà et là, un vétéran passait; et ils
hurlaient des malédictions contre les Carthaginois,
contre Hamilcar, et contre Mâtho, bien qu'il fût innocent de leur désastre; mais il leur semblait que leurs
douleurs eussent été moindres s'ils les avaient parta-
gées. Puis ils gémissaient; quelques-uns pleuraient tout
bas, comme de petits enfants.

Ils venaient vers les capitaines et ils les suppliaient
de leur accorder quelque chose qui apaisât leurs souffrances. Les autres ne répondaient rien, ou, saisis de
fureur, ils ramassaient une pierre et la leur jetaient au
visage.

Plusieurs, en effet, conservaient soigneusement, dans
un trou en terre, une réserve de nourriture, quelques
poignées de dattes, un peu de farine; et on mangeait
cela pendant la nuit, en baissant la tête sous son manteau.
Ceux qui avaient des épées les gardaient nues dans
leurs mains; les plus défiants se tenaient debout, adossés
contre la montagne.

Ils accusaient leurs chefs et les menaçaient. Autharite ne craignait pas de se montrer. Avec cette obstination de Barbare que rien ne rebute, vingt fois par
jour il s'avançait jusqu'au fond, vers les roches, espé-

rant chaque fois les trouver peut-être déplacées; et
balançant ses lourdes épaules couvertes de fourrures,
il rappelait à ses compagnons un ours qui sort de sa
caverne au printemps, pour voir si les neiges sont
fondues.

Spendius, entouré de Grecs, se cachait dans une des
crevasses; comme il avait peur, il fit répandre le bruit
de sa mort.

Ils étaient maintenant d'une maigreur hideuse; leur
peau se plaquait de marbrures bleuâtres. Le soir du
neuvième jour, trois Ibériens moururent.

Leurs compagnons, effrayés, quittèrent la place. On
les dépouilla; et ces corps nus et blancs restèrent sur
le sable, au soleil.

Alors des Garamantes se mirent lentement à rôder
tout autour. C'étaient des hommes accoutumés à l'existence des solitudes et qui ne respectaient aucun dieu.
Enfin le plus vieux de la troupe fit un signe, et se baissant vers les cadavres, avec leurs couteaux, ils en prirent
des lanières; puis, accroupis sur les talons, ils mangeaient. Les autres regardaient de loin; on poussa des
cris d'horreur; beaucoup cependant, au fond de l'âme,
jalousaient leur courage.

Au milieu de la nuit, quelques-uns de ceux-là se
rapprochèrent, et, dissimulant leur désir, ils en demandaient une mince bouchée, seulement pour essayer,
disaient-ils. De plus hardis survinrent; leur nombre
augmenta; ce fut bientôt une foule. Mais presque tous,
en sentant cette chair froide au bord des lèvres, laissaient leur main retomber; d'autres, au contraire, la
dévoraient avec délices.

Afin d'être entraînés par l'exemple, ils s'excitaient
mutuellement. Tel qui avait d'abord refusé allait voir
les Garamantes et ne revenait plus. Ils faisaient cuire
les morceaux sur des charbons à la pointe d'une épée;
on les salait avec de la poussière et l'on se disputait les
meilleurs. Quand il ne resta plus rien des trois cadavres,
les yeux se portèrent sur toute la plaine pour en trouver
d'autres.

Mais ne possédait-on pas des Carthaginois, vingt
captifs faits dans la dernière rencontre et que personne,
jusqu'à présent, n'avait remarqués? Ils disparurent;
c'était une vengeance, d'ailleurs. Puis, comme il fallait

vivre, comme le goût de cette nourriture s'était développé, comme on se mourait, on égorgea les porteurs
d'eau, les palefreniers, tous les valets des Mercenaires.
Chaque jour on en tuait. Quelques-uns mangeaient
beaucoup, reprenaient des forces et n'étaient plus tristes.

Bientôt cette ressource vint à manquer. Alors l'envie
se tourna sur les blessés et les malades. Puisqu'ils ne
pouvaient se guérir, autant les délivrer de leurs tortures; et, sitôt qu'un homme chancelait, tous s'écriaient
qu'il était maintenant perdu et devait servir aux autres.
Pour accélérer leur mort, on employait des ruses; on
leur volait le dernier reste de leur immonde portion;
comme par mégarde, on marchait sur eux; les agonisants, pour faire croire à leur vigueur, tâchaient d'étendre
les bras, de se relever, de rire. Des gens évanouis se
réveillaient au contact d'une lame ébréchée qui leur
sciait un membre; et ils tuaient encore, par férocité,
sans besoin, pour assouvir leur fureur.

Un brouillard lourd et tiède, comme il en arrive dans
ces régions à la fin de l'hiver, le quatorzième jour,
s'abattit sur l'armée. Ce changement de la température
amena des morts nombreuses, et la corruption se développait effroyablement vite dans la chaude humidité
retenue par les parois de la montagne. La bruine qui
tombait sur les cadavres, en les amollissant, fit bientôt
de toute la plaine une large pourriture. Des vapeurs
blanchâtres flottaient au-dessus; elles piquaient les
narines, pénétraient la peau, troublaient les yeux; et les
Barbares croyaient entrevoir les souffles exhalés, les
âmes de leurs compagnons. Un dégoût immense les
accabla. Ils n'en voulaient plus, ils aimaient mieux
mourir.

Deux jours après, le temps redevint pur et la faim
les reprit. Il leur semblait parfois qu'on leur arrachait
l'estomac avec des tenailles. Alors, ils se roulaient
saisis de convulsions, jetaient dans leur bouche des
poignées de terre, se mordaient les bras et éclataient en
rires frénétiques.

La soif les tourmentait encore plus, car ils n'avaient
pas une goutte d'eau, les outres, depuis le neuvième
jour, étant complètement taries. Pour tromper le besoin,
ils s'appliquaient sur la langue les écailles métalliques
des ceinturons, les pommeaux en ivoire, les fers des

glaives. D'anciens conducteurs de caravane se comprimaient le ventre avec des cordes. D'autres suçaient
un caillou. On buvait de l'urine refroidie dans les casques
d'airain.

Et ils attendaient toujours l'armée de Tunis! La longueur du temps qu'elle mettait à venir, d'après leurs
conjectures, certifiait son arrivée prochaine. D'ailleurs
Mâtho, qui était un brave, ne les abandonnerait pas.
« Ce sera pour demain! » se disaient-ils; et demain se
passait.

Au commencement, ils avaient fait des prières, des
vœux, pratiqué toutes sortes d'incantations. A présent
ils ne sentaient, pour leurs Divinités, que de la haine,
et, par vengeance, tâchaient de ne plus y croire.

Les hommes de caractère violent périrent les premiers; les Africains résistèrent mieux que les Gaulois.
Zarxas, entre les Baléares, restait étendu tout de son
long, les cheveux par-dessus le bras, inerte. Spendius
trouva une plante à larges feuilles emplies d'un suc
abondant, et, l'ayant déclarée vénéneuse afin d'en écarter
les autres, il s'en nourrissait.

On était trop faible pour abattre, d'un coup de pierre,
les corbeaux qui volaient. Quelquefois, lorsqu'un
gypaète, posé sur un cadavre, le déchiquetait depuis
longtemps déjà, un homme se mettait à ramper vers lui
avec un javelot entre les dents. Il s'appuyait d'une main,
et, après avoir bien visé, il lançait son arme. La bête
aux plumes blanches, troublée par le bruit, s'interrompait, regardait tout à l'entour d'un air tranquille, comme
un cormoran sur un écueil, puis elle replongeait son
hideux bec jaune; et l'homme désespéré retombait à
plat ventre dans la poussière. Quelques-uns parvenaient
à découvrir des caméléons, des serpents. Mais ce qui les
faisait vivre, c'était l'amour de la vie. Ils tendaient
leur âme sur cette idée, exclusivement, et se rattachaient
à l'existence par un effort de volonté qui la prolongeait.

Les plus stoïques se tenaient les uns près des autres,
assis en rond, au milieu de la plaine, çà et là, entre les
morts; et, enveloppés dans leurs manteaux, ils s'abandonnaient silencieusement à leur tristesse.

Ceux qui étaient nés dans les villes se rappelaient
des rues toutes retentissantes, des tavernes, des théâtres,
des bains, et des boutiques de barbiers où l'on écoute

des histoires. D'autres revoyaient des campagnes au coucher du soleil, quand les blés jaunes ondulent et que
les grands bœufs remontent les collines avec le soc des
charrues sur le cou. Les voyageurs rêvaient à des
citernes, les chasseurs à leurs forêts, les vétérans à des
batailles; et, dans la somnolence qui les engourdissait,
leurs pensées se heurtaient avec l'emportement et la
netteté des songes. Des hallucinations les envahissaient
tout à coup; ils cherchaient dans la montagne une porte
pour s'enfuir et voulaient passer au travers. D'autres,
croyant naviguer par une tempête, commandaient la
manœuvre d'un navire, ou bien ils se reculaient épou-
vantés, apercevant, dans les nuages, des bataillons
puniques. Il y en avait qui se figuraient être à un festin,
et ils chantaient.

Beaucoup, par une étrange manie, répétaient le même
mot ou faisaient continuellement le même geste. Puis,
quand ils venaient à relever la tête et à se regarder, des
sanglots les étouffaient en découvrant l'horrible ravage
de leurs figures. Quelques-uns ne souffraient plus, et
pour employer les heures, ils se racontaient les périls
auxquels ils avaient échappé.

Leur mort à tous était certaine, imminente. Combien
de fois n'avaient-ils pas tenté de s'ouvrir un passage!
Quant à implorer les conditions du vainqueur, par quel
moyen? Ils ne savaient même pas où se trouvait Hamilcar.

Le vent soufflait du côté de la ravine. Il faisait couler
le sable par-dessus la herse en cascades, perpétuellement; et les manteaux et les chevelures des Barbares
s'en recouvraient comme si la terre, montant sur eux,
avait voulu les ensevelir. Rien ne bougeait; l'éternelle
montagne, chaque matin, leur semblait encore plus
haute.

Quelquefois des bandes d'oiseaux passaient à tire-
d'aile, en plein ciel bleu, dans la liberté de l'air. Ils
fermaient les yeux pour ne pas les voir.

On sentait d'abord un bourdonnement dans les
oreilles, les ongles noircissaient, le froid gagnait la poitrine, on se couchait sur le côté et l'on s'éteignait sans
un cri.

Le dix-neuvième jour, deux mille Asiatiques étaient
morts, quinze cents de l'Archipel, huit mille de la

Libye, les plus jeunes des Mercenaires et des tribus complètes; en tout vingt mille soldats, la moitié de l'armée.

Autharite, qui n'avait plus que cinquante Gaulois, allait se faire tuer pour en finir, quand, au sommet de la montagne, en face de lui, il crut voir un homme.

Cet homme, à cause de l'élévation, ne paraissait pas plus grand qu'un nain. Cependant Autharite reconnut à son bras gauche un bouclier en forme de trèfle. Il s'écria : « Un Carthaginois ! » Et, dans la plaine, devant la herse et sous les roches, immédiatement tous se levèrent. Le soldat se promenait au bord du précipice; d'en bas les Barbares le regardaient.

Spendius ramassa une tête de bœuf; puis avec deux ceintures ayant composé un diadème, il le planta sur les cornes au bout d'une perche, en témoignage d'intentions pacifiques. Le Carthaginois disparut. Ils attendirent.

Enfin le soir, comme une pierre se détachant de la falaise, tout à coup il tomba d'en haut un baudrier. Fait de cuir rouge et couvert de broderie avec trois étoiles de diamant, il portait empreint à son milieu la marque du Grand-Conseil : un cheval sous un palmier C'était la réponse d'Hamilcar, le sauf-conduit qu'il envoyait.

Ils n'avaient rien à craindre; tout changement de fortune amenait la fin de leurs maux. Une joie démesurée les agita, ils s'embrassaient, pleuraient. Spendius, Autharite et Zarxas, quatre Italiotes, un Nègre et deux Spartiates s'offrirent comme parlementaires. On les accepta tout de suite. Ils ne savaient cependant par quel moyen s'en aller.

Mais un craquement retentit dans la direction des roches; et la plus élevée, ayant oscillé sur elle-même, rebondit jusqu'en bas. En effet, si du côté des Barbares elles étaient inébranlables, car il aurait fallu leur faire remonter un plan oblique (et, d'ailleurs, elles se trouvaient tassées par l'étroitesse de la gorge), de l'autre, au contraire, il suffisait de les heurter fortement pour qu'elles descendissent. Les Carthaginois les poussèrent et, au jour levant, elles s'avançaient dans la plaine comme les gradins d'un immense escalier en ruines[1].

Les Barbares ne pouvaient encore les gravir. On leur

tendit des échelles; tous s'y élancèrent. La décharge
d'une catapulte les refoula; les Dix seulement furent
emmenés.

Ils marchaient entre les Clinabares, et appuyaient
leur main sur la croupe des chevaux pour se soutenir.

Maintenant que leur première joie était passée, ils
commençaient à concevoir des inquiétudes. Les exigences d'Hamilcar seraient cruelles. Mais Spendius les
rassurait.

« C'est moi qui parlerai! »

Et il se vantait de connaître les choses bonnes à dire
pour le salut de l'armée.

Derrière tous les buissons, ils rencontraient des
sentinelles en embuscade. Elles se prosternaient devant
le baudrier que Spendius avait mis sur son épaule.

Quand ils arrivèrent dans le camp punique, la foule
s'empressa autour d'eux, et ils entendaient comme des
chuchotements, des rires. La porte d'une tente s'ouvrit.

Hamilcar était tout au fond, assis sur un escabeau,
près d'une table basse où brillait un glaive nu. Des
capitaines, debout, l'entouraient.

En apercevant ces hommes, il fit un geste en arrière,
puis il se pencha pour les examiner.

Ils avaient les pupilles extraordinairement dilatées
avec un grand cercle noir autour des yeux, qui se
prolongeait jusqu'au bas de leurs oreilles; leurs nez
bleuâtres saillissaient entre leurs joues creuses, fendillées
par des rides profondes; la peau de leur corps, trop
large pour leurs muscles, disparaissait sous une poussière de couleur ardoise; leurs lèvres se collaient contre
leurs dents jaunes; ils exhalaient une infecte odeur;
on aurait dit des tombeaux entr'ouverts, des sépulcres
vivants.

Au milieu de la tente, il y avait, sur une natte où les
capitaines allaient s'asseoir, un plat de courges qui
fumait. Les Barbares y attachaient leurs yeux en grelottant de tous les membres, et des larmes venaient à
leurs paupières. Ils se contenaient, cependant.

Hamilcar se détourna pour parler à quelqu'un. Alors
ils se ruèrent dessus, tous, à plat ventre. Leurs visages
trempaient dans la graisse, et le bruit de leur dégluti-
tion se mêlait aux sanglots de joie qu'ils poussaient.
Plutôt par étonnement que par pitié, sans doute, on les

laissa finir la gamelle. Puis quand ils se furent relevés, Hamilcar commanda, d'un signe, à l'homme qui portait le baudrier de parler. Spendius avait peur; il balbutiait.

Hamilcar, en l'écoutant, faisait tourner autour de son doigt une grosse bague d'or, celle qui avait empreint sur le baudrier le sceau de Carthage. Il la laissa tomber par terre : Spendius tout de suite la ramassa; devant son maître, ses habitudes d'esclave le reprenaient. Les autres frémirent, indignés de cette bassesse.

Mais le Grec haussa la voix, et rapportant les crimes d'Hannon, qu'il savait être l'ennemi de Barca, tâchant de l'apitoyer avec le détail de leurs misères et les souvenirs de leur dévouement, il parla pendant longtemps, d'une façon rapide, insidieuse, violente même; à la fin, il s'oubliait, entraîné par la chaleur de son esprit.

Hamilcar répliqua qu'il acceptait leurs excuses. Donc la paix allait se conclure, et maintenant elle serait définitive! Mais il exigeait qu'on lui livrât dix des Mercenaires, à son choix, sans armes et sans tuniques.

Ils ne s'attendaient pas à cette clémence; Spendius s'écria :

« Oh! vingt, si tu veux, Maître!

— Non! dix me suffisent », répondit doucement Hamilcar.

On les fit sortir de la tente afin qu'ils pussent délibérer. Dès qu'ils furent seuls, Autharite réclama pour les compagnons sacrifiés, et Zarxas dit à Spendius :

« Pourquoi ne l'as-tu pas tué? son glaive était là, près de toi!

— Lui! » fit Spendius; et il répéta plusieurs fois : « Lui! lui! » comme si la chose eût été impossible et Hamilcar quelqu'un d'immortel.

Tant de lassitude les accablait qu'ils s'étendirent par terre, sur le dos, ne sachant à quoi se résoudre.

Spendius les engageait à céder. Enfin, ils y consentirent, et ils rentrèrent.

Alors le Suffète mit sa main dans les mains des dix Barbares tour à tour, en serrant leurs pouces; puis il la frotta sur son vêtement, car leur peau visqueuse causait au toucher une impression rude et molle, un fourmillement gras qui horripilait. Ensuite il leur dit :

« Vous êtes bien tous les chefs des Barbares et vous avez juré pour eux?

— Oui ! répondirent-ils.

— Sans contrainte, du fond de l'âme, avec l'intention d'accomplir vos promesses ? »

Ils assurèrent qu'ils s'en retournaient vers les autres pour les exécuter.

« Eh bien ! reprit le Suffète, d'après la convention passée entre moi, Barca, et les ambassadeurs des Mercenaires, c'est vous que je choisis, et je vous garde ! »

Spendius tomba évanoui sur la natte. Les Barbares, comme l'abandonnant, se resserrèrent les uns près des autres ; et il n'y eut pas un mot, par une plainte.

Leurs compagnons, qui les attendaient, ne les voyant pas revenir, se crurent trahis. Sans doute, les parlementaires s'étaient donnés au Suffète.

Ils attendirent encore deux jours : puis le matin du troisième leur résolution fut prise. Avec des cordes, des pics et des flèches disposées comme des échelons entre des lambeaux de toile, ils parvinrent à escalader les roches ; et laissant derrière eux les plus faibles, trois mille environ, ils se mirent en marche pour rejoindre l'armée de Tunis.

Au haut de la gorge s'étalait une prairie clairsemée d'arbustes ; les Barbares en dévorèrent les bourgeons. Ensuite ils trouvèrent un champ de fèves ; et tout disparut comme si un nuage de sauterelles eût passé par là. Trois heures après ils arrivèrent sur un second plateau, que bordait une ceinture de collines vertes.

Entre les ondulations de ces monticules, des gerbes couleur d'argent brillaient, espacées les unes des autres ; les Barbares, éblouis par le soleil, apercevaient confusément, en dessous, de grosses masses noires qui les supportaient. Elles se levèrent, comme si elles se fussent épanouies. C'étaient des lances dans des tours, sur des éléphants effroyablement armés.

Outre l'épieu de leur poitrail, les poinçons de leurs défenses, les plaques d'airain qui couvraient leurs flancs, et les poignards tenus à leurs genouillères, ils avaient au bout de leurs trompes un bracelet de cuir où était passé le manche d'un large coutelas ; partis tous à la fois du fond de la plaine, ils s'avançaient de chaque côté, parallèlement.

Une terreur sans nom glaça les Barbares. Ils ne ten-

tèrent même pas de s'enfuir. Déjà ils se trouvaient
enveloppés.

Les éléphants entrèrent dans cette masse d'hommes;
et les éperons de leur poitrail la divisaient, les lances
de leurs défenses la retournaient comme des socs de
charrues; ils coupaient, taillaient, hachaient avec les
faux de leurs trompes; les tours, pleines de phalariques,
semblaient des volcans en marche; on ne distinguait
qu'un large amas où les chairs humaines faisaient des
taches blanches, les morceaux d'airain des plaques
grises, le sang des fusées rouges; les horribles animaux,
passant au milieu de tout cela, creusaient des sillons
noirs. Le plus furieux était conduit par un Numide
couronné d'un diadème de plumes. Il lançait des javelots
avec une vitesse effrayante, tout en jetant par intervalles
un long sifflement aigu; les grosses bêtes, dociles comme
des chiens, pendant le carnage tournaient un œil de
son côté.

Leur cercle peu à peu se rétrécissait; les Barbares,
affaiblis, ne résistaient pas; bientôt les éléphants furent
au centre de la plaine. L'espace leur manquait; ils se
tassaient à demi cabrés, les ivoires s'entre-choquaient.
Tout à coup Narr'Havas les apaisa, et tournant la
croupe, ils s'en revinrent au trot vers les collines.

Cependant deux syntagmes s'étaient réfugiés à droite
dans un pli du terrain, avaient jeté leurs armes, et tous
à genoux vers les tentes puniques, ils levaient leurs
bras pour implorer grâce.

On leur attacha les jambes et les mains; puis quand
ils furent étendus par terre les uns près des autres, on
ramena les éléphants.

Les poitrines craquaient comme des coffres que l'on
brise; chacun de leurs pas en écrasait deux; leurs gros
pieds enfonçaient dans les corps avec un mouvement
des hanches qui les faisait paraître boiter. Ils continuaient, et allèrent jusqu'au bout.

Le niveau de la plaine redevint immobile. La nuit
tomba. Hamilcar se délectait devant le spectacle de sa
vengeance; mais soudain il tressaillit.

Il voyait, et tous voyaient à six cents pas de là, sur la
gauche, au sommet d'un mamelon, des Barbares encore!
En effet, quatre cents des plus solides, des Mercenaires
Étrusques, Libyens et Spartiates, dès le commencement

avaient gagné les hauteurs, et jusque-là s'y étaient tenus
incertains. Après ce massacre de leurs compagnons, ils
résolurent de traverser les Carthaginois; déjà ils descendaient en colonnes serrées, d'une façon merveilleuse
et formidable.

Un héraut leur fut immédiatement expédié. Le Suffète
avait besoin de soldats; et les recevait sans condition,
tant il admirait leur bravoure. Ils pouvaient même,
ajouta l'homme de Carthage, se rapprocher quelque
peu, dans un endroit qu'il leur désigna, et où ils trouveraient des vivres.

Les Barbares y coururent et passèrent la nuit à
manger. Alors les Carthaginois éclatèrent en rumeurs
contre la partialité du Suffète pour les Mercenaires.

Céda-t-il à ces expansions d'une haine irrassasiable,
ou bien était-ce un raffinement de perfidie? Le lendemain il vint lui-même sans épée, tête nue, dans une
escorte de Clinabares, et il leur déclara qu'ayant trop
de monde à nourrir, son intention n'était pas de les conserver. Cependant, comme il lui fallait des hommes et
qu'il ne savait par quel moyen choisir les bons, ils
allaient se combattre à outrance; puis il admettrait les
vainqueurs dans sa garde particulière. Cette mort-là en
valait bien une autre; et alors, écartant ses soldats (car
les étendards puniques cachaient aux Mercenaires l'horizon), il leur montra les cent quatre-vingt-douze éléphants
de Narr'Havas formant une seule ligne droite et dont les
trompes brandissaient de larges fers, pareils à des bras
de géant qui auraient tenu des haches sur leurs têtes.

Les Barbares s'entre-regardèrent silencieusement. Ce
n'était pas la mort qui les faisait pâlir, mais l'horrible
contrainte où ils se trouvaient réduits.

La communauté de leur existence avait établi entre
ces hommes des amitiés profondes. Le camp, pour la
plupart, remplaçait la patrie; vivant sans famille, ils
reportaient sur un compagnon leur besoin de tendresse,
et l'on s'endormait côte à côte, sous le même manteau,
à la clarté des étoiles. Puis, dans ce vagabondage perpétuel à travers toutes sortes de pays, de meurtres et
d'aventures, il s'était formé d'étranges amours, unions
obscènes aussi sérieuses que des mariages, où le plus
fort défendait le plus jeune au milieu des batailles, l'aidait à franchir les précipices, épongeait sur son front

la sueur des fièvres, volait pour lui de la nourriture; et l'autre, enfant ramassé au bord d'une route, puis devenu Mercenaire, payait ce dévouement par mille soins délicats et des complaisances d'épouse.

Ils échangèrent leurs colliers et leurs pendants d'oreilles, cadeaux qu'ils s'étaient faits autrefois, après un grand péril, dans des heures d'ivresse. Tous demandaient à mourir, et aucun ne voulait frapper. On en voyait un jeune, çà et là, qui disait à un autre dont la barbe était grise : « Non! non, tu es le plus robuste! Tu nous vengeras, tue-moi! » et l'homme répondait : « J'ai moins d'années à vivre! Frappe au cœur, et n'y pense plus! » Les frères se contemplaient les deux mains serrées, et l'amant faisait à son amant des adieux éternels, debout, en pleurant sur son épaule.

Ils retirèrent leurs cuirasses pour que la pointe des glaives s'enfonçât plus vite. Alors parurent les marques des grands coups qu'ils avaient reçus pour Carthage; on aurait dit des inscriptions sur des colonnes.

Ils se mirent sur quatre rangs égaux à la façon des gladiateurs, et ils commencèrent par des engagements timides. Quelques-uns même s'étaient bandé les yeux, et leurs glaives ramaient dans l'air, doucement, comme des bâtons d'aveugle. Les Carthaginois poussèrent des huées en leur criant qu'ils étaient des lâches. Les Barbares s'animèrent, et bientôt le combat fut général, précipité, terrible.

Parfois deux hommes s'arrêtaient tout sanglants, tombaient dans les bras l'un de l'autre et mouraient en se donnant des baisers. Aucun ne reculait. Ils se ruaient contre les lames tendues. Leur délire était si furieux que les Carthaginois, de loin, avaient peur.

Enfin ils s'arrêtèrent. Leurs poitrines faisaient un grand bruit rauque, et l'on apercevait leurs prunelles entre leurs longs cheveux qui pendaient comme s'ils fussent sortis d'un bain de pourpre. Plusieurs tournaient sur eux-mêmes, rapidement, tels que des panthères blessées au front. D'autres se tenaient immobiles en considérant un cadavre à leurs pieds; puis, tout à coup, ils s'arrachaient le visage avec les ongles, prenaient leur glaive à deux mains et se l'enfonçaient dans le ventre.

Il en restait soixante encore. Ils demandèrent à boire.

On leur cria de jeter leurs glaives; et quand ils les eurent jetés, on leur apporta de l'eau.

Pendant qu'ils buvaient, la figure enfoncée dans les vases, soixante Carthaginois, sautant sur eux, les tuèrent avec des stylets, dans le dos.

Hamilcar avait fait cela pour complaire aux instincts de son armée, et, par cette trahison, l'attacher à sa personne.

Donc la guerre était finie; du moins il le croyait; Mâtho ne résisterait pas; dans son impatience, le Suffète ordonna tout de suite le départ.

Ses éclaireurs vinrent lui dire que l'on avait distingué un convoi qui s'en allait vers la Montagne-de-Plomb. Hamilcar ne s'en soucia. Une fois les Mercenaires anéantis, les Nomades ne l'embarrasseraient plus. L'important était de prendre Tunis. A grandes journées il marcha dessus.

Il avait envoyé Narr'Havas à Carthage porter la nouvelle de la victoire; et le roi des Numides, fier de ses succès, se présenta chez Salammbô.

Elle le reçut dans ses jardins, sous un large sycomore, entre des oreillers de cuir jaune, avec Taanach auprès d'elle. Son visage était couvert d'une écharpe blanche qui, lui passant sur la bouche et sur le front, ne laissait voir que les yeux; mais ses lèvres brillaient dans la transparence du tissu comme les pierreries de ses doigts, — car Salammbô tenait ses deux mains enveloppées, et tout le temps qu'ils parlèrent, elle ne fit pas un geste.

Narr'Havas lui annonça la défaite des Barbares. Elle le remercia par une bénédiction des services qu'il avait rendus à son père. Alors il se mit à raconter toute la campagne.

Les colombes, sur les palmiers autour d'eux, roucoulaient doucement, et d'autres oiseaux voletaient parmi les herbes : des galéoles à collier, des cailles de Tartessus et des pintades puniques. Le jardin, depuis longtemps inculte, avait multiplié ses verdures; des coloquintes montaient dans le branchage des canéficiers, des asclépias parsemaient les champs de roses, toutes sortes de végétations formaient des entrelacements, des berceaux; et des rayons de soleil, qui descendaient obliquement, marquaient çà et là, comme dans les bois, l'ombre d'une feuille sur la terre. Les bêtes domestiques, redevenues sauvages, s'enfuyaient au moindre bruit. Parfois on apercevait une gazelle traînant à ses petits sabots noirs des plumes de paon, dispersées. Les clameurs de la ville, au loin, se perdaient dans le murmure des flots. Le ciel était tout bleu; pas une voile n'apparaissait sur la mer.

Narr'Havas ne parlait plus; Salammbô, sans lui répondre, le regardait. Il avait une robe de lin, où des fleurs étaient peintes, avec des franges d'or par le bas; deux flèches d'argent retenaient ses cheveux tressés au bord de ses oreilles; il s'appuyait de la main droite contre le bois d'une pique, orné par des cercles d'électrum et des touffes de poil.

En le considérant, une foule de pensées vagues l'absorbait. Ce jeune homme à voix douce et à taille féminine captivait ses yeux par la grâce de sa personne et lui semblait être comme une sœur aînée que les Baals envoyaient pour la protéger. Le souvenir de Mâtho la saisit; elle ne résista pas au désir de savoir ce qu'il devenait.

Narr'Havas répondit que les Carthaginois s'avançaient vers Tunis, afin de le prendre. À mesure qu'il exposait leurs chances de réussite et la faiblesse de Mâtho, elle paraissait se réjouir dans un espoir extraordinaire. Ses lèvres tremblaient, sa poitrine haletait. Quand il promit enfin de le tuer lui-même, elle s'écria : « Oui! tue-le, il le faut! »

Le Numide répliqua qu'il souhaitait ardemment cette mort, puisque, la guerre terminée, il serait son époux.

Salammbô tressaillit, et elle baissa la tête.

Mais Narr'Havas, poursuivant, compara ses désirs à des fleurs qui languissent après la pluie, à des voyageurs perdus qui attendent le jour. Il lui dit encore qu'elle était plus belle que la lune, meilleure que le vent du matin et que le visage de l'hôte. Il ferait venir pour elle, du pays des Noirs, des choses comme il n'y en avait pas à Carthage, et les appartements de leur maison seraient sablés avec de la poudre d'or.

Le soir tombait, des senteurs de baume s'exhalaient. Pendant longtemps, ils se regardèrent en silence, et les yeux de Salammbô, au fond de ses longues draperies, avaient l'air de deux étoiles dans l'ouverture d'un nuage. Avant que le soleil fût couché, il se retira.

Les Anciens se sentirent soulagés d'une grande inquiétude quand il partit de Carthage. Le peuple l'avait reçu avec des acclamations encore plus enthousiastes que la première fois. Si Hamilcar et le roi des Numides triomphaient seuls des Mercenaires, il serait impossible de leur résister. Donc ils résolurent, pour affaiblir Barca, de faire participer à la délivrance de la République celui qu'ils aimaient, le vieil Hannon.

Il se porta immédiatement vers les provinces occidentales, afin de se venger dans les lieux mêmes qui avaient vu sa honte. Mais les habitants et les Barbares étaient morts, cachés ou enfuis. Alors sa colère se déchargea sur la campagne. Il brûla les ruines des ruines, il ne laissa pas un seul arbre, par un brin d'herbe; les enfants et les infirmes que l'on rencontrait, on les suppliciait; il donnait à ses soldats les femmes à violer avant leur égorgement; les plus belles étaient jetées dans sa litière, car son atroce maladie l'enflammait de désirs impétueux; il les assouvissait avec toute la fureur d'un homme désespéré.

Souvent, à la crête des collines, des tentes noires s'abattaient comme renversées par le vent, et de larges disques à bordure brillante, que l'on reconnaissait pour des roues de chariot, en tournant avec un son plaintif, peu à peu s'enfonçaient dans les vallées. Les tribus, qui avaient abandonné le siège de Carthage, erraient ainsi par les provinces, attendant une occasion, quelque victoire des Mercenaires pour revenir. Mais, soit terreur ou famine, elle reprirent toutes le chemin de leurs contrées, et disparurent.

Hamilcar ne fut point jaloux des succès d'Hannon. Cependant il avait hâte d'en finir; il lui ordonna de se rabattre sur Tunis; et Hannon, qui aimait sa patrie, au jour fixé se trouva sous les murs de la ville.

Elle avait pour se défendre sa population d'autochtones, douze mille Mercenaires, puis tous les Mangeurs-de-choses-immondes, car ils étaient comme Mâtho rivés à l'horizon de Carthage, et la plèbe et le schalischim contemplaient de loin ses hautes murailles, en rêvant par derrière des jouissances infinies. Dans cet accord de haines, la résistance fut lestement orga-

nisée. On prit des outres pour faire des casques, on
coupa tous les palmiers dans les jardins pour avoir des
lances, on creusa des citernes et, quant aux vivres, ils
pêchaient aux bords du lac de gros poissons blancs,
nourris de cadavres et d'immondices. Leurs remparts,
maintenus en ruines par la jalousie de Carthage, étaient
si faibles, que l'on pouvait, d'un coup · d'épaule, les
abattre. Mâtho en boucha les trous avec les pierres des
maisons. C'était la dernière lutte; il n'espérait rien,
et cependant il se disait que la fortune était changeante.

Les Carthaginois, en approchant, remarquèrent, sur
le rempart, un homme qui dépassait les créneaux de
toute la ceinture. Les flèches volant autour de lui
n'avaient pas l'air de plus l'effrayer qu'un essaim d'hirondelles. Aucune, par extraordinaire, ne le toucha.

Hamilcar établit son camp sur le côté méridional;
Narr'Havas, à sa droite, occupait la plaine de Rhadès,
Hannon le bord du lac; et les trois généraux devaient
garder leur position respective pour attaquer l'enceinte,
tous, en même temps.

Mais Hamilcar voulut d'abord montrer aux Mercenaires qu'il les châtierait comme des esclaves. Il fit
crucifier les dix ambassadeurs, les uns près des autres,
sur un monticule, en face de la ville.

A ce spectacle, les assiégés abandonnèrent le rempart.

Mâtho s'était dit que s'il pouvait passer entre les
murs et les tentes de Narr'Havas assez rapidement pour
que les Numides n'eussent pas le temps de sortir, il
tomberait sur les derrières de l'infanterie carthaginoise,
qui se trouverait prise entre sa division et ceux de l'intérieur. Il s'élança dehors avec les vétérans.

Narr'Havas l'aperçut; il franchit la place du Lac et
vint avertir Hannon d'expédier des hommes au secours
d'Hamilcar. Croyait-il Barca trop faible pour résister
aux Mercenaires? Était-ce une perfidie ou une sottise?
Nul jamais ne put le savoir.

Hannon, par désir d'humilier son rival, ne balança
pas. Il cria de sonner les trompettes, et toute son armée
se précipita sur les Barbares. Ils se retournèrent et coururent droit aux Carthaginois; ils les renversaient, les
écrasaient sous leurs pieds, et, les refoulant ainsi, ils
arrivèrent jusqu'à la tente d'Hannon, qui était alors

au milieu de trente Carthaginois, les plus illustres des Anciens.

Il parut stupéfait de leur audace; il appelait ses capitaines. Tous avançaient leurs poings sous sa gorge, en vociférant des injures. La foule se poussait, et ceux qui avaient la main sur lui le retenaient à grand'peine. Cependant, il tâchait de leur dire à l'oreille : « Je te donnerai tout ce que tu veux ! Je suis riche ! Sauve-moi ! » Ils le tiraient; si lourd qu'il fût, ses pieds ne touchaient plus la terre. On avait entraîné les Anciens. Sa terreur redoubla. « Vous m'avez battu ! Je suis votre captif ! Je me rachète ! Écoutez-moi, mes amis ! » Et, porté par toutes ces épaules qui le serraient aux flancs, il répétait : « Qu'allez-vous faire? Que voulez-vous? Je ne m'obstine pas, vous voyez bien ! J'ai toujours été bon ! »

Une croix gigantesque était dressée à la porte. Les Barbares hurlaient : « Ici ! ici ! » Mais il éleva la voix encore plus haut; et, au nom de leurs Dieux, il les somma de le mener au schalischim, parce qu'il avait à lui confier une chose d'où leur salut dépendait.

Ils s'arrêtèrent, quelques-uns prétendant qu'il était sage d'appeler Mâtho. On partit à sa recherche.

Hannon tomba sur l'herbe; et il voyait, autour de lui, encore d'autres croix, comme si le supplice dont il allait périr se fût d'avance multiplié, il faisait des efforts pour se convaincre qu'il se trompait, qu'il n'y en avait qu'une seule, et même pour croire qu'il n'y en avait pas du tout. Enfin on le releva.

« Parle ! » dit Mâtho.

Il offrit de livrer Hamilcar, puis ils entreraient dans Carthage et seraient rois tous les deux.

Mâtho s'éloigna, en faisant signe aux autres de se hâter. C'était, pensait-il, une ruse pour gagner du temps.

Le Barbare se trompait; Hannon était dans une de ces extrémités où l'on ne considère plus rien, et d'ailleurs il exécrait tellement Hamilcar, que, sur le moindre espoir de salut, il l'aurait sacrifié avec tous ses soldats.

A la base des trente croix, les Anciens languissaient par terre; déjà des cordes étaient passées sous leurs aisselles. Alors le vieux Suffète, comprenant qu'il fallait mourir, pleura.

Ils arrachèrent ce qui lui restait de vêtements, et
l'horreur de sa personne apparut. Des ulcères couvraient
cette masse sans nom; la graisse de ses jambes lui
cachait les ongles des pieds; il pendait à ses doigts
comme des lambeaux verdâtres; et les larmes qui ruisselaient entre les tubercules de ses joues donnaient à
son visage quelque chose d'effroyablement triste, ayant
l'air d'occuper plus de place que sur un autre visage
humain. Son bandeau royal, à demi dénoué, traînait
avec ses cheveux blancs dans la poussière.

Ils crurent n'avoir pas de cordes assez fortes pour le
grimper jusqu'au haut de la croix, et ils le clouèrent
dessus, avant qu'elle fût dressée, à la mode punique.
Mais son orgueil se réveilla dans la douleur. Il se mit à
les accabler d'injures. Il écumait et se tordait, comme
un monstre marin que l'on égorge sur un rivage, en leur
prédisant qu'ils finiraient tous plus horriblement encore
et qu'il serait vengé.

Il l'était. De l'autre côté de la ville, d'où s'échappaient maintenant des jets de flammes avec des colonnes
de fumée, les ambassadeurs des Mercenaires agonisaient.

Quelques-uns, évanouis d'abord, venaient de se
ranimer sous la fraîcheur du vent; mais ils restaient le
menton sur la poitrine, et leur corps descendait un
peu, malgré les clous de leurs bras fixés plus haut que
leur tête; de leurs talons et de leurs mains, du sang
tombait par grosses gouttes, lentement, comme des
branches d'un arbre tombent des fruits mûrs, et Carthage, le golfe, les montagnes et les plaines, tout leur
paraissait tourner, tel qu'une immense roue; quelquefois, un nuage de poussière montant du sol les enveloppait dans ses tourbillons; ils étaient brûlés par une
soif horrible, leur langue se retournait dans leur bouche,
et ils sentaient sur eux une sueur glaciale couler, avec
leur âme qui s'en allait.

Cependant, ils entrevoyaient à une profondeur infinie
des rues, des soldats en marche, des balancements de
glaives; et le tumulte de la bataille leur arrivait vaguement, comme le bruit de la mer à des naufragés qui
meurent dans la mâture d'un navire. Les Italiotes, plus
robustes que les autres, criaient encore; les Lacédémoniens, se taisant, gardaient leurs paupières fermées;

Zarxas, si vigoureux autrefois, penchait comme un
roseau brisé; l'Éthiopien, près de lui, avait la tête renversée en arrière par-dessus les bras de la croix; Autharite, immobile, roulait les yeux; sa grande chevelure,
prise dans une fente du bois, se tenait droite sur son
front, et le râle qu'il poussait semblait plutôt un rugissement de colère. Quant à Spendius, un étrange courage
lui était venu; maintenant il méprisait la vie, par la
certitude qu'il avait d'un affranchissement presque
immédiat et éternel, et il attendait la mort avec impassibilité.

Au milieu de leur défaillance, quelquefois ils tres-
saillaient à un frôlement de plumes, qui leur passait
contre la bouche. De grandes ailes balançaient des
ombres autour d'eux, des croassements claquaient dans
l'air; et comme la croix de Spendius était la plus haute,
ce fut sur la sienne que le premier vautour s'abattit.
Alors il tourna son visage vers Autharite, et lui dit lentement, avec un indéfinissable sourire :

« Te rappelles-tu les lions sur la route de Sicca?

— C'étaient nos frères! » répondit le Gaulois en
expirant.

Le Suffète, pendant ce temps-là, avait troué l'enceinte,
et il était parvenu à la citadelle. Sous une rafale de vent,
la fumée tout à coup s'envola, découvrant l'horizon
jusqu'aux murailles de Carthage; il crut même distinguer des gens qui regardaient sur la plate-forme d'Eschmoûn; puis, en ramenant ses yeux, il aperçut, à gauche,
au bord du lac, trente croix démesurées.

En effet, pour les rendre plus effroyables, ils les
avaient construites avec les mâts de leurs tentes attachés bout à bout; et les trente cadavres des Anciens
apparaissaient tout en haut, dans le ciel. Il y avait sur
leurs poitrines comme des papillons blancs; c'étaient
les barbes des flèches qu'on leur avait tirées d'en bas.

Au faîte de la plus grande, un large ruban d'or brillait;
il pendait sur l'épaule, le bras manquait de ce côté-là,
et Hamilcar eut de la peine à reconnaître Hannon. Ses
os spongieux ne tenant pas sous les fiches de fer, des
portions de ses membres s'étaient détachées, et il ne
restait à la croix que d'informes débris, pareils à ces
fragments d'animaux suspendus contre la porte des
chasseurs.

Le Suffète n'avait rien pu savoir : la ville, devant lui, masquait tout ce qui était au delà, par derrière; et les capitaines envoyés successivement aux deux généraux n'avaient pas reparu. Alors, des fuyards arrivèrent, racontant la déroute; et l'armée punique s'arrêta. Cette catastrophe tombant au milieu de leur victoire, les stupéfiait. Ils n'entendaient plus les ordres d'Hamilcar.

Mâtho en profitait pour continuer ses ravages dans les Numides.

Le camp d'Hannon bouleversé, il était revenu sur eux. Les éléphants sortirent. Mais les Mercenaires, avec des brandons arrachés aux murs, s'avancèrent par la plaine en agitant des flammes, et les grosses bêtes, effrayées, coururent se précipiter dans le golfe, où elles se tuaient les unes sur les autres en se débattant, et se noyèrent sous le poids de leurs cuirasses. Déjà Narr'Havas avait lâché sa cavalerie; tous se jetèrent la face contre le sol; puis, quand les chevaux furent à trois pas d'eux, ils bondirent sous leurs ventres qu'ils ouvraient d'un coup de poignard, et la moitié des Numides avait péri quand Barca survint.

Les Mercenaires, épuisés, ne pouvaient tenir contre ses troupes. Ils reculèrent en bon ordre jusqu'à la montagne des Eaux-Chaudes. Le Suffète eut la prudence de ne pas les poursuivre. Il se porta vers les embouchures du Macar.

Tunis lui appartenait; mais elle ne faisait plus qu'un amoncellement de décombres fumants. Les ruines descendaient par les brèches des murs, jusqu'au milieu de la plaine; tout au fond, entre les bords du golfe, les cadavres des éléphants, poussés par la brise, s'entre-choquaient, comme un archipel de rochers noirs flottant sur l'eau.

Narr'Havas, pour soutenir cette guerre, avait épuisé ses forêts, pris les jeunes et les vieux, les mâles et les femelles, et la force militaire de son royaume ne s'en releva pas. Le peuple, qui les avait vus de loin périr, en fut désolé; des hommes se lamentaient dans les rues en les appelant par leurs noms, comme des amis défunts : « Ah! l'Invincible! la Victoire! le Foudroyant! l'Hirondelle! » Le premier jour même, on ne parla plus que des citoyens morts. Mais le lendemain on aperçut les tentes des Mercenaires sur la montagne des Eaux-Chaudes.

Alors le désespoir fut si profond, que beaucoup de gens, des femmes surtout, se précipitèrent, la tête en bas, du haut de l'Acropole.

On ignorait les desseins d'Hamilcar. Il vivait seul dans sa tente, n'ayant près de lui qu'un jeune garçon, et jamais personne ne mangeait avec eux, pas même Narr'Havas. Cependant, il lui témoignait des égards extraordinaires depuis la défaite d'Hannon; mais le roi des Numides avait trop d'intérêt à devenir son fils pour ne pas s'en méfier.

Cette inertie voilait des manœuvres habiles. Par toutes sortes d'artifices, Hamilcar séduisit les chefs des villages; et les Mercenaires furent chassés, repoussés, traqués comme des bêtes féroces. Dès qu'ils entraient dans un bois, les arbres s'enflammaient autour d'eux; quand ils buvaient à une source, elle était empoisonnée; on murait les cavernes où ils se cachaient pour dormir. Les populations qui les avaient jusque-là défendus, leurs anciens complices, maintenant les poursuivaient; ils reconnaissaient toujours dans ces bandes des armures carthaginoises.

Plusieurs étaient rongés au visage par des dartres rouges; cela leur était venu, pensaient-ils, en touchant Hannon. D'autres s'imaginaient que c'était pour avoir mangé les poissons de Salammbô, et, loin de s'en repentir, ils rêvaient des sacrilèges encore plus abominables, afin que l'abaissement des Dieux puniques fût plus grand. Ils auraient voulu les exterminer.

Ils se traînèrent ainsi pendant trois mois le long de la côte orientale, puis derrière la montagne de Selioum et jusqu'aux premiers sables du désert. Ils cherchaient une place de refuge, n'importe laquelle. Utique et Hippo-Zaryte seules ne les avaient pas trahis; mais Hamilcar enveloppait ces deux villes. Puis ils remontèrent dans le nord, au hasard, sans même connaître les routes. A force de misères, leur tête était troublée.

Ils n'avaient plus que le sentiment d'une exaspération qui allait en se développant; et ils se retrouvèrent un jour dans les gorges du Cobus, encore une fois devant Carthage!

Alors les engagements se multiplièrent. La fortune se maintenait égale; mais ils étaient, les uns et les autres,

tellement excédés, qu'ils souhaitaient, au lieu de ces
escarmouches, une grande bataille, pourvu qu'elle fût
bien la dernière.

Mâtho avait envie d'en porter lui-même la proposition
au Suffète. Un de ses Libyens se dévoua. Tous, en le
voyant partir, étaient convaincus qu'il ne reviendrait
pas.

Il revint le soir même.

Hamilcar acceptait leur défi. On se rencontrerait le
lendemain, au soleil levant, dans la plaine de Rhadès.

Les Mercenaires voulurent savoir s'il n'avait rien dit
de plus, et le Libyen ajouta :

« Comme je restais devant lui, il m'a demandé ce
que j'attendais; j'ai répondu : « Qu'on me tue! » Alors
il a repris : « Non! va-t'en! ce sera pour demain, avec
les autres. »

Cette générosité étonna les Barbares; quelques-uns
en furent terrifiés, et Mâtho regretta que le parlementaire n'eût pas été tué.

Il lui restait encore trois mille Africains, douze cents
Grecs, quinze cents Campaniens, deux cents Ibères,
quatre cents Étrusques, cinq cents Samnites, quarante
Gaulois et une troupe de Naffur, bandits nomades rencontrés dans la région-des-dattes, en tout, sept mille
deux cent dix-neuf soldats, mais pas un syntagme complet. Ils avaient bouché les trous de leurs cuirasses
avec des omoplates de quadrupèdes et remplacé leurs
cothurnes d'airain par des sandales en chiffons. Des
plaques de cuivre ou de fer alourdissaient leurs vêtements; leurs cottes de mailles pendaient en guenilles
autour d'eux et des balafres apparaissaient, comme des
fils de pourpre, entre les poils de leurs bras et de leurs
visages.

Les colères de leurs compagnons morts leur revenaient à l'âme et multipliaient leur vigueur; ils sentaient confusément qu'ils étaient les desservants d'un
dieu répandu dans les cœurs d'opprimés, et comme les
pontifes de la vengeance universelle! Puis la douleur
d'une injustice exorbitante les enrageait, et surtout la
vue de Carthage à l'horizon. Ils firent le serment de
combattre les uns pour les autres jusqu'à la mort.

On tua les bêtes de somme et l'on mangea le plus

possible, afin de se donner des forces; ensuite ils dormirent. Quelques-uns prièrent, tournés vers des constellations différentes.

Les Carthaginois arrivèrent dans la plaine avant eux. Ils frottèrent le bord des boucliers avec de l'huile pour faciliter le glissement des flèches; les fantassins, qui portaient de longues chevelures, se les coupèrent sur le front, par prudence; et Hamilcar, dès la cinquième heure, fit renverser toutes les gamelles, sachant qu'il est désavantageux de combattre l'estomac trop plein. Son armée montait à quatorze mille hommes, le double environ de l'armée barbare. Jamais il n'avait éprouvé, cependant, une pareille inquiétude; s'il succombait, c'était l'anéantissement de la République et il périrait crucifié; s'il triomphait, au contraire, par les Pyrénées, les Gaules et les Alpes il gagnerait l'Italie, et l'empire des Barca deviendrait éternel. Vingt fois pendant la nuit il se releva pour surveiller tout, lui-même, jusque dans les détails les plus minimes. Quant aux Carthaginois, ils étaient exaspérés par leur longue épouvante.

Narr'Havas doutait de la fidélité de ses Numides. D'ailleurs les Barbares pouvaient les vaincre. Une faiblesse étrange l'avait pris; à chaque moment, il buvait de larges coupes d'eau.

Mais un homme qu'il ne connaissait pas ouvrit sa tente, et déposa par terre une couronne de sel gemme, ornée de dessins hiératiques faits avec du soufre et des losanges de nacre; on envoyait quelquefois au fiancé sa couronne de mariage; c'était une preuve d'amour, une sorte d'invitation.

Cependant la fille d'Hamilcar n'avait point de tendresse pour Narr'Havas.

Le souvenir de Mâtho la gênait d'une façon intolérable; il lui semblait que la mort de cet homme débarrasserait sa pensée, comme pour se guérir de la blessure des vipères, on les écrase sur la plaie. Le roi des Numides était dans sa dépendance; il attendait impatiemment les noces, et comme elles devaient suivre la victoire, Salammbô lui faisait ce présent afin d'exciter son courage. Alors ses angoisses disparurent, et il ne songea plus qu'au bonheur de posséder une femme si belle.

La même vision avait assailli Mâtho; mais il la rejeta tout de suite, et son amour, qu'il refoulait, se répandit

sur ses compagnons d'armes. Il les chérissait comme
des portions de sa propre personne, de sa haine, et
il se sentait l'esprit plus haut, les bras plus forts; tout
ce qu'il fallait exécuter lui apparut nettement. Si parfois
des soupirs lui échappaient, c'est qu'il pensait à Spendius.

Il rangea les Barbares sur six rangs égaux. Au milieu,
il établit les Étrusques, tous attachés par une chaîne de
bronze; les hommes de trait se tenaient par derrière, et
aux deux ailes il distribua des Naffur, montés sur des
chameaux à poils ras, couverts de plumes d'autruche.

Le Suffète disposa les Carthaginois dans un ordre
pareil. En dehors de l'infanterie, près des vélites, il
plaça les Clinabares, au delà les Numides; quand le jour
parut, ils étaient les uns et les autres ainsi alignés face à
face. Tous, de loin, se contemplaient avec leurs grands
yeux farouches. Il y eut d'abord une hésitation. Enfin
les deux armées s'ébranlèrent.

Les Barbares s'avançaient lentement, pour ne point
s'essouffler, en battant la terre avec leurs pieds; le centre
de l'armée punique formait une courbe convexe. Puis
un choc terrible éclata, pareil au craquement de deux
flottes qui s'abordent. Le premier rang des Barbares
s'était vite entr'ouvert, et les gens de trait, cachés derrière les autres, lançaient leurs balles, leurs flèches,
leurs javelots. Cependant la courbe des Carthaginois
peu à peu s'aplatissait, elle devint toute droite, puis
s'infléchit; alors les deux sections des vélites se rapprochèrent parallèlement comme les branches d'un compas
qui se referme. Les Barbares, acharnés contre la phalange, entraient dans sa crevasse; ils se perdaient.
Mâtho les arrêta, et tandis que les ailes carthaginoises
continuaient à s'avancer, il fit écouler en dehors les
trois rangs intérieurs de sa ligne; bientôt ils débor-
dèrent ses flancs, et son armée apparut sur une triple
longueur.

Mais les Barbares placés aux deux bouts se trouvaient
les plus faibles, ceux de la gauche surtout, qui avaient
épuisé leurs carquois, et la troupe des vélites, enfin
arrivée contre eux, les entamait largement.

Mâtho les tira en arrière. Sa droite contenai des
Campaniens armés de haches; il la poussa sur la gauche
carthaginoise; le centre attaquait l'ennemi et ceux de

l'autre extrémité, hors de péril, tenaient les vélites en respect.

Alors Hamilcar divisa ses cavaliers par escadrons, mit entre eux des hoplites, et il les lâcha sur les Mercenaires.

Ces masses en forme de cône présentaient un front de chevaux, et leurs parois plus larges se hérissaient toutes remplies de lances. Il était impossible aux Barbares de résister; seuls, les fantassins grecs avaient des armures d'airain; tous les autres, des coutelas au bout d'une perche, des faux prises dans les métairies, des glaives fabriqués avec la jante d'une roue; les lames trop molles se tordaient en frappant, et pendant qu'ils étaient à les redresser sous leurs talons, les Carthaginois, de droite et de gauche, les massacraient commodément.

Mais les Étrusques, rivés à leur chaîne, ne bougeaient pas; ceux qui étaient morts, ne pouvant tomber, faisaient obstacle avec leurs cadavres; et cette grosse ligne de bronze tour à tour s'écartait et se resserrait, souple comme un serpent, inébranlable comme un mur. Les Barbares venaient se reformer derrière elle, haletaient une minute; puis ils repartaient, avec les tronçons de leurs armes à la main.

Beaucoup déjà n'en avaient plus, et ils sautaient sur les Carthaginois qu'ils mordaient au visage, comme des chiens. Les Gaulois, par orgueil, se dépouillèrent de leurs sayons; ils montraient de loin leurs grands corps tout blancs; pour épouvanter l'ennemi, ils élargissaient leurs blessures. Au milieu des syntagmes puniques on n'entendait plus la voix du crieur annonçant les ordres; les étendards au-dessus de la poussière répétaient leurs signaux, et chacun allait, emporté dans l'oscillation de la grande masse qui l'entourait.

Hamilcar commanda aux Numides d'avancer. Mais les Naffur se précipitèrent à leur rencontre.

Habillés de vastes robes noires, avec une houppe de cheveux au sommet du crâne et un bouclier en cuir de rhinocéros, ils manœuvraient un fer sans manche retenu par une corde; et leurs chameaux, tout hérissés de plumes, poussaient de longs gloussements rauques. Les lames tombaient à des places précises, puis remontaient d'un coup sec, avec un membre après elles. Les bêtes furieuses galopaient à travers les syntagmes. Quelques-

unes, dont les jambes étaient rompues, allaient en sautillant, comme des autruches blessées.

L'infanterie punique tout entière revint sur les Barbares; elle les coupa. Leurs manipules tournoyaient,
espacés les uns des autres. Les armes des Carthaginois
plus brillantes les encerclaient comme des couronnes
d'or; un fourmillement s'agitait au milieu, et le soleil,
frappant dessus, mettait aux pointes des glaives des
lueurs blanches qui voltigeaient. Cependant, des files de
Clinabares restaient étendues sur la plaine; des Mercenaires arrachaient leurs armures, s'en revêtaient, puis
ils retournaient au combat. Les Carthaginois, trompés,
plusieurs fois s'engagèrent au milieu d'eux. Une hébé-
tude les immobilisait, ou bien ils refluaient, et de triom-
phantes clameurs s'élevant au loin avaient l'air de les
pousser comme des épaves dans une tempête. Hamilcar
se désespérait; tout allait périr sous le génie de Mâtho
et l'invincible courage des Mercenaires!

Mais un large bruit de tambourins éclata dans l'horizon. C'était une foule, des vieillards, des malades, des
enfants de quinze ans et même des femmes qui, ne
résistant plus à leur angoisse, étaient partis de Carthage,
et, pour se mettre sous la protection d'une chose formidable, ils avaient pris, chez Hamilcar, le seul éléphant
que possédât maintenant la République, celui dont
la trompe était coupée.

Alors il sembla aux Carthaginois que la Patrie, abandonnant ses murailles, venait leur commander de
mourir pour elle. Un redoublement de fureur les saisit,
et les Numides entraînèrent tous les autres.

Les Barbares, au milieu de la plaine, s'étaient adossés
contre un monticule. Ils n'avaient aucune chance de
vaincre, pas même de survivre; mais c'étaient les
meilleurs, les plus intrépides et les plus forts.

Les gens de Carthage se mirent à envoyer, par-dessus
les Numides, des broches, des lardoires, des marteaux;
ceux dont les consuls avaient eu peur mouraient sous
des bâtons lancés par des femmes; la populace punique
exterminait les Mercenaires.

Ils s'étaient réfugiés sur le haut de la colline. Leur
cercle, à chaque brèche nouvelle, se refermait; deux
fois il descendit, une secousse le repoussait aussitôt;
et les Carthaginois, pêle-mêle, étendaient les bras; ils

allongeaient leurs piques entre les jambes de leurs compagnons et fouillaient au hasard, devant eux. Ils glissaient dans le sang; la pente du terrain trop rapide
faisait rouler en bas les cadavres. L'éléphant qui tâchait
de gravir le monticule en avait jusqu'au ventre; on
aurait dit qu'il s'étalait dessus avec délices; et sa trompe
écourtée, large du bout, de temps à autre se levait,
comme une énorme sangsue.

Puis tous s'arrêtèrent. Les Carthaginois en grinçant
des dents, contemplaient le haut de la colline où les
Barbares se tenaient debout.

Enfin, ils s'élancèrent brusquement, et la mêlée recommença. Souvent les Mercenaires les laissaient approcher
en leur criant qu'ils voulaient se rendre; puis avec
un ricanement effroyable, d'un coup, ils se tuaient, et
à mesure que les morts tombaient, les autres pour se
défendre montaient dessus. C'était comme une pyramide, qui peu à peu grandissait.

Bientôt ils ne furent que cinquante, puis que vingt,
que trois et que deux seulement, un Samnite armé d'une
hache, et Mâtho qui avait encore son épée.

Le Samnite, courbé sur ses jarrets, poussait alternativement sa hache de droite et de gauche, en avertissant
Mâtho des coups qu'on lui portait : « Maître, par-ci!
par-là! baisse-toi! »

Mâtho avait perdu ses épaulières, son casque, sa cuirasse; il était complètement nu, — plus livide que
les morts, les cheveux tout droits, avec deux plaques
d'écume au coin des lèvres, et son épée tournoyait si
rapidement, qu'elle faisait une auréole autour de lui.
Une pierre la brisa près de la garde; le Samnite était
tué et le flot des Carthaginois se resserrait, ils le touchaient. Alors il leva vers le ciel ses deux mains vides,
puis il ferma les yeux, et ouvrant les bras, comme un
homme du haut d'un promontoire qui se jette à la mer,
il se lança dans les piques.

Elles s'écartèrent devant lui. Plusieurs fois il courut
contre les Carthaginois. Mais toujours ils reculaient, en
détournant leurs armes.

Son pied heurta un glaive. Mâtho voulut le saisir.
Il se sentit lié par les poings et les genoux, et il tomba.

C'était Narr'Havas qui le suivait depuis quelque
temps, pas à pas, avec un de ces larges filets à prendre

les bêtes farouches, et profitant du moment qu'il se baissait, il l'en avait enveloppé.

Puis on l'attacha sur l'éléphant, les quatre membres en croix; et tous ceux qui n'étaient pas blessés, l'escortant, se précipitèrent à grand tumulte vers Carthage.

La nouvelle de la victoire y était parvenue, chose inexplicable, dès la troisième heure de la nuit; la clepsydre de Khamon avait versé la cinquième comme ils arrivaient à Malqua; alors Mâtho ouvrit les yeux. Il y avait tant de lumières sur les maisons que la ville paraissait toute en flammes.

Une immense clameur venait à lui, vaguement et, couché sur le dos, il regardait les étoiles.

Puis une porte se referma, et des ténèbres l'enveloppèrent.

Le lendemain, à la même heure, le dernier des hommes restés dans le défilé de la Hache expirait.

Le jour que leurs compagnons étaient partis, les Zuaèces qui s'en retournaient avaient fait ébouler les roches, et ils les avaient nourris quelque temps.

Les Barbares s'attendaient toujours à voir paraître Mâtho, et ils ne voulaient point quitter la montagne par découragement, par langueur, par cette obstination des malades qui se refusent à changer de place; enfin, les provisions épuisées, les Zuaèces s'en allèrent. On savait qu'ils n'étaient plus que treize cents à peine, et l'on n'eut pas besoin, pour en finir, d'employer des soldats.

Les bêtes féroces, les lions surtout, depuis trois ans que la guerre durait, s'étaient multipliés. Narr'Havas avait fait une grande battue, puis courant sur eux, après avoir attaché des chèvres de distance en distance, il les avait poussés vers le défilé de la Hache; et tous maintenant y vivaient, quand arriva l'homme envoyé par les Anciens pour savoir ce qui restait des Barbares.

Sur l'étendue de la plaine, des lions et des cadavres étaient couchés, et les morts se confondaient avec des vêtements et des armures. A presque tous le visage ou bien un bras manquait; quelques-uns paraissaient intacts encore; d'autres étaient desséchés complètement et des crânes poudreux emplissaient des casques; des pieds qui n'avaient plus de chair sortaient tout droit des cnémides, des squelettes gardaient leurs manteaux;

des ossements, nettoyés par le soleil, faisaient des taches luisantes au milieu du sable.

Les lions reposaient la poitrine contre le sol et les deux pattes allongées, tout en clignant leurs paupières sous l'éclat du jour, exagéré par la réverbération des roches blanches. D'autres, assis sur leur croupe, regardaient fixement devant eux; ou bien, à demi perdus dans leurs grosses crinières, ils dormaient roulés en boule, et tous avaient l'air repus, las, ennuyés. Ils étaient immobiles comme la montagne et comme les morts. La nuit descendait; de larges bandes rouges rayaient le ciel à l'occident.

Dans un de ces amas qui bosselaient irrégulièrement la plaine, quelque chose de plus vague qu'un spectre se leva. Alors un des lions se mit à marcher, découpant avec sa forme monstrueuse une ombre noire sur le fond du ciel pourpre; quand il fut tout près de l'homme, il le renversa d'un seul coup de patte.

Puis étalé dessus à plat ventre, du bout de ses crocs, lentement, il étirait les entrailles.

Ensuite il ouvrit sa gueule toute grande, et durant quelques minutes il poussa un long rugissement, que les échos de la montagne répétèrent, et qui se perdit enfin dans la solitude.

Tout à coup, de petits graviers roulèrent d'en haut. On entendit un frôlement de pas rapides, et du côté de la herse, du côté de la gorge, des museaux pointus, des oreilles droites parurent; des prunelles fauves brillaient. C'étaient les chacals arrivant pour manger les restes.

Le Carthaginois, qui regardait penché du haut du précipice, s'en retourna.

XV

MATHO

CARTHAGE était en joie, une joie profonde, universelle, démesurée, frénétique; on avait bouché les trous des ruines, repeint les statues des Dieux, des branches de myrte parsemaient les rues, au coin des carrefours l'encens fumait, et la multitude sur les terrasses faisait avec ses vêtements bigarrés comme des tas de fleurs qui s'épanouissaient dans l'air.

Le continuel glapissement des voix était dominé par le cri des porteurs d'eau arrosant les dalles; des esclaves d'Hamilcar offraient, en son nom, de l'orge grillée et des morceaux de viande crue; on s'abordait; on s'embrassait en pleurant; les villes tyriennes étaient prises, les Nomades dispersés, tous les Barbares anéantis. L'Acropole disparaissait sous des velariums de couleurs; les éperons des trirèmes, alignés en dehors du môle, resplendissaient comme une digue de diamants; partout on sentait l'ordre rétabli, une existence nouvelle qui recommençait, un vaste bonheur épandu : c'était le jour du mariage de Salammbô avec le roi des Numides.

Sur la terrasse du temple de Khamon, de gigantesques orfèvreries chargeaient trois longues tables où allaient s'asseoir les Prêtres, les Anciens et les Riches, et il y en avait une quatrième plus haute, pour Hamilcar, pour Narr'Havas et pour elle; car Salammbô par la restitution du voile ayant sauvé la Patrie, le peuple faisait de ses noces une réjouissance nationale, et en bas, sur la place, il attendait qu'elle parût.

Mais un autre désir, plus âcre, irritait son impatience; la mort de Mâtho était promise pour la cérémonie.

On avait proposé d'abord de l'écorcher vif, de lui couler du plomb dans les entrailles, de le faire mourir de faim; on l'attacherait contre un arbre, et un singe, derrière lui, le frapperait sur la tête avec une pierre; il avait offensé Tanit, les Cynocéphales de Tanit la vengeraient. D'autres étaient d'avis qu'on le promenât sur un dromadaire, après lui avoir passé en plusieurs endroits du corps des mèches de lin trempées d'huile; et ils se plaisaient à l'idée du grand animal vagabondant par les rues avec cet homme qui se tordrait sous les feux comme un candélabre agité par le vent.

Mais quels citoyens seraient chargés de son supplice et pourquoi en frustrer les autres? On aurait voulu un genre de mort où la ville entière participât, et que toutes les mains, toutes les armes, toutes les choses carthaginoises, et jusqu'aux dalles des rues et aux flots du golfe pussent le déchirer, l'écraser, l'anéantir. Donc les Anciens décidèrent qu'il irait de sa prison à la place de

Khamon, sans aucune escorte, les bras attachés dans le
dos ; et il était défendu de le frapper au cœur, pour le faire
vivre plus longtemps, de lui crever les yeux, afin qu'il
pût voir jusqu'au bout sa torture, de rien lancer contre
sa personne et de porter sur elle plus de trois doigts
d'un seul coup.

Bien qu'il ne dût paraître qu'à la fin du jour, quelquefois on croyait l'apercevoir, et la foule se précipitait
vers l'Acropole, les rues se vidaient, puis elle revenait
avec un long murmure. Des gens, depuis la veille, se
tenaient debout à la même place, et de loin ils s'inter-
pellaient en se montrant leurs ongles, qu'ils avaient
laissés croître pour les enfoncer mieux dans sa chair.
D'autres se promenaient agités ; quelques-uns étaient
pâles comme s'ils avaient attendu leur propre exécution.

Tout à coup, derrière les Mappales, de hauts éventails
de plumes se levèrent au-dessus des têtes. C'était Salammbô qui sortait de son palais ; un soupir d'allégement s'exhala.

Mais le cortège fut longtemps à venir ; il marchait pas
à pas.

D'abord défilèrent les prêtres des Patæques, puis ceux
d'Eschmoûn, ceux de Melkarth et tous les autres collèges
successivement, avec les mêmes insignes et dans le
même ordre qu'ils avaient observé lors du sacrifice. Les
pontifes de Moloch passèrent le front baissé, et la multitude, par une espèce de remords, s'écartait d'eux. Mais
les prêtres de la Rabbetna s'avançaient d'un pas fier, avec
des lyres à la main ; les prêtresses les suivaient dans des
robes transparentes de couleur jaune ou noire, en poussant des cris d'oiseau, en se tordant comme des vipères ;
ou bien au son des flûtes, elles tournaient pour imiter
la danse des étoiles, et leurs vêtements légers envoyaient
dans les rues des bouffées de senteurs molles. On applaudissait parmi ces femmes les Kedeschim aux paupières
peintes, symbolisant l'hermaphrodisme de la Divinité,
et parfumés et vêtus comme elles, ils leur ressemblaient
malgré leurs seins plats et leurs hanches plus étroites.
D'ailleurs le principe femelle, ce jour-là dominait,
confondait tout : une lasciveté mystique circulait dans
l'air pesant ; déjà les flambeaux s'allumaient au fond
des bois sacrés ; il devait y avoir pendant la nuit une
grande prostitution ; trois vaisseaux avaient amené de

la Sicile des courtisanes et il en était venu du désert.

Les collèges, à mesure qu'ils arrivaient, se rangeaient dans les cours du temple, sur les galeries extérieures et le long des doubles escaliers qui montaient contre les murailles, en se rapprochant par le haut. Des files de robes blanches apparaissaient entre les colonnades, et l'architecture se peuplait de statues humaines, immobiles comme les statues de pierre.

Puis survinrent les maîtres des finances, les gouverneurs des provinces et tous les Riches. Il se fit en bas un large tumulte. Des rues avoisinantes la foule se dégorgeait; des hiérodoules la repoussaient à coups de bâtons; et au milieu des Anciens, couronnés de tiares d'or, sur une litière que surmontait un dais de pourpre, on aperçut Salammbô.

Alors s'éleva un immense cri; les cymbales et les crotales sonnèrent plus fort, les tambourins tonnaient, et le grand dais de pourpre s'enfonça entre les deux pylônes.

Il reparut au premier étage. Salammbô marchait dessous, lentement; puis elle traversa la terrasse pour aller s'asseoir au fond, sur une espèce de trône taillé dans une carapace de tortue. On lui avança sous les pieds un escabeau d'ivoire à trois marches; au bord de la première, deux enfants nègres se tenaient à genoux, et quelquefois elle appuyait sur leur tête ses deux bras, chargés d'anneaux trop lourds.

Des chevilles aux hanches, elle était prise dans un réseau de mailles étroites imitant les écailles d'un poisson et qui luisaient comme de la nacre; une zone toute bleue serrant sa taille laissait voir ses deux seins, par deux échancrures en forme de croissant; des pendeloques d'escarboucles en cachaient les pointes. Elle avait une coiffure faite avec des plumes de paon étoilées de pierreries; un large manteau, blanc comme de la neige, retombait derrière elle, et les coudes au corps, les genoux serrés, avec des cercles de diamants au haut des bras, elle restait toute droite, dans une attitude hiératique.

Sur deux sièges plus bas étaient son père et son époux. Narr'Havas, habillé d'une simarre blonde, portait sa couronne de sel gemme d'où s'échappaient deux tresses de cheveux, tordues comme des cornes d'Ammon; et

Hamilcar, en tunique violette brochée de pampres d'or, gardait à son flanc un glaive de bataille.

Dans l'espace que les tables enfermaient, le python du temple d'Eschmoûn, couché par terre, entre des flaques d'huile rose, décrivait en se mordant la queue un grand cercle noir. Il y avait au milieu du cercle une colonne de cuivre supportant un œuf de cristal; et, comme le soleil frappait dessus, des rayons de tous les côtés en partaient.

Derrière Salammbô se développaient les prêtres de Tanit en robe de lin; les Anciens, à sa droite, formaient, avec leurs tiares, une grande ligne d'or, et, de l'autre côté, les Riches, avec leurs sceptres d'émeraude, une grande ligne verte, tandis que, tout au fond, où étaient rangés les prêtres de Moloch, on aurait dit, à cause de leurs manteaux, une muraille de pourpre. Les autres collèges occupaient les terrasses inférieures. La multitude encombrait les rues. Elle remontait sur les maisons et allait par longues files, jusqu'au haut de l'Acropole. Ayant ainsi le peuple à ses pieds, le firmament sur sa tête, et autour d'elle l'immensité de la mer, le golfe, les montagnes et les perspectives des provinces, Salammbô resplendissante se confondait avec Tanit et semblait le génie même de Carthage, avec son âme corporifiée.

Le festin devait durer toute la nuit, et les lampadaires à plusieurs branches étaient plantés, comme des arbres, sur les tapis de laine peinte qui enveloppaient les tables basses. De grandes buires d'électrum, des amphores de verre bleu, des cuillères d'écaille et des petits pains ronds se pressaient dans la double série des assiettes à bordures de perles; des grappes de raisin avec leurs feuilles étaient enroulées comme des thyrses à des ceps d'ivoire; des blocs de neige se fondaient sur les plateaux d'ébène, et des limons, des grenades, des courges et des pastèques faisaient des monticules sous les hautes argenteries; des sangliers, la gueule ouverte, se vautraient dans la poussière des épices; des lièvres, couverts de leurs poils, paraissaient bondir entre les fleurs; des viandes composées emplissaient des coquilles; les pâtisseries avaient des formes symboliques; quand on retirait les cloches des plats, il s'envolait des colombes.

Cependant les esclaves, la tunique retroussée, circu-

laient sur la pointe des orteils; de temps à autre, les
lyres sonnaient un hymne, ou bien un chœur de voix
s'élevait. La rumeur du peuple, continue comme le bruit
de la mer, flottait vaguement autour du festin et semblait le bercer dans une harmonie plus large; quelques-
uns se rappelaient le banquet des Mercenaires; on
s'abandonnait à des rêves de bonheur; le soleil commençait à descendre, et le croissant de la lune se levait
déjà dans l'autre partie du ciel.

Mais Salammbô, comme si quelqu'un l'eût appelée,
tourna sa tête; le peuple, qui la regardait, suivait la
direction de ses yeux.

Au sommet de l'Acropole, la porte du cachot, taillé
dans le roc au pied du temple, venait de s'ouvrir; et
dans ce trou noir, un homme sur le seuil était debout.

Il en sortit courbé en deux, avec l'air effaré des bêtes
fauves quand on les rend libres tout à coup.

La lumière l'éblouissait; il resta quelque temps
immobile. Tous l'avaient reconnu et ils retenaient leur
haleine.

Le corps de cette victime était pour eux une chose
particulière et décorée d'une splendeur presque religieuse. Ils se penchaient pour le voir, les femmes surtout. Elles brûlaient de contempler celui qui avait fait
mourir leurs enfants et leurs époux; et du fond de leur
âme, malgré elles, surgissait une infâme curiosité,
le désir de le connaître complètement, envie mêlée de
remords et qui se tournait en un surcroît d'exécration.

Enfin il s'avança; alors l'étourdissement de la surprise s'évanouit. Quantité de bras se levèrent et on ne
le vit plus.

L'escalier de l'Acropole avait soixante marches. Il
les descendit comme s'il eût roulé dans un torrent,
du haut d'une montagne; trois fois on l'aperçut qui
bondissait, puis en bas, il retomba sur les deux talons.

Ses épaules saignaient, sa poitrine haletait à larges
secousses; et il faisait pour rompre ses liens de tels
efforts que ses bras croisés sur ses reins nus se gonflaient, comme des tronçons de serpent.

De l'endroit où il se trouvait, plusieurs rues partaient
devant lui. Dans chacune d'elles, un triple rang de
chaînes en bronze, fixées au nombril des Dieux Patæques,
s'étendait d'un bout à l'autre, parallèlement : la foule

était tassée contre les maisons, et, au milieu, des serviteurs des Anciens se promenaient en brandissant des lanières.

Un d'eux le poussa en avant, d'un grand coup; Mâtho se mit à marcher.

Ils allongeaient leurs bras par-dessus les chaînes, en criant qu'on lui avait laissé le chemin trop large; et il allait, palpé, piqué, déchiqueté par tous ces doigts; lorsqu'il était au bout d'une rue, une autre apparaissait, plusieurs fois il se jeta de côté pour les mordre, on s'écartait bien vite, les chaînes le retenaient, et la foule éclatait de rire.

Un enfant lui déchira l'oreille; une jeune fille, dissimulant sous sa manche la pointe d'un fuseau, lui fendit la joue; on lui enlevait des poignées de cheveux, des lambeaux de chair; d'autres avec des bâtons où tenaient des éponges imbibées d'immondices, lui tamponnaient le visage. Du côté droit de sa gorge, un flot de sang jaillit : aussitôt le délire commença. Ce dernier des Barbares leur présentait tous les Barbares, toute l'armée; ils se vengeaient sur lui de leurs désastres, de leurs terreurs, de leurs opprobres. La rage du peuple se développait en s'assouvissant; les chaînes trop tendues se courbaient, allaient se rompre; ils ne sentaient pas les coups des esclaves frappant sur eux pour les refouler; d'autres se cramponnaient aux saillies des maisons; toutes les ouvertures dans les murailles étaient bouchées par des têtes; et le mal qu'ils ne pouvaient lui faire, ils le hurlaient.

C'étaient des injures atroces, immondes, avec des encouragements ironiques et des imprécations; et comme ils n'avaient pas assez de sa douleur présente, ils lui en annonçaient d'autres plus terribles encore pour l'éternité.

Ce vaste aboiement emplissait Carthage, avec une continuité stupide. Souvent une seule syllabe, une intonation rauque, profonde, frénétique était répétée durant quelques minutes par le peuple entier. De la base au sommet les murs en vibraient et les deux parois de la rue semblaient à Mâtho venir contre lui et l'enlever du sol, comme deux bras immenses qui l'étouffaient dans l'air.

Cependant il se souvenait d'avoir, autrefois, éprouvé

quelque chose de pareil. C'était la même foule sur les
terrasses, les mêmes regards, la même colère; mais
alors il marchait libre, tous s'écartaient, un Dieu le
recouvrait; et ce souvenir, peu à peu se précisant, lui
apportait une tristesse écrasante. Des ombres passaient
devant ses yeux; la ville tourbillonnait dans sa tête,
son sang ruisselait par une blessure de sa hanche, il
se sentait mourir; ses jarrets plièrent, et il s'affaissa
tout doucement, sur les dalles.

Quelqu'un alla prendre, au péristyle du temple de
Melkarth, la barre d'un trépied rougie par des charbons, et, la glissant sous la première chaîne, il l'appuya
contre sa plaie. On vit la chair fumer; les huées du
peuple étouffèrent sa voix; il était debout.

Six pas plus loin, et une troisième, une quatrième
fois encore il tomba; toujours un supplice nouveau
le relevait. On lui envoyait avec des tubes des gouttelettes d'huile bouillante; on sema sous ses pas des
tessons de verre; il continuait à marcher. Au coin de la
rue de Sateb, il s'accota sous l'auvent d'une boutique,
le dos contre la muraille, et n'avança plus.

Les esclaves du Conseil le frappèrent avec leurs
fouets de cuir d'hippopotame, si furieusement et pendant si longtemps que les franges de leur tunique étaient
trempées de sueur. Mâtho paraissait insensible; tout
à coup, il prit son élan, et il se mit à courir au hasard,
en faisant avec ses lèvres le bruit des gens qui grelottent
par un grand froid. Il enfila la rue de Boudès, la rue
de Sœpo, traversa la Marché-aux-Herbes et arriva sur
la place de Khamon.

Il appartenait aux prêtres, maintenant; les esclaves
venaient d'écarter la foule; il y avait plus d'espace.
Mâtho regarda autour de lui, et ses yeux rencontrèrent
Salammbô.

Dès le premier pas qu'il avait fait, elle s'était levée;
puis, involontairement, à mesure qu'il se rapprochait,
elle s'était avancée peu à peu jusqu'au bord de la terrasse; et bientôt, toutes les choses extérieures s'effa-
çant, elle n'avait aperçu que Mâtho. Un silence s'était
fait dans son âme, un de ces abîmes où le monde entier
disparaît sous la pression d'une pensée unique, d'un
souvenir, d'un regard. Cet homme, qui marchait vers
elle, l'attirait.

Il n'avait plus, sauf les yeux, d'apparence humaine; c'était une longue forme complètement rouge; ses liens rompus pendaient le long de ses cuisses, mais on ne les distinguait pas des tendons de ses poignets tout dénudés; sa bouche restait grande ouverte; de ses orbites sortaient deux flammes qui avaient l'air de monter jusqu'à ses cheveux; et le misérable marchait toujours!

Il arriva juste au pied de la terrasse. Salammbô était penchée sur la balustrade; ces effroyables prunelles la contemplaient, et la conscience lui surgit de tout ce qu'il avait souffert pour elle. Bien qu'il agonisât, elle le revoyait, dans sa tente, à genoux, lui entourant la taille de ses bras, balbutiant des paroles douces; elle avait soif de les sentir encore, de les entendre; elle ne voulait pas qu'il mourût! A ce moment-là, Mâtho eut un grand tressaillement; elle allait crier. Il s'abattit à la renverse et ne bougea plus.

Salammbô, presque évanouie, fut rapportée sur son trône par les prêtres s'empressant autour d'elle. Ils la félicitaient : c'était son œuvre. Tous battaient des mains et trépignaient, en hurlant son nom.

Un homme s'élança sur le cadavre. Bien qu'il fût sans barbe, il avait à l'épaule le manteau des prêtres de Moloch, et à la ceinture l'espèce de couteau leur servant à dépecer les viandes sacrées et que terminait, au bout du manche, une spatule d'or. D'un seul coup, il fendit la poitrine de Mâtho, puis en arracha le cœur, le posa sur la cuiller, et Schahabarim, levant son bras, l'offrit au soleil.

Le soleil s'abaissait derrière les flots; ses rayons arrivaient comme de longues flèches sur le cœur tout rouge. L'astre s'enfonçait dans la mer à mesure que les battements diminuaient; à la dernière palpitation, il disparut.

Alors, depuis le golfe jusqu'à la lagune et de l'isthme jusqu'au phare, dans toutes les rues, sur toutes les maisons et sur tous les temples, ce fut un seul cri : quelquefois il s'arrêtait, puis recommençait; les édifices en tremblaient; Carthage était comme convulsée dans le spasme d'une joie titanique et d'un espoir sans bornes.

Narr'Havas, enivré d'orgueil, passa son bras gauche sous la taille de Salammbô, en signe de possession; et, de la droite, prenant une patère d'or, il but au génie de Carthage.

Salammbô se leva comme son époux, avec une coupe à la main, afin de boire aussi. Elle retomba, la tête en arrière, par-dessus le dossier du trône, blême, raidie, les lèvres ouvertes, et ses cheveux dénoués pendaient jusqu'à terre.

Ainsi mourut la fille d'Hamilcar pour avoir touché au manteau de Tanit.

APPENDICE

APPENDICES

*Réponse de Flaubert aux articles de Sainte-Beuve,
publiés dans le* Constitutionnel *les 8, 15, et 22 décembre 1862.*

Décembre 1862.

Mon cher Maître,

VOTRE troisième article sur *Salammbô* m'a *radouci* (je n'ai jamais
été bien furieux). Mes amis les plus intimes se sont un peu
irrités des deux autres; mais, moi, à qui vous avez dit franchement
ce que vous pensez de mon gros livre, je vous sais gré d'avoir
mis tant de clémence dans votre critique. Donc, encore une fois
et bien sincèrement, je vous remercie des marques d'affection que
vous me donnez, et, passant par-dessus les politesses, je commence
mon *Apologie.*

Êtes-vous bien sûr, d'abord, — dans votre jugement général, —
de n'avoir pas obéi un peu trop à votre impression nerveuse?
L'objet de mon livre, tout ce monde barbare, oriental, molo-
chiste, vous déplaît *en soi* ! Vous commencez par douter de la
réalité de ma reproduction, puis vous me dites : « Après tout, elle
peut être vraie »; et comme conclusion : « Tant pis si elle est vraie ! »
A chaque minute vous vous étonnez; et vous m'en voulez d'être
étonné. Je n'y peux rien, cependant! Fallait-il embellir, atténuer,
fausser, *franciser* ! Mais vous me reprochez vous-même d'avoir
fait un poème, d'avoir été classique dans le mauvais sens du mot,
et vous me battez avec *les Martyrs* !

Or le système de Chateaubriand me semble diamétralement
opposé au mien. Il partait d'un point de vue tout idéal; il rêvait
des martyrs *typiques*. Moi, j'ai voulu fixer un mirage en appliquant
à l'Antiquité les procédés du roman moderne, et j'ai tâché d'être
simple. Riez tant qu'il vous plaira! Oui, je dis *simple*, et non pas
sobre. Rien de plus compliqué qu'un Barbare. Mais j'arrive à
vos articles, et je me défends, je vous combats pied à pied.

Dès le début, je vous arrête à propos du *Périple* d'Hannon,
admiré par Montesquieu, et que je n'admire point. A qui peut-
on faire croire aujourd'hui que ce soit là un document *original* ?
C'est évidemment traduit, raccourci, écheniIlé et arrangé par
un Grec. Jamais un Oriental, quel qu'il soit, n'a écrit de ce style.
J'en prends à témoin l'inscription d'Eschmounazar, si empha-
tique et redondante! Des gens qui se font appeler fils de Dieu,
œil de Dieu (voyez les inscriptions d'Hamaker) ne sont pas simples comme vous l'entendez. — Et puis vous m'accorderez que
les Grecs ne comprenaient rien au monde barbare. S'ils y avaient
compris quelque chose, ils n'eussent pas été Grecs. L'Orient
répugnait à l'hellénisme. Quels travestissements n'ont-ils pas

fait subir à tout ce qui leur a passé par les mains, d'étranger !
— J'en dirai autant de Polybe. C'est pour moi une autorité incontestable, quant aux faits ; mais tout ce qu'il n'a pas vu (ou ce qu'il a omis intentionnellement car, lui aussi, il avait un cadre et une école), je peux bien aller le chercher partout ailleurs. Le *Périple* d'Hannon n'est donc pas « un monument carthaginois », bien loin « d'être le seul » comme vous le dites. Un vrai monument carthaginois c'est l'inscription de Marseille, écrite en vrai punique. Il est simple, celui-là, je l'avoue, car c'est un tarif, et encore l'est-il moins que ce fameux *Périple* où perce un petit coin de merveilleux à travers le grec ; — ne fût-ce que ces peaux de gorilles prises pour des peaux humaines et qui étaient appendues dans le temple de Moloch (traduisez Saturne), et dont je vous ai épargné la description ; — et d'une ! remerciez-moi. Je vous dirai même entre nous que le *Périple* d'Hannon m'est complètement odieux pour l'avoir lu et relu avec les quatre dissertations de Bougainville (dans les *Mémoires* de l'Académie des Inscriptions) sans compter mainte thèse de doctorat, — le *Périple* d'Hannon étant un sujet de thèse.

Quant à mon héroïne, je ne la défends pas. Elle ressemble selon vous à « une Elvire sentimentale », à Velléda, à madame Bovary. Mais non ! Velléda est active, intelligente, européenne. Madame Bovary est agitée par des passions multiples ; Salammbô au contraire demeure clouée par l'idée fixe. C'est une maniaque, une espèce de sainte Thérèse. N'importe ! je ne suis pas sûr de sa réalité ; car ni moi, ni vous, ni personne, aucun ancien et aucun moderne, ne peut connaître la femme orientale, par la raison qu'il est impossible de la fréquenter.

Vous m'accusez de manquer de logique et vous me demandez : « *Pourquoi les Carthaginois ont-ils massacré les Barbares ?* » La raison en est bien simple : ils haïssent les Mercenaires ; ceux-là leur tombent sous la main ; ils sont les plus forts et ils les tuent. Mais la nouvelle, dites-vous, pouvait « arriver d'un moment à l'autre au camp ». Par quel moyen ? — Et qui donc l'eût apportée ? Les Carthaginois ; mais dans quel but ? — Des barbares ? mais il n'en restait plus dans la ville ! — Des étrangers ? des indifférents ? — mais j'ai eu soin de montrer que les communications n'existaient pas entre Carthage et l'armée !

Pour ce qui est d'Hannon (*le lait de chienne,* soit dit en passant, n'est point une *plaisanterie ;* il était et est encore un remède contre la lèpre : voyez le *Dictionnaire des sciences médicales,* article *Lèpre,* mauvais article d'ailleurs et dont j'ai rectifié les données d'après mes propres observations faites à Damas et en Nubie) — Hannon, dis-je, s'échappe, parce que les Mercenaires le laissent volontairement s'échapper. Ils ne sont pas encore *déchaînés* contre lui, L'indignation leur vient ensuite avec la réflexion ; car il leur faut beaucoup de temps avant de comprendre toute la perfidie des Anciens (Voyez le commencement de mon chapitre IV). Mâtho *rôde comme un fou* autour de Carthage. Fou est le mot juste. L'amour tel que le concevaient les anciens n'était-il pas une folie, une malédiction, une maladie envoyée par les dieux? Polybe serait bien *étonné*, dites-vous, de voir ainsi son Mâtho. Je ne le crois pas, et M. de Voltaire n'eût point partagé cet étonnement. Rappelez-vous ce qu'il dit de la violence des passions en Afrique, dans *Candide* (récit de la vieille) : « C'est du feu, du vitriol, etc. »

A propos de l'aqueduc : « *Ici on est dans l'invraisemblance jusqu'au cou.* » Oui, cher maître, vous avez raison et plus même que vous ne croyez, — mais pas comme vous le croyez. Je vous dirai plus loin ce que je pense de cet épisode, amené non pour décrire l'aqueduc, lequel m'a donné beaucoup de mal, mais pour faire entrer convenablement dans Carthage mes deux héros. C'est d'ailleurs le ressouvenir d'une anecdote, rapportée dans Polyen *(Ruses de guerre)*, l'histoire de Théodore, l'ami de Cléon, lors de la prise de Sestos par les gens d'Abydos.

On regrette un lexique. Voilà un reproche que je trouve souverainement injuste. J'aurais pu assommer le lecteur avec des mots techniques. Loin de là! J'ai pris soin de traduire tout en français. Je n'ai employé un seul mot spécial sans le faire suivre de son explication, immédiatement. J'en excepte les noms de monnaie, de mesure et de mois que le sens de la phrase indique. Mais quand vous rencontrez dans une page *kreutzer*, *yard*, *piastre* ou *penny*, cela vous empêche-t-il de la comprendre? Qu'auriez-vous dit si j'avais appelé Moloch *Melek*, Hannibal *Han-Baal*, Carthage *Kartadda*, et si, au lieu de dire que les esclaves au moulin portaient des muselières, j'avais écrit des *pausicapes*! Quant aux noms de parfums et de pierreries, j'ai bien été obligé de prendre les noms qui sont dans Théophraste, Pline et Athénée. Pour les plantes, j'ai employé les noms latins, les *mots reçus*, au lieu des mots arabes ou phéniciens. Ainsi j'ai dit *Lauwsonia* au lieu de *Henneb*, et même j'ai eu la complaisance d'écrire *Lausonia* par un *u*, ce qui est une faute, et de ne pas ajouter *inermis*, qui eût été plus précis. De même pour *Kok'heul* que j'écris *antimoine*, en vous épargnant *sulfure*, ingrat! Mais je ne peux pas, par respect pour le lecteur français, écrire Hannibal et Hamilcar sans *h*, puisqu'il y a un esprit rude sur l'*a*, et m'en tenir à Rollin! un peu de douceur!

Quant au *temple de Tanit*, je suis sûr de l'avoir reconstruit tel qu'il était, avec le traité de la Déesse de Syrie, avec les médailles du duc de Luynes, avec ce qu'on sait du temple de Jérusalem, avec un passage de saint Jérôme, cité par Selten, *(De Diis Syriis)*, avec le plan du temple de Gozzo qui est bien carthaginois, et mieux que tout cela, avec les ruines du temple de Thugga que j'ai vu moi-même, de mes yeux, et dont aucun voyageur ni antiquaire, que je sache, n'a parlé. N'importe, direz-vous, c'est drôle! Soit! — Quant à la description en elle-même, au point de vue littéraire, je la trouve, moi, très compréhensible, et le drame n'en est pas embarrassé, car Spendius et Mâtho restent au premier plan, on ne les perd pas de vue. Il n'y a point dans mon livre une description isolée, gratuite; toutes *servent* à mes personnages et ont une influence lointaine ou immédiate sur l'action.

Je n'accepte pas non plus le mot de *chinoiserie* appliqué à la chambre de Salammbô, malgré l'épithète d'*exquise* qui le relève (comme *dévorants* fait à *chiens* dans le fameux Songe), parce que je n'ai pas mis là un seul détail qui ne soit dans la Bible ou que l'on ne rencontre encore en Orient. Vous me répétez que la Bible n'est pas un guide pour Carthage (ce qui est un point à discuter); mais les Hébreux étaient plus près des Carthaginois que les Chinois, convenez-en! D'ailleurs il y a des choses de climat qui sont éternelles. Pour ce mobilier et les costumes, je vous renvoie aux textes réunis dans la 21ᵉ dissertation de l'abbé Mignot (*Mémoires* de l'Académie des Inscriptions, tome XL ou XLI, je ne sais plus).

Quant à ce goût « d'opéra, de pompe et d'emphase », pourquoi donc voulez-vous que les choses n'aient pas été ainsi, puisqu'elles sont telles maintenant! Les cérémonies des visites, les prosternations, les invocations, les encensements et tout le reste, n'ont pas été inventés par Mahomet, je suppose.

Il en est de même d'Hannibal. Pourquoi trouvez-vous que j'ai fait son enfance *fabuleuse*? est-ce parce qu'il tue un aigle? beau miracle dans un pays où les aigles abondent! Si la scène eût été placée dans les Gaules, j'aurais mis un hibou, un loup ou un renard. Mais, Français que vous êtes, vous êtes habitué, *malgré vous,* à considérer l'aigle comme un oiseau noble, et plutôt comme un symbole que comme un être animé. Les aigles existent cependant.

Vous me demandez où j'ai pris une *pareille idée du Conseil de Carthage?* Mais dans tous les milieux analogues par les temps de révolution, depuis la Convention jusqu'au Parlement d'Amérique, où naguère encore on échangeait des coups de canne et des coups de revolver, lesquelles cannes et lesquels revolvers étaient apportés (comme mes poignards) dans le manche des paletots. Et même mes Carthaginois sont plus décents que les Américains, puisque le public n'était pas là. Vous me citez, en opposition, une grosse autorité, celle d'Aristote. Mais Aristote, antérieur à mon époque de plus de quatre-vingts ans, n'est ici d'aucun poids. D'ailleurs il se trompe grossièrement, le Stagyrique, quand il affirme qu'*on n'a jamais vu à Carthage d'émeute ni de tyran.* Voulez-vous des dates? en voici : il y avait eu la conspiration de Carthalon, 530 avant Jésus-Christ; les empiétements des Magon, 460; la conspiration d'Hannon, 337; la conspiration de Bomilcar, 307. Mais je dépasse Aristote! — A un autre.

Vous me reprochez les *escarboucles formées par l'urine des lynx.* C'est du Théophraste, *Traité des Pierreries :* tant pis pour lui! J'allais oublier Spendius. Eh bien, non, cher maître, son stratagème n'est ni *bizarre* ni *étrange.* C'est presque un poncif. Il m'a été fourni par Élien (*Histoire des Animaux*) et par Polyen (*Stra-*

tagèmes). Cela était même si connu depuis le siège de Mégare par Antipater (ou Antigone), que l'on nourrissait exprès des porcs avec les éléphants pour que les grosses bêtes ne fussent pas effrayées par les petites. C'était, en un mot, une farce usuelle, et probablement fort usée au temps de Spendius. Je n'ai pas été obligé de remonter jusqu'à Samson; car j'ai repoussé autant que possible tout détail appartenant à des époques légendaires.

J'arrive aux richesses d'Hamilcar. Cette description, quoi que vous disiez, est au second plan. Hamilcar la domine, et je la crois très motivée. La colère du suffète va en augmentant à mesure qu'il aperçoit les déprédations commises dans sa maison. Loin d'être *à tout moment hors de lui*, il n'éclate qu'à la fin, quand il se heurte à une injure personnelle. *Qu'il ne gagne pas à cette visite*, cela m'est bien égal, n'étant point chargé de faire son panégyrique; mais je ne pense pas l'avoir *taillé en charge aux dépens du reste du caractère*. L'homme qui tue plus loin les Mercenaires de la façon que j'ai montrée (ce qui est un joli trait de son fils Hannibal, en Italie), est bien le même qui fait falsifier ses marchandises et fouetter à outrance ses esclaves.

Vous me chicanez sur les *onze mille trois cent quatre-vingt-seize hommes* de son armée en me demandant *d'où le savez-vous* (ce nombre)? *qui vous l'a dit?* Mais vous venez de le voir vous-même, puisque j'ai dit le nombre d'hommes qu'il y avait dans les différents corps de l'armée punique. C'est le total de l'addition tout bonnement, et non un chiffre jeté au hasard pour produire un effet de précision.

Il n'y a ni *vice malicieux* ni *bagatelle* dans mon serpent. Ce chapitre est une espèce de précaution oratoire pour atténuer celui de la tente qui n'a choqué personne et qui, sans le serpent, eût fait pousser des cris. J'ai mieux aimé un effet impudique (si impudeur il y a) avec un serpent, qu'avec un homme. Salammbô, avant de quitter sa maison, s'enlace au génie de sa famille, à la religion même de sa patrie en son symbole le plus antique. Voilà tout. Que cela soit *messéant dans une* ILIADE *ou une* PHARSALE, c'est possible, mais je n'ai pas eu la prétention de faire l'*Iliade* ni la *Pharsale*.

Ce n'est pas ma faute non plus si les orages sont fréquents dans la Tunisie à la fin de l'été. Chateaubriand n'a pas plus inventé les orages que les couchers de soleil, et les uns et les autres, il me semble, appartiennent à tout le monde. Notez d'ailleurs que l'âme de cette histoire est Moloch, le Feu, la Foudre. Ici le Dieu lui-même, sous une de ses formes, agit; il dompte Salammbô. Le tonnerre était donc bien à sa place : c'est la voix de Moloch resté en dehors. Vous avouerez de plus que je vous ai épargné la *description classique de l'orage*. Et puis mon pauvre orage ne tient pas en tout *trois* lignes, et à des endroits différents! L'incendie qui suit m'a été inspiré par un épisode de l'histoire de Massinissa, par un autre de l'histoire d'Agathocle et par un passage d'Hirtius, — tous les trois dans des circonstances analogues. Je ne sors pas du milieu, du pays même de mon action, comme vous voyez.

A propos des parfums de Salammbô, vous m'attribuez plus d'imagination que je n'en ai. Sentez donc, humez dans la Bible Judith et Esther! On les pénétrait, on les empoisonnait de parfums, littéralement. C'est ce que j'ai eu soin de dire au commencement, dès qu'il a été question de la maladie de Salammbô.

Pourquoi ne voulez-vous pas non plus que *la disparition du Zaïmph* ait été pour *quelque chose* dans la perte de la bataille, puisque l'armée des Mercenaires contenait des gens qui croyaient au Zaïmph! J'indique les causes principales (trois mouvements militaires) de cette perte; puis j'ajoute celle-là comme cause secondaire et dernière.

Dire que j'ai *inventé des supplices* aux funérailles des Barbares n'est pas exact. Heindreich (*Carthago, seu Carth, respublica*, 1664) a réuni des textes pour prouver que les Carthaginois avaient coutume de mutiler les cadavres de leurs ennemis; et vous vous étonnez que des barbares qui sont vaincus, désespérés, enragés, ne leur rendent pas la pareille, n'en fassent pas autant une fois et cette fois-là seulement? Faut-il vous rappeler Madame de Lamballe, les *Mobiles* en 48, et ce qui se passe actuellement aux États-Unis? J'ai été sobre et très doux, au contraire.

Et puisque nous sommes en train de nous dire nos vérités, franchement je vous avouerai, cher maître, que *la pointe d'imagination sadique* m'a un peu blessé. Toutes vos paroles sont graves. Or un tel mot de vous, lorsqu'il est imprimé, devient presque une flétrissure. Oubliez-vous que je me suis assis sur les bancs de la Correctionnelle comme prévenu d'outrage aux mœurs, et que les imbéciles et les méchants se font des armes de tout? Ne soyez donc pas étonné si un de ces jours vous lisez dans quelque petit journal diffamateur, comme il en existe, quelque chose d'analogue à ceci : « M. G. Glaubert est un disciple de Sade. Son ami, son parrain, un maître en fait de critique, l'a dit lui-même assez clairement, bien qu'avec cette finesse et cette bonhomie railleuse qui, etc. » Qu'aurais-je à répondre, — et à faire?

Je m'incline devant ce qui suit. Vous avez raison, cher maître, j'ai donné le coup de pouce, j'ai forcé l'histoire, et comme vous le dites très bien, *j'ai voulu faire un siège*. Mais dans un sujet militaire, où est le mal? — Et puis je ne l'ai pas complètement inventé, ce siège, je l'ai seulement un peu chargé. Là est toute ma faute.

Mais pour *le passage de Montesquieu* relatif aux immolations d'enfants, je m'insurge. Cette horreur ne fait pas dans mon esprit un *doute*. (Songez donc que les sacrifices humains n'étaient pas complètement abolis en Grèce à la bataille de Leuctres? 370 avant Jésus-Christ.) Malgré la condition imposée par Gélon (480), dans la guerre contre Agathocle (302), on brûla, selon Diodore, 200 enfants, et quant aux époques postérieures, je m'en rapporte à Silius Italicus, à Eusèbe, et surtout à saint Augustin, lequel affirme que la chose se passait encore quelquefois de son temps.

Vous regrettez que je n'aie point introduit parmi les Grecs un philosophe, un raisonneur chargé de nous faire un cours de morale ou commettant de bonnes actions, un monsieur enfin *sentant comme nous*. Allons donc! était-ce possible? Aratus que vous rappelez est précisément celui d'après lequel j'ai rêvé Spendius; c'était un homme d'escalades et de ruses qui tuait très bien la nuit les sentinelles et qui avait des éblouissements au grand jour. Je me suis refusé un contraste, c'est vrai; mais un contraste facile, un contraste *voulu* et faux.

J'ai fini l'analyse et j'arrive à votre jugement. Vous avez peut-être raison dans vos considérations sur le roman historique appliqué à l'Antiquité, et il se peut très bien que j'aie échoué. Cependant, d'après toutes les vraisemblances et mes impressions, à moi, je crois avoir fait quelque chose qui ressemble à Carthage. Mais là n'est pas la question. Je me moque de l'archéologie! Si la couleur n'est pas une, si les détails détonent, si les mœurs ne dérivent pas de la religion et les faits des passions, si les caractères ne sont pas suivis, si les costumes ne sont pas appropriés aux usages et les architectures au climat, s'il n'y a pas, en un mot, harmonie, je suis dans le faux. Sinon, non. Tout se tient.

Mais le milieu vous agace! Je le sais, ou plutôt je le sens. Au lieu de rester à votre point de vue personnel, votre point de vue de lettré, de moderne, de Parisien, pourquoi n'êtes-vous pas venu de mon côté? *L'âme humaine n'est point partout la même,* bien qu'en dise M. Levallois. La moindre vue sur le monde est là pour nous prouver le contraire. Je crois même avoir été moins dur pour l'humanité dans *Salammbô* que dans *Madame Bovary*. La curiosité, l'amour qui m'a poussé vers des religions et des peuples disparus, a quelque chose de moral en soi et de sympathique, il me semble.

Quant au style, j'ai moins sacrifié dans ce livre-là que dans l'autre à la rondeur de la phrase et à la période. Les métaphores y sont rares et les épithètes positives. Si je mets *bleues* après *pierres*, c'est que *bleues* est le mot juste, croyez-moi, et soyez également persuadé que l'on distingue très bien la couleur des pierres à la clarté des étoiles. Interrogez là-dessus tous les voyageurs en Orient, ou allez-y voir.

Et puisque vous me blâmez pour certains mots, *énorme* entre autres, que je ne défends pas (bien qu'un silence excessif fasse l'effet du vacarme), moi aussi je vous reprocherai quelques expressions.

Je n'ai pas compris la citation de Désaugiers, ni quel était son but. J'ai froncé les sourcils à *bibelots* carthaginois, — *diable de manteau,* — *ragoût* et *pimenté* pour Salammbô qui *batifole avec le serpent,* — et devant le *beau drôle de Libyen* qui n'est ni beau ni drôle, — et à l'imagination *libertine* de Schahabarim.

Une dernière question, ô maître, une question inconvenante : pourquoi trouvez-vous Schahabarim presque comique et vos

bonshommes de Port-Royal si sérieux? Pour moi, M. Singlin
est funèbre à côté de mes éléphants. Je regarde des Barbares
tatoués comme étant moins antihumains, moins spéciaux, moins
cocasses, moins rares que des gens vivant en commun et qui
s'appellent jusqu'à la mort *Monsieur!* — Et c'est précisément
parce qu'ils sont très loin de moi que j'admire votre talent à me
les faire comprendre. — Car j'y crois, à Port-Royal, et je souhaite
encore moins y vivre qu'à Carthage. Cela aussi était exclusif,
hors nature, forcé, tout d'un morceau, et cependant vrai. Pourquoi ne voulez-vous pas que deux vrais existent, deux excès
contraires, deux monstruosités différentes?

Je vais finir. — Un peu de patience! Êtes-vous curieux de
connaître la faute *énorme* (*énorme* est ici à sa place) que je trouve
dans mon livre. La voici :

1º Le piédestal est trop grand pour la statue. Or, comme on
ne pèche jamais par *le trop*, mais par *le pas assez*, il aurait fallu
cent pages de plus relatives à Salammbô seulement.

2º Quelques transitions manquent. Elles existaient; je les ai
retranchées ou trop raccourcies, dans la peur d'être ennuyeux.

3º Dans le chapitre VI, tout ce qui se rapporte à Giscon est
de même tonalité que la deuxième partie du chapitre II (Hannon).
C'est la même situation, et il n'y a point progression d'effet.

4º Tout ce qui s'étend depuis la bataille du Macar jusqu'au
serpent, et tout le chapitre XIII jusqu'au dénombrement des
Barbares, s'enfonce, disparaît dans le souvenir. Ce sont des endroits de second plan, ternes, transitoires, que je ne pouvais
malheureusement éviter et qui alourdissent le livre, malgré les
efforts de prestesse que j'ai pu faire. Ce sont ceux-là qui m'ont
le plus coûté, que j'aime le moins et dont je me suis le plus reconnaissant.

5º L'aqueduc.

Aveu! mon opinion *secrète* est qu'il n'y avait point d'aqueduc
à Carthage, malgré les ruines actuelles de l'aqueduc. Aussi ai-je
eu le soin de prévenir d'avance toutes les objections par une
phrase hypocrite à l'adresse des archéologues. J'ai mis les pieds
dans le plat, lourdement, en rappelant que c'était une invention
romaine, alors nouvelle, et que l'aqueduc d'à présent a été refait
sur l'ancien. Le souvenir de Bélisaire coupant l'aqueduc romain
de Carthage m'a poursuivi, et puis c'était une belle entrée de
Spendius et Mâtho. N'importe! Mon aqueduc est une lâcheté!
Confiteor.

Autre et dernière coquinerie : Hannon.

Par amour de la clarté, j'ai faussé l'histoire quant à sa mort. Il
fut bien, il est vrai, crucifié par les Mercenaires, mais en Sardaigne.
Le général crucifié à Tunis en face de Spendius s'appelait Hannibal. Mais quelle confusion cela eût fait pour le lecteur.

Tel est, cher maître, ce qu'il y a, selon moi, de pire dans mon
livre. Je ne vous dis pas ce que j'y trouve de bon. Mais soyez sûr

que je n'ai point fait une Carthage fantastique. Les documents sur Carthage existent, et ils ne sont pas tous dans Movers. Il faut aller les chercher un peu loin. Ainsi Ammien Marcellin m'a fourni la forme *exacte* d'une porte, le poème de Coripus (la *Johannide*), beaucoup de détails sur les peuplades africaines, etc., etc.

Et puis mon exemple sera peu suivi. Où donc alors est le danger? Les Leconte de Lisle et les Baudelaire sont moins à craindre que les... et les... dans ce doux pays de France où le superficiel est une qualité, et où le banal, le facile et le niais sont toujours applaudis, adoptés, adorés. On ne risque de corrompre personne quand on aspire à la grandeur. Ai-je mon pardon?

Je termine en vous disant encore une fois merci, mon cher maître. En me donnant des égratignures, vous m'avez très tendrement serré les mains, et bien que vous m'ayez quelque peu ri au nez, vous ne m'en avez pas moins fait trois grands saluts, trois grands articles très détaillés, très considérables et qui ont dû vous être plus pénibles qu'à moi. C'est de cela surtout que je vous suis reconnaissant. Les conseils de la fin ne seront pas perdus, et vous n'aurez eu affaire ni à un sot ni à un ingrat.

Tout à vous,

GUSTAVE FLAUBERT.

RÉPONSE DE SAINTE-BEUVE

Ce 25 décembre 1862.

Mon cher Ami,

J'ATTENDAIS avec impatience cette lettre promise. Je l'ai lue hier soir, et je la relis ce matin. Je ne regrette plus d'avoir fait ces articles, puisque je vous ai amené à *sortir* ainsi toutes vos raisons. Ce soleil d'Afrique a eu cela de singulier que toutes nos humeurs à tous, même nos humeurs secrètes, ont fait irruption. *Salammbô,* indépendamment de la dame, est dès à présent, le nom d'une bataille, de plusieurs batailles. Je compte faire ceci : mes articles restant ce qu'ils sont, en les réimprimant je mettrai, à la fin du volume, ce que vous appelez votre *Apologie,* et sans plus de réplique de ma part. J'avais tout dit; vous répondez : les lecteurs attentifs jugeront. Ce que j'apprécie surtout, et ce que chacun sentira, c'est cette élévation d'esprit et de caractère qui vous a fait supporter tout naturellement mes contradictions et qui oblige envers vous à plus d'estime. M. Lebrun (de l'Académie), un homme juste, me disait l'autre jour à propos de vous : « Après tout, il sort de là un plus gros monsieur qu'auparavant. » Ce sera l'impression générale et définitive...

C. A. SAINTE-BEUVE.

La Revue comtemporaine *du 13 décembre 1862 donna, sous la signature de M. Guillaume Frœhner, une critique très vive de* Salammbô. *Flaubert répliqua par la lettre suivante qui parut dans l'*Opinion natio-nale *du 21 janvier 1863.*

A M. FRŒHNER

RÉDACTEUR DE LA REVUE CONTEMPORAINE

Paris, 21 janvier 1863.

Monsieur,

J E viens de lire votre article sur *Salammbô* paru dans la *Revue contemporaine* le 31 décembre 1862. Malgré l'habitude où je suis de ne répondre à aucune critique, je ne puis accepter la vôtre. Elle est pleine de convenance et de choses extrêmement flatteuses pour moi; mais comme elle met en doute la sincérité de mes études, vous trouverez bon, s'il vous plaît, que je relève ici, plusieurs de vos assertions.

Je vous demanderai d'abord, monsieur, pourquoi vous me mêlez si obstinément à la collection Campana en affirmant qu'elle a été ma ressource, mon inspiration permanente? Or, j'avais fini *Salammbô* au mois de mars, six semaines avant l'ouverture de ce musée. Voilà une erreur déjà. Nous en trouverons de plus graves.

Je n'ai, monsieur, nulle prétention à l'archéologie. J'ai donné mon livre pour un roman, sans préface, sans notes, et je m'étonne qu'un homme illustre, comme vous, par des travaux si considérables, perde ses loisirs à une littérature si légère! J'en sais cependant assez, monsieur, pour oser dire que vous errez complètement d'un bout à l'autre de votre travail, tout le long de vos dix-huit pages, à chaque paragraphe et à chaque ligne.

Vous me blâmez « de n'avoir consulté ni Falbe ni Dureau de la Malle, dont j'aurais pu tirer profit ». Mille pardons! je les ai lus, plus souvent que vous peut-être, et sur les ruines mêmes de Carthage. Que vous ne sachiez « rien de satisfaisant sur la forme ni sur les principaux quartiers », cela se peut, mais d'autres, mieux informés, ne partagent pas votre scepticisme. Si l'on ignore où était le faubourg Aclas, l'endroit appelé Fuscimus, la position exacte des portes principales dont on a les noms, etc., on connaît assez bien l'emplacement de la ville, l'appareil architectonique des murailles, la Tænia, le Môle et le Cothon. On sait que les maisons étaient enduites de bitume et les rues dallées; on a une

idée de l'Ancô décrit dans mon chapitre XV, on a entendu parler
de Malquâ, de Byrsa, de Mégara, des Mappales et des Catacombes,
et du temple d'Eschmoûn situé sur l'Acropole, et de celui de
Tanit, un peu à droite en tournant le dos à la mer. Tout cela se
trouve (sans parler d'Appien, de Pline et de Procope) dans ce
même Dureau de la Malle, que vous m'accusez d'ignorer. Il est
donc regrettable, monsieur, que vous ne soyez pas « entré dans
des détails fastidieux pour montrer » que je n'ai aucune idée
de l'emplacement et de la disposition de l'ancienne Carthage,
« moins encore que Dureau de la Malle », ajoutez-vous. Mais que
faut-il croire? à qui se fier, puisque vous n'avez pas eu jusqu'à
présent l'obligeance de révéler votre système sur la topographie
carthaginoise?

Je ne possède, il est vrai, aucun texte pour vous prouver qu'il
existait une rue des Tanneurs, des Parfumeurs, des Teinturiers.
C'est en tout cas une hypothèse vraisemblable, convenez-en!
Mais je n'ai point inventé Kinisdo et Cynasyn « mots, dites-vous,
dont la structure est étrangère à l'esprit des langues sémitiques ».
Pas si étrangère cependant, puisqu'ils sont dans Gesenius —
presque tous mots puniques, défigurés, selon vous, étant
pris dans Gesenius (*Scripturæ linguæque phœniciae*, etc.,) ou dans
Talbe, que j'ai consulté, je vous assure.

Un orientaliste de votre érudition, monsieur, aurait dû avoir
un peu plus d'indulgence pour le nom numide de Naravasse que
j'écris Narr'Havas, de *Nar-el-haouah*, feu du souffle. Vous auriez
pu deviner que les deux *m* de Salammbô sont mis exprès pour
faire prononcer Salam et non Salan, et supposer charitablement
que Egates, au lieu de Ægates, était une faute typographique,
corrigée du reste dans la seconde édition de mon livre, antérieure
de quinze jours à vos conseils. Il en est de même de *Scissites* pour
Syssites et du mot Kabires, que l'on avait imprimé sans un *k*
(horreur) jusque dans les ouvrages les plus sérieux tels que *les
Religions de la Grèce antique,* par Maury. Quant à Schalischim, si
je n'ai pas écrit (comme j'aurais dû le faire) Rosch-eisch-Scha-
lischim, c'était pour raccourcir un nom déjà trop rébarbatif, ne
supposant pas d'ailleurs que je serais examiné par des philologues.
Mais, puisque vous êtes descendu jusqu'à ces chicanes de mots
j'en reprendrai chez vous deux autres : 1º *Compendieusement,* que
vous employez tout au rebours de la signification pour dire abondamment, prolixement, et 2º *carthachinoiserie,* plaisanterie excellente, bien quelle ne soit pas de vous, et que vous avez ramassée
au commencement du mois dernier dans un petit journal. Vous
voyez, monsieur, que si vous ignorez parfois mes auteurs, je
sais les vôtres. Mais il eût mieux valu, peut-être, négliger « ces
minutes qui se refusent », comme vous le dites fort bien, « à
l'examen de la critique ».

Encore un cependant! Pourquoi avez-vous souligné le *et* dans
cette phrase (un peu tronquée) de ma page 156 : « Achète-moi

des Cappadociens *et* des Asiatiques ». Est-ce pour briller en voulant faire accroire aux badauds que je ne distingue pas la Cappadoce de l'Asie Mineure? Mais je la connais, monsieur, je l'ai vue, je m'y suis promené!

Vous m'avez lu si négligemment que presque toujours vous me *citez à faux*. Je n'ai dit nulle part que les prêtres aient formé une caste particulière; ni, page 109, que les soldats libyens fussent « possédés de l'envie de boire du fer », mais que les Barbares menaçaient les Carthaginois de leur faire boire du fer; ni page 108, que les gardes de la légion « portaient au milieu du front une corne d'argent pour les faire ressembler à des rhinocéros », mais, « leurs gros chevaux avaient, etc.; » ni page 29, que les paysans un jour s'amusèrent à crucifier deux cents lions. Même observation pour ces malheureuses Syssites, que j'ai employées, selon vous, « ne sachant pas, sans doute, que ce mot signifiait des corporations particulières ». *Sans doute* est aimable. Mais sans doute je savais ce qu'étaient ces corporations et l'étymologie du mot, puisque je le traduis en français la première fois qu'il apparaît dans mon livre, page 7. « Syssites, compagnies (de commerçants) qui mangeaient en commun. » Vous avez de même faussé un passage de Plaute, car il n'est point démontré dans *Pœnulus* que « les Carthaginois savaient toutes les langues », ce qui eût été un curieux privilège pour une nation entière. Il y a tout simplement dans le prologue, v, 112 : « *Is ommes linguas scit* »; ce qu'il faut traduire : « Celui-là sait toutes les langues », le Carthaginois en question et non tous les Carthaginois.

Il n'est pas vrai de dire que « Hannon n'a pas été crucifié dans la guerre des Mercenaires, attendu qu'il commandait des armées longtemps encore après », car vous trouverez dans Polybe, monsieur, que les rebelles se saisirent de sa personne, et l'attachèrent à une croix (en Sardaigne il est vrai, mais à la même époque), livre Ier, chapitre XVII. Ce n'est donc pas « ce personnage » qui « aurait à se plaindre de M. Flaubert », mais plutôt Polybe qui aurait à se plaindre de M. Fœhner.

Pour les sacrifices d'enfants, il est si peu *impossible* qu'au siècle d'Hamilcar on les brûlât vifs, qu'on en brûlait encore au temps de Jules César et de Tibère, s'il faut s'en rapporter à Cicéron *(Pro-Balbo)* et à Strabon (liv. III). Cependant, « la statue de Moloch ne ressemble pas à la machine infernale décrite dans *Salammbô*. Cette figure composée de sept cases étagées l'une sur l'autre pour y enfermer les victimes appartient à la religion gauloise. M. Flaubert n'a aucun prétexte d'analogie pour justifier son audacieuse transposition ».

Non ! je n'ai aucun prétexte, c'est vrai ! mais j'ai un texte, à savoir le texte de la description même de Diodore, que vous rappelez et qui n'est autre que la mienne, comme vous pourrez vous en convaincre en daignant lire ou relire le livre XX de Diodore, chapitre IV, auquel vous joindrez la paraphrase chaldaïque de

Paul Fage dont vous ne parlez pas et qui est citée par Selten, *De Diis Syriis*, pp. 164-170, avec Eusèbe *Préparation évangélique*, livre Ier.

Comment se fait-il aussi que l'histoire ne dise rien du manteau miraculeux, puisque vous dites vous-même « qu'on le montrait dans le temple de Vénus, mais bien plus tard et seulement à l'époque des empereurs romains »? Or, je trouve dans Athénée, XII, 50, la description très minutieuse de ce manteau, *bien que l'histoire n'en dise rien*. Il fut acheté à Denys l'Ancien 120 talents, porté à Rome par Scipion Émilien, reporté à Carthage par Caïus Gracchus, revint à Rome sous l'Héliogabale, puis fut vendu à Carthage. Tout cela se trouve encore dans Dureau de la Malle, dont j'ai tiré profit, décidément.

Trois lignes plus bas, vous affirmez, avec la même... candeur, que « la plupart des autres dieux invoqués dans *Salammbô sont de pure invention* » et vous ajoutez : « Qui a entendu parler d'un Aptoukhos? » Qui? d'Avezac *(Cyrénaïque)* à propos d'un temple dans les environs de Cyrène; « d'un Schaoûl? » mais c'est un nom que je donne à un esclave (voyez ma page 91); « ou d'un Matismann? » Il est mentionné comme Dieu par Corippus. (Voyez Johanneis et *Mém. de l'Académie des Inscript.*, tome XII, p. 181.) « Qui ne sait que Micipsa n'était pas une divinité mais un homme? » Or, c'est ce que je dis, monsieur, et très clairement, dans cette même page 91, quand Salammbô appelle ses esclaves : « A moi, Kroum, Enva, Micipsa, Schaoûl! »

Vous m'accusez de prendre pour deux divinités distinctes Astaroth et Astarté. Mais au commencement, page 48, lorsque Salammbô invoque Tanit, elle l'invoque par tous ses noms à la fois : « Anaïtis, Astarté, Derceto, Astaroth, Tiratha; » et même j'ai pris soin de dire, un peu plus bas, page 52, qu'elle répétait « tous ces noms sans qu'ils eussent pour elle de signification distincte ». Seriez-vous comme Salammbô? Je suis tenté de le croire, puisque vous faites de Tanit la déesse de la guerre et non de l'amour, de l'élément femelle, humide, fécond, en dépit de Tertullien, et de ce nom même de Tiratha, dont vous rencontrez l'explication peu décente, mais claire, dans Movers, *Phénic.* livre Ier, p. 574.

Vous vous ébahissez ensuite des singes consacrés à la lune et des chevaux consacrés au soleil. « Ces détails, vous en êtes sûr, ne se trouvent dans aucun auteur ancien, ni dans aucun monument authentique. » Or, je me permettrai, pour les singes, de vous rappeler, monsieur, que les cynocéphales étaient, en Égypte, consacrés à la lune comme on le voit encore sur les murailles des temples, et que les cultes égyptiens avaient pénétré en Libye et dans les oasis. Quant aux chevaux, je ne dis pas qu'il y en avait de consacrés à Esculape, mais à Eschmoûn, assimilé à Esculape, Iolaüs, Apollon, le Soleil. Or, je vois les chevaux consacrés au soleil dans Pausanias (livre Ier, chap. I), et dans la Bible (*Roïs*, liv. II, ch. XXXII). Mais peut-être nierez-vous que les temples d'Égypte

soient des monuments authentiques, et la Bible, et Pausanias des
auteurs anciens.

A propos de la Bible je prendrai encore, monsieur, la liberté
grande de vous indiquer le tome II de la traduction de Cahen,
page 136, où vous lirez ceci : « Ils portaient au cou, suspendue à
une chaîne d'or, une petite figure de pierre précieuse qu'ils appelaient la Vérité. Les débats s'ouvraient lorsque le président mettait devant soi l'image de la Vérité. » C'est un texte de Diodore.
En voici un autre d'Élien : « Le plus âgé d'entre eux était leur
chef et leur juge à tous; il portait autour du cou une image en
saphir. On appelait cette image la Vérité. » C'est ainsi, monsieur,
que « cette Vérité-là est une jolie invention de l'auteur ».

Mais tout vous étonne : le molobathre, que l'on écrit très bien
(ne vous en déplaise) malobathre ou malabathre, la poudre d'or
que l'on ramasse aujourd'hui, comme autrefois, sur le rivage de
Carthage, les oreilles des éléphants peintes en bleu, les hommes
qui se barbouillent de vermillon et mangent de la vermine et des
singes, les Lydiens en robes de femme, les escarboucles de lynx,
les mandragores qui sont dans Hippocrate, la chaînette des chevilles qui est dans le Cantique des Cantiques (Cahen, t. XVI, 37)
et les arrosages de silphium, les barbes enveloppées, les lions en
croix, etc., tout !

Eh bien ! non, monsieur, je n'ai point « emprunté tous ces
détails aux nègres de la Sénégambie ». Je vous renvoie, pour les
éléphants, à l'ouvrage d'Armandi, p. 256 et aux autorités qu'il
indique, telles que Florus, Diodore, Ammien Marcellin et autres
nègres de la Sénégambie.

Quant aux nomades qui mangent des singes, croquent des
poux et se barbouillent de vermillon, comme on pourrait « vous
demander à quelle source l'auteur a puisé ces précieux renseignements », et que, « vous seriez », d'après votre aveu, « très embarrassé de le dire », je vais vous donner, humblement, quelques
indications qui faciliteront vos recherches.

« Les Maxies... se peignent le corps avec du vermillon. Les
Gysantes se peignent tous avec du vermillon et mangent des
singes. Les femmes (celles des Adrymachydes), si elles sont mordues par un pou, elles le prennent, le mordent, etc. » Vous verrez
tout cela dans le IVe livre d'Hérodote, aux chapitres CXCIX,
CXCI, CLXVIII. Je ne suis pas embarrassé de le dire.

Le même Hérodote m'a appris dans la description de l'armée
de Xerxès, que les Lydiens avaient des robes de femmes; de plus
Athénée, dans le chapitre des Étrusques et de leur ressemblance
avec les Lydiens, dit qu'ils portaient des robes de femmes; enfin,
le Bacchus lydien est toujours représenté en costume de femme.
Est-ce assez pour les Lydiens et leur costume ?

Les barbes enfermées en signe de deuil sont dans Cahen
(Ézéchiel, chap. XXIV, 17) et au menton des colosses égyptiens,
ceux d'Abou-Simbal, entre autres; les escarboucles formées par

l'urine de lynx, dans Théophraste, *Traité des Pierreries,* et dans
Pline, livre VIII, chap. LVII. Et pour ce qui regarde les lions
crucifiés (dont vous portez le nombre à deux cents, afin de me
gratifier, sans doute, d'un ridicule que je n'ai pas), je vous prie
de lire dans le même livre de Pline le chapitre XVIII, où vous
apprendrez que Scipion Émilien et Polybe, se promenant ensemble
dans la campagne carthaginoise, en virent de suppliciés dans
cette position, « *Quia œteri metu pœnae similis abſterrentur eadem
noscia.* » Sont-ce là, monsieur, de ces passages pris sans discer-
nement dans l'*Univers pittoresque,* « et que la haute critique a employés avec succès contre moi »? De quelle haute critique parlez-
vous? Eſt-ce de la vôtre?

Vous vous égayez considérablement sur les grenadiers que l'on
arrosait avec du silphium. Mais ce détail, monsieur, n'eſt pas de
moi. Il eſt dans Pline, livre XVII, chap. XLVII. J'en suis bien
fâché pour votre plaisanterie sur « l'ellébore que l'on devrait cultiver à Charenton »; mais comme vous le dites vous-même,
« l'esprit le plus pénétrant ne saurait suppléer au défaut de connaissances acquises ».

Vous en avez manqué complètement en affirmant que « parmi
les pierres précieuses du trésor d'Hamilcar, plus d'une appartient
aux légendes et aux superſtitions chrétiennes ». Non! monsieur,
elles sont *toutes* dans Pline et dans Théophraste.

Les stèles d'émeraude, à l'entrée du temple, qui vous font rire,
car vous êtes gai, sont mentionnées par Philoſtrate (*Vie d'Apollonius*) et par Théophraste (*Traité des Pierreries*). Heeren (t. II) cite
sa phrase : « La plus grosse émeraude baćtrienne se trouve à Tyr
dans le temple d'Hercule. C'eſt une colonne d'assez forte dimension. » Autre passage de Théophraste (traduction de Hill) : « Il y
avait dans leur temple de Jupiter un obélisque composé de quatre
émeraudes. »

Malgré « vos connaissances acquises », vous confondez le jade,
qui eſt une néphrite d'un vert brun et qui vient de Chine, avec le
jaspe, variété de quartz que l'on trouve en Europe et en Sicile.
Si vous aviez ouvert, par hasard, le *Dićtionnaire de l'Académie française,* au mot *jaspe,* vous eussiez appris, sans aller plus loin, qu'il
y en avait de noir, de rouge et de blanc. Il fallait donc, monsieur,
modérer les transports de votre indomptable verve et ne pas reprocher folâtrement à mon maître et ami Théophile Gautier
d'avoir prêté à une femme (dans son *Roman de la Momie*) des pieds
verts quand il lui a donné des pieds blancs. Ainsi, ce n'eſt point
lui, mais vous, qui avez fait *une erreur ridicule.*

Si vous dédaigniez un peu moins les voyages, vous auriez pu
voir au musée de Turin, le propre bras de sa momie, rapportée
par M. Passalacqua, d'Égypte, et dans la pose que décrit Th.
Gautier, *cette pose* qui, d'après vous, *n'eſt certainement pas égyptienne.* Sans être ingénieur non plus, vous auriez appris ce que sont
les Sakiehs pour amener l'eau dans les maisons, et vous seriez

convaincu que je n'ai point abusé des vêtements noirs en les mettant dans des pays où ils foisonnent et où les femmes de la haute classe ne sortent que vêtues de manteaux noirs. Mais comme vous préférez les témoignages écrits, je vous recommanderai, pour tout ce qui concerne la toilette des femmes, Isaïe, III, 3, la Mischna tit. de Sabbatho; Samuel, XIII, 18; saint Clément d'Alexandrie, *Pæd.*, II, 13, et les dissertations de l'abbé Mignot, dans les Mémoires de l'Académie des Inscriptions, t. XLII. Et quant à cette abondance d'ornementation qui vous ébahit si fort, j'étais bien en droit d'en prodiguer à des peuples qui incrustaient dans le sol de leurs appartements des pierreries (Voy. Cahen, Ézéchiel. XVIII. 14). Mais vous n'êtes pas heureux, en fait de pierreries.

Je termine, monsieur, en vous remerciant des formes amènes que vous avez employées, chose rare, maintenant. Je n'ai relevé parmi vos inexactitudes que les plus grossières, qui touchaient à des points spéciaux. Quant aux critiques vagues, aux appréciations personnelles et à l'examen littéraire de mon livre, je n'y ai pas même fait allusion. Je me suis tenu tout le temps sur votre terrain, celui de la science, et je vous répète encore une fois que j'y suis médiocrement solide. Je ne sais ni l'hébreu, ni l'arabe, ni l'allemand, ni le grec, ni le latin, et je ne me vante pas de savoir le français. J'ai usé souvent des traductions, mais quelquefois aussi des originaux. J'ai consulté, dans mes incertitudes, les hommes qui passent en France pour les plus compétents, et si je n'ai pas été *mieux guidé*, c'est que je n'avais point l'honneur, l'avantage de vous connaître : Excusez-moi si j'avais pris vos conseils, aurais-je « *mieux réussi* »? J'en doute. En tout cas, j'eusse été privé des marques de bienveillance que vous me donnez çà et là dans votre article et je vous aurais épargné l'espèce de remords qui le termine. Mais rassurez-vous, monsieur, bien que vous paraissiez effrayé vous-même de votre force et que vous pensiez sérieusement « avoir déchiqueté mon livre pièce à pièce », n'ayez aucune *peur*, tranquillisez-vous! car vous n'avez pas été *cruel*, mais léger.

J'ai l'honneur d'être, etc.

GUSTAVE FLAUBERT.

*Le 27 janvier 1863, Frœhner ayant publié un second article, Flaubert y répliqua la lettre suivante adressée au directeur de l'*Opinion nationale.

2 février 1863.

Mon cher Monsieur Guéroult,

EXCUSEZ-moi si je vous importune encore une fois. Mais comme M. Frœhner doit reproduire dans l'*Opinion nationale* ce qu'il

vient de publier dans la *Revue contemporaine,* je me permets de lui
dire que :

J'ai commis effectivement une erreur *très* grave. Au lieu de
Diodore, livre XX, chap. IV, lisez chapitre XIX. Autre erreur.
J'ai oublié un texte à propos de la statue de Moloch, dans la mythologie du docteur Jacobi, traduction de Bernard, page 322, où il
verra une fois de plus les sept compartiments qui l'indignent.

Et, bien qu'il n'ait pas daigné me répondre un seul mot touchant : 1º la topographie de Carthage; 2º le manteau de Tanit;
3º les noms puniques que j'ai travestis et 4º les dieux que j'ai
inventés, — et qu'il ait gardé le même silence : 5º sur les chevaux
consacrés au Soleil; 6º sur la statuette de la Vérité; 7º sur les coutumes bizarres des nomades; 8º sur les lions crucifiés, et 9º sur
les arrosages de silphium, avec 10º les escarboucles de lynx et 11º
les superstitions chrétiennes relatives aux pierreries; en se taisant
de même sur le jade 12º; et sur le jaspe 13º; sans en dire plus long
quant à tout ce qui concerne : 14º Hannon; 15º les costumes des
femmes; 16º les robes des Lydiens; 17º la pose fantastique de la
momie égyptienne; 18º le musée Campana : 19º les citations (peu
exactes) qu'il fait de mon livre, et 20º mon latin, qu'il vous conjure
de trouver faux, etc.

Je suis prêt, néanmoins, sur cela, comme sur tout le reste, à
reconnaître qu'il a raison et que l'Antiquité est sa propriété particulière. Il peut donc s'amuser en paix *à détruire mon édifice* et
prouver que je ne sais rien du tout, comme il l'a fait victorieu-
sement pour MM. Léon Heuzey et Léon Renier, car je ne lui
répondrai pas. Je ne m'occuperai plus de ce monsieur.

Je retire un mot qui me paraît l'avoir contrarié. Non, M. Frœhner
n'est pas *léger,* il est tout le contraire. Et si je l'ai choisi pour victime
parmi tant d'écrivains qui ont rabaissé « mon livre », c'est qu'il
m'avait semblé le plus sérieux. Je me suis bien trompé.

Enfin, puisqu'il se mêle de ma biographie (comme si je m'in-
quiétais de la sienne !) en affirmant par deux fois (il le sait !) que
j'ai été six ans à écrire *Salammbô,* je lui avouerai que je ne suis pas
bien sûr, à présent, d'avoir jamais été à Carthage.

Il nous reste, l'un et l'autre, à vous remercier, cher monsieur,
moi pour m'avoir ouvert votre journal spontanément et d'une si
large manière, et quant à lui, M. Frœhner, il doit vous savoir un
gré infini. Vous lui avez donné l'occasion d'apprendre à beaucoup
de monde son existence. Cet étranger tenait à être connu; maintenant il l'est... avantageusement.

Mille cordialités,

GUSTAVE FLAUBERT.

NOTES ET VARIANTES

NOTES ET VARIANTES

LA TENTATION DE SAINT ANTOINE

P. 4

1. *Notes de Voyages*, I, pp. 28 et 36 (édit. Conard), et *Correspondance* : Lettre à Alfred le Poittevin, 13 mai 1845.

P. 7

1. Cf René Dumesnil : *Flaubert ; l'Homme et l'Œuvre*, p. 85.

2. Léon Degoumois : *Flaubert à l'école de Gœthe*. (Genève, Sonor, 1925). Dans cette étude, si complète et si probante qu'elle épuise le sujet, M. Degoumois montre que l'ermite de la Thébaïde a la même voix que le docteur de Gœthe.

P. 10

1. Georges Dubosc : *Trois Normands*, p. 139. (Rouen, Defontaine, 1917.) — René Dumesnil, *Flaubert*, pp. 80-82.

2. Édouard Maynial : *La Jeunesse de Flaubert*, pp. 137 et sq. (Éd. du Mercure de France.)

P. 15

1. La *Légende de saint Julien l'Hospitalier*, que Flaubert ne devait écrire qu'en 1875.

P. 23

1. L'édition originale de cette version définitive (la troisième) parut chez Charpentier, au mois d'avril 1874, en un volume in-8º. Seconde édition, dans les six semaines. La troisième parut en 1875.

Des fragments de la deuxième version (1856) avaient vu le jour dans *l'Artiste* (21 et 28 décembre 1856, 11 janvier et 1er février 1857). Cette deuxième version a été publiée intégralement par M. Louis Bertrand en 1906, sous le titre : *La première* (sic) *Tentation de saint Antoine*. L'édition Conard (1910) comporte, en appendice à la version définitive, les deux premières (1849 et 1856); celle de 1849 était demeurée inédite jusqu'alors.

Nous indiquons ci-dessous les principales sources documentaires et critiques relatives aux différentes versions de *la Tentation de saint Antoine* :

BANVILLE (Théodore de). — *La Tentation de saint Antoine,* par G. Flaubert. — *Le National,* 4 mai 1874.

BARBEY D'AUREVILLY (Jules). — *La Tentation de saint Antoine.* — *Le Constitutionnel,* 20 avril 1874.

BERTRAND (Louis). — Notice sur les manuscrits de *la Tentation de saint Antoine.* — Appendice de la première *Tentation de saint Antoine.* (Paris, Fasquelle, 1908, in-16.)

CHAUMEIX (André). — La première version de *la Tentation de saint Antoine.* — *Journal des Débats,* 10 mai 1908.

DOUHAIRE (P.), — *La Tentation de saint Antoine.* — *Le Correspondant,* 25 avril 1874.

DRUMONT (Édouard). — *La Tentation de saint Antoine.* — *Le Bien public,* 8 avril 1874.

DU CAMP (Maxime). — La version de 1849. Origines. Lecture de l'œuvre à Louis Bouilhet et à Du Camp en septembre 1849. Appréciations critiques. — *Souvenirs littéraires,* tome I, pp. 313 et suiv.

FOURNEL (Victor). — *La Tentation de saint Antoine,* par M. G. Flaubert. — *Gazette de France,* 28 avril 1874.

GOURMONT (Rémy de). — La leçon de saint Antoine. — Pp. 296-302 de *Promenades littéraires,* 3e série. — Paris, *Mercure de France,* 1909, In-12.

GUIGNEBERT (Charles). — Notice pp. 655-665 de *la Tentation de saint Antoine* (éd. Conard).

SAINT-RENÉ TAILLANDIER. — *Une sotie au XIXe siècle : La Tentation de saint Antoine.* — *Revue des Deux Mondes,* 1er mai 1874.

SOUDAY (Paul). — La première *Tentation de saint Antoine.* — *L'Opinion,* 30 mai 1908.

P. 25

1. *La Tentation de saint Antoine* abondant en noms propres peu connus (dieux hérésiarques, philosophes, cités antiques, etc.) dont beaucoup reviennent à diverses reprises, on a cru plus commode d'en dresser le lexique que de répéter de page en page la même note. Ainsi le lecteur pourra-t-il à son gré avancer dans le texte de Flaubert, sans être interrompu par des renvois fastidieux, quitte à se reporter à notre lexique si un mot l'intrigue en chemin.

Toutefois, on ne trouvera pas dans ce lexique :

1o Les noms familiers au lettré, comme les plus répandus de la Bible et de la mythologie grecque.

2o Les noms dérivés aisément identifiables, comme ceux des disciples des hérésiarques mis en scène par Flaubert; ainsi *Montanistes* (disciples de Montanus), *Marcionites* (disciples de Marcion), etc.

3o Les noms que le contexte de Flaubert éclaire suffisamment pour rendre toute autre indication inutile; ainsi pour certains dieux et surtout pour les Bêtes fabuleuses : le Sadhuzag, le Catoblépas, etc.

4o Enfin, les noms employés dans une énumération et qui ne se retrouvent plus dans le cours de l'ouvrage. Ainsi par exemple, aux pages 56 et 149, on a fait une note collective, pour épargner au lecteur l'ennui d'avoir à chercher plusieurs fois dans le lexique chacun des noms cités.

Ce lexique se trouve à la fin des Notes de la *Tentation,* pp. 1021-1025.

P. 56

1. Évêques, le premier d'Alexandrie, le second de Carthage, le troisième de Néo-Césarée, ils se tinrent cachés tous les trois pendant la persécution de Dèce (250).

P. 57

1. Cette femme aimée par Hermas est Rhodé. Il faut voir ici une allusion à un ouvrage du Iᵉʳ siècle, le Pasteur d'Hermas.

P. 72

1. La Fausse Prophétesse est cette femme, qui, vers 235, parcourut les champs de Cappadoce en proclamant l'approche de la fin du monde.

P. 77

1. Ces noms, comme aussi Ialdabaoth, désignent également diverses incarnations de Jéhovah.

P. 89

1. Sigeh, le Silence, Ennoïa, la Pensée, Barbelo, la mère de Ialdabaoth et de Sabaoth, trois des trente éons dans le système de Valentin. — Prounikos, la Lascive.

P. 130

1. Les phratries étaient des groupes humains organisés, en Grèce, et dont plusieurs formaient une tribu.

2. Division de l'année grecque qui correspond à notre mois de juillet.

P. 143

1. Le système de Pythagore et de Platon comporte une planète imaginaire — l'antichtone — qui tournerait autour du Soleil du côté opposé à la Terre.

P. 149

1. Philosophes grecs du VIᵉ siècle.

P. 164

1. Parmi les différents brouillons de la Tentation, M. Louis Bertrand a retrouvé ce passage qui pourrait s'intituler le Christ dans la banlieue, et que Flaubert a retranché du manuscrit définitif par scrupule envers les consciences religieuses :

Antoine n'entend plus rien. Le silence, à mesure qu'il écoute, lui paraît augmenter, et les ténèbres sont tellement obscures qu'il s'étonne, en ouvrant les yeux, de ne pas sentir leur résistance. Cependant elles l'étouffent comme du marbre noir qui serait moulé sur sa personne.

Bientôt elles s'entrouvrent, faisant comme deux murailles, et, au fond, dans un éloignement incalculable, une ville apparaît.

Des fumées s'échappent des maisons, des langues de feu se tordent dans la brume. Des ponts en fer passent sur des fleuves d'immondices. Des voitures, closes comme des cercueils, embarrassent de longues rues toutes droites. Çà et là, des femmes avancent leurs visages sous le reflet des tavernes, où brillent, à l'intérieur, de grands miroirs. Des hommes, en costumes hideux, et d'une maigreur, ou d'une obésité grotesque, courent comme s'ils étaient poursuivis, le menton bas, l'œil oblique, tous ayant l'air de cacher quelque chose.

Et voilà qu'au milieu d'eux saint Antoine aperçoit Jésus.

Depuis le temps qu'il marche sa taille s'est courbée, sa chevelure a blanchi, — et sa croix fait, en pliant, un arc immense sur son épaule.

Elle est trop lourde. Il appelle. On ne vient pas. Il frappe aux portes. Elles restent fermées.

Il va toujours, implorant un regard, un souvenir. On n'a pas le temps de l'écouter. Sa voix se perd dans les bruits. Il chancelle et tombe sur les deux genoux.

La rumeur de sa chute assemble des hommes de toutes les nations, depuis des Germains jusqu'à des nègres. Dans le délire de leur vengeance, ils hurlent à son oreille :

« On a versé pour toi des déluges de sang humain, façonné des bâillons avec ta croix, caché toutes les hypocrisies sous ta robe, absous tous les crimes au nom de ta clémence!... Moloch à toison d'agneau, voilà trop longtemps qu'elle dure, ton agonie; Meurs enfin! — et ne ressuscite pas! »

Puis les autres, ceux qui l'aimaient, ayant encore, sur leurs joues, le sillon de leurs larmes, lui disent : « Avons-nous assez prié, pleuré, espéré! Maudit sois-tu pour notre longue attente, nos cœurs inassouvis! »

Un monarque le frappe avec son sceptre, en l'accusant d'avoir exalté les faibles, — et le peuple le déchire avec les ongles, en lui reprochant d'avoir soutenu les rois.

Quelques-uns se prosternent par dérision. D'autres lui crachent au visage, sans colère, par habitude. Des marchands veulent le faire asseoir dans leurs boutiques. Les Pharisiens prétendent qu'il encombre la voie. Les docteurs, ayant fouillé ses plaies, prétendent qu'il n'y faut pas croire, et les philosophes ajoutent : « Ce n'était rien qu'un fantôme! »

On ne le regarde même plus. On ne le connaît pas.

Il reste couché au milieu de la boue, et les rayons d'un soleil d'hiver frappent ses yeux mourants.

La vie du monde continue autour de lui. Les chars l'éclaboussent.

Les proſtituées le frôlent. L'idiot, en passant, lui jette son rire, le meurtrier son crime, l'ivrogne son vomissement, le poète sa chanson. La multitude le piétine, le broie, — et, à la fin, quand il ne reſte plus sur le pavé que son grand cœur tout rouge dont les battements peu à peu s'abaissent, ce n'eſt pas, comme au Calvaire, un cri formidable qu'on entend, mais à peine un soupir, une exhalaison...

Les ténèbres se referment.

ANTOINE

Horreur! Je n'ai rien vu, n'eſt-ce pas, mon Dieu?... Que reſterait-il?...

Il s'agenouille.

INDEX DES NOMS PRINCIPAUX

AARON, frère de Moïse.

ABDÉNAGO, nom chaldéen d'Azarias, l'un des compagnons de Daniel.

ADAMITES, sectaires du IIe siècle; ils prônaient la nudité comme au temps du Paradis terreſtre; d'où leur nom.

ÆCIUS, disciple d'Arius.

AHRIMAN, dieu du mal, par opposition à Ormuz, dieu du bien (Perse).

AMMON, dieu thébain.

AMMON, moine égyptien qui fonda le monaſtère de Nitrie. Ne pas confondre avec le dieu thébain du même nom.

AMSCHASPANDS, les sept fils d'Ormuz, créés pour le défendre.

ANTOINE (Saint), (251-356).

ANUBIS, dieu égyptien à tête de chien.

APELLES, disciple de Marcion.

APOLLINARISTES, hérétiques qui enseignaient l'exiſtence de deux fils de Dieu.

APOLLONIUS DE TYANE, philosophe pythagoricien auquel on attribuait de nombreux miracles et que d'aucuns opposèrent à Jésus.

ARCONTIQUES ou mieux ARCHONTIQUES, sectaires du IVe siècle. Ils professaient que le monde se compose de sept cieux dont chacun eſt régi par un archonte.

ARISTÉE, le dieu protecteur des champs (mythologie grecque).

ARIUS, prêtre d'Alexandrie, condamné en 325 par le Concile de Nicée. Il niait la divinité du Chriſt et le dogme de la Trinité.

ARSÈNE, ascète du monaſtère de Scété.

ASCITES, sectaires du IIe siècle. Ils considéraient l'outre comme le symbole de la rédemption.

ASTOMI, créatures fabuleuses de l'Inde.

ATHANASE (Saint), disciple de saint Antoine, qui fit condamner
   Arius et ses disciples au concile de Nicée en 325. Fait évêque
   d'Alexandrie en 328, il fut plusieurs fois exilé et rappelé par la
   suite (296-373).

ATYS, ou ATTIS, dieu du printemps dans l'Asie Mineure.

AUDIENS, disciples d'Audius, hérétique du IVᵉ siècle.

BALACIUS, ayant craché sur les lettres que saint Antoine lui écrivait au sujet du bannissement d'Athanase, mourut cinq jours
   après.

BARDESANE, philosophe syrien, né en 154.

BASILIDE, hérésiarque alexandrin du IIᵉ siècle, qui croyait à la dualité
   de la nature humaine.

BÉLUS, dieu suprême des Chaldéens.

BLEMMYES, peuple fabuleux d'Éthiopie.

CABIRES, divinités grecques du feu.

CAÏNITES, sectaires de Caïn et de Juda.

CANOPE, nom antique d'Aboukir.

CAOSYAC (SAOSHYANT), le « Messie » de la religion persane.

CARPOCRAS, hérésiarque alexandrin du IIᵉ siècle, qui proclamait
   que le monde a été créé par les anges.

CERCOPES, monstres d'Éphèse, mi-singes, mi-hommes.

CERDON, hérésiarque syrien qui niait l'incarnation du Christ et sa
   résurrection.

CÉRINTHE : voir MÉRINTHIENS.

CIMMÉRIENS, originaires de la Crimée.

COLLYRIDIENS, sectaires du IVᵉ siècle, qui considéraient la Vierge
   comme une déesse païenne et lui offraient des gâteaux, appelés
   « collyrides. »

COLZIM, nom antique de Suez.

CTÉSIPHON, capitale des Parthes.

CYBÈLE, déesse de la terre ; le grand-prêtre de son culte prenait le
   titre d'Archi-Galle.

CYNOCÉPHALES, adorateurs du soleil (Égypte).

DAÏRA, l'un des noms de Perséphone.

DAMIS, disciple d'Apollonius de Tyane.

DIDYME (mort en 395) : dirigea pendant plus d'un demi-siècle
   l'école catéchistique d'Alexandrie. Il était aveugle depuis l'âge de
   quatre ans.

DOESPOENÉ, déesse d'Arcadie.

DOMNINE D'ALEP, martyre du IVᵉ siècle.

ÉBIONITES, hérétiques qui observaient la loi de Moïse et niaient
   la divinité du Messie.

ELKÉSAÏTES, disciples de l'hérétique Elkésaï. Elkésaï enseignait
   l'existence de deux Christs, l'un céleste, l'autre terrestre.

EMPUSES, démons inférieurs, soumis aux ordres d'Hécate.

ENCRATITES, sectaires qui s'abstenaient de l'usage de la viande et prêchaient l'immoralité du mariage.

ENNOIA, surnom mystique d'Hélène, compagne de Simon le Magicien.

ÉROSTRATE, Éphésien qui, désireux de conquérir la renommée, incendia le temple d'Éphèse, la nuit même où naissait Alexandre (356 av. J.-C.).

EURYNOME, déesse grecque de l'Aurore.

EUSÈBE, évêque de Césarée en Palestine (256-340).

FÉROUERS, divinités secondaires au service d'Ormuz, dieu du bien (Perse).

GELLUDES, vampires de l'île de Lesbos.

GNOSE, doctrine confuse à quoi participaient en désordre les principes de plusieurs religions différentes : chaldéenne, égyptienne, hindoue, chrétienne, etc.

GYMNOSOPHISTE, forme grecque du mot *fakir*.

HÉCATONCHIRES, géants à cent bras, fils d'Uranus et de la Terre.

HÉLÈNE, compagne de Simon le Magicien.

HELVIDIENS, disciples d'Helvidius. Ils croyaient que Marie avait eu des enfants de saint Joseph.

HERMOGÈNE, philosophe qui unissait la philosophie grecque et le dogme chrétien.

HILARION, disciple de saint Antoine en Palestine qu'il quitta pour se faire ermite.

IZEDS, nom persan de certains dieux bienfaisants.

KNOUPHIS, divinité égyptienne qui avait le corps d'un serpent.

LÉONCE, évêque d'Antioche.

MACAIRE, moine de la Haute-Égypte.

MANÈS, hérésiarque persan, écorché vif l'an 274.

MARCION, hérésiarque du IIe siècle. Il enseignait qu'il y a deux dieux, le dieu des juifs et le dieu des chrétiens.

MARCOSIENS, disciples de Marcos, qui prônaient une Quaternité, au lieu de la Trinité.

MAXIMILLA, prophétesse du montanisme.

MÉLÉCIENS, partisans de Mélèce, évêque de Lycopolis, déposé par le concile de Nicée.

MÉNADE, sorte de prêtresse.

MÉNIPPE, jeune Corinthien, aimé d'une empuse métamorphosée en femme, qu'Apollonius identifia.

MÉRINTHIENS, disciples de Mérinthe, ou Cérinthe, hérésiarque du Ier siècle, qui distinguait en Jésus deux personnes.

MÉTHODIUS, évêque d'Olympus, qui combattit Origène.

MIMALLONÉÏDES, nom macédonien des Bacchantes.

MONTANUS, chef d'une secte qui proclamait la bienfaisance de la douleur : il annonçait la fin du monde et le Jugement Dernier comme proches.

NICOLAÏTES, ou NICOLAÏSTES, nom des partisans de saint Paul (surnommé Nicolas) et, plus tard, d'une secte assez confuse.

NISNAS, singes de l'île de Ceylan.

NOVATIENS, rigoristes du IIIe siècle.

OANNÈS, dieu des Chaldéens, mi-homme, mi-poisson.

OPHITES, hérétiques du IIe siècle, qui rendaient un culte au serpent.

ORIGÈNE, docteur de l'Église (185-254), qui interprétait la Bible dans un sens allégorique.

ORMUZ, dieu du bien dans la religion persane.

OSIRIS, dieu de la lumière et du bien dans la religion égyptienne.

PABÈNE ou TABÈNE : saint Pacôme y établit le premier couvent des cénobites.

PACÔME (Saint) : introduisit la vie cénobitique en Thébaïde.

PANÉADES, ville de Syrie.

PANÉUM, hauteur bâtie au centre d'Alexandrie.

PAPHNUCE, évêque de la Haute-Égypte qui fut honoré au concile de Nicée, eu égard aux persécutions dont il avait été l'objet sous Dioclétien.

PATERNIENS, sectaires du IVe siècle, qui prétendaient que la chair est l'œuvre du démon.

PAUL DE SAMOSATE, évêque d'Antioche qui niait la divinité de Jésus et l'existence de la Trinité.

PÉPUZA, bourg de Phrygie, ville sainte des Montanistes.

PHILOLAÜS, philosophe grec, disciple de Pythagore.

PIONIUS, prêtre de Smyrne, martyrisé en 250.

PISPÉRI, monastère au sud de Memphis.

POLYCARPE, évêque de Smyrne, martyrisé l'an 167, à l'âge de 95 ans. Flaubert se comparait souvent à lui à cause du dégoût que le saint avait manifesté pour son siècle.

PORSENNA, roi d'Étrurie.

PRISCILLA, la plus grande prophétesse du montanisme.

PRISCILLIANIENS, hérétiques espagnols du IVe siècle.

RACOTIS, quartier galant d'Alexandrie.

RAZIAS, sage juif qui se donna la mort, sur le point d'être pris par les soldats de Nicanor.

SABELLIUS, hérésiarque du IIIe siècle qui considérait le Fils et le Saint-Esprit comme des émanations du Père.

SATURNIN, chef d'une secte gnostique du IIe siècle.

Sciapodes, habitants légendaires de la Libye.

Sérapis, Apis divinisé, devenu Osiris-Apis. On le confondit plus
tard avec Pluton ou Jupiter.

Séthianiens, sectaires du IIᵉ siècle qui révéraient en Seth, fils
d'Adam, l'incarnation de l'Esprit.

Simon le magicien, Juif qui se donnait pour le Messie.

Simorg-Anka, oiseau fabuleux, selon la légende persane.

Sosipolis, nom grec des divinités protectrices des villes.

Sporus, favori de Néron.

Stryges, génies malfaisants de la nuit.

Titianiens, disciples de Tatien, chrétien rigoriste.

Tertullien, le plus ancien des Pères latins; il versa dans le montanisme.

Théodotus, hérésiarque du IIᵉ siècle, qui identifiait Melchisédec
avec le Fils de Dieu.

Typhon, dieu du mal, assassin de son frère Osiris (Égypte).

Valentin, hérésiarque alexandrin du IIᵉ siècle qui ne croyait ni
au Verbe, ni à la divinité de Jésus-Christ.

Valésiens, disciples de Valésius, pour qui perpétuer l'espèce était
un crime.

MADAME BOVARY

P. 272

1. Auriant : *Madame Bovary, née Colet. (Mercure de France.)* 1ᵉʳ juin
1936. — Fernand Vandérem : *Delphine ou Louise (Figaro,* 13 juin
1936).

P. 274

1. René Descharmes : *Autour de Bouvard et Pécuchet,* p. 240 :
Le Dictionnaire des idées reçues dans l'œuvre de Gustave Flaubert.

P. 289

1. Cf. pour plus de détails : *La Publication de Madame Bovary,*
collection des « Grands Événements Littéraires » (Malfère, 1928).

P. 291

1. Publication pré-originale et d'ailleurs tronquée, comme
on sait, dans la *Revue de Paris,* nᵒˢ des 1ᵉʳ et 15 octobre,
1ᵉʳ et 15 novembre, 1ᵉʳ et 15 décembre 1856. Les six « tranches »
ont été réunies et brochées à un certain nombre d'exemplaires,

avec une couverture spéciale, pour les directeurs de la *Revue de Paris*.

Édition originale : Paris, Michel Lévy frères, avril 1857, 2 vol. in-18 jésus. (Il a été tiré 50 exemplaires sur vélin fort, brochés en un seul tome et sous couverture spéciale.) Très nombreuses corrections de ponctuation (343 pour la première partie seulement) et de forme.

Deuxième édition originale : Nouvelle édition, Paris, Michel Lévy frères, mars 1862. Première édition imprimée en un seul volume. 135 corrections.

Troisième édition originale : Paris, Michel Lévy, mai 1869. 48 corrections.

Quatrième édition originale : Édition définitive suivie des réquisitoire, plaidoirie et jugement du procès intenté à l'auteur devant le tribunal correctionnel de Paris, audiences des 31 janvier et 7 février 1857, Paris, Charpentier et Cie, 1873. Les corrections sont au nombre de 90.

Cinquième édition originale : Paris, Alphonse Lemerre, novembre 1874. Cette édition très fautive, et qui ne tient aucun compte des précédentes corrections, reproduit le texte de 1857 avec, cependant, 41 variantes nouvelles.

On consultera utilement, sur le détail de ces variantes (nous ne donnerons ci-dessous que les principales) l'étude de René Dumesnil et D.-L. Demorest, *Bibliographie de Gustave Flaubert.* (*Bulletin du Bibliophile,* années 1934, et 1935.)

Quant à celles que nous indiquons ci-dessous, les mentions entre parenthèses qui suivent les phrases modifiées : *Revue de Paris...* 1857... 1862... 1869... désignent l'état du texte où elles ont paru pour la dernière fois. Les mots en italique sont ceux que Flaubert a supprimés au cours des diverses révisions de son livre.

Nous donnons ci-dessous une bibliographie sommaire des principaux articles consacrés à *Madame Bovary,* tant au moment du procès intenté à l'auteur et de la mise en vente que par la suite :

AUBINEAU (Léon). — Variétés. D'un roman nouveau : *Madame Bovary.* — *L'Univers,* 26 juin 1857.

AUBRYET (Xavier). — Revue parisienne. Les niaiseries de la critique. — *L'Artiste,* 20 septembre 1857.

BARBEY D'AUREVILLY (Jules). — *Madame Bovary,* par Gustave Flaubert. — *Le Pays,* 6 octobre 1857.

BAUDELAIRE (Charles). — M. Gustave Flaubert, *Madame Bovary* et *la Tentation de saint Antoine.* — *L'Artiste,* 18 octobre 1857.

BOVET (Ernest). — Le Réalisme de Flaubert. — *Revue d'Histoire littéraire de la France,* janvier-mars 1911.

CORMENIN (Louis de). — *Madame Bovary.* — *Le Journal du Loiret,* 6 mai 1857.

CUVILLIER-FLEURY (Alfred-Auguste). Variétés. Revue littéraire. *Madame Bovary...* — *Journal des Débats,* 26 mai 1857.

Faguet (Émile). — Les Corrections de Flaubert. — *Revue Bleue,* 3 juin 1899.

Habans (J.). — *Madame Bovary,* par M. G. Flaubert. — *Le Figaro,* 28 juin 1857.

Merlet (Gustave). — Le Roman physiologique : *Madame Bovary...* — *Revue Européenne,* 15 juin 1860.

Pontmartin (Armand de). — MM. Edmond About et Gustave Flaubert. Le roman bourgeois et le roman démocrate. — *Le Correspondant,* 25 juin 1857.

Revillon (Tony). — Figures de la semaine : M. G. Flaubert. — *Gazette de Paris* (non politique), 18 octobre 1857.

Sainte-Beuve (C.-A.). — Variétés. Littérature. *Madame Bovary,* par G. Flaubert. *Le Moniteur,* 4 mai 1857.

Weiss (J.-J.). — La Littérature brutale... *Madame Bovary...* — *Revue contemporaine,* 1er janvier 1858.

Signalons pour finir deux ouvrages importants — l'un sur l'histoire du chef-d'œuvre : *La publication de « Madame Bovary »,* par René Dumesnil (Malfère, 1928) — l'autre sur sa portée philosophique : *Le Bovarysme,* par Jules de Gaultier (Éd. du Mercure de France, 1902).

P. 292

1. *Var. :* ... ma gratitude... ne sera jamais à la hauteur de votre éloquence *ni* de votre dévouement » (1857, éd. orig., — correction apportée dès la première réimpression). — (On m'a reproché des fautes de français qui n'en sont point, tandis qu'il y en avait une, grossière, palpable, évidente, une vraie faute de grammaire, et qui se trouvait au début, dans la dédicace. Pas un ne l'a vue. » (Lettre à Mlle Leroyer de Chantepie, juillet 1857).

P. 308

1. *Var. :* Et puis la veuve *pouvait-elle effacer par son contact l'image fixée sur le cœur de son mari ? La veuve* était maigre (1857).

P. 318

1. Du Camp avait conseillé à Flaubert de supprimer ce chapitre de la noce.

P. 323

1. *Var. :* Elle jouait fort peu durant les récréations, *ce qui lui valut l'estime de ses maîtresses, d'autant qu'elle* comprenait bien le catéchisme, et *que* c'est elle qui répondait toujours. (*Revue de Paris*).

P. 352

1. *Var. :* Il la conduisit à Rouen, voir son ancien maître. *Tous furent de son avis.* C'était une maladie nerveuse... (*Revue de Paris*).

Faguet (*Les Corrections de Flaubert*, *Revue Bleue* du 3 juin 1899) explique ainsi la suppression de la phrase en italique : « Ce texte avait un sens; mais l'ellipse était un peu forte. Flaubert, forcé ou d'allonger ou de rester obscur et peu correct, a supprimé. »

P. 403

1. *Var.* : Léon lui apparaissait plus grand, plus beau, plus suave, plus vague; *il était nombreux comme une foule, plein de luxe lui-même et d'irritation. Mais au souvenir de la vaisselle d'argent et des couteaux de nacre, elle n'avait pas tressailli si fort qu'en se rappelant le rire de sa voix et la rangée de ses dents blanches. Des conversations lui revenaient à la mémoire, plus mélodieuses et pénétrantes que le chant des flûtes et que l'accord des cuivres; des regards qu'elle avait surpris lançaient des feux comme des girandoles de cristal, et l'odeur de sa chevelure et la douceur de son haleine lui faisaient se gonfler la poitrine mieux qu'à la bouffée des serres chaudes et qu'au parfum des magnolias* (1857). Faguet, tout en reconnaissant que ce passage avait quelque chose de forcé, regrettait presque que Flaubert l'eût supprimé. Il ajoutait : « Il est un peu décadent, mais il est spécieux, il est séduisant. Il a un air de Balzac. Quand Balzac écrit mieux qu'à son ordinaire, il écrit quelques lignes que Flaubert biffe comme étant de mauvais goût. » (Article cité dans la note précédente.)

P. 428

1. *Var.* : ... et qui paraissait se ratatiner *encore* dans ses pauvres vêtements (1857).

P. 432

1. Flaubert a noté sur son exemplaire personnel que, selon Laurent Pichat, co-directeur de la *Revue de Paris,* il aurait fallu « supprimer ou refaire les Comices ».

P. 488

1. *Var.* : C'était *pour aviver sa foi,* pour faire venir la croyance... (1869).

P. 514

1. Tout le passage qui suit jusqu'à la fin du chapitre fut censuré par la *Revue de Paris.*

P. 533

1. *Var.* : Il savourait pour la première fois — *et dans l'exercice de l'amour* — l'inexprimable délicatesse des élégances féminines. *Revue de Paris.*)

P. 536

1. *Var.* : *Son amour, à lui, cachait une ardeur charnelle,* sous des

expansions d'émerveillement et de reconnaissance. (*Revue de Paris*).

P. 544

1. *Var.* : Elle avait des paroles tendres *qui lui enflammaient la chair* avec des baisers *dévorateurs* qui lui emportaient l'âme. *(Revue de Paris.)*

P. 548

1. *Var.:* ... et Emma revenait à lui plus enflammée, *plus haletante,* plus avide. (*Revue de Paris.*)

P. 554

1. *Var. :* Pour ne pas avoir, la nuit, *contre sa chair,* cet homme étendu qui dormait... (*Revue de Paris.*)

P. 556

1. C'est à partir de 1873 que Flaubert rétablit : « les platitudes *du* mariage », que, sur le conseil de Bouilhet, il avait par prudence abandonné après son procès, pour lui substituer la forme moins générale : « les platitudes *de son* mariage. »

P. 567

1. De l'alinéa suivant jusqu'à l'avant-dernier paragraphe de la page 568 : « Le notaire resta fort stupéfait... » passage censuré par la *Revue de Paris.*

P. 575

1. Paragraphe supprimé par la *Revue de Paris.*

P. 597

1. Ce membre de phrase entre points-virgules est un détail heureux que Flaubert n'a introduit dans son livre qu'à partir de l'édition de 1862.

2. Le passage qui précède fut supprimé par la *Revue de Paris,* depuis le bas de la page 596 : « Le pharmacien et le curé... » (avant-dernier paragraphe) jusqu'à cette phrase.

SALAMMBÔ

P. 698

1. Louis Bertrand : *Gustave Flaubert*, p. 65. (Paris, Éd. du Mercure de France, 1912).

P. 699

1. Cf. *Flaubert, l'Homme et l'Œuvre*, p. 355.

P. 707

1. *Édition originale* : Paris, Michel Lévy frères, 1863, (1862), un vol. in-8° de 474 pages. Annoncée le 6 décembre 1862 dans la *Bibliographie de la France,* mais mise en vente dès le 24 novembre. L'exemplaire ordinaire se vendait 6 francs. Il a été tiré un certain nombre d'exemplaires sur Hollande, probablement 25.

Deuxième édition originale : Paris, Michel Lévy frères, 1863, un vol. in-8° de 474 pages. Annoncée le 10 janvier 1863, dans la *Bibliographie de la France*. Dix variantes, plus un certain nombre de modifications de noms.

Troisième édition originale : Édition définitive avec des documents nouveaux, Paris, Charpentier et Cie, 1874, un vol. in-18 de 374 pages. — Les « documents nouveaux » sont les réponses de Flaubert à Frœhner et à Sainte-Beuve. 160 variantes dans le texte du roman, 45 dans les appendices.

Quatrième édition originale : Paris, Alphonse Lemerre, 1879, 2 volumes petit in-12 de 286 et 251 pages. Il a été tiré 25 exemplaires sur papier Whatman à 20 fr. et 25 exemplaires sur papier de Chine à 25 fr. — 470 variantes : Flaubert supprime notamment 75 *et*, 75 *mais*, 40 *alors*, 29 *tout*, 27 *puis*, 20 *cependant*, 19 *enfin*, 9 *en effet*.

Nous donnons ci-dessous la liste des principales études consacrées à l'histoire et à la critique de *Salammbô*, tant à l'époque de sa publication qu'ultérieurement :

ABRAMI (Léon). — Notice et Index, à la fin de l'édition Conard (1910).

BERTRAND (Louis). — Le cinquantenaire de *Salammbô*. — *Revue des Deux Mondes,* 1er juin 1912.

BLOSSOM (F. A.). — *Salammbô*. — *Revue d'Histoire littéraire de la France,* mars 1913.

BOURNON (Fernand). — Le manuscrit de *Salammbô*. — *L'Amateur d'Autographes,* 15 septembre 1902.

CLAVEAU (Anatole). — *Salammbô*. — *Revue Contemporaine,* 15 décembre 1862.

CUVILLIER-FLEURY (A.-A.). — *Salammbô*. — *Journal des Débats*, 9 et 13 décembre 1862.

DESCHARMES (René) et DUMESNIL (René). — *Autour de Flaubert* (t. I, chap. II), Paris. — *Mercure de France*, 1912.

DOUBLET (Georges). — *La composition de « Salammbô » d'après la correspondance de Flaubert*. (Toulouse, Privat, 1894, in-8°.)

DUMESNIL (René). — *Gustave Flaubert, sa vie, son œuvre*, pp. 233-245, 353-359. (Desclée de Brouwer, 1932).

DUSOLIER (Alcide). — *G. Flaubert, Salammbô*. — *La Revue Française*, 1er janvier 1863.

FAY (P.-B.) et COLEMAN (A.). — *Sources and Structures of Flaubert's « Salammbô »*. (Champion, 1914.)

FRŒHNER (Guillaume). — Le roman archéologique en France. G. Flaubert, *Salammbô*. — *Revue Contemporaine*, 31 déc. 1862.

SAINTE-BEUVE. — *Salammbô*. — *Le Constitutionnel*, 8, 15 et 22 déc. 1862.

SAINT-RENÉ-TAILLANDIER. — Le réalisme épique dans le roman, *Salammbô*. — *Revue des Deux Mondes*, 15 fév. 1863.

WEILL (Armand). — Le style de *Salammbô*, manuscrits et éditions. — *La Revue Universitaire*, 15 avril 1902.

P. 710

1. On trouvera l'explication sommaire de ce nom, ainsi que de tous les noms de dieux ou de pays peu connus, dans un index alphabétique rejeté à la fin de ces notes, pp. 1032-1034. Cet index définit aussi les objets antiques dont il est question, dans *Salammbô*.

Quant aux sources archéologiques et historiques, nous avons cru pouvoir nous dispenser de les indiquer ici, Flaubert donnant lui-même tous éclaircissements à ce sujet dans les lettres à Sainte-Beuve et à Frœhner que nous publions en appendice, pp. 997-1013.

P. 716

1. *Var. :* ... comme d'énormes prunelles qui *palpitaient* encore (1re édit.).

La parenthèse indique ici, comme dans toutes nos variantes, l'édition où le texte a paru tel que nous le citons pour la dernière fois.

P. 726

1. *Var. :* Ils marchaient d'un pas hardi, faisant sonner sur les dalles leurs lourds cothurnes; *les aigrettes de leurs casques, comme des flammes rouges, se tordaient au vent derrière eux*. Leurs armures... (2e édit.)

P. 730

1. *Var. :* ... et il en survenait d'autres, continuellement. *Le*

bruit de tous ces pieds sur l'herbe, sourd et cadencé, s'absorbait dans sa monotonie par le silence de la campagne. Au loin... (2ᵉ édit.)

P. 776

1. *Var. :* Elle *allait apparaître ; elle* allait se lever, grande comme la salle, avec les bras ouverts. (2ᵉ édit.)

P. 874

1. *Var. :* Mais si Rabbetna triomphait, si le zaïmph était rendu et Carthage délivrée, *qu'importait* la vie d'une femme! pensait Schahabarim. (2ᵉ édit.)

P. 962

1. *Var. :* ... elles s'avançaient dans la plaine comme les *immenses* gradins d'un immense escalier en ruines. (2ᵉ édit.)

C'est volontairement que nous nous sommes bornés à ne donner que quelques variantes types de Flaubert. Pour plus de détails, cf. René Dumesnil et D.-L. Demorest, *Bibliographie de Gustave Flaubert,* in *Bulletin du Bibliophile,* années 1934-1935.

INDEX

CALLAÏS, pierres précieuses voisines de l'émeraude.

CAMPANIE, région de l'Italie comprenant Capoue, Naples, Sorrente.

CANTABRES, tribu de l'ancienne Espagne, fixée sur le cours supérieur de l'Èbre.

CANTHARE, vase consacré à Bacchus.

CARDAMOME, plante asiatique d'où l'on extrayait une huile employée comme condiment.

CASSITÉRIDES, nom ancien des îles Britanniques.

CATAPHRACTES, cavaliers qui combattaient recouverts d'un caparaçon, tout de même que leur monture.

CINABRE, teinture rouge.

CINNAMOME, sorte de laurier d'où l'on extrayait la cannelle. Une autre variété produit le camphre.

COLCHIDE, contrée de l'Asie Mineure située au sud du Caucase.

COMAGÈNE, province syriaque.

CROTALES, sortes de castagnettes.

CUMIN, graines d'une plante ombellifère africaine, encore employée de nos jours comme condiment.

CYRÉNAÏQUE, contrée africaine située entre l'Égypte et le golfe de Tripoli, capitale Cyrène.

DILOCHIE, compagnie à effectif doublé.

DRÉPANUM, nom ancien de la ville de Trapani, en Sicile. Les Carthaginois y battirent les Romains en 250 av. J.-C.

ÉLATHIA, port iduméen, sur la Mer Rouge.

ÉLECTRUM, ambre.

ESCHMOUN, l'un des principaux dieux phéniciens, que les Grecs assimilaient à Esculape. Le temple d'Eschmoûn était le plus considérable de Carthage.

EZIONGABER, cité de l'Arabie Pétrée.

GALBANUM, résine d'un arbuste syriaque, à usage médical. On en pansait les plaies et les ulcères.

GARAMANTES, tribu libyenne qui se nourrissait de reptiles.

GARAPHOS, lac de Mauritanie.

GARUM, saumure obtenue par la fermentation des intestins de scombre. On l'employait comme condiment.

GOMMOR, mesure de capacité, représentant 1 cab 80, soit 2 litres 16.

HADRUMÈTE, nom antique de Sousse.

HÉRACLÉE, port de Sicile, voisin d'Agrigente.

HIÉRODOULES, esclaves adjoints aux prêtres pour le service du culte.

HIN, mesure de capacité, représentant le triple du cab, soit 3 l. 60.

KIKAR, mesure de capacité de Babylone. On est mal fixé sur sa valeur.

KINNOR, instrument de musique à cordes, sorte de guitare.

LAUSONIA, arbuste qui croît en Égypte, et dont on extrait le henné.
LOCRES, ville fondée par les Grecs sur la côte sud de Calabre (Brutium).
LUSITANIE, Portugal.

MALOBATHRE, plante orientale d'où l'on extrayait une huile odorante.
MANDRAGORE, plante de la famille des solanées, comme la jusquiame et la pomme de terre, mais vénéneuse, et très employée dans les pratiques magiques.
MANIPULE, trentième partie d'une légion romaine.
MELKARTH, dieu des Sidoniens, que les Grecs assimilaient à Hercule.
MÉTAPONTE, port du golfe de Tarente.
MÉTOPION, résine à usage thérapeutique.

NÉBAL, instrument de musique analogue à la harpe.

PHAZZANA, nom antique de Fezzan, ville actuelle de la Cyrénaïque.
PHISCUS, nom antique de Ras-el-Razat, en Cyrénaïque.
PILUM, sorte de javelot.
PSYLLES, tribu africaine qui habitait aux confins nord de la Cyrénaïque.

SALSALIM, sortes de cymbales.
SANDARAQUE, résine parfumée extraite de certains arbustes de l'Afrique du Nord.
SANDASTRUM, pierre chatoyante, de couleur verte, qui vient de l'Inde.
SÉSÉLI, variété de fenouil.
SICLE, le sicle d'argent servait à la fois de poids et de monnaie à Carthage et dans tout l'Orient.
SILPHIUM, plante dont les pousses et la tige étaient employées pour la nourriture, et la racine en thérapeutique.
STROBUS; arbre odoriférant, dont les feuilles servaient à des fumigations.
STYRAX, résine d'un arbuste de Syrie, employée en thérapeutique.
SYNTAGME, terme militaire. C'était un carré de seize rangs composés chacun de seize hommes.

TALENT, poids et monnaie chez différents peuples anciens.
TAPROBANE, nom antique de Ceylan.

ZÉRETH, mesure hébraïque de longueur; on est mal fixé sur sa valeur.

TABLE DES MATIÈRES

APPENDICE :

NOTES ET VARIANTES